서 강 한 국 학 자 료 총 서 | 0 2

이광수 초기 문장집 II
(1916~1919)

이 책은 2014년 정부재원(교육부)으로 한국연구재단의 지원(NRF−2014S1A5B5A02010569)과
2013−2015년 일본학술진흥회로부터 과학연구비의 지원(과제번호 25284072)을 받아 수행된 연구임.

서강한국학자료총서 02

이광수 초기 문장집 II
(1916~1919)

초판 발행   2015년 11월 10일

엮은이	최주한·하타노 세츠코
펴낸이	유재현
편 집	온현정
마케팅	장만
디자인	박정미
인쇄·제본	영신사
종 이	한서지업사

펴낸곳	소나무
등 록	1987년 12월 12일 제2013-000063호
주 소	412-190 경기도 고양시 덕양구 대덕로 86번길 85(현천동 121-6)
전 화	02-375-5784
팩 스	02-375-5789
전자우편	sonamoopub@empas.com
전 자 집	http://cafe.naver.com/sonamoopub

ⓒ 최주한·하타노 세츠코, 2015

ISBN 978-89-7139-592-9   94810
       978-89-7139-590-5   (전2권)

책값 60,000원

이 도서의 국립중앙도서관 출판예정도서목록(CIP)은 서지정보유통지원시스템 홈페이지(http://seoji.nl.go.kr)와
국가자료공동목록시스템(http://www.nl.go.kr/kolisnet)에서 이용하실 수 있습니다.(CIP제어번호: CIP2015028486)

서 강 한 국 학 자 료 총 서 | 0 2

이광수 초기 문장집 II
(1916~1919)

| 최주한 · 하타노 세츠코 엮음 |

소나무

일러두기

1. 원문 그대로 수록하되 띄어쓰기와 구두점은 가독성을 고려하여 수정하였다.

2. 오식은 바로잡고 각주에 원문을 표기하였다.

3. 판독이 어려운 글자는 ㅁ로 표기하되, 추정이 가능한 글자는 괄호 안에 표기하였다.

4. 반복을 뜻하는 々 기호 등은 글자로 풀어 표기하였다.

5. 해당 글 제목의 각주에 필명과 출처를 밝혀두었다.

6. 일본어 원고는 제목의 각주에서 원문이 일본어임을 밝혀두었다.

7. 자료는 집필순에 가깝게 수록하였다.

차례

I. 제2차 유학시절 전반기
(1916~1917 중반)

어린 벗에게*

一

아릿다온 어린 벗아
방그레 웃는 벗아
쏠치고 노는 벗아
내 노래 바닷스라

네 눈이 光彩도 잇다
바로 샛별 갓고나
우슴 가득 英氣 가득
明哲까지 가득하다.

우슴이 春風되어
네 눈에서 불어나와
索寞한 눈 벌판에
가즌 곳 피워 노코

우슴이 曙光되어
네 눈에서 내어쏘아
캄캄한 洞窟속을
환하게 비초이고

* 외배, 『學之光』 8, 1916.3.

우슴이 甘泉되어
네 눈에서 흘러 나와
地獄에 목마른 이
골고로 축여주라

네 눈의 明徹함이
萬卷書를 나리외어
新文明의 빗과 맛을
半島에다 옴겨다고

네 눈이 X光線
萬事物을 쎄쏠러서
풀다남은 宇宙의 謎
마저풀어 닐러다고

슬픔 보던 네 눈으로
깃븜을 보게 하라
낡은 半島 보던 눈이
새 半島를 보게 하라

光彩잇는 네 눈을
希望잇는 네 눈을
福샘되는 네 눈을
세 번 敬拜하노라.

二

토실토실한 네 손이어
엣브고도 튼튼하다
손톱 싯싯마다
매친 것이 「造化」로다

네 손이 藥손이다
슬픔, 성남, 失望, 罪惡
알는 者 죽는 者를
만지면 낫는고나

네 눈 압헤 져 病身들
알는 이들 죽는 이들
造花잇는 네 손으로
고로고로 만져다고

네 손이 음즈길 째
萬物이 創造된다
네 손이 잇는 쯧은
萬物을 創造코저

붓 잡은 네 손이
조희 우로 음즈기면
萬人을 感動하는
글이 되고 그림 되고

끌 잡은 네 손이
大理石에 음즈기면
英雄되고 美人되고
龍과 虎가 쒸어나고

고동 잡은 네 손이
木과 鐵에 음즈기면
氣水陸에 一萬 船車
各色 文物 쏘다지고

鍵을 잡은 네 손이
피아노에 음즈기면
우레 벼락 狂瀾怒濤
松風 鳥聲 울어난다

造化잇는 네 손아
半島를 꿈여줄 손
살려주는 네 藥손을
세 번 敬拜하노라

三
蓮꽃 가튼 네 입술
香내 나는 네 입술
쏙 다믄 네 입술
힘 만흔 네 입술아

不義를 怒할 째에
霹靂이 울어나고
正義를 웨칠 째에
狂瀾이 激하노나

政壇에서 음즈기면
린컨과 비스막
講壇에서 음즈기면
퓌히테와 칸트로다

슬픈 노래 부를 적에
山川이 눈물지고
깃븐 詩를 읍흘 적에
木石이 웃는고나

半萬年 玉洞簫가
네게서 울어낫고
三千里 싸힌 긔운
네가 부르지젓고나

蓮쏫 가튼 네 입술
香내 나는 네 입술
힘 만흔 네 입술을
세 번 敬拜하노라

使命 만흔 네 生命
精力 만흔 네 生命
億萬年 살 네 生命
내 生命인 네 生命

土筆가치 쌕리 깁히
잔디 가치 얽히어
三千里에 二千萬이
한 生命이 되도록

아릿다은 어린 벗아
방그레 웃는 벗아
쏠치고 노는 벗아
내 노래 바닷스라

(四二四九,[*] 一, 一O)

---

* 1916년.

살아라*

「살쟈, 살쟈」하는 것이 現代人의 소리외다. 살음이란 말처름 現代人의 興味를 刺激하는 것이 업습니다. 富와 貴를 저마다 憧憬한 것은 過去일이로되 現代人이 저마다 憧憬하는 것은 이 살음이외다. 以前에는 살기를 重히 녀기면서도 살음은 重히 아니 녀겻나니 이는 아직 살음이라는 自覺이 아니 생긴 싸닭이외다. 그럼으로 以前 모든 思想과 制度는 空漠한 天理니 天道니 하는데 基礎를 두어 空漠한 標準으로 善惡을 가리엇스므로, 或 善이라는 것이 도로혀 우리 天性을 거슬이며 우리 生命을 殘害하야 個人이나 民族이 그 善을 行하려 할 쌔에 疑惑하고 浚巡하고 또 큰 苦痛을 겻것습니다.

假令 父母喪에 三年을 不出門庭, 不食酒肉, 不犯房, 不笑娛함이 善이라 하니 이를 行하려 할 쌔에 누가 疑惑하고 浚巡하고 苦痛하지 아니하엿겟습닛가. 不出門庭하고 衣食은 엇지 벌어요, 不食酒肉하면 身體의 健康은 엇지하며, 不犯房하면 靑春의 情慾은 엇지하고 生殖은 엇지해요? 이럼으로 이 善은 極히 골學者 아니고는 行하지 못할 것이니 善이 엇지 사람을 짤라 다르겟습닛가. 眞正한 善은 萬人이 다 할 수 잇는 것일 것이외다. 대개 舊道德은 그 基礎를 眞實한 살음 우에 두지 아니하고 空漠한 人造的 天理 우에 둠이외다. 그런데 現代 文明人의 道德은 純全히 이 살음 우에 기초를 두엇나니, 그럼으로 文明諸國의 社會道德과 國際關係를 이 見地로 보면 一目瞭然할 것이외다.

생각합시오. 造物이 萬生物을 낼 적에 첫 命令과 첫 祝福이 「살아라」요, 둘재가 「퍼지어라」일 것이외다. 人類世界의 憲法의 第一條는 實로 이 「살아라 퍼져라」외다. 그럼으로 人類의 萬般行動은 이 「살아라 퍼져라」의 演繹이오

* 李光洙, 『學之光』 8, 1916.3.

敷衍이외다. 살고 퍼지기에 合當한 일이면 絶對한 善이요, 아니면 絶對한 惡이외다. 歐洲人은 十四世紀 所謂 루네산쓰 後에 이 眞理를 解得하엿습니다. 그네도 그 前까지는 우리와 같이 空漠한 獨斷的 人造天理上에 선 道德에 얽히어 肉體를 自由로 못하는 同時에 精神도 自由로 못하엿섯습니다. 그네도 안즐 째에 안는 法度를 생각하고, 우슬 째에 웃는 法度, 울 째에 우는 法度, 생각할 째에 생각하는 法度, 旅行할 째에 旅行하는 法度를 생각하야 萬般行動을 꼭 獨斷的 空漠한 道德의 規矩準繩에 束縛되엇섯습니다 ― 우리네와 가치. 그러나 그네는 루네산쓰라는 一聲雷 一閃電에 귀가 쑬리고 눈이 썻습니다. 그네는 「살아라, 퍼져라」가 生物界의 不易할 黃金律인 줄을 解得하엿습니다. 그래서 그네는 소매 길고 거틋거리는 쟝삼을 버서바리고 가든한 옷을 입으며, 그네는 所謂 점잔타고 가만가만히 것기를 말고 身體의 健康을 爲하야 다름질도 하고 헤엄도 치고 사냥도 하엿습니다. 道를 닥노라고 蓬髮垢面에 跪坐長揖하기를 그치고 그네는 肉體가 아름답기 爲하야 香油를 바르고 털을 깍고 비단옷을 닙엇습니다. 그네는 美와 安樂을 爲하야 쓸어져가는 草堂을 헐어바리고 돌과 벽돌과 鐵과 琉璃로 華麗宏壯한 建築을 하엿습니다. 그네는 空理를 캐고 僞德을 싸키를 말고, 土地를 차즈려 黃金과 金剛石을 엇고 奴隷를 어드려고 一葉舟를 저어 太平洋과 大西洋과 南北極을 휘돌앗습니다. 그네는 살음에 反하는 舊敎를 쌔트리고 舊制度를 쌔트리고 猶太와 中古 歐羅巴의 살음을 否認하는 모든 偶像을 불살으고, 希臘과 羅馬의 現世를 肯定하고 살음을 嘆美하는 科學과 藝術이라는 眞主를 崇拜하엿습니다. 이리하야 그네는 水蒸氣를 찻고 電氣를 차자 오늘날 燦爛한 文化를 形成하야 아직도 「살아라 퍼져라」를 解得치 못하는 五色民族을 차고 밟고 橫行活步하는 것이외다.

그네의 善惡의 標準은 果然 簡單하고 直裁하고 平易하고 分明하외다 ― 「살아라 퍼져라」. 그럼으로 그네는 萬人이 다 이 道理를 解得하고 實行하는 것이외다. 果然 그네는 實用的 學術을 배호기에 奔走하야 倫理道德의 修養을 할 餘裕가 업건마는 그네는 文明한 人士로 疑惑 업시 逡巡 업시 苦痛 업시 堂堂하게 世上에 處하여 갑니다. 以前 우리들이 二十年 三十年을 왼통 道德 배호기에만 버리고도 오히려 莫知所之하는 데 비겨 果然 엇더합닛가. 이는 다름이 아니라 그네들은 살음이라는 確實하고 切實한 事實로 萬般行爲의 標準을 삼음으로 이 標準에 비최어 보아 合하면 善 아니면 惡이라 判斷하야 正邪善惡이 一目瞭然하되, 우리는 空漠한 理論으로 標準을 삼으매 얼는 善惡의 區別이 分明하지 아니하고 坐 善이라고 判斷한 뒤에도 거긔 絶對的 權威가 업습니다. 禽獸虫魚가 음즈기고 소리함도 살고 퍼지기 爲하야, 草木花卉가 쑤리로 쌜고 닙흐로 마심도 살고 퍼지기 爲하야, 各國이 敎育을 힘쓰고 軍備를 힘쓰고 商工業을 힘씀도 살고 퍼지기 爲하야, 只今 歐洲大戰도 살고 퍼지기 爲하야 — 내가 이러한 말을 쓰고 讀者가 이러한 말을 닑음도 살고 퍼지기 爲하야 — 眞實로 宇宙間 森羅萬象의 動하고 變함이 모다 이 「살쟈 퍼지쟈」를 爲함이외다.

우리도 사람이외다. 그럼으로 살고 퍼져야 하겟습니다. 가장 즐겁게 가장 價値잇고 合理하게 가장 榮光스럽게 살아야 하겟고, 할 수만 잇스면 南北極에까지라도 퍼져야 하겟습니다. 그런데 事實은 이와 反對로 우리는 날로 날로 잘 못살게 되고 잘 못 퍼지게 되는 衰運에 잇습니다. 우리가 이 運數를 挽回함에는 새로은 精神과 氣魄으로 낡은 精神과 氣魄을 代身함에 잇습니다. 무릇 한 집이 興하려 할 쌔에 그를 興하게 할 만한 精神을 가진 사람이 出現하야 全家族으로 하여곰 이 精神下에서 行動하게 하는 것이외다. 民族이 興할 쌔에도 亦是 그럴 것이외다. 歷史를 보면 환하외다. 이제 우리에게 이와 가튼 새 精神을 가져야 할 쌔가 왔습니다. 그러고 그 精神은 두말할 것 업시 「살쟈 퍼지쟈」 외다.

이에 살음이라 함은 廣狹 兩義가 잇습니다. 狹義로 말하면 죽지 안코 산다는 살음이니 죽지 아니하리 만한 衣食만 잇스면 사는 살음이외다. 마치 終身 懲役하는 사람의 살음 모양으로 自由도 업고 希望도 업고 活動이나 事業도 업고 心臟의 鼓動과 呼吸과 體溫이 남앗스니 죽지 안코 살앗다는 살음이외다. 毋論 이 살음이 重하외다, 基本되는 살음이외다, 이 살음이 잇기에 모든 問題가 생기는 것이외다. 그러나 이 살음으로만 滿足하면 人生은 距今 七八 千年前에나 잇섯습니다. 文明한 오늘에는 우리 몸에 여러 겹 옷을 닙는 모양으로 살음에도 여러 가지 複雜한 屬性이 생겻습니다. 廣義의 살음이란 卽 이 狹義의 살음에다 여러 가지 屬性을 添加한 살음을 니름이외다. 文明이란 槪念의 內容을 複雜하게 하는 것이라 함과 가치 文明人일사록 살음의 內容이 複雜한 것이외다. 이제 말하려 하는 것은 이 廣義의 살음이외다.

人生에게는 慾望이 잇습니다, 慾望이 잇슴으로 要求가 잇고 要求가 잇는지라 그 要求를 滿足케 하랴는 意志가 發하고, 이 意志가 發하는지라 萬般活動이 생기는 것이외다. 그런데 慾望의 內容은 文化의 程度를 쌀라서 더욱 複雜하여지는 것이니, 文化의 程度가 나즐사록 그 內容이 單純하고 놉흘사록 複雜할 것이외다. 單純하매 要求가 적고 要求가 적으매 滿足하랴는 意志가 窮하고 意志가 弱하매 活動하랴는 努力이 적은 것이외다. 文明人이 極히 奔走하고 野蠻人인 極히 閒暇함이 이 짜닭이외다. 우리도 쐐 閒暇합니다. 奔走한지라 文化가 생기고 文化가 생기는지라 權力이 생기고 權力이 생기는지라 榮光이 생기며, 閒暇한지라 文化가 아니 생기고 文化가 아니 생기는지라 權力이 업고 權力이 업는지라 羞辱이 돌아오는 것이외다. 그럼으로 各國의 敎育은 人民의 慾望의 內容을 極히 複雜하게 하여주고 쏘 熱烈하게 刺激하는 것이외다.

우리 살음의 慾望의 內容은 複雜하고 要求力은 強烈할 것이니 一言以蔽之

하면 「살음의 內容의 複雜과 要求의 强烈이 萬善의 本」이라합니다.

우리는 밥만 먹으려 아니합니다, 소고기와 닭고기와 물고기와 조흔 菜蔬와 조흔 果實과 조흔 술과 약념을 가장 맛나게 料理하야 먹으려 합니다. 우리는 빗결 조코 싸뜻하고 가비얍고 부드러온 옷을 입으려 합니다. 우리는 金時計, 寶石, 노리개에 高貴한 香水와 香油 쑊리고 번적하는 馬車, 自動車로 아스팔트 반뜻한 길에 大理石, 靑기와, 高樓巨閣으로 出入하려 합니다.

우리는 구름 날고 비 오는 것, 山 잇고 바다 잇슴, 하늘에 별, 짱에 草木禽獸, 사람은 무엇이며 宇宙는 무엇인가 알고 십허합니다.

우리는 하로 千里萬里 가고 십고, 안자서 萬里外 親舊와 談話하고 십고, 洋洋한 大海上과 蒼蒼한 大空中에 自由自在로 다니고도 십고, 죽은 魂과 말하고 土星, 金星에 遊覽하고 십흡니다.

그러나 쏘 우리는 울고 십고 웃고 십고 사랑하고 십흡니다. 喜怒哀樂之未發을 上乘으로 녀기는 敎理를 우리는 넘어 乾燥하야 遵奉할 수 업스니, 슬플 쌔에 실컨 울고 깃불 쌔에 맘껏 웃고 사랑스러을 쌔에 쓸어안고 십흡니다. 우리 情은 오래 束縛되엇스나 解放할 쌔가 臨하엿습니다.

그러나 쏘 우리는 天下萬人을 對手로 잡아 意見을 陳述하고 십흡니다. 내 思想과 感情을 잇는 대로 發表하고 십흡니다. 제 思想과 感情을 숨겨두기는 未開한 쌔 일이외다, 現代人은 心中에 잇는 思想과 感情을 正直하게 大膽하게 發表하고야 말려 합니다. 쏘 藝術, 哲學 가튼 精神文明은 이 各人의 思想感情 發表에서 오는 것이외다. 우리는 古人의 敎義에만 沈泥하야 各人의 個性을 沒却하엿습니다. 그러나 이제는 가장 正直하게 大膽하게 서로 思想感情을 發表하여야 할 時期가 到達하엿습니다. 이리하야 우리 속에서 藝術이 나오고 哲學이 나오고 大思想이 나와야 할 것이외다.

우리는 人格의 尊嚴을 가져야 할 것이외다. 나의 高潔한 人格을 萬人이 犯

할 수 업슬 만한 尊嚴을 維持하여야 할 것이외다. 우리는 우리의 個性을 發揮하야 加及한 範圍內에서 自由意志를 保全하여야 할 것이외다. 天下로도 밧고지 못하고 天子라도 휘지 못할 人格의 尊嚴을 保全하여야 할 것이외다.

우리는 손이 잇스니 손을 맘대로 두루고 입이 잇스니 입을 맘대로 놀려야 할지오, 知가 잇스니 知의 極致를 窮究하고 情이 잇스니 情의 發露를 自由로 하고 意가 잇스니 意志의 尊嚴을 保全하여야 할 것이외다. 一言以蔽之하면 우리가 稟賦바든 모든 性質과 能力을 할 수 잇는 대로 發揮하고 십흡니다.

이 밧게도 重要한 것이 만흘지나 여긔서 말할 바가 아니외다. 아모러나 나의 말하는 살음은 이러한 諸屬性을 가진 것을 니름이외다. 나는 이 諸屬性 中에서 하나를 쎈 살음도 滿足하지 못하겟습니다. 나는 汽車에 一等을 타고 가장 華麗한 家屋과 衣服, 飮食, 馬車로 社會의 最高位에 處하야 一世를 感化 指導하여야 되겟고, 全力을 다하야 내 意志를 尊重하고 내 思想과 感情을 自由로 하야 權威 잇는 發表를 하도록 하여야 될 것이외다. 少不下 나는 이리 되랴고 全力을 다하여야 될 것이외다.

이는 文明人이 저마다 하려고 努力하는 살음의 內容이매 文明人이 되랴는 나는 이리 아니할 수 업습니다. 그리고 누구나 우리는 다 이러한 살음의 慾望을 가지고 이를 達하랴는 努力을 하여야 할 것이라 합니다. 各人이 다 이러한 慾望을 가지고 奮鬪努力하는 中에 燦爛한 文明과 富가 생길 것이라 합니다.

이 見地로 보아 現在 우리 靑年은 넘어 慾望이 單純하고 쌀라서 要求가 薄弱한 것을 無限 恨歎합니다. 좀더 살음의 强烈한 慾望을 가지어 할 수 잇는 대로 完全한 滿足한 살음을 要求하고 努力하여야 할 것이외다. 우리 靑年에 게 가장 缺乏한 것이 强烈한 살음의 慾望이오, 가장 緊急한 것이 또한 强烈한 살음의 慾望이라 합니다.

因하여 두어 머리 노래를 읇흐니

살아지다 살아지다 億年이나 살아지다
百子千孫 엉킈엉킈 十萬里나 퍼져지다
잘살고 잘퍼지도록 一生힘을 쓰과져

쓰라주신 손톱발톱 그저두기 惶悚해라
큰일마튼 머리와입 묵일줄이 잇소릿가
웃기나 울기낫間에 실컷맘썻 하리라.

빗일세면 다홍빗이 아니어든 草綠빗이
소리어든 우렛소리 아니어든 바닷소리
그러나 겨울눈 녀름비를 외다 아니하리라

살아지다*

살아지다 살아지다 億年이나 살아지다
百子千孫 엉킈엉킈 十萬里나 퍼져지다
잘 살고 잘 퍼지도록 一生을 힘쓰과저

쓰라주신 손톱발톱 그저두기 惶悚해라
큰일마튼 머리와입 묵일줄이 잇소릿가
웃기나 울기낫 間에 실컷 맘껏 하리라

빗일세면 다홍빗이 아니어든 草綠빗이
소리어든 우뢰ㅅ소리 아니어든 바닷소리
그러나 겨울눈 녀름비를 외다 아니하리라

---

* 李光洙, 『時文讀本』, 1918.4. 「살아라」(『學之光』8, 1916.3) 말미에 붙인 시를 재수록한 것이다.

크리스마슷밤*

   金京華는 여러 親故들과 함께 會堂에 갓다. 門에는 머리에 기름 바른 執事들이 順序紙를 돌리며 고개를 숙인다. 京華와 成順도 順序紙를 바다들고 들어갓다. 會堂 벤치는 半쯤 차고 婦人席이 만히 부엇다. 執事들은 모다 기름 바른 머리로 奔走한다. 兩人은 부인 자리를 차자 바로 講壇 압헤 안젓다. 京華는 成順에게,

   「會席 가튼 데서는 뒤에들 안끼를 조하해요.」

   「그것도 一種 自尊心이야요.」

   「이中에 信者가 멧 사람이나 될가요.」

   「五分에 一이나 될가. 大部分은 크리스마스에 온 것이 아니라, 活動寫眞 구경 왓지오. 敎人中에도 다른 禮拜日에는 아니 오다가 오늘 저녁에는 남보다 몬저 왓슬 사람도 잇슬 것이오.」

   「그러닛가 世上은 다 遊戱야요. 眞心으로 무엇을 하는 이가 드믈구려.」

   「그러나 文明 程度가 좀더 놉흔 民族은 이처름 不眞實하지는 아니 하리라. 보시오구려. 무슨 會席에 가거나 眞實한 맘으로 出席하고 眞實한 맘으로 辯論하고 眞實한 맘으로 擧手하는 사람이 어듸 잇서요 ― 다 遊戱的으로 또 一時의 感情으로 할 섇이오그려.」

   「아직 眞實하게 될 만한 自覺이 업는 게야요.」

   이째에 엇던 세비로 닙은 學生이 돌아다니면서 아는 사람을 차자 人事하고 엇던 執事는 無事奔走로 東馳西走한다. 京華도 이웃에 잇는 멧 親舊다려 目禮한다. 女學生席에는 數十人이 무어라고 속은속은 하고는 찌득찌득 웃는

---

* 거울, 『學之光』 8, 1916. 3.

다. 모다 크리스마스에 아모 相關 업는 니야기들을 하고 執事들만 오르며 나리며 들며 나며 한다. 成順은 京華의 손을 꼭 쥐며,

「여봅시오. 저 女學生들이 나종에 무엇이 될가요. 암만 생각해도 모르겟서요.」 하고 웃는다.

「老兄은 平生 女學生 생각만 하시오? 至今껏 女學生席만 보고 잇섯구려.」 하고 京華도 웃는다.

「앗불사 쏘 넘어갓습니다그려. 女學生席 보는 사람이 나쑨이겟기에. 가만히 봅시오, 只今 萬人의 視線이(或은 正面으로 或은 側面으로) 어듸로 쏠렷나 봅시오. 나는 제법 經世家의 눈으로나 보지요, 저 萬人은 一點慾을 가진 눈으로 보는 것이야요.」 하고 더욱 소리를 나초아, 「져 執事들의 눈도 可及的은……하하하.」 웃고 한 번 左右를 휙 둘러보더니 다시, 「생각합시오 저 女學生들이 將次 무엇을 하겟습닛가. 싀집도 못가고.」

「퍽 걱정도 만헤. 싀집은 웨 못가?」

「눈은 놉지오, 여간 男子는 사람으로 아니 볼 것이외다. 그리고 相書한 男子는 다 已婚者요……」

「싀집가는 것만이 女子의 事業이겟소?」

「그러면 싀집 아니가고 무엇해요?」

「敎會나 敎育界에서 活動하지오 只今 文明國 女子들이 다 그러치 안습닛가.」

「푸푸, 千萬. 百年後에 말씀입닛가. 只今 우리 나랏 女子가 하기는 무엇을 해요. 空然히 되지 못하게 휘젓고 돌아다니기나 하지오. 前例를 보시구려 前例를―貞信, 培花……」

「쇄 守舊시구려. 女子들도 相當한 自覺이 잇슬 터이지오. 平生 舊阿蒙이겟습닛가. 쏘 各國이 다 男女의 敎育 程度를 가치 하랴고 努力하는 中인데 우리 나라에도 저런 女學生이 만하야 하지오.」

「그야, 나도 아주 女子를 無知한 대로 束縛하쟈는 그런 頑固는 아니야요.

그러나 오늘날 우리 女子 敎育界는 時勢에 不過해요 — 아모 所用 업는 나마이씨 게집만 만든단 말이야요」

「過渡時代에야 不可免이지오, 우리 男子는 아니 그럿습닛가, 空然히 女子攻擊만 하지 말고 좀 우리도 自重해서 그네를 引導하도록 합세다그려.」

「그래 저 女子中에 무슨 큰 抱負를 가진 사람이 잇섬즉합닛가, 져 속에.」

「그야 엇지 알아요. 아마 잇겟지오. 쏘 잇서야 하지오. 그래서 이 男子中에는 그래 얼마나 抱負가 만함즉하오. 老兄은 未婚이시닛가 工夫나 잘하야 그 配匹이나 되어 보시오그려.」

成順은 고개를 썰레썰레 흔들며,

「아이구 실허요, 쌀리게요」하고 室內를 한번 돌아보고 나서,

「別로 큰 抱負 가진 人物도 업는 것 갓소이다.」

牧師가 후로크를 닙고 講壇에 나서쟈 滿場이 잠잔 듯 고요하여진다. 兩人은 니야기를 그치고 順序紙를 들엇다. 第一에 「奏樂……O孃」이라 한 것을 보고 京華는 몸을 흠칫하면서 놀난다. 가는 무늬 하오리에 沈香色 하까마 닙은 O孃은 고개를 숙이고 바로 兩人 압 피아노께로 온다. 京華는 슬적 보고 얼굴이 붉어지며 가슴이 쒼다. 겨오 精神을 鎭定하야 O孃의 머리엣 반쟉반쟉 조개로 아르색인 살쟉을 보고 안젓다. 曲調가 을어난다. 滿場의 눈과 귀가 피아놋 소리와 演奏者에게로 쏠린다. 執事들도 奔走하기를 그만두고 各各 한 구석에 팔쟝을 씨고 섯다. 執事 하나이 아직도 二層席에서 奔走하다가 고양이 걸음으로 나려와 피아노 겻헤 섯더니 수접은 생각이 나는지 멧 걸음 물러나 걸어안는다. 滿場은 音樂을 잘 듯는 듯하다. 京華는 혼자 가슴을 두군거리고 안젓다. 成順은 京華의 녑구리를 씨르며,

「이런 羞恥가 잇소? 數千圓자리 피아노를 數千圓 들인 손씨*로 타는데도

---

* '솜씨'의 평북 방언.

무슨 맛을 모르겟구려. 내 曲調 업는 洞簫 소리만도 못하외다그려.」

「本來 音樂의 素養 업는 것이야 엇더하겟소. 타는 當者는 그 眞味를 알고 타는지?」

「曲譜 일흠이라도 알앗스면 죠켓소이다.……아모러나 쓸 되엇서요. 四百名 東京 留學生에 피아놋 曲調 하나 理解하는 사람이 업소구려.」

「웨 업나요, 저 會堂에서 늘 타는 그야 알겟지오, 다 老兄 가튼 줄만 알으시구려.」

「웨 나만이야요. 안다 해도 우리가 新文明 아는 모양으로 썹더기나 알겟지오. 참 생각하면 文明思潮中에 우리가 저 音樂을 못 理解하는 모양으로 理解하지 못하는 思潮가 만히 잇겟지오.」

「우리가 只今 이 音樂을 잘 듯는 체하는 모양으로 못 理解하는 思想을 理解하는 체하는 수도 만켓지오. 只今 다들 어서 活動寫眞이나 보여주엇스면 하면서도 音樂을 못 理解한다는 말 들을가 보아서 가장 醉한 체들고 안젓지오.」

「只今 저는 理解하는 체하는 이가 이웃사람다려 참 잘한다 할는지도 몰라요, 그러면 그 이웃사람은 더 잘 理解하는 체하노라고 좀 서틀다 할는지도 모르지오?」

京華는 고개만 끄덕끄덕하고 對答을 아니한다, 成順도 다시 피아놋 소리를 듯는다. 果然 참다 못하야 뒤에서 돌아안는 소리와 속은거리는 소리가 난다. O孃은 듯는 이도 업는데 저 혼자 熱心으로 한다. 成順이가 또,

「音樂은 모르겟서도 타는 모양이 죳소이다. 나도 이제 돈 모화서는 피아노 사고 탈 줄 아는 안해 어드랍니다.」

京華는 無言한다. 피아노가 긋나고, 讚頌歌를 부르고, 二層에서 奔走하던 그 執事가 聖經을 보고, 기름 만히 바른 美男子 執事가 西洋人 목소리로 기나긴 感謝 感謝를 올리고, 其他 두어 사람이 熱誠으로 演說을 한다.

活動寫眞 機械에서는 푸시푸시하는 소리가 난다. 錦輝館가는 代身에 모힌 群衆들은 連해 時計를 내어본다. 執事들은 또 左往右來하면서 무슨 周旋을 하기 始作한다. 京華는 몸이 아프로라 핑계하고 몬져 나왓다. 어두은 골목을 지내어 神田 客館에 돌아와 책상에 지대에 안젓다.

「變했다」하고 한숨을 후 쉰다. 「七年 동안에 彼此에 퍽도 變하엿다. 내 얼굴과 내 맘이 變하여 가는 줄은 알앗건마는 그의 얼골도 퍽 變하엿다. 일쯱 ○○女學校 應接室에서 보던 야리야리하던 處子가 어느덧 발서 老成한 婦人가치 되엇고나. 내 胸中에 깁히 깁히 박혀 잇던 그의 貌像과 앗가 피아노 타던 그의 貌像과는 다만 輪廓이 비슷할 뿐이오 빗과 내는 全혀 짠 것이로고나.」

京華는 卷烟을 피워 煙氣 날아오르는 것을 보면서 七年前 일을 생각한다.

「꿈이로다, 그쌔에는 鬚髥도 업고 볼도 붉엇다. 그쌔에는 아직도 實世上 밧게서 멀리 紅塵이 濛濛한 實世上을 바라보며 져 속에는 여러 가지 자미잇 고 즐거은 것이 만흐려니 하엿다. 그러고 그 속에 잇는 모든 名譽와 事業과 快樂은 나를 기다리고 잇스려니, 내 좁은 胸中에 지어노흔 모든 아름다은 空 想은 다 實現될 것이어니, 實世上에 處하는 맛이 마치 學校에서 上學하고 複 習하고 試驗 치르고 優等하고 放學하엿다가 坐 上學하는 맛과 갓거니만 하 엿다. 그쌔에 나는 實世上의 幸福의 첫걸음으로 사랑을 求하려 하야 여러 詩 人이 戀愛詩를 외오고는 혼자 人生의 美妙함을 嘆服하고 나도 實地로 그것을 맛보앗스면 하엿다. 그쌔 나는 톨스토이와 木下尙江*의 眞實한 弟子로 自任 하야 사랑을 求호대 極히 淨潔한 플라토니크 사랑을 要求하엿다. 그쌔 내 생 각에 主義와 理想을 가치하는 愛人을 더불어 서로 돕고 서로 權하면서 不潔 한 人類社會를 廓淸하리라 하엿다. 그쌔 나의 생각은 내 純潔한 靈과 精誠과 能力이 足히 이 理想을 實現할 수 잇스리라 하엿다. 그러나 勇氣와 精力의 샘

---

* 키노시타 나오에木下尙江(1869-1937). 기독교 사회주의 언론인이자 소설가. 대표작인 『불기둥 火の柱』(1904)은 메이지 말기 기독교 사회주의 소설로 잘 알려져 있다.

이 될 愛人이 잇고야 되리라고 確信하엿다. 그러고는 晝夜로 未來의 愛人의 畵像을 그리고 善良한 愛人을 어드랴면 저부터 善良하여야 하리라 하야 맘과 言行을 힘써 닥갓다. 꼭 예수와 가치 될 수 잇스리라 하야 馬太福音 五六七章을 暗誦하고 꼭 그대로 實行하기를 힘썻다. 그쌔에 電車로 通學하엿는데 車中에서는 來往에 다 多數한 女學生을 만나고 或은 바로 겻헤 안기도 하며 안듯이 서기도 하야 여러 다른 靑年들이 하던 모양으로 心中에 淫慾을 放姿히 하엿엇다, 그러나 이 作定함으로부터는 잇는 힘을 다하야 이 劣情을 制御하고 一週日後에는 조금도 이 劣情이 發作하지 안케 되엇다. 或 무거운 수레를 쓰는 老人을 보고는 쌈이 흐르도록 뒤를 밀어주기도 하며 下宿 下女도 누이나 다름업시 親切하게 하엿다. 決코 남을 미워하지 아니하고 남이 請求하는 바를 拒絶하지 아니하엿다. 엇던 親舊가 熱病으로 呻吟할 쌔에 나는 眞情으로 三晝夜를 안저 새엇다. 거의 半年 동안이나 나는 일즉 憎惡, 嫉妬, 憤怒의 念을 發하여 본 적이 업섯다. 나는 恒常 讚美하고 祈禱하고 天使와 함께 즐겨하엿다. 오직 한 精神的 愛人을 希求하면서.」하고 京華는 그쌧 생각이 퍽 情다은 드시 빙긋 웃더니 쏘 생각한다.

「바로 그쌔에 엇지엇지 하야 그를 보앗다. 말할 쌔마다 살쫙 붉어지는 그의 맑웃맑웃한 얼골. 한 녑흘 슬적 갈라 흐렁흐렁 짜하 늘인 머리, 作別할 쌔에 『奔走하신데……』하던 목소리. 그는 나의 가슴에 아직 지나보지 못한 火焰을 던젓다. 그쌔 나의 어린 생각에는 올치 저야말로 내가 求하는 天使라 하엿다. 그러고 나는 數十日 동안을 혼자 애를 타이다가 엇던 날『나를 사랑하여 주소서. 올아비와 가치 사랑하노라 하여주소서, 나는 決코 그대의 얼글을 다시 보고져 아니 하나이다, 永遠히 아니 보더라도 다만 그대의 올아비야 내 너를 사랑한다 한 마듸로 一生의 힘을 삼으리이다』하는 쯧으로 詩를 지어 보내엇다. 그러나 이 말이 그의 올아비 귀에 들어 已婚男子로 無禮한 일을 하엿다 하야 絶交의 請求를 밧고 다시 이 말이 全留學生界에 傳播되어 나는 不良한 墮落生으로 注目밧게 되엇다. 나는 失望과 羞恥를 의긔지 못하엿다. 나는 나의 바라던 모든 것을 쌔앗겻슬 쌴더러 社會(社會라야 내 知人 學生 數十人이지마는)에서는 大罪人과 가튼 冷遇를 바닷다. 나는 울고 울엇다. 이제는 내 生命은 임의 破壞되엇거니 하고 스스로 冷灰에 비겻다. 나는 엇던 날 平生 첨 술을 만히 마시고 澁谷 鐵道路線에서 自殺을 하려 하야 遺詩를 써노코 路線에 누어서 마즈막 그를 생각하면서 汽車가 어서 와서 내 生命을 마자 쓴키를 기다렷다. 그째에 나는 實로 죽을 수밧게는 길이 업거니 하엿섯다. 그러나 마츰 工夫에게 붓들려 巡査에게 萬般 說諭를 밧고 다시 살아낫다. 그러고는 學校도 다 내어던지고 歸國하엿다. 歸國後에는 酒狂이 되어 二三朔 동안 世人의 嗤笑를 바닷다. 그째에 만일 새로은 愛人을 맛나지 아니 하엿던들 나는 永遠히 酒狂이 되고 말앗스리라. 그러나 나는 幸인지 不幸인지 한 새 愛人을 만낫다. 그는 누구뇨, 배달이엇다. 나는 이 새 愛人을 爲하야 獻身하기로 決定하엿다. 마치 失戀한 사람이 或 僧侶도 되며 或 慈善事業家도 되는 모양으로. 그리하야 가슴에 마즌 아픈 傷處를 참고 지나더니 그도 얼마 아니 하야 그 愛人도 죽고 말앗다. 나는 그 愛人의 무덤을 쓸어안고 내 不幸을 慟哭하다가 할일업시 東西八方으로 漂浪하기를 시작하엿다, 마치 크게 失望한 사람이 하는 모양으로. 그래서 天涯地角으로 遊離하는 동안에도 두 愛人의 생각이 番갈아 닐어나 花朝月夕에 慟哭한 적이 멧 번이런고 나는 萬年을 살아야 다시 두 愛人을 보지 못할가 하엿다. 그리고 쏘 살아갈 동안 자미 부칠 무엇이 잇슬가 하고 다시 東京으로 굴어 들어왓다.」

京華는 不勝感慨하여 한참이나 눈을 감고 안젓더니,

「不意에 그의 얼굴을 다시 보앗다. 한 愛人은 이믜 보앗거니와 쏘 한 愛人은 다시 볼는가 말는가.」

이째에 成順이가 헐덕헐덕하고 들어오면서,

「올치, 웨 일즉 오신지 내가 압니다.」 하고 壯한 드시 웃는다.

京華도 우스면서,

「나는 쏘 무슨 큰 일이나 낫는가 햇지오, 헐떡거리고 쒸어들어 오기에. 웨 다 보지 안코 왓소」

「큰 일이 잇지오, 내가 다 알아요. 모르는 줄 아시는구려. 내가 언제 先生의 日記를 흠쳐 보앗지오. 그 속에 O가 엇져고엇져고 햇습데다그려. 오늘 그 O가 그 O가 아니야요?」

「그 O가 그 O지 무엇이야. 내 日記에 무슨 O란 말이 잇는가……잘못 보신 게지오」

「아니야요, 그 O야요. 그래서 얼는 오셧구려? 그래 내가 잘못 알앗서요?」

京華는 잠잣고 안젓더니 조희를 다리이

「그 불씰 다차말자 왈왈왈 타던 가슴
그 불씰 쏘 다하도 다시 타지 안노매라
그 불씰 다 태엇스니 안 타는가 하노라
그 얼굴 다시 보니 깃블 쯧도 하건마는
보고 돌아서니 섧음만 나는 쯧은
가슴에 잇던 그 얼굴이 죽음인가 하노라

그나 내낫間에 어린 제 지낫스니
숫곱지 달싸한 맛 볼 길이 업건마는
다만지 큰일 이루어 소리로나 듯과저」

龍洞*
(農村問題 硏究에 關한 實例)

平安北道 定州郡에 龍洞이라는 동네가 잇다. 戶數 二十, 人口 九十되는 貧村이라. 住民은 다 一本 同姓 李氏인데 元來 그 골 賤한 家門이라. 元職業은 毋論 農業이나 하고도 田地가 不足야 或 鍮器商도 하고 魚商도 하고 木手 노릇도 하는데, 鍮器商, 魚商 하면 쐐 크게 하는 드시 들리나 鍮器商은 당나귀에 限 十餘圓어치 싯고 江界, 楚山 等地로 二三朔이나 行商하야 돈 十圓이나 벌어오는 것이오, 魚商이라 함도 아츰에 돈 圓어치나 사지고 終日 이村 져村 돌아다녀서 쌀되나 남겨 먹는 것이라. 本是 賤한 家門이요 쏘 無敎育하닛가 술 못먹는 사람이 업고 투젼 아니하는 사람이 업다. 이 동네에는 겨울이 되면 적이도 투전판이 二三處는 되고 四方 浮浪悖類들이 晝夜로 들쓸는다. 그러닛가 하로에 한두 번 爭鬪 아니날 적이 업고 쥬졍 아니날 적이 업다.

집들은 령이 썩어 석가래가 팔을 부르것고 길과 마당에는 두엄과 풀이 가득하다. 더욱이 歲末이나 되면 酒債, 麪債, 투전 빗쟝이들이 꼬리를 맛물고 들고나며 叱辱도 하고 門도 치고 솟도 쎄고 亂離가 난다. 그러면 男子들은 빗달년하기 실혀 避하고 女子들은 치마도 아니 닙은 채로 달려들어서 머리를 풀어혀치고 울며불며 야단을 한다. 그러고는 內外 싸흠, 姑婦 싸흠, 父子 싸흠, 아이들 싸흠 — 全洞中이 修羅場이 된다. 한 그믐이 되어도 먹을 것이 업서 이웃집에 쌀을 꾸러 가면, 「이젼 꾼 것도 아니 가져오고 쏘 꾸어 달래.」 「어듸, 너희만 잘 먹고 사나 보자. 너희놈들이 天罰을 바드리라, 이 도야지

---

* 帝釋山人,『學之光』8, 1916.3. 목차에는 필명이 '흰옷'으로 되어 있다. 1915년 12월 조선유학생 학우회 소속 청년들이 당대 조선의 문제를 연구할 목적으로 만든 조선학회 제1회 연구모임 (1916.1.29.)에서 발표한 원고를 정리한 글이다.

가튼 놈들」하고 一家끼리 辱판이 터진다. 아모러나 朝鮮 末世의 農村은 다 이러케 腐敗하엿다. 일즉 禮儀之邦이라 일컷던 朝鮮八道는 다 이러케 되엿다.

이 동네에 李參奉이라는 사람이 잇다. 그도 原來 남의 집 使喚으로서 漸漸 信用을 어더 五十이 된 只今에는 벼 百石이나 秋收도 하고 집도 깨끗하게 지엇다. 그는 이제는 쟝사를 그만두고 아들 孫子 다리고 餘生을 편안히 보내려 하엿다. 그러나 그는 末世 朝鮮人과 가티 無氣力 無希望하지 아니하엿다. 그는 한번 兩班行世를 하여 보리라는 생각이 낫다. 그래서 一邊 巨大한 金錢을 虛費하야 가난한 兩班집과 婚姻을 짓고, 一邊 書齋를 新築하고 兩班 先生을 延聘하야 費用을 獨擔하면서 一洞 子弟들의 敎育을 勸奬하엿다. 自己는 볼 줄도 모르면서 셔을 가서 四書五經과 三國誌, 列國誌, 詩集, 百家書를 上品으로 求하여다가 書庫에 간직하고 舍廊 設備며 器皿이며 文房諸具를 말씀 한다 하는 兩班式으로 하여 노핫다. 그러고 恒常 洞氏와 子弟다려 니르기를, 「우리라고 平生 상놈 노릇만 하겟는가. 이제 次次 우리가 行世만 잘하면 兩班 노릇할 째가 오너니.」하엿다. 그는 恒常 「될 수 잇소. 잘 될 수 잇소」를 말하고, 쏘 그대로 밋고, 미드면 대개는 밋는 대로 되엿다. 그는 子弟의 敎育을 힘쓰는 同時에 洞中 惡習과 洞民의 放蕩 不道德함을 矯正하려고 힘을 썻스나 마츰내 큰 效力이 업섯섯다.

한번은 그가 平壤을 갓다가 엇던 學校 開學式에서 當時 엇던 名士의 演說을 듯고 感動되어 當場 머리를 싹고 새로은 希望과 새로은 決心으로 집에 돌아왓다.

돌아와서 그날 밤으로 洞民을 自己집에 모호고 時勢가 變한 것과 文明國人의 生活에 比하야 우리 生活이 아조 野蠻됨을 極說하고, 만일 우리가 生活을 고쳐 文明人의 生活과 가티 아니하면 滅亡할 것을 말하고, 만일 우리가 生活을 고쳐 文明人의 生活과 가치만 되면 衣食도 足하여지고 只今보다 幸福되기도 하고 쏘 훌륭한 兩班이 되어 前과 가티 남에게 賤待 아니 바들 것을 말하고, 그러닛가 只今부터 新生活을 始作하여야 된다는 말을 熱烈하게 說明한다. 그러나 或 至今껏 투젼하다가 온 사람은 四字五字에만 맘이 잇고, 술 먹다 온 사람은 안쥬 식는 걱정만 하고, 아모도 이 萬古歷代에 들어보지도 못한 말을 귀담아 듯는 이가 업다. 그래서 그날은 失敗로 끝낫다.

그러나 그는 이 失敗로 失望하지 아니하엿다. 「될 수 잇소 잘 될 수 잇소」主義로 세 번 네 번 슨쥰하게 別아別 애를 다 써 第五日만에 「그러면 그러케 해 보지오」하는 群衆의 應諾를 바닷다. 그의 精誠은 마츰내 그 頑固하고 暗昧한 무리의 맘을 쌔트린 것이다. 그리고 四五人을 남기고는 一齊히 爲先 斷髮하엿다. 이는 바로 十年前이라, 그째에는 極히 小數된 耶蘇敎人 天道敎人 外에 斷髮한 사람이 업섯다. 그리고 洞會라는 會를 組織하고 每朔 二次式 모히기로 作定하엿다. 첫 洞會에 그는 세 가지 議案을 提出하고 會員의 討論과 議決을 請하고 爲先 會長을 選擧하쟈 하야 生前 첨 投票라는 것으로 그가 被選하엿다. 세 가지 議案이란 것은,

　一, 書堂을 廢하고 學校를 세울 일
　二, 飮酒와 雜技를 嚴禁할 일
　三, 女子를 돈 밧고 婚姻하며 쏘는 돈 주고 며느리 엇기를 禁할 일

第一案은 學校가 무엇인지 모르니 會長의 處置에 一任하기로 擧手可決하고, 第二는 或은 雜技는 禁호대 飮酒는 禁할 수 업다 하며, 혹은 雜技 飮酒가 무슨 잘못이완대 禁하랴 하는 極端論者도 잇고, 或은 平時에는 禁하다가라도 名節에는 許하쟈는 折衷派도 잇서 甲論乙駁에 議場이 자못 喧擾하더니, 마츰내 雜技만 嚴禁하고 飮酒는 過飮만 아니하기로 修正 通過되엇스나, 그中 二三人은 飮酒는 아니하고도 견듸려니와 雜技를 아니하고는 견딀 수도 업슬 쑨더러 먹고 살 수도 업다 하야 極力 反對하엿다. 그러나 會長의 「從多數取決」이라는 說明을 듯고 게두덜거리다가 참앗다.

第三案은 第二案보다도 더욱 議論이 紛紛하야 닭 울 째까지 끌엇다. 「方今

밥을 굼는데 쌀이라도 팔아먹어야지」, 「世上이 다 하는 일인데 相關이 무엇인고」, 「내 쌀은 空으로 주어도 남이 며느리를 空으로 아니주니 엇지하나」, 「우리만 그런다고 일 될가. 世上이 다 돈을 밧는 것을」 하는 것이 反對意見의 要點이엇다. 會長은 「밥을 굼으면 子息을 살마라도 먹겟는가, 팔아먹고 살마먹는 것이 마치 한 가지가 아닌가, 設或 제가 굴머 죽을지언정 제 색기를 엇지 참아 살마먹으랴, 또 술과 雜技를 말고 正當한 職業을 힘쓰면 굴머 죽을 理가 웨 잇스랴. 하늘은 決코 쌈 흘리는 者에게 衣食 주기를 닛지 아니하신다. 그러니 쌀을 파는 것이 올치 아니하고, 또 남들이 다 하는 일이니 무슨 相關이랴 하니 우리 民族이 末世가 되어 이러케 腐敗한 것이라, 이러케 腐敗한 것을 우리가 先導者가 되어서 覺醒시겨야 아니하겟는가.

「世上이 다 그러는데 나 혼자 그러니 쓸 데 잇나」 하는 것은 亡하여가는 놈의 하는 말이니, 興하여 가는 사람은 「남은 다 외게 하여도 나는 올케 하리라」 하는 것이라. 또 쌀을 空으로 주면 며느리는 엇더케 엇는가 하니 쌀을 팔아 며느리를 어드랴거든 제출물로* 쌀로 며느리를 삼을 것이 아닌가, 쌀을 팔아 며느리를 사기나 쌀로 며느리를 삼기나 무슨 달음이 잇을가. 또 쌀을 팔지 안케 되면 며느리도 사지 안케 되는 것이니, 아모리 하야도 쌀을 파는 것은 올치 안타」 하고 다시 말을 니어, 諸君의 쌀을 팔지 아니함으로 만일 諸君의 아들이 장가를 들 수 업다 하면 그는 내가 擔當하마 하야 百般 曉喩한 結果로 겨오 可決이 되엇다. 그러나 한 가지 難問은 이中 바로 二三日前에 十三歲된 女子를 七百兩에 팔아서 그 돈으로 나귀 사고 酒債 물고 투전하야 일코 洋傘 하나 사고 갈보 외입 한 번 하고 이제 百兩밧게 아니 남은 사람이 잇다. 이제 이 規定이 旣往에 遡及하랴 말랴 하는 議論이 紛紛하야 當者는 極力으로 旣往에 遡及치 못한다고 主張하엿스나 會長의 强勸으로 마츰내 남은 돈 百兩과 全會員의 第一次 共同事業으로 義損 百兩을 거두고, 不足額 五百兩

* 남의 도움을 받지 않고 제 힘으로.

을 會長이 自擔하야 그 七百兩을 新郎집에 還送하기로 하고 閉會하엿다.

　그後에 會長은 京城에 急行하여 呂○○라는 敎師를 延聘하여다가 그 書堂에서 開學式을 行하엿다. 學生은 十七人. 課程은 漢文, 算術, 體操. 또 勞動夜學을 設立하고 男女老少가 每夜 一時間式 國漢文을 배호고 新敎師의 講演을 듯고 靑年農夫는 體操를 배호고 唱歌를 불럿다. 그後로는 밤마다 「右向웃」, 「압선 者를 부러 말고」, 「이긔기를 조하하고」 하는 소리와 북소리, 나팔소리가 들럿다. 鄰村에서는 「저 쌍놈들 미첫다」, 「대가리들을 웨 싹갓는고」 하고 嘲笑하엿다. 이 嘲笑가 도로혀 龍洞 民을 刺激하야 참말 熱心이 나게 하엿다. 洞內 아희들은 다 學校에 다니게 되어 이렁그렁 學生數가 四五十名이나 되고 洞中 男女도 帝國新聞(當時 純國文으로 내던)을 뜻은 잘 모르나 이럭저럭 쓰더보게 되엇다.

　李參奉은 同郡 儒林을 다래어 鄕校 財産과 鄰近洞의 契錢을 資本으로 하고 龍洞 附近에 있는 前 經義齋의 建物을 어더 校舍를 삼고, 二三人의 敎師를 더 延聘하야 速成 師範科와 中學科를 設置하고, 儒林中 有力者로 校長을 삼고 自己는 校監이 되어 學生을 大募集하엿다. 쌔는 마츰 平安北道에 學校가 蔚興하고 意味도 모르는 新敎育熱이 膨脹할 쌔라, 四方에서 四十 以下 二十 以上의 舊學者派가 雲集하야 不過 一年에 學生이 二百 以上에 達하엿다. 當時 學生들은 샹투에 갓 쓰고 體操를 배호앗다. 敎師 呂氏는 元來 名門의 出로 漢學이 贍富하며 人格이 高潔하야 그 頑固한 舊式 靑年들도 그에게는 感服하엿섯다. 學生들은 或은 그림으로 或은 말로 世界列國의 文明의 宏壯함을 보고 우리도 힘쓰면 져와 가티 되리라, 十年內에 저와 가티 되리라 하엿다. 그네 생각에 文明이란 一年이나 二年內에 다 窺知할 수 잇거니 하엿다. 實狀 當時에(只今도 그러치마는) 文明이 엇더한가, 얼마나 깁흔가를 아는 이가 업고 다만 文明이란 大體 조흔 것이라, 算術, 地理, 歷史, 體操를 배호노라면 文明이 되려니 하엿슬 쑨이다. 그러나 여긔서는 學校 말을 할 餘暇가 업스니 다른 데서 다시 말하기로 하고 龍洞 니야기에 들어가자.

그后 龍洞 洞舍는 今期마다 늘 모히고 모히면 반다시 한두 가지 새로은 作定이 잇섯다. 그러나 그것을 仔細히 말할 紙面이 업스니 그 會錄中에서 重要하다 생각하는 바를 몟 가지 쎕자.

第○回. 一, 婦人네의 金銀 首飾佩物을 모호아 그 賣價로 殖利할 事, 그 金錢은 全洞民의 敎育事業에 使用호대 十年 以內에는 使用치 아니함. 二, 子女間 何如한 事情이 잇더라도 小學校를 卒業식힐 事.

第○○回. 一, 男子로 十五歲 以上된 會員은 每朝 草靴 一雙式을 모호대 이 돈은 全洞 公益事業에 쓰기. 二, 洞內 道路를 넓게 하고 가운데가 놉게 하며, 學校에 가는 길을 넓히고 고개를 十尺 假量 나추기. 三, 學校 建築工事에 每人 二日式 出力할 事. 日常衛生에 關한 講話.

第○回. 一, 秋收도 긋낫스니 이째를 利用하야 멍석이나 其他 農家用 草器 一個式을 一個月內로 製作하기. 二, 움물을 츠고, 쏘 一年 三次 츠기로 하기. 三, 每年 四回 大淸潔(家具를 내어 曝陽하고 몬지 떨고)과 每朔 一回 小淸潔(室內와 庭除를 洒掃하고)과 每週 一回 부억 淸潔을 行하되 會長이 巡視監督하기, 文明國 村里 講話.

第○回. 一, 某氏가 뱀에 물려 柴草準備를 못하엿스니 每人 一束式 寄附하고 婦人네는 粟 一升式 寄附하기. 二, 某氏가 火災를 當하엿스니 穀草 一束, 색기 五百발式 모호기. 三, 一齊히 白紙로 窓戶하기. 四, 동정에 째무든 옷을 닙지 말기. 五, 理髮機械 사오기. 患難相求 講話.

第○○回. 一, 男子 十八 以上, 女子 十五 以上 아니고는 婚姻 못하기, 婚姻 時에 金銀首飾, 綵緞 等 奢侈品 禁하기. 勤儉貯蓄 講話.

第○○回. 一, 學校 通路에 눈을 츠기. 二, 썩을 만들어 學生을 먹이기. 三, 婦人에게도 發言取決權을 주기. 萬人平等 講話.

第○回. 一, 養蠶契를 組織하고 明春부터 着手하기. 女子의 六七 兩個月間

김매는 所得은 日貰 二十錢 치고 二十圓에 不過하나 만일 그가 누에 두 방을 치면 不過 二十日에 二十圓 收入을 어들지니, 만일 一年 三次 한다 하면 實로 六十圓의 收入이 될지오 龍洞 四十餘人 婦人의 收入을 合하면 實로 二千四百餘圓의 巨額에 達할지니, 이를 每戶에 分하면 平均 一百二十圓의 收入이니 이만 가지고도 足히 貧寒한 一家計가 될지라, 只今 우리 婦人네는 勞力을 浪費하나니 만일 그 勞力을 養蠶에 너흐면 十年이 나지 못하야 龍洞은 쑤러 다니는 者가 업시 될지라, 하는 會長의 說明으로 滿場一致 可決되다. 養猪, 養鷄 問題가 낫스나 一時에 여러 가지를 着手함이 不得策이라 하야 明年으로 밀고, 그 代身 그 資本에 보태기 爲하야 每戶 每日 白米 二匙式 貯蓄하기로 하다. 이것도 每朔 三圓五六十錢.

第〇〇回. 一, 夏節에는 流行病이 만코 이를 傳染케 하는 것은 파리와 모긔니 爲先 이를 撲滅하고 淸潔 消毒에 더욱 注意하쟈 하여 每室 一個式 파리 든 窓에는 모긔쟝을 바르고 飮食도 모긔쟝으로 덥고, 또 每週 一次式 不潔處에 石油와 石灰와 石炭酸水를 쑤리기. 二, 夏節이라도 小兒들을 벌거벗기지 말것. 衛生講話와 小兒養育法講話.

第〇回. 一, 洞中 三個 處所에 光明燈을 혀기. 二, 新聞과 書籍 縱覽所를 두기. 三, 各人은 男女를 勿論하고 每年 一券 以上 반다시 讀書하기. 四, 洞中人끼리는 男女間 修人事하고 談話도 許하기. 小兒養育講話.

第〇回. 一, 小兒를 戲弄하거나 싸리거나 叱辱하지 말기. 二, 小兒가 죽어도 어른과 同體로 하기. 三, 洞中에서는 或 傳染病 患者가 잇서도 交通하기. 男女交際法.

이 밧게도 만히 잇스나 이만하면 그 대강을 斟酌할지라. 이러한 지 三年後에 이 洞中은 엇지 되엇는가. 집들은 새로 지은 드시 되고, 움물은 함석 집움웃집에 쇠사슬 들어 박을 달고, 길들은 눈감고 다니게 되고, 밤에는 光明燈이 환하고, 파리는 絶種하고, 男女間 무명이나마 깨끗한 옷을 입고, 歲末이 되어도 써드는 소리 우는 소리도 업시 全洞이 和氣靄靄하게 썩에 고기에 送舊迎新을 하며, 夏節이 되면 새로 시머 成林된 白楊, 아까시아에 매암과 쇠쇠리가 노래한다. 婦人들은 날마다 머리 빗고 세수하고 아이들을 책망하여도 「一銓아, 남의 實果를 싸서 못쓴다, 네 고대로 압집에 갓다 들이고 잘못하엿스니 容恕하여 줍시오 하여라」 하면 一銓도 「녜」 하고 눈물이 그렁그렁하야 어머니 시긴 대로 한다. 一年 三百六十五日에 큰 소리 나는 것을 듯지 못하겟고, 밤이면 아히들 글 외는 소리뿐이로다. 이제는 鄰洞에서도 「龍洞 사람이야 거짓말 하나, 투전 하나」 하게 되엇다. 龍洞은 노는 사람이 업다, 성난 사람이 업고 不平한 사람이 업다. 그네는 自己네 生活이 三年前에 比하여 훨신 高尙하고 意味잇고 자미잇는 줄을 自覺하야 더욱 向上하려 한다. 그네는 깨끗한 新生活을 憧憬한다.

그後에 龍洞人은 모다 耶蘇敎人이 되엇다. 예수의 敎訓은 사랑과 純潔과 勉强과 協同을 渴求하는 그네에게 가장 合當하엿다. 그네는 그네가 至今토록 애써오던 바가 다 新約全書니에 잇슴을 發見하엿다. 그네가 夜學에서 배흔 글과 洞會에서 어든 理解力은 足히 聖經을 닐고 理解할 만하엿다. 그네의 집에서는 每日 讚美歌가 드리고 日曜日에는 집 보는 이 하나 남기고는 다 會堂에 간다. 그러나 播種도 他洞里보다 몬져 하고 除草와 秋收도 恒常 남보다 二三日은 몬져 하엿다. 그네는 日曜日에 놀므로 다른 六日間은 놀지 아니하고 일한다.

그러한 지 于今 十年에 龍洞은 아주 자리잡힌 文明國이 되엇다. 白楊과 아까시아에는 발서 싸치가 둥지를 틀고, 그째에 七八歲 되엇던 아희 七八人이 발서 그곳 中學校 四年級이 되어 洞內 一切 事務와 夜學과 敎會일을 그네의 손으로 보게 되엇다. 쏘 그 洞中 靑年으로서 只今 日本에 留學하는 이가 三人이니 하나는 神學, 하나는 醫學, 하나는 文學이라. 다 今明年間으로 卒業할 터이며, 쏘 洞費로 男子 一人을 水原 農林學校에 女子 一人을 京城 養蠶學校에

留學시기는 中이며 前에 留學시기던 이는 只今 洞營 養蠶, 養猪, 養鷄에 從事한다. 今年부터 婦人네는 一切 養蠶과 紡績에만 從事하고 農場 업는 男子는 桑園과 養猪, 養鷄에 從事한다. 昨年 來年 統計를 보니

種目		十年前
養蠶	二〇〇〇円	三〇円
家畜	五〇〇	五〇
農産	四〇〇〇	六〇〇
會金	二五〇〇	十二〇
每戶 富力	一〇五〇	一〇四
每人 富力	二一〇	一八

右表를 보아 十年間 富力의 增加를 알지오, 또 十年間에 學校敎育을 바든 者 男 三十人, 女 二十一人이라. 그 동안 그네의 精神的 進步야 말해 무엇하리오. 李參奉의 豫言은 適中하야 그네는 果然 兩班이 되고 富者가 되고 福잇는 者가 되엇다. 쌀을 팔지 아니하고도 조흔 며느리를 엇게 되엇다. 그러나 그는 이로써 滿足하지 아니하고 더욱 生産力의 增進과 敎育의 普及을 힘쓰는 中이라.

나는 이를 보고 朝鮮의 現在와 未來의 그림을 본 듯하엿다. 이 洞會에서 最近에 議決한 몃 가지 事項을 記錄하고 이 글을 마초쟈, 亦是 會錄에서.

第〇〇〇回. 一, 會金(月損과 各種 貯金)은 十萬元 되기를 기다려 (二十年 豫想) 大學 하나를 設置하기. 二, 自作自給을 主義로 삼아 一切 外國品을 不用하기. 三, 男女 傳道師를 두어 面內에 傳道를 하게 하며, 男女 勸誘員을 두어 面內 各洞에 産業의 振興과 文明한 生活을 勸誘할 일. 四, 今年 醫學修業한 留學生의 回還을 기다려 貧民病院을 세울 일. 五, 女學校를 獨立시기고 中學科를 新設할 일.

(一九一六, 一, 二四)

조선인 교육에 대한 요구 朝鮮人教育に對する要求*

1. 조선인은 일본을 의심하고 있다

우리는 조선인이 경제적으로나 문화적으로 열등함을 안다. 따라서 조선인을 오늘날의 일본인과 평등하게 대우해 주지 않는다고 해서 턱없이 국가를 미워한다거나 저주하는 것은 아니다. 다만 조선인도 장래에 문화의 수준이 높아지면 일본인과 평등한 권리와 의무를 향유할 수 있다는 보장만 있다면 만족해야 한다. 물론 조선인 가운데는 독립을 꿈꾸는 자도 있을 것이다. 그러나 그들이 독립을 외치는 가장 유력하고 보편적인 원인은, 일본이 조선의 이익을 도외시하고 일본의 이익만 도모하며, 어디까지나 조선인을 압박하고 박해하여 조선 땅을 모조리 일본인만의 것으로 삼으려 하여, 일본인의 지배를 받는 한 조선인은 멸망할 수밖에 없다는 데 있다.

조선인이 이런 오해(나는 오해이기를 바란다)를 품게 된 것은 꼭 조선인이 우매하기 때문만이라고는 할 수 없다. 거기에는 당국의 시정施政 태도가 영향을 미치고 있다고 생각한다. 일본인과 조선인 간의 소송訴訟은 대개 조선인의 패소로 끝난다. 관청에서도 일본인은 인격을 인정받아 말하는 바도 믿어주고 친절한 대우를 받지만, 조선인이 가면 턱없이 바보 취급하고 조소하며 심한 경우는 상당한 사회적 지위를 가진 사람에게조차 '네놈'이라고 말하며 때리거나 발로 찬다. 사업 경영에서도 — 예컨대 광산의 인가 같은 것도 일본인과 조선인의 경쟁이 있는 경우에는 반드시 일본인이 따낸다. 저 동척東拓 등도 필시 조선인의 피를 빨아 살찌우는 것으로 보인다. 해마다 수

---

* 원문 일본어. 孤舟生, 『洪水以後』 8, 1916.3.

만 정보의 전답田畓을 매수해서는 그 전답으로 생명을 이어 온 조선인 농부를 쫓아내어 만주 벌판에서 방황케 하기 때문이다. 게다가 재선在鮮 일본인이 조선인에게 취하는 잔혹하고 방만한 태도는 조선인으로 하여금 원한이 골수에 사무치게 만들기도 한다. 그리고 때로 총독부 측 유력자의 입에서 '조선인에게는 영원히 참정권을 줄 수 없다'는 식의 얘기가 흘러나오기도 한다. 당장 참정권을 부여하라고는 할 수 없지만 장래에는 부여될 수 있다는 — 문화 수준이 높아짐에 따라 조선인도 일본인과 모든 면에서 평등하게 된다는 희망이 없으면, 조선인은 영원히 일본인을 원망할 수밖에 없는 것이다. 왜냐하면 문명은 노예로 하여금 영원히 노예임을 감수케 하지 않을 것이기 때문이다. 우리는 국가로부터 조금씩 자유와 권리를 얻는 자로서, 그것만을 바라고 기대한다. 그리고 우리도 성의껏 이를 조금씩 요구하고자 하는데, 우선 교육의 해방을 요구하지 않을 수 없다. 왜냐하면 교육은 문화 향상의 유일한 길이기 때문이다.

2. 조선의 현교육제도

조선 교육제도의 대략적인 현황現況은 다음과 같다.

보통교육 명칭	수업연한	수준
보통학교	4년	심상소학 4학년
고등보통학교	4년	중학 4학년

전문교육 명칭	수업연한	입학자격 수준
의학강습소	4년	고보 졸업
공업전습소	2년	상동

농림학교	3년	상동
실업학교	3년	보통학교 졸업
법학교	3년	고보 졸업

단, 고등보통학교는 여자 학교도 있다.

이런 형편이라서 보통학교가 일본의 소학교보다 수업연한이 2년 적고, 또 고등보통학교가 중학교보다 1년 적다. 즉 보통교육은 조선인이 일본인보다 3년 덜 받는 셈이다. 따라서 학과목의 수준도 낮을 수밖에 없어서 조선인은 입체기하立體幾何나 삼각함수를 배우지 않고, 역사와 지리는 일본 교과서의 3분의 1분량에도 못 미치며, 특히 우스운 것은 프랑스혁명이라든가 미국독립, 남북전쟁 등은 거의 기술되지 않을 정도이고, 물리와 화학도 합하여 200쪽 분량에 불과하다. 물론 영어는 전혀 배우지 않는다. 따라서 이들 학교의 졸업생은 도저히 일본 학생과 경쟁할 수 없는 것이 명백하다. 그러므로 이른바 전문학교도 극히 저급하여 대개 일본의 을종乙種 실업학교 수준이라 보아도 지장이 없을 것이다. 그래서 이들 학교 졸업생이 일본인과 직업에서 경쟁할 수 없는 것은 자명한 이치로, 설령 취직하더라도 일본인의 3분의 1수준의 박봉에 만족해야 하는 것이다. 이리하여 이들 학교 출신자는 거의 직업을 얻을 수 없고, 설령 얻더라도 먹고 입는 것조차 궁핍한 형편이다. 그 가운데 다소 재산이 있는 자는 일본으로 유학을 간다. 해마다 이삼백 원의 돈을 들여 수천 원의 학비를 내고 일본인과 동일한 교육을 받고 돌아와도 당국에서는 손톱만큼도 일본인과 동등하게 보아주지 않는다. 여기에 조선인의 불평이 있는 것이다.

도대체 무슨 이유로 국가는 조선인에게 교육을 해방하지 않는 것인가. 조선인은 일본인과 동등한 교육을 받을 능력이 없다는 것인가, 아니면 조선인은 영원히 일본인과 평등한 표준에 달해서는 안 된다는 것인가 — 이 둘 가운데 하나일 것이 분명하다. 만약 조선인은 남양南洋의 토인과 같이 열등한 민족이어서 우수한 일본민족과 평등한 교육을 받을 자격이 없다고 한다면 이는 몹시 제멋대로의 독단이다. 일본인과 조선인이 실제로 그렇게 현격한 차이가 있는 것일까. 50년 전의 일본인은 과연 지금의 조선인보다 문화적으로 우월했다고 할 수 있을까. 지금 조선은 일본인의 지배를 받게 되었기 때문에 조선인은 남에게 지배받아야 할 민족이고 그 가운데는 위인도 대정치가도 없는 것처럼 보이지만, 메이지유신 당시 구미제국이 식민지 전쟁으로 바쁜 탓에 일본을 병탄할 여유가 없었던 것처럼, 만약 일본이 아니었다면 조선에도 혹은 요시다 쇼인,* 이와쿠라 토모미,** 사이고 다카모리,*** 오쿠마 시게노부****가 무수히 나오지 말란 법도 없을 것이다. 어쨌든 조선인이 만일 문명을 이해할 능력이 없는 열등민족이라면 이는 일본인 자신을 열등민족으로 취급하는 것과 마찬가지 아닐까. 역으로 일본인이 문명을 이해하는 점에서 구미인에게 대항할 수 있다고 한다면 조선인도 그렇다고 해야 할 것이다. 또 현재 도쿄에서 유학하는 조선 학생은 유전과 가정교육 및 사회교육을 결여하고 또 어학능력이 부족함에도 불구하고, 일본 학생보다 크게 열등하다고도 생각되지 않는다.

---

* 요시다 쇼인吉田松陰(1830-1859). 막부 말기의 교육자. 타카스기 신사쿠高杉晉作, 구사카 겐즈이久坂玄瑞, 이노우에 분타井上聞多, 키도 타카요시木戶孝允, 야마가타 아리토모山縣有朋, 이토 히로부미伊藤博文 등 존왕양이尊王攘夷 지도자들을 배출하여 이후 메이지유신의 주역이 되게 했다.

** 이와쿠라 토모미岩倉具視(1825-1883). 막부 말기에서 메이지 초기에 걸쳐 활동한 정치가. 메이지 4년(1871)부터 2년간 학자와 행정가, 유학생 등 100여 명이 넘는 정부사절단을 이끌고 미국과 유럽을 유학했다. 당시 미국과 유럽의 교육, 과학기술, 문화, 군사, 사회, 경제 등의 정보를 수집했던 사절단은 귀국 후 일본의 근대화를 촉진하는 데 중요한 역할을 했다.

*** 사이고 다카모리西鄕隆盛(1828-1877). 막부 말기에서 메이지 초기에 걸쳐 활동한 무사이자 정치가. 메이지유신의 주역으로, 1877년 사츠마 번 무사들의 반란인 세이난전쟁西南戰爭의 패배 후 자결했다.

**** 오쿠마 시게노부大隈重信(1838-1922). 일본 사가 번 무사 출신의 정치가이자 교육자. 메이지유신 후 정부의 요직을 맡으며 정계에 진출했다. 제8대·제17대 일본 내각총리대신을 역임했고, 와세다대학의 전신인 도쿄전문학교를 설립한 인물이기도 하다.

또 만약 조선인을 일본인과 평등한 수준으로 끌어올리는 것이 국가에 위험하다고 한다면, 이는 우리들이 얘기할 수 있는 영역 밖의 일이다. 그러나 병합 당시 일본은 뭐라고 말했는가. 조선인의 행복을 위해서라고 하지 않았는가. 그렇다면 일본의 신부민新府民인 조선인의 행복은 완전한 일본 신민臣民이 되는 데 있고, 완전한 일본 신민이 되려면 우선 일본 신민과 평등한 교육을 받아야 할 것이다. 당국은 걸핏하면 동화, 동화 해댄다. 우리도 속히 동화되기를 바라지만, 여기서 이른바 동화란 완전한 일본 신민이 되어 국가를 유지하고 발전시키는 데 요구되는 제 권리와 의무를 향유하게 된다는 의미이지, 결코 언제까지나 식민지 토인土人으로서 협찬권協贊權이 없이 조세를 납부하고 일본인에게 부림당하는 기계가 된다는 의미는 아니다. 이미 '조선인의 행복'을 수긍하고 '조선인의 동화'를 인정했다면 동일한 천황의 적자赤子에게 동일한 교육을 시행해야 하지 않는가. 그런데 이렇게 현격한 차이가 나는 교육을 시행해서는 일본인과 조선인에게 지식이나 감정 면에서 일치융화一致融和할 시기는 영원히 오지 않을 것이다. 뿐만 아니라 이렇게 저급한 교육만 시행한다면 조선인의 문명 수준은 날이 갈수록 일본인보다 뒤처질 것이 틀림없다. 그렇다면 이것은 다만 조선인에 대한 죄악일 뿐만 아니라 실로 세계 문화에 대한 죄악이 아닐 수 없다.

그러나 이는 어쩌면 우리의 오해일 것이다. 대세를 알지 못한 그릇된 견해일지도 모른다. 그러나 이것이 조선인 일반의 견해인 것은 부정할 수 없는 사실이다.

3. 우리의 요구

이에 대한 우리의 요구는 한 마디로 충분하다. 즉 일본 내지와 같은 교육 제도하에 일본인과 동일한 교육을 받고 싶다는 것이다. 그리고 졸업 후에는 일본인과 평등한 자격을 인정받고 싶다. 그렇게 되면 조선인은 참으로 황은皇恩을 입은 것을 마음 속 깊이 감사하게 될 것이다. 그리고 상당한 시기에 이르면 조선인도 참정권을 부여받아 완전한 일본 신민臣民의 대열에 참가할 수 있게 되었으면 좋겠다. 이렇게 해야 비로소 완전히 동화의 열매를 거두어 조선인이 모반심謀反心을 일으키는 일이 결코 없을 것이다. 설령 이런 자가 있다 해도 인민人民은 일본에 충의를 다하여 그들에게 동조하는 일이 없을 것이다. 우리는 이러한 요구가 결코 부당하다고 생각하지 않는다. 오히려 일본을 위해서나 조선을 위해서나 가장 좋은 합리적 요구라고 확신한다.

우선 소학과 중학의 보통학교를 일본과 동일하게 만들고 나아가서는 조선에 각 분과가 있는 대학을 설립해 주었으면 한다. 후쿠오카福岡에 제국대학을 둘 정도라면 인구가 이천만이나 되는 조선에 대학을 두는 것은 당연한 처사가 아닐까. 만약 재정상 아직 여유가 없다면 증세를 부과해도 상관없다. 이를 위해서라면 우리는 먹고 입는 것을 절약해서라도 아낌없이 세금을 납부할 것이다. 경성에 아스팔트 도로를 만드는 것보다 상당히 긴요하고 유익한 일이라고 생각한다.

교육도 시키지 않으면서 열등하다, 바보라고 말한다. 말하는 쪽은 재미있을 테지만, 듣는 쪽은 가엽지 않은가.

아아, 의협심 있는 일본 인사들이여. 그대들은 조선인을 단지 식민지 토인으로서 언제까지나 그대들의 노예로 삼을 작정인가. 아니, 일본인은 결코 그렇게 부도덕한 민족이 아니다. 그대들은 실로 인의仁義를 귀하게 여기는 국민임을 안다. 그렇다면 일본 인사들이여. 그대들은 그대들의 수중에 생사의 운명을 맡긴 천오백만의 새로운 동포를 위해 노력하는 수고를 아끼지 않을 것이다. 조선인은 아직 입을 여는 것을 금지당하고 있다. 그들은 요구하고 싶은 것을 요구할 수 있는 방편이 없는 것이다. 그들의 유일한 방편은 다만 그들의 속마음을 의협심 있는 그대들에게 호소하는 것이고, 그들의 요구를 만족시킬 것인지의 여부는 오로지 그대들의 손에 달린 것이다. 그대들에게는 자유로운 입이 있고, 붓이 있으며, 의회에서의 발언권이 있다. 그렇다면 일본 인사들이여, 다음 번 의회에서 조선인에게 교육을 개방하기 위한 응분의 수고를 아끼지 말아 달라.

이 원고를 끝내려고 할 때 한 일본인 친구가 말했다. "그러나 언어가 다르기 때문에 평등한 교육은 할 수 없을 것이다"라고. 일면 지극히 당연해서 누구나 제기할 만한 의문이다. 그러나 들어보라. 현재 조선에 있는 모든 보통학교와 고등보통학교에서는 한문과 조선어를 제외하고는 모두 일본어로 수업한다. 바로 한 달 전부터 사립 고등보통학교 수준의 학교도 모두 일본어로 수업하게끔 강제되었다고 한다. 실제로 오늘날 조선학생에게는 놀라울 정도로 일본어가 보급되어 있어서 그들이 일본에 가면 곧바로 일본학생과 함께 공부할 수 있다. 하물며 보통학교의 수업연한을 연장하여 일본의 소학교와 같게 하면 중학교에서는 국어 교과과정조차 어렵지 않게 시행할 수 있다고 생각한다. 만약 국어와 영어 실력이 일본의 중학생에 미치지 못한다 해도 이는 1, 2년의 준비로 충분히 따라잡을 수 있다. 그러나 실제로는 그럴 염려도 없는 것이다. 원래 대만의 토인土人 등을 대하는 것과 동일한 방식으로 조선에 교육을 시행하는 것은 지나치게 학교를 얕보는 이야기라고 생각한다. 보통학교 등의 명칭도 대만에서 온 것이라고 하는데, 왠지 우리들은 묘한 기분이 드는 것이다.

贈三笑居士[*]

南溪幽屋始逢君

禪榻焚香人自薰

躰胖眼靑容似笑

滿胸道味定氤氳^{**}

---

[*] 東上 途中에셔 孤舟生, 『每日申報』, 1916.9.8.

^{**} 원문을 옮기면 다음과 같다.

남쪽 시냇가 그윽한 집에서 그대를 처음 만났네
참선자리 향을 피워 사람이 절로 향기롭고
반듯한 몸가짐 정다운 눈빛에 미소 머금은 듯한 얼굴
가슴엔 도의 기운이 가득 서려 있으리

大邱에서(一)*

아참**에 先生을 拜別ᄒ고 終日 비를 마즈며 大邱에 到着ᄒ얏나이다. 旅館에 들어 沐浴後 淸酒 一合에 淘然히 네 할기를 ᄯᅥ드니 連日 路困이 一時에 슬어지고 淸爽ᄒ 精神이 羽化ᄒᆯ 듯 ᄒ야이다. 苦海 갓흔 人世에도 往往 如斯ᄒ 快味가 잇스니 人生도 아조 바릴 것은 안인가 ᄒ나이라.

水原 近傍에셔 부슬부슬 始作ᄒ 비가 大田에 미쳐셔ᄂᆞᆫ 大雨가 되고 大邱에 다달아셔ᄂᆞᆫ 暴雨가 되어 發穗時***를 當ᄒ 農家의 우려ᄂᆞᆫ 同情ᄒᆯ만 ᄒ여이다.

이튼ᄂᆞᆯ 暫時 비가 그친 틈을 타셔 市內에 몟몟 親舊를 訪問ᄒ니 到處에 이번 强盜事件이 話題에 오르더이다. 이번 事件의 犯人은 皆是 相當ᄒ 敎育을 바던 中流 以上人들이오 兼ᄒ야 多少間 生活ᄒᆯ 만흔 財産도 잇ᄂᆞᆫ 者들이며, 일찍 大邱親睦會를 ᄒ야 大邱 靑年의 向上進步를 圖謀ᄒ다던 者들이라. 그러ᄒ거ᄂᆞᆯ 社會의 中樞가 되어야 ᄒᆯ 그네가 이러ᄒ 大規模의 大罪를 犯ᄒ게 되니 이를 單純ᄒ 强盜事件으로 泛泛看過치 못ᄒᆯ 것은 勿論이라. 반다시 그네로 ᄒ여곰 이에 니르게 한 動機가 잇슬 거시로소이다. 그네ᄂᆞᆫ 임의 犯罪者라 法律이 應當 相當히 處罰ᄒ려니와 社會의 改良指導에 ᄯᅳᆺ을 둔 宗敎家, 敎育家, 操觚家****ᄂᆞᆫ 이 犯罪의 心理的 又 社會的 原因을 窮究ᄒ야 後來의 靑年을 正道로 引導ᄒ야써 如斯ᄒ 戰慄ᄒᆯ 犯罪를 未然에 防遏ᄒᆯ 意氣가 잇서야 ᄒᆯ 것이로소이다. 모르레라, 朝鮮人中에 如斯ᄒ 事件을 如斯ᄒ 意味로 注意코 觀察코 思究ᄒᄂᆞᆫ 者가 幾人이나 되ᄂᆞᆫ가.

* 春園生, 『每日申報』, 1916.9.22.-9.23.
** 아츰. '아침'의 옛말.
*** 벼나 보리 등 이삭이 패는 시기.
**** 문필文筆에 종사하는 사람.

足下의 炯眼은 임의 此事件의 眞因을 洞觀ᄒ얏슬지오 足下의 深謀는 임의 此에 對ᄒᆫ 明確ᄒᆫ 成算이 잇슬이니 듯기를 願ᄒ거니와 爲先 小生의 淺短ᄒᆫ 見解를 陳述ᄒ야써 高評을 엇고져 ᄒ노이다. 이에 그 原因을 列擧ᄒ고 槪略히 說明ᄒ건ᄃᆡ

一, 名譽心의 不滿足이니, 그네는 大槪 倂合前에 敎育을 바닷고* 倂合前에 임의 靑年이 되엇던 者들이라, 小生도 記憶ᄒ거니와 當時는 朝鮮에셔 적이 覺醒된 社會에는 政治熱이 沸騰ᄒ얏셧고 ᄯᅩ 그 中心은 靑年이 잇셧는지라. ᄯᅡ라셔 所謂 雄心이 勃勃ᄒ야 擧皆 治國平天下의 大功을 夢想ᄒ얏나니 前途에는 大臣이 잇고 國會議員이 잇고 大經世家가 잇셔 모다 英雄이오 모다 豪傑이라. 그러ᄒ더니 一朝 倂合이 成ᄒ며 그네의 素志를 펴랴던 舞臺가 업셔지고 文明 程度 놉흔 內地人의 손에 全般 社會의 主權이 들어가니 敢히 萬般事爲에 步武를 가치 ᄒᆯ 수 업시 된지라. 그 社會의 中流 以上 人物을 多數로 吸收ᄒᆯ 官界도 다시 希望이 업고, 整備ᄒᆫ 官公立 諸學校가 簇生ᄒ며 그네의 活動ᄒᆯ 만ᄒᆫ 私立學校가 根盤을 일허바리고, 實業界에 니르러는 無限ᄒᆫ 曠野가 잇건마는 그네에게는 아직 實業意識와 價値를 理解ᄒᆯ 頭腦도 업셧거니와 設或 理解ᄒᆫ다 ᄒᆯ지라도 이를 經營ᄒᆯ 만ᄒᆫ 知識과 能力이 업셧나니, 이럼으로 그네는 于今 六七年來를 아모 ᄒᆯ 일도 업시 鬱鬱ᄒ게 지ᄂᆡ이는 것이라.

前에는 社會에셔 그네의 存在를 認定ᄒ여 相當ᄒᆫ 尊敬과 稱讚도 주더니 이제는 임의 過去ᄒᆫ 人物 落伍ᄒᆫ 人物이 되어 어느 뉘가 自己의 存在도 認定치 안이ᄒᄂᆞᆫ지라. 野心 잇는 者의 世上에셔 忘却되ᄂᆞ니보다 더ᄒᆫ 苦痛이 업나니 그네는 正히 六七年間의 苦痛을 격근 者들이라. 그네가 만일 賢明ᄒ얏던들 翻然히 ᄯᅳᆺ을 도리켜 新社會에셔 活躍ᄒᆯ 만ᄒᆫ 實力을 길너 今日은 眞實로 社會의 中樞가 될 만ᄒᆫ 資格과 能力을 엇어스련만은 그네의 無謀ᄒᆫ 血氣와 無識의 暗昧ᄒ이 이를 ᄭᅢ닷지 못ᄒ게 ᄒ야 맛ᄎᆡᆷ 今日의 悲劇을 釀成함

* 원문에는 '다닷고'로 되어 있다.

인가 하나이다. 이러흔 狀態에 잇는 者가 그네쑌이면, 卽 倂合前에 敎育을 밧고 倂合前에 靑年이 되고 知識이 暗昧흔 者를 例호면 美洲 露領 等地와 南北滿洲 等地로 漂流호는 一部 靑年 가튼 者들쑌이면 그 數도 얼마 아니될 쑌더러, 十年 二十年을 지닉어 代가 밧고임 짜라 絶滅할 수도 잇스련마는 今日 高等程度 學校의 出身者의 幾部分도 正히 如斯흔 危險狀態에 잇지 아니한가. 져 內地 留學生의 多數가 當局의 注意人物이 되고 其他 朝鮮 各地에 當局의 注意人物이 되고 其他 朝鮮 各地에 當局의 危險視之호는 高等遊民이 散在홈은 正히 이 쌕문인가 하노이다.(1916.9.22.)

二, 「홀 일이 업슴」이니, 사람이란 順境에 處호야 「홀 일이 업스」면 조흔 일을 호기 쉽고 逆境에 處호야 「홀 일이 업스」면 惡흔 일을 호기 쉬운 것이라. 甚히 무슨 일에 奔忙호면 그 일 이외엣 思慮를 홀 餘裕가 업나니 만일 져 犯人들로 호야곰 奔忙흔 무슨 事業에 從事케 호얏던들 如斯흔 사건은 出來치 안이호얏슬 것이라. 그러호거늘 朝鮮人 靑年은 自古로 無爲遊惰흔 자가 만턴데다가 近來 所謂 新敎育을 바든 자도 「홀 일이 업」셔 優遊度日호니, 이 엇지 危險思想과 罪惡의 根源이 안이리오. 그러나 이는 다만 靑年의 罪咎라 홀 슈 업슬지오 靑年을 需用치 안이호야 靑年으로 호야곰 遊惰호게 호는 一般社會의 缺陷이라 홀 슈 잇슬지라. 官界나 敎育界나 郵便通信局, 鐵道, 輪船, 銀行, 會社 等은 敎育바든 多數 靑年을 需用홀네라. 그 大部分은 事務가 高尙호고 複雜호야 아직 朝鮮人을 使用키 不能호며 當局에셔도 當分間 內地人만 主호야 使用호거니와, 銀行, 會社, 商店의 事務員과 工匠의 技術師와 普通敎育의 敎員에도 多數흔 有敎育 靑年을 收容홀지라.

假令 大邱內의 財産家가 奮發호야 有敎育흔 靑年 一百人을 使用홀 만흔 事業을 닐히엿다 호면 大邱內에 有敎育흔 靑年 즉 此種 危險人物될 만흔 靑年의 거의 全部에게 事業을 주게 될지니, 그러면 今番 二十餘人도 그中에 들어 安

分樂業ᄒᆞᄂᆞᆫ 良民이 될 ᄲᅮᆫ더러 同時에 社會의 産業을 發展ᄒᆞᄂᆞᆫ 動功者가 될지라. 京城도 이러ᄒᆞ고 平壤도 이러ᄒᆞᆫ가 ᄒᆞ나이다. 그러ᄒᆞ거ᄂᆞᆯ 이 社會의 大資本되ᄂᆞᆫ 靑年으로 ᄒᆞ야곰 反ᄒᆞ야 社會를 傷害ᄒᆞᄂᆞᆫ 罪人이 되게 ᄒᆞ니 社會 損失이 과연 얼마나 ᄒᆞ니잇가. 나는 이 二十餘名 靑年의 大犯罪를 目睹ᄒᆞᆷ에 數萬 數十萬 後來 靑年의 危機가 眼前에 彷佛ᄒᆞᆫ 듯ᄒᆞ야 戰慄을 禁치 못ᄒᆞ나이다.

三, 敎育의 未備와 社會의 墮落이라 ᄒᆞ나이다. 그네가 强盜를 짐짓 ᄒᆞᆫ 目的은 二種에 不出ᄒᆞᆯ지니, 一은 所謂 政治的 陰謀에 資ᄒᆞ려 ᄒᆞᆷ이오 他一은 酒色의 快樂을 耽ᄒᆞ려 ᄒᆞᆷ이오, 或은 朦朧ᄒᆞ게 此二者를 結合ᄒᆞᆫ 것이거나 又ᄂᆞᆫ 前者의 名義를 빌어 後者를 耽ᄒᆞ려 ᄒᆞᆷ일지라. 그러나 於此於彼에 이ᄂᆞᆫ 知識이 不足ᄒᆞ고 社會에 秩序가 업슴이니 만일 져 二十人으로 ᄒᆞ야곰 西洋史 一卷이나 國家學 一劵도 말고 一二年 동안 新聞雜誌만 읽게 ᄒᆞ얏더라도 自己네 能力과 그만ᄒᆞᆫ 手段이 足히 그 目的을 達치 못ᄒᆞᆯ 줄을 ᄭᅢ달을 것이니, 일즉 海外에 잇셔 激烈ᄒᆞᆫ 思想을 鼓吹ᄒᆞ던 者가 東京에 와서 二三年間 敎育을 밧노라면 翻然 引舊夢을 ᄇᆞ려 以前 同志에게 腐敗ᄒᆞ얏다ᄂᆞᆫ 嘲笑까지 듯게 되ᄂᆞᆫ 것을 보아도 알지라. 新聞과 雜誌와 書籍과 善良ᄒᆞᆫ 靑年會 ᄯᅩᄒᆞᆫ 社交機關이 잇셔 機會를 ᄯᅡ라 新知識을 注入ᄒᆞ면 決코 如斯ᄒᆞᆫ 無謀를 行치 아니ᄒᆞᆯ 것이라.

ᄯᅩ 社會의 規模가 嚴正ᄒᆞ야 人人이 그 社會의 善良ᄒᆞᆫ 感化를 바드며 社會의 制裁를 두려워ᄒᆞ기를 法律의 制裁보다 더ᄒᆞ게 되면 결코 靑年들이 이쳐름 團躰的으로 酒色의 快를 取ᄒᆞ지 아니ᄒᆞ게 될지라. 朝鮮도 昔日에ᄂᆞᆫ 每洞每鄕에 嚴然ᄒᆞᆫ 不文律이 잇셔 社會가 스스로 다슬어 가더니 近來에 이것이 다 ᄭᅵ어지고 ᄉᆡ것이 아직 確立치 못ᄒᆞ야 人人이 憲兵이나 巡査에게 捕縛만 아니 當ᄒᆞᆯ 일이면 忌憚 업시 行ᄒᆞ게 되니, 이에 젹이 財産 잇ᄂᆞᆫ 이ᄂᆞᆫ 酒色과 奢侈와 怠惰에 ᄲᅡ지기를 즈랑ᄒᆞ게 된 것이라. 져 社會의 一流人士라ᄂᆞᆫ 辯護士 實業家 等은 그 言行의 粗野猥藝ᄒᆞᆷ으로 社會의 靑年을 毒害ᄒᆞ고 敎育家 宗敎家 갓흔 善良ᄒᆞᆫ 人格者ᄂᆞᆫ 社會의 冷待를 바다 靑年의 崇仰ᄒᆞᄂᆞᆫ 目標가 되지

못호게 호니, 이에 靑年들은 滔滔히 惡風潮에 흡슬려 無數호 罪惡과 損失을 招호는 것인가 호나이다.

以上 所陳호 것이 肯綮호지 아인지는 모르거니와 一言以斷之호면 如斯호 罪惡은 朝鮮靑年界에 가장 일어나기 쉬운 罪惡이오 또 그 責任은 社會의 缺陷에 잇스며, 그 原因은 名譽心의 不滿足 即 自己의 抱負能力을 펼 機會가 업습과, 心身을 奔忙호도록 바쳐 만호 事業이 업습과, 敎育이 未備호고 社會가 墮落호야 靑年이 相當호 知識을 어들 機會 업스며, 善良호 感化와 善良호 標的을 엇지 못홈에서 出來혼다 호리니, 그 救濟方策은 學校敎育과 社交機關과 講演과 新聞雜誌와 宗敎와 讀書 等으로 靑年으로 호야곰 現代를 理解케 호야 活動홀 舞臺와 名譽의 標的을 現代에 求케 호는 同時에 職業敎育을 힘써 각각 不汗食의 羞恥를 씨닷게 호고, 兼호야 新事業을 일히어 靑年들의 活動홀 門戶를 開放호며 一面으로 靑年의 社交機關을 獎勵호야 善良호 相互感化를 엇게 호고 他面으로는 文章과 言論으로 社會의 善惡美醜를 批判호야써 靑年으로 호야곰 歸向홀 바를 알게 홈에 잇다 호나이다.

大邱 朝鮮人 實業界의 萎靡不振홈도 말슴호려호오나 넘어 張皇하고 또 車時間이 臨迫호야 그만 긋치나이다.(1916.9.23.)

東京雜信[*]

一, 學校

西哲 康德[**]이 有云ᄒᆞ되 「其人의 如何는 卽 其敎育의 如何라」 ᄒᆞ며, 天野博士 又 云ᄒᆞ되 獨逸의 今日이 有홈이 全혀 敎育에 出홈과 如히 我帝國의 今日이 有홈이 亦是 敎育에셔 出ᄒᆞᆫ다 ᄒᆞ니, 偉哉 聖哉라 敎育乎 敎育乎여. 敎育이 足히 愚者를 知케, 貧者를 富케, 弱者를 強케, 衰者를 盛케, 乃至 死者를 活케 ᄒᆞ도다.

上帝가 人類에게 賜ᄒᆞ신 最大한 福은 人의 人됨도 안이오 兩脚으로 行홈도 안이오 長壽홈도 富貴홈도 安樂홈도 안이오 오직 此敎育의 能力이로다. 敎育이 造化가 無窮無盡홈이오 自然을 征服ᄒᆞᄂᆞᆫ 知識을 與ᄒᆞ고 万物의 靈長되는 資格을 與ᄒᆞ고 壽富貴 福祿昌盛ᄒᆞ야 億萬斯年에 千代万代에 恒河沙量 世界와 如히 無窮無限ᄒᆞ게 子孫繁榮ᄒᆞᄂᆞᆫ 能力을 與ᄒᆞ도다.

馬關셔 탄 汽車가 靜岡驛을 過ᄒᆞ면 正히 午前 七時頃이라. 맛참 暴風雨를 冒ᄒᆞ고 三三五五 男女 少年學生의 學校로 가는 樣을 觀ᄒᆞᆯ 時 彼等이 如此ᄒᆞᆫ 日氣를 不憚ᄒᆞ고 朝鮮 十餘里되는 學校로 通學홈을 思ᄒᆞᆯ 時, 아아, 日本帝國 興隆의 根本이 오즉 此에 在ᄒᆞᆫ다 ᄒᆞ다. 低頭 多時에 感極 落淚홈을 不禁ᄒᆞ노라. 坊坊曲曲히 津津浦浦에 小學校 無ᄒᆞᆫ 處가 어듸며, 家家戶戶에 貧富貴賤을 勿論ᄒᆞ고 健壯ᄒᆞ고 活潑ᄒᆞᆫ 紅顏美容의 男女學生 無ᄒᆞᆫ 데가 어듸뇨. 大學이 十百이오 中學이 千千이오 小學이 萬萬이라. 五千万 男女國民이 多則 二十餘

* 春園 李光洙, 『每日申報』, 1916.9.27.-1916.11.9.
** 칸트의 음역어音譯語. 임마뉴엘 칸트Immanuel Kant(1724-1804). 근대 계몽주의를 정점에 올려놓았고 독일 관념철학의 기초를 놓은 프로이센의 철학자.

年, 少ᄒ야도 七八年의 熱烈ᄒ 薫陶와 敎育을 受ᄒ니, 學者가 萬萬이오, 機械 物品 製造者가 萬萬이오, 敎育者가 万万이오, 護國干城이 萬萬이오, 所謂 田夫 野人도 愚婦愚夫가 아니라 知婦知夫니, 盛홉다 敎育잇ᄂ 邦國이어, 其命이 新 新에 千萬斯年이로다.

閑話休題ᄒ고,

山之祖宗이 히말라이면 學之祖宗은 帝國大學이라. 東洋의 最高學府니 帝 國 人物의 太半이 實로 帝國大學에서 出ᄒ다. 此後에 入ᄒ랴면 高等學校를 出 ᄒ여야 ᄒ고, 高等學校에 入ᄒ랴면 競爭試驗(應試人員이 定員의 十餘倍 卽 定員 百人이면 應試者 千人)에 合格ᄒ여야 ᄒ고, 此試驗에 應ᄒ랴면 中學校를 卒業 ᄒ여야 ᄒ나니, 帝國大學 入學도 難이 實로 難於蜀道難*이라. 帝國大學이 有四 ᄒ니 卽 大學中 大學인 東京帝國大學, 京都帝國大學, 福岡에 在ᄒ 九州帝國大 學, 北海道 札幌에 在ᄒ 東北帝國大學이오, 其他 大阪醫科大學이 有ᄒ며 高等 學校ᄂ 都合 八處니 卽 東京, 仙臺, 名古屋, 京都, 岡山, 福岡, 金澤, 熊本이라.

內地 中學校 出身이 안이라도 高等普通學校 又 同程度 學校 出身이면 應試 資格이 有ᄒ니 才能과 金錢을 兼備ᄒ 有福 靑年 諸君은 奮然히 志를 決ᄒ고 最 高學府에 學ᄒ야쎠 最高 人物되기를 힘쓸지어다. 入學試驗은 法, 政, 文, 理, 工, 醫, 農 等科를 隨ᄒ야 差異가 有ᄒ나 最重最要ᄒ 者ᄂ 英語와 數學이라. 高等普 通學校 及 同程度 學校 出身者ᄂ 二個年만 專心 豫備ᄒ면 可能ᄒ리라.

第一高等學校의 學生生活은 全日本의 學生生活을 代表홉이니 暫述ᄒ리라. 하이칼라의 反對가 방칼라**니 高等學校學生은 實로 방칼라의 典型이라. 뒤 터진 帽子에 쓴 굵은 나막신을 신고 굵은 울퉁불퉁ᄒ 櫻木 지팽이 ……찰하 리 몽동이를 질질 쓸고 고ᄀᆞ는 뒤로 번젹 天下가 狹ᄒ다 ᄒ게 활기를 치고 橫

---

* 촉 땅으로 가는 길의 가는 길의 험난함에 대해서는 여러 시인들이 읊었는데, 그 가운데서도 당나라 이백이 "촉으로 가는 길의 험난함은 푸른 하늘에 오르기보다 어렵다蜀道之難 難于上 靑天"고 읊었던 「촉도난蜀道難」이 가장 유명하다.

** 蛮カラ. 옷차림이나 언행이 거칠고 품위가 없고 조잡함 또는 그런 사람을 일컫는 일본어.

行 活步흠은 將來 學士요 女學生들의 理想的 良人되는 高等學校 學生이라. 팔씨름, 柔術, 擊劍은 彼等의 遊戱요 야끼이모*는 彼等의 料理요 「요이, 요이, 쩍칸쇼」는 彼等 活氣橫溢호는 歌謠의 後斂이라. 彼等은 잘 工夫코 잘 遊戱코 不再來의 靑春을 가쟝 價値 잇게 가쟝 興味 잇게 生活호는 者들이라. 彼等은 儉素로쎠 쟈랑을 삼고 活潑로쎠, 冒險으로쎠, 猛進으로쎠, 武氣로쎠, 刻苦勤勉으로 特色을 삼나니, 京城의 細苧 周衣 깃도 洋靴에 몬지가 무들셰라 호게 차리고 혹닥 불면 날아날 듯혼 야식야식혼 靑年들아 愧汗이 淋漓홀지어다.

如斯히 高等生活은 一生中에 最히 幸福혼 生活인 同時에 高尙혼 品格이 此에서 成호고, 遠大혼 目的이 此에셔 定호며, 强健혼 躰格이 此에서 作호며, 婚姻의 豫約조츠 此에 成호다. 然이나 十餘年前 藤村操라는 十八歲된 此學校 學生이 人生은 不可解라고 極端혼 厭世觀을 抱호고 日光 山華 巖瀑中에 五尺 軀를 投흠으로브터(다른 靑年들도 自殺호는 者가 多호얏스나) 祥瑞롭지 못혼 其後를 繼호는 者가 多出호야 高等學校는 自殺의 宗家라는 童謠가 生호게 되다. 今年 森 辯護士 令息이 쏘혼 失戀과 厭世의 結果로 鐵道自殺을 遂호니 彼亦 此校 學生이라. 大槪 此校는 天下秀才의 集合軆니 秀才는 흔히 神經質이라. 失意라는 지 落第라는지, 人生問題 等 複雜幽玄혼 哲學問題에 精神을 過勞호면 自然히 銳敏혼 神經이 常軌를 脫호기 容易혼 것이라. 朝鮮에는 自殺者가 稀少호니 此는 自矜홀 바가 아니오 思想 程度의 低흠을 羞恥호게 녀길 것이니, 人類 以下 低級動物에는 煩悶도 無호고 自殺도 無호니라.

女學生 等의 念念不忘흠은 二條白線, 第一高等學校 帽子에 二條白線을 두르난 이니,** 女學生中의 美人은 大槪 二條白線者의 手中에 陷호고 그 餘滓가 世俗에 分配되나니라.

高等學校 니야기가 넘어 張皇호얏도다. 其次는 高等工業, 高等商業, 高等師

---

* 燒(き)芋. 군고구마.
** 원문에는 '두르단이니'로 되어 있다.

範, 陸軍士官, 商船學校 等 諸學校니, 다 文部省 直轄ᄒᄂᆞᆫ 官立學校오 入學試驗
은 高等學校와 如히 競爭試驗이니, 內地 中學校 出身者도 十에 一이 合格되기
가 困難ᄒᆞ니라.

大戰亂 以來로 商工, 高商 出身 年年 千有餘名은 卒業式 지나기가 밧부게
다 就職ᄒᆞ나니 果然 脚이 싯길 만ᄒᆞ며, 甚至에 明年度 卒業生을 今年브터 注
文ᄒᄂᆞᆫ 地境ᄭᅵ지 니르니 商工業의 日進月步ᄒᆞᆷ을 可占ᄒᆞᆯ지라. 就中 高工의 應
用化學科와 電氣科 出身은 貴ᄒᆞ기 黃金塊라. 朝鮮人도 現今 高工에 七八人 高
商에 四五人 在學ᄒᆞ나 支那 留學生의 十分一에도 不及ᄒᆞ며, 加之 朝鮮學生은
卒業後에도 就職ᄒᆞᆯ 處가 無ᄒᆞ니 可恨可嘆이로다. 社會여, 財産家여, 大工業
大商業을 起ᄒᆞᆯ지어다. 朝鮮의 富코 貧ᄒᆞᆷ이 卿等의 手中에 不在ᄒᆞᄂᆢ. 朝鮮學生
은 古來의 惡慣習으로 商工業을 尊重치 아니ᄒᆞ야 又ᄂᆞᆫ 商工業學校에 入學ᄒᆞᆯ
實力이 乏ᄒᆞ야 政治法律學에만 走ᄒᆞ더니, 年來에 一大 新自覺을 得ᄒᆞ야 商工
業學校에 在學ᄒᆞᆫ 者를 尊敬ᄒᆞ게 되고 商工業學校에 在學ᄒᆞ기를 쟈랑으로 녁
겨 年年히 此方面 入學者가 增加ᄒᆞ랴ᄂᆞᆫ 模樣이니, 可賀 可賀 可賀로다.

高等師範은 毋論 中等敎員 養成處니 該學校 入學願書에 「本人이 中學校, 高
等女學校 及 師範學校의 校長 又ᄂᆞᆫ 敎員에 志望이 有ᄒᆞ와」 云云ᄒᆞᆷ을 보아 알
려니와, 國民의 最重要ᄒᆞᆫ 敎育者를 此에서 養成ᄒᆞ도다. 敎育은 不可日廢라,
故로 師範學生에게ᄂᆞᆫ 徵兵을 免除ᄒᆞ고 中等 程度 以下敎員은 戰時에도 特別
ᄒᆞᆫ 境遇外에ᄂᆞᆫ 出征을 命치 아니 ᄒᆞ나니 敎育의 重大ᄒᆞᆷ을 可知라. 元來 國民
敎育이라 ᄒᆞᆷ은 小學, 中學의 敎育을 云ᄒᆞᆷ이니, 小學은 義務敎育이라 國民된
者ᄂᆞᆫ 男女를 勿論ᄒᆞ고 此를 卒業ᄒᆞᆯ 義務가 有ᄒᆞ나니 小學敎育이 最重ᄒᆞᆷ은 물
론이어니와, 中學은 國家와 社會의 中樞되ᄂᆞᆫ 中等階級의 國民을 養成ᄒᆞᄂᆞᆫ 되
라. 故로 一國 一社會의 健不健, 文不文이 太半 中學敎育의 如何에 在ᄒᆞ다 ᄒᆞ
리니 朝鮮의 高等普通學校 及 同程度 學校가 卽是라. 如此히 重要ᄒᆞᆫ 事業의 使
役者를 養成ᄒᆞᄂᆞᆫ 高等師範學校야말로 聖ᄒᆞ고 高ᄒᆞ도다. 將次 六七年을 過ᄒᆞ

면 朝鮮에 官立 高普도 多數 增設되려니와 現在 私立中等 程度 學校가 悉皆 高等普通學校로 變홀지오, 쏘 普通學校 卒業生의 增加홈을 從ᄒ야 新히 設立될 公私立 高等普通學校도 數多홀지니, 伊時에ᄂ 中等敎員 有資格者의 需用이 激增홀지라. 靑年 諸子가 自今 爲始ᄒ야 此學校에 入ᄒ면 諸子의 卒業홀 時에ᄂ 脚이 쟞기도록 四方에 쓸리리니 意何如! 士官, 商路學校ᄂ 略.

以上은 官立學校여니와 私立學校로ᄂ 早慶明*이라 竝稱홈과 如히 現總理大臣 侯爵 大隈重信氏가 總長인 早稻田大學, 멀리 五十年前에 在早慶ᄒ야 日本의 今日을 洞觀ᄒ고 率先히 西洋 新文明을 輸入ᄒ야 日本文明의 大恩人되ᄂ 福澤諭吉 先生의 創立흔 慶應義塾과 밋 明治大學의 三大大學을 筆頭로 十餘 大學이 森列ᄒ야 年年 數千의 社會의 指導者를 出ᄒ나니라. 文學政治ᄂ 早稻田, 理財ᄂ 慶應, 法律은 明治, 如斯히 各各 特色이 잇나니, 朝鮮學生이 多數 來學ᄒ기를 希望ᄒ거니와 某條록 朝鮮靑年된 者ᄂ 非生産的 事業을 取ᄒ지 말고 商工業 等 生産的 事業을 取ᄒ야 爲先 衣食을 足ᄒ게 ᄒ고 朝鮮 處處에 煉瓦 煙突이 林立ᄒ며, 二三十層 巨舖大賈가 各道 各邑에 櫛比케 홀지어다. (1916.9.27.)

二, 留學生의 思想界

「書生이라 書生이라, 웃들 말어라. 집에만 돌아가면 書房님이다」라는 俗謠와 如히 留學生은 名稱은 學生이라도 故鄕에만 돌아가면 有室有子흔 書房님이시며 或 나리님이시며 又或 令監 마님이시라. 其書房님, 나리님, 令監마님이 地位와 價値로 觀ᄒ면 他國 小學生과 孰高孰低를 判키 難ᄒ거니와, 何如間 故鄕社會에 在ᄒ야ᄂ 一箇 堂堂 紳士로 自己도 許ᄒ고 他人도 許ᄒ던 者가 萬里 異域에 來ᄒ야 一介 寒書生을 甘作홈은 稱讚홀 만흔 勇斷이라. 게다

---

* 원문에는 '早慶旺'으로 되어 있다. '早慶明'은 본문에도 나와 있듯이 와세다대학, 게이오의숙, 메이지대학을 줄여 일컫는 말이다.

가 朝鮮의 文化와 富를 爲ᄒ야 然ᄒ이라 ᄒ면 更히 그 犧牲的 態度를 感謝ᄒ야 可ᄒ도다. 甲申 以來 留學生의 出入ᄒ 者가 五千에 過ᄒ다 ᄒ며 所謂 卒業ᄒ 者도 거의 千에 達ᄒ다 ᄒ도다. 彼等이 朝鮮文化에 貢獻ᄒ 바가 何許인지ᄂᆞᆫ 頗히 疑問에 屬ᄒ거니와 그러타고 吾輩ᄂᆞᆫ 輕輕히 留學生 無用論을 唱ᄒ 수ᄂᆞᆫ 無ᄒ니, 大槪 只今은 아직 耘籽期요 收穫期에 及ᄒ지 아니ᄒ이라. 今日ᄭᅡ지ᄂᆞᆫ 所謂 留學生이 確實ᄒ 時代의 自覺을 得치 못ᄒ얏ᄂᆞᆫ니 말ᄒ즈면 風潮에 휩슬녀 盲動ᄒ던 거시라. 確實ᄒ 自覺을 不有ᄒ 者 엇지 確實ᄒ 立志가 有ᄒ며 確實ᄒ 立志가 無ᄒ 者 엇지 確實ᄒ 事業을 成ᄒ리오.

一言以蔽之ᄒ면 從來 留學生은 太半 無自覺 無立志ᄒ엿고, 或 朦朧ᄒ 目的이 有ᄒ얏다 ᄒ면 此ᄂᆞᆫ 何社會에나 黎明期에 必有ᄒ 政治的 成功의 目的이라. 古來 朝鮮人은 成功이라 ᄒ면 政治的 成功을 意味ᄒ고 立身出世라 ᄒ면 關係에 得意ᄒ을 意味ᄒ야 修學ᄒᄂᆞᆫ 者의 最高理想이 崇祿大夫 正一品이라. 昔日ᄲᅮᆫ 아니라 應當 此舊習이 破壞되엇셔야 ᄒᆯ 今日에도 靑年學生의 眞正ᄒ 志望을 問ᄒ면 高ᄒ면 判檢事 郡守오 低ᄒ면 郡書記 警部며 父兄의 希望과 社會의 待遇도 오직 金線帽 烏銅刀라야 成功ᄒ얏다 稱ᄒ나니, 國家의 公務를 直接으로 輔ᄒᄂᆞᆫ 官吏의 任이 重치 아님이 아니오 貴치 아님이 아니어니와 官吏가 社會의 全軆ᄂᆞᆫ 아니라. 文明이 發達ᄒ야 社會의 組織이 複雜ᄒ게 된 今日에ᄂᆞᆫ 官界ᄂᆞᆫ 社會 活動舞臺의 一局部에 不過ᄒ나니 實業界, 敎育界, 文學界, 宗敎界, 學者界, 政治界가 다 關係와 對等ᄒ 地位를 有ᄒ 것이라. 假令 敎育界에 最高人物은 官係의 最高人物인 總理大臣과 그 勳功과 榮光과 名譽가 相等ᄒ며 中學校의 敎員은 判檢事나 郡守보다 劣ᄒ 者가 아니라. 福澤諭吉이나 澁澤榮一*을 大隈重信보다 下ᄒ다 ᄒ며 타골이나 부스를 루스벨트나 遠世凱에 次ᄒ다 ᄒ리오. 反히 德과 名을 千秋와 天下에 永ᄒ게 慶ᄒ게 傳ᄒ은 範圍

---

* 시부사와 에이이치澁澤榮一(1840-1931). 메이지 말기에서 다이쇼 시기에 걸쳐 활동한 대장성 大藏省(재정경제 담당) 관료이자 실업가. 다양한 기업의 설립과 경영에 관여하여 일본 자본주의의 아버지로 불린다.

狹흔 官係보다 宗敎, 敎育, 學者界가 優흐니라. 所謂 官尊民卑는 幼稚흔 社會의 現象이니 朝鮮도 若是흔 鄙習을 頭腦에셔 滌去치 아니흐면 文化의 發達은 도저히 不可望이라.

現今 東京 留學生은 思想을 標準삼아 三種에 大分홀 슈 有흐니, 一은 內地 靑年과 殆히 同等흔 思想의 水平線上에 達흐야 能히 世界의 大勢와 現代의 文明을 洞燭 理解치는 못흐야도 一部分은 理解흐고 又는 全部를 理解흐랴고 精誠으로 努力흐는 者오, 一은 아즉도 舊夢을 破치 못흔 者니 卽 仕宦熱에 狂흔 者니 平生 所願이 唯一 高等官이라. 此種人은 世界의 何如흠이며 現代文明의 何物이며 朝鮮 前途의 那方임을 全然 不知흐는 者니 實로 前世紀의 遺物이며, 第三은 쳘모르는 者라. 他人이 留學흐면 我도 留學흐고 留學生은 學校에 入흐는지라 我도 學校에 入흔다는 類니 有無益 無無害흔 類라 不足擧論이어니와, 前述흔 二者에 至흐야는 實로 朝鮮 新舊思想의 分界라. 卽 第一者는 朝鮮의 將來를 表示흐는 者니 繁昌흐고 雄飛홀 運命이 有흐고, 第二者는 朝鮮의 過去를 表示흐는 者니 衰頹흐는 蟄伏홀 運命이 有흔 자라. 第一者는 實로 朝鮮의 光이니, 朝鮮의 文化가 此로 由흐야 光흐고 朝鮮의 産業이 此로 由흐야 興홀지라.

然이나 彼等은 朝鮮人 社會에 在흐야는 過히 進步흐얏고 그 思想이 過히 高尙흔지라. 由흐야 朝鮮人 社會의 理解를 受흐기 難홀지나 此亦 先覺者 開拓者의 當然흔 數라. 玆에 此第一者의 思想의 槪略을 本記者의 觀察흔 대로 述흐건딕,

個人的으로는 現代의 文明을 理解흐야써 世界文明의 本流에 接흐러 흐나니 故로 學文을 硏究홀 時에는 學者的 態度를 取흐야 其原流ㅼ지 窮究흐러 흐다. 此를 五六年前 留學生의 學文에 對흔 態度에 比흐면 그 誠意와 熱心에 霄壤之判이 有흐다. 故로 彼等은 讀書흐고 思索흐고 講論흐나니, 彼等의 日常 出入흐기를 好흐는 데는 圖書館이오 講演會席이며 彼等 餘財는 冊肆로 流入

되다. 彼等의 一念은 粉骨碎身을 ᄒ더라도 世界 最高 文明國의 最高 文明人과 同一ᄒ 程度에 追及ᄒ려 홈이니, 卽 自身 최고 文明人이 되려 홈이라. 文明人과 野蠻人의 別은 오즉 知識 程度와 人格의 何如에 在홈으로.

彼等이 政治學을 學홈은 반다시 政治家가 되려홈이 안이니 朝鮮의 現狀이 朝鮮人 政治家를 要求치 안이ᄒᄂ 處地에 在홈을 彼等도 善知ᄒ다. 彼等이 政治學을 學홈은 實로 其學을 學홈이오 其術을 學홈이 안이라. 徹頭徹尾 學者 的 態度로 最新 政治의 學理를 窮究ᄒ야써 一面 世界의 大勢를 理解ᄒ며 一面 學者의 本領을 發揮ᄒ려 홈이라. 此와 如ᄒ 態度로 彼等은 法學을 研究ᄒ고 經濟學을 研究ᄒ고 文學을 研究홈이니, 彼等이 萬一 豫期ᄒ 바와 同ᄒ 學者가 되기만 ᄒ면 朝鮮人은 彼等을 通ᄒ야 世界의 新文明에 接홈을 得ᄒ리로다.

更히 彼等의 將來 朝鮮社會에셔 活動ᄒ랴ᄂ 方向을 觀ᄒ건듸 文明普及과 社會改良과 産業開發의 三途에 不出ᄒ나니, 此三者ᄂ 實로 朝鮮人으로셔 朝 鮮을 爲ᄒ야 努力홀 最大最急ᄒ 方面이라. 文明普及을 爲ᄒ야ᄂ 第一에 學校 敎育이니 學校敎育은 實로 一社會의 死活을 掌ᄒ 者라. 現今 當局에서 銳意로 敎育을 獎勵홈은 人民된 者 感謝不已어니와, 元來 敎育은 民間事業이라 政府 ᄂ 다만 其方向과 進路를 指示홀 쑨이어늘 現下 朝鮮社會ᄂ 敎育事業을 擔當 홀 能力이 無ᄒ야 當局의 指導獎勵도 事倍功半홀 憾이 有ᄒ니 엇지 慨歎지 안 이ᄒ리오. 敎育은 마음으로만 홀 것이 안이라 相當ᄒ 知識과 能力을 要ᄒᄂ 니 留學生이 敎育에 關ᄒ 研究를 專心是務홈은 可賀홀 事이라. 張次 彼等이 業을 成ᄒᄂ 날이면 朝鮮敎育의 蔚興은 明若觀火로다. 然ᄒ나 아직도 敎育의 志를 有한 者 十指에 不過ᄒ니 奈何오.

文明普及의 第二途ᄂ 學術雜誌와 書籍의 刊行이니 現下 朝鮮의 文壇 及 學 界를 觀ᄒ건듸 實로 寂寞ᄒ기 그지업도다. 一二種 靑年學生을 對手로 ᄒ 雜 誌가 有ᄒ나 아직 可觀홀 者 無ᄒ며 書籍의 出版에 至ᄒ야ᄂ 嘔吐를 不禁홀 低級小說에 不過ᄒ니, 靑年의 知力이 何로 出ᄒ야 進ᄒ며 人格이 何로 由ᄒ야

養ᄒ랴. 文明國의 青年을 觀ᄒ건디 青年時代의 人格의 修養과 知識의 獲得은 過半이나 善良ᄒᆫ 雜誌와 書籍에셔 ᄒ고 他一半을 學校에셔 得ᄒᄂᆫ 듯하다. 然ᄒ거늘 朝鮮學生은 大槪 不完全ᄒᆫ 學校敎育만 受ᄒᆯ 뿐이오 有力ᄒᆫ 補助敎育이 無ᄒ니, 善良ᄒᆫ 雜誌와 書籍으로 彼等의 讀書慾을 啓發ᄒ며 又 此를 滿足시김이 必要ᄒ도다. 如斯히 ᄒ야 一面 青年에게 知識을 供給ᄒᄂᆫ 同時에 青年의 思想의 源泉을 啓發ᄒ야써 此를 發表ᄒ게 ᄒ면 漸次로 朝鮮文壇이 樹立되야 玆에 朝鮮人의 思想과 生活의 內容이 發露되며, 並ᄒ야 此를 向上ᄒ게 ᄒᆯ지니 新朝鮮文學의 成立이 不遠ᄒᆫ 將來에 在ᄒ리로다. 文學은 一民族을 代表ᄒᄂᆫ 表現이니, 野昧치 아니ᄒᆫ 民族이 有ᄒᆫ 處에 엇지 文學이 無ᄒ야 可ᄒ리오. 最近 十年來에 小說에ᄂᆫ 李人稙, 李海朝 諸氏가 有ᄒ얏고 論文과 詩로ᄂᆫ 崔南善 一派가 有ᄒ얏스니, 此로써 最近世 朝鮮 文學界를 代表ᄒᆯ 수밧게 無ᄒ나 此ᄂᆫ 아즉 準備期 黎明期에 不過ᄒ도다. 崔氏로 由ᄒ야 論文에 新文軆가 成ᄒ고 兩 李氏로 由ᄒ야 純鮮人의 新小說軆가 成ᄒ엿스니, 此ᄂᆫ 後輩를 爲ᄒ야 莫大ᄒᆫ 準備라 ᄒᆯ지라. 其內容에 及ᄒ야ᄂᆫ 오즉 將來를 待ᄒᆯ 수밧게 無ᄒ도다. 지금 東京 學窓에셔 螢雪의 功을 積ᄒᄂᆫ 諸子의 將來를 刮目薰待ᄒᆷ이 可ᄒ도다.

以上 略陳ᄒᆫ 바ᄂᆫ 文明普及 事業의 一端을 擧ᄒ야 彼等의 將來 活動의 豫想을 例示ᄒᆫ 것이어니와, 此外 産業啓發 及 社會改良 事業에 關ᄒᆫ 具軆的 計劃은 彼等의 硏究가 進步됨을 從ᄒ야 漸次 完成될지라.

何如間 彼等은 舊夢을 纔破ᄒ고 新自覺을 稍得ᄒ야 虛를 捨ᄒ고 實을 取ᄒ며 空想을 賤ᄒ고 實行을 貴ᄒ며 急을 避ᄒ고 緩을 謀ᄒ나니, 抑此ᄂᆫ 他民族의 文明코 富케 된 經路를 尋ᄒ야 此를 朝鮮에 應用ᄒ리라 ᄒᆷ에셔 出ᄒᆷ이니 彼等의 計劃은 史的 及 論理的 根據가 有ᄒᆫ지라. 萬一 彼等이 中道而廢ᄒᆷ이 無히 精誠과 努力을 如一히만 ᄒ면 彼等의 前途에ᄂᆫ 朝鮮에 燦然ᄒᆫ 新文明을 建設ᄒᆫ다ᄂᆫ 榮譽로온 成功이 有ᄒ려니와, 持久性 不足ᄒᆫ 朝鮮人의 性質을 彼

等이 果然 脫ㅎ얏ᄂ 否ᄒ가. 然이나 朝鮮의 文明과 産業의 前途ᄂ 洋洋흔지라. 漸漸 進步ᄂ 홀지언뎡 退步홀 理ᄂ 無ᄒ며 萬般事業이 新히 始作은 홀지언뎡 旣히 始作ᄒ얏던 事業이 廢홀 理ᄂ 万無ᄒ니, 此有福흔 新機運을 乘ᄒ야 有力흔 大人物이 比肩接踵而出홀 줄을 確信ᄒ노라.(1916.9.28.)

三, 工手學校

早稻田大學 附屬事業으로 工手學校라ᄂ 學校가 有ᄒ다. 貧寒ᄒ야 晝間에 相當흔 教育을 受키 不能ᄒᄂ 者를 爲ᄒ야 設立된 者니, 故로 其學生은 皆是 商店 使喚이나 勞動者 又ᄂ 貧民의 子弟로 晝間에 衣食을 求ᄒ고 夜間을 利用ᄒ야 將來에 獨立홀 職業教育을 受ᄒ랴ᄂ 者들이라. 學校에ᄂ 土木, 冶金, 採鑛, 電氣 等 分科가 有ᄒ야 同大學 理工科의 教室과 實驗場을 借用ᄒ며 修業年限은 二個年半이오 現在 學生이 七百餘名이오 旣히 十餘回 卒業에 千餘人의 卒業生을 出ᄒ니, 彼等은 技手 又ᄂ 工夫長이 되여 每朔 二十圓 內外의 月給을 得ᄒ며 或 獨立ᄒ야 簡易흔 工場을 經營ᄒ야 饒足ᄒ고 幸福흔 生活을 得ᄒ게 되다.

此一千餘名 貧家 子弟가 萬一 如斯흔 種類의 學校教育이 無ᄒ엿던들 一生을 窮困흔 中에 途ᄒ얏슬지오, 國家와 社會도 此一千餘名이 産出흔 것 만흔 損害를 被ᄒ얏스리라. 그뿐 안이라 商工業의 實地 經營은 此種 初級技手 事務員의 數에 在ᄒ나니, 初等 商業教育과 初等 工業教育은 一國 商工業의 發達에 大關係가 有흔 것이라. 今에 朝鮮의 現狀을 觀ᄒ건딕 商業이나 工業이 全無ᄒ다 謂흠이 可홀지니 從此로 商工業을 創始ᄒ여야 홀 處地에 在ᄒ도다. 京城, 平壤, 大邱 等 主要흔 都會에 初等 商業學校가 漸次 蔚興ᄒ야 數千의 靑年에게 一生의 獨立흔 職業教育*을 授흠은 實로 可欣可賀홀 일이어니와, 아즉 此에 相當흔 工業教育機關을 不見흠은 實로 遺憾 万万이로다. 中央基督教靑

---

* 원문에는 '職教育'으로 되어 있다.

年會에셔 木工, 鐵工, 寫眞, 銅石版術을 授ᄒ며, 儆新學校에셔 木工 染織術을 授ᄒ며, 其他 平壤, 崇實學校 及 宣川, 信聖學校 等에셔 木工 金工 等術을 授홈이 有ᄒ나, 此ᄂᆞᆫ 大槪 該校 苦學生을 爲ᄒ야 設立ᄒᆫ 者오 一般社會의 利用을 許치 안이ᄒ다. 朝鮮 各都會에ᄂᆞᆫ 十四五歲 內外되ᄂᆞᆫ 少年으로써 職業이 無ᄒ야 優遊ᄒᄂᆞᆫ 者가 多ᄒ며 又 商店 及 私家의 使喚으로 全혀 敎育을 受홀 機會가 無홀 뿐더러 一生에 獨立ᄒ야 生活홀 만ᄒ 職業敎育을 受홀 能力이 無ᄒᆫ 者가 多ᄒ니, 彼等을 그딕로 放任ᄒ면 長成ᄒᆫ 後에 自家의 生活을 維持치 못ᄒᄂᆞᆫ 貧民이 되고 社會에 對ᄒ야ᄂᆞᆫ 有害無益ᄒᆫ 者가 되고 말지라. 如此히 極貧極困ᄒᆫ 者 外에ᄂᆞᆫ 普通學校를 卒業ᄒ고 其以上 敎育을 受홀 資力이 無ᄒ야 歲月을 虛送ᄒᄂᆞᆫ 者亦 不少ᄒ나니, 如此ᄒᆫ 少年을 統計ᄒ면 數百万의 可驚홀 數에 達홀지라.

然而 彼等은 敎育만 ᄒ면 一身一家를 保ᄒ고 並ᄒ야 社會의 富와 文化의 貢獻키 可得ᄒ 貴重ᄒᆫ 者들이니, 彼等을 敎育홈은 實로 人道와 社會의 利益을 爲ᄒ야 緊急코 重大ᄒᆫ 事業이라 ᄒ리로다.(1916.10.5.)

加之 朝鮮은 將來 工業으로 第二 本業을 삼아 홀 境遇라. 人口가 日로 激增야 極度에 耕地를 整理고 耕作의 方法에 學理를 應야 最大限度의 農産을 出ᄒ다 ᄒ더라도 此로써 衣食은 僅得홀지언졍 富ᄂᆞᆫ 得키 不能홈이 明瞭ᄒ니, 万一 朝鮮으로 ᄒ야곰 今日의 貧窮을 棄ᄒ고 榮光스러운 富名을 得ᄒ려 홀진딕 不可不 工業에 賴ᄒ여야 홀지며 兼ᄒ야 朝鮮은 工業地의 資格이 足ᄒ다. 价川 載寧의 鐵脉은 거의 無盡藏이라 ᄒ고, 平壤에 石炭을 産ᄒ며, 又 撫順의 石炭은 不過 一晝夜에 朝鮮 各地에 配達될 수 有ᄒ며, 又 急湍暴流가 到處에 有ᄒ야 水力을 利用ᄒ기 容易ᄒ고 更히 勞動者가 有餘ᄒ니, 原料를 廉價로 得ᄒ고 勞動者를 低賃으로 使用ᄒ다 ᄒ면 工業 發展의 條件은 已備ᄒ얏다 홀지어늘, 錦上添花ᄂᆞᆫ 鴨綠江 一條 鐵橋를 隔ᄒ야 支那 四百餘州의 無限 廣大ᄒᆫ 好市場이 有하니 朝鮮의 大工業地될 資格이 可謂 具備라. 資本家의 百万致富도 於此

可得이오, 朝鮮 坊坊曲曲히 業을 實ᄒ고 彷徨ᄒᄂ 貧民의 衣食도 可足이오, 更進ᄒ야 朝鮮ㅅ 民族的 實力의 發揮도 可期라.

若是ᄒ 地理와 若時ᄒ 天時가 有ᄒ니 엇지 人의 經營ᄒ이 無ᄒ리오. 不遠ᄒ 將來에 資本家들의 眠이 醒ᄒ고 眼이 開ᄒ야 工業界의 一大 飛躍을 觀홀 줄을 信ᄒ거니와, 伊時에 最히 缺乏홀 要素ᄂ 熟練ᄒ 技手와 職工이라. 工場과 機械ᄂ 金錢만 有ᄒ면 卽時로 求得ᄒ려니와, 熟練ᄒ 技手와 職工은 黃金으로 賣홀 수 無ᄒ나니 長久ᄒ 歲月을 費ᄒ야 養成ᄒ기 外에 無手라. 職工이라 ᄒ면 如何ᄒ 人이나 될 수 有ᄒ 줄로 思ᄒ은 誤解니, 職工의 學識 有無와 熟練 與否로 製造品의 品質의 良否와 製造量(所謂 能率)의 多少가 係한 것이라. 熟練ᄒ 職工은 同一ᄒ 時間內에 不熟練ᄒ 者보다 品質 良ᄒ 物品을 多量으로 製造홀 수 有ᄒ나니 非特 工業 經營者의 利害랴. 一國 工業의 隆替가 職工의 熟不熟에 職由ᄒ다 ᄒ리로다. 故로 數百年來 工業國으로 世界에 雄飛ᄒ 英國에셔도 開戰 以來로 職工의 缺乏에 困ᄒ며 露國과 如ᄒ 者ᄂ 資本이 有ᄒ야도 職工의 不足으로 工業을 經營키 難ᄒ 狀態라. 況 朝鮮과 如히 從此로 工業을 始ᄒ야 世界의 競爭場裏에 入ᄒ려 ᄒᄂ 者야 熟練ᄒ 職工이 無ᄒ고 엇지 能ᄒ리오

然則 將來에 備ᄒ기 爲ᄒ야 技手와 職工을 養成ᄒᄂ 敎育機關을 設홀지어다. 然ᄒ면 一面 將來의 工業振興에 備ᄒᄂ 同時에 社會에 無職業 無敎育ᄒ 數百萬 少年에게 新敎育을 授ᄒ고 獨立生活홀 好職業을 授홀 수 有ᄒ리니 實로 一擧兩得이라. 爲先 京城, 平壤, 大邱, 開成 等 主要ᄒ 都會의 財産家 社會가 各各 協力ᄒ야 二三年 爲限ᄒ고 此學校의 設立을 圖ᄒ면 決코 過히 困難홀 事業이 아인 줄로 確信ᄒ며, 且 如斯ᄒ면 財産家 諸氏의 將來의 大利益이 될 ᄲᆫ더러 社會國家에 對ᄒ야 莫大ᄒ 貢獻이 될지니 社會와 國家ᄂ 諸氏의 功勞에 對ᄒ야 感謝와 稱讚을 吝ᄒ지 안이ᄒ리라.

黃昏에 一日의 勞役을 畢ᄒ 貧家 子弟가 正服正帽로 冊褓를 씨고 將來의 生

業될 敎育을 受할 양으로 즐겁게 學校로 來集하는 樣과 終日을 優游로 送하다가 食後에 川邊이나 洞口에 會坐하야 淫談悖說로 嬉戲하는 某處 少年들의 景況을 比較하여 볼지어다.(1916.10.6.)

四, 學生界의 體育

智識만 崇尙하던 時代가 過하고 智識과 同樣으로 健康한 躰格을 崇尙하는 時代가 來하다. 知德躰 三育을 敎育의 本旨라 홈은 朝鮮셔도 十數年前브터 唱導한 바이어니와, 其實 學校나 社會에서는 知德의 修養만, 就中 知의 修養만 偏重하고 躰育은 다만 形式에만 不過하야 敎育者도 此를 等閒하고 彼敎育者도 亦是 此를 等閒하니, 學校에는 每週 二三時間의 躰操를 課하나 一般社會가 此를 等閒히 하는지라 學生들도 最히 不快한 課程으로 녀겨 規則上 不得已 手足을 動홈에 不過하얏나니, 躰力의 增進에 何效가 有하얏스리오. 此는 朝鮮쑨 아니라 諸文明國에셔도 數十年前신지는 躰育의 重홈을 口로 唱하면서도 熱心으로 實行하는 者 少하러니, 輓近 以來로 各國이 大히 自覺홈이 有하야 競하야 躰育을 獎勵하다.

大概 農夫나 其他 肉躰的 勞動에 從事하는 者는 恒常 肉躰的 運動이 裕足한 딕 商工業 又는 精神的 事業에 從事하는 者는 大槪 室內에 在홈으로 肉躰的 運動이 不足하야 漸漸 健康이 衰하며 甚하면 疾病이 生하야 不幸히 夭折하는 수도 有하다. 彼一二時間 氣着直立의 姿勢에 不堪하는 者四五時間 繼續하는 讀書 又는 事務에 不堪하는 者, 顔色이 蒼白하고 形容이 槁枯한 者, 一日 百餘里의 步行에 不堪하는 者, 冬節에 感冒에 頻侵되는 者 等은 特別한 境遇를 除하고는 槪히 運動이 不足하야 躰力을 減損한 者이며, 神經衰弱, 胃腸病, 肺病, 心臟病 等 所謂 學者病은 太半 此運動不足에셔 生하는 者이며 精神이 沈鬱하고 懶惰하고 活潑 進取의 氣象이 無홈도 엇지 程度신지는 此運動不足에 基因하다. 如斯히 運動不足으로 自己의 躰質을 衰頹케 하면 自身의 不幸은 勿論이

어니와 그 劣弱ᄒᆞᆫ 軆質을 子孫에게 遺傳ᄒᆞ야 終히 民族的 軆質이 退化ᄒᆞ게 되고, 況 文明이 進ᄒᆞᆯᄉᆞ록 精神的 事業에 從事ᄒᆞᄂᆞᆫ 者의 數가 增加ᄒᆞ고 흔히 都會에서 生活ᄒᆞ게 되며 兼ᄒᆞ야 職務가 皆是 煩劇ᄒᆞ야 休息ᄒᆞᆯ 機會가 少ᄒᆞᆷᄋᆞ로 文明人일ᄉᆞ록 運動不足의 患이 尤甚ᄒᆞ다. 譬컨듸 英國은 都會 住民의 數가 全國 人口의 八割이라 ᄒᆞ며 日本 內地ᄂᆞᆫ 四割이라 하니, 如斯히 全國民의 半數 乃至 五分三四가 漸漸 軆質이 劣弱케 된다 ᄒᆞ면 此ᄂᆞᆫ 國家의 大變이라. 況 都會 住民은 其國의 中樞되ᄂᆞᆫ 者乎아.

此로만 觀ᄒᆞ야도 文明諸國이 銳意로 軆育을 奮勵ᄒᆞᄂᆞᆫ 理由를 可知어니와 此外에도 重大ᄒᆞᆫ 理由가 有ᄒᆞ니, 卽 數十年의 時日과 數千圓의 金錢과 數十人의 努力으로 一靑年을 敎育ᄒᆞᆷ은 將次 此에 相當ᄒᆞᆫ 社會의 利益을 得ᄒᆞ려 ᄒᆞᆷ이어늘 軆質이 弱ᄒᆞ야 社會에 服役키 不能ᄒᆞ거나 或 疾病을 得ᄒᆞ야 中途에 夭折ᄒᆞ면 이만 損失이 無ᄒᆞᆷ이 其理由의 一이오, 又 軆質이 强ᄒᆞᆫ 者와 軆質이 羸弱ᄒᆞᆫ 者를 同時 同事務에 服케 ᄒᆞ다 ᄒᆞ면 羸弱ᄒᆞᆫ 者가 到底히 强健ᄒᆞᆫ 者만큼 能率을 有치 못ᄒᆞᆫ지라. 故로 年來로 大銀行 大會社에서 事務員을 採用ᄒᆞᆯ 時에도 知力 外에 軆力을 試驗ᄒᆞ나니 此가 其理由의 二라. 古昔 歐·亞·弗 三洲에 雄飛*ᄒᆞ여 天下의 道路ᄂᆞᆫ 다 羅馬로 통ᄒᆞ얏다. 自矜ᄒᆞ면 羅馬人의 俗諺에 「健康ᄒᆞᆫ 精神은 健康ᄒᆞᆫ 身軆에 求ᄒᆞ라」ᄒᆞ얏거니와 軆質의 强弱이 如斯히 一國의 興亡盛衰에 關係가 緊密ᄒᆞᆫ지라 各國의 此에 注意ᄒᆞᆷ이 坐한 當然ᄒᆞ도다.(1916.10.7.)

世界에 最古最盛ᄒᆞᆫ 軆育國은 希臘이오 就中 스파르타國이 其最며, 現今의 스파르타ᄂᆞᆫ 쉐덴國이니 現行ᄒᆞᄂᆞᆫ 普通軆操 及 遊戲의 太半이 쉐덴人의 創始라. 故로 此를 쉐덴式이라 ᄒᆞ다. 內地에셔도 輓近 以來로 軆育의 獎勵가 盛ᄒᆞ야 世界에 粹된 者를 거의 다 採用ᄒᆞ게 되얏스며, 坐 漸次 發達ᄒᆞ야가ᄂᆞᆫ 中이라 此에 其狀況을 述ᄒᆞ려 ᄒᆞ노라.

---

* 원문에는 ‘雄麟’으로 되어 있다.

內地人의 顏色을 見ㅎ면 爲先 炯炯ㅎ 眼眸에 銳氣가 充溢ㅎ며 밧삭 다믄 입에 意志力이 表現되ᄂ니, 此ᄂ 오래 敎育을 受ㅎ고 ᄯ 生存競爭이 激烈ㅎ 實社會에셔 오리 鍛鍊ㅎ 結果라. 반다시 躰育의 效果라 言키 不能ㅎ거니와 試ㅎ야 其裸躰를 觀ㅎ라. 胸部가 突出ㅎ고 兩腕에 筋肉이 發達ㅎ야 울툭불툭 ㅎ고 堅ㅎ기 石과 如ㅎ지 아니ㅎ가. 彼等은 一見 軟弱ㅎ 선비와 如ㅎ더라도 能히 一日 百餘里 險路를 踏破ㅎ며, 南洋의 炎熱과 北陸의 寒冷을 堪耐ㅎ며, 一二時間 氣着直立과 四五時間 繼續ㅎᄂ 劇務나 硏究를 堪耐ㅎ며, 一旦 戰爭 이 生ㅎ면 即時 擔銃背囊ㅎ고 風餐露宿에 長時日의 激戰을 堪耐ㅎ나니 如此 ㅎ 躰力은 實로 五十年間 學校敎育과 一般躰育에서 得ㅎ 것이라.

余의 宿所가 早稻田大學 運動塲에 接近ㅎ여 便宜上 此大學 學生의 躰育ㅎ ᄂ 狀況을 列擧ㅎ리라.

四面 木柵으로 圍ㅎ 周圍 一哩이나 近ㅎ 마당이 彼等의 運動塲이니, 午後 放課後면 一邊에셔ᄂ 野球오 一邊에셔ᄂ 庭球오 一邊에셔ᄂ 競走오 又 一邊 에셔ᄂ 投槍, 投丸, 投圓, 高跳, 廣跳오, 又 一邊에셔ᄂ 弓術이오 他一邊에셔ᄂ 虎攘龍搏의 柔術, 擊劍이오. 隅田川 東京灣에셔ᄂ 短艇을 棹ㅎ야 大洋의 志 를 養ㅎ며, 夏期放學에ᄂ 或者ᄂ 高山에 登ㅎ야 人跡不到ᄒ 森林을 踏破ㅎ고 巉巖絶壁을 攀ㅎ며, 或者ᄂ 海水浴塲에 往ㅎ야 狂瀾怒濤 蹴破ㅎ고 遊泳術을 習ㅎ나니, 如斯히 學問을 修ㅎ고 餘暇만 有ㅎ면 躰育을 務ㅎᄆ으로 彼等의 筋 肉은 鐵과 如ㅎ며 勇猛은 獅子와 如ㅎ고 活潑進取의 氣象은 宇宙를 呑吐ㅎ 만ㅎ다.

或 街上에셔 紅顏哲額의 美少年이 三三五五히 輕快ㅎ 運動服에 手巾으로 머리를 동이고 逆風寒雪에 汗을 揮ㅎ면서 走來ㅎ을 目擊ㅎ리니 彼等은 長距 離 競走의 練習을 ㅎ이며, 或 曉色이 蒼蒼ㅎ 찌에 戶外에 拮塲의 聲이 聞ㅎ리 니 此ᄂ 達達武夫가 寒水을 踏ㅎ며 冷水 灌漑浴을 行ㅎ이오, 或 郊外 坦坦大道 에 馬蹄聲을 聞ㅎ리니 此ᄂ 大學生들의 乘馬 練習을 ㅎ이라.

以上은 男子學生에 關ᄒ야 述ᄒ엿거니와, 女子의 躰育도 漸次 男子와 平行ᄒ야 가게 됨은 注目홀 事實이며 ᄯ 學生뿐 아니라 紳士들도 恒常 體育을 務ᄒ나니, 彼 某銀行 某會社의 野球團 庭球團이며 某社會 某團體의 遠足運動會라 홈은 決코 單히 遊戲나 消暢을 爲홈이 아니오 體育의 大本을 不忘홈이라.

反ᄒ야 朝鮮을 觀ᄒ라, 果然 何如ᄒ뇨. 某友가 일즉 慷慨히 言ᄒ되 余가 一日 鍾閣前에 立ᄒ야 來往ᄒᄂ 白衣人을 觀察ᄒ니, 眼睛은 풀어졋고 입은 헤ᅳ 벌렷고 四肢ᄂ 늘어지고 처지고 胸部ᄂ 움슥 들어가고 身體ᄂ 압흐로 휘고 걸음은 氣力이 無ᄒ고 顔色은 病黃이라. 如此ᄒ 種族이 엇지 能히 如此ᄒ 競爭場에 縷命을 維持ᄒᄂ가, 彼等의 容貌에ᄂ 衰字 窮字 賤字가 火印친 듯 分明히 보이더라 ᄒ니 余亦 同感이라. 農民 及 勞動者ᄂ 問題외어니와 所謂 노ᄂ 사람 階級이 體質은 頹ᄒ고 敗ᄒ고 劣ᄒ고 弱ᄒ야 實로 煩劇ᄒ 實社會 事務에 堪耐키 不能ᄒ리로다.

現今 學校에 在ᄒᄂ 靑年들은 卽 彼等의 子弟나 그 體質의 劣弱이야 不問可知라. 此靑年子弟를 마튼 敎育者 諸氏와 靑年 自身과 一般社會ᄂ 深히 反省홈이 有홀지어다.(1916.10.8.)

五, 忽忙

文明生活의 最히 顯著ᄒ 特徵은 忽忙이라. 滊車와 汽船은 晝夜를 不分ᄒ고 走ᄒ며 吾人의 眼前에 蛛網과 如히 羅ᄒ 電信 電話線은 暫時도 政治, 實業, 軍事 等의 通信通話를 傳치 아니홀 時가 無ᄒ다. 京城 泥峴이나 鍾路 街頭에 立ᄒ야 絡繹ᄒ 行人과 車馬를 觀ᄒ더라도 今日 社會의 如何히 忽忙홈을 可知ᄒ려니와, 進ᄒ야 東京 大阪 又ᄂ 歐米 諸都市의 繁華ᄒ 市街를 一訪ᄒ면 實로 此社會의 忽忙홈에 一驚을 喫ᄒ리로다. 電車와 市內 汽車ᄂ 數十百萬 忽忙ᄒ 乘客을 呑吐ᄒ면셔 晝夜로 奔走ᄒ고, 前에ᄂ 自働車 後에ᄂ 自轉車 又 其後

에 馬車가 同樣으로 忽忙흔 主人을 或은 銀行 或은 社會 或은 工場 或은 官廳으로 載去載來ᄒᆞ도다. 電話의 벨은 恒常 鳴ᄒᆞ야 잇고, 寫字機와 數盤은 항상 動ᄒᆞ야 잇고, 數萬의 煙突에셔ᄂᆞᆫ 恒常 黑煙을 吐ᄒᆞ야 잇고, 數萬의 發動機ᄂᆞᆫ 恒常 轉ᄒᆞ야 잇고, 印刷機ᄂᆞᆫ 每分 數萬頁의 新書籍을 吐ᄒᆞ야 잇고, 學校 敎室에셔ᄂᆞᆫ 每時 數百萬의 學生에게 新知識을 注ᄒᆞ야 잇도다.

彼每時間 百餘哩의 運力을 有흔 自働車上에 座흔 人은 그 自働車의 運力도 尙히 不足히 녀겨 時計를 ᄂᆡ어들고 一分一秒를 注視ᄒᆞ도다. 實로 彼等의 一分은 吾朝鮮人의 一年보다 貴흔지라. 或 此一分에 國與國의 戰爭과 平和가 決定되고, 或 此一分에 數百万圓 利害가 分ᄒᆞ고, 或 此一分에 驚天動地ᄒᆞᄂᆞᆫ 新發明이 生ᄒᆞ도다. 故로 彼等의 一分時의 價値ᄂᆞᆫ 極高極貴ᄒᆞ나 年俸 數百萬圓이 彼等을 爲ᄒᆞ야ᄂᆞᆫ 決코 貴ᄒᆞ지 아니ᄒᆞ도다. 如此흔 學識과 能力을 有흔 者ᄂᆞᆫ 一國의 大寶오 全世界의 大寶라. 万一 米人 에듸슨이 無ᄒᆞ얏던들 吾人에게 無限흔 便利와 快樂을 與ᄒᆞᄂᆞᆫ 電燈, 電話, 活動寫眞, 蓄音機 等 利器가 生ᄒᆞ지 못ᄒᆞ얏스리니, 에듸슨 一人의 功績을 엇지 金錢으로써 打算ᄒᆞ리오. 無能力인 百萬人과 如此흔 人 一人과 何者를 取ᄒᆞ랴뇨 ᄒᆞ면 誰某나 如此흔 一人을 取ᄒᆞ겟다 ᄒᆞ리라. 에듸슨의 一分間 一秒間은 實로 無能力 民族 全軆의 數百年 數千年보다 價値가 有ᄒᆞ나니, 同理로 文明人의 一分間 一時間은 非文明人의 十年 二十年을 當ᄒᆞ리로다. 如斯흠으로 彼等은 一分一秒의 時間을 競ᄒᆞ야 一面 自家의 事業을 成ᄒᆞ려 ᄒᆞ고 一面 社會國家의 文明 福利를 增ᄒᆞ려 ᄒᆞ나니, 彼 電信電話와 汽車汽船의 利器를 使用홀 權利ᄂᆞᆫ 實로 彼等에게만 在ᄒᆞ도다.

吾人 갓흔 者ᄂᆞᆫ 京城에셔 義州를 十日에 往ᄒᆞ야도 그만이오 百日에 往ᄒᆞ야도 그만이오 全혀 往치 아니ᄒᆞ야도 그만이오 或은 全히 此世에 生코 存치 아니야도 社會나 國家에 何等 損失이 無ᄒᆞ리니, 吾人 ᄀᆞ흔 者ㅣ 敢히 此文明의 利益을 使用흠은 實로 僭濫ᄒᆞ고 罪悚ᄒᆞ도다.

試ᄒᆞ야 銀座 等地 電車內에 坐ᄒᆞ야 乘客의 顔色과 擧動을 觀察ᄒᆞ라. 모다

緊張흔 容貌와 注意ㅎ는 眼眸와 急히 ㅎ는 態度가 보이고, 膝上에 置흔 가방 裏에는 時急히 處理홀 文書가 有ㅎ며, 明晳흔 頭腦中에는 今日 終日을 東奔西走ㅎ여야 終홀 만흔 新日課의 事務가 有ㅎ도다. 緩緩ㅎ게 新聞을 讀홀 閑暇가 無ㅎ며 車中의 數十分을 利用ㅎ야 二三種의 新聞을 讀破ㅎ여야 ㅎ겟도다. 更히 窓外를 觀ㅎ면 步行ㅎ는 者도 男女와 老少와 貧富貴賤을 勿論ㅎ고 可及的 길게 빠르게 步ㅎ러 ㅎ야 上體를 좀 숙이고 한눈도 팔식가 無ㅎ게 目的ㅎ는 處를 向ㅎ야 가도다.

夏日 黃昏이ㄴ 日曜日 其他 休日에 東京 近郊나 市內 公園이나 演劇場 活動 寫眞館 等處에 口口 閑暇ㅎ게 逍遙觀覽ㅎ는 士女를 보나니, 此는 京城에서도 塔洞公園이나 三淸洞 淸凉里 等處에서 可見홀 景況이라. 然ㅎ나 此와 彼에는 相異가 有ㅎ니, 此는 長長흔 時間에 홀 일은 無ㅎ고 寂寥를 不禁ㅎ야 遊樂으로 歲月을 送ㅎ려 ㅎ는 者오, 彼는 終日 又는 數日間 繁劇흔 事務에 疲困흔 心身을 一時의 快活흔 消暢으로 怪復ㅎ려 홈이라. 只今 公園에 散步ㅎ는 者는 數時間前 電車나 自働車로 奔走ㅎ던 者니 此奔走가 有ㅎ얏는지라 此散步에 快味와 意義와 價値가 有ㅎ거니와, 彼 淸凉里 三淸洞의 遊客들은 何事로 心身이 疲勞ㅎ얏관되 敢히 消暢을 圖ㅎ나뇨.

忽忙은 實로 文明人의 徵章이니, 何國이 忽忙ㅎ면 其國은 文明國이오 何人이 忽忙ㅎ면 其人은 文明人이라. 一分時를 可惜홀 바를 不知ㅎ는 者는 文明흔 者라 稱ㅎ지 못ㅎ리니, 대기 生存競爭의 激烈홈이 極度에 達흔 此世代에 處ㅎ야 一分一秒를 競ㅎ야 活動치 안이코는 個人이 個人의 生存을 保치 못홀지오 民族이 民族의 生存을 保치 못홀지라. 一家族의 各員이 忽忙ㅎ면 其家가 必興홀지오 一民族의 各員이 忽忙ㅎ면 其民族이 必興홀지니, 忽忙흔 世代에 處ㅎ야 忽忙치 아니흔 者의 受홀 報酬는 滅亡이니라.

竊히 朝鮮의 社會를 觀ㅎ건되 全人口의 거의 三分之二가 遊民이라. 全人口를 一千五百萬 치면 五百萬人이 勞苦ㅎ야 一千五百萬을 衣食케 ㅎ는 分數

니, 一人이 勞ᄒ야 三人을 養ᄒ도다. 然而 其一人의 生産力도 知識과 熟練과 適當ᄒᆫ 職業이 不足흠으로 一年 平均 五十圓에 不過ᄒ니 五十圓으로 三人이 食ᄒ랴ᄂᆫ 지라. 其困狀을 可睹로다. 一千萬人의 遊民은 何權利로 同胞의 血汁을 吮ᄒ고 無意味흔 生命을 繼續ᄒᄂᆫ가. 彼等은 晝寢ᄒ고 酒色ᄒ고 消暢ᄒᄂ는 外에 事務가 無ᄒ도다. 彼等으로 ᄒ야곰 每日 革靴 一雙式을 緔케 ᄒ더라도 小兒와 病者 三割을 除ᄒ더라도 一日 七百万雙을 得ᄒ리니, 每雙 四錢이라 ᄒ면 二十七万圜이라. 아모리 無能力흔 肉塊인들 終日 忽忙ᄒ면 一日 二十錢 收入은 可能ᄒ리니, 然ᄒ면 七百万人 收入 合計가 一日 七十万圓, 一個月 二千一百万圓, 一個年 二億 五千二万圓이라. 然則 現今 朝鮮이 七百万의 遊民을 有흠으로 每年 如斯흔 巨額의 可能 收入을 減ᄒ며 兼ᄒ야 彼等의 無料 衣食費를 損ᄒ도다. 朝鮮의 貧흠이 當然치 안이ᄒ뇨.

朝鮮人도 임의 世界文化의 本流에 接ᄒ얏스니 그 徵章인 忽忙을 額前에 付ᄒ여야 生存이라ᄂᆫ 境内에 入塲흠을 得ᄒ리라. 吾人의 急務가 何뇨, 除萬事ᄒ고 爲先 各各 忽忙흘지어다, 忽忙흘지어다.(1916.10.10.)

六, 沐浴湯

內地人이 世界에 對ᄒ야 自矜ᄒᄂᆫ 中에 一은 沐浴을 愛好흠이니 沐浴을 愛好흠은 卽 淸潔을 愛好흠이라. 淸潔은 實로 日本 國民性의 一이니, 此國民性은 家屋, 衣服, 飮食 等 日常生活에 다 表現되거니와 最히 顯著흔 것은 沐浴의 愛好. 都市에ᄂᆫ 每百戶 乃至 二百戶에 반다시 一戶 沐浴湯이 有ᄒ야 人民들은 平均 隔日 入浴ᄒ며 或者 每朝 入浴ᄒᄂᆫ 事도 有ᄒ고, 私家에 中流 以上 生活을 ᄒᄂᆫ 者ᄂᆫ 반다시 家内에 一個 浴室을 設ᄒ야 每日 或은 隔日 全家族이 入浴ᄒ며, 窮巷 農家에 至ᄒ야도 家家 或은 數家 聯合ᄒ야 一個 浴桶을 備ᄒ고 隔日 或은 每三日에 入浴ᄒ나니 實로 入浴은 彼等의 日常行事의 不可缺흘 事이라.

終日 社會의 劇務에 營營ㅎ야 汗도 多히 流ㅎ고 心身도 매오 疲勞ㅎ야 夕陽에 家에 歸ㅎ면, 事務服을 脫ㅎ고 溫浴中에 실컨 發汗도 ㅎ고 汗垢도 洗去흔 後에 冷水로 洗手ㅎ고 全身을 拭ㅎ고 輕快흔 浴衣(유까다*) 一枚에 情다온 家族과 相對ㅎ야 夕飯의 卓을 共히 ㅎ면, 一日의 勞苦가 玆에 忘ㅎ고 人生의 快樂이 玆에 生ㅎ는지라. 如此흔 快味는 實로 万金으로도 易홀 수 無ㅎ고 珍羞盛饌**과 佳人美酒로도 代홀 수 無ㅎ나니, 此는 오직 勞役과 沐浴과 家庭을 有흔 者의 享有ㅎ는 特權이라.

學生들도 終日 上學ㅎ고 運動ㅎ야 心身이 疲勞흔 時에 실컨 溫浴에 入ㅎ얏다가 夕飯을 喫ㅎ고 黃昏의 凉風을 쏘이면셔 二三十分 散步를 ㅎ고 나면 元氣가 恢復되고 精神이 爽快ㅎ야 書案에 對ㅎ미 工夫가 저절로 되다.

如斯히 沐浴은 身体의 淸潔과 疲勞의 回復에 效果가 有ㅎ거니와 有益흔 反面에는 반다시 害가 從ㅎ는 法이라. 私家의 浴室은 不然ㅎ나 所謂 錢湯에는 各階級 各種類人이 共同히 入浴홈으로 皮膚病, 眼疾, 淋疾 等 疾病을 傳染홀 수도 有ㅎ나니 故로 可能ㅎ면 早朝 浴湯이 淸潔홀 時를 擇홈이 好ㅎ며, 浴水는 可及的 高溫度인 者 初入時에는 짜슨흔 者가 好ㅎ고 浴後에 짜로 備置흔 淸水로 四五次 全身을 灌漑ㅎ며 더욱 頭髮과 顔面을 淸潔ㅎ게 洗홀지오, 浴桶의 水로 顔面을 洗ㅎ면 淋疾菌 等 毒菌이 眼에 入ㅎ야 危重흔 眼疾을 得ㅎ는 수 有ㅎ니 注意홀지라.

然ㅎ나 此等 疾病의 傳染은 幾千人中 一人 或은 幾萬人中 一人에 不過ㅎ나니, 此를 憂ㅎ야 入浴을 躊躇홀 것은 아니로되 公德上 自己에게 傳染病이 有ㅎ거던 共同浴桶에 入浴ㅎ지 안이홈이 可ㅎ며, 其他 入浴前에 兩足과 下部를 先洗홈과 浴桶中에서 垢를 洗ㅎ지 안이홈이 또흔 稱讚홀 만흔 公德이라 文明人에 合當ㅎ니라.(1916.10.11.)

---

* 원문에는 '그까다'로 되어 있다.
** 원문에는 '珍需盛饌'으로 되어 있다.

朝鮮人은 아직도 淸潔思想이 普及치 못ᄒ야 入浴의 善習慣이 無ᄒ나니 此ᄂ 文明人의 躰面에 甚히 羞恥ᄒ 바이라. 中流 以上 人士도 一個月 以上이나 入浴치 안이ᄒᄂ 者 有ᄒ며, 婦人에 至ᄒ야 一生 六七十年에 六七次 沐浴을 ᄒᄂ지 마ᄂ지. 顔面에ᄂ 粉을 발느고 全身에ᄂ 錦繡를 着ᄒ얏스나 가만히 그 衣服 속을 想像ᄒ면 應當 垢紋이 縱橫ᄒ야 至今토록 戀慕ᄒ던 者로 ᄒ야곰 嘔逆을 禁치 못ᄒ고 避ᄒ게 ᄒ리라. 車室中이나 演劇場中 鮮人이 多數 會集ᄒ 處所에ᄂ 所謂 쌈이라ᄂ 一種 惡臭가 有ᄒ나니 此가 入浴 안이ᄂ 證據며, 곳송이 又흔 男女兒童의 身躰에서도 不潔흔 此쌈내를 發흠은 外人이 知ᄒ가 보아 羞恥를 不禁ᄒᄂ 바이라. 況 身躰의 不潔은 萬病의 源임이라.

故로 敎育者나 宗敎家나 直接으로 人民에게 頻接ᄒᄂ 者들이 爲先 沐浴思想을 鼓吹ᄒ야 朝鮮人으로 ᄒ야곰 몬저 身躰의 堆垢를 滌去케 흠이 必要ᄒ지라. 浴湯의 設備가 有흔 都會에 往ᄒᄂ 者ᄂ 可及的 隔日 或은 멀어도 每三日 一次式 入浴ᄒ도록 習慣을 成ᄒ지며, 婦人과 兒女들도 家長된 者의 强制로라도 入浴ᄒ기를 務ᄒ며, 中流 以上 生活을 ᄒᄂ 者ᄂ 一間 房室과 六七圓 金錢을 犧牲ᄒ면 훌륭흔 浴室을 得ᄒ지오, 鄕村에서라도 面洞長이나 先覺者들이 率先ᄒ야 家庭 浴室 又ᄂ 共同浴湯을 設施ᄒ야 人民에게 淸潔思想을 注入흠이 可ᄒ지라. 此에 關聯ᄒ야 每朝의 漱洗와 養齒를 勸獎ᄒ며 兼ᄒ야 衣服, 寢具, 家屋, 庭園의 淸潔을 勸獎ᄒ면 漸次로 面目이 一新ᄒ야 陋巷 僻村싯지라도 文明人다온 淸潔흔 村中을 作ᄒ리니, 그리 되면 그 얼마나 깃브겟ᄂ가. 重言ᄒ거니와 宗敎家 敎育家 面洞長 又흔 直接으로 人民과 交ᄒᄂ 機會가 多흔 者들이 힘쓰면 此種의 開發은 容易흘 줄 確信ᄒ노라.

健康흔 精神은 健康흔 身躰에서 求흔다 ᄒ면 淸潔흔 精神은 淸潔흔 身躰에서 求ᄒ지나 남에게 朝鮮人은 더럽다 ᄒᄂ 말을 듯지 안토록 흘지어다. (1916. 10.12.)

七, 經濟의 意義

經濟는 一國의 經濟, 一家의 經濟, 一個人의 經濟를 勿論ᄒ고 總히 勞力을 善用ᄒ는 術이라고 定義ᄒ다. 自然의 法則은 最히 一定不變ᄒ야 一個人이 勞力을 善用ᄒ면 其人의 一生을 通ᄒ야 必要ᄒ 萬物이 饒足ᄒ며, 그쑨 아니라 其人이 快樂ᄒ게 高尙ᄒ게 生活ᄒᆯ 奢侈品ᄭ지 必得ᄒ며 更히 安樂ᄒ 休息과 他人을 救濟ᄒᆯ 餘裕ᄭ지 必有ᄒ 法이니라. 一民族도 此와 無異ᄒ니 一民族의 勞力이 善用되면 其全國民에게 滋養 잇는 食物과 安逸ᄒ 住居가 必有ᄒ며, 그쑨 아니라 善良ᄒ 敎育과 快樂의 物品과 美術, 文學, 音樂 等 藝術조차 必隨ᄒ나니라. 勞力을 善用ᄒ는 個人이나 民族에게 如上ᄒ 福을 下ᄒ는 自然의 法則은 勞力을 善用치 못ᄒ거나 或은 知慧롭지 못ᄒ게 使用ᄒ거나 或은 懶惰ᄒ야 勞力을 不肯ᄒ거나 或 勞力ᄒ기를 拒絶ᄒ는 者에게는 飢餓와 困窮과 病苦를 下ᄒ나니라. 万一 世界에 貧ᄒ거나 賤ᄒ거나 愚ᄒ 民族이 有ᄒ다 ᄒ면 其民族은 반다시 勞力을 智慧롭지 못ᄒ게 使用ᄒ얏거나 又는 아조 努力을 厭忌ᄒ는 者오, 決코 此는 偶然ᄒ 運數도 아니오 避치 못ᄒᆯ 天命도 아니오 其民族의 天質이 劣等ᄒᆷ도 아니니, 其民族의 居住ᄒ는 市街와 村邑에 慟哭이 滿ᄒ고 路傍에 死屍가 累累ᄒᆷ은 전혀 貯蓄ᄒ여야 ᄒᆯ 時에 浪費ᄒ고 勞作ᄒ여야 ᄒᆯ 時에 優遊ᄒ 故니라.

俗에 經濟라 ᄒ면 앗기다 모호다라는 意味니, 卽 金錢을 貯蓄ᄒᆫ다, 時間을 虛費치 아니ᄒ다는 類라. 然ᄒ나 此는 無識ᄒ 用法이니 經濟라 ᄒᆷ은 金錢을 蓄積ᄒᆷ을 意味ᄒ는 同時에 費用ᄒᆷ도 意味ᄒ나니, 卽 一家나 一國을 管理ᄒ는 者가 金錢이나 時間이나 勞力이나 其他 何物이던지 最히 有利ᄒ도록 蓄積ᄒ고 使用ᄒᆷ을 謂ᄒᆷ이라. 此定義는 極히 分明ᄒ니 經濟라 ᄒᆷ은 公과 私를 勿論ᄒ고 勞力의 善用을 意味ᄒᆷ이라. 卽 第一은 勞力을 合理ᄒ게 應用ᄒᆯ 것이오, 第二는 勞力의 産出物을 愼重히 保存ᄒᆯ 것이오, 第三은 勞力의 産出物을 適時

ᄒ게 分配홀 것이라.

第一 勞力을 合理ᄒ게 應用ᄒ다 홈은 其勞力으로 可能ᄒ 最히 高貴ᄒ고 最히 永久ᄒ 物品을 得ᄒ라 홈이니, 假令 米를 作홀 沃土에 牟麥을 作ᄒ다던가 錦布에 錦絲로 繡를 놋는 等 事를 말라 홈이오. 第二 勞力의 産出物을 愼重ᄒ게 保存ᄒ다 홈은 米穀을 安全ᄒ 倉庫에 納ᄒ야써 饑饉에 備ᄒ며 錦衣에 좀이 들지 말게 ᄒ라 홈이오. 第三에 勞力의 産出을 適時히 分配ᄒ라 홈은 積置ᄒ 穀物을 饑饉ᄒ 地方에 速히 運搬ᄒ며 華麗ᄒ 錦衣를 宿饒ᄒ 人民에게 速히 分配ᄒ야써 需用에 供給ᄒ라 홈이라.

經濟法을 完全히 理解ᄒᄂ 主婦는 右手에 米와 布를 들고 左手에 錦과 針을 집앗나니, 米와 布는 生活ᄒ기 爲홈이오 錦과 針은 美麗ᄒ 繡를 노하 威儀와 優美를 保全ᄒ려 홈이라.

一國의 經濟나 一家의 經濟가 다 此二部分이 有ᄒ니, 此二者中에 一者를 缺ᄒ야도 其國이나 其家의 經濟가 完全ᄒ다 謂치 못홀지라.

假令 一家를 두고 보면 衣食은 僅得ᄒ더라도 接客, 娛樂, 敎育費 等이 無ᄒ면 엇지 完全ᄒ게 經濟로 獨立ᄒ 一家라 云ᄒ리오. 故로 此二者가 平行ᄒ여야 비로소 完全ᄒ다 ᄒ리니, 萬一 華美ᄒ 風이 太盛ᄒ야 全民族이 金銀玉帛 等 所謂 寶物만 蓄積ᄒ기를 貪ᄒ면 不遠에 其蓄積되엇던 金銀玉帛이 다 他人의 手로 渡ᄒ고 其民族은 滅亡홀지며, 又 若此와 反對로 全民族이 實用만 過重ᄒ고 優美와 躰面을 過賤ᄒ면 民族의 思想이 極히 索寞ᄒ고 吝嗇ᄒ게 되어 마침내 金錢을 爲ᄒ야 金錢을 畜ᄒ며 勞力을 爲ᄒ야 勞力ᄒ게 될지니, 如斯ᄒ면 人生에 和氣와 道德性이 衰ᄒ야 快樂과 奢侈를 逐홈보다 더ᄒ 害毒이 生ᄒ나니라. 故로 一個人이나 一家族의 經濟가 完全ᄒ가 否ᄒ가를 知ᄒ랴거던 其人이나 其家가 其所有ᄒ 財産으로 實用과 快樂을 平衡ᄒ게 得ᄒᄂ 否ᄒᄂ가를 觀홀지니, 或 鉅万의 富를 有ᄒ고도 衣食外에 ᄒᄂ 것이 無ᄒ면, 假令 社交도 無ᄒ고 公益事業에 出資홈도 無ᄒ고 相當ᄒ 家屋과 身躰의 裝飾도 無

ᄒ면 無一物ᄒ 貧者와 異홈이 何리오. 도리어 貧者보다 金錢을 守直ᄒ 勞苦만 더ᄒ리니 此所謂 守錢奴라.

彼知慧로운 者의 庭園을 觀홀지어다. 截然히 半을 分ᄒ야 一部에는 菜蔬를 種호디 一部에는 芳香ᄒ 花卉를 栽ᄒ지 아니ᄒ얏ᄂᆞ가. 善良ᄒ 主婦ᄂᆞ 充溢ᄒᄂᆞ 露積과 繁盛ᄒᄂᆞ 廐圃를 矜ᄒᄂᆞ 同時에 淸潔ᄒ 廚房과 燦然ᄒ게 잘 닥근 器皿을 矜ᄒᄂᆞ니, 如此ᄒ 主婦의 容貌에ᄂᆞ 勞心ᄒᄂᆞ 빗과 快樂ᄒᄂᆞ 빗이 相半ᄒᄂᆞ지라. 彼가 事務에 勤勉홀 時의 嚴肅ᄒ 態度를 尊敬홀진ᄃᆡ 彼가 休息ᄒ고 娛樂홀 時의 怡然ᄒ 微笑를 尊敬ᄒ지 아니ᄒ랴. 一言以蔽之ᄒ면 完全ᄒ 經濟ᄂᆞ 實用도 饒足ᄒ고 快樂도 饒足ᄒ 者를 謂홈이니, 一個人이 勞力을 善用ᄒ면 一個人이 此二者를 必得ᄒ고 一家나 一民族이 此를 善用ᄒ면 一家나 一民族이 此二者를 必得ᄒ도록 天地自然의 法則이 定ᄒ야 變홈이 無ᄒ니라.(英人 러스킨氏의 「藝術經濟論」 中의 一節 抄譯) (1916.10.13.)

八, 勤而已矣

一民族이 勞力을 善用만 ᄒ면 其民族 全躰의 好衣와 美食과 快樂을 必得ᄒ나니 要ᄂᆞ 最善ᄒ게, 卽時로, 恒久ᄒ게 勞力홈에 在ᄒ니라. 故로 万一 我等의 手가 空ᄒ거던 卽時로 我等의 周圍를 察ᄒ야 我等의 手가 急히 ᄒ여야 홀 事가 無ᄒ가 觀ᄒ라, 有ᄒ거든 此ᄂᆞ 我等의 家事가 整頓치 못ᄒ 證據니라. 假令 此에 一農夫가 有ᄒ고 其農夫가 二人의 雇人을 有ᄒ다 ᄒ자. 雇人들이 午正에야 비로소 起牀ᄒ야 主人에게 告ᄒ되 我等은 홀 일이 無ᄒ오니 將次 何事를 ᄒ오릿가 ᄒ면 主人이 그제야 急히 左右를 察ᄒ나 恒常 万事가 整頓치 못ᄒ지라. 何事를 指定ᄒ야 彼等의 空ᄒ 手를 使用홀지 不知ᄒ고 맛참ᄂᆡ 空으로 晝飯을 食ᄒ게 홈을 痛恨ᄒ리니, 我國의 經濟狀態가 正히 如斯ᄒ니라.

万一 此家가 整頓된 者런들 彼等의 手의 空홈을 깃버ᄒ야 卽時 무슨 事務를 指示ᄒ리니, 大槪 彼ᄂᆞ 今日 午后에 홀 일이 何이며, 明日에 홀 일이 何이

며, 來月에 홀 일이 何임을 豫히 分明ᄒ게 作定ᄒ엿고, 如何ᄒ 新事業이 最히 有利ᄒ리라 홈을 知慧롭게 洞見홈이라. 如斯히 賢哲ᄒ 方法으로 彼等을 使用ᄒ다가 日(暮)가 되면 彼等을 解放ᄒ야 各各 安逸ᄒ게 休息케 ᄒ거나, 或은 煖爐邊에 彼等을 招集ᄒ고 有益ᄒ 書籍을 讀ᄒ여준다 ᄒ면 彼等은 一人도 優遊ᄒ 者가 無ᄒ며 一人도 過勞ᄒ 者가 無홀지오, 二人이 同樣으로 勤勉ᄒ게 勞力ᄒ엿스면 其事務는 完全ᄒ게 畢ᄒ엿슬지며 且 主人이 如此히 親切ᄒ며 難ᄒ 事務는 强ᄒ 者에게 任ᄒ고 易ᄒ 事務는 弱ᄒ 者에 任ᄒ얏스리니 一人도 怨恨홈이 無홀지오, 一人도 懶惰ᄒ다는 誚責을 不受ᄒ는 同時에 一人도 過勞ᄒ는 弊端이 無ᄒ리라. 一民族에 對ᄒ야셔도 正히 如斯ᄒ니, 人을 爲ᄒ야 事의 無홈을 歎치 말고 事는 多ᄒ딕 人이 少홈 歎홀지어다.

多數ᄒ 人民에게 食을 與홀 것을 歎ᄒ지 말고 無限ᄒ 事業을 엇더케 홀가를 歎홀지어다.(1916.10.14.)

吾人을 亡케 ᄒ는 者는 飢寒이 아니오 懶惰니 奴僕 食量이 大홈을 恨치 말라. 彼等의 筋力이 卽 吾人의 財産이오 彼等의 飢寒이 卽 吾人의 損失이니라. 볼지어다, 어이 그리 홀 일이 多ᄒ뇨. 江河는 年年히 貴重ᄒ 田畓을 蝕ᄒ나니 堤防을 築ᄒ야야 ᄒ겟고, 四顧 三千里에 山은 赤禿ᄒ얏스니 森林을 成ᄒ여야 ᄒ겟고, 道路가 狹ᄒ야 車가 不通ᄒ믹 一車로 能홀 것을 數十人이 徒勞ᄒ니 道路를 修築ᄒ여야 ᄒ겟고, 地味가 桑에 適ᄒ니 大桑園을 各地에 作ᄒ여야 ᄒ겟고, 蠶業이 年年히 盛ᄒ니 製系紡績의 工場도 設ᄒ여야 ᄒ겟고, 鐵과 石炭이 具備ᄒ니 鐵工業도 興ᄒ여야 ᄒ겟고……ᄒ여야 홀 일 千이오 萬이니, 此는 皆 吾人이 ᄒ여야 ᄒ겟고 將次도 ᄒ여야 ᄒ겟스며 永遠히 ᄒ여야 ᄒ리니, 實로 此가 홀 일이요 他가 안이니라. 一家의 經濟는 一村에 應用홀지오 一村의 經濟는 一郡一道에 應用홀지니라.

吾人은 治家 잘못ᄒ는 家長을 誹謗ᄒ나니 吾人이 其實 此誹謗을 受홀 者라. 吾人은 吾土의 全住民을 懶惰ᄒ게 放任ᄒ얏고 吾土를 不整頓ᄒ게 放置ᄒ

엿도다. 此에 一地主가 有호야 自家의 貧窮을 嘆호거늘, 或이 言호디 爾의 土地는 半이나 荒蕪호얏고, 爾의 厩囿는 屋盖가 無호며, 爾의 墻垣은 거의 壞호얏고, 爾의 奴僕은 飢困을 不勝호야 路傍에 死호엿도다 흔디, 地主가 答호니 然호나 余의 土地를 耘호고 余의 厩囿와 墻垣을 修繕호려면 巨大흔 費用을 要홀지니 余의 家産이 全敗호고 말지오, 또 奴僕에게 衣食과 給料를 給홀 것이 無호다 호면 諸君은 何如호게 答호겟나뇨. 應當 미련흔 者며, 敗家호는 代身에 田畓을 耘홀지어다. 爾를 亡케 흔 者는 無氣力호고 懶惰홈이며, 爾의 奴僕에게 홀 일을 給홈이 卽 衣食을 給홈이 아니라 호리라. 良田 萬頃이 有호더라도 上述흔 單純흔 法則을 脫호지 못호나니, 一家에 對호야 眞흔 原理는 一國一民에 對호여서도 眞호니라. 土地가 廣호다고 懶惰흔 者가 滅亡호는 法則은 變호지 아니호고, 人民이 多호다고 勞力호면 生産호는 法則은 變호지 아니호나니라.

故로 朝鮮의 貧홈을 歎호지 말고 朝鮮人의 懶惰홈을 歎호며 朝鮮人의 홀 일이 無홈을 嘆호지 말고 朝鮮에 在흔 先覺者와 財産家가 事業을 起호야 彼懶惰흔 者에게 職業을 與치 못홈을 歎홀지어다.(英人 러스킨氏 「藝術經濟論」 中 一節 意譯 補述)

余가 一日 러스킨文集을 讀호다 以上 譯述흔 數節에 到함이 恰似히 四方 三万外에 生호얏던 러스킨氏가 今日 朝鮮人을 爲호야 此論을 著흔 듯흔 感이 有흔지라. 참아 卷을 釋호지 못호고 歎코 讀홈이 三四에 及홈을 不覺호다가 맛참니 此를 譯出호야 賢明호신 諸氏의 淸覽에 供호기로 호니라.

推컨디 英國은 商工業으로느 學術로나 社會制度로나 러스킨氏의 論호는 經濟組織으로나 其他 諸般 文物에 世界 万國의 模範이 되는 者어늘 러스킨氏의 其恨歎 警告홈이 若是 其深호니 吾輩 朝鮮人은 果然 何如홀는고

讀者 諸氏는 泛泛看過치 말고 百讀千慮호실지어다.(1916.10.17.)

九, 名士의 儉素

「太陽」 雜誌라면 東洋에 最大호 最히 權威 有호 雜誌라. 該雜誌 主筆이라 호면 日本의 一流名士오 一流學者리니, 誰某나 如斯호 人을 想像홀 時에는 百 餘圓 가는 衣服에 金時計를 늘이고 馬車니 自働車로 靜養軒이니 帝國호텔 갓 흔 데셔 美姬를 擁호고 美酒에 醉호리라 호리니, 如斯히 홈이 朝鮮式 名士임 일 식라. 每朔 三四十圓의 月給을 受호고 婢僕들에게 令監마님의 稱號나 들 으면 발셔 一流名士로 自處호야 身에 美衣를 纏호고, 出門에 반다시 車馬를 用호며, 對人에 傲然히 公侯의 威를 示호고, 明月館 惠泉館에 一夜 數百圓의 豪遊를 敢作홈이 朝鮮式 名士니, 대게 朝鮮에 아즉 高級 名士, 眞正호 意味로 의 名士가 無호며 蠢蠢호 低級 名士들이 狸虎之威를 示홈이라.

法學博士 浮田和民*氏는 多年 太陽報 主筆이오 早稻田大學 敎授로 學界 政 界에 名聲이 赫赫호 者라. 余 氏를 仰慕홈이 久호더니, 年前 某演說會에셔 氏 의 風貌을 初對호니 質素호 和服에 書生 下馱**를 穿호얏는지라. 仍下호야 一 友에게 博士 日常生活 狀態를 問흔되, 友一 對曰 博士의 家庭은 總히 質素를 爲主호야 禮式時에 着用호는 者外에 洋服이 無호고 婦人과 令息(今亡)까지도 木綿衣를 常用호며, 博士 自身은 一日 二食도 生活上 不足홈이 無호다 호야 朝飯을 略호고 二食主義를 實踐호며, 煙草나 酒類는 一切 嚴禁호고 宴會 等 特 別호 境遇外는 料理店에 入호지 안이호며 出入홀 時에는 電車를 乘用혼다 호거늘, 余는 博士는 奇人이라 稱罕호 君子人이라 호얏더니, 漸次 多數 學者 와 名士를 對호여 봄이 그 儉素홈이 거의 一軌라. 就中 田尻博士***는 儉素의 好典型이니, 子爵이오 帝國 會計檢査院長이오 法學博士인 高貴호 身分으로

---

* 우키타 카즈타미浮田和民(1859-1946). 일본의 사상가 정치학자. '안으로 입헌주의, 밖으로 제
국주의'를 내건 '윤리적 제국주의'를 표방하였고, 종합 잡지 『타이요太陽』의 편집인으로도
활약하여 당시 젊은이들에게 큰 영향을 미쳤다.

** げた 왜나막신.

*** 타지리 나지로田尻稻次郎(1850-1923). 일본 최초의 법학 박사이자 대장성大藏省 은행국장을 거
쳐 회계검사원장까지 지냈으나, 검소한 생활 태도로 유명했다고 한다.

麥飯葱湯 粗食에 一着 七八圓의 立襟洋服을 着ㅎ고, 下等 勞動者들과 膝을 交 ㅎ고 電車에 乘ㅎ며, 발이 싸지는 泥濘에도 흔들흔들 步行ㅎ며, 庭園에는 無 用흔 花草를 栽ㅎ는 代에 茄子, 馬鈴薯, 豆類, 南瓜, 西瓜 等을 種ㅎ고, 人을 對 ㅎ야 曰 此等 草는 花時에 花를 賞ㅎ고 葉時에 葉을 賞ㅎ고 果時에 果를 賞ㅎ 고 終에는 其味를 賞ㅎ고 腹을 充ㅎ나니 此에 더 됴흔 花草가 更有ㅎ랴, 君도 豌豆花 南瓜花의 美를 學흘지어다 흔다 ㅎ나니, 博士와 如흔 이는 實로 奇人 이라 此로써 他를 律흘 슈 無ㅎ거니와, 宗敎界의 名士인 內崎文學士는 十餘 年前 英京 留學에 着用ㅎ던 洋服을 只今토록 着用흔다 ㅎ며 自宅에셔 某大學 신지 四五十分 程을 每日 步行흔다 ㅎ나니, 以上 數例로 보아도 名士의 儉素 흠을 推知ㅎ려니와, 明治 陛下를 慕ㅎ야 殉節흔 故乃木* 陸軍大將은 實로 儉 素生活의 好典型이라. 如斯히 堂堂흔 一流名士로셔 如斯히 可驚흘 儉素生活 을 爲흠은 實로 吾輩 凡人의 意表에 出ㅎ도다.

美服을 着ㅎ야 車馬의 威를 用ㅎ야 人의 稱讚과 仰慕를 受ㅎ려 흠은 美服 車馬 以外에 人으로 ㅎ야곰 自己를 仰慕케 흘 所長이 無흔 證據라. 德이 高ㅎ 고 學이 博ㅎ면 自然히 天下가 仰慕ㅎ나니 此所謂「桃李不言이나 下自成 蹊」**라. 故로 如斯흔 人은 錦繡나 金玉으로 身體를 裝飾할 必要가 無하며 身 躰를 裝飾흠이 도리어 自己의 品格을 卑下흠인 줄을 知ㅎ거니와, 此德과 此 學이 無흔 下等人은 徒히 錦繡, 金玉, 車馬의 外華로 人의 稱讚을 受ㅎ려 ㅎ나 니 彼等은 此가 도로혀 世人의 睡罵와 嘲笑의 標的이 됨을 不覺ㅎ도다. 一友 일즉 余에게 言ㅎ야 曰 余가 一日은 싀골셔 來ㅎ는 길에 垢衣弊襪에 行色이 過히 草草흔지라. 南大門을 入ㅎ야는 行人이 余를 向ㅎ여 嘲笑흘가 져허 低

---

* 노기 마레스케故乃木(1849-1912). 메이지시기 일본 육군의 최고 지도자로서 러일전쟁 당시 크게 활약했고, 메이지 천황의 서거 후 아내와 함께 순사殉死하였다.

** 복숭아와 오얏은 꽃이 곱고 열매가 맛이 좋으므로 말하지 않아도 찾아오는 사람이 많아 그 나무 밑에는 절로 길이 생긴다는 뜻으로, 덕이 있는 사람은 말하지 않아도 사람들이 따름 을 비유해 이르는 말.

頭 速步로 小路를 擇ᄒ야 家에 歸ᄒ니 愧汗이 背를 沾ᄒ얏노라. 其後 婚姻禮式 歸途에ᄂ 過分ᄒᆫ 美服을 着ᄒ고 人力車上에 坐ᄒ야 以爲호딕 今日은 行人은 余를 仰視ᄒ고 羨望ᄒ리라 ᄒ여 行人이 余를 注視ᄒᄂᆫ가 否ᄒᄂᆫ가를 察ᄒ얏스나 行人들은 제 길만 가고 此美服의 好紳士를 보아주는 이죠차 無ᄒ더라.

余一 於是에 自覺호딕 世人은 各各 自家事務에 奔走ᄒᆫ지라 路上에서 余의 容貌의 美醜와 衣服車馬의 好否를 察ᄒᆯ 餘暇가 無ᄒ니 錦繡를 纏ᄒ딕 稱羨ᄒᆯ 者도 無ᄒ며 布衣를 着ᄒ딕 嘲笑ᄒᆯ 者가 無ᄒ거ᄂᆯ, 余가 愚ᄒ야 至今토록 余의 容貌와 衣服을 爲ᄒ야 憂慮를 不絶ᄒ얏도다 ᄒ고 伊來로 木綿服에 메트리를 穿ᄒ노라 ᄒ거ᄂᆯ, 余도 深히 此言에 感激ᄒ얏노라.

十圓을 들여 衣服을 지어 닙고 滿足ᄒ야 街上에 出ᄒ면 二十圓 들인 衣服 닙은 者가 보이고, 人力車를 乘ᄒ고 自滿ᄒ야 街上에 出ᄒ면 馬車 自働車를 乘ᄒᄂᆫ 者를 逢ᄒ도다. 奢侈에 엇지 限定이 有ᄒ리오. 萬一 王侯의 侈를 學ᄒ지 못ᄒᆯ진된 寧히 寒士의 儉을 學ᄒᆯ지니, 元來 儉ᄒ게 차린 者ᄂ 보기 조흐되 侈ᄒ랴면셔 奢侈 못ᄒᆫ 者처럼 醜ᄒᆫ 것이 업나니, 街上에서 觀ᄒ면 此種의 滑稽가 實로 多多ᄒ니라.

內地 學生들은 如斯ᄒᆫ 諸名士의 感化를 隨ᄒ야 儉素로써 자랑을 삼나니, 京城 等地 學生 諸君에게 一次 보이고 십도다.

彼名士들은 名士된 後에 儉素홈이 아니라 儉素홈으로 名士가 되니라.(1916. 10.19.)

十, 朝鮮人은 世界에 第一 奢侈하다

近年에 交通이 便ᄒ야 海外의 物品이 多數 輸入되며 我朝鮮人은 海外 物品이 曾前 自己의 物品보다 便利 美麗홈을 見ᄒ고 此에 醉ᄒ야 衣服 原料며 日常用品을 全혀 海外物品에 仰ᄒ게 되다. 高價ᄒᆫ 洋服, 洋帽, 洋靴를 穿ᄒ며, 時

計 指環을 用ㅎ며, 高價혼 煙草와 酒類를 用ㅎ게 되다. 然ㅎ나 余눈 此를 指ㅎ야여 奢侈라 ㅎ지 아니ㅎ노라. 朝鮮人이 人力車 自働車를 乘ㅎ며 淸凉里 三淸洞의 淸遊를 頻試ㅎ고, 明月樓 長春 惠泉館에셔 美姬를 擁ㅎ고 一夜 數百圓의 豪遊를 作ㅎ도다. 然이나 余눈 此를 指ㅎ야 奢侈라 ㅎ지 아니ㅎ노라.

奢侈라 홈은 過分ㅎ게 金錢을 費用홈을 謂홈이며 過分이라 홈은 收入에 相當치 못혼 支出을 爲홈을 云홈이니, 萬一 每朔 百圓 收入이 有혼 者가 二三十圓 가눈 洋服을 着혼다사 엇지 奢侈라 ㅎ며, 每朔 千餘圓 收入이 有혼 者가 間或 數百圓의 豪遊를 혼다 혼들 엇지 奢侈라 ㅎ며, 每日 七八時間의 劇務에 從事ㅎ눈 者가 一週 或은 一旬에 一次式 淸遊를 試혼다 혼들 엇지 奢侈ㅎ다 ㅎ며, 自己의 手로 各種 物品을 製造ㅎ눈 者가 海外의 物品을 使用혼다 혼들 엇지 奢侈라 謂ㅎ리오.

鍾路에 立ㅎ야 行人의 衣服을 見ㅎ고 其人의 生産收入을 推度ㅎ며 明月樓에 登ㅎ야 豪遊ㅎ눈 紳士를 見ㅎ고 其人의 生産收入을 推度ㅎ라. 彼等이 果然 그만혼 收入이 有ㅎ고 그만혼 支出을 ㅎ눈가. 그만혼 生産이 有ㅎ고 그만혼 消費를 ㅎ눈가.

余의 所謂 收入이라 홈은 一家의 收入을 指홈이 아니오 一個人의 收入을 指홈이니, 先祖의 遺産이 有ㅎ야 一家의 收入으로 年年 幾百 幾千万의 黃金이 有ㅎ더라도 此눈 其家의 一員 되눈 個人의 收入이 아니라. 正確혼 意味로 言ㅎ건딕, 獨立生活 ㅎ기에 至ㅎ눈 敎育費 以外에 其家의 財産을 使用홀 權利가 無ㅎ고 오즉 其財産은 社會를 爲ㅎ눈 公共事業에만 使用ㅎ기 可得혼 것이라. 然則 朝鮮人中에 眞正혼 意味로 自己의 收入을 有혼 者가 幾人이뇨. 所謂 相當혼 收入이 有ㅎ다 ㅎ눈 者눈 極少數를 除혼 外에눈 擧皆 父母의 遺産이라. 朝鮮에셔눈 遺産만 有ㅎ면 其子孫은 아무 生産도 營爲ㅎ지 아니ㅎ고 다만 遺産을 使用ㅎ기로만 其職分을 삼나니, 故로 一人이 一生을 勤苦蓄積혼 財産이 구덕이와 如혼 子孫의 食盡ㅎ눈 바 되어 社會와 國家에 利益되기눈 姑

舍ᄒᆞ고, 其財産이 無ᄒᆞ더면 勤勉ᄒᆞ게 生産ᄒᆞᆯ 數多ᄒᆞᆫ 일ᄭᅮᆫᄌᆞ차 優遊墮落ᄒᆞ게 ᄒᆞ야써 社會國家로 ᄒᆞ여곰 害毒과 損失을 受ᄒᆞ게 ᄒᆞ도다.(1916.10.20.)

如斯히 一分一厘의 收入이 無ᄒᆞᆫ 者가 每朔 數百圓 數千圓을 衣服 飮食과 遊樂에 費ᄒᆞᆫ다 ᄒᆞ면 此가 奢侈가 아니면 何리오. 彼等은 一錢 一厘을 使用ᄒᆞ야도 역시 奢侈라. 故로 文明諸國의 富家에셔ᄂᆞᆫ 其子弟가 獨立ᄒᆞᆫ 職業을 得ᄒᆞ게 되도록 敎育시긴 後에ᄂᆞᆫ 衣食住의 生活費ᄅᆞᆯ 全히 其子弟로 ᄒᆞ야곰 自得ᄒᆞ게 ᄒᆞ며, 或 自家에셔 經營ᄒᆞᄂᆞᆫ 銀行, 會社, 工場 等 事業에 其子弟ᄅᆞᆯ 使用ᄒᆞᆫ다 ᄒᆞ더라도 其力量에 依ᄒᆞ야 他人과 同額의 月俸을 給ᄒᆞ다가 戶主가 死亡ᄒᆞᆫ 後에야 其子弟로 ᄒᆞ야곰 全財産을 相續케 ᄒᆞ며, 戶主 自己도 事業에 必要ᄒᆞᆫ 費用은 問題外로되 自己 個人의 生活費ᄂᆞᆫ 月額을 定ᄒᆞ야 마치 自己도 自家라ᄂᆞᆫ 一團躰의 雇傭人으로 看做ᄒᆞᄂᆞ니, 如斯 然後에야 財産이 비로소 生命을 有ᄒᆞᄂᆞᆫ 것이라. 如斯ᄒᆞᆷ으로 經營ᄒᆞᄂᆞᆫ 事業에 失敗ᄒᆞ야 財産을 失ᄒᆞᄂᆞᆫ 事ᄂᆞᆫ 實로 不可免ᄒᆞᆫ 運數어니와, 朝鮮셔와 如히 戶主 一人이 酒色이나 花鬪에 鉅万의 財産을 蕩盡ᄒᆞ고 無辜ᄒᆞᆫ 全家族으로 ᄒᆞ야곰 路傍에 號泣케 ᄒᆞᄂᆞᆫ 事ᄂᆞᆫ 殆히 絶無ᄒᆞ다 ᄒᆞ리만큼 極少ᄒᆞ니라.

故로 文明 諸國人은 修學中에 在ᄒᆞᆫ 者, 老病者 不具者ᄅᆞᆯ 除ᄒᆞᆫ 外에ᄂᆞᆫ 男女ᄅᆞᆯ 勿論ᄒᆞ고 各各 自己 相當ᄒᆞᆫ 事業에 從事ᄒᆞ야 一定ᄒᆞᆫ 收入을 得ᄒᆞᄂᆞ니, 家庭은 마치 各種 職業에 從事ᄒᆞᄂᆞᆫ 者의 同居組合의 觀이 有ᄒᆞ다. 故로 彼等은 相當ᄒᆞᆫ 衣食을 取ᄒᆞ고 相當ᄒᆞᆫ 娛樂을 取ᄒᆞ기 爲ᄒᆞ야 相當ᄒᆞᆫ 財産을 虛費호되 此ᄅᆞᆯ 奢侈라 稱ᄒᆞᆯ 수 無ᄒᆞ거니와, 朝鮮人과 如히 自朝至夕히 晏然長臥ᄒᆞ야 煙管만 長吸ᄒᆞᄂᆞᆫ 者가 彼等과 如히 衣食과 娛樂을 取ᄒᆞᆫ다 ᄒᆞ면 엇지 奢侈가 아니며 天罰이 두렵지 아니ᄒᆞ리오

或 自手로 벌어셔 生活ᄒᆞᆫ다ᄂᆞᆫ 者도 過分ᄒᆞᆫ 衣食 娛樂에 收支 不相償ᄒᆞᄂᆞᆫ 者가 多ᄒᆞ니 彼優遊無爲ᄒᆞᄂᆞᆫ 者에 比ᄒᆞ면 實로 兩班님이오 上等人이어니와 此亦 奢侈라. 一槪로 보아 現代 朝鮮人은 生産收入은 無ᄒᆞ고 消費支出만 ᄒᆞᄂᆞᆫ 人種

이니, 彼等이 구더기와 如히 先祖의 蓄積ᄒ여준 遺産만 파먹으며 妓生 끼고 長
鼓 치는도다. 朝(鮮)人의 富力이 日로 減少흠이 엇지 偶然ᄒ리오. 아즉도 反省
흠이 無히 그딕로만 가면 不遠흔 將來에 모다 飢와 凍에 泣ᄒ는 거지쎼가 되고
말리니 實로 噓噫長呼흠을 禁치 못ᄒ리로다. 余가 彼等을 指ᄒ야 世界에 最히
奢侈흔 人種이라 흠이 엇지 過言이리오.

  제 쌈 아니 흘리고 衣食ᄒ는 무리를 不汗黨이라 ᄒ나니, 不汗黨은 盜賊의
別名이라. 他人의 勞苦흔 所得을 奪食ᄒ나니 엇지 盜賊이 아니리오. 社會의
盜賊이오 國家의 盜賊이오 全人類의 盜賊이라. 天은 適者生存과 自然淘汰라
는 嚴正흔 法則下에 如此흔 무리의 生存繁殖權을 奪ᄒ시나니라. 動物이 植物
體에 附ᄒ야 生息ᄒ는 者를 寄生蟲이라 하나니, 寄生蟲은 卽 구더기오 좀이
라. 此를 彼不汗黨의 第二 第三 別號라 ᄒ리니, 彼等은 曝陽과 毒藥으로 破滅
흠이 可ᄒ니라.

  嗚呼라, 余가 誤ᄒ얏도다. 彼等을 咀呪ᄒ고 詬罵흠이 太甚ᄒ얏도다. 彼等
도 亦是 人類라. 悔改ᄒ야 勤儉力作ᄒ야 自汗自食 自作自給ᄒ는 者로 化ᄒ기
만 ᄒ면 彼等은 文明人이오 尊敬ᄒ고 稱讚흘 良民이며, 또 彼等이 如此히 不
汗의 大罪를 犯흠 幾十代 以來 先祖의 쎄친 惡習을 因흠이라. 從此로 各各 扼
腕切齒ᄒ고 農商工業間 一業에 勤勉從事ᄒ야 社會의 富를 補ᄒ는 큰 일군들
이 되리니, 伊時에 余는 彼等을 咀呪詬罵ᄒ던 此一管筆을 折ᄒ고 甘ᄒ게 彼等
의 足下에 平伏ᄒ야 一邊 罪를 謝ᄒ고 一邊 功을 賀ᄒ리로다.

  然ᄒ나 人民의 自覺은 自然히 來ᄒ는 者가 아니라. 優遊ᄒ는 彼等으로 ᄒ
야곰 努力의 義와 美를 解ᄒ야 勤勉흔 生産者가 되게 ᄒ랴면 여러 가지 先覺
者의 運動이 有ᄒ여야 흘지니, 或은 宗敎界에 活動ᄒ는 者, 敎育界에 活動ᄒ
는 者, 文筆로 警世흘 志를 抱한 者은 銳意 專此 自汗自食精神을 鼓吹ᄒ여야
흘지며 他一邊으로는 消極的으로 奢侈를 規戒ᄒ여야 ᄒ리로다. (1916.10.21.)

十一, 家庭의 豫算會議

安部磯雄*氏가 일즉 某處에셔 講演흔 要旨가 如左ᄒ니,

余는 子息의 稍長홈을 俟야 家庭의 豫算會議를 開려 ᄒ오. 會期는 每年 一次 正月 二三日間이요 會員은 十五歲 以上된 家族 全體오. 豫算會議가 有ᄒ니 毋論 決算會議도 有홀 것이오, 決算會議는 每年 年終에 開홀 것이외다.

議長은 便宜上 家長인 余가 되려 ᄒ나 決코 余는 家長이오 議長이라 ᄒ야 他會員보다 優勝흔 權利를 有ᄒ지 아니ᄒ리니, 대개 妻와 子女는 다 敎育이 有ᄒ고 個性을 具備흔 人格者임이오.

爲先 一年內 余와 家族의 全收入을 豫定ᄒ고 其次는 每朔 全家族의 生活上 必須흔 費用을 豫算ᄒ야 全會의 承認을 得ᄒ겟소. 毋論 從多數 取決이오. 其內容은 白米 幾石에 價 幾圓, 薪炭 幾馱 幾石에 價 幾圓, 牛肉 幾圓, 魚類 幾圓, 된장 간장이 幾圓, 水道 電燈 電話代가 幾圓, 新聞雜誌 及 新刊 書籍代 及 郵電通信費가 幾圓, 子女 學費가 幾圓, 一年 十數次 節日에 宴會料理가 幾圓, 接賓客費가 幾圓, 一年 幾次 演劇場 活動寫眞 及 郊外 遊興費가 幾圓, 衣服費 洗濯費가 幾圓, 諸他 雜費가 幾圓…… 이 모양으로 家族 全體의 豫算이 通過되면 其次에는 家族 各員이 各自의 必要딕로 豫算을 提出ᄒ고 其必要와 用處를 說明흔 後에, 全會員이 多數 討論흔 結果로 正當ᄒ다 認定ᄒ면 此를 通過ᄒ고 不正當ᄒ면 或은 削減 或은 否認홀 것이오. 此는 딕게 個人의 私用이 不可無ᄒ기로 定흔 것이오. 如斯히 豫算이 確定된 後에 殘剩ᄒ는 金錢은 臨時費 或 家庫金으로 銀行에 貯金ᄒ는 것이오.

其次에는 掌財者로 말ᄒ면 大藏大臣을 擇홀지니 此는 便宜上 主婦가 任命될 것이오, 主婦는 每朔 銀行에 往ᄒ야 一朔 豫算額을 차즈다가 一朔中 所用될 者를 購買ᄒ며 各員의 一朔 所用홀 잔돈을 支拂ᄒ고, 更히 一朔內 每日 豫

---

* 아베 이소安部磯雄(1865-1949). 기독교적 인도주의의 입장에서 사회주의를 선창했던 일본 기독교 사회주의운동의 선구자.

算表와 料理目錄을 精密히 製作ᄒ오. 例ᄒ면 每日 白米 幾升, 薪炭 醬油 幾何, 牛肉 魚類 幾何, 果實 菓子 幾何 等과 某日 朝에ᄂᆞᆫ 飯 된장국, 무김치, 午에ᄂᆞᆫ 飯 牛肉, 煎骨, 白菜뭇침, 林檎, 夕에ᄂᆞᆫ 飯 刀尾漁 生구이, 감자 복금……이 모양이오 무슨 特別ᄒᆞᆫ 境遇가 아니고ᄂᆞᆫ 決코 此豫算을 變更ᄒᆞ지 아니ᄒ오.

每日 料理에 關ᄒᆞ야 一言ᄒᆞᆯ 것은 金錢을 多費ᄒᆞ야 魚肉을 多食ᄒᆞᆷ이 반다시 身軆에 有益ᄒᆞᆷ이 아니오 도로혀 制限이 無ᄒ게 魚肉을 食ᄒᆞ면 大害가 有ᄒᆞᆫ 것이니, 余의 家庭에셔ᄂᆞᆫ 某醫學者에게 問議ᄒᆞ고 ᄯᅩ 自家의 經驗을 從ᄒᆞ야 最히 儉ᄒᆞ고 最히 滋養 잇ᄂᆞᆫ 食物을 取ᄒᆞᄂᆞᆫ 것이니, 假令 脂肪分 幾何, 蠶白質 幾何, 含水炭素, 水分, 石炭質 各幾何……이러케 人軆에 必要ᄒᆞᆫ 要素를 適宜ᄒᆞ게 攝取ᄒᆞᆯ 만ᄒᆞᆫ 食物原料를 選擇ᄒᆞ야 此에 淨潔ᄒᆞ고 發達된 科學的 調理法을 加ᄒᆞᄂᆞᆫ 것이오 假令 豆腐 ᄀᆞᆺᄒᆞᆫ 것은 極히 價賤호ᄃᆡ 牛肉과 上等 或은 優越ᄒᆞᄂᆞᆫ 滋養分이 有ᄒᆞᆫ한 者라. 다만 風味가 不佳ᄒᆞᆷ이 欠이나 此에 適量의 牛豚肉과 香料를 加ᄒᆞ야 調理ᄒᆞ면 맛이 훌륭ᄒᆞ고, 野菜ᄂᆞᆫ 意外에 人軆에 必要ᄒᆞᆫ 成分을 含有ᄒᆞ얏ᄂᆞ니 假令 吾人의 身軆에 가장 必要ᄒᆞᆫ 血液의 赤血球의 成分 되ᄂᆞᆫ 鹽類와 色素가 野菜에 多量으로 含在ᄒᆞ다 ᄒ오. 故로 新鮮ᄒᆞᆫ 野菜를 買來ᄒᆞ야 淨히 洗ᄒᆞᆫ 後에 或 病菌의 傳染을 恐ᄒᆞ거던 잘 煮熟ᄒᆞ야 適當히 加味ᄒᆞ면 훌륭ᄒᆞᆫ 料理가 되ᄂᆞᆫ 것이오. 故로 余家의 食料ᄂᆞᆫ 大槪 價賤한 것이로다.

全家族은 他人의 飮食 부럽지 안이ᄒ게 맛나게 먹소. 飮食의 맛의 有無와 多少ᄂᆞᆫ 食料의 品質에도 關係가 有ᄒᆞ거니와 시쟝ᄒᆞᆯ 것, 調理 잘ᄒᆞᆯ 것 此二要素가 飮食에 맛을 ᄂᆡᄂᆞᆫ 것이지오. 膏粱珍味만 貪食ᄒᆞ고 運動이 不足ᄒᆞ야 消化가 不良ᄒᆞ야 빅가 恒常 무두룩ᄒᆞ면 如何ᄒᆞᆫ 珍味라도 맛이 안이 나고, ᄯᅩ 原料ᄂᆞᆫ 上等이라도 調理法이 得宜치 못ᄒᆞ면 無味ᄒᆞᆸ니다. 故로 余ᄂᆞᆫ 午后 四時頃에 事務를 罷ᄒᆞ고 歸家ᄒᆞ면 全家族을 携ᄒᆞ고 二時間 동안 郊外로 散步ᄒᆞ지오. 그러노라면 모다 空腹이 되여 어셔 歸家ᄒᆞ기를 지촉ᄒᆞ지오. 그제야 歸家ᄒᆞ야 一同이 食卓을 對ᄒᆞ면 無物不味지오. 此二方法을 用ᄒᆞ면 一日 平均 十五

錢 乃至 十七八錢이면 아조 口味 잇게 健康ᄒ게 生活홀 줄을 確信ᄒ며 ᄯ 그대로 實行ᄒ야 가오. (1916.10.22.)

其他 春秋 兩期에 家族 一同이 風景 佳麗ᄒ 山中이나 海邊에 一日 或 二日 遊覽가ᄂ 것도 豫算會議에 決定ᄒ고, 伊時에ᄂ 全家族 男女老少를 勿論하고 다 平等의 朋友가 되여 노리ᄒ고 춤츄고 그러나 規矩가 넘지 안토록 愉快ᄒ게 遊樂ᄒ나니, 知人도 無ᄒ 他鄕에 往ᄒᄂ 相愛ᄒ 夫婦 父子 弟妹가 如此히 遊樂홈은 實로 比홀 뒤 無ᄒ 快樂이며 ᄯ 家族의 情愛가 더욱 濃密ᄒ게 되오. 演劇場이나 活動寫眞 구경을 往홀 時에도 毋論 家族 一同이지오. 家長이나 主婦 一人만 往홈은 他家族에게 對ᄒ야 未安莫甚이오, 故로 家族의 各員은 져 혼자 遊樂이나 美食을 取ᄒ려 ᄒᄂ 싱각이 無ᄒ오.

以上 所陳ᄒ 中에ᄂ 現在 이믜 實行ᄒᄂ 것도 有ᄒ오. 아즉 實行치 못ᄒᄂ 것도 斷定코 實行ᄒ려 ᄒ오.

如斯히 豫算會議를 開ᄒ야 一家 及 家族 各員의 收入支出을 全家族과 合議ᄒ려고 홈은 家庭의 經濟도 爲홈이어니와 第二目的은 家族의 各員으로 ᄒ야곰 秘密ᄒ 卽 家族이 不知ᄒᄂ 費用이 無ᄒ게 홈이오. 現今 我日本의 家庭을 觀ᄒ건뒤 家族의 各員, 就中 家長된 者가 家族에게 敢히 發說치 못홀 事에 金錢을 費ᄒᄂ 者가 多ᄒ니, 此ᄂ 共同生活ᄒᄂ 家族의 本義에 違反홀 ᄲᆞᆫ더러 家族 모르ᄂ 自費用은 반다시 不正ᄒ 費用일지라. 酒色이나 不正ᄒ 遊樂의 費用이 안이면 엇지 家族을 欺罔홀 必要가 有ᄒ리오. 故로 第一段 收入額을 分明히 ᄒ야 秘密ᄒ 費用이 無ᄒ게 ᄒ고 第二段에ᄂ 各員의 私用을 豫定觀ᄒ야 濫費를 防遏ᄒ여야 홀지니 家長 一人의 罪로 無辜ᄒ 妻子가 路傍에 彷徨ᄒ게 되ᄂ 現象은 我日本에 흔히 目睹ᄒᄂ 바라. 이런 不道德ᄒ 일이 어듸 有ᄒ리 잇가.

余ᄂ 各家庭에 반다시 此種의 經濟組織이 有ᄒ여야 홀 줄을 確信ᄒ오. 將次 余가 實行에 着手ᄒ면 其效果와 經過를 社會에 報告ᄒ려 ᄒ오, ᄒ니 滿場

에 喝采가 起ᄒᆞ다.

我朝鮮에셔도 此方法을 採用홈이 如何오. 採用은 못ᄒᆞ여도 家長權을 濫用ᄒᆞᄂᆞᆫ 者가 鑑戒를 슴으면 幸甚 幸甚이라 ᄒᆞ노라.(1916.10.24.)

十二, 福澤諭吉 先生의 墓를 拜ᄒᆞᆷ

支離ᄒᆞ던 秋雨가 初霽ᄒᆞ고 深碧흔 天과 冷冷흔 風에 秋色이 正濃ᄒᆞ다. 余ᄂᆞᆫ 二三學友로 作伴ᄒᆞ야 福澤諭吉 先生의 墓를 江戶城南에 尋ᄒᆞ다. 墓ᄂᆞᆫ 市內 電車 目黑行 白金台町에셔 下車ᄒᆞ야 南 三町 許大崎村 當光寺內에 在ᄒᆞ니, 先生의 設立흔 慶應義塾에 在흔 一友가 先導ᄒᆞ다. 그리 大치 못흔 寺門을 入ᄒᆞ니 境內에ᄂᆞᆫ 人影이 無ᄒᆞ고 累累흔 墓塔의 省墓者의 獻흔 草花만 朝露에 沾ᄒᆞ얏스며, 其中 一新墳에ᄂᆞᆫ 今朝에 此新墳下에 世上苦樂을 都忘ᄒᆞ고 安臥흔 者의 愛ᄒᆞᄂᆞᆫ 親族이 來ᄒᆞ얏던 模樣인지 一條 線香에 寂寞ᄒᆞ게 細煙을 吐ᄒᆞ다. 一行은 無言히 蜿蜒ᄒᆞ게 數十步를 行ᄒᆞ야 二個 石柱로 된 門을 入ᄒᆞ야 福澤先生의 墓碑前에 立ᄒᆞ다. 高 七八尺, 廣 二尺許되ᄂᆞᆫ 石碑 正面에ᄂᆞᆫ 楷書로 福澤諭吉之墓, 妻 阿錦之墓라 刻ᄒᆞ다. 一行은 脫帽ᄒᆞ고 無言, 碑文을 注視ᄒᆞ기 多時. 余의 胸中에ᄂᆞᆫ 無限흔 敬慕와 感慨가 交臻ᄒᆞ다.

日本이 아직 國을 鎖ᄒᆞ고 舊를 守ᄒᆞ던 六十年前에 炯炯흔 先生 眼光은 早히 世界의 大勢를 察ᄒᆞ야, 日本도 世界에 存在를 享ᄒᆞ고 雄飛를 期ᄒᆞ랴면 潑潑흔 泰西의 新文化로써 沈滯흔 舊思想 舊制度를 代ᄒᆞ여야 홀 줄을 確信ᄒᆞ고 斷然히 志를 決ᄒᆞ고 歐洲 漫遊의 途에 登ᄒᆞ니, 所見所聞이 擧皆 新ᄒᆞ고 壯ᄒᆞ고 明흔지라. 先生은 彼地의 一事一物을 精微ᄒᆞ게 硏究ᄒᆞ고 西洋文明의 源流와 核心을 銳敏ᄒᆞ게 究覈ᄒᆞ야 滿腹滿筐의 新思想 新經綸을 抱ᄒᆞ고 아즉도 春夢을 未覺한 故國에 歸하다. 一國의 文化를 硏究ᄒᆞ려 ᄒᆞ여도 十數年 積功을 要ᄒᆞ거늘 全혀 舊文明과 因緣도 無ᄒᆞ던 異文明을 如斯히 短期間의 漫遊에 完全히 理解흔 先生의 天稟과 積力은 果然 絶倫ᄒᆞ다 ᄒᆞ려니와, 天이 日本을 福ᄒᆞ려

ㅎ심이 如斯흔 偉人을 下ㅎ엿다.

先生이 쳐음 故國에 歸흔 時는 아직도 德川 幕府時代라, 歸流 以上의 武士들은 腰에 大小 兩刀를 佩ㅎ고 六韜 三略만 誦ㅎ며 一般社會는 西洋에 新文明이 澎湃ㅎ야 滔滔湯湯ㅎ게 全球를 掃蕩ㅎ랴는 줄도 不知ㅎ고 天下는 永遠히 如舊ㅎ려니만 녁엇다. 此時에 先生의 眼에 暎흔 故國의 狀態는 恰히 万事万物을 一新建設ㅎ여야 홀 荒虛와도 似ㅎ고, 南北 萬餘里에 四五千萬 同胞는 從此로 養育ㅎ고 敎導ㅎ여야 할 兒童과도 似ㅎ엿다. 毋論 當時 一部 人士間에도 熹微ㅎ게나마 東洋 以外의 一大 不可知흘 勢力이 漸次로 日本을 壓迫ㅎ야 옴을 感知ㅎ엿스나, 然ㅎ나 其一大勢力은 本躰와 性質도 不可知오 從ㅎ야 此에 對ㅎ야 取흘 態度를 未定ㅎ엿섯다. 此時에 故國을 向ㅎ야 其不可知흘 大勢力의 本質을 說明ㅎ고 故國이 此에 對ㅎ야 取흘 態度方針을 指示흠은 實로 先生의 使命이 잇섯다.

於時에 先生은 此一大勢力은 從來 東洋에셔 有ㅎ던 것보다 千百層 完美흔 新文明임을 道破ㅎ고, 日本은 從此로 一切 舊習을 廢棄ㅎ고 思想이나 社會制度나 産業이나 政治 軍事를 全혀 西洋文明에 學ㅎ여야 흔다 흠을 絶叫ㅎ다. 然ㅎ나 此를 聞흔 世人은 或 先生의 言을 斯文*을 亂ㅎ는 異端이라고도 ㅎ며, 或 祖國의 精神을 失ㅎ고 蠻夷를 學ㅎ랴는 不忠不孝라고도 ㅎ야 靑年俠氣의 利客이 先生을 狙ㅎ기도 ㅎ며, 政府 當局은 危險人物로 視ㅎ기도 ㅎ다. 然ㅎ나 先生은 그만흔 危險과 困難에 辟易할 人物이 안이라. 祖國을 爲ㅎ야 一命을 失흠을 實로 木生이라 ㅎ야 晝宵를 不徹ㅎ고 或은 演說로 或은 著述로 一邊 西洋文明의 本質을 說明ㅎ며, 日本도 此를 學ㅎ지 안이치 못흘 것을 宣傳ㅎ다. 實로 日本셔 最初의 演說을 흔 者가 先生이요 最初의 新式學校를 立흔 者가 先生이니, 先生의 只 慶應義塾이 在흔 三田山上의 一蝸室에셔 數十名의 靑年을 率ㅎ고 新知識을 講ㅎ야써 日本 新文明 傳播의 使徒를 得ㅎ려 ㅎ

---

* 원문에는 '斯門'으로 되어 있다. '斯文'은 유교의 도의道義나 문화를 일컫는 말.

니, 此가 卽 今日 五六千의 大學生을 有혼 慶應義塾의 前身이라.(1916.10.25.)

先生의 熱誠은 마참니 空ᄒᆞ지 아니ᄒᆞ고 大勢의 傾向이 ᄯᅩ혼 此를 助ᄒᆞ야 一邊 明治維新이라ᄂᆞ 曠古의 大變革 大事業이 成ᄒᆞ야 日本은 先生이 希望ᄒᆞ던 디로 西洋文明을 採用ᄒᆞ도록 歷史的 國民的 大方針이 確立되다. 然ᄒᆞ나 眞 正혼 文明運動은 從此로 始ᄒᆞᆯ 것이라. 西洋의 文明을 採用혼다 홈은 西洋의 思想上에 立혼 政治와 社會制度와 産業制度를 採用홈을 謂홈이니, 如此히 ᄒᆞ 랴면 爲先 國民一般에 新文明 知識을 普及ᄒᆞ며 聰明혼 靑年에게 新文明의 思想과 知識을 理解케 ᄒᆞ야 一邊으로 新社會의 使役者를 養成ᄒᆞ며 一邊으로 新文明의 傳播者를 養成ᄒᆞ여야 ᄒᆞᆯ지라. 於時에 先生은 敎育이 新國의 基礎事業을 自覺ᄒᆞ고 一邊 慶應義塾을 擴張ᄒᆞ야 政治, 經濟, 法律, 文學 等을 敎ᄒᆞ며, 一邊 社會에 新知識을 普及키 爲ᄒᆞ야 「時事新報」라ᄂᆞ 大新聞을 創始ᄒᆞ고 演說을 盛히 ᄒᆞ며, 몸소 舊習을 革去ᄒᆞ고 新文明人의 標本이 되다. 眞實로 先生은 當時에 在ᄒᆞ야 용ᄒᆞ게 新文明의 各方面을 正確ᄒᆞ게 理解ᄒᆞ얏다. 政治, 經濟, 敎育, 新道德 等을 理解홈은 勿論이어니와 文學, 藝術, 貧富問題, 男女問題, 婚姻問題 等 凡人은 最近에야 비로소 理解ᄒᆞᄂᆞ 諸問題ᄭ지 先生은 分明ᄒᆞ게 理解ᄒᆞ얏다. 말ᄒᆞ즈면 先生은 四五十年前에 立ᄒᆞ야 旣히 今日에 發展ᄒᆞ고 普及ᄒᆞ여 가ᄂᆞ 諸般問題를 豫見ᄒᆞ얏다. 換言ᄒᆞ면 先生은 今日 及 今日 以後의 日本의 萬般 思想, 問題, 制度를 包含혼 萌芽이엇스며, 事實上 今日 日本文化의 大部分의 根源은 偉大혼 先生의 胸中에서 發혼 것이라.(1916.10.26.)

先生의 敎旨ᄂᆞ 去舊就新이오 個人個人의 獨立自尊이엇다. 獨立自尊이라 홈은 個人個人이 刻刻 確固ᄒᆞ고 權威 잇ᄂᆞ 人格을 備ᄒᆞ야 思코 言코 行홈을 人에게 盲從ᄒᆞ지 말고 自己의 理性을 判斷ᄒᆞ라 ᄒᆞ며, 個人個人이 各 一藝 一能을 具ᄒᆞ야 衣食住와 子女의 敎育 等 萬般社會에 對혼 義務를 自力으로 盡ᄒᆞ라 홈이니, 此ᄂᆞ 實로 亘 万歲不易ᄒᆞᆯ 興國策이라.

如此혼 主旨下에 日本 全國民이 敎導를 受ᄒᆞ얏거니와 先生의 門下에서 日

本을 充實ㅎ고 裝飾흔 多數 偉人을 出ㅎ니, 現今 政界에 錚錚흔 犬養毅* 尾崎行雄** 諸氏가 實로 其例며, 其他 實業界, 政治界, 敎育界의 重鎭으로 先生의 門人이 頗多ㅎ다.

嗚呼라, 다 又흔 五尺一身으로 一國文化의 大恩人이 된 先生의 功이어 偉ㅎ도다. 余는 墓前에서 首를 低ㅎ고 茫然自失ㅎ얏다가 다시 眼을 擧ㅎ야 墓碑를 向ㅎ니 欽敬의 情이 尤新이라. 感慨無量ㅎ야 黙然低回홀 싀 寺僧이 余等一行을 出迎ㅎ거늘, 余等은 朝鮮人이라 余들도 張次 朝鮮文化에 微力을 補ㅎ려 ㅎ며 先生의 德을 欽慕ㅎ야 來拜홈이로라 하고 仍ㅎ야 余는 如此흔 國民的 大恩人의 墓를 如此히 초라ㅎ게 홈은 何故인고 問ㅎ얏다. 寺僧이 笑曰 君等은 先生의 性格을 未解ㅎ는가. 墓所를 若是히 儉素ㅎ게 홈은 先生의 遺訓이라. 平生에 先生은 平民으로 自處ㅎ야 榮譽로운 爵位를 固辭ㅎ고 富貴와 貧賤을 階級的으로 區別홈이 無ㅎ야 田夫野人을 對ㅎ되 平交와 如ㅎ니, 臨終에 遺訓이 葬儀와 修墓를 一平民과 如히 ㅎ라 흔지라. 後人이 敢히 先生의 遺訓을 違逆치 못흔 다 ㅎ거날, 余는 如此흔 質問을 發흔 것을 羞恥히 녀기고 更히 墓를 向ㅎ야 一揖ㅎ얏다. 四五坪이 不過ㅎ는 地에 先生의 墓를 鄰ㅎ야 福澤家 代代의 墓 三四가 有ㅎ고, 바로 先生의 墓邊에는 碧梧桐 一株와 松 一株가 立ㅎ다.

每年 正月十日 先生의 誕辰에는 鬚髮이 已白흔 先生의 門人 數百名이 會集ㅎ야 焚香拜禮ㅎ고 各各 先生의 高德을 慕ㅎ는 懷舊談이 有ㅎ다 흔다. 伊時에는 地下에 在흔 先生도 아마 滿足의 微笑를 帶ㅎ리라. 先生이 一生에 爲ㅎ야 心力을 彈竭ㅎ던 祖國은 先生의 祈願ㅎ고 希望ㅎ던 디로 世界의 雄邦이 되얏고, 先生의 畵宵로 敎導ㅎ던 弟子들은 先生의 命흔 디로 祖國에 有力흔 使役

---

* 이누카이 츠요시犬養毅(1855-1932). 일본의 정치가. 1929년 정우회政友会 총재가 되고 1931년 정우회 내각을 조직했으며, 1932년 5·15사건 때 암살당했다.
** 오자키 유키오尾崎行雄(1858-1954). 일본의 정치가. 일본 의회정치의 여명기에서 전후에 이르기까지의 오랜 기간 여러 차례 중의원 의원을 지내 '의회정치의 아버지'라 불린다.

이 되얏도다.

先生이 비록 此世에 不在ᄒᆞ시나 先生의 貴ᄒᆞᆫ 德과 立ᄒᆞᆫ 言이 千秋에 先生의 最愛ᄒᆞᄂᆞᆫ 日本國民의 感謝ᄒᆞᄂᆞᆫ 導師가 되고 親友가 되리니, 先生의 生命은 先生의 祖國의 永遠ᄒᆞᆷ과 同히 永遠ᄒᆞ고 先生의 祖國의 榮光됨과 共히 榮光되리로다. 先生의 靈이 存ᄒᆞ실진ᄃᆡ 今日 先生의 墓前에 恭揖ᄒᆞᄂᆞᆫ 余等 三靑年에게도 高明ᄒᆞᆫ 指敎를 授ᄒᆞᆯ지어다. 因記ᄒᆞ노니 先生의 法名은 獨立自尊居士요, 天保 五十年 二月十二日 生於大阪 明治 三十四年 二月三日 歿於東京이라 ᄒᆞ얏더라. 著書「福翁全集」 有ᄒᆞ며 「福翁百話」라ᄂᆞᆫ 小冊子가 有ᄒᆞ니 最히 敎訓에 富ᄒᆞ다.

余等은 다시곰 回顧ᄒᆞ며 寺門을 出ᄒᆞ야 三人이 先生의 評論을 ᄒᆞ면셔 客舍에 歸ᄒᆞ니 如得如實ᄒᆞ야 心緖不定이러라.(1916.10.27.)

十三, 文部省 美術展覽會記

文學, 美術, 音樂도 衣食은 有ᄒᆞᆫ 後의 事이라. 吾輩와 如히 極貧極窮ᄒᆞᆫ 朝鮮人으로 此를 云云ᄒᆞᆷ이 極히 可笑롭거니와, 君子ᄂᆞᆫ 貧窮ᄒᆞ야도 能히 王侯의 氣象이 有ᄒᆞ다 ᄒᆞ도다. 余와 如ᄒᆞᆫ 朝鮮人 書生으로ᄂᆞᆫ 文學美術을 論ᄒᆞᆷ보다 農商工業의 一端이라도 晝夜로 刻苦學習ᄒᆞᆷ이 當然ᄒᆞᆫ 듯ᄒᆞ건마는 敢히 王侯의 象을 學ᄒᆞ려 ᄒᆞ고 ᄯᅩ 文明의 珍味를 賞玩ᄒᆞᆯ가 ᄒᆞ야 上野公園에 第十回 文部省 美術展覽會를 往觀ᄒᆞ다. 前에도 數次 此種 展覽會에 往觀ᄒᆞ얏스나, 落地以來로 美術이란 語도 聞ᄒᆞ야 보지 못ᄒᆞ고 畵라 ᄒᆞ면 賤人의 衣食을 求ᄒᆞᄂᆞᆫ 業이 아니면 閑遊者의 消日具로만 녁이던 社會에 生長ᄒᆞᆫ 余로ᄂᆞᆫ 美術의 珍味를 賞玩ᄒᆞᄂᆞᆫ 鑑賞眼이 有ᄒᆞᆯ 理가 無ᄒᆞᄆᆡ, 一次도 滿足ᄒᆞᆫ 快味를 得ᄒᆞ지 못ᄒᆞ얏노라. 然ᄒᆞ나 余ᄂᆞᆫ 時時刻刻으로 刻苦勉勵ᄒᆞ야 文明人의 最前線에 抵達ᄒᆞ랴고 잇ᄊᆞᄂᆞᆫ 者라. 文明人의 一大要件인 美術 鑑賞眼이 無ᄒᆞ고 可ᄒᆞ랴. 아모리 ᄒᆞ야셔라도 此能力을 獲得ᄒᆞ리라 ᄒᆞᄂᆞᆫ 慾望이 熱烈ᄒᆞᄆᆡ, 時間이 許ᄒᆞᄂᆞᆫ

딕로 美術에 關흔 書籍을 讀ᄒ려 ᄒ고 機會가 有흔 딕로 美術의 作品을 賞玩
ᄒ리란 싱각도 有ᄒ고, 쏘 今番 展覽會에 朝鮮人이오 余의 親友인 金觀鎬君
의 作品이 入選되얏다 ᄒ기로 如此흔 處에셔 如此흔 것을 觀ᄒ면 그 얼마나
樂ᄒ랴 ᄒ야 展覽會 往觀의 決心을 作ᄒ다.

　瑟瑟흔 晩秋風에 飀飀히 落ᄒᄂ 櫻葉을 혀치고 展覽會場에 達ᄒ기ᄂ 午前
十時. 門外에 四五臺 自動車가 主人을 待ᄒᄂ 樣을 보니 아마도 貴族이나 富
豪가 來흔 듯. 坐ᄒ야 万人을 頤使ᄒ던 彼等도 美의 權威에ᄂ 恭順이 頭를 低
ᄒ고 來拜ᄒ도다. 塵世에 在ᄒ야ᄂ 黃金과 紅白牌로 人에 階級을 設ᄒ야 上
者가 下者를 俯視ᄒ고 下者가 上者를 仰視홈이 宛然히 根本的 差異*가 有ᄒ
야 種類가 判異흔 듯ᄒ건마ᄂ, 一旦 塵世를 離ᄒ야 絶海深山中이나 又ᄂ 三途
川**邊에셔 相逢ᄒᄂ 늘에야 貧富貴賤의 別이 何在ᄒ리오. 共히 가엽슨 人子
라, 生ᄒ야 全能흔 運命의 手中에 翻弄되다가 不知不覺時에 一掬土中에 蹴入
홈이 되ᄂ니, 此를 思ᄒ면 誰를 蔑視ᄒ며 誰를 憎惡ᄒ리오. 맛당히 相愛相慰
홀 것이라. 今에 此展覽會의 小世界 美의 女王이 支配ᄒᄂ 國土內에셔ᄂ 各
階級 各種類의 萬人이 塵世의 區別과 感情을 並棄ᄒ고, 肩肩을 相摩ᄒ고 背腕
을 相接ᄒ며, 同一흔 畫帖에 注目ᄒ야 同一흔 美의 感情에 同一ᄒ게 醉ᄒ도
다. 此處에셔 誰가 此畫의 作者의 貴賤貧富를 問ᄒ며 又ᄂ 自己의 貴賤貧富를
思ᄒ리오.

　門內에 入ᄒ야 入選 展覽品 目錄을 買ᄒ야 爲先 畫 一枚價 一千圓에 一驚을
喫흔 後에 日本畫 第一區로보터 順次 閱覽ᄒ다. 비록 珍味를 鑑賞ᄒᄂ 眼目은
無ᄒ나 錦繡丹靑의 美와 人物, 山水, 花草의 生動 活躍ᄒᄂ 樣만 ᄒ야도 足히
俗腹을 洗홀 만ᄒ고 俗魂을 驚홀 만ᄒ다. 日本畫라 홈은 西洋畫에 對흔 稱이
니, 日本 在來흔 畫法이라 홈이라. 朝鮮 支那畫와 畫法이 相似ᄒ니, 卽 光線의

---

* 원문에는 '善異'로 되어 있다.
** 사람이 죽어서 저승으로 가는 도중에 있는 큰 내.

陰影과 主觀의 色彩的 印象을 無視ᄒ고 輪廓을 分明ᄒ게 ᄒ고 微細ᄒ 部分ᄭ지 分明히 描寫ᄒᄂ 畫法이라. 此에도 南派 北派가 有ᄒ며, 京都派 東京派가 有ᄒ고, 更히 文展派 院展派가 有ᄒ야 畫法에 多樣의 差別이 有ᄒ다 ᄒ나 無識ᄒ 余에게ᄂ 分別ᄒ 能力이 無ᄒ다. 畫幅樣式에ᄂ 簇子樣, 屏風樣, 屏風中에도 四曲, 六曲 等이 有ᄒ며, 簇子樣中에도 二幅對 四幅對 或은 三幅對 等이 有ᄒ며, 其他 懸板樣 畫冊樣 等이 有ᄒ며, 內容에도 人物, 山水, 鳥獸, 家庭, 森林, 田野, 花草 等 實로 万象이 森然ᄒ며, 價格에도 千圓 以下 百圓 以上에 無數ᄒ 等分이 有ᄒ다. 或者에ᄂ 발셔 「賣約濟」라ᄂ 付札이 有ᄒ고 或者에ᄂ 非賣品이라 特書ᄒ다. 聞컨딕 自己의 愛ᄒᄂ 바를 人에게 先取되기를 恐ᄒ야 初日에 速히 買約을 決ᄒᄂ 者도 有ᄒ다. (1916.10.28.)

日本畫, 西洋畫 共三百餘点이니, 此ᄂ 今後 永遠히 日本의 寶物이 되야 千萬代 其子孫의 享樂이 되고 精神의 糧食이 될지며, 兼ᄒ야 全人類의 精神的 資産에 多大ᄒ 補助가 될 지라. 其中에 朝鮮의 材料가 四니 卽 「市場」, 「巫女」, 「緩步」, 及 金寬鎬君의 「日暮」라. 「市場」은 京畿 某地方의 市場의 景을 寫ᄒ 六曲 屏風이니, 右段에ᄂ 米廛이라 手巾 쓴 者, ᄭ 쓴 者, 삿ᄭ 쓴 者가 米袋 겻헤 坐ᄒ고 외입장이 듯ᄒ 者가 扇子를 들고 흥정ᄒᄂ 樣을 畫ᄒ얏고, 其次에ᄂ 荒貨廛이라 農夫와 少年과 總角 等이 입을 헤 벌리고 環坐ᄒ야 商人과 價를 爭ᄒ며, 背後에ᄂ 구경군이 亦是 입을 벌이고 立ᄒ고 其傍에 웃동 벗은 總角이 小兒를 負ᄒ고 眞瓜를 食ᄒᄂ 樣을 畫ᄒ얏고, 其次에ᄂ 飲食店前이라 웃고름을 풀어 혀치고 갓을 기울이고 煙竹으로 쌍을 파면셔 談話ᄒᄂ 樣과 물동의를 戴ᄒ 女子, 布疋를 負ᄒ 老婆, 帽子, 眼鏡, 洋靴의 하이칼라 等을 各各 特色 잇게 畫ᄒ얏고, 最後에 家畜廛이라 猪, 鷄, 鷄卵 等을 벌인 樣을 畫ᄒ얏는데, 아마 長久히 朝鮮을 硏究ᄒ 듯ᄒ야 畫中 二十餘名 人物에 各各 二十餘의 特色이 有ᄒ고 宛然히 朝鮮 싀골市場의 景을 目睹ᄒᄂ 듯ᄒ다. 此東京 市中에셔 此景을 對ᄒ니, 그 活潑치 못ᄒ 樣, 銳氣가 無ᄒ고 愚鈍ᄒ게 보이

는 樣, 懶惰 無氣力호 樣, 無敎育호 樣이 더욱 擴大되야 顏面이 火熱홈을 不禁 호얏노라.

「緩步」라 홈은 農夫 三人이 各各 蘆를 載호 牛를 驅호고 村道로 行호는데, 最前에 行호는 老人은 민머리에 遠山만 바라보고, 中間에 行호는 者는 長호 烟竹을 含호고 笠子를 着호얏스며, 最後者는 手巾을 동이고 三人이 다 急호 樣도 無호고 努力하는 樣도 無호고 何等 思慮가 有호 樣도 無호야 泰平乾坤에 優遊自適호는 態度가 有호니, 實로 三位 白衣仙官이라. 다못 顏色에 大悟 徹 底호야 一切 世慾을 解脫호 듯호 仙味가 無홈이 恨이로다. 嗚呼라, 緩步여. 緩 步호는 牛에 蘆를 載호고 緩步호는 白衣人이 緩緩호게 驅호니, 此激烈호 競爭 時代에는 天外에셔 落호 光景이로다. 汽車가 何用이며 電信이 何用이오. 驅 步速步는 彼等의 夢想호는 바도 아니로다. 彼等은 如斯히 蘆牛를 携호고 長煙 管을 含호고 悠悠緩步로 愁心歌 一曲을 씌우면셔 一分一哩의 速度로 喘喘疾 走호는 汽車를 구경숨아 보는도다.

「巫女」는 一巫女가 畫扇을 高擧호고 蛾眉를 샹긋 들어 춤을 츄며 其後에 手巾 동인 一漢이 鉦을 鳴홈을 畫호 風俗圖라. 別로 深長호 意思가 有홈이 아 니어니와 亦是 生活慾이 熾盛치 아니호 悠然호 色彩가 有호도다. 余는 昨年 展覽會에 「麻浦」와 「平壤」과 「樂土에」라는 朝鮮을 材料로 호 畫를 見호얏것 거니와, 各畫를 通호야 共通호 것은 朝鮮人 生活慾 弱홈, 活氣가 無호고 느릿 느릿홈, 潑剌호 進取氣象이 無홈, 貧窮衰頹호 氣象이 赤禿호 山川과 陋醜호고 傾欹호 家屋과 衣服과 顏色에 表現됨, 全體 空氣가 졸리는 듯 죽어가는 듯, 極히 疲勞호 듯 老耄호 듯홈 等이라. 背後에 猛虎가 咆哮호야도 顧盼홀 생각 도 無홀 쏫, 飢寒이 迫호야도 活動홀 생각이 無홀 쏫, 針으로 쏙 찌르고 灸로 싸금구어도 「어크」소리도 無홀 듯호다. 人人이 此畫를 對홀 띠에 熱帶 土人 을 對호는 듯홈이 엇지 偶然호리오.

余는 朝鮮人이라. 朝鮮人의 印象이 如何홈을 不知호노라. 그러나 此等 畫家

의 觀察이 正當ᄒᆞ다 홀진딕 朝鮮人인 者 猛省一番홀 必要가 有ᄒᆞ지 아니ᄒᆞ
뇨. 余ᄂᆞᆫ 二千圓金이 有ᄒᆞ얏던들 「市場」과 「緩步」의 兩點畵를 購ᄒᆞ야 鍾路街
上에 高揭ᄒᆞ고 行人의 反省을 求ᄒᆞ려 ᄒᆞ엿노라. 余ᄂᆞᆫ 金觀鎬君과 如ᄒᆞᆫ 天才
가 此等 朝鮮人의 風俗畵를 多作ᄒᆞ야써 朝鮮人으로 ᄒᆞ야곰 自己의 꼴을 보게
ᄒᆞ기를 切望ᄒᆞ노니, 自己의 꼴이 如此ᄒᆞᆫ 줄을 知ᄒᆞ면 혈마 烟竹을 折棄ᄒᆞ고
緩牛에 痛鞭을 加홀 생각이 나지 아니ᄒᆞ리오.(1916.10.31.)

「朝鮮人의 그림」이라ᄂᆞᆫ 女學生들의 소리에 번적 精神을 챠려 보니 大同江
夕陽에 沐浴 二女人을 畵혼 金觀鎬君의 「ひぐれ(日暮)」라. 아아, 金觀鎬君이여
感謝ᄒᆞ노라. 此에 君의 作品 一點이 無ᄒᆞ얏던들 얼마나 余로 ᄒᆞ야곰 齟齬케
ᄒᆞ얏스리오. 余ᄂᆞᆫ 君이 朝鮮人을 代表ᄒᆞ야 朝鮮人의 美術的 天才를 世界에 表
ᄒᆞ얏슴을 多謝ᄒᆞ노라. 今夏 早稻田大學에 崔玄 兩君의 特待生이 有ᄒᆞ고 更히
君의 今日의 榮光이 有ᄒᆞ니, 朝鮮人을 爲ᄒᆞ여 君等 三人은 萬丈의 氣焰을 揚
ᄒᆞ얏도다. 余ᄂᆞᆫ 此展覽會에 오직 一點의 朝鮮人의 作品을 見홈을 恨ᄒᆞ거니와
此가 將次 千百點이 出홀 豫徵으로 思ᄒᆞ고 手舞足蹈를 不禁ᄒᆞ노라. 今日의 狀
態로 觀ᄒᆞ건딕 此展覽會 陳列品 三百餘點中 三十點도 朝鮮人의 手로 作홀 쯧
아니ᄒᆞ거니와, 朝鮮人이 漸次 覺醒ᄒᆞ야 各方面의 天才를 伸ᄒᆞᄂᆞᆫ 일에는 足히
每年 此三百點을 朝鮮人의 手로 作홀 것을 確信ᄒᆞ며, 洋洋ᄒᆞᆫ 希望에 胸中이
즈조 쒸임을 不禁ᄒᆞ노라. 此에 更進ᄒᆞ야 百數十點의 燦爛ᄒᆞᆫ 西洋畵와 四十餘
點의 彫刻品을 順覽ᄒᆞ고 會館을 出ᄒᆞ니 正午라. 疲困ᄒᆞ야 銀杏樹下 茶屋에서
澁茶를 飮ᄒᆞ면서 場內의 感想을 再現ᄒᆞ여 보다.

第一 余가 舊朝鮮畵와 新畵를 比較ᄒᆞ야 得ᄒᆞᆫ 差異가 二點에 在ᄒᆞ니, 卽 一
은 朝鮮畵의 材料ᄂᆞᆫ 四友라던가 武夷九曲이라던가 傳襲的 狹ᄒᆞᆫ 範圍에 不過
ᄒᆞ되 新畵ᄂᆞᆫ 宇宙万象 人事万衆이 總是 畵材라. 名山도 可ᄒᆞ거니와 凹凸ᄒᆞᆫ 小
丘도 可ᄒᆞ고, 美人도 可ᄒᆞ거니와 貧家의 醜婦도 可ᄒᆞ며, 쌀너질 ᄒᆞᄂᆞᆫ 樣, 學生
이 工夫ᄒᆞᄂᆞᆫ 樣, 小兒輩 遊戱ᄒᆞᄂᆞᆫ 樣, 冶匠, 숫구이, 지게꾼이 無非 好個畵材

라. 奇호고 美호고 完全호고 淸호고 高흔 理想的 畵材만 是求호던 舊畵의 眼目에는 此等 平凡흔 日常 茶飯事가 無味흔 듯호려니와, 도로혀 此生生흔 實社會에 材料에서 淸新호고 親近흔 快感을 得호는 것이니, 因緣도 無흔 商山四皓*를 見홈보다 吾人에게 親近흔 農夫나 工匠의 狀態를 見홈이 도로혀 多情호도다. 朝鮮畵에도 將次 此點에 對호야 大變革이 起홀 줄을 期호거니와, 朝鮮畵家된 者는 進호야 如此히 호도록 卽 自由롭게 材料를 取호도록 홈이 可호지라.

第二의 差異點은 舊畵는 畵를 보고 畵호대 新畵는 實物을 보고 畵홈이니, 前에 松竹梅를 畵호는 者로 實物에 卽호야 畵호는 者ㅡ 幾人이오. 擧皆 古人의 畵를 暗誦호야 他紙帛上에 再畵홈에 不過흔지라. 故로 千篇一律이오 新味가 無호얏스나 新畵는 반다시 實物에 卽호야 精密히 其特徵과 美點을 硏究호야 描寫호는지라. 故로 各各 自家發明홈이 有호야 畵의 內容이 完實호고 豊富호며 또 進步가 速흔 것이라. 現今은 女子의 裸躰畵를 畵호되 반다시 「모델」(實模型)에 卽호야 호나니, 故로 畵에 生命이 浮動호나니라.

此外에 色彩 使用과 構想法에 雲泥의 差가 有호려니와 此도 不遠흔 將來에 追及홀 줄을 確信호며, 余가 美術의 眼識이 無호며 合理흔 批評을 不能호고 如此흔 구경記를 書호게 됨을 慙愧호거니와, 君等의 畵가 展覽會에 多數 入選되게 되는 늘에는 余도 足히 君等의 畵를 批評홀 程度에 及홀 줄을 自期호노라.

此稿를 完흔 後에 新聞에 金君의 畵가 特選에 入호다는 記事를 보다. 아ㅡ 特選! 特選!

特選이라 호면 美術界의 謁聖及第라. 兩次 特選에 入호면 無檢査의 資格을 得호나니, 卽 審査의 資格을 得호는 셈이라. 然이나 金君아, 君이 小成에 安호야 刻苦勉勵를 休호고 名聲과 黃金이 君의 天才를 折호기를 恐호노니, 多數

---

* 중국 진시황秦始皇 때 난리를 피하여 산시성陝西省 상산商山에 들어가서 숨은 동원공東園公, 기리계綺里季, 하황공夏黃公, 녹리甪里 네 사람을 일컫는다.

의 天才가 如斯ㅎ게 自滅ㅎ엿ㄴ니라. 朝鮮 最初의 쟈랑을 업시 ㅎ야 萬人으로 ㅎ여곰 失望케 말지어다. 君의 成功은 아직 아니 보이ㄴ 遠處에 在ㅎ나니, 今日의 名譽ㄴ 出門의 第一이니라. 君아 榮譽로쎠 禍를 만들지 말고 自重自警ㅎ지어다. 君의 身은 今에ㄴ 君의 身이 안이오 万人의 身임을 記憶ㅎ야 酒와 色과 自足과 懶惰의 惡魔를 對ㅎ야 無時로 守戒ㅎ지어다, 金君아.(1916.11.2.)

十四, 知識慾과 讀書熱

東京은 本月初브터 始作한 秋雨가 十餘日이나 連下ㅎ다가 昨日은 天無一點 雲翳한 好天氣라. 連日의 鬱懷를 散ㅎ고 兼ㅎ야 舊 九月十五夜라 團團한 明月下에 실컨 淸凉한 秋味를 貪ㅎ얏더니, 今朝에 窓을 開ㅎ니 庭前 巴蕉에 雨聲이 凌亂이라. 終日을 鬱鬱ㅎ게 乾燥한 獨逸語와 씨름ㅎ다가 夕飯後에 暴雨를 冒ㅎ고 一同窓을 訪ㅎ다.

午後 五時半. 同窓은 只今 食事中이라. 引導ㅎㄴ 디로 二層 自室에 入ㅎ야 기다리다. 東向한 窓下에ㄴ 書案이 노히고 案上에ㄴ 英文 西洋哲學史를 半以上이나 讀ㅎ다가 開한 디로 노핫다. 案上에 筆筒과 硯藏과 잉크甁 秩序整然ㅎ을 見ㅎ고 余의 案頭의 亂雜ㅎ을 愧ㅎ다. 書案 此壁에ㄴ 書架가 立ㅎ고 書架에ㄴ 和裝 洋裝 書籍이 滿載ㅎ얏스며, 書架에 다 못 씨어 書架上과 其側에 數十卷 書籍이 整齊ㅎ게 싸히다. 秩序와 淸潔은 日本國民의 本性이라 ㅎ고, 此가 余等의 學할 重要한 美點이라 ㅎ다. 書架에 씌인 書籍을 點檢ㅎ건디 漢文大系(此ㄴ 富山房 編輯이니, 支那 古來의 經傳과 諸子百家書를 蒐輯한 바) 日本文學史, 歷代 國文學選, 萬葉古今集 評釋(日本 古代歌集), 歐米의 日本觀, 印度史, 希臘史, 支那文學史 及 哲學史, 心理學, 論理學, 日本의 敎育大觀, 農村論, 人格的 敎育의 思潮 等이오, 其他 英獨文의 文學, 哲學, 經濟書類니, 卷數 六十餘오 頁數 槪算이 勿驚 三萬餘라. 過重한 學校正課 餘暇에 如斯히 大部의 書籍을 讀破ㅎㄴ가 ㅎ고 余ㄴ 一驚을 喫하다.

彼는 余와 同級이오 成績順으로 觀ᄒ면 余보다 近二十點 差가 有ᄒ 者라. 然ᄒ나 彼는 其實 余보다 四五倍의 修學을 ᄒ얏도다. 그뿐더러 教育, 史學, 經濟, 農村, 古文學 等 自己의 專門 以外에 亘ᄒ 多方面의 興味는 余의 到底히 及ᄒ지 못ᄒ 바이라. 余는 反省ᄒ얏노라, 余가 時間을 最히 惜ᄒ고 利用ᄒ얏는가 否ᄒ가를. 余는 果然 學校正課에 怠慢치 안이 ᄒ얏노라. 然이나 學校正課를 畢ᄒ 外에 時間은 余는 無益ᄒ 訪問과 雜談과 空想으로 虛費ᄒ얏스며, 또 余는 十時에 就寢ᄒ고 七時에야 起狀ᄒ얏노니, 十一時에 就寢ᄒ고 六時나 五時에 起狀ᄒ면 每日 二三時間을 得홀 슈 有ᄒ며, 此에 浪費ᄒ는 時間 每日 二三時間을 加ᄒ면 每日 四五時間을 節約홀 슈 有할지며, 그 四五時間에 每時 三十頁를 讀흔다 ᄒ면 足히 每日 正課外에 百二十頁 乃至 百五十頁을 閱홀지며, 每月 休日을 除ᄒ고 特別ᄒ 事故 有홀 일을 除ᄒ고 二十日 치고도 能히 三千頁 假量의 讀書를 可得홀지니, 一年 十個月 치고 三萬頁 假量의 貴重한 書籍을 讀破홀 줄을 覺ᄒ고 彼가 一年間에 三萬頁을 讀흠이 無理가 아님을 知ᄒ얏노라. 人의 精力에 限이 有ᄒ며 減之又減ᄒ야 每年 一萬頁 讀書를 ᄒ야도 大學生活 五六年에 能히 五六萬頁의 書를 讀破ᄒ리니, 文明國人의 文明ᄒ 所以를 於斯에 始覺ᄒ얏노라. 內地 學生中에도 如斯ᄒ게 勤勉ᄒ 者는 十에 一二가 될가말가 ᄒ려니와, 平均치고 朝鮮青年보다 知識慾이 强烈흠으로 讀書熱이 熾盛흠은 事實이라. 電車中에셔 十七八歲 되는 妙齡의 女學生이 俗 所謂 씨알 갓흔 外國書를 耽讀ᄒ는 景은 흔히 目擊ᄒ는 바라.

余는 本來 交際가 不廣ᄒ나 余가 交際ᄒ는 바 四五 同窓은 大槪 如斯ᄒ 者들이라. 余는 試驗條로 書架中 幾部書를 出ᄒ야 讀破 與否를 檢ᄒ니, 皆是 重要ᄒ 句節에는 色鉛筆로 曲線 或 點線을 付ᄒ얏스며 或 鼇頭에 簡單ᄒ 批評을 加ᄒ 것을 보민 極히 精讀흠을 可知ᄒ겟도다. 余는 余의 知識慾, 讀書熱의 薄弱흠을 自愧*自嘆ᄒ고 更히 書架에 注意ᄒ얏노라. 學術文學 等 雜誌는 所感

---

* 원문에는 '自塊'로 되어 있다.

이 多호고 必要호다고 認定호는 句節을 或은 切取호고 或은 標識호얏스며, 其他 各冊의 末에 自某日始該 至某日讀畢이라고 記入호고 餘白에는 通讀호 感想을 最히 洗鍊호 文으로 誌호얏더라. 余는 今夜에 宿舍에 歸호면 子正 되도록 讀書호고 每日 如此히 호리라 決心호얏노라.(1916.11.4.)

更히 四壁을 環視호니 或은 寫眞, 或은 水彩畵, 紬繪며 或은 不膏銅의 彫刻物과 古色을 씐 墨畵幅과 簇子 柱聯*을 掛호얏스며, 寫眞에는 世界第一 名畵로 一輯에 數百万圓 간다는 마돈나의 寫眞과 詩人, 哲人, 宗敎家, 政治家며, 宗敎改革者 루테르의 書齋에서 讀書호다가 黙想호는 油繪며, 大西鄕의 銅像과 「河邊의 春日」이라는 水彩畵 等이 極히 趣味 잇게 걸니다.

余는 彼의 藝術을 愛호고 偉人을 崇拜호는 情을 羨望호얏스며, 更히 耶蘇敎 信者 안인 者가 루테르 仰慕호고, 哲學을 學호는 者가 詩人을 渴仰홈은 容或無怪라 호더라도 政治家나 草人이나 人類의 偉大호 者는 오즉 그 偉大홈을 崇仰호는 雅量을 羨望호얏노라. 余는 實로 羞恥호 말이어니와 藝術(音樂, 美術, 詩歌, 舞蹈)을 理解홀 줄 모르고 偉人을 崇敬홀 줄 모르노니, 大槪 余의 稟質히 特히 鈍濁호기도 홈이러니와 余의 生長호 社會의 空氣가 余의 此方面에 對호 能力을 啓發홀 만호지 못홈이라.

余는 野生이오 彼는 三四代 文明호 空氣中에셔 生育호 人이라. 彼의 細胞와 血液에는 임의 文明이 浸潤되얏나니, 彼의 父는 新文明의 生活을 호던 者오 彼의 母도 新文明을 理解홀 만호 知識을 備호 者라. 彼**는 胎中에셔 임의 文明의 乳를 吸호얏스며 襁褓에서 文明의 聲을 聽호얏고, 家庭의 談話와 學校의 敎育과 朋友의 交際와 書籍과 雜誌와 社會의 空氣에서 文明의 知識을 吸收호 人이라. 彼는 年齒는 비록 二十四五歲나 其實은 五十餘年 文明의 敎育을

---

* 원문에는 '珠聯'으로 되어 있다. '柱聯'은 기둥이나 바람벽에 장식으로 써 붙이는 한시漢詩의 구절을 가리킨다.
** 원문에는 '役'으로 되어 있다.

受흔 者오 坯 社會의 要求가 彼로 흐야곰 知識을 渴求흐게 흔 것이라. 然이나 余는 新文明에 接ᄒ야 그 敎育을 受ᄒᄂ 지가 不過 十餘年이라. 頭腦ᄂ 아직 鍛鍊이 못 되고 精神은 아직 文明에 浸潤치 못ᄒ야 文明을 보기가 異國, 異時代의 風物을 對흠과 如히 生疎ᄒ고 難澁ᄒ도다. 余ᄂ 余가 只今보다 三四倍의 努力을 ᄒ기 前에 決코 文明人과 步武를 並히 ᄒ기 不能흠을 覺ᄒ얏노라. 然이나 思想컨ᄃ 余의 血統은 本來 劣等흠이 안이라 다만 鍊鍛이 不足ᄒ고 努力이 不足흠이니, 從此로 努力에 努力을 加ᄒ야 刻苦勉勵ᄒ면 容易히 世界 最高文化의 前線에 突出ᄒ 슈 有흔 줄을 確信ᄒ노라.

이러흔 싱각을 흘 신 同窓은 食事를 畢ᄒ고 菓子와 茶를 들고 上來ᄒ야 遲晚흠을 謝ᄒ다. 余ᄂ 無量흔 感慨를 胸中에 藏ᄒ고 數刻을 快談ᄒ다가 急히 宿舍에 歸ᄒ야 西方 靑年을 思ᄒ고 此稿를 畢ᄒ니, 殷殷흔 遠鐘聲이 子正을 報ᄒ다. 窓外에ᄂ 雨聲이 如前ᄒ고 晝夜不息ᄒᄂ 工場의 汽笛이 들니다.(1916. 11.5.)

十五, 一般人士의 必讀할 書籍 數種

朝鮮人士ᄂ 只今 新文明을 理解ᄒ여야 흘 急흔 時機에 在ᄒ도다. 同一흔 國土에 住居ᄒ면셔도 內地人士와 朝鮮人士ᄂ 外觀은 近似ᄒ나 知識 程度에ᄂ 懸隔흔 差異가 有ᄒ나니, 假令 朝鮮紳士가 內地紳士와 對坐ᄒ야 談話를 交흔다 ᄒ면 朝鮮紳士 自身은 內地紳士와 差等이 無흔 드시 思ᄒ되 內地紳士의 眼에ᄂ 朝鮮紳士가 小兒와 如ᄒ게 보이나니라. 此ᄂ 無他니, 內地紳士ᄂ 二十四五歲가 되도록 完全흔 文明敎育을 受ᄒ얏고 學校를 出ᄒ야 實社會에 入흔 後에도 新聞雜誌와 新刊書籍을 常讀ᄒ야 一步라도 最高 知識點에셔 下ᄒ기를 恐ᄒ나니, 彼等은 世界 最文明諸國과 步武를 並ᄒ랴고 不絶히 努力ᄒ되, 朝鮮 紳士ᄂ 不幸히 文化가 不開ᄒ고 敎育이 不完ᄒ며 社會에 刺激을 受흠이 少흔 地에 生長ᄒ야 空然히 年齡은 高ᄒ얏스나 知識을 受ᄒ지 못ᄒ야 文明이

何이며 世界의 大勢가 何임을 不知ᄒᆞ나니, 如此ᄒᆞᆫ 知識 程度로 文明人과 對談ᄒᆞᆯ 時에 文明人이 彼를 小兒로 視之홈이 當然ᄒᆞ니라.

余는 朝鮮人士가 內地人士와 平等스러은 交際를 ᄒᆞᆯ 時에 兩人의 懸隔과 心事를 推測ᄒᆞ고 板面홈을 不禁ᄒᆞ며, 彼耶蘇敎會에 牧師 長老가 西洋 宣敎師와 對談ᄒᆞᆯ 時에 西洋 宣敎師의 朝鮮 牧師 長老에게 對ᄒᆞᆫ 感情을 推想ᄒᆞ고도 스스로 慚愧홈을 不禁ᄒᆞ얏스며, 더욱이 汽車中과 如ᄒᆞᆫ 데서 朝鮮人과 內地人이나 西洋人이 同席ᄒᆞᆫ 境遇에 그 朝鮮人이 嚴然ᄒᆞᆫ 紳士면 彼此兩 紳士를 對照 比較ᄒᆞᆯ 時에 余는 울고 십허 ᄒᆞ얏노라.(1916.11.7.)

이졔는 朝鮮은 內地人과 朝鮮人이 雜居ᄒᆞᄂᆞᆫ 處地라. 朝鮮人의 知識 程度가 內地人과 相比ᄒᆞᆯ 만ᄒᆞᆫ 水平線上에 達ᄒᆞ지 아니ᄒᆞ면 到底히 相互間에 理解가 無ᄒᆞᆯ지며 理解가 無ᄒᆞᆫ 處에 種種의 誤解와 猜疑가 生ᄒᆞᆯ지라. 그쑨 아니라 朝鮮人이 完全ᄒᆞᆫ 日本 臣民이 되기에도 完全ᄒᆞᆫ 文明人됨이 第一 要件이니, 朝鮮人이 万一 文明 程度로 內地人을 隨ᄒᆞ지 못ᄒᆞ면 皇化를 背ᄒᆞᄂᆞᆫ 臺灣 生蕃과 異홈이 何有ᄒᆞ리오. 故로 當局에셔는 學校를 整備ᄒᆞ고 銳意로 靑年의 敎育을 獎勵홈이어니와 長成ᄒᆞᆫ 人士들은 自覺ᄒᆞ야 新知識을 渴求ᄒᆞ여야 ᄒᆞᆯ지라. 然ᄒᆞ거늘 朝鮮人士는 아즉 知識慾이 欠ᄒᆞ고 從ᄒᆞ야 讀書癖이 無ᄒᆞ니, 彼新敎育을 受ᄒᆞ얏다는 所謂 新式 紳士들도 雜誌나 新書籍을 愛讀ᄒᆞᄂᆞᆫ 者 稀ᄒᆞ도다.

試觀ᄒᆞ라, 東京에셔 每朔 發行ᄒᆞᄂᆞᆫ 大雜誌만 列擧ᄒᆞ더라도 「太陽」「新日本」, 「日本及日本人」, 「中央公論」, 「實業之世界」, 「婦人世界」 等 普通的 雜誌와 「學生」, 「中學世界」, 「冒險世界」 等 中學生 程度의 雜誌와 「少年世界」, 「幼年世界」, 「少女世界」, 「幼年畫報」 等 少年雜誌와 其他 宗敎哲學, 法學, 科學, 文學 諸般 專門雜誌를 總計ᄒᆞ면 四五十種을 不下ᄒᆞᆯ지며, 其他 京都 大阪 等 地方에셔 發行ᄒᆞᄂᆞᆫ 者를 合ᄒᆞ면 數百餘種에 達ᄒᆞᆯ지니, 此數百餘種 數十万部의 雜誌는 每月 新知識을 滿載ᄒᆞ고 文明 人士의 案頭를 訪問ᄒᆞ며, 英美佛獨의 雜誌도 多數히 新知識을 滿載ᄒᆞ고 日本에 入ᄒᆞ야써 文明에 補ᄒᆞ도다. 東京 七八處

大圖書館에는 每日 晝夜로 數万의 人士가 知識을 求ㅎ며, 中流 以上人의 家庭의 最히 자랑ㅎ는 貯蓄은 善良흔 圖書의 充棟흠이로다. 食後에 讀ㅎ고 就寢前에 讀ㅎ고, 事務 餘暇에 讀ㅎ고, 汽車 電車 人力車上에 讀ㅎ고, 讀ㅎ고 讀ㅎ여 新知識을 求ㅎ되 오히려 不足ㅎ여 ㅎ나니, 朝鮮人士가 그의 眼中에 小兒갓지 아니홀 리가 豈有ㅎ리오. 各新聞의 第一面은 新刊書籍의 廣告를 爲ㅎ야 低價로 歇ㅎ나니, 每朝 每夕 新聞 第一面을 보라, 多홈도 多홀 쇠 貴重흔 新刊書籍이여.

朝鮮人士의 最大急務는 讀書니, 讀書가 彼를 貴ㅎ게 ㅎ고 富ㅎ게 ㅎ리로다. 仕宦慾과 消暢慾과 小小흔 黃金慾의 一部를 割愛ㅎ야 良書를 讀홀지어다. 良書를 讀흔 後에 文明人과 交際홀지어다. 伊時에는 自己의 門閥이 高ㅎ여졋슴을 覺홀지니라. 玆에 新文明의 大軆를 理解ㅎ기에 必要흔 數種書를 列擧ㅎ고 簡畧ㅎ게 此等 書를 推薦ㅎ는 理由를 述ㅎ리라.(1916.11.8.)

一, 西洋史(箕作元八 著, 「西洋史講話」가 最適할 듯)

二, 世界地理(志賀重昻, 或은 野口保興氏의 著)

三, 進化論(丘淺次郞 著, 「進化論講話」)

四, 經濟原論(誰某의 著나 無妨ㅎ니, 大槪 此는 多數히 有흠이라)

五, 「開國五十年史」(大隈重信 編)

六, 支那哲學史 及 西洋哲學史(前者는 遠藤隆吉氏의 著, 後者는 大西祝氏의 著가 似好)

七, 「蘇峯文選」(德富猪一郞 著)

아직 이만ㅎ리라. 以上 列擧흔 書籍만 通讀ㅎ면 多少 新文明의 何임을 理解ㅎ고 所謂 世界의 大勢를 理解홀지니, 金錢이 不足흔 者는 一二三四만 讀ㅎ야도 可ㅎ니라.

西洋史를 推薦홈은 現代의 文明은 卽 西洋文明이니, 故 現代文明의 內容과 發展호 經路와 進行호ᄂ 方向을 究호랴면 西洋史가 最重要호며, 更히 史學은 萬學 會流處오 社會 万般現象의 反映일ᄉ 社會와 文明을 理解호ᄂ 通路니라.

地理ᄂ 世界의 現狀을 知홈이니 歷史와 經緯가 되며, 幷호야 自己가 屬호 社會의 地位를 理解호기에 便호니라.

進化論은 新文明의 總源泉이니, 科學은 勿論이어니와 現代 人類의 万般思想은 倫理, 政治, 敎育, 宗敎를 勿論호고 進化論의 原理의 影響을 受호얏스며, 쏘 讀호기에도 썩 滋味가 有호니라.

支那 及 西洋哲學史ᄂ 卽 東西洋人의 有文字 以來로 窮究호 思想의 源과 流를 槪觀홈이니, 西洋셔ᄂ 紳士의 必修學科가 되니라. 人類의 思想과 文明을 徹底호게 知호랴면 此가 捷經이니라.

「開國五十年史」ᄂ 明治維新 以來로 日本의 精神上 物質上 改革코 建設코 進步호 歷史니, 日本의 今日이 有호 原因과 經路와 及 今日의 偉大호 狀態를 理解호기에 此書가 最適홈이라.

蘇峯氏ᄂ 日本 最大호 新聞記者니, 氏의 三十年間 雄渾勁健호 文章은 日本의 今日 文化에 多大호 貢獻을 호얏나니, 此를 讀홈은 日本文明史를 讀홈과 如호며 更히 其文章이 學홀 만호니라.

以上 列擧호 數種書를 讀호 後에 讀호기 前을 回顧호면 自己가 異世界人이 됨을 可覺호리니, 愛我 朝鮮人士여 讀홀지어다. 漢文만 知호ᄂ 者ᄂ 上海 商務印書館에 注文호면 純漢文 各種 新書籍을 購得홀지오, 其他ᄂ 京城日報 代理部에 注文호면 可홀지라.(1916.11.9.)

文學이란 何오*

新舊意義의 相異

同一흔 語로도 地方과 時代를 隨ㅎ야 相異흔 意義를 取홈이 多ㅎ다. 假令 朕이나 卿 又흔 語는 古代에는 爾, 吾와 同一흔 意러니 後世에는 帝王과 臣下 間에만 用ㅎ게 되엇나니 此는 時代를 隨ㅎ야 語義가 變遷홈이오, 士라 ㅎ면 朝鮮셔는 文을 修흔 者의 稱號여늘 日本 古代에는 武를 修ㅎ는 者의 專稱이 되얏나니 此는 地方을 隨ㅎ야 相異홈이라. 故로 語의 外形이 同ㅎ다 ㅎ야 其 意義〻지 同흔 줄로 思ㅎ면 誤解흘 境遇가 多ㅎ니, 今日 朝鮮에셔는 此等 語 義의 誤解가 頗多ㅎ니라. 如此히 時代와 地方을 隨ㅎ는 外에 常用과 學術을 隨ㅎ야도 相異ㅎ나니, 假令 法律이라는 語는 在來로 使用ㅎ는 바이로딕 法 學上 法律이라는 語와는 大相不同ㅎ다. 恒用 法律이라 ㅎ면 國家가 人民으로 ㅎ야곰 强制的으로 遵守케 ㅎ는 規則이라는 意이니, 法學上 法律이라 ㅎ면 國家를 隨ㅎ야 多少 差異가 有ㅎ되 法部의 議決을 經ㅎ고 主權者의 裁可를 隨 ㅎ야 內閣員의 副署로 公布흔 者를 稱홈이니, 常用과 學術用에 相異가 大치 아니ㅎ뇨.

如此히 文學이라는 語義도 在來로 使用ㅎ던 者와는 相異ㅎ다. 今日 所謂 文學이라 홈은 西洋人이 使用ㅎ는 文學이라는 語義를 取홈이니, 西洋의 Literatur 或은 Literature라는 語를 文學이라는 語로 飜譯ㅎ얏다 홈이 適當ㅎ 다. 故로 文學이라는 語는 在來의 文學으로의 文學이 아니오 西洋語에 文學 이라는 語義를 表ㅎ는 者로의 文學이라 흘지라. 前에도 言ㅎ얏거니와 如此 히 語同意異흔 新語가 多ㅎ니 注意흘 바이니라.

* 東京에셔 春園生, 『每日申報』, 1916.11.10.-1916.11.23.

文學의 正義

文學이란 그 範圍가 廣大ᄒᆞ고 內容이 極히 漠然ᄒᆞ야 諸般科學과 如히 一言으로 槪括ᄒᆞᆯ 正義를 下ᄒᆞ기 極難ᄒᆞ며, 極難ᄒᆞᆯ 뿐만 아니라 嚴正ᄒᆞ게 言ᄒᆞ즉면 不能ᄒᆞ다 ᄒᆞ리로다. 然ᄒᆞ나 槪히 一學이라 稱ᄒᆞᄂᆞᆫ지라 全혀 正義가 無치 못ᄒᆞ리니, 文學批評家들은 흔히 如左히 正義ᄒᆞ다.

文學이란 特定ᄒᆞᆫ 形式下에 人의 思想과 感情을 發表ᄒᆞᆫ 者를 謂ᄒᆞᆷ이니라.

此에 特定ᄒᆞᆫ 形式이라 ᄒᆞᆷ은 二가 有ᄒᆞ니, 一은 文字로 記錄ᄒᆞᆷ을 云ᄒᆞᆷ이니 口碑傳說은 文學이라고 稱키 不能ᄒᆞ고 文字로 記錄된 後에야 비로소 文學이라 ᄒᆞᆯ 슈 ᄒᆞ다 ᄒᆞᆷ이 其一이오, 其二ᄂᆞᆫ 詩, (小)說, 劇, 評論 等 文學上의 諸形式이니 記錄ᄒᆞ되 軆裁가 無히 漫錄ᄒᆞᆫ 것은 文學이라 稱키 不能ᄒᆞ다 ᄒᆞᆷ이며, 思想 感情이라 ᄒᆞᆷ은 그 內容을 云ᄒᆞᆷ이니 비록 文字로 記錄ᄒᆞᆫ 것이라도 物理, 博物, 地理, 歷史, 法律, 倫理, 等 科學的 知識을 記錄ᄒᆞᆫ 者ᄂᆞᆫ 文學이라 謂키 不得ᄒᆞ며, 오직 人으로의 思想과 感情을 記錄ᄒᆞᆫ 것이라야 文學이라 ᄒᆞᆷ을 謂ᄒᆞᆷ이라. 嚴正ᄒᆞ게 文學과 科學을 區別ᄒᆞ기ᄂᆞᆫ 極難ᄒᆞ거니와 物理學과 詩를 讀ᄒᆞ면 兩者間의 差異를 覺ᄒᆞᆯ지니, 此가 文學과 科學의 漠然ᄒᆞᆫ 區別이니라. 아모려나 他 科學은 此를 讀ᄒᆞᆯ 時에 冷靜ᄒᆞ게 外物을 對ᄒᆞᄂᆞᆫ 듯ᄒᆞᄂᆞᆫ 感이 有ᄒᆞ되 文學은 마치 自己의 心中을 讀ᄒᆞᄂᆞᆫ 듯ᄒᆞ야 美醜를 哀의 感情을 伴ᄒᆞ나니, 此感情이야말로 實로 文學의 特色이니라.

文學은 實로 學이 아니니, 大槪 學이라 ᄒᆞ면 某事 或은 某物을 對象으로 ᄒᆞ야 其事物의 構造, 性質, 起源, 發展을 研究ᄒᆞᄂᆞᆫ 것이로되 文學은 某事物을 研究ᄒᆞᆷ이 아니라 感賞ᄒᆞᆷ이니, 故로 文學者라 ᄒᆞ면 人에게 某事物에 關ᄒᆞᆫ 知識을 敎ᄒᆞᄂᆞᆫ 者가 아니오 人으로 ᄒᆞ야곰 美感과 快感을 發케 ᄒᆞᆯ 만ᄒᆞᆫ 書籍을 作ᄒᆞᄂᆞᆫ 人이니, 科學이 人의 知를 滿足케 ᄒᆞᄂᆞᆫ 學文이라 ᄒᆞ면 文學은 人의 情을 滿足케 ᄒᆞᄂᆞᆫ 書籍이니라.(1916.11.10.)

文學과 感情

上述홈과 如히 文學은 情의 基礎上에 立ᄒ얏나니 情과 吾人의 關係를 從ᄒ야 文學의 輕重이 生ᄒ리로다. 古昔에는 何國에셔나 情을 賤히 녀기고 理智만 重히 녀겻나니 此는 아직 人類에게 個性의 認識이 明瞭치 아니ᄒ얏슴이다.

近世에 至ᄒ야 人의 心은 知情意 三者로 作用되는 줄을 知ᄒ고 此三者에 何優何劣이 無히 平等ᄒ게 吾人의 精神을 構成홈을 覺ᄒ매 情의 地位가 俄히 昇ᄒ얏나니, 일즉 知와 意의 奴隷에 不過ᄒ던 者가 知와 同等ᄒ 權力을 得ᄒ야 知가 諸般科學으로 滿足을 求ᄒ려 ᄒ매 情도 文學, 音樂, 美術 等으로 自己의 滿足을 求ᄒ려 ᄒ도다. 古代에도 此等 藝術이 有ᄒ 것을 觀ᄒ건딘 아조 情을 無視홈이 아니엇셧스나, 此는 純全히 情의 滿足을 爲홈이라 ᄒ지 아니ᄒ고 此에 知的, 道德的, 宗敎的 意義를 添ᄒ야 卽 差等의 補助物로 附屬物로 存在를 享ᄒ얏거니와, 約五百年前 文藝復興이라는 人類 精神界의 大變動이 有ᄒ 以來로 情에게 獨立ᄒ 地位를 與ᄒ야 知나 意와 平等ᄒ 待遇를 ᄒ게 되다. 實로 吾人에게는 知와 意의 要求를 滿足케 ᄒ랴는 同時에 그보다 더욱 懇切ᄒ게 情의 要求를 滿足케 ᄒ려 ᄒ나니, 吾人이 酒를 愛ᄒ고 色을 貪ᄒ며 風景을 求홈이 實로 此에셔 生ᄒ는 것이니 文學藝術은 實로 此要求를 充ᄒ랴는 使命을 有ᄒ 것이니라.

文學의 材料

前節에 文學은 情의 滿足을 目的삼는 다 ᄒ다. 情의 滿足은 卽 興味니, 吾人에게 最히 深大ᄒ 興味를 與ᄒ는 者는 卽 吾人 自身에 關ᄒ 事이라. 吾人이 戀愛의 談話나 書籍에 興味를 感홈은 卽 吾人 各人의 精神에 戀愛의 部分이 有홈이며, 貧者의 苦痛은 貧者라야 能解ᄒ나니 卽 他貧者를 見홀 時에 貧者라야 自己의 經驗에 照ᄒ야 그 苦痛을 推知ᄒ고 同情의 念이 發ᄒ나니라. 故로 某文學이 全혀 人類에게 關係 無ᄒ 事를 記ᄒ얏거나 又는 自己에게 關係 無ᄒ

事를 記ᄒ얏스면 此에ᄂ 죠곰도 興味를 不感홀지라. 故로 文學藝術은 其材料를 全혀 人生에 取ᄒ다. 人生의 生活狀態와 思想感情이 卽 其材料니, 此를 描寫ᄒ면 卽 人에게 快感을 與ᄒᄂ 文學藝術이 되ᄂ 것이라. 然ᄒ나 材料에도 好不好가 有ᄒ고, 描寫에도 正不正 精不精이 有ᄒ니, 最好ᄒ 材料를 最正 最精ᄒ게 描寫ᄒ 것이 最好ᄒ 文學이라.

最好ᄒ 材料라 홈은 平凡無味치 아니ᄒ 人事現象을 云홈이니, 假令 다만 밥을 먹다, 오좀을 누다 홈도 人生의 現象이 아님이 아니나 此ᄂ 아주 無味ᄒ 材料로딕, 戀愛라던가 憤怨, 悲哀, 惡恨, 希望, 勇壯 갓흔 것은 極히 有味ᄒ 材料라. 吾人은 春香 李道令의 戀愛를 觀ᄒ고 快感을 受ᄒ며, 魯知深의 憤怒와 謝氏의 怨恨을 觀ᄒ고 快感을 受ᄒ도다. 且 最正ᄒ게 描寫ᄒ다 홈은 眞인 듯이, 果然 그러타 ᄒ고 잇슬 일이라 ᄒ고 讀者가 擊節ᄒ게 홈이오, 最精이라 홈은 某事件을 描寫ᄒ딕 大綱大綱 ᄒ지 말고 極히 目睹ᄒᄂ 듯ᄒ게 홈이라. 如斯히 ᄒ여야 그 作品이 讀者에게 至大ᄒ 興味를 與ᄒ나니, 故로 文學의 要義ᄂ 人生을 如實ᄒ게 描寫홈이라 ᄒ리로다. 文學的 傑作은 마치 人生의 某方面, 假令 戀愛라 ᄒ고, 戀愛中에도 上流社會, 上流社會中에도 有敎育者, 有敎育者中에도 才貌 有ᄒ 者, 才貌 有ᄒ 者中에도 父母의 許諾을 得키 不能ᄒ 者의 戀愛를 果然 如實ᄒ게 眞인 듯ᄒ게 描寫ᄒ야 何人이 讀ᄒ야도 首肯ᄒ리 만흔 者를 謂홈이니, 如此ᄒ 者라야 비로소 深刻ᄒ 興味를 與ᄒᄂ 것이라. (1916. 11.11.)

文學과 道德

情이 이믜 知와 意의 奴隷가 아니오 獨立ᄒ 精神作用의 일이며, 從ᄒ야 情에 基礎를 有ᄒ 文學도 亦是 政治, 道德, 科學의 奴隷가 아니라 此等과 並肩홀 만흔, 도로혀 一層 吾人에게 密接ᄒ 關係가 有ᄒ 獨立ᄒ 一現象이라. 從來 朝鮮에셔ᄂ 文學이라 ᄒ면 반다시 儒敎式 道德을 鼓吹ᄒᄂ 者, 勸善懲惡을 諷

論호는 者로만 思호야 此準繩外에 出호는 者는 唾棄호얏나니, 是乃 朝鮮에 文學이 發達치 못호 最大호 原因이라. 假令 支那文學의 一種인 詩經이나 律詩 等을 讀홀 時에도 上述호 偏狹호 觀念으로 詩中이셔 道德的 勸善懲惡的 意味만 是求호려 호야 淸醇爛漫호 人情의 美를 賞玩홀 줄 不知호니 讀時의 本意가 何에 在호리오.

以故로 從來 朝鮮文學은 散文 韻文을 勿論호고 반다시 儒敎道德으로 骨子를 삼아 一步도 此範圍를 出호기 不能호며, 萬卷 文學書가 有호더라도 皆是 千篇一律이라. 人情의 複雜多樣홈이 宇宙의 森羅萬象과 如호거늘 단지 數條의 道德으로 此를 律홀 슈 有호리오, 高麗 以前은 且置 勿論호고 李朝後 五百餘年에 朝鮮人의 思想感情은 偏狹호 道德律의 束縛호 바 되어 自由로 發表홀 機會가 無호얏도다. 만일 如斯호 束縛과 妨害가 無호얏던들 朝鮮에는 過去 五百年間에라도 爛漫호게 文學의 花가 發호야써 朝鮮人의 豊饒호 精神的 糧食이 되며 高尙호 快樂의 材料가 되엇슬 것을. 只今에 他民族의 文學의 旺盛홈을 目睹홈에 欽羨과 痛恨이 交至호는도다.

物理學이 万般 物理現象을 記載 說明호는 自由가 有호 模樣으로 文學은 萬般 思想感情을 記載 說明홀 自由가 有호여야 홀 것이라. 事實上 今日의 文學은 超然히 宗敎倫理의 束縛 以外에 立호야 人生의 思想과 感情과 生活을 極히 自由롭게 如實호게 發表호고 描寫호나니, 現代 文明諸國에 大文學이 出홈이 實로 此를 因홈이라. 朝鮮에셔도 將次 新文學을 建設호려 홀진딕 爲先 從來의 偏狹호 文學觀을 棄호고 無窮無邊호 人生의 思想感情의 曠野에 立호야 自由로 材料를 選擇호고 自由로 此를 描寫호도록 努力호여야 홀지라.

誤解를 免호기 爲호야 一言을 添호노니, 道德의 束縛을 脫호라 홈은 決코 讀者를 蠱毒홀 만호 淫談悖說을 材料로 호 文學을 作호라 홈이 아니오, 道德律을 顧慮考慮홈이 無히 吾人의 眼中에 暎來호는 人事現象을 如實호게 描寫호라 홈이니, 卽 某種 特定호 道德을 鼓吹호기 爲호야 又는 勸善懲惡의 效果

를 得ᄒ기 爲ᄒ야 文學을 作ᄒ지 말고 一切의 道德 規矩準繩을 不用ᄒ고 實在
혼 思想과 感情과 生活을 如實ᄒ게 万人의 眼前에 再現케 ᄒ라 홈이라. 然則
文學의 效用이* 何에 在ᄒ뇨. 作者ᄂ 何를 爲ᄒ야 此를 作ᄒ며 讀者ᄂ 何를
爲ᄒ야 此를 讀ᄒ리오 ᄒ니리, 請컨듸 次節을 讀홀지어다.(1916.11.14.)

文學의 實效

上述혼 바와 如히 文學의 用은 吾人의 情의 滿足이라. 重疊ᄒᄂ 憾이 有ᄒ
나 情의 滿足에 對ᄒ야 數言을 更陳키를 許ᄒ라. 吾人의 精神은 知情意 三方
面으로 作用ᄒ나니, 知의 作用이 有ᄒ믜 吾人은 眞理를 追求ᄒ고 意의 方面
이 有ᄒ믜 吾人은 善 又ᄂ 義를 追求ᄒᄂ지라. 然則 情의 方面이 有ᄒ믜 吾人
은 何를 追求ᄒ리오. 卽 美라. 美라 홈은 卽 吾人의 快感을 與ᄒᄂ 者이니, 眞
과 善이 吾人의 精神的 慾望에 必要홈과 如히 美도 吾人의 精神的 慾望에 必
要ᄒ니라. 何人이 完全히 發達혼 精神을 有ᄒ다 ᄒ면 其人의 眞善美에 對혼
慾望이 均衡ᄒ게 發達되얏슴을 云홈이니, 知識은 愛ᄒ야 此를 渴求ᄒ되 善을
無視ᄒ야 行爲가 不良ᄒ면 萬人이 咸히 彼를 責홀지니, 此와 同理로 眞과 善
은 發ᄒ되 美를 愛홀 줄 不知홈도 亦是 畸形이라 謂홀지라. 毋論 人에ᄂ 眞을
偏愛ᄒᄂ 科學者도 有ᄒ고, 善을 偏愛ᄒᄂ 宗敎家 道德家도 有ᄒ고, 美를 偏
愛ᄒᄂ 文學者 藝術家도 有ᄒ거니와, 此ᄂ 專門에 入혼 者라. 普通人에 至ᄒ
야ᄂ 可及的 三者를 均愛홈이 必要ᄒ니, 玆에 品性의 完美혼 發達을 見ᄒ리
로다.

然ᄒ나 文學은 此外에도 여러 가지 副産的 實效가 有ᄒ니, 第一 文學은 人
生을 描寫혼 者임으로 文學을 讀ᄒᄂ 者ᄂ 所謂 世態人情의 幾微를 窺홀지라.
賤人으로셔 貴人의 思想과 感情도 可知홀지오, 安樂혼 人으로셔 困窮혼 者의
그것도 可知홀지며, 都會人으로셔 田舍人의, 商人으로셔 學者, 惡人으로셔

---

* 원문에는 '效用의'로 되어 있다.

善人 思想과 感情을 通曉ᄒ게 될지며, 또 外國人이나 古代人도 그 文學을 通
ᄒ야셔야 비로소 完全ᄒ게 理解홀지라. 如斯히 人生의 精神的 方面에 關ᄒ
知識을 得ᄒ니 處世와 教育에 必要홀지오 第二, 各方面 各階級의 人情 世態
를 理解홈으로 人類의 最貴ᄒ 德이오 多數 善行의 原動力되ᄂ 同情心이 發ᄒ
야 富者가 貧者를, 貴子가 賤者를, 善者가 惡者를 同情ᄒ게 될지며, 第三은 人
이 罪惡에 墮落ᄒᄂ 經路를 目睹ᄒ며 足히 殷鑑을 삼을지오 人이 向上 進步
ᄒᄂ 心理狀態를 目睹하며 足히 模範을 作할지며, 第四 苦海 갓흔 人世에셔
清凉흔 快味를 得ᄒ고 不如意흔 實社會를 脫ᄒ야 由로온 想像像의 理想境에
逍遙ᄒ야 有限흔 生命과 能力으로 經驗치 못홀 人生의 各方面 各種의 生活과
思想과 感情을 經驗홀 수 有ᄒ리니, 實로 文學을 親ᄒᄂ 者ᄂ 全世界 精神的
總財産을 所有홀 슈 有흔 大富라 할지오. 第五ᄂ 世人이 酒色 等 有害흔 快樂
에 浸潤홈은 高尙흔 快樂을 缺홈으로 由홈이니, 文學을 愛好ᄒᄂ 習慣을 養
홈은 足히 世人으로 ᄒ야곰 彼有害흔 快樂에 陷홈을 免케 홀지오 第六은 善
良흔 文學은 비록 道德을 鼓吹ᄒ랴ᄂ 意思ᄂ 無ᄒᄃᄋ 自然히 一種 深大흔 敎
訓을 垂ᄒᄂ 者라. 文學을 讀ᄒ야 快樂을 享ᄒᄂ 中 不識不知間에 品性을 陶
冶ᄒ고 知能을 啓發ᄒ게 되ᄂ 것이라. 以上 列擧흔 것이 決코 文學의 實效를
盡ᄒ얏다 ᄒ기 不能홀지나 此로 보아도 文學의 重要홈을 可知홀지라. 然ᄒ나
此에 最히 重要흔 文學의 一效用이 有ᄒ니 請컨ᄃᆯ 次節에 注意할지어다.

文學과 民族性

進步ᄒᄂ 一代의 思想과 感情과 生活方式은 其代 全民族의 研究ᄒ고 彫琢
ᄒ고 修練흔 結果니, 此ᄂ 無限흔 苦心과 努力의 結晶이라. 万一 此苦心努力
의 結晶이 其代의 過홈을 從ᄒ야 消滅흔다 ᄒ면 此ᄂ 一民族을 爲ᄒ야 又ᄂ
全人類를 爲ᄒ야 莫大흔 損失이며, 兼ᄒ야 此思想과 感情과 生活方式은 一次
消滅ᄒ면 更求키 極難ᄒ나니, 故로 此ᄂ 遺産으로 次代에 傳ᄒ야 次代로 ᄒ

야곰 此에셔 幸福을 受ㅎ게 ㅎ고, 次代 一代의 産出흔 思想과 感情과 生活方式을 此에 添ㅎ야 更히 次代에 傳ㅎ고, 如斯히 ㅎ야 百代千代를 傳ㅎ는 동안에 그 內容은 愈益贍富ㅎ고 其品質은 愈益精鍊되나니, 此가 卽 一民族의 精神的 文明이오 民族性의 根源이라. 然而 此貴重흔 精神的 文明을 傳ㅎ는 딕 最히 有力흔 者는 卽 其民族의 文學이니, 文學이 無흔 民族은 或은 習慣으로 或은 口碑로 其若干을 傳홈에 不過홈으로 아모리 累代를 經ㅎ야도 其內容이 贍富ㅎ여지지 아니ㅎ야 野蠻未開를 不免ㅎ나니라.

朝鮮도 建國이 四千餘年이라 ㅎ고 其間에 新羅, 百濟, 高句麗 等 燦然흔 文明國이 有ㅎ엿슨卽 應當 他民族이 求치 못홀 朝鮮民族 特有의 精神文明이 有홀 것이어날, 當時 文學이 全히 消失되여 吾人은 吾人의 祖先의 貴重흔 遺産을 受홀 幸福이 無ㅎ얏도다. 吾人의 近代 祖先이 懶惰無爲ㅎ야 吾人에게 物質的 財産을 遺치 아니홈을 痛恨ㅎ는 同時에 彼等이 精神的으로싯지 無能無爲ㅎ야 精神的 財産을 遺치 아니ㅎ얏슴을 寃恨ㅎ노라. 然ㅎ나 此는 다만 吾人의 祖先의 罪만이 아니라 支那思想의 侵入이 實로 朝鮮思想을 絶滅ㅎ얏슴이니, 此支那思想의 暴威下에 幾多 金玉 갓흔 朝鮮思想이 枯死ㅎ얏는고. 無心無腹흔 先人들은 愚ㅎ게도 支那思想의 奴隷가 되야 自家의 文化를 絶滅ㅎ얏도다. 今日 朝鮮人은 皆是 支那道德과 支那文學下에 生育흔 者라, 故로 名은 朝鮮人이로되 其實 支那人의 一模型에 不過ㅎ도다. 然ㅎ거늘 아직도 漢字 漢文만 是崇ㅎ고 支那人의 思想을 脫홀 줄을 不知ㅎ니 엇지 可惜ㅎ지 아니ㅎ리오. 방금 西洋 新文化가 浸浸然 襲來ㅎ는지라. 朝鮮人은 맛당히 舊衣를 脫ㅎ고 舊垢를 洗흔 后에 此新文明中에 全身을 沐浴ㅎ고 自由롭게 된 精神으로 新精神的 文明의 創作에 着手홀지어다. 倂合 以來로 萬般 文物制度가 悉皆 新文明에 依據ㅎ얏거니와 思想感情과 此를 應用ㅎ는 生活은 依然흔 舊阿蒙이니, 從此로 新文學이 蔚興ㅎ야 新ㅎ야진 朝鮮人의 思想感情을 發表ㅎ야써 後代에 傳홀 第一次의 遺産을 作ㅎ여야 홀지라. (1916.11.15.)

文學의 種類

文學은 或은 內容을 標準으로 或은 形式을 標準으로 數種으로 分홀 수 有
ㅎ니, 此分類는 大端흔 必要가 有홈이 아니로되 또흔 文學에 志ㅎ는 者에게
方向을 示ㅎ는 助가 되다. 內容을 標準으로 分ㅎ는 데도 材料의 範圍를 標準
으로 ㅎ는 것과 材料의 性質을 標準으로 ㅎ는 것이 有ㅎ니, 國民文學, 鄕土文
學, 都市文學, 田園文學 等의 別은 範圍를 標準으로 흔 것이오 歷史文學, 宗敎
文學, 戀愛文學, 時代文學 等의 別은 性質을 標準으로 흔 것이라. 然ㅎ나 此는
決코 嚴正흔 分類法이 아니며 또 文學은 반다시 此分類內에 入ㅎ여야 홈도
아니니, 界限이 無홈이 實로 文學의 特徵이라. 大才를 具흔 者면 自由로 新天
地를 開拓홈을 可得홀지니라.

形式으로 文學을 分類ㅎ면 散文文學, 韻文文學에 大分홈을 得ㅎ고, 更히 散
文文學을 論文, 小說, 劇, 及 散文詩로 分홀지오 韻文文學은 詩라. 又 此를 更
히 小分홀 슈도 有ㅎ나 此에 略ㅎ며 또 煩擧홀 必要도 無ㅎ다.

論文. 毋論 政治的 又는 科學的 論文을 指홈이 안이라 小說家가 小說로 詩
人이 詩로 發表ㅎ려 ㅎ는 바를 小說과 詩의 技巧的 形式을 取ㅎ지 안이ㅎ고
「말ㅎ드시」發表홈을 謂홈이니, 陶潛의 歸去來辭, 蘇軾의 赤壁賦, 屈原의 離
騷經 等 古來 所謂 文學이라던 者의 大部와 西洋에 칼라일, 에머슨 等의 著書
와 如흔 者가 此에 屬ㅎ니라. 此外에 近代에 新成흔 一體가 有ㅎ니, 卽 所謂 批
評文, 又는 評論文이라. 人이 文學的 作品 卽 論文이나 小說, 詩, 劇 等에 表現
된 主旨를 自家의 頭腦中에 一旦 溶入ㅎ얏다가 更히 自家의 論文으로 發表홈
을 謂홈이니 現代 文學界의 一半을 占ㅎ니라.

小說. 朝鮮에셔 「才談」이나 「니야기」를 小說이라 ㅎ고 此를 善히 ㅎ는 者
를 小說家라 稱ㅎ는 者가 有ㅎ나니, 此는 無識흔 所致라. 小說은 그러케 簡易
흔, 輕흔 無價値흔 것이 안이니라. 小說이라 홈은 人生의 一方面을 正ㅎ게 精
ㅎ게 描寫ㅎ야 讀者의 眼前에 作者의 想像內에 在흔 世界를 如實ㅎ게 歷歷ㅎ

게 開展ᄒᆞ야 讀者로 ᄒᆞ야곰 其世界內에 在ᄒᆞ야 實見ᄒᆞᄂᆞᆫ 듯ᄒᆞᄂᆞᆫ 感을 起케 ᄒᆞᄂᆞᆫ 者를 謂ᄒᆞᆷ이니, 論文은 作者의 想像內의 世界를 作者의 言으로 飜譯ᄒᆞ 야 間接으로 讀者에게 傳ᄒᆞᄂᆞᆫ 것이로ᄃᆡ 小說은 作者의 想像內의 世界를 充實 ᄒᆞ게 寫眞ᄒᆞ야 讀者로 ᄒᆞ야곰 直接으로 其世界를 對ᄒᆞ게 ᄒᆞᄂᆞᆫ 것이라. 小說 은 實로 現代文學의 大部分을 占ᄒᆞᆫ 者니, 何人의 案頭에 小說이 無ᄒᆞᆫ 데가 無 ᄒᆞ고 何新聞雜誌에 小說 一二篇을 不載ᄒᆞᆷ이 無ᄒᆞᆷ을 보아도 現代文學中에 小 說이 何如ᄒᆞᆫ 勢力을 有ᄒᆞᆷ을 可知ᄒᆞᆯ지라.

劇. 散文劇 詩劇의 二種이 有ᄒᆞ니, 現代에 最히 有勢力ᄒᆞᆫ 것은 散文劇이라. 劇의 目的은 小說의 目的과 恰似ᄒᆞ나 다만 小說은 文字로만 作者의 想像內의 世界를 表ᄒᆞᄃᆡ 劇에 至ᄒᆞ야ᄂᆞᆫ 實地의 形狀을 舞臺上에셔 演ᄒᆞᆷ이니, 觀者에 게 感銘을 與ᄒᆞᆷ이 小說에 比ᄒᆞ야 益深ᄒᆞ니라. 然ᄒᆞ나 但히 文學의 一種으로 劇이라 ᄒᆞ면 舞臺上에셔 演ᄒᆞᆯ 슈 잇게 作ᄒᆞᆫ 所謂 臺本을 謂ᄒᆞᆷ이오, 此를 舞臺 上에셔 實演ᄒᆞᄂᆞᆫ 所謂 演劇은 文學에셔 獨立ᄒᆞᆫ 一種 藝術이니 此藝術의 主人 은 「광대」 又ᄂᆞᆫ 俳優니라. 言이 岐路에 入ᄒᆞ거니와 現代에ᄂᆞᆫ 俳優ᄂᆞᆫ 文學者, 美術家와 如히 一種 藝術家로 社會의 尊敬을 受ᄒᆞ나니, 決코 昔日에 「광대」라 ᄒᆞ야 賤待ᄒᆞ던 類가 안이니라. 劇은 小說보다 作ᄒᆞ기가 難ᄒᆞ니 此에ᄂᆞᆫ 多種 의 法則이 有ᄒᆞᆷ이니라.

詩. 散文을 「읽ᄂᆞᆫ 것」이라 ᄒᆞ면 詩ᄂᆞᆫ 「읊ᄂᆞᆫ 것」이라 ᄒᆞᆯ지니, 그 內容으로 觀ᄒᆞ건ᄃᆡ 散文은 人生의 一方面 或은 作者의 想像內의 世界를 如實ᄒᆞ게 描出 ᄒᆞ야 一切의 判斷 卽 美醜, 快不快의 判斷을 一히 讀者의 意思에 任ᄒᆞᄂᆞᆫ 것이 로ᄃᆡ, 詩ᄂᆞᆫ 作者가 人生의 一方面 又ᄂᆞᆫ 自己의 想像內의 世界中에 最히 興味 有ᄒᆞᆫ 者를 選出ᄒᆞ야 音律 조흔 言語로 此를 描出ᄒᆞ야 讀者로 ᄒᆞ야곰 咨嗟 咏 嘆케 ᄒᆞᄂᆞᆫ 것이오, 形式으로 論ᄒᆞ건ᄃᆡ 一, 韻을 押ᄒᆞᆯ 것 二, 平仄을 排列ᄒᆞᆯ 것 이니, 此ᄂᆞᆫ 實로 詩人이 感을 最히 有力ᄒᆞ게 讀者에게 傳ᄒᆞ기 爲ᄒᆞ야* 言語

* 원문에는 '有ᄒᆞ야'로 되어 있다.

에 自然혼 曲調가 生호게 호랴는 方便이라. 韻은 漢詩나 西洋詩에 皆有혼 바이나 日本語에는 押韻에 不便홈이 多호야 或 吐를 試혼 者가 有호얏스나 皆失敗에 歸호얏나니, 朝鮮語도 文法構造가 此와 似호며 押韻에 不便이 有홀지라. 大概 漢文이나 西洋文은 主語와 賓語를 倒置호는 便이 有호야 假令 「조흔 사름」 「사름 조흔」을 竝用호기 可得홈으로 韻이 豊富호거니와, 日本文이나 朝鮮文에도 此便이 無홈이라. 然호나 從此로 大詩人이 輩出호면 朝鮮文의 新詩法이 生홀 것은 勿論이라. 現今도 押韻은 못호더라도 또 所謂 「響의 好不好」가 有호야 韻은 아니로딕 韻과 效力이 想等혼 響이 有호나니, 此는 時調를 讀혼 者의 共認호는 바라. 韻이 無호건마는 自然히 「어울리」는 맛이 有홈이 是라. 平仄이라 홈은 朝鮮語에 在호야는 長短音의 交錯이니라.(1916.11.17.)

文學과 文

文學이라는 內容을 담는 器는 文이라. 朝鮮서는 古來로 漢文이 아니면 文이 아인 줄로 思호얏스며 文卽 文學으로 思호얏나니, 此가 文學의 發達을 沮害혼 大障碍러라. 大抵 論語나 孟子를 貴重호야 홈은 論語와 孟子의 文을 貴重홈이 아니라 其內容된 思想을 貴重홈이니, 其思想은 英文으로 發表홀 수도 잇고 朝鮮文으로 發表홀 수도 有혼 것이라. 「子曰」을 「先生님씌서 말슴 하시기를」 혼다고 其意가 變호는 것이 아니라.

岐路에 入호거니와 朝鮮學者의 時間과 精力의 大部分은 此難澁혼 漢文을 學호기에 虛費되엇나니, 此時間과 精力을 他에 用호얏던들 文化가 大開호얏슬 것이며, 文學으로 觀호야도 漢文을 廢호고 諺文을 使用호얏던들 優秀혼 朝鮮文學이 만히 生호얏슬 것이로다. 近年에 至호야 純漢文을 使用호는 者가 減호얏스나 아즉도 餘風이 尙存호야 難澁혼 漢文文句를 用호기를 務호며 文格도 漢文格을 用호려 호도다. 各學校의 作文을 보거나 出版物의 文躰를 보더라도 漢文에 諺文으로 吐를 단 듯혼 文이 盛行호니, 過渡期에 不可免홀 現象이라 홀

지나 速히 打破ᄒ여야 홀 惡習이라. 現代에 在ᄒ야 現代를 描寫홈에는 生命 잇는 現代語를 用ᄒ여야 홀지니, 假令「工夫」라 홀 것을 구태 螢雪이니 琢磨 니 磨杵니 ᄒ는 廢語를 用홀 必要가 何이며, 「에그 조하라」 홀 것을 구태 康熙 字典에셔 取ᄒ야 發表홀 것이 何리오. 近來 朝鮮小說이 純諺文, 純(現)代語를 使用홈은 余의 欣喜不已ᄒ는 바이나 如此혼 生命 잇는 文體가 더욱 旺盛ᄒ기 를 望ᄒ며, 諺漢文을 用ᄒ더라도 말ᄒ는 模樣으로 最히 平易ᄒ게 最히 日用語 답게 홀 것이니라. 日本文의 變遷을 보더라도 山田美妙*氏가 三十餘年前에 言 文一致體를 主唱혼 以來로 文學的 作品은 勿論이어니와 科學書, 政治論文 等에 至ᄒ기ᄭ지도 純現代語를 採用ᄒ게 되니, 此는 一國文化에 至大혼 影響을 及 ᄒ는 進步라.

故로 新文學은 반드시 純現代語, 日用語 卽 現今 何人이나 知ᄒ고 用ᄒ는 語로 作홀 것이니라.

文學과 文學者

文學은 三種의 人을 要ᄒ나니 卽 作者, 批評家 及 讀者라. 文學者라 홈은 前 二者를 云홈이니, 其資格과 態度와 報酬에 對ᄒ야 略述ᄒ리라.

文學者는 天才를 要ᄒ나니, 何事에나 才質이 必要호디 努力으로 此를 補홀 수 잇거니와 文學藝術에 至ᄒ야는 特殊혼 天才를 要ᄒ는 것이오 修練으로 到達ᄒ기 不可能ᄒ다. 文學의 天才라 홈은 銳敏혼 觀察力과 自由혼 想像力과 熱烈혼 感情과 豊富혼 言語文章을 有홈을 謂홈이니, 一人事의 現象을 觀홀 時 에 其現象의 裏面과 根柢**ᄭ지를 洞察ᄒ고 一社會 一時代를 觀察홀 時에 亦 如此ᄒ여야 ᄒ며, 想像이 足히 一瞬間에 一世界를 創造ᄒ고 各異혼 萬人의 性

---

* 야마다 비묘山田美妙(1868-1910). 메이지시대의 소설가이자 시인, 평론가. 언문일치체 및 신 체시 운동의 선구자로도 잘 알려져 있다.
** 원문에는 '根庭'으로 되어 있다.

格을 創造ᄒ여야 ᄒ며, 美를 見ᄒ고 躍ᄒ며 悲ᄒᆫ 것을 見ᄒ며 哭ᄒ야 無限ᄒᆫ 同情이 足히 森羅萬象의 喜怒哀樂을 同感ᄒᆯ 만ᄒᆫ 熱ᄒᆫ 敏ᄒᆫ 情이 有ᄒ여야 ᄒ고, 自己가 察ᄒᆫ 바와 想像에 創造ᄒᆫ 바를 讀者의 眼前에 活躍케 ᄒᆯ 만ᄒᆫ 言語와 文章이 有ᄒ여야 ᄒᆯ지니, 此가 此等 天才를 要ᄒᆫ 所以라.

然ᄒ나 天才만으로ᄂᆫ 不足ᄒ니, 多年의 熱心ᄒᆫ 修養으로 此天才를 愈益錬磨ᄒ며 他人의 大作을 研究ᄒ야 觀察ᄒᄂᆫ 法, 描寫ᄒᄂᆫ 法도 學ᄒ여야 ᄒ고, 歷史와 社會도 研究ᄒ야 材料를 取ᄒᆯ 田도 開拓ᄒ여야 ᄒ고, 言語와 文章도 研究코 修鍊ᄒ여야 ᄒᆯ지니, 一文學者됨이 決코 一工業家나 一法律家 되ᄂᆫ 勞苦에 讓ᄒᆷ이 無ᄒ다.

如此ᄒᆫ 天才에 如此ᄒᆫ 修養을 積ᄒᆫ 뒤에 비로소 創作에 着手ᄒ나니, 創作時의 苦心도 實로 慘憺ᄒ다. 爲先 材料를 選ᄒ야 此로ᄡᅥ 想像으로 新世界를 構造ᄒᆯ ᄉᆡ 마치 都片手가 木材, 石材, 鐵材를 用ᄒ야 大建築을 ᄒ려 ᄒᆯ 時와 如히 東向ᄒ랴 西向ᄒ랴, 二層ᄒ랴 三層ᄒ랴, 商鋪랴 銀行이랴, 堅固를 主ᄒ랴 華美를 主ᄒ랴, 何如히 ᄒ면 最히 壯ᄒ고 美ᄒ고 新ᄒ고 聖ᄒ게 ᄒ랴, ᄒ여 晝宵로 作ᄒ다 毁ᄒ다 毁ᄒ다 作ᄒ다가 幾多 歲月에 心血을 注ᄒ야 비로소 案을 成ᄒ며 案이 成ᄒ면 前에 表現에 着手ᄒ나니, 或 二日에 止ᄒ고 三日에 改ᄒ야 幾十次의 勞苦를 經ᄒᆫ 後에야 비로소 案과 如ᄒᆫ 作品이 成ᄒᄂᆫ 것이라. 如斯히 稟天才, 積修養, 取材料, 成腹案, 及 作業의 諸階段를 經ᄒ야 一文學的 作品을 完成ᄒᄂᆫ 동안에ᄂᆫ 許多ᄒᆫ 歲月과 金錢과 精力과 勞苦와 妨害를 經ᄒ얏슬 것이라. 然ᄒ나 此ᄂᆫ 主觀的 成功이니, 此作品이 批評家의 批評에 及第ᄒ고 萬人의 愛讀物이 되기에 至ᄒ기ᄂᆫ 別問題라. 或 幸히 卽時 世上의 歡迎을 受ᄒᄂᆫ 事도 有ᄒᆯ지오 或 百世後를 待ᄒᄂᆫ 事도 有ᄒᆯ지나, 苦心의 作은 決코 反響이 無ᄒ고 已ᄒᄂᆫ 法은 無ᄒ니라.

如此히 成ᄒᆫ 作品은 實로 一民族의 重寶요 全人類의 重寶니 試觀ᄒ라. 沈淸傳, 春香傳이 幾百年來 幾百萬人에게 慰安과 快樂를 與ᄒ얏나뇨. 沈淸傳, 春香

傳은 決코 眞正흔 意味에서 大文學은 아니로딕 如此ᄒ거던 하물며 大文學에리오. 三國志, 水滸志도 支那民族의 寶物이어니와 「호메르」 「섹스피어」의 作物 等은 世界人類의 大寶라. 吾人에게셔 春의 花를 賞玩ᄒᄂᆫ 快樂을 奪흔다 ᄒ면 吾人은 얼마나 不幸ᄒ게나뇨. 文學藝術은 實로 人生의 花니라. (1916.11.19.)

然則 吾人은 如此흔 作物에 敬意를 表ᄒ여야 홀지오 此作物을 出ᄒᄂᆫ 文學者에게 精神的 物質的의 報酬를 與흠이 當然흔지라. 毋論 文學者ᄂᆫ 반다시 商人이 物品을 販賣ᄒᄂᆫ 模樣으로 報酬나 利益을 爲흠이 안이로딕, 吾人이 文學者에게 尊敬과 稱讚을 與흠은 精神的 報酬오 吾人이 金錢, 賞으로 其人 作品을 購買ᄒ며 或 賞金을 與흠은 物質的 報酬라. 各種 原稿料中에 文學的 原稿料가 最高ᄒ니, 現今 日本文士中 坪內逍遙,* 夏目漱石,** 森鷗外*** 等 諸氏ᄂᆫ 原稿紙 一枚에 平均 五圓이며, 歐美 就中 佛蘭西 等地에셔ᄂᆫ 三百餘頁되ᄂᆫ 傑作 一卷만 著ᄒ면 足히 一生 上流生活을 營홀 만흔 報酬를 得흔다 ᄒ며, 또 歐洲에ᄂᆫ 所謂 「노벨 賞金」이라ᄂᆫ 것이 有ᄒ야 每年 文學的 大作을 出흔 者 一人에게 八萬圓의 賞金을 與흔다 ᄒ다. 再昨年 印度詩人 타고르가 「生의 實現」 이라ᄂᆫ 著書로 此賞을 受ᄒ니 此가 東洋人에 노벨賞의 嚆矢라.

然ᄒ나 文學者와 貧窮은 古來로 配偶라. 다만 成功을 急ᄒ지 말고 眞實ᄒ게 努力ᄒ야 一生의 心血을 注흔 大作을 遺ᄒ면 後의 名은 得ᄒ나니, 故로 文學은 國境이 無흔 同時에 時間이 無ᄒ다 ᄒ나니라.

---

* 츠보우치 쇼요坪內逍遙(1859-1935). 메이지·다이쇼시대의 소설가, 극작가, 평론가. 저서『小說神髓』(1886)는 일본 최초의 근대적 소설론으로 잘 알려져 있다.

** 나츠메 소세키夏目漱石(1867-1916). 메이지시대의 소설가, 평론가, 영문학자.『나는 고양이로 소이다吾輩は猫である』,『마음こころ』 등의 작품으로 널리 알려져 있으며, 모리 오가이와 더불어 메이지시대의 대문호로 꼽힌다.

*** 모리 오가이森鷗外(1862-1922). 메이지·다이쇼시대의 소설가, 번역가, 극작가. 시, 소설, 평론, 번역 등 다방면에 걸쳐 일본 근대 문학의 형성에 지대한 공헌을 했고, 만년에는 역사소설『아베일족阿部一族』,『시부에추사이澁江抽齋』 등으로 독자적인 문학세계를 구축한 것으로 평가받고 있다.

大文學

人의 精神, 就中 感情은 時代와 處地를 隨ㅎ야 多少의 變遷이 有ㅎ나 大抵 一貫不變ㅎ는 것이며 또 各人에 就ㅎ야 言ㅎ더라도 大槪 共通호 것이니, 古代에 「ᄌᆞ미잇다」 ㅎ던 것이 近代에도 「ᄌᆞ미잇는」 것이 有ㅎ고 他人에게 「ᄌᆞ미잇」 것이 我에게도 「ᄌᆞ미잇는」 것이 有ㅎ니, 此는 不變코 共通타 홀지라. 實로 多少의 差異가 有홈은 枝葉에 不過ㅎ는 것이오 感情의 大幹에 至ㅎ야는 全혀 不變코 共通호 듯ㅎ도다. 大文學의 立脚地는 實로 此點에 在ㅎ니, 何時에 讀ㅎ여도 何地에셔 讀ㅎ여도 何人이 讀ㅎ여도 「ᄌᆞ미잇는」 文學은 卽 大文學이라. 希臘詩人 호메로의 「일리아드」는 適例니, 此는 距今 三千餘年前의 作이로되 其美는 如新ㅎ며 詩經中의 幾部分도 如斯ㅎ니라. 彼所謂 「한 푼짜리 文學」, 「장마 버슷* 文學」은 此人心의 根底에 觸지 못ㅎ고 淺薄호 枝葉的 人情을 基礎로 홈이니, 故로 成功을 急ㅎ야 多作을 貪ㅎ면 堂奧에 入ㅎ기 難ㅎ니라.(1916.11.21.)

朝鮮文學

朝鮮文學이라 ㅎ면 毋論 朝鮮人이 朝鮮文으로 作호 文學을 指稱홀 것이라. 然ㅎ나 三國 以前은 邈矣라 勿論ㅎ고 三國時代에 入ㅎ야 薛聰이 吏讀를** 作ㅎ니, 吏讀는*** 文字는 漢字로되 朝鮮文으로 看做홈이 當然ㅎ다. 當時 文化 程度의 高홈을 觀ㅎ건디 此吏讀으로 作호 文學이 應當 贍富ㅎ얏슬지나, 爾來 千有餘年의 數多호 變亂에 全혀 喪失ㅎ고 當時 文學으로 至今 可見홀 者는 三國遺事에 載호 十數首의 歌뿐이라. 此歌도 아직 讀法과 意味를 解ㅎ지 못ㅎ니, 此를 解ㅎ면 此를 通ㅎ야 不充分ㅎ게나마 當時의 文學의 狀態와 思想을

---

* '버섯'의 함경 방언.
** 원문에는 '吏讀을'로 되어 있다.
*** 원문에는 '吏讀은'으로 되어 있다.

窺知ᄒᆞ리로다.

爾後 高麗로브터 李朝 世宗에 至ᄒᆞ기신 지ᄂᆞᆫ 朝鮮文學이라 稱ᄒᆞᆯ 者 無ᄒᆞ다. 但 太宗과 鄭圃隱의 唱和ᄒᆞᆫ 二首 歌가 有ᄒᆞ니 此도 漢字로 記ᄒᆞ얏스나 文格 語調가 朝鮮式이라 ᄒᆞ겟고, 世宗朝에 諺文이 成ᄒᆞ고 龍飛御天歌가 作ᄒᆞ니 此 가 眞正ᄒᆞᆫ 意味로 朝鮮文學의 嚆矢오, 爾來로 歷代 君主와 臣民의 此文을 用 ᄒᆞ야 作ᄒᆞᆫ 詩文이 頗多ᄒᆞ려니와 漢文의 奴隷가 되여 旺盛치 못ᄒᆞ얏도다. 余 ᄂᆞᆫ 日本文學史를 讀ᄒᆞᆯ 제 遠히 奈良朝에 漢文이 入ᄒᆞ야 勢力을 得ᄒᆞ면셔도 假 名*의 勢力이 全失치 아니ᄒᆞ야 万葉集, 古今集, 源氏物語 等 國民文學을 産 出ᄒᆞ고, 明治維新 以前신지도 一邊 漢文의 勢力이 澎脹ᄒᆞ면셔도 國文學이 絶 ᄒᆞ지 아니ᄒᆞ야 近松,** 西鶴,*** 馬琴,**** 白石***** 等 國文學者를 出ᄒᆞ얏슴을 讚嘆 不已ᄒᆞ노니, 朝鮮人이 젹이 自我라ᄂᆞᆫ 自覺이 有ᄒᆞ얏던들 世宗의 諺文製作이 動機가 되야 新文學이 蔚興ᄒᆞ여야 可ᄒᆞᆯ 것이라. 念 及此에 退溪, 栗谷 等 支那 崇拜者의 續出을 怨ᄒᆞᆫᄂᆞᆫ 싱각도 나도다.

然ᄒᆞ나 經書와 史略, 小學 等 飜譯文學이 出훔은 朝鮮文學 蔚興의 先驅가 될 번 ᄒᆞ얏스나 科擧의 制로 因ᄒᆞ야 마춤 내 朝鮮文學의 興ᄒᆞᆯ 機會를 作치 못 ᄒᆞ얏고, 僅히 春香傳, 沈淸傳, 놀부흥부傳 等의 傳說的 文學과 支那小說의 飜 譯文學과 時調, 歌詞의 作이 有ᄒᆞ엿슬 ᄲᅮᆫ이라. 坊間에 流行ᄒᆞᄂᆞᆫ 諺文小說中에 ᄂᆞᆫ 朝鮮人의 作品도 頗多ᄒᆞᆯ지니 此ᄂᆞᆫ 應當 朝鮮文學의 部類에 編入ᄒᆞᆯ 것이어 니와, 此等 諺文小說도 大槪 材料를 支那에 取ᄒᆞ고 ᄯᅩ 儒敎道德의 束縛下에 自

---

* 한자의 일부를 따서 만든 일본 특유의 음절 문자. 히라가나平假名와 카타카나片仮名로 구분 된다.
** 치카마츠 몬자에몬近松門左衛門(1653-1725). 에도시대 전기 겐로쿠기元禄期의 인형 조루리浄 瑠璃, 가부키歌舞伎 작자.
*** 이하라 사이카쿠井原西鶴(1642-1693). 에도시대 화류계의 이야기를 다룬 우키요조시浮世 草子 작자이자 인형 조루리, 하이쿠俳諧 작자.
**** 쿄쿠테이 바킨曲亭馬琴(1767-1848). 에도시대 후기 통속적인 요미혼読本의 작자.
***** 아라이 하쿠세키新井白石(1657-1725). 에도 중기의 무사이자 시인, 유학자.

由로 朝鮮人의 思想感情을 流露ᄒᆞᆫ 者 無ᄒᆞ며, 近年에 至ᄒᆞ야 耶蘇敎가 入ᄒᆞᆷ의 新舊約 及 耶蘇敎文學의 飜譯이 生ᄒᆞ니 此ᄂᆞᆫ 朝鮮文의 普及에 至大ᄒᆞᆫ 功勞가 有ᄒᆞ얏고 實로 朝鮮文學의 大刺激이 되엇스며, 十數年來로 百餘種의 諺文小說이 刊行되얏스나 그 文學的 價値의 有無에 至ᄒᆞ야ᄂᆞᆫ 斷言ᄒᆞᆯ 만ᄒᆞᆫ 硏究가 無ᄒᆞ거니와, 아모러나 朝鮮文學의 新興ᄒᆞᆯ 豫告가 됨은 事實이라.

万一 朝鮮文學의 現狀을 問ᄒᆞ면 余ᄂᆞᆫ 을긋븕긋ᄒᆞᆫ 書肆의 小說을 指ᄒᆞᆯ 수밧게 업거니와, 一舜,* 何夢** 諸氏의 飜譯文學은 朝鮮文學의 機運을 促ᄒᆞ기에 意味가 深ᄒᆞᆯ 줄로 思ᄒᆞ노라. 但 以上 諸氏가 果然 朝鮮文學을 爲ᄒᆞ야라ᄂᆞᆫ 意識의 有無ᄂᆞᆫ 余의 不知ᄒᆞᄂᆞᆫ 바로딕, 諸氏가 充實ᄒᆞ게 飜譯文學에 從事ᄒᆞ며 一邊 文學의 普及을 企ᄒᆞᄂᆞᆫ 硏究와 運動을 不怠ᄒᆞ면 諸氏의 功은 決코 不少ᄒᆞᆯ 줄 信ᄒᆞ노라.

要컨딕 朝鮮文學은 오즉 將來가 有ᄒᆞᆯ ᄲᅮᆫ이오 過去ᄂᆞᆫ 無ᄒᆞ다 ᄒᆞᆷ이 合當ᄒᆞ니, 從此로 幾多ᄒᆞᆫ 天才가 輩出ᄒᆞ야 人跡不到ᄒᆞᆫ 朝鮮의 文學野를 開拓ᄒᆞᆯ지라. 諸文明國에ᄂᆞᆫ 社會人生의 方面이란 方面과 人情의 機微란 機微를 거의 다 發掘ᄒᆞ야 殆히 開拓ᄒᆞᆯ 餘地가 無ᄒᆞᆷ으로 新材料를 渴求호딕 難得ᄒᆞ고 讀者들도 新文學을 渴望호딕 難得ᄒᆞ거니와, 朝鮮은 山野에 金銀銅鐵이 發掘者를 待ᄒᆞᆷ과 如히 朝鮮社會의 各方面과 人情風態의 萬般相이 大詩人, 大小說家를 苦待苦待ᄒᆞ도다. 此를 任意로 發掘ᄒᆞ야 大富大貴될 權利ᄂᆞᆫ 實로 吾人 靑年의 手中에 在ᄒᆞ니, 假令 朝鮮貴族의 生活, 新式 家庭의 生活, 新舊思想의 衝突, 朝鮮 耶蘇敎人의 思想과 生活, 妓生, 放蕩ᄒᆞᆫ 貴公子, 貧民의 生活, 西北間島의 生活, 京城, 平壤, 開城 等 古都의 味, 覺醒ᄒᆞᆫ 新朝鮮人의 心事와 感想 等 朝鮮人의 手로

---

* 조중환趙重桓(1884?-1947). 근대 초창기의 언론인이자 번안·번역가. 토쿠토미 로카德富蘆花의 『호토토기스不如歸』를 번역한 『불여귀』, 오자키 코요尾崎紅葉의 『곤지키야샤金色夜叉』를 번안한 『장한몽長恨夢』 등을 발표하여 한계에 봉착한 신소설의 시대를 넘어 근대 소설의 지평을 여는 데 기여했다고 평가받고 있다.

** 이상협李相協(1893-1957). 근대 초창기의 언론인이자 소설가. 통속 가정소설 『눈물』과 알렉상드르 뒤마의 『몬테크리스토 백작』을 재번안한 『해왕성海王星』으로 잘 알려져 있다.

ᄒᆞ야 可能홀 好題目이 實로 無盡藏이 아니뇨, 文學에 有意ᄒᆞᆫ 靑年은 於此에 奮勵一番ᄒᆞ야 朝鮮文學 建設의 榮譽를 好홀지어다.

隨感 漫錄ᄒᆞ얏고 ᄯᅩ 忽忙ᄒᆞᆫ 學窓에 參考ᄒᆞ며 校正홀 餘裕가 無ᄒᆞ야 殆히 文를 成치 못ᄒᆞ 얏스나, 此小論文 愛吾靑年에게 新文學의 觀念을 極微ᄒᆞ게라 도 印ᄒᆞ면 余의 素願은 達ᄒᆞᆫ 것이라.(1916.11.23.)

爲先 獸가 되고 然後에 人이 되라[*]

生物學이 曰 吾人의 祖先은 猿類와 가튼 動物이라 하며, 更히 溯考하면 아미바와 가튼 原始動物이라 하도다. 原始動物이던 吾人의 祖先은 最善하게 原始動物의 모든 能力을 發揮하므로 猿類와 가튼 高等動物이 되고, 猿類로 最善한 能力을 發揮함으로 人類와 가튼 靈物이 되도다. 猿類가 되기 前에 爲先 아미바로의 生活을 爲하여 全力을 竭하여야 할지오 人類가 되기 前에 爲先 猿類의 生活을 爲하야 全力을 竭하여야 할지니, 換言하면 아미바로 猿類가 되고 猿類로 人類가 됨은 아미바나 猿類가 猿類나 人類가 되리라 하고 바라다 함보다 아미바나 猿類로의 生活을 爲하야 그 其有한 機能을 最善히 活用함을 因하여 猿類가 되고 人類가 되다 함이 正當할 듯하도다. 엇지하야 無數한 다 가튼 아미바 中에서 猿類만 홀로 猿類가 되고 其餘는 數百萬年을 經過하도록 如前히 아미바라는 微物의 境을 脫치 못하며, 無數한 다가튼 猿類中에서 엇지하야 人類만 홀로 人類가 되고 其他 猿類는 如前히 猿類의 域을 脫치 못하나뇨.

生物學이 다시 가로대 進化는 優者의 特權이라 하도다. 優者라 함은 「힘」 만흔 者요, 「힘」 만흔 者라 함은 自己의 諸機能을 遺憾 업시 發揮하는 者라. 然則 吾人類는 멀리 아미바時代로부터 不絶하는 惡戰苦鬪를 經하야 今日의 가장 「힘」 만흔 者 卽 勝利者의 地位에 達하엿도다. 然而 吾人類가 此榮光스러온 域에 達한 것은 所經한 各段階에서 其階級에 在하야 最善한 生活을 하랴도 奮鬪努力을 繼續함에 由하나니, 故로 某階段에 在하야 最善하게 奮鬪努

[*] 春園, 『學之光』 11, 1917.1.

力하는 者는 其階級의 優者가 되고, 其階段의 優者가 되자마자 彼는 발서 其階段에 屬한 者가 아니오 其以上 階段에 上하야 曾前에 在하던 階段을 지배하는 權力의 所有者가 되도다.

此를 個人의 生長에 就하야 觀하건댄, 母體中에 在하야 健全하던 者라야 出生後에 健全한 兒童이 되고 兒童時에 健全하던 者라야 健全한 成人이 되는 것이니, 健全한 兒童만 되려 하야 母體內에서 乳汁을 取하지 아니하고 健全한 成人만 되려 하야 爲先 健全한 兒童되기를 閑却한다 하면 엇지 可하리오. 故로 兒童時에 最優한 兒童되기를 務하고 靑年期에 最優한 청년되기를 勞하면 자연히 성년기에 最優한 成年이 될지라. 二三歲되는 乳兒에게는 母乳를 給하고 匍匐을 勸하고 啼泣하게 할지며, 밥을 먹이고 걷기를 바라고 理論에 合하는 言語를 發하기를 바라지 말지어다. 이리하면 다만 그 目的을 不達할 쑨더러 도로혀 그 體質을 戕害할지오, 六七歲 兒童에게는 쒸고 작난하고 소리치기를 許할지어다. 만일 그네에게 讀書와 端坐와 禮節을 强하면 다만 그 目的을 不達할 쑨더러 도로혀 그 體質과 精神을 戕害할지니라. 靑年期에는 工夫하고 運動하야 心과 身을 發達케 할지어다. 만일 그네에게 世事를 憂케 하며 人을 敎케 하려 하면 다만 目的을 不達할 쑨더러 도로혀 體質과 精神을 戕害할지니라.

此를 民族의 生長에 就하야 言하건댄 爲先 彼로 하여곰 力을 增하고 知를 得하고 財를 得하게 할지어다. 方今 興하려 하는 民族이 戰爭을 好하고 殺伐을 好하고 腕力을 貴함은 最히 合理한 事이며, 渴한 드시 知를 求함이 其次요 財를 求함이 其次니라. 此를 歷史上으로 보건댄 人類文明의 最初 階段은 戰爭과 掠奪과 利己心이라. 此는 將次 大人物이 되어 大事業을 成하라는 小兒가 그 大事業을 成할 身體를 長하고 腕力을 鍛하기 爲하야 窓을 쑬코 器皿을 쌔트리고 父母를 싸림과 갓트니 이것이 가장 아름다은지라. 原始時代에 在하야 掠奪, 殺戮을 不能하던 民族이 엇지 雄大한 文明民族이 되며, 兒童時代에

他兒童을 싸리고 나무에 오르고 물에 뛰어들어 父母의 걱정하는 작난군 못 되던 者가 엇지 長成하야 天下를 號令하는 英傑이 되리오. 此兒童時代의 「작난」과 原始時代의 慓悍을 余는 元氣라 하노니, 此元氣의 有無와 多少는 그 個人 그 民族의 全歷史의 運命을 豫定하는 것이라. 튜튼族을 볼지어다. 彼等이 今日 世界에 웅비하는 動力이 千餘年前 水草를 逐하야 東戰西鬪하던 蠻的 元氣에서 出하지 아니하엿는가.

道德이니 禮儀니 하는 것은 個人이나 民族이 靑年元氣時代를 經하야 老成期에 入한 後에 生하는 것이니, 個人이 道德禮儀의 종이 되게 되면 그는 이믜 墓門이 近하엿고 民族이 道德禮儀만 崇尙하게 되면 그는 이믜 劣敗와 滅亡을 向하는 것이라. 羅馬를 亡케 한 者는 野蠻됨이 아니오 道德的으로 文明함이며, 印度나 支那가 亦然하니라. 文弱이라는 語가 有하나니, 文弱으로써 此老衰狀態를 表한다 하면 余는 蠻强으로써 其少壯狀態를 表하려 하노라.

「理論은 弱者의 呻吟이라」, 「道德은 强者에게 복종하는 弱者의 義務라」. 少年의 蠻强에는 自己의 意思와 腕力이 有할 뿐이니, 一旦 自己의 意思가 動할진댄 무슨 顧慮, 逡巡, 理非, 憐憫이 有하리오. 目眥*가 裂하며 咆哮가 發하고 鐵拳이 飛할 뿐이니, 此時를 當하야 弱한 兒童은 滔滔히 道德을 說하고 是非를 論할지나 此가 決코 强한 兒童의 意志를 飜치 못할지며 自己의 痛苦를 減하지 못할지라. 此時에 成人이 來하야 弱者를 慰하고 强者를 責할지나 强者의 唇頭에서는 自矜의 微笑가 有할 것이니, 대개 人造한 道德이 自己를 罪호대 天帝의 法則이 自己를 責함이라.

톨스토이는 老衰의 思想家요 劣敗의 思想家라. 톨스토이의 敎訓을 從하는 民族도 無하거니와, 有하다 하면 彼等은 이믜 競爭場裡에 出하야 活劇을 演할 자격을 일코 山間林中에 晻晻한 喘息이나 保全하야 勝利者의 嘲笑거리나 되리로다. 예히테, 닛체는 小壯의 思想家요 勝利의 思想家니, 如此한 思想을

* 눈초리.

信條로 삼는 사람들이라야 비로소 勝利者, 强者의 榮光을 得할지니라.

支那는 다시 니러나려고 努力하도다. 然하나 康有爲* 가튼 腐儒가 此時에 在하야 儒敎를 國敎로 定하쟈 云云하는 腐說을 吐하고 爲政家 經世家가 道德과 禮儀를 云云하니, 이 짜위로 무엇하리오. 엇지하야 뉵해군비와 敎育과 交通機關, 産業의 發達 等에 全力을 竭할 줄을 不知하고, 主權의 所在 - ㄴ 둥, 大總統의 權限인 둥하는 空談만 爲事하는고 嗚呼老矣로다.

靑年이 自卑하야 余는 權力도 不要, 財産도 不要, 名譽도 事業도 不要, 安貧樂道하는 所謂 君子로 自期하면 此는 死靑年이라. 活靑年은 如何하뇨. 秦始皇의 威를 보고 余도 如此하리라 하며 「王侯將相 寧有種乎」하고, 高樓巨閣을 보고 將次 余의 有를 作하리라 하며, 自動車 馬車를 보고 余도 此를 乘하리라 하며, 車船에 반다시 一等을 乘하고 旅館에 반다시 一等에 投하며, 娶妻호대 最美最强한 者를 期할지오 仕宦을 호대 最高를 期하며, 事業을 作호대 最大最完을 期할지니, 此所謂 活靑年이라. 活靑年은 進攻的이오 積極的이오 專制的이오 權力的이오 精力的이니라.

爲先 運動과, 滋養 잇는 飮食으로 身體를 健康하게 할지어다. 激烈한 勞役과 寒熱에 耐하고 八九十의 壽를 享할 健康이 無한 個人에게 무슨 大事業을 바라며 무슨 勝利와 雄飛를 바라리오. 現今 各國이 熱狂的으로 體育을 獎勵함은 實로 此를 因함이라. 如此한 强한 體質을 作한 後에 知識도 有用하고 道德도 有用한 것이라. 健强한 夫와 婦가 鐵雄 가튼 子와 女를 多數히 産하는 家族이라야 大門을 成할지니라.

「살아라」. 삶이 動物의 唯一한 目的이니, 此目的을 達하기 爲하야는 道德도 無하고 是非도 無하니라. 飢餓하야 死에 瀕하거든 他人의 것을 掠奪함이

---

* 캉유웨이康有爲(1858-1927). 청조 말기 변법자강變法自疆을 통하여 중국의 근대화를 시도했으나 1898년 정변 때 실각한 중국 근대의 정치사상가. 『신학위경고新學僞經考』, 『공자개제고孔子改制考』, 『대동서大同書』 등의 저술을 통해 공자의 권위에 의탁해 중국의 근대화를 합리화시키려 했고, 1912년 중화민국이 창건된 후에도 군주제, 공화 반대, 국수 보존을 고집하면서 청조 마지막 황제 푸이溥儀의 복벽復辟을 시도하기도 했다.

엇지 惡이리오. 自己가 死함으로는 寧히 他人이 死함이 正當하니라. 그럼으로 살기 爲한 奮鬪는 人類의 最히 神聖한 職務니라.

如斯히 하야 健康하게 幸福하게 「살기」가 넉넉하여지거든 그째에 博愛도 唱하야 보고 平和도 따하여 볼지어다. 慈善事業은 富貴者의 하는 일이니라.

즘승이 될지어다. 兒孩가 되고 少年이 되고 靑年이 되고 그 다음에 어른이 될지어다.(一九一六, 一一, 六)

敎育家 諸氏에게*

今日 我敎育界는 名義만이오 形式만이라. 敎育의 主義가 無ᄒ고 科學的 敎育術 敎授法이 無ᄒ며 眞正혼 敎育家가 無ᄒ도다. 此狀態가 長久히 繼續되면 我文明의 進步는 到底히 不可望이라. 玆에 以途의 淺見으로도 忡忡혼 憂心을 不禁ᄒ야 左開의 內容을 둔 此小論을 發表ᄒ야써 賢明ᄒ신 敎育家 諸氏의 一考에 資ᄒ려 홈이로라. 元來 淺短혼 學識 文章에다가 時間의 餘裕가 無ᄒ야 參考 推敲홀 暇를 不得홈으로 論理가 滅裂ᄒ고 文章이 支離홈은 赫面 悚懼홈을 不已ᄒ는 바ー로라.

內容 槪略

在來 儒敎敎育의 害毒 及 其理由

生物學的으로 觀혼 人生의 目的 生活의 內容

生活과 敎育 卽 人生과 敎育의 關係

實生活 中心의 敎育

敎育의 根本思想

敎育家란 何

今日 敎育 及 敎育家의 欠點 及 改良

敎育家의 理想과 使命과 義務와 資格

敎育家의 地位

結論

---

* 東京에셔 春園生, 1916.11.26.-12.13.

一, 教育과 教育家

人의 如何는 教育의 如何로 分혼다 하며 國의 如何도 教育의 如何로 分혼
다 하나니, 教育은 人類의 最大혼 事業이며 最大혼 急務라. 教育 卽 人類오 人
類 卽 教育이라 홈이 過言이 아니니, 今日 吾人類가 成就혼 諸般事業과 文明
은 實로 全히 教育의 産物이라 하리로다. 犬馬에게 文明이 無하거늘 人類가
獨히 文明을 有홈은 오직 教育의 有無에 係하나니라.

教育은 廣義로 解釋하면 動物界에도 必須혼 事業이니, 彼虎와 熊이 仔에게
系統的으로 食物取하는 方法을 教하며 燕雀이 雛에 飛翔하는 法과 虫類捕捉
하는 方法을 教홈은 万人이 共知하는 事實이라. 万一 虎熊과 燕雀이 다만 生
殖만 하고 生活홀 方法을 不教하면 彼族은 一朝에 滅亡하고 말지라. 人類의
教育홈도 此理에 不外하니 實로 教育의 目的은 生活하는 方法을 教홈에 在
혼다 하리로다. 然而 彼動物은 生活方法이 殆히 一定하야 別로 進化變遷홈이
無하며 其教育法도 從하야 一定하야 極히 單純하거니와, 人類에 至하야는 知
能 程度가 日進月將홈으로 其生活方法이 從하야 日로 進하고 時로 高하야 無
時로 變遷홈으로 其教育方法도 此를 從하야 無時變遷홀 것이로다. 然하느나
其內容에는 卽 教育의 科程에는 不絶의 變遷에 有하되 其教育하는 主旨에 至
하야는 一定不變하니, 此는 動物과 人類의 別이 無하고 오즉 極히 平易혼 生
活의 方法을 教혼다 홈이라.

朝鮮 在來의 教育은 實로 此本旨를 忘却혼 教育이엇나니, 大槪 在來 教育은
倫理 文章에만 偏하고 利用厚生의 道를 閑却하엿스며 其倫理도 人生의 實生
活을 離혼 寧히 實生活의 發展에 有害혼 空論의 倫理라. 元來 堯舜文武之敎는
利用厚生 卽 實生活을 主로 하고 禮樂刑政은 此實生活을 完全케 하고져 하는
制度에 不過하거날, 孔子씌셔는 其位를 得치 못하미 오직 禮樂刑政만 講論하
고 其根本되는 利用厚生을 閑却하엿나니 實로 孔子로브터 傳하는 儒敎는 全

혀 實生活의 根本을 離혼 禮樂刑政의 敎라. 此로 由ᄒ야 支那와 吾土의 敎育
은 全혀 實生活을 離혼 形式的 敎育에 不過ᄒ게 되얏나니 此ᄂ 實로 儒敎敎育
의 大害毒이라. 孔子後의 支那가 恒常 殷周의 文明을 羨望홈은 孔子 以後의 敎
育이 殷周의 敎育에 下홈을 證홈이 안이며, 朝鮮도 儒敎의 敎育이 入혼 以後
로 反히 文化가 退步ᄒ야 今日에ᄂ 三國時代의 殷盛을 夢想도 못ᄒ게 되얏나
니, 余ᄂ 朝鮮 衰頹의 原因을 오직 敎育의 根本思想인 實生活을 無視혼 儒敎
敎育의 害毒에 歸ᄒᄂ 者로라. 試ᄒ야 易經을 考ᄒ라. 四百五十餘 掛爻辭에
太半이 實生活에 關혼 者가 안이며, 書經을 考ᄒ라. 禮樂刑政外에 農工商과
天文, 地理, 兵略 等 實生活에 關혼 者가 大部를 占ᄒ지 안이혼한가. 然ᄒ거늘
孔子後의 儒敎敎育은 全혀 敎育의 第二義인 六藝에만 注意ᄒ얏스며, 後來에
ᄂ 射御數 等 比較的 實生活에 密關혼 者ᄂ 廢ᄒ고 益益 禮樂書 等에만 偏ᄒ
게 되얏스며, 更히 朝鮮에셔ᄂ 禮書에만 偏ᄒ게 되고 禮에도 虛禮虛文만 是
崇ᄒ게 되니 此ᄂ 極端으로 實生活을 離ᄒ야 極端으로 形式 敎育에 走혼 것
이라. 是以로 農商工業이 廢殘無餘ᄒ야 民力이 益貧益弱ᄒ게 되니라.

吉田博士 曰 朝鮮을 亡혼 者ᄂ 禮라 ᄒ나니 李朝 五百年史ᄂ 實로 禮史라.
東西南北 等 諸黨이 禮로 由ᄒ야 生ᄒ고 朝鮮의 頹廢가 此黨으로 由ᄒ야 生ᄒ
니, 朝鮮을 亡혼 者ー禮라 홈이 엇지 實되지 안이ᄒ리오. 如斯히 吾人은 實
生活을 離혼 型式敎育의 悲慘혼 犧牲이 된 者라. 然ᄒ나 孔子ᄂ 決코 實生活
을 無視혼 人이 안이니, 周易 繫辭 彖象을 考ᄒ면 孔子의 實生活을 重히 녁임
을 知ᄒ리니 孔子로 ᄒ야곰 末世의 儒敎敎育을 目睹ᄒ게 되얏던들 반다시 切
齒憤痛ᄒ얏스리라. 如斯히 本質을 失혼 形式敎育下에 東亞 諸族이 益益 窮廢
ᄒᄂ 間에 彼歐洲에ᄂ 文藝復興, 宗敎改革, 政治革命 等 幾多 大變動이 生ᄒ야
只今ᄭ것 現世의 實生活을 棄ᄒ고, 天上雲間에 逍遙ᄒ던 迷夢을 破ᄒ고, 奮然히
現在에 歸ᄒ고 實生活에 復ᄒ야 此에셔 無限혼 興味와 幸福과 希望을 得ᄒ고
此에셔 新敎育이 生ᄒ니, 卽 實生活 中心의 敎育이라. 利用厚生을 第一義로

ᄒ고 禮樂 倫理를 第二義로 ᄒ니 此가 實로 合理ᄒ지라. 大槪 衣食住와 健康 과 安樂을 得ᄒ 後에 禮樂도 有ᄒ고 倫理도 有ᄒ 것이라.(1916.11.26.)

東洋 在來의 敎育이 形式에만 偏흠에 反ᄒ야 新敎育은 實生活에 關係 密接 ᄒ 實質的 敎育을 施ᄒ니 卽 博物學과 物理化學과 數學과 天文地理와 醫工商 農 等 諸般學術이오 哲學文學 等 在來 東洋敎育의 唯一無二ᄒ던 敎科는 以上 諸般學術의 一部分이 되게 되니, 於是에 人生의 內容이 極히 豊富ᄒ고 人生의 生産能力 活動能力이 極히 强大ᄒ게 되니라. 實로 文明 卽 幸福ᄒ 生活을 與 ᄒ는 文明은 此諸分科의 集積이라. 以前 朝鮮은 말ᄒ자면 哲學者(?) 文學者(?) 倫理學者(?)의 天下라. 滿朝百官이 皆是 四書五經中 所出來오 遍野人士가 總 히 詩賦風月의 所出來니, 此를 比ᄒ면 人의 四肢百躰中에 오즉 一躰만 有ᄒ 者와 如ᄒ얏도다.

夙히 舊夢을 破ᄒ고 實生活 中心의 新敎育을 採흠은 東洋에 在ᄒ야는 日本 이니 以來 五十餘年에 實로 可驚ᄒᆯ 大變遷 大進步 大活躍을 遂ᄒ야 今日 世界 文明强國의 一이 되도다. 朝鮮셔도 丁若鏞* 金玉均 諸氏가 夙히 此大勢를 看 破ᄒ얏스나 君主와 人民이 全혀 舊夢을 未覺ᄒ야 數次의 改革과 經營이 都是 失敗에 歸ᄒ고 今에 此責務가 吾人의 手에 來ᄒ얏도다. 然則 今日 吾輩가 取ᄒᆯ 敎育은 不須更論ᄒ고 實生活 中心의 敎育이어야 ᄒᆯ지라. 然ᄒ나 今日의 敎育 界가 果然 此를 自覺ᄒ는가 마는가. 請컨딕 余로 ᄒ야곰 數問을 發케 ᄒ지어다.

敎育을 行ᄒ는 者는 敎育家라. 家屋을 建設ᄒ는 木手는 반다시 基礎를 定 ᄒ기 前에 爲先 心中**에 將次 建設ᄒ랴는 家屋을 作ᄒᆯ지오 畫工은 반다시 畫 幅에 臨ᄒ기 前에 그 畫ᄒ랴는 바를 爲先 心中에 畫ᄒᆯ지니, 敎育者는 敎壇에 臨ᄒ기 前에 반다시 그 作ᄒ랴 ᄒ는 人物을 心中에 作ᄒ여야 ᄒᆯ지라. 問ᄒ노 니 今日 敎育家 諸氏는 如此如此ᄒ 人을 作ᄒ겟다 ᄒ는 理想이 有ᄒᆫ가 否ᄒᆫ

---

* 원문에는 '丁若鏞'로 되어 있다.
** 원문에는 '中心'으로 되어 있다. 이하 모두 수정하였다.

가. 此가 第一問이오. 木手와 畵工이 腹案이 己成ᄒᆞ면 木石鐵材와 畵具畵布를 選擇ᄒᆞ고 此木石鐵材와 畵具畵布로써 理想에 成ᄒᆞᆫ 바 形狀을 實現ᄒᆞ야 目的ᄒᆞᆫ 바 慾望ᄒᆞᆫ 바 家屋과 繪畵를 成ᄒᆞᆯ 만ᄒᆞᆫ 技藝를 修ᄒᆞ나니, 敎育家ᄂᆞᆫ 被敎育者에게 自己의 理想을 實現ᄒᆞᆯ 만ᄒᆞᆫ 材料를 選擇ᄒᆞ고 此를 按排ᄒᆞᆯ 만ᄒᆞᆫ 技藝를 要ᄒᆞᆯ지라. 問ᄒᆞ노니 今日 敎育家 諸氏ᄂᆞᆫ 如此如此ᄒᆞᆫ 材料로 如此如此히 ᄒᆞ겟다 ᄒᆞᄂᆞᆫ 差備와 技能이 有ᄒᆞᆫ가 否ᄒᆞᆫ가. 此가 第二問이오. 巨匠이 大作을 成ᄒᆞ려 ᄒᆞᆯ 時에ᄂᆞᆫ 財를 忘ᄒᆞ고 苦樂을 忘ᄒᆞ고 世上을 忘ᄒᆞ고 甚至에ᄂᆞᆫ 自身을 忘ᄒᆞ고 營營孜孜히 自己의 作을 爲ᄒᆞ야 全心力을 傾注ᄒᆞ나니, 一國 數千代에 影響을 及ᄒᆞᆯ 敎育家에도 如此ᄒᆞᆫ 大決心 大精神이 有ᄒᆞ여야 ᄒᆞᆯ지라. 問ᄒᆞ노니 今日 敎育家 諸氏에게ᄂᆞᆫ 如此ᄒᆞᆫ 獻身的 大決心 大精神이 有ᄒᆞᆫ가 否ᄒᆞᆫ가. 此가 第三問이라. 請컨ᄃᆡ 余로 ᄒᆞ여곰 此三問에 對ᄒᆞᆫ 今日 敎育界의 態度를 言케 ᄒᆞᆯ지어다.

第一問 卽 敎育의 理想의 有無에 對ᄒᆞ야ᄂᆞᆫ 何如ᄒᆞᆫ 敎育家나 반다시 有如ᄒᆞ다고 答ᄒᆞ여야 ᄒᆞᆯ지며, 更히 此ᄂᆞᆫ 如此如此 ᄒᆞ노라고 對答ᄒᆞ여야 ᄒᆞᆯ지라. 然ᄒᆞ거ᄂᆞᆯ 不知케라. 今日 敎育家 諸氏가 或 軆面上 有ᄒᆞ다고는 答ᄒᆞ려니와 更히 如此 如此 ᄒᆞ로라고 答ᄒᆞᆯ 者 一 幾人이오. 大部分 그져 學校가 有ᄒᆞ고 學生이 有ᄒᆞ고 余ᄂᆞᆫ 敎育者가 되엇고 一定ᄒᆞᆫ 課程表가 有ᄒᆞ고 世上의 習慣이 有ᄒᆞ니, 此를 從ᄒᆞ야 朝에 學校에 出ᄒᆞ야 時間에 敎壇에 立ᄒᆞ야 敎科書를 講釋ᄒᆞ고 下學後에 歸家ᄒᆞ고 如此히 ᄒᆞᄂᆞᆫ 敎育家들이 아닐가. 然ᄒᆞ다 ᄒᆞ면 此ᄂᆞᆫ 機械工場의 一職工이나 鑛山의 一鑛夫의 何異가 有ᄒᆞ며, 知識을 賣ᄒᆞ야 衣食을 求ᄒᆞ랴ᄂᆞᆫ 商人이 아니오 何리오. 敎育은 如此히 無意味ᄒᆞᆫ 衣食을 是求ᄒᆞᄂᆞᆫ 職業이 아니라. 敎育의 意味ᄂᆞᆫ 더욱 深遠ᄒᆞ고 더욱 神聖ᄒᆞ니라.

毋論 數學을 敎ᄒᆞᄂᆞᆫ 者ᄂᆞᆫ 敎室에 入ᄒᆞ면 數學을 講ᄒᆞᆷ이 當然ᄒᆞ고 博物學을 敎ᄒᆞᄂᆞᆫ 者ᄂᆞᆫ 博物學을 講ᄒᆞᆷ이 當然ᄒᆞ니, 數學이나 博物時間에 倫理道德을 講

호고 詩와 小說을 讀호라 홈이 아니라. 同時 數學과 博物을 講호디 數學과 博物의 眞意를 解호고, 又 그가 人生에게 對호 關係를 解호는 者와 不然호 者와는 그 被敎育者에게 及호는 效果에 多大호 差異가 有호나니, 此는 極히 微妙호야 各各 自己가 解得호는 外에 說明홀 道가 無호거니와 實例를 擧호야 類推키는 可得호니, 假令 同호 溫突에 同호 燃料를 燒호디 더 溫호게 호는 者— 有호고 少溫호게 호는 者— 有호며, 同호 米와 同호 水로 同호 釜에 同量 燃料로 飯을 炊*호디 善히 호는 者와 不然호 者가 有호며, 機械工場에 使役호는 工夫도 該該 機械에 關호 理解가 深호면 深홀사록 該機械를 使用호야 産出호는 物品이 精巧호다 호나니, 此는 實로 理解의 有無와 深淺으로 그 效果에 差異가 多大홈을 示호는 實例라. (1916.11.29.)

少年男女나 靑年男女를 敎育호는 者가 敎育의 本義를 理解치 못호고 다만 機械的으로 又는 盲目的으로 人의 行호는 바를 實行혼다 호더라도(理解 업시 完全히 實行될 理도 無호거니와 設使) 決코 效果를 得치 못호리니 期치 아니호 效果가 엇지 生호리오.

然則 今日 敎育家 諸氏가 敎育에 對호 理想이 全無호고 다만 機械的으로 模倣的으로만 行혼다 호면 實로 效果를 期치 못홀 寒心호 事이로다.

然이나 全혀 敎育의 理想이 無홈보다는 優호 듯호면서 反호야 害毒이 多大호 者는 誤診의 敎育理想을 抱호 者니, 假令 耶蘇敎會의 敎育者의 理想은 少年 靑年 男女子로 호여곰 耶蘇의 使徒가 되게 홈에 在호다 호며, 엇던 實業敎育을 호는 者는 實業者가 되게 홈에 在호다 호며, 中學 程度 學校의 敎育者는 普通知識을 授호고 德性을 涵養호야 或 高等專門敎育을 授호게 호며 或 社會의 健全호 中流階級을 作호게 홈에 在호다 호며, 小學校 敎育者는 言行을 敎호고 初等 普通知識을 授홈에 在하다 하며, 女子 敎育者는 良母賢妻되게 홈에 在호다 호나니, 皆是 善호도다. 誰가 此에 反對홀 者이뇨. 然호나 此는 實로

---

* 원문에는 '欣'으로 되어 있다.

答이 아니니, 人의 目的을 問홀 時에 余는 完全혼 人이 됨이 目的이로다 호면 此가 善答은 善答이나 아모 內容과 方針을 示호지 못홈과 굿치 上述혼 答案 은 善호기는 善호나 其實은 아모 答案도 아니라.

耶蘇의 使役을 養成혼다 호면서 엇지호여야 耶蘇의 使役이 되며, 健全혼 中流라던가 良母賢妻라던가 호는 것을 養成호랴면, 又는 統틀어 其民을 爲호 야 其時代에 妻호야 最히 有效力혼 敎育을 호랴면 如何히 호여야 호겟는가 호는 具躰的 成案이 必要호며, 且此 具躰的 成案으로 호야곰 可能케 호는 根 本精神 又는 根本思想이 必要호도다. 耶蘇의 使役이나 良母賢妻나 健全혼 人 民이나 實業敎育이나 醫學 理學 文學의 敎育이나 各方面 各種類의 敎育이 모 다 此根本精神에셔 發호여야 호고 또 事實上 發호는 것이니, 此根本精神을 忘 却호고 特殊의 敎育 卽 小學敎育, 中學敎育, 專門敎育, 又는 各種 實業敎育을 施호려 홈은 恰히 花木의 根幹을 忘却호고 枝葉에만 水를 灌호고 肥料를 施 호는 類라.

人類中에는 漸漸 分業이 盛호야 或은 頭만 用호는 者, 或은 眼이나 耳나 口 나 手나 足만 用호는 者, 頭를 用호는 者中에는 大腦만 用호는 者 小腦만 用호 는 者, 大腦中에 右便만 右便中에 前部 或은 後部만 用호는 者, 手를 用호는 者 中에도 左手나 右手만 用호는 者, 其中에 指만 用호는 者, 其中에도 拇指만 或 은 長指만 用호는 者가 生호게 되얏나니, 此諸部의 作俑이 合호야 社會를 成 호고 人生을 成호는 것이라. 얼는 보기에 人은 全躰로 作호지 말고 頭만 手만 足만, 或은 大腦만 小腦만 右部만 前部만, 或은 掌만 指만 別別히 作홈이 便홀 쯧호건마는 事實上 萬人이 다 同樣의 四肢百躰를 具備호나니, 大槪 此諸作用 도 此를 統一호는 吾人의 身躰란 全躰에 依賴호야 비로소 作호는 것이라. 故 로 敎育도 爲先 根本되는 敎育을 施혼 後에야 各分科의 特殊혼 敎育을 施호 나니, 爲先 人이 되고 然後에 法律家도 되고 科學者도 되고 宗敎家, 爲政家, 文 學者가 되고 實業家, 軍略家, 敎育家 等 特殊혼 人이 되리라 홈이 此를 指홈이

니, 卽 爲先 普通人이 된 後에 特殊人이 되라 홈이라.

故로 文明諸國에서 普通敎育(小學敎育과 中學敎育의 上半部)을 國民敎育이라 ㅎ야 某職業 某階級 某社會를 勿論ㅎ고 必須ㅎ게 平等ㅎ게 施ㅎ나니, 其國家가 敎育의 根本理想 卽 立國의 根本理想을 確立ㅎ야 國家敎育이라는 形式下에 全國民에게 此를 注入ㅎ는 것이라. 故로 設使 某宗派 又는 某階級이 某宗派 又는 某階級에 使役홀 特殊흔 敎育을 施ㅎ려 ㅎ더라도 爲先 此根本理想의 敎育을 施흔 後에야 ㅎ며, 特種의 專門敎育을 施ㅎ려 ㅎ더라도 爲先 此根本思想의 敎育을 施흔 後에야 ㅎ나니, 故로 진실로 敎育에 從事ㅎ는 者면 特殊흔 技能知識外에 爲先 其國家 其社會 其時代의 敎育의 根本理想을 理解ㅎ여야 홀지라. 而況 万般이 初創時代에 在흔 吾人 敎育者乎아. 맛당히 共通흔 大理想을 爲先 確定ㅎ고 理解ㅎ여야 홀지어늘 如此히 或은 專혀 理想이 無ㅎ고 或은 一枝葉 又는 一派의 理想을 有ㅎ야 甲은 此方面으로 敎育ㅎ고 乙은 又 他方面으로 敎育ㅎ니, 社會의 精神이 分裂홀 쑨더러 分裂은 猶可忍이라도 文明에 背馳흔 敎育은 不可忍이라.(1916.11.30.)

第二問 卽 敎育의 材料 選擇 及 技能에 對ㅎ야 觀ㅎ건딘 敎材는 大分ㅎ면 精神的 敎材, 科學的 敎材 及 體育的 敎材오, 更히 精神的 敎材中에는 倫理的 敎材 及 文學 歷史的 敎材 等이 有ㅎ니 此精神的 敎材는 實로 人으로 ㅎ야곰 人되게 ㅎ는 敎材라. 毋論 全體가 合ㅎ야 人生을 成ㅎ는 것이며 此重彼輕을 論홀 것이 아니로딕, 知識과 身體는 實로 此精神의 統一을 受ㅎ고 支配를 受ㅎ여야 비로소 有利흔 活用을 ㅎ나니 故로 各國이 倫理 文學 歷史의 科를 特히 重ㅎ게 녀김이라. 然ㅎ거늘 今日 敎育界를 觀ㅎ건딘 最히 重ㅎ여야 홀 此種 敎材를 最히 輕ㅎ게 녀기고 甚至에 全히 不關ㅎ는 者조차 有ㅎ도다(詳細는 後에 論ㅎ리라). 科學的 材料는 實로 全敎材의 大部分이니 便宜上 諸語學的 敎材도 此에 入홈이 可ㅎ도다. 小中學의 普通敎育으로 文明을 理解케 ㅎ고 進ㅎ야 一專門學術을 修ㅎ게 ㅎ는 素養이 此에 在ㅎ는 것이며, 體育도 今日에

各國이 最히 注意ᄒᆞᄂᆞᆫ 바라(以下 更論[*]).

　此等 敎材의 按排ᄂᆞᆫ 地方과 事情을 隨ᄒᆞ야 多少 差異가 有ᄒᆞ거니와 大槪ᄂᆞᆫ 諸文明國을 通ᄒᆞ야 共通ᄒᆞᆫ지라. 故로 吾人은 特別히 敎育을 硏究ᄒᆞᄌᆞ면 모르되 當場 敎育術을 實施ᄒᆞᄂᆞᆫ 데ᄂᆞᆫ 人의 敎材 選擇을 依倣ᄒᆞᆷ으로써 滿足ᄒᆞᆯ지니, 卽 今日 各小中學校의 敎材와 時間配當表에 別로 不足이 無ᄒᆞ니라. 다만 不足ᄒᆞᆫ 것은 敎育者가 此等 敎材의 意義 卽 何故로 此等 敎材를 取ᄒᆞᄂᆞᆫ지를 理解치 못ᄒᆞᆷ이니, 此를 理解치 못ᄒᆞᆷ으로 卽 敎育者 自身도 物理를 웨 敎ᄒᆞᄂᆞᆫ지를 不知ᄒᆞᆷ으로 學生들도 此等 敎材에 아모 興味가 無ᄒᆞ고 只以 不得已ᄒᆞ야 學ᄒᆞ게 되니, 如斯ᄒᆞ고야 엇지 能히 科學의 精神을 理解ᄒᆞ리오. 飯을 食ᄒᆞ여야 生存ᄒᆞᆯ 줄을 信ᄒᆞᄂᆞᆫ지라. 如何히 懶惰ᄒᆞᆫ 人이라도 一日三食은 闕ᄒᆞ려 아니ᄒᆞ며 此藥을 腹ᄒᆞ여야 病이 瘳ᄒᆞ겟슴을 信ᄒᆞᄂᆞᆫ지라. 아모리 無勇氣ᄒᆞᆫ 人이라도 能히 苦汁을 飮ᄒᆞ나니, 物理나 幾何가 人生에게 密接한 關係가 有ᄒᆞᆷ과 其中에 無限ᄒᆞᆫ 興味가 有ᄒᆞᆫ 줄을 解치 못ᄒᆞᄂᆞᆫ 者 엇지 此를 爲ᄒᆞ야 頭를 痛케 ᄒᆞ기를 樂ᄒᆞ리오. 學校의 敎材ᄂᆞᆫ 實로 食膳의 配列과 如ᄒᆞ야 一도 無用ᄒᆞᆫ 者 一 無ᄒᆞ고 不必要한 者 一 無ᄒᆞ나니, 敎育者 반다시 此食膳上의 諸品의 性質과 效力과 眞味와 全躰와의 關係와 連絡을 理解ᄒᆞ여야 비로소 學生으로 ᄒᆞ여곰 달게 此를 食ᄒᆞ고 消化케 ᄒᆞᆯ지라. 然ᄒᆞ거ᄂᆞᆯ 此를 理解ᄒᆞᄂᆞᆫ 者 一 幾人이며 理解ᄒᆞ려 ᄒᆞᄂᆞᆫ 者 一 幾人이뇨.(1916.12.1.)

　又 敎育은 敎材되ᄂᆞᆫ 知識과 此를 學生에 注入ᄒᆞᄂᆞᆫ 技能을 要ᄒᆞ나니, 設或 아모리 知識이 豊富ᄒᆞ더라도 其技能이 拙劣ᄒᆞ면 到底히 滿足ᄒᆞᆫ 效果를 得ᄒᆞ지 못ᄒᆞᆯ지라. 然而 此技能 즉 敎授法은 天才的으로 生來에 稟賦된 者도 有ᄒᆞ거니와 大槪ᄂᆞᆫ 學ᄒᆞ고 究ᄒᆞ여야 ᄒᆞᆯ지라. 三千年來로 幾多 天才가 硏究集積ᄒᆞᆫ 敎授法 敎育法의 精粹와 自己 一個人의 考出과 比ᄒᆞ면 何가 勝ᄒᆞ염즉ᄒᆞ뇨 余ᄂᆞᆫ 以爲ᄒᆞ되 敎育法 敎授法을 不學ᄒᆞ고 敎育ᄒᆞ려 ᄒᆞᄂᆞᆫ 者는 愚者가 아니면

---

* 원문에는 '評論'으로 되어 있다.

傲慢흔 者라 ᄒ노니, 同一흔 時間에 同一 敎材를 오즉 方法手腕 如何로 能히 一圓어치 敎홀 슈 有ᄒ고 五圓어치 敎홀 슈 有ᄒ고 乃至 十圓어치 敎홀 슈 有흔 것이라. 然則 同是 四年間 敎育이라도 其方法의 如何를 隨ᄒ야 或은 二倍 或은 五倍 十倍의 效果를 得홀 것이 아이뇨. 此로 某學校를 批評홀 時에 其科程表로 홀 수 無흠이 分明ᄒ니, 天下 學校가 科程表에 關ᄒ야는 大差가 無ᄒ되 其敎育의 效果의 差는 오즉 其方法의 如何에 係ᄒ니라. 故로 余는 學校敎員은 반다시 師範敎育을 受흔 者거나 不然ᄒ면 敎育에 關ᄒ야 特別흔 硏究 素養이 有흔 者를 推薦ᄒ고, 決코 홀 일 업셔 臨時로 敎育界에 入ᄒ야 衣食이나 求ᄒ려 ᄒᄂ 者를 排斥ᄒ며, 更히 敎員이 된 后에도 自家의 知識은 勿論이어니와 敎育의 硏究에 努力 아니ᄒᄂ 者는 敎育家의 資格이 無흔 者라 ᄒ노라(以下 更論).

最後에 第三問 즉 獻身的 精神의 有無에 關ᄒ야는 余는 最히 悲哀ᄒᄂ 者로니, 大槪 全敎育界에 진실로 一生을 敎育에 獻ᄒ랴는 者를 多見치 못흠이라. 爲先 私立 各學校이 校長을 보즈. 大槪는 名義上 校長(以前 借啣 主事 參奉과 如히)이오 敎育에 對ᄒ야 아모 抱負나 手腕이 無ᄒ고, 다만 臨時 席長을 薦ᄒᄂ 모양으로 又는 門中에셔 門長을 薦ᄒᄂ 모양으로 校長을 定ᄒ고 校長은 卒業證書 授與 以外에 學校에 對ᄒ야 아모 努力도 無ᄒ고, 坐 學監은 當然히 校長을 輔佐ᄒ야 一校의 敎育을 統一指揮홀 者여늘 或 財産으로 或 地位로 或 私情으로 或 適任者가 無ᄒ야 臨時로 名義만 加ᄒᄂ 狀態니, 實로 今日 各學校의 職員은 恰히 以前 韓國의 官吏와 似ᄒ야 다만 名義만이오 아모 資格이나 實力이 無ᄒ도다. 如此흔 職員은 반다시 一生을 敎育事業에 獻ᄒ랴는 大決心과 此를 實現홀 만흔 相當흔 能力을 具備흔 者라야 홀지라. 今日 第一 容易흔 職業은 敎育이라는 職業이니, 鐵工도 素養이 有ᄒ여야 ᄒ고 辯護士 官吏도 素養이 有ᄒ여야 ᄒ거늘 오즉 敎育은 誰某나 아모 素養이 無ᄒ여도 只以 文字를 稍解ᄒ고 粉筆로 漆板에 寫字만 能ᄒ면 可得ᄒ나니, 敎育의 事業

이 엇지 刀鋤를 作ᄒ기보다 容易ᄒ며 法廷에셔 辯論ᄒ기보다 容易ᄒ리오.

更히 滑稽흔 것은 一個 敎員되기보다 校長이나 學監 校監되기가 尤히 容易흠이니 校長과 學監 等 諸職員은 木偶 泥象이라도 名數만 充ᄒ면 되ᄂ 줄로 思ᄒ며, 更一層 滑稽흔 것은 學生되기보다 敎師되기가 容易ᄒ니 全國 小學敎員中에ᄂ 中等學校 三四年級 學力도 無흔 者가 想多ᄒ며 所謂 中等學校 敎員 中에도 其實 高等師範 豫科 入學試驗에 登第치 못흘 者가 多치 아니흔가. 敎育이란 果然 如此히 無責任ᄒ고 容易흘 者일가.(1916.12.2.)

以故로 現今 敎育界ᄂ 宛然히 無料 宿泊所 又ᄂ 貧民 救恤所의 觀이 有ᄒ야 社會에셔 劣敗흔 者의 一時的 避亂處 依接處를 作ᄒ도다. 旣히 避亂處인지라 一旦 亂이 平定ᄒ면 卽 敎育界 以外의 社會에 某種 돈벌이 事業만 得ᄒᄂ 늘이면 卽時 감발ᄒ고 跑走了ᄒ려 ᄒ니, 彼等에게 무슨 敎育에 對흔 熟誠을 望ᄒ며 獻身을 求ᄒ리오. 敎育이란 果然 一時的 避亂處 又ᄂ 消遣具에 不過흘가.(以下 更論)

以上에 余ᄂ 在來 儒敎敎育의 不完全흠과 其惡影響과 又 其惡影響의 原因은 實生活 中心이라ᄂ 敎育의 根本思想을 沒却ᄒ얏슴에 在흠과 敎育의 必要와 今日 朝鮮 敎育界의 依然히 不完全흠을 論ᄒ고, 또 此不完全이 全혀 敎育者의 三要件의 缺乏 卽 敎育의 根本思想을 不解흠, 敎育의 材料인 知識과 敎育方法이 不足흠, 及 敎育界에 獻身ᄒ랴ᄂ 精神이 缺乏흠을 列擧ᄒ얏도다. 次에 實生活 中心의 敎育 及 其方法에 關ᄒ야 更히 數言을 陳ᄒ려 ᄒ노라.

二, 實生活 中心의 敎育

生物의 行動의 全體ᄂ 卽 生活이니, 生物 卽 生活이오 生活 즉 生物이라. 故로 人生 즉 生活이오 生活 卽 人生이니, 生活을 離ᄒ야 何處에 更히 人生이 有ᄒ리오. 國家도 生活을 爲ᄒ야 在ᄒ고 文明도 生活을 爲ᄒ야 在ᄒ고 社會의 万般現象이 生活을 爲ᄒ야 生活을 中心으로 ᄒ야 寧히 生活內에 生ᄒᄂ도다.

然則 生活이란 何뇨.

生活이란 自己 一身의 健康과 幸福을 維持ᄒ고 發展ᄒ며 更히 自己의 未來의 子孫을 爲ᄒ야 知識과 軆力과 精神과 財産을 遺ᄒᄂᆫ 万般行動의 總和를 謂홈이라. 此를 進化論者들은 個軆의 保存發展 及 種族의 保存發展이라 ᄒ나니, 保存이라 홈은 不死不滅홈을 云홈이오 發展이라 홈은 更進ᄒ야 自己 一身 又ᄂᆫ 自己의 種族으로 ᄒ야곰 他人 又ᄂᆫ 他種族의 上에 上ᄒ게 홈을 云홈이라. 此兩目的을 爲ᄒ야 奮鬪홈을 生存競爭이라 ᄒ나니 此簡單ᄒᆫ 原理야말로 動植生物界의 万般現象을 支配ᄒᄂᆫ 大法則이라. 生物學者 — 又曰 生物界의 萬般 現象 卽 生存競爭의 現象은 生ᄒ랴ᄂᆫ 慾望 又ᄂᆫ 意志에 出ᄒ다 ᄒ야 慾望 又ᄂᆫ 意志로 生物界 萬般現象의 原動力을 삼으니라.

然而 人類도 生物인則 人類 萬般活動은 卽 生存競爭이오 此活動의 原動力은 卽 生ᄒ랴ᄂᆫ 慾望 又ᄂᆫ 意志라. 如斯ᄒ야 仁이 人性之本이라던가 愛가 人性之本이라던가 善이 人性之本이라던가 ᄒ던 古代 倫理學의 根底가 破壞되고 現今에ᄂᆫ 生ᄒ랴ᄂᆫ 慾望 又ᄂᆫ 意志로써 人性之本을 삼으니, 於是乎 古來의 精神世界 倫理道德世界가 破壞되고 生ᄒ랴ᄂᆫ 慾望 中心의 倫理와 哲學이 生ᄒ도다. 今日 世界 諸文明國의 實地로 行ᄒᄂᆫ 倫理, 政治, 敎育의 根本思想이 實로 此生ᄒ랴ᄂᆫ 慾望에서 發ᄒ니라. 故로 弱, 貧, 小, 無氣力, 懶惰, 負 等은 罪惡이오 强, 富大, 勇武, 勤勉, 勝 等은 善이며 德이며 仁이니라. 但 吾人 生活은 漠然히 二大分홈을 得ᄒ리니, 卽 內的 及 外的 生活이라. 內的이라 홈은 精神的 又ᄂᆫ 靈的, 家族的, 種族的 生活을 云홈이오 外的이라 홈은 物質的 又ᄂᆫ 肉的, 社會的 及 對他 種族的 生活을 云홈이니, 余ᄂᆫ 二重生活이 將來 歸一ᄒᆯ 時機가 有ᄒᆫ지 無ᄒᆫ지를 不知ᄒ거니와 現狀으로 觀ᄒ건듸 此二面의 生活이 有홈이 分明ᄒ니라. 假令 佛敎的 耶蘇的 生活 又ᄂᆫ 所謂 仁人君子的 生活은 內的에 屬ᄒ고 政治的, 社會的, 商工業的, 其他 國家的, 種族的 生活은 外的에 屬

ㅎ며, 或 此二面中 一面에만 專屬ㅎ 者도 有ㅎ고 一個人으로셔 同時에 二重生活을 ㅎᄂ 者도 有ㅎ나니, 政府와 敎會가 共存ㅎ고 戰場에셔 銃砲를 發ㅎ야 人命을 傷ㅎ면셔도 休時에는 天主를 呼ㅎ고 祈禱를 ㅎᄂ 等은 此二重生活의 好個 模型이라. 然ㅎ나 二重生活이 有ㅎ나 그러나 現今 各國家 各種族이 本業的으로 ㅎᄂ 生活은 卽 外的 生活이니, 政治, 社會, 敎育, 交通 等 諸般機關은 全혀 此外的 生活을 實現ㅎ기 爲홈이라.(1916.12.5.)

更言ㅎ면 現代人은 天國을 望ㅎ기보다도 現世를 樂ㅎ려 ㅎ며, 朦朧ㅎ 靈魂을 信ㅎ고 從ㅎ기보다도 確實ㅎ 肉躰를 信ㅎ고 從ㅎ랴 ㅎ며, 從ㅎ야 淸貧으로 靈魂의 慰安을 得ㅎ랴기보다도 黃金과 自動車 大理石屋을 有ㅎ랴 ㅎ며, 人에게 卑下ㅎ야 死後의 勝利를 期ㅎ랴기보다도 爲先 人에게 勝ㅎ야 今日의 月桂冠을 得ㅎ려 ㅎ며, 一日 三次 祈禱ㅎ기보담도 一日 三次 物理나 化學의 實驗을 ㅎ려 ㅎ도다. 彼等은 陰鬱ㅎ 敎會의 音樂에 厭症이 生ㅎ야 潑潑ㅎ 發動機 推進機의 爆音을 愛ㅎ며, 死後 天國에 無限年 享樂ㅎᄂ 人民이 되기보다도 今日 世上에 强ㅎ 祖國의 兵丁되기를 愛ㅎ도다. 昔日에 內生活이 主가 되고 外生活이 從이 되며 內生活이 도로혀 外生活을 賤待ㅎ더니, 今日에 全然히 地를 易ㅎ얏도다.

卽 今日 文明 人類의 共通ㅎ 理想은 現世的 肉躰的 物的의 榮光스러온 生活에 在ㅎ고 內的 生活은 마치 一種 娛樂갓치 되고 말앗나니, 現代의 文明이 肉的 生活의 文明이오 生의 慾望의 文明이라 홈이 此를 指홈이라. 旣히 生活 中心의 文明이니 此文明의 源泉이오 又 合流處되ᄂ 敎育의 根本思想이 生活 中心일 것은 勿論이라.

生活의 內容은 卽 健康과 幸福과 繁殖이니, 此三者를 獲得ㅎ기 爲ㅎ여 人類(全生物界와 如히)의 萬般活動이 生ㅎᄂ 것이라. 健康을 爲ㅎ야ᄂ 衣와 食과 住와 安息과 醫藥과 運動이 必要ㅎ니 此는 三要素中에 最大ㅎ 者라. 如何ㅎ

生物을 勿論호고 此를 得호는 機能을 不有호 者ㅡ 無호거니와, 吾人類의 此를 得호는 機能은 精神力과 知力과 躰力이라. 精神力이라 홈은 意志와 才能을 謂홈이니, 意志는 實로 全生物界의 原動力임과 如히 吾人類의 主人이오 萬般 活動의 原動力이라. 强烈호 生의 慾望과 此를 達호려 호는 決心과 努力과 忍耐와 모든 感情이 此셔 生호느니, 意志力의 强弱은 實로 一個人의 一生을 決定호는 것이라. 意志의 主는 母論 慾望이니 慾望이 吾人이라는 小天地의 主宰라. 此慾望의 强弱으로 一人의 一生이 分호는 것이니라. 才能은 能히 學得호고 能히 理解호며 能히 創作호고 發明호는 能力을 謂홈이니, 此才能의 有無多少는 一個人 及 其種族에 多大호 影響을 及호는 것이라.

如此히 慾望을 大主宰로 삼는 意志와 意志의 顧問되는 才能으로 成호 吾人은 吾人의 意志의 目的을 實現호기에 二種의 力을 有호니, 卽 智力과 躰力이라. 其中에 現今에 在호야 最히 有力호 것은 母論 知力이니, 一人의 成功與否와 一種族의 盛衰興廢에 此智力이 最大호 影響을 及호는 것이라. 現今 諸文明國에 等級을 設혼다 호면 此에 標準은 母論 知力이라. 更히 躰力은 比前호야 又는 知力에 比호야 稍히 價値가 下호는 듯호나 躰力이 無혼 知力을 想像홀 수 無호며, 又 農工業等 特別히 躰力을 多히 使用호는 方面도 有호니라. 如斯히 吾人은 精神力과 肉躰力으로 吾人의 生홀 衣食住와 醫藥과 安息과 運動을 求호나니, 此力이 强大호 者는 求키 易호고 此力이 弱小호 者는 得키 難호야 遂히 劣敗호고 마나니라.

然호나 吾人은 다만 生存홈으로 滿足호지 아니호고 旣히 生存을 得호얏거던 更히 幸福을 求호랴는 慾望이 發호도다. 換言호면 旣히 살앗스니 更히 잘 살리라 호리로다. 生存만은 他生物도 호는 것이어니와 幸福되게 卽 잘 살리라 함은 오직 人類의 特徵이라. 文明의 大部分의 目的은 實로 此「幸福되게」즉 「잘」 살게 홈에 在호나니, 生存혼다는 慾望에는 限이 有호되 幸福되게 잘

生存ᄒ다ᄂᆞᆫ 慾望은 無限ᄒ니라. 此에셔 無限ᄒᆫ 進步가 生ᄒ고 活動이 生ᄒᄂᆞᆫ 것이니, 人類의 歷史ᄂᆞᆫ 此意味로 보아 幸福을 求ᄒᄂᆞᆫ 記錄이라 ᄒᆯ지며 吾人의 努力과 奮鬪ᄂᆞᆫ 此意味로 보아 「더 잘」 살기를 求흠이라 ᄒ리로다.(1916.12.6.)

幸福에 二種이 有ᄒ니 卽 精神的 及 物質的이라. 精神的이라 흠은 宗敎, 學藝, 文學, 美術 其他 娛樂 等이니 宗敎ᄂᆞᆫ 實로 人類의 歷史로 더불어 起ᄒᆫ 者이라. 民族이 有ᄒᆫ 處에 宗敎가 必有ᄒᄂᆞ니, 此ᄂᆞᆫ 近來 人類學 及 考古學이 共히 證明ᄒᄂᆞᆫ는 바라. 故로 宗敎ᄂᆞᆫ 歷史的 事實이니 宗敎의 合理與否를 論흠이 不當ᄒ고 人生의 一大 重要現象으로 相當ᄒᆫ 敬意를 表흠이 至當ᄒ도다. 故로 今日 文明諸國은 悉皆 信敎의 自由를 許흠이며, 次에 學藝라 흠은 哲學 自然科學 等 純理學을 總稱흠이나 學問의 起源은 原來 利用厚生을 爲흠이라, 實生活에 應用흠이 原目的이로ᄃᆡ 漸次 實用을 離ᄒ야 學 그 물건이 學問의 目的이 되니, 卽 오즉 眞理를 探究ᄒᄂᆞᆫ 興味에 글려 그 慾望을 滿足케 ᄒ기 爲ᄒ야 學問을 硏究흠이라. 왓트가 蒸汽力을 硏究흠은 或 實用을 目的으로 ᄒ얏다고도 ᄒ려니와 누톤의 万有引力의 硏究ᄂᆞᆫ 반다시 實用을 目的으로 흠은 아니리라. 其他 무슨 學問이나 精神的 某要求를 滿足케 ᄒ기 爲ᄒ야 萬事를 都忘了ᄒ고 硏究ᄒᄂᆞᆫ 것이니, 如此ᄒᆫ 學者에게ᄂᆞᆫ 硏究 그것이 精神的 幸福이라. 萬一 今日 某國에셔 學의 硏究를 禁ᄒᆫ다면 其國人 精神的 幸福의 損失은 實로 莫測ᄒᆯ 것이니라.

次에 文學, 美術, 音樂은 宗敎에 次ᄒ야 深切ᄒ게 人生의 精神的 幸福에 大關係가 有ᄒ나니, 今日 歐米 諸邦이 何如ᄒ게 此를 尊重ᄒᄂᆞᆫ가를 觀ᄒ면 彼等이 此에셔 何如ᄒ게 大ᄒᆫ 精神的 幸福을 得ᄒᄂᆞᆫ가를 可知ᄒᆯ지라. 西洋셔는 某專門에 入ᄒᆯ 學生을 勿論ᄒ고 반다시 文學 美術 音樂의 鑑賞力을 涵養ᄒ나니, 米國 칼렛지에서 其學科의 半分을 此에 割흠을 觀ᄒ여도 可知ᄒᆯ지라. 就中 文學은 最히 易求易解ᄒᆫ 平民的 幸福 材料니라. 宗敎가 無ᄒᆫ 民族이 無흠과 如히 文學 美術 音樂이 無ᄒᆫ 民族도 無ᄒ나니, 高尙ᄒᆫ 宗敎를 有ᄒᆫ 民族이 無ᄒᆫ 民

族보다 幸福될 것과 如히 高尙ㅎ고 豊富흔 文學, 美術, 音樂을 有홀사록 其民族은 幸福이 多홀 것이니라. 娛樂이라 흠은 博奕, 活動寫眞, 遊山 等이니라.

物質的 幸福이라 흠은 卽 奢侈를 云흠이니, 療飢 以上의 飮食과 防寒 以上의 衣服 居處와 及 家具 車馬 等이라. 文明이 進ㅎ고 生活 程度가 高홀사록에 奢侈에 流홀 것은 勿論이어니와 此에 奢侈라 혼 것은 決코 恒用 稱ㅎ는 듯 非道德的 意味가 아니라. 될 수만 有ㅎ면 万人이 다 大理石屋에 錦繡를 衣ㅎ고 自動車 馬車를 驅흠이 理想이라. 道德家가 아모리 奢侈를 攻擊ㅎ더라도 事實 上 奢侈는 凡人에게 多大흔 幸福을 與ㅎ는 것이며, 또 此를 爲ㅎ야 諸般文物이 多大흔 刺激을 受ㅎ는 것이라.

然ㅎ나 精神的 幸福과 物質的 幸福에 等級을 定흔다 ㅎ면 無論 前者를 右에 置홀 것이라. 그러타고 物質的 幸福을 반다시 賤히 녀길 것은 아니니, 理想은 다만 物質도 精神化ㅎ야 或은 物質과 精神을 適當ㅎ게 調和ㅎ야써 此兩者가 合ㅎ야 人生에 可能흔 最大幸福이 되게 흠이라.

此幸福을 求ㅎ는 要件은 物質 及 時間의 貯蓄과 天才의 養成이라. 生活에 餘裕가 有ㅎ여야 卽 衣食住外에 餘裕가 有ㅎ고사 幸福도 求홀지니, 此餘裕는 卽 財物質과 時間의 豊足이라. 物質의 豊足에 關ㅎ야는 更論을 不要ㅎ거니와 時間의 餘裕에 關ㅎ야는 一言을 費홀 必要가 有ㅎ도다. 人生中에 衣食만 爲ㅎ야 終日을 費ㅎ는 者보다 不幸흔 者가 無ㅎ니, 五六時間에 衣食을 爲흔 勞役을 終ㅎ고 每日 幾時間式 或은 家庭의 團欒으로 或은 讀書로 宗敎儀式으로 或은 娛樂으로 幸福을 求ㅎ여야 홀지라. 人이란 반다시 食ㅎ려고 生ㅎ는 것이 아니오 幸福ㅎ려고 生ㅎ는 것이니, 生을 食ㅎ랴는 勞役으로만 送ㅎ면 그 아니 悲慘ㅎ뇨. 左右間 幸福의* 第一 要件은 物質과 時間의 豊富니, 此를 得ㅎ는 方法은 學理를 應用ㅎ야 生産을 豊足히 ㅎ야 餘裕를 貯蓄ㅎ고 更히 勤勉으로 時間을 經濟ㅎ야 此를 또흔 貯蓄흠에 在ㅎ니, 要컨뒤 幸福을 得ㅎ는 要

---

* 원문에는 '幸福이'로 되어 있다.

件은 貯蓄에 在ᄒ도다.

最後에 生活의 目的의 第三인 生殖에 關ᄒ야 一言ᄒ고 次에 本題인 實生活中心의 教育에 入ᄒ려 ᄒ노라.

自己 個体는 保存發展ᄒ고라도 後孫이 無ᄒ면 吾人은 滅亡홀지라. 元來 生物은 自種族을 繁殖케 ᄒ랴ᄂ 慾望이 强ᄒᆫ 것이라. 一萬 他個体를 다 敵으로 ᄒᄂ 生物로써 오즉 配偶와 子女에게만 獻身의 愛를 感홈이 實로 此消息을 傳홈이라. 虎가 猛獸라 他動物에 對ᄒ야 食ᄒ려 ᄒ고 自種族에 對ᄒ야 勝ᄒ려 호딕, 오즉 配偶와 子女에게 對ᄒ야ᄂ 兎나 다름업ᄂ 溫情을 有ᄒ도다. 更히 夏日 簷端에 巢ᄒᄂ 燕을 보니 其內外의 苦心홈이 全혀 子女를 爲ᄒ야 生ᄒᄂ 觀이 有ᄒ도다. 不必他求라, 吾人 人類도 後孫을 重히 ᄒᄂ 慾望이 實로 生ᄒ랴ᄂ 慾望에 次ᄒ나니, 五福에 多男이 壽에 次ᄒ고 朝鮮에서ᄂ 無子가 不孝中에 大不孝라 ᄒ고 ᄯᅩ 子를 得ᄒ기 爲ᄒ야 佛寺를 建ᄒ며 墳墓를 修ᄒ며 家庭의 風波를 賭ᄒ고ᄭᅵ지 妾을 置ᄒ도다. 如斯ᄒᆫ 吾人이 子孫을 重히 녀김은 卽 種族保全이라ᄂ 生物의 本能에서 發ᄒ엿나니, 實로 前述홈과 如히 種族 保全은 吾人의 全生活의 半分이라.

然ᄒ거늘 世上이 흔히 此生殖에 關ᄒᆫ 硏究를 等閑히 ᄒ나니 何等 矛盾이뇨. 近來 文明諸國에서ᄂ 此에 對ᄒᆫ 硏究가 着着 進步되나니라.(1916.12.7.)

生殖의 理想은 可及的 健全ᄒᆫ 子女를 可及的 多數히 生産홈이 其一이오. 此 生産ᄒᆫ 子女로 ᄒ야곰 可及的 健康ᄒ게 幸福ᄒ게 生活ᄒ게 홈이 其二라. 教育의 要가 實로 此에서 生ᄒ거니와, 此ᄂ 後에 述ᄒ려 ᄒᄂ 本題임으로 此에ᄂ 다만 生殖에 關ᄒ야만 述ᄒ리로다.

生殖에 關야 第一 重要ᄒᆫ 法則은 遺傳의 法則이니, 輓近 生物學의 發達을 從ᄒ야 動物遺傳學이 ᄯᅩᆫ 長足의 發達을 遂ᄒ얏고 又 其結果로 婚姻 及 教育 上에 多大ᄒᆫ 影響을 及ᄒ니라.

遺傳에ᄂ 躰質의 遺傳 及 精神의 遺傳의 二者가 有ᄒ니, 父母가 躰質이 强

健호고 精神이 健全호여야 其間에 生호 子도 體質이 强健호고 精神이 健全호다 홈이라. 肺病 梅毒 等이 子女에게 遺傳됨은 日常에 目擊호는 事實이어니와 材質, 意志, 感情, 性癖 等 精神作用도 子女에게 遺傳됨은 적이 注意호야 觀察호는 者의 容易히 認홀 바이라.

一郡內에 同히 二十代 定住호는 數門中이 有호다 호고, 其中에 或者는 數千戶나 繁殖호고 偉人傑士가 多出호며 或者는 數十戶를 不出호고 大人物이 無호다 호면 在來에 此를 先祖 骸骨 又는 家基에 因호다 호얏나니, 實로 此는 眞理라. 其先祖의 骸骨이 雄大호면 彼는 丁寧 健壯혼 人物일지라. 健壯혼 人物이면 반다시 健壯혼 子女를 多産호얏슬지니, 萬一 弱혼 母系만 無호얏슬진되 彼의 子孫은 永遠히 健全호게 繁昌호얏슬지라. 다만 不然홈은 婚姻를 不愼호야 劣等혼 母系의 血을 引홈이니라. 又 在來도 名祖의 子孫에 偉人이 出혼다 호나니 此도 眞理라. 万一 天下의 英雄에게 그만혼 體力과 精神力을 有혼 配偶만 得호게 호면 其子孫은 世世로 英傑홀 것이니라.

一民族으로 觀호야도 亦然호니, 同是 一民族으로셔 或 羅馬나 希臘 民族과 如히 歷史 榮光을 遺혼 者도 有호고 中部 亞細亞의 諸民族과 如히 有史 以來로 一次도 雄飛호지 못혼 者가 有홈은, 太半 地理的 影響이 有호다 호더라도 其一半은 先祖의 體質 及 精神의 劣等호얏던 故리라. 興호는 一門에 반다시 名祖가 有홈과 如히 興호는 民族에 반다시 名祖가 有호나니라. 故로 現代 各國이 體育을 獎勵호고 精神敎育을 是務홈은 但 一代를 爲홈이 아니오, 實로 將來호는 千萬代 子孫의 繁昌을 希望호는 人은 爲先 自己의 體質과 精神을 發展케 호고 更히 理想的 配匹을 求호여야 호리로다.

以上에 人生은 卽 生活임과 生活의 目的은 個躰保存 及 種族保存임과 此要素는 健康 幸福 及 生殖임을 略述호얏도다. 然則 吾人의 敎育은 此目的을 助成호는 者 卽 其要素를 供호게 호는 者리로다. 以下 實生活 中心의 敎育에 關호야 暫述홀 바 一 有호려 호노라.

生物의 目的이 生活이오 生活의 目的이 個躰保存 及 種族保存과 發達이라 호면, 吾人의 敎育의 目的은 被敎育者로 호야곰 圓滿히 個躰를 保存發展호고 種族을 保存發展홀 만흔 能力을 養成홈에 在홀 것이 分明호도다. 詳言호건디 被敎育者로 호여곰 衣食住를 得호도록 身躰가 强健호도록 財産과 時間에 餘 裕가 有호야 物質的 及 精神的으로 幸福흔 生活을 호도록 及 健全한 子女를 多産호야 種族이 繁昌호도록 홈에 在홀지라. 故로 此目的에 合흔 敎育(은 善 흔 敎育)이오, 否흔 敎育은 不善흔 敎育이니라. 然則 敎育者가 造호랴는 人物 은 能히 各各 自力으로 衣食住를 求홀 만흔 技能을 備호여야 홀지오, 此를 得 호기에 必要흔 及 健全흔 子女를 多産호기에 必要흔 躰質의 强健을 備호여야 홀지오, 宗敎와 文學과 音樂 美術을 理解홀 만흔 修養이 有호여야 홀지라.

然호나 此又 一個 加호여야 홀 必要흔 條件이 有호도다. 大槪 動物中에는 各個生活을 호는 者와 社會生活을 호는 者의 二種이 有호니, 虎, 熊, 鷲 等은 前者에 屬호고 蟻蜂, 人類는 後者에 屬호지라. 就中 人類의 社會的 生活은 最 히 發達되여 거의 一社會가 一個 有機組織을 成호야 第二次的 生活의 單位를 作호게 되니, 卽 各個生活을 호는 動物은 오직 一個의 生命이 有호되 社會生 活을 호는 動物은 二個의 生命이 有호지라. 自己 一個의 生命을 保存호더라도 自己가 屬흔 社會의 生命을 保存치 못호면 此는 完全히 生命을 保存치 못홈 이니 故로 社會生活을 營호는 動物은 二個의 生命을 保存홀 義務가 有호며 更 히 發達흔 社會에 在호야는 社會의 生命을 離호야 個人의 生命을 想像치 못 홀 만홈으로 或 社會의 生命을 爲호야 個人의 生命을 犧牲호는 슈도 有호니, 디개 此는 社會의 恩惠에 對흔 報合的 義務와 自己의 子孫의 繁昌과 幸福을 爲호는 慾望으로 然홈이니라. 故로 各人에게는 社會에 對흔 義務라는 것이 生호나니, 然則 敎育이 造호랴는 人은 個體와 種族을 圓滿히 保存發展호는 能 力 以外에 公益이라는가 惡善이라는가 社會 公同의 發展幸福을 爲호야 心力 과 躰力과 財産과 幸福의 一部를 貢獻홀 만흔 能力이 有호여야 홀지라. 實로

實生活 中心의 教育의 理想은 如此혼 人을 造홈에 在ᄒ도다.(1916.12.8.)

然則 知育의 要도 自然이오, 躰育의 要도 自然이오, 文學, 音樂, 美術의 要도 自然이오, 世人이 至今토록 閑却ᄒ던 바 宗教의 要更도 自然이오, 更히 万人이 다 教育을 受홀 要도 自然이오, 從ᄒ야 子女教育의 要도 自然이라. 於是에 卽 實生活을 中心으로 ᄒ며 教育에 關혼 萬般問題가 渙然히 氷釋ᄒ고 吾人이 教育에 取홀 道가 明瞭ᄒ도다. 然ᄒ나 更히 至極히 必要혼 一言이 有ᄒ니, 卽 精神教育의 根本問題라. 何뇨. 數言을 許홀지어다.

精神教育의 根本教育은 卽 意志의 教育이오 換言ᄒ면 慾望의 教育이라. 在來의 教育은 實로 此根本問題를 閑却ᄒ얏나니, 吾人은 無爲, 無氣力, 沈滯ᄒ고 活動力과 進取의 氣象이 無홈이 實로 此意志 又는 慾望의 教育을 缺如홈에 由ᄒ도다. 從此로 精神教育의 中心은 意志의 教育이어야 홀지니라.

生ᄒ랴는 慾望이 强ᄒ게 홀지여다. 幸福ᄒ게 生ᄒ랴는 慾望이 强ᄒ게 홀지여다. 不息코 活動ᄒ랴는 慾望이 强ᄒ게 홀지어다. 健全혼 子女를 多産ᄒ랴는 慾望이 强ᄒ게 홀지어다. 貧賤을 自甘ᄒ는 者는 吾人의 取ᄒ는 바ー안이며, 小成에 安ᄒ랴는 者는 吾人의 取ᄒ는 바ー안이며, 人과 競爭ᄒ기를 避ᄒ는 者는 吾人의 取ᄒ는 바ー안이라. 吾人이 造ᄒ랴는 人物은 巨富가 되고져 홀지어다. 大學者가 되고 大宗敎家가 되고 大文學者 大敎育家가 되고져 ᄒ는 者오. 吾人이 造ᄒ랴는 者는 人의 力을(父母兄弟의 力도) 依賴ᄒ지 안이ᄒ고 自力으로 不息히 活動ᄒ야 社會에 最高혼 地位를 占ᄒ고, 大理石屋에 起居ᄒ고, 船車에 一等을 乘ᄒ고, 獨力으로 學校나 圖書館이나 會社 銀行 等을 設ᄒ랴 ᄒ는 者오. 吾人의 取ᄒ랴 ᄒ는 者는 自己의 子孫으로 ᄒ야곰 千萬代에 繁昌케 ᄒ랴는 大慾望이 有혼 者라.

然後에 一步一步 此慾望을 達ᄒ기 爲ᄒ야 惡戰奮鬪ᄒ고 勤勉ᄒ고 確固ᄒ고 忍耐ᄒ고 勇往直前ᄒ는 者일지어다.

精神敎育의 要義는 吾人이 造ᄒ랴는 人으로 ᄒ야곰 强烈ᄒ고 雄大혼 慾望

과 此를 達ᄒ기 爲ᄒ 執着力과 奮鬪力과 堅忍不拔ᄒ 剛毅性을 有ᄒ 意志的, 熱情的, 進取的, 積極的되게 홈에 在ᄒ니라.

玆에 余ᄂ 敎育家 諸氏에게 在來 敎育의 不完全ᄒ고 今後의 敎育은 實生活 中心의 敎育이란 何如ᄒ 것임을 不完全ᄒ게나마 告ᄒ얏도다. 以下項을 改ᄒ 야 敎育者 諸氏의 義務와 決心과 學校經營에 關ᄒ야 數言으로 更告홈이 有ᄒ 랴 ᄒ노라.

三, 敎育家의 義務

敎育이 如此히 重且大ᄒ다 ᄒ면 敎育家의 義務가 ᄯᅩᄒ 얼마나 重且大ᄒ리 오. 一代의 盛衰興廢가 全혀 敎育家의 手에 懸ᄒ 同時에 萬代의 盛衰興廢가 ᄯᅩᄒ 敎育家의 手中에 在ᄒ도다. 然ᄒ거늘 前節에 已陳홈과 如히 敎育은 아 모 素養과 抱負가 無ᄒ고도 行홀 만ᄒ 容易ᄒ고 無責任ᄒ 職務로 思ᄒ니 엇 지 慨嘆홀 바— 아니리오. 敎育万能의 時代에 處ᄒ야 一代萬代의 運命을 左 右ᄒᄂ 敎育家ᄂ 더욱 神聖ᄒ고 自重ᄒ여야 ᄒ리로다.

學校를 先設ᄒ고 敎育家를 求홈이 元來 本末을 顚倒홈이라. 校舍가 有ᄒ고 基本金이 有ᄒ고 漆板이 有ᄒ고 學生이 有ᄒ니 敎育家를 求ᄒ리라 홈이 엇지 正當ᄒ리오. 玆에 敎育家가 有ᄒ니 此敎育家가 自己의 理想ᄒ 敎育을 實施ᄒ 기 爲ᄒ야 校舍를 建築ᄒ고 學生을 募集홈이 當然ᄒ 順序일지니, 事實은 或 不然홈이 有ᄒ더라도 論理上 應當 如此홀 것이라. 學校의 主體ᄂ 基本金이 아 니오 校舍가 아니오 實로 敎育家이니라. 今日 京城에 十數個의 中等學校와 數 十個의 初等學校가 有ᄒ거니와, 此等 學校가 有ᄒ다 홈은 校舍를 指홈인가 抑 敎育家를 指홈인가. 旣히 學校라 ᄒ면 其中에 少不下 一人의 有理想 有技能ᄒ 敎育家의 存在를 豫想홀지니, 此가 無ᄒ면 是는 學校가 아니오 學校의 形骸 오 影子라. 不識커니와 此意味로 보아 京城內에 眞正ᄒ 學校라 稱홀 者— 幾 個나 되리오. 海外 諸國의 學校를 보건되 其創立 當時에 반다시 中心되ᄂ 敎

育家가 有ᄒ며 其後에도 全力으로 中心될 後繼者를 求ᄒ도다. 故로 各學校가 其教育의 主旨와 方針과 校風에 各各 特色이 有ᄒ야 社會 各方面에 適當홀 多種多樣의 人物을 造ᄒ나니(毋論 根本主義ᄂ 共通ᄒ거니와) 夫 如斯ᄒ지라. 各學校에 各自의 意義와 特色이 有혼 것이라. 社會를 爲ᄒ야 此等 學校中 一個도 無홈을 不許ᄒ나니, 故로 全社會가 金錢과 誠意로ᄡ 구태 此를 維持코 發展ᄒ려 홈이라. 万一 此等 特色이 無ᄒ다 ᄒ면 그 獨立存在의 意義가 何有ᄒ리오. 不識케라. 今日 各學校에 如此흔 意義가 有혼가 否혼가.(1916.12.9.)

今日 各學校에셔 校長 以下 職員을 求ᄒᄂ 樣을 보건딕 大槪ᄂ 社會에 相當흔 名望이 有ᄒ고 財産이 有ᄒ고 年齡이 富ᄒ고 月給이 薄흔 等을 條件으로 ᄒ나보도다. 然ᄒ나 社會의 名望이 반다시 教育家의 資格이 아니니 教育家로의 名望인 外에ᄂ 아모려흔 名望도 教育家의 資格이 되지 못홀 지오, 財産과 年齡도 教育家의 資格은 아니니 教育家의 刺激은 오즉 教育의 眞精神을 理解ᄒ고 教育家의 品格과 熱誠을 具備ᄒ여야 홀지며, 此도 猶不足ᄒ니 教育이라 홈은 術이라. 術을 學ᄒ지 아니ᄒ고 엇지 術을 行ᄒ리오. 醫學을 不學흔 者 一 아모리 病人을 醫ᄒ랴ᄂ 品格과 熱誠이 有ᄒ다 흔들 엇지 敢히 刀를 執ᄒ며 藥을 投ᄒ리오. 반다시 人命을 傷ᄒ리로다. 刀藥으로ᄂ 能히 一人의 生命밖에 傷ᄒ지 못ᄒ되 無識흔 又ᄂ 셔트른 教育術로ᄂ 萬代 萬人의 生命을 傷홀지니 엇지 戰慄홀 바 안이리오. 故로 多額의 金錢을 不惜ᄒ고도 完全흔 教育家를 求흔 後에야 비로쇼 學校가 成ᄒᄂ 것이며, 其教育家가 辭職ᄒ거던 其後繼者를 求ᄒ기에 多大흔 注意의 犧牲을 不惜ᄒᄂ 것이라. 教育家가 無ᄒ거든 찰하리 學校를 廢홈이 可ᄒ니, 木偶 泥像으로 校長 以下 職員을 삼고 무슨 教育이 可能ᄒ리오.

余ᄂ 今日 教育界의 最大急務ᄂ 教育家란 語의 意味를 理解홈이라 ᄒ노라. 今日 教育家라ᄂ 稱呼를 聞ᄒᄂ 者 一 亦 不少ᄒ려니와 問ᄒ노니 世上은 무

엇을 標準으로 호야 彼等을 敎育家라 호나뇨. 彼等이 學校를 設立호얏스니 敎育家라 호나뇨. 學校를 設立호 者가 敎育家일진딕 富饒호 娼妓가 有호야 學校를 設立호여도 此를 敎育家라 호겟나뇨. 設立호 者는 敎育에 出資호 者요 設立者라, 敎育家가 안이니라. 然則 彼等이 學校의 職員이니 敎育家라 호나뇨. 然호다, 應當 然홀 것이라. 然호나 今日과 如호 臨時 席長的 校長 職員을 敎育家라 홀진딕 小學校 生徒도 足히 敎育家됨을 得호리로다. 敎育家란 敎育學者와도 相異호니 敎育에 關호 學理를 硏究호는 者는 敎育學者요 決코 敎育家가 안이라. 然則 敎育家란 何이뇨. 卽 敎育家的 品格과 獻身的 熱誠과 밋 敎育의 學理를 通曉호고 敎育의 術法에 爛熟호야 實地로 敎育術을 施行호는 者를 謂홈이라. 然則 學校에셔 求홀 校長과 職員은 반다시 如斯호 人이라야 홀지오 如斯호 人이라야 비로소 敎育家라는 榮光잇는 稱呼를 受홀지니라. 故로 如斯호 敎育家가 有호거던 學校는 可能호 모던 尊敬과 報酬*로써 彼를 迎홀지니, 嗟呼라 敎育家 無호 敎育이 何에 在호리오.

更言호노니 敎育의 特色은 敎育術에 在호고 敎育術이라 홈은 科學的 硏究의 結果를 云홈이니, 決코 才知라던가 의량** 만홈을 意味홈이 아니라. 彼는 敎育學을 解호여야 호고 心理學과 社會學과 其社會의 根本思想되는 哲學(假令 前世紀 英國의 功利主義라던가, 現今 美國의 實用主義라던가 獨逸의 强力主義 等 其國의 根本思想되는 哲學)을 解호여야 호겟고 生物學의 遺傳學과 敎育法 學校 管理法 等을 解호여야 홀지니, 今日에는 此를 不解호고는 何如호 品格과 熱誠이 有호더라도 敎育家되기 不能호니라.(1916.12.10.)

然호나 今日 吾社會에 如斯호 資格을 備호 敎育者를 엇지 바라리오. 然則 敎育을 廢호랴. 余는 斷言호노니 廢호라호노라. 醫學을 不學호 醫師에게 子女 病의 治療를 受호다가 刀藥으로 生命을 傷홈보다 自然放任호야 或生 或死

* 원문에는 '根酬'로 되어 있다.
** 意量. 생각과 도량.

룰 待흠이 善ᄒ니라. 然ᄒ나 敎育家 諸氏여. 諸氏ᄂ 怒ᄒ지 말고 失望ᄒ지도 말을지어다. 何時代 何社會룰 勿論ᄒ고 創設期의 敎育家ᄂ 皆 諸氏와 如ᄒ얏나니, 諸氏의 取홀 惟一 道ᄂ 自今으로 敎育家의 任務와 修養의 必要룰 自覺ᄒ야 讀書홈이니라.

熱心 勤勉홀 二三年의 讀書가 族히 諸氏에게 敎育家의 資格을 具케 홀지니라. 余ᄂ 諸氏의 現今 敎育家의 資格이 無흠을 責ᄒᄂ 者가 안이오 諸氏가 自今 敎育家가 되려고 努力 안이흠을 責ᄒᄂ 者ㅡ로라. 諸氏여, 諸氏가 아모리 聰明과 手腕이 過人ᄒ다 흔들 數千年 數千人의 諸氏와 如히 聰明ᄒ고 手腕이 有흔 敎育學者 敎育家들이 硏究集成흔 敎育法 敎授術을 不知ᄒ고, 又ᄂ 其社會의 根本思想과 社會의 狀態와 社會의 要求룰 不知ᄒ고, 又ᄂ 世界의 文化와 大勢룰 不知ᄒ고, 又ᄂ 心理學 倫理學 等의 知識이 無히 進步흔 文明흔 現代의 敎育家가 될가보뇨. 然則 敎育家 諸氏의 第一 義務가 學問의 修養이오.

第二 諸氏의 義務ᄂ 一生을 敎育에 獻身흠이라. 敎育을 副業으로 思치 말고 臨時의 消遣으로 思치 말고 衣食을 求ᄒᄂ 職業으로 思치 말고 諸氏 一生의 事業으로 定ᄒ며 諸氏의 人生과 社會에 對흔 天賦흔 使命이오 義務로 信ᄒ며 最後에 諸氏의 生命으로 信홀지어다. 돈벌이ᄒᄂ 餘暇에, 又ᄂ 自己의 將來의 地位룰 準備ᄒᄂ 餘暇에, 又ᄂ 當場 事業이 無ᄒ니 適當흔 事業이 生ᄒ기ᄭ지, 又ᄂ 當場 衣食홀 途가 無ᄒ니……如斯히 ᄒ야 무슨 敎育이 되리오 效果가 無홀 ᄲᅵ러러 도로혀 社會와 人生에 對흔 大罪惡이라. 余ᄂ 京城과 地方 學校 敎員中에 只今 何業을 ᄒᄂ냐 ᄒ고 問홀 時에 「아직 別로 着手흔 業도 無흠이 兒童과 싸홈ᄒ 하노라」 ᄒ고 答ᄒᄂ 者ㅡ多흠을 見ᄒ얏스며, 또 彼等이 如此흔 答을 홀 時에 自己ᄂ 더 價値 有흔 事業을 홀 資格이 有흔 者언마ᄂ 不遇ᄒ야 敎育界에 沈淪ᄒ얏노라 ᄒᄂ 憤憤의 顔色과, 또 余ᄂ 無能ᄒ야 如此

히 賤혼 敎育事業에 從事호노라 호는 듯혼 羞恥의 語氣가 現호도다. 嗚呼라,
何等의 誤解며 何等의 沒知覺이며 何等 無誠意며 何等의 無自覺이뇨. 果然 吾
人의 愛重호는 子女의 一生을 如此히 無誠意 無自覺혼 敎育家들에게 委託혼가
호면 實로 戰慄이 度를 過호야 寧히 慟哭을 不禁호려 호도다. (1916.12.12.)

諸氏야. 敎育이란 如斯히 賤혼 職業이며 敎育家란 如斯히 無價値혼 人物이
냐. 옳도다, 諸氏와 如히 無誠意 無自覺혼 輩에게는 容或 然호리라마는 敎育
이란 其實 人類의 萬般事業中에 最히 貴中호고 最히 高尙혼 事業이며 從호야
敎育家란 最히 神聖혼 最히 崇嚴혼 最히 功勞 高혼 職이니라. 그 神聖호기론
聖徒에 加호고 그 崇嚴호기론 顯官大爵에 加호며, 其功勞 多호기론 戰場에 白
骨을 曝호는 將軍에 加호나니라. 敎育이 卽 生命이니, 生命에서 더혼 者ᅳ無
홈과 如히 敎育에서 더혼 者ᅳ何有리오

諸氏야. 敎育이란 如斯혼 것이니, 足히 諸氏의 一生을 獻호여만 호며 万一
幸히 諸氏가 二生을 有홀진딘 二生을 獻호여만 호니라. 或 敎育이 諸氏에게
數百万圓의 財産은 不供호리라. 財産을 求호느냐, 諸氏는 商工業을 홀지어다.
或 敎育이 諸氏에게 正一品 大臣 輔國 崇祿大夫는 不供호리라. 此를 求호느냐,
諸氏는 仕宦界에 出할지어다. 萬石君은 財産家의 最高位오 崇祿大夫는 仕宦
家의 最高位니, 敎育家의 最高位는 老敎育家 大敎育家니라. 敎育界의 最高位
가 決코 財産家나 仕宦家의 最高位에서 下호지 안이 호나니, 否라, 下호지 아
니홀 뿐더러 反호여 社會人生에 對혼 功勞와 高潔혼 品格과 名과 德의 不朽
홈으로 前二者에 勝호니라. 諸氏야 吾人의 敎育家된 幸福을 暫時 說호자.

吾人이 五穀을 作호드시 作혼 人物이 一人, 二人, 十人, 百人式 社會에 出호
야 暗호던 社會를 漸漸 明호게, 貧호던 社會를 漸漸 富호게, 愚호던 社會를 漸
漸 知호게, 沙漠然호던 社會를 漸漸 花園然호게 改造호고 發展호여 가는 樣을
見호면, 至今토록 無호던 各種 學者가 生호고 至今토록 無호던 各種 文明事業
이 興호고, 至今토록 無호던 文學藝術이 生호고, 至今토록 陋혼 茅屋이던 것

이 漸漸 白雲 갓흔 石製와 鮮血色 又흔 煉瓦巨閣이 成홈을 見호고 此가 吾人 敎育혼 卽 吾人의 苦心호여 造혼 新人物의 手로 成홈을 見홀 때, 又는 吾人의 一生이 敎育中에 過호야 吾人의 鬢髮이 雪白홀 時 吾人을 代호야 社會에셔 大活動호는 吾人의 弟子들과 日曜日 夕에 煖爐邊에서 懷舊談을 홀 時에, 吾人 敎育家의 幸福과 功勞가 果然 何如호겟나뇨. 更히 百代後의 子孫이 吾人의 容貌를 畵像에셔 見호고 吾人의 精神과 功勞를 文明에셔 見호고 「아아, 感謝호신 祖先이시여」호고 合掌호고 讚頌홀 쌔, 吾人의 地下靈의 喜悅과 滿足이 果然 如何호겟나뇨. 實로 今日에 在혼 敎育家 諸氏는 万物의 創造者시오 萬民의 救世主시로다. 諸氏여, 諸氏여.

何事業이 獻身 안이호고 成홀 事業이 有호리오마는 敎育事業에 對하야는 尤然혼지라. 余는 今日 진실로 獻身혼 敎育家의 稀少홈을 恨嘆호노니 諸氏여 自覺홀지어다.

以上에 余는 在來 敎育의 害毒과 實生活 中心의 敎育이 今日에 唯一혼 敎育임과 敎育家 諸氏의 修養과 獻身홀 必要를 論호얏도다. 余ㅡ 엇지 學識이 有호리오. 而況 敎育에 對호야 知識과 定見이 有혼 者ㅡ리오. 쏘 余ㅡ 엇지 時間이 有餘호는 者ㅡ리오. 余는 一個 寒書生이라. 學校 課程에 眼鼻를 莫開호는 一童蒙이라. 然호거날 此論을 敢作홈은 余의 淺見에도 今日의 敎育界가 호도 不振홈이 如此혼 幼稚혼 言論히 或 幸혀나 大家의 知囊을 刺激호는 一助나 되과져 홈이라. 万一 此論이 多少라도 一般 敎育家 諸氏의 注目호시는 바 되야 注目이라 호면 過히 放肆호거니와, 多少라도 諸氏의 思考호는 期會가 되야 從此로 我敎育界에 一新機運을 作호는 一無名혼 犧牲이 되면 余의 本望을 達홈이로다. (1916.12.13.)

農村啓發[*]

第1章 緒論

먹고야 살겟쇼. 目下 우리의 걱정은 富도 아니오 貴도 아니오 安樂도 繁榮도 아니오, 먹고 살 일이오. 먹고 살랴면 産業이 잇셔야 ᄒ겟소. 農業, 工業, 商業, 漁業 等이지. 이 産業의 發達이 모든 나라와 모든 民族의 生存維持와 文明發達의 根本인 것과 기타 우리에게도 根本問題요. 더구나 우리와 기타 朝飯夕粥이 未由ᄒ 民族에게ᄂ 더옥 焦眉의 急이오 死生이 關頭ᄒ 急이외다. 毋論 우리가 富ᄒ여지랴면 商工業이 아니고ᄂ 홀 슈 업슬 줄을 암니다. 그러나 우리 現狀은 富ᄒ기 前에 富ᄒ기 爲ᄒ야 살아갈 方途를 하여야 홀 것이외다.

그런데 爲先 살아갈 方途ᄂ 두말 홀 것 업시 農業의 發達이외다. 우리 農民의 生活難은 只今 極度에 達ᄒ엿소. 무엇으로 이를 救濟ᄒ리오, 무엇으로 그네에게 業을 주고 밥을 주리오, 農業의 發達밧게 업소. 우리 田畓은 灌漑와 虫災豫防과 穀種과 栽培方法을 改良ᄒ면 넉넉히 田에 五割畓에 三割의 增收를 어들 슈 잇다 ᄒ오. 그러면 全國 田畓을 統括ᄒ야 平均 四割의 增收를 어들 모양이니, 우리 人口를 一千五百萬이라 ᄒ면 六百餘万 人口가 먹을 만ᄒ 增收가 될 것이오. 每人 假量 十石式 들어가던 것이면 이쎄에는 十四石이 될 터이오, 價格으로 고치면 每人 一年 六十圓 收入되던 것이니 八十四圓 收入이 될 모양이오, 統이 말ᄒ면 一億五千萬石 收穫ᄒ던 것이 二億一千万石, 價格으로 고치면 八億萬圓이던 것이 十一億二千万이 될 것이니, 이러케 되면 얼마나 우리 生活이 饒足ᄒ야지겟슴니가. 개다가 副業과 牧畜, 養蠶, 植林ᄭ지 ᄒ다 ᄒ면 이 멧倍 增收가 될 터이오니, 우리ᄂ 莫大ᄒ 財産을 目前에 두고 가

---

[*] 東京에셔 春園生, 『每日申報』, 1916.11.26.-1917.2.18.

난을 참아가는 것이외다. 만일 우리가 農業을 이러케 改良ᄒ야 生活이 饒足ᄒ게 되는 늘이면 工業이나 商業도 쌀라셔 發達ᄒᆯ 것이오, 모든 文化가 짜라셔 燦然ᄒᆯ 것이외다.

쏘 우리의 精神과 智識의 暗昧홈은 참 이 二十世紀 文明世界에 他民族을 對ᄒ기가 赧面ᄒ리만큼 曚昧고 幼稚ᄒ외다. 産業의 發達이나 文化의 發達이나 爲先 人民의 精神과 智識이 싀롭게 되고 高尙ᄒ게 되기 前에는 어려올 것이라. 그런데 우리의 大多數는 農民이니, 農民의 曚昧幼稚는 卽 朝鮮人 全體의 曚昧幼稚를 意味홈이오 農民의 貧窮賤陋는 卽 朝鮮人 全體의 貧窮賤陋를 意味홈이외다.

이 두 가지 卽 産業上 精神上 意味로 나는 農村啓發을 叫號홈니다. 그러고 우리 大部分되고 中堅되는 農村啓發의 方針을 니 싱각되로 陳述ᄒ려 홈니다. 有志諸彦*은 이것이 刺激이 되어 農村啓發의 싀롭고 큰 運動을 일히시기를 바랍니다.

그러나 나는 모든 參考와 統計와 其他 必要ᄒ 材料를 엇기에 믹우 不便ᄒ 자리에 잇슴으로 所論이 흔히 局面이오 獨斷되기 쉬우나 此亦 無可奈何라, 써 後日을 期約ᄒ기로 ᄒ고 아직은 著者의 精誠이니 酌量ᄒ여주소셔.

알아보기 쉬웁고 興味도 잇기 爲하여 農村을 次次 改良ᄒ야 理想的으로 만드는 小說 비슷ᄒ게 ᄒ기로 ᄒ얏습니다.(1916.11.26.)

第二章 向陽里의 現狀

向陽里는 어느 農村名이외다. 戶數 一百, 人口 五百. 百石 秋收 三戶, 新舊 相繼 十戶, 其他 八十七戶는 거의 小作人. 이졔 그中에서 特色잇는 몃 집을 쏩아 말ᄒ면,

---

* '諸彦'은 諸賢과 같은 뜻.

一, 金大監

金大監은 이 村에 一富오. 自手成家ᄒ야 只今 三四百 秋收를 ᄒ고 집도 이 村中에 第一 크고 華樓ᄒ오. 이 집은 元來 金大同이라는 이가 大同 察訪*을 살아서 벌어온 돈으로 新成造ᄒ야 二世 三世로 至宇万世ᄒ려 ᄒ얏더니, 家運이 不幸ᄒ야 大同歿後 不過 十年에 그의 長子가 雜技에 蕩盡家産ᄒ고 홀 일 업시 파는 것을 負債와 兼ᄒ야 歇價로 산 것이오. 그러나 舍廊 居處를 ᄒ면 이웃 사람들도 모히고 過客도 들어와 담비 한 되, 밥 한 그릇, 술 한 방울이라도 損ᄒ리라 ᄒ야, 그 조흔 舍廊을 꽉 다쳐두고 八九人이나 되는 食口가 두 房에 지나오. 이는 나무를 아낌이오. 그는 나이 六十에 今年 처음 팔고 남은 명지**로 져고리 ᄒ나를 ᄒ야 입고 平生 굴근 무명옷으로 지나오. 그러나 이계는 돈도 싱기고 世人도 돈을 爲ᄒ야 自己를 尊敬하닛가 兩班 노릇ᄒ랴고 드오. 그리셔 婚姻올 씰에도 꼭 兩班집만 고르고 親叔中에도 감투 쓴 이나 돈 잇는 이가 와야 燒酒 한 잔이라도 待接ᄒ오. 한번은 兩班집이라고 婚姻ᄒ얏던 것이 新郎이 天痴요, 그러나 兩班 天痴는 상놈 聖賢보다 낫다 ᄒ야 火를 참소. 그러나 兩班보다도 그에게 놉하 보이는 것은 돈이오, 돈과는 아모 것도 밧골 것 업소. 그는 恒常 子孫에게 訓戒ᄒ기를

「돈 잇셔야 待接밧고 사나니라. 돈 업는 兩班이 업셔.」 쏘는 「가난ᄒ 사람과 親ᄒ지 마라. 밥 한 그릇이라도 害나.」

그럼으로 親戚朋友間의 婚喪之禮에도 貧家면 下人식혀 닭의 알이나 열암은 긔 보닉고, 富家면 衣冠漱洗ᄒ고 밤을 식와가며 參拜를 ᄒ오. 그에 눈에 貧者는 저보다 十數層 卑賤ᄒ 劣等動物로 아는 게지오.

그의 집 房안과 庭除는 늘 不潔ᄒ오. 「맑은 물에는 고기가 업나니라」가 그

---

* 조선시대 각 도의 역驛에 비치되어 있던 말馬에 관계되는 일을 맡아보던 외직外職 문관文官 벼슬, 또는 그 벼슬아치.

** '명주明紬'의 방언.

의 信奉ᄒᄂ는 格言이어셔 洗首도 夏節盛炎이나 祭日이 안이면 안이ᄒ고, 兒女들도 名節外에 ᄭᅵᆺ슷흔 옷을 입으면 벼락이 나리지오. ᄯᅩ 그 집 飮食은 참 無味ᄒᆷ닌다. 元來 밥 만이 먹ᄂ는다 하야 魚肉은 當初에 아니 사드리지만은 菜蔬로 ᄒᄂ는 料理도 참 無味ᄒ지오 이ᄂ는 아마 그네가 元來 貧窮ᄒ던 사람이닛가 料理法을 몰라셔 그러키도 하려니와, ᄯᅩ 한 原因은 그네ᄂ는 飮食이란 죽지나 아니ᄒ라고 먹는 것이오 거기 무슨 美라든가 快樂을 얻으려 함이 아니라 함이오리다.

그네ᄂ는 늘 일ᄒ지오. 누덕이를 깁고 길에 썰어진 이삭과 쇠ᄯᅩᆼ을 줍고⋯⋯, 이리하야 볏셤이 붓고 돈이 붓ᄂ는 것만 無上한 快樂으로 녁이지오. 남들이야 「도야지」니, 「기子息」이니, 「신마귀」니, 「餓鬼」니 ᄒ고 別아別 欠談과 是非를 다 ᄒ건마는 그ᄂ는 「흥, 네가 돈이 업스닛가 부러워셔 그러노나. 그래도 네가 닉 집에 쌀 ᄭᅮ러 올 ᄯᅢ가 잇스리라」ᄒ고 코우슴 ᄒ지오. 實狀 그를 辱說ᄒᄂ는 이ᄂ는 대기 돈 ᄭᅮ러 갓다가 拒絶을 當항엿거나 잔치 ᄯᅢ에 淸酒를 잘못 엇어 먹엇거나 한 사람들이지오.

그의 아들은 十六七歲부터 酒色에 耽하야 或은 집에셔 돈을 훔쳐닉고, 或은 高利息흔 빗을 니어 쓰다가 그 父親흔테 죽도록 어더맛고ᄂ는 忿을 니어 京城으로 달아나 日債를 어더 跌宕항게 놀다가, 마침니 그 父親이 돈을 안이 줌으로 五年 懲役을 살고 노혀 나와셔, 밋슈은 神氣沮喪ᄒ고 監督이 太甚하야 술 한 잔도 마음 대로 못 어더먹고 겨오 이웃집 졂고 行實 안 된 계집이나 엿보아 다니며, ᄯᅩ 近來에ᄂ는 不足症이 낫ᄂ는지 기춤을 컬넝컬넝 깃소 아들은 아비를 「사람 아니」라 ᄒ니 아비ᄂ는 아들을 「亡家子, 망난이」라 ᄒ야 만나면 눈만 힐긋힐긋 하교 一年 가야 말이 업소 아들은 平生 「져것은 죽지도 안네」ᄒ고, 아비도 「져럴 바에ᄂ는 죽기나 히라」ᄒ오.(1916.11.28.)

孫子ᄂ는 밋슈 二十歲, 昨年에 作婚하여 今春에 成禮항엿소 글을 史略 初卷을 하로에 줄半式. 게다가 富家子요 어른이로라고 글방 貧寒흔 總角 선비들은 賤待가 玆甚ㅎ오. 발셔 卷煙을 자시고 이웃집 老人 恭待 아니홀 줄을 알고 슐 먹을 줄을 아오. 第一 놀나온 것은 이웃집 十餘年된 處女를 劫奪ㅎ랴다가 그 處女의 아비한테 어더맛고 그 말을 祖父에게 告ㅎ야 祖父는 그 處女의 아비의 小作ㅎ던 田地를 쎄엇습니다.

또 이 집에서는 藥을 아니 쓰지오. 그의 외며느리가 胸腹痛을 알는지라 七八年이 되여도 藥 흔 貼을 아니 먹이지오.

이러흔 사름에게 義理나 慈悲를 求ㅎ는 것이 잘못이지오. 그는 겻혜 굴머 죽는 사람이 잇셔도 밥 한 슐을 아니 줄 것이외다.

二, 白吉石

白吉石은 五兄弟오 父母는 七十이 넘엇소. 그러나 집이 업셔 남의 舍廊 한 간을 비려 가지고 사오, 산다는 것보다 그것을 根據로 삼는다 ㅎ는 것이 可ㅎ겟소. 왼 食口가 다 그 방에셔 잘 수가 업스닛가 모혀드러 밥이나 죽이나 한 슐식 먹고는 다 散散히 헤여져 자닛가. 집에는 老母와 內外 가즌 第二子 夫婦가 자기로 ㅎ고, 그 남아는 或은 다른 舍廊에, 或은 酒幕 웃목에, 或은 투전판 웃목에 가셔 옷 입은 치로 칠기도 덥기도 업시 뒹구러 자고, 열음이면 或은 虛間 구셕에, 或은 원두막에 가셔 자오. 長子는 五年前에 鰥夫된 뒤로는 再娶홀 能力이 업셔 나이 三十이 넘도록 홋몸으로 다니고, 다른 三兄弟도 나은 다 二十이 넘엇건마는 婚姻홀 可望이 업소. 이 집 老人 內外가 一生 貯蓄흔 것이 밧 몃 갈이와 쇼 한 짝과 죠고마한 집 한 간 쑨이러니, 며느리들 사오기에 다 팔고 말앗소. 밋며느리는 十六歲된 것을 一百五十圓에 사다가 三年이 못ㅎ야 죽여바리고, 둘직 며느리는 十六歲된 것을 八十餘圓에 사다가 八年 동안을 길러셔 昨年에 비로소 成禮ㅎ앗스니, 榮養不足과 夫婦의 年齡의 差가 太甚홈으로 身體가 發育하지 못ㅎ야 쇠쇠 마른 것이 마치 病人 곳소. 그러나 왼집에 젊은 女子라고는 이 사름 하나밧게 업스닛가 밥도 그가 짓고 물도 그가 깃고 싀父母와 싀아자비*들의 고린니 나는 보션 구녕과 노드락 노드락 흔 옷 깁기도 그가 혼자서 하오. 그는 참 暫時도 놀 틈이 업소.

이 健壯흔 五兄弟가 一齊히 農事를 흐면 十餘名 食口는 넉넉히 먹여 살릴 것이오. 그러나 그네에게는 땅이 업소. 우리나라도 퍽 人口가 稠密흐야 只今은 農事흐랴도 땅이 업서 쏘는 不足흐야 못흐는 사름이 여러 百萬 되오. 그네는 겨오 薄흐듸 薄흔 乾畓 五斗落과 山田 一日耕을 부쳣쇼. 畓 五斗落에 租 五石, 田 一日耕에 粟 五石, 地主에게 半을 쥬면 租 二石, 粟 二石半 이것으로 七八 食口가 메칠이나 먹겟습닛가. 게다가 녀름에 糧食이 不足흐야 地主에게서 썩고 좀먹은 피 한 셤 꾸어다 먹고는 가을에 벼 한 셤을 갑히주는 處地니, 一年 닉닉 흔 農事가 打作흐는 날에는 겨 몃 되밧게 안이 남쇼.

今年에 그 논 五斗落조챠 챠우고 이졔는 山田 一日耕밧게 없소. 그 쎄운 理由는 이러하오. 打作흐는 날 金大監의 아들이 老人다러 「하게」를 하얏쇼, 三男이가 벼를 되다가 憤김에 발로 金大監의 아들을 싸렷쇼. 金大監은 이에 卽時 憲兵隊에 告訴흐야 三男은 毆打創傷罪로 붓들려 가고 논은 그만 쎄우고 말앗쇼. 三男은 三朔만에 不起訴로 노혀 나왓다가 다시 憤을 참지 못흐야 金大監의 집에 불을 놋타가 다시 붓들려 七年 懲役의 刑罰을 바닷소. 남은 四兄弟는 今年 一年을 놀고 지니다가 다시 엇지홀 슈 업셔 或은 金鑛으로 가고, 或은 不知去處되고, 五男만 남아셔 그 兄嫂와 함끠 남의 집 삭일을 흐고 지니오.

그後 金鑛에 단이던 兄弟들은 모다 兇漢이 되여 一家親戚의 집에 가셔 或은 쥬정을 흐며 或은 졔 손으로 졔 머리를 싹그며 門을 쎄며 하야 돈을 쌕아셔다가 슐을 먹고 투젼을 하게 되얏소.(1916.11.29.)

---

* 남편과 항렬이 같은 사람 가운데 남편보다 나이가 많은 사람을 이르는 '시아주버니'의 옛말.

三, 槪况

一과 二에서 말흔 것을 貧富 兩極端의 標本으로 보고 이 두 家庭에서 共通
흔 大缺點을 몃 기 쏩아닙시다. 그리흐면 그것이 現今 우리 農村 大多數에 適
用이 될 것이오, 또 藥을 쓰기 前에 病勢를 알아야 흔다는 理致에것이외다.
爲先 金大監 집으로 말흐면

一, 德義心이 업고 돈만 아는 것

二, 純利己的이오 公益心이 업슨 것

三, 子弟에게 金錢 만히 남겨주는 것만 重히 알고 敎育을 重히 아니 녀기는
것, 쏠아셔 人生의 幸福의 根源과 尊卑의 差異가 온젼히 金錢에만 잇는 줄 아
는 것

四, 小作人을 사랑하지 아니흐고 奴隸로 녀기며, 小作人의 幸福을 眼中에
아니 두는 것

五, 眞正흔 個人의 幸福이 眞正흔 周圍 社會의 幸福에 잇슴을 모르는 것

六, 사름을 貴흔 줄을 모르는 것

그 다음 白吉石 집으로 보면

一, 職業이 업는 것. 이것이 萬惡의 本이오 萬不幸의 本이니, 白吉石 五兄弟
는 決코 天生 惡人이 안이오 天生 懶惰흔 사름이라, 이 모든 惡習이 職業이 업
슴과 貧窮흠으로 社會를 원망흐고 嫉視흐는 데셔 나온 것이외다. 그럼으로
以下에 列擧흐는 그네의 欠點은 다 이 原因에서 나온 것이외다.

二, 아모러흔 짓을 흐여셔라도 돈만 엇으려 흐는 것. 이것이 一步를 더 나
아가면 아모러흔 짓을 흐여셔라도 快만 엇으려 흐게 되고, 이리 되면 그에게
道德이 업고 法律이 업고 良心이 업셔 父母가 업고 妻子가 업고 朋友親戚이 업
셔지는 것이오

三, 酒色을 貪흐게 되는 것. 이러케 可憐흔 境遇에 잇는 이가 醉흐기를 바
라는 것은 自然이오, 醉흔 中에나 生活의 苦痛을 이져바리고 胸中의 鬱憤을

주정으로나 펴보려 홈이오.

四, 希望이 업슴. 그네는 將次 잘 살게 되리라는 싱각이 업소, 그네의 말이 「불씻*이 잇셔야 불이 일어나지」 ㅎ나니, 이는 「우리네는 날마다 못ㅎ여갈 쑨이지 잘 되어갈 理는 업다」 홈이오. 사름이 勸勉ㅎ다든가 思言行을 謹愼함이 將來에 잘 되리라 ㅎ는 希望에셔 나오는 것이니, 만일 이 希望만 업스면 사름이란 되는 딕로 살아갈 것이오. 져 無依無家ㅎ고 極貧極窮한 人民들이 或은 쥬정을 ㅎ고, 或은 禮節을 닛고, 或은 盜賊이 되고 殺人을 홉니다. 이 無希望흔 데셔 나오는 것이오.

五, 同胞를 원망홈. 이러케 되면 父母도 밉고 妻子兄弟도 밉고 他人도 밉고 富者는 毋論 물어뜻고 십게 미울 것이오, 自己는 三十이 되도록 室家도 업시 불불 썰고 다니는데 것헤셔 錦衣玉食에 美女를 씌고 노는 樣을 보면 미울 것이오 아니 미울 것이오.

六, 精神的 生活이 업슴. 이는 져 金大監도 그러ㅎ거니와 精神的 生活 업슴이 그네에게 더 酷毒흔 苦痛을 感覺케 ㅎ나니, 或 宗敎의 信仰이 잇는 이는 至極흔 貧窮과 苦痛 속에 잇스면셔도 精神的 希望을 품어 도로여 物質的으로 豊足흔 사름보다도 幸福된 生活을 ㅎ는 것이오.

統들어 말ㅎ면 밥이 업고 敎育이 업고 宗敎的 信仰이 업슴이 우리 農村의 缺點이외다. 우리 農村에는 쟈미가 업습니다. 깃붐이 업습니다, 바람이 업습니다, 和睦이 업고 相愛, 相敬, 相依, 相救가 업고 瑞氣가 업습니다.

왼통 殺伐이요, 頹廢요, 憎惡요, 乾燥요, 不潔이오, 窮相이오, 亡ㅎ여 가는 相이오 죽어가는 相이외다. 城과 公廨신지 씨그러져 가는 것이 亡國의 象을 表홈과 가치, 담과 집이 씨그러지고 道路가 문허지고 샤름의 얼골에 陰沈흔 긔운이 浮動홈이 亡村之象이라 ㅎ오.

---

* 태우거나 불사르는 데 쓰는 불쏘시개를 가리키는 북방 방언.

아모러나 이러ᄒᆞ던 村中을 十年 期約을 ᄒᆞ고 富ᄒᆞ고, 文明ᄒᆞᆫ 村을 만들려 ᄒᆞ니, 그 苦心과 勞力은 如干이 아닐 것이외다.

이제 여러 讀者로 더불어 엇던 村의 改良談을 傾聽합시다.(1916.11.29.)

第三章 靑年을 鼓動함

金一君은 多年 東京에 留學ᄒᆞ야 法律을 硏究ᄒᆞ고 本國에 도라와 某地方 裁判所에 判事로 令聞이 잇더니, 憤然히 朝鮮文明의 根本이 農村啓發에 잇슴을 ᄭᆡ닷고 斷然히 職을 辭ᄒᆞ고 故鄕에 도라왓소. 氏ᄂᆞᆫ 爲先 여러 洞中 父老를 訪問ᄒᆞ고 生活方法과 産業의 改良을 勸諭ᄒᆞ얏스ᄂᆞ「요세 젊은 것들은 ᄯᆞᆫ 쇼리만 ᄒᆞ겟다」ᄒᆞ고 들을 念도 안이ᄒᆞ오 이에 그ᄂᆞᆫ 方針을 고쳐 靑年과 圖謀ᄒᆞ기로 ᄒᆞ고 어ᄂᆞᆫ 겨울 自己 父親 生辰에 酒肉을 가쵸고 舍廊을 淨潔ᄒᆞ게 ᄉᆡ로 ᄭᅮ미고 花盆으로 裝飾을 ᄒᆞ고 四壁에 文明國 農村의 그림을 부치고, ᄯᅩ 文明國 森林, 道路, 堤防, 灌漑, 學校, 病院 갓흔 그림冊을 만히 노코 洞中 靑年 四十餘名을 招待ᄒᆞ얏쇼. 靑年들은 原來 金一君을 仰慕ᄒᆞ던 次오, ᄯᅩ 酒肉이 만흠을 알고 招待에 應ᄒᆞ야 三間 舍廊이 가득히 모혓쇼. 以前 가트면 老人들만 房안에서 終日 먹고 靑年들은 마당에서 濁酒盞이나 먹거나 말거나 ᄒᆞᆯ 것이며 ᄯᅩ 金判事ᄂᆞᆫ 老人과나 談話를 ᄒᆞ나 靑年들과ᄂᆞᆫ 맛셔지도 안이ᄒᆞᆯ 것이어ᄂᆞᆯ, 이러케 華麗ᄒᆞᆫ 室內에서 됴흔 飮食을 먹게 되고 金判事 령감도 自己네와 함ᄭᅴ 안져 주거니 밧거니 즐기게 되니 靑年들의 마음을 ᄆᆡ우 滿足ᄒᆞ얏소 이윽고 金一君이

「여러분 벗님들, 나도 여러분과 竹馬朋友로 쟈라나다가 그 동안 十餘年이나 멀니 ᄯᅥ나 잇셔셔 셔로 ᄆᆡ오 泛然ᄒᆞ게 되얏소. 그러나 나ᄂᆞᆫ 어듸를 가던지 우리 이 情든 村中을 잇지 못ᄒᆞ엿소, 그리셔 다시 ᄂᆡ 故鄕에셔 여러분과 갓치 즐겁게 사라보랴고 도라왓스니, 여러분은 이젼 잠자리잡이 ᄃᆞ닐 ᄯᅢ와 ᄀᆞᆺ흔 情誼로 지ᄂᆡ게 ᄒᆞ시기를 바랍니다. 쟈 ― 변변치 안은 飮食이나 辭讓 말

고 잡수시고 오늘 終日 품을 노으시더라도 즐겁게 노십시다」 ᄒ고 爲先 自己가 먼져 슐을 한 잔 마신 뒤에 一同에게 슐을 勸ᄒ엿소. 그 날은 가운데다가 한 줄로 床을 건너 노코 그 우에다가 씨끗흔 床褓를 펴고, 每名 압헤 썩 한 그릇 고깃국 한 그릇, 슐잔 하나식 노코 그外에 김치는 량푼에 담아 四五人 사이에 한 그릇식 노코, 또 벼 한 알 밤 한 줌식을 썩그릇 겻헤 노핫소.

靑年들은 이러흔 待接은 처음이라 엇지홀지 몰나 한참은 머뭇머뭇 ᄒ며 먹고 시푼 것도 잘 먹지 못하더니, 金一君이 自己가 먼져 먹으며 자미잇는 이야기도 써닉고 精誠으로 勸ᄒ기도 ᄒᄂ 바람에 一同은 次次 마음이 풀려 먹기를 始作ᄒ엿쇼.

床을 물인 後에 金君은

「쟈 — 이졔ᄂ 마음딕로 편안히 안져서 이야기들 합시다」 ᄒ고 爲先 일어나셔 壁에 걸인 그림 說明을 ᄒ오.

「이것 英國이라ᄂ 나라의 村이오. 이 집들 보시오, 우리 村中 집과 비겨 엇더습닛가. 이것이 다 農村요? 우리도 이런 집에 살고 십지 안습닛가. 또 이 村中에 森林을 보시고, 이것은 橘밧이오, 이것은 林檎밧이오, 이것은 빈밧이외다. 이 村中에셔 히마다 또 파ᄂ 果實갑만 히도 우리 一年 農事한 것 몃百갑졀이 됩니다. 또 이것 보시오, 우리 마당보다 더 넓고 번뜻ᄒ지 안습닛가. 길이 이러케 넓으닛가, 그네ᄂ 우리와 ᄀ치 힘들게 지게에 지지 안이ᄒ고 馬車에 싯고 다닙니다. 우리 ᄀᄒ면 죽도록 스무 번이나 져야 홀 것을 그네ᄂ 걸어안져서 소리ᄒ면셔 단번에 다 실어옵니다. 쟈 여긔는 이 村中 牧場이외다. 봅시오. 넓다란 벌판에 쇼, 말, 羊, 도야지가 여러 千마리 노아 먹이지 안이ᄒ닛가. 이것이 다 이 限二百戶되ᄂ 村中 것이외다. 또 이 그림은 뽕나무밧인데 只今 婦人네와 어린 아히들이 뽕을 다ᄂ 中이외다. 이 村에셔ᄂ 一年에 여러 千圓어치 고치를 파압니다.」 (1916.12.1.)

一同은 부러운 드시 눈이 둥굴ᄒ야 그 그림들을 보며 金君의 說明을 듣ᄂ

다. 金君은 가즈런히 잇는 큰집 셋을 가르치며

「이것은 學校외다, 이 村中에셔는 男女間 小學校를 아니 卒業혼 사룸이 업습니다. 小學校를 아니 卒業ᄒ면 사룸 구실을 못합니다. 이 村中 샤룸은 누구나 이 學校에 안이 다닌 사룸이 업습니다. 그러므로 그네는 글 모르는 사룸이 업고, 新聞 못 보는 사룸이 업고, 편지 못쓰는 사룸이 업습니다. 녀편네와 아이들신지라도. 그리고 이 집은 洞會館, 圖書館, 組合, 銀行을 兼혼 집이외다. 우리 村中 셰간을 왼통 썰더라도 이 집 하나도 지을 수 업습니다. 그러나 우리도 이졔부터 ᄒ랴고만 ᄒ면 二十年內에 거의 이만치 될 것이외다. 洞會館이란 데는 우리나라로 이르면 퉁소, 거문고, 식납, 히금 ᄀ혼 모든 樂器와 쟝긔, 바독, 고누, 雙六, 陞卿圖 ᄀ혼 작란감과, 이이들 작란감과, 여러 가지 運動器具가 잇셔셔 밤과 日曜日 午后면 누구나 거긔 가셔 니야기ᄒ고 놀 수가 잇고, 또 每朔 一次式 거긔셔 동네를 모혀 여러 가지 議論을 ᄒ는 데외다. 圖書館은 冊과 新聞雜誌와 아이들 볼 그림冊을 사다 놋코 아모나가 봅니다. 組合이나 銀行은 얼는 말삼드려도 모로실 터이니 次次 仔細히 말삼ᄒ려니와, 그 大體 뜻은 이 村中에 나는 물건은 이 組合이 사다가 빗싼 곳에 갓다가 팔고 쓸 물건은 이 組合에셔 사다가 歇價로 各人에게 팔며, 銀行은 이 村中 사룸의 貯金도 밧고 또 무슨 事業을 하려홀 쩍에 低利로 돈도 ᄭ어주고 ᄒ는 듸인데, 이 銀行資本만 ᄒ야도 우리 村中 全財産의 몃十 갑절이 될 것이외다.

또 그 겻헤 잇는 집은 病院과 農事試驗所인듸, 病院은 말슴들일 것과 업거니와 農事試驗所는 肥料나 穀植種子도 어느 것이 죠흔지 試驗ᄒ야 보아셔 第一 죠흔 것으로 쓰게 ᄒ고, 其他 菜蔬며, 蠶種, 花草 갓흔 것도 다 여긔셔 試驗ᄒ아셔 村民에게 가르쳐 줍니다. 그럼으로 히마다 秋收가 만히 됩니다. 또 그 二層은 産物陳列館 인듸, 여긔는 一村中에셔 나는 모든 물건을 陳列ᄒ고 그中에셔 第一 잘한 사룸에게 賞을 줍니다.

一同은 「우리도 져러케 살아 보앗스면 아니 조켓나」 ᄒ오. 金君은 우스며

쇼리를 놉혀

「우리 젊은 사람 — 여긔 모힌 四十名이 一心ᄒ야 ᄒ랴고만 ᄒ면 二十年內에 이러케 될 슈 잇습니다. 닉가 벼슬을 그만두고 돌아온 것도 우리 村中을 한번 이러케 만들고 우리들도 이 사름들과 ᄀᆞ치 잘 살아보랴고, 우리 子孫들도 이 사름네 子孫 모양으로 잘 사라보랴고 도라온 것이외다. 이 사름들도 原來 이런 것이 안이라 얼마 前에 우리와 ᄀᆞ흔 靑年들이 이러케 모혀서 議論ᄒ여 가지고 一心으로 行ᄒ여셔 이러케 된 것이외다. 쏘 우리도 元來 이러케 가난ᄒ고 남에게 賤待밧는 것이 아니라 넷날은 번젹ᄒ게 남부럽게 잘살던 것이 中年브터 우리 祖上이 잘못ᄒ여 이러케 못살게 된 것이외다. 이제 우리가 다시 잘살게 힘써셔 우리 子孫으로 ᄒ여금 우리 祖上님 感謝ᄒ다는 말을 ᄒ게 ᄒ여야 홀 것이외다」 ᄒ고 다시 쎨족ᄒᆫ 집을 가라치며

「이것은 會堂이란 것이외다. 일헤*에 한번식 全洞民이 — 男女老少홀 것 업시 이곳에 모혀셔 노릭를 부르고 됴흔 말을 듯고 道德討論을 ᄒ고 잘살게 ᄒ여달라고 하ᄂᆞ님끠 비는 데올시다. 그 사름들은 일헤에 한번식 놀면서도 平時에 부즈런ᄒ고 쏘 機械와 學理를 應用ᄒ야 勞力은 적고 結果는 만케 홀 줄을 아는 故로 우리보다 富흔 것이외다. 우리도 勞力을 善用ᄒ면 ᄀᆞ흔 勞力가지고도 四五倍 收入을 어들 수가 잇습니다.」

이날 會合은 成功으로 ᄭᅳᆺ낫소. 여러 靑年들은 朦朧ᄒ게나마 莫大흔 感動을 어더 가지고 돌아ᄀᆞᆺ소. 그後 一朔 동안 金君은 農村啓發에 關흔 劃策과 著述에 沒頭ᄒ고 間或 靑年들을 다리고 이야기도 ᄒ얏쇼. 靑年들은 이졔는 金君과 切親흔 親舊가 되여 졔 몸에 關흔 議論ᄭᅥ지도 ᄒ게 되엿소. 金君은 여러 靑年들과 親하게 되는 것이 第一步라 ᄒ엿소. 이러다가 舊曆 正月一日夜를 ᄒ야 幻燈會兼 靑年은 自己네 舍廊에 모도 왓소. (1916.12.2.)

---

* 일곱날을 뜻하는 '이레'의 강원, 경기, 충청 방언.

第四章 洞會의 設立

幻燈會에는 靑年은 毋論 老人과 아이들도 모히고 婦人네도 보기를 願ᄒ오. 그러나 房이 좁아 한번에 다 들일 슈가 업슴으로 第一日 第二日 第三日에 分ᄒ야 靑年, 老人, 婦人 及 小兒를 順次로 觀覽케 ᄒ기로 ᄒ고, 이 날은 靑年들은 入場을 시기기로 ᄒ엿소.

이 날에 映寫ᄒ 그림은 大槪 文明人의 生活이오. 鬱茂ᄒ 森林, 整齊ᄒ 田畓과 灌漑, 堤防, 米國서 蒸氣機關으로 耕作ᄒᄂ 樣, 牧畜의 實景, 村落의 美觀, 小學校의 實業, 英美의 華麗, 繁華한 都會와 養蠶, 紡績의 宏壯ᄒ 寫景을 보이고, 陸軍과 軍艦과 港口의 林立ᄒ 船舶을 보이고, 最後에 이 村中의 將來의 想像畵를 보엿소. 그 번젹ᄒ 家屋과 번쯧ᄒ 道路며, 後園의 果樹와 學校와 會館의 遊樂ᄒᄂ 樣과 洞民이 富饒ᄒ게 즐겁게 지ᄂᄂ 樣을 보엿소. 이것을 일부러 說明을 안이 ᄒ얏건마는 一同이 다 그 쯧을 알고 異口同音으로 그러케 되얏스면 ᄒ엿소.

이에 幻燈會를 긋치고 十餘分 休息ᄒ 後에 다시 會席을 整頓ᄒ고 金君이 如左히 發論ᄒ엿소.

여러분 月前에 그 그림들을 보시고 오늘 또 이 幻燈을 보셧스니 싱각이 엇더ᄒ심닛가. 바른 딕로 딕답을 ᄒ십시오.

우리도 그러케 사라 보앗스면 흠니다.

그러켓지오. 그러면 우리ᄂ 그러케 살 道理를 ᄒ여 봅시다. 前에도 말슴드렷거니와 우리도 그러케 살 수가 잇슴니다. 또 힘만 쓰면 二十年後에ᄂ 豊富ᄒ기나 安樂ᄒ기나 오늘늘 二十갑절은 될 것임니다. 나ᄂ 이졔 이 方針을 여러분과 흠ᄭᅴ 行ᄒ려 ᄒᄂ데 여러분은 졔 말슴을 드러주시겟슴닛가.

잘 살 方針이라ᄂ데 누가 안이 드러요?

그러면 이졔 말삼ᄒ오리다. 그러나 이ᄂ 一朝一夕에 다 하ᄂ 것이 아니오 한 달에 한 가지 一年에 한 가지식 ᄭᅳ준ᄒ게 實行ᄒ여 감으로 되ᄂ 것이니,

쏙 우리가 農事ᄒᆞᄂᆞᆫ 理致와 갓습니다. 밧흘 갈고 씨를 쑤리고 기슴* 미고 벌레 잡고 ᄒᆞ야 가을에 秋收ᄒᆞᄂᆞᆫ 것갓치 우리도 여러 가지로 힘도 쓸 施設도 ᄒᆞ야 秋收ᄒᆞ기를 기다릴 것이외다. 그러나 우리 秋收ᄂᆞᆫ 一年이나 二年에 나ᄂᆞᆫ 것이 아니라, 마치 참나무 씨를 심어 材木을 만들라는 것과 갓치 八九十年, 百餘年을 지나셔야 完全ᄒᆞᆫ 秋收를 ᄒᆞᄂᆞᆫ 것이외다. 그러나 그 나무가 자라ᄂᆞᆫ 동안에 그 가지와 입흐로 부나무**를 삼ᄂᆞᆫ 모양으로 우리 事業도 始作ᄒᆞᆫ 씨부터 조곰식 조곰식 利益이 싱기ᄂᆞᆫ 것이외다. ᄒᆞ닛가 우리ᄂᆞᆫ 이 事業을 始作할 씨에 孫子, 曾孫子 乃至 百代千代 後孫을 爲ᄒᆞ야 ᄒᆞᄂᆞᆫ 싱각으로 始作ᄒᆞ여야 홀 것이외다. 만일 우리가 오날날 이 始作을 아니 ᄒᆞ면 우리ᄂᆞᆫ 차챠 貧ᄒᆞ고 愚ᄒᆞ고 弱ᄒᆞ여져서 마춤에 亡ᄒᆞ고 말 것입니다. (1916.12.3.)

爲先 우리 할 일을 모혀서 議論ᄒᆞ고 議論ᄒᆞ여 作定ᄒᆞᆫ 바를 一同이 一心으로 實行홈이외다.

쟈, 그러닛가 믹첨 每朔 一次式 모히기를 作定합시다. 每朔 一次 어느 밤에 한참식 모히기를 作定합시다. 奔走ᄒᆞ시지마는 每朔 一次 모히ᄂᆞᆫ 것은 여러분이 雜談ᄒᆞᄂᆞᆫ 틈을 가지고도 홀 것이외다.

이에 여러 가지 議論이 만타가 맛참닉 모히기로 作定되여 이에 洞會가 成立되며 金君이

「그러면 모힐 째마다 우리ᄂᆞᆫ 됴흔 일 몃 가지식을 作定ᄒᆞ고, 作定ᄒᆞᆫ 뒤에 다 그딕로 實行을 ᄒᆞ여야 ᄒᆞ겟습니다. 오늘은 맛참 正月 一日이오 또 우리가 쳐음 모힌 날이니, 爲先 됴켓다고 싱각ᄒᆞᄂᆞᆫ 일이 잇거던 말슴합시오」

한참 잇다가 二十五歲나 되엄즉ᄒᆞᆫ 靑年이 일어나더니

쟈 우리 正月內로 영날*** 싁기 每名이 千발식 싀기로 합시다.

---

* 논에 난 잡풀 따위를 가리키는 '김'의 북방 방언.
** 땔나무. 땔감.
*** 이엉날. 초가집의 지붕이나 담을 이기 위하여 짚이나 새끼 따위로 엮은 노끈이나 줄.

그것 좃소. ᄒ야 滿場一致.

우리 투젼이나 骨牌ᄒ기 그만둡시다.

이 問題에는 퍽 議論이 紛紛ᄒ얏소. 或은 名節에야 엇더랴, 或은 적은 ᄂᆞᆨ기야 엇더랴, 或은 보름ᄉᆞ지야 엇더랴 ᄒ야 容易히 決定이 아니되오. 이째에 엇던 靑年이

「적은 ᄂᆞᆨ기를 ᄒ노라면 큰 내기도 ᄒ게 되오. 투젼ᄒ셔 敗家 아니 ᄒ 사ᄅᆞᆷ이 어ᄃᆡ 잇소? 이졔부터 잘 살아보쟈고 ᄒ면셔 투젼을 ᄯᅩ ᄒ리요? 아니오, 투젼은 아니 ᄒ기로 합셰다.」

올소, 올소 ᄒ여 마참에 可決.

第五章 第一回 例會

二月一日夜에 金君의 舍廊에셔 第一會 例會가 開ᄒ엿슴ᄂᆡ다. 前月 創立會에 參集ᄒ엿던 者는 거의 全部 出席ᄒ고 其外에도 新會員이 三四人 出席ᄒ엿슴ᄂᆡ다. 中에 或은 求景ᄒ러 온 者도 잇거니와 대ᄀᆡ는 誠意를 가지고 온 者들이외다. 이러ᄒ 會가 싱겼다는 말을 듯고 村中靑年들은 三派에 分ᄒ게 되엿슴ᄂᆡ다. 果然 此會는 吾人에 有益ᄒ 會라 此會에셔 主張ᄒ는 ᄃᆡ로 ᄒ면 吾人도 兩班도 될 터이오 富者도 되리라는 贊成派와, 미친 놈들이 밥을 먹고 홀 일이 업셔 져러는가 ᄒ고 嘲笑ᄒ는 反對派와, 冷靜ᄒ게 此會의 成行을 傍觀ᄒ야 아직 贊否의 態度를 決히 못ᄒ 中立派의 三이외다. 老人中에는 大部分이 反對派어니와, 그中에 李參奉이란 老人은 極히 金君의 意見에 同情ᄒ야 그 ᄋᆞ달 三兄弟를 다 此會에 出席ᄒ게 ᄒ고 自己도 從此로 出席ᄒ리라 ᄒ옵ᄂᆡ다. 會長인 金君이 開會를 宣ᄒ며 雜談騷然ᄒ던 滿場이 靜肅ᄒ게 되고 다 煙管을 收ᄒ고 端坐합ᄂᆡ다. 此는 前會에 練習ᄒ 結果외다. 新來ᄒ 會員들도 舊會員을 倣ᄒ야 驚異ᄒ는 顔色으로 煙管을 收ᄒ고 會長에게 注目합ᄂᆡ다.

會長은 威儀 잇고도 多情ᄒ게

「여러분씌서 이쳐럼 가즉ᄒ게 會集ᄒ심을 感謝ᄒ옵ᄂ다. 여러분이 이쳐럼 모히심을 보니 우리 洞中은 新興ᄒᆯ 祥兆가 分明합ᄂ다. 願컨ᄃᆡ 여러분은 이 熱心을 ᄇᆞ리지 말으시고 우리 洞中으로 ᄒ여곰 傳會에 幻燈에셔 본 外國 村과 ᄀᆞᆺ게 되도록 힘을 쓰십시다. 여러분이 ᄯᅳᆺ에 贊成ᄒ시거든 一齊히 拍手를 ᄒ십시오」ᄒ니 滿場에 拍手聲이 이러납니다.(1916.12.6.)

會長은 말을 이어

「여러분이 이쳐럼 一心ᄒ심을 感謝합ᄂ다. 여긔 모힌 우리ᄂ 全洞民의 三分一도 되지 못ᄒ지마ᄂ 우리가 一心으로 努力ᄒ면 足히 全洞中을 感化ᄒᆯ 줄을 確信합ᄂ다. 여러분은 엇더케 싱각ᄒ십닛가.(拍手) 올쇼이다. 感賀ᄒ옵ᄂ다. 이러케 拍手로써 贊成ᄒᄂ ᄯᅳᆺ을 表ᄒ시ᄂ 여러분은 반다시 此會를 爲ᄒ야 全心力을 다ᄒ실 줄을 밋습ᄂ다.」(拍手)

「쟈 이제ᄂ 前會에 決定ᄒᆫ 바를 實行ᄒ엿ᄂ가 否ᄒᆫ가를 알아봅시다. 첫ᄌᆡ 영날 一千발 쏟이ᄂ 擧手ᄒ십시오」

「四十名中에 擧手하는 者가 十名뿐이외다. 다른 兄님들은 아마 約束대로 못하신가 봅ᄂ다.」

한 靑年이 일어나며

「져ᄂ 父親이 病患이 게셔셔 侍湯ᄒ기에 영날을 못 쏘앗습ᄂ다」ᄒ고, ᄯᅩ 한 靑年은 「져ᄂ 쏘자, 쏘자 ᄒ면셔도 이럭져럭 못 쏘앗습ᄂ다. 二月에ᄂ 斷定코 쏘려 홉ᄂ다」ᄒ고, ᄯᅩ 한 靑年은 「져ᄂ 나무를 ᄒ노라고 틈이 업셔 못ᄒ엿습ᄂ다」합ᄂ다.

會長이 이 말을 듯고

「걱정 말으시오. 무슨 일이나 쳐음부터 잘 되ᄂ 일이 업스니, 지난달에ᄂ 잘못ᄒ엿더라도 今月부터ᄂ 잘 實行ᄂ기로 作定합시다.(拍手) 그러면 二月內에ᄂ 前會에 約束ᄒᆫ ᄃᆡ로 實行ᄒ시려 합닛가.(拍手) 자, 져는 영날 쏠 줄을 모르건마ᄂ 前會의 命令을 重히 녀겨셔 이러케 一千二百把를 쏘앗습ᄂ다」ᄒ

고 영낫을 들어 보입니다.

滿場이 다 놀내여 눈이 둥글하야지며 「어듸 봅시다」 하고 그것을 座中에 돌립니다.

「여러분」 하고 會長이 다시 말을 니어 「쟈, 이졔 今月內에 行흘일을 作定합시다. 져는 今月內에 實行흘 것 두 가지를 싱각하엿습니다. 卽 今月 二十二日에 寒食名節이 아니오닛가. 寒食에는 先祖의 靈廟에 茶禮를 지닉고 墳墓에 省墓를 가지 안이홈닛가. 그런데 거긔 對하야 두 가지 흘 일이 잇습니다.

첫지 우리가 茶禮를 지닉는 것은 先祖를 崇拜홈이외다. 비록 此世에 生存지는 아니하시나 子孫된 道理에 生存흔 다시 싱각하야 燈燭을 밝히고 飮食을 供하는 것이외다. 卽 이늘 우리는 멀리 彼世에 계시던 先祖를 모셔다가 그 音容을 對하고 그에게 一膳을 奉홈이외다. 그런즉 그 멀리 계시던 先祖를 奉邀흘 째에 庭園과 室內를 淸潔하게 홈이 올켓습닛가, 不潔하게 홈이 죠켓습닛가.」

「淸潔하게 홈이 올삼니다.」

「그러면 우리는 淸明 前日에 室內와 庭園을 極히 淸潔하게 洒掃합시다. 以前듸로 하지 말고, 室內의 모든 세간을 다 搬出하야 塵埃를 佛하고 걸네로 拭하고 曝陽하고 室內를 구셕구셕이 洒하고 掃하고, 更히 庭內에 一纖 汚穢가 업도록 洒하고 掃합시다. 그러면 우리 先祖쯰셔 깃버하시지 안이하오릿가.」

「깃버하실 것이외다」 하고 拍手.

「또 우리가 先祖쯰 奉흔 飮食은 淸潔하여야 죠켓습닛가, 不潔히하여야 죠켓습닛가.」

「淸潔히하여야 죠켓습니다.」(1916.12.7.)

「毋論이올시다. 俗談에도 祭메에 머리터럭이 잇스면 그 子孫에게 殃禍가 온다 하옵니다. 先祖쯰 奉하는 飮食은 가쟝 淨潔하여야 될 것이외다. 그런데 飮食이 淨潔하랴면 무엇이 要件입닛가.」

「原料가 淨潔ㅎ여야 ㅎ오.」

「그 담에는?」

「飮食 만드는 사람이 淨潔히야지오.」

「쏘 그 다음에는?」

「부엌과 器皿이 淨潔히야지오.」

「올습니다. 그러나 여러분네宅의 부엌이 淨潔ㅎ오닛가. 부엌보 우에 몬지가 싸히지 안이ㅎ고,* 바로 밥솟 우에 거미줄이 잇지 안이ㅎ고, 부엌 바닥에 더러운 흙과 무엇 썩은 것이 잇지 안이합닛가. 쏘 물을 三四日式이나 묵여서 썩은 냄시가 나지 안이ㅎ며, 여러분네 食刀에 더러온 록이 쓸고 食刀 자루에 손쌔와 고기 피가 뭇지 안이ㅎ엿습닛가. 여러분의 食床 밋흘 一年에 幾次나 洗木합닛가. 果然 여러분네 부엌은 淸潔ㅎ노라고 壯談ㅎ시겠습닛가. 壯談ㅎ시거던 擧手ㅎ십시오.」

「보십시오. 여러분은 擧手ㅎ지 못ㅎ십니다. 그러면 그런 陋醜흔 데셔 여툰 飮食을 先祖끠셔 흠양ㅎ심즉 합닛가, 여러분은」

「그리도 못 먹습지오.」

「웨요?」

「더러워셔.」

「올습니다. 그러나 여러분네 부엌에 飮食을 여투는 婦人네는 一生에 몃 번이나 沐浴을 ㅎ십닛가. 失禮의 말슴입니다마는 만일 여러분이 그네의 몸을 보시면 「에그 더러워」 ㅎ도록 쌔가 잇슬 것이외다.」

「참 그러겟지. 그럴 터이야.」

「쏘 여러분의 몸은 엇더ㅎ심닛가. 지난 녀름에 압 기쳔에 沐浴흔 지가 발셔 半年이나 지낫삼니다. 남들은 사흘에 한번식 沐浴을 ㅎ야도 오히려 醜ㅎ다 ㅎ는듸 여러분은 半年이나 沐浴을 아니ㅎ셧스니 淨ㅎ겟습닛가 醜ㅎ겟습

---

* 원문에는 '안이흘'로 되어 있다.

닛가.」

「淨ᄒ다고는 못ᄒ겟셔요」 ᄒ고 셔로 돌아보고 우스며 或 팔도 거더 보고 남의 손도 본다.

「그러면 그 더러온 몸으로 차린 飮食을 先祖긔 맛나게 잡슈시겟슴닛가.」

「그러치마는 이 겨울에 沐浴을 엇더케 ᄒ겟슴니가.」

「여러분은 沐浴ᄒ 수만 잇스면 ᄒ시람니가.」

「하고말고요. 뉘가 ᄶᆞ를 ᄭᅵ기를 조와ᄒ겟닛가.」

「그런 醜ᄒᆫ 데셔 여튼 飮食을 奉ᄒ기를 罪悚ᄒ게 알지 안이ᄒ심닛가.」

「알고 보니 果然 우리 부억은 醜합니다.」

「그것 보십시오. 그러면 우리는 寒食 飮食을 여투기 前에 먼져 부억 淸潔을 ᄒ여야 되겟슴니다. 여러분 싱각에 엇더ᄒ심닛가.」

「올삼닏다. 淸明前늘 家内에 大淸潔을 ᄒ기로 합시다. 室内나 마당이나 부엌이나 器皿이나 왼통 大淸潔을 ᄒ기로 합시다」 ᄒ고 滿場이 贊成ᄒ고 熱心ᄒ 빗이 顔色에 보이다.(1916.12.8.)

會長은 미오 滿足ᄒ게 群衆을 돌아보더니,

「그만ᄒ면 여러분은 淸潔ᄒᆯ 슈 잇는 듸로 잘 淸潔ᄒ신 줄 알으십닛가.」

「그밧게 ᄯᅩ 무엇이 잇슴닛가.」

「여러분, 여러분ᄭᅴ셔는 져 全身에 헌듸가 나고, 머리에 이가 쓸코, 째무든 누덕이를 입고, 코를 흘리고, 손에 째씹더기가 안즌 婦人네가 飮食을 만들면, 그것을 달게 잡수시겟슴닛가.」

「에크, 그것을 엇더케 먹어요?」

「왜 못 잡수셔요?」

「더러워셔, 아니쇼워서!」

「올슴니다, ᄯᅩ 여러분은 그러ᄒᆫ 사름이 食床을 들어가다 勸ᄒ면 달게 잡수시겟슴닛가.」

「그러면 좃습늬다. 늬가 沐浴湯 하나를 지을 터이니 여러분은 各各 물을 깃고 나무를 當ㅎ겟습닛가. 沐浴湯에는 婦人湯과 男子湯을 가르고, 더욱 男女의 別을 嚴히 ㅎ기 爲ㅎ야 今日은 男子, 昨日은 女子 이 모양으로 하로 건너 콤 번갈아 沐浴ㅎ기로 ㅎ면 엇더켓습닛가.」

「그럴진딘, 게셔 더 조흔 일이 업습늬다.」

「그러면 淸明 前日에는 우에 作定흔 것을 다 行ㅎ시겟습닛가.」

「ㅎ고 말고요. 沐浴 갓흔 것은 淸明 前日만 아니라, 아모 쌔나 外國사룸 모양으로 二三日에 한번式이라도 조켓습듸다.」

「올습늬다. 何必 淸明 前日이겟습닛가. 一年 늬늬 아모쌔나 ㅎ시면 죠켓습늬다.」

「그러치오. 沐浴이야 자죠 홀스록에 좃습지오. 늘 ㅎ게 되엇스면 죠켓습늬다.」

뭇 샤룸은 놀닌 드시 잠잠ㅎ다.

「여러분 沐浴을 늘 ㅎ여야 될 것과 갓치 淸潔도 늘 ㅎ여야 될 것이외다. 病의 大部分은 不潔흔 데셔 납늬다. 더구나 부억이 不潔흔 것은 病을 養成홈이나 다름업습늬다. 故로 衛生에 第一要件은 淸潔이외다. 그쑌더러 體面으로 보더라도 醜흔 것쳐럼 羞恥흔 일이 어듸 잇겟습닛가. ㅎ닛가 날마다 室內와 마당과 부억을 쓸고, 一週日에 一次式 부억 大掃除를 ㅎ고, 一年 四次式 全家 大掃除를 홈이 엇더ㅎ겟습나잇가.」

「果然 그럿소이다. 또 그것은 어렵지도 아니흔 일이외다. 그리 ㅎ기로 합시다.」

「그러면 贊成ㅎ는 쯧으로 擧手를 합시다. (擧手) 滿場一致로 可決되엿습늬다. 그러면 이는 明日부터라도 施行ㅎ겟습닛가.」 (1916.12.9.)

「집에셔들 아직 쯧을 모르니 淸明부터 實行합시다.」

「그게 좃습늬다. 그러면 淸潔에 關ㅎ야셔는 그만콤 ㅎ고, 또 한 가지 일에

되ᄒ야 對議를 ᄒ랴ᄂᄃ 여러분의 ᄯᆺ이 엇더ᄒ옵닛가.」

「좃습니다. 조흔 일이면 암만이라도 합시다.」

「여러분ᄭᅥ서 支離ᄒ여 아니ᄒ시니 그러면 한 가지 더 作定합시다. 그러나 이것은 前에 것보다 조곰 困難흔 일이외다. 困難ᄒ야도 相關 업습닛가.」

「困難ᄒ더라도 有益흔 일이면 그만이외다.」

「그러면 말삼ᄒ오리다. 여러분은 이번 淸明을 期ᄒ야 여러분의 先塋에 十本 以上의 植木을 흠이 엇더켓습닛가. 大抵 古來로 先塋에 森林이 盛ᄒ여야 그 後孫이 昌盛흔다 ᄒ엿습니다. 그런데 우리 先塋은 벌거버셧습니다. 先塋이 벌거버셧슴은 우리가 벌거버슴과 다름이 업습니다.」

「그거 困難홀 것이 업습니다. 每人 十本式이야 무엇이 困難ᄒ오릿가.」

「안이외다. 여러분ᄭᅥ서 아직 經驗이 업스시닛가 그것을 容易ᄒ게 녁이십니다. 果然 十本을 심기ᄂᆫ 容易ᄒ지만은 그 十本을 生長식이기ᄂᆫ 困難ᄒ옵니다. 그럼으로 植木ᄒᄂᆫ 데도 土質과 苗木의 選擇이며 肥料法, 害虫 驅除法 等 여러 가지 學問이 잇습니다. 그러닛가 여러분ᄭᅥ서 植木만 ᄒ신다 ᄒ면 계가 그 學問을 보고 여러분ᄭᅴ 모든 方法을 알너드리겟습니다.」

「참 좃습니다. 그러면 이번 淸明에는 斷定코 實行ᄒ기로 합시다. 先塋에 森林이 成ᄒ면 얼마나 外觀이 됴흘ᄂᆫ지 모르겟습니다.」

「毋論이올시다. 그러나 森林의 利益은 그ᄲᅮᆫ이 아니외다. 仔細흔 말삼은 次次 알외려니와 爲先 大綱을 말삼ᄒ오리다. 첫ᄌᆡ 家屋, 橋梁의 材木이외다. 只今 우리 洞中에ᄂᆫ 家屋을 新成造ᄒ랴도 材木이 업습니다. 제 집은 百餘年前에 지은 것인ᄃᆡ 이 기둥과 보가 다 뒤山에서 찍은 계라 합니다. 그ᄯᅥ에ᄂᆫ 山이란 山에ᄂᆫ 森林이 鬱茂ᄒ야 材木과 火木이 極히 豊富ᄒ엿습니다. 그런데 百餘年來 森林을 貴重홀 줄을 모르고 濫伐흔 結果로 이러케 山이란 山은 다 赤禿ᄒ게 되엿습니다. 그리셔 이제ᄂᆫ 집을 지으랴도* 材木이 업셔 못 짓게

* 원문에는 '지으랴고'로 되어 있다.

되고, 풀집과 풀샥리로 겨오 밥을 지여먹게 되엿습늬다. 그런 苟且홀 데가 어듸 잇겟습닛가.

둘직는 水旱에 關係가 잇슴이외다. 森林이 잇스면 大雨가 와셔 물이 만히 나더라도 森林의 根이 欝結ᄒ야 沙汰가 안이 나고, 또 長久히 旱ᄒ더라도 木根이 水를 貯藏홈으로 川流가 渴ᄒ지 안이합늬다. 우리 洞前에 져 귀천도 녯늘 上流에 森林이 茂盛홀 時에 水量이 多ᄒ고 또 마르지 안이ᄒ야 小船이 溯航ᄒ엿다 ᄒ며, 또 져러케 沙汰가 나셔 田畓을 害홈이 업셧습늬다. 故로 且 水利를 爲ᄒ야셔도 各國이 極力ᄒ야 森林을 保護합늬다.」(1916.12.14.)

「其次에는 風致외다. 洞中에 樹木이 업스면 그 洞中은 極히 殺風景ᄒ여 보이고 貧窮ᄒ야 보입늬다. 萬一 吾洞 前後山과 洞中 空地와 各家의 後園에 樹木이 鬱蒼ᄒ면 그 얼마나 風致가 잇겟습닛가.」

「또 놀나온 일은 沿海의 漁産과 森林에 大關係가 잇습늬다. 山에 森林이 업셔 大雨에 沙汰가 나셔 江河가 荒濁ᄒ면 魚族이 繁殖치 못혼다 ᄒ옵늬다. 故로 우리 西海岸에 漸漸 魚族이 減ᄒ야 漁業이 衰홈은 全혀 이 쩍문이외다.」

「最後에 植木은 大利 相關이외다. 假令 紫草 百束 뷔는 곳이면 樹木 千餘株를 可植홀 것이니, 百束에 每束 十錢이라 ᄒ면 十圓에 不過홀 것이 千株면 每株 一圓 치면 一千圓에 上홀 것이외다. 毋論 紫草는 每年 뷔는 것이라 ᄒ지만은 樹木 相當혼 年齡에 達혼 後에는 每年 枝葉을 火木으로 쓸 수 잇습늬다. 故로 吾洞 前左右 赤禿혼 山森林이 盛혼다 ᄒ면 吾洞은 그것만으로 現今의 數倍ᄒ는 富를 得홀 슈 잇습늬다. 우리는 돈을 貴히는 ᄒ면셔도 앗가운 돈 될 것을 그듸로 묵이는 것이외다.」

「더구나 向陽혼 山阪이면 果樹를 栽培ᄒ면 每一株에 一二圓의 利益을 每年 收홀 수 잇습늬다. 여러분 植木의 必要가 얼마나 큼닛가.」

「그러면 今年부터 始作합시다.」

「그렇게 急히는 안이 되는 것이니, 今年에는 各各 先塋에다가 十本式 植ᄒ

기로 ᄒ고 從此로 植木에 힘을 씁시다.」

一同은 모다 滿足ᄒ야 셔로 도라보고 웃는다. 會長은 다시 말을 니어

「자 이졔는 閉會합시다. 우리는 今會에 죠흔 決定을 만히 ᄒ엿슴니다. 그러나 決定이 貴흔 것이 안이라 決定흔 바를 施行ᄒ는 것이 貴ᄒ니, 今日에는 期於코 實行ᄒ기로 합시다. (拍手) 그러코 餘興으로 ᄯᅩ 幻燈을 구경합시다.」

因ᄒ야 幻燈이 映寫되니 쳐음에 諸外國의 庭園과 家屋과 室内와 부억 等이라. 一同은 그 華欄ᄒ고 淸潔홈에 一驚을 喫ᄒ고, 其次에는 不潔흔 處에 生ᄒ는 各種 病菌이니 우리 不潔흔 庭除와 부억과 室内에는 如此히 戰慄할 만흔 各種 惡病菌이 들쓸는다는 會長의 說明에 再次 喫驚啞然ᄒ고, 其次에는 各國의 鬱茂흔 森林의 美景이오, 最後에는 依例히 各山에 森林이 鬱茂ᄒ고 後園에는 果樹가 滿裁ᄒ고 善良흔 材木으로 建築흔 家屋의 外觀과 淸潔ᄒ고 整備흔 室内를 보임이외다.

一同은 更히 一齊히 拍手ᄒ고 懇懇ᄒ게 셔로 敬禮흔 뒤에 各各 新理想과 新決心을 품고 집에 도라갓슴니다.

第六章 第二會 例會

會長은 淸明 前日에 가만히 洞内를 巡行ᄒ엿쇼. 會員들은 熱心으로 마당을 쓸고 家具에 몬지를 떨며, 婦人네 手巾을 쓰고 부억 掃除를 行ᄒ오 頑固흔 父老들도 이러케 家内를 淸潔케 ᄒ는 딕는 大反對는 안이ᄒ얏나 보오. 會長은 만나는 딕로 會員에 致賀를 ᄒ고, 自己도 집에 돌아와 몸소 家族을 데리고 大掃除를 行ᄒ며 山에 가셔 淨潔흔 黃土를 파다가 부억과 庭内에 폇소. 다른 會員들도 그와 ᄀᆞ치 庭内와 부억에 黃土를 폇소 이리ᄒ야 四五十戶는 全혀 싀로온 집이 되얏쇼. 모든 家族은 다 滿足ᄒ엿쇼. 以後에도 늘 이러케 ᄒ리라 ᄒ얏쇼.(1916.12.15.)

그날 져녁에 會長의 家側에 新設흔 沐浴湯에셔 今日 家屋을 掃除흔 靑年들

이 入浴ᄒ엿소. 비누와 齒紛과 手巾은 全部 會長이 贈與ᄒ엿소. 一同은 더운 물에서 실컨 쌈을 ᄂᆡ고 ᄯᅢ를 싯코 머리를 감고 양치를 ᄒ엿소. 그러고ᄂᆞᆫ 늘근 옷을 버셔바리고 ᄉᆡ옷을 갈아입엇소. 一同은 저마다 「神仙된 것 같다」ᄒ엿소. 沐浴後에 會長은 酒瓶을 供饋ᄒ고 沐浴과 健康과의 關係가 密接ᄒ음을 更說ᄒ고, 明日에ᄂᆞᆫ 힘써 植木ᄒ기를 勸奬ᄒ얏쇼. 一同은 모다 滿足ᄒ야 歸家ᄒ야 家族에게 沐浴의 妙味를 傳ᄒ얏소. 或 嘲笑ᄒᄂᆞᆫ 者도 잇스나 大部分은 「나도 ᄒ엿스면」ᄒ엿쇼. 翌日 靑年들은 會長이 가ᄅᆞ쳐준 ᄃᆡ로 先塋과 屋邊에 植木을 ᄒ얏소. 「언제나 日前 幻燈에셔 보던 外國村과 ᄀᆞᆺ치 될고」ᄒ면셔 植木ᄒ엿쇼. 會長은

「始作이 半입닏다, ᄒ면 暫間이지오」ᄒ엿쇼.

三月 一日에 第二回 例會가 열렷소. 會長이 劈頭에 「지난달에 우리가 作定ᄒ 것은 참 滿足ᄒ게 實行되얏습ᄂᆡ다. 諸君의 誠力은 感謝無比ᄒ옵ᄂᆡ다. 願컨ᄃᆡ 百年이 一日 ᄀᆞᆺ치 只今 決心을 變ᄒ지 말고 期於코 우리의 目的을 達ᄒ옵시다」ᄒ며 滿場에 拍手聲이 한참은 쉬지 안이ᄒ얏쇼.

「그런데 우리ᄂᆞᆫ 이졔 三月을 當ᄒ얏스니 ᄯᅩ ᄒᆞᆫ 일을 ᄉᆡ로 作定ᄒ여야 ᄒ겟습ᄂᆡ다. 그러나 이 일은 地極히 어려운 일이외다. 우리 압길에ᄂᆞᆫ 이러ᄒᆫ 어려온 일이 만히 잇습ᄂᆡ다.」

「아모리 어려온 일이라도 ᄒᆞᆯ 슈만 잇ᄂᆞᆫ 일이면 ᄒ겟습ᄂᆡ다.」

「깃붑ᄂᆡ다. 그러케 勇敢ᄒᆫ 대답을 들으니 참 깃붑ᄂᆡ다. 그러면 말슴ᄒ오리다.」

「우리 二十代 先祖ᄭᅴ 이 ᄯᅡ에 들어오신 지가 于今 三百年이외다. 그 동안 우리 一門은 近千戶나 繁延ᄒ엿고 一國一鄕에 所聞난 偉人도 여러 분 나셧습ᄂᆡ다. 우리 門中은 本鄕內에셔 가쟝 兩班집으로 待接을 바다 오고 人物노나 才知로나 財産으로나 恒常 남의 우에 잇셔왓습ᄂᆡ다. 저 松影齋에ᄂᆞᆫ 거의 七八道 션븨가 우리 十一代祖되ᄂᆞᆫ 어른의 敎育을 바드려고 모혀들엇던 ᄃᆡ외

다. 우리 門中에는 榮光스러온 紅牌와 白牌가 거의 數十張에 達합닉다. 限 四十年前에는 우리 門中에 縉紳 十餘名이 同時에 生存하얏습닉다. 그째에 우리 村中 압흐로 지나는 者는 말을 누리고 우리 村中은 온世上의 羨望과 尊敬의 標的이 되얏셧습닉다. 우리는 婚姻을 호대 오직 一流家門만 擇ᄒ야 ᄒ고 우리 村中의 舍廊에는 一流名士만 모혓셧습닉다. 그째에 우리 村中은 적은 서울이란 別名을 듯도록 一流名士가 만코 모든 禮儀凡節이 燦然하엿셧습닉다. 우리 門中은 집 빗나는 門中이 잇셧습닉다. 여러분 우리는 이러ᄒ던 祖上의 子孫이외다. 엇덧습닛가.」

「깃봅닉다. 참 깃봅닉다.」

「깃버ᄒ는 것이 맛당ᄒ외다. 그러나 여러분 여러분쯰셔는 깃버ᄒ 시기를 긋치고 가삼을 치며 慟哭ᄒ셔야 합닉다. 여러분쯰셔는 그 싯닭을 압닛가.」

「무삼 싯닭이오닛가, 우리는 그 싯닭을 모릅닉다.」

「우리 門中은 이제야 샹놈이 되엿습닉다. 至極히 姓名 업는 샹놈이 되엿습닉다. 여긔 모혀 안즌 우리네는 다 샹놈들이외다.」(1916.12.16.)

「외 그릭오? 외 우리가 샹놈들이야요?」

「싱각ᄒ시면 알닉다. 지금 우리 門中에 누가 남에게 稱讚밧고 尊敬밧는 사름이 잇슴닛가. 누가 所謂 번젹ᄒ게 出入ᄒ는 사름이 잇슴닛가. 누가 우리 祖上 모양으로 여러 百名 션빅의 先生이 되는 이가 잇슴닛가. 우리들의 舍廊門에는 거미줄이 걸넛습닉다. 松影齋 마당에는 다람쥐가 깃을 들입닉다. 우리 門中에 어른들은 다 無識ᄒ고 兒孩들은 모다 樵童 牧童이 되얏습닉다. 우리 門中에셔 나날이 爭鬪 아니나는 날이 업고 叔侄弟兄間에 셔로 訟事ᄒ고 反目합닉다. 우리 門中에 슐장ᄉ가 三戶요 노름군이 數十餘名이외다. 우리 門中에 婦人네들은 져 샹놈들의 婦人네와 갓치 「이년, 져년」 ᄒ고 辱說ᄒ고 다톱닉다. 甚至어 우리 門中에셔는 돈을 밧고 쌀을 팔고 돈을 주고 며느리를 사는 者싯지 싱겻습닉다. 아 ― 이러ᄒ 門中이 샹놈의 門中이 아니고 무엇입닛가. 여러분 제 말이 거즛입닛가. 거즛이거면 이 혀를 베십시오」

「果然 그럿슴늬다. 그러케 되엿슴늬다.」

「이제사 누가 우리 舍村을 兩班이라 ᄒ겟슴닛가. 또 우리가 엇지 兩班이라고 自處ᄒ겟슴닛가. 우리는 그만이야 샹놈이 되고 말엇슴늬다.」

「외 이럿케 되엿슬가요. 不過 四五十年間에?」

「四五十年間이 안이라, 不過 十五六年間에 이러케 되엿슴늬다. 졔가 한 例를 드오리다. 져 京畿道에 某村이 잇슴늬다. 五百年來 샹놈으로 賤待밧던 村中이외다. 그런데 그 村中은 一等 兩班村이 되엿슴늬다. 卽 그 村中에는 世上에 出入ᄒ는 人物이 만히 싱기고, 禮節凡百이 燦然ᄒ고, 사름마다 글 모르는이가 업고, 村中에 新造흔 瓦家가 櫛比ᄒ고, 宴禮에는 數百名 名士가 모히고, 車에 一等을 타는 者가 十餘人이오 二等을 타는 者가 三十餘人이오, 우리 十一代祖와 ᄀ흔 여러 션비의 先生된 이가 二三人이외다. 그 사름네가 어듸를 가면 新聞에서도 이 말을 傳합늬다. 여러분 이 村中이 兩班村입닛가 아닙닛가.」

「兩班村입늬다. 그러면 참 兩班村입늬다.」

「그럿슴늬다. 그런데 이 兩班村은 十八年間에 되얏슴늬다. 卽 至極흔 샹놈으로서 十八年間에 至極흔 兩班이 되얏슴늬다. 그와 反對로 우리는 至極흔 兩班으로써 十八年間에 이러케 至極흔 샹놈이 되엿슴늬다. 참 異常합늬다.」

「참 異常흡늬다. 엇더케 그러케 兩班이 되었셔요?」

「녜 말삼ᄒ오리다. 兩班되고 샹놈되는 길이 꼭 한 곳에서 갈립늬다. 卽 時勢를 따르는 者가 兩班이 되고 時勢를 거슬이는 者가 샹놈이 되는 것이외다. 科擧를 重히 녀기던 時代에서 兩班이 되랴면 四書五經과 詩賦表策을 잘 工夫ᄒ여야 될 것이외다. 우리 祖上은 果然 秘訣을 알앗슴늬다. 그릭셔 남들이 다 가만히 잇슬 젹에 熱心으로 門中子弟에게 四書五經을 敎ᄒ고 詩賦表策을 獎勵ᄒ얏슴늬다. 이리ᄒ야 先生이 나고 大科及第가 나고 高官大爵이 나셔 우리들 子孫들ᄭ지도 兩班行世를 ᄒ게 된 것이외다. 만일 우리 祖上네가 져 黃氏

네 祖上과 갓치 그 즐을 모르고 그져 먹기나 ㅎ고 닙기나 ㅎ리 ㅎ여 四書五經을 빈ㅎ지 안이ㅎ 엿던들, 우리ㄴ 져 黃氏네와 갓치 아죠 凋殘無餘ㅎ엿슬 것이외다. 그러나 多幸히 우리 祖上은 先見之明과 斷行ㅎㄴ 勇氣가 잇셧슴므로 이러케 兩班이 되엿던 것이외다.」(1916.12.17.)

「그런데 時勢가 變ㅎ엿슴니다. 科學制가 廢ㅎ고 四書五經으로 立身出世ㅎ던 時代가 지낫슴니다. 只今 科學ㄴ 大學卒業이외다. 法律, 經濟, 商業, 工業, 農業, 文學 等 모던 專門을 學홈이외다. 以前에 科擧ㅎ 사룸이 곳 立身出世ㅎ던 모양으로 只今은 大學校 卒業ㅎ 샤룸이 곳 立身出世ㅎ옵니다. 以前 及第 만흔 門中이 兩班門中이던 모양으로 只今은 學士 博士 만흔 門中이 兩班門中이외다. 앗가 말삼들인 京畿道 某村에ㄴ 銀行 支配人이 四五人이오, 商店 主人이 二十餘人이오, 工場主人이 四五人이오, 官吏가 十餘人이오, 農場 經營者가 四五十人오, 辯護士가 三人이오, 牧師가 二人이오, 醫師가 三人이외다. 그리고 그 洞民은 無識ㅎ 者가 없슴니다. 婦人네시지도 新聞과 書籍을 보며 遊民은 一人도 업슴니다. 卽 이 洞中은 時勢를 從한 것이외다. 우리ㄴ 時勢를 逆ㅎ 것이외다. 만일 우리가 이대로만 가면 不過 四五十年에 全혀 샹놈이 되고 말 것이외다. 여러분 엇더케 싱각ㅎ십닛가. 우리의 子孫은 그만 샹놈이 되고 말 것입닛가.」

「엇더케 ㅎ면 좃슴닛가. 참 우리ㄴ 상놈이 되엿슴니다그려.」

「여러분은 兩班되기를 願ㅎ십닛가.」

「毋論입니다.」

「그러면 兩班될 수 잇슴니다. 卽 時勢를 싸르면 兩班이 됨니다. 우리가 지나간 二個月間에 實行ㅎ 것도 이를 爲홈이외다. 그러나 兩班되기에 第一 緊要ㅎ 條件이 잇슴니다. 그런데 그 條件이 第一 어려운 條件입니다. 이 條件만 實行ㅎ면 우리 祖上이 일즉 兩班이 된 모양으로, ㅅ또ㄴ 京畿道 某村이 兩班이 된 모양으로 우리ㄴ 다시 兩班이 될 슈 잇슴니다.」

「그게 무엇입닛가.」

「다름이 안이라. 新式 四書五經을 子女에게 가른 침이외다. 兒孩들씌 新敎育을 施홈이외다. 자, 여러분 압 停車場에셔 車를 타면 돈 한 푼 안이 들고 邑內 普通學校에 通學홀 수 잇슴니다. 이 달부터 子女들을 學校에 보닙시다. 그리고 普通學校를 卒業시긴 뒤에는 高等普通學校, 高等普通學校를 卒業시긴 뒤에는 專門學校에 보닙시다. 이것이 兩班되는 唯一의 秘訣이외다. 이 子女들이 專門 學校들을 卒業ᄒ는 날 卽 十二年後에는 우리 門中은 다시 四十年前의 繁華를 恢復홀 것입니다. 여러분 엇더케 싱각ᄒ십닛가.」

「올슴니다. 보닛겟슴니다.」(1916.12.19.)

「우리 門中이 이제는 녯날 榮華가 업고 다 衰殘ᄒ려 홀 째에 다ᄒᆡᆼ히 祖上 끠셔 感謝ᄒ사이 判事를 주셔셔 이러케 衰殘되는 門中을 復興ᄒ려 ᄒ니, 나 갓치 늙은 놈이 도로혀 절을 ᄒ여야 올켓소 또 그ᄃᆡ들이 이 判事의 말을 들어 이러케 힘써 도ᄒᆡ니 아마 우리 門中은 復興ᄒ기 의심 업나보오. 나도 한 會員으로 이로부터 會의 決議를 尊守홀 터이오.」

一同은 모두 感激ᄒ야 거의 눈물이 흐를 번ᄒ 얏쇼 이째에 會長이 일어나며

「이런 깃분 일이 업슴니다. 이로부터 會務를 處理합시다. 첫직 兒孩들 學校에 보니는 일은 엇지 되엿슴닛가. 今月 五日이 開學日字이니 速히 交涉ᄒ 여야 ᄒ겟슴니다.」

「四月부터 新學期가 始作되니 이달 안에 學校에 보닐 作定만 ᄒ고 四月初 生부터 보니기로 합시다. 入學交涉과 車票交涉은 졔가 힘것 ᄒ겟슴니다.」

「그러나 아모리 汽車가 잇다 ᄒ더릿도 洞中 兒童을 다 上學ᄒ기가 不便ᄒ 니 從此로 本洞內에 普通學校를 셰워야 홀 것이올시다. 本洞 七歲 以上 十二 三歲의 兒童만 ᄒ야도 男女를 合ᄒ면 三百餘名에 達홀 것이니 넉넉히 한 學 校를 만들 것이외다. 우리는 힘써 本洞內에 學校를 設立ᄒ도록 ᄒ여야 ᄒ겟 슴니다.」

滿場에 拍手聲이 일어나오. 會長은 會務가 잘 進行홈은 會員 一同의 熱心임을 賀호고 例를 싸라 幻燈會를 開호엿소. 幻燈에는 各國 小中大學校의 巍峨혼 校舍와 運動場에 少年男女가 活潑호게 運動호고 遊戲호는 樣과 早朝에 三三五五히 쩨를 지어 學校로 가는 景況 等이오. 그 少年男女들의 快活혼 容模와 가든호고 씩씩혼 챠림챠림과 勇敢혼 行動이 미우 一同의 마음에 드는 모양이오. 最後에 京畿道 某村의 櫛比혼 모양과 學校와 圖書館과 會堂 等을 보여 一同의게 多大혼 感動을 주고, 會長의 「決心코 우리 洞中을 文明혼 洞中으로 化호고야 맙시다」 호는 決心 잇는 말로 會를 마첫소.

第七章 第三回 例會

四月 一日에 第三回에 第三回 例會를 開호엿소. 同會에 會員 十餘名이 늘어 都合 五十餘名이 出席호엿소. 特히 注目홀 것은 財産과 年齡과 德望으로 洞內 人民의 敬仰을 밧는 金議官이 出席홈이오. 會長은 無限히 그 好意를 賀호고 請호야 上席에 안첫소. 會議官은 비록 時勢가 變호야 出入의 途가 막혓스나 十四五年前신지도 郡內 一流人士로 社會의 敬仰을 밧던 이오. 또 門中에셔 行列이 놉고 德行이 잇슴으로 一門의 尊敬을 밧쇼. 會長은 이러케 有力혼 贊助員을 어듬을 無上히 깃버호야 開會初에 極히 溫恭혼 語調로

「우리 會는 福이 만삼닉다. 우리 어린 무리의 精誠이 이르랴나 봅닉다. 오날 져녁에 우리 尊敬호는 大夫씌셔 이러케 枉臨호시고 將次도 우리를 指導호려 호시니 우리 會는 이졔로부터 無限혼 힘을 엇겟습닉다. 쟈, 우리는 이 感謝호고 깃분 뜻을 表호기 爲호야 一齊히 우리 六夫씌 졀을 호옵시다.」 호고 會長이 먼져 俯伏호니 一同이 一齊히 俯伏호오. 金議官이 졀을 밧고 일어나 極히 感動된 어조로(1916.12.20.)

「우리 同生들은 學校에 보닉기로 호엿쇼」 호고 한 靑年이 말혼딕, 또 한 靑年이

「늬 族下와 同生은 學校에 가기로 되엿쇼」ᄒ고 ᄯᅩ 한아이

「나ᄂᆞᆫ 아모리 말삼들여도 父母ᄭᅴ셔 許諾을 안이ᄒᆞ십늬다.」ᄒ고 미우 不平ᄒᆞᆫ 模樣. ᄯᅩ 한 靑年이 快活ᄒᆞ게

「우리 집에셔ᄂᆞᆫ 兒孩 다섯을 다 보늬기로 ᄒᆞᆼ엿늬다. 계집이들ᄭᅡᆯ지. 쳐음에ᄂᆞᆫ 못 ᄒᆞ리라고 ᄒᆞ시더니, 한 들을 두고 들엇더니 마참늬 父母ᄭᅴ셔 그러쟈 ᄒᆞᆼ십데다.」

會長이 미우 靑年의 義氣를 感激ᄒᆞ야

「참 感謝ᄒᆞ외다. 그러케 精誠으로 ᄒᆞ시면 무삼 일이야 못ᄒᆞᆼ겟습닛가.」

이ᄶᅢ에 엇던 가난ᄒᆞᆫ 듯ᄒᆞᆫ 靑年이

「나도 늬 同生을 學校에 보늬겟습늬다. 父母ᄭᅴ셔ᄂᆞᆫ 나무를 ᄒᆞ여 오라고 ᄒᆞ시나 늬가 그 아이 代身으로 일을 곱ᄒᆞ오리다 ᄒᆞ고 보늬게 되엿습늬다.」

이 靑年은 實로 朝飯夕粥도 未由 한 집 靑年이오. 이 靑年은 自己집이 하도 貧寒ᄒᆞ야 一門中에셔도 相當히 待遇치 안이홈 을 慨歎ᄒᆞ야 恨死코 同生을 工夫를 시기랴고 決心ᄒᆞᆫ 것이오. 그 父親은 술만 먹고 일이라고ᄂᆞᆫ 當初에 안이ᄒᆞᆼ고 집에 들면 子女들만 칙ᄒᆞᆫ는 사름 이오 이 靑年이 두 곱일을 ᄒᆞᆷ마 ᄒᆞ고 그 同生을 學校에 보늬기로 홈은 참 全會員을 感激케 ᄒᆞᆼ엿소. 會長 以下로 다 혀를 터럿쇼.* 이ᄶᅢ에 議官이

「네 同生은 늬가 工夫를 시겨 쥬겟스니, 너ᄂᆞᆫ ᄯᅩᄒᆞᆫ 同生의 工夫를 시겨라. 그러고 나ᄂᆞᆫ 늬 집에 잇ᄂᆞᆫ ᄋᆞ희들을 죄다 學校에 보늬겟쇼」ᄒ고 눈에 눈물이 보이오. 金議官은 아들이 三兄弟, 三兄弟가 各各 長子ᄂᆞᆫ 六男妹, 其他 曾孫이 六七人이오. 그中에 十五歲 以上을 除ᄒᆞ니 學齡兒童 總數가 無慮 十五人이오. 이에 會長이

「그러면 學校에 보늬기로 作定ᄒᆞᆫ 兒孩가 總히 四十名이외다. 이만 히도 깃브기ᄂᆞᆫ 합늬다만은. 졔가 그 동안 우리 洞中의 學齡 兒童數를 알아보니 왼통

---

* 혀를 털다. '혀를 내두르다'는 뜻의 북방 방언.

三百五十六人입데다. 三百五十六人이 通學을 ᄒ여야 ᄒᆯ 터인데 이졔 겨오 四十名이니 十分之一에 不過합니다. 그러나 멀어도 明年에는 우리 洞中에 學校가 셔도 三百五十六人이 모다 通學ᄒᆯ 슈가 잇슬 줄 밋습니다. 아모러나 이 四十名만 新敎育을 밧고 나더라도 우리 門中은 面目이 一新ᄒᆯ 것이다. 그 前에도 말삼들인 法ᄒ거니와 모든 文明國에서는 男女를 勿論ᄒ고 總히 小學校를 卒業ᄒᆯ 義務가 잇습니다. 그럼으로 그 나라에서는 小學校 卒業證이 업는 사름은 남의 집 雇傭되기도 法律이 許ᄒ지 안이합니다. 이와 갓치 우리 洞中에서도 男女를 勿論ᄒ고 少不下 小學校를 卒業치 안이ᄒᆫ 者가 업도록 ᄒ여야 ᄒ겟습니다.」

一同의 얼골에는 決心의 싴이 보이고 이윽고 會長이 다시 닐어

「이졔는 四月內에 할 일을 作定합시다. 누구시나 죠흔 싱각이 잇스시거던 말삼ᄒ시기를 바람니다.」(1916.12.22.)

「會長끠셔 먼져 말삼ᄒ십시오.」

「네, 그러면 졔가 두 가지를 提出ᄒ겟습니다. 첫지는 움물을 침이외다. 우리 洞中 우물이 淨합닛가, 不淨합닛가. 毋論 不淨합니다. 井水는 우리가 一時도 업지 못ᄒᆯ 것이외다. 그런듸 井水가 不淨ᄒ면 身病이 나기가 쉽습니다. 그런듸 우리 움물에는 四方으로 더러온 물이 모혀들고 움물 밋테는 나뭇입 풀입히 싸어셔 썩습니다. 우리는 이러흔 더러온 물을 먹고 삽니다. 外國셔는 움물을 三十餘尺이나 깁게 파고 四方을 灰로 다져셔 더러운 물이 들지 못ᄒ게 ᄒ고, 또 움물 우에 집을 짓거나 움물 둑긔를 덥혀 塵埃가 들지 못ᄒ게 합니다. 우리도 將次는 그러케 ᄒ여야 ᄒ려니와, 爲先 一年 少不下 二次式 此를 浚渫ᄒ고 움물가를 灰로 닷고 움물 쑤긔를 ᄒ여 덥흘 必要가 잇습니다. 엇덧습닛가.」

「죳습니다. 그리 ᄒ옵시다.」

「그러면 우리 會員이 하로 一齊히 모혀셔 일을 합시다. 그런데 灰 와 材木

은 제가 當홀 것이니 여러분쯰셔는 품만 닉시면 좃습늬다.」

이 말을 듯고 金議官이

「나는 그 날 일군들의 點心을 차리겟소」 흔딕

「참 感謝흐올시다. 그런데 우리 會員들의 움물만 츠릿가. 全洞中의 움물을
다 츱시다.」

「그러면 會員 一同이 全洞中의 움물을 다 치기로 決定되엿습늬다. 우리 會
의 第一次 公益事業이외다. 이後에도 그 精神으로 나아가시기를 바랍늬다.」
흐고 會長이 다시

「둘직는 貯金을 홈이외다. 티끌 모하 泰山이라는 俗談이 잇슴과 갓치 죠
곰흔 것이라도 쉬지 안코 모흐면 오릳동안에는 莫大흔 額에 達흐는 것이외
다. 只今 世界에 第一 貯金 만흔 나라는 丁抹*이외다. 그러므로 丁抹은 나라
는 조곰흐되 그 나라사름들은 다 富흐옵늬다. 世界 모던 나라이 다 貯金을
獎勸흐고 人民들도 貯金의 必要를 잘 아옵늬다. 우리도 녯날 貯金홀 줄을 알
앗습늬다. 門契, 學契, 重契 갓흔 것은 公益을 爲흐는 一種 共公貯金이외다. 그
런데 近來로 이 美風이 衰흐야 잇는 딕로 쓰기만 흐고 貯蓄홀 줄을 모름으로
이러케 말못되게 가난흐야젓습늬다. 이제 우리는 쇠로운 生活을 始作흐랴
는 사름 들이니 貯金흐기를 始作합시다.」

「돈이 잇셔야 貯金을 합지오. 一年 가야 한 푼 만져봇닛가.」

「네. 쇠로 만든 것만이 돈이 안이외다. 아모러흔 물건이나 다 돈이 되고,
쏘 우리 두 주먹은 놀니지만 안이흐면 黃金을 낫는 것이외다. 이제 그리 힘
들지 안이흐고 돈 만드는 法을 말삼흐오리다. 누구나 하로 세 쩌 밥은 먹지
오. 밥을 지을 쩨에 每食口의 各下에 쌀 한 슐식을 減흐야도 그리 시장흐지는
아니흐리다. 假令 一家에 네 食口 四人이 잇다 흐면 每日 열두 슐을 모흘 슈
잇고, 一個月이면 三百六十 슐을 모흘 슈 잇습늬다. 만일 우리 五十名 會員의

* 덴마크Denmark의 음역어音譯語.

全家族이 二百五十人쯤 된다 ᄒ면 씩마다 한 슐식 모흔 것이 每日에 七百五十슐, 一個月에 二萬二千五百슐, 百슐이 一升이 된다 ᄒ면(ᄌ셰히 모르거니와) 二百二十五升이오 斗로 곳치면 二十二斗 五升이오, 每斗 一圓 五十錢 치더라도 三十三圓 六十五錢이외다. 一年을 모흐면 實로 三百三十六圓 五十錢에 達흘 것이외다.(1916.12.23.)

만일 우리 全洞 三百戶가 一心으로 이러케 흔다 ᄒ면 此額의 六十倍에 達흘 것이니 六倍라 ᄒ여도 每年 近二千圓 돈이오, 二十年을 지나면 元金만 ᄒ여도 四萬餘圓이니 年二分 치고 元利를 合ᄒ면 三百八十萬 二千二百五十一圓 餘의 可驚흘 巨額에 達흘 것이올시다. 이는 決코 空想이 안이라 여러 村中에셔도 이와 비슷흔 方法으로 數十滿圓의 大貯金을 흔 實例가 不少ᄒ옵니다. 이리ᄒ야 相當흔 金額에 達ᄒ면 此를 運用ᄒ야 農場, 工場 等 有利흔 殖産事業을 起흘 수 잇스며, ᄯ 餘裕가 잇스면 學校, 病院, 圖書館, 會館, 養志院, 孤兒院, 盲啞院 갓흔 것을 設立ᄒ야 公益에 貢獻흘 수도 잇습니다. 여러분 우리는 다만 每日 每名이 쌀 세 슐식을 님으로 우리 一洞中을 文明케 흘 수 잇고 富케 흘 수 잇고 結局에는 兩班이 되게 흘 수 잇는 것이외다. 여러분의 意向이 엇더ᄒ심닛가.」

「좃습니다. 아조 쉬운 일이외다. 明日부터 實行합시다.」

「宅에셔들 反對 안이ᄒ실가요?」

「反對가 무슴 反對겟습닛가. 婦人들꾀 말만 ᄒ면 그만입지오.」

「그러면 그 쌀을 管理ᄒ는 사름이 잇셔야 ᄒ겟습니다.」

「議官大夫와 會長꾀셔 맛흐십시오 우리는 날마다 모하오겟습니다. 참 됴흔 方法이로구면.」

「오날 會는 참 圓滿ᄒ게 되엿습니다. 次會에는 아무됴록 各會員이 新會員 한 분식을 다리고 오시도록 합시다. 그리셔 今年內에 우리 洞中이 우리 會에 入會ᄒ도록 합시다. 이제는 前例ᄃ로 幻燈이 잇겟습니다.」

이에 全會員들은 自由로 오날 決定흔 것을 討論ᄒ고 希望과 喜悅의 빗이 場內에 가득ᄒ오. 幻燈에 映寫된 것은 整齊ᄒ고 外國農場과 桑園과 果園과 養蠶室 等의 光景이오. 會長은 ——히 畵에 就ᄒ야 說明ᄒ오.

「이것은 米國 大農場의 光景이외다. 米國셔는 저러케 갈고 심고 거두고 두 다리는 것을 왼통 機械로 합니다. 져긔 져 火車 ᄀ흔 이 밧가는 蒸氣機械외 다. 한 農夫가 機械를 가지고 하로 數十日耕을 耕作합니다. 이것은 桑園이외 다. 一望無際흔 것이 다 뽕나무이외다. 只今 婦人들과 女兒들이 뽕을 땁니다. 우리 朝鮮은 어듸나 養蠶에 適합니다. 養蠶을 ᄒ면 婦人 一名이 足히 每年 百 餘圓의 收入을 홀 수 잇슴니다. 우리 洞中 婦人네도 將次는 全部 養蠶을 ᄒ여 야 홀 것이외다. 이것은 果園이외다. 只今 百果가 져러케 익엇슴니다. 져 果 木 一株에 잇던 것은 年年 四五圓의 收入이 싱김니다. 우리는 앗가운 쌍을 그 져 묵여둡니다. 우리 洞中은 一大 果園을 成ᄒ여야 ᄒ겟슴니다. 그러고 이것 은 蠶室이외다. 溫度와 乾濕을 適當히 ᄒ여야 누에가 잘 發育합니다. 또 파리 나 다른 벌네가 드러가면 누에가 病이 드옵니다. 그럼으로 져러케 크게 蠶室 을 짓고 그 안에 數十房 數百房의 누에를 치는 것이외다.」

이에 幻燈이 긋낫소. 會長은 「참 깃봅니다」 ᄒ고 閉會를 宣ᄒ엿소.(1916. 12.26.)

第八章 會長의 理想

會長은 一邊 學校에 가셔 五十餘名 新入學生의 入學手續을 行ᄒ고 一邊 洞 中 少年들에게 學校에 가라는 勸誘를 ᄒ얏쇼. 四月五日에 會長은 五十餘名 新 學生을 引率ᄒ고 邑內에 가 一齊히 斷髮을 식키고 帽子를 씨운 後에 隊를 지 어 學校에 往ᄒ얏소. 此는 未曾有흔 喜事라 ᄒ야 郡守 其他 大小官吏가 出席 ᄒ야 特別히 五十餘名의 入學式을 行ᄒ얏소. 郡守는 敎育을 奬勵ᄒ는 쯧으로 此五十餘名 學生에셔 一學年間 敎科書 全部를 贈與ᄒ고, 校長은 每名卜鉛筆

二柄 洋紙 一張式을 賜호고, 其他 來賓들도 此에 倣호야 或은 金錢 或은 物品으로 彼等에게 賞給호얏소. 會長은 五十餘名 兒童을 代身호야 深厚혼 謝意를 表호고 從此로 特히 此兒童을 爲호야 盡力호기를 請호얏소. 此日에 五十餘名이 一齊히 入學혼다 호야 邑內 人民이 多數히 會集호얏다가 此光景을 見호고 모다 稱嘆不已호얏소. 聞혼則 其後 數日內에 學生 五十餘名이 更히 增加호얏다 호오. 이는 當日의 光景에 感激되야 子女를 學校에 보닉기로 作定호얏슴이오.

其後 十五日間은 日曜日을 除호고는 每日 早朝에 會長이 各戶에 巡行호면셔 學徒들의 上學準備를 催促호고, 一同이 洗首 養齒를 檢査혼 後에 몸소 學校신지 引率호고 終日 學校에서 져딕호다가, 下學後에 更히 學徒數를 點檢호야 引率호고 還家호얏소. 또 會長은 아즉 會員이 아니된 各戶로 巡行호면셔 入會호기와 子女 入學시키기를 勸勉호야 四月內에 都合 一百人의 學生을 得호얏소.

不過 二十日內에 學徒들은 父母씌 恭待호기와 長者씌 敬禮호기와 室內와 庭除를 掃除호기와 每日 쇼洗호기를 學호얏소. 그 父母네의 깃버홈은 勿論이어니와 全洞 老人들이 모두 敎育의 效力이 速現홈에 一驚을 喫호얏소.

飮料井은 全部 浚渫되야 그 淨潔호기가 山間의 泉水와 ᄀᆺ고, 또 四方을 石灰로 다져 汚水의 侵入을 防호고 井盖를 設호야 塵埃의 入홈을 防호얏소. 作定혼 날 會員 一同이 洞內 二十餘井을 浚渫홀 식, 쳐음에는 엇진 영문을 모르고 傍觀호던 者도 次次 그 未擧임을 解호야 每戶 一人式 出호야 助力호얏소. 其後에 石灰와 井盖 材料를 義損혼 會長과 議官에게도 個人 個人 만나는 딕로 謝意를 表호얏소. 兩朔間 五十餘戶의 室內와 부억과 庭除의 淸潔홈에 感化되야 會員 안인 家庭에셔도 不識不知에 淸潔을 施行호게 되얏소.

더욱 奇異호게 洞民의 눈에 보인 것은 五十餘名 會員의 言行이 前보다 卒變호얏슴이오. 父母나 長者를 對호야셔는 至極히 恭順호고 兒童에게 對호야셔는 至極히 仁慈홈이오. 前에는 兒童을 對호야 無益혼 戲謔을 일삼아 兒童에게 精神上 言行上 大害를 貽호더니, 只今은 다 어른의 體面을 保호야 兒童에 對호야 仁慈호면셔도 一種 不可犯홀 威嚴을 備홀 쑌더러 勸勉히 工夫호기와 言行 等에 對호야 眞實혼 敎訓을 주게 되얏소. 雜技터에는 近接도 아니호고 醉態를 보이는 者도 업스며, 數月來로 一同이 顯著호게 勸勉 正直 着實호게 되얏소. 此를 보고 驚愕홈이 實로 當然호외다.(1916.12.28.)

會長은 啓發事業이 着着히 效를 奏홈을 보고 無限히 깃버호얏소. 그러나 會長은 이는 千里遠程의 唯一步라, 前途에 無限혼 困難과 障礙의 橫호얏슬 것을 씨닷고 더욱 決心을 굿게 호고 勇氣를 倍호얏소. 會長은 自己의 五尺 短軀와 三四十年 餘生을 此農村의 啓發에 貢獻호기로 더욱 確實히 作定호얏소. 그는 싱각호얏소. 내가 一生에 此三百餘戶를 暗黑혼 中에셔 導出호야 文明의 光에 浴호게 호고, 貧窮혼 境에셔 出호야 富饒혼 境에 入호게 호고, 卑賤혼 境을 當호야 高貴혼 域에 入호고, 懶惰호던 것을 勤勉호게, 弱하던 것을 强호게, 醜호던 것을 美호게, 一言以蔽之호면 此全洞 三百餘戶로 호야곰 模範村이 되기에 至호면 나의 一生의 職分을 다홈이라. 此世上에 낫던 보람을 홈이라 호얏소.

그는 쏘 싱각호되, 호기만 호면 此는 可能혼 일이라 호엿소. 學徒들을 引率호고 學校에 가는 車室에서 學徒들의 無心히 嬉戲홈을 볼 쌔마다 그는 싱각호얏소. 彼等을 져딕로 바려두면 彼等의 祖父와 다름업는 愚氓이 되렷다, 그리호야 如前히 貧호고 弱호고 醜호고 賤호렷다. 안이라, 漸漸 退化호고 退化호야 向方 업는 境에 陷호렷다. 그러나 披等에게 新敎育을 授호야 十五年만 過호면 彼等은 各各 一個 文明人이 되렷다. 彼等中에셔도 學者도 나고 敎育家도 나고 商工業家도 나고 宗敎家 又 學者도 나렷다. 彼等은 相當혼 社會의 地位와 相當혼 財産도 得호게 되렷다. 그리되면 洞中은 面目을 一新호렷다. 五十餘名 紳士를 有혼 洞中이 文明혼 洞中이 안이면 무엇이리오 올타, 올타, 나의 理想도 實現되리라 ᄒ고 터지ᄂᆞᆫ 듯ᄒᆫ 깃븜을 겨오 참앗소.

ᄯᅩ 그ᄂᆞᆫ ᄉᆡᆼ각ᄒᆞ엿소. 漸漸 淸潔思想이 各人에게 浸潤되면 全洞은 面目이 一新ᄒᆞ렷다. 來會에ᄂᆞᆫ 全洞의 道路를 改築ᄒᆞᆯ 터이니 그리ᄒᆞ면 더욱 面目이 一新ᄒᆞ렷다. 十年 二十年 지나감을 ᄯᅡ라 家屋이 建築을 改良ᄒᆞᆯ지오, 그 동안에 會館과 學校와 蠶室과 農産品 陳列室과 共同賣買 組合所와 病院 等을 建築ᄒᆞ고 前後 山에ᄂᆞᆫ 樹木이 成林ᄒᆞᆯ 터이오 各戶의 後園과 庭前에ᄂᆞᆫ 果木과 花草가 爛漫ᄒᆞᆯ 터이니, 그리 되면 面目이 一新ᄒᆞ렷다. 더욱이 三百戶에 千五百餘名이 모다 敎育을 受ᄒᆞ야 文明을 解ᄒᆞ고 倫理道德과 宗敎文學을 解ᄒᆞ게 되면 그 얼마나 面目이 變ᄒᆞᆯᄂᆞᆫ고 伊時에ᄂᆞᆫ 全혀 ᄯᅡᆫ 世界가 되렷다.

그도 사람이라 有時乎 單調ᄒᆞᆫ 이 事業에 不滿도 ᄉᆡᆼ기고 厭症도 ᄉᆡᆼ기나 그려ᄒᆞᆯ 째마다 此洞中의 將來의 幸福을 ᄉᆡᆼ각ᄒᆞ(고)ᄂᆞᆫ 스스로 鞭韃ᄒᆞ얏소. 닉ᄒᆞᆫ 生命이 足히 洞 一千五百의 生命에게 幸福을 쥬고 更히 將來 ᄒᆞᆫ 幾十百代 後孫에게 幸福을 줄 使命과 能力이 잇ᄂᆞᆫ가 ᄒᆞ면, 그ᄂᆞᆫ 一邊 悚懼ᄒᆞ고 一邊 喜躍ᄒᆞ얏쇼.

그ᄂᆞᆫ ᄯᅩ ᄉᆡᆼ각ᄒᆞ엿소. 이러ᄒᆞᆫ 事業을 ᄒᆞ랴면 宗敎家的 獻身的 熱情이 必要ᄒᆞ다. 一身의 모든 慾望을 制御ᄒᆞ고 全혀 社會를 爲ᄒᆞ야 此身을 犧牲ᄒᆞᆫ다ᄂᆞᆫ 熱火 ᄯᅩᄒᆞᆫ 精誠과 勇氣가 必要ᄒᆞ다. 이러케 그ᄂᆞᆫ ᄉᆡᆼ각ᄒᆞ고 讀書를 ᄒᆞ되 精神의 修養과 農村啓發에 關係 업ᄂᆞᆫ 것은 一切 안이ᄒᆞ기로 決心ᄒᆞ엿소. 처음에ᄂᆞᆫ 法學을 硏究ᄒᆞᄂᆞᆫ 餘暇에 農村을 啓發ᄒᆞ리라고도 ᄒᆞ엿스나 人生의 精力은 有限ᄒᆞᆫ 것이라. 此를 數途에 分ᄒᆞ면 一도 成功치 못ᄒᆞᆯ 줄을 覺ᄒᆞ고, ᄯᅩ 農村啓發事業이 決코 法學者 되기보다 낫지 안이ᄒᆞᆯ ᄲᅮᆫ더러 도로혀 이ᄭᅥ 이 ᄯᅡᆼ에서ᄂᆞᆫ 다른 아모 일보다도 가장 神聖ᄒᆞᆫ 意味와 價値가 잇ᄂᆞᆫ 것이라 ᄒᆞ엿소.

그도 高官大爵에도 野心을 두엇셧고, 累巨萬의 富에도 野心을 두엇셧고, 千載不朽의 名望에도 野心을 두엇셧소. 그러나 더욱 그로 ᄒᆞ여곰 世上을 잇지 못ᄒᆞ게 ᄒᆞᆫ 것은 京城 ᄯᅩᄒᆞᆫ 繁華ᄒᆞᆫ 都會에서 電話 노코 自動車 타고 華麗ᄒᆞᆫ

衣服 입고 華麗흔 料理店에셔 好酒美姬에 塵世의 快樂을 실커정 取흠이오. 富 보다도 貴보다도 다른 아무것보다도 그를 誘惑ᄒᄂ는 것은 實로 이것이엇소. 天下에 有爲흔 靑年이 얼마나 만흐리오만은, 그 有爲흔 靑年이 ᄒ여야 흘 有爲흔 事業이 많지 못흠은 實로 誘惑 째문인 줄 나ᄂ는 밋쇼. 或이 誘惑에 걸리 지 안ᄂ는 者라도 오즉 大事業 大勳功만 보라고 其實 有益흔 事業은 眼中에 置 ᄒ지 아니흠으로 社會의 進步가 더디어지고 失敗에 終ᄒᄂ는 者가 만흔 줄 압 ᄂ다. 世上 靑年들은 眞正흔 意味의 大事業을 解치 못ᄒ야 所謂 大志니 大理 想이니 ᄒ고 虛熱과 空想에 可惜흔 靑春의 時間과 精力을 消耗합ᄂ다. 우리 會長은 이 眞理를 解得하얏소. 그ᄂ는 繁擧흔 世人이 欽羨ᄒᄂ는 事를 바리고 斷 然히 寂寞흔 農村啓發事業에 一生을 獻ᄒ기로 決心ᄒ얏소.(1917.1.5.)

아모도 그의 事業은 只今 欽羨ᄒᄂ는 이ᄂ는 업스리다. 찰아리 그를 劣敗者 라 ᄒ고 無氣力者라 ᄒ고 大志가 無한 者라 ᄒ야 嘲笑ᄒ리다. 그러나 그를 嘲笑 ᄒ던 그네야말로 마침ᄂ 嘲笑를 바들 者외다. 靑年時代에 그를 欽羨치 아니 ᄒ얏거니와 老年에 그를 欽羨ᄒ고 慟哭ᄒ며 그와 갓치 아니ᄒ얏슴을 悔恨ᄒ 오리다. 그러나 晩矣라 不可及이외다. 그ᄂ는 一千五百人에게 新生命을 쥬엇 쇼. 그러나 그를 嘲笑ᄒ던 者ᄂ는 自己를 爲ᄒ야 무엇을 ᄒ엿스며 社會를 爲ᄒ 야 무엇을 ᄒ얏ᄂ는가요. 그가 洞中을 爲ᄒ야 貢獻흔 一生이 畢ᄒ야 全洞民의 眞情의 感謝와 眞情의 悲哀를 表ᄒ야 몸소 喪輿를 메이고 손소 墳墓를 飾ᄒ 고 家家히 그의 畵像을 救主와 ᄌ히 藏흘 째에, 所謂 大志를 품엇노라 ᄒ고 虛 榮을 逐ᄒ던 者ᄂ는 社會에셔 엇더흔 待遇를 밧겟슴닛가. 나ᄂ는 萬靑年에게다 우리 會長과 ᄀ흔 事業을 ᄒ라 흠은 아니외다. 무슨 事業이나 會長과 ᄀ흔 精 誠으로 會長과 ᄀ흔 意味와 目的으로 ᄒ라 흠이외다.

毋論 農村은 朝鮮의 七割이나 되며 七割이나 되ᄂ 農村이 거의 다 極貧, 極 暗, 極醜, 極賤흔 狀態에 잇ᄂ는 것이니, 그럼으로 農村啓發은 엇던 意味로 보아 全朝鮮의 啓發을 意味흠이외다. 農村이 富ᄒ야짐은 全朝鮮의 富를 意味흠이

오 農村에 敎育이 普及됨은 全朝鮮의 敎育의 普及을 意味홈이외다. 이 意味로
보아 朝鮮의 根本問題는 農村의 啓發이오 有敎育흔 階級의 活動의 大部는 實
로 此에 傾注되어야 홀 것이외다. 金君은 이러케 自覺ᄒ고 農村啓發의 急務
를 叫呼ᄒ는 同時에 現代靑年이 繁華흔 都會의 活動에만 醉ᄒ야 事業이 無홈
을 歎ᄒ면셔도 이 農村이라는 無限無邊흔 活動舞臺를 無視홈을 慨歎不已ᄒ
얏소.

　金君은 近來에 農村啓發의 急務를 愈益 自覺홈을 從ᄒ야 農村啓發學校를
設立홀 腹案을 成ᄒ얏소. 學校의 敎員을 養成ᄒ기 爲ᄒ야 師範學校가 잇고,
士官을 養成ᄒ기 爲ᄒ야 陸海軍 士官學校가 잇고, 宗敎의 使役을 養成ᄒ기 爲
ᄒ야 神學校가 잇는 모양으로, 農村啓發의 使役을 養成ᄒ기 爲ᄒ야 農村啓發
學校가 잇슴이 맛당ᄒ다 ᄒ얏쇼. 毋論 敎育이 普及되여 文明이 全人民에게
理解되고 面洞 自治制度와 其他 萬般設備가 完備흔 곳에는 如此흔 學校의 必
要가 업슬지나, 朝鮮갓치 速成으로 文明國 農村을 追及ᄒ려 ᄒ는 者는 맛당
히 이 ᄀᆺ흔 機關의 組織이 잇셔야 ᄒ리라 ᄒ오. 그럼으로 時機를 보아 爲先
自己의 舍廊에 洞中 及 隣近의 漢學의 素養 잇는 無職業흔 富家의 靑年이나
又는 特別히 有志흔 者를 모호아 農村啓發의 意義와 目的과 밋 農村을 啓發ᄒ
여 가는 方法을 敎授ᄒ려 ᄒ오.

　現代는 万般事에다 科學的 知識과 系統的 訓練을 要ᄒ는 쩌라, 農村啓發도
此에 關흔 科學的 知識과 手段方法의 訓練이 업지 못홀 것이오. 이리ᄒ야 金
君은 多數의 使役을 養成ᄒ야 爲先의 全郡 大啓發運動을 起ᄒ야 二十年後의
全郡으로 ᄒ여곰 全然히 新面目을 가진 者로 化ᄒ려 ᄒ오. 그의 究竟의 理想
은 無論 全十三道를 왼통 啓發홈에 잇거니와, 그는 思慮가 만흔 靑年이라 決
코 一手로 金十三道를 啓發ᄒ리라는 猥濫흔 싱각을 두지 안이ᄒ고 크게 잡
아 自己의 活動範圍를 一郡에 限흔 것이오.(1917.1.7.)

　아니 찰하리 一洞에 限흔 것이오. 그는 一洞을 理想的으로 改造흔 後에야

一郡에 及홀 줄을 밋고, 一郡을 理想的으로 啓發ᄒ면 이미 自己의 責務의 다 ᄒ엿슴을 確信ᄒ오. 그後에ᄂ 數千의 第二世 金君이 出ᄒ야 全十三道의 數千의 農村을 金君 自己의 理想대로 啓發홀 줄을 確信ᄒᄂ 것이오. 天下의 大事ᄂ 決코 一人의 手로 되ᄂ 것이 업다고 金君은 恒常 말ᄒ오. 耶蘇의 弟子가 只今에ᄂ 四億이 된다 호딕 耶蘇의 生存 當時에ᄂ 十二人을 有홈에 不過ᄒ엿소. 耶蘇ᄂ 決코 十二人의 弟子를 젹다 아니ᄒ엿소. 그ᄂ 惟 一人의 弟子만 잇더라도 滿足홀 것이오. 대긔 그ᄂ 自己의 思想으로 ᄒ여곰 絶代만 안이ᄒ게 ᄒ면 반다시 枝葉을 發ᄒ고 花實을 生홀 날이 잇슬 줄을 確信홈이오. 只今 싀골 學生 四五十名 되ᄂ 學校에 敎師들은 學生의 젹음을 恨歎ᄒ나니, 이ᄂ 敎育의 무엇임을 모름이오. 닉 손으로 엇지 天下의 靑年을 다 敎育ᄒ리오. 닉가 數十人을 敎育ᄒ고 나와 ᄀ흔 他人이 ᄯ 數十人을 敎育ᄒ고 如斯히 ᄒ야 큰 社會의 數千萬 人民이 다 敎育을 밧ᄂ 것이오.

그런데 現代 朝鮮靑年의 慾望은 頗히 高大ᄒ야 모든 事業이 다 小ᄒ야만 보이오. 彼等은 大흔 者, 大흔 者ᄒ고 밤낫으로 츳자단이오. 彼等의 慾望 ᄀ 희셔ᄂ 白頭山 上上峰에 놉히 올나셔셔 雷電보다도 큰 쇼리로 全朝鮮人을 對手로 演說을 ᄒ고 敎育을 ᄒ고 說敎를 ᄒ고 文明을 敎ᄒ고 實業을 鼓吹ᄒ려 ᄒ오. 그리ᄒ야 이러흔 空想的 好機會를 엇기싯지ᄂ 그네ᄂ 袖手ᄒ고 時의 來홈을 기다릴 짜름이오. 그 志의 大홈은 果然 稱揚홀 만ᄒ 거니와 그 어리셕음은 ᄯ흔 憐憫히 만ᄒ오. 이것이 金君의 思想이오. 그리셔 쳐음에ᄂ 京城의 中央에 坐ᄒ야 新聞雜誌나 演說講演 等으로 農村啓發思想을 鼓吹ᄒ야 自己ᄂ 此新運動의 中樞가 되고 敎主가 되여 多數의 部下로 ᄒ야곰 自己의 理想을 實ᄒ게 ᄒ려 ᄒ엿소. 이ᄂ 實로 누구나 싱각ᄒᄂ 바요, 누구나 當ᄒᄂ 誘惑이오. 果然 誘惑이오. 金君은 能히 이 誘惑을 이긔엇소. 그리ᄒ야 一個 農夫가 되기를 甘受ᄒ엿소. 아아, 거룩흔 金君이어.(1917. 1. 10.)

第九章 夏期中 行事

一, 小兒의 死

洞里 一貧家에 小兒가 病이 들엇소. 처음에는 腹痛인 듯ᄒ더니 三四日內
에 痢疾로 變ᄒ얏소. 그러나 ᄯᆡ는 마참 農家의 最奔忙ᄒ 除草時라, 全家는 식
벽에 나가 黃昏에야 들어오고 아모도 此小病人을 看護ᄒ는 者가 업섯쇼. 病
兒는 혼자 발버둥을 치고 울엇쇼. 言語를 不知ᄒ는 그는 눈물로 苦痛을 訴흔
것이오. 그러나 아모도 그에게 同情ᄒ는 者가 업슴은 그가 子女 만흔 貧家에
生ᄒ얏슴이외다. 慈母가 家長에게 醫藥을 言ᄒ면 家長은 소리를 놉혀 「죽으
면 便ᄒ지」 ᄒ고 大喝ᄒ오. 이러ᄒ기에 一週日에 幼兒는 말 못되게 瘦瘠ᄒ야
이제는 울지도 못ᄒ오. 이ᄯᅥ에 비로소 會長이 이 일을 알고 一夜에 病家를 訪
問ᄒ엿소. 家族들은 모괴불을 놋코 마당에 안져 泰然히 談笑ᄒ오. 會長은
「어린이가 알는다지오?」 ᄒ고 무럿쇼.

「뒤어지겟나 보외다. 아직 죽지 안엇는지.」

「그런데 藥도 안이 쓰셔요?」

「藥? 어른의 목에 거믜줄을 쓸게 되는 데 藥이 무엇이야요.」

「그게 무슨 말슴입닛가 — 그 兒가 뉘 血肉입닛가.」 ᄒ고 會長은 懇懇히 說
諭ᄒ엿소. 그도 人生 안이오? 其中에도 家族이 안이오? 그러하거늘 一家族
이 病에 苦痛ᄒ야 死境에 臨ᄒ는데도 「뒤어지겟나 보외다」, 「藥이 무슨 藥이
오」 ᄒ니, 人情에 참아 엇지 그러ᄒ겟소. 만일 당신이 重病에 呻吟ᄒᆯ ᄯᆡ에 당
신의 子女가 「뒤어지겟나 보외다」, 「藥이 무슨 藥이오」 ᄒ면 당신의 가슴이
얼마나 아리고 쏘겟소. 只今 져 病兒가 言語不通ᄒ기에망정 만일 당신과 ᄀᆺ
치 言語를 通흔다 ᄒ면 그 얼마나 당신을 怨望ᄒ겟소. 只今 져 兒孩의 胸中에
미친 怨恨이 永遠히 당신의 몸에 부터 떨어질 날이 업ᄉ오리다.」 ᄒ고

「쟈. 불을 켜고 들어갑시다」 ᄒ엿소. 그 父母도 홀 對答이 업고 ᄯᅩ 怨恨이

永遠히 부터둔다 ㅎᄂᆫ 말에 옷삭 솔음이 ᄭᅵ쳐 房으로 들어ᄀᆞᆺ쇼. 會長은 主人의 長子를 불러 醫師를 부르라 ㅎ고 손소 病兒를 만져 보앗소. 皮骨이 相接ㅎ고 눈을 바로 ᄯᅳ지 못ㅎ며, 腹部 以下에 痢疾 排泄物이 닉여 바렷소. 아아, 느젓나 ㅎ고 겻헤 잇ᄂᆫ 父母를 보고 病兒를 가라치며

「눈이 잇거든 이것을 보시오!」ㅎ얏소. 그 音聲에ᄂᆫ 말치 못홀 悲愴ᄒᆞᆫ 氈動이 잇소 「이것을 보시오 당신네ᄂᆫ 殺人을 ㅎ엿소이다. 無罪ᄒᆞᆫ 生命을 실컨 虐待ㅎ다가 마참ᄂᆡ 慘殺을 ㅎ엿소이다. 이 殃禍를 엇지 ㅎ려 ㅎ오!」(1917.1.11.)

母親은 그만 放聲大哭ㅎ얏소. 父親도 고기를 숙이고 안젓더니 일어나 病兒를 들어 안앗소. 그러나 病兒의 四肢는 발셔 厥冷*ㅎ엿소. 胸部에 微溫이 남고 顔色조차 蒼白ㅎ야지오. 그 父母에게ᄂᆫ 이졔사 비로쇼 父母의 情이 生ㅎ엿소. 同生네들도 寂然히 暗淚를 含ㅎ고 環立ㅎ얏쇼. 會長은 소ᄆᆡ로 눈물을 씻고

「生命을 重히 녁이시오! 人情을 가지시오. 이러케 無情ㅎ고 殘虐한 罰과 殃禍가 ᄂᆡ 몸에 밋츨 줄을 알고 戰慄ㅎ시오 이 ᄋᆡ는 살지 못홀 터이니 速히 警察署에 報ㅎ시오」ㅎ고 申告書를 作하여 警察署에 보내었소. 그러고 此病은 傳染하ᄂᆫ 病이니 明日은 此家屋을 一並 消毒홀 것을 告ㅎ고 傳染病에 對ᄒᆞᆫ 注意 數件을 말ㅎ엿소. 이윽고 小病人은 殞命ㅎ엿소. 會長은 물을 데어 屍體를 淨洗ㅎ기로 命ㅎ얏소. 會長은

「여보시오 旣往 지은 罪ᄂᆫ 다시 恨歎ㅎ여도 無可奈何여니와 이제 당신이 홀 일은 此病兒의 屍躰에 對ㅎ야 生前의 罪惡의 千一이라도 贖홈이오」ㅎ고 殮襲과 埋葬을 어른과 同體를 ㅎ기를 勸ㅎ얏소. 會長은 棺을 自損ㅎ기로 ㅎ고 葬日에ᄂᆫ 全會員이 一齊히 葬禮에 參與ㅎ야써 生命에 對ᄒᆞᆫ 敬意와 吊意를 表ㅎ기로 ㅎ얏소. 會長은 爲先 小兒를 非人視ㅎᄂᆫ 惡習을 改良홀 必要를 覺ㅎ고 次回 例會ᄂᆫ 此를 決定ㅎ기로 決心ㅎ얏소..

---

* 원문에는 '闕冷'으로 되어 있다. '厥冷'은 체온이 식을 때 생기는 모든 병의 증상.

二, 淸潔과 蚊蠅防備

會長은 夏期의 衛生을 爲호야 如右혼 布告를 호얏소.

一, 蠅은 糞에 行호던 발로 飮食에 登호며 病人의 排泄物을 吸호던 嘴로 貴重혼 子女의 飮物을 吸호야 可恐可怖혼 毒菌을 傳播호는 者이니, 此를 驅除호기 爲호야 거름덤이와 其他 汚藏物에 一週 一次式 油를 쓔려 그 繁殖 杜絶호고, 쏘 每戶에 蚊帳布를 사다가 飮食를 덥허 蠅의 近接홈을 防호며, 쏘 每戶에 一二個의 파리통을 備호야 驅除케 홀 事

二, 蚊은 蠅이나 無異호게 惡病을 傳播호는 것이니 每戶에 반듯시 蚊帳을 備홀 事

三, 죠곰이라도 腐敗혼 食物은 絶對的으로 不取홀 事

四, 乳兒를 蚊帳으로 가리워 蚊과 蠅이 近接치 못호게 홀 事

等이오. 會長은 爲先 自家에 此를 實行호고 每戶에 단이며 此를 勸奬호얏소. 或 此等 設備를 홀 金錢이 업는 者에게는 無利息으로 秋節시지 貸與호기로 호고, 農夫의 無暇홈을 同情호야 自己 몸소 市長에 가셔 所需品을 貿來호여다가 頒給호얏소. 이에 對호야는 그리 反對호는 者가 업셔 會員 非會員을 勿論호고 一齊히 實行호얏쇼. 쳐음 數日間은 蠅群이 減少호는 動靜이 업더니, 一週間이 지나미 全洞內에 蠅群이 大減호고 十餘日後에는 거의 種을 絶호게 되얏쇼.(1917.1.13.)

他村에서 機會를 타 移住호는 者가 不無호얏스나 大槪는 파리통中에 怨魂이 되고 말앗쇼. 婦人네도 이제 와셔는 蠅群의 全滅혼 것이 엇더케 大福임을 시닷고 모다 깃버호얏쇼. 그러나 絶滅치 못홀 것은 蚊群이오마는 每戶에는 蚊帳이 잇슴으로 四門을 활작 열어노코 시원혼 데셔 疲困혼 몸이 熱睡의 快味를 享호게 되어 全洞民은 新世界를 得혼 듯호얏소. 蚊帳外에셔 잉잉호는 蚊聲은 前에는 恐怖와 憤怒거리가 되더니 只今은 한 우슴거리가 되고 말앗쇼. 文明의 恩惠는 이쳐럼 크다고 朦朧호게나마 自覺호기를 始作호얏소. 會

長은 미오 滿足ᄒ얏소. 하나 걱정은 蚤蝎*을 討滅치 못홈이오 그러나 明年에는 蚤蝎을 討滅ᄒᄂ 方法도 完全히 講ᄒ리라 ᄒ얏쇼.

今年 녀름은 此洞民에게 참 幸福된 녀름이었소. 終日 田野에셔 勞動ᄒ다 들어오면 沐浴이 잇고, 져녁을 먹고 나셔 마당에 모긔불을 피우고 愉快히 談話ᄒ다가 室內에 入ᄒ면 파리도 업고 모긔도 업고 長狸**가 되어 他村 井水ᄂ 모다 赤濁호ᄃ 去春에 浚渫改築ᄒ고 뚜껑을 ᄒ엿스미 恒常 淸洌ᄒ 飮料ᄅ 取홀 수 잇고 果然 今年 녀름은 편안ᄒ 여름이라 ᄒ야 各各 깃버ᄒ얏소. 그러나 會長은 싱각ᄒ엿소. 如左ᄒ게

今秋에 무슨 組合을 設ᄒ야 此洞에서 賣ᄒᄂ 米穀을 貿置ᄒ엿다가 來夏 農時에 糧食不足ᄒᄂ 農夫에게 貸與ᄒ야쎠 農夫로 ᄒ여금 後顧之患이 업시 一心으로 生業에 從事케 ᄒ리라 홈이오. 爲先 洞內에 農糧의 不足홈이 幾百石인가를 計算ᄒ고 또 洞內에셔 賣ᄒᄂ 米穀이 幾百石인가를 計算ᄒ야, 秋節의 時勢로 不足ᄒᄂ 糧食만콤 貿置ᄒ엿다 翼夏에 金利나 부쳐 貧民에게 貸與ᄒ더라도, 오히려 貧民에게ᄂ 多大ᄒ 利便이리라 ᄒ엿쇼. 洞中 幾戶의 富民을 說ᄒ면 今秋에 此事ᄅ 成홀 수 잇스리라 ᄒ고 機會 잇ᄂ 디로 此說을 主唱ᄒ엿쇼. 그 主唱의 主要ᄒ 理由ᄂ 이럿소.

우리 洞民이 秋節에 穀物을 歇價로 賣ᄒ고 更히 翼夏에 高價로 買入홈은 全洞의 損害며, 또 農時에 糧食이 不足홈으로 農民이 憂患에 잡히어 勤勉히 勞動ᄒ지 못ᄒ니, 이러ᄒ면 다만 그 貧農民의 不幸일 ᄲᆫ더러 地主되ᄂ 富民의 損害라 홈이오.「그러나」ᄒ고 會長은 微笑ᄒ엿소.「此亦 姑息之計로다. 第一 務要ᄂ 全洞民으로 ᄒ야곰 各各 富케 홈이로다」ᄒ얏쇼. 아마 그러케 되겟지오. 少不下 져마다 계 糧食으로 念慮업시 一年을 지나도록 만들 수ᄂ 잇겟지오. 會長이 엇더ᄒ 方法으로 이를 實現홀ᄂ지ᄂ 下回를 보아야 알 것이외

---

* 벼룩과 전갈.
** 음독音讀하면 ‘장매’가 되니, 곧 장마를 뜻하는 듯하다.

다.(1917.1.16.)

三, 七夕

農家의 最苦役인 除草도 畢ᄒ얏쇼. 녀름닉 苦役ᄒ던 農民들에게는 苦待ᄒ던 安息이 왓소. 모닥불을 펴붓는 듯ᄒ는 午炎에 들매 나무 졍ᄌ 아릭에 會坐ᄒ야 즐겁게 新草를 피우며 談笑도 ᄒ게 되얏소. 降雨도 適當ᄒ야 滿野의 稻禾가 一夜가 싴롭게 쑥쑥 자라오. 安息의 眞味는 苦役의 眞味를 解ᄒᄂᆫ 者라야 能히 解ᄒᄂᆫ 것이오.

會長은 前會에

「자, 除草의 苦役을 畢ᄒ고 吾人은 暫時의 즐거온 安息을 어덧쇼. 無論 吾人은 決코 暫時라도 放心ᄒᆯ 것은 아니로딕, 쏘ᄒᆫ 苦役이 잇슨 後에 즐거온 安息이 잇는 것이 맛당ᄒ고, 쏘 安息이 잇슬 썩에는 一日의 愉快ᄒᆫ 消暢이 잇는 것이 맛당ᄒ외다. 吾人은 過去 二三朔 동안 쓰거운 볏헤 쌈을 흘리면서 吾人의 夏節의 義務를 다ᄒ고 이졔 깃분 安息을 어덧스니, 一日의 消暢을 試ᄒᆷ이 엇더ᄒᆫ오」ᄒ엿소. 一同은 아직도 消暢이란 것을 맛보지도 못ᄒ 엿고 消暢이란 말싯지도 모르는 者가 잇쇼. 彼等은 一生닉 苦役ᄒᆯ 쌘이오 愉快히 노는 날이라고는 二三次 名節밧게 업셧소. 그 名節도 노는 方法이 不完全ᄒ야 다만 飮酒, 雜談, 賭博 等 遊戲로써 名節의 行事를 삼엇슬 쌘이오. 그럼으로 彼等의 豊富ᄒᆫ 悅樂을 쥬지 못ᄒᆯ 쌘더러 도리혀 身軆와 精神을 害ᄒᆯ 쌘이엿소. 그러고 名節 以外의 消暢은 富貴ᄒᆫ 閑遊客이나 ᄒᄂᆫ 일이오 農夫의 ᄒᆯ 일은 안이라 ᄒ엿소. 그럼으로 一同은 會長의 「消暢ᄒ쟈」ᄂᆫ 말을 듯고 무슨 쯧인지 몰라셔 눈이 둥글어졋소. 이것을 보고 會長은 다시

「吾人은 相當ᄒᆫ 苦役이 잇셔야 ᄒᄂᆫ 同時에 相當ᄒᆫ 安息과 快樂도 잇셔야 ᄒ오. 아무죠록 人生을 즐겁게 보닉는 것이 우리의 理想이외다. 우리가 쌈을 흘리며 苦役ᄒᄂᆫ 것도 그 目的은 可及的 가장 즐겁게 살려 홈이외다. 卽 吾人

은 「사는 것」만이 目的이 아니오 「잘 사는 것」이 目的이외다. 爲先 「죽지 안
코 살고」, 다음에는* 「살되 잘 사는 것」이 吾人의 理想이외다. 그런데 잇다
금 愉快히게 노는 것도 「잘 사는 것」에 하나이외다. 우리가 勤勉히 일호고
子弟들을 學校에 보닉고 淸潔을 勵行호고 植木을 힘쓰는 것이 모도 다 「살
고」, 「잘 살랴」는 뜻이외다. 그런데 이번에는 잘 사는 데 하나되는 愉快흔
消暢을 호여봅시다」 호고, 將次 호여 보랴는 消暢은 決코 飮酒雜談이라든가
其他 鄙賤흔 種類의 것이 아니오 滋味는 무쳑 滋味잇스면셔도 愉快호기는
무쳑 愉快흔 소챵이라는 것을 說明호얏소. 會長의 말이면 죠치 아니흔 것이
업는 줄을 밋는 一同은 一齊히 贊成호고 그 方法을 물엇소.(1917.1.20.)

一同은 錢穀을 모도아 큰 독에 濁酒를 비젓소. 會長의 집으로 古家임으로
婦人네는 슐을 빗는 데 썩 嫻熟호얏소. 그리셔 濁酒는 부걱부걱 썩 잘 괴엿
소. 그러고 찹쌀과 보리와 밀로 여러 가지 썩을 만드럿소. 會員집 婦人네는
싀옷을 가라닙고 精誠과 깃봄으로 이 飮食을 차렷소. 그리고 會長과 金議官
이 도야지 一首를 寄附호야 국을 쓸히고 熟肉을 만들엇소. 飮食의 種類는 極
히 簡單호고 料理法은 極히 粗率호얏스나 그 材料는 極히 新鮮호고 그 調理
는 極히 精誠되고 淨潔호얏쇼. 一同은 녀름닉 주리던 빅에 어셔 七夕날이 오
기를 苦待호고 침을 쑬쩍쑬쩍 삼켓소. 會長도 이번 消暢會를 아모됴록 一同
에게 滿足케 호고 有益케 호려 호여 여러 가지로 勞心호고 奔走호얏소. 그리
고 그 날에 一同이 즐거워홀 것을 想像호미 홀로 깃븜을 이긔지 못호엿쇼.
數月前에 飮料井 浚渫工事가 第一次 共同事業임과 ᄀᆞ이 今番 消暢會가 第一
次 共同遊樂이오.

七夕日이 왓쇼. 此洞里 東便 山谷淸溪가 잔준흔 松林中에 麥藁 거셔기**와
집방셕과 멍셕이 쌀렷소. 川邊에 걸어노은 솟헤는 도야지 고깃국에셔 김이

* 원문에는 '마음에는'으로 되어 있다.
** 짚을 두툼하게 엮거나, 새끼로 날을 하여 짚으로 쳐서 자리처럼 만든 '거적'의 북방 방언.

제2차 유학시절 전반기(1916~1917 중반) *201*

오르고 또 淸泉 깁은 곳에는 濁酒동의가 노혓쇼. 어름에 치오는 代身 冷水에 치옴이오. 썩 광쥬리와 菜蔬 그릇이 여긔져긔 널렷쇼. 五六十名 會員은 一齊히 會集ᄒ야 모도다 喜色이 滿面ᄒ야 談笑ᄒ오. 會長은 開會를 宣ᄒ 後

「오날은 七月七夕이외다. 傳說을 듯건딕 牽牛織女가 一年 一次 銀河水 烏鵲橋에서 相逢ᄒ다는 날이외다. 이는 全世界의 깃쌘 名節이외다. 그러고 또 우리로 보건딕 녀름의 義務를 마초고 가을 豐登ᄒ 秋收를 기다리면셔 暫時의 즐거온 安息을 누리는 놀이외다. 이는 地上의 깃분 날이외다. 이 天上에도 깃분 날 地上에도 깃분 날에 우리는 우리 손으로 비즌 싀언ᄒ 보리 濁酒를 마시며 愉快ᄒ게 질겁고 노릭ᄒ고 춤을 츕기다」ᄒ믹, 一同은 歡喜를 이긔지 못ᄒ야 拍手喝采가 한참은 그칠 줄을 모르오. 會長은 다시 말을 니어

「그러나 君子는 中庸을 重히 녀기오. 비록 우리가 愉快ᄒ게 遊樂ᄒ다 ᄒ더라도 度를 過ᄒ면 不可ᄒ오. 그러닛가 우리는 슐을 마심에나 썩을 먹음에나 또는 쇼리를 ᄒ고 춤을 츔에나 一定ᄒ 規矩를 넘지 말고 꼭 節次를 죠차 行ᄒ기로 합시다. 녯날 鄕飮酒禮에는 笏記라는 것을 불너 一擧手一扱足을 꼭 笏記딕로 ᄒ얏쇼. 우리는 거긔仝지는 안이 간다 ᄒ더라도 自然ᄒ 規矩를 지킵시다.」一同은 이번에는 靜肅히 拍手ᄒ다. (1917.1.25.)

會員中에서 執事 四五人을 選定ᄒ야 酒食分配를 一切 執事의 손으로 ᄒ엿쇼. 酒食은 꼭 一定ᄒ 分量을 定ᄒ야 過飮 過食이 업도록 ᄒ엿쇼. 一同의 빅는 듬쌕ᄒ게 부르고 얼골은 불그레ᄒ게 醉ᄒ엿쇼. 一同의 精神은 愉快히 놀기 조흐리 만콤 興奮ᄒ야 座席예 自然히 和氣가 들게 되엇쇼.

會長은 滿足ᄒ 드시 一同을 보고 우스며 「쟈, 이제는 놀기를 始作합시다」ᄒ엿쇼. 會長은 會員 一同이 酒食ᄒ는 동안 靜肅히 躰面을 保存ᄒ야 極히 禮節다움을 보고 滿足ᄒ엿쇼. 不過 半年의 訓練에 이러케 效力이 顯著ᄒ 줄은 實로 意想外이엇쇼. 이 모양으로 모든 것이 進步ᄒ면 十年內에는 足히 全洞을 擧ᄒ야 理想的 文明村을 만들 슈가 잇스리라 ᄒ엿쇼. 그러고 餘興의 始作

으로 會長이 먼져 거믄고 一曲을 랏소. 그런 뒤에 會長은 一同을 向ㅎ야

「여러분. 各各 長技디로 우리 一同을 즐겁게 ㅎ시오. 洞簫도 죠코 코쇼리도 죠코 춤도 죠코 才談도 죠코 아모도 죠흐니, 누구시나 여긔 나와 한 가지식 ㅎ시기를 바릅니다」 ㅎ고, 잘ㅎ고 잘 못홈은 問題가 안인 것과 늬 一個人의 長技로 万人에게 利益이나 快樂을 주는 것이 極히 죠타는 것과, 혼즈나 或은 二三人이 遊樂ㅎ는 것보다 多數人이 함씌ㅎ는 것이 죠타는 것을 說明ㅎ얏쇼. 一同은 셔로 돌아보며 「네가 먼저」, 「아니, 네가 먼져」 ㅎ고 셔로 미디더니,* 그中에 一靑年이 洞簫를 들고 나와 「셩주푸리」 一曲을 부오. 靑年은 고기짓을 ㅎ여 가며 눈을 감앗다 썻다 ㅎ면셔 極히 嫺熟ㅎ게 부오. 一同은 自然히 엉덩이가 들먹들먹 하더니 一曲이 긋나고 그 靑年이 손으로 입을 씻고 일어나믜 一同은 一齊히 拍手喝采ㅎ고 드시 一曲을 불기를 請ㅎ엿쇼. 靑年은 數次 辭讓ㅎ다가 말지 못ㅎ나 쏘 一曲을 부니 이는 哀婉흔 「방아타령」이오. 쏘 一同은 拍手喝采ㅎ엿쇼. 會長은 親히 大碗에 濁酒를 가득 부어들고 一同을 向ㅎ야 嚴肅ㅎ게

「쟈 — 이 金允旭은 그 神妙흔 洞簫 二曲으로 우리 一同을 깃부게 ㅎ얏스니 우리는 感謝ㅎ는 表로 슐 한 잔을 그에게 들이는 것이 엇더ㅎ리잇가」 ㅎ고 一同의 對答을 기다리는 듯이** 말을 그첫다가, 一同이 一齊히 「죳소」 ㅎ는 소리를 듯고 羞澁ㅎ여 ㅎ는 그 靑年에게 盞을 勸ㅎ엿소. 靑年은 그 잔을 들이켜더니 慇懃히 一同에게 一禮ㅎ고 席에 돌아왓소. 그後에도 니억니억 洞簫도 나오고 소리도 나오고 或 춤도 츄어 滿場의 淸興은 底止홀 바를 몰랏소.(1917.1.26.)

洞簫 二曲으로 大喝采를 바든 金允旭君은 元來 이 洞中에 有數흔 靑年 날탕이오. 色酒家집에도 가고 骨牌도 ㅎ고 衣服도 말쑥ㅎ며 샹투를 짜고 다님을

---

* 미대다. 하기 싫은 일이나 잘못된 일의 책임을 남에게 밀어 넘기다.
** 원문에는 '가디리는 것이'로 되어 있다.

치는 데도 다 본새가 잇고 멋이 잇게 ᄒ던 날탕 靑年이오. 그는 富饒치 못ᄒ
寡婦의 외아들이외다. 아들을 生命보다 重히 녁이는 그의 母親은 그의 放蕩
을 猛責은 안이ᄒ면셔도 속으로 每樣 그 愛子의 放蕩을 爲ᄒ야 슬퍼ᄒ얏쇼.
그러ᄒ더니 會長이 돌라와 洞會를 組織ᄒ고 屢屢히 此靑年을 勸勉ᄒ 後로브
터 此靑年은 思行이 一變ᄒ야 勸勉ᄒ 일쑨으로 化ᄒ얏쇼. 그쑨더러 이 靑年
은 적이 有識ᄒ고 明敏ᄒ야 이제는 會長의 秘書官格이 되기ᄭ지 ᄒ얏쇼. 그
리셔 會長은 此靑年을 더욱 ᄉ랑ᄒ고 더욱 懇切ᄒ게 敎導ᄒ야 이제는 會長
의 理想을 곧잘 理解ᄒ게 되얏쇼. 그리셔 會長도 此靑年을 洞中啓發의 重要
ᄒ 使役을 삼으려 ᄒ고 靑年 自身도 亦是 會長의 뒤를 ᄯ르기로 決心ᄒ얏소
允旭의 이러케 變흠을 본 그 老母의 깃븜은 比흘 ᄃ가 업셧소. 마치 죽엇던
子息이 甦生ᄒ 드시 깃버ᄒ고, ᄯ 允旭을 甦生케 ᄒ 會長인 自己의 族姪을 大
恩人으로 녁이며 洞會에 對ᄒ야 特別ᄒ 熱心을 가지게 되얏소. 이리ᄒ야 會
長은 二人의 ᄆᆡ우 有力ᄒ 同志者를 ᄭ로 엇엇소.

允旭은 前月브터는 洞中에 愛敬과 信用을 밧게 되엿소.「亡家者」라고 辱ᄒ
고「언제 사룸 되여 볼가」ᄒ고 嘲笑ᄒ던 者ᄭ지도 이제는「允旭은 ᄯᆞᆫ 사룸이
되엇는 걸」ᄒ고 敬嘆ᄒ겟 되얏쇼. 會員中의 愛敬과 信用은 말흘 것도 업지오.

七夕의 消暢會는 意想外의 大成功으로써 終ᄒ얏소. 愉快ᄒ기는 더흘 슈
업시 愉快ᄒ면셔도 乱雜에 흐르지 안이ᄒ고 果然 君子의 遊樂이엇소. ᄯ 愉
快外에도 精神上 所得이 莫大ᄒ얏슬 것은 詳言치 안이ᄒ여도 讀者諸氏는 ᄉᆼ
각ᄒ시오리다. 會長은 閉會時를 當ᄒ야

「오늘 會는 춤 愉快ᄒ얏소. 우리는 一二人이 愉快ᄒ 것이 안이라 會員 一
同이 ᄭᆨ ᄀᆺ치 愉快ᄒ얏쇼. 團躰의 事業은 이러케 利益도 만커니와 幸福도 큰
것이외다. 여러분! 이번에는 우리 六十名 會員만 이러케 ᄒ얏거니와 明年 此
節에는 우리 全洞이 一齊히 모히도록 힘을 쑵시다.」滿場이 喝采. 會長은 一
段 소리를 놉혀

「그러나 우리 洞里섄이오릿가.」

「우리 面 全躰도」 ᄒ고 一同이 和ᄒ다.

「올쇼. 그러나 우리 面만이오릿가.」

이 말에 一同은 暫時 沈黙ᄒ더니

「十三道 坊坊曲曲이!」 ᄒ는 쇼리에는 神聖한 響動이 잇습듸다.(1917.1.28.)

第十章 新聞會

舊曆 八月이 되었쇼. 新穀이 나고 新凉이 낫소. 매암의 입은 다첫것마는 귀
쑤람의 입은 열렷쇼. 禾黍油油ᄒ 隴陌間으로 식를 날리며 그닐면 먹지 아니
ᄒ야도 빅가 듬북ᄒ오. 會長은 洞會를 始作ᄒ 今年에 豊年이 든 것을 대단 깃
버ᄒ오. 衣食足而知禮節이라고, 人民으로 ᄒ야곰 文明을 알게 훔에는 爲先
人民의 빅를 듬북ᄒ게 ᄒ여 주는 것이 第一이라 ᄒ야 會長은 今秋冬間에 實
行ᄒ랴는 여러 가지 計劃이 잇쇼. 그 計劃은 全洞民의 富力을 增進ᄒ기에 必
要ᄒ 것인데, 只今 말ᄒ지 아니ᄒ거니와 從此로 알으실 것이외다. 爲先 會長
은 八月一日 例會에 新聞會라는 것을 主唱ᄒ 것을 말합시다. 前會에 會長이

「家族이 되어 其家內에 每日 닐어나는 일을 모르면 미련ᄒ 者이지오. 洞民
되어 其洞內에 每日 닐어나는 일을 모르면 미련ᄒ* 者이지오」 ᄒ고 會長은
一同을 보앗소. 一同은 「無論이지」 ᄒ는 듯ᄒ 顔色으로 會長을 보오. 會長이

「그런즉 우리는 아참에 일어나 當日에 家族의 各員이 홀 일을 셔로 말ᄒ
고 저녁에 모혀 안져 當日에 ᄒ 일과 본 일을 셔로 말ᄒ여야 ᄒ겟소. 이리ᄒ
여야 家族의 各員의 愛情이 셔로 더ᄒ며 各員의 利害關係가 密接훔을 더욱
切實ᄒ게 씨달을 것이외다. ᄯᅩ 洞里도 그러합니다. 한 洞里에셔 祖上적부터
사는 者들이니 그 情誼가 엇지 家族보다 다름이 잇겟소. 그런데 우리는 누가
무슨 일로 어듸를 갓는지, 누가 病이 들엇는지, 子女를 나앗는지, 婚姻을 일

---

* 원문에는 '모르미면련ᄒ'으로 되어 있다.

럿는지도 모르니,이것이 엇지 一洞에 사는 者의 道理오릿가.」 滿場은 拍手喝采하얏쇼. 그리고 一洞內 一門內가 一家族이나 다름업는 듯혼 親密혼 感情을 엇엇소. 이러혼 感情은 참 高貴혼 것이외다. 至今토록 自己 一身밧게 싱각홀 줄 모르던 者가 全洞中, 全門中을 自身과 又치 싱각하게 됨은 참 人心의 重大혼 變動이외다. 設使 此感情이 비록 一時的이라 하더라도 此一時的 感動이 一同에 精神上에 莫大혼 影響을 끼쳐 그 痕跡이 永遠토록 갈 것이외다. 會長은 一同의 顔色을 보고 이 氣味를 끼다랏쇼. 그리고 속으로 「人道의 覺理」이라 하면셔 말을 니여

「그러나 一洞內의 일만 아는 것은 兒童들도 홀 일이외다. 우리 어른들은 一國內에 每日 니러나는 일을 알아야 홀 것이외다」하고 그날 新聞을 니여들었소.(1917.1.30.)

會長은 그 날 新聞을 니어들고

「이것은 셔울셔 每日 發行하는 新聞이외다. 쳐음에는 論說이란 것이 잇스니, 이것은 엇더케 하여야 잘 살겟다, 卽 엇더케 하여야 우리 民族이 世界에셔 兩班이 되고 富者가 되겟다 하는 것을 우리에게 가라치는 것이외다」하고, 그 論說의 大旨를 말하야 「오날 新聞에는 敎育의 必要라는 題目으로 엇던 民族이 敎育이 업스면 그 民族은 世界에셔 가장 賤待밧는 貧弱혼 民族이 될 쑨더러 얼마나 아니하야 아죠 씨도 업시 滅亡홀 것이니, 朝鮮人도 世界에셔 兩班이 되고 富者가 되어 남붓그럽지 안케 잘 살랴면 坊坊曲曲에 普通學校가 設立되어 男女間 敎育을 아니 밧는 者가 업게 되어야 하고, 또 高等普通學校와 專門學校가 만히 設立되어 큰 션비와 일쑨이 만히 싱겨야 혼다고 하얏소. 每日 이러혼 論說이 一篇式 나는 것이외다」하고 新聞을 뒤쳐들며

「여긔는 어제 하로 동안에 朝鮮 안에 일어난 重大혼 事件을 記錄혼 것이외다. 全羅道와 慶尙南道에 비가 만히 와셔 田畓에 損害가 多大하고 人畜의 死傷도 不少하다는 말이 잇고, 또 이러케 불상한 避難民이 扶老携幼하고 山으

로 오르는 光景을 박은 寫眞이 잇습니다」 ㅎ고 新聞을 一同에게 돌리니, 一同
은 「저런」, 「엇져나」 ㅎ고 同情의 感歎을 發ㅎ면셔 그 寫眞을 보오. 會長은 다
시 新聞을 바다들고

「그런데 한 나라 안에 살면셔 이런 줄도 모르고 잇셧구려. 우리 同胞는 家
財를 일코 山野에 號哭ㅎ는되 우리는 빈불니 먹고 便安히 잣구려. 外國 사롬
들 갓흐면 이러흔 新聞記事를 보면 눈물을 흘니며 金錢을 모도아 이러케 不
幸ㅎ게 된 同胞를 救濟ㅎ는 것이오. 八九歲된 아히들⁄지라도」 하고 會長은
눈물을 흘니고 쥬먹으로 冊床을 짜렷소. 이쩍에 늙은 金議官이 일어나며

「會長」 ㅎ고 불렀쇼. 이제는 發言時에 會長에게 言權을 엇기를 빈혼 것이
오. 金議官은 感激흔 목소리로 「우리도 이런 일을 알고는 가만히 잇슬 슈 업
소. 이웃에 慟哭ㅎ는 者를 두고 우리만 웃고 잇슬 슈 업쇼. 나는 白米 二石을
불샹흔 遭難同胞들에게 들입니다」 ㅎ고 눈물이 흐르오. 會長도 너무 感激ㅎ
야 말이 업셧소. 다음에 洞簫 불던 允旭君이 일어나면셔

「나는 돈 一圓을 닉오.」

이러ㅎ야 一同은 當場에 五十餘圓을 醵ㅎ얏소. 會長은 말소리가 썰리며

「참 感謝합니다. 이제야 우리는 참사롬의 生活을 始作ㅎ엿습니다. 그러면
이것을 明日 郡廳에 交涉ㅎ야 遭難同胞에게 傳ㅎ도록 합시다.」(1917.1.31.)

會長은 新聞紙를 다시 뒤쳐들고

「여긔 世界 여러 나라에서 온 電報를 揭載ㅎ얏소. 어졔 아참에 地球 져 편
쪽에 잇는 英國이나 米國에서 일어는 일이 오늘 아침 이 新聞에 揭載됩니다.
오늘 新聞에는 法國과 德國의 接境에 벨단이라는 짱에셔 法德 兩國 軍士가
十餘萬이나 죽엇다 ㅎ얏습니다. 只今 우리 人類라는 家族이 집을 일우고 스
는 地球의 한편 구셕에셔는 늘마다 무셔운 戰爭에 數万名 同胞가 生命을 일
코, 지아비를 일흔 안히와 아들을 일흔 늙은 어버이가 슬푼 눈물을 흘입니
다. 그러ㅎ거늘 우리는 지금토록 그런 줄도 모르고 잇셧습니다. 이것이 文明

혼 人類의 道理에 맛당ㅎ오릿가. 우리는 그 나라들이 엇지ㅎ야 싸호며 每日 數萬名 人生이 엇지ㅎ야 죽는 것을 알아보지도 아니ㅎ고, 싱각ㅎ야 보지도 아 니ㅎ는 것이 맛당ㅎ릿가. 엇더케 ㅎ면 이 慘酷혼 戰爭을 긋치게 홀가 ㅎ는 것을 싱각ㅎ야 보는 것이 人類된 우리의 道理가 안이오릿가」 ㅎ믜, 一同은 肅然히 안져서 會長의 熱誠으로 熱혼 얼골을 볼 따름이오.

이리ㅎ야 所謂 新聞會란 것이 成立되엿쇼. 夕飯後에는 一同이 넓은 마당에 모혀 안저서 爲先 洞內의 消息을 말ㅎ고, 次에 會長이 新聞을 읽어가며 或 註 釋도 ㅎ고 講評도 ㅎ얏소. 會員 안인 者도 하나식 둘식 來參ㅎ게 되엿쇼. 이 러혼 지 十餘日은 洞中의 話題는 至極히 豊饒ㅎ게 되엿소. 田圃에 마죠 안저 或 歐洲大戰을 談ㅎ며 井邊에서 婦人네가 日本 支那의 일을 討論ㅎ게 되엿쇼. 마치 쳐음 外國語를 빈호는 者가 不過 數日內에 놀납게 進步된 것을 씨닷는 모양으로 그네는 不過 十餘日에 宏壯히 知識이 豊富ㅎ야짐을 씨다랏소.

그네의 世界는 갑쟉이 넓어졋소. 自洞內밧게 모르던 者가 十三道를 알게 되고 世界萬國을 알게 되얏소. 그러고 自身을 爲ㅎ야 웃고 울 줄밧게 모르는 者가 十三道를 爲ㅎ야 쏘는 全世界를 爲ㅎ야 웃고 울게 되었소. 그네가 世界 가 一家인 줄을 斟酌ㅎ고 十三道가 一家인 줄을 斟酌혼 뒤에야 비로소 「新 村」이라는 自己네의 洞內가 一家요 洞民이 一身인 줄을 自覺ㅎ엿소. 此洞內 의 물깜갑시 二倍나 三倍나 빗스게 오른 것이 歐洲大戰亂의 影響인 줄을 알 게 된 뒤에야 一洞內 戶各員이 密接ㅎ게 利害休戚의 關係가 잇는 줄을 씨달 앗소. 이리ㅎ야 從此로 新聞會는 重要한 敎育機關이 되었소. 文字를 解ㅎ는 者는 獨立ㅎ야 新聞讀者가 되고, 그러치 못혼 者는 或 남의 新聞을 빌어 보거 나 남이 읽는 것을 듯기로 無上혼 快樂을 삼앗소.(1917.2.1.)

엇던 날 져녁 新聞會에 一會員이

「西山宅에셔 生男을 ㅎ엿습니다. 우리는 이러혼 깃분 일을 當ㅎ야 잠쟛고 잇슬 수가 업스니 무엇으로나 祝賀의 意를 表ㅎ여야 ㅎ겟소」 하는 이는 自初

로 熱心ᄒ던 會員인 金允國君이오. 君은 貧寒ᄒᆫ 農夫요. 그러나 天性이 純良ᄒ
야 前부터 門中에셔 「無識ᄒ지마ᄂᆞᆫ 변변ᄒᆫ 사름」이라ᄂᆞᆫ 稱讚을 들어오던 사
름으로셔, 會員이 된 後로ᄂᆞᆫ 더욱 熱心ᄒᆫ 利益事業 贊成者가 되어 會員을 勸人
홈도 十有餘人에 達ᄒ엿쇼. 允國君의 말에 或 「西山宅에셔 늣도록 아들이 업
셔셔 걱정ᄒ더니 깃브겟구면」ᄒᆞᆫ 者도 잇고, 「ᄯᅩ ᄯᅡᆯ을 나핫더면」ᄒ고 生男
ᄒᆫ 것을 多幸으로 녀기ᄂᆞᆫ 者도 잇소. 會長은

「西山宅에셔 得男ᄒᆫ 것은 다만 西山宅의 깃분*만이 아니라, 吾門의 깃분
이오 吾洞의 깃붐이오 吾國의 깃붐이오 全世界 人類의 깃붐이외다. 우리에
게 ᄭᅵ 親舊가 나고 ᄭᅵ 同胞가 나고 ᄭᅵ 生命이 낫습니다. 이것이 엇지 西山宅
의 깃붐ᄲᅩᆫ이오릿가. 뎌 星辰도 깃버ᄒᆞ고 山川도 깃버ᄒᆞᄂᆞᆫ 것이외다. 今年브
터 天은 그 兒孩를 爲ᄒ야 비와 日光을 주고, 地ᄂᆞᆫ 그 兒孩를 爲ᄒ야 맑은 물
과 먹을 糧食을 줄 것이외다. 西山宅에 아달이 난 것이 안냐라 世上에 우리
同生이 날 째에 便宜上 西山宅에 난 것이외다. 그 兒孩ᄂᆞᆫ 우리 아달이오 우리
同生이외다. 그럼으로 우리ᄂᆞᆫ 西山宅과 갓치 깃버홀 것이외다. 그러고 그 兒
孩가 아달인지라 깃버ᄒᆞᄂᆞᆫ 것이 안이오 ᄭᅵ샤름인지라 깃버ᄒᆞᄂᆞᆫ 것이외다.
아달이오 ᄯᅡᆯ인 것이 깃버ᄒᆞᄂᆞᆫ 되 무슨 相關이 잇겟습닛가. 그 兒孩가 男子면
우리 洞內나 우리 나라나 우리 世界를 爲ᄒ야 엇더케 偉大ᄒᆫ 事業을 일울 偉
人이 될ᄂᆞᆫ지도 모르ᄂᆞᆫ 同時에, 만일 그 兒孩가 女子면 엇더케 事業을 홀ᄂᆞᆫ지
ᄯᅩᄂᆞᆫ 엇더ᄒᆫ 偉人의 안희가 되고 어머니가 될ᄂᆞᆫ지도 모르ᄂᆞᆫ 것이외다. 世上
은 男子와 女子로 되얏습니다. 우리도 父와 母 ᄉᆞ이에 낫습니다. 이럼으로 男
子만 重히 녀기고 女子를 賤히 녀김은 대단 惡習이외다.」

이 말을 듯고 一同은 참 異常ᄒᆫ 소리로다, 듯지 못ᄒ던 소리로다, ᄒᆞ면셔
도 果然 그러코나 ᄒ고 感服ᄒ얏소. 그러고ᄂᆞᆫ 西山宅 兒孩가 더욱 ᄉᆞ랑스럽
고 貴여운 ᄉᆡᆼ각이 나셔 新聞會가 ᄭᅳᆺ나면 卽時 가셔 그 兒孩를 보고 십흔 ᄆᆞᆷ

---

* 원문에는 '김분'으로 되어 있다.

이 싱겻소. 이것도 前 굿흐면 싱기지 못홀 모음이오. 允國君은 會長의 말에 더욱 感動되야

「그러면 무엇으로 이 사름이 世上에 온 데 對훈 祝賀의 意를 表홀가요」 ᄒ얏소. 會長은

「이러케 합시다」 ᄒ고 方針을 말ᄒ얏소.(1917.2.2.)

「이러케 합시다」 ᄒ고 會長은 입을 열어 「녯늘은 兒孩가 나면 壽富貴多男子ᄒ기를 빌엇쇼. 이것은 人生의 最大훈 福으로 알앗소. 只今도 毋論 이것이 福이외다. 最大훈 福이외다. 그러나 壽富貴多男子의 內容과 此를 엇는 方法이 變ᄒ얏슬 쑨이외다. 녯늘은* 壽라 ᄒ면 自己 혼ᄌ 八十이나 九十을 산다는 뜻이지마는 只今은 自己도 오릭 살려니와 同時에 自己의 門中과 洞內와 種族이 오릭 샤는 것을 니롭니다. 富라 ᄒ여도 녯늘은 自己 혼쟈 집에 好衣好食홈을 일음이엇스나 只今은 門中과 洞里와 種族이 왼통 富ᄒ기를 일읍니다. 貴라 홈도 녯늘은 自己 혼ᄌ 高官大爵을 홈을 일음이어니와 只今은 門中과 洞里와 種族이 왼통 高官大爵을 홈을 일음이외다. 今日에 高官大爵이라 ᄒ면 決코 正一品 正二品을 가라침이 안이오, 첫직 種族으로 文明훈 種族이라는 尊稱을 들으며 個人으로 敎育잇는 紳士라는 尊稱을 들음이외다. 녯날은 自己의 子女만 自己의 子女로 녀겨 그네만 壽富貴ᄒ기를 빌엇거니와 只今은 一門, 一洞, 一國, 一天下의 子女를 다 自己의 子女로 녀겨 그네의 다 잘 살기를 빌게 되엇습니다. 녯날은 自己의 家名과 自己의 財産을 自己의 子女에게 傳홀 쑨이엇스며, 只今은 이러케 ᄒ는 同時에 一種族으로의 家名과 文明과 財産을 一種族으로의 子女에게 傳ᄒ는 것이외다.

여러분 新村 金氏라면 至今토록 남의 尊敬과 欽羨을 바닷쇼. 그러면 이 尊敬과 欽羨은 나 一個人의 것도 아니오 누구 一個人의 것도 아니라 新村 金氏 全躰의 것이외다. 그럼으로 이를 傳홀 者도 내 子女쑨이 아니오 누구 一個人

* 원문에는 '녯늘을'로 되어 있다.

의 子女뿐도 아니오 新村 金氏 全躰의 子女일 것이외다. 그럼으로 우리 金村의 盛衰興亡이 오날 出生흔 西山宅 兒孩에게 달렷다고도 흘 수 잇슴니다. 또좀더 넓히 말흐면 우리 朝鮮사름이 잘살고 못살며 남에게 尊敬을 밧게 되고 賤待를 밧게 됨이 또흔 오날 아춤에 으아흐고 울던 西山宅 兒孩에게 잇다고 흘 것이외다」흐고 暫間 말을 끈헛소. 一同은 이 말의 意味를 仔詳흐게 알아듯지는 못흐얏소. 그러나 어렴풋흐게 그 말이 果然 올흔 줄과 一門이나 一洞이 잘되고 못됨이 其門 其洞의 兒童에게 달린 줄은 씨다랏소. 그리고 그 자리에 셕긴 普通學校 學徒들의 손도 잡고 머리도 쓰럿소. 會長은 一同의 顔色을 둘너본 後에

「그럼으로 우리가 西山宅 ㅇ히에게 줄 最好흔 祝賀膳物은 그 兒孩가 즐겁게 단일 만흔 됴흔 學校외다.」學校을 膳物로 흔다는 말에 一同은 啞然흐엿소.(1917. 2.3.)

會長은 말을 이어

「여러분은 西山宅 兒孩에게 줄 膳物中에 學校보다 더 조흔 것이 잇다고 싱각하시오?」흐고 一同의 對答을 기다리는 드시 暫間 말을 끈헛다가, 「여러분도 學校가 最好흔 膳物인 줄로 미드시는 즐 암니다. 그러면 우리는 生男祝賀로 多少間 金錢을 모도아 그 兒孩의 敎育費를 삼읍시다.」흐믹 滿場이 一致흐야 卽席 二十餘圓을 모도앗쇼. 會長은

「이 二十餘圓이 七年을 지나면 巨大한 金額에 達흘 것이니, 西山宅 兒孩가 通學흐게 될 썩에는 學費에 不少흔 도음이 될 것이외다」흐고 會長도 깃버흐고 一同도깃버흐 얏소. 그러나 會長은 다시 팔을 늬여두루며 諄諄히

「그러나 吾洞中에는 西山宅 兒孩뿐 안이라 家家戶戶에 어엽분 어린 兒孩들이 잇소」를 허두삼아 洞中 子女를 왼통 敎育시켜야 흘 것과, 그리흐 랴면 洞中에 學校를 設立흐여야 흘 것과, 三百餘戶되는 新村과 隣近 數村이 協力흐면 足히 完全흔 學校를 設立흘 수 잇슴과, 昔日에도 祖上들이 子弟의 敎育을

重히 녀겨 村中마다 반다시 書堂을 設立ᄒ고 또 學契를 設立ᄒᆫ 것과, 그럼으로 우리도 學校를 設立ᄒ여야 홀 것을 말ᄒᆫ 後에

「우리 三百戶가 每戶 每年 平均 一圓式만 닉어도 三百圓이오 또 傳ᄒ여 오ᄂᆫ 學契도 잇스니, 只今부터 決心ᄒ면 三年 以內에 吾洞內에 훌륭ᄒᆫ 學校를 設立홀 수 잇습니다」ᄒ고, 連ᄒ야 外國은 村마다 小學校가 잇고 郡마다 中學校나 實業學校나 小學 校員을 養成ᄒᆫ 師範學校가 잇ᄂᆫ 것과, 또 各村의 小學校ᄂᆫ 其村民의 經費로 維持ᄒ여가ᄂᆫ 것과, 또 外國人은 十數戶만 모혀도 반다시 學校를 設立ᄒᄂᆫ 것을 말ᄒ고 나종에

「文明國人에게 學校가 업지 못흠은 마치 우리 朝鮮人에게 담빗딕가 업지 못흠과 ᄀᆞᆺ흠니다」ᄒ야 一同은 그만 失笑ᄒᆞ얏쇼. 그리고 그 譬喩가 참 妙ᄒ다 ᄒ고 學校가 그처럼 重ᄒᆫ 것인가 ᄒᆞ엿소. 會員 아닌 者中에 엇던 者人이

「果然 그런가 보데. 只今은 學校工夫를 ᄒᆞ여야 벼슬도 ᄒᆞ지」ᄒᆞ엿소. 會長은 우슴을 참앗스나 會員들 中에ᄂᆫ 고기를 돌려대고 씩 웃ᄂᆫ 者도 잇셧소. 그리고 學校를 지으랴면 材木을 어딕셔 사오며, 位置ᄂᆫ 어딕로 定ᄒ며, 大木*은 누구로 홀 것을 方今 目前에 當ᄒᆫ 일인 드시 議論ᄒᆞ엿소. 會長은 一同의 마음에 學校를 重히 녁이는 싱각이 남을 깃버ᄒᆞ야

「우리의 마음에ᄂᆫ 벌셔 學校가 設立되엇습니다. 이 마음이 슬어지지만 안이ᄒ면 不遠에 우리 洞內에ᄂᆫ 宏壯ᄒᆫ 學校가 싱길 줄을 미듭니다」ᄒᆞ엿소
(1917.2.6.)

第十一章 蘭姬

蘭姬ᄂᆫ 어엽분 處女요. 芳年 十六에 文字도 解ᄒ고 針線도 잘ᄒ오. 그의 母親은 恒常 蘭姬더러 富貴家의 맛며ᄂᆞ리라 ᄒᆞ얏소. 남들도 말ᄒ기를 蘭姬를 안히로 삼ᄂᆫ 男子ᄂᆫ 福이 잇다 ᄒᆞ얏소. 참 蘭姬ᄂᆫ 處士의 階下에 외로히 쎅난 蘭

---

* 큰 건축물을 잘 짓는 목수.

草와 ⌒치 美ᄒ고 香ᄒ면셔도 淑흠이 잇셧쇼. 來歷 묘흔 朝鮮 舊式家庭에셔 生

長흔 處子中에ᄂ 實로 이러흔 얌젼흔 處子가 만히 잇쇼.

蘭姬의 父親은 十數年前ᄭ지ᄂ 峨冠大帶로 性理를 論ᄒ던 學者님이시오.

學者가 다 되든 못ᄒ 얏다 ᄒ더라도 學者의 蛹ᄭ지ᄂ 되엇셧소. ᄒ다가 世上

이 變ᄒ야 斷髮異服ᄒᄂ 新世界가 되믹 이 學者ᄂ 二三年間 杜門不出ᄒ고 澆

季*를 嘆ᄒ얏쇼. 그러ᄒ다가 무슨 바람이 불어 京城 平壤의 遊覽을 쪄나더

니, 次次 野人瓊樓臥의 風流를 빅와셔 不過 一年間에 萬餘圓의 黃金을 散盡ᄒ

얏소. 邇來로 和平ᄒ던 그 家庭에ᄂ 怨嗟와 嫉妒의 波瀾이 쓴허질 날이 업셧소.

그러다가 漸漸 囊中이 뷔이게 됨을 쏠라 學者님은 돈벌이홀 싱각을 ᄒ얏쇼.

ᄯᅥ에 마참 그 골에ᄂ 金鑛熱이 極盛ᄒ야 所謂 一流人士로ᄂ 거긔 染身치

아니흔 者가 업셧쇼. 그中에도 某法學士ᄂ 金鑛團의 牌頭가 되야 財産家의

子弟를 誘引ᄒ얏쇼. 學者님도 마참닉 金鑛熱에 醉ᄒ야 如干 殘在흔 田畓을

말큼 典執ᄒ고 그 金鑛團에 入參ᄒ얏소. 그리고 某鑛區의 認許를 기다리기

爲ᄒ야 四五十名 團員이 二年間이나 留京을 ᄒ얏쇼. 그네의 싱각에 自己네가

留京을 ᄒ여야 農商工部에셔 무셔워셔 連히 認許를 쥬려니 흔 것이오 그리

고 認許만 나오ᄂ 날이면 各人이 크다란 金犢** 一首 或 二首式을 잡을 슈 잇

스리라 ᄒ야 連日 잡으시오 이 슐 한 잔에 妻子의 衣食이 업셔지ᄂ 줄도 니

졋소.

그러나 맛참닉 認許ᄂ 안이 나왓소. 잡으랴던 金犢은 잡지 못ᄒ고 오직 窮

鬼를 잡앗슬 ᄲ이오. 이러ᄒ야 그 골 四五十戶 財産家ᄂ 그만 破滅의 悲境에

ᄲᅢ지고 말앗소. 안히들은 지아비를 怨望ᄒ고 싀로 싀집온 며나리들은 싀父

母를 怨望ᄒ게 되엿소. 一生 부억에도 안이 나려가던 婦女들이 조약볏헤 허

밋 쟈루를 잡을 ᄯᅢ에 그네의 心中이 얼마나 ᄒ엿겟소 나도 그러흔 婦女들의

---

* 도덕이 쇠하고 인정人情이 야박한 시대, 부패한 세상을 가리키는 말.
** 금송아지.

우는 양을 보거니와 讀者 여러분도 싱각ㅎ시면 그러흔 記憶이 잇ᄉ오리다. 아모 知覺 업고 定見 업는 財産家의 子弟들은 이렁ㅎ야 傳來의 祖業을 蕩盡ㅎ고 無辜흔 妻子를 溝壑에 轉ㅎ게 ㅎ는 것이오. 實로 그네는 敎育을 밧지 못흔 ᄭ닭이외다. 이 意味로 보아 그네는 社會와 時代의 犧牲이라 홀 수 잇소이다.(1917.2.7.)

蘭姫의 집도 社會의 犧牲이 되엇소. 이 金村에 이러케 犧牲이 된 者가 四戶외다. 그中에 一戶는 홀일엄시 扶老携幼ㅎ고 西間島로 가고, 一戶는 조흔 집 조흔 땅을 말큼 다 일허바리고 움막ᄉ리 草家집에 粥물을 울여먹고 살아가오. 蘭姫집도 今年에는 打租 한 셤 업시 딩글ㅎ게 집과 몸만 남앗쇼. 自暴自棄ㅎ는 學者님은 每日 長醉에 쥬정만 ㅎ오.

이에 蘭姫의 몸에는 悲劇이 일어낫쇼. 그는 學者가 二百五十圓을 밧고 蘭姫를 六十 넘은 老人에게 賣却흔 것이오. 娼妓나 妾으로 팔면 그보다 高價를 밧들 것이로되 兩班의 躰面에 그럴 수는 업다 ㅎ야 兩班宅 老人의 後室로 판 것이오. 그 老人은 몃 千石이나 ㅎ고 ᄯᅩ 身體가 剛健ㅎ며, ㅎ는 일은 업시 膏粱珍味만 먹음으로 싱각나는 것이 色慾밧게 업던가 보오. 아달이 잇고 孫子가 ᄯᅩ 아달을 나흘 만흔 者가 曾孫女ᄲᅵ나 되는 蘭姫를 後室로 엇는 것을 우리 눈으로 보고 그 心理를 싱각ㅎ면 짐싱ᄀᆺ치 더럽게 보이되, 社會라든가 人道라든가 精神生活을 모르는 安承旨(그 老人의 稱呼요) ᄀᆺ흔 者에게는 이것이 當然히 보이는 게지오.

그러나 蘭姫의 心中이야 엇더ㅎ겟소. 꼿 ᄀᆺ흔 處女로셔 싯별 ᄀᆺ흔 新郞을 마자보지 못ㅎ고 六十이나 넘은 영감쟝이의 노리기감이 되는 것이 얼마나 寃痛ㅎ겟쇼. 그릭셔 蘭姫 母女는 晝夜로 울엇쇼. 學者도 참아 妻子를 對홀 낫이 업든지 近日에는 집에 들어오지도 아니ㅎ오.

會長은 이 말을 듯고 卽時 學者를 차자갓쇼. 챠자셔 그 約婚의 올치 아니흠을 말ㅎ얏소. 그러나 醉眼이 몽롱흔 學者는 쌀쌀 우스며

「窮無所不爲여. 窮흔 데야 못홀 일이 잇는가」 ᄒ고 會長의 忠告를 드를 싱각도 안이ᄒ얏소.

八月十四日에 洞內 一同은 金氏 始祖山 前廣庭에 모히게 ᄒ얏소. 名節도 되고 ᄯ 始祖山 參拜 兼 男女 二百餘人이 모혓소. 半年間 精誠된 努力으로 會長은 이 만흔 信用과 尊敬을 엇은 것이오. 金氏의 始祖山에는 數百年 ᄂ려오는 松林이 잇고 멀리 西便으로 黃海가 보이오. 果然 景致가 雄大ᄒ외다. 會長이 이곳으로 集會地를 定흔 것은 實로 만히 싱각흔 結果외다. 雄大흔 自然 속 榮光 잇는 先朝의 墳墓 압히 그 子孫을 警醒ᄒ는 演說場으로는 가장 適合홀 것이외다. 會長은 二三日來로 沐浴齋戒ᄒ고 今日의 準備를 ᄒ얏소. 全洞民에게 新精神을 鼓吹ᄒ기는 實로 今日에 잇다 ᄒ얏소.(1917.2.8.)

金議官이 初獻ᄒ고 慈心 만흔 金大監이 亞獻ᄒ고 會長이 祝을 부르게 되얏소. 會長이 祝을 들고 墓前에 跪坐ᄒ니 一同은 肅然히 俯伏ᄒ얏쇼. 會長은 「維歲次…… 顯十一代祖 考資憲大夫 行禮曹判書……」 等 形式的 文句를 讀畢흔 後에 純諺文으로 如左히 외왓쇼.

「榮光 잇는 先祖의 血肉을 바든 져희 不肖孫들은 크고 넓으신 先祖의 ᄯᅳᆺ을 이저바리고 더럽고 賤흔 民衆이 되엇ᄂ이다. 집에 잇스믹 父母ᄭᅴ 孝道홀 줄 모르고, 夫婦 和ᄒ며 兄弟 愛ᄒ며 子女를 가라칠 줄을 모르고, 世上에 나셔셔는 나라와 社會를 爲ᄒ여 힘쓸 줄을 모르고, 슐을 마시고 賭博을 ᄒ며 사름을 쇼기고, 一家가 訟事ᄒ며 淫蕩흔 디 ᄲᅡ져 妻子를 니져바리게 되엇ᄂ이다. 슯흐다. 져희는 거륵ᄒ신 祖上의 血肉을 바다 짐싱과 ᄀᆺ흔 오랑키가 되엇ᄂ이다. 만일 先祖의 靈이 겨시다 ᄒ면 얼마나 가슴을 아푸시고 눈물을 흘니시리잇가. 子孫이 되여 九原*에 도라가시는 先祖의 靈을 슯흐시게 홈을 싱각ᄒ오믹, 實로 하늘이 아득ᄒ고 가슴이 터질 ᄯᅳᆺᄒ여이다. 이제 先祖의 墳墓 압헤 져의 미련ᄒ고 不孝흔 子孫이 俯伏ᄒ얏ᄉ오니, 願ᄒ옵건딕 先祖ᄭᅴᆸ셔

---

* 저승. 사람이 죽은 뒤에 그 혼이 가서 산다고 하는 세상.

일즉 天下의 惡人을 짜리던 치찍과 嚴殺ㅎ던 號令으로 져희 무리를 짜리고 씨우쳐 주시옵소셔. 져희로 ㅎ여금 熱淚를 뿌리고 가삼을 두다려 前罪를 痛悔ㅎ고 新生活에 勇進ㅎ게 ㅎ여 주시옵소셔. 幽明이 隔ㅎ얏더라도 明喆ㅎ옵신 英靈쯰옵셔는 世上이 싀롭게 된 줄을 아르실지니, 져희로 ㅎ여곰 舊夢을 씨터리고 싀로온 길을 밟아셔 昔日의 榮華를 恢復ㅎ게 ㅎ여 주옵소셔」ㅎ엿소.

會長의 音聲은 참 人의 肺肝을 쐬쏠을 듯ㅎ엿쇼. 더구나 中間쯤 ㅎ야 會長의 音聲이 눈물로 흐리게 될 쩍에 一同中에는 흐득흐득 늣기는 소리가 들렷소. 一同은 感激ㅎ얏쇼. 져 慾心 만흔 金大監도 道服 쇼민로 눈물을 씨셧쇼. 大部分은 一生에 쳐음 感激흔 것이오. 그네는 일즉 二人 以上이 同時에 感激ㅎ야 본 적이 업고, 또 그네는 一門이라던가 一洞의 全躰를 爲ㅎ야 눈물을 흘려본 적도 업셧거니와, 自身 以外에 一門 一洞을 自身이 屬흔 全躰로 싱각ㅎ야 본 적도 업셧소. 文明人의 一大特徵은 共同흔 感情이 잇슴이외다. 一洞이나 一門이나 一國이나 또는 全世界를 自身으로 녁여 그를 爲ㅎ야 또는 그와 함쯰 울고 우슴이외다. 全村 사름들은 今日이야 비로소 이 共同感情을 가져 보앗소. 卽 社會心이라는 것을 가져 보앗소. 이 意味로 보아 그네는 今日에 人類로 世上에 生흔 것이오.(1917.2.10.)

會長은 床石 압헤 셔셔 熱誠 잇게

「우리는 前에는 兩班이엿소. 이 先塋에 碑를 보시오. 비록 政丞싯지는 업다 ㅎ더라도, 벼슬로 ㅎ면 參判 判書도 잇고, 傍白 守令도 잇스며, 文章 詩人도 잇고, 忠臣 孝子 烈女도 잇고, 萬人이 스승으로 仰慕ㅎ는 賢人과 學者도 잇셧소. 그 祖上님네 德澤으로 우리 不肖흔 子孫들도 兩班이라는 尊稱을 바다왓소. 그러나 只今은 우리 門中에 뉘가 잇슴닛가. 뉘가 國家社會를 爲ㅎ야 힘을 쓰며 뉘가 國家社會의 尊敬을 밧읍닛가. 우리는 이제는 샹놈이 되고 말앗쇼. 우리가 부리던 奴僕이나 다름업는 샹놈이 되고 말앗쇼. 우리는 겨오 先塋에 碑石을 보고 또는 몬지 오르고 좀먹은 休紙軸을 보고 우리도 前에는 兩

班이 잇거니 홀 싸름이오. 여러분! 우리는 상놈이외다!

우리 父老들은 世上이 末世가 되여 이러케 된 것이라 ᄒ고 拱手ᄒ고 恨歎만 홉니다. 안이외다. 이는 잘못 싱각홈이외다. 末世가 된 것이라 新世가 된 것이외다. 甲子年이 지나가면 乙巳年이 오는 모양으로 날근 世代가 지나가고 시 時代가 도라온 것이외다. 녯늘 幸福된 泰平時代가 잇던 모양으로 將次도 幸福된 泰平時代가 오려 홉니다.

늘근 世代와 함ᄭ 늘근 兩班도 지나갓슴니다. 시世代에는 시兩班이 싱김니다. 우리가 지나간 늘근 世代를 꿈꾸고 잇는 동안에 벌셔 시兩班이 만히 싱겻슴니다. 만일 이ᄃ로 가면 우리 子孫은 永遠히 샹놈이 되고 말 것이외다. 우리가 以前에 샹놈이라 ᄒ던 者도 몃 千年前 祖上은 兩班 노릇ᄒ 적도 잇슨 것이오, 兩班이라 ᄒ던 우리 祖上이 그네의 奴僕이던지도 모르는 것이외다. 그네가 元來 샹놈이오 우리 元來 兩班이 안이라, 그네는 샹놈이 「되」고 우리는 兩班이 「된」 것이외다. 그와 갓치 우리는 상놈이 될 수도 잇는 것이외다. 只今 우리는 샹놈이 되는 즁에 잇는 것이외다.

그러면 엇자면 兩班이 될가. 아죠 쉬온 일이외다. 우리 祖上이 兩班이 된 것이 첫지 그째 時勢를 알고 둘지 글工夫를 ᄒ야 그리된 모양으로, 우리도 兩班이 되랴면 첫지 이째 時勢를 알(고) 둘지 글工夫를 ᄒ면 그만이외다.

그럼으로 우리는 日本을 배우고 西洋을 배웁시다. 우리는 至今토록 그네를 蠻貊視之하엿거니와 그네에게는 새로 四書三經과 諸子百家가 잇슴니다. 그리고 그것은 以前 四書五經과 諸子百家보다도 낫슴니다」하고 暫間 말을 쓴코 一同을 보오. 一同의 顏色에 驚異하는 모양이 보이오.(1917.2.11.)

會長은 말을 이어

「爲先 몃 가지 例를 들어 봅시다. 우리는 荷物을 運搬ᄒ는 데 지게와 소를 메워 쓰는 달구지(牛車)밧게 업섯거늘 져들은 火車를 만들어 부리지오. 우리는 불을 킬 째에 火爐불에 「후후」 ᄒ고 눈물을 흘려가며 불엇거늘 져들은 쌕

굿기만 ㅎ면 불이 닐어나는 셩량을 쓰지오. 우리는 京城에 寄別을 ㅎ랴면 專人*ㅎ야 四五日이 걸렷거늘 져들은 「쏙딱쏙딱」 ㅎ기만 ㅎ고 눈 한번 깜쌕홀 동안에 千里萬里라도 寄別을 傳ㅎ지오. 우리는 무명 한 필을 열흘 스므날에 야 짜늬거늘 저들은 하로에도 數十匹을 짜늬지 안습닛가. 醫術도 只今은 醫學專門學校 出身이라야 ㅎ여 먹고 여러분이 부러워ㅎ시는 方伯, 守令, 判檢事, 辯護士도 專修學校 出身이라야 ㅎ지 안습닛가.」 ㅎ고 暫間 쉬엇다가

「父老끠셔는 흔히 (外)國人은 禮儀가 업느니 道德이 업느니 ㅎ시거니와, 그네에게 禮儀나 道德이 업는 것이 안이라 그네의 禮儀道德이 우리네의 그 것과 다름이외다. 나도 우리나라의 禮儀之邦이라 홈을 자랑으로 아오. 그러나 外國의 禮儀道德은 날로 進步ㅎ는 것이외다. 前에는 우리만 못ㅎ얏다 ㅎ더라도 只今은 우리보다 千百倍나 勝ㅎ게 進步되얏습니다. 이제 그네의 道德의 一例를 들리이다.

그네는 子女를 自己의 所有物로 알지 안이홉니다. 子女와 自己와 곳흔 獨立흔 性命을 가진 者로 압니다. 그네는 天과 國家社會가 自己에게 養育과 教育을 委託흔 人生이 卽 自己의 子女라 홉니다. 그럼으로 그네는 自己의 子女를 精神이나 肉躰를 健全ㅎ게 發達식힐 義務가 잇는 줄로 確信홉니다. 그네는 自己의 利益을 爲ㅎ야 子女를 使用홈을 大罪惡으로 압니다. 實로 어린 兒孩를 업어주기 爲ㅎ야 子女를 教育치 안이홈은 子女을 牛馬로 녀김이외다. 兄弟나 姉妹를 養育ㅎ는 것은 父母가 生存ㅎ는 동안 決코 兄弟姉妹의 義務가 안이오 全혀 父母의 義務외다. 그럼으로 長子女로 ㅎ야곰 次子女를 업어주기 爲ㅎ야 勞役케 ㅎ고 教育을 受흔 機會가 업게 홈은 實로 父母된 者의 大罪惡이외다. 하물며 自己의 利益을 爲ㅎ야 子女를 賣買홈이 大罪惡일 것은 不問可知외다.」

이쎄에 蘭姬와 그 母親은 一同中에 잇다가 쇼리를 늬어 울엇소. 會長도 옷

소매로 눈물을 씻고 一段 쇼리를 놉히며

「여러 父老와 兄弟들이여. 只今 져 울음소리를 들으심닛가. 우리는 우리의 子女를 우리의 所有物로 녀겻습니다. 外國 사룸 의 道德이 果然 우리만 못 흠닛가」호고 一同을 보앗소.(1917.2.14.)

會長은 말을 이어

「우리가 至今씻지에 子女를 自己의 所有物로 녀겨셔 그네의 一生을 그릇되게 혼 일이 얼마나 만켓소. 或 父母의 便宜를 爲ㅎ야 子女를 敎育ㅎ지 안이 혼다던가 ㅎ는 것은 앗가도 말삼ㅎ얏거니와, 더욱 父母가 子女에게 對ㅎ야 짓는 大罪惡은 自己의 子女를 自己의 所有物로 녀겨셔 自己의 마음디로 婚姻을 식임이외다. 婚姻은 人倫大事라고 입으로는 말ㅎ여 오면셔도, 子女의 一生의 苦樂이 定ㅎ는 婚姻을 父母의 마음디로만 ㅎ고 子女의 意思를 죠곰도 尊重치 아니흠은 人生의 自由意志를 無視ㅎ는 것이니, 그罪의 重大흠이 殺人이나 다름이 업슬 것이외다.

만일 父母된 者가 自己의 意思로 쏘는 自己의 利益으로 子女를 嫁娶케 ㅎ얏다가 그 子女가 一生을 不幸으로 보늬게 ㅎ면 그 怨恨이 얼마나 크오릿가. 一婦之怨도 枯旱三年이라 ㅎ얏스니, 우리 一門에는 그 동안 몃百 몃千 婦之 怨이 잇셧스리잇가. 父母의 意思와 利益의 犧牲이 되여 一生을 寃痛흔 눈물로 지나는 우리의 여러 百名 姑母와 누이와 쏠들의 怨魂이 永遠히 우리 洞中을 써나지 안이홀 것이오, 더구나 自己네를 그러흔 境遇에 쌔친 父母의 몸에셔 써날 씨가 업스오리다. 그 동안 우리 門中에 病과 死가 만코 損財가 만코 爭鬪가 만코 온갓 災殃이 긋치지 안이흐야 漸漸 衰境에 쌔지는 것이 쏘흔 이 無辜흔 處女들의 怨魂을 爲흠이 안일가요. 이디로 怨恨을 싸코 싸흐면 마츰늬 우리 門中이 쑥밧히 되고 榮光잇는 이 先塋이 樵童牧兒의 작난터가 되지 안이홀가요. 나는 그러흔 싱각만 ㅎ여도 몸에 소름이 찌치고 가슴이 앏흡니다. 그릭도 우리는 後悔홀 줄을 모르고 如前히 이러흔 大罪惡을 싸앗는 것이

올흘가요.」 ᄒ고 威嚴잇는 眼光으로 一同을 보앗쇼.

一同은 모도 다 고기를 숙이고 말이 업소. 그中에는 딸을 팔아먹은 者도 잇고 自己가 便ᄒ기 爲ᄒ야 子女를 敎育은 아니 시키고 奴僕 모양으로 부리는 者도 잇소. 그네는 아마 가삼이 찔리는 듯ᄒ얏슬 것이오. 會長은 勵聲一番ᄒ야

「우리가 만일 크게 悔改홈이 업스면 우리는 아죠 滅亡ᄒ고 말 것이외다. 녯날 잘못ᄒ 것을 悔改ᄒ고 勇斷잇게 식로운 길을 잡아야 홀 것이외다. 우리의 子女는 죄다 學校에 보내고, 子女의 婚姻은 父母를 爲ᄒ야 ᄒ지 말고 子女를 爲ᄒ야 ᄒ여야 홀 것이다. 우리는 子女가 成年이 되도록 敎育시킨 後에는 配匹의 選定은 子女의 自由에 맛겨야 홀 것이외다. 子女가 成年이 되도록 敎育을 시키는 것이 父母의 義務니, 其以上은 子女가 能히 知慧롭게 處理홀 것이외다.(1917.2.15.)

會長의 言語와 態度에는 果然 豫言者的 熱情이 잇셧쇼. 이 熱情이 會長의 말로 大雄辯의 힘이 잇게 ᄒ얏소. 會長은 判事로 잇셔 法庭에 臨홀 ᄯᆡ에도 決코 다만 法官의 冷靜쌘이 안이오 宗敎家의 熱情이 잇셧소. 이 熱情이 被告人으로 ᄒ야곰 慈母의 膝下에 잇는 듯ᄒ 安心과 神의 압헤 션 듯ᄒ 良心을 닐으킨 것이오. 그와 ᄀᆺ치 이번 演說에도 聽衆 一同으로 ᄒ야곰 天籟*를 듯는 듯ᄒ 標高ᄒ고 眞摯ᄒ 感情을 닐으키게 ᄒ 것이오. 一同은 眞情으로 感動ᄒ얏소. 그리고 先祖의 墳墓를 前에 업는 敬虔ᄒ 마음으로 우럴어 보앗소. 비록 明日에는 變ᄒ는 者가 잇다 ᄒ더라도 當場에 舊習을 ᄭᅵ트리고 會長의 말을 죠차 식兩班이 되고 식富者가 되랴는 싱각이 낫소.

한번 이러케 人心을 振盪ᄒ기만 ᄒ면 반다시 식로온 思想이 싱기는 것인데, 會長은 今日에 넉넉히 一同의 마음을 振盪ᄒ얏소. 會長의 此擧는 成功ᄒ얏소.

---

* 하늘에서 울리는 소리.

이 늘의 影響으로 學徒도 더 늘고 會員도 二三十名이 增加되여 九月一日 會에는 百餘名이 出席ㅎ게 되얏소. 그리고 子女에 對흔 新倫理思想과 婚姻에 對흔 新見解는 會長의 演說이 刺激이 되여 全洞의 話題에 올낫고, 此洞에 客으로는 女婿들과 外孫들도 이러흔 談話에 參與ㅎ얏소. 家庭內에서 이러흔 討論이 일어나다가는 結局은 「참 그리」 흠이 普通이얏소. 더구나 婦人네는 婚姻 問題에 더욱 興味를 가지고, 그中에도 自己가 父母의 强制로 不幸흔 婚姻을 흔 婦人네는 「참 그릿치」 ㅎ고 熱心으로 新說에 贊成ㅎ얏소. 이쩍에 밋치려 ㅎ는 四五件의 婚姻은 이 影響을 바다 或은 破綻도 되고 變更도 되얏소. 洞民 男女의 졸던 靈魂이 漸漸 ㅼㅣ어나는 쇼리가 맛치 굵은 누에가 쏭입흘 먹는 소리와 ㄱㅈ치 들니는 듯ㅎ얏소.

會長은 百方으로 周旋ㅎ야 蘭姬를 安承旨라는 老佛佛의 손에서 건져ㄴㅣ었소. 會長은 不足額 百餘圓을 自擔ㅎ기ㅼㅣ지 ㅎ야셔 불상흔 處女를 즘싱의 손에셔 救濟흔 것이오. 會長은 그 父母에게 蘭姬를 京城에 留學시키기를 請ㅎ얏소. 學者는 面目 업셔 아모 말도 업고 그 母親은

「자네 마음ㄷㅣ로 ㅎ게. 우리 蘭姬는 族下님일니 살아난 것이닛가」 ㅎ얏소. 會長은 卽時 蘭姬를 다리고 上京ㅎ야 淑明女學校에 너헛소. 第一次 留學生이 女子인 것이 異常ㅎ다고 會長은 京城으로셔 나려오는 길에 會員들에게 웃고 말ㅎ얏쇼. 蘭姬는 아마 金村 女子界에 先覺者가 되어 新女子界를 建設ㅎ겟지오. 金村 處女들은 蘭姬를 欽羨ㅎ는 者가 만케 되엇소. 春風은 莫敢當이외다. (1917.2.16.)

第十二章 將來의 金村

會長의 農村啓發事業을 始作흔 지가 거의 一年이 되얏소. 그 동안에 事業의 눈에 씌우는 것은 그러케 만치 못ㅎ다 ㅎ더라도 村民에게 新思想을 鼓吹흔 것은 莫大ㅎ오. 아모러흔 歷史的 大事業이라도 實行前에 반다시 思想이

압셔는 것이오. 人民間에 엇더혼 新思想이 깁히 浸潤되면 그것이 爛熟ㅎ는 날에는 반다시 實行으로 變ㅎ는 것이오. 달니 말ㅎ면은 無形혼 思想이 形躰를 具ㅎ야 實現되는 것이외다. 歷史上으로 보건딕 흔히 思想을 鼓吹ㅎ는 者와 그 思想을 實現ㅎ는 者는 同一혼 人이 아니오. 思想을 鼓吹ㅎ는 者는 思想만 鼓吹ㅎ고 그 思想을 바다 實現ㅎ는 者는 實現ㅎ기만 ㅎ오. 此兩者는 車의 兩輪과 ㅈㅎ셔 此重彼輕을 말홀 슈가 업거니와, 흔히 前者는 그 生涯가 慘酷ㅎ고 後者는 光榮ㅎ오.

대기 前者는 舊社會의 傳襲에 反抗ㅎ야 此를 打破ㅎ려 ㅎ는 故로 社會는 그를 미워ㅎ고 逼迫ㅎ야 或은 異端이라 ㅎ고, 或 社會를 紊亂ㅎ는 者라 ㅎ오. 이리ㅎ야 新思想의 宣傳者는 甚ㅎ면 生命을 일코 그러치 안터라도 萬人의 嘲罵下에 不遇의 一生을 보닉는 것이오. 그러나 後者는 新思想이 普及되고 爛熟된 後에 일어나는 故로 도로혀 萬人의 稱讚과 感謝를 밧는 것이오. 그러나 前者 업시 後者는 生ㅎ지 못홀 것이외다. 이러혼 境遇에 前者를 先知者라 ㅎ고 敎祖라 ㅎ는 것이오. 一國一村을 勿論ㅎ고 新興ㅎ던가 中興홈에는 반다시 이러혼 先知者가 必要혼 것이오. 一國이나 一村의 繁榮과 幸福은 實로 이러혼 先知者의 墓上에 建設되는 것이외다.

金村에는 先知者가 낫소. 會長이 그오. ㅼㅗ 今村은 그 先知者를 바닷쇼. 先知者의 가라침을 죠찻쇼. 金村人의 腦髓에는 先知의 鼓吹ㅎ는 新思想이 浸潤되었고 生長ㅎ오. 設或 이제 그 先知者가 죽고 업셔진다 ㅎ더라도 그가 金村의 頭腦中에 印친 思想은 決코 消滅되지 안이ㅎ고 漸漸 長成ㅎ야 마ㅊ닉 그 先知者의 理想ㅎ던 딕로 形躰를 具ㅎ야 實現될 것이오. 或 人民이 無能力ㅎ야 貴重혼 思情을 그딕로 썩여 바리는 수도 업지 안이ㅎ거니와 金村人은 決코 그러치 안이홀 줄을 確信ㅎ오. 未久에 金村에 여러 使徒가 싱겨 先知者의 理想을 實現ㅎ게 될 줄을 確信ㅎ오. 더구나 先知者인 會長이 春秋가 富ㅎ고 躰力과 精力이 强ㅎ니 그의 豫定딕로 十年以後에는 此金村으로 ㅎ야곰 全혀 식로온 金村을 만들지오, 二十年後면 足히 會長의 理想데로 될 줄을 確信ᄒ오. 金村에는 旺運이 도라왓소. 金村은 中興ᄒ게 되엿소. 富코 貴ᄒ 村中은 金村이라는 榮譽로온 稱讚이 今春에 심은 樹木으로 더브러 자랄 것이오.(1917.2.17.)

金村에는 큰 學校가 설 것이외다. 金村의 兒童은 一人도 싸짐 업시 普通敎育을 바들 것이오. 쫄라셔 金村人은 男女와 老幼를 勿論ᄒ고 죄다 讀書를 能히 ᄒ며 精神的 生活의 眞味를 씩달을 것이외다. 그네는 歷史를 解ᄒ고 政治를 解ᄒ고 宗敎와 文學을 解ᄒ고 人類의 理想을 解ᄒ고 科學과 藝術을 解홀 것이외다. 쫄라셔 그네는 圖書館을 두고 詩會를 두고 演劇場을 둘 것이외다. 그네의 庫間에 米穀과 金銀이 充溢ᄒ는 모양으로 그네의 書齋에는 科學과 藝術의 書籍이 들어 잇슬 것이외다.

金村에는 銀行이 잇고 倉庫가 잇고 塵房이 잇고 養蠶室이 잇고 種苗場이 잇고 牧場이 잇고 産品 陳列舘이 잇슬 것이외다. 金村은 敎育이나 土木이나 病院이나 其他 自治制度로 獨立혼 모양으로 産業이나 經濟로도 獨立홀 것이외다. 金村이라는 洞里內의 土地와 모든 財産은 반다시 今村의 것일 것이며, 金村人은 決코 他村人의 債務者가 되지 안이홀 것이외다. 金村人의 企業의 資本에 金村銀行에셔 低利로 貸出홀 것이외다. 金村은 債權者가 되고 決코 債務者가 되기는 不得홀 것이외다. 金村人에는 決코 無職業者자가 업고 無職業時가 업스며, 싸라셔 所謂 極貧者가 업슬 것이외다. 一言以蔽之ᄒ면 金村은 富ᄒ여야 홀 것이외다. 金村에는 幼稚園이 잇셔 學齡前의 兒童을 敎導ᄒ는 모양으로 養老院이 잇셔 老人의 安住所를 삼을 것이외다. 會舘과 公園이 잇셔 健康혼 者의 娛樂場이 되는 모양으로 完備혼 病院이 잇셔 病人의 安心ᄒ고 治療홀 處所가 될 것이외다. 靑年들에게 靑年會가 잇고 處女에 處女會가 잇고 婦人에 婦人會가 잇셔 社交와 快樂을 엇는 同時에 德性을 涵養ᄒ고 知識을 啓發홀 것이외다. 이쩍의 金村人은 個人으로나 團體로나 世界 最高 文明人의 思想과 言語와 行動을 가질 것이외다.

金村人의 精神은 一新홀 것이 無(외)다. 그네의 精神은 強勇ㅎ고 寬大ㅎ고 勤勉ㅎ고 優雅ㅎ고 仁慈ㅎ고 廉潔ㅎ고 進取的이오 快活ㅎ고 深刻홀 것이외다. 쏠라셔 그네에게ᄂ 新宗敎, 新倫理, 新道德, 新習慣이 싱겻슬 것이외다.

精神이 一新ㅎᄂ 同時에 모든 物質方面도 왼통 一新홀 것이외다. 첫지 村中 周圍에ᄂ 森林이 鬱茂홀지오 家屋은 全혀 最新學理에 適合ㅎ도록 改良되엇슬지며, 道路와 橋梁도 車馬가 自由로 通行되로독 번쯧ㅎ게 되엇슬 것이외다.

이리ㅎ야 金村은 果然 富ㅎ고 貴ㅎ게 될 것이외다. 이에 비로쇼 新文明의 泰平이 臨ㅎ야 至于萬世홀 것이외다. 엇지 金村쑨이리오, 이것이 朝鮮 十三 道의 將來외다.(1917.2.18.)

朝鮮 家庭의 改革*

朝鮮은 古來로 家族 單位의 團이라. 故로 家族制度의 發達이 實로 人의 模範이 될 만ᄒ더니, 他制度의 疲弊ᄒᆷ을 從ᄒ야 家族制度의 疲弊ᄒᆷ도 殆히 其極에 達ᄒ얏도다. 元來 家庭은 人生의 幸福의 源泉이며 苦痛의 避難處니, 一家 團欒之樂은 樂中의 宗이오 實社會의 煩劇枯淡ᄒᆫ 事務에 心困身疲ᄒᆫ 時에 唯一의 避難處와 安息處ᄂᆫ 實로 家庭을 外ᄒ고ᄂᆫ 不可求로다. 然ᄒ거ᄂᆯ 現今 朝鮮의 家庭으로써 能히 이 資格을 有ᄒᆫ 者가 幾何나 되ᄂᆫ가. 玆에 朝鮮家庭의 欠點을 指摘ᄒ고 並ᄒ야 文明國 新式家庭을 參酌ᄒ야 改良ᄒᆯ 要點을 略述코져 ᄒ노라.

一, 家長權의 絶對

朝鮮의 家長은 恰似히 專制君主의 權이 有ᄒ니, 一家의 万機가 全혀 家長의 掌握內에 在ᄒ야 全家族의 興亡隆替에 關ᄒᆫ 大事件이라도 오즉 家長의 任意로 決定되고 他家族은 一言도 容嘴ᄒᆷ을 不許ᄒ도다. 僥倖 其家長이 賢明ᄒᆫ 人이면 마치 堯舜의 治天下ᄒᆷ과 如ᄒ야 自己의 任意로 一家를 處理호되 一家의 福利가 되려니와, 不幸히 桀紂와 如ᄒ 暴君이면 無辜ᄒᆫ 全家族은 炮烙을 不免ᄒᆯ지오 마춤ᄂᆫ 其家ᄂᆫ 滅亡ᄒᆯ 수 外에 無ᄒ리로다. 然而 堯舜은 千載의 一人이로되 凡庸暴虐ᄒᆫ 者ᄂᆫ 代代有之라. 家長이 一家의 全權을 握ᄒᆷ은 幸ᄒᆯ 時보다 不幸ᄒᆯ 時가 多ᄒᆯ 것이니, 假令 現今 朝鮮社會에 比比有之ᄒᆫ 女子의 人身賣買라던가, 家長 一人의 放蕩 或은 愚昧ᄒᆷ을 因ᄒ야 全家의 財産이 蕩敗ᄒ다던가, 家長이 自己 一個人의 肉慾을 滿足키 爲ᄒ야 妾을 蓄ᄒ고 花柳界에 沈溺ᄒ

* 東京에셔 春園生, 『每日申報』, 1916.12.14.-1916.12.22.

야써 一家의 平和를 攪亂ᄒ며 一家의 財産을 傾倒ᄒᄂ 等 可歎ᄒᆯ 惡現象은 社會의 腐敗, 敎育의 不及 等 多數ᄒ 原因이 有ᄒ려니와, 家長權의 絶對홈이 實로 主因이라 ᄒ리로다.

彼佛國大革命 以來로 各國에 君主專制政治가 廢ᄒ고 憲法政治가 盛ᄒ니 此ᄂ 但히 國에만 有ᄒᆯ 것이 아니라 一家도 亦然ᄒ며, 事實上 文明國 家庭에ᄂ 家長專制政治가 廢ᄒ고 立憲制度가 實行되나니 此ᄂ 知能 發達된 者의 當然ᄒ 事이라. 朝鮮의 家庭이 正히 此革命의 運에 際會ᄒ도다. 然ᄒ나 此革命의 運을 熟케 ᄒᄂ 者ᄂ 敎育의 普及이니, 一家族의 各員되ᄂ 男女老少가 各各 相當ᄒ 敎育을 受ᄒ야 個性의 自覺이 生ᄒ고 獨立ᄒ 人格의 權威를 感ᄒ야 自己의 權利를 意識ᄒ기에 至ᄒ면 自然히 家長의 專制ᄂ 容許치 아니ᄒ게 되ᄂ 것이라 極히 容易ᄒ게 家庭革命의 功을 成ᄒ려니와, 반다시 此機會를 待ᄒᆯ 것은 아니니 家長된 者가 率先ᄒ야 自己의 全權을 抛棄ᄒ고 立憲的으로 家族을 訓練홈은 一層 香氣로운 것이니라.

歷史上 國家의 革命을 觀ᄒ더라도 佛國이나 英國은 人民이 만져 覺醒ᄒ야 主權者에게 憲法을 要求ᄒ얏거니와 我日本은 主權者되ᄂ 天皇게셔 率先ᄒ사 人民에게 憲法을 授ᄒ셧나니, 現今 朝鮮家庭의 革命은 正히 此와 類ᄒ여야 ᄒᆯ 것이라.

然則 家庭改革의 要件은 何이뇨. 從來ᄂ 家와 家族과 財産이 全혀 家長 一個人의 所有라 家長도 如斯히 思ᄒ얏고 家族들도 如斯히 思ᄒ얏거니와, 此ᄂ 非라. 一家ᄂ 一家族의 一家요 決코 家長의 一家가 아니니, 一家를 維持ᄒ고 發展홈은 全家族의 事務와 責任이라. 一家의 万事ᄂ 반다시 全家族의 合議에셔 出홈이 正當ᄒ고 決코 家長 一人의 專斷을 不許ᄒᆯ지라. 家長은 一家族에 在ᄒ 主權을 便宜上 總攬ᄒᄂ 者니, 會의 會長과 如ᄒᆫ지라. 毋論 此ᄂ 理論이라. 實際로ᄂ 家長은 一家中 最히 年高ᄒ고 經驗이 多ᄒ 者며 또 父나 兄의 血族的 關係와 愛情이 有ᄒ니, 家族된 者로ᄂ 彼에게 服從과 尊敬으로써 對홈

이 正當ᄒ거니와 家長된 者도 家族에게 相當ᄒ 敬意를 表홈이 當然ᄒ지라. 婚姻이나 宴會나 財産의 移動이나 其他 全家族에 關ᄒ 重要ᄒ 事件은 반다시 家族의 同意를 經ᄒ야 홈이 正當ᄒ며, 自己ᄂ 비록 ᄒ고져 호딕 家族의 多數 가 反對ᄒ면 多數ᄒ 家族의 意見에 敬意를 表홈이 可ᄒ니라. 家族은 苦樂과 利害休戚을 永遠히 홈씌ᄒᄂ 者여늘 自己 一人의 意思만 貫徹홈이 不可ᄒ줄 은 愚者도 可知ᄒ리라.

大抵 個人의 人格을 尊重홈은 現代文明의 特徵이라. 古昔에ᄂ 三千之罪에 不孝가 最大ᄒ다 ᄒ얏거니와, 現代에 在ᄒ야 最大ᄒ 罪惡은 他人의 人格을 無視ᄒ고 人權을 侵害홈이니 此罪惡이 最多ᄒ게 行ᄒᄂ 데ᄂ 朝鮮의 家庭이 라. 家長이 万機를 專斷홈은 즉 家族의 人格을 無視홈이니, 人格을 無視홈은 즉 家族을 器械視ᄒ고 動物視홈이라. 最히 可憎ᄒ 것은 十五六世된 幼稚ᄒ 少 年이 一旦 家長의 權을 執ᄒ면 老ᄒ고 經驗이 多ᄒ 祖母나 母親의 意思를 尊 重홀 줄 不知ᄒ고 一家万事를 敢히 自斷ᄒ려 홈이니, 如此히 ᄒ야 一家族이 不幸에 陷ᄒ 例가 不少ᄒ며 且 朝鮮 全道의 家長中에 年齡은 少年이 아니라도 此少年과 如ᄒ 家長이 實로 不尠홀지라. 現行 法律에ᄂ 後見人, 禁治産, 準禁 治産 等 制度로 此缺陷을 救濟ᄒ려 ᄒ나니, 家長된 者 萬一 未成年이거나 病 身이거나 放蕩ᄒ야 一家를 支持치 못홀 경우에는 辯護士에게 問議ᄒ야 法律 의 救濟를 請홈이 맛당ᄒ니라.

何如間 家長專制ᄂ 속히 撲滅ᄒ여야 홀지니, 家庭의 平和와 安樂과 進步ᄂ 오직 此에셔 始홀지라.(1916.12.14.)

二, 男尊女卑의 太甚함

무엇이나 兩者關係ᄂ 元來 平等되기 難ᄒ니, 一高一低ᄒ고 一長一消라. 男 女의 關係도 此와 如ᄒ야 原始時代에ᄂ 女子가 一家의 家長이 되야 男子를 附屬物로 녀기더니, 後世에 至ᄒ야ᄂ 全혀 地를 易ᄒ야 男子가 女子를 附屬

物로 녀기게 되엿도다. 史乘에 記錄은 無ᄒ나 此二 反對現象이 中間에ᄂᆞ 應
當 男女平等ᄒ던 時代가 介在ᄒ얏슬 ᄯᆺᄒ도다. 最近世에 至ᄒ야 更히 男女의
關係에 變動이 生ᄒ니, 卽 男尊女卑에 反抗ᄒ야 起ᄒᆫ 男女平等의 思想이라.
女子도 男子와 同樣의 人格을 主張ᄒ야 國家나 社會에 對ᄒ야 男子와 同等ᄒᆫ
權利를 要求ᄒ니, 現今 世界에 社會의 最大問題ᄂᆞ 資本家 對 勞動者 問題와 女
性 對 男性의 問題의 二者라 ᄒ도록 此問題ᄂᆞ 重大ᄒ게 되얏도다. 余ᄂᆞ 此에
셔 男女의 平等을 主唱ᄒ려 홈은 아니나 朝鮮에도 文化의 程度가 漸次 高홈
을 從ᄒ야 早晩間 男女問題가 重大ᄒᆫ 社會問題가 될 것은 豫想ᄒ기 不難ᄒ도
다. 余ᄂᆞ 彼女權論者와 如히 男女의 平權理論上으로나 實際上으로 正當ᄒᆫ지
否ᄒᆫ지를 判斷ᄒᆯ 能力이 姑無ᄒ거니와, 但 民族發達上 又ᄂᆞ 家庭改良上 엇던
程度ᄭ지ᄂᆞ 女子의 人格을 認定홈이 有利ᄒᆯ 줄 思ᄒ며, 더욱이 朝鮮과 如히
家庭에 任ᄒ야 女子를 全혀 肉慾滿足과 子女生産의 機械로 認定ᄒᄂᆞ 社會에
在ᄒ야ᄂᆞ 多少間 女子의 人格을 絶叫홈이 正當ᄒᆫ 줄 信ᄒ노니, 故로 余ᄂᆞ 理
論上으로 此를 主張홈이 아니라 利害打算上 女子의 權利를 主張홈이로라.

　朝鮮家庭의 女子 卽 妻된 者와 ᄯᆯ된 者ᄂᆞ 其夫와 올아비에게 온것 人權을
剝奪되얏나니 今에 一二의 實例를 擧ᄒ건딕, 妻된 者ᄂᆞ 夫를 爲ᄒ야 貞操를
守ᄒ되 敢히 其夫에게 貞操를 請求ᄒ지 못ᄒ야 夫ᄂᆞ 幾十百人의 女子를 見ᄒ
여도 妻ᄂᆞ 一言의 抗議를 不許ᄒ거날 妻ᄂᆞ 暫時 他男子와 言語만 通ᄒ여도 人
倫의 大罪라 ᄒ며, 夫가 死ᄒ거던 妻ᄂᆞ 一生에 貞節을 守호딕 妻가 死ᄒ면 墳
土가 未乾ᄒ야 延爾新婚에 如薺의 樂을 貼取ᄒ며, 夫ᄂᆞ 全財産을 任意로 使用
홈을 得호딕 妻ᄂᆞ 一厘一毛를 擅用치 못ᄒ며, 婚姻은 人倫의 大事라 子나 女
·ᄂᆞ 夫妻 其同의 子女여늘 夫가 一言만 許ᄒ면 妻의 應諾을 勿論ᄒ고 婚姻이
成홈으로 或 酒債, 賭博債에 血肉을 典賣ᄒᄂᆞ 等 悲劇이 生ᄒ니, 妻ᄂᆞ 實로 片
務的이라 義務ᄂᆞ 自己가 盡ᄒ고 權利ᄂᆞ 夫가 專行ᄒ도다. 누이 오라비 間에
도 亦然ᄒ니 누의ᄂᆞ 비록 年齒로 오라비에게 手上이로딕 오라비의 手下에 立

ㅎ야 節制를 受ㅎ며, 家督의 相續은 古來의 習慣과 社會의 狀態로 男子에 限
ㅎ다 ㅎ더라도 同是 父母의 血肉으로 女子는 正當ㅎ게 遺産의 全部 又는 一部
도 相續홀 權利조챠 無ㅎ며, 每日 三次 食事時에도 魚肉間 맛나는 部分은 男
子의 獨食홈이 되고 女子는 殘餘흔 頭眉나 국물外에 맛보지 못ㅎ나니, 名雖
一家族이나 女子는 實로 男子보다 千萬層 卑低흔 異種族이며 其地位가 犬猫보
다 高ㅎ기 不過 數寸이로다. 就中 民族의 發達과 人道를 爲ㅎ야 最히 可恐할 者
는 女子에게는 敎育을 受홀 權利가 無홈이라. 學校敎育 實施前에도 男子는 書
堂에 就學홀 權利가 有ㅎ얏스나 女子에게는 針線과 割烹 以外에 敎育을 受홀
權利가 無ㅎ얏나니, 此는 人性을 戕賊홈이라 戰慄홀 事이로다.(1916.12.15.)

　總히 如此흔 男尊女卑의 思想은 支那의 流毒이니, 三從之義라 ㅎ며 七去之
惡이라 ㅎ며 不言外라 ㅎ며 不更二夫라 홈이 五六百年間 數万万 朝鮮女子로
ㅎ야곰 禽獸奴隷의 慘毒흔 苦痛을 受케 흔 呪文이라. 如此히 女子를 壓迫홈으
로 因ㅎ야 受흔 朝鮮文明의 損害가 쏘흔 莫大ㅎ리로다.

　爲先 夫로 ㅎ야곰 妻도 人인줄을 認識케 ㅎ고, 次에 夫와 妻는 一家의 義務
와 權利를 分擔ㅎ얏슴으로 每事에 雙方의 合議를 經ㅎ야 處理홈이 正當홈을
覺케 ㅎ며, 夫가 妻에게 貞操를 請求홀진딕 自己도 貞操를 守ㅎ야써 妻의 貞
操를 代償홈이 可홈을 知케 ㅎ며, 妻가 死ㅎ거던 夫가 再娶ㅎ기를 願홀진딕
夫가 死ㅎ거던 妻도 再娶ㅎ기를 許홈이 當然흔 줄과, 妻가 夫에게 敬意를 表
ㅎ는 이만콤 夫도 妻에게 言語나 行動에 敬意를 表ㅎ게 홀지여다. 玆에 비로
소 伉儷*의 眞意義가 實現되고 兩体爲一身의 天理에 合ㅎ야 夫婦의 愛情이
新ㅎ고 家道가 昌盛홀지니라.

　次에는 子女의 層等을 設ㅎ지 말지여다. 朝鮮셔는 生子를 大慶이라 ㅎ되
生女는 섭섭ㅎ다 ㅎ야 父母도 슬퍼ㅎ고 外人도 근심ㅎ나니, 亦是 荒唐ㅎ고
固陋흔 舊思想이라. 男子의 多홈이 一家나 一社會를 爲ㅎ야 慶賀롭지 안이홈

---

* 남편과 아내가 짝을 이룸.

이 안이나 天은 適當ㅎ게 男女를 生ㅎ나니, 決코 男子 一人에 女子 千人을 生ㅎ리라는 憂患은 無ㅎ 것이리라. 自己의 血肉임에야 男女에 何別이 有ㅎ리오. 偶然ㅎ 社會의 制度로 男系의 後裔는 自己의 姓을 襲ㅎ되 女系의 後裔는 他人의 姓을 襲ㅎ게 되얏스나, 親系子나 外孫子나 自己의 血肉을 分有ㅎ기에는 一이라. 表面의 姓이 同ㅎ고 異흠이 무슨 그리 大事리오. 如斯히 達觀ㅎ면 決코 女의 多흠을 恨ㅎ고 子의 無흠을 悲ㅎ는 등 兒戲的 思想이 無ㅎ 것이오, 子나 女를 平等ㅎ게 愛ㅎ게 될 것이라.

故로 弄璋弄瓦의 陳腐ㅎ 套語를 棄ㅎ고 「식스룸이 世上에 나다」ㅎ는 喜悅을 感흘지어다. 然則 飲食에도 子女의 別이 無흘 것이오, 敎育에도 子女의 別이 無할 것이오, 財産의 相續에도 子女의 別이 亦無흘 것이라. 試思ㅎ라, 朝鮮 全道 人口가 千五百万이라 ㅎ면 女子가 半數는 占ㅎ얏스리니 事實은 七百五十万에 不過흘지나, 女子에게 人格을 與ㅎ고 敎育을 與ㅎ야 完全ㅎ 人을 成ㅎ면 그제야 비로소 一千五百萬이 될지오 從ㅎ야 全體의 活動量, 作業量도 前에 比ㅎ야 倍가 될 것이라.

女子敎育의 必要라던가, 貞操問題라던가, 再婚離婚 等 問題는 後日에 論ㅎ고 此에는 但히 女子의 人格을 認定ㅎ라 絕叫흘 쑨이어니와, 本文中 幾個 句節을 讀ㅎ고 或 惡感을 抱ㅎ며 反對를 唱흘 者 有흘 듯ㅎ도다. 余의 此論이 諸賢君子를 刺激ㅎ야 此過渡期에 處ㅎ야 此種 問題의 名論卓說이 簇生ㅎ기를 切望不已ㅎ는 者로라.(1916.12.16.)

三, 階級이 太嚴하고 愛情이 不足함

時代의 階級的 思想은 家庭에 浸潤ㅎ야 容易히 洗去ㅎ기 不能ㅎ도다. 全世界에 自由平等의 空氣가 瀰滿ㅎ니, 아모리 門戶를 緊鎖ㅎ여도 家庭內에 侵入치 아니흘 수 無흘지라. 父子, 夫婦, 兄弟間에 階級的 名分이 비록 必要흘지라도 亦是 人과 人과의 集合이오 人과 人과의 交際라. 父夫兄이 반다시 子婦弟

보다 地位나 人格이나 能力으로 千萬層 高貴홀 것이 아니오, 子婦弟가 반다시 千萬層 卑低홀 것이 아니라. 父子의 分이 嚴흔 中에도 朋友와 如흔 情이 密흔 데 人生의 妙趣가 有흐지 아니흐뇨.

朝鮮의 家庭을 觀흐건딕, 子가 父의 室에 入흐거든 長揖不敢座흐며 父가 問흐심이 無흐거던 감히 發言흐지 못흐야 羊이 虎狼의 前에 在홈과 恰似흐도다. 此境遇의 兩者의 心理를 解剖흐건딕 父는 子의 手를 握흐고 背를 撫흐고 시프되 父의 威嚴을 保키 爲흐야 억지로 견딕며, 子는 滋味가 無흐고 脚이 痛흐야 速히 退흐려 호딕 子의 禮節에 束縛되야 죽어라흐고 춤을지니, 父의 威嚴도 可흐고 子의 禮節도 亦可흐거니와 自然흔 情愛를 구테어 抑壓흐야 無限흔 苦痛을 自招홀 것이야 무엇이리오. 手를 握흐고 시푸거던 握홈이 可흐고 背를 撫흐고 시푸거던 撫홈이 可흐며, 子도 學校에셔 上學흐던 狀況도 告흐야 可흐고 동무들과 遊戲흐던 滋味도 言흐야 可흔지라. 讀者 諸君中에 父親을 侍坐흐기를 好흐는 者가 幾人이뇨. 他人이 無흐고 다만 父子 兩人이 對坐흐얏슬 時에 歡談이 淋漓흐야 寂寞枯淡의 感이 無흔 者가 幾人이뇨. 一生에 父親에게 自己의 胸中의 希望과 苦悶과 經營과 秘密을 說盡흐거나 또 父親이 諸君에게 所懷를 說盡흔 者가 幾人이뇨.

諸君이 諸君의 友人에게는 胸中을 吐露호되 父親에게 吐露치 못홈은 何이뇨. 父親과 諸君과의 關係가 諸君과 友人과 關係만큼 密接치 못홈이뇨. 諸君은 二十年이나 三十或四十年間 父親을 侍홀식 實로 一日도 父親과 諸君間의 濃密흔 愛情 맛을 보지 못흐고, 每日 定省홈을 得男흐기 爲흐야 沐浴齋戒흐고 三更에 登山祈禱흐는 者와 如흔 不得已흔 壓迫的 義務로써 흐얏도다. 兄弟와 夫婦의 關係도 亦然흐니, 諸君이 일즉 兄과 同坐흐기를 朋友와 홈과 如히 快樂으로 흔 時가 有흐며, 二三年間 交遊흔 朋友에게 흐는 通情을 諸君의 兄에게 흔 事가 有흐며, 又 諸君이 一生을 偕老홀 時에 諸君의 伉儷라 稱흐고 兩身一體라 稱흐는 夫人에게 長時間 親密흔 談話를 交흔다던가 手를 携흐고 花

園에 逍遙ᄒ며 卓을 同히 ᄒ야 甘旨를 相勸ᄒ며 相互의 心中을 吐露ᄒ야 或 慰勞ᄒ며, 或 勸獎ᄒ며, 或 苦諫ᄒ 事가 有ᄒ가. 如此ᄒ이 可ᄒᆯ가, 不如此ᄒ이 可ᄒᆯ가.

更히 奇異ᄒ 事가 有ᄒ니 嫂叔*의 關係라. 他人間에도 長歲月을 經過ᄒ면 交際가 生ᄒ고 愛情이 生ᄒᆯ지어늘, 所謂 一族이 되어 一屋內에셔 一生을 送ᄒ면셔 相遠ᄒᆷ이 仇讎와 如ᄒ야 談話조차 交ᄒ지 아니ᄒ니 此를 奇怪하다 아니ᄒ면 何를 奇怪타ᄒ리오. 嫂叔間의 情誼ᄂ 少ᄒ야도 누의 오라비 情誼에 比ᄒ여야 ᄒ리니, 兄弟를 愛ᄒᄂ 者가 엇지 愛ᄒᄂ 兄弟의 伉儷와 疏遠ᄒ야 可ᄒ리오. 萬一 男女의 接近ᄒᆷ이 危險ᄒ다 ᄒ야 然ᄒ다 ᄒ면 禮義之邦 男女의 德性을 過히 無視ᄒᄂ 말이라.

如斯히 죽은 舊習慣의 强靭ᄒ 오라줄로 天然ᄒ 人情을 束縛ᄒ야써 最히 多情ᄒ고 最親愛ᄒᆯ 家族으로 ᄒ야곰 最히 無心ᄒ고 最히 疏遠ᄒ 他人이 되게 ᄒ야 樂園이어야 ᄒᆯ 家庭이 地獄과 如히 苦ᄒ게 되고, 萬花를 發케 ᄒᄂ 春風이어야 ᄒᆯ 家庭의 空氣가 雪霏氷玄의 逆風이 되니, 아라, 嗟흡도다 朝鮮의 家庭이어.

舊習을 破ᄒᆯ지어다. 傳襲ᄒ 千重万重의 心衣와 道袍를 脫去ᄒ고 赤裸裸ᄒ 天然ᄒᄂ 生生ᄒ 人生에 反ᄒᆯ지어다. 歐羅巴 中世紀 宗敎의 虛禮를 破脫ᄒ고 人生에게 無限ᄒ 自由와 快樂을 與ᄒ 情의 解放, 人性의 解放은 ᄯᅩᄒ 今日의 朝鮮에 應用ᄒᆯ지니, 子女가 ᄉ랑스럽거든 안고 입마출지어다. 悲ᄒ거든 실컨 哭ᄒ고, 悅ᄒ거든 실컨 舞ᄒ고, 快ᄒ거든 실컨 笑ᄒ고, 胸中에 積懷가 有ᄒ거던 싀언ᄒ게 發表ᄒᄂ 情의 自由를 得ᄒᆯ지어다.

彼文明國의 家庭을 觀ᄒ니, 全家族이 朝에 卓을 同히 ᄒ고 愛情 가득ᄒ 談笑中에 食事를 畢ᄒ고 大人은 各各 自己 事務에, 兒童들은 各各 學校에 終日

* 형제의 아내와 남편의 형제를 아울러 이르는 말.

分離ᄒ야 勤勤孜孜ᄒ다가, 夕에 다시 一堂에 會集ᄒ야 親愛ᄒᄂ 者의 얼굴을 보며 夕飯을 畢ᄒ고ᄂ 談話室에 會集ᄒ야 或 讀書도 ᄒ며 談話도 ᄒ며, 或者ᄂ 樂器로, 或者ᄂ 唱歌로, 或者ᄂ 今日 世間에셔 聞ᄒ 興味 有ᄒ 談話로 各各 親愛ᄒᄂ 家族을 悅케ᄒ고 笑케 ᄒ고 慰케 ᄒ려 ᄒ며, 如斯히 二三時間을 天國 又ᄒ 相樂裏에 送ᄒ고 셔로 一夜의 健康을 祝ᄒ 後에 各各 就寢ᄒ나니, 乾燥枯淡ᄒ 朝鮮의 家庭에 比ᄒ야 果然 何如ᄒ뇨. 그러타고 上下長幼의 名分이 紊亂ᄒᄂ 것이 안이라 此와 彼와의 相異點은 自然ᄒ 人情을 流露코 否ᄒ에 在ᄒ니, 彼文明國 家庭의 規模ᄂ 可驚ᄒ게 整齊ᄒ고 嚴正ᄒ니라.

朝鮮의 家庭도 爲先 父子, 兄弟, 夫婦間을 隔ᄒᄂ 習慣的, 階級的, 陳腐的 所謂 禮義를 打破ᄒ고, 朋友와 朋友間에 有ᄒ 듯ᄒ 純人性과 純人性의 愛情을 流露ᄒ야 眞實로 靄靄ᄒ 和氣가 一家를 鎖ᄒ게 ᄒ면, 其中에셔 自然히 合理ᄒ 完全ᄒ 新禮義가 生ᄒ 것이니라.

次에 家族間의 內外를 廢ᄒ야 兄弟姉妹와 如ᄒ 情誼로 交際ᄒ게 ᄒ면 一家의 和睦을 將ᄒ야 助成ᄒ지며, 且 可及的 家內에 食堂을 定ᄒ고 西洋式 卓子에 一家가 團欒ᄒ야 平等ᄒ 飮食으로 相酬相勸ᄒ게 ᄒ며, 食後나 空日이면 家族이 一堂에 會ᄒ야 音樂 歌舞도 ᄒ며, 或 有益ᄒ 書籍도 讀ᄒ고 談話도 聽ᄒ며, 무슨 大事件이 有ᄒ거던 亦是 團會ᄒ야 各員에게 發言權을 與ᄒ야 相互討論케 ᄒ며…… 이리ᄒ면 家族의 愛情이 濃密ᄒ게 되고 家庭의 和樂이 增進ᄒ게 될 ᄲᅮᆫ더러, 小ᄒ게ᄂ 一家가 昌盛ᄒ고 大ᄒ게ᄂ 一社會가 昌盛ᄒ게 되리니, 此ᄂ 余一人의 私見이 안이라 實로 新文明의 要義니라.(1916.12.19.)

四, 遊衣遊食함

此에ᄂ 中流 以上의 家庭을 指稱ᄒ이라. 朝鮮 中流 以上의 家庭의 各員이 每日 一定ᄒ 職業을 有ᄒ 자 幾人이뇨. 職業이 無ᄒ게 優遊ᄒᄂ 者를 浮浪者라 ᄒ고 職業이 無ᄒ게 衣食ᄒᄂ 者를 寄生蟲, 乞人, 不汗黨이라 ᄒ나니, 然則

朝鮮의 中流 以上人은 皆是 寄生蟲, 乞人, 不汗黨인가.

朝鮮에는 「놀고 먹는다」는 語가 有ㅎ니, 此는 相當ㅎ 父母의 遺産이 有ㅎ 者를 羨望ㅎ야 ㅎ는 稱號라. 「놀고 먹음」*을 人生의 大福으로 녀겨 女를 有 ㅎ 者도 必曰 「놀고 먹는 집」에 嫁ㅎ리라 ㅎ며, 其人을 稱讚ㅎ 時에도 彼는 「놀고 먹는」 者라 ㅎ야 万人의 尊敬이 오즉 「놀고 먹는」 되 集注ㅎ고, 萬人의 所願이 오즉 「놀고 먹는」 되 在ㅎ도다. 朝鮮의 貧ㅎ고 文明치 못흠이 良有以 也로다.

中流 以上 男子의 日常生活을 觀ㅎ라. 所謂 舍廊에 在ㅎ야 「놀고 먹는」 同類로 더불어 閑談ㅎ고 吸煙ㅎ고 碁奕ㅎ고 飮酒ㅎ고, 終日 如斯히 ㅎ다가도 無聊ㅎ면 靑樓나 酒肆에 入ㅎ야 鷄鳴後에야 家에 還ㅎ야 翌日 午正이 되도록 眠ㅎ고, 起ㅎ거든 또 前日과 如ㅎ도다. 所謂 舍廊은 朝鮮人의 貴重ㅎ 時間과 勞力을 食ㅎ는 魔窟이라. 社會에서도 財産 잇는 者는 舍廊門을 開ㅎ고 此 「놀고 먹는」 者를 多數 會集ㅎ야 無用ㅎ 閑談亂戱에 時間을 虛費ㅎ여야 阿某는 「잘난 스룸」이라, 「出入ㅎ는 사람」이라 稱讚ㅎ나니, 奇怪흠도 甚ㅎ도다.

如此ㅎ게 遊衣遊食ㅎ는 人을 爲ㅎ야 彼의 衣와 食과 酒와 其他 奢侈的 物品을 供給ㅎ기 爲ㅎ야 幾十人 同胞가 血汗을 流ㅎ는가. 一人의 遊民이 有ㅎ 處에 一人의 飢民이 必有ㅎ며, 此一人의 遊民의 快樂을 供給ㅎ기 爲ㅎ야 數人의 婢僕이 貴重ㅎ 時間과 勞力을 徒費ㅎ도다. 卽 彼遊民으로 ㅎ야곰 自己가 賴ㅎ야 生ㅎ는 衣와 食이 萬人의 血汗으로 됨을 知ㅎ고 自己가 賴ㅎ야 遊樂ㅎ는 財産이 先祖의 刻苦勤勉ㅎ 結果인 줄을 覺케 흘진딕, 彼等의 慙愧와 悚懼를 不堪ㅎ리라. 時間과 勞力이 經偉가 되어 萬般重重ㅎ 物品과 事業이 作ㅎ나니, 農夫의 時間과 勞力은 衣와 食이 되고, 工匠의 時間과 勞力은 精妙ㅎ 機械로 化ㅎ며, 建築家의 時間과 勞力은 巍峨ㅎ 大宮殿을 成ㅎ고, 學者의 時間과 勞力은 文明을 釀出ㅎ는 것이라. 彼遊民의 時間도 勞力만 加ㅎ면 有價値ㅎ 何物이

* 원문에는 「놀고 먹음」으로 되어 있다.

生ᄒ리니, 如此히 万事万物의 源泉을 徒送ᄒ고 虛費홈이 엇지 自己와 社會를 爲ᄒ야 大損失이 아니리오.

文明人의 文明人인 徽章은 忽忙이라 홈을 前에도 言ᄒ얏거니와, 文明諸國人은 誰某를 勿論ᄒ고 職業이 無ᄒ 者가 無ᄒ지라. 高官顯爵의 子弟나 數億의 財産家의 子弟나 다 一定ᄒ 職業이 有ᄒ 지라, 故로 彼等은 朝鮮人과 如히 貧ᄒ고 弱ᄒ고 昧ᄒ지 아니ᄒ며 東西萬國을 橫行闊步ᄒ되 羞恥ᄒ 바가 無ᄒ 것이니라.(1916. 12.20.)

職業에ᄂ 勞苦가 必隨ᄒᄂ 줄로 思ᄒ기 易ᄒ거니와 其實은 不然ᄒ니, 職業도 一次 情만 들면 그中에셔 無限ᄒ 快味가 湧出ᄒᄂ 것이라. 西人이 有言ᄒ되 「忽忙의 勞苦의 꼿ᄒ 우슴이오 閑逸勞苦의 꼿은 눈물이어니와 閑逸의 勞苦가 忽忙의 勞苦보다 더 甚ᄒ니라」 ᄒ니, 此ᄂ 忽忙ᄒ 事務를 執ᄒ야 是者ᄂ 阿某나 經驗ᄒᄂ 바이라. 然則 舍廊을 廢ᄒ고 工場에 往ᄒ며, 「놀고 먹ᄂ다」ᄂ 말은 無限ᄒ 恥辱으로 녁이고 「분주ᄒ 사람」이라ᄂ 말은* 最大ᄒ 名譽로 녀기어 家庭內에서 遊衣遊食ᄒ던 男子들로 ᄒ여곰 一日一錢 벌이라도 職業을 取ᄒ게 홀지어다.

坐 家庭內에서 婦人들은 男子와 如히 閑遊치ᄂ 아니ᄒ되 時間과 勞力을 無用ᄒ 데 浪費ᄒ나니, 대개 現今 朝鮮 中流 以上 婦人의 唯一ᄒ 業은 針線이라. 周衣 一件에 二三日 품을 들인다 ᄒ며 其他 男女衣服의 裁縫에 許多ᄒ 時間을 要ᄒ다 ᄒ나니, 此ᄂ 莫大ᄒ 損失이라. 自縫針을 使用ᄒ면 同一ᄒ 時間內에 三四倍의 일을 홀지어늘 구테어 便利ᄒ 機械를 바리고 空然ᄒ 時間과 勞力을 冗費홀 理由가 何뇨. 或 手縫이라야 조타, 就中 夏節 周衣ᄂ 手縫에 限ᄒ다 ᄒᄂ 者가 有ᄒ나, 此ᄂ 速히 打破ᄒ야 홀 陋見이오 經濟를 不知ᄒᄂ 言이라. 其 時間과 勞力을 他에 轉用ᄒ면 有用ᄒ 結果가 生ᄒ지 아니 ᄒ겟ᄂ가.

勞力과 時間의 貴重홈을 覺ᄒ고 勤苦의 德과 閑遊의 罪를 悟ᄒ야 老弱을

* 원문에는 '말의'로 되어 있다.

除혼 外에 家族의 各員으로 ᄒ야곰 各各 相當혼 職業을 有ᄒ야 少ᄒ야도 各各 「졔 밥벌이」를 ᄒ게 홀지어다. 더욱이 朝鮮에 在ᄒ야ᄂ「各各 졔 밥벌이」가 最重最要혼 信條라야 ᄒ리라. 如此히 홈에ᄂ 中流 以上 家庭에셔ᄂ 靑年婦女에게 養蚕法을 學得케 蠶業을 始홈도 可ᄒ고, 其所産으로 紡績業을 開홈도 可ᄒ며, 男子들은 靑年이면 農商工等 實業을 學홈이 可ᄒ려니와 임의 三十歲 以上이 된 者ᄂ 果樹를 栽培ᄒ거나 植林事業에 着手홈도 可ᄒ니, 職業은 求ᄒ기만 ᄒ면 無數혼 것이라. 願컨딕 大勇斷 大決心으로 從來의 懶惰, 周遊坐食ᄒᄂ 惡習을 改ᄒ고 活動, 恩忙, 生産ᄒᄂ 新生活에 入홀지어다. 無窮ᄒᄂ 幸福과 安樂이 勤苦혼 家庭을 尋ᄒ야 路上에 彷徨ᄒ나니라.

最後에 一言을 添加홀 것은 兩班이 職業을 엇지 求ᄒ리오, 官吏外에ᄂ 참아 못ᄒ리로다 ᄒᄂ 鄙見을 打破홈이니, 此ᄂ 過去혼 思想이라. 只今은 商人이 兩班이오 工匠이 兩班이오 農業者가 兩班이오 제일 「샹놈」은 遊民인 줄을 알지어다.

五, 結論

余ᄂ 以上 四回에 亘ᄒ야 朝鮮 家庭改革의 件을 揭ᄒ얏노니, 卽 家長專制의 打破오, 家族의 形式的 階級 及 內外의 打破오, 男尊女卑思想의 打破오, 遊衣遊食의 惡習의 打破라. 此外에도 打破ᄒ랴ᄂ 것도 多ᄒ고 改ᄒ랴ᄂ 것도 多ᄒ나 以上 列擧혼 四個條ᄂ 實로 家庭革命의 根本的 要件일지라. 余ᄂ 家庭의 革命에 新文明을 迎接ᄒ랴ᄂ 今日 朝鮮 最要最急혼 줄을 確信홈으로 玆에 精誠을 다ᄒ야 絶叫ᄒᄂ 바로니, 賢明ᄒ신 諸子ᄂ 모로미 熟廬ᄒ사 公平혼 批評을 加ᄒ시기를 希望ᄒ고 此論을 結ᄒ노라.(1916.12.22.)

早婚의 惡習*

早婚의 惡習이라는 語는 最近 數十年來로 耳가 聾ㅎ도록 들어오던 바라. 玆에 시삼스럽게 此問題를 論ㅎ려 홈은 陳腐흔 感이 有흔 듯ㅎ나 余는 二種의 根據를 有ㅎ노니, 卽 早婚의 惡習은 如前히 行흔다 홈이 其一이오, 早婚의 弊를 說ㅎ는 者도 다만 抽象的으로 早婚을 害ㅎ다 害ㅎ다 홀 쑨이오 具體的으로 其理由를 說明ㅎ는 者가 無흔 듯홈이 其二라. 朝鮮에 急히 쏘는 嚴ㅎ게 改良ㅎ여야 홀 大弊端이 有ㅎ다 ㅎ면 早婚問題는 實로 其最오 其首될 者리니, 今日에 此를 痛論홈이 其時를 得흔 줄로 信ㅎ노라.

中等程度 以上 學生에 「아버지」가 半數나 됨은 勿論이어니와 코 흘리는 普通學校 一年級中에도 「셔방님」이 不少ㅎ니, 朝鮮은 實로 世界의 早婚國으로 印度의 次에 가는 者라. 男子 十一二歲의 婚姻은 흔흔 바여니와 開城 等地에셔는 八九歲에 婚姻ㅎ는 者조차 有ㅎ다 ㅎ도다. 此를 澆季**의 妖現象이라 아니ㅎ면 무엇이라 ㅎ리오. 今에 早婚의 弊害를 生理的, 經濟的, 倫理的 三方面으로 論ㅎ여 早婚者로 一驚을 興케 ㅎ려 ㅎ노라.

一, 生理學的 方面

男女의 成熟期는 氣候, 風土, 地方을 쌀라 相異ㅎ며 又 家庭의 狀況 及 個人을 쌀라도 相異ㅎ니, 卽 氣候가 溫暖ㅎ고 風光이 明媚흔 國土에 住民은 寒冷ㅎ고 明媚치 못흔 國土의 住民보다 早熟ㅎ며, 繁華흔 都會는 閑庭흔 鄕村보다 早熟ㅎ며, 富ㅎ고 華美흔 家庭은 貧ㅎ고 質朴흔 家庭보다 早熟ㅎ며, 氣質

---

* 東京에셔 春園生, 『每日申報』, 1916.12.23.-26.
** 澆季之世. 도덕이 쇠하고 인정人情이 야박하며 부패된 세상. 말세末世.

이 纖弱ᄒ고 銳敏혼 者ᄂ 康健ᄒ고 鈍重혼 者보다 早樣ᄒ며, 其他에도 淫靡
혼 社會ᄂ 嚴正혼 社會보다 早熟ᄒᄂ 것이라. 此에 成熟이라 홈은 毋論 春情
發動期를 指홈이라. 故로 一槪로 成熟ᄒᄂ 年齡을 判斷홀 수ᄂ 無ᄒ거니와,
日本人은 普通 男子 十八歲 以上, 女子 十五歲 以上이라 ᄒ나니, 朝鮮人도 此
와 比等홀 것이라.

元來 正當혼 春情發動의 時期ᄂ 男女間 身體的 發育이 거의 完成혼 後일지
니, 發育이 完成ᄒ기 前에 春情이 發動혼다 ᄒ면 此ᄂ 病的이거나 又ᄂ 淫靡
혼 感化에셔 生홈일지라. 身體의 發育이 完成ᄒ기 前에 男女가 交接ᄒ면 中途
에 發育이 中止되야 筋肉과 神經系와 臟腑에 大害가 及ᄒ나니, 或 身體가 懦
弱ᄒ게 되며, 心臟病 肺病 等이 發生ᄒ며, 腦神經이 衰弱ᄒ야 記憶力과 判斷
力이 衰ᄒ며, 氣象이 沈鬱ᄒ야지고 意志가 薄弱ᄒ야지며, 進取潑剌혼 精神이
無ᄒ고 蹈躇 無氣力ᄒ게 된다 ᄒ나니, 彼早婚者의 病黃혼 顔色과 老衰혼 듯혼
行止를 觀하야도 可知ᄒ리라.

朝鮮셔ᄂ 十一二歲된 아히를 十七八歲된 女子와 夫婦를 삼나니 女子ᄂ 이
미 瓜年이 된지라. 말ᄒᄌ면* 男子를 速成的으로 訓練ᄒ야 지아비를 삼으러
홀지니, 故로 男子도 十三四歲에 達ᄒ면 발셔 春情을 發ᄒ게 되어 十五六歲
에 能히 生殖을 營ᄒ게 되ᄂ 것이라. 成人도 男女의 交接은 每日次에 一個月
의 壽를 減혼다 ᄒ거늘, 而況 發育도 完成치 못ᄒ고 加之 衛生知識과 堅强혼
意志를 缺혼 少年으로 ᄒ야곰 每日 成年된 女子와 同寢케 홈이 엇지 戰慄홀
事가 아니리오. 이리ᄒ야 民族의 體質은 根本的으로 破壞되고 活動力은 말
못되게 消耗되도다. 諸君의 周圍를 觀홀지어다. 早婚혼 者도 무슨 大事業, 大
活動에 혼 者가 有혼가 否혼가. 早婚의 弊가 生혼 以來로 朝鮮人의 體質과 精
神力이 一並 消耗됨은 歷歷可觀이니 七八十된 老人을 보건듸 皆是 健壯ᄒ거
날 今日의 靑年 少年은 彼老人에 比ᄒ야 體大나 健康이나 音聲이나 精神이 懸

* 원문에는 '말ᄒᄌ며'로 되어 있다.

隔호 差異가 有호지 아니호뇨. 此는 早婚호야 衰호 躰質을 子孫에게 傳호고
그 子孫이 쏘 그 子孫에게 傳호 緣故.(1916. 12.23.)

二, 倫理的 方面

　早婚이 生理的으로 生호는 大害만 보더라도 實로 戰慄홀만 호거니와, 更
히 倫理的으로 此를 觀察호더라도 世道와 人心에 莫大호 惡影響을 及호도다.
禽獸는 個體의 生命을 保存호고 生殖만 호면 그 目的을 達호 것이어니와, 所
謂 萬物의 靈長이라는 人類에 至호야는 此以外에도 無數호 貴重호 目的이 有
흔지라. 就中 文明호 人類에게는 宗敎도 有호고, 學術技藝도 有호고, 國家와
社會도 有호고, 名譽와 義理도 有호고, 善惡과 正邪도 有호나니, 此等 諸屬性
이 有흔지라 人을 人이라 호고 万物의 靈長이라 흠이니, 食色外에 他求가 無
호다 호면 禽獸와 何擇이 有호리오.

　現代 朝鮮人은 子女를 生호면 그 子女를 爲호야 품는 所望은 오즉 食을 與
호고 色을 與흠이라. 何如흔 不義를 行호야셔라도 何如흔 義務를 不願호면셔
라도 子女에게 衣食을 得홀 만흔 田畓을 遺호고, 更히 何如흔 手段을 講호야
셔라도 或人을 欺罔호야셔라도 或 物品과 如히 高價로 購買호야셔라도 處女
一人을 得호야다가 其子에게 與호면, 玆에 父母의 職分은 畢호얏고 父母의
所望은 達호 것이라. 敎育이나 事業이나 社會나 名譽나 文化는 彼의 相關호
는 바가 안이라. 故로 子息을 有호 자는 晝宵로 如何히 호야 장가를 드리고
何如히 호야 孫子를 抱할가 호나니 一念에 此事外에 無흔지라. 故로 子息이
十餘歲가 되기 밧부게 急히 호나니, 彼 種牛나 種猪를 有흔者가 可及的 速히
成長호야 交尾호야 可及的 多數의 식기를 치기를 熱望흠과 恰似호도다.

　夫然흔지라. 全社會의 理想이 食과 色에만 集注되니 男子가 女子를 見호나
女子가 男子를 見흠이 色의 觀念을 離호지 못호고, 父母가 子女를 對홀 時 又
는 子息이 父母를 對홀 時에도 婚姻과 生殖의 觀念이 必隨호도다. 朝鮮社會에

万般現象이 此食과 色을 中心으로 ᄒ야 旋轉ᄒ나니, 早婚은 그 原因되는 同時에 그 結果로 되는 것이라. 人이 人의 職務를 行ᄒ는지라 衣食도 來ᄒ고 美人도 來ᄒ는 것이니, 人이 衣食과 色만 求ᄒ게 되면 此는 原始時代를 過ᄒ야 禽獸時代에 退歸ᄒ 것이라.

人이 쳐음 此世에 生ᄒ미 「졋먹기」를 學ᄒ고 次에 「밥먹기」를 學ᄒ나니, 此兩者를 先學홈은 實로 食이 人生의 根됨을 表홈이어니와 其次에 學홀 最重혼 者는 果然 男女의 交接과 生殖外에 無홀가. 人生 一生의 學課에 四五時가 有ᄒ다 ᄒ면* 第一時에 食을 學ᄒ고 第二時에 色을 學홈이 可홀가. 食을 學혼 後에 此를 消化ᄒ고 그 消化혼 食의 精力으로 活動홀 諸事業과 盡홀 諸義務를 學혼 後, 午后 最終時間에 色을 學홈이 適當치 안이홀가. 余는 食色만으로 人生의 中心을 삼는 民族이 某處에 有홈은 世界人類의 文化와 躰面을 爲ᄒ야 痛恨ᄒ노라.

朝鮮人에게 學術과 事業과 社會와 名譽와 歷史와 文化의 諸般人類의 寶物을 理解ᄒ고 追求케 ᄒ랴면 爲先 此食色中心의 野蠻的 人生觀을 打破ᄒ여야 되리라 ᄒ노니, 此打破의 第一 着手處는 早婚이니라.

且又 現行法律에 法定婚齡 卽 男子 滿十八歲 以上, 女子 滿十九歲 以上 以內에 婚姻혼 者는 法律上 夫婦로 認定치 안이ᄒ며 從ᄒ야 其夫婦間에 生혼 子女는 私生子가 되나니, 換言ᄒ면 法定年齡 以前의 婚姻은 婚姻이 안이라 野合이오 姦淫이라. 嗚呼, 現今 朝鮮內에 幾萬의 純潔혼 少年男女가 無知혼 父母의 强制下에 野合姦淫의 大罪를 犯ᄒ며 一生에 恥辱되는 私生子를 生ᄒ게 ᄒ는뇨.(1916.12.24.)

三, 經濟的 方面

結婚은 獨立生活을 經營ᄒ게 되엇다는 意味라. 男子가 相當혼 能力을 修得

* 원문에는 'ᄒ며'로 되어 있다.

호고 經驗을 蓄積호야 自己의 頭腦와 手足으로 足히 自己의 衣食住를 獲得홀 만호게 되면 於時에 彼는 獨立혼 個人의 資格을 得홈이오, 更進호야 自己의 頭腦와 手足의 收入이 自己 一身의 必要를 充호고도 오히려 餘裕가 有호야 能히 二三人 或 四五人의 他人을 養育홀 만혼 能力이 生호면 於時에 비로소 家長의 資格이 生홈이니, 妻를 娶호기 可能호고 未久에 生호고 長홀 子女를 養育호기 可혼지라.

古禮에 二十而冠 三十而有室은 適切호게 此意를 表홈이니, 卽 男子 二十이면 足히 獨立혼 生活을 營홀 만혼지오, 獨立혼 生活을 營혼 後 十年 勤勞면 足히 妻子를 養育홀 만혼 貯蓄이나 收入의 額에 達홀 것이라. 元來 冠이라 홈은 獨立혼 生活을 營홀 수 有호다는 表니 卽 成人이 됨이오, 決(코) 近世와 如히 婚姻만 호면 七八歲의 小兒도 成人이 됨이 아니라. 獨立혼 生活을 營홀 만호면* 社會가 그에게 相當혼 人格과 尊敬을 許호는 것이니, 如斯혼 資格이 無호면 아모리 婚姻호얏다 혼들 엇지 어른이라 호야 尊敬홀 理由가 有호리오. 冠호야 어른이 된 後 十年에야 妻를 娶호라 호신 聖意는 實로 萬世不易이라 호리로다.

然則 男子가 生호야 七八歲에 小學에 入호야 中學을 過호고 大學을 卒業호면 於時 完全히 一介 堂堂한 「어른」이 되여 足히 自己의 衣食住를 求호기 得호며, 爾後 四五年만 勤勞호면 足히 一二食口를 養홀 收入을 得홀지니 玆에 娶妻홀 權利가 生호엿스며, 爾後 數年을 勤勞호면 更히 一二食口를 養育홀 餘裕가 生홀지니 伊時에 子女가 生홀지며, 更數年을 勤勞호면 收入이 一層 增加홀지니 此는 子女로 敎育호기 爲홈이니, 又 數年을 勤勞호면 更히 收入이 增加될지니 此로는 社會의 諸般事業을 營호며 竝호야 老後의 生活費를 삼을지라. 此는 現代社會에 處혼 人生의 常道니라. 然而 大學卒業은 平均 二十三四歲니, 卒業後 三四年을 過호야 婚姻費 及 婚姻後의 生活費를 蓄積호랴면 二十七

---

* 원문에 '만호며'로 되어 있다.

八歲 乃至 三十歲에 達홀지니, 文明國의 婚姻에 男子의 恒用 二十七八歲 乃至 三十歲임은 此를 因홈이라.

然이 獨立生活을 得ᄒᆞᆫ 道가 반다시 大學卒業에 限홈이 아니라 中等程度의 實業學校 出身者도 有홀지오, 又ᄂᆞᆫ 小學만 畢ᄒᆞ고 商店의 使喚이 될 者도 有ᄒᆞ며 農夫가 될 者도 有홀지니, 만일 二十七八歲 前에 足히 妻子를 養育홀 만ᄒᆞᆫ 收入만 生ᄒᆞ거든 十八以歲 以上 何時에 婚姻ᄒᆞ야도 可ᄒᆞ고 子女를 生ᄒᆞ야도 可홀지라. 左右間 婚姻홀 者의 資格은 自己와 妻의 生活費를 能得ᄒᆞ고, 更히 未久에 生ᄒᆞ야 長ᄒᆞ야 敎育을 要求홀 子女를 養育홀 收入이 有홈이니라.

然ᄒᆞ거날 朝鮮人은 自己의 頭腦와 手足으로 妻子ᄭᅵ지 養育홀 生活費ᄂᆞᆫ커녕 自己 一個人의 生活費도 得홀 能力이 有ᄒᆞ기 前에, 甚至에ᄂᆞᆫ 自手로 衣服도 닙을 줄 不知ᄒᆞᆫ 小兒에게 妻를 娶케 ᄒᆞ니, 此小兒와 其妻의 衣食住를 誰가 當ᄒᆞ야 如此ᄒᆞᆫ 夫婦間에 生ᄒᆞᆫ 子女를 誰가 意識케 ᄒᆞ며, 誰가 敎育을 受케 ᄒᆞ리오. 此莫大ᄒᆞᆫ 費用은 不得不 他人의 負擔이 되여야 ᄒᆞ리로다. 그 父母나 兄弟가 擔當ᄒᆞᆫ다 ᄒᆞ지 말지어다, 父母나 兄弟도 亦是 他人이 아인가. 만일 此無能力ᄒᆞᆫ 夫婦의 一家의 無ᄒᆞ얏던들 그 父母나 兄弟의 勞力은 巨大ᄒᆞᆫ 富가 되야 現出ᄒᆞ거나 社會에 有用ᄒᆞᆫ 事業이 되야 現出ᄒᆞ얏 것이어늘, 此無能力ᄒᆞᆫ 夫婦의 一家族이 有홈으로 그 父母의 有ᄒᆞ던 財産은 無用ᄒᆞᆫ 듸 消耗되고 그 父母의 勞力은 效果 無ᄒᆞᆫ 일에 浪費되도다.

試觀ᄒᆞ라, 千萬圓의 財産이 有ᄒᆞ던 者가 子三兄弟에게 分與ᄒᆞ면 三百万圓의 財産이 歸홀지오, 更히 三兄弟가 各各 三子를 有ᄒᆞ다 ᄒᆞ면 每人 百萬圓을 有ᄒᆞ게 될지니, 如斯히 三代 四代를 經過ᄒᆞᆫ 동안에ᄂᆞᆫ 千萬圓의 財産은 蹤도 無ᄒᆞ게 散迭되고 말지라. ᄒᆞ물며 버ᄂᆞᆫ 能力이 無ᄒᆞᆫ 자ᄂᆞᆫ 반다시 浪費ᄒᆞᆫ 能力이 有홈에리오. 朝鮮의 富ᄂᆞᆫ 如斯히 ᄒᆞ야 消耗되니라.

此와 反ᄒᆞ야 此千萬圓을 有ᄒᆞᆫ 富者가 各各 三兄弟에게 商業이나 工業을 敎ᄒᆞ야 各各 獨立ᄒᆞᆫ 事業을 經營ᄒᆞ고, 其三兄弟가 ᄯᅩᄒᆞᆫ 各各 三兄弟를 그리 ᄒ

얏더면 一個 千万圓 富者가 그 子孫의 數로 더부러 增殖ㅎ야 十三個 千萬圓 富者가 되고 更 三代 四代를 過ㅎ며 數十個 千萬圓 富者를 生홀지니, 彼 三井 氏* 一族과 岩崎氏** 一族을 觀홀지어다. 此를 空論이라고 말라. 個人으로는 或 必然타 못ㅎ더라도 一社會 一民族으로 觀ㅎ면 必然ㅎ니라.

故로 經濟的으로 獨立홀 能力이 無흔 者가 婚姻ㅎ고 子女를 生홈은 社會에 對ㅎ야 大罪요 大害라.

彼妻子로 ㅎ야곰 飢케 ㅎ고 寒케 ㅎ는 家長을 볼지어다. 그 醜흔 陋흔 꼴을 엇지 보며 自己인들 그 羞恥를 엇지 忍ㅎ리오. 如此흔 人은 當初에 娶妻치 안 이홈만 不如ㅎ니, 自己도 苦痛ㅎ거니와 無辜흔 妻를 飢餓케 ㅎ며 無辜흔 子 女로는 飢餓ㅎ야 形骸만 남게 ㅎ고 敎育을 不授ㅎ야 禽獸로 化케 ㅎ도다.

子女를 有흔 者여, 愛子를 爲ㅎ야 富를 求ㅎ려 ㅎ기 前에 爲先 愛子로 ㅎ야 곰 妻子를 養育홀 만흔 能力을 得ㅎ게 ㅎ기를 求홀지어다. 此가 子를 愛ㅎ는 所以요 家道의 昌盛과 社會의 福樂을 圖ㅎ는 所以임을 銘心홀 지어다.(1916. 12.26.)

---

* 미츠이 타카토시三井高利(1622-1694). 일본의 실업가. 토쿠가와시대 포목상과 환전상으로 많은 부를 축적하여 훗날 미츠이 재벌의 초석을 닦았다.
** 이와사키 야타로岩崎弥太郎(1835-1885). 일본의 실업가. 미츠비시三菱 재벌의 창업자이자 초대 총수総帥.

閨恨*

處所 ― 싀골 엇던 富家의 안방. 衣籠, 衾枕 適宜하게.

時節 ― 初冬의 夜.

人物. 主人 金議官(四〇), 夫人 朴氏(四〇)

　　　議官의 子 東京留學生 永俊의 妻 李氏(二一)

　　　議官의 女 順玉(十六)

　　　仝 次子 丙俊(十三)

　　　隣家 伯林 留學生의 婦人 崔氏(二二)

　　　順玉 看善次로 온 媒婆(五〇)

李氏의 房. 洋燈.. 李氏 崔氏 兩人이 針線하고 順玉은 겻헤서 繡노타.

李「伯林이란 데가 얼마나 먼가요」

崔「二萬 限五千里된대요」

李「거기도 東京 모양으로 배타고 가나요」

崔「거기는 배 타는 데는 업대요. 압停車場에서 車를 타면 발에 흙 아니 무티
　　고 죽 간다는데요」

李「에그마니나. 二萬 限五千里라니. 鐵道가 길기는 긴 게외다. 누가 다 그 鐵
　　道를 노핫는고」

崔「長春이 어딘지, 長春까지는 日本車 타고 거긔서부터는 아라사車 타고 그
　　댐에는 德國車타고 간다는 데, 여긔서 쩌나면 한 보름 가나 봅데다.」

----
* 孤舟, 『學之光』 11, 1917.1.

李 「車 타고 보름이나 가면 하늘 부튼 데 겟지오.」

順 「에그, 兄님 地理도 못 배호셧나븨. 쌍씽이가 둥군러치 넙적한가요.」

李 「우리야 學校에를 다녓서야지.」

崔 「참 우리도 學校에나 좀 다녓스면. 집에 오면 늘 無識하다고 그러면서 工
夫를 하라고 하지마는, 글쎄 이제 엇더캐 工夫를 하겟소.」

李 「참, 그래요. 저도 밤낫 편지루 工夫해라, 工夫해라 하지마는 어느 틈에 工
夫를 하겟습닛가. 또 設或 틈이 잇다면 가르쳐주는 先生이 잇서야지오.」

崔 「넘어 無識하다 無識하다 하닛간 집에 돌아와도 만나기가 무서워요. 셔
울이랑 日本이랑 다니면서 工夫하든 눈에 무슨 잘못하는 것이나 업슬가
하고 그저 暫時도 맘 노흘 째가 업서요.」

李 「그래도 白先生께서는 우리보담은 좀 性味가 부드러우시고 多情하신가
봅데다. 마는 우리는 넘어 性味가 急해서 조곰이라도 맘에 틀리는 일이
잇스면 눈을 부릅쓰고 「에구, 져것도 사람인가」 하닛간 찰히리 이러케
멀리 써나 잇는 것이 속이 편해요.」(하고 눈을 싯는다.)

崔 「에그, 울으시네.」

李 「호호……. 눈에 무엇이 들어가서 그럽네다. 울기야 八字가 그런 것을 울
면 무엇하겟습닛가.」

崔 「참 싀집살이가 고츄 당츄보다 더 밉다더니, 정말 못할 것은 싀집사림데
다. 싀집온 지가 발서 四五年이 되어도 情든 사람이 하나이나 잇서야지
오. 그저 親庭에만 가고 시푼데요.」

李 「그래도 伯林계신 어른이 계신데. 호호…….」

崔 「아이구. 伯林이 어듸게요. 十年만에 오갯는지 二十年만에 오갯는지. 그 동
안에 조흔 歲月 다 가고……앗가 그 仲媒 할미모양으로 老婆가 된 뒤에 오
겟는지.」

李 「웨 그래요. 집에 보고 십흔 사람이 잇는데 마음이 쓸려서 그러케 오래 잇

나요. 져 柳永植氏 夫人도 남편 돌아오라고 百日祈禱를 하더니 지난 달에
돌아왓는데요.」

崔「그래 兄님도 百日祈禱를 始作하셧습닛가. 東京 계신 어른께서 어서 돌아
오시라구.」

李「호호호호」

崔, 順「百日祈禱를 발서 절반이나 하셧겟지.」

李 (順玉다려)「여보 누이님은 어셔 白書房님 만나게 하여 달라고 百日祈禱나 하
시오.」

順 (몸을 핑 돌리며)「兄님은 當身께서 祈禱를 하시닛가. 내 옵바한테 「兄님께
서 옵바 돌아오시라고 百日祈禱를 하나이다. 오서 밧비 돌아오소서」 하
고 편지하랍닛가.」

崔「응, 順玉氏 그러시오 내일 편지하십시오.」

老婆 (들어오며)「이 房에서 웨 百日祈禱소리가 이러케 나나. 올치, 남편 멀리
보낸 량반들이 모혀 안져서 남편 돌아오라는 祈禱討論을 하나보고.」

崔「아닙니다. 이 順玉氏가 어서 白書房님 보입게 하여 달라고 百日祈禱를 한담
니다.」

老「白書房님 이제 한 달만 지나면 볼 터인데. 百日이 차겟기에. 二十九日 祈
禱나 하지그려.」

李「婚事가 맷쳣는가요.」

老「그럼. 앗가 다 말슴들 하엿는데. 참 新郎이야 俊秀하시지. 全年 平壤高等
普通學校를 優等으로 卒業하고 來年에는 日本에 보낸다는데.」

崔「坐 日本!」

李「坐 日本!」

老「日本이라 하면 모도다 진저리가 나나보구려.」

崔「진저리가 웨 안 나겟소. 가서는 四五年이 되도록 집에 올 줄도 모르고,

或 夏期放學에 돌아오면 좀 집에 잇슬까 하면, 무슨 일이 그리 만흔지 밤
낫 四方으로 돌아다니기만 하고, 昨年에 伯林 가노라고 들럿슬 적에 집에
이틀밧게 아니 잣답니다. 그도 하로는 舍廊에서……」

老「저런 變이 잇나. 그렇게 멀리 가면서 한 열흘 동안 좀 마누라님의 願을
풀어줄 것이지. 원악 사나희란 無情하닛간.」

李「참 사나희란 無情해요. 우리가 그만콤 보고 싶흐면 當身네도 좀 생각이
나 나련마는.」

崔「생각이 무슨 생각이오. 工夫에만 미쳐서 다른 생각이야 하나.」

老「아, 웨 생각을 할고. 到處에 妓生妾이 넘너른하엿는데,* 웨 생각을 할고
우리 녕감쟝이두 妾 바린 지가 이제 겨오 三年첸데.」

李「그래도 혈마 아조 닛기야 하겠소?」

老「암. 아주 惡한 놈 아닌담에야 아주 닛지야 안치, 또 당신네 남편네야 다
죠흔 工夫하러들 다니는 인데 혈마 엇더하겟소」

崔「그싸짓 거. 한 二十年 잇다가 다시 차즈면 호호.」

老「참. 당신네들은 다 불쌍하외다. 쏫가튼 靑春에 生寡婦 노릇을 할라니 여
복이나 섧겟소. 人生의 樂은 젊은 夫妻가 鴛鴦새 모양으로 雙雙히 노는 데
잇는데.」

李「그러니 져 우리 누님도 또 留學生한데 싀집가면 엇더커단 말인가. 나 가
트면 실타구 그러지.」

順(웃고 無言)

崔「그러쿠 말구. 여보 順玉氏. 어머님쎄 가서 실타, 留學生은 실타구 그럽시
오. 또 우리와 가치 속 썩이지 말게.」

老「웨 白書房님이야 아주 多情한 溫順한 사람이닛가 이런 (順玉의 등을 두다
리며) 쏫 가튼 새아씨를 暫時인들 니즐 수가 잇나.(하고 말을 나초아) 져 載

* 넘너른하다. 여기저기 마구 널린 상태에 있다는 뜻.

寧 金德川의 아들 ― 日本 가 잇는 그 金德川의 아들이 棄妻를 하엿대.」
(兩人은 驚愕하야 바느질을 그치고 老婆를 본다.)

老 「아모 罪도 업는 것을 父母의 命令 아니 服從한다는 罪로 今年 녀름에 離
婚을 하엿대. 그래사 그 새악시가 울면서 親庭에 쫏겨 갓더니, 그 새악시
의 어머니가 憤이 나서 머리를 풀어 혀치고 金德川네 집에 와서 사흘이
나 왕왕 처울면서 내 딸 웨 죽엿는가고 야뢰를 하엿답데다. 져런 變怪가
어듸 잇겟소.」

李 「나 가트면 죽고말지. 웨 親庭에를 돌아가겟노.」

老 「그러치 아나, 그 새악시도 움물에 싸질라는 것을 누가 붓들어서 살아낫다
는데.」

崔 「아니, 父母에게 不順은 하엿던가요.」

老 「남들의 하는 말이 三年이나 남편이 日本 가서 아니 오닛가 어서 다려다
달라고 좀 하엿던가 봅데다. 그게니 웨 안 그러겟소. 남편 하나 밋고 싀
집살이 하는데, 싀집온 지 한 달만에 日本 가서는 三年이나 아니 돌아오
니 다려다 달라곤들 웨 아니하겟소.」

李 「아모러나 머리 풀고 서로 만난 안해를 엇더케 바리노, 人情에 참아.」

崔 「日本 가서 日女를 어든 게지. 글 잘하고 말 잘하는 日女한테 홀리면 우리
싸위 無識匠이야 생각이나 할랍듸가.」(暫時無言. 바느질. 老婆는 順玉의 繡
를 보다.)

丙俊 (웃고 뛰어들어오며) 「아즈머니. 나 쏫기 하여주셔요. 平生 兄님 옷만 하
시것다. 兄님이 朝鮮옷이야 닙기나 하게.」

李 「무슨 쬭기를 하여 들일가요.」

丙 「그져 고오운 쬭기를 해줍시오. 해주시지오?」

李 「하여 들이고 말고요. 도련님 아니 하여 들이면 누구를 하여 드리겟소.」

丙 「정말 해주셔요? 참 조코나아아 (춤을 추면서) 오는 土曜日날 遠足會에 닙

게 하여주셔요, 네.」

李「그럽지오. 그런데 쪽기는 웨 갑쟉이 하라고 그러십닛가 (하고 우스며 丙 俊을 본다.)」

丙 (有心한 듯이 뒤짐을 지고)「그러면 나도 아즈머님께 죠흔 (죠字를 길게) 것 을 들이지오. 참 조흔 것을 들이지오.」(一同의 視線이 모힌다.)

李 (亦是바늘을 세우고 보면서) 무슨 조흔 것을 주시겟소.「쏘 그 잘 그린 그림 인가 보외다그려.」

丙「아니오.」

李「그럼. 무엇이오.」

丙「죠흔 게야요. 어듸 알아마칩시오. 그저 아즈머님께 第一 죠흔 것이 니…….」

崔「옳지. 내 알아마치랍닛가.」

丙「어디 알아마칩시오.」

老「그 무엇을 가지고 그러노.」

順「배를 쏘 가 훔쳐온 게지.」

丙 (順玉을 向하야 눈을 부릅쓰며)「내가 盜賊놈이야. 제가 남의 쪽기에서 鉛筆 을 훔치구는……. 야이, 야이, 白書房 마누라, 야이, 야이.」

順「저리 나가거라. 보기 실타.」

丙「으하, 으하, 하하하. 白書房만 보고 십고.」

崔「내 알아마치리다. 음. 곽곽先生 周易先生……올치 알앗소이다, 日本서 온 편지외다그려. (李氏의 어깨를 툭치며) 日本계신 그리운 어른께서 便紙 가 왓구려. 에그 부러워라.」

丙「야하, 보았나 보고나. 아니야, 아니야. 便紙 아니야.」

李「四年째 내게야 왜 便紙 한 쟝 하게.」

崔「한 번도 업서요.」

李「한 번도 업서요. 글도 모르는 사람에게 무슨 편지를 하겟소.」

崔 (丙俊의 팔을 당긔며) 「어디 내어 노흐시오. 쟈 이게 便紙가 아니고 무엇이구. 쟈 「李永玉 보시오」, 「東京 永俊」 이라고 쓰지 아니하엿소.

李 (우슴을 참지 못하고 편지를 바드며) 「이게 웬 일이야요.」 (하고 바느질 그릇에 넛는다.)

崔 「너킨 웨 너허요. 어듸 여긔서 봅시다.」

李 「그것은 보아서 무엇하오.」

崔 「봅시다 (李의 팔을 잡아채며) 보아요.」

李 「잇다가.」

崔 「잇다가는 웨? 쟈 어서 봅시다.」

丙 (서서 滿足해 우스며) 「아즈머님. 이제는 죡기 하여주셔야 합ㄴ다.」

老 「보이시구려. 彼此에 가튼 處地에 그만치 보여달라는 것을 탁 보여주시구려, 시원하게.」

崔 「제가 안 보이구 박이나」 (하고 억지로 쌔앗으랸다.)

李 「보여, 보여.」

崔 「글쎄 그러겟지. 쟈, 어서 내오. 내 닑으리다.」

李 「伯林서 온 便紙도 보여준다야.」

崔 「네. 보여 들이지오.」

李 (皮封들 쎄고 편지를 씌집어낸다. 온 머리와 視線이 그 편지로 모힌다.)

崔 (편지를 들고) 「이째 날이 점점 치워가는데 량당 모시고 몸이 니어 평안하시니잇가. 이 곳은 편안히 지나오니 넘려 말으시옵소서. 그대와 나와 서로 만난 지 이믜 五年이라, 그째에 그대는 十七歲요 나는 十四歲라 ─ 쟈 나 討論은 쏘 웨 나오노 ─ 나는 十四歲라. 그째 에 나는 안해가 무엇인지도 모르고 婚姻이 무엇인지드 몰랏나니 내가 그대와 夫婦가 됨은 내 自由意思로 한 것이 아니오 ─」

李 「자우의사가 무엇이야요」

崔 「나도 모르겟습니다. 평생 편지에는 모르는 소리만 쓰기를 조하하것다.
   — 自由意思로 한 것이 아니오 全혀 父母의 强制 — 强制, 强制 — 强制로
   한 것이니 이 行爲는 實로 法律上에 아모 效力이 업는 것이라 — .」

李 「그게 무슨 말이야요?」

崔 「글세요, 보아 가노라면 알겟지.」

老 (응하고 입을 다시며 돌아안는다) 「응, 응」

崔 「아모 效力이 업는 것이라. 只今. 文明한 世上에는 强制로 婚姻시기는 法
   이 업나니 우리의 婚姻行爲는 當然히 無妨하게 될 것이라. 이는 내가 그
   대를 미워하야 그럼이 아니라, 實로 法律이 이러함이니 이로부터 그대는
   나를 지아비로 알지 말라, 나도 그대를 안해로 알지 아니할 터이니 이로
   부터 서로 자유의 몸이 되어 그대는 그대 갈대로 갈지어다. 나는 — 아,
   이게 무슨 편지야요」 (하고 中途에 편지를 놋는다.)

李 (바느질하던 옷 우에 푹 쓸어지며 소리를 내어운다.) 「아아, 내가 이 옷을 누
   를 爲하야 하던고.」

老 (나가면서) 「저런 악측한 일이 어듸 잇노?」

崔 「여보 順玉氏, 이게 무슨 일이오?」

丙 「兄님이 미첫구나. 工夫가 무슨 工夫인고.」 (하고 편지를 들고 쒸어나간다.)

李 (고개를 번적 들며) 「여보 이게 무슨 일요? 世上에 이런 일도 잇소?」

崔 「이게 무슨 일이오?」

李 「이게 무슨 일이오? 天下에 이럴 法이야 어듸 쏘 있겠소. 이런 법도 잇
   소?」

崔 「아마 暫時 잘못 생각하시고 그러셧겟지오. 얼마 지나면 다시 잘못된 줄
   을 알겟습지오 쏘 아부님께서도 죠토록 하셔주시겟습지오」

李 「아니야요. 아부님이 엇더커십닛가. 평생에 나를 보고는 多情하게 말

한 마듸 하여준 적 업고 늘 눈을 흘셔보앗습니다. 혹 셩이 나면 네집에 가거라, 보기 실타 하고 잡아먹고 십어하엿습지오. 지난 녀름에 집에 돌아왓슬 째에도 나와는 말 한 마듸 아니하고 내 방에라고는 발길도 아니 들여노핫답니다. 그런 것을 오늘까지 혼자 참아오노라니 얼마나 가슴이 아프고 쓰렷겟습닛가. 죽고 십흔 째도 한두 번이 아니언마는 싀부모님의 졍에 끌려서 여태껏 참아왓서요. 남들 가트면 설운 때에 親庭어머니 한데나 가서 싀언히 진졍이나 하련마는 나는 어머님도 일즉 돌아가시고…… 그래도 행혀나 마음이 돌아셜가 돌아셜가 하고 기다렷더니, 이제는 이 꼴이 되고 말앗습니다그려」(하고 흑흑 늣긴다.)

崔「어머님쎄서 안 계셔요?」

李「제가 네 살적에 제 동생을 나흐시고 오래오래 알타가 돌아가셧답니다. 그後에는 사나온 繼母님 손에 길어나다가 싀집이나 가면 좀 樂을 보고 살가하고 어린 생각에도 하로밧비 싀집가기를 기다렷더니, 졍작 싀집온 뒤에는 親庭에 잇슬 적보다도 엇더케 괴로운지 모르겟서요.」

崔「져런. 참 世上이 無情해요. 져 예수 밋는 마누라가 世上은 罪惡에 찬 地獄이라 하더니 정말입데다. 이 世上에서 누구를 밋고 누구를 의지하겟소. 나는 남편을 제몸보다 더 重히 여겨서 밤잠을 못자면서 옷을 지어드리고 반찬 한 가지라도 맛나게 하려 하고, 惑 남편의 몸이 좀 달터라도 무서운 마음이 생겨서 울안에 돌아가셔 北斗七星께 祈禱를 몟百番이나 하엿는지 모르겟습니다. 舍廊에서 平生 몸이 弱하야 겨울에는 사흘 건너 알치오, 알을 째마다 나는 치마고름도 아니 글르고 밤을 새엇습니다그려. 그러컨만 그 報應이 이럿습니다그려.」(하고 崔의 가슴에 머리를 비비며 목을 노하 운다.)

丙 (다시 편지를 보더니)「암만해도 兄님께 精神이 싸지셧군. 아즈머님. 걱정 맙시오 제가 내일 길다라케 편지를 하겟습니다. 兄님도 사람인데.」

崔 「아모러나 마음을 좀 갈안치고 下回를 기다리십시오. 輕하게 무슨 일을 하시지 말고.」

李 「글쎄, 情답게 말 한 마듸야 웨 못 해주겟소. 말에 미천 드오. 그러컨만 五年 동안을 多情한 말 한 마듸 아니 하여주다가 이게 무슨 일이오.」

崔 「以後에 잘살 날이 잇슬지 알겟습닛가.」

李 「잘살 날? 짱속에 들어가면 평안하게 되겟지오.」

崔 「그런 생각은 애여 말으십시오.」

李 「아니오, 이제 살기를 어덧케 삾닛가.」 (하고 우스며) 「이제는 형님과도 이 世上에서는 다 만낫습니다. 兄님께서나 잘 살으십시오. 그리고 나물하러 갈 째에는 제 무덤이나 와 보아주십시오.」 (바느질하던 옷을 다시 보더니 접어서 函籠에 너터니, 首飾과 佩物을 집어내어 두 손에 들고 茫然히 섯더니 문득 눈을 부르쓰고) 「어머니, 어머니. 이 바늘통이 어머님의 것이외다. 어머니, 어머니. 져것, 져것, 져긔 어머님께서 오시노나. 어머니, 어머니.」 (하고 밧그로 쒸어나가란다.) (崔, 順, 丙은 놀라서 李를 붓든다.)

崔 「여보 永玉氏. 精神 차리시오.」

李 「져긔, 져 門밧게 어머님께서 이러케, 이러케 손을 혀기십니다. 녜 녜, 곧 가오리다. 가서 어머니 젓을 먹겟습니다.」

崔 「丙俊氏 나가서 아부님 들어오시랍시오.」

李 「노흐시오. 노흐시오. 멀리, 멀리. 사람들 업는 데 어머니 싸라 갈랍니다. 노흐시오.」

崔 「나를 두고 어듸로 간단 말이오. 자, 안져서 니야기합시다, 네, 永玉氏.」

李 「아니! 아니! 네가 누구냐. 네가 누구완데 어머니 싸라가는 나를 붓드느냐. 이놈 노하라. 아니 노흐면 물어뜻겟다. 노하! 노하!」

順 「兄님, 兄님. 精神 차립시오. 내외다. 順玉이외다. 兄님, 兄님.」

李 (順玉의 목을 쓸어안으며) 「아아, 우리 順玉氏. 우리 누이님. 아니, 이제는

누이가 아니지오 어머니! 어머니, 나 이 노리개 차고 분 바르고 어머님
께 갑니다. 녜, 녜, 只今 갑니다. 노하라, 노하.」(金議官 夫妻 들어온다.)

金「이게 무슨 變이냐. 웨 丙俊이 너는 그 便紙를 갓다가 보엿느냐. 애, 며늘
아. 精神 차려랑* 내로다.」

母「애, 며늘아. 이게 무슨 일이냐. 精神 차려라, 내로다. 애, 며늘아.」

李「하하하하. 이게 다 무엇들이야. 너 웬 아의들이냐, 무엇하려 왓니. 나를
잡아 먹으랴고, 내 이 고기를 쓰어먹고 피를 쌜아먹으라고. 에크 무서워
라. 어머니, 날 짜리고 가시오!」

金「쟈, 爲先 房안에 들어다 누이고 좀 精神을 安靜시겨야겟구나. 며늘아, 쟈
들어가쟈.」

母「그게 무슨 子息이 고런 쳘업는 생각이 나서 집안에 이런 怪變이 생기게
한단 말인고.」

丙「兄님 오라고 電根 놋습세다. 工夫구 무엇이구.」

崔「여보 永玉氏 나를 알겟소?.」

李 (몸을 불불 찔리며)「나는 가요. 이 노리개 차고 粉 발르고 日本 東京으로
가요. 쟈 간다. 쒸푸푸푸푸. 잘은 간다. 東京 왓고나. 져긔 永俊氏가 잇고
나. 죠타, 엇던 日女를 끼고 술만 먹노나. 여보 永俊氏, 永俊氏! 나를 잘 죽
여주엇쇠다. 나는 갑니다. 멀리 멀리로 갑니 다. 여보, 여보, 웨 나를 바리
오? 여보 永俊氏.」

金「마음에 맺쳐 오던 것이 오늘 그 편지를 보고 그만 精神이 混亂하엿고나.」

母「그동안 어린 것이 얼마나 가슴이 아팟겟소. 참 생각하면 져 永俊이 놈을
째려죽이고 脚을 쓰져 주어야지」(하고 운다.)

李「거 누군고 어! 누가 우리 永俊氏를 짜린다고 그러노. 어! 어듸 해보쟈,
나하고 해보쟈. 永俊氏가 머리만 달아도 내가 밤을 새우고 七星祈禱를 하

---

* 원문에는 '精神 차려려랑'으로 되어 있다.

엿다.」(갑작히 몸을 흔들며 소리를 놉혀) 「간다, 간다, 노하라. 어머니! 永
俊氏 나는 갑니다. 멀리로 갑니다.」(하더니 피를 푹 吐하고 쓸어진다. 여러
사람은 안아 들여다가 누엿다. 몸이 痙攣한다.)

金 「애 丙俊아, 가서 洪醫員 急히 오시래라. 그리고 順玉아, 가서 冷水 써오너
라. 여보 夫人이 手足을 좀 쥐물으시오」

崔 「여보. 順玉氏. 精神 차리시오. 여보.」(하고 冷水를 얼굴에 쌕리며 가슴을
쓴다.)

母 (우는 소리로) 「애 며늘아. 精神차려라, 내가 잇는데 걱정이 무엇이냐.」

父 「애 며늘아, 애, 精神 못 차리느냐. 앗불사 입술이 쌤해지노나. 애 누구. 얼
는 또 醫員한테 가서 急히 오라고 하여라.」

順 「兄님, 兄님.」(無言)

丙 (쒸어 들어오며) 「醫員옵니다. 아즈머님! 아즈머님. 내 내일 가서 형님 다
려 오리다, 니러 나십시오 아즈머님!」

新年을 迎하면서*

一時間이 過흔 后에 此一時間의 事를 回想흐면 太半 不滿足이오 一月이 過흔 後에 此一月間의 事를 回想흐면 역시 太半 不滿足이라오. 過去를 回想흘 時에 누가 過去의 事를 滿足히 녀겨 會心의 微笑를 浮흘 者이뇨. 万人으로 흐여곰 一時에 모든 活動을 停止하고 暫間 彼等의 過去를 回想하야 正直흐게 自白케 흐면 万人이 一齊히 其過去를 不滿히 녀겨 悔恨의 情이 生흘지라.

또 万人으로 흐야곰 暫間 活動을 停止흐고 彼等의 現在狀態에 對흔 眞情을 吐露케 흐면 万人이 皆曰 余는 現在狀態를 不滿足히 녀기노라 흐고 長太息을 不禁흘지라. 更히 彼等을 向흐야 卿等은 卿等의 將來가 卿等의 現在보다 改善되리라 흐나뇨, 抑又 將來가 反히 現在보다 惡흐게 되리라 흐나뇨 흐고 問흐면, 彼等은 極히 小數를 除흐고는 改善되리라 흐리라.

吾人은 過去와 現在를 不滿히 녀기고 恒常 改善될 將來를 望흐도다. 造物의 創造가 不完全흠인지 吾人의 經營이 不完全흠인지는 不知흐거니와 吾人이 恒常 吾人의 現在를 不滿足히 녀김은 事實이로다. 만일 如此히 不滿足흔 現在에 處흐야 改善되리라는 將來에 對흔 希望이 無흐면 츰아 엇지 生흐리오. 누구나 慟哭 一番에 單刀 一閃으로 찰하리 不滿足흔 生命을 斷흐야써 不滿足흔 塵世를 脫흘지니, 希望은 實로 吾人의 生命의 母로다.

俗談에 「스람은 속아산다」흐나니, 卽 希望으로 살믈 謂흠이라. 「내일이나」, 「來年이나」흐는 希望, 慰勞로 今日이나 今年의 不滿足을 참는도다. 然흐나 希望이란 卽 信仰이라. 方今 無흔 바를 有흐려니, 方今 不見흐는 바를 見흐려니 흐느 「어림」이라. 吾人은 將來를 先見흐는 能力이 無흐니, 「어림」이 實

* 東京에셔 春園生, 『每日申報』, 1917.1.1.

現되고 否훔을 確信치 못ᄒ리로다. 事實上 此「어림」이 實行되는 이보다 아니 되는 者가 多훔은 恨嘆홀 事實이오, 또훈 全能훈 造化의 불口훈 吾人에게 對훈 惡戱라면 惡戱라 ᄒ리로다. 如斯ᄒ야 吾人은 每日에 希望을 抱ᄒ다가 마츰 ᄂᆡ「속아 산다」는 眞理 하나를 躰悟ᄒ고 將次 墓門에 入ᄒ여 希望 棄치 못ᄒ 고「來生에나」ᄒ면셔 이졔는 天을 呼ᄒ도다. 如斯히 吾人은 「來日이나」, 「來 年에나」 마침ᄂᆡ「來生에나」로 今日의, 今年의, 밋 今生의 不滿足을 춤고 헐덕 헐덕 人生의 險路를 行ᄒ는도다.

毋論 吾人中에는 比較的 希望을 達ᄒ는 幸福된 者도 不無ᄒ나니, 如此훈 者를 指ᄒ야 吾人은 有福훈 者라 ᄒ야 欽羨의 涎을 垂ᄒ고, 「余는 何故로 彼等과 如치 못훈고」ᄒ야 或 父母를 恨ᄒ고 社會를 怨ᄒ고 自己의 過去를 痛恨ᄒ기도 ᄒ거 니와, 吾人의게 有福훈 드시 보이는 者도 졍작 當者에게 問ᄒ면 그 不滿을 嘆ᄒ 고 더 조흔 將來를 希望훔에 至ᄒ야는 少異가 無ᄒ도다.

今에 今年의 末에 立ᄒ얏도다. 此에 立하야 過去를 回想ᄒ니 悔恨뿐이오 現在를 싱각ᄒ니 不滿뿐이라. 胸中에 勃勃훈 口丈의 野心을 一端도 實現훔이 無히 一年 又 一年 送코 또 迎ᄒ는도다. 漸漸 歲月이 過ᄒ니 滿足을 得홀 機會 는 漸漸 少ᄒ야지고 容貌의 美와 身軆의 健과 精神의 壯은 漸漸 衰하여지도 다. 然ᄒ나 또 한번 「來年이나」하는 希望을 품고 頭를 左右로 쎌레쎌레 搖ᄒ 야 過去의 悔恨과 現在의 不滿을 忘却ᄒ려 ᄒ도다. 吾人은 所謂 깃븐 元旦에 新決心 新希望으로 餠湯屠鮮에 元氣를 補ᄒ고, 「今年에야」ᄒ고 腰帶를 또 훈 번 졸라매고 「씽」ᄒ며 구든 힘을 쓰도다. 此吾人의 싱각에는 今年內에 抱훈 希望은 實現 아니될 일이 無ᄒ고 作定훈 바는 實行 아니홀 이 無ᄒ(며), 困難 은 征服 못홀 리 無훈 듯ᄒ도다. 모를레라. 其所謂 今年 歲末에는 또 如何훈 回想을 홀는가.

左右間 人이란 希望으로 살고 信仰으로 사는 動物이라. 모든 文明이 此에 셔 生ᄒ고 모든 發達과 進步가 此에셔 生ᄒ도다. 所謂 希望을 達ᄒ여 노코 보

면 슨겁기가 싹이 업다는 失望의 情이 發ᄒ건마는 그러타고 吾人은 그 자리에 쥬져안지는 못ᄒ리로다. 吾人은 一步 一步 進ᄒ면 進홀ᄉ록 究竟의 希望, 究竟의 滿足에 到達ᄒ리라는 希望을 抱ᄒ고 上으로 前으로, 上으로 前으로, 上ᄒ고 前ᄒ는 것이라.

今日 吾人의 有ᄒ 바 科學과 哲學과 宗敎와 法律 政治와 洋屋과 新聞과 鐵道와 其他 모든 文明은 實로 吾人이 「來日이나」, 「明日이나」 ᄒ고 속아 살아오던 記念物이로다. 吾人이 此等 文明을 有ᄒ기 前에는 此等 文明에 達ᄒ기만 ᄒ면 吾人이 希望ᄒ 滿足의 常態를 得ᄒ려니 ᄒ고 驀逮 又 驀逮ᄒ엿더니, 정작 達ᄒ고 보니 亦是 不滿이라. 然ᄒ나 吾人에게 큰 慰勞와 큰 刺激이 되는 것은 此等 希望의 産物이 비록 完全히 吾人을 滿足시키지는 못ᄒ다 ᄒ더라도 또 此等 文明이 無ᄒ면 時에 比ᄒ야 할신 滿足ᄒ 感情을 與홈이니, 於是에 更히 希望을 抱ᄒ고 上으로 前으로 進ᄒ고 進ᄒ는도다. 콜넘버쓰가 西로 航ᄒ야 目的ᄒ 印度에 達치 못ᄒ엿거니와 印度의 中間되는 米洲의 大陸을 發見ᄒ니라.

悔恨의 過去와 不滿의 現在! 果然 吾人은 不幸ᄒ 者로다. 然ᄒ나 希望의 將來? 올타. 希望의 將來로다. 또 「來年이나」 ᄒ고 新精神, 新氣力을 나이리라. 因ᄒ야 혼져 읇ᄒ니

님을 뵈옵과져 넘어도 山이오 넘어도 山이로다
넘은 山이 百이언만 넘을 山인 千가 萬가
두어라 億이오 兆라도 넘고 볼가 ᄒ노라
來日이나 來年이나 이 적에나 져 적에나
希望ᄒ고 失望ᄒ고 失望ᄒ고 希望ᄒ나
또 希望 압헤 잇스니 웃고 감이 엇더랴

님*

山넘어 쏘 山넘어 님을 쏙 뵈옵과저
넘은 山이 百이언만 넘을 山이 千가 萬가
두어라 億이오 兆라도 넘어볼가 하노라.

* 李光洙, 『時文讀本』, 1918.4. 1917년 1월 1일자 『每日申報』에 실린 「新年을 迎하면서」의 말미
에 실린 시를 고쳐 수록한 시이다.

少年의 悲哀*

一

蘭秀는 사랑스럽고 얌전하고 才操잇는 處女라. 그 從兄되는 文浩는 여러
從妹들을 다 사랑하는 中에도 特別히 蘭秀를 사랑한다. 文浩는 이제 十八歲
되는 싀골 어느 中等程度 學生인 靑年이나 그는 아직 靑年이라고 부르기를
슬혀하고 少年이라고 自稱한다. 그는 感情的이오 多血質인 才操잇는 少年으
로 學校 成績도 每樣 一二號를 다토앗다. 그는 아직 女子라는 것을 모르고 그
가 交際하는 女子는 오직 從妹들과 其他 四五人되는 族妹들이라. 그는 天性
이 女子를 사랑하는 마암이 잇는지 父親보다도 母親께 叔父보다도 叔母께
兄弟보다도 姊妹께 特別한 愛情을 가진다. 그는 自己가 自由로 交際할 수 잇
는 모든 姊妹들을 다 사랑한다. 그中에도 自己와 年齒가 相適하거나 或 自己
보다 以下되는 妹들을 더욱 사랑하고 그中에도 그 從妹中에 하나인 蘭秀를
더욱 사랑한다. 文浩는 뉘 집에 가서 오래 안젓지 못하는 性急한 버릇이 잇
것마는 姊妹들과 갓히 잇스면 歲月 가는 줄을 모른다.

그는 姊妹들에게 學校에서 들은 바 쏘는 書籍에서 닑은 바 자미잇는 니야
기를 하야 姊妹들을 웃기기를 조하하고 姊妹들도 쏘한 文浩를 웨 그런지 모
르게 사랑한다. 그럼으로 文浩가 집에 온 줄을 알면 洞中의 姊妹들이 다 會集
하고 或은 文浩가 간 집 姊妹가 一同을 請하기도 한다. 土曜日 午後나 日曜日
午前에는 依例히 文浩가 本村에 돌아오고 本村에 돌아오면 依例히 洞中 姊妹
들이 쓸어모힌다. 或 文浩가 좀 오는 것이 느즈면 姊妹들은 모혀 안저서 합
험을 하여가며 文浩의 오기를 기다리고 或 그中에 어린 누이들 — 假令 蘭秀

* 春園, 『靑春』 8, 1917.6.

갓흔 것은 압 고개에 나가서 몰을 보다가 저편 버드나무 그늘로 검은 周衣에 學生帽를 잣겨 쓰고 활활 활개를 치며 오는 文浩를 보면 넘어 깃버서 돌에 발쌕리를 차며 쮜어나려와 一同에게 文浩가 저 고개 넘에 오더라는 消息을 傳한다. 그러면 會集한 一同은 갑작이 喜色이 나고 몸이 들먹거려 或

「어대까지나 왓드냐」 하는 者도 잇고 或

「저 고개턱까지 왓드냐」 하는 者도 잇고 或 蘭秀의 말을 信用치 아니하야,

「저것이 쏘 가짓말을 하는 게지」 하고 눈을 흘려 蘭秀를 보는 쟈도 잇다. 學校에 特別한 일이 잇거나 試驗째가 되어 文浩가 或 아니올 째에는 蘭秀가 고개에서 몰을 보다가 거짓 報道를 한 적도 한두 번 잇슨 까닭이라.

이러할 째에 姉妹들은 大門 밧게 나섯다가 우스며 마조오는 文浩를 반갑게 맛는다. 어린 누이들은 或 손도 잡고 매어달리고 或 억개에 올려 업히기도 하고 或 가슴에 와 안기기도 하며, 좀 낫살 먹은 누이들은 얼는 文浩의 손을 만지고 물러서기도 하고 조끔 文浩의 옷을 당긔어 보기도 하고 或 마조보고 빙그시 웃기만 하기도 한다. 蘭秀도 昨年까지는 文浩의 손에 매어달리더니 今年부터 조끔 손을 잡아보고 얼굴이 쌜개지며 물러서게 되고, 昨年까지 文浩의 가슴에 안기던 蓮秀라는 蘭秀의 同生이 손을 잡고 매어달리게 된다. 그러고는 文浩의 집에 몰려들어가 文浩의 慈親께 매어달리며 어리광을 부린다. 文浩는 中央에 우스며 안고 一同은 文浩의 周圍에 돌아안는다. 그러나 그네와 文浩와의 자리의 距離는 年齡에 正比例한다. 第一 나만흔 누이가 第一 멀리 안고 第一 나어린 누이가 第一 갓가히 안거나 或은 文浩의 무릅헤 지대기도 하고 文浩의 억개에 걸어 업데기도 한다. 文浩는 이 줄을 안다, 그리고 슬퍼한다. 以前에는 서로 안고 손을 잡고 하던 누이들이 次次次次 안기를 그치고 손을 잡기를 그치고 갓가히 안기를 그치고 彼此의 사이에 漸漸 多少의 距離가 생기는 것을 보고 文浩는 슬퍼하엿다. 무슨 까닭인지 모르나 自然히 悲感한 생각이 남을 禁하지 못하엿다.

四十이 넘은 文浩의 어머니는 그 어린 姪女들을 잘 사랑하엿다. 그는 門中에도 賢淑하기로 有名하거니와 文浩에게는 模範的 夫人과 갓히 보인다. 文浩는 自己가 아는 婦人들 中에 그 母親과 叔母(蘭秀의 母親)을 가장 愛敬한다. 도로혀 그 母親보다도 叔母를 더욱 愛敬한다. 그래서 四五歲 적에는 꼭 叔母의 겻헤 자려 하엿다. 한번은 그 母親이,

「文浩는 나보다도 同婿를 더 짤어!」하고 猜忌 비슷하게 嘆息한 적도 잇섯다. 그러나 只今은 文浩는 母親과 叔母를 거의 平等하게 愛敬한다. 그러나 親누이되는 芝秀보다 從妹되는 蘭秀를 더 사랑하엿다.

文浩의 從弟 文海도 文浩와 莫兄莫弟한 快活한 少年이라. 從弟라 하건만 文海는 文浩보다 二十餘日을 썰어져 낫슬 뿐이라, 容貌나 擧動이 別로 다름은 업섯다. 그러나 文海는 그 母親의 性格을 바다 文浩보다 좀 冷靜하고 理智的이라. 文浩는 文海를 사랑하건만 文海는 文浩의 感情的인 것을 슬혀하엿다. 그럼으로 文浩가 姊妹들 속에 석겨 노는 것을 恒常 嘲笑하고 姊妹들이 文浩에게 醉하는 것을 말은 못하면서도 恒常 不滿히 녀겻다. 그럼으로 文海는 姊妹界에 一種의 尊敬을 바드나 親愛는 밧지 못하엿다. 文海는 姊妹들이 自己를 畏敬함으로 自己의 「점지아니하다」는 자랑을 삼고 文浩에 比하야 人格이 一層 우인 것으로 自處하엿다. 文浩도 文海의 自己에게 對한 感情을 아조 모름은 아니나 이는 文海가 아직 自己를 理解하기에 넘어 幼穉한 것이라 하야 그리 掛念치도 아니하엿다. 이러케 從兄弟間에 年齒의 漸長함을 짤아 性格의 差異가 生하면서도 兩人間에는 如前히 짜뜻한 愛情이 잇섯다. 毋論 文浩가 恒常 文海를 더 사랑하고 文海는 文浩에게 對하야 각금 反感도 닐으키건마는.

二

文浩가 집에 돌아오면 文浩의 母親은 或 썩도 하고 닭도 잡아 文浩를 먹인

다. 그러할 째에는 반다시 文海와 文浩를 싸르는 여러 姊妹들도 함께 먹인다. 母親은 알엣목에 안고 文浩와 文海는 웃목에서 兼床하고 姊妹들은 母親을 中心으로 하고 左右에 갈라 안저서 즐겁게 니야기도 하고 或 먹을 것을 서로 쌔앗고 감초기도 하면서 방 안이 써들석하도록 써들며 먹는다. 文浩의 父親이 門 밧게서

「웨 이리 써드냐」 하면, 一同이 갑작이 말소리를 그치고 억개를 흠츠리다가 父親이 門을 열어보고 「쟝쑨 모히듯 햇고나」 하고 빙그시 웃고 나가면 如前히 써들기를 始作한다. 이것을 보고 文浩는 더할 수 업시 깃버하건마는 文海는 량미간을 찌푸린다. 그러할 째에는 蘭秀도 웃고 젓거리기를 그치고 걱정스러은 드시 쏘는 원망스러은 드시 文海의 눈을 본다. 그러다가도 文浩의 웃는 얼골을 보면 쏘 웃는다. 이러다가 食後가 되면 文浩와 文海는 웃간에 올나가서 무슨 討論을 한다.

그네의 討論하는 話題는 흔히 支那와 西洋의 偉人에 關한 것이라. 여긔도 두 사람의 性格의 差異가 들어난다. 文浩는 李白, 王昌齡 갓흔 支那詩人이나 톨스토이, 沙翁, 쎄테 갓흔 西洋詩人을 稱讚호대, 文海는 그러한 詩人은 대개 人生에 無益한 懶惰者라고 罵倒하고 孔孟, 朱子라든가 西洋이면 소크라테스, 와싱톤 갓흔 사람을 讚頌한다. 兩人이 다 엇던 意味로 보아 文學에 쯧이 잇는 것은 共通이엇다. 그러나 文浩가 美的, 情的 文學을 愛함에 返하야 文海는 知的, 善的 文學을 愛한다. 卽 文海는 文學을 社會를 敎化하는 一方便으로 녀기되 文浩는 쐐 分明하게 藝術至上主義를 理解한다. 그럼으로 文浩는 文海를 幼稚하다고 文海는 文浩를 放蕩하다 한다. 이러한 討論을 할 째에는 姊妹들은 自己네끼리 무슨 니야기를 한다. 實로 此洞中에 兩人의 談話를 알아듯는 사람은 兩人外에 업다. 父老들도 이제는 兩人의 知識이 自己네보다 勝한 줄을 속으로는 認定한다. 더구나 姊妹들은 오직 諺文小說을 닑은 쑨이라. 元來 文浩의 堂內는 적이 富饒하고 쏘 대대로 文翰家라. 昔日에는 女子들도 대개는

四書와 小學, 烈女傳, 內則 갓흔 것을 넑더니, 三四十年來로 漸次 學風이 衰하야 近來에는 諺文조차 不能解하는 女子가 잇게 되엇다.

그러나 文浩와 文海는 天生 文學을 조하하야 그 姊妹들에게 諺文을 가라치고 쏘 諺文小說을 넑기를 勸奬하엿다. 三四年前에 文浩가 그 姊妹들을 爲하야 小說 一篇을 作하고 翌年에 文海가 쏘 小說 一篇을 作하엿다. 그러나 姊妹들 間에는 文浩의 小說이 더욱 歡迎되엇고 文海도 自己의 小說보다 文浩의 小說을 推奬하야 自己의 손으로 조흔 조희에다가 文浩의 小說을 벗기고 그 表紙에 「金文浩著, 從弟文海書」라 하고 쑤렷하게 썻다. 文浩의 父親도 이것을 보고 兩人의 情誼의 親密함을 讚歎하고 쏘 그 아들의 손으로 된 小說을 一讀하엿다. 그리고 「이런 것을 쓰면 사람을 바리나니라」하고 책망은 하면서도 十五歲된 文浩의 재조를 속으로 깃버하기는 하엿다. 그리고 科擧制度가 廢하지 아니하엿던들 文浩와 文海는 반다시 大科에 壯元及第를 할 것인데 하고 앗갑게 녀겻다.

三

文浩는 蘭秀를 詩人의 資質이 잇다고 밋는다. 자미잇는 노래나 시를 넑어주면 蘭秀는 손으로 무릅흘 치며 조하하고 쏘 卽時 그것을 暗誦하며 幼稚하나마 批評도 한다. 文浩는 이것을 깃버하야 집에 돌아올 째마다 반다시 새로 온 노래나 詩나 短篇小說을 지어가지고 온다. 蘭秀도 文浩가 돌아올 째마다 이것을 기다린다. 그러나 文浩의 親누이는 蘭秀와 同甲이오 재조도 잇건마는 文浩가 보기에 蘭秀만큼 美를 感受하는 힘이 銳敏치 못하다. 그럼으로 文浩가 「애 芝秀야, 너는 고은 것을 볼 줄을 모르는고나」하고 輕蔑하는 드시 말하면 芝秀는 얼굴이 쌜개지며 「내야 아나, 蘭秀나 알지」하고 눈물 고인 눈으로 文浩의 얼굴을 흴끗 본다. 이러케 되면 文浩도 芝秀의 우는 것이 불상하야 머리를 쓸며 「아니. 너도 남보다야 낫지, 그러나 蘭秀가 너보다 더 낫단 말이지」 한다.

果然 芝秀도 재조가 잇다. 그러나 芝秀는 文浩보다 文海와 同型이라. 말이 적고 知慧롭고 沈着하고…… 그럼으로 芝秀는 文浩보다도 文海를 사랑한다. 한번은 文浩가 蘭秀와 芝秀 잇는 곳에서 文海다려,

「애 文海야. 참 異常하고나. 蘭秀는 나를 닮고 芝秀는 너를 닮앗고나. 흥, 조치. 한 집안에 詩人 둘하고 道德家 둘이 나면 그 아니 榮光이냐」 하엿다. 文海도 芝秀의 머리를 쓸며,

「芝秀야, 너와 나와는 道德家가 되쟈. 兄님과 蘭秀와는 詩人이 되어 술주 정이나 하고」 하고 一同이 우섯다. 더욱이 平生에 不滿한 마음을 품던 芝秀는 이에 비로소 文浩에게 對하야 나도 平等이거니 하는 慰勞를 어덧다. 그러고 文海에게 對한 사랑이 더욱 만하젓다.

다른 누이들 中에도 蘭秀의 兄 惠秀가 매오 재조가 잇다. 그는 此洞中 靑年 女子界에 文學으로 最先覺者라. 諺文小說을 流行케 한 — 말하자면 此門中에 新文壇을 建設한 者는 文浩의 姑母라. 그는 오래 外家에서 길녀나는 동안에 內從諸姉의 影響을 바다 諺文小說을 愛讀하게 되고 十四歲에 外家로서 올 째 에 淑香傳, 謝氏南征記, 月峰記 갓흔 諺文小說을 가지고 와서 洞中 여러 處女 들에게 一邊 諺文을 가라치며 一邊 小說을 勸獎하엿다. 마참 門中에 尊敬을 밧는 文浩의 祖母가 老年에 小說을 偏嗜함으로 文浩의 父親, 兄弟의 多少한 反對도 效力이 업고 諺文文學의 勢力은 漸漸 文浩의 堂內 女子界에 浸潤하엿 다. 그럼으로 文浩와 文海의 夫人네도 처음에는 諺文도 잘 모르더니 只今은 熱烈한 文學愛好者가 되엇다. 그러나 그네는 며나리된 몸이라 딸된 者와 갓 히 自由롭지 못함으로 겨오 名節 째를 타서 讀書할 쑌이오, 그 밧게는 누이 들의 틈에 씨어서 조곰씩 볼 쑌이엇다.

이 모양으로 金門 女子界에 文學을 樹立한 者는 文浩의 姑母로대 그 姑母 는 出嫁한 지 三年이 못하야 夭折하고 文學界의 主權은 惠秀의 손에 돌아왓

더니, 再昨年 惠秀가 出嫁한 以來로 文學界는 群雄割據의 狀態라. 그中에 文浩의 再從妹되는 者가 가장 有力하나 그는 家勢가 貧寒하야 讀書할 틈이 업고 그 남아는 대개 才質이 鈍하야 長足의 進步가 업고 現在에는 芝秀와 蘭秀가 文學界의 雙台星이라. 그러나 蘭秀는 훨신 芝秀보다 感受性이 銳敏하다. 그래서 文浩는 限死코 蘭秀를 工夫를 시키려 하건마는 文浩의 季父는,

「계집애가 工夫는 해서 무엇하게!」하고 言下에 拒絕한다. 文海도 蘭秀를 工夫시킬 마음이 업지 아니하건마는 원악 冷靜하야 熱情이 업는데다가 또 父母의 命令에 絕對로 服從하는 美質이 잇고, 蘭秀 當者는 아직 工夫가 무엇인지 모름으로 父母에게 懇求도 아니하야 文浩 혼자서 애를 쓸 뿐이라. 그럼으로 「내가 中學校를 마치고서 서울에 갈 째에는 반다시 芝秀를 다리고 가리라, 될 수만 잇스면 蘭秀도 다리고 가리라」하고 어서 明春이 돌아오기만 기다린다.

四

그해 가을에 十六歲되는 蘭秀는 某富家의 十五歲되는 子弟와 結婚이 되엇다. 文浩가 이 말을 듯고 百方으로 父親과 季父에게 諫하엿스나 들리지 아니하엿다. 그래서 文浩는 蘭秀에게,

「얘, 싀집가기 실타고 그래라. 明春에 내 서울 다려다 줄 것이니」하고 여러 말로 衝動하엿다. 그러나 蘭秀는,

「내가 엇더케 그러겟소 옵바가 말삼하시구려」한다. 蘭秀는 未嘗不 男子를 對하고 십흔 생각이 업지 아니하엿다. 어서 婚姻날이 와서 그 新郎되는 者의 얼굴도 보고 안겨도 보앗스면 하는 생각조차 업지 아니하엿다. 蘭秀는 至今껏 가장 情답게 사랑하던 文浩보다도 아직 만나보지 아니한 엇던 男子가 그립다 하게 되엇다. 文浩는 蘭秀의 이 말에,

「엑, 못생긴 것!」하고 눈물이 흐를 번하엿다. 그리고 앗가온 詩人이 그만

썩어지고 마는 것을 恨嘆도 하엿다. 또 自己가 가장 사랑하던 누이를 엇던 사람에게 쌔앗기는 것이 앗갑기도 하고 憤하기도 하엿다. 마치 英國 詩人 워즈워드가 그 누이와 一生을 갓히 보낸 모양으로 自己도 蘭秀와 一生을 갓히 보냇스면 하엿다.

얼마 잇다가 新郞되는 者가 天痴라는 말이 들어온다. 왼 집안이 모다 걱정하엿다. 그러나 그中에 第一 슬퍼한 者는 文浩다. 文浩의 父親이 이 所聞의 虛實을 査悉할 양으로 五六十里程되는 新郞家를 訪問하야 新郞을 보앗다. 그러고 돌아와서,

「좀, 미련한 듯하더라마는 그래야 福이 잇나니라」 하고 婚姻은 아조 確定되엇다. 그러나 傳하는 말을 듯건댄 新郞은 論語 一行을 三日에도 못 외온다는 둥, 코와 침을 흘리고 어른쎄도 「너, 나」 한다는 둥, 질알을 부린다는 둥, 눈에 흰 저울쑨이오 검은 저울이 업다는 둥, 甚至어 그는 고자라는 所聞까지 들려서 文浩의 祖母와 叔母는 날마다 눈물을 흘니고 婚姻한 것을 後悔한다. 蘭秀도 이런 말을 듯고는 顔色에 들어내지는 아니하여도 조고마한 가삼이 편할 날이 업서서 或 後園에 돌아가 돌을 던져서 이 所聞이 참인가 아닌가 占도 하여 보고, 文浩의 시키는 대로 「나는 싀집가기 실소」 하고 쎼를 쓰지 아니한 것을 後悔도 하엿다.

文浩는 이 말을 듯고 울면서 季父께 諫하엿다. 그러나 季父는

「못한다. 兩班의 집에서 한번 許諾한 일을 다시 엇지한단 말이냐 다 제 八字지.」

「그러나 兩班의 體面은 暫時 일이지오. 蘭秀의 일은 一生에 關한 것이 아니오닛가. 一時의 體面을 爲하여 한 사람의 一生을 犧牲한다는 것이 말이 됩닛가」 하엿스나 季父는 성을 내며,

「人力으로 못 하나니라」 하고는 다시 文浩의 말을 듯지도 아니한다. 文浩는 그 「兩班의 體面」 이란 것이 미웟다. 그리고 혼자 울엇다. 그날 蘭秀를 만나니 蘭秀도 文浩의 손을 잡고 운다. 文浩는 蘭秀를 얼마 慰勞하다가 「다 네

가 弱한 罪로다. 웨 내가 시키는 대로 하지 아니하엿느냐」하고 왈칵 蘭秀의 손을 후리치고 쮜어나왓다. 그러나 文海는 울지 아니한다. 毋論 文海도 蘭秀의 일을 슬퍼하지 아님은 아니나 文海는 그러한 일에 울 만한 熱情이 업고 그 父親과 갓히 斷念할 줄을 안다. 그러나 文浩는 이것은 그 季父가 蘭秀라는 女子에게 對하야 行하는 大罪惡이라 하야 그 季父의 無知無情함을 원망하엿다. 이 婚姻 째문에 和樂하던 文浩의 집에는 밤낫 슬픈 구름이 가리엇다.

五

婚姻날이 왓다. 소를 잡고 쩍을 치고 사람들이 다 술에 醉하야 즐겁게 웃고 니야기한다. 洞內 婦人들은 새옷을 갈아닙고 蘭秀의 집 부억과 마당에서 奔走히 왓다갓다 한다. 文浩의 父親과 季父도 內外외 다니면서 來賓을 接待한다. 그러나 그 兩眉間에는 속일 수 업는 근심이 보인다. 文海도 그 날은 감투에 갓을 바쳐쓰고 奔走한다. 그러나 文浩는 두루막도 아니 닙고 집에 가만히 안젓다. 婚姻날이라고 姑母들과 싀집간 누이들이 모혀들어 文浩의 집 안방에는 老少女子가 가득이 차서 오래간만에 만난 반가운 情懷를 吐露한다. 늙은 姑母들은 或 눕기도 하고 젊은 누이들은 空然히 자리를 잡지 못하고 들어왓다 나갓다 한다. 마치 오랫동안 싀집에 잇서서 펴지 못하던 긔운을 一時에 다 펴랴는 것 갓다. 가는 말소리 굵은 말소리가 들리다가는 잇다금 즐거운 우슴소리가 合唱 모양으로 들린다. 그러나 文浩는 別로 니야기 참녜도 아니하고 한편 구석에 가만히 안젓다. 싀집간 누이들과 집에 잇는 누이들이 여러 번 몰려와서 文浩를 웃기려 하엿스나 마참내 失敗에 終하엿다. 文浩의 어머니가 飮食을 監督하다가 文浩가 아니 보임을 보고 文浩를 차자와서,

「애, 웨 여긔 안젓나냐. 나가서 손님 接待나 하지그려. 어대 몸이 편치 아니하냐.」하야도 文浩는 셩난 드시 가만히 안젓다. 여긔 저긔서 醉한 사람들의 웃고 짓거리는 소리가 들릴 째마다 文浩는 憤怒하는 드시 주먹을 부르쥐

엇다. 蘭秀는 兄들 틈에 안젓다가 싯그러은 드시 쮜어나와 文浩의 겻혜 들어
와 안는다. 兄들은 蘭秀를 對하야 「조켓고나」, 「깃브겟고나」, 「富者라더라」
······ 이러한 弄談을 하엿다. 그러나 蘭秀는 이러한 弄談을 들을 째마다 가슴
을 찌르는 듯하엿다.

蘭秀는 文浩의 억개에 지내며 文浩의 눈을 본다. 文浩는 蘭秀의 눈을 보앗
다. 그 눈에는 絶望과 斷念의 빗이 잇는 듯하다. 그러나 蘭秀는 다만 新郞의
天痴*라는 말에 근심이 되고 絶生이 될 쑨이오 이 事件에 對하야 엇더한 態
度를 取할 줄을 모르고 다만 나는 不可不 天痴와 一生을 보내게 되거니 할 쑨
이라. 文浩는 눈물을 蘭秀에게 아니 보일 양으로 고개를 돌리며

「앗갑다. 그 얼굴에 그 재조에 天痴의 안해 되기는 참 앗갑고 切痛하다」 하
고, 어느 俊秀한 總角이 잇스면 그와 蘭秀와 夫婦를 삼아 어대로나 逃亡을 식
키리라 한다. 찰하리 父母의 抑制로 마음 업는 곳에 싀집가기보다는 自己의
마음드는 男子와 逃亡하는 것이 맛당하다고 文浩는 생각한다. 그러고 다시
蘭秀를 보매 사랑스러온 마음과 불상한 마음과 앗가온 마음과 天痴 新郞이
미운 생각이 한데 석겨 나온다. 文浩는 蘭秀의 손을 힘껏 쥐엇다. 蘭秀도 文
浩의 손을 힘껏 쥔다. 그러고 닛발로 가만히 文浩의 팔을 물고 바르르 썬다.
文浩는 무슨 決心을 하엿다.

新郞이 왓다. 新郞을 맛는 一同은 모도다 落心하고 고개를 돌렷다. 비록 所
聞이 그러하더라도 설마 저러키야 하랴 하엿더니 實際로 보건댄 所聞보다
더하다. 머리는 함부로 크고 싯벌건 얼굴이 두 쌤이나 길고 크다란 눈은 마
치 쇠눈깔과 갓고 크다란 입은 헤벌려서 걸쭉한 침이 턱에서 썰어진다. 文浩
의 叔母는 이 꼴을 보고 文浩집 안방에 쮜어 들어와 니불을 쓰고 눕고 至今
껏 웃고 써들던 姑母들과 누이들도 서로 마조보기만 하고 아모** 말도 업다.

---

* 원문에는 '千痴'로 되어 있다. 이하 모두 수정하였다.
** 원문에는 '마모'로 되어 있다.

다만 文浩의 父親兄弟와 文海가 우슬 싸에는 웃기도 하면서 如前히 來賓을
接하고, 洞內 婦人네와 男子들이 奔走할 쑨이오 兩家 家族들은 모도다 落心
하여 안젓다. 文浩는 한참이나 新郎을 보다가 집에 쮜어 들어와 蘭秀를 보고
눈물을 흘렷다. 蘭秀는 文浩의 등에 얼굴을 대고 운다. 文浩는 저고릿 등이
눈물에 저저 싸쯧함을 깨달앗다. 이새에 惠秀가 와서 蘭秀를 안아 닐으키며,

「애, 蘭秀야 올아비 두루막이 젓는다. 울기는 웨 우나냐, 이 깃분 날」하고
蘭秀를 달랜다. 蘭秀는 속으로 「흥, 제 서방은 얼굴도 쪽쪽하고 사람도 얌전
하닛간」하엿다. 果然 惠秀의 남편은 얼굴이 어엿브고 얌전도 하엿다. 앗가
그가 新郎을 마자들여갈 째에 衆人은 兩人을 比較하고 惠秀와 蘭秀의 幸不幸
을 생각지 아니한 者가 업섯다. 蘭秀가 처음에 기다리던 新郎은 惠秀의 新郎
과 갓흔 者 쏘는 文浩나 文海와 갓흔 者러라.

밤이 왓다. 文浩는 어대서 돈 五圓을 求하여가지고 가만히 蘭秀에게,

「애 이제 나하고 서울로 가자. 이 밤車로 逃亡하자. 가서 내가 工夫하도록
하여주마」하엿다. 그러나 蘭秀는 文浩의 말에 다만 놀랄 쑨이오 應할 생각은*
업섯다. 「서울로 逃亡!」이는 못할 일이라 하엿다. 그래서 고개를 흔들엇다.
文浩는,

「애, 이 못생긴 것아. 一生을 그 天痴의 안해로 지날 터이냐」하며 팔을 쓸
엇다. 그러나 蘭秀는 逃亡할 생각이 업다. 文浩는 울어 쓸어지는 蘭秀를 발낄
로 차며

「죽어라, 죽어!」하고 꾸지젓다. 그리고 외쌀은 방에 가서 혼자 누엇다.

惠秀의 新郎이 들어와,

「자, 나하고 자세」하고 文浩의 겻헤 눕는다. 文浩는 쏘 蘭秀의 新郎과 惠秀
의 新郎을 比較하고 蘭秀를 불상히 녀기는 情이 激烈하여진다. 그리고 惠秀
의 新郎의 아름다온 얼굴과 自己의 얼굴의 아름다옴을 자랑하는 듯하는 우

---

* 원문에는 '생가은'으로 되어 있다.

슴을 보고 文浩도 빙그시 웃는다. 惠秀의 新郎은,

「여보게. 그 新郎이란 者가」하고 우슴이 나와서 말을 일우지 못하면서 겨오 「내가 썩을 勸하엿더니 먹기 실타고 밥상을 발낄로 차데그려, 그레 방싸닥에 국이 쏘다지고」하면서 自己의 저즌 바지를 보이며 웃는다. 文浩도 그 쇠눈깔 갓흔 눈을 희번덕거리며 발낄로 차던 모양을 想像하고 우슴을 禁치 못하엿다. 惠秀의 新郎도 惠秀에 비기면 劣等하엿다. 그는 至今 十七歲나 아직 私塾에서 孟子를 낡을 뿐이라. 到底히 惠秀의 發達한 想像力과 趣味에 企及치 못할 뿐더러 惠秀의 精神力이 自己보다 優越한 줄도 理解하지 못하는 아직 乳臭小兒엿다. 그럼으로 惠秀도 夫에게 對하야 一種 侮蔑하는 感情을 가진다, 그러나 文浩나 惠秀나 다갓히 그의 容貌의 美麗함과 性質의 溫順怜悧함을 사랑한다.

이튼날 아참에 文浩는 季父의 집에 갓다. 알엣방 알읏목에 蘭秀가 비단옷을 닙고 머리를 쪽지고 안즌 모양을 文浩는 말업시 물끄럼히 보앗다. 蘭秀는 얼는 文浩의 얼굴을 보고 고개를 돌린다. 文浩는 그 비단옷과 머리의 變한 것을 볼 쌔에 形言치 못할 悲哀와 嫌惡를 쌔달앗다. 蘭秀가 昨夜에 저 天痴와 한 자리에 잣는가, 或은 저 天痴에게 處女를 쌔트렷는가 생각하매 悲憤한 눈물이 흐르려 한다. 蘭秀의 周圍에 둘러안젓던* 姑母들과 누이들은 文浩의 不平하여하는 顔色을 보고 웃기와 말하기를 그친다. 芝秀는 文浩의 팔을 써밀치며,

「옵바는 나가시오」한다. 蘭秀도 文浩의 心情을 大綱은 斟酌한다. 그러나 文浩는 입술로 「썹썹」하는 소리를 내며 蘭秀의 돌아안즌 꼴을 본다. 그리고 속으로 「아아, 萬事休矣로고나」한다. 웨 저러케 어엽브고 얌전하고 재조잇는 處女를 天痴의 발 압헤 던져 즈르밟히게 하는가 생각하매, 마당과 방안에 왓다갓다 하는 人物들이 모도 다 蘭秀 하나를 못되게 만들고 작난감을 삼는

---

* 원문에는 '둘러안전던'으로 되어 있다.

魔鬼의 무리들 갓히 보인다. 힘이 잇스면 그 惡한 무리들을 왼통 깨려부쉬고 그 무리들의 손에서 죽는 蘭秀를 救援하여내고 십다. 文浩의 눈에 蘭秀는 죽은 사람이로다. 이런 생각을 할 쌔에 芝秀는 쏘 한번,

「어서, 옵바는 나가서요!」하고 써밀친다. 그제야 비로소 蘭秀를 보던 눈으로 芝秀를 보앗다. 芝秀의 눈에는 사랑과 자랑의 빗치 보인다. 文浩는 芝秀나 잘 되도록 하리라 하고 나온다.

나와서 바로 집으로 오랴다가 惠秀의 新郎한테 쓸려 新郎房으로 들어간다. 惠秀의 新郎은 新郎의 우수운 쓸을 구경하려고 文浩를 쓸고 들어가는 것이라. 新郎房에는 少年들이 만히 모혓다. 惠秀의 新郎이 新郎의 겻헤 안즈며,

「早飯 자셧나」하고 人事를 한다. 新郎은 침을 질질 흘리며 헤하고 웃는다. 그래도 어저께 自己를 맛던 사람을 記憶하는고나 하고 文浩는 코우슴을 하엿다. 겻헤서 누가 文浩를 新郎에게 紹介한다.

「이이가 新郎의 妻從兄일세.」

그러나 新郎은 如前히 침을 흘리며 다만 「妻從兄?」하고 文浩의 얼굴을 본다. 그 눈이 마치 죽은 소눈쌀갓히 보여 文浩는 嘔逆이 나서 고개를 돌렷다. 그리고 속으로 「아아, 저것이 내 蘭秀의 配匹!」하엿다.

六

翌年春에 文浩는 東京으로 留學을 갓다가 이태 되는 녀름에 집에 돌아왓다. 그러나 압고개에는 이믜 蘭秀의 나와 마즘이 업고 大門 밧게는 웃고 마자주던 姊妹들이 보인다. 文浩가 東京갈 쌔에 十餘歲되던 姊妹들이 只今은 十二三歲의 크다란 處女가 되어 亦是 반갑게 文浩를 맛는다. 그러나 處女들은 決코 文浩의 親舊가 아니러라. 文浩는 방에 들어가 以前 안던 자리에 안젓다. 그리고 處女들도 以前 모양으로 文浩를 中心으로 하고 들러안는다. 그 어머니는 如前히 닭을 잡고 썩을 만들어 文浩와 文海와 둘러안즌 處女들을 먹

인다. 그러나 三年前에 잇던 즐거옴은 永遠히 슬어지고 말앗다. 文浩는 울고
십헛다. 그러나 三年前과 갓히 눈물이 흐르지 아니한다. 文浩는 마조안즌 文
海의 싸마케 난 鬚髯을 본다. 그리고 손으로 自己의 턱을 쓸며,

「文海야, 우리 턱에도 鬚髯이 낫고나」 하며 턱 알에 한 치나 자란 외대 鬚
髯을 툭툭 잡아채며 웃는다. 文海도 今昔의 感을 禁치 못하면서 코 알에 싸마
케 난 鬚髯을 만진다. 處女들도 兩人이 鬚髯을 만지는 것을 보고 웃는다. 그러
나 그네는 兩人의 쯧을 모른다. 母親은 어린 아해 둘을 안아다 文浩의 압헤 놋
는다. 물싯럼이 검은 洋服 닙은 文浩를 보더니 토실토실한 팔을 내어두루고
으아 하고 울면서 母親의 무릅흐로 긔어간다. 母親은 두 아해를 안으면서

「이 애들이 벌서 세 살이 되엇고나」 한다. 文浩는 하나이 自己의 아들이오
하나이 文海의 아들인 줄을 아나, 어느 것이 自己의 아들인 줄을 몰라 우둑
하니 우는 아해들을 보고 안젓다가 自嘆하는 모양으로

「흥, 우리도 벌서 어버질세그려. 少年의 天國은 永遠히 지나갓네그려」 하
고 우스면서도 눈에는 눈물이 고인다. 가만히 文浩를 보고 안젓는 母親의 얼
굴에도 前보다 주름이 만케 되엇다. 文浩는 精神업는 드시 母親만 보고 안젓다.
집 압 버드나무에서는 「쇠쏘리오」 하는 소리가 들린다.(一九一七, 一, 一○ 朝)

尹光浩*

一

尹光浩는 東京 K大學 經濟科 二年級 學生이라. 今年 九月에는 學校에서 주
는 特待狀을 바다가지고 춤을 추다십히 깃버하엿다. 各新聞에 그의 寫眞이
나고 그의 略歷과 讚辭도 낫다. 留學生間에서도 그가 留學生의 名譽를 놉게
하엿다 하야 眞情으로 그를 稱讚하고 사랑하엿다. 本國에 잇는 그의 母親도
特待生이 무엇인지는 모르건마는 아마 大科及第 가튼 것이어니 하고 깃버하
엿다. 尹光浩는 더욱 工夫에 熱心할 생각이 나고 學校를 卒業하거든 還國하
지 아니하고 三四年間 東京에서 硏究하야 朝鮮人으로 最初의 博士의 學位를
取하려고 한다. 그는 冬期 放學中에도 暫時도 쉬지 아니하고 圖書館에서 工
夫하엿다. 親舊들이,

「좀 休息을 하시오. 너무 工夫를 하여서 健康을 害하면 엇져오」하고 親切
하게 勸告한다. 果然 光浩의 얼굴은 近來에 顯著하게 瘦瘠하엿다. 自己도 거
울을 對하면 이런 줄을 아나 그는 도로혀 熱心한 工夫로 햇슥하여진 容貌를
榮光으로 알고 혼자 빙그시 우섯다. 그는 全留學界에서 이러한 稱讚을 바들
째에는 十三四年前의 過去를 回想치 아니치 못한다. 그째에 自己는 父親을
여희고 母親은 再嫁하고 孑孑한 獨身으로 或은 日本 집에서 使喚 노릇을 하
며 或은 국수집에서 멈살이**를 하엿다. 그째에 自己의 運命은 悲慘한 無依
無家한 下級 勞動者밧게 될 것이 업섯다. 그냥 잇섯더면 二十四歲되는 今日
에는 아마 어느 국수집 웃간에서 째무든 누덕이 저고리를 걱구로 덥고 허리

---

* 春園, 『靑春』13, 1918.4.
** '머슴살이'의 준말.

를 쇠부리고 치운 꿈을 꾸엇슬 것이라. 그러나 只今은 東京 一流大學에 學生이 되고 婢僕이 承命하는 下宿의 깨끗한 房에서 富貴家의 書房님이나 다름이 업는 高尚하고 安樂한 生活을 하게 되엇스며 兼하야 前途에는 洋洋한 希望이 잇다. 그는 東京 留學生中에 最高級으로 進步된 學生中의 一人이라. 數年이 못하야 朝鮮 最高級의 人士되기는 至極히 容易한 일이라. 이러케 光浩가 自己의 少年時代와 現生活을 比較할 째에는 喜悅의 微笑를 禁치 못할 것은 勿論이라.

그러나 光浩의 心中에는 무슨 缺陷이 잇다. 補充하기 어려울 듯한 크고 깁흔 空洞이 잇다. 光浩는 自己의 눈으로 이 空洞을 보고 이것을 볼 째마다 一種 形言할 수 업는 悲哀와 寂寞을 感한다. 이 空洞은 光浩 自身의 힘으로는 到底히 塡充하기 不能하다. 何如한 人일지는 모르거니와 이 空洞을 塡充할 者는 光浩 以外의 人인 것은 事實이라.

光浩는 집에 혼자 안젓슬 째에 或은 찬 자리에 혼자 누엇슬 째에 坐 或은 혼자 二十餘分이나 걸리는 學校에 가는 길에 形言치 못할 寂寞과 悲哀를 째닷는다. 그래서 그는 自己의 親舊와 路上의 行人까지라도 有心하게 보며, 더구나 電車 속에서 마즌편에 안즌 唐紅치마 닙은 女學生들을 볼 째에나 或 十三四歲되는 血色 조코 얌전한 少年을 對할 째에는 自然히 心情이 陶然히 醉하는 듯하야 一種의 快美感을 째달아 精神 업시 그네의 얼굴과 몸과 衣服을 본다. 或 이러케 恍惚하엿다가 두어 停留場을 지나서야 비로소 精神을 차리고 깜쟉 놀라서 電車에서 쮜어나린다. 그러면 즐거운 꿈을 꾸다가 갑작히 쌘 모양으로 더욱 精神의 空洞이 分明히 보이고 寂寞과 悲哀가 새로워진다.

或時 敎室에서도 前과 가티 先生의 講演에 注意할 힘이 업시 惘然히 안젓다가 下學鍾 소리를 듯고야 비로소 自己가 敎室에 잇는 줄을 째닷는다.

이 모양으로 二三朔을 지나는 동안에 特待生의 깃븜도 거의 消滅되고 마음속에는 그 寂寞과 悲哀만 더욱 深刻하여진다. 그는 極히 快活하고 多辯한 사람이더니, 近來에는 漸漸 沈鬱하게 되며 될 수 잇는 대로 他人과의 交際와 談話를 厭避하고 자리에 누어도 一二時間이 넘도록 잠을 일우지 못한다. 그는 近來에 外國語學 工夫도 좀 怠慢하여지고 흔히 精神업시 우둑허니 안젓다. 親舊들도 光浩의 變化하는 樣을 보고 或 憂慮도 하며 或 여러 가지로 그 原因도 忖度한다. 或者는 光浩가 特待生이 되어 驕慢하게 된 것이라 하고 光浩를 사랑ᄒᆞ는 或者는 그가 過度한 工夫에 神經이 衰弱한 것이라고 한다. 처음에는 몃 사람이 光浩에게 各自의 意見으로 勸告도 하더니 近來에는 訪問하는 사람도 업게 되엇다. 光浩는 혼자 下宿 볏 잘드는 房에서 안젓다 닐어낫다 하며 한숨만 쉰다.

二

光浩의 쯧을 알아주는 사람은 오직 한 사람 잇다. 그는 光浩의 上級 同窓이매 同窓은 同窓이면서도 二三年級이나 떨어젓슴므로 長幼의 關係와 비슷하다. 그러나 光浩는 이 사람을 唯一한 親友로 사모하고 이 사람도 光浩를 親同生과 가티 사랑한다. 그 사람의 姓名은 金俊元이니 光浩의 通學하는 K大學의 大學院에서 生物學을 專攻 硏究한다. 光浩는 心中에 不平이나 煩悶이 잇슬 째에는 반다시 俊元을 訪問하야 一二時間 自己의 所懷를 말한다. 그러면 俊元은 眞情으로 光浩의 생각에 同情하며 或 여러 가지로 光浩를 奬勵하기도 한다. 이러케 俊元과 談話를 하고 나면 光浩의 鬱悶은 훨신 풀어지고 一種의 깃븜과 快感을 가지고 下宿에 돌아온다.

지나간 六七年間 光浩는 實로 俊元일래 살아온 것이라. 俊元은 物質로도 光浩를 極力 援助하엿거니와 더욱이 精神上으로 恒常 光浩에게 慰安과 希望을 주어왓다. 그래서 光浩는 俊元만 잇스면 넉넉히 이 世上을 지내어 가리라 하엿고 俊元의 생각에도 光浩는 自己의 쯧을 가장 잘 알아주고 自己를 가장 잘 사랑하여 주는 親舊로 光浩를 더욱 사랑하엿다. 近來에 俊元은 光浩가 自

己보다 精神力으로 數等의 差가 잇음을 깨달아 光浩에게 말하더라도 理解치 못할 엇던 것을 所有한 줄을 意識하야 얼마큼 光浩를 後輩로 보는 傾向은 生하엿으나, 그래도 俊元은 光浩를 稀罕한 조흔 親舊로 생각하는 愛情에는 變함이 업다.

그러나 光浩의 精神의 空洞은 날로 分明하게 되고 寂寞과 悲哀는 날로 深刻하게 되어, 이제는 아모리 俊元을 對하야 俊元에게 胸懷를 吐露하고 俊元의 말을 들어도 前과 가티 慰安을 不得할 쑨더러 도로혀 寂寞과 悲哀를 强하게 할 쑨이라. 光浩는 自己의 寂寞과 悲哀가 俊元과의 談話로는 到底히 慰安치 못할 程度에 達한 줄과 親友의 愛情과 慰安의 힘은 엇던 程度 以上에 밋지 못함을 깨달앗다. 以前에는 俊元의 하는 말은 마치 自己의 肺肝을 꿰뚫어 보고 하는 드시 自己의 생각하는 바와 符合하더니, 近來에는 俊元의 말에도 首肯치 못할 點이 생기고 그쑨더러 俊元의 慰安과 勸奬이 皮相的인 드시 들린다. 俊元도 光浩가 前과 가티 自己의 말에 感服하지 아니하는 줄을 알고 쏘 自己의 過去의 經驗에 비최어 그 理由도 대강 斟酌하엿다. 한번은 光浩가 俊元의 말에 對하야 熱烈히 反對하엿다. 아직 自己의 말에 反對하는 樣을 보지 못하던 俊元은 光浩가 이처럼 激烈하게 反對하는 樣을 보고 暫間 驚愕도 하고 不快도 하엿스나 곧 「너도 個性이 눈쓰기 始作하엿고나」 하고 웃고 말앗다. 그後부터 俊元은 光浩에게 對하야 前과 가티 만히 말하지 아니한다. 光浩도 俊元이가 近來에 自己에게 對하야 前보다 冷淡한 樣을 보고 俊元이가 日前 自己의 反對에 怒하엿는가 하야 얼마콤 未安한 마음도 잇섯다.

光浩는 그後부터 前가티 頻繁하게 俊元을 訪問치도 아니하고 俊元도 前과 가티 光浩를 보고 십흐게도 생각지 아니하엿다. 俊元은 마치 사랑하던 누이나 쌀을 싀집보낸 뒤에 그 누이와 쌀이 自己보다도 그 지아비를 더욱 사랑하고 自己에게 對하야는 獨立 反抗의 態度를 取하는 樣을 볼 쩨에 發하는 듯한 一種 齟齬하고 不快한 感情을 깨닷는다. 昨日까지는 光浩가 내 품에 안겨 잇섯거니와 今日부터는 光浩가 自己를 背反하고 다른 사람의 품으로 쮜어간 드시 생각된다. 光浩도 不識不知間에 俊元에게 對한 愛慕의 情이 稀薄하게 됨을 쌔닷고 더구나 俊元이가 近來에 自己에게 對하야 冷淡하게 하는 것이 不快하게도 생각된다. 이리하야 俊元과 光浩와의 距離는 漸漸 멀어가고 그러할사록에 光浩는 더욱더욱 寂寞을 쌔닷는다.

電車 속에서 아름다온 少年少女를 보고 快美의 感情을 엇는 것으로 唯一의 慰安을 삼아 일부러 朝夕 通學時間에는 電車를 탓다. 光浩는 다만 아름다온 少年少女의 얼굴과 몸과 옷을 바라보기만으로는 滿足하지 못하게 된다. 바로 少年少女가 自己의 겻혜 안저서 그 體溫이 自己의 體溫에 올마올 만하여야 비로소 滿足하게 되고, 或 滿員인 쌔에 自己의 손이 女子의 하얏코 짜쯧한 손에 스칠 쌔에야 비로소 滿足하게 快感을 맛보게 되엇다. 그래서 光浩는 일부러 車가 휘어돌아갈 쌔를 타서 몸을 겻혜 섯는 女子에게 기대기도 하고 或 必要 업시 팔을 들엇다 노핫다 하야 女子의 살의 짜쯧한 맛을 보려 한다.

한번 光浩가 電車를 타고 어듸를 갈 쌔에 停電호야 電車가 서고 電燈이 꺼젓다. 그러고 조고마한 蓄電池 電燈이 켜젓다. 光浩는 겻혜 안즌 女學生을 보고 그 조고마한 電燈을 미워하엿다. 이처럼 光浩의 心情은 動搖하엿다. 光浩의 머리에는 아츰부터 저녁까지 쏘는 잘 쌔에 꿈에까지 보이는 것이 아름다온 少年과 少女뿐이엇다. 그의 눈압헤는 본 적도 업고 일홈도 모르는 아름다온 少年少女가 無數하게 왓다갓다 할 쑌이다. 그는 이 幻影에 對하야 無數히 「나는 너를 사랑한다」를 發하고 無數히 입을 마초고 無數히 抱擁을 하엿다. 그럼으로 光浩의 近日의 生活은 夢中의 生活이오 幻影中의 生活이라. 그는 工夫를 하려 한다. 來年에도 特待生이 되려 한다. 그러나 冊을 보아도 글자가 눈에 들어오지 아니하고 冊張 우혜는 글자마다 아름다온 少年少女로 變하야 방긋방긋 우스며 光浩를 對하야 손을 내어민다.

三

光浩는 漠然히 人類에 對한 사랑, 同族에 對한 사랑, 親友에 對한 사랑, 自己의 名譽와 成功에 對한 渴望만으로는 滿足지 못하게 되엇다. 그는 누구나 하나를 안아야 하겟고 누구나 하나에게 안겨야 하겟다. 그는 미지근한 抽象的 사랑으로 滿足지 못하고 쓰거운 具體的 사랑을 要求한다. 그의 空洞은 이러한 사랑으로야만 塡充하겟고 그의 寂寞과 悲哀는 이러한 사랑으로야만 慰安하겟다. 光浩도 近來에 이 줄을 自覺하엿다. 東京 市街에 蠢蠢하는 數百萬 人類나 밤에 蒼空에 반쟉거리는 無數한 星辰이나 하나도 光浩의 동무는 되지 못한다. 마치 길에 나서면 大寒 바람이 치운 것과 가티 室內에 들어오면 火氣 업는 寢具가 산쯧산쯧한 것과 가티 光浩에게 對하야 全世界는 氷世界와 가티 칩고 無人之境과 가티 寂寞하다. 光浩가 半夜에 寂寞한 悲哀를 이긔지 못하야 우는 눈물만이 오직 더울 쑨이다.

이째에 光浩는 P라는 한 사람을 보앗다. 光浩의 全精神은 不識不知間에 P에게로 올맛다. P의 얼굴과 그 우에 눈과 코와 눈썹과 P의 몸과 옷과 P의 語聲과 P의 걸음걸이와⋯⋯모든 P에 關한 것은 하나도 光浩의 熱烈한 사랑을 쓸지 아니하는 바가 업섯다. 光浩는 힘 잇는 대로 P를 볼 機會를 짓고 힘 잇는 대로 P와 말할 機會를 지으려 한다.

P는 光浩의 下宿에서 二三十分이나 걸리는 곳에 잇섯다. 光浩는 幸혀나 P를 만날가 하고 七時半에 學校로 가던 것을 六時半이 못하야 집을 써나서 P의 집 겻흐로 빙빙 돌다가, P가 冊褓를 끼고 學校에 가는 것을 보면 自己는 가장 必要한 일이 잇는 드시 P와 反對方向으로 連步로 걸어가서, P가 지나가거든 잠간 뒤를 돌아보고는 一種 快感과 羞恥한 생각이 석거져 나오면서 學校로 간다. 아츰마다 이러함으로 P도 잇다금 光浩를 暫間 쳐다보기도 하고 或 웃기도 한다. P는 아조 無心하게 하는 것이언마는 光浩는 終日 그 「쳐다봄」과 「우슴」의 意味를 解釋하노라고 애를 쓴다. 그러다가는 每樣 自己에게

有利하도록 그 意味를 說明하야 「P도 나를 사랑하나 보고나」 하고는 혼자 깃버한다. 그러나 그 깃븜에는 疑心이 半以上이나 넘엇다.

그로부터 光浩는 새로 外套를 마치고 새로 깃도 구두를 마치고 새로 毛織冊裌를 사고 새로 上等 石鹼*을 사고 아츰마다 香油를 발라 머리를 갈르고 그의 쇠 잠그는 冊床舌盒에는 新聞紙로 쏙쏙 싼 것이 잇다. 光浩는 밤에 아모도 업슬 쌔에 그 新聞에 싼 것을 꺼집어내어 그래도 누가 보지나 안는가 하야 四方을 삷혀보면서 그 新聞에 싼 것을 낸다. 그리고 휘하고 한숨을 쉬면서 거울에 對하야 그 新聞에 쌋던 것을 바르고 얼굴로 여러 가지 모양을 하여 보아 아못조록 얼굴이 어엿버 보이도록 하란다. 그 新聞에 싼 것은 美顔水와 클럽 白粉인 줄은 光浩밧게는 아는 사람이 업다.

「사랑은 歲月을 虛費한다」 는 格言과 「사랑은 사람을 수접게 한다」 는 格言과 가티 그러케 快活하던 光浩는 卒變하야 아조 內弱하고 沈鬱한 靑年이 되고 말앗다. 光浩는 漸漸 學校에 缺席도 하게 되고 出席하여도 課業에는 注意를 集中치 못하게 되엇다. 누구를 차자 가지도 아니하고 누가 차자 오지도 아니하고 光浩는 아주 孤獨한 煩悶者가 되고 말앗다. 다만 아츰마다 P의 얼굴을 暫間 보기로 唯一한 日課오, 唯一한 慰安을 삼게 되엇다. 아츰에 갓다가 或 P를 만나지 못하면 그날 終日을 快快하게 보내고 밤에 잠도 일우지 못하엿다. 或 二三日을 連해서 못 볼 쌔에는 病이 들엇는가 하야 혼자 눈물을 흘리며 祈禱도 올렷다. 그 祈禱는 참 精誠스러온 祈禱엿다. 光浩가 일즉 올린 祈禱中에 가장 精誠스러온 祈禱엿다.

그가 일즉 本國에 잇는 母親의 病이 重하다는 말을 듯고 祈禱한 적이 잇섯다. 그러나 이쌔처럼 눈물은 흐르지 아니하엿다. 母親은 맛당히 죽을 사람이로대 P는 決코 죽어서 못 될 사람이엇다. 天地는 업서질지언뎡 P는 업서서 되지 못하엿다. 光浩의 목숨은 P를 爲하야서 잇고 P가 잇기 쌔문에 잇는 것

* 비누. 때를 씻어낼 때 쓰는 물건.

이엇다. P가 今時에 죽는다 하면 光浩의 生命은 그 瞬間에 消滅될 듯하다. 光浩로는 P를 除하고는 生命도 생각할 수 업고 宇宙도 생각할 수 업다.

四

光浩는 여러 번 P에게 이 말을 하려 하엿다. 그러나 P를 對하면 이런 말을 할 勇氣가 업서진다. 이튼날은 새벽에 눈을 쓸 째부터 오늘은 期於코 通情을 하리라 하고 열 번이나 스므 번이나 決心을 한다. P의 집 모통이에 섯슬 째에까지도 이 決心을 직히건마는 P의 그림자가 번쯧 보이기만 하면 마치 쟝마버섯이 日光을 보매 슬어지는 모양으로 슬어지고 만다. 이러케 하기를 十餘日이나 하다가 하로는 죽기를 賭하는 決心으로,

「여봅시오 P氏!」하엿다. P氏는 휙 돌아서며,

「웨 그러시오?」하고 光浩를 본다. 光浩는 P의 冷淡한 말소리와 容貌를 보고 落心하엿다. 그러나, 最後의 勇氣로,

「나는 P氏에게 엿줄 말삼이 잇습니다」하고 가만히 P의 손을 잡앗다. 그러나 P는 슬힌 드시 손을 쏩으면서,

「무슨 말삼이야요, 얼는 합시오. 學校時間이 急합니다.」하는 말을 듯고 光浩는 죽고 십흐리 만큼 失望하엿다. 혈마 P가 이처럼 冷淡할 줄은 몰랏슴이라. 그래도 多少는 自己에게 愛情을 두엇거니 하엿다. 잇다금 光浩를 돌아보며 방그시 웃는 것은 얼마콤 光浩의 愛情을 쌔닷고 또 光浩에게 對하야 얼마콤 同情을 하거니 하엿다. 그래서 光浩가 이런 말을 하면 P가 「나도 그대를 사랑하오」하지는 아니 하더라도 짜쯧이 同情하는 말이라도 하려니 하엿던 것이, 이러한 冷待를 當하니 光浩는 當場에 쌍을 파고 들어가고 십다. 그래서 한참이나 고개를 숙이고 잇다가,

「나는 당신을 사랑합니다」하엿다. P는 물쯔럼이 光浩를 보더니 빙그시 우스며,

「네? 무슨 말삼이야요」 한다. 光浩의 몸에서는 이 치운 날에 쌈이 흐른다. 光浩는 다시 말할 勇氣가 업서서 「安寧히 갑시오」 하고 學校에 가기도 그만 두고 집에 돌아왓다. 光浩는 失望도 되고 붓그럽기도 하야 感氣가 들엇노라 하고 니불을 쓰고 누엇다. 終日을 煩悶하고 누엇다가 벌썩 닐어나서 面刀로 左手 無名指를 비허 술잔에 鮮血을 바다가지고 P에게 便紙를 썻다. 鮮血로 쓴 글씨는 참 戰慄할 만큼 무서웟다. 그 쯧은 앗가 말한 것과 가티 自己가 P에게 全心身을 바치는 것과 P에게서 사랑을 求한다 함이라. 이 便紙를 부치고 光浩는 한잠도 일우지 못하엿다. 이 便紙의 回答 如何로 自己의 生命은 決定되는 것인 듯하엿다. P에게 對한 사랑이 自己의 生命의 全內容이거니 하엿다. 그리고 P의 寫眞에 입을 마초고 또 이것을 밤낮 품에 품으며 잇다금 못 견듸게 P가 그리울 적에는 그 寫眞을 압헤 노코 눈물을 흘려가며 陳情을 한다. 下宿의 下女도 近日에는 光浩의 苦悶하는 눈치를 알고 한번은 弄談삼아,

「相思하는 이가 잇서요?」하엿다.

翌日에 便紙 答狀이 왓다. 그 속에는 光浩가 自己를 사랑하여 줌을 至極히 感謝하노라 하야 횔신 光浩의 비위를 독근 뒤에 이러한 句節을 너헛다.

「대뎌 남에게 사랑을 求하는 대는 세 가지 必要한 資格이 잇나니, 此 三者를 具備한 者는 最上이오 三者中 二者를 具한 者는 下요. 三者中 一者만 有한 者는 多數의 境遇에 사랑을 어들 資格이 無하니이다. 그런데 貴下는 不幸하시나마 前者에 屬하지 못하고 後者에 屬하니이다」하고 한 줄을 쎄어 노코, 「그런데 그 三資格이라 함은 黃金과 容貌와 才地로소이다. 此三者中에 貴下는 오직 最後의 一者를 有할 쑨이니 貴下는 맛당히 生存競爭에 劣敗할 資格이 十分하여이다. 極히 未安하나마 貴下의 사랑을 辭退하나이다」하고 血書도 返送하엿다.

光浩는 「올타. 나는 黃金과 美貌가 업다」하고 울엇다. 울다가 行李 속에서 特待狀과 優等 卒業證書를 내어 쪽쪽 쯔젓다. 「天才는 最末이라, 天才는 사랑

을 求할 資格이 업다」하고 그 쓰져진 조희 조각을 발로 비비고 즛밟아 돌돌 뭉쳐서 불에 태엇다.

光浩는 下女를 命하야 麥酒 一打와 淸酒 一升을 가져오라 하엿다. 光浩가 이 下宿에 三年채나 잇스되 아직 술 먹는 것을 보지 못한 下女는 눈이 둥글어지며 「그것은 무엇하게요?」하고 弄談인 줄만 녀긴다. 光浩는 성을 내며,

「먹지, 무엇을 하여, 어서 가져 오너라」한다. 下女 兩人이 命대로 술을 가져왓다. 光浩는 甁을 입에다 대고 함부로 들이켠다. 麥酒를 半打나 마시고 日本酒 六七合을 들이켯다. 三四日 食飮을 廢하던 光浩는 눈에서 술이 흐르도록 醉하엿다. 그러고는 冊欌에 씨인 冊을 쓰집어내어 말씀 쓰져바리고 쌀아노핫던 니불과 方席도 왼통 쓰져바럿다. 그리고 狂人 모양으로 P의 일홈을 부르며 「그래 나는 黃金이 업고 美貌가 업다」를 念佛하드시 부르지진다. 下宿 主人인 老婆는 깜작 놀래어 光浩의 房에 쮜어 올라왓다.

「이게 왼 일이오닛가.」

「하하」하고 光浩는 미친 드시 우스며, 「당신은 얼굴이 곱구려. 나는 얼굴이 밉고 돈이 업서요」하며 쯧다가 남은 冊을 쪽쪽 쯧는다. 老婆도 「失戀이로고나」하고 불상한 마음이 생겻다. 그리고 警察署에 告할가 말가 하고 한참 躊躇하다가 前부터 아는 俊元에게 葉書를 씌어 速히 오소서 하엿다.

五

「尹光浩氏에 關하야 緊急히 相議할 일이 잇사오니」한 主人의 葉書를 보고 動物發生學을 보던 俊元은 놀래엇다. 그 동안 二三週日에 한번 光浩를 만나지 못한 것과 쏘 光浩가 近來에 精神上 一大動搖를 生한 모양이 보임을 綜合하매 무슨 凡常치 아니한 事件이 發生한 줄을 斟酌하고, 卽時 宿所를 써나 찬바람을 거슬리면서 本鄕區 R館을 訪問하엿다. 主人老婆는 寒喧도 畢하기 前에 光浩가 近來에 前에 업시 沈鬱함과, 昨日에 學校에 가다가 一時間이 못하

야 돌아온 것과, 어제 終日 자리에 누엇던 것과, 今朝에 무슨 便紙를 밧더니 술을 먹고 冊과 寢具를 쓰즌 것을 말하고 나종에,

「失戀이 아닐가요」 한다. 俊元은 혼자 고개를 끄덕끄덕하고 「글세요」 하면서 二層 光浩의 房에 들어갓다. 光浩는 朦朧한 눈으로 물끄럼히 俊元을 보더니, 쪽쪽지 아니한 말로,

「당신이 金俊元이라는 사람이오. 올치 잘 오셧소. 안즈시오」 하고 술瓶을 들어 「쟈, 한 잔 잡수시오. 우리 가티 黃金도 업고 美貌도 업고 生存競爭에 劣敗한 者는 술이나 먹어야지오」 하며 썰리는 손으로 强制하는 드시 俊元에게 술을 勸한다. 俊元은 辭讓치 아니하고 두어 잔을 마셧다. 그러고 말업시 光浩의 얼굴을 본다. 光浩의 얼굴에는 苦悶한 빗과 世上을 嘲弄하고 自暴自棄하는 빗히 보인다. 光浩는 미친 드시 껄껄 우스며,

「나도 近日에 西洋哲學史를 보앗습니다…… 헤, 헤 보앗서요. 탈레쓰라는 사람이 世上은 물로 되엇다고 그랫습니다. 그런 미련한 놈이 어대 잇겟소 宇宙가 물로 되엇스면 불을 무엇으로 解釋할라고 그러는가요. 하하 그 싸윗놈들이 다 哲學者라고…… 하하 게다가 哲學者의 始祖라고……」 하고 麥酒 한 瓶을 통으로 마시더니 손으로 입을 씨스며,

「그것이 말이 되오…… 아, 내가 只今 무슨 말을 하던가」 하고 생각한다. 俊元이가

「탈레쓰 攻擊」 하고 웃는다. 光浩는 이제야 생각이 나는 드시 무릅흘 치며,

「올치, 올치, 탈레쓰, 탈레쓰 그런 미련한 놈이」 하고 탈레쓰가 宇宙는 물로 되엇다는 말과 그러코 보면 불을 說明할 수 업다는 말을 두어 번 더하고 無數히 「미련한 놈」 이라고 叱辱한 뒤에 一段 소리를 놉히고 고개를 번적 들며,

「나는 — 이 尹光浩氏는 말이야요 — 나는 宇宙는 「돈」 으로 되엇다 합니다」 하고 또 麥酒 한 瓶을 잡아당기며 「이 조흔 술도 돈만 주면 옵니다그려. 돈만 잇스면 가지지 못할 것이 업고 하지 못홀 일이 업구려.」 하고는 自矜하

는 드시 고개를 썰레썰레 흔들며 썰썰 웃더니, 「당신도 贊成하는 드시」 俊元
을 보다가 俊元의 잠잠함을 보고

「웨 말이 업소. 그러치오? 내 말이 올치오?」하고 몸을 흔든다. 俊元은 光浩
가 이처럼 激變한 것을 보매 한끗 불상하면서 한끗 興味잇게 생각하야,

「대관절 무슨 일이오? 웨 이 모양이 되엇소」하는 말소리는 썰린다.

「하하. 돈이 업서서, 네 돈이 업서서」하고 拇指와 食指로 環을 作하야 俊元
의 코를 씨를 드시 쑥 내어밀며,

「이것이가 업서서. 네 그러고」하고 環을 作하엿던 食指로 검으테테한 自
己의 얼굴을 가르치면서, 「쏘 이것이 잘 못생겻서요. 하나님이 이것을 만들
째에는 좀 실症이 낫든지 눈과 코를 되는 대로 만들어서 되는 대로 부치
고……글세 이러케 못되게 만들 것이 무엇이오」하고* 造物主를 猛責하는
드시 憤怒하는 顔色과 語聲으로 「글세, 이러케 못되게 醜하게 만들 法이 어
대 잇서요」하고 주먹으로 두 쌤을 탁탁 싸리고 엉엉 울더니, 다시 하하 하고
우스며 좀 하얏케 닥가주지야 웨 못하겟소」하고 고개를 숙인다. 俊元은 光
浩의 검고 좁고 눈은 크고 코는 넙적하고 여드름 만히 도든 얼굴을 보고 쏘
光浩의 造物의 솜씨를 攻擊하는 말을 들오매 우수움을 참지 못하야 하하 우
섯다. 光浩도 하하 하고 웃더니 갑쟉이 시츰이를 쑥 싸고, 俊元의 팔을 잡아
채며,

「웨 웃소? 응 웨 우서요. 내 이 얼굴이 우숩소 이 造物主의 실症나서 되는
대로 만들어 노흔 이 얼굴이 우숩소」하더니 갑쟉이 주먹으로 쌍을 치며 말끗
흘 돌려,

「엇대요. 내가 탈레쓰보다 용하지오 이놈 무엇이 엇재」하고 탈레쓰가 自
己의 압혜 안젓는 드시 눈을 부르쓰며, 「宇宙가 물로 되엇서? 불은 무엇으
로 說明하고. 하하. 宇宙는 돈으르 되엇나니라」하고 쏘 拇指와 食指로 環을

---

* 원문에는 '하는'으로 되어 있다.

作하여 내어 두르며, 「이놈아 宇宙는 이것으로 되엇어!」 하고 썰썰 웃는다. 俊元은 光浩가 미치지나 아니할가 하고 념려하엿다. 그러고 사람이 이러케 도 卒變하는가 하고 놀래엇다. 俊元의 보기에 光浩는 다시 完人이 될 듯하지 아니하다.

六

겨오 하야 俊元은 光浩의 이번 發狂(俊元은 이러케 부른다)이 P에 對한 失戀 이 原因인 줄을 알앗다. 그러고 俊元은 十二三年前 일을 생각하고 쭉 소름이 씨첫다. 俊元이 처음 東京에 왓슬 쌔에 俊元을 사랑하는 엇던 日本靑年이 잇 섯다. 그 靑年은 某大學의 英文科를 卒業하고 獨語와 漢語와 朝鮮語까지 能한 二十三四歲되는 名士로 社會의 囑望도 多大하엿다. 그가 偶然히 十三四歲되 는 俊元을 만나 俊元을 熱愛하게 되엇다. 그쌔에 俊元은 紅顔美少年이라는* 嘲弄을 들을 만한 美少年이엇다**. 그 靑年은 날마다 俊元을 아니 보고는 견 대지 못하고 보면 손을 잡고 쓸어안고 或 입도 마초려 하엿다. 처음에는 그 靑年의 親切함을 깃버하던 俊元도 이에 니르러는 그 靑年에게 對하야 厭避 하는 생각이 낫다. 그래서 俊元은 아못조록 그 靑年과 會見하기를 避하엿다. 그 靑年은 每日 四五次式 飮食을 차려노코 俊元의 오기를 請하는 葉書를 씌 우고 나죵에는 四五次式 電報도 노핫다. 그러나 俊元은 더욱 厭症이 나서 가 지 아니하엿다. 그 靑年은 그쌔마다 차렷던 飮食을 방바닥에 뒤쳐업고 되는 대로 술을 마셧다. 그러다가 견대다 못하야 하로는 面刀를 품고 俊元의 집에 갓다. 俊元은 自己를 죽이랴는 줄 알고 엉엉 소리를 내어 울엇다. 그 靑年은 눈물을 흘리며

「아니, 面刀를 가지고 온 것은 그대를 죽어려 함이 아니오 내가 죽으려 함

* 원문에는 '의라는'으로 되어 있다.
** 원문에는 '의엇다'로 되어 있다.

이로다. 내 生命을 슨흘지언뎡 참아, 사랑하는 그대의 손까락 하나인들 傷하랴」 하고 俊元에게 自己를 사랑하여 주기를 懇求하엿다. 그러나 俊元은 明答지 아니하엿다. 이에 그 靑年은 주먹으로 數十次나 自己의 가슴을 싸려 마츰내 多量의 吐血을 하고 喀血이라는 病名으로 五週日間이나 入院治療하엿다. 入院中에는 俊元도 그 靑年이 불상하기도 하고 未安하기도 하야 각금 慰問하엿다. 俊元의 얼굴만 보면 病牀에 누은 그 靑年은 깃븐 드시 빙그레 우섯다.

그러나 退院後에는 俊元은 一次도 그 靑年을 訪問하지 아니하고 가만히 下宿을 옴기고 番地도 알리지 아니하엿다. 그後 一年이 지나서 俊元은 그 靑年이 地方 某中學校 敎諭로 갓다는 말을 듯고 또 酒妄군이 되어 學校에서 排斥을 當하며 親知間에도 亡家子라는 稱號를 듯는단 말을 들엇다. 그後 七八年間 消息이 漠然하다가 再昨年 俊元이가 新義州에 旅行할 쌔에 偶然히 그 靑年을 만낫다. 그 容貌는 憔悴하고 衣服은 襤褸하엿다. 녀름이언마는 그는 冬節 中折帽를 쓰고 술이 반쯤 醉하엿스며 나막신도 다 달하진 것을 제짝금 신엇다. 俊元은 그쌔에 몸에 소름이 쑥 끼쳐 한참이나 말이 막혓다. 住所를 물어도 그는 다만,

「天地가 내 住所요」할 쑨. 俊元은 料理店에 들어가 西洋料理와 麥酒를 饗應하엿다. 그 靑年은 반가운 드시 鬚髥난 俊元의 얼굴을 보며 辭讓도 아니하고 주는 대로 술을 마시나 彼此에 아모 말이 업섯다. 車時間이 되어 俊元의 탄 車가 쩌날 쌔에 그 靑年(이제는 三十이 만히 넘엇다)은 車窓으로 俊元의 손을 잡으며,

「내 生活을 이 方向에 너케 한 것은 老兄이외다. 나는 成功도 업고 希望도 업고 一生의 行色이 이 모양이외다. 俊元君! 나는 眞情으로 그대의 成功과 幸福을 비오」하는 그의 눈에서는 눈물이 흘럿다. 車가 쩌나갈 쌔에 俊元은 車窓으로 머리를 내어밀고 悄然히 섯는 그 靑年을 向하야 帽子를 흔들엇다. 그러나 俊元의 눈에도 눈물이 흘러 얼마 아니하야 그 靑年의 모양도 아니 보이

게 되엇다.

이것을 싱각하고 只今 光浩의 處地를 보니 그 靑年의 一生이 偶然 俊元 自己로 말매암아 그러케 된 듯하고, 또 光浩의 一生도 그 靑年과 同樣의 軌道를 取하는 듯하야 俊元은 戰慄함을 禁하지 못하엿다. 그리고 다시 光浩의 얼굴을 보니 光浩는 웃는 눈에서는 눈물이 흐른다.

俊元은 생각하엿다. 光浩는 世上에 온 지 二十四年間에 싸쯧한 愛情이란 맛을 보지 못하엿다. 母親의 愛情이나 姊妹의 愛情도 맛보지 못하엿다. 그의 一生은 참 氷世界의 一生이엇다. 人生에서 愛情을 쩨어노흐면 참아 엇지 살랴. 만일 愛情中에서 살던 사람을 갑작히 愛情 업는 世上에 잡아 넛는다 하면 그는 一日이 못하야서 凍死하리라. 그러나 光浩는 아직도 愛情 맛을 보지 못하엿는 故로 至今토록 살아왓다. 마치 極海에서 生長한 動物은 氷雪中에서도 生存할 수 잇슴과 가티. 그러나 光浩는 赤道의 暖流를 맛보앗다. 한번 이 暖流의 싸쯧한 맛을 본 光浩는 到底히 다시 氷世界에서 살 수가 업게 되엇다. 그는 暖流를 求하고 求하다가 得하면 살고 不得하면 죽을 수밧게 업다. 그의 生命은 오직 P의 向背에 달렷다. 그런데 P는 光浩를 돌아보지 아니한다. 이러케 생각할 째에 光浩는 소리를 내어 울며,

「나는 죽을랍니다.」하는 소리는 마치 敗軍한 將帥가 自刎하려 할 째에 부르는 노래와 가티 悲愴하엿다. 俊元은 더욱 光浩를 불샹히 녀긴다. 만일 只今이라도 엇던 부드러은 女子의 손이 悲憤과 失望으로 破裂하려 하는 光浩의 가슴을 만져주면 光浩는 蘇復할 餘望이 잇스리라. 그러나 俊元 自身은 이믜 光浩에게 慰安을 줄 힘이 업는 줄을 알앗다. 「世上에 싸쯧한 女性의 손이 만키는 만컨마는」 하고 俊元도 눈물이 흐른다. 俊元의 눈물은 다만 光浩를 불샹히 녀기는 생각쑌이 아니오 同時에 自己를 불샹히 녀김이엇다.

七

P는 翌朝에 新聞을 보앗다. R舘 止宿 K大學生 尹光浩는 昨日 午後에 短刀
로 自殺하얏는대 그 知己 金俊元을 訪問하건대 失戀의 結果라더라 하는 말을
듯고 P는 쌈쟉 놀랏다. 그러나 혈마 自己를 爲하야 죽은 것이라고는 생각지
아니하얏다. 이 新聞을 본 朝鮮 留學生들은 「흥, 特待生!」하고 光浩를 嘲笑하
고 그 薄志 弱行함을 叱辱하얏다.

P가 新聞을 들고 惘然히 안젓슬 째에 俊元은 慌忙히 P를 訪問하얏다. 그러
고 P의 얼굴을 물쓰럼히 보면서,

「여보, P氏. 그대는 우리 親舊 한 분을 죽이셧소」하고 눈물을 흘린다. P는
놀래엇다. 그러나 암만 해도 光浩가 自己 째문에 죽엇스리라고는 밋지 못한다.

「혈마 저 째문에 죽엇겟서요?」

「아니오. 당신 째문에 죽엇지오. 당신도 살아가노라면 光浩의 죽은 쯧을 알
리다.」

두 사람은 잠잠하게 光浩를 생각하얏다. 光浩의 屍體는 警察醫의 檢査를
바든 后에 靑山墓地의 一隅에 무첫다. 그는 一生에 오직 하나 「特待生의 깃
븜」을 맛볼 쑨이오 氷世界의 生活을 보내다가 偶然히 赤道의 暖流를 만나서
그만 融解되고 말앗다. 萬人의 嘲笑中에도 그의 墓前에 熱淚를 쌱린 者 數人
이 잇더라. 俊元도 無論 그中에 하나이엇다.

겨울 해는 누엿누엿엿 넘어가고 살을 베는 찬바람이 靑山 練兵場의 몬지
를 몰아다가 兀兀흔 墓碑를 싸릴 제 麻布 聯隊兵營에서는 夕飯 喇叭이 운다.
혼자 十餘年 사괴어오던 光浩의 墓前에 섯던 俊元은 「에그 칩다」하고 몸을
썰엇다. 光浩의 木牌에는 「氷世界에서 나서 氷世界에 살다가 氷世界에 죽은
尹光浩之墓」라고 俊元이가 손소 쓰고 그 곳헤,

「눈이 쌱리고

바람이 차고나

밝아버슨 너를

안아줄 이 업서,

안아줄 이를 차자

永遠한 沈黙에 들도다」하엿다.

P는 男子러라.

(一九一七, 一, 一一 夜)

彷徨*

　나는 感氣로 三日前부터 누엇다. 그러나 只今은 熱도 식고 頭痛도 나지 아니한다. 오늘 아츰에도 學校에 가랴면 갈 수도 잇섯다. 그러나 如前히 자리에 누엇다. 留學生 寄宿舍의 二十四疊房은 횡하게 부엿다. 南向한 琉璃窓으로는 灰色 구름이 덥힌 하날이 보인다. 그 하날이 근심잇는 사람의 눈 모양으로 자리에 누은 나를 들여다본다. 큰 눈이 부실부실 썰어지더니 그것도 얼마 아니하야 그치고 그 차듸찬 하날만 물쓰러미 나를 들여다본다. 나는 「기모노」로 머리와 니마를 가리오고 눈만 반작반작하면서 그 차듸찬 하날을 바라본다. 이러케 한참 바라보노라면 그 차듸찬 하늘이 마치 크다른 새의 날개 모양으로 漸漸 갓가히 나려와서 琉璃窓을 뚤고 이 횡한 房에 들어와서 나를 통으로 집어 삼킬 쯧하다. 나는 불현 듯 무서운 생각이 나서 눈을 한 번 쌈박한다. 그러나 하날은 도로 앗가 잇든 자리에 물러가서 그 차듸찬 눈으로 물쓰럼이 나를 본다.

　내 몸의 짜뜻한 것이 내게 感覺된다. 그리고 나는 只今 저 하날을 쳐다보고 쪼 只今 하날이 나를 삼키려 할 쌔에 무섭다는 感情을 가졋다. 나는 살앗다. 確實히 내게는 生命이 잇다. 只今 이 니불 속에 가만히 누어잇는 이 몸똥이에는 確實히 生命이 잇다. 이러케 생각하고 나는 니불 속에 가만히 다리도 흔들어보고 손까락도 음즈겨보앗다. 움즈기리라 하는 意志를 짤아 다리며 손까락이 음즈기는 것과 쪼 그것들이 음즐길 쌔에 「음즈기네」하는 筋肉 感覺이 생길 쌔에 「아아 이것이 生命이로고나」하고 나는 빙그레 우섯다. 그리고 如前히 저 차듸찬 灰色 구름 씨인 하날이 琉璃窓을 通하야 물쓰럼이 나를

보고 잇는 것을 본다.

舍生들은 다 學校에 가고 舍內는 極히 靜寂하다. 이 크다란 寄宿舍內에 生命잇는 者라고는 나 한아밧게 업다. 그리고 下層 自習室 네모난 세멘트 火爐에 쩌지다 남은 숫불이 아직 내 몸 모양으로 짜뜻한 긔음을 가지고 다 살아진 잿속에서 반작반작할 것을 생각하얏다. 나는 그 불썽어리가 보고 십허서 곳 쮜어 나려가랴다가 中止하얏다. 그리고 내 親舊 C君이 日前에,

「나는 밤에 火爐에 숫불을 퓌어노코 電燈을 쯰고 캄캄한 속에 혼자 안져서 그 숫불을 드려다보고 안젓는 것이 第一 즐거워」하던 것을 생각하고, 그 숫불을 우둑허니 보고 안젓는 C君의 마암이 엇재 내 마암과 가튼 듯하다 하엿다.

平生에 불낌을 보지 못하는 寢室은 칩다. 게다가 뉘가 저편 琉璃窓을 半쯤 열어노하서 콧마루로 찬바람이 휙휙 지나간다. 그 琉璃窓을 닷고 십흐면서도 닐어나기가 실혀서 콧마루로 찬 바람이 지나갈 쌔마다 물쯔럼이 그 琉璃窓을 보기만 한다. 엇던 親舊가 아츰에,

「니불이 엷지오. 치우실 듯하구려」하고 壁欌에 너흐랴든 自己의 니불을 덥허주려 하는 것을 나는 「아니오」하고 拒絕하얏다. 내 니불이 엷기는 엷어도 決코 칩지는 아니하얏다. 내 몸은 至極히 짜뜻하얏다. 그러나 내 生命은 毋論 치웟다. 마치 只今이 大寒철인 것과 가티 내 生命은 치웟다. 그러나 니불을 암만 만히 덥고 房을 아모리 덥게 하야 내 全身에서 쌈이 흐른다 하더라도 치워하는 내 生命은 決코 짜뜻한 맛을 보지 못할 것이라.

가만히 자리에 누어 琉璃窓으로 물쯔럼이 들여다보는 灰色 구름 덥힌 겨을 하날을 보면 그 하날의 차듸찬 손이 내 조고마한 발발 써는 生命을 주물럭 주물럭하는 듯하야 몸에 소름이 쭉쭉 쯰친다. 나는 참아 더 하날을 바라보지 못하야 「기모노」로 낫츨 가리웟다가 그래도 安全치 못한 듯하야 니러나 揮帳으로 琉璃窓을 가리웟다.

室內의 空氣는 참 차다. 마치 죽은 사람의 살 모양으로 甚하게도 싸늘하다. 四壁에 걸린 「기모노」의 소매로서 차듸찬 안개를 吐하는 듯하고, 至今껏 나를 들여다보던 차듸찬 灰色 구름 덥힌 하날이 눈가루 모양으로 가루가 되어 琉璃窓 틈과 다다미 틈과 壁 틈으로 훌훌 날아들어와 내 니불 속으로 모혀들어 오는 듯하다. 마치 내 살과 피의 모든 細胞에 그 차듸찬 하날 가루가 들라부터서 그 細胞들을 얼게 하랴는 듯하다. 나는 니불을 푹 막쓰고 눈을 감앗다. 그리고 잠이 들기를 바라는 사람 모양으로 가만히 잇섯다. 내 心臟의 쏙쏙 쒸는 소리가 니불에 反響하야 歷歷히 들린다. 나는 한참이나 그 소리를 듯다가 참아 더 듯지 못하야 얼굴을 내어노코 눈을 번쩍 썻다.

「그것이 내 生命의 소리로고나」 하고 가만히 天井을 바라보앗다. 「그것이 웨 무엇하러 쏙쏙 쒸는가. 또는 언제까지나 쒸랴는가」 하엿다. 그러나 이런 생각은 벌서부터 하던 생각이오 생각할 쌔마다 그 對答은 「나는 몰라」 하던 것이라. 그러나 이 心臟이 언제까지나 이러케 쏙쏙 쒸랴는가. 只今 내가 이러케 쏙쏙 쒸는 소리를 듯는 이 귀로 早晚間 이 쏙쏙 쒸는 소리가 쓴어지는 것을 들으렷다. 그쌔에 나는 「아쓸싸, 쏙쏙하는 소리가 업서졋고나」 하고 이제는 몸이 식어가는 양을 볼 양으로 이 싸뜻하던 몸을 만져볼 餘裕가 잇슬가. 그리고 「무엇하러 이 心臟이 쏙쏙쏙쏙 쒸다가 웨 쏙쏙쏙쏙 쒸기를 그첫는고 하고 생각할 餘裕가 잇슬가.

그리고 나는 이러한 생각을 하엿다. 만일 내가 只今 알는 病이 次次 重하야져서 마참내 죽게 되면 엇지할고 그러나 내게는 슬픈 생각도 업고 무서운 생각도 업다. 아모리 하야도 이 世上이 앗가운 것 갓지도 아니하고 이 生命이 앗가운 것 갓지도 아니하다. 이것이 보고 십흐니, 또는 이것을 하고 십흐니 살아야 하겟다 하는 아모것도 내게는 업다. 도로혀 世上은 마치 보기 역징나는 書籍이나 演劇과 갓다. 조곰 더 보앗스면 하는 생각은커녕 어서 이 역징나는 境遇에서 버서낫스면 하는 생각이 날 쑨이다. 生命은 내게는 무서운 義務로다. 나는 生命이라는 義務를 다함으로 아모 所得이 업다. 나는 그 동안 울기도 하고 或 웃기도 하엿다. 그러나 그것은 내게 아무 價値도 업는 것이다. 그 짜위 우슴과 울음을 報酬로 밧는 내 生命의 義務는 내게는 무서운 괴로운 짐*에 지나지 못한다. 나는 조곰도 世上이 그립지도 아니하고 生命이 앗갑지도 아니하다. 내 今時에 「死」를 만나더라도 무서워하기는커녕 「웨 이제야 오시오」 하고 반갑게 손을 잡고 십흐다.

이러한 생각을 한 것은 오날이 처음이 아니로다. 「에그 寂寞해라」 「에그 칩기도 치워라」, 「에그 괴로워라」 할 째마다 나는 늘 이러한 생각을 하엿다. 그리고 玄海灘과 모르히네, 鐵道線路를 생각하엿다. 그러나 오직 惰性으로 ― 生命의 惰性으로 하로 이틀 讀書도 하고 上學도 하고 글도 짓고 談話도 하엿다. 그러나 혼자 외싼 데 잇서 反省力이 自由를 活動하야 分明히 自己를 觀照할 째에는 늘 이 생각이 이러난다. 世上이 제 아모리 여러 가지 빗과 소리로 내 눈과 귀를 眩惑하려 하더라도 그것은 저 灰色 구름 찌인 차듸찬 겨울 하날에 지나지 못한다. 나는 이 病이 왓싹 重하여져서 體溫이 四十五六度에나 올라가 몸이 불덩어리와 가티 달어서 살과 피의 細胞가 纖維가 활활 불낄을 내며 타다가 죽어지고 십고 全身의 細胞가 불낄이 닐도록 타노라면 내 生命도 ― 비록 一瞬間이나마 싸흠하는 맛을 볼 것 갓다. 그 싸흠하는 一瞬間이 이 짜위 싸늘한 生活의 千年보다 나을 쑷하다. 이러케 생각하면서 나는 니불을 푹 쓰고 잠이 들엇다.

내 몸에 熱이 놉하서 病院 寢牀 우에 누헛던 꿈을 쑤다가 번헛게 잠을 쌔니, 뉘 싸쯧한 손이 내 니마 우에 잇다. 學校에 갓던 K君인 줄은 눈을 쩌보지 아니하야도 알앗다. 나는 치운 이 世上에 그러한 싸쯧한 손이 잇서서 내 머리를 집허주는 것을 異常하게 녀겻다. 感謝하게도 녀겻다. 그 손을 내 두 손으로 쏙 잡아다가 입을 마초고 가슴에 품고 십헛다. 그리고 어제 아츰부터

---

* 원문에는 '짐'으로 되어 있다.

뉘가 하로 세 째식 牛乳를 보내주던 것을 생각하엿다. 어제 아츰에 자리에 누은 대로 쌧쌧 마른 麵麭를 먹을 제 엇던 日人이,

「李樣ト云フノハ貴方デスカ」*하고 室內에 내가 혼자 잇는 것을 보고 疑心업는 드시 牛乳 두 병을 내 압헤 노흐며

「식기 前에 잡수시오」 하고 나가랴 한다. 나는 아마 그가 사람을 잘못 알앗는가 하엿다. 寄宿舍에는 나 밧게도 「李樣」이 만타. 내게 牛乳를 傳할 사람이 누굴가 하엿다. 그래서 나가랴는 그 日人을 도로 불러,

「엇던 사람이 보냅딋가」 하엿다. 그 日人은 殊常한 드시 우둑허니 나를 보고 섯더니,

「몰느겟서요. 그저 다른 말은 업시 하로 세 째식 李樣께 牛乳를 가져다 들이라서요」 하고 門을 닷고 나선다. 나는 한참이나 「그게 누굴가」 하고 생각하다가 마참내 「내가 그 누구인지를 알 必要가 업다. 다만 나와 가튼 人類中에 한 사람이 내가 病으로 飮食을 廢한 것을 불상히 녀겨 보낸 것으로 알자」 하고 반갑게 깃브게 그 牛乳 두 병을 마셧다. 그리고 이것이 어머니의 품에 안겨 그 젓을 쌔는 것과 가티 생각되어 人情의 짜뜻함이 잇는 것을 感激하엿다. 이러한 생각을 하면서 나는 눈을 쓰고 한 팔로 K君의 허리를 안앗다. K君은 내 니마를 집헛던 손을 쎄면서 걱정스러운 눈으로,

「좀 나으서요?」

「네 關係치 아늡니다」 하고 나는 빙그시 우섯다. 病이 더쳐서 죽어지기를 바라는 놈더러 「좀 나으셔요?」 하고 뭇는 것이 우스워서 내가 웃는 것이언마는 K君은 그런 줄은 모로면서 亦是 빙그시 웃는다. K君은 나를 미워하지 아니하는 줄을 내가 안다. 그가 眞情으로 나의 「좀 낫」 기를 바라는 줄도 내가 안다. 쏘 K君 밧게도 내가 오래 世上에 살아 잇기와, 世上을 爲하야 일하기와, 쏘 내가 世上에서 成功하기를 바라는 者가 잇는 줄을 안다. 내가 만일

---

* 이씨라는 분이 당신입니까.

죽엇다는 말을 들으면 「앗갑다」 하며 「불상하다」 하야 或 追悼會를 하며, 或 嘆息도 하고, 或 極少數의 눈물을 흘릴 者가 잇슬 줄도 내가 안다. 적어도 내 안해는 슬피 눈물을 흘릴 줄을 내가 안다. 나가튼 것을 有望한 靑年이라고 學費를 주는 恩人도 잇고 世上에 조토록 紹介하야 주는 恩人도 잇고 面對하야 나를 稱讚하며 激勵하는 恩人도 잇다. 그러타. 그 親舊들은 다 나의 恩人이로다. 或 글 갓지도 아니한 내 글을 보내라고도 두세 번 連하야 電報를 놋는 新聞社도 잇다. 이만하면 나는 世上에서 매오 隆崇한 對遇와 사랑을 밧는 것이다. 世上에는 나만콤도 사랑을 밧지 못하는 사람이 얼마나 만흐랴. 나는 果然 福이 만흔 사람이로다.

그러나 나는 늘 寂寞하다. 늘 칩고 늘 괴롭다. 四方에서 고마운 親舊들이 내 몸을 덥게 하랴고 입김을 불어주건마는 大寒에 발가벗고 선 나의 몸은 漸漸 더 치워갈 쑨이다. 여러 고마운 親舊들의 훗훗한 입김이 도로혀 내 몸에 와서 이슬이 되고 서리가 되고 얼음이 되어 더욱 내 몸을 얼게 할 쑨이다. 찰하리 이러케 고마운 親舊들싸지 업서서 나로 하야금 「世上이 칩구나」 하고 怨恨의 長太息을 하면서 곧 얼어 죽게 하엿스면 조켓다. 이러한 愛情이 잇슴으로 나로 하야금 世上에 對하야 義務의 感을 生하게 하고 執着의 念을 가지게 하는 것이 도로혀 원망흡다. 世上이 나에게 이러한 愛情을 주는 것은 마치 臨終의 病人에게 캄홀注射를 施하는 것과 갓다. 看護人들은 그 病人의 生命을 一瞬間이라도 더 늘이려 하는 好意로 함이언마는 病人 當者에게는 다만 苦痛의 時間을 길게 할 쑨이다.

나는 實로 캄홀注射의 힘으로 只今까지 살아왓다. 그러나 캄홀注射의 效力이 그 度數를 쌀아 減하는 모양으로 世上의 愛情이 내게 주든 效力도 漸次 滅하엿다. 마참내 病人이 注射에 反應치 못하도록 衰弱하는 모양으로 나도 그러케 衰弱하엿다. 고마운 親舊가 匿名으로 傳하야 주는 짜쯧한 牛乳와 K君의 손을 볼 째에 나는 빙그시 우섯다. 그러나 그는 注射의 反應이 아니오 筋肉의 微

微한 痙攣에 지내지 못한다. 이제는 아모러한 注射도 내게 효력이 업슬 것이다. 만일 무슨 效力 잇슬 方法이 잇다 하면 그것이 人血 注射나 될는지. 엇던 사람이 自己의 動脉을 切斷하야 그것을 내 靜脉에 接하고 生氣 잇고 펄펄 쓸는 解血을 싸늘하게 衰弱한 나의 몸에 注入하면 或 내 몸에 붉은 비치 나고 짜뜻한 긔운이 들는 지도 모르거니와 그러하기 前에는 내 압헤 잇는 것은 死빗게 업다. 그러나 이 人血注射! 이것이 可能한 일일가. 아니! 아니! 可能할 理가 업다. 나는 죽을 쑨이다.

그러나 나는 아모 것도 아까운 것이 업고 짤아서 슬픈 것이나 무서운 것도 업다. 고마운 親舊들의 짜뜻한 愛情에 對한 義務의 壓迫이 未嘗不 업지 아니하건마는 쏘는 나를 爲하야 눈물을 흘릴 者에 對하야 齟齬하고 未安한 생각이 업지 아니하건마는……그러나 그런 것들은 나로 하야곰 生의 執着을 感하게 하기에 너무 薄弱하다.

K君은 말업시 우둑허니 내 얼굴을 보고 안젓더니 슬그먼이 닐어서서 밧그로 나아간다. 나는 그의 그림자가 門에서 업서지고 草履를 쓸고 層層臺로 나려가는 소리를 들으면서 不識 不知하고 눈물을 흘렷다. 그리고 앗가 K가
「老兄의 몸은 이미 老兄 혼자의 몸이 아닌 줄을 記憶하시오. 朝鮮人 全體가 老兄에게 期待하는 바가 잇슴을 記憶하시오」하던 것을 생각하엿다. 이는 내가 「나는 엇재 世上의 아모 滋味가 업서지고 自殺이라도 하고 십흐오」 하는 내 말을 反駁하는 말이엇다. 果然 나는 朝鮮사람이다. 朝鮮사람은 가라치는 者와 引導하는 者를 要求한다. 果然 朝鮮사람은 불상하다. 나도 朝鮮사람을 爲하야 여러 번 눈물을 흘렷고 朝鮮사람을 爲하야 이 조고마한 몸을 바치리라고 決心하고 祈禱하기도 여러 번 하엿다. 果然 至今토록 내가 努力하야 온 것이 조곰이라도 잇다 하면 그는 朝鮮사람의 幸福을 爲하여서 하엿다. 나는 지나간 六年間에 보리밥 된장찌개로 每日 六七時間式이나 朝鮮사람의 靑年을 가라치노라 하엿고 틈틈이 되지도 안는 글도 지어 新聞이나 雜誌에 나

이도 하엿다. 그리고 그러할 째에 나는 일즉 거긔서 무슨 報酬를 바드려 한 생각이 업섯고 오직 행혀나 이러하는 것이 불상한 朝鮮人에게 무슨 利益을 줄가 하는 裏情으로서 하엿다.

毋論 나는 몇 親舊에게 「너는 글을 잘 짓는다」는 稱讚도 들엇고, 或 「너는 매우 朝鮮人을 사랑한다」는 致賀도 들엇다. 그리고 어린 생각에 깃버하기도 하엿고 그 째문에 獎勵함도 만히 바닷다. 그러나 나는 決코 이것을 바라고 每日 六七時間 粉筆가로를 먹으며 붓을 잡은 것은 아니엇다. 設或 내 能力과 精誠이 不足하야 내의 努力이 아모러한 큰 效力도 生하지 못하엿다 하더라도 나는 實로 내 眞情으로 朝鮮사람을 爲하야 한 것이엇다. 그러나 나는 저 큰 愛國者들이 하는 모양으로 「朝鮮과 婚姻하」지는 못하엿다. 나는 朝鮮을 唯一한 愛人으로 삼아 一生을 바치기로 作定하기에 니르지 못하엿다. 「寂寞도 해라」, 「칩기도 해라」할 적마다 「朝鮮이 내 愛人」이라고 생각하려고 애도 썻다. 그러나 나의 朝鮮에 對한 사랑은 그러케 灼熱하지도 아니하고 朝鮮도 나의 사랑의 對答하는 듯하지 아니하엿다. 그래서 앗가도 金君께 다만

「아니 나는 오직 혼자요」하고 對答할 쑨이엇다.

果然 나는 혼자로다. 이 二十四疊이나 되는 휭하게 뷔인 寢室, 싸늘한 空氣 中에 灰色 구름 덥힌 차듸찬 겨울 하날을 바라보며 혼자 발발 썰고 누워잇는 모양으로 나는 혼자로다.

나는 벌썩 닐어나서 앗가 琉璃窓을 가리웟던 揮帳을 져첫다. 그리고 하날을 바라보앗다. 如前히 灰色 구름이 덥히고 如前히 물쓰러미 나를 나려다본다. 나는 그 차듸찬 하날이 반갑고 多情함을 쌔다랏다. 나는 조곰이라도 하날을 갓가히 볼 양으로 琉璃窓을 열엇다. 굵은 빗쌍울이 부스럭 눈에 석겨 내 여윈 얼굴을 싸린다. 저 하날의 입김인 듯한 차듸찬 바람이 내 품속으로 긔어들어오고 허틀어진 내 머리카락을 날린다. 나는 옷삭 소름이 끼치면서도 精神이 灑落하여짐을 쌔달앗다. 마당에 홀로 섯는 닙 썰린 碧梧桐 나무가

무슨 생각을 하는 드시 우둑허니 섯다. 나는 精神 일흔 사람 모양으로 하날을 바라보다가 琉璃窓을 도로 닷고 니불을 푹 막 썻다. 學校에 갓든 舍生들이 돌아왓는지 아렛層에서 신 씌는 소리도 나고 말소리도 들린다. 엇던 사람이 日本俗謠를 부르면서 食堂께로 퉁퉁 쮜어가는 소리도 들린다. 寄宿舍 속은 다시 살앗다. 쏘 사람들이 우적우적하는 世上이 되엇다. 나는 여러 舍生들의 모양을 생각하고 不快한 마암이 생겻다.

「중이 되고 십다」 하엿다. 年前에 엇던 觀相者가 나를 보고 「그대는 僧侶의 相이 잇다」 하던 것을 생각하엿다. 그째에는 우습게 듯고 지내엇거니와 只今은 그 말에 무슨 깁흔 쯧이 잇는 듯하다. 내 運命의 豫示가 잇는 듯하다. 아아 깁흔 山谷間 瀑布 잇고 淸泉 잇는 조그마한 菴子에서 아츰저녁 木魚를 두다리고 誦經하는 長衫 입은 중의 모양! 年前 어느 가을에 道峰서 밤을 지낼 새 새벽에 쑹쑹 울어오는 鍾소리와 그 鍾를 치든 老僧을 생각한다. 世上의 쓰고 달고 덥고 치운 것을 니져바리고 一生을 深山에 조고마한 菴子에서 보내는 것이 나에게 가장 適合한 生活인 듯하다. 그리고 나는 저 중된 사람들이 무삼 動機로 出家하엿는가를 생각하엿다. 그러고 그네도 대개 나와 가튼 動機로 그리하엿스리라 하엿다.

나는 나의 엇던 姑母를 생각한다. 그는 十七歲에 出家하야 十八歲에 寡婦가 되엇다. 그의 남편은 十三歲에 죽엇다 하닛가 그는 毋論 處女일 것이다. 그後에 姑母는 十年 동안 守節하엿다. 그러다가 金剛山의 엇던 女僧을 만나 僧尼生活에 關한 니야기를 듯고 그 女僧을 쌀아 金剛山 구경을 갓다. 두 달만에 姑母는 도라왓다. 그러나 「그 하얀 옷을 입고 하얀 곳갈을 쓰고 새벽에 念佛하는 양을 보고는 참아 이 世上에 더 잇슬 수가 업서요」 하고 곳 金剛山 楡岾寺의 T菴이란 데서 중이 되엇다. 나는 그 姑母를 보지는 못하엿다. 그러나 이러한 말을 그 姑母의 堂姪되는 내 族弟 K에게 들엇다. 前에도 두 번 들은 적이 잇스나 오날 아츰에 特別히 仔細히 들엇다. 나는 그 姑母가 情다운 듯도 하고 나의 先覺者인 듯도 하다. 나는 내가 머리를 박박 밀고 하얀 고깔에 츰뵈 長衫을 닙고 그 姑母께 뵈는 모양을 想像하엿다.

싸늘한 生活! 올치, 그것은 싸늘한 生活이로다. 그러나 世上의 義務의 壓迫과 愛情의 羈絆 업는 싸늘하고 외로운 生活! 올타, 나는 그를 取한다.

이러케 생각하고 나는 눈을 써서 室內을 둘러보앗다. 휑하게 뷔인 방에는 찬 바람이 휙 도라간다. 나는 金剛山 어느 菴子 속에 누운 듯하다. 琉璃窓으로는 如前히 灰色 구름 덥힌 차듸찬 하날이 물스럼이 나를 들여다 본다.

食堂에서 夕飯鍾이 울고 舍生들이 신을 쓸며 食堂으로 쒸어가는 소리가 들린다. 五燭 電燈이 혼자서 반작반작한다.(一九一七, 一, 一七, 東京 麴町에서)

天才야! 天才야!*

黃金을 寶物이라 ᄒᆞ고 金剛石을 寶物이라 ᄒᆞ오. 近來에ᄂᆞᆫ 라듐을 寶物이라 ᄒᆞᆸ데다. 毋論 이런 것이 寶物 아님이 아니지오. 個人으로 이러ᄒᆞᆫ 것을 만히 가지면 富者라 ᄒᆞᆯ지오 國家로 이런 것을 만히 가지면 富國이라 ᄒᆞ겟지오. 그러나 이러ᄒᆞᆫ 寶物은 ᄯᅡᆼ을 파면 나오ᄂᆞᆫ 것이외다. 우리ᄂᆞᆫ 어드랴고만 ᄒᆞ면 아모 ᄯᅢ에나 아무 곳에서나 이것을 어들 수가 잇지오. 그러나 이보다 더 貴ᄒᆞᆫ 寶物이 잇서요. 이보다 더 效力이 만코 造化가 無窮ᄒᆞᆫ 寶物이 잇서요. 그것은 ᄯᅡᆼ을 파서 나오ᄂᆞᆫ 寶物이 아니오 오직 하ᄂᆞᆯ로서만 ᄂᆞ려오ᄂᆞᆫ 寶物이외다. ᄯᅡᆼ에서 나오ᄂᆞᆫ 것이면 우리 손으로 팔 수도 잇겟지마ᄂᆞᆫ 하ᄂᆞᆯ로서 ᄂᆞ려오ᄂᆞᆫ 것이야 우리 힘으로 엇지ᄒᆞ오. 우리 팔이 하ᄂᆞᆯ에 다치 못ᄒᆞ니 오직 우리 눈으로 하ᄂᆞᆯ을 쳐어다 보며 빌고 ᄇᆞ랄 ᄲᅮᆫ이외다. 이 寶物이야말로 참 寶物이야요.

이 寶物은 卽 天才외다, 偉人이외다. 칼라일의 니른바 英雄이외다. 孔子와 老子와 耶蘇와 釋迦와 李白과 杜甫와 라ᄲᅡ엘과 베토벤과 비스맑과 워싱톤과 린컨이외다. 退溪와 栗谷과 梅月堂과 蘭雪軒이외다. 코페르니커쓰와 뉴톤과 큐리와 칸트외다.

一國과 一社會가 이로 ᄒᆞ야 幸福을 엇고 全世界의 人類가 이로 ᄒᆞ야 價値와 富와 貴와 幸福을 엇ᄂᆞᆫ 것이외다. 그럼으로 吾人은 쌀과 돈을 모도와 그를 奉養ᄒᆞ고 나무와 돌을 모도와 그가 잇슬 집을 지어주며, 車馬로 그에게 等待ᄒᆞ고 稱讚과 感謝로 그의 몸을 ᄭᅮ미다가, 마ᄎᆞᆷ내 아름다운 ᄭᅩᆺ과 大理石으로 그의 무덤을 裝飾ᄒᆞ며 祠堂을 짓고 位牌를 만들어 傳子傳孫ᄒᆞ며 그를

* 李光洙, 『學之光』 12, 1917.4.

奉祀ᄒᆞᄂᆞᆫ 것이외다.

그러나 偉人은 決코 이러ᄒᆞᆫ 報酬를 바드랴고 그 偉大ᄒᆞᆫ 事業을 ᄒᆞ며 作品을 ᄒᆞᄂᆞᆫ것이 아니외다. 그ᄂᆞᆫ 社會를 근심ᄒᆞ고 ᄉᆞ랑ᄒᆞᄂᆞᆫ 衷情으로, 社會에게 價値를 주고 幸福을 주량으로, 或 深山에 苦行도 ᄒᆞ며 或 曠野에 禁食도 ᄒᆞ며, 或 學校에서 或 書齋에서 螢雪針股의 苦心ᄒᆞᄂᆞᆫ 祈禱로 비로소 天命을 바다 社會에게 傳ᄒᆞᄂᆞᆫ 것이외다. 그럼으로 삶이 社會를 爲ᄒᆞᆷ이오 일ᄒᆞ고 싱각ᄒᆞᆷ이 社會를 爲ᄒᆞᆷ이며, 하ᄂᆞᆯ에 빌고 神明에게 求ᄒᆞᆷ이 ᄯᅩᄒᆞᆫ 社會를 爲ᄒᆞᆷ이외다. 그가 우슴은 社會의 幸福을 브앗슴이오 그가 慟哭ᄒᆞᆷ은 社會의 不幸을 브앗슴이외다. 그럼으로 그의 몸은 그 自身의 몸이 아니라 그의 ᄉᆞ랑ᄒᆞᄂᆞᆫ 社會의 몸이며, 그의 生命과 그의 事業과 作品은 그의 私有物이 아니라 그의 ᄉᆞ랑ᄒᆞᄂᆞᆫ 社會에게 그가 바친 共有財産이외다. 그러므로 그ᄂᆞᆫ 一生에 自己의 利益이나 自己의 安樂을 싱각ᄒᆞᆷ이 업지오

그ᄂᆞᆫ 일즉 自己를 自己라고 싱각히 본 적이 업지오. 그럼으로 그ᄂᆞᆫ 自己의 田地를 불니고 自己의 집을 크게 ᄒᆞᆯ 줄 모르며, 自己의 몸을 ᄭᅮ미고 自己의 名譽를 求ᄒᆞᆯ 줄을 모르지오. 그러닛가 얼는 보기에 그ᄂᆞᆫ 미련ᄒᆞᆫ 듯ᄒᆞ고 世上을 모르ᄂᆞᆫ 듯ᄒᆞ지오. 世上이 重히녀기ᄂᆞᆫ 名譽나 安樂이나 財産을 重히 녀길 줄 모름으로 그를 미련ᄒᆞ다 ᄒᆞᄂᆞᆫ 것이지오. 그러나 그ᄂᆞᆫ 世上이 自己를 爲ᄒᆞ여 ᄒᆞᄂᆞᆫ 念慮와 渴望과 勞役을 社會 全體를 爲ᄒᆞ여 ᄒᆞᄂᆞᆫ 것이외다.

凡人은 오직 自己를 爲ᄒᆞᆯ 줄만 압니다. 그가 싱각ᄒᆞᄂᆞᆫ 바, 經營ᄒᆞᄂᆞᆫ 바, 念慮ᄒᆞᄂᆞᆫ 바, 勞役ᄒᆞᄂᆞᆫ 바가 全혀 自己의 幸福이나 名譽를 爲ᄒᆞᄂᆞᆫ 것이외다. 그럼으로 그의 成功은 偉人의 成功에 비기면 ᄲᅢ를 것이외다. 조흔 집에 조흔 옷을 닙고 잘 먹고 잘 살겟다 ᄒᆞᆷ이 假令 엇던 凡人의 目的이라 ᄒᆞ면 그ᄂᆞᆫ 十年이나 二十年의 勞力으로 足히 이를 어들 것이오, 運數 조하 一攫千金이나 ᄒᆞ면 一年 二年에 足히 이를 어들 것이외다. 그러면 그ᄂᆞᆫ 卽時 石工과 木工을 불러 집을 지울지오 裁縫店에 衣服을 주문ᄒᆞ며 寶石店에 裝飾과 佩物을 命

홀 것이외다. 그 翌日에는 그는 벌서 一個 寒書生이 아니오 堂堂흔 紳士가 되는 것이외다. 世上이 그를 對ᄒ야 言語와 禮節을 고치고 그도 世上에 對ᄒ야 言語와 禮節을 고칠 것이외다. 이리ᄒ야 그는 舉世의 仰慕ᄒ고 欽羨ᄒᄂ 標的이 될 것이외다.

그러나 偉人은 一生에 別로 變흠이 업지오. 갑자기 父子가 되는 것 ᄀᆺ지도 아니ᄒ고, 몸치레가 次次 아름다와 가는 것 ᄀᆺ지도 아니ᄒ고, 言語나 行動이 나날이 倨傲ᄒ야 가는 것 ᄀᆺ지도 아니ᄒ고, 表面으로 보기에 늘 書生이오 늘 貧ᄒ고 늘 賤흔 것 ᄀᆺ지오. 그러므로 凡人은 그를 指目ᄒ야 劣敗者라 ᄒ고 못 싱긴 者라 ᄒ지오. 대개 凡人은 그의 몸을 보되 그의 하늘에 通한 精神을 보지 못홈이외다.

偉人도 그 日常生活은 凡人과 다름이 업지오. 도로혀 凡人보다도 더 拙홀는지도 모르지오. 大雄辯家라고 반드시 座談에 能흔 거시 아니언마는 凡人은 座談時에 大雄辯家를 이긔면 곳 大雄辯家가 自己보다도 劣ᄒ다고 비웃지오. 世人은 흔히 偉人을 볼 쎅에 그네의 平凡흔 日常生活을 볼 쑨이외다.

칼라일의 말에 歷史는 偉人의 記錄이라 흔 것 ᄀᆺ히 一國의 文明은 其國의 偉人의 事業의 集積이외다. 政治가 發達ᄒ랴면 政治的 偉人이 잇서야 ᄒ고, 産業이 發達ᄒ랴면 産業的 偉人이 잇서야 ᄒ고, 文學이나 宗敎나 藝術이 發達ᄒ랴면 各各 그 方面에 偉人이 잇서야 ᄒ지오. 그런데 文明이란 이 모든 것의 總和를 니름이닛가 偉人이 업스면 그 나라에는 文明이 업슬 것이외다.

그런데 偉人은 만들어서 되ᄂ냐 ᄒ면 그런 것이 아니라, 우헤도 말ᄒ엿거니와 하늘에서 쩔어지는 것이외다. 十年에 하나 或은 百年에 하나 하ᄂ님은 一國에 偉人될 種子를 쩔우는 것인데, 一旦 쌍 우에 쩔어진 뒤에는 그것을 培養ᄒ고 아니 ᄒ기는 全혀 그 社會의 智慧에 맛기는 것이외다. 만일 그 社會가 運數가 조코 聰明ᄒ여서 이 種子를 잘 保護ᄒ고 잘 길우면 그것이 쑥쑥 成長ᄒ야 곳이 피고 열매가 매치는 것이외다. 그러나 미련ᄒ고 罪 만흔 社會

는 이러홀 줄을 모르고 도로혀 그것을 누르고 밟고 뷔벼서 中途에 말나죽게 ᄒᆞᄂᆞᆫ 것이외다. 이러훈 社會는 진실로 咀呪 바든 社會오 그네의 運命은 滅亡일 것이외다.

우리 朝鮮엔들 그 동안 얼마나 偉人의 씨가 쩔어졋겟소마는 우리 祖上들은 그것을 알아보지 못ᄒᆞ고 밟고 눌러서 모다 말려죽이고 말앗소구려. 그中에는 大政治家도 잇섯스리다, 大敎育家, 大宗敎家, 大實業家, 大文學家, 大藝術家도 잇섯스리다. 大科學者, 大發明家도 잇섯스리다. 그러나 그네는 돌아보는 者 — 업스며 고만 말라버리고 말앗소구려. 아아, 그 大損失을 싱각ᄒᆞ면 참 쌔가 저리외다.

天才는 大槪 謙遜ᄒᆞ외다. 그는 自己를 보는 눈이 넘어 밝음으로 自己를 偉大ᄒᆞ다고 싱각홀 줄을 모르고 平生 自己는 남만 못훈 平凡훈 者라고 싱각ᄒᆞᆸ니다. 天才가 自己의 天才를 自身ᄒᆞ기는 自己가 무슨 한 事業을 일너 世上의 公認을 바든 뒤외다. 그러ᄒᆞ기 前에는 天才는 恒常 自己는 아주 無價值훈 凡人으로 自信ᄒᆞᆫ 것이외다. 平凡훈 人物이 도로혀 自高自負ᄒᆞ기 쉬우니, 그는 自己를 밝히 보는 눈이 업슴이외다. 天才는 完全을 直觀ᄒᆞ는 힘이 잇지오 自己를 그 完全에 比較ᄒᆞ면 實로 보잘 것 업시 보일 것이외다. 그럼으로 그는 自卑ᄒᆞ고 自屈ᄒᆞᆸ니다. 그러다가 世人은 自己보다도 더 不完全ᄒᆞ다ᄒᆞᄂᆞᆫ 것을 안 뒤에야 自己가 世上을 引導ᄒᆞ여야 ᄒᆞ겟다는 自信이 싱기는 것이외다. 그러나 凡人은 이 完全을 直觀ᄒᆞᄂᆞᆫ 眼光이 업고 오직 自己만 볼 쑨임으로 自己가 世上에 第一 잘난 사름인 드시 보이는 것이외다.

天才는 이러케 自卑自屈ᄒᆞᄂᆞᆫ 傾向이 잇슴으로 凡人보다 深刻훈 苦痛을 맛보는 것이며, 마츰내 自己에게 對ᄒᆞ야 失望落膽ᄒᆞ게 되는 것이외다. 이럼으로 엇던 炯眼者가 그의 天才를 洞觀ᄒᆞ야 그에게 天才라는 自信을 주고 物質과 精神으로 그를 保護ᄒᆞ고 獎勵홈이 必要ᄒᆞ외다. 이것을 俗에 知人之明이라 ᄒᆞ지오. 그런데 天才가 아니고는 如干히 이 知人之明을 가지기가 어려온 것이외다. 그럼으로 天才 하나이 나면 多數혼 天才가 接踵以起ᄒᆞ지마ᄂᆞᆫ 오래 天才가 ᄭᅳᆫ쳣다가ᄂᆞᆫ 如干히 天才가 나기 어려옴이 이 ᄭᅡ문이외다. 英國에 죤손博士ᄂᆞᆫ 實로 이것의 最適혼 實例외다. 그ᄂᆞᆫ 용ᄒᆞ게 知人之明이 잇서 交際ᄒᆞᄂᆞᆫ 사ᄅᆞᆷ들中에서 天才가 잇슬 ᄯᅳᆺ혼 者를 ᄲᅩ바내어서ᄂᆞᆫ 그에게 天才의 自信을 주고 奮發케 ᄒᆞ며 激勵ᄒᆞ엿슴으로 그의 門下에서 多數혼 文學的 天才가 輩出ᄒᆞ엿소. 싱각건된 우리 朝鮮에도 지나간 數百年間에 얼마나 만흔 貴重혼 大天才가 알아주ᄂᆞᆫ 이와 保護ᄒᆞ여주ᄂᆞᆫ 이가 업서 말나죽엇스며 現今에도 날마다 時마다 말나죽ᄂᆞᆫ지오!

우에도 말ᄒᆞ엿거니와 天才ᄂᆞᆫ 흔히 못싱겨 보이지오. 明敏치 못ᄒᆞ여 보이ᄂᆞᆫ 者도 잇고, 어른의 말에 順從치 아니ᄒᆞᄂᆞᆫ 듯혼 자도 잇고, 怠惰ᄒᆞ고 放蕩혼 듯혼 者도 잇지오. 좁은 凡人의 所見에ᄂᆞᆫ 흔히 사ᄅᆞᆷ 구실 못홀 것 ᄀᆞ치 보이지오. 凡人은 凡人을 조하홉니다. 自己네와 ᄀᆞᆺ혼 範圍, ᄀᆞᆺ혼 規矩 속에 드ᄂᆞᆫ 者를 조하홈으로 조곰이라도 이를 벗어나면 凡人은 곳 그를 「惡人이라」, 「안된 놈이라」ᄒᆞ야 唾棄ᄒᆞ지오. 偉人의 前半生이 或은 全一生이 社會의 惡罵와 嘲弄과 賤待의 標的이 됨이 實로 이 ᄭᅡ문이지오. 自己네 눈이 하늘 우엣 것과 자기네 싱각이 밋지 못ᄒᆞᄂᆞᆫ 未來엣 것을 豫言할 ᄯᅢ에 凡人이 天才를 미친 놈이라 ᄒᆞ고 嘲弄홈이 그럴 ᄯᅳᆺ한 일이오, 自己네가 제 몸을 爲ᄒᆞ야 울 ᄯᅢ에 그가 天下를 爲ᄒᆞ야 울고 自己네가 今日을 보고 우슬 ᄯᅢ에 그가 明日을 싱각ᄒᆞ야 慟哭홈을 보고 天才를 얼싸진 놈이라고 비우슴이 ᄯᅩ혼 當然ᄒᆞ외다.

天才ᄂᆞᆫ 흔히 불러야 나오지오. 死馬骨을 五百金에 사ᄂᆞᆫ지라 千里馬가 모혀드ᄂᆞᆫ 것이외다. 그럼으로 興ᄒᆞ랴ᄂᆞᆫ 智慧 잇ᄂᆞᆫ 百姓은 목을 노하 天才를 부르고 하늘을 우릴어 天才를 비ᄂᆞᆫ 것이외다. 그러다가 하나를 어더 만나면 愛之重之ᄒᆞ고 稱讚ᄒᆞ고 感謝ᄒᆞ고 尊敬ᄒᆞᄂᆞᆫ 것이외다. 實로 이러홈이 맛당ᄒᆞ외다. 그 天才ᄂᆞᆫ 그 百姓 全體에게 ᄯᅩᄂᆞᆫ 千萬代 後孫에게ᄭᅥ지 썩지 아니홀 寶物을 줄 것이닛가, 크고 큰 幸福을 줄 것이닛가.

天才를 몰라보는 百姓은 불샹ㅎ외다. 天才를 逼迫ㅎ고 賤待ㅎ는 百姓은 滅亡ㅎ지오. 녯날에도 들에 니저ᄇ린 선비가 업슴으로 明主의 一德을 삼은 것이오. 하믈며 나라와 나라의 競爭이 極度에 激烈ㅎ 今日에는 各나라이 天才 重히 녀기기를 生命과 ᄀᆺ히 녀기는 것이오. 아모리 ᄒ여셔라도 天才를 어더내랴으로, 아모리 ᄒ여셔라도 天才를 培養ᄒ랴으로 全心全力을 다ᄒᄂ는 것이외다.

只今 朝鮮은 正히 天才를 부를 ᄯᅢ외다. 모든 種類의 天才를 부를 ᄯᅢ외다. 제 밥을 굶어가며 天才를 먹이고 제 헐을 버서가며 天才를 입히고 ─ 아니 제 살을 깍가 天才를 먹이고 제 껍질을 벗겨 天才를 입힐 ᄯᅢ외다. 그러다가 天才가 쑥 나서면 그의 압헤 무릅흘 꿀고 「오, 우리 恩人이시어!」ᄒ고 感謝와 尊敬의 눈물을 흘닐 ᄯᅢ외다. 만일 朝鮮이 잘 되랴면 正히 이러케 ᄒ여야 홀 ᄯᅢ외다. ᄒ지 아니면 안 될 ᄯᅢ외다.

그런데 朝鮮人은 天才를 모릅니다. 알면 누르고 밟고 猜忌ᄒ고 逼迫ᄒ야 마ᄎᆷ니 말나죽는 것을 보고야 조타고 춤을 추는 百姓이외다. 그네는 그 罪의 報酬를 톡톡이 바닷지오. 그만ᄒ 면 인제는 天才를 寶物로 알 만ᄒ ᄯᅢ도 온 것 ᄀᆺ습니다. 決코 예수를 十字架에 다는 猶太人이 아니되고 英雄에게 月桂冠을 씌어주는 希臘人이 되어도 조흘 ᄯᅢ외다. 나는 하늘을 우럴어 큰 소리로 「天才야! 天才야!」ᄒ고 부릅니다.

只今 東京 留學生中에도 天才가 잇는지 모르지오. 잇슬 것이외다, 잇서야 홀 것이외다. 京城 各學校中에도 天才가 잇는지 모르지오 잇슬 것이외다, 잇서야 홀 것이외다. 업스면 엇지ᄒ게요? 그야말로 큰일납지오 다믄 누가 그네의 天才를 알아보아 주며 그네의 天才를 激勵히 줄가요? 알아보는 이와 激勵ᄒ는 이가 업스면 그네도 前에 왓던 者와 ᄀᆺ히 말나죽을 것이외다. 아아, 그러ᄒ 면 朝鮮人은 永遠히 고만ᄒ 대로 말나붓고 말 것이외다.

우리는 天才를 稱讚히 줍시다, 獎勵히 줍시다. 그리고 尊敬히 줍시다. 그래서 그네로 ᄒᆞ여곰 깃브게, 마음노코, 힘껏 自己네의 天才를 發揮ᄒᆞ게 홉시다. 적어도 當場 天才 열名은 나야 되겟소. 時急히 열名은 나야 되겟소. 經濟的 天才, 宗敎的 天才, 科學的 天才, 敎育的 天才, 文學的 天才, 藝術的 天才, 哲學的 天才, 工業的 天才, 商業的 天才, 政治的 天才 — 이 열名은 時急히 나야 되겟소. 뭇노니 누구누구가 그 候補者 – ㄴ가요?

이 열名만 나면 朝鮮 新文明의 어리가리*는 되겟고, 그 뒤에는 그네들이 또 색기를 칠 터이니 아모 念慮가 업슬 것이오. 마는 十年 안으로 이 열名이 나오지 아니ᄒᆞ면 우리는 아주 말이 아닐 것이외다. 다시 나는 소리를 놉혀

「天才야! 天才야!」ᄒᆞ고 부릅니다.(二月卄日 夜)

---

* 바람이 잘 통하도록 서로 어긋나게 걸치거나 맞추어서 차곡차곡 쌓은 더미. 북방 방언.

二十五年을 回顧ᄒ야 愛妹에게*

내 누이야!

오늘이 내 生日이다. 壬辰年 二月 初一日 寅時에 「나」라는 한 生命이 이 世上에 쑥 떨어젓다. 그썩 「으아」ᄒ는 울음 한 소리로 내 地上生活의 幕이 열닌 것이다. 그 쌜간 핏덩어리의 조고마흔 조마구**에는 그의 一生의 푸로그람이 쥐어젓다. 그러나 그는 이 푸로그람을 낡을 줄을 모른다. 그는 그가 엇더케 자라나겟는지, 엇더흔 사름이 되어 무엇을 ᄒ겟는지, 今年에는 무슨 일이 잇고 明年에는 무슨 일이 잇슬는지를 모른다. 다믄 一年 二年 이일 져일이 지나간 뒤에라야 비로소 그는 고개를 까닥까닥흘 ᄯ름이다.

아버지쎄서 四十二歲 적에 나를 보셧다. 나는 晩得子다. 그리고 우리 門中에 長孫이다. 아버지쎄서는 깃버ᄒ시고 一門中도 視賀ᄒ엿다. 내 兄들이 二三人이나 낫스나 다 二三歲를 넘우지 못ᄒ고 죽엇슴으로 내가 난 뒤에도 아버지쎄서는 깃븜 속에도 말흘 수 업는 근심이 잇섯다더라. 내 叔母 한 분은 내가 오래 살기를 바라서 입으로 내 胎신을 ᄭ끈코 그 피를 삼켯다 ᄒ며, ᄯ 내가 生後 二個月만에 風으로 氣絶ᄒ엿슬 써에 아버지쎄서는 徹夜ᄒ야 눈물을 흘니고 自殺을 ᄒ려 ᄒ엿다 ᄒ며, 내 胎신을 ᄭ끈코 피를 삼킴 叔母쎄서는 밤시도록 山에 올나가 七星과 天地神明쎄 祈禱를 올녓다 흔다. 내 머리와 몸에 잇는 씀자리가 實로 그썩 여러 恩人이 나를 爲ᄒ야 이를 태이던 紀念일다. 나는 只今 그 씀자리를 만지며 그썩 내 父母와 그 叔母의 情境을 싱각ᄒ고 눈물을 흘닌다.

---

* 李光洙, 『學之光』 12., 1917.4.
** 주먹.

그後에도 나는 五六歲가 넘도록 몸이 孱弱ᄒ야 恒常 잔病이 만핫섯다. 그 쎄마다 아버지께서는 沐浴齋戒ᄒ고 밤을 새어가며 나를 看護ᄒ셧다 ᄒ고 또 平時에도 아버지께서는 둥근 木枕을 베고 꼭 내 겻헤서 잠을 잣다 ᄒᆫ다. 木枕이 굴면 얼는 잠을 쎄쟈는 쯧이다.

이러ᄒᆫ 周圍 속에서 나는 자라낫다. 그러나 나의 出生은 우리 집에 咀呪엿 섯다. 내가 나쟈 내 집은 漸漸 기울어져서 내가 十一歲 되던 히에 父母쎄지 俱歿ᄒ셧다. 어린 나는 내 집의 沒落ᄒᄂᆫ 悲慘ᄒᆫ 光景을 보고 혼자 울엇다. 그後 나는 浮萍과 굿히 東漂西流ᄒ엿다. 남들은 내가 어려서 조곰 재조가 잇다 ᄒ던 것을 根據로 내가 將次 우리 家門을 重興ᄒ리라 ᄒ엿다.

누이야! 昨日쎄지에 나는 벌서 爾二十五年을 보냇고나. 나는 昨夜에 子正이 넘도록 안저서 二十五年間의 내 生活을 回想ᄒ고 實로 感慨가 無窮ᄒ엿다. 지나간 二十五年은 實로 世界歷史에 ㅁ히 多事ᄒ고 意味 만흔 時機엿섯다. 獨逸과 日本이 政治로나 外交로나 學術로나 其他 諸般文明으로 世界에 雄飛ᄒ게 된 것도 그 동안이엇섯고, 飛行機와 潛航艇과 無線電信이 發明되며 南北極이 探險되며 南阿, 日淸, 日露, 발칸, 米西 等의 大戰爭이 닐고 긋난 것도 이 동안이오, 支那가 共和國이 되고 淸의 藩邦이던 朝鮮이 數次 變遷되야 今日에 至한 것도 이 동안이오, 現在 여러 偉人이 偉人이 된 것도 實로 이 동안이오, 曠前絶後ᄒᆫ 世界的 大戰爭이 닐어난 것도 實로 이 동안이다. 十九世紀 末葉에서 二十世紀의 初에 亘ᄒ야 世界의 地圖는 面目이 一新ᄒ엿고 人類의 歷史는 重要ᄒᆫ 數百頁을 加ᄒᆫ 것이 實로 이 동안이엇다. 그런데 이러케 多事ᄒ고 意味 만흔 空氣中에서 二十五年을 살아온 나는 무엇을 ᄒ엿나? 이러ᄒᆫ 人類의 大事件이 進行ᄒᄂᆫ 동안에 나는 무엇을 ᄒ엿나? 나는 내 한몸을 爲ᄒ야 얼마나 쯧 잇고 幸福 잇는 生活을 ᄒ엿나? 나는 내 同族에게 얼마나 警醒을 주고 慰安을 주엇나? 쏘는 將來의 活動을 爲ᄒ야 얼마나 修養ᄒ고 蓄積ᄒ엿나? 아, 내게는 ᄒᆫ 것이 업고, 가진 것이 업고나!

나는 지나간 二十五年間을 純全히 社會의 恩惠 속에서 살아왔다. 내가 처음 날 쎄에 眞情으로 깃버ㅎ고 祝福ㅎ던 父母의 恩惠 속에, 오래 살기를 바라고 입으로 胎신을 싣턴 恩惠 속에, 죽을가 무서워서 祈禱ㅎ고 씀 쓰던 恩惠 속에, 내게 밥을 주고 옷을 주고, 어듸를 간다면 船車의 旅費를 주며, 病이 나면 藥갑슬 주고, 學校에 간다면 學費를 주고, 甚至에 담배갑 술잡 氷水잡신지 달라면 주는 恩惠 속에, 게으를 쎄에는 工夫ㅎ라, 슬플 쎄에는 깃버히라, 落心흘 쎄에는 希望을 가져라 ㅎ고 어루만져 주는 恩惠 속에 나는 二十五年의 生活을 보닉엇다. 父母는 내게 무엇을 期待ㅎ엿스며 社會는 내게 무엇을 期待ㅎ엿는가. 크게 期待홈이 잇기에 아버지는 둥근 木枕을 베엇고, 크게 期待홈이 잇기에 社會는 나를 愛重ㅎ여 주엇건마는 내가 무엇으로 그네의 期待에 報答ㅎ엿는고? 아모리 싱각ㅎ여도 나는 흔 것이 업고 가진 것이 업다! 나는 다만 남의 貴흔 恩惠를 졋슬 쑨이다. 누이야! 나는 이러케 노래흔다 —

애 너는 二十六이 아니냐,
엇져쟈고 가만히 안젓느냐,
무서운 恩惠를 엇질 양으로,
언제신지 그 모양으로 잇스랴느냐.

쒸렴으나 소리를 치렴으나!
무엇을 ㅎ렴으나! 아모것이나 ㅎ렴으나!
成功을 못 ㅎ거든 失敗라도 ㅎ렴으나!
난 보람, 산 보람을 ㅎ렴으나!

歲月은 간다. 오늘 히가 쏘 놉핫다!
네 靑春은 멧 날이며 生命이 萬年이랴,

답답도 ᄒ고나, 웨 가만히 안젓느냐,
벌썩 닐어나 큰 소리를 치렴으나!

果然 무슨 큰 소리를 치기는 쳐야 홀 터인데 깜깜혼 속에 무슨 소리를 쳐
야 홀지 모르겟고나. 저도 사름이 되기 前에 ― 저도 엇더케 살아가야 홀지
알기도 前에 무엇이라고 남에게 소리를 치겟느냐. 가만히 世上을 돌아보매
누구나 나서서 소리를 치기는 쳐야겟건마는. 그래서 나는 하느님께 쏘 이러
케 부르지진다 ―

엇더케 소리를 쳐요?
무슨 소리를 치랍닛가,
아아 엇더케, 무엇을 ᄒ랍닛가.
하느님이시어, 웨 말슴이 업스셔요?

나는 쏘 이러케 부르지진다 ―

하느님! 엇지ᄒ면 조흡닛가,
내 갈 길이 어느 것입닛가,
홀 일이 무엇이야요?
나는 彷徨ᄒ니다, 괴로워ᄒ니다,
내게 갈 길과 ᄒ여야 홀 일을 가르쳐 줍시오!

하느님! 나는 볼셔 二十六歲외다.
내가 무엇을 ᄒ엿서요?
아모것도 혼 것이 업습니다그려!

하느님! 내 一生은 이러홀 것인가요?

이러케 無意味홀 것인가요?

누이야! 나는 이러케 제 使命을 찻지 못ᄒ야 눈물을 흘닌다. 불샹ᄒ 사ᄅᆷ들을 目前에 보매 제 살을 깍고 피를 내어서라도 멕여주고 십흔 마음은 잇건마는 다믄 마음ᄲᅮᆫ이로고나. 엇던 고마운 先生님이 잇서서 「얘 너는 이것을 ᄒ라」ᄒ고 指定ᄒ여 주엇스면 작히나 조흐랴마는, 나는 不幸히 先生 업는 나라에 태어나서 一生에 多情흔 指導를 바다본 적도 업고 철업는 것이 제 마음나는 대로 이리로도 굴고 져리로도 굴다가 잇 모양으로 貴흔 歲月을 虛費ᄒ엿고나. 그러고 이러케 아프게 恨嘆을 ᄒᆞ는고나.

접쎅에 나는 내게 對ᄒ야 아주 失望을 ᄒ엿섯다. 암만 제 속을 들여다보아도 한 點 보이는 것이 업고 現在 살아가는 것도 아모 쯧이 업고, 이 모양으로 가게 되면 將次도 무슨 餘望이 업슬 것 ᄀᆞᆺ고, 空然히 여려 恩人을 속여 그네에게 弊만 ᄭᅵ치는 것이 未安도 ᄒ고 붓그럽기도 ᄒ야, 차라리 社會와 恩人의 期待를 다 져바리고 山에 들어가 즁이 되거나 싀골에 숨어 제 손으로 쌍이나 팔가 ᄒ여도 보고 或 발 가는 대로 되는 대로 生命 잇는 날ᄭᅵ지 天下로 돌아ᄃᆞ닐가 흔 적도 잇섯다. 그쎅에 내 마음은 寂寞과 失望과 슬픔에 눌려 거의 죽을 쎈ᄒ엿다. 내게는 아모 希望이 업고 勇氣가 업고 熱情이 업고 오직 식은 재와 ᄀᆞᆺ히 싸늘ᄒ엿섯다. 同族을 爲ᄒ야 힘쓴다든지 人類를 爲ᄒ야 힘쓴다든지 ᄒᆞ는 理想이 슬어짐은 勿論이어니와, 一個人으로 이 世上에서 살아가랴는 싱각ᄭᅵ지도 업서젓섯다.

그쎅에 오래 닛쳣던 네 얼골이 쑥 나서며,

「옵바! 어듸를 가셔요? 定處 업시 가신다고? 이 넓은 世上에 나 하나를 내던지시고 ᄲᅳ리치시고⋯⋯저는 웁니다, 옵바를 爲ᄒ야.」ᄒ더라. 그쎅에 나는 몸에 소름이 ᄭᅵ쳣다. 올타, 내가 너를 ᄯᅥ나서 어듸로 가랴. 이 넓은 世上

에 우리 父母의 血肉을 바든 者는 너와 나뿐이다. 나밧게 너를 스랑홀 者가
업고 너밧게 나를 스랑홀 者가 업다. 차듸찬 世上에 너 하나를 두고 나 혼자
나 갈 데로 간다 ᄒᆞ면 그리ᄒᆞᆫ 無情ᄒᆞᆫ 일이 잇슬가. 그쩍에 쏜 너는,

「敗北가 잇든지 戰勝이 되든지 나가보시오!」ᄒᆞ엿다.

그러고 여러 恩人들이 울며 손목을 잡고,

「너는 責任이 重ᄒᆞ다. 責任을 避홈이 大罪가 아니냐」하고 「네 목슴이 잇는
날ᄭᆞ지 네 힘이 밋는 바를 다ᄒᆞ여라!」ᄒᆞ엿다.

나는 듯시 살기로 決心ᄒᆞ엿다. 너를 爲ᄒᆞ야, 저 恩人들을 爲ᄒᆞ야. 그리ᄒᆞ
고 貴重ᄒᆞᆫ 너와 恩人을 안아주는 져 쌍을 爲ᄒᆞ야 나는 듯시 살고 듯시 힘쓰
기로 作定ᄒᆞ엿다. ㅁㅁ 져 쌍! 너와 恩人들을 안아주는 그 쌍을 참아 엇지 ㅁ
ㅁ겟느냐. 設或 내게 아모 能力이 업다 ᄒᆞ더라도 世上에 목슴이 잇는 날ᄭᆞ지
그 쌍을 물ᄭᅳ럼이 보고 잇기만이라도 ᄒᆞ여야 홀 것이다! 一生에 힘을 쓰노
라면 幸혀나 내 손으로 꼿 한 포기 나무 한 그르라도 그 쌍에 심어 노흘는지
도 모를 것이다.

누이야! 이리ᄒᆞ야 나는 도로 살아낫다. 그래서 오늘을 當ᄒᆞ게 되엇다.

그러타!* 나는 더 울지 아니홀란다. 부질업시 過去를 回想ᄒᆞ고 失望의 한
숨을 쉬지 아니홀란다. 녯사ᄅᆞᆷ의 格言과 ᄀᆞᆺ히 過去는 過去로써 葬死케 ᄒᆞ고
오직 現在와 未來를 가질란다. 잇는 힘을 다ᄒᆞ야 修養ᄒᆞ고 잇는 힘을 다ᄒᆞ야 일
홀란다. 나는 二十六歲라 ᄒᆞ지 아니ᄒᆞ고 거긔서 十年을 減ᄒᆞ야 單 十六歲라 홀
란다. 이제부터 十年을 刻苦勉勵ᄒᆞ야 第二次 二十六歲가 되면 그쩍에는 셜마 이
쏠은 아닐 것 ᄀᆞᆺ다. 그래서 이러케 노래ᄒᆞᆫ다 ─

저는 어린ᄂᆞ이야요! 열어섯 살이야요!
저는 늘 이만만 홀 터이야요!

─────────
* 원문에는 '그러라!'로 되어 있다.

하ᄂ님께서 언제 물으시든지 ―
「네 나이 멧 살이냐」ᄒ시면 저ᄂ 얼는
「제 나은 열여섯 살이야요!」홀 테야요!

　□ 生活다온 새 生活에 들어가기 爲ᄒ야 하ᄂ님쎄 이러케 쎄거지를 쓴
다 ―

하ᄂ님! 제 靈에다 불을 부쳐줍시오!
활활 불씰이 닐게 ᄒ여줍시오!
쌜가케, 하야케, 灼熱ᄒ게 ᄒ여줍시오!
내 손톱 ᄭᄭ신지 털 ᄭᄭ신지 왼통 불이 되게 ᄒ여줍시오!
저ᄂ 이러케 울며 合掌홉니다, 이러케!

　누이야! 너도 알거니와 過去의 내 生活은 참 실미지근ᄒ엿다. 사롬의 生活
에 第一 큰 病이 이 「실미지근홈」인 것 ᄀ다. 나ᄂ 불쎵어리가 될란다. 쌜가
케 灼熱ᄒ 불쎵어리가 되어서 마치 벼락불 모양으로 빙글빙글 돌아가면서
다치ᄂ 대로 쓰겁게 ᄒ고 태우고 말란다. 「쓰겁게, 쓰겁게 쓰겁게 살쟈」홈
이 내 所願이오 내 理想일다. 나ᄂ 오늘 生日로 쓰거운 새 生活의 新紀元을
삼을란다. 그리고 平生에 十六歲의 쓰겁듸 쓰거온 少年으로 쓰거운 노래를
부룰란다. 내 노랫소리에 듯ᄂ 사롬의 귀와 가슴이 쓰씀ᄒ게 델 만흔 그러
케 쓰거운 노래를 부룰란다. 그 노래가 무엇인지ᄂ 아직 모른다. 나ᄂ 다믄
하ᄂ님쎄 쎄를 쓸 ᄲᆞᆫ이다.
　「하ᄂ님! 엇던 노래를 부르랍닛가」ᄒ고
　누이야! 이제ᄂ 나도 어렴푸시 저 갈 길을 차진 것 ᄀ다. 이제부터ᄂ 깃브
고 쓰님 업ᄂ 努力이 잇슬 ᄲᆞᆫ이다. 毋論 잘 되고 못 되기ᄂ 全혀 하ᄂ님의 손

에 잇지마는.

내 生活의 序幕은 어제신지에 씆이 난 것 ᄀ다. 오늘붓허 내 生活은 演劇의 中間에 入ᄒᄂ 것 ᄀ다. 내 주먹에 쥐엇던 푸로그람의 重要ᄒ 節次가 오늘부터 開展되ᄂ 것 ᄀ다. 序幕은 失敗엿섯다. 나ᄂ 여러 觀客에게 失望을 주엇다. 그러나 이 압헤 中幕과 大團圓이 남앗스니 아직 그네를 滿足시킬 機會ᄂ 넉넉ᄒ다. 나ᄂ 只今 樂屋에 잇서서 精誠으로 扮裝을 ᄒᄂ 中이다. 내 입설에ᄂ 希望의 微笑가 잇다. 나ᄂ 前에 前에 父母께서 生存ᄒ실 쩍에 내 生日에 白魚 生鮮을 주시던 것을 싱각ᄒ다. 내 生日에ᄂ 반드시 白魚가 잇섯다. 그래서 어린 나도 生日과 白魚를 連結ᄒ엿섯다. 한번 아버지께서

「네 生日은 조타. 一年에 처음 잡은 고기를 먹ᄂ다!」ᄒ섯다, 어머니께서ᄂ 어듸서 들엇ᄂᄌ,

「二月 初一日은 太昊 伏羲氏*의 生辰이다」ᄒ야 내 生日을 조흔 데만 쓸어 부치셧다. 그러나 只今은 그 白魚生鮮도 업고 그런 말슴을 ᄒ여주시던 父母도 아니 계시다. 나ᄂ ᄒᄂ 것은 업스면서도 지나간 二十五年의 거의 半을 外國에서 보닛다. 或은 日本에서, 或은 南支那에서 或은 西伯利亞에서, 或은 大洋中애서, 或은 車中에서 十二三回의 生日을 보닛엇다. 未嘗不 崎嶇ᄒ 八字다마ᄂ 엇지 싱각ᄒ면 내 生活에 무슨 쯧이 잇ᄂ 것도 ᄀ다.

누이야! 고맙다. 눈물이 흐르도록 고맙다. 멀니 잇스면서도 나를 닛지 아니ᄒ고 내 난 날을 祝ᄒ노라고 四葉權을 보닛준 것을 感謝ᄒ다. 「昨秋에 終日 이써서 이것을 차잣서요. 이것을 차지면 運이 조타고 희요. 그리고 福이 잇대요. 옵바 生辰에 福 만히 바드십시사고……」 오냐, 福, 만히 바드마. 네가 밤나제 나를 爲ᄒ야 精誠으로 들이ᄂ 祈禱가 處되지 아니ᄒ도록 잇ᄂ 힘을 다ᄒ마. 너와 여러 恩人과 밋 그네들을 안아주ᄂ 쌍을 爲ᄒ야 잇ᄂ 힘을

---

* 중국 고대 민간신앙에서 삼황三皇의 하나로 불리며, 여와女媧가 창조한 인간에게 문명을 가르쳤다고 한다.

다ᄒᆞ마.

나는 깃븜으로 이러케 노래ᄒᆞᆫ다 ―

하ᄂᆞ님이시어, 제게 大任을 주셧습니다!
죽어가는 者에게 「살라!」ᄒᆞ는
失望ᄒᆞ는 者에게 「希望을 가져라!」ᄒᆞ는
슬퍼ᄒᆞ는 者에게 「깃버ᄒᆞ여라!」ᄒᆞ는
無氣力한 者에게 「勇氣를 가져라!」ᄒᆞ는
큰 소리를 치는 詩人의 使命을 주셧습니다!

그네에게 무슴 말슴을 傳ᄒᆞᆯ는지
엇더케 소리를 치며 부르지질는지
이것은 저는 모릅니다 ― 저는 모릅니다!
오직 하ᄂᆞ님께서 알으십니다!
저는 大祭司長 모양으로 沐浴齋戒ᄒᆞ고
밤나제 ᄭᅮᆯ어안저서 天命을 기ᄃᆞ릴 ᄲᅮᆫ이외다!

萬里東에 외로이 잇는 兄은 萬里西에 외로이 잇는 愛妹에게 ᄯᅳ거운 ᄉᆞ랑을 부쳐보닌다. 西天에 ᄯᅳᆫ 구름을 ᄇᆞ라보고 내가 눈물을 ᄲᅮ릴 ᄯᅢ는 正히 네가 東天에 솟는 ᄃᆞᆯ을 보고 가슴을 아필 ᄯᅢᆫ 줄을 내가 안다. 비옵ᄂᆞ니 하ᄂᆞ님이시어, 그에게 恒常 健康과 幸福을 주시며 同氣 반갑게 一堂에 모힐 機會를 주시옵소서 ᄒᆞᆫ다. 臨紙悵然ᄒᆞ야 莫知所云이로다. 내 누이야!(一九一七, 二, 二二)

婚姻에 對흔 管見*

一, 婚姻의 目的

男女 兩性의 結合은 生物界에 最大흔 必然的 約束이지오. 그리고 此結合의 究竟的 原始的 目的은 毋論 生殖일 것이외다. 그러나 生殖을 目的으로 흠은 造物主의 일이오 生物의 일은 아니지오. 造物主는 自己의 目的을 達ㅎ기 爲ㅎ야 生物에게 幸福이라는 代價을 주는 것이닛가 生物에게는 이 幸福이 自己네의 目的일 것이외다. 그럼으로 男女 兩性의 結合도 造物主側으로서 보면 生殖이 目的이로되, 生物側으로서 보면 幸福이 目的일 것이외다. 鳥獸魚鼈의 兩性이 結合흠이 엇지 生殖이라는 義務를 다ㅎ기 爲ㅎ야 흔다는 意識이 잇 겟서요. 그네는 오직 自己의 幸福을 求ㅎ여서 그러흠이오, 이에 짜라서 造物主의 目的인 生殖도 自然히 達ㅎ게 되는 것이지오. 이것이 神秘흔 宇宙의 調和가 아닐가요.

그러나 人類는 他生物과는 다르지오. 人類는 엇던 程度〈지는 造物主로 더부러 宇宙의 大意志를 意識ㅎ닛가 他動物 모양으로 全然히 自然의 支配를 바다 受動的으로만 生活ㅎ지 아니ㅎ고, 엇던 範圍〈지는 自己의 目的을 意識ㅎ야 能動的으로 生活ㅎ지오. 더구나 文明흔 人類에 在ㅎ야는 自己네는 全혀 自然의 支配를 아니 밧는다 ㅎ리 만콤 自己네의 意志와 判斷을 尊重ㅎ는 것 이외다. 그럼으로 兩性의 結合에도 他動物과 ゙히 다믄 幸福만 目的ㅎ지 아 니ㅎ고 造物主의 目的인 生殖〈지도 自己의 目的이라고 意識홀 줄을 알지오. 그뿐더러 所謂 幸福이란 말에도 他動物과 人類와에는 그 內容이 다르지오. 動物에게는 快感이 唯一흔 幸福인 듯ㅎ거니와 人類의 幸福이라 ㅎ면 感情的

* 李光洙, 『學之光』 12, 1917.4.

快感外에도 理知的 滿足이 들어야 ᄒ며, 이 理知的 分子가 만흐면 만흘수록 그 幸福은 더욱 깁허지고 더욱 固定性이 잇게 되지오. 그러나 人類의 萬般行動이 幸福을 求흠에 잇다 흠은 他動物과 다름이 업지오. 다믄 幸福의 條件과 內容이 複雜ᄒᆯ 쑨이지.

以上 略論ᄒᆫ 바를 ᄯᅡ라 婚姻의 目的은 生殖과 幸福을 求흠에 잇다고 結論 ᄒ고, 次에 生殖과 幸福의 條件과 內容을 대강 알아봅시다.

生殖의 理想은 健全ᄒ고 才能 만흔 子女를 可及的 만히 生産햐 可及的 完全ᄒ게 敎育흠이외다. 이러흠에ᄂᆫ 두 가지 意味가 잇지오 — 個體의 繁榮을 期흠과 種族의 繁榮을 期흠과. 一民族이나 全世界 人類의 發達은 오직 健全ᄒ고 才能 만흔 兒童과 賢明ᄒ게 敎育 바든 靑年에 달렷스닛가, 이 生殖이야말로 人類의 最重最大ᄒᆫ 理想일 것이외다.

婚姻에 得ᄒᄂᆫ 幸福이라 흠은 個人으로 보면 戀愛와 圓滿ᄒᆫ 家庭의 두 가지오, 社會로 보면 이 두 가지에서 나오ᄂᆫ 好影響이지오. 個人의 幸福中에 最大ᄒᆫ 幸福은 戀愛라 흡데다. 人生 百年의 勞役은 오직 戀愛의 幸福에 對ᄒᆫ 代價라 흠은 얼마콤 詩人의 誇張이라 ᄒ더라도, 적어도 戀愛의 幸福이 人生의 幸福의 總和의 半에 過흠은 事實이겟지오. 一生中에 戀愛를 늣기ᄂᆫ 時間은 極히 쨟다 ᄒ지마는 幸福은 반드시 時間의 長短으로 計量ᄒᆯ 것이 아니지오. 吾人은 成功의 一瞬間을 어드랴고 苦役의 數十年을 가지지 아니ᄒ나요.

그 다음에 圓滿ᄒᆫ 家庭은 아마 戀愛에 次ᄒᄂᆫ 人生의 幸福이겟지오. 그리고 戀愛에 隨從ᄒᄂᆫ 人生의 幸福이겟지오. 人生이 質로 最大ᄒᆫ 幸福을 戀愛에서 어듬과 ᄀᆺ히 量으로 最大ᄒᆫ 幸福은 가정에서 어들 것이외다. 이밧게 事業의 成功으로써 엇ᄂᆫ 幸福, 親友로서 엇ᄂᆫ 幸福…… 種類가 만타 ᄒ더라도 아마 이것들은 第二次的에 지나지 못ᄒᆯ 터이오, ᄯᅩ 戀愛와 家庭의 幸福이 업시ᄂᆫ 이 第二次的 幸福도 실컷 享樂ᄒ지 못ᄒᆯ 줄 아오. 毋論 時代를 ᄯᅡ라 個人을 ᄯᅡ라 戀愛나 家庭의 幸福을 犧ᄒᄂᆫ 수도 잇거니와 이것은 特別ᄒᆫ 事情으로 싱기는 稀貴흔 例지오.

ㅎ닛가 婚姻의 目的은 種族의 繁榮과 個體의 幸福에 잇다 ㅎ니다.

二, 婚姻의 條件

婚姻은 男女 二人으로 成立되는 것이외다. 첫재 婚姻ㅎ라는 兩人은 健康히 야지오. 病이 업서야 홀 것은 勿論이어니와 體質이 强健히야지오. 體質이 弱흔 者는 將次 疾病이 만흘 두려움이 잇슬 뿐더러 壽夭에 關係가 잇스며, 더구나 子女의 生産率이 적고 生産흔다 ㅎ더라도 劣弱흔 體質의 遺傳을 바듬이외다. 그럼은 身體의 健康은 婚姻의 根本條件일 것이외다.

다음에는 精神力이지오. 이것은 先祖의 遺傳이 極히 有力흔 듯ㅎ니, 不可不 父母 以上 四五代의 系譜와 來歷을 調査히야지오. 從來 우리나라에서는 父子의 血統만 尊重ㅎ는 傾向이 잇섯거니와 이는 잘못이지오. 法律上으로는 비록 父子의 來歷이 重ㅎ다 ㅎ더라도 生物學上으로는 父子나 母子의 血統이 그 子女에게 마치는 影響은 마찬가지일 것이외다. 假令 才知라든지 剛勇이라든지 寬大하든지 敏感이라든지 其他 모든 美質이 子女에게 遺傳ㅎ는 同時에, 無才라든지 懶弱이라든지 奸狡라든지 放蕩이라든지 偏狹이라든지 ㅎ는 惡質도 子女에게 遺傳ㅎ는 것이외다. 그럼으로 爲先 婚姻ㅎ랴는 者의 血統을 調査홀 必要가 잇지오.

다음에는 兩人의 充分흔 發育이지오. 生理上으로나 心理上으로나 充分히 發育홈이지오. 우리나라 請許婚書에 「年旣長成」이란 말은 이것을 意味홈이지오. 그럼으로 文明國에서는 法律로 男女의 婚姻年齡을 制定ㅎ야 法定年齡 以內에 婚姻ㅎ기를 禁ㅎ지오. 그런데 朝鮮에도 男子 滿十八歲, 女子 滿十五歲 하는 法律의 制定이 잇건마는 人知가 暗愚ㅎ야 그것을 遵行ㅎ지 아니ㅎ지오.

다음에는 經濟的 能力이지오. 男子로는 獨立ㅎ야 一家를 維持ㅎ며 子女를 敎育홀 能力이 잇슴이 必要ㅎ고, 女子로 一家經濟의 一部를 擔當ㅎ며 或 夫가

病ᄒ거나 死ᄒ 時에 子女를 養育ᄒ올 만ᄒ 經濟的 能力이 잇서야 ᄒ지오. 이ᄂ 毋論 有敎育 階級 卽 中流 以上 階級을 標準ᄒ고 ᄒᄂ 말이외다. 經濟的 能力 업ᄂ 夫婦ᄂ 自己네에게 對ᄒ야ᄂ 不幸이오 社會에 對ᄒ야ᄂ 罪惡이지오. 自己네 兩人의 不幸도 크거니와 그 子女를 敎育ᄒ지 못ᄒ므로 社會에 對ᄒ야 짓ᄂ 罪ᄂ 더욱* 크외다. 그럼으로 經濟的 能力 업ᄂ 者ᄂ 婚姻ᄒ올 資格이 업ᄂ 者외다. 더구나 現代에 잇서서ᄂ 經濟ᄂ 個人과 社會의 最重要ᄒ 生活條件이외다. 그럼으로 婚姻ᄒ랴ᄂ 男女의 資格의 하나ᄂ 各各 確實ᄒ 職業을 가짐이외다. 이것은 現代朝鮮에서 가장 力說ᄒ올 것이외다.

다음에ᄂ 當者 相互間의 戀愛지오. 이 戀愛야말로 婚姻의 根本條件이외다. 婚姻 업ᄂ 戀愛ᄂ 想像ᄒ올 수 잇스나 戀愛 업ᄂ 婚姻은 想像ᄒ올 수 없ᄂ 것이외다. 從來로 朝鮮의 婚姻은 全혀 이 根本條件을 無視ᄒ엿습니다. 이 事實에서 無數ᄒ 悲劇과 莫大ᄒ 民族的 損失을 根한 것이외다.

戀愛라 ᄒ면 世上이 誤解ᄒ기 쉽지오. 더구나 朝鮮에서ᄂ 戀愛라고 말ᄒ면 곳 醜關係와 罪惡을 聯想ᄒ야 이마를 찌푸리지오. 戀愛라ᄂ 말은 군자의 입에도 담지 못ᄒ올 것 ᄀᆺ히 싱각ᄒ지오. 이것은 人情을 無視ᄒ 儒敎道德에 千餘年間 물든 者의 不可免ᄒ올 일이지오. 또 日前에 劣等ᄒ 醜ᄒ 戀愛만 보ᄂ 者의 不可免ᄒ올 일이지오. 그러나 戀愛란 人生의 天性에 根據를 有ᄒ 重要ᄒ 人生의 機能이외다. 諸文明國에서ᄂ 戀愛를 熱心으로 硏究ᄒ고 敎育ᄒ지오. 나ᄂ 이 短論文에 十分 戀愛를 紹介치 못ᄒ음을 遺憾으로 아오마는 다른 機會에 잘 紹介ᄒ기로 ᄒ고, 여긔서ᄂ 다문 戀愛의 大綱의 要素만 말ᄒ려 ᄒ오.

戀愛의 根據ᄂ 男女 相互의 個性의 理解와 尊敬과 ᄯᅡ라서 相互間에 닐어나ᄂ 熱烈ᄒ 引力的 愛情에 잇다 ᄒ오. 毋論 容貌의 美, 音聲의 美, 擧動의 美 等 表面的 美도 愛情의 重要ᄒ 條件이겟지오마는, 理知가 發達ᄒ 現代人으로ᄂ 이러ᄒ 表面的 美만으로ᄂ 滿足ᄒ지 못ᄒ고 더 깁흔 個性의 美 ― 卽 그의 精

---

* 원문에는 '짓욱'으로 되어 있다.

神의 美에 恍惚ᄒᆞ고사 비로소 滿足ᄒᆞᄂᆞᆫ 것이지오. 外貌의 美만 取ᄒᆞᄂᆞᆫ 것은 아마 動物的 又ᄂᆞᆫ 原始的 愛겟지오. 進化ᄒᆞᆫ 戀愛의 特徵은 熱烈ᄒᆞᆫ 感情의 引力과 名哲ᄒᆞ고 冷靜ᄒᆞᆫ 理知의 判斷이 平行ᄒᆞᄂᆞᆫ 데 잇다 ᄒᆞ오. 가장 잘 敎育을 바든─即 가장 健全ᄒᆞ게 發育ᄒᆞᆫ 靑年男女의 戀愛ᄂᆞᆫ 이러ᄒᆞᆫ 것인가 ᄒᆞ오.

毋論 肉的 要求도 잇겟지오 ─ 그것이 戀愛의 完成이겟지오. 原始的으로 보면 그것이 戀愛의 究竟의 目的이겟지오. 그러나 進化ᄒᆞᆫ 複雜ᄒᆞᆫ 文明과 精神生活을 가지게 된 人類에게 잇서서는 이 肉的 要求ᄂᆞᆫ 찰하리 第二義인 듯ᄒᆞᆫ 觀이 잇지오. 毋論 肉的 要求가 不潔ᄒᆞ다 ᄒᆞᆷ이 아니지오. 靈肉의 合致가 戀愛의 理想이라 ᄒᆞ닛가, ᄯᅩ 靈과 靈의 愛着에 肉과 肉의 愛着이 들어야 비로소 戀愛가 完成되ᄂᆞᆫ 것이라 ᄒᆞ닛가 肉的 要求를 決코 賤히 녀김이 아니지오. 다ᄆᆞᆫ 非文明的 戀愛ᄂᆞᆫ 오직 肉의 快樂을 渴求ᄒᆞᄂᆞᆫ 데 反ᄒᆞ야 文明的 戀愛ᄂᆞᆫ 이것 以外에(以上인지 以下인지ᄂᆞᆫ 모르나 아마 進化ᄒᆞᆫ 度를 標準으로 ᄒᆞ면 以上이겟지오) 靈的 要求가 잇다 ᄒᆞᆷ이외다.

高尙ᄒᆞᆫ 精神生活을 가진 者ᄂᆞᆫ 肉的 寂寞을 感ᄒᆞ기 前에, 그보담 深刻ᄒᆞ게 靈的 寂寞을 感ᄒᆞᄂᆞᆫ 것이외다. 그럼으로 이러ᄒᆞᆫ 사ᄅᆞᆷ은(男子나 女子나를 勿論ᄒᆞ고) 戀愛에서 肉的 滿足을 求ᄒᆞ려 ᄒᆞ기 前에, ᄯᅩ 그보담 더 熱烈ᄒᆞ게 靈的 滿足을 求ᄒᆞ려 ᄒᆞᄂᆞᆫ 것이외다. 靈과 靈이 서로 抱擁ᄒᆞ야 飽和ᄒᆞᆫ 滿足에 達ᄒᆞᆫ 後에 비로소 肉으로ᄭᅥ지 合ᄒᆞ야 戀愛가 이에 完成되ᄂᆞᆫ 것이니, 이것이 即 婚姻이외다. 비가 오기 前에ᄂᆞᆫ 반ᄃᆞ시 구름이 덥혀야 ᄒᆞᆷ과 ᄀᆞ티 婚姻이 오기 前에ᄂᆞᆫ 반ᄃᆞ시 戀愛가 와야 ᄒᆞᆫ다 ᄒᆞᆷ이 이 ᄯᅳᆺ이외다. 實로 朝鮮의 婚姻은 經過ᄂᆞᆫ 업시 結果부터 싱김이외다.

最後의 條件은 合理외다. 合理라ᄂᆞᆫ 말은 좀 이 境遇에ᄂᆞᆫ 不適當ᄒᆞ지마ᄂᆞᆫ 合法, 合倫理, 合事情 等의 ᄯᅳᆺ을 包含ᄒᆞᆫ다 ᄒᆞ고 合理라 부릅시다. 이 條件은 國家와 社會와 時代와 個人을 ᄯᅡ라서 變ᄒᆞᆯ 것이외다. 即 法定 婚姻年齡이라든지, 血統結婚의 可否라든지 父母의 承諾의 有無하든지, 社會的 階級의 差別이

라든지……이러혼 것은 槪括ᄒᆞ야 論홀 수 업는 特殊的 條件일 것이외다. 그러나 吾人은 個人인 同時에 國家에 民이오 社會에 員이닛가 可及ᄒᆞ는 程度까지는 國家의 命令과 社會의 約束을 遵守홀 義務가 잇는 것이외다.

以上 略論혼 것이 비록 甚히 簡略ᄒᆞ지마는 婚姻의 條件의 全體라 ᄒᆞ오. 이 모든 條件이 具備홈이 婚姻의 理想이겟지오. 그러나 不如意혼 人生의 일이라 그러케 如意키를 바라는 것은 僭濫ᄒᆞ지마는, 此에 理想에 達ᄒᆞ기 爲ᄒᆞ야 最善혼 努力을 홈은 아마 人生의 義務인 同時에 權利겟지오. 그런데 이러케 ᄒᆞ는 最善혼 努力은 個人의 完全혼 敎育과 짜라서 나오는 社會의 合理的 改良이외다. 어느 方面으로 보면 敎育이 不必要ᄒᆞ리오마는 所謂 人生의 最大事요 百禍之源이라는 婚姻의 發達도 敎育을 기ᄃᆞ리고야 能히 홀 것이외다.

三, 婚姻上으로 본 女子敎育問題

前節에 婚姻의 條件으로 列擧혼 者中에 心身의 充分혼 發育과 雙方의 經濟的 能力과 戀愛를 重要혼 條件으로 들엇스니, 男子의 敎育이 必要홈과 ᄀᆞᆺ히 女子의 敎育이 必要홈은 말홀 것도 없는 것 ᄀᆞᆺᄒᆞ나 우리나라에서는 적이 進步혼 思想을 가젓다는 人士도 대개 女子의 敎育을 重要ᄒᆞ게 싱각치 아니ᄒᆞ는 通弊가 잇소. 或 女子敎育을 必要ᄒᆞ다 ᄒᆞ는 者中에도 女子의 高等혼 敎育은 不必要ᄒᆞ다고 ᄒᆞ는 者가 만소. 아마 新文明을 理解ᄒᆞ지 못ᄒᆞ고 徹底ᄒᆞ게 人生이라든가 社會라든가를 窮理히 보지 못ᄒᆞ야 그러홈이겟지오.

現今 朝鮮人은 新文明中에 政治, 經濟, 産業 等의 精神과 制度는 稍히 理解도 ᄒᆞ고 窮理도 하는 듯ᄒᆞ지마는 그보다 더 깁흔 根本問題되는 敎育問題라든지 思想問題라든지 男女問題라든지 宗敎問題라든지 ᄒᆞ는 問題에는 아직도 興味를 가지지 안는 듯ᄒᆞ오 — 興味를 가질 줄을 모르는 듯ᄒᆞ오. 毋論 엇던 나라에서나 그 國民이 이러혼 複雜ᄒᆞ고 根本되는 問題를 理解ᄒᆞ기는 比較的 單純혼 政治, 經濟, 産業 等 問題를 理解ᄒᆞ고 난 後이닛가 우리 人士를 責홈

이 不穩當홀는지 모르거니와, 날로 新文明에 나아가노라고 自任흔 吾人으로
서 아직 이러흔 問題에 關흔 言論을 듯지 못홈은 좀 섧흔 일이 아닐는지.

엇잿든 新文明의 가르치는 바를 듣건댄 男女의 敎育은 平行ᄒ여야 흔다
ᄒ오. 그럼으로 泰西 諸國에서는 女子에게 大學ᄭ지 解放ᄒ엿스며, 日本의
思想家도 日本이 아직 女子敎育의 不足홈을 慨嘆ᄒ야 女子에게도(毋論 男子
를 따라 敎育의 內容은 좀 다르다 ᄒ더라도) 男子와 平行ᄒ는 敎育을 주랴고 努
力ᄒ는 中이오. 文明은 「女子도 사ᄅᆷ이라」는 眞理를 가르쳣고, 「男子와 女子
는 均衡ᄒ게 社會를 維持ᄒ고 發展ᄒ는 責任을 진다」ᄒ는 眞理를 가르쳣고,
이 두 가지를 前提로 ᄒ야 「그럼으로 男子와 女子의 敎育은 平行ᄒ여야 흔
다」는 結論을 가르쳣소.

妻가 되고 母가 되는 것이 毋論 女子의 天職이겟지오 — 가장 重要흔 天職
이겟지오. 그러나 그것은 天職이지, 女子의 全體는 아니겟지오. 이믜 天職이
라 ᄒ니 그 天職을 가지는 主體가 잇슬 것이외다. 그러면 그 主體는 무엇이
오?「사ᄅᆷ」이외다. 女子는 妻나 母가 되기 爲ᄒ야 사ᄅᆷ이 된 것은 아니겟지
오(造物者便으로 보면 그러ᄒ지마는 女子便으로 보면), 사ᄅᆷ이 되엇스니 妻나
母의 義務를 가지는 것이리다. 그런즉 女子는 妻나 母가 되기 前에 爲先 사ᄅᆷ
이 되어야 ᄒ겟지오. 그에게서 妻나 母의 職分을 쎄더라도 그 자리에 사ᄅᆷ은
남을 것이겟지오.

夫나 父가 되는 것이 男子의 天職이지마는 妻가 업고 子가 업다고 그 男子
를 사ᄅᆷ이 아니라고는 못ᄒ리라. 그와 ᄀᆺ히 妻나 母가 되는 것이 女子의 天職
이겟지오마는 夫가 업고 子가 업다고 그 女子를 사ᄅᆷ이 아니라고는 못ᄒ리
라. 그런즉 夫나 父나의 天職을 除ᄒ여 노코도 男子에게 人格을 認定ᄒ는 모
양으로 妻나 母나의 天職을 쎄어노코도 女子에게 人格을 認定ᄒ야 홀 것이
외다. 그런데 우리는 男子를 敎育홀 ᄯᅢ에 오직 夫나 父되기 爲ᄒ야만 敎育ᄒ
는 것은 아니지오 — 完全흔 사ᄅᆷ이 되기 爲ᄒ야 敎育ᄒ는 것이지오 그런데

우리나라에서는 妻나 母가 되기 爲ᄒ야서만 女子를 敎育ᄒ려 ᄒᆸ니다. 女子에게서 妻나 母를 減히 내면 零이 되는 줄로 압니다. 이것이 未開ᄒᆫ 時代의 思想이외다.

룻소 先生의 말과 ᄀᆺ히 다만 男子나 女子를 사름만 되게 가르치면 自然히 男子는 조흔 夫와 父가 되고 女子는 조흔 妻나 母가 될 것이외다. 이에 비로소 夫妻라 ᄒ면 사름과 사름과의 結合이 될 것이오 사름과 器械의 結合이 되지 아니ᄒᆯ 것이외다. 婚姻은 반ᄃᆞ시 사름인 男子와 사름인 女子와의 結合이여야 ᄒ고 다ᄆᆞᆫ 男性과 女性의 結合이어서는 아니 됩니다. 사름과 사름과의 結合이라 ᄒ면 全身全靈의 結合을 意味ᄒ되, 男性과 女性의 結合이라 ᄒ면 다ᄆᆞᆫ 男女 生殖器의 結合에 不過ᄒᆯ 것이외다. 夫婦와 賣淫과의 差異가 어ᄃᆡ 잇나요? 夫婦라 홈은 肉的 結合外에 靈的 結合을 意味ᄒᆞ대 賣淫이나 野合은 다ᄆᆞᆫ 肉的 結合을 意味ᄒᆯ ᄲᅮᆫ이외다. 이 意味로 보아 나는 靈的 結合이 업는 夫婦는 이믜 夫婦가 아니오 野合이라 ᄒᆸ니다. 우리나라의 夫婦關係는 實로 永遠히 契約ᄒᆫ 野合關係라 ᄒᆸ니다.

그럼으로 婚姻을 神聖ᄒ게 ᄒ랴면 — 婚姻으로 ᄒ여곰 充分이 그 意義와 使命을 發揮케 ᄒ랴면 男子와 平行ᄒᆯ 만ᄒᆫ 女子의 敎育이 必要ᄒ다 ᄒᆸ니다.

그ᄲᅮᆫ 外라, 心身의 健全ᄒᆫ 發達도 人類에게 잇서서는 敎育이 아니면 어들 수가 업고 經濟的 能力도 職業敎育으로야 어들지오, ᄯᅩ 子女의 養育ᄒᆞᆫ 法方이며 家庭을 治理ᄒᆞᆫ 法方도 敎育이 아니고는 어들 수 업지오. 子女敎育法을 모르고 子女를 敎育ᄒᆞᆫ 것은 마치 醫學을 아니 배ᄒ고 醫術을 行홈과 다름이 업스며, 尤甚ᄒ게 말ᄒ면 醫員은 失手ᄒ다사 病人을 죽일 ᄲᅮᆫ이로되 母가 失手ᄒ면 前途가 洋洋ᄒᆫ 健全ᄒᆫ 사름을 죽이는 것이지오 ᄯᅩ 家政을 아니 배ᄒ고 家庭을 治理홈은 마치 政治經濟의 知識이 업시 一國을 治理홈과 ᄀᆺᄒᆯ 것이외다.

엇던 方面으로 보든지 男子敎育과 女子敎育을 平行케 홈은 文明ᄒᆫ 民族에게 ─ 繁榮ᄒ랴ᄂᆞᆫ 民族에게 絶對로 必要ᄒ고 緊急ᄒᆫ 일인가 ᄒᆞᆸ니다. 이밧게 도 女子敎育과 國家, 社會, 文明 等과와 關係가 만치마ᄂᆞᆫ 여기ᄂᆞᆫ 다ᄆᆞᆫ 婚姻上 으로 女子敎育의 必要를 말ᄒ홈이외다.

四, 貞操

古來로 朝鮮에서ᄂᆞᆫ 貞操ᄂᆞᆫ 女子의 專有物이오 女子의 男子에게 對ᄒᆫ 偏務 的 義務로 알아왔소. 그러고 다만 道德的으로 習慣的으로 貞操를 必要ᄒ게 녀겻지마는 科學的으로 哲學的으로 貞操의 意義를 說明ᄒᆫ 것이 別로 업ᄂᆞᆫ 듯 ᄒ고, 말ᄒᆞ자면 우리나라에서 니른바 貞操ᄂᆞᆫ 一種 宗敎的 迷信이엿소. 그러 나 現代에ᄂᆞᆫ 科學的 哲學的 根據가 업ᄂᆞᆫ 思想이나 制度ᄂᆞᆫ 아모 效力이 업ᄂᆞᆫ 것이오. 現代 모든 文物制度의 標準은 個人과 種族의 生活을 高尙ᄒ게 ᄒ고 아울너 그 繁榮을 期홈에 잇스닛가 오직 이 標準에 適合ᄒᆫ 者라야 비로소 善 이라 稱ᄒ고 存在ᄒᆯ 價値가 잇다, ᄒᆯ 것이오, 此에 反ᄒᆫ 者ᄂᆞᆫ 아모리 古來로 善이라 ᄒ여오던 者라도 그 存在의 價値를 일허ᄇᆞ리ᄂᆞᆫ 것이오. 그런데 宇宙 ᄂᆞᆫ 進化ᄒ닛가, ᄯᅡ라서 人生도 進化ᄒ닛가, ᄯᅩ 進化라ᄂᆞᆫ 것은 變遷을 意味ᄒ 닛가, 모든 道德과 制度도 進化ᄒ고 變遷ᄒᆯ 것이외다. 이 進化에 잘 順應ᄒ야 賢明ᄒ게 敏捷ᄒ게 變遷ᄒᆞᄂᆞᆫ 것이 種族繁榮의 唯一ᄒᆫ 길이외다. 그런데 從來 朝鮮은 이 進化의 天理에 逆行ᄒ엿소, 逆行ᄒ야 어든 結果ᄂᆞᆫ 무엇이던가요? 그럼으로 朝鮮이 이제 精神 차려야 ᄒᆯ 일은 進化의 天理를 順從홈이외다.

貞操觀念은 正히 大變革을 要求ᄒᆞᆸ니다. 이 問題ᄂᆞᆫ 아직 世上의 注意에 오 르지 아니ᄒ엿거니와 個人의 幸福과 種族의 發展에 重大ᄒᆫ 關係가 잇ᄂᆞᆫ 問題 외다. 그러나 이것은 重大問題라 輕易히 論ᄒ기 어려오니, 여긔ᄂᆞᆫ 從來 朝鮮 貞操觀念의 大旨를 記錄ᄒ고 말려 ᄒᆞᆸ니다.

朝鮮서ᄂᆞᆫ 貞操라 ᄒ면 「不更二夫」를 意味ᄒᆞᆸ니다. 女子가 한번 男子에게 몸 을 許ᄒ면 一生에 ᄃᆞ시 ᄃᆞ른 男子를 接ᄒ지 못ᄒᆫ다 홈이외다. 그래서 한번

시집간 뒤에는 寡婦가 되거나 ㅂ림이 되거나 一生에 「守節」을 ᄒ여야 혼다 홉니다. 甚혼 者는 約婚만 ᄒ엿다가 그 男子가 죽어도 再婚을 不許홉니다. 그 中에 或 再婚ᄒ는 女子가 잇스면 「不貞」이라고 唾罵ᄒ지오. 이리ᄒ야 個人으로는 不再來할 ᄭ다온 靑春을 悲淚 속에 보내게 ᄒ고 種族으로는 健全혼 子女를 損失ᄒ게 홉니다. 이 「不更二夫」라는 凶惡혼 四字가 古來로 數百萬 女子를 울니고 죽엿스며, 幾百萬 世上에 날 만혼 種族을 나지 못ᄒ게 ᄒ엿겟소.

그도 만일 夫婦間에 熱烈혼 戀愛나 잇서서 그 夫가 죽으매 넘어 悲痛ᄒ야 世上을 ᄃ시 볼 마음이 업서서 或 즁이 된다든지 自殺을 혼다든지 ᄒ면 그것은 個人의 自由라 말홀 것도 업지마는, 生時에 內外間에 多情ᄒ게 말 한 마듸도 아니ᄒ다가 그 夫가 죽은 後에는 一生을 獨身으로 지난다 ᄒ면, 이는 다믄 「不更二夫」라는 古文句의 束縛을 바듬이어나 ᄯ는 一生을 代價로 ᄒ야 「情烈」이라는 虛名을 購得ᄒ엿슬 ᄲ일 것이외다. 그런데 古來로 所謂 守節혼 女子가 百萬이라 ᄒ면 眞情 亡夫를 慕ᄒ야 守節ᄒ랴고 히서 守節혼 女子가 멧 사람이나 될가요? 그 少數를 除혼 外에는 다 社會의 惡慣習에 抑壓혼 바 되어서 마음에도 업는 守節로 貴혼 一生을 보닌 것이 아닐가요. 그럴진댄 守節을 奬勵홀 根據가 어듸 잇나요?

靑年寡婦 하나이 守節ᄒ기 爲ᄒ야 人生이 밧는 損害를 싱각히 봅시다. 爲先 當者의 一生의 不幸과 悲嘆, 그 媤家 及 親家의 不幸과 悲嘆, 이 悲嘆 ᄯ문에 兩家族이 얼마나 精神을 消耗ᄒ고 元氣를 沮喪ᄒ야 自己와 種族을 爲ᄒ야 活動홀 活力을 일헛스며, ᄯ 當者도 或은 夫를 돕고, 或은 自己의 活動으로, 或은 健全혼 子女를 生産ᄒ야 社會에 貢獻홀 것을 守節이라는 虛名을 爲ᄒ야 犧牲ᄒ엿슬가요? 이 모든 것을 다 싱각ᄒ지 안터라도 天地로도 밧고지 못홀 一生을 웨 無意味ᄒ게 보내겟어요? 그가 守節홈으로 이러혼 自己와 社會의 大損失을 辨償홀 수가 잇슬가요? 엇던 方面으로 보든지 朝鮮 古來의 貞操觀念은 不合理ᄒ고 社會國家에 大害를 ᄭ치는 것이라고 斷言홉니다.

婚姻은 一種 契約이외다. 契約은 그 原因이나 當事者의 一方이 消滅흠을 따라 當然히 消滅홀 것이외다. 婚姻은 쉽게 말ᄒ면「ᄀ치 살자」ᄂ 契約이외다. 이믜 ᄀ치 살자* ᄒ엿스니 兩便中에 한 편이 죽어 ᄀ치 살지 못ᄒ면 當然히 그 契約은 消滅홀 것이외다. 古來로 男子에게ᄂ 이 眞理를 適用ᄒ면서 女子에게는 適用치 아니흠은(그 理由가 아마 子女를 養育흠에 잇스려니와) 올치 아니ᄒ다 흅니다.

그러므로 貞操ᄂ 夫婦 雙方이 生存ᄒᄂ 동안에 論홀 바이오, 一方이 死去ᄒ거나 ᄯᄂ는 離婚흔 後에ᄂ 論홀 바이 아니라 흅니다. 그러닛가 妻가 죽은 後에 夫가 自由로 再娶홀 수 잇슴과 ᄀ치 夫가 죽으면 妻도 自由로 再嫁홀 수 잇슬 것이외다. 近來에 와서 法律이 再嫁를 許ᄒ게 되엇스나 社會는 오히려 守節이란 陳腐흔 套語를 墨守ᄒ야 再嫁ᄒᄂ 者를 誹謗ᄒ지오. 아직도 再嫁ᄒᄂ 婦人은 失行한 者로 녀기지오. 그래서 男子도 再婚하ᄂ 女子를 ᄭ리어 그를 正室로 맛ᄂ 것을 羞恥로 녀기지오. 根抵가 깁흔 習慣을 一朝에 打破ᄒ기ᄂ 어렵거니와 이믜 惡習으로 알진댄 急速히 고칠 必要가 잇다 흅니다.

ᄯ 近代에 와서 男子의 貞操라ᄂ 問題가 매우 만히 討論되지오. 男子가 女子에게 貞操를 求하ᄂ 모양으로 女子가 男子에게 貞操(를 求)흠이외다. 至當흔 일지오. 國法上으로 보건댄「一夫一婦」ᄂ 當然흔 일이외다. 그러나 朝鮮서ᄂ 名義ᄂ 一夫一婦라 ᄒ더라도 其實은 一夫多妻엿섯소. ᄒ나 이것은 婚姻問題에 別로 相關이 업스매 여긔ᄂ 論ᄒ지 아니ᄒ겟소

---

* 원문에는 '찰자'로 되어 있다.

어린 벗에게*

第一信

사랑하는 벗이어 ―

前番 平安하다는 便紙를 부친 後 사흘만에 病이 들엇다가 오늘이야 겨우 出入하게 되엇나이다. 사람의 일이란 참 밋지 못할 것이로소이다. 平安하다고 便紙 쓸 째에야 누라서 三日後에 重病이 들 줄을 알앗사오리잇가. 健康도 미들 수 업고 富貴도 미들 수 업고, 人生萬事에 미들 것이 하나도 업나이다. 生命인들 엇지 밋사오리잇가, 이 便紙를 쓴 지 三日後에 내가 죽을는진들 엇지 아오릿가. 古人이 人生을 朝露에 비긴 것이 참 맛당한가 하나이다. 이러한 中에 오직 하나 미들 것이 精神的으로 同胞民族에게 善影響을 씨침이니, 그리하면 내 몸은 죽어도 내 精神은 여러 同胞의 精神 속에 살아 그 生活을 管攝하고 또 그네의 子孫에게 傳하야 永遠히 生命을 保全할 수가 잇는 것이로소이다. 孔子가 이리하야 永生하고, 耶蘇와 釋迦가 이리하야 永生하고, 여러 偉人과 國土와 學者가 이리하야 永生하고, 詩人과 道士가 이리하야 永生하는가 하나이다.

나도 只今 病席에서 닐어나 사랑하는 그대에게 이 便紙를 쓰려할 제 더욱 이 感想이 깁허지나이다. 어린 그대는 아직 이 쯧을 잘 理解하지 못하려니와 聰明한 그대는 近似하게 想像할 수는 잇는가 하나이다.

내 病은 重한 寒感이라 하더이다. 元來 上海란 水土가 健康에 不適하야 이곳 온 지 一週日이 못하야 消化不良症을 어덧사오며 이번 病도 消化不良에 原因한가 하나이다. 첨 二三日은 身體가 倦怠하고 精神이 沉鬱하더니, 하로

---

* 외배, 『靑春』 9·10·11, 1917.7·9·11.

저녁에는 惡寒하고 頭痛이 나며 全身이 썰니어 그 괴로옴이 참 形言할 수 업더이다. 어느덧 한잠을 자고나니 이번은 全身에 모닥불을 퍼붓는 듯하고 가슴은 밧작밧작 들여타고 燥渴症이 나고 腦는 부글부글 쓸는 듯하야 각금 精神을 일코 군소리를 하게 되엇나이다.

이쌔에 나는 더욱 懇切히 그대를 생각하엿나이다. 그쌔에 내가 病으로 잇슬 제 그대가 밤낫 내 머리 맛혜 안져서 或 손으로 머리도 집허주고 多情한 말로 慰勞도 하여주고 — 그中에도 언제 내 病이 몹시 重하던 날 나는 二三時間 동안이나 精神을 일헛다가 겨오 쌔어날 제 그대가 무릎 우에 내 머리를 노코 눈물을 흘리던 생각이 더 懇切하게 나나이다. 그쌔에 내가 겨오 눈을 써서 그대의 얼굴을 보며 내 여위고 찬 손으로 그대의 싸뜻한 손을 잡을 제 感謝하는 생각이야 얼마나 하엿스리잇가. 只今 나는 異域 逆旅에 외로이 病들어 누은 몸이라 懇切히 그대를 생각함이 쏘한 當然할 것이로소이다. 나는 하도 아수은 마음에 억지로 그대가 只今 내 겻혜 안잣거니 내 머리를 집고 내 손을 잡아주거니 하고 想像하려 하나이다.

夢寐間에 그대가 내 겻혜 잇는 듯하야 반겨 쌔어본즉 차듸찬 電燈만 無心히 天井에 달려 잇고 琉璃窓 틈으로 찬 바람이 휙휙 들여쏠 쑨이로소이다. 世上에 여러 가지 괴로옴이 아모리 만타한들 異域 逆旅上에 외로이 病든 것보다 더한 괴로옴이야 어대 잇사오리잇가. 몸에 熱은 如前하고 頭痛과 燥渴은 漸漸 甚하여 가되 主人은 잠들고 冷水 한 잔 주는 이 업나이다. 그쌔 그대가 冷水 먹는 것이 害롭다 하야 밤에 크다란 무를 엇어다가 싹가주던 생각이 나나이다. 焦渴한 中에 싀언한 무 — 사랑하는 그대의 손으로 싹근 무 먹는 맛은 仙桃 — 만일 잇다 하면 — 먹는 맛이라 하엿나이다.

이러한 쌔에는 여러 가지 空想과 雜念이 만히 생기는 것이라. 只今 내 머리에는 過去 일 未來 일, 잇던 일 업던 일, 깃브던 일 섧던 일, 이 連絡도 업고 秩序도 업시 짤그막 짤그막 조각조각 쓸어 나오나이다. 한참이나 이 雜念과

空想을 격고 나서 번히 눈을 쓰면 마치 그 동안에 數十年 이나 지나간 듯하나이다. 或 「죽음」 이라는 생각도 나나이다. 내 病이 漸漸 重하여져서 明日이나 再明日이나 쓰는 이 밤이 새기 前에라도 이 목숨이 슬어지지 아니할는가, 이러케 여러 가지 생각을 하고 잇다가 非夢似夢間에 이 世上을 바리지나 아니할는가, 或 只今 내가 죽어서 이런 생각을 하는 것이 아닌가 하야 제 손으로 제 몸을 만져보기도 하엿나이다.

「죽음!」 生命은 무엇이며 죽음은 무엇이뇨, 生命과 죽음은 한데 매어노흔 빗 다른 노쯘과 가트니, 붉은 노쯘과 검은 노쯘은 元來 다른 것이 아니라 가튼 노쯘의 한긋을 붉게 들이고 한긋을 검게 들엿슬 쑨이니, 이 빗과 저 빗의 距離는 零이로소이다. 우리는 광대 모양으로 두 팔을 벌이고 붉은 긋에서 始作하야 時時刻刻으로 검을 긋을 向하여 가되 어듸까지 붉은 긋이며 어듸서부터 검은 긋인지를 알지 못하나니, 다만 가고 가고 가는 동안에 언제 온 지 모르게 검은 긋헤 발을 들여놋는 것이로다. 나는 只今 어듸쯤에나 왓는가, 나선 곳과 검은 긋과의 距離가 얼마나 되는가, 나는 只今 病이란 것으로 全速力으로 검은 긋흘 向하야 달아나지 안는가, 할 쩨에 알 수 업는 恐怖가 全身을 둘러싸는 듯하더이다.

오늘날까지 工夫한 것은 무엇이며 勤苦하고 일한 것은 무엇이뇨, 사랑과 미움과 國家와 財產과 名望은 무엇이뇨, 希望은 어대 쓰며 善은 무엇 惡은 무엇이뇨, 사람이란 一生에 엇은 모든 所得과 經驗과 記憶과 歷史를 앗기고 앗기며 지녀오다가 무덤에 들어가는 날 무덤 海關에서 말씀 쌔앗기고, 世上에 나올 쩨에 밝아벗고 온 모양으로 世上을 써날 쩨에도 밝아벳기어 쫏겨나는 것이로소이다. 다만 變한 것은 고와서 온 것이 미워져서 가고, 긔운차게 온 것이 가이업게 가고, 祝福바다 온 것이 咀呪바다 감이로소이다. 그럼으로 나는 생각하나이다. 이제 죽으면 엇더코 來日 죽으면 엇더며 어제 죽엇스면 엇더랴 ─ 아조 나지 아녓슨들 어쩌랴. 아무 쩨 한번 죽어도 죽기는 죽을 人生

이오, 죽은 뒤면 王公이나 거지나 사람이나 되야지나 乃至 귀쑤람이나 다 가
치 슬어지기는 마치 一般이니, 두려올 것이 무엇이며 앗가울 것이 무엇이랴
함이 나의 死生觀이로소이다.

　그러나 人生이 生을 앗기고 死를 두려워함은 生이 잇슴으로 어들 무엇을
일허바리기를 앗겨함이니, 或 金錢을 조하하는 이가 金錢의 快樂을 앗긴다
든가, 사랑하는 父母나 妻子를 둔 이가 이들과 作別하기를 앗긴다든가, 或 힘
써 어든 名譽와 地位를 앗긴다든가, 或 사랑하는 사람과 써나기를 앗긴다든
가, 或 宇宙萬物의 美를 앗긴다든가 함인가 하나이다. 이러한 생각이야말로
人生으로 하여곰 生의 慾望과 執着을 生하게 하는 것이니, 이 생각에서 人世
의 萬事가 發生하는 것인가 하나이다. 내가 只今 死를 생각하고 恐怖함은 무
엇을 앗김이오리잇가.

　나는 富貴도 업나이다, 名譽도 업나이다, 내게 무슨 앗가울 것이 잇사오리
잇가, ─ 오직 「사랑」을 앗김이로소이다. 내가 남을 사랑하는 데서 오는 快
樂과 남이 나를 사랑하여 주는 데서 오는 快樂을 앗김이로소이다. 나는 그
대의 손을 잡기 爲하야, 그대의 多情한 말을 듯기 爲하야, 그대의 香氣로온
입김을 맛기 爲하야, 차듸차고 쓰듸쓴 人世의 曠野에 내 몸은 오직 그대를
안고 그대에게 안겻거니 하는 意識의 짜르르하는 妙味를 맛보기 爲하야 살
고져 함이로소이다. 그대가 만일 平生 내 머리를 집허주고 내 손을 잡아준다
면 나는 즐겨 一生을 病으로 지나리이다. 蒼空*을 바라보매 모다 차듸 차듸
한 별인 中에 오직 싸뜻한 것은 太陽인 것가치, 人事의 萬般現象을 돌아보매
모다 차듸 차듸한 中에 오직 싸뜻한 것이 人類相互의 愛情의 現象쑌이로소
이다.

　그러나 나는 저 形式的 宗敎家, 道德家가 입버릇으로 말하는 그러한 愛情
을 닐음이 아니라, 生命잇는 愛情 ─ 펄펄 쓸는 愛情, 쌧쌧 마르고 습습한 愛情

---

* 원문에는 '倉空'으로 되어 있다.

말고 자릿자릿하고 달듸달듸한 愛情을 닐음이니, 假令 母子의 愛情, 어린 兄
弟姊妹의 愛情, 純潔한 靑年男女의 相思하는 愛情, 쏘는 그대와 나와 가튼 相
思的 友情을 닐음이로소이다. 乾燥冷淡한 世上에 千年을 살지 말고 이러한 愛
情 속에 一日을 살기를 願하나이다. 그럼으로 나의 잡을 職業은 아비, 敎師, 사
랑하는 사람, 病人 看護하는 사람이 될 것이로소이다.

   그러나 나는 只今 사랑할 이도 업고 사랑하여 줄 이도 업는 외로운 病席에
누엇나이다.

   이리하기를 三四日하엿나이다. 上海 안에는 親舊도 업지 아니하오매 내가
알는 줄을 알면 차자오기도 하고 慰勞도 하고 或 醫員도 다려오고 밤에 看護
도 하여줄 것이로소이다. 그러나 나는 내가 알는다는 말을 아모에게도 傳하
지 아니하엿나이다. 그 쯧은 사랑하지 안는 이의 看護도 밧기 실커니와, 내
가 저편에 請하야 저편으로 하여곰 體面上 나를 慰問하게 하고 體面上 나를
爲하야 밤을 새오게 하기가 실흔 싸닭이로소이다. 나도 지내보니 제가 사랑
하는 사람을 爲하여서는 連日 밤을 새와도 困한 줄도 모르고, 設或 病人이 吐
하거나 쏭을 누어 내 손으로 그것을 처야할 境遇를 當하더라도 슬키는커녕
도로혀 내가 사랑하는 이를 爲하야 服務하게 된 것을 큰 快樂으로 알거니와,
제가 사랑하지 안는 사람을 爲하여서는 한 時間만 안 자도 졸리고 허리가 아
프고, 그 病人의 살이 내게 다키만 하여도 실흔 症이 생겨 或 억지로 體面으
로 그를 안아주고 慰勞하여 주더라도 이는 한 外飾에 지나지 못하며, 甚至어
저것이 죽엇스면 사람 죽는 구경이나 하련마는 하는 수도 잇더이다. 그럼으
로 나는 나를 사랑하지 안는 이의 外飾하는 看護를 바드려 하지 아니함이로
소이다. 그쌔에도 여러 사람이 겻헤 둘너 안자서 여러 가지로 나를 慰勞하고
救援하는 것보다 그대가 혼자 困하여서 안즌 대로 壁에 지대어 조는 것이 도
로혀 내게 큰 效力이 되고 慰安이 되엇나이다. 그럼으로 나를 사랑하지 안는
여러 사람의 看護를 밧기보다 想像으로 실컨 사랑하는 그대의 看護를 밧는

것이 千層萬層 나으리라 하야 아모에게도 알리지 아니한 것이로소이다.

第五日夜에 가장 甚하게 苦痛하고 언제 잠이 들엇는지 모르나 精神을 못 차리고 昏睡하엿나이다. 하다가 겻헤서 사람의 말소리가 들리기로 겨오 눈을 써본즉 엇던 淸服 닙은 젊은 婦人과 男子學徒 하나이 風爐에 조고마한 남비를 걸어노코 무엇을 쓸히더이다. 熹微한 精神으로나마 쌈작 놀낫나이다. 쑴이나 아닌가 하엿나이다. 나는 淸人 女子에 아는 이가 업거늘 이 엇던 사람이 나를 爲하야 — 외롭게 病든 나를 爲하야 무엇을 쓸히는고 나는 다시 눈을 감고 가만히 動靜을 보앗나이다.

얼마 잇다가 그 少年學生이 내 寢臺 겻헤 와서 가만히 내 억개를 흔들더이다. 나는 쌔엇나이다. 그 少年은 핏긔 잇고 快活하고 상긋상긋 웃는 얼굴로 나의 힘업시 쓴 눈을 들여다 보더니, 淸語로

「엇더시오? 좀 나아요?」

나는 無人曠野에서 동무를 만난 듯하야 꽉 그 少年을 쓸어안고 십헛나이다. 나는 힘업는 목소리로

「녜, 關係치 안습니다」

이째에 한 손에 부젓가락 든 婦人의 視線이 내 視線과 마조치더이다. 나는 얼는 보고 그네가 오누인 줄을 알앗나이다. 그 婦人이 나 잠쌘 것을 보고 寢臺 갓가이 와서 英語로

「藥을 다렷스니 爲先 잡수시고 早飯을 좀 잡수시오」

이째에 내가 무슨 對答을 하오리잇가. 다만 「感謝하올시다. 하나님이어 당신네게 福을 나리시옵소서」할 짜름이로소이다. 나는 억지로 몸을 닐히엇나이다. 그 少年은 外套를 불에 쏘여 닙혀주고 婦人은 남비에 데인 藥을 琉璃盞에 옴겨 담더이다. 나는 닐어안저 내 니불 우에 보지 못하던 上等 담뇨가 덥힌 것을 發見하엿나이다. 나는 참말 쑴인가 하고 고개를 흔들어 보앗나이다. 나는 참아 이 恩人을 더 고생시기지 못하야 억지로 닐어나 내 손으로 藥

도 먹으려 하엿나이다. 그러나 이 두 恩人은 억지로 나를 붓들어 안치고 藥
그릇을 손소 들어 먹이나이다. 나는 그 藥을 먹음보다 그네의 愛情과 精誠을
먹는 줄 알고 단목음에 죽 들이켯나이다. 겻혜 섯던 少年은 더운 물을 들고
섯다가 곳 양치하기를 勸하더이다. 婦人은 「이제 早飯을 만들겟스니 바람
쏘이시지 말고 누어 게십시오」 하고 물을 길러 가는지 알엣層으로 나려가더
이다. 나는 그제야 少年을 向하여 「누구시오?」한대 少年은 한참 躊躇躊躇하
더니,

「나는 이 이웃에 사는 사람이올시다」 하고는 내 冊床 우헤 노흔 그림을 보
더이다. 나는 다시 무를 勇氣가 업섯나이다.

婦人은 바켓트에 물을 길어들고 올라오더니 少年을 한번 구석에 불러 무
슨 귓속말을 하여 내어 보내고 自己는 藥 다리던 남비를 뷔쉬어 牛乳와 쌀을
두고 粥을 쑤더이다. 나는 엇던 사람인지 물어보고 시픈 맘이 懇切하기는 하
나 未安하기도 하고 엇더케 물을 지도 알지 못하야 가만히 벼개에 지대어 하
는 양만 보고 잇섯나이다. 그쌔엣 나의 心中은 엇더케 形言할 수가 업섯나이
다. 婦人은 그리 燦爛하지 아니한 비단옷에 머리는 流行하는 洋式 머리, 粉도
바른 듯 만 듯, 自然한 薔薇빗 가튼 두 보조개가 아츰 光線을 바다 더할 수 업
시 아름답더이다. 그쑨더러 매오 精神이 純潔하고 敎育을 잘 바든 줄은 그
얼굴과 擧止와 言語를 보아 얼는 알앗나이다. 나는 그가 아마 어느 文明한 耶
蘇敎人의 家庭에서 가장 幸福하게 자라난 處子인 줄을 얼는 알앗나이다. 그
리고 그의 父母의 德을 사모하는 同時에 人類中에 이러한 淨潔한 妻子 잇슴
을 자랑으로 알며, 그를 보게 된 내 눈과 그의 看護를 밧게 된 내 몸을 無上한
幸福으로 알앗나이다. 나는 病苦도 좀 덜린 듯하고, 設或 덜리지는 아니하엿
더라도 淸淨한 稀罕한 깃븜이 病苦를 닛게 함이라 하엿나이다.

實狀 昨夜는 참 苦痛하엿나이다. 하도 괴롭고 하도 외로와 내 손으로 내
목숨을 쓴허 바리랴고까지 하엿나이다. 만일 이런 일이 업섯더면 오늘 아츰

에 깨어서도 또 그러한 凶하고 슬픈 생각만 하엿슬 것이로소이다. 그러나 나는 다시 맘에 깃븜을 엇고 生命의 快樂과 執着力을 어덧나이다. 나는 죽지 말고 살려 하나이다. 울지 말고 우스려 하나이다. 이러한 美가 잇고 이러한 愛情이 잇는 世上은 바리기에는 넘어 앗갑다 하나이다. 하나님은 地獄에 들려는 어린 羊에게 두 天使를 보내사 다시 당신의 膝下로 부른 것이로소이다. 나는 風爐에 불을 불고 숫가락으로 粥을 젓는 婦人의 등을 向하야 慇懃히 고개를 수기며 속으로 天使시어 하엿나이다. 婦人은 偶然히 뒤를 돌아보더이다. 나는 붓그러워 고개를 푹 수겻나이다.

이윽고 층층대를 올라오는 소리가 나더니, 그 少年이 蜜柑과 林檎 담은 광주리와 牛乳甬을 들고 들어와 그 婦人께 주더이다. 婦人은 또 무어라고 속은속은 하더니 그 少年이 알아들은 드시 고개를 그덕그덕 하고 날더러

「칼 잇습닛가.」

「녜 저 冊床 왼편 舌盒에 잇습니다.」

「열어도 關係치 안습닛가.」「녜」 하는 내 對答을 듯고 少年은 발소리도 업서 冊床舌盒을 열고 칼을 내어다가 林檎을 갈가* 白紙 우헤 쪼개어 내 寢牀 머리에 노흐며 「잡수세요, 목 마르신데」 하고 憔悴한 내 얼굴을 걱정스러운 드시 보더이다. 나는 感謝하고 깃븐 맘에 「참 感謝하올시다」 하고 얼는 두어 쪽 집어먹엇나이다. 그 맛이어! 배배 마르던 가슴이 쏠리는 듯하더이다. 그째에 그대의 손에 무쪽을 바다먹던 맛이로소이다.

알지 못하는 處女가 알지 못하는 異國 病人을 爲하야 精誠들여 쓸힌 粥을 먹고 알지 못하는 少年이 손소 발가주는 蜜柑을 먹고 나니 몸이 좀 부드러워지는 듯하더이다. 그제야 나는 婦人다려,

「참 感謝들일 말슴이 업습니다, 大體 아씨는 누구시완데 外國 病人에게 이처름 恩惠를 씨치십닛가」 하고 나는 不知不覺에 눈물을 흘렷나이다. 婦人은

---

* 궁중에서 '깎다'를 이르던 말.

少年의 억개를 만지며,

「저는 이 이웃의 사람이올시다. 先生은 저를 모르시려니와 저는 여러 번 先生을 뵈엇나이다. 여러 날 出入이 업스시기로 主人에게 무른즉 病으로 계시다기에 客地에 얼마나 외로오시랴 하고 제 同生(少年의 억개를 한번 더 만지며)을 다리고 藥이나 한 貼 다려들일가 하고 왓습니다.」

나는 넘어 感謝하야 한참이나 말을 못하고 눈물만 흘리다가,

「未安하올시다마는 좀 안즈시지오」 하야 婦人이 椅子에 안즌 뒤에 나는

「참 이런 큰 恩惠가 업습니다. 平生 닛지 못할 큰 恩惠올시다.」

婦人은 고개를 수기고 얼굴을 잠간 붉히며,

「千萬外 말슴이올시다」 할 쑨.

이 말을 듯고 나는 갑작이 精神이 아득하여지며 房안이 놀아케 되는 것만 보고는 엇지된 지 몰랏나이다. 아마 衰弱한 몸이 過劇한 精神的 動搖를 견대지 못하야 氣絶한 것이로다. 이윽고 멀리서 나는 사람의 소리를 들으며 쌔어 본즉 겻헤는 그 婦人과 少年이 잇고, 그外에 엇던 洋服 닙은 男子가 내 팔목을 잡고 섯더이다. 一同의 눈쎅와 얼굴에는 驚愕한 빗이 보이더이다. 나는 이 여러 恩人을 걱정시긴 것이 더욱 未安하야 긔써 우스며,

「暫時 昏迷하엿섯습니다, 이제는 平安하올시다.」

그제야 婦人과 少年이 웃고 내 손목을 잡은 사람도 婦人을 向하야 「二三日 內에 낫지오」 하고 알에로 나려가더이다. 婦人은 「후一」 하고 한숨을 쉬며,

「앗가 잡수신 무飯이 滯하셧는가요. 엇더케 놀랏는지 一 두 時間이나 되엇습니다.」

그後 아모리 辭讓하여도 三日을 連하야 晝夜로 藥과 飮食을 여투어 주어 부드러온 말로 慰勞도 하더이다. 그러나 알는 몸이오 쏘 물을 勇氣도 업서 姓名이 무엇인지, 다만 이웃이라 하나 統戶數가 얼만지도 몰랏나이다. 넘어 오래 그네를 수고시기는 것이 조치 아니하리라 하야 不得已 婦人의 代筆로

멧멧 親舊에게 便紙를 씌우고 이제부터 내 親舊가 올 터이니 넘어 수고 말으소서, 크나큰 恩惠는 刻骨難忘하겟나이다, 하야 겨오 돌려보내엇나이다.

그 동안 이 두 恩人에게 바든 恩惠는 참 헤아릴 수도 업고 形言할 수도 업나이다. 더욱이 그 치운 밤에 病牀에 지켜안저 連해 저즌 手巾으로 머리를 식혀주며 자리를 덥허주고, 甚至에 물을 데웨 아츰마다 手巾으로 얼굴을 씨서주고, 少年은 冊床을 整頓하여 주며 신부름을 하여주고 — 마츰 十二月 二十四五日頃이라 學校는 休業이나 — 하로 세 번 藥을 다리고 먹을 것을 만들어주는 等 親同生과 조곰도 다름이 업섯나이다. 나는 이 두 恩人을 무엇이라 부르리잇가. 아오와 누이 — 우리 言語中에 여긔서 더 親切한 말이 업스니, 「이 말에 가장 사랑하고 가장 恭敬하는」 이라는 形容詞를 달아 「가장 사랑하는 누이」, 「가장 사랑하는 아오」 라 하려 하나이다. 사랑하는 그대어 나는 살려 하나이다. 살아서 일하려 하나이다 — 그대와 저와 저와 세 사람을 爲하야 그 세 사람을 가진 福 잇는 人生을 爲하야 잘 살면서 잘 일하려 하나이다.

오늘은 十二月 二十七日. 부대 心身이 平安하야 게으르지 말고 正義의 勇士될 工夫하소서

— 사랑하시는 벗

第二信

前書는 只今 渤海를 건너갈 쯧하여이다. 그러나 다시 살올 말슴 잇서 또 그적이나이다.

오늘 아츰에 처음 밧게 나와 爲先 恩人의 집을 차자 보앗나이다. 그러나 姓名도 모르고 統戶도 모르매, 아모리 하여도 차즐 수는 업시 空然히 四隣을 휘휘 싸매다가 마츰내 찻지 못하고 말앗나이다. 찻다가 찻지 못하니 더욱 마음이 焦燥하야 뒤에 人跡만 잇서도 幸혀 그 사람인가 하야 반다시 돌아보고, 돌아보면 반다시 모를 사람이러이다. 幸혀 길에서나 만날가 하고 아모리 注

目하여 보아도 그런 사람은 업더이다. 나는 무엇을 일흔 드시 憫然히 돌아왓나이다. 돌아와서 그 보지 못하던 담뇨를 만지고 三四日前에 잇던 光景을 그려 업는 곳에 그를 볼 양으로 철업는 애를 썻나이다. 나는 그가 섯던 자리에 서도 보고, 그가 만지던 바를 만져도 보고, 그가 걸어다니던 길을 回想하야 그 方向으로 것기도 하엿나이다.

그가 우둑하니 섯던 자리에 서서 깁히 숨을 들이쉬엇나이다. 만일 空氣에 對流作用이 업섯던들 그의 깨끗한 肺에서 나온 입김이 그냥 그 자리에 잇서 원통으로 내가 들이마실 수 잇섯슬 것이로소이다. 나는 그 동안 門 열어 노흔 것을 恨하나이다, 門만 아니 열어 노핫던들 그의 입김과 살내가 아직 남앗슬 것이로소이다. 그러나 나는 조곰 남은 김이나 들여마실 량으로 한번 더 深呼吸을 하엿나이다. 나는 다시 생각하엿나이다. 그러한 香氣로온 입김과 깨끗한 살내는 내 房에만 잇슬 것이 아니라 全宇宙에 퍼져서 全萬物로 하여곰 造物主의 大傑作의 醇美를 맛보게 할 것이라 하엿나이다. 나는 다시 한번 담뇨를 만지고 만지다가 담뇨 우헤 니마를 다히고 업더졋나이다. 내 가슴은 자조 쮜나이다, 머리가 훗훗 다나이다, 숨이 차지나이다. 나는 丁寧 무슨 變化를 밧는가 하엿나이다. 「아아, 이것이 사랑이로고나!」 하엿나이다. 그는 나의 맘에 感謝를 주는 同時에 一種 不可思議한 불길을 던졋나이다. 그 불걸이 只今 내 속에서 抵抗치 못할 勢力으로 펄펄 타나이다.

나는 朝鮮人이로소이다, 사랑이란 말은 듯고 맛은 못 본 朝鮮人이로소이다. 朝鮮에 엇지 男女가 업사오릿가마는 朝鮮男女는 아직 사랑으로 만나본 일이 업나이다. 朝鮮人의 胷中에 엇지 愛情이 업사오릿가마는 朝鮮人의 愛情은 두 닙도 피기 前에 社會의 習慣과 道德이라는 바위에 눌리어 그만 말라죽고 말앗나이다. 朝鮮人은 果然 사랑이라는 것을 모르는 國民이로소이다. 그네가 夫婦가 될 째에 얼굴도 못 보고 이름도 못 듯던 남남끼리 다만 契約이라는 形式으로 婚姻을 매자 一生을 形式에만 束縛되어 지나는 것이로소이다.

大體 이따위 契約結婚은 즘생의 雌雄을 사람의 맘대로 마조부침과 다름이
업슬 것이로소이다. 옷을 지어 닙을 째에는 제 맘에 드는 바탕과 빗갈에 제
맘에 드는 모양으로 지어 닙거늘 — 담뱃대 하나를 사도 여럿中에서 고르고
골라 제 맘에 드는 것을 사거늘, 하믈며 一生의 伴侶를 定하는 째를 當하야
엇지 다만 父母의 契約이라는 形式 하나으로 하오리잇가.

　이러한 婚姻은 오직 두 가지 意義가 잇다 하나이다. 하나은 父母가 그 아
들과 며느리를 노리갯감으로 압혜 노코 구경하는 것과 하나는 도야지 장사
가 하는 모양으로 색기를 바드려 함이로소이다. 이에 우리 朝鮮男女는 그 父
母의 完具과 生殖하는 機械가 되고 마는 것이로소이다. 이럼으로 지아비가
그 지어미를 생각할 째에는 곳 肉慾의 滿足과 子女의 生產만 聯想하고, 男子
가 女子를 對할 째에도 곳 劣等한 獸慾의 滿足만 생각하게 되는 것이로소이
다. 男女關係의 究竟은 毋論 肉的 交接과 生殖이로소이다. 그러나 오직 이뿐
이오리잇가. 다른 즘생과 조곰도 다름업시 오직 이뿐이오리잇가. 肉的 交接
과 生殖 以外에 一 쏘는 以上에는 아모것도 업슬 것이리잇가. 엇지 그러리오.

　人生은 禽獸와 달라 精神이라는 것이 잇나이다. 人生은 肉體를 重히 녀기
는 同時에 精神을 重히 녀기는 義務가 잇스며, 肉體의 滿足을 求하는 同時에
精神의 滿足을 求하랴는 本能이 잇나이다. 그럼으로 肉體的 行爲만 이 人生
行爲의 一半을 成하나이다. 그뿐더러 人類가 文明할사록 個人이 修養이 만흘
사록 精神行爲를 肉體行爲보다 더 重히 녀기고, 짜라서 精神的 滿足을 肉體的
滿足보다 더 貴히 녀기는 것이로소이다. 好衣好食이나 滿足하기는 凡俗의 하
는 바로대, 天地의 美와 善行의 快感은 오직 君子라야 能히 하는 바로소이다.
이와 가치 男女關係도 肉交를 하여야 비로소 滿足을 어듬은 野人의 일이오,
그 容貌擧止와 心情의 優美를 嘆賞하며 그를 精神的으로 사랑하기를 無上한
滿足으로 알기는 文明한 修養 만흔 君子로야 能히 할 것이로소이다. 아름다
온 女子를 사랑한다 하면 곳 野合을 想像하고 아름다온 少女를 사랑한다 하

면 곳 醜行을 想像하는 이는 精神生活이 무엇인지를 모르는 卑賤한 人格者라
할 것이로소이다. 외나 호박꽃만 사랑할 줄 알고 菊花나 薔薇를 사랑할 줄
모른다면 그 얼마나 賤하오리잇가. 그럼으로 男女의 關係는 다만 肉交에만
잇는 것이 아니오 精神的 愛着과 融合에 잇다 하나이다 — 더구나 文明한 民
族에 對하야 그러한가 하나이다.

男女가 서로 肉體美와 精神美에 호리어 서로 全心力을 傾注하야 사랑함이
人類에 特有한 男女關係니, 이는 무슨 方便으로 卽 婚姻이라는 形式을 이룬
다든가 生殖이라는 目的을 達한다든가 肉慾의 滿足을 求하랴는 目的의 方便
으로 함이 아니오, 「사랑」 그 물건이 人生의 目的이니 마치 나고 자라고 죽
음이 사람의 避치 못할 天命임과 가치 男女의 사랑도 避치 못할 쏘는 獨立한
天命인가 하나이다. 婚姻의 形式 가튼 것은 社會의 便宜上 制定한 한 規模에
지나지 못한 것 — 卽 人爲的이어니와 사랑은 造物이 稟賦한 天性이라 人爲
는 거슬일지언뎡 天意야 엇지 禁違하오리잇가. 毋論 사랑 업는 婚姻은 不可
하거니와 사랑이 婚姻의 方便은 안닌 것이로소이다. 吾人의 忠孝의 念과 兄
友弟恭의 念이 天性이라 거룩한 것이라 하면 男女間의 사랑도 毋論 그와 가
치 天性이라 거룩할 것이로소이다. 그럼으로 吾人은 決코 이 本能 — 사랑의
本能을 抑制하지 아니할 쑨더러 이를 自然한(卽 正當한) 方面으로 啓發시켜
人性이 完全한 發現을 期할 것이로소이다.

忠孝의 念 업는 이가 非人이라 하면 사랑의 念 업는 이도 쏘한 非人일지며,
事實上 人類치고 萬物이 다 가진 사랑의 念을 아니 가진 이가 잇슬 理 업슬지
나, 或 나는 업노라 壯談하는 이가 잇다 하면 그는 社會의 習慣에 잡혀 自己
의 本性을 抑制하거나 쏘는 社會에 阿諛하기 爲하야 本性을 欺罔하는 것이라
하나이다. 그럼으로 人生이란 男女를 勿論하고 一生 一次는 사랑의 맛을 보
게 된 것이니, 男子 十七八歲 女子 十五六歲의 肉體의 美와 心中의 苦悶은 卽
사랑을 要求하는 節期를 表하는 것이로소이다. 이째를 當하야 그네가 正當

한 사랑을 求得하면 그 二年 三年의 사랑期에 心身의 發達이 完全이 되고 男女 兩性이 서로 理解하며 人情의 奧妙한 理致를 깨닷나니, 孔子쯰서 「學詩乎」아 하심가치 나는 「學愛乎」아 하려 하나이다. 이러케 實利를 超絕하고 肉體를 超絕한 醇愛에 醉하엿다가 만일 境遇가 許하거든 世上의 習慣과 法律을 쌀아 婚姻함도 可하고, 아니 하더라도 相關 업슬 것이로소이다. 진실로 사랑은 人生의 一生行事에 매오 重要한 하나이니, 男女間 一生에 사랑을 지나보지 못함은 그 不幸함이 마치 사람으로 世上에 나서 衣食의 快樂을 못 보고 죽음과 가틀 것이로소이다.

넘어 말이 길어지나이다. 마는 하던 걸음이라 사랑의 實際的 利益에 關하야 한 마듸 더 하려 하나이다.

사랑의 實際的 利益에 세 가지 잇스니 一, 貞操니, 男女가 各各 一個 異性을 全心으로 사랑하는 동안 決코 다른 異性에 눈을 거는 法이 업나니 男女間 貞操 업슴은 다 한 사람에 對한 사랑이 업는 까닭이로소이다. 大抵 한 사람을 熱愛하는 동안에는 晝夜로 생각하는 것이 그 사람쑨이오, 말을 하여도 그 사람을 爲하야 일을 하여도 그 사람을 爲하야 하게 되며 내 몸이 그 사람의 一部分이오 그 사람이 내 몸의 一部分이라. 내 몸과 그 사람과 合하야 一體가 되거니 하야 그 사람 업시는 내 生命이 업다고 생각할 째에 내 全心全身을 그 사람에게 바쳣거니 어느 겨를에 남을 생각하오리잇가. 古來로 貞婦를 보건대 다 그 지아비에게 全心全身을 바친 者라. 그러치 아니하고는 一生의 貞操를 지키기 不能한 것이로소이다. 쏘 朝鮮人에 웨 淫風이 만흐뇨. 더구나 男子 치고 二三人 女子와 醜關係 업는 이가 업슴이 專혀 이 사랑 업는 까닭인가 하나이다.

二, 品性의 陶冶와 事爲心의 奮發이니, 나의 사랑하는 사람의 내 言行을 監視하는 威權은 王보다도 父師보다도 더한 것이라. 王이나 父師의 압혜서는 할 조치 못한 일도 사랑하는 이 압혜서는 敢히 못하며 王이나 父師 압혜서는

能치 못할 어려운 일도 사랑하는 이의 압헤서는 能히 하나니, 이는 첫재 사랑하는 이에게 나의 義氣와 美質을 보여 그의 사랑을 끌기 爲하야, 둘재 사랑하는 者의 期望을 滿足시키기 爲하야 이러함이니, 이러하는 동안 自然히 品性이 高潔하여지고 여러 가지 美質을 기르는 것이로소이다. 古來로 英雄烈士가 그 愛人에게 奬勵되어 品性이 닥고 大事業을 成就한 이가 數多하나니, 愛人에게 滿足을 주기 爲하야 萬難을 排하고 所志를 貫徹하랴는 勇氣는 實로 莫大한 것이로소이다. 그대도 愛人이 잇섯던들 試驗에 優等首席을 하랴고 애도 더 썻겟고, 運動會 遠距離 競走에 一等賞을 타랴고 競走練習도 만히 하엿슬 것이로소이다.

三, 여러 가지 美質을 배홈이니, 첫재 사람을 사랑하는 사랑맛을 배호고, 사랑하는 者를 爲하야 獻身하는 獻身맛을 배호고, 易地思之한 同情맛을 배호고, 精神的 要求를 爲하얀 生命과 名譽와 財産까지라도 犧牲하는 犧牲맛을 배호고, 精神的 快樂이라는 高尙한 快樂맛을 배호고…… 이 밧게도 만히 잇거니와 上述한 모든 美質은 修身敎科書로도 不能하고, 敎壇의 說敎로도 不能하고, 오직 사랑으로야만 體得할 高貴한 美質이로소이다. 人類社會에 모든 美德이 거의 上述한 諸質에서 아니 나온 것이 업나니, 이 意味로 보아 사랑과 民族의 隆替가 至大한 關係가 잇는가 하나이다.

우리 半島에는 사랑이 가첫섯나이다. 사랑이 가치매 거긔 附隨한 모든 貴物이 가치 가첫섯나이다. 우리는 大聲疾呼하야 가첫던 사랑을 解放하사이다. 눌리고 束縛되엇던 우리 精神을 봄풀과 가치 늘이고 봄꼿과 가치 피우게 하사이다.

엇지하야 우리는 아름다온 사람(男子나 女子나)을 보고 사랑하여 못쓰나 잇가, 우리는 아름다온 景致를 對할 쌔 그것을 사랑하지 아니하며, 아름다온 꼿을 對할 쌔 그것을 鑑賞하고 읍져리고 讚美하고 입 마초지 아니하나잇가. 草木은 사랑할지라도 사람을 사랑하지 말아라 — 그런 背理가 어대 잇사오리잇가. 毋論 肉的으로 사람을 사랑함은 社會의 秩序를 紊亂하는 것이매 맛당히 排斥하려니와 精神的으로 사랑하기야 웨 못하리잇가. 다만 그의 양자를 胸中에 그리고 그의 얼굴을 對하고 말소리를 듯고 손을 잡기를 엇지 禁하오리잇가. 제 兄弟와 제 姉妹인들 이 모양으로 사랑함이 무엇이 惡하오리잇가. 이러한 사랑에 肉慾이 싹하는 境遇도 업다고 못할지나, 人心에는 自己가精神上으로 사랑하는 이에게 對하야 肉的 滿足을 어드려 함이 罪悚한 줄 아는 觀念이 잇슴으로 決코 危險이 만흐리라고 생각하지 아니하나이다.

大體 社會의 乾燥無味하기 우리나라 가튼 데가 다시 어대 잇사오리잇가. 그러고 品性의 卑劣하고 情의 醜惡함이 우리보다 더한 이가 어대 잇사오리잇가. 그러고 이 原因은 敎育의 不良, 社會制度의 不完全 — 여러 가지 잇슬지나 그中에 가장 重要한 原因은 男女의 絕緣인가 하나이다. 생각하소서, 一家庭內에서도 男女의 親密한 交際를 不許하며 甚至 夫婦間에도 肉交할 째外에接近치 못하는 수가 만흐니, 自然히 男女란 肉交하기 爲하야서만 接近하는줄로 더럽게 생각하는 것이로다. 이러케 人生和樂의 根源인 男女의 交際가업스매 社會는 逆風 불어 지나간 曠野가치 되어 快樂이라든가 忘我의 우슴을 볼 수 업고, 그저 욱적욱적 小小한 實利만 다토게 되니 社會는 恒常 서리친 秋景이라, 이中에 사는 人生의 性格이 참 可憐도 하거니와 이中에서 싸흔性格이 그 얼마나 粗惡無味하리잇가. 一家族은 勿論이어니와 親히 性格을 알아 信用할 만한 男女가 正當하게 交際함은 人生을 春風花香의 快樂裏에 둘 샏더러 吾人의 精神에 生氣와 强한 彈力을 줄 줄을 밋나이다.

이 意味로 보아 내가 그대를 사랑하는 것이나 쏘는 只今 내 새 恩人을 사랑하는 것이 조곰도 非難할 餘地가 업슬 샏더러, 나는 人生이 되어 人生 노릇을 함인가 하나이다.

나는 한참이나 담뇨에 업데엇다가 하욤업시 다시 고개를 들고 冊床을 對하야 보다 노핫던 小說을 닑으려 하엿나이다. 그러나 눈이 冊張에 붓지 아니

하야 아모리 낡으려 하여도 文字만 하나씩 둘씩 보일 쑨이오, 다만 한 줄도 連絡한 뜻을 알지 못하겟나이다. 부질업시 두어 페이지를 벌덕벌덕 뒤다가 휙 집어 내어던지고 椅子에서 닐어나 뒤숭숭한 머리를 수기고 왓다갓다 하엿나이다. 아모리 하여도 가슴에 무엇이 걸린 듯하야 견댈 수 업서 그대에게 이 便紙를 쓸 양으로 다시 冊床을 對하엿나이다. 書簡用箋을 나이랴고 冊床舌盒을 열어본 즉 엇던 書束 한 封 이 눈에 씌엇나이다. 西洋 封套에 다만 「林輔衡氏」라 썻슬 쑨이오 住所도 업고 發信人도 업나이다. 나는 깜작 놀내엇나이다. 이 엇던 書束일가, 뉘 것일가? 그 恩人 — 그 恩人도 나와 가튼 생각으로(卽 나를 사랑하는 생각으로) 써둔 것 — 이라 하는 생각이 一種 形言할 수 업는 깃븜과 붓그러움 석긴 感情과 함씌 닐어나나이다.

나는 이 생각이 참일 것을 미드려 하엿나이다. 나는 그 글 속에 「사랑하는 내 輔衡이어. 나는 그대의 病을 看護하다가 그대를 사랑하게 되엇나이다 — 사랑하여주소서」하는 뜻이 잇기를 바라고, 또 잇다고 미드려 하엿나이다. 마치 그 말이 엑스 光線 모양으로 封套를 쎄쑬코 내 쓰거운 머리에 直射하는 듯하더이다. 내 가슴은 자조 치고 내 숨은 차더이다. 나는 그 書束을 두 손으로 들고 惘然히 안잣섯나이다. 그러나 나는 얼는 쓷기를 躊躇하엿나이다. 대개 只今 내가 想像하는 바와 다를가 보아 두려워함이로소이다. 만일 이것이 내 想像한 바와 가치 그의 書束이 아니면 — 或 그의 書束이라도 나를 사랑한다는 뜻이 아니면 그쌔 失望이 얼마나 할가, 그쌔 붓그러움이 얼마나 할가, 찰하리 이 書束을 쓷지 말고 그냥 두고 내 想像한 바를 참으로 밋고 지낼가 하엿나이다.

그러나 마츰내 아니 쓷지 못하엿나이다. 쓷은 結果는 엇더하엿사오리잇가. 내가 깃버 쒸엇사오리잇가, 落望하야 울엇사오리잇가. 아니로소이다, 이도 저도 아니오 나는 쏘 한번 깜작 놀내엇나이다.

무엇이 나오랴는가 하는 希望도 만커니와 不安도 만흔 맘으로 皮封을 쎄

니 아름다온 鐵筆 글시로 하엿스되,

「나는 金一蓮이로소이다. 못 뵈온 지 六年에 아마 나를 니젓스리이다. 나는 그대가 이곳 계신 줄을 알고 ᅀᅩ 그대가 病든 줄을 알고 暫時 그대를 訪問하엿나이다. 내가 淸人인 드시 그대를 소긴 것을 容恕하소서. 그대가 熱로 昏睡하는 동안에 金一蓮은 拜」라 하엿더이다. 나는 이 書束을 펴든 대로 한참이나 멍멍하니 안잣섯나이다. 金一蓮! 金一蓮! 올타, 듯고 보니 그 얼굴이 果然 金一蓮이로다. 그 좁으레한 얼굴, 눈ᄭᅩ리가 잠간 처진 맑고 多情스러운 눈, 좀 숙난 듯한 머리와 말할 째에 살작 얼굴 붉히는 양하며 그中에도 귀밋헤 잇는 조고마한 허믈 — 果然 金一蓮이러이다. 萬一 그가 上海에 잇는 줄만 알앗더라도 내가 보고 모르지는 아니 하엿스리이다. 아아, 그가 金一蓮이런가?

내가 그대에게 對하여서는 아모러한 秘密도 업섯나이다. 내 胸底 속속 깁히 잇는 秘密ᄭᅡ지도 그대에게는 말하면서도 金一蓮에 關한 일만은 그대에게 알리지 아니하엿나이다. 그러나 이제 와서는 말 아니하고 참을 수 업사오며, ᅀᅩ 對面하야 말하기는 수접기도 하지마는 이러케 멀리 써나서는 말하기도 얼마큼 便하여이다.

내가 일즉 東京서 早稻田大學에 잇슬 제 갓흔 學校에 다니는 親舊 하나가 잇섯나이다. 그는 나은 나보다 二年長이로대 學級도 三年이나 썰어지고 맘과 行動과 容貌가 도로혀 나보다 二三年쯤 썰어진 듯. 그러나 그와 나와는 첨 만날 째부터 서로 愛情이 깁헛나이다. 나는 그에게 英語도 가라치고 詩나 小說도 닑어주고 散步할 째에도 반다시 손을 ᄭᅩᆨ 잡고 二三日을 作別하게 되더라도 서로 써나기를 앗겨 西洋式으로 ᄭᅪᆨ 쓸어안고 입을 마초고 하엿나이다. 그와 나와 別로 主義의 共通이라든가 特別히 親하여질 各別한 機會도 업섯건마는 다만 彼此에 ᄭᅡ닭도 모르게 서로 兄弟가치 愛人가치 사괴게 된 것이로소이다.

하로는 그와 함쯰 어듸 놀러갓던 길에 어느 女學校 門前에 다달앗나이다. 나는 前부터 그 學校에 金一鴻君의 妹氏가 留學하는 줄을 알앗는 故로 그가 妹氏를 訪問하기 爲하야 나는 몬저 돌아오기를 請하엿나이다. 그러나 그는 「그대도 내 누이를 알아둠이 조흘지라」 하야 紹介하랴는 쯧으로 나를 다리고 그 寄宿舍 應接室에 들어가더이다. 거긔서 暫間 기다린則 門이 방싯 열리며 單純한 黑色 洋服에 漆 갓흔 머리를 한 편 녑흘 갈라 뒤로 츠렁츠렁 짜하늘인 處女가 方今 沐浴을 하엿는지 紅暈이 도는 빗나는 얼굴로 들어오더이다. 一鴻君은 닐어나 나를 가라치며 「이는 早稻田 政治科 三年級에 잇는 林輔衡인데, 나와는 兄弟와 갓흔 사이니 或 爾後에라도 닛지 말고……」하고 나를 紹介하더이다. 나도 닐어나 慇懃히 절하고 그도 答禮하더이다. 그러고는 限五分間 말업시 마조안잣다가 함께 宿所에 돌아왓나이다.

그後 一鴻君이 感氣로 數日 辛苦할 때에 그 妹氏에게서 書籍을 몇 가지 사 보내라는 寄別이 왓더이다. 學期初라 時日이 急한 모양인 故로 一鴻君의 請대로 내가 代身 가기로 하엿나이다. 나는 이째에 아직 一蓮 아씨에게 對하야 別로 相思의 情도 업섯나이다. 다만 아름다온 깨끗한 處子오 親舊의 누이라 하야 情답게 녀겻슬 쑨이로소이다. 그러나 나는 이러한 處女를 爲하야 힘쓰기를 매우 깃버하기는 하엿나이다. 그래 곳 神保町 冊肆에 가서 所請한 書籍을 사가지고 곳 그를 寄宿舍에 차자가 前과 가치 應接室에서 그 冊을 傳하고, 一鴻君의 感氣로 辛苦하는 말과 그래서 내가 代身 왓노라는 쯧을 告하엿나이다. 그째에 나는 自然히 가슴이 설레고 말이 訥함을 깨달앗나이다. 저의 얼굴이 쌁아케 됨을 슬적 볼 째에 나의 얼굴도 저러하려니 하야 참아 얼굴을 들지 못하엿나이다. 그는 겨오 가느나마 快活한 목소리로,

「奔走하신데 수고하섯습니다」할 쑨이러이다. 나는 엇지할 줄을 모르고 우둑하니 섯섯나이다. 그도 할 말도 업고 수접기만 하야 고개를 수기고 冊싸개만 凝視하더이다. 그제야 나는 어서 가야 될 사람인 줄을 알고 「저는 가겟

습니다, 안녕히 곕시오」 하고 門 밧게 나섯나이다. 그도 門을 열고 「感謝하올
시다, 奔走하신데」 하더이다. 나는 速步로 四五步를 大門을 向하야 나가다가
不意에 뒤를 휙 돌아보앗나이다. 幻覺인지는 모르나 琉璃窓으로 그의 얼굴
이 번듯 보이는 듯하더이다. 나는 다시 붓그러온 맘이 생겨 더한 速步로 大
門을 나서서 冷靜한 모양으로 쏘 四五步를 나왓나이다. 그러나 自然히 몸이
뒤로 쓸리는 듯하야 참아 발을 옴기지 못하고 四五次나 머뭇머뭇 하엿나이
다. 狂瀾怒濤가 서드는 듯한 가슴을 가지고 電車를 탓나이다. 宿舍에 돌아와
一鴻君에게 前後始末을 니야기할 제도 아직 맘이 갈아안지 못하야 一鴻君
이 有心히 나를 보는 듯하야 얼는 고개를 돌렷나이다. 그러고 그날 하로는
아모 생각도 업시 맘만 散亂하야지내고 그 二三日이 지나도록 이 風浪이 자
지 아니하더이다. 그후부터는 하로에 멧 번式 그를 생각지 아니한 적이 업
섯나이다.

하로는 一鴻君이 어듸 가고 나 혼자 宿所에 잇슬 제 如前히 그 생각으로 心
緖가 定치 못하여 하다가 幸혀나 그의 글시나 볼 양으로 一鴻君의 冊床舌盒
을 열엇나이다. 그 속에는 그에게서 온 書束이 잇는 줄을 알앗슴으로 葉書와
封書를 멧 장 뒤적뒤적 하다가 다른 舌盒을 열엇나이다. 거긔서 나는 그와
다른 두 사람이 박힌 中板 寫眞 한 장을 어덧나이다. 나는 가슴이 쓰씀하면
서 그 寫眞을 두 손으로 들엇나이다. 그 寫眞에 박힌 모양은 쏙 日前 冊 가지
고 갓슬 째 모양과 갓더이다. 한편을 갈라 넘긴 머리하며 방그레 웃는 態度
하며. 한 손을 그 동무의 억개에 언고 고개를 잠간 기울여 그 동무의 걸안즌
椅子에 힘업는 듯 지대고 섯는 양이 참 美妙한 藝術品이러이다. 나는 그째 寄
宿舍 應接室에서 그를 對하던 것과 가튼 感情으로 한참이나 그 寫眞을 보앗
나이다. 그 방그레 웃는 눈이 마치 나물나물 더 우스랴는 듯하며, 살작 마조
부친 입술이 今時에 살작 열려 하얀 닛발이 들어나며 琅琅한 우슴소리가 나
올 쏫. 두 귀 밋흐로 늘어진 멧 줄기 머리카락이 그 부드럽고 香氣로운 콧김

에 한느적 한느적 날리는 듯하더이다.

아아, 이 가슴 속에는 只今 무슨 생각을 품엇는고. 내가 그를 보니 그도 나를 물끄럼이 보는 듯, 그의 그림은 只今 나를 向하여 방그레 웃도다. 그의 가슴 속에는 日光이 차고 春風이 차고 詩가 차고 美와 사랑과 溫情이 찻도다. 이에 외롭고 싸늘하게 식은 靑年은 그 흘러넘치는 깃븜과 美와 사랑과 溫情의 一滴을 엇어 마시랴고 무릅흘 쓸고 두 손을 들고 눈물을 흘리며 그 압헤 업더젓도다. 그가 한 방울 피를 흘린다사 무슨 자리가 아니날 모양으로 그가 가슴에 가득찬 사랑의 一滴을 흘린다사 무슨 자리가 나랴. 쓰거운 沙漠길에 몬지 먹고 목마른 사람이 서늘한 샘을 보고 一掬水를 求할 째 그 움물을 지키는 이가 이를 拒絶한다 하면 넘어 慘酷한 일이 아니오릿가.

그러나 내가 아모리 이 寫眞을 向하야 懇請하더라도 그는 들은 체 만 체 如前히 방그레 웃고 나를 나려다 볼 쑨이로소이다. 그가 마치 「내게 사랑이 잇기는 잇스나 내가 주고 십허 줄 것이 아니라 주지 아니치 못하야 주는 것이니, 네가 나로 하여곰 네게 주지 아니치 못하게 할 能力이 잇고사 이 단샘을 마시리라」 하는 듯하더이다. 나는 이윽고 寫眞을 보다가 마츰내 情火를 이기지 못하야 그 寫眞에 내 얼굴을 다히고 그 입에 熱烈하게 입을 마초고 그 동무의 어쌔 우헤 노흔 손에 내 손을 힘썻 대엇나이다. 나는 狂人가치 그 寫眞을 품에 품기도 하고, 쌤에 다히기도 하고, 물끄럼이 쳐다보기도 하고, 쌤도 대고 킷스도 하엿나이다. 내 얼굴은 水蒸氣가 퓌어으도록 熱하고 숨소리는 마치 全速力으로 다름질한 사람 갓더이다. 나는 한 時間이나 이러다가 大門 열리는 소리에 놀내어 그 寫眞을 첨 잇던 곳에 집어너코 얼는 일어나 그날 新聞을 보는 체하엿나이다.

그後 얼맛 동안을 苦悶中으로 지내다가 나는 마츰내 내 心情을 書束으로 그에게 알리려 하엿나이다. 엇던 날 밤 남들이 다 잠든 열두時에 닐어나 불닐 듯하는 생각으로 이러한 書束을 섯나이다.

「사랑하는 누이어, 내가 이 말슴 들임을 容恕하소서. 나는 외로은 사람이로소이다, 父母도 업고 同生도 업고 넓은 天下에 오직 한몸이로(소)이다. 나는 至今토록 일즉 누구를 사랑하여 본 적도 업고 누구에게 사랑함을 바든 적도 업나이다. 사랑이라는 짜뜻한 春風 속에 자라날 나의 靈은 至今껏 朔風寒雪 속에 얼어 지내엇나이다. 나는 나의 靈이 그러한 오랜 겨울에 아조 말라 죽지 아니한 것을 異常히 녀기나이다. 그러나 以後도 春風을 만나지 못하면 可憐한 이 靈은 아조 말라죽고야 말 것이로소이다. 그 동안 봄이 몟 번이나 지낫스리잇가마는 곷과 사랑을 실흔 東君의 수레는 늘 나를 찻지 아니하고 말앗나이다. 아아, 이 어린 靈이 한 방울 사랑의 샘물을 엇지 못하야 아조 말라 죽는다 하면 그도 불상한 일이 아니오리잇가. 나는 猥濫히 그대에게서 春風을 求함이 아니나 그대의 胷中에 사모친 사랑의 一滴 甘泉이 能히 말라죽어가는 나의 靈을 살필 것이로소이다.

그대여, 그대는 내가 그대에게 要求하는 바를 誤解하지 말으소서, 내가 작난으로 쏘 凶惡한 맘으로 이러한 말을 한다고 말으소서. 내가 그대에게 要求하는 바는 오직 하나 ― 아조 쉬운 하나이니, 卽「輔衡아, 내 너를 사랑하노라, 누이가 올아비에게 하는 그대로」한 마듸면 그만이로소이다. 만일 그대가 이 한 마듸만 주시면 나는 그를 나의 護身符로 삼아 一生을 그를 依支하고 살며 活動할 것이로소이다. 그 한 마듸가 나의 財産도 되고 精力도 되고 勇氣도 되고 ― 아니, 나의 生命이 될 것이로소이다. 나는 決코 그대를 만나 보기를 要求 아니하리이다. 도로혀 만나보지 아니하기를 要求하리이다. 대개 歲月이 흘러가는 동안에 그대는 늙기도 하오리이다. 心身에 여러 가지 變化도 생기리이다. 決코 그런 일이 잇슬 理도 업거니와 或 그대는 惡人이 되고 病身이 되고 罪人이 된다 하더라도, 내 記憶에 남아잇는 그대는 永遠히 열닐곱 살 되는 아름답고 淸淨한 處女일 것이로소이다. 後日 내가 老衰한 老人이 되고 그대가 曾祖母 소리를 듯게 되더라도, 쏘는 그대가 임의 죽어 그 아름답던 얼굴과 몸이 다 썩어진 뒤에라도, 내 記憶에 남아잇는 그대는 永遠히 그 處女일 것이로소이다. 그리하고 그대의 「내 너를 사랑한다」 한 마듸는 永遠히 希望과 歡樂과 熱情을 나에게 줄 것이로소이다.

이럼으로 나는 決코 그대를 다시 對하기를 願하지 아니하고 다만 그대의 그 「한 마듸」만 바라나이다. 만일 그대가 그대의 胸中에 찬 사랑의 一滴을 이 배마른 목에 떨어써려 죽어가는 이 靈을 살려만 주시면 그 靈이 자라서 將次 무엇이 될는지 엇지 아오리잇가. 只今은 夜半이로소이다, 冬至寒風이 萬物을 흔들어 草木과 家屋이 괴로워하는 소리를 發하나이다. 이러한 中에 밝아버슨 어린 靈은 한 줄기 짜쯧한 바람을 바라고 구름 우헤 안즈신 天使에게 업데어 懇求하는 바로소이다.」

이 편지를 써노코 나는 再三 생각하엿나이다. 이것이 罪가 아닐가. 나는 발서 婚姻한 몸이라 다른 女子를 사랑함이 罪가 아닐가. 내 心中에서는 或은 罪라 하고 或은 罪가 아니라 自然이라 하나이다. 내가 婚姻한 것은 내가 함이 아니오, 나는 男女가 무엇이며 婚姻이 무엇인지를 알기도 前에 父母가 任意로 契約을 맺고 社會가 그를 承認하엿슬 뿐이니, 이 結婚行爲에는 내 自由意思는 一分도 들지 아니한 것이오 다만 나의 幼弱함을 利用하야 第三者가 强制로 行하게 한 것이니, 法律上으로 보던지 倫理上으로 보던지 내가 이 行爲에 對하야 아모 責任이 업슬 것이라. 그럼으로 내가 그 契約的 行爲가 내 意思에 適合한 줄로 녀기는 時는 그 行爲를 是認함도 任意여니와 그것이 내에게 不利益한 줄을 깨다를진댄 그 契約을 否認함도 自由라 하엿나이다. 나와 내 안해는 조곰도 우리의 夫婦契約의 拘束을 바들 理가 업슬 것이라, 다만 父母의 意思를 尊重하고 社會의 秩序를 근심하는 好意로 그 契約 — 내 人格을 蹂躪하고 侮辱한 그 契約을 눈물로써 黙認할 싸름이어니와, 내가 精神的으로 다른 異性을 사랑하야 蹂躪된 權利의 一部를 主張하고 掠奪된 享樂의 一部를 恢復함은 堂堂한 吾人의 權利인가 하나이다. 이 理由로 나는 그를 사랑함이오 — 더구나 누이와 가치 사랑함이오 — 쏘 그에게서 그와 가튼 사랑을 바드려 함이 決코 不義가 아니라고 斷定하엿나이다.

이튼날 學校에 가는 길에 그 書束을 投函하려 하엿스나 무엇인지 모를 생각에 制御되어 하지 못하고, 그날에 十餘次, 그後 三日間에 數十餘次를 너흐랴다가 말고 너흐랴다는 말고 하야 그 皮封이 내 폭케트 속에서 달하지게 되엇다가, 한번 모든 名譽와 廉恥를 단번에 賭하는 생각으로 마츰내 어느 郵便函에 그것을 너코 한참이나 그 郵便函을 보고 섯섯나이다. 마치 무슨 絶大한 所得을 바라고 큰 冒險을 할 쎄와 가튼 우슴이 내 얼굴에 쩟더이다.

기다리고 기다리던 三日만에 學校로서 돌아오니 案頭에 一封書가 노혓더이다. 내 가슴에는 곳 風浪이 닐엇나이다. 나는 그 글시를 보앗나이다 — 果然 그의 글시로소이다. 나는 그 片紙를 집어 폭케트에 너코 선자리*로 발을 돌려 大久保 벌판으로 나아갓나이다. 집에서 쓰더 보기는 남이 볼 念慮도 잇고, 쏘 이러한 글을 房안에서 보기는 不適當한 듯하야 — 쌔긋하고 넓은 自然 속, 맑은 하늘과 빗나는 太陽 알에서 보는 것이 適當하리라 하야 그러함이로소이다. 나는 내 발이 쌍에 닷는지 마는지도 모르면서 大久保 벌판에 나섯나이다.

겨울날이 누엿누엿 넘어가고 演習 갓던 騎兵들이 疲困한 듯이 돌아오더이다. 그러나 나는 혼자 맘속에 數千 가지 數萬 가지 想像을 그리면서 方向 업시 마른 풀판으로 向하엿나이다, 이 片紙 속에 무슨 말이 잇슬는가 — 나는 「사랑하나이다, 올아비어」 하엿기를 바라고, 쏘 그러키를 미드려 하엿나이다. 나는 그 片紙를 내어 皮封을 보앗나이다. 그리하고 그가 내 片紙를 바닷슬 쌔엣 그의 모양을 想像하엿나이다. 爲先 보지 못하던 글씨에 놀래어 한참을 늵어보다가 마츰내 가슴이 설레고 얼굴이 홋홋 햇스려니, 그 글을 두 번 세 번 곱늵엇스려니, 이 世上에 女子로 태어난 后 첫 經驗을 하엿스려니,

* '제자리'라는 뜻의 북방 방언.

그리고 心緒가 散亂하야 그 片紙를 구겨쥐고 한참이나 멍멍하니 안잣섯스려니,* 그러다가 一邊 깃브기도 붓그럽기도 하야 곳 내 모양을 想像하며 내가 自己를 그리워하는 모양으로 自己도 나를 그리워하엿스려니, 그러고 곳 이 回答을 썻스렷다, 써가지고 너흘가 말가 躊躇하다가 오늘이야 부첫스렷다, 그러고 只今도 나를 생각하며 내가 이 片紙 닑는 光景을 想像하고 잇스렷다, 어제까지 어린 아희가치 平穩하던 맘이 오늘부터는 異常하게 설레려든. 아 모러나 나는 배마르던 목을 추기게 되엿다, 나는 사랑의 단맛을 보고 生命의 快樂을 보게 되엇다, 말라가던 나의 靈은 甘泉에 저져 닙 피고 꼿 피게 되엇다, 하면서 풀판에 펄석 주저안자 그 皮封을 쩨고도 얼는 그 속을 쓰집어내지 못하고 한참이나 躊躇하며 想像하다가 마츰내 속을 쏩앗나이다. 아아 그 속에서 무엇이 나왓사오리잇가.

나는 激怒하엿나이다. 「흑」 하고 소리를 치고 벌덕 일어나며 그 片紙를 조각조각 가루가 되도록 쓰져 바렷나이다, 그러고도 不足하야 그것에 침을 뱃고 그것을 발로 즈르밟앗나이다. 그러고 方向 업시 벌판으로 彷徨하며 그 侮辱 바든 羞恥와 이에 對한 憤怒를 참지 못하야 혼자 주먹을 부르쥐고 니를 갈고 발을 구루며 「흑」, 「흑」 소리를 連發하엿나이다. 當場 그를 칼로 푹 찔러 죽이고도 시프고 내 목숨을 쓴허 바리고도 시프고…… 이 모양으로 거의 한 時間이나 돌아다니다가 어스름에야 얼마큼 맘을 鎭定하고 돌아왓나이다. 돌아와본즉 一鴻君은 벌서 저녁을 먹고 불을 쪼이며 담배를 피우다가 내가 들어오는 것을 보고 有心히 내 얼굴을 쳐다보더이다. 그에게 對한 憤怒와 羞恥는 一鴻君에게까지 옮더이다.

이튿날 나는 感氣라는 핑계로 學校를 쉬엇나이다. 어제는 다만 一時的으로 激怒만 하엿거니와 오늘은 羞恥와 悲哀의 念만 가슴에 가득하야 그 안타까움이 비길 데 업더이다. 나는 벼개 우에 머리를 갈며 니불을 차던지고 입

* 원문에는 '앗잣섯스려니'로 되어 있다.

술을 물어트덧나이다. 이제 무슨 面目으로 世上을 보며 무슨 希望으로 世上에 살랴. 一鴻君이 만일 이 일을 알면 그 좁은 속에 그 어린 속에 얼마나 나를 嘲弄하랴. 아아, 나는 마츰내 사랑의 맛을 못 볼 사람인가, 언제까지 孤獨하고 冷寂한 生活을 할 사람인가. 나는 엇지하야 짜뜻한 손을 못 쥐어보고 사랑의 말을 못 들어보고 熱烈하고 자릿자릿한 抱擁을 못 하여보는고 사람이 원망되고 世上이 원망되고 내 生命이 원망되어 내 손으로 내 머리털을 멧 번이나 쥐어 트덧사오리잇가. 그러다가 오냐, 내가 男子가 아니다. 一個 兒女子로 말믜암아 이것이 무슨 꼴인고, 하고 주먹으로 쌍을 치며 決心하려 하나 그것은 제가 저를 소김이러이다. 그의 모양은 如前히 나의 가슴을 밟고 서서 방그레하는 모양으로 나를 支配하더이다. 나는 하욤업시 天井을 바라보고 누웟섯나이다.

나는 一封書를 바닷나이다. 그 글에 하엿스되,

「사랑하는 이어, 어제 지은 罪는 容恕하시옵소서. 그대가 그처럼 나를 사랑하시니 나도 이 몸과 맘을 그대에게 바치나이다. 暫間 엿줄 말슴 잇사오니 午後 四時쯤 하야 日比谷公園 噴水池가에 오시기를 바라나이다.」

이 글을 바든 나는 미친 듯하엿나이다. 곳 日比谷으로 달아갓나이다. 이제야 살앗고나, 十九年 겨울 世界에 봄이 왓고나 하면서,

夕陽이 鶴噴水를 비치어 五色이 玲瓏한 무지게를 세울 제 나는 藤棚下 걸상에 걸안자 紫煙生하는 噴水를 보면서 여러 가지 未來의 空想을 그릿나이다. 이제는 혼자가 아니로다, 슬픈 사람이 아니오 不幸한 사람이 아니로다. 宇宙와 美와 享樂은 내 一身에 集中하엿도다. 只今 내 身體를 組織한 모든 細胞는 깃븜과 滿足에 쮜며 소래하고 熱한 血液은 律呂 마초아 循環하는도다, 내 얼굴이 夕陽에 빗남이어 天國의 樂을 맛봄이오, 내 靈이 춤을 추고 노래함이어 砂漠길에 오아씨쓰를 어듬이로다, 萬物이 이제야 生命을 어덧고 人界가 이제야 우슴을 보이도다, 하엿나이다. 果然 앗가까지도 萬物이 모다 죽엇

더니 저 天使의 口令 한 마듸에 一齊히 蘇生하야 뛰고 즐기도소이다. 잇다금 電車와 自動車 지나가는 소리가 멀리서 들릴 쑨이오 公園內는 至極히 고요 하여이다. 樹林 속 瓦斯燈은 어느새 반작반작 熹微한 빗을 發하나이다.

이째에 噴水池 저편가으로 쑥 나서는 이가 누구리잇가. 그로소이다, 아아 그로소이다. 그는 只今 내 겻헤 섯나이다. 내 눈과 그 눈은 가치 저 噴水를 보 나이다. 우리는 서로 얼굴을 붉히며 절하엿나이다. 그의 쌝안 얼굴에는 夕陽 이 返照하야 마치 타는 듯하더이다. 내 가슴이 자조 뛰는 소리는 내 귀에도 들리는 듯, 나는 무슨 말을 할 것인지, 엇던 行動을 할 것인지 全혀 모르고 우 둑하니 噴水만 보고 섯섯나이다. 하다가 겨오 精神을 차려,

「제가 그 싸윗 片紙 들인 것을 얼마나 괘씸히 보셧습닛가. 버릇 업슨 일인 줄 알면서도……」

그도 한참이나 머뭇머뭇하더니 겨오 눈을 들어 暫間 나를 보며,

「저는 그 편지를 밧자 한낫 깃브면서도 한낫 무서운 생각이* 나서 엇지 할 줄을 모르다가……이것이 罪인가 보다 하는 생각으로 돌오 보내엇습니 다. 그러나 돌오 보내고 다시 생각한則 엇지해 돌오 보낸 것이 罪도 갓고, 또 알 수 업는 힘이 제 등을 밀어……」

하고는 말이 아니 나오더이다. 얼마 沈默하엿다가

「제가 先生의 착하심을 미듬으로 혈마 惡에 쓸어너치는 아니하시려니 하 고요.」

나는 다시 내 쯧을 말하엿나이다, ― 나는 그에게 다만 「올아비어, 사랑하 노라」 한 마듸면 滿足한다는 쯧과 決코 그를 다시 面對하고저 아니하는 쯧 을 말하엿나이다. 아직 어린 그는 毋論 그 意味를 十分 解得할 수는 업슬지나 그 맘 속에 神奇한 變動 ― 아직 經驗하여 보지 못한 사랑의 意識이 생긴 것 도 毋論이로소이다. 그러나 이 밧게 彼此 하랴는 말이 만흔 듯하면서도 나오

---

* 원문에는 '생간이'로 되어 있다.

라는 말은 업는 듯하야 한참이나 黙黙히 섯다가 내가,

「아모러나 그대는 나를 살려주셧습니다, 그대는 나로 하여곰 참사람이 되게 하엿고 내게 살 能力과 살아서 즐기며 일할 希望과 깃븜을 주셧습니다. 나는 그대를 爲하야, 그대의 滿足을 爲하야 工夫도 잘하고 큰 事業도 成就하오리다. 나는 詩人이니, 그대라는 생각이 내게 無限한 詩的 刺激을 줄 것이외다. 그대도 부대 工夫 잘 하시고 맘 잘 닥그서서 朝鮮의 大恩人되는 女子가 되십시오.」

나는 이런 말을 하는 것이 내 義務 갓기도 하고 또 그 밧게 할 말도 업서, 또는 이런 말을 하여야 그의 내게 對한 信愛가 더 깁허질 쯧하야 이 말을 하엿나이다. 그리고 오래 가치 섯고 시픈 맘이야 懇切하나 그럴 수도 업서 둘이 함쯰 고불고불한 길로 公園을 나오려 하엿나이다. 그는 나보다 一步쯤 비스듬이 압섯나이다. 그의 하얀 목이 異常하게 빗나더이다. 나는 가만히 그의 손을 잡앗나이다. 그는 썰치랴고도 아니하고 웃독 서더이다. 그 손을 꼭 쥐엇나이다. 그의 푹 숙인 머리는 내 가슴에 스적스적 하고 그의 머리카락을 내 입김이 날리더이다. 나는 胸部에 그의 體溫이 올마옴을 쌔달앗나이다. 나의 꼭 잡은 손은 갑작이 확확 달믈 쌔달앗나이다. 내 몸은 痙攣한 드시 썰리고 내 눈은 朦朧하여젓나이다.

이윽고 두 얼굴은 서로 입김을 마트리 만큼 갓가와지고 눈과 눈은 固定한 드시 마조 보나이다. 나는 그의 샛맑안 눈에 눈물이 그렁그렁한 것을 보앗나이다. 두 입술은 꼭 마조부텻나이다. 짜쯧한 입김이 내 입술에 感覺될 쌔 나는 나를 니져바렷나이다. 불가치 쯔거운 그 입수*가 바르르 썰리는 것이 내 입술에 感覺되더이다. 이윽고 「내 사랑하는 이어」 하고 우리는 速步로 公園 밧게 나왓나이다. 이쌔에 누가 뒤로서 내 어쌔를 치더이다. 쌔어본즉 이는 한바탕 꿈이오, 겻헤는 一鴻君의 正服을 닙은 대로 안자서 나를 쌔오더이

* '입술'의 평북 방언.

다. 一鴻君은 有心히 웃더이다. 나는 또 羞恥한 생각이 나서 벌썩 닐어나 水道에 가 洗手를 하엿나이다. 밧게서는 바람소리와 함께 豆腐 장사의 쑤쑤 소리가 들리더이다. 一鴻君은 簡單히

「그게 무슨 일이오? 내가 그대를 그런 줄 알앗더면 내 누이에게 紹介 아니하엿슬 것이오. 만일 그대가 未婚者면 나는 깃버 그대의 願을 이루게 하겟소, 그러나 記憶하시오, 兄은 旣婚男子인 줄을.」

나는 고개를 숙이고 들엇슬 쑨이로소이다. 果然 올흔 말이로소이다. 누구나 이 말을 다 올케 녀길 것이로이다. 그러나 世上萬事를 다 그러케 單純하게만 判斷할 수가 잇사오리잇가. 우리가 簡單히 「올타」 하는 일에 그 속에 엇더한 「올치 안타」가 숨은 줄을 모르며, 우리가 簡單히 「올치 안타」 하는 속에 엇더한 「올타」가 잇는지 모르나잇가. 世人은 제가 當한 일에는 이 眞理를 適用하면서도 第三者로 批評할 째에는 이 眞理을 無視하고 다만 表面으로 얼는 보아 「올타」, 「올치 안타」 하나이다. 只今 내 境遇도 表面으로 보면 一鴻君의 말이 果然 올커니와 一步 깁히 들어서면 그러치 아니한 理由도 쌔달을 것이로소이다. 그러나 나는 一鴻君에게 對하야 아모 答辯을 하려 하지 아니하고 다만 듯기만 하엿슬 쑨이로소이다. 그後에 나는 이 줄을 알앗나이다 — 그가 내 書柬을 밧고 一鴻君을 請하야 물어보앗고, 一鴻君은 내가 旣婚男子인 理由로 이를 拒絶하게 한 것인 줄을 알앗나이다.

그後 나는 매오 失望하엿나이다. 술도 먹고 學校를 쉬기도 하고 밤에 잠을 못일워 不眠症도 엇고(이 不眠症은 그後 四年이나 繼續하다), 幽鬱하여지고 世上에 맘이 붓지 아니하며 成功이라든가 事業의 希望도 업서지고 — 말하자면 나는 싸늘하게 식은 冷灰가 되엇나이다. 或時 나는 鐵道自殺을 하랴다가 工夫에게 붓들리기도 하고, 卒業을 三四月後에 두고 退學을 하랴고도 하여보며, 이리하야 여러 朋友는 나의 急激한 變化를 걱정하야 여러 가지로 忠告도 하며 慰勞도 하더이다. 그러나 元來 孤獨한 나의 靈은 다시 나을 수 업는

큰 傷處를 바다 모든 希望과 精力이 다 슬어젓나이다. 나는 이러한 되는 대로 生活, 落望悲觀的 生活을 一年이나 보내엇나이다, 만일 다른 무엇(아레 말하랴는)이 나를 救援하지 아니하엿던들 나는 永遠히 죽어바리고 말앗슬 것이로소이다.

그 「다른 무엇」은 다름 아니라, 「同族을 爲함」이로소이다. 마치 人生에 失望한 다른 사람들이 或 削髮爲僧하고 或 慈善事業에 獻身함 가치 人生에 失望한 나는 「同族의 教化」에 내 몸을 바치기로 決心하야 이에 나는 새 希望과 새 精力을 어든 것이로소이다. 그제부터 나는 飲酒와 懶惰를 廢하고 勤勉과 修養을 힘썻나이다. 가다가다 맘의 傷處가 아푸지 아니함이 아니나 나는 少年의 教育에 이 苦痛을 니즈려 하엿스며, 或 이 新愛人에게서 사로운 快樂을 엇기까지라도 하엿나이다. 그렁성하야 나는 至今토록 지내어 온 것이로소이다. 이 말슴을 듯고 보시면 내 行動이 或 解釋될 것도 잇섯스리이다. 아모리나 나는 그 金一蓮을 爲하야 最大한 希望도 부쳐보고 最大한 打擊과 動亂도 바다보고 그 째문에 내가 只今 所有한 여러 가지 美点과 缺点과 한숨과 幽鬱과 悲哀가 생긴 것이로소이다. 말하자면 하나님이 나를 만드신 뒤에 金一蓮 그가 나를 變形한 모양이로소이다.

이 金一蓮이 卽 그 金一蓮일 줄을 누가 알앗사오리잇가. 只今썻 째째로 「奔走하신데……」하던 容貌와 音聲이 一種 抑制할 수 업는 悲哀를 씌고 내 記憶에 닐어나던 것이 무슨 緣分으로 六年만에 쏘 한번 번뜻 보이고 숨을 것이니잇가. 내 心緒는 六年前과 가치 散亂하엿나이다. 그래서 終日 그를 차자 돌아다녓나이다. 내가 이 담뇨에 얼굴을 대고 잇슬 제 日比谷 꿈이 歷歷히 보이나이다. 그것은 꿈이로소이다. 그러나 나는 그것은 꿈이 아니라 하나이다. 만일 그것이 꿈이면 世上萬事 어느 것이 꿈 아닌 것이 잇사오릿가. 그 꿈은 참 解明하엿나이다. 그쁜더러 이 一瞬間의 꿈이 내 一生涯에 가장 크고 重要한 內容이 되는 것이니 이것이 엇지 꿈이오릿가.

편지가 넘어 길어젓나이다, 발서 新年 一月 一日 午前 三時로소이다. 歲 잘 쇠시기 바라고 이만 그치나이다.

第三信

나는 三日前에야 海參威에 漂着하엿나이다 — 가즌 고생과 가즌 危險을 격고 몟 번 죽을 번하다가 내 一生이 元來 고생 만흔 一生이언마는 이번가치 죽을 고생하여 본 적은 업섯나이다. 나는 上陸한 后로부터 이곳 病院에 누어 이 글도 病床에서 쓰나이다. 이제 그 동안 十餘日間에 지나온 니야기를 들으소서.

나는 米國에 가는 길로 지난 一月五日에 上海를 써낫나이다. 혼잣 몸으로 數萬里 異域에 向하는 感情은 참 形言할 수 업더이다. 桑港으로 直航하는 배를 타랴다가 旣往 가는 길이니 歐羅巴를 通過하야 저 人類世界의 主人 노릇 하는 民族들의 本國 구경이나 할 次로 露國 義勇艦隊 포르타와號를 타고 海參威로 向하야 써낫나이다. 나 탄 船室에는 나外에 露人 하나이 잇슬 뿐. 나는 외로이 寢牀에 누어 이런 생각 저런 생각하다가 元來 衰弱한 몸이라 그만 잠이 들엇나이다. 깨어본즉 電燈은 반쟉반쟉하는데 機械(소)리만 멀리서 오는 드시 들리고 자다 깬 몸이 으스스하야 外套를 뒤쳐쓰고 甲板에 나섯나이다. 陰 十一月 下旬달이 바로 檣頭에 걸리고 늠실늠실하는 波濤가 月光을 反射하며 팔앗케 맑은 하늘 한편에 啓明星이 燦爛한 光彩를 發하더이다.

나는 外套 깃으로 목을 싸고 甲板上으로 왓다갓다 그닐며 雄大한 밤바다 景致에 醉하엿나이다. 여긔는 아마 黃海일 듯, 여긔서 바로 北으로 날아가면 그대 게신 故鄕일 것이로소이다. 四顧茫茫하야 限際가 아니 보이는데 方向 모르는 靑年은 물결을 싸라 흘러가는 것이로소이다. 「江天一色無纖塵 皎皎 空中孤月輪」이란 張若虛의 詩句를 읍져릴 제 내 맘조차 이 詩와 가치 된 듯하야 塵世 名利와 뒤숭숭한 思慮가 씨슨 듯 슬어지고 다만 月輪 같은 精神이

쑤렷하게 腎中에 坐定한 듯하더이다. 山도 아름답지 아님이 아니로대 曲折
과 凹凸이 잇서 아직 사람의 맘을 散亂케 함이 잇스되, 바다에 니르러서는
萬頃一面 즈즐펀한데 眼界를 막는 것도 업고 心情을 刺激하는 것도 업서 참
말 自由로운 心境을 맛보는 것이로소이다. 그러나 이러한 中에도 썰어지지
안는 것은 愛人이라, 그대와 一蓮의 생각은 心中에 雜念이 업서질사록에 더
욱 鮮明하고 더욱 懇切하게 되나이다. 만일 이 景致와 이 心境을 저들과 가치
보앗스면 엇더랴, 이 달 아레 이 바람과 이 물결에 그네의 손을 잡고 逍遙하
엿스면 엇더랴, 하는 생각이 차차 더 激烈하게 닐어나나이다. 그러나 여긔는
萬頃海中이라, 나 혼자 이 天地 속에 쌔어 잇서 이러한 생각을 하건마는 그네
들은 只今 엇더한 꿈을 꾸는가. 아아, 그립고 그립은 母國과 愛人을 뒤에 두
고 數萬里外로 漂泊하여 가는 情이 그 얼마나 하오리잇가.

나는 船室에 들어와 자리에 누엇나이다, 그러나 精神이 灑落하야 졸리지
는 아니하고 할일업시 上海를 써날 적에 사 가진 新聞을 끄내어 뒤적뒤적 넑
엇나이다.

그러다가 다시 잠이 들엇더니 더할 수 업는 恐怖를 가지고 그 잠을 쌔엇
나이다. 일즉 들어보지 못하던 轟然한 爆響이 나며 船體가 空中에 썻다 나려
지드시 動搖하더이다. 나는 「水雷, 沈沒」하는 생각이 번개가치 닐어나며 門
을 차고 甲板에 쒸어나가다 소낙비 가튼 물바래에 精神을 일흘 번하엿나이
다. 甲板上에는 寢衣대로 쒸어나온 男女 船客들이 몸을 썰며 부르짓고 船員
들은 미친 드시 左右로 馳驅하더이다. 우리 배는 발서 三十餘度나 左舷으로
傾斜하고 汽罐 소리는 죽어가는 사람의 呼吸 모양으로 아직도 통통통통 하
더이다. 「水雷, 水雷」하는 소리가 絶望한 音調로 各사람의 입으로 지나가더
니 上甲板에서 누가 「船體는 水雷에 腹部가 破碎되어 救援할 길이 업소. 只今
救助艇을 나릴 터이니, 各人은 文明한 男子의 最後 體面을 생각하야 女子와
幼兒를 몬저 살리도록 하시오」 하고 웨치는 것은 船長이러이다. 이째에 敏活

한 水夫들은 船上에 配置하엿던 八個 救助艇을 나리고 船客들은 悲慘한 慟哭 속에 女子와 小兒를 그리고 올려 태우더이다.

엇던 婦人은 그 지아비에게 매어달려 말도 못하고 慟哭하며, 그러면 그 지아비는 無情한 드시 그 안해의 가슴을 쩌밀어 救助艇에 싯고 소리 놉히 「하나님이시어 主께 돌아가나이다」 하고, 엇던 이는 미친 드시 부르지지며 前後로 왓다갓다 하며, 엇던 이는 氣力 업시 甲板에 지대어 彫像 모양으로 멍멍하니 섯기도 하더이다. 各救助艇에는 水夫가 六穴砲를 들고 서서 定員 以外 오르기를 不許하고 엇던 卑怯한 男子는 억지로 救助艇에 오르랴다가 여러 사람의 叱責 속에 도로 本船에 끌려 올으기도 하더이다. 救助艇은 하나에 二十餘名式이나 싯고 定處 업시 萬頃에 나쓰더이다. 거긔 탄 女子와 小兒는 本船에서 時間이 못하야 죽으려 하는 지아비와 아비를 向하여 두 팔을 허우적거리며 우짓고, 本船上에 남아잇는 男子 船客과 船員은 도로혀 萬事太平인 드시 沉着하더이다. 사람이란 避할 수 업는 危險을 當할 째에는 도로혀 泰然한 것이러이다.

船體의 前半部는 半以上이나 물에 들어가고 우리는 暫時나마 生命을 늘일 양으로 後半部로 옮앗나이다. 本船을 써나는 救助艇에서는 讚頌歌가 닐어나며, 이것을 듯고 우리도 各各 讚頌歌를 부르며, 엇던 이는 두 팔을 들고 소리를 내어, 엇던 이는 고개를 숙이고 主에게 마즈막 祈禱를 올리더이다. 나는 暫時 故鄕과 家族과 同族과 그대와 그와 朋友들과 품엇던 將來의 希望을 생각하고 아조 冷靜하게 最後의 決心을 하엿나이다. 나는 이 世上의 아름다움을 생각할 째에 恐怖하엿나이다, 앗겨하엿나이다, 그러나 이 世上의 冷酷하고 괴로움을 생각할 째에 하로라도 밧비 이 世上을 버서남을 깃버하엿나이다. 나는 더러온 病席에서 오좀쫑을 싸뭉개다가 죽지 아니하고 新鮮한 朝日光, 茫茫한 海洋中에 悲壯한 景光裏에 죽게 됨을 幸福으로 녀겻나이다. 實狀 집에서 죽으랴거든 成功名逐하고 限命까지 살다가 子女와 社會의 깁히 哀悼

하는 속에 하거나, 그러치 아니하거든 或은 大洋中에, 或은 砲彈下에, 或은 霜刃下에, 或 人類의 文明을 爲하야 電氣나 化學의 試驗中에 죽을 것인가 하나이다. 나는 저 苟且하게 無氣力한 生命을 앗겨 醜한 生活을 니어가는 者를 誹笑하나이다.

只今 洋洋한 바다는 우리를 바다들이량으로 늠실늠실하고 光輝한 太陽은 他界로 가는 우리를 作別하는 드시 우리에게 짜씃한 빗을 주더이다. 배가 가라안즘을 조차 차차 後部로 옴는 船客들은 이제야 몸과 몸이 서로 마조 다케 되엇나이다. 그러다가 우리는 한 걸음 한 거름 上甲板과 檣으로 긔어오르나이다. 汽罐은 발서 죽엇나이다, 이제는 우리 차례로소이다. 그러나 우리中에는 이제는 우는 이도 업고 덤베는 이도 업고, 다만 悲愴한 한숨소리와 祈禱소리가 여긔저긔서 들린 쑌이로소이다. 船員은 우리 生命이 이제 四十分이라 하나이다. 우리 心臟은 一秒一秒 쮜나이다, 一分 가나이다, 二分 가나이다, 이쌔에 각금 물바래가 우리 熱한 얼굴을 적시더이다, 우리는 한 걸음 한 걸음 우으로 우으로 올라가나이다, 다만 一瞬間이라도 할 수 잇는 대로는 生命을 늘이려 하는 人生의 情狀은 참 可憐도 하여이다. 救助艇도 어듸 갈 데가 잇는 것이 아니오 後에 오는 배만 기다리는 故로 그 周圍로 슬슬 써다닐 쑌이러이다. 각금 女子의 울음소리가 물결소리와 함씌 울려올 쑌이로소이다.

十分 지낫나이다, 남은 것이 三十分. 우리는 不知不覺에 주먹을 부르쥐고 입을 꼭 담을엇나이다, 마치 우리를 向하야 오는 무엇을 抵抗하랴는 드시. 그러나 우리는 그 運命을 抵抗할 수 잇사오리잇가. 앗가 救助艇에 오르랴든 男子는 失神한 드시 甲板上에 걱구러지며 거품을 吐하고 痙攣을 生하더이다. 다른 사람들은 빙그레 우스면서 그 사람의 팔해진 얼굴을 보앗나이다. 우리는 그를 救援하려 할 必要가 업고 다만 暫間 몬저 가거라, 우리도 네가 아직 一哩를 압서기 前에 짜라갈 것이로다 할 쑌이로소이다. 이쌔 우리 心中에야 무슨 慾心이 잇스며 무슨 念慮가 잇스리잇가. 萬人이 쑴에도 노치 못하던 名利

의 慾이며 快樂의 慾이며 — 온갖 것을 다 니져바리고 다만 우리가 世上에 올째에 가지던 바와 가튼 純潔한 맘으로 오랴는 죽음을 마즐 짜름이로소이다. 이째에 우리 二百餘名 사람은 모다 聖人이오 모다 天使로소이다. 만일 누구나 葬式을 볼 째에 暫間 이러한 생각을 하엿던들 社會의 모든 惡하고 無用한 軋轢이 업서질 것이로다.

이 배에는 或 金貨도 실엇스리이다, 그러나 只今 누가 그것을 생각하며, 美人은 잇스리이다, 그러나 只今 누가 그를 생각하오리잇가. 그쑨더러 우리의 生命까지도 그리 앗가운 줄을 모르게 되어 沈沒하는 船體의 異常한 不快한 音響을 發할 째마다 本能的으로 몸이 흠칫흠칫할 쑨이로소이다. 二十分 지내엇나이다. 船體는 漸漸 물 아레로 잠기나이다. 우리는 더 올라갈 곳이 업서 그 자리에 가만히 섯나이다. 이째에 群衆中에서 누가, 「저긔 배 보인다!」하고 웨친다. 群衆의 視線은 一齊히 西편 감안 點으로 쏠리더이다. 船長은 마스트 第二桁에 올라가 雙眼鏡으로 그 異點을 보더니, 손을 내어 두루며,

「코리아號다. 우리 배보다 二時間後에 써난 코리아號외다. 우리 배(가) 沈沒한다는 無線電信을 밧고 이리로 옴이외다. 그러나 저 배는 一時間後가 아니면 오지 못할 터이니, 各各 무엇이나 하나씩 붓들고 저 배 오기를 기다리시오」

우리의 얼굴은 一時에 變하엿나이다. 沉着하던 맘이 도로혀 動亂하더이다. 一條의 生道가 보이매 至今껏 죽으랴고 決心하엿던 것이 다 虛事가 되고, 이제는 살랴는 希望을 가지고 努力하게 됨이로소이다. 우리는 船員과 함께 널쪽 쯧기에 着手하엿나이다. 나도 依接할 것을 하나 어들 량으로 잠기다 남은 甲板 우으로 쮜어 돌아가다가, 異常한 소리에 깜작 놀내어 웃둑 섯나이다. 「사람 살리오!」하는 女子의 소리(英語로)가 들리며 무엇을 두다리는 소리가 나더이다.

나는 곳 그 소리가 서너 치나 이믜 물에 잠긴 主檣 밋 一等室에서 나는 줄

을 알아차리고, 얼는 쒸어가 「門을 칠 터이니 물러서시오」 하며 손에 들엇던 도쯰로 돌저귀를 짜려 부싀고 힘껏 그것을 잡아 젓겻나이다. 그 속에는 엇던 늙은 西洋夫人 하나와 젊은 東洋夫人 하나이 잇다가 허트러진 머리 寢衣 바람으로 문을 차며 마조 쒸어 나오더이다. 나는 그 門을 쩨어 生命을 依接할 양으로 도쯰로 잡을 손 잇는 데를 째트렷나이다. 이째에 뒤로서 누가 내게 매어달리기로 돌아본則 이것이 누구오릿가, 내 恩人 金一蓮이로소이다. 나는 다른 말 할 새 업시 다만 「이 門을 일치 말고 여긔 매어달리시오, 只今 救助할 배가 옵니다」 하엿나이다.

돌아서며 보니 船客과 船員들은 발서 널쪽을 하나씩 집어타고 물에 나섯더이다. 甲板에 물이 발서 무릅흘 잠으고 船體는 漸漸 빠르게 갈아안더이다. 게다가 굽신굽신하는 물결이 몸을 쳐 한 걸음만 걸핏하면 그만 千길 海中으로 쑥 들어갈 것이로소이다. 船上에는 우리 세 사람쑌이로소이다, 내가 도쯰로 門을 바스는 동안에 남들은 다 나려간 것이로소이다. 아아, 엇지하나 이 門 한쪽에 세 사람이 부틀 수 업고. 그러나 이제 달리 엇절 수도 업서 그 危急한 中에 얼마를 躊躇하엿나이다. 그러나 나는 「이 門을 타고 나가시오, 걸핏하면 그만이오, 어서 어서」 하고 다시 물속에 든 도쯰를 차자 다른 門을 바스려 하엿나이다.

그러나 이째에 발서 물이 허리 우헤 올라오고 물속에 잠긴 돌저귀를 바스지 못하야 한참이나 애를 쓰다가 뒤를 돌아본즉, 두 婦人은 水上에 조곰 남겨노힌 欄干을 붓들고 흑흑 늣기더이다. 나는 이를 보고 허리를 물에 잠으고 겨오하야 그 門을 쁘더내어 노코 본則 몬저 쁘더 노흔 門이 갑작이 밀어오는 물결에 밀녀 다라나더이다. 나는 도쯰를 집어 내어던지고 그 門을 잡고 헤어나갈 準備를 하엿나이다. 그러나 엇지 하리오. 門 하나에 셋은 탈 수 업스니 우리 셋中에 하나는 죽어야 할 것이라, 누가 죽고 누가 살 것이리잇가.

이제 우리는 寸刻의 餘裕도 업나이다. 두 婦人다려 그 門의 한편 녑에 부트라 하고 나는 다른 녑헤 부터 아조 우리 몸이 쓰기만 바랫나이다. 沈沒하는 本船 周圍에는 運命에 生命을 맛긴 人生들이 或은 널쪽에, 或은 救命帶에, 或은 救助艇에 부터 물결을 싸라 오르락내리락하며 말업시 써다니나이다. 앗가 보이던 코리아號는 果然 오는지 마는지.

이윽고 우리 몸은 全혀 그 門에만 매어달리게 되엇나이다. 두 婦人은 氣운 업시 門설柱를 잡고 내 얼굴만 쳐다보더이다. 그러나 세 사람의 重量에 門은 連해 갈안즈려 하고 그러할 쌔마다 弱한 婦人네는 더욱 팔에 힘을 줌으로 우리는 멧 번이나 머리까지 물속에 잠겻나이다. 가지나 겨울 물에 四肢는 얼어 들어오고 팔 맥은 풀리고 아모리 하여도 이 모양으로 十分을 지날 것도 갓지 아니하더이다. 이제 우리가 한 자기 오래 갈 妙策은 門을 胸腹部에 지대고 팔과 다리로 方向을 잡음이러이다. 그러나 걸핏하면 널쪽이 뒤집히던가 가라 안던가 할 모양이니 엇더하오리잇가. 그러나 우리는 數分間에 一次式 물에 잠기어 아모리 하여도 이대로 참을 수는 업더이다. 이쌔야말로 姑息을 不許하고 勇斷이 必要하더이다.

이렁그렁하는 동안에 氣力은 차차 耗盡하더이다. 元來 纖弱한 金娘은 벌서 훗득훗득 늣기며 졸기를 始作하더이다. 아모리 하여도 셋中에 하나는 죽어야 하리라 하엿나이다. 나는 얼는 살아야 할 사람은 나와 내 同胞인 金娘인가 하엿나이다. 人道上으로 보아 두 婦人을 살리고 내가 죽음이 맛당하다 하려니와, 나는 그쌔 내 生命을 몬저 바리기에는 넘어 弱하엿나이다. 그러나 저 西洋婦人을 써밀어내기도 生命이 잇는 동안은 못할 일이러이다. 쏘 한번 우리는 물속에 들엇다 나왓나이다. 숨이 막히고 精神이 앗득앗득 하더이다. 나는 다시 생각하엿나이다. 아직 國家가 잇다, 國家가 잇스니 內外國의 別이 잇다, 그러닛가 다 살지 못할 境遇에 내 同胞를 살림이 當然하다 하엿나이다. 그러나 斷行치 못하고 쏘 한번 물에 잠겻다 나왓나이다. 나는 이에 決心하엿나이다, 찰하리 이 널쪽을 뒤쳐업헛다가 둘中에 하나 사는 者를 살리리라 하엿나이다. 아아, 나의 사랑하는 이의 生命이 엇지 될는가. 「하나님이시어, 容恕하소서」 하고 나는 널쪽을 턱 노핫나이다.

아아, 그째의 心中의 苦悶이야 무엇으로나 形容하리잇가. 널쪽이 번쩍 들리며 두 婦人은 물속에 들어갓나이다. 나는 얼는 널쪽을 잡으려 하엿스나 널쪽은 물결에 밀려 數步外에 달아나더이다. 이윽고 두 婦人도 물을 푸푸 쌤으며 나쓰더이다. 나는 最後의 努力이로고나 하면서 널쪽을 바리고 金娘 잇는 데로 헤어가서 한 손으로 그의 겨드랑을 붓들고 널쪽을 向하야 헤엇나이다. 널쪽은 잡힐 듯 잡힐 듯하면서 우리보다 압서 가더이다, 나는 死力을 다하야 헤엇나이다. 우리의 두 몸은 이제야 겨오 코 以上이 물 우에 썻슬 짜름이로소이다.

나는 「이제는 죽엇고나」 하며 남은 힘을 다하엿나이다. 그러나 死體나 다름업는 女子를 한 손에 들엇스니 엇지 하오리잇가. 그러타고 참아 그는 노치 못햇나이다. 나는 不知不覺에 「아이구」 하엿나이다. 그러나 내 生命을 아직 끈키지 아니하엿슴으로 그래도 허우적허우적 널쪽을 向하야 헤엇나이다. 거의 긔운이 다하려 할 제 널쪽이 손에 잡혓나이다. 나는 새 긔운을 내어 金娘을 널쪽에 올려 싯고 나도 가슴을 널쪽에 대엇나이다. 그러고는 다리를 흔들어 널쪽의 方向을 돌렷나이다. 西洋婦人이 아직도 썻다 잠겻다 함을 보고 나는 그리고 向하여 저어가려 하엿나이다. 그러나, 내 四肢는 이믜 구덧나이다. 그러고는 精神을 일헛나이다.

쌔어본즉 나는 어느 船室에 누엇고 겻헤는 金娘과 다른 사람들이 昏迷하여 누엇더이다. 나는 몸을 음즈길 수도 업고 말도 잘 나가지 아니하더이다. 이 모양으로 二十分이나 누엇다가 겨오 精神을 차려 나는 어느 배의 救援을 바다 다시 살아난 줄을 알앗나이다. 그러고 겨오 몸을 닐혀 겻헤 누운 金娘을 보니 아직도 昏迷한 모양이러이다. 뒤에 들은즉 이 배는 우리가 기다리던 코리아號요, 그 船客들이 衣服을 내어 갈아닙히고 우리를 自己네 寢臺에 누인 게라 하더이다.

저녁 째쯤하야 金娘도 닐어나고 다른 遭難客도 닐어나더이다. 三百餘名에
生存한 者가 겨오 一百二十幾人. 나도 그 틈에 씨인 것이 참 神奇하더이다. 아
아, 人生의 運命이란 果然 알 수 업더이다. 船長도 죽고 나와 가튼 房에 들엇
던 이도 죽고 毋論 그 西洋婦人도 죽고 ― 그러나 그째 救助艇에 쒸어 오르랴
다가 도로 쓸려 나린 者는 살아나서 바로 내 마즌 편 寢牀에 누어 알는 소리
를 하더이다. 여러 船客은 여러 가지로 慰問하여 주며 엇던 西洋婦人네는 눈
물을 흘리며 慰問하더이다. 나는 그네에게 對하야 나의 目睹한 自初至終을
말하엿나이다. 그네는 或 놀나기도 하고 울기도 하며 그 말을 듯더이다. 그
水雷는 敷設 水雷인가 獨逸 水雷艇이 發射한 것인가 하고 議論이 百出하엿스
나 毋論 歸結되지 못하엿나이다. 우리도 국과 牛乳를 마시고 다시 잠이 들어
翌朝 長崎에 碇泊할 째싸지 世上 모르고 잣나이다.

長崎서 이틀을 留하야 단번 義勇艦隊 배로 이곳에 倒着한 것이 再再昨日
午前 九時로소이다. 그러나 물에서 몸이 지쳐 우리는 그냥 病院에 들어와 只
今싸지 누엇스나 오늘부터는 心神이 자못 輕快하야 감을 늣기오니 過慮마르
소서.

第四信

나는 只今 小白山中을 通過하나이다. 正히 午前 四時. 겹琉璃窓으로 가만
이 내다보면 熹微하게나마 白雪을 지고 인 沈沈한 森林이 보이나이다. 우리
列車는 零下 二十五六度 되는 天地開闢 以來로 일즉 人跡을 못 들어본 大森林
의 밤 空氣를 헤치고 헐럭헐럭 달아가나이다. 들리는 것이 오즉 둥둥둥둥한
車輪 소리와 汽罐車의 헐덕거리는 소리뿐이로소이다. 우리 車室은 寢臺 四個
中에 二層 二個는 부이고, 나와 金娘이 下層 二個를 占領하엿나이다. 蒸氣鐵
管으로 室內는 우리 溫突이나 다름 업시 훗훗하여이다. 나는 金娘의 자는 옆

을 보앗나이다. 담뇨를 가슴까지만 덥고 입술을 半쯤 열고 부드러운 숨소리가 무슨 微妙한 音樂가치 들리더이다. 그 가는 붓으로 싹 그은 듯한 눈섭하며, 방그레 웃는 듯한 두 눈하며 여러 날 危險과 勞困으로 좀 햇슥하게 된 두 쌤하며, 입술이 약간 감웃감웃하게 탄 것이 도로혀 風情잇더이다.

나는 이 사람을 사랑한 지 오래거니와, 아직 이 사람의 其間의 變遷과 經過를 仔細히 들어볼 機會가 업섯나이다. 上海서 精誠된 看護를 바들 째 그의 맘이 如前히 天使 갓거니 하기는 하엿스나 그 眞僞를 判定할 機會는 업섯나이다. 나는 이제야 그 됴흔 機會라 하엿나이다. 대개 아모리 外飾에 닉숙한 者라도 잘 째의 容貌와 態度는 숨기지 못하는 것이로소이다. 그럼으로 엇던 사람의 자는 얼굴을 보면 그 사람의 性情을 大槪는 正確하게 判斷하는 것이로소이다. 죽은 얼굴은 더욱 그의 性格을 잘 發表한다 하나이다. 그러나 家族 外에는 남의 자는 얼굴을 보기 어려운 것이니, 이러한 硏究의 最好한 機會는 車中이나 船中인가 하나이다. 나는 그대의 자는 얼굴을 여러 번 보앗나이다. 그러고 그 얼굴로 그대의 性情을 만이 判斷하엿나이다. 이제 그 손씨*를 가지고 金娘의 자는 얼굴을 硏究하려 하엿나이다.

맨 처음 그의 얼굴과 숨소리가 小兒의 그것과 가치 和平함은 그의 心情이 善하고 快暢함을 보임이오, 그의 방그레한 우슴을 씌움은 엇던 處地 어떤 事件을 當하거나 絶望하고 悲痛하지 아니하고 恒常 主宰의 攝理를 依支하야 맘을 和樂하게 가짐을 보임이니, 만일 그러치 아니하면 그러케 큰 困難을 격근 뒤에는 반다시 얼굴에 苦悶不平한 빗이 보일 것이로소이다. 그의 숨소리가 順하고 長短 가틈은 그의 肉體와 心情의 完全히 調和함을 보임이니, 숨소리의 不齊함은 무슨 不調和가 잇슴이로소이다. 그는 어젯밤에 누은 대로 端正한 姿勢를 維持하엿스니, 이는 그의 心情의 端雅하고 沈着함을 보임이로소이다. 或 벼개를 목에 걸고 고개를 번적 잣긴다든가 입으로 침을 질질 흘린

* '솜씨'의 평북 방언.

다든가 팔과 다리를 모양 업시 내어던지는 사람은 반다시 맘의 主대 업고 亂雜함을 보임이로소이다. 입을 꼭 담을지 아니함은 意志가 弱하다든가 남에게 依賴하랴는 性情을 表함이어니와, 조곰 방싯하게 입을 연 것은 도로혀 美를 더하는 点이로소이다. 只今 우리 金娘은 마치 아기가 그 慈母의 품에 안긴드시 맘을 푹 노코 極히 安穩하게 자는 것이로소이다.

나는 한참이나 이 純潔한 女性의 얼굴을 凝視하다가 눈을 감고 壁에 기대어 생각하엿나이다. 果然 아름답도소이다. 이 아름다움을 보고 嘆美하고 愛着하는 情이 아니 날 사람이 잇사오릿가. 造物은 嘆美하기 爲하야 이런 美를 짓고, 이런 美를 鑑賞하는 힘을 人生에게 준 것이로소이다. 그 동안 여러 危險과 困難에 餘裕 업는 胃中은 다시 舊에 復하야 散亂하기 始作하엿나이다. 나는 六年前 某女學校 寄宿舍에서 「奔走하신데」 하고 살작 낫츨 붉히던 그를 回想하고, 日比谷의 一場夢을 回想하고, 그째 나의 憧憬과 苦悶을 생각하고, 또 내가 지난 四五年間에 격근 모든 精神的 變遷과 苦悶이 太半이나 只今 내 압헤 누어 자는 一短軀의 原因함을 생각하엿나이다. 아마 그는 내가 自己를 爲하야 격근 모든 것을 모를 것이로소이다. 그래서 가치 死生間에 出入하면서도, 또는 가치 無人한 車室內에 잇스면서도 彼此의 心中은 大端히 懸殊한 것이로소이다.

胃壁 하나를 隔한 사람과 사람 사이의 心中은 마치 此界와 他界와 가타야 其間에 交通이 생기기 前에는 決코 接觸하지 못하는 것이로소이다. 그 交通機關은 言語와 感情이니, 이 機關으로 彼此의 內情을 査悉한 後에야 和親도 생기고 排斥도 생기는 것이로소이다. 그럼으로 朋友라 함은 서로 理解하야 各其 他人에게 自己와의 共通點을 發見함으로 생기는 關係라 할 수 잇는 것이로소이다. 그러나 사랑은 이와는 짠 問題니, 그의 性情이며 思想言行이 或 사랑의 原因도 되며, 或 이믜 成立된 사랑을 强하게 하는 效力은 잇스되 그것은 理解한 后에야 비로소 사랑이 成立되는 것은 아니로소이다. 말이 넘어 겻

길로 들엇나이다.

　나는 내 心情을 吐說함이 金娘에게 엇더한 생각을 줄가 하엿나이다. 내가 自己를 爲하야 全人格의 變動과 苦悶을 바든 줄을 말하면 그의 感想이 엇더할는가. 自己를 爲하야 五六年 苦悶中으로 지낸 男子인 줄을 알 째에 果然 엇더한 感想이 생길가. 毋論 그 事情을 듯는다고 업던 사랑이 생길 理는 업스련마는 自己를 爲한 犧牲을 可憐하게는 녀기리라 하엿나이다. 設或 그가 내 陳情을 듯고 도로혀 성내어 나를 排斥하리라 하더라도, 熹微한 怨悶과 함께 오래 품어오든 情을 바로 그 當者를 向하야 吐露하기만 하야도 훨신 속이 싀언하고 달씀한 맛이 잇슬 쯧하여이다. 그래 나는 제가 잠을 째기만 하면 곳 그러한 말을 하리라 하엿나이다. 그러고 다시 눈을 써 그의 얼굴을 보매 如前히 安穩히 자더이다.

　나는 다시 생각하엿나이다. 設或 저편이 나를 사랑한다 한덜 내가 저를 사랑할 權利가 잇슬가. 나는 已婚男子라, 已婚男子가 다른 女性을 사랑함은 道德과 法律이 禁하는 바라. 그러나 내 안해에게는 엇지하야 사랑이 업고 도로혀 法律과 道德이 사랑하기를 禁하는 金娘에게 사랑이 가나잇가. 法律과 道德이 人生의 意志와 情을 거슬이기 爲하야 생겻는가. 人生의 意志와 情이 所謂 惡魔의 誘惑을 바다 道德과 法律을 違反하려 하는가. 이에 나는 道德法律과 人生의 意志와 어느 것이 原始的이며, 어느 것이 더욱 權威가 잇는가를 생각하여야 하겟나이다.

　人生의 意志는 天性이니 天地開闢 째부터 創造된 것이오, 道德이나 法律은 人類가 社會生活을 始作함으로부터 社會의 秩序를 維持하기 爲하야 생긴 것이라. 卽 人生의 意志는 自然이오 道德法律은 人爲며, 짜라서 意志는 不可變이오 絕對的이오 道德法律은 可變이오 相對的이라. 그럼으로 吾人의 意志가 恒常 道德과 法律에 對하야 優越權이 잇슬 것이니, 그럼으로 내 意志가 現在 金娘을 사랑하는 以上 道德과 法律을 違反할 權利가 잇다 하나니다. 내가 이를 違反하면 道德과 法律은 반다시 나를 制裁하리이다. 或 나를 姦淫者라 하고, 或 重婚者라 하야 社會는 나를 排斥하고 法律은 나를 處罰하리이다. 그러나 내가 만일 金娘을 사랑함이 社會와 法律의 制裁보다 重타고 認定할 째에는 나는 그 制裁를 甘受하고도 金娘을 사랑할지니, 大槪 靈의 要求가 有形한 온갓 것보다도 一天下보다도 宇宙보다도 더 重함이로소이다.

現代人은 넘어 道德과 法律에 靈性이 痲痺하야 靈의 權威를 認定 못하나니, 이는 生命 잇는 人生으로서 生命 업는 機械가 되어바림과 다름이 업나이다. 예수가 十字架에 박임도 當時의 道德과 法律에 違反하엿슴이오, 모든 國士와 革命家가 重罪人으로 或은 賤役을 하며 或은 生命을 일흠도 靈의 要求를 貴重하게 녀기어 現時의 制度를 違反함이로소이다. 大槪 道德과 法律을 違反함에도 二種이 잇스니, 一은 私慾, 物慾, 情慾을 滿足하기 爲하야 違反함이니 이째에는 반다시 良心의 苛責을 兼受하는 것이오, 其二는 良心이 許하고 許할 쑨더러 獎勵하야 現社會를 違反케 하는 것이니 이는 法律上으로 罪人이라 할지나 他日 그의 爲하야 싸호던 理想이 實現되는 날에 그는 敎祖가 되고 國祖가 되고 先覺者가 되어 社會의 追崇을 밧는 것이니, 歷史上에 모든 偉人傑士는 대개 이러한 人物이로소이다.

나는 不幸히 凡人이 되어 政治上 쏘는 宗敎上 이러한 革命者가 되지 못하나 人道上 一革命者나 되어보려 하나이다. 내가 金娘을 사랑함이 果然 이만한 高尙한 意義가 잇는지 업는지는 모르나, 이믜 내 全靈이 그를 사랑하는 以上 나는 決코 社會를 두려 내 靈의 要求를 抑制하지 아니하려 하나이다. 或 社會가 나를 惡人으로 녀겨 다시 나서지 못하게 한다 하더라도 나는 내 靈의 神聖한 自由를 죽여서까지 肉體와 名譽의 安全을 圖謀하려 아니하나이다. 나는 日本人의 情死를 부러워 하나니, 대개 제가 사랑하는 者를 爲하야 목슴을 바리기조차 辭讓치 아니하는 그 精神은 果然 아름답소이다. 저 或은 名譽를 爲하야 或은 身體나 財産을 爲하야 사랑하든 者 버리기를 식은 밥 먹듯하는

種族을 나는 미워하나이다.

나도 그러한 懦弱하고 冷淡한 피를 바닷스니 果然 저 外國人 모양으로 사랑하는 者를 爲하야 生命까지라도 앗기지 안케 될는지는 알 수 업스나, 나는 이제 金娘을 對하야 이 實驗을 하여 보려 하나이다. 내가 日前 破船하엿슬 쩨에 한 行動도 이 方面의 消息을 傳함인가 하나이다. 人生의 一生이 果然 우습지 아니하니잇가. 오래 살아야 七十年에 구태여 社會 압헤 꿀어 업데어 온갖 服從과 온갖 阿諂을 하여 가면서까지 奴隸的 安全과 快樂에 戀戀할 것이야 무엇이니잇가. 제가 正義로 생각하는 바를 짜라 勇往邁進하다가 成하면 조코 敗하면 暴風에 쩔어지는 쏫 모양으로 훌적 날아가면 그만이로소이다. 나는 벌덕 닐어섯나이다. 두 주먹을 불근 부르쥐고 「올타, 怯을 바려라. 내 사랑하는 金娘을 爲하야 全心身을 바치리라」 하엿나이다. 내 발소리에 쌔엇는지 金娘이 눈을 쓰며

「치우십닛가.」

「아니올시다. 넘어 오래 잣기로 運動을 좀 하노라고 그럽니다.」

「只今 몟時야요」 하면서 닐어 안는다.

「다섯時 五分이올시다. 좀더 줌으시지요. 아직 이른데.」 하고 나는 異常하게 수접은 맘이 생겨 金娘을 正面으로 보지 못하고 窓도 내다보며 電燈도 보며 하엿나이다.

「여긔가 어듭닛가.」

「小白山 森林 속이올시다. 아즉까지 두 발 달린 즘생 들어보지 못한 聖殿인데 只今은 鐵道가 생겨 차차 森林도 探伐하고 아담이와 말하든 새와 사슴들도 각금 두 발 달린 짐승의 銃소리에 놀랍니다. 地球上에는 이 두 발 달린 짐승이 過히 繁盛하야서 모처럼 하나님의 數十萬年 품들여서 만들고 새겨노흔 地球를 말 못되게 보기 숭하게 만듭니다. 自然을 이러케 바려놋는 모양으로 사람의 靈性에도 붉은 물도 들이고 푸른 물도 들이고 깍기도 하고 새기기

도 하야 모양업시 만들어 놋습니다. 봅시오. 우리 身體도 그러합지오. 모다 무슨 凶物스러운 헌겁으로 뒤싸고 禮儀니 習慣이니 하는 오라줄로 꽁꽁 동여매고……」

나는 나오는 대로 한참이나 짓거리다가 過히 冗長한 듯하야 말을 쑥 끈코 金娘의 얼굴을 보앗나이다. 金娘은 빙그레 우스면서

「그래도 衣服도 업고 文明도 업스면 이 치운 쌍에서야 엇더케 삽닛가.」

「못 살지오. 元來로 말하면 地球가 이러케 식어서 눈이 오고 얼음이 얼게 되면 차차차차 赤道地方으로 몰려가 살 터이지오. 말하자면 赤道地方에 사는 사람들이 싸정 살 權利 잇는 사람이오 溫帶나 寒帶에 사는 사람들은 天命을 拒逆하여 사는 것이외다그려. 그러닛가 赤道地方에 사는 사람들은 天命대로 自然스럽게 살아가지마는 溫帶나 寒帶에 사는 사람들은 所謂 「自然을 征服」한다 하야 쏙 天命에 거슬이는 生活을 합니다그려. 그네의 所謂 文明이라는 것이 卽 天命을 拒逆하는 것이외다. 爲先 우리로 보아도 한 時間에 十里式 걸어야 올케 만든 것을 쇠를 부려 百餘里式이나 것지오. 눈이 오면 치워야 올흘 텐데 우리는 只今 싸뜻하게 안잣지오……그러닛가 文明 속에 잇서서는 하나님을 섬길 수 업서요.」

「아, 그러면 先生께서는 文明을 咀呪하십니다그려. 그러나 우리 人生 치고 文明 업시 살아갈가요? 톨스토이가 제 아모리 文明을 咀呪한다 하더라도 그 亦是 「家屋」 속에서 「料理」한 飮食 먹고 「機械」로 된 衣服 닙고 지내다가, 마츰내는 鐵道를 타다가 停車場에서 「醫師」의 治療를 밧다가 죽지 아니하엿습닛가.」

나는 이 말에는 對答하려 아니하고 單刀直入으로 金娘의 事情을 探知하려 하엿나이다. 金娘의 述懷는 如左하여이다.

내가 東京을 써난 後 一年에 金娘도 某高等女學校를 卒業하고 仍하야 女子大學校 英文學科에 入學하엿나이다. 元來 才質이 超越한 者라 入學 以後로 學

業이 日進하야 校內에 朝鮮才媛의 名聲이 赫赫하엿나이다. 그러나 꼿과 가치 날로 픠어가는 그의 아름다온 얼굴에는 醉하야 모혀드는 蝴蝶이 한둘이 아니런 듯하여이다. 그中에 一人은 姓名은 말할 必要가 업스나 當時 朝鮮留學生界에 秀才이던 某氏러이다. 氏는 帝大 文學科에 在하여 才名이 隆隆하던中, 그中에도 獨逸文學에 精詳하고 쏘 天禀의 詩才가 잇서 입을 열면 노래가 흐르고 붓을 들면 詩가 소사나는 者러이다. 朝鮮學生으로 더구나 아직 靑年學生으로 日本文壇의 一方에 明星의 譽를 得한 者는 아직것 아마 氏밧게 업섯스리이다. 氏의 詩文이 엇더케 美麗하야 人을 惱殺하엿슴은, 일직 氏의「少女에게」라 하는 詩集이 出版되매 그後 一個月이 못하야 無名한 靑年女子의 熱情이 橫溢하는 書翰을 無數히 受함을 보아도 알 것이로소이다. 말하자면 金娘의 萬人을 惱殺하는 美貌를 某氏 그 筆端에 가진 것이라 할 것이로소이다. 金娘과 某氏와는 詩文의 紹介로 不識不知間 相思하는 愛人이 되엿나이다. 그러하야 爲先 雙方의 胷中에 火焰이 닐어나고, 다음에 詩와 文이 되고, 다음에 熱烈한 書翰이 되고, 쏘 다음에 偶然한 對面이 되고, 마참내 핑계 잇는 訪問이 되어 드대어 쎄랴도 쎌 수 업는 愛의 融合이 된 것이로소이다.

或 新春의 佳節에 手를 携하고 郊外의 春景을 차자 爛漫한 百花의 熱烈한 情焰을 도드며 朗朗한 죵달의 소리에 靑春의 生命의 喜悅을 노래하고, 或 瀧川高尾에 晩秋의 色을 賞하야 飄颻하는 落葉에 人生의 無常을 歎하고 冷冷한 秋水에 쓰거운 靑春의 紅淚를 쌷리기도 하야, 春去秋來 三個의 星霜을 쑬가치 달고 꿈가치 朦朧하게 지내엇나이다. 그러나 某氏는 天才의 흔히 잇는 肺病이 잇서 몸은 날로 衰弱하고 詩情은 날로 淸純하야 가다가 去年 春三月 픠는 꼿 우는 새의 앗가운 人生을 바리고 구름 우 白玉樓의 永遠한 졸음에 들엇나이다. 其後 金娘은 破鏡의 紅淚에 속절업시 羅衿을 적시다가 斷然히 志를 決하고 一生을 獨身으로 文學과 音樂에 보내리라 하야 엇던 獨逸 宣敎師의 紹介로 伯林으로 向하든 길에 今次의 難을 遭한 것이로소이다. 黃海中에서

不歸의 客이 된 그 西洋婦人은 卽 金娘이 依託하랴던 獨逸婦人인 줄을 이제야 알앗나이다. 娘은 言畢에 潛然히 淚를 下하고 嗚咽을 禁치 못하며 나는 고개를 돌려 주먹으로 눈물을 씨섯나이다.

슯흐다 某氏여, 朝鮮사람은 某氏의 夭逝를 爲하야 痛哭할지어다. 槿花半島의 高麗한 江山을 누가 잇서 咏嘆하며 四千年 묵은 民族의 胃中을 누가 잇서 읊흐리잇가. 山谷의 百合을 보는 이 업스니 속절업시 바람에 날림이 될지오, 柳間의 黃鶯을 듯는 이 업스니 無心한 空谷이 反響할 짜름이로소이다. 우리는 이러한 天才 詩人을 일헛스니 이 또한 하날의 쓧이라 恨嘆한들 미치지 못하거니와, 幸혀나 마음잇는 누가 그의 무덤 우에 한줌의 쏫을 供하고 한 방울 눈물이나 쌰럿기를 바라나이다.

曙色이 窓에 빗최엿나이다. 하날과 쌍이 왼통 雪白한 中에 永遠의 沈默을 쌔터리고 우리 列車는 數百名 各種人을 싯고 헐덕헐덕 달아나나이다. 이 列車는 무슨 쯧으로 다라나고, 車中의 人은 무슨 쯧으로 어대를 向하고 다라나나잇가. 봄이 가고 겨울이 오니 쏫이 픠고 쏫이 지며, 밤이 가고 낫이 오니 해가 쓰고 달이 지도다. 쏫은 웨 픠고 지며 해와 달은 웨 쓰고 지나잇가. 쉬음업시 天軸이 돌아가니 滿天의 星辰이 永遠히 맴돌이를 하도다. 저 별은 웨 반작반작 蒼穹에 빗나고, 우리 地球는 웨 해바퀴를 싸고 빙글빙글 돌아가나잇가. 나라와 나라이 웨 적엇다 컷다가 잇다가 업서지며, 人生이 어이하야 낫다가 잘아다가 알타가 죽나잇가. 나는 어이하야 낫스며 金娘은 어이하여 낫스며 그대는 어이하야 낫스며, 나는 무엇하러 小白山中으로 다라나고 그대는 무엇 하러 漢江가에 머무나잇가. 나는 모르나이다. 모르나이다.

그러나 하고만흔 나라에 나와 그대와가 엇지하야 한 나라에 나고, 하고만흔 時期에 나와 그대와가 엇지하야 同時에 나고, 하고만흔 사람에 나와 그대와가 엇지하야 사랑하게 되엿나잇가. 나와 金娘이 엇지하야 六年前에 맛낫다가 헤어지고 黃海에서 가치 죽다가 살어나고, 이제 同一한 車室에서 마조

보고 談話하게 되엇나잇가. 나는 모르나이다. 모르나이다. 그대를 服中에 둔 그대의 母親과 나를 服中에 둔 나의 母親과는 서로 그대와 나와의 關係를 생각하엿스릿가. 腹中에 잇는 그대와 나와는 서로 나와 그대를 생각하엿스리잇가. 그대와 나와 初對面하는 前日에 그대와 나와는 翌日의 相面을 期하엿스리잇가. 그대와 나와 初對面하는 日에 그대와 나와의 翌日의 愛情을 想像하엿스리잇가. 서로 생각도 못하던 사람과 사람을 만나게 하는 者 — 그 무엇이며, 서로 제各各 제 境遇에 자라든 사람과 사람의 맘을 서로 交通케 하는 者 — 그 무엇이리잇가. 나는 모르나이다. 모르나이다.

알지 못케라. 우리가 가장 멀게 생각하는 亞弗利加의 內地나 南米의 南端에 쉬파람하는 靑年이 나의 親舊가 아닐는지. 꽁 짜고 나물 캐는 아릿다온 處女가 나의 愛人이 아닐는지. 나는 모르나이다. 모르나이다.

이제 金娘과 나와 서로 對坐하엿스니 兩個의 靈魂이 제 맘대로 鼓動하나이다. 그러나 눈에 보이지 아니하는 微妙한 줄이 萬人의 맘과 맘에 往來하니, 이 줄이 明日에 甲과 乙과를 엇더한 關係로 매자노코 丙丁과 戊己와를 엇더한 關係로 매자노흐리잇가. 나는 모르나이다. 모르나이다. 金娘과 내가 將次 엇더한 關係로 우슬는지 울는지도 나는 모르나이다. 모르나이다.

나는 이제는 明日일을 豫想할 수 업고 瞬間일을 豫想할 수 업나이다. 다만 萬事를 造物의 意에 付하고 이 列車가 우리를 실어가는 대까지 우리 몸을 가져가고 이 靈魂을 끌어가는 데까지 우리는 끌려가려 하나이다.

東京花信*

一

東京은 到處에 櫻花워다. 高處에셔 全市內을 俯瞰ᄒ면 街街衢衢에 紅雲이 靉靆ᄒᆫ 듯ᄒ워다. 平素에는 生存競爭에 緊張ᄒ얏던 市民의 容貌에도 醉ᄒᆫ 듯ᄒᆫ 빗이 보입니다. 東京은 正히 봄속에서 쮜넘니다.

近日 或風或雨에 日氣는 그리 좃치 못ᄒ얏스나 그릭도 電車에 올라보면「上野」로 꽃구경 가는 客으로 滿員이워다. 집 보던 老人도, 아이 보던 主婦도, 商店의 使喚도, 엉덩이 큰 게집 下人도 잇는 뒤로 썰쳐입고「오하나미(꽃구경)」를 가나봅니다.

各新聞의 三面은 市內 各處의 花信으로 찻습니다. 그릭셔 生도 九段, 上野, 向島, 飛鳥山, 御殿山 等이 東京 附近의 名所인 줄도 빅호고 쯔 市內外 現在 櫻樹數가 七萬二千四百二十五本인 것과, 江戶의 櫻樹는 德川幕府 以來로 移植된 것과, 市內의 櫻의 種類는 所謂 吉野染井에 屬ᄒ는 것과, 小金井의 櫻은 山櫻이라 四月五日後에 發花ᄒ는 줄도 빅왓습니다.

「花は櫻, 人は武士」라 ᄒ야 櫻花를 古來로 日本魂의 象徵이라 ᄒ여온 것은 누구나 넘어 잘 아는 바워다. 一時에 쑥 피엇다가 一時에 척 지는 것이 武士답다 홈이워다. 「敷島の大和心を人間へは朝日に匂ふ山櫻花」**라는 西行法師***의 노릭에서 專賣局 卷煙의 名稱이 나온 것도 누구나 넘어 잘 아는 바워다.

---

* 孤舟,『每日申報』, 1917.4.17.-27.

** 모토 노리나가本居宣長의 유명한 와카의 한 구절. 원문을 옮기면 다음과 같다.'시키시마의 일본인의 마음이란 무엇인가 묻는다면 아침 햇빛에 빛나는 산벚꽃과 같은 것이라고 대답하리.'

*** 사이교 법사西行法師(1118-1190). 헤이안 말기부터 가마쿠라 초기에 걸쳐 활동한 무사이자 승려이며 시인. 벚꽃에 관한 시를 많이 읊어 '벚꽃 시인'으로도 유명하다.

實로 사꾸라「櫻」는 日本의 國花워다.「사꾸라」라는 말만 들어도 日本人은
빙그레 웃습니다.

二

生도 들먹거리는 엉덩이를 鎭定치 못ᄒ야 上野에「오하나미(꽃구경)」를
갓습니다. 上野 廣小路에는 人山人海를 成ᄒ야 電車와 自動車도 헤어나지를
못ᄒ고 쌩쌩짤랑 이만 씁니다. 西鄕陸盛*의 銅像前 正面 石階段을 올라셔면
小의 몸은 萬丈의 塵寰**을 脫ᄒ야 紅雲이 자유흔 仙境에 入흠이외다. 滿開
외다. 滿開워다. 紅雲이라고밧게 比홀 말이 업습니다. 男女老幼는 말 업시 方
向 업시 紅雲 속으로 逍遙합니다. 그네의 눈은 그네의 몸과 다리를 끌고 限定
업시 깁히 깁히 紅雲 속으로 들어가다가 紅雲이 긋난 곳에 니르러셔야 비로
소 精神을 차립니다. 그쩍신지 그네는 恍惚ᄒ엿섯고 醉ᄒ엿섯습니다. 그네
의 얼굴은 불그레흡니다.

여긔져긔 赤毛布를 편 걸상 노흔 茶屋에셔는 옷쇼매 뒤로 거더올닌 女下
人들이「이랏사이, 오까쎄나샤이마시」***를 唱歌ᄒ드시 부릅니다. 짤 다리고
온 慈母, 愛子의 손을 끌고 온 嚴父, 鴛鴦 ᄭ흔 新婚夫婦며 엽분 海軍服 닙힌
子女를 시에 셰운 中老夫婦, 면발에 꿈 놉흔 나막신 신은 방칼라 學生과 菫色
치마에 粉紅 당기 들인**** 女學生 아가씨들. 발목 굵고 엉덩이 큰 下女, 머리
안 빗고 아이 업은 아이보개, 東洋人 西洋人홀 것 업시 各階級 各種類 사름이
平等으로 春의 王國의 大名節을 즐깁니다.

例年 ᄯ흔 妓生花節의 假裝舞踏와 行列이 잇다는딕 今年에는 當局의 取締

---

* 사이고 다카모리西鄕陸盛(1828-1877). 막부 말기에서 메이지 초기에 걸쳐 활동한 무사이자 군
  인, 정치가. 오쿠보 토시미치大久保利通, 키도 타카요시木戸孝允와 더불어 '유신삼걸維新三
  傑'로 불리며, 1876년 무사들의 반란인 세이난전쟁에서 패배한 후 할복하였다.
** 티끌 세계.
*** お掛けなさいませ. 쉬었다 가세요.
**** 원문에는 '들이'로 되어 있다.

가 嚴ᄒ야 그것은 업스나 間或 男子 五六人이 이머에 수건을 동이고 異常야 룻흔 몸짓을 ᄒ고 노릭를 부르면셔 列을 지어가는 것이 보입니다.

어디를 [원문 누락]* 우슴이다, 곳도 웃고 풀도 웃고 그 속에 잇는 사름도 웃읍니다. 사름들은 아마 모든 世上일을 니즌 듯합니다. 그러고 仙境의 春夢에 醉흔 듯홈니다.(1917.4.17.)

不忍池畔

生은 只今 不忍池 觀月橋上에 立ᄒ얏습니다. 不忍池는 上野公園 西便에 在흔 圓形의 池니, 蓮花로 有名ᄒ외다. 복판에 小島가 잇고 거긔는 辨天神社가 잇습니다. 觀月橋는 그 小島와 池의 西尾을 連結ᄒ는 美麗흔 石橋외다. 生은 只今 그 石橋의 欄干에 몸을 기대고 잇습니다.

水蒸氣 만흔 하늘에는 醉흔 듯흔 春宵月이 달녓슴니다. 明月이 아니오 春宵月이외다. 醉흔 듯ᄒ고 졸니는 듯ᄒ고 情에 못 이긔어 ᄒ는 듯흔 春宵月이외다. 그러고 生命과 香氣를 먹음 春宵風이 붑니다. 이 바람은 져 달의 입김이외다. 사람의 心緒를 散亂케 ᄒ고 恍惚케 ᄒ는 魔風이외다. 草木이 이 바람을 바다 곳을 피우고 닙흘 피우는 모양으로 吾人의 胸中에셔 졸던 靈도 이 바람을 바다 눈을 쓰고, 하폄을 ᄒ고, 기지게를 ᄒ고, 웃줄웃줄 춤를 춥니다, 池畔의 垂楊으로 더불어

池面에는 細波가 生합니다. 그 밋헤 잇는 蓮根들도 春意를 견듸지 못ᄒ여 속은거리는 듯합니다. 方今 開催中인 奠都博覽會의 일누미네슌(電燈裝飾)은 煌煌ᄒ고 音樂은 嘹喨ᄒ외다. 池畔으로 얼는얼는ᄒ는 人影과 車影은 마치 夢中과 곳고 幻影과 곳흡니다. 여긔져긔 靑樓紅燈下에는 哀婉흔 管絃을 마쳐 翩翩ᄒ는 舞袖가 보입니다. 天地에 봄이 차니 스름의 미음에도 봄이 참니다.

---

* 앞뒤 맥락이 자연스럽지 못한 것으로 보아 원문의 일부가 누락된 듯하다.

植物園

土曜日이외다. 午後에 小石川植物園에 觀櫻次로 갓슴이다. 陰天이지마는 春光이 덧업스니 一日도 難待외다. 비가 오면 마즐심되고

植物園은 昔日 德川將軍家의 藥圃이던 것이 只今은 帝國大學 理科大學 附屬이외다. 모흘 수 잇는 되로 各種 草木을 모흐고 一草一木에도 다 洋書와 和書로 名牌를 부첫슴이다. 正門을 들어서셔 左右의 千枝松을 바라보며 數十步를 들어가면 二三十株의 老櫻이 紅雲에 덥혓고, 그 밋헤는 春光에 醉흔 士女가 三三五五히 逍遙흡니다. 學校로셔 돌아오는 女學生들이 海老茶(다홍)치마에 冊裖를 끼고 가벼운 발로 落花를 밟슴니다.* 여긔져긔 畵架를 압혜 노흔 畵家들은 고개 들어 꼿을 보고는 畵筆을 들어 캄바쓰(畵布)에 點을 침이다. 아름다온 春光을 앗겨 캄바쓰上에 保存흐러 흡이외다. 年年歲歲 花相似라고 말을 맙시오. 明年에 핀 꼿은 벌셔 今年 꼿이 아니외다. 흔번 지나간 春光은 永遠히 再來흐지 아니흡니다. 져 캄바쓰에 保存된 꼿은 每樣에 그만흐러니와 枝頭에 달닌 꼿은 明朝면 塵土에 委흘 것이외다. 花下에 노니는 靑春紅顔을 볼 씩에 實로 斷腸의 哀感을 禁치 못흡니다. 吾人은 몟 春光의 花發花落을 보는 동안에 紅顔이 衰흐여 져 落花로 더불어 속절업시 一掬土가 되고 마는 것이외다.

人生이 靑春인데 時節조차 靑春……이것이 吾人의 黃金時代외다. 「노쟈 노쟈 졈어 노쟈」는 人生의 自然의 聲이외다.

져편 잔듸판에는 六七歲되는 꼿송아리 곳흔 女兒들이 巡邏잡이를 흐고 그中에는 어른들도 兒孩로 化흐야 셕겨 놉니다.

졈잔을 쎅던 女學生들도 冊裖를 내어던지고 노릭를 부르며 갸닥질을 합니다. 春光의 主人은 少年이외다. 老人들도 少年으로 化흔 後에야 비로소 春光을 맛봅니다. 少年으로 化흘 수도 업시 된 사름은 별셔 萬事休矣외다.

---

* 원문에는 '앎슴니다'로 되어 있다.

잔듸에는 속입이 나오고 樹梢에는 嫩芽각 發합니다. 그러나 해북은 椿(쓰바 끼)* 밋헤는 血紅色 곳이 가엽시 떨어져셔 잇다금 불어오는 春風에 이리 굴고 져리 굴어 아릿다온 花瓣에 흙이 무듭니다. 곳 피우는 바름은, 곳 떨구는 바름이외다. 가슴에 ᄉ랑의 紅焰을 藏흔 愛人들은 거긔 와셔 暫間 발을 멈츄고 그 血紅色 곳을 집어 입셜에 대엇다가 힘업시 떨웁니다. 마치 鮮血을 吐ᄒ는 것 ᄀ습니다.

돌아나을 ᄯ에는 앗가 보던 畵布에는 벌셔 그림이 完成되엇습데다. 엇던 샤름은 一幅을 完成ᄒ고 다른 畵布를 내어노코 이것을 그릴가 져것을 그릴가 ᄒ는 드시 붓츔을 취웁데다. 實로 植物園은 自然을 愛明ᄒ는 者와 畵家에게는 無二흔 愛人이외다.(1917.4.25.)

飛鳥山

飛鳥山은 「아스까야마」 라고 부릅니다. 東京北에 在ᄒ니 市内電車 巣鴨停留場에셔 步行 約三十分程이외다. 一名은 山이로듸 其實은 平地외다. 觀櫻터로는 第二位에 居합니다. 第一이 上野, 第二가 飛鳥山, 第三이 小金井, 第四가 荒川堤외다. 이에 第一 第二라 흠은 發花의 時期를 니름이니, 櫻에도 數種이 잇셔 「히간ᄌ쿠라(彼岸櫻)」 라는 것은 春分時節에 핀다 흠이니 第一―무흔 者요, 그 담이 「야마자쿠라」(山櫻), 最後에 피는 것이 「야에자쿠라」 (八重櫻) 외다. 八重櫻이라 흠은 雄蕋가 全혀 花瓣으로 變ᄒ야 普通櫻이 五瓣인 代身에 十餘瓣이 잇슴으로 일커름이외다. 그런데 小金井은 上野보다 조곰 더듸다 흠니다.

上野에는 假裝을 禁흠으로 곳에 醉ᄒ랴는 派들은 飛鳥山으로 모힙니다. 花季 約一週日間은 晝夜로 人山人海를 作ᄒ고 歌舞管絃이 쉬일 ᄯ가 업다 흠니다. 今日은 日曜외다. 觀櫻ᄒ랴는 滿都士女는 速히 하늘을 바라보며 日氣를 근심흠니다. 二三日内로 連ᄒ야 하나구모리(花曇)로 陰天이더니, 今日은 컴컴흔

---

* 동백나무.

구름이 方今 쌍에 흘러ᄂ릴 쯧이 무겁게 미여달녓슴니다. 그러나 一雨를 經 ᄒ면 梅花ᄂ 다 써러지고 말 것이외다. 飛鳥山에ᄂ 倍前ᄒ게 사름이 모혓슴 니다. 雲集이라 홀가요.

여긔져긔 三三五五히 둘러안져셔 盃盤이 버러지고 歌舞가 어즈러웟슴니 다. 罷除万事ᄒ고 口願長醉에 淸歌妙舞로 是非를 都忘ᄒ랴ᄂ 것 ᄀ슴니다. 紅雨 ᄀ히 乱落ᄒᄂ 梅花가 舞袖를 ᄯ릴 적에 「봄아 봄아」 ᄒᄂ 노릭도 人生 의 無常을 限ᄒᄂ 듯흠니다. 生도 麥酒 一壺로 獨酌取醉ᄒ야 속으로ᄂ 츔도 츄고 노릭도 불럿슴니다. 生은 今年에야 비로쇼 春意를 ᄭᆡ달앗슴니다. 그러 나 靑春日將暮ᄒᄂ 感이 잇스믹 哀感을 禁치 못합니다. 이 봄에ᄂ 이 봄에ᄂ ᄒ얏더니, 이 봄도 이 봄도 그져 지나고 마나봅니다.

여긔져긔 醉ᄒ야 쓸어지ᄂ 사름이 잇슴니다. 그 사름 우에 ᄭᅩᆺ이 썰어지ᄂ 것을 보믹 第一高等學校 「데ᄭᅡᆫ쇼」打令*이 싱각납니다. 「何うせ死ぬなら櫻の 下よ, ヨイヨイ死ねば屍に花が散る」**

이윽고 비가 始作ᄒ얏슴니다. 모도 다 말쑥ᄒ게 차렷던 「하나미이소(花見 衣裳)」를 안이 젹실 양으로 쮜니다. 婦人들은 옷을 거더 올리고 신을 버셔 들 고 職工들은 시로 신은 白足袋(흰보션)을 흙투셩이를 만들면셔 電車를 向ᄒ 고 쮜입니다. 兒孩들은 젓ᄂ 것이 조하셔 쮜입니다. 醉ᄒ 派들은 郭子儀式을 發揮ᄒ야 如前히 玉囊을 기울입니다. 울긋불긋ᄒ 行列의 어즈럽게 쮜ᄂ 樣 도 조코 風雨를 吾不畏焉ᄒ고 시침이 싸고 안젓ᄂ 樣도 조흡니다. 아아, 紅雨 紅雨, 그야말로 紅雨외다. 飛鳥山은 一面 紅雨에 뭇혓슴니다. 乱舞亂飛ᄒᄂ 落花ᄂ 一時間에 大地를 벌거게 물들였슴니다. 봄은 다라납니다. 붓잡으랴 ᄂ 우리를 쌔밀치고 멀니 멀니로 훨훨 다라납니다. (1917.4.26.)

---

* 원래 민요였던 것이 학생가로 불렸다. 데칸쇼는 일종의 후렴구(囃子言葉, はやしことば)로 의미 가 없는 단어지만, 데카르트·칸트·쇼펜하우어의 줄임말이라는 설도 있다.

** 원문을 옮기면 다음과 같다. '어차피 죽으면 벚나무 아래라오 요이 요이, 죽으면 시체에 꽃이 떨어지네.'

落花

春城無處 不飛花외다. 간 딕마다 落花외다. 얼골을 짜리고 옷소믹를 짜림
니다. 佳人의 입셜 ∨흔 落花를 넓을 찍마다 몸이 옷삭옷삭ㅎㄴ니다. 쑥쑥 나
오는 綠葉이 안 썰어지랴는 紅花를 쎄밀고 차셔 구틱 썰우고야 맙니다. 隅田
川, 江戶川과 御茶水와 市谷濠水는 一面 落花로 덥혓습니다. 「世の中は三日見
ぬ中の櫻かな」*라더니 하로밤 사이에 다 썰어지고 말앗습니다. 져 水面에 쓴
落花가 흐르고 흘러셔 어딕로 가나요? 바다에? 그 담에는? 그 아름답던 꽃
이 어딕로 가나요?

日本에는 사구라가 春光을 가지고 왓다가 사구라가 春光을 가지고 갑니
다. 日本의 봄의 主人은 사구라외다. 사구라가 피우쟈 萬人의 마음에는 春光
이 오고, 사구라가 지쟈 萬人의 마음에셔는 春光이 갑니다. 「花は櫻, 人は武
士」라는 俗談과 ∨치 사구라는 日本의 理想이오 「씸볼」이외다. 왼만ㅎ 집에
는 每戶에 一二株의 사구라가 잇습니다.

사구라가 가고 마니 東京은 갑작이 寂寞ㅎ야진 것 ∨습니다. 마치 큰 名節
이 지나간 듯ㅎ고, 迭岩ㅎ던 宴席에셔 萬人의 視線을 모왓던 美人이 가버린
것 ∨습니다. 極度에 興奮ㅎ얏던 神經은 좀 沈靜ㅎ야집니다. 그러고 만나는
사름마다 「이번 꽃구경을 잘 ㅎ셧셔요」ㅎ고 셔로 물으며 마치 질겁던 戀愛
를 回想ㅎ는 듯ㅎ니다. 이제는 明春을 기다릴 슈밧게 업습니다. 그러나 今年
花落 顔色改ㅎ믈 엇지합닛가.

그리셔 惜春ㅎ는 士女는 郊外로 꽃을 차쟈다닙니다. 이제는 小金井과 荒川
堤쑨이외다. 이 兩處에ㅅ지 꽃이 지고 말면 두시는 차질 곳이 업슬 곳이외다.

生도 明日은 親友 數人으로 더브러 荒川堤에 春光을 짜라 가려ㅎ니다. 가
셔 마음껏 마시고, 마음껏 소리ㅎ고, 마음껏 쒸쟈고 ㅎ니다. 그러나 不幸히

---

* 에도시대 오시마 료타大島蓼太(1718-1787) 하이쿠의 한 구절. '세상은 사흘 보지 못한 사이
  의 벚꽃 같은 것'이라는 뜻으로, 세상의 변화가 심한 것을 비유하여 이르는 말.

生은 마실 줄도 소리흘 줄도 쓀 줄도 모르믹, 다만 春光을 쓸어안고 가지 말라고 쎄거지나 써보려 홈니다.

櫻花가 가고 나셔 뒤대어 올 것은 躑躅*이와다. 이른 躑躅은 벌셔 丹唇을 별엿슴니다. 얼마 안이ᄒ여셔 日比谷公園에ᄂ 躑躅이 滿發ᄒ야 夜間觀花에 滿都士女를 熱狂케 홀 것이와다.

忽間 夜半 一聲雷에 第一 쳐음 열니ᄂ 것이 梅花와다. 東京은 日比谷, 芝公園, 大森, 龜井戶 等 梅花의 名所가 잇고 쏘 其他에도 處處에 梅林이 잇슴니다. 그 뒤에 오ᄂ 것이 桃花와다. 市川, 越谷 等은 그 名所와다. 桃花의 뒤를 니어 櫻花가 오고 그 뒤에 躑躅이 오고, 그 뒤에 花菖蒲가 오고, 그 뒤에 秋七草(秋節에 피ᄂ 七種)가 옵니다.

朝鮮에셔도 一般이 自然의 風景과 花草를 愛好ᄒᄂ 習慣을 가지게 되기를 ᄇ랍니다. 雅흔 趣味ᄂ 人生의 至寶가 안이오릿가. 아마 우리 故山에도 只今 ᄭ이 되엇슬 것이와다. 異域에 落花를 對ᄒ믹 故國情이 自起ᄒ야 感慨無量이와다.(1917.4.27.)

---

*철쭉.

거울과 마조 안자*

　나는 거울과 마조 안자 눈을 감앗다. 나는 참아 내 얼골 보기를 두렵어 눈을 쓸 勇氣가 업섯다. 내 머리는 어쩌하며 내 상과 눈과 코와 입과 體格과 衣服과 威儀가 어쩌한가 ─ 나는 이것을 모르기를 願하얏노니, 대개 어렴풋한 나의 생각에 그 얼골이 決코 맘에 洽足치 못할 쯧함이라. 내 생각에 차랄이 눈을 감은 대로 거울에서 물러안자 決코 시언치 못할 나의 얼골을 보지 말고 말리라 하얏다.

　그러나 나는 不意에 눈을 쓰엇다. 그 보기 무섭은 나의 얼골은 아조 鮮明하게 거울에 비최엇다 ─ 아아, 나는 마츰내 나의 얼골을 보고야 말앗다 ─

　그 피쯰 업고 얼쌔진 듯한 얼골, 疲困하고 졸리는 듯한 흐릿한 눈, 푹 풀어진 그 입, 눌으케 여윈 두 쌤, 넙적하고 코물 흘리는 그 코, 주름 잡히고 가죽 엷은 이마 ─ 게다가 몸에 들어맛지 아니하는 보기 숭한 그 옷, 光澤 업는 거츨거츨한 머리털은 한가온데를 턱 가르어 갑싸고 賤한 香내 나는 밀기름으로 자이어 부티고, 여러 날 빗질 아니한 데다가 더럽은 房에 뒹굴어 몬지가 더덕더덕 오르아 마치 그 미테서 구덕이가 생겨날 쯧하다. 한 달이나 前 理髮所에서 한번 씻은 뒤에는 인해 겨울이 되어 冷水가 무섭어 씻어본 적이 업섯다. 그러나 三四日에 한번식 賤한 香내 나는 밀기름을 바르기는 닛지 아니하얏다. 나는 생각하기에 내 머리에서는 늘 사람을 「참」**하는 조흔 香氣가 振動하고 내가 中山帽를 살작 벗고 慇懃하게 고개를 수기어 여러 紳士淑女에게 人事할 쩨에 內外國人은 의레히 안질밧질하고 香내 나는 나의 머리에 精

<hr>

* 외배, 『青春』7, 1917.5.
** charm. 매혹하다.

神을 아이어 나를 꼭 쓸어안아 주고 시프려니 하얏다. 그리고 나의 머리에 決코 이러케 몬지가 만히 오른 줄을 생각 못하얏다.

나는 거울에 비최인 채 네 손가락으로 머리 갈기를 들추엇다 — 썰어진다. 썰어지기도 썰어진다. 눈 가튼 비듬! 붓그럽래고 놀내어 몸을 흠칫하고 두 손으로 머리를 벅벅 긁엇다. 긁으면 긁을사록 비듬이 썰어지고 가려움이 생긴다. 내 얼골에와 팔에와 全身에며 안즌 자리에 썹진썹진한 비듬이 한 벌 깔리엇다. 나는 火症나는 김에 한참 드립더 긁엇다. 씨그린 상과 번적번적하는 눈이 올라왓다 나려갓다 하는 두 팔 사이로 얼른얼른 거울에 비췬다. 나는 全身을 통 늘추며 더 火症을 나이어 긁엇다. — 머리가 얼얼하도록 긁고 나서 한참이나 우둑하니 거울 속에 머리털을 와자자하고 상을 씨글리고 눈을 횟득번쯕하는 나를 마조보며 두 손을 코에다 다히고 킹킹 마타 보앗다 — 몹슬 냄새가 난다. 썩어지는 냄새로다. 구리고 고리고 무어라고 形言할 수 업는 不快한 嘔逆 나는 냄새로다. 나는 빙긋 웃고 두 손을 바지에다 벅벅 문대엇다. 저 머리털 보아라. 어썬 놈은 비쭈룩 일어서고 어썬 놈은 자지 버듬하야* 숨을 쉴 쌔마다 너슬너슬 춤을 추며 혹 가로 눕고 세로 잡바지고 엉클어지고 틀어지고 — 마치 暴風雨 지난 뒤에 수수밧 모양이로다.

한참이나 거울에 비췬 내 얼골을 치어다 보다 보다가,

「무엇이, 어듸가 달라?」하얏다. 「洋人의 눌한 머리터럭과 무엇이 달라? 어찌해 洋人의 머리터럭에서는 기름이 도는데 내 것은 이러케 거츨거츨해? 洋人의 가튼 머리는 깨긋하고 香내 나고 威嚴이 잇서 보이는데 내 것은 웨 이 모양이야 — 웨 이러케 썹진썹진하고 퀴퀴하고 부시시해?」

하면서 한 손 손가락을 벌리어 머리털을 휘젓다가 한 줌 쏵 움쉬고 왈칵 잡아 트덧다. 손가락 틈틈이 머리카락 몟 줄기씩이 씨이어 나왓다. 거울 속에 안즌 나도 손가락 틈에 머리카락 씨인 주먹을 물쑤럼이 보더니 싱긋 웃는다.

---

* 버듬하다. 조금 큰 물체 따위가 밖으로 약간 벋은 듯하다는 뜻의 '버드름하다'의 준말.

나도 싱긋 웃고 손에 부튼 毒蟲이나 쎄어 내어 바리듯이 손길을 펴서 홰홰 내어 두르엇다 — 두루다가 거울 속에 안즌 내가 숭내 나이는 것을 보고 그만 두엇다.

「그래, 꼭 그랏단 말이야」하고 나는 다시, 「아모리 別짓을 다하야서 머리를 단장하야도 洋人의 것만콤 멋이 못 들어 — 당초에 자리가 아니 잡히는 걸……머리 쌔 속에 무슨 發光體가 잇서서 그것이 毛孔을 通하야 電氣 모양으로 털긋마다 肉眼으로 아니 보이는 光線을 射出하는 것이다, 그것이 잇서서 自然 머리에 光彩를 나이는 것이다.」

하고 두 주먹으로 머리를 퉁퉁 두다려 보앗다. 그러나 댕글댕글 새 장구 소리가 아니 나고 투드럭투드럭 가죽 늘어진 낡은 북소리가 난다. 암만해도 속이 궁굴엇다 — 텡텡 뷔엇다. 무슨 맛당히 잇서야 할 무엇이 업는 듯하다. 그것이 — 잇서야 할 것이 發光體인가 하얏다. 내 前庭은 쌔 넓다. 物理學에 그린 뉴톤의 顔面角과 나의 顔面角을 比較하야 보아도 別로 差異 업슴을 보고 나의 大腦部의 적지 아님을 보고 — 쏘 나는 大腦皮質部의 주름이 만흘 쏫이 보임을 想像하고 나는 조하서 혼자 우섯다. 그러나 그 우슴이 잘못이로다. 나의 머리의 큼이 소 대구리의 큼과 다름이 업다 하야도 亦是 내 머리는 텡텡 뷔엇다 하얏다. 나는 다시 주먹으로 머리를 두다려 보앗다. 亦是 투드럭투드럭 구멍 쑤르인 북소리가 난다. 거울에 비쵠 나의 눈을 히물히물한다.

들으니 눈은 그 사람의 窓鏡이라더라. 그 사람의 속에 잇는 빗이 밝으면 밝게 비최고 흐리면 흐리게 비최며, 其他 말할 수 업는 複雜하고 微妙한 性格의 光彩를 이 눈을 通하야 본다 하니, 만일 이 말이 眞이라 하면 나의 눈도 나의 性格을 反映하여야 하리라 하얏다.

내 눈은 어린 적부터 重瞳이라고까지 稱讚밧던 눈이라. 내 눈알은 果然 쌔 여물고 透明하고 조케 말하면 暎彩가 나던 눈이라. 이런 눈은 依例히 萬物을 보매 그 理致를 透觀하고야 말고, 사람을 보매 그 肺腑까지 쑬허보며, 群衆을 슬적 觀察하면 그네의 心理狀態와 感情傾向을 알아보며, 社會를 살피어 볼 째 能히 그 社會를 超脫하야 그 社會의 眞相을 洞燭하며, 人心의 傾向과 思潮의 變移하는 經路를 손바닥 보듯이 쎄어들어 그 눈이 가는 바에 숨는 것이 업스며, 鬼神이 그 눈을 보고 놀라며, 妖物이 그 精氣에 슬어지고, 슬프어하던 이가 그 눈을 보매 기쎄어지고, 絶望하얏던 者가 그 빗에 希望을 어더야 할 눈이라. 그러하거늘 그러할 내 눈은 어찌 되엇는고 數千種의 色을 分辨하는 눈도 잇고, 或 宇宙의 組織과 天地의 度數를 알아나이며, 이름 모르엇던 별을 차자나이며, 或 微細한 黴菌과 細胞와 纖維를 發見하며, 썩에 돌 속에서 奇怪罔測한 「라듸움」 가튼 것을 고르아나이어 宇宙의 秘奧를 闡明하고 人生의 利用厚生의 道를 講하는 눈도 잇거늘 내 눈은 무엇을 보앗스며, 어쎤 눈은 쓰는 해 지는 볏과 비, 아츰 바람 나주 버레의 긔는 양과 꼿송이의 웃는 양과 無心한 구름장이며 흐르어가는 잔 시내에도 마시고 醉할 醇美며 金玉 가튼 眞理와 敎訓을 보건마는 나의 눈은 무엇을 보앗는고

　내 눈은 일즉 사랑과 和平의 우음을 씌어 설업은 同胞의 慰勞가 되어 본 적도 업고, 秋霜烈日 가튼 威嚴을 가지어 羣妖를 慴伏하고 惰眠에 쎄진 者를 쎄이어준 적이 업스며, 或 美와 神秘한 빗이 畫家나 詩人의 嘆咏하는 對象도 되지 못하엿으니, 아아 눈아 네 난 지 數十年에 하온 일이 무엇이뇨? 저것 보아! 저 멀쑹멀쑹한 눈을! 게다가 어버이가 죽을 째에도 눈물 흘릴 줄도 모르던 눈을! 아아, 슴겁은 눈이로다. 저 눈은 남의 눈보다 무엇이 不足하야 저러케 못 생기엇는고 七色도 잘 가릴 줄 모르는 눈과 二分之一寸도 보아 짐작할 줄도 모르고 모든 별들이 다 東에서 西로 돌아가는 줄도 알아보지 못하는 눈을 무엇에나 쓰겟는고 무엇이 남의 눈보다 不足하야 이러케 눈 노릇을 못하는고 내 머리가 마치 소 대구리 됨과 가티 내 눈도 쏘한 설렁탕집 안반 우에 노흔 소눈깔이로다, 하고 나는 거울 속에 비촨 눈을 더 仔細히 보앗다. 아모리 보아도 남만 못한 구석은 업건마는 아마도 그 網膜이나 視神經이 不實

하여도 不實하고 亦是 대구리가 텡텡 빈 싸닭인가 보다.

美를 보고도 美인 줄도 모르고 眞을 보고도 眞인 준도 모르는 눈도 눈이오, 雄壯深濃한 물결 소리며 봄메 아츰 바람에 훗날리는 복송아꼿을 쓰이어 맑아케 닥근 돌 사이로 돌돌돌 굴어가는 가늘은 시내와 갈보름 달 밝은 밤에 金風에 울어나는 솔 수풀 소리 — 남들은 그러케 조타고 어린 듯 질기어 하는 美妙한 소리도 들을 줄 모르며, 造化翁의 作曲을 校正한다 하는 天下巨匠의 畢生 心力을 다 들인 雄什美曲도 團成社 쟁과리 소리와 가티 듯는 귀도 귀어니와, 저 입은 어쩌한고.

나는 고아 보이량으로 혀를 내어밀어 두 입술을 말씀 닥고 거울 속에 비쵠 것을 보앗다. 볼그레하던 빗이 조곰 남앗스나 어느덧 검푸른 빗이 元빗이 아니기를 바라고 다시 침을 바르고 입을 우물우물하야 더 쌜아 닥갓다. 그래도 검푸르기는 如前히 검푸르다. 나는 「응」 하고 「에라, 어찌하나?」 하얏다. 나쌀이 들고 어른이 되어가면 自然히 이러케 되는 것이라고 斷念하얏다. 그러나 나는 이 입이 엄마의 젓쪽지를 쌜 째부터 數업는 쌀알과 소와 닭과 닭의 알과 물고기와 果實을 먹어오는 동안에 한 것이 무엇인가 하얏다.

아마도 이 입으로 굴어나온 말이 그 멧 億萬 마대임을 알지 못 하리니, 그리로서 朝鮮말도 나오아 보고 日語와 英語와 俄語와 漢語도 나오아보고, 히히하하 各色 우슴도 나오앗슬지오 엥엥 아이고 울음 소리도 쇄 나오앗지며, 或 제법 남을 訓戒하는 말도 나오고 黑白을 批評하며 或 口角에 거픔을 날리어 제 짠에 高談峻論도 吐하얏스리라. 그러나 그 數업는 소리가 어대 가아 무슨 標跡을 나이엇나뇨. 空然히 平靜한 大氣만 振動시기어 宇宙에 고요한 萬物을 시끄럽게 하얏슬 쑨이라. 웨 그리로서 「地球가 둥글다」, 「生物은 進化하나니라」, 「生存競爭은 生物界의 鐵則이니라」 하는 말을 못하얏스며, 웨 그리로서 「해믈레트」, 「파우스트」, 「디뷔나 코메디아」*와 와그넬, 베토

* 단테의 『신곡』. 원래의 이탈리아어 제목 La Divina Comedia를 가리킨다.

벤의 입에서 나오던 소리가 못 나왓는고. 어찌하야 一世를 警醒하는 大說敎와 萬民을 號令하는 獅子吼가 못 나오며, 아리짭은 아이들로 天國의 우슴을 웃기는 곱은 이약이도 업고, 그도 저도 다 못하겟거든 毒이 足히 社會를 죽이어 만한 大魔語나 大咀呪도 發하야 보지 못 하얏는고. 쑬허진 窓구멍이 바람을 마자 붕붕거리는 모양으로 눈 쓰어서 감길 쌔까지 그저 쓸데업고 쓰업는 즌 소리만 하는 입! 애매한 動植物만 잡아먹는 그 입을 칼이 잇스면 쌔어주리라, 하고 압이쌀로 힘쎗 물엇다. 「에쿠, 아푸다」하고 거울 속에 안즌 사람은 방긋 웃는다.

나는 속이 상하야 더 보기를 그치고 그 자리에 두 손을 결어 벼개삼아 턱 자빠지엇다. 내 누은 방 나즌 흙 天井에 컴컴한 거미줄이 바람도 업는데 흔들흔들한다. 나는 얼싸진 놈 모양으로 한참이나 눈을 감앗다 쓰엇다 하다가 벌쩍 일어나 비누로 머리와 나츨 왈괄 씻고 머리를 잘 갈으고 읽다 둔 論理冊을 펴어노코 눈이 벍하야 책장을 뒤엇다.

II. 제2차 유학시절 후반기
(1917 중반~1919)

耶蘇教의 朝鮮에 준 恩惠*

耶蘇教會가 朝鮮에 入한 지 于今 三十餘年이오. 耶蘇教會는 實로 暗黑하던 朝鮮에 新文明의 曙光을 傳하여 준 最初의 恩人이며 兼하야 最大한 恩人이오 朝鮮의 最先覺者라 하는 丁若鏞氏 等이 남 몬저 新文明을 理解한 것은 天主教 째문이외다. 만일 大院君의 攘夷가 업고 耶蘇教가 自由로 弘通되엇던들 朝鮮 은 三十餘年前에 足히 新文明의 洗禮를 바닷슬 것이오. 今日에는 이믜 多大 한 進步가 잇섯슬 것이외다. 三十年前에 鐘路와 其他에서 梟首된 所謂 天主學 匠이가 朝鮮 新文明의 建設者의 榮譽를 가질 先覺者가 아니던가요. 그네는 只今 吾人이 가진 自覺을 當時에 이믜 가지고 朝鮮을 暗黑한 속에서 쏩아내 어 光明한 新文明에 너흐랴는 理想과 熱誠을 懷抱하엿던 者가 아닌가요. 그 러나 그네는 그 理想과 熱誠을 實現하기 前에 暴政의 犧牲이 되고 말앗소.

그러나 漸次로 時勢가 變하야 耶蘇教會는 布教의 自由를 어더 只今은 坊坊 曲曲이 耶蘇教人을 보지 못할 데가 업게 되엇소. 나는 이에 耶蘇教會가 朝鮮 에 影響한 利益을 생각하고 다음에 今日 耶蘇教會의 欠点을 말하려 하오. 利 益을 생각함은 感謝하기 爲함이오 欠点을 말함은 忠告하기 爲함이외다.

耶蘇教會의 朝鮮에 及한 影響을 말하랴면 不可不 朝鮮 耶蘇教會史와 最近 代 朝鮮 文明史를 硏究하여야 할 것이외다. 그러나 不幸히 無知한 吾人에게 이러한 文明의 産物이 업소. 吾人은 羞恥외다. 이러케 適當한 參考資料가 업 슴으로 나는 나의 狹한 個人的 觀察을 基礎로 하야 말하려 하오. 그러닛가 極 히 不完全하고 偏狹할 것은 勿論이며 誤謬가 업기도 保치 못할 것이외다.

耶蘇教가 朝鮮에 준 第一 利益은 朝鮮人에게 西洋事情을 알님이외다. 自來

* 孤舟, 『靑春』 9, 1917.7.

로 朝鮮人은 朝鮮과 支那의 存在밧게 몰낫고, 싸라서 學問이며 道德이며 其他 萬般文物이 朝鮮 支那 外에는 업는 줄 알아왓소. 그러다가 西洋 宣敎師가 各處로 다니며 布敎하게 되매 朝鮮과 支那 外에도 西洋이라는 世界가 잇는 줄을 알고 西洋에는 一種 特別한 文明이 잇스며, 쏘 그 文明이 도로혀 在來 東洋文明보다 優秀한 줄을 稀微하게나마 斟酌하게 되엇소. 萬一 朝鮮人에게 潑渱한 進取性이 잇고 熱烈한 知識慾이 잇섯던들 西洋 宣敎師네에게 政治, 産業, 學術, 文學 等 諸般 西洋文明을 學得하엿슬 것이언마는, 元來 進取性, 知識慾 不足한 吾人인데 그中에도 前日(今日은 엇던지) 耶蘇敎 信者는 大槪 無學한 階級에 屬한 者임으로 그 조흔 機會가 잇슴을 不拘하고 完全히 西洋文明을 吸收하지는 못하엿소. 그러나 培材學堂 一派와 其他 少數 人士는 能히 西洋文明의 一端을 理解하얏소. 獨立協會 갓흔 政治運動은 그 反響이라고 할 만하지오. 아모러나 朝鮮에 新文明의 曙光을 준 者가 耶蘇敎會라 함은 否認치 못할 事實이외다.

第二는 道德의 振興이외다. 朝鮮의 末路는 다만 政治的 頹敗만 아니엇소. 産業 經濟는 勿論이어니와 敎育이 衰하고 政治의 腐敗함을 싸라 社會의 道德은 말못되게 腐敗하엿소. 淫逸, 利己, 欺瞞, 猜忌의 風이 一世를 風靡하야 官吏는 賄賂와 私曲과 暴虐을 公行하고 人民은 酒色에 沉淪하며 兒童까지도 賭博에 耽하며 奴婢를 賣買하며…… 萬人이 日夜로 생각하는 것이 惡쑨이엇소. 一言으로 말하면 生活에 아모 理想이 업고 道德的 標準이 업도록 墮落하엿소. 내 幼時의 所見所聞을 回想하면 참 戰慄할 만하엿소. 이러케 混沌하고 淫惡한 社會에 一條의 生活의 理想과 道德의 權威를 준 것은 耶蘇敎會외다. 酒色을 禁하고 詐欺를 禁하고 人生의 賣買를 禁하고, 上帝를 拜하며 善을 追求하야 淸純하고 理想 잇는 生活의 新方式을 준 것은 實로 耶蘇敎會외다. 이리하야 近三十萬이나 되는 人衆이 宗敎的 慰安과 道德的 淸純한 生活을 追求하게 된 것은 實로 耶蘇敎會의 功勞외다. 다만 그 信徒쑨 아니라 信徒를 通하야

全朝鮮의 道德的 良心을 刺激하며 道德的 標準을 向上케 한 功도 實로 莫大하외다.

第三은 敎育의 普及이외다. 只今은 各處에 普通學校와 高等普通學校와 京城에는 專門學校까지 잇서서 敎育機關의 設備도 잇지마는 七八年前까지는 學校라 하면 대개 耶蘇敎學校엿섯소. 只今 三十 以上된 人士로 新敎育을 바든 이는 太半이나 耶蘇敎會學校 出身이외다.

敎會에서 學校를 세우는 것은 西洋 宗敎改革 以來의 風潮오 敎人은 다 聖經을 볼 必要가 잇슴으로 兒童에게 讀書를 가라치던 것이 오늘날 世界 普通敎育의 始初외다. 그와 갓치 朝鮮 耶蘇敎會에서도 學校와 病院을 設立하기에 힘을 썻소 二三百名 敎人을 가진 敎會에는 대개 一個 小學校를 設立하엿소 이리하야 不完全하나마 朝鮮 新敎育의 基礎를 세운 者는 耶蘇敎會외다.

學校敎育 以外에도 聖經과 讚頌歌를 볼 必要上 無識한 敎人들도 諺文을 배호며, 또 聖經을 닑기에 讀書慾을 得하야 天路歷程이라든가 其他 簡易한 宗敎書類에 興味를 부치게 되엇소. 그럼으로 男女老幼를 勿論하고 耶蘇敎人은 대개 文字를 解하고 讀書力을 가지게 되엇소 무엇이 보배라 하더라도 人生이 文字를 解하고 讀書力을 가지는 것 갓흔 보배가 또 잇겟소.

第三은 女子의 地位를 놉힘이외다. 男尊女卑는 東洋倫理의 全科오, 特히 朝鮮에서는 女子는 犬馬나 다름업섯소 그네는 敎育을 바들 權利가 업섯고 自己의 人格을 主張한다든가 獨立한 生活을 營爲함은 夢想도 못하엿소 갓히 會堂에 出席하야 갓히 讚頌을 부르게 되매 上帝의 압혜 平等한 子女라는 思想을 엇게 됨은 耶蘇敎의 德이외다. 그네는 男子와 갓히 敎會職員의 選擧權이 잇고 男子와 平等하게 敎會를 維持하는 義務를 負擔하오. 敎人名簿에는 女子도 男子와 갓히 一個人의 資格을 有하오. 그네는 牧師 長老 等 聖經에 特別히 制限한 職員을 除한 外에는 敎役者될 資格이 잇소.

最初의 女學校도 耶蘇敎會의 女學校여니와 最初의 女學生도 耶蘇敎會의

女學生이외다. 現今은 普通學校에도 女子部가 잇고 女子高等普通學校도 잇거니와 五六年前만 해도 女學生이라 하면 耶蘇敎人의 女子를 聯想하엿소.

또 女子의 再婚을 承認한 것은 耶蘇敎會엿소. 所謂「不更二夫」를 文字대로 解釋하야 再婚을 女子의 큰 罪惡이라는 思想을 깨트려주어 朝鮮女子에게 貴中한 自由 一條를 더 준 것은 實로 耶蘇敎會엿소.

第四는 早婚의 弊를 矯正함이오. 只今은 法律로도 婚齡을 定하야 形式上 早婚을 禁하거니와 以前에는 早婚을 嚴禁하고 또 實行한 것은 耶蘇敎會뿐이엇소.

第五는 諺文의 普及이오. 諺文도 글이라는 생각을 朝鮮人에게 준 것은 實로 耶蘇敎會외다. 貴重한 新舊約과 讚頌歌가 諺文으로 飜譯되매 이에 비로소 諺文의 權威가 생기고 또 普及된 것이오. 昔日에 支那經傳의 諺解가 잇섯스나 그것은 普及도 아니되엇슬 뿐더러, 飜譯이라 하지 못하리만콤 拙劣하엿소. 所謂 吐를 달앗슬 뿐이엇소. 그러나 聖經의 飜譯은 毋論 아직 不完全하지마는 純朝鮮말이라 할 수 잇소. 아마 朝鮮글과 朝鮮말이 眞正한 意味로 高尙한 思想을 담는 그릇이 됨은 聖經의 飜譯이 始初일 것이오. 萬一 後日에 朝鮮文學이 建設된다 하면 그 文學史의 第一頁에는 新舊約의 飜譯이 記錄될 것이외다.

第六은 思想의 刺激이외다. 朝鮮人의 思想은 痲痺하엿섯소. 枯渴하엿소. 沈滯하엿섯소. 이러한 째를 當하야 前代未聞한 耶蘇敎的 思想은 매우 有力한 刺激을 주엇소. 黎明期의 特徵인 新舊思想의 衝突의 初幕은 耶蘇敎人의 胷中에 처음 닐어낫소. 아즉 그 結果가 或은 言論으로 或은 著作으로 顯著하게 된 것은 업다 하더라도 不識不知中에 醱酵한 것은 多大할 줄 아오. 더구나 朝鮮人은 自來로 哲學的 思索을 즐겨하는 傾向이 잇슴으로 科學的 精神보다도 道德의 標準이 全異한 耶蘇敎的 思想이 더욱 큰 刺激을 주엇슬 것이외다.

第七 個性의 自覺, 又는 個人意識의 自覺이외다. 原來 耶蘇敎는 個人的이외

다. 儒敎는 聖人의 禮法을 지어 庶民으로 하여곰 無意識的으로 服從케 하는 것이니, 「可使由之 不可使知之」*라 함이 此를 니름이외다. 그럼으로 儒敎道德은 個人意識을 沒却케 합니다. 이 個人意識의 沒却이 思想의 發達을 沮害함이 多大하외다. 그러나 耶蘇敎는 各個人이 祈禱와 思索으로 하나님을 보고 하나님을 차즘으로 各個人의 永生을 어들 수 잇다 합니다. 그럼으로 各個人의 標準은 各個人의 靈魂이외다. 各人은 各各 個性을 具備한 靈魂을 가진다 함이 實로 個人意識의 根柢외다. 新倫理의 中心인 「個性」이라는 思想과 新政治思想의 中心인 民本主義라는 思想은 實로 耶蘇敎理와 自然科學의 兩源에서 發한 一流외다.

各人에게는 靈魂이 잇다, 子女에게도, 奴僕에게도, 무릇 人形을 가진 者에게는 다 靈魂이 잇다 함은 卽 同胞를 사랑하여라, 個人을 尊敬하여라 하는 뜻을 包含하며, 並하야 萬人이 平等이다(能力에 差別이 잇다 하더라도 人된 地位, 人된 資格에는) 함을 暗示함이외다. 男女의 平等이라는 思想도 實로 此에서 發하는 것이외다. 現代의 倫理도 實로 此에서 根據하는 것이외다.

以上 列擧한 七項은 實로 耶蘇敎가 朝鮮에게 준 큰 善物이라 합니다. 耶蘇敎는 朝鮮 文明史에 큰 恩人이라 합니다. 毋論 宗敎家의 眼孔으로 보면 이것은 枝葉에 不過할 것이오 數十萬人의 靈魂을 天國으로 引導한 것이 主要한 功勞라 할지나, 以上 말한 것은 文明史的으로 觀察함이외다.

---

* 『논어論語』 태백편太伯篇 제9장에 나오는 '子曰 民可使由之 不可使知之'에서 따온 구절로, 백성을 도리에 따르게 할 수는 있어도 그 원리를 일일이 알게 할 수는 없다는 뜻.

今日 朝鮮 耶穌敎會의 欠點*

一

題目에는 耶穌敎會의 欠點이라 하얏스나 大部分은 耶穌敎人의 欠點이라 함이 適當할 듯하오. 前文에도 말하얏거니와 내가 欠點을 말하랴 함은 誹謗하려 함이 안이오 忠告하려 함이외다. 엇던 方面으로 보든지 今日 朝鮮에는 넘어 言論界가 寂寞합니다. 이것이 조치 안이하외다. 작구 討論中에 萬事가 다 進步하는 것이외다. 그럼으로 내가 耶穌敎會의 欠點을 말함이 또한 無益한 일은 아닌 줄 압니다.

第一은 今日 朝鮮 耶穌敎會는 階級的이외다. 階級思想은 東洋에는 그中에도 朝鮮에는 쎌 수 업스리 만큼 깁흔 根柢를 有한 것이외다. 官民이라든가 長幼라든가 夫婦, 父子, 兄弟, 隣里를 勿論하고 甚至於 朋友에게까지도 二人 以上의 集合에는 반다시 階級이 從하야 自由平等의 結合은 보기가 어렵소. 平等主義인 耶穌敎도 此思想은 動搖치 못하는 듯하야 今日 耶穌敎會內에는 以前 四色班常과 갓흔 階級이 儼然하게 되어 牢乎不可拔할 地境에 니르럿소. 牧師나 長老와 普通敎人과의 關係는 마치 官民, 長幼, 師弟의 關係와 갓게 되어 牧師와 長老는 언제나 普通敎人의 우에 서랴 하고 普通敎人들도 牧師나 長老의 管攝과 干涉을 바드려 하오. 敎會內에 잇서서는 牧師나 長老는 指揮하는 者, 普通敎人은 指揮밧는 者라 함도 맛당하리다, 그러나 旦 敎會門을 나서면 모다 平等의 親友요 兄弟라야 할 것이 아닌가요. 官吏도 官廳에 안저서 印을 잡을 쎄 人民을 治理하는 者이나 官廳門을 나서면 普通人民과 平等된 國家의 臣民일 것이 아닌가요.

* 孤舟,『青春』11, 1917.11.

古來의 專制思想이 남아잇슴으로 甲이 엇더한 關係로 乙의 우에 서게 되면 乙의 다른 모든 關係에까지도 自己가 우에 서랴는 傾向이 잇소. 假令 先生은 敎育에 關하야 弟子를 管攝하는 者로대, 弟子의 家事라든지 生業이라든지 婚姻, 社交 가튼 데는 管攝할 權利가 업슬 것이외다. 그와 가치 敎會內에서 宗敎的 敎訓이나 儀式을 行할 時에는 牧師나 長老는 敎人을 指揮하는 地位에 立하더라도 敎會外에 在하야는 平等한 敎人일 것이외다. 그런데 오늘날 朝鮮서는 牧師 長老는 絶對的 普通敎人의 上에 立하야 萬事의 優越權을 가지랴 하오. 牧師 長老는 兩班이오 普通敎人은 상놈이라 하리만하오. 어대서든지 首席을 占하고 무슨 일에든지 管攝者의 位에 立하려 하오.

牧師 長老뿐 아니라 地方에 가면 下級 敎役者까지도 普通敎人보다 高位에 處한 줄로 自任하오. 그리하야 敎役者되는 것은 以前 官吏되는 것과 가튼 名譽와 權勢로 생각하오. 敎役者를 選擧할 째에 或은 顔面을 보며, 或은 敎人 分布區域의 平衡을 보며, 或은 被選運動을 하는 等 醜態도 노상 업지 아니한 모양이오. 그리고 敎會學校에서나 其他 敎會에 關聯한 社會에서는 敎役者의 子女는 有形無形으로 他人보다 優越한 待遇를 밧소. 마치 貴族 庶民의 別과 갓소. 가장 滑稽한 것은 敎役者가 그 敎會內에 在한 自己보다 學識이나 人格이나 社會的 地位가 優越한 者라도 自己의 下風에 立하게 하려 함이오.

二

第二는 敎會至上主義외다. 第一의 말한 것도 未嘗不 이 敎會至上主義에서 生하는 弊외다. 이는 歐美에서는 十九世紀 以前까지 잇던 弊외다. 여러 宗敎 戰爭은 實로 國家와 社會가 此敎會至上主義의 暴力을 脫하려 하던 奮鬪외다. 敎會는 國家의 上에 立하야 倫理道德은 勿論이어니와 敎育, 學術, 文學, 藝術에까지도 干涉ᄒ얏소. 무엇이든지 敎會의 承認을 밧지 아니한 것은 다 惡이라 하얏소. 敎會는 萬般事에 人類를 管攝할 것이라 하엿소. 그러나 自然科學

과 國家主義의 發達함을 싸라 十九世紀 後半 以來로는 宗敎는 政治, 經濟, 科學, 文學 等과 가치 文明의 分科에 不過하다는 思想이 普及되엇소. 卽 人生이란 宗敎 한아만으로 사는 것이 아니라 政治, 經濟, 科學, 文學 等 諸分科를 하여야 사는 줄을 自覺하얏소. 그럼으로 敎育이나 學術이나 其他 文明의 諸分科는 完全히 敎會에서 獨立하엿고 敎會도 前과 가치 分外의 干涉을 아니하게 되엇소.

그런데 朝鮮의 耶穌敎會는 正히 一世紀 以前 敎會至上主義를 遵奉하오. 여긔는 두 가지 原因이 잇소. 第一은 朝鮮에 다른 文明이 드러오기 前에 宗敎만 들어와서 宗敎의 信者는 宗敎의 信仰으로써 人生의 全體를 삼음이니, 그네의 생각에 耶穌敎 信者가 아니면 아모리 德行이 잇는 者라도 罪人이오 惡人이라 하오. 마치 猶太人이 所謂 異邦人에 對하는 態度를 가지오. 第二는 米國 宣敎師들이 自己네 祖上인 淸敎徒時代 卽 敎會至上主義의 耶穌敎를 傳播함이오. 그네의 敎理를 좃건댄 耶穌敎의 信仰이 아니면 德行도 無用이오 學識도 無用이라 하오. 이 두 가지 原因이 相合하야 朝鮮 耶穌敎人의 多數로 하여곰 敎會至上主義의 頑固思想을 가지게 된 것이오.

이 敎會至上主義는 數種의 惡結果를 生하얏소. 第一은 敎俗의 區別이 太甚함이오. 耶穌敎人은 敎人 아닌 者를 보기를 自己네와는 全혀 種類가 다른 者로 녀기오. 敎人 아닌 者는 다 惡人이오 信用 업는 異邦人으로 녀기오. 그네는 敎人 아닌 者와 婚姻을 禁하고 交友까지도 써리오. 이리하야 敎人과 非敎人을 所謂 羊과 염소 모양으로 截然히 區別하오. 다른 모든 美點을 다 具備하얏더라도 耶穌敎의 信仰이 업스면 그는 完人이 아니라 하오.

宗敎至上主義의 惡結果의 第二는 學問을 賤히 녀김이외다. 敎會에서 敎育機關을 設備하면서도 學問을 賤히 녀긴다 하면 矛盾된 듯하나 所謂 眞實한 耶穌敎人은 學識은 「世上 知識」이라 하야 極히 賤待하며, 또 「世上 知識은 미듬을 薄弱하게 하다」 하야 學問을 도로혀 惡魔의 誘惑가치 仇讎가치 녀기오. 專門 以上

學術을 배호려 한다든지 外國에 留學하려 하는 者는 이믜 地獄門에 발을 너흔 드시 생각하오. 「미듬이 잇서야 한다. 암만 工夫하면 所用 잇니」 하는 것이 眞實한 敎人의 子女에 對한 敎訓이며, 敎會設立學校에서도 現代敎育의 中心 科程되는 自然科學이나 地理歷史는 거의 注意 아니하오. 只今 朝鮮人은 學問을 求하기를 渴者의 飮가치 하여야 할 터인데요.

더욱 可驚할 일은 牧師 長老 가튼 敎役者들이 「世上 知識」을 反對함이외다. 여긔는 세 가지 理由가 잇겟지오. 第一은 自己네가 文明이라든지 科學에 對한 理解가 全無함으로 所謂 「世上 知識」에 하야 理解와 同情이 업슴과, 第二는 「世上 知識」을 만히 배흔 者는 自己네의 所謂 「하나님 知識」에 順從치 아니함과, 第三은 조곰 「世上 知識」을 가진 靑年은 事實上 얼開化가 되어 信仰이 薄弱하야지고 長者를 輕蔑함이겟지오. 아모러나 知識을 賤히 녀김은 滅亡의 本이라 實로 可惜한 일이라 하오.

敎會至上主義의 第三의 弊害는 宗敎的 以外의 事業을 賤히 녀김이외다. 只今 耶蘇敎人들은 마치 前日의 士農工商中에 農商工을 賤히 녀기는 모양으로 宗敎的 以外의 事業을 賤히 녀김이오. 「하나님일」이라 하야 敎役만 神聖하게 녀기고 商工業 갓튼 事業과 敎育, 文筆, 藝術 가튼 것까지도 「世上일」이라 하야 末流로 녀기오. 以前 仕宦을 重히 녀기던 思想이 그대로 保全된 것이외다. 그럼으로 工夫를 하여도 神學을 배호면 尊敬을 바드되, 其他 諸般學問을 배호려 하는 者는 一種 不信者로 看做하오.

元來 「하나님일」과 「世上일」의 區別이 잇슬 理가 업슬 것이오. 人類에 福利를 주는 事業은 다 「하나님의 일」일 것이외다. 牧師 傳道師만이 「하나님의 일」을 하는 것이 아니라 諸般 「하나님의 일」을 各各 分担하는 것이니, 牧師傳道師도 其實은 「하나님의 일」의 一部를 担任함이오 商工業者나 學者나 技術家도 다 一部를 擔任함이외다. 吾人은 決코 日曜日에 會堂에 가서 讚頌하고 祈禱하는 것만이 하나님께 奉事함이 아니라 他六日間에 人類의 福利를 爲하

야 하는 事業이 왼통 하나님께 奉事하는 것이외다. 찰하리 六日間 奉事하다가 日曜日에는 安息한다 함이 至當할 것이외다. 農商工業이 어느 것이 「하나님의 일」이 아니릿가.

教會至上主義의 第四의 惡結果는 宗敎的 義務 以外에 諸般義務를 疎忽히 함이외다. 每日 聖經을 외고 讚頌 祈禱하고 主日에 會堂에 가며 牧師의 指揮만 順從하면 人生의 義務는 다하는 줄 알지오. 그러케 極端까지는 아니 간다 하다라도 다른 義務는 輕忽하게 녀기지오. 眞實한 敎人은 非信者인 父母와 長者를 輕히 녀기며, 非信者인 親戚朋友를 異邦人으로 녀기며, 國家社會에 對한 義務를 「世上일」이라 하야 極히 輕히 녀기지오. 그러나 이 모든 義務를 除한 者를 國家와 社會에 有益한 一員이라 할까요.

三

以上에 나는 今日 朝鮮敎會의 欠點으로 階級的임과 敎會至上主義를 들엇소. 第三의 欠點은 敎役者의 無識함이외다. 牧師, 傳道師, 長老 가튼 敎役者는 最低階級의 民衆과 接하는 同時에 最高階級의 民衆과도 接하며 接할 쑨더러 宗敎的 意味로 보아 指導하는 者요. 그리하랴면 相當한 學識이 잇서야 할 것은 勿論이오. 新舊約聖經만 二三次 盲讀하고 百頁 假量되는 說敎學이나 배와 가지고는 不足할 것이 分明하오. 적어도 基督敎 聖經의 代表的 數種의 神學을 閱覽하고, 古來로 著名한 哲學說이며 宗敎文學을 閱覽하고, 그中에도 現代의 哲學의 大綱과 科學의 精神을 理解하야써 現代文明의 精神과 現代思潮의 本流와 現代文明과 宗敎와의 關係를 理解하여야 할 것이오. 心理, 倫理, 修辭學 知識의 必要함은 勿論이어니와. 이만하고야 傳道도 하고 指導도 할 것이외다. 그런데 現今 敎役者는 엇더한가요.

暫時 長老敎會 牧師養成의 狀況을 봅시다. 普通學校 卒業 程度도 못 되는 無敎育한 者에게 每年 三個月式 五個年間 卽 十五個月間 新舊約聖經을 一二次

讀過하면 牧師의 資格을 어더 講壇에 서서 萬人의 精神을 指導하는 聖徒가 되오. 그네의 無識할 것은 勿論이오.

毋論 草荊時代닛가 不可免할 일이겟지오. 또 昨今年間에는 神學校 入學者 資格의 程度도 놉히고 學科에도 多少間 改良한 것이 잇다 하오. 아즉 그 內容은 알 수 업고 成績을 考覽할 時機도 아니어니와 多少의 進步는 잇겟지오. 그러나 耶蘇敎會에서 人材를 登用하는 方針이 틀넛서요.

假令 神學校 入學志願者로 말하면 老會(長老敎의 例를 들므로) 檢定委員의 檢定에 合格됨을 要하며, 合格되는 條件은 信仰이라 하오. 아모리 神學을 硏究하야 敎役者가 되랴는 熱望 잇는 者라도 이 檢定에 合格치 못하면 無用이요. 그런데 그 檢定委員들은 大槪 人의 性格과 才能을 判斷할 能力이 업는 無敎育한 老人들이오. 게다가 信仰의 檢定이라 하면 上帝밧게야 엇지 아오. 그런데도 무엇을 標準으로 하는지 半數 以上은 不合格이 되오. 合格되는 者가 不合格되는 者에 優勝하냐 하면 반다시 그럴 것도 아니외다. 이리하야 多數한 宗敎的 天才의 前途를 막는구려. 그저 萬事에 「녜녜」 하고 檢定委員과 가치 迷信的이오, 가치 無識하고 가치 自覺이 업는 者라야 가장 合格하기 容易할 것이외다.

神學校 入學뿐 아니라 其他 敎會의 用人法이 全혀 이 모양임으로 相當한 自覺과 天才와 學識을 가진 人士는 좀체로 敎役者가 되지 못하고, 宣敎師 以下 元老에게 唯唯諾諾히 納媚獻諂하는 者라야 登用됩니다. 이것이 敎役者의 無識한 重大한 原因인가 하오.

그럼으로 耶蘇敎會內의 現在한 代表的 人物은 決코 耶蘇敎會內의 가장 優秀한 人物은 아니오. 가장 優秀한 人物은 도로혀 不遇의 境遇에 處하야 앗가온 天才를 썩이오.

四

第四의 欠點은 迷信的이오.

米國人의 布教方法은 大別하야 二種이 잇소. 一은 自國 及 其他 文明民族에게 하는 것이오. 二는 亞弗利加, 南洋, 支那, 朝鮮 等 自己네가 野昧하다고 認定하는 民族에게 하는 것이외다. 그럼으로 이 區別을 딸아 聖經의 解釋과 儀式의 輕重에도 差別이 잇소. 假令 文明을 가진 民族에게는 聖經을 解호대 可及的 合理的, 科學的으로 하오. 神學이 科學과 妥協되는 것은 現代에 極히 顯著한 事實이오. 처음에는 敎會가 科學을 撲滅하려 하다가 마츰내 科學과 握手를 하게 된 것이오. 現代의 耶穌敎會는 짜윈의 進化說을 밋고 <u>코페르니커쓰</u>의 地動說을 밋소. 創世記의 天地創造說을 文字대로 밋는 敎人이 文明한 民族中에 잇슬가요. 敎會에 附屬한 學校까지도 自然科學과 現代文學 哲學의 課程을 넛는 것을 보아도 얼마나 現代 耶穌敎會 神學이 科學과 妥協한 것을 알 것이외다. 文明한 民族中에 行하는 耶穌敎는 이러하오.

그러나 文明이 업는 野昧한 民族에게는 高遠深奧한 理論을 가르쳐도 理解치 못함으로 古來의 迷信을 利用하야 天堂地獄說과 死後復活과 祈禱萬能說 가튼 것으로 蒙昧한 民族을 罪惡에서 救濟하려 하오. 이는 佛敎에서도 無敎育한 下級愚民을 爲하야 取하얏던 方法이외다. 그럼으로 그네에는 理解와 賞玩보다도 迷信하기를 勸하고 盲目的으로 洗禮, 禮拜, 祈禱 가튼 儀式의 神秘的 功德에 依支하기를 勸하는 것이오. 朝鮮 各敎會에서, 쏘는 各敎人의 家庭에서 「病을 낫게 해줍소서」, 「血肉이 업스니 貴男子를 덤데하야 줍소서」, 「天堂에 올나가게 하야 줍소서」 하는 祈禱를 眞情으로 올리고, 眞情으로 그 效力이 生하기를 苦待하는 것이외다. 蒙昧한 民族은 하나님을 城隍神이나 大監 가튼 鬼神의 大將으로 녀깁니다. 祈禱만 올리면 風浪에 破船도 아니하고 生存競爭에 劣敗도 아니하는 줄로 압니다. 이것이 野昧한 民族에게 傳布하는 耶穌敎요. 朝鮮의 耶穌敎는 불상히 이에 屬하지오.

日本의 耶穌教를 朝鮮人은 信仰이 薄弱하고 넘어 世間的이라고 誹謗하지오. 그리고 朝鮮의 耶穌教는, 또는 朝鮮人의 信仰은 世界의 웃듬이라고 自矜하지오. 그러나 日本의 耶穌教는 우리 先生되는 米國 宣教師의 本國에 잇는 耶穌教와 가튼 耶穌教요. 우리 耶穌教는 亞弗利加와 支那에 잇는 耶穌教외다. 美國에서 처음 오는 宣教師는 朝鮮에 오래 잇는 宣教師의 指揮를 바다서야 聖經을 解釋한다 합니다. 그 指揮를 아니 드르면 逐出을 當한다 합니다. 아모러나 얼는 보아도 日本에 와 잇는 西洋 宣教師와 朝鮮에 와 잇는 西洋 宣教師의 聖經의 解釋 또는 聖經과 儀式中에 重要히 녀기는 點이 다르외다.

그러나 나는 반다시 西洋 宣教師를 원망하지 아니하오. 다만 우리가 彼等의 눈에 亞弗利加의 土人과 가치 비췬 것이 忿할 뿐이외다. 母論 宣教師네의 方針은 賢明하얏겟지오. 그러케 하여야 無識한 吾人을 濟度할 수 잇겟지오. 더구나 初期 信徒는 無識한 吾人中에도 가장 無識한 階級이 잇섯스닛가 그러한 方法을 取한 것이 가장 賢明하얏겟지오. 그러나 吾人은 進步하얏소. 多少間 新文明의 洗禮를 바닷소. 三十年前 吾人과 今日의 吾人과는 文明程度나 理解力에 多少의 差別이 生하얏겟지오. 그러면 吾人의 宗教도 거긔 應하야 進步하여야 할 것이외다. 적어도 今日 적이 有教育한 階級은 現今의 耶穌教로는 滿足치 아니할 것이외다. 우리는 事實上 여러 靑年의 敎會에 對한 不平을 듯소. 그럴 째마다 老人들은 「네가 미듬이 업다」 하고 책망하오. 어느 편이 올흔지는 時間이 証明하겟지오.

近來에 有教育階級의 人士와 靑年學生들이 漸次로 外人의 敎會로 가는 傾向이 잇슴은 實로 이 兆候가 아닐가요. 在來의 敎會에 不滿하야 理性의 滿足을 어드려 하는 傾向이 아닐가요. 그런데 朝鮮의 敎會는 如前히 「미듬이 弱하다」는 책망을 가지고 그 破滅을 防禦할 수가 잇슬가요. 年前 百萬名 傳道運動의 失敗*와 近年 漸漸 新敎人 增加率의 減少함과 有教育階級이 他敎會로

---

* 원문에는 '傳道運의 動 失敗'로 되어 있다.

나아가는 것이 무엇을 意味하나요.

五

朝鮮의 敎會는 正히 大改革의 機運에 際會한 줄 아오. 새로 루터와 칼빈, 후쓰 等이 나지 아니하면 三十餘年 名譽의 史를 가진 朝鮮의 敎會의 前途는 悲觀밧게 업슬 줄 아오. 迷信을 째트리고 文明的 新敎會를 改造해야 될 줄 아오.

以上 나는 現耶穌敎會의 欠点으로 階級的임, 敎會至上主義, 敎役者의 無識及 迷信的임의 四個條를 擧하얏소. 다시 이를 통들어 말하면 現時 朝鮮敎會는 專制的, 階級的이오 耶穌敎의 根本特徵인 自由平等의 思想을 沒却하엿스며, 宗敎의 信仰을 人生의 全體로 녀겨 信者 非信者의 區別을 善人 惡人의 區別가치 녀기며, 人生의 幸福은 文明에서 오고 文明은 宗敎外에 政治, 法律, 實業, 科學, 哲學, 文學, 藝術 及 各種 技藝로 成立된 것이니 宗敎는 實로 此等 諸分科의 一에 不過하는 줄을 不知하고, 學術技藝를 輕蔑하고 諸般 文明事業을 非神聖視하야 文明進步의 熱望이 업스며, 敎役者가 文明을 理解하지 못하야 多數한 敎人을 迷信으로 잇글어 文明의 發展을 沮害하며, 迷信的 信仰을 固執하야 社會의 趨勢와 並進치 못함으로 마츰내 文明的 宗敎의 使命을 다하지 못한다 할 수가 잇소.

敎會 여러 老人은 論者를 책망하실 줄 아오. 그러나 책망하시기 前에 한번 反省하시기를 바라오. 내 言論의 正確與否는 내가 알 수 업스되, 敎會와 社會를 爲하는 衷情으로 나온 것이라 함은 하나님 압헤서 壯談합니다.

卒業生 諸君에게 들이는 懇告*

여러분은 多年 고생하시다가 깃브게 卒業하셧습니다. 그런데 여러분은 卒業하시는 날에 내가 웨 卒業을 하엿는가, 卒業을 하엿스니 무슨 일을 할 것인가. 換言하면 卒業한 여러분의 責任과 義務가 무엇인지를 생각하시기를 바랍니다.

여러분께서 卒業하기시에 몟 千圓이나 들엇습닛가. 나서부터 오늘날까지에 몟 千圓이나 쓰셧습닛가. 적어도 四五千圓은 쓰셧지오. 그런데 그 돈은 누가 當하엿습닛가. 여러분의 父兄이오? 그러치오. 그러나 나는 그것은 全朝鮮 동포가 여러분의 父兄의 손을 거쳐서 여러분께 들인 것인가 합니다. 全朝鮮 동포가 쌈흘려 벌어서 여러분을 기르고 留學을 시킨 것인가 합니다. 여러분은 그 榮光스러운 卒業證書를 보실 째에 그 동포들에게 感謝하는 절을 합시오. 그리하고 「이제부터는 여러분의 要求하시는 바, 命令하시는 바를 쌀라 一生을 바치겟습니다」 하고 盟誓합시오. 그리고 一生에 夢寐間에라도 그 盟誓를 지키십시오.

그네가 여러분께 무엇을 請求하나요?

그네는 미련합니다. 그러닛가 슬긔롭게 하여달라고 합니다. 그네는 無識합니다, 그러닛가 知識을 달라고 합니다. 그네는 가난합니다, 그러닛가 産業을 家庭에서 率先 實行하면서 次次 隣近 人民에게 그 思想을 鼓吹하야 풀이 자라드시 山이 싹기드시 漸漸 實現되게 할 것이외다. 只今의 社會의 모든 制度가 動搖할 째닛가 改良하기에는 適好한 時機외다. 만일 先覺한 여러분으로서 如前히 舊來의 惡習慣 속에 沈淪한다 하면 그 아니 가엽슨 일이오닛가. 여

---

* 李光洙, 『學之光』 13, 1917.6.

러분은 萬般事에 조흔 것을 擁護하는 者, 創造者가 되고 안된 것을 改革하는 者, 打破하는 者가 되어야 할 것이외다. 早婚, 强制婚姻, 不合理한 冠婚喪祭의 諸禮, 官尊民卑, 男尊女卑, 子女를 自己의 所有物로 아는 것, 富貴한 者의 無職業한 것, 모든 迷信, 兩班 상놈의 階級思想, 非經濟的, 非衛生的인 家屋, 衣服制度, 實로 枚遑한 이 惡習俗 — 우리를 괴롭게 하고 망하게 한 것 갓히 우리 子孫을 괴롭게 하고 망하게 할 모든 이 惡習俗을, 우리 손으로 싸려부시지 아니하면 언제 누구를 기다리겟습닛가. 들으닛가 現今 여러 地方에 그 地方官憲이 中心된 矯風會가 잇다 하니, 自己가 이 會에 參入하야도 조코 싸로 矯風會를 設立하여도 조흘 것이외다. 더구나 여러분의 門中에 試驗하여 보는 것이 가장 妙할 쯧합니다. 「어른들이 내 말을 듯나」 하고 恨嘆하지마는 정 애를 쓰고 쩨를 쓰노라면 頑固한 어룬들도 마츰내 휘어들어 오는 것이외다. 母論 困難한 事業이지오. 困難한 事業이길내 여러분 갓흔 高等敎育을 바드신 어룬들에게 付個條를 中心으로 하야 施轉할 것이외다. 비록 目的이 各殊하고 職業이 各殊하더라도 — 宗敎家든지 藝術家든지 學者든지를 勿論하고 敎育産業의 兩個條는 그네의 努力의 中心이라야 할 것이외다.

다음에는 矯風事業이외다. 聖經에도 낡은 부대에 새 술을 너치 못한다 함과 갓히 낡은 風俗習慣에 뭇혀가지고는 到底히 新文明을 吸入하지 못합니다. 더구나 新文明과 背馳하는 風俗習慣은 힘쩟 打破할 必要가 잇습니다. 矯風事業에 네 가지 方面이 잇는가 합니다. 一은 淳良한 風俗習慣의 力說獎勵니, 古來로 잇서 오던 것이라도 特別히 力說 獎勵하는 데서 새 意味와 새 힘이 생기는 것이외다. 二는 不完全한 者의 改良이니, 鐵石에 金을 골라내드시 惡한 分子를 除去하고 善良한 것만 選出하든가 未洽한 곳을 補足하야 完全한 것을 만듦*이외다. 三은 害毒잇는 風俗을 打破함이니, 이것이 實로 矯風事業의 中心點이오 쏘한 最難關이외다. 여긔는 勇斷이 必要합니다. 그리고 마즈막에

* 원문에는 '말듦'으로 되어 있다.

는 新風俗習慣의 建設이나 外國의 善良한 것으로 吾土에 適合한 者를 取함도 可하고, 또 各自의 新發明도 可한 것이외다. 처음에는 잘 施行되지 아니하더라도 정말 조흘 것이면 自然히 施行되는 것이니 퍽 자미잇슬 것이외다.

이러케 하랴면 爲先 各各 그 地方의 風俗習慣을 넓히 蒐集하야 精密히 硏究한 後에 自己와 自己의 一生에 그네에게 넉넉한 衣食을 주도록 作心하여야 할 것이외다.

그리하고 積極的으로 各地方에 適當한 農業이나 工業을 니르켜 첫재로는 놀고 잇는 人民에게 職業을 주며, 둘재는 自家의 富를 圖謀할 것이외다. 눈만 밝으면 朝鮮에서 새로 니르킬 事業이 不知其數인가 합니다. 蠶業, 林業, 漁業等도 無限히 發展할 餘地가 잇고, 紡績, 鐵工業, 染料, 製革, 造酒 等도 여러분의 손을 기다리는 것인가 하옵니다. 自作自給은 國民經濟의 理想일 쑨더러一地方 經濟의 理想인가 합니다. 힘만 잇스면 크게 하는 것이 毋論 조치마는 一郡이나 一地方의 經濟를 獨立식힐 만한 事業도 決코 적은 일이 아닌가 합니다. 여러분은 各其 自己의 郡을 範圍 삼아서 여러분의 一生에 그 一郡民으로 하여금 自作自給하는 經濟의 基礎를 세우게 하면 이 亦是 萬古不朽의 大事業인가 합니다. 그리하고 쑷만 잇고 忍耐와 精誠만 잇스면 반다시 可能할 것인가 합니다. 처음에는 單獨하다가도 次次 여러분을 돕고 짜르는 同志가 만히 생길 줄 밋습니다. 나는 찰하리 全國을 範圍로 하는 大會社나 大工場을 니르킴보다도 各郡을 救濟할 産業을 니르킴이 더욱 根本的되는 일인가 하옵니다.

敎育과 産業은 진실로 吾人의 生命에 關한 重大한 二方面이외다. 吾人의 活動은 반다시 이 兩외다. 쑷이 잇는 바에 반다시 길이 쑬린다는 格言은 萬事에 決코 여러분을 속이지 아니할 줄 밋습니다.

다음에는 産業의 振興이외다. 爲先 植林이며 灌漑堤防이며 種子의 選擇, 害蟲驅除 等 農業의 改良에 關한 思想이라든지, 만일 海岸이면 船舶의 改良, 漁

網 其他 諸具의 改良이라든지, 都會면 機械工業의 獎勵라든지 其他 副業 貯蓄의 獎勵며, 有利한 新職業의 獎勵라든지, 이런 것은 些少한 듯하면서도 國民經濟의 根柢인가 합니다. 그리고 이것은 다만 斯道의 專門家라야만 可能한 것이 아니라 法律을 배호셧거나 政治를 배호셧거나, 또는 本業으로 엇더한 職業을 하시거나 雜談하는 틈,* 優遊하는 틈을 利用하야 隣近 人民에게 機會 잇는 대로 이러한 思想을 鼓吹할 수 잇는 것이외다. 무엇이나 思想이 압섭니다. 思想이 잇스면 慾求가 생기고 慾求가 잇스면 發明과 實行이 생기는 것이닛가 斯道의 專門家 아닌 여러분이라도 그네에게 이러한 思想은 注入할 수가 잇는 것이외다. 每日 平均 一人에게 이러한 思想을 鼓吹한다 하면 一生에 各人이 數千名 同胞를 文明으로 導出할 수가 잇늘 줄 압니다. 塵合泰山!

우리는 넘어 가난합니다. 卒業生 여러분의 家庭은 아마 富裕하시겟지오마는 富裕한 여러분의 宅洞里에 가난한 사람이 얼마나 됩닛가. 우리는 우리합니다.** 우리 子女들로 하여곰 한 사람도 남겨노치 말고 初等敎育을 밧도록 하는 것이 最大最重한 우리의 目的이외다. 그럼으로 여러분! 各其 故鄕에서 有勢力한 地位를 가지신 여러분께서는 一邊 父老兄弟에게 敎育의 必要를 力說를 力說하는 同時에, 一邊 普通學校의 設立을 圖謀하야 적어도 每面에 一普通學校를 두게 되도록 힘쓰셔야 합니다. 흔히 말슴하시기를 그러한 運動을 하랴면 當局이 不悅한다 하지마는 이는 當局이 아직 吾人의 意思의 所在를 充分히 理解하지 못하야 吾人은 一種 危險思想을 품은 者로 생각하는 까닭인 줄 압니다. 그럼으로 誠心誠意로 活動만 하면 自然히 當局의 誤解도 풀리고 풀릴 쑨더러 도로혀 吾人에게 贊助를 줄 줄 압니다. 當局이나 吾人이나 朝鮮人에 敎育을 주고 産業을 주고 모든 文明을 주는 데는 意思가 一致할 줄 미듬이외다. 모처럼 貴重한 精力과 時間과 金錢을 들인 留學生들이 故鄕에 돌아

---

* 원문에는 '름'으로 되어 있다.
** '우리하다'는 은은하다, 흐릿하다는 뜻의 북방 방언.

가서 아모것도 하는 것이 업다 하면 그런 不經濟가 어듸 쏘 밋겟습닛가. 그
러닛가 여러분中에 敎育에 뜻이 잇는 어른은 아모조록 爲先 當局의 誤解를
풀어 全力으로 活動하실 基礎를 세우심이 조흘 쏫합니다. 그리 하랴면 直接
學校를 設立하야 校長이나 敎師가 되어도 조코, 道府郡에 參事라든지 學務委
員 갓흔 名譽職이 되어 크게 敎育思想을 鼓吹함도 조흘 것이 [원문 누락]* 달
라, 富를 달라 합니다. 一言以蔽之하면 잘 사는 남들과 것히 잘 살게 하여달
라 합니다. 그러하기 爲하야 文明을 달라 합니다.

여러분! 여러분은 이것을 그네에게 주서야 합니다. 여러분 各各, 쏘는 同
心協力하서서 여러분이 돌아가시는 날까지에 이것을 주셔야 합니다. 말일
여러분이 여러분 一個人의 富貴安樂만 圖謀하시거나 쏘는 부질업시 失望을
하시거나 쏘는 넘어 큰 것을 바라노라고 이 職務를 다하지 못하시면 여러분
은 그네에게 對하야 大罪人이시외다. 여러분은 살아서 그네를 對할, 黃泉에
서 祖先을 對할, 쏘는 今後 千萬代 子孫을 對할 面目이 업는 大罪人이시외다.
여러분은 粉骨碎身을 하서서라도 그네의 要求하는 바를 들이서야 합니다.

첫재 그네에게 敎育을 주십시오. 現代에 잇서서 富貴하게 잘 사는 道理는
文明하는 것밧게 업고 文明하는 道理는 敎育밧게 업습니다. 우리 아부지는
못낫거니와 우리 형제는 못낫거니와, 將次 오는 어엿분 우리 아들과 짤은 잘
난 사람이 되도록 가르쳐야 할 것입니다. 우리가 三代만 新敎育을 베풀면 우
리 사룸은 넉넉히 文明을 가지는 사람이 될 줄 압니다. 敎育中에 가장 重要한
것은 普通敎育이외다. 專門敎育이 必要합니다. 그러나 中等敎育은 더 必要하
지오, 中等敎育이 必要하지마는 初等敎育이 가장 必要托하는 것이지오 쏘 그
만이나 하기에 할 자미가 잇지오.

이 밧게도 付託할 말슴이 실로 만흡니다마는 쓰고 안즐 時間이 업서서 이
만하고 그칩니다. 그러나 나죵에 不可不 한 마듸 엿줄 것은.

---

* 앞뒤 맥락이 자연스럽지 못한 것으로 보아 원문의 일부가 누락된 듯하다.

決코 당신의 安樂과 利益만 圖謀하시지 말으시고 넓은 安樂과 利益을 爲하야 一生을 바치실 決心을 하실 것과, 아모조록 뜻을 遠大하게 잡수시고 나무 자라는 것을 지키고 안젓는 마음으로 일하실 것과,* 決코 中途에 쉬지 말으시고 좀 落心이 되고 역징이 나시더라도 이것이 내 職分이어니 하고 더 이취式 슨괴를 가지실 것과, 언제든지 修養을 쉬지 말으실 것이외다.

아아 貴重한 내 兄弟들이어! 만흔 希望과 期待로써 故國에 돌아가는 여러 분을 보냅니다. 내내 安宅하사 고생 만히 하소서.(一九一七, 六, 一八 夜)

---

* 원문에는 '것다'로 되어 있다.

東京에서 京城까지*

第一信

앗가 停車場에서는 참 서운하게 써낫다. 네가 플라트홈 긋혜 서서 내가 보이지 아니하도록 手巾을 두를 때에 나는 눈물이 흐를 번하엿다. 그것도 그럴 일이 아니냐. 나를 알아주는 이가 너밧게 업고 너를 알아주는 이가 나밧게 업다 하면 한 몸의 두 쪽 갓흔 우리 두 兄弟가 비록 暫時라도 서로 써나는 것이 슬프지 아니할 理가 잇느냐. 더구나 네가 몸이 편치 못한 것을 보고 써나는 것이 내 마음에 몹시 걸린다. 同生아. 날더러 無情하다고 하지 말어라. 내가 늘 네 겻혜 잇서서 너를 慰勞하여 주고 십기야 여복하랴마는 우리는 情에만 쓸릴 사람이 아니다. 눈물을 쑤리며 千萬里의 遠別을 하는 것이 우리의 八字다. 그러나 나는 비록 어대를 가든지 어느째나 늘 너를 생각할 것이다. 그러나 돌아다니며 滋味잇는 것을 볼 째마다 네게 알려줄 터이다. 너는 그것을 보고 나를 본 드시 웃고 慰勞를 바다다오.

第二信

移秧이 한창이다. 부슬부슬 비가 오는데 도롱삿갓 쓴 農夫들이 허리를 굽으리고 볏모를 옴긴다. 그네들에게는 쇄 밧분 일이언마는 겻헤서 보는 내게는 퍽 閒暇해 보인다. 나도 왼통 집어내던지고 저들과 갓히 農夫가 되엇스면 하는 생각도 난다. 그러나 돌려 생각하면 우리는 그러케 제 한몸의 安樂만 爲할 째가 아닌 것 갓다.

---

* 春園, 『靑春』9, 1917.7. 1916년 6월 이광수가 오도답파여행을 위해 동경에서 경성으로 오는 길에 쓴 여행문이다.

東京 속에 잇서서는 봄이 가는지 녀름이 오는지 몰랏더니 밧게 나와 보니 벌서 녀름이 무르녹앗다. 너도 틈틈이 郊外에 놀러 나가서 大自然과 자조 接하도록 하여라. 大自然을 接하면 自然히 胷襟이 爽快豁達하여지고 塵世의 齷齪하던 것을 니저바리게 되며 아울러 生命의 깃븜을 切實하게 깨닷는다. 모다 살앗고나, 모다 生長하는고나, 모다 繁昌하는고나, 모다 活動하는고나, 個人도 이러할 것이오 一民族도 맛당히 이러해야 할 것이란 생각이 굿세게 닐어난다. 同生아, 부대 活力이 만코 希望이 만쿄 活動이 만허라.

第三信

國府津을 지나면 汽罐車의 숨소리가 더욱 헐덕헐덕한다. 물결 잔잔하고 물 맑은 고은 바다는 次次 아니 보이고 그代身 山이 次次 놉고 갓가워간다.

녀름비에 말가케 씻겨낸 푸른 山은 가슴부터 우흘 黃昏의 컴컴한 안개 속에 감초앗다. 그 안개가 쌍에서 나온 듯도 하고 茂盛한 나무닙새에서 나오는 듯도 하고 쏘 엇지 보면 바위틈으로서 나오는 듯도 하다. 그리고 山 밋흐로는 一條 溪流가 여울을 지며 흘러나려간다. 그것이 몹시 희게 보인다. 푸른 山에 對照해서 엇더케 아름다운지 모르겟다.

모든 景致가 黃昏의 빗에 가리어서 그 깁숙하고 慇懃한 맛이 비길 데가 업다. 그 사이로 우리 列車는 헐덕어리며 箱根山巓의 御殿場驛을 向하고 올라간다. 銀魚로 有名한 山北驛에서부터 압뒤에 汽罐車 두 놈이 달려서 밀고 끌고 하건마는 그래도 쮜어나리기 조흐리만콤 천천히 달아난다. 우루루하면 鐵橋를 건너고 쏘 우루루하면 굴을 지난다. 굴을 나서면 쏘 굴이오 鐵橋를 지나면 쏘 鐵橋다. 東海道線中에 第一 굴 만흔 곳이란다. 車室에 石炭煙氣가 갓득하게 찻다. 乘客들이 손手巾을 코에다 대고 숨을 앗겨 쉰다. 어듸까지든지 왼통 굴만인 것 갓다. 그러나 仔細히 생각해보면 그래도 굴보다는 밝은 데가 만타. 어듸까지 가도 굴쑨인가 보다 하는 말이 쯧나기 前에 벌서 굴 업는 곳에 나왓다. 우리가 四철 옷을 지어닙는 西洋木 玉洋木 等 필육을 짜내는 富士 紡績會社의 宏壯한 工場이 보인다. 어서 漢江가에도 이러한 것이 섯스면 조켓다.

참 조흔 景致다. 네게 보여주고 십흔 景致다. 黃昏의 빗은 漸漸 짓허저서 이제는 山들의 주름이나 草木도 다 아니 보이고 다만 컴컴한 뭉텅이와 갓히 보인다. 멧부리들은 모다 구름 속에 무첫다.

수십 길이나 될 쯧한 우묵어리 맑고 서늘한 물속에서는 개구리의 合唱이 들린다. 과궈놔눠하고 왼통 야단이 낫다. 아마 그 개구리는 푸른 빗을 씌엇슬 쯧하다. 엇지해 그럴 것갓히 생각이 된다. 그 山속 그 물속 그 黃昏에 그 개구리 소리는 참 비길 데 업시 조타. 네가 보드면 조고마한 손벽을 싹싹 치면서 어린애 모냥으로 조하할 것을. 너는 져 개구리가 웨 우는 지 아니? 그것이 우는 것이 아니라 깃버서 소리를 하는 것이란다. 이 조흔 天地에 이 조흔 時節에 이 조흔 生命을 타 낫스니 웨 조치를 아니하겟느냐. 나도 사람만 아니 되엇던들 썸벙하고 쮜어들어서 개구리와 손을 마조잡고 응앙응앙하고 한바탕 소리를 하고 십다. 그러나 사람의 體面에 그러할 수도 업스닛가 손으로 울어서 文字 소리를 낸다. 그래도 울엇거니 하면 속이 좀 시언하다.

개구리들은 이 깃븜을 만케 하기 위하야 아들쌀을 만히 나호려 한다.

第四信

얘, 저 구름이 어듸로 가느냐. 저긔 저 우묵컴컴한 골목으로 슬근슬근 긔어나와 한참 山머리를 向하고 올라가더니, 무슨 생각이 나는지 슬적 머리를 돌려 山허리를 감돌아 東으로 東으로 달아나는고나. 저것 보게, 次次 쌜리 달아나네. 앗불사 山 모통이로 돌아서서 업서지고 말앗다.

밤이 되엇다. 沼津驛에 다달으니 暫間 作別하엿던 물결소리가 다시 들린다. 네가 퍽 바다를 조하하고 물결소리를 조하하지? 네가 年前 江島에 갓슬 째에 일불어 海岸에 面한 旅館의 海岸에 面한 房을 잡고 밤새도록 물결소리에 醉하여서 잠을 못 일윗노라고 햇지? 그리고 그 물결소리가 마치 네 心臟 쒸는 소리와 諧音을 짓는다고 햇지? 나도 네게 배화서 바다와 물결을 퍽 사랑하게 되엇다. 바다의 넓음이 조코 깁흠이 조코 永遠함이 조코 活動함이 조코 소리 남이 조코…… 네 것이라면 내게는 다 조흔 것과 갓히 바다의 것이라면 내게는 다 조타. 사람中에는 너 萬物中에는 바다.

晴明하고 달이 잇슬 째 갓흐면 여긔서 富士山이 보일 것이지마는 오늘은 구름이 쎄서 아모것도 아니 보인다. 다만 져긔쯤 富士가 잇것다 할 쑨이다. 富士 말이 낫스니 말이다마는 昨冬에 내가 名古屋 갓다 올 째에는 참 아름다운 富士를 보앗다. 富士가 白雲을 닙고 深靑한 밤하늘에 쑤렷이 나쓴 모양은 참 壯美하고 崇嚴하더라. 게다가 지새는 달이 그 側面을 비최어 치마주름가치 여긔져긔 그림자가 새겨진 것은 참 아름답더라. 내가 그것을 보고 네게 「天女가 下界에 나려왔다가 닭의 소리에 놀래어 미처 치마고름도 매지 못하고 天上으로 오르랴는 모양」이라고 써보낸 듯하다마는 네가 記憶을 하는지? 나는 그째엣 여러 생각을 하다가 또 이것을 쓴다. 너는 이것을 보거든 그째엣 생각을 할 터지?

第五信

나는 서늘한 바람을 쏘이면서 車窓으로 캄캄한 밧겻흘 바라본다. 아이구 시언도 해!

져것 져것! 반딧불, 반딧불! 만키도 하다. 져것, 져긔도 잇네. 져긔도 잇고 참 훌륭하다. 웬 반딧불이 져러케 만흔가. 아마 반딧불들이 통쩔어 나와서 밤구경을 하는 게지. 아마 競走를 하나보다. 아니, 그런 것이 아니라 숨박국질을 하는 게다. 그러기에 져러케 번젹하다가는 깜박 업서지고 하지. 져런, 져긔는 數十놈이 한데 모엿네. 數十놈이 무엇이야, 數百놈, 數千놈 되겟네.

올치 올치, 아마 빗 자랑을 하나보군. 마치 우리가 옷자랑을 하는 모양으로. 아이구, 반딧불도 만키도 만하! 그것들이 즐겁게 노는 것이 부러워진다.

너는 웨 반딧불이 져러케 빗나는지 아니? 깃버서 그러탄다. 녀름의 서늘한 밤이 넘어나 조하서 져러케 번적번적하면서 쒸어다는 것이란다.

져것은 빗은 나면서도 熱은 아니 난다고 博物學 先生님이 그러시더라. 그럴 테지. 熱이 나면 熱病이게. 빗은 나면서도 덥지 아니하닛간 용한 것이다. 벌서 열 시가 지낫다. 어 시언해. 너는 아마 편안히 잠이 들엇겟지? 나도 이제는 자겟다.

나는 엇던 조는 乘客의「스켓치」를 하다가 들켯다. 毋論 져 편에서야 自己의 쑤시시한 얼쌔진 얼굴이 내 그 잘 그리는 線으로 내「스켓치쑥」에 올리운 줄은 모를 테지. 나는 재미잇서서 그 그림과 實物을 比較하면서 속으로 「이것 봅구」 해주엇지. 車속에서 더구나 三等車속에서 자는 꼴은 참아 못 볼 게다. 그리기에 약은 女子는 決코 자지를 아니한다더라.

그러고 나서 한잠 잘 양으로 눈을 부첫스나 암만 애를 쓰니 잠이 들어야지. 머리와 팔다리 둘 곳이 잇서야 자지. 암만 몸을 들추고 돌리고 하야 몸을 가지고 가진 物象을 다만 들어보아도 암만해도 머리와 팔다리 둘 곳이 아니 나와. 이런 쌔에는 暫時 四肢를 쓰더서 가방 속에 너허두엇스면 조켓다. 참 쯧대로 아니 되는 世上이다.

나 잇는 車室 바로 겻히 一等 寢臺車다. 그런데 그 넓은 데는 엇던 쑹쑹한 者가 네 활기 쑥 쌧고 누엇슬 쑨. 그러나 내가 들어가면 당장 내쪼칠 테지. 하하. 아이구 하폄이 작고 나네. 쏘 한번 잘 工夫를 해볼가.

第六信

엇더케 재미잇는 일이 만흔지 이것을 네게 말 아니하고 엇더케 해! 내 車室에 우수운 老人 한 분이 탓는데 머리에는 굵다란 머리카락이 서너 개 말쑥

모냥으로 일어서고 그 얼굴은 빗, 모냥 할 것 업시 꼭 動物園 어구에 잇는 늙은 원숭이다. 이 兩班이 停車場마다 술을 사들여서는 겻헷 사람에게 억지로 먹이지. 그러고는 혼자 조하서 웃고 써들고 소리하고 춤추고 야단이다. 南無阿彌陀佛도 불러보고 하나님이시어 아멘도 불러보고, 마치 六十年間 해보던 소리는 왼통 한번 複習을 하는 것 갓다. 그래서 왼 車中이 야단이지. 벌서 十二時가 넘엇건마는 나도 아직도 그 구경을 하노라고 쌔어잇다. 毋論 자라도 잠이 아니 들지마는 가진런 짓을 다하니 잠이 들어야지. 決코 밤車에 三等은 탈 것이 아니다. 얘, 멀어도 十年後에는 꼭 一等을 타고 에헴 하도록 해야 한다.

져것 보아! 그 녕감쟁이가 겻헤 안즌 白衣 닙은 젊은 중을 못 견듸게 군다. 번번한 머리도 쓸어주고 턱도 쳐들어주고 弄談도 하고 甚하면 니마에다가 뒤하고 술냄새 나는 침도 뱃고. 그러하건마는 和尙은 極樂世界에 往生할 道를 닥노라고 하는 대로 두고 가만히 안젓다. 참 용하다. 나 갓흐면 부처님은 暫間 주머니에 집어너코 한바탕 싸려주련마는.

第七信

胎兒 모양으로 四肢를 쇠브리고 댕금하게* 누어서 모처름 한잠이 들엇더니, 얄민 모긔란 놈이 손가락을 왼통 물어 트러서 그만 아수운 잠을 쌔고 말앗다. 고까짓 조고만 놈이 내 피를 쌴다면 멧 푼어치 쌀랴마는 실컷 처먹은 갑스로 蟻酸인가를 注射해서 가렵게 하는 것이 괘씸하다. 그러나 엇지 생각하면 가렵게 하는 것이 사람에게 利로울는지도 모른다. 만일 가렵지도 아니하면 모긔가 사람의 피를 왼통 쌀아먹더라도 쌀리는 줄도 모를 것이다.

벌서 午前 一時半. 名古屋에 왓다. 네가 只今 무슨 꿈을 꾸는지 퍽 그립다. 몸 弱할 째에는 자는 것이 第一이라 하니 부대 十時가 되거든 꼭 자거라. 運動도 잘 하고

* 댕금하다. '둘레에 거칫거리는 것이 없어서 홀로 덩그렇다'는 뜻의 북방 방언.

第八信

右便에 아직 새벽빗에 싸힌 琵琶湖를 보면서 午前 六時頃에 京都에 나렷다. K兄을 차자가셔 爲先 한잠 실컷 자고 나셔 닭고기와 앵두 실컷 어더먹고 이번에야말로 실컷 京都 구경을 하리라 하엿더니, 막 밥을 먹고 나자 비가 쏘다진다. 나는 아마 京都 구경을 할 緣分이 업는지 四次 京都에 들럿것마는 四次 다 비가 온다. 비가 쏙 나를 싸라다니다가 내가 京都驛에 나릴 만하면 얼는 내 압길을 막는 것 갓다. 나는 火症을 내어서 午後 一時車를 타고 京都를 떠나기로 하엿다. 집에 그리운 사람을 두고 一刻이 三秋갓히 試驗 낫나기를 기다리던 同行 K君은 내 쎄거지에 못 이긔어 空然히 京都에 나렷다가 人力車貰만 밋젓노라고 連해 게두덜거린다. 바로 車를 타고 나니 구름이 쏙 것기며 볏이 쨰듯하게 나겟지. 더욱 火症을 내서 나는 밋진 잠이나 補充을 하리라 하고 눈을 붓첫다.

쌔어나니 大阪, 神戶도 어느 틈에 다 지나가고 日本 海岸中에 가장 아름다운 海岸이라는 須磨明石의 海岸에 다달앗다. 바람도 시언키도 하다. 날이 맑앗다. 瀨戶內海는 마치 鏡面과 갓다. 눈섭 갓흔 遠山이며 一字진 水平線! 玉가루 갓흔 白沙 우에 늙고 검푸른 소나무! 그 밋헤 죽 늘어션 그림갓히 고운 別莊들! 그 모든 것이 왼통 夕陽의 빗에 統一이 되어 말할 수 업시 爽快한 늣김을 준다. 흰 돗에 가벼운 바람을 잔뜩 바다가지고 돌아오는 所謂 遠浦의 歸帆은 넘어 例套엣 말이어니와, 시컴한 鐵甲船이 시컴한 石炭煙을 피우면서 슬글슬근 걸어가는 雄壯한 모냥은 이 世紀에서만 볼 偉觀이다.

얼마를 와서 別莊도 아니 보이는데 아이들 작난감 내버리드시 되는 대로 白沙 우헤 내어던진 적은 배 사이에는 避暑온 도련님 아가씨들이 쎄를 지어 밀려다니면서 논다. 그中에도 엇던 어엿분 西洋 아이 오누가 모래와 자갯돌*로 城을 싸코 노는 것이 더욱 내 注意를 쓸더라. 참 조흔 景致다. 엇지해 늘 보

* '자갈'의 북방 방언.

던 景致가 이번 짜라 이러케 더욱 아름답게 보이는지.

이제는 悶한 것도 풀리고 다만 깃브기만 하다. 이것을 보거든 너도 깃버해 다오.

第九信

柳井津서부터 馬關까지 오는 山에는 엇더케 映山紅이 만흔지. 쌀간 꼿이 엇더케 만히 퓌엇는지. 넘어도 美麗하기에 노래를 지엇다.

映山紅이 피엇다
映山紅이 피엇다
푸른山에 点点点
붉은것은 映山紅
杜鵑새 피를 배타
퓌어나니 映山紅
나뷔는 춤을 추고
輕風은 스쳐간다
아츰해 빗을 바다
映山紅이 피엇다

무슨 노랜지 나도 모르지. 그러나 車窓으로 내다보며 이 노래를 부르닛가 엇더케 快한지.

그러고 한 고데를 가닛가 노랑꼿 흰 꼿이 만히 피엇는데 엇더케나 놀앙 나뷔 흰 나뷔가 만히 모혓는지. 그래서 이번에는 어린아이 노래를 지엇지.

나뷔 나뷔 난다

난다 나뷔 난다

흰 곳에는 흰나뷔

놀앙곳에 놀앙나뷔

놀앙곳에 흰나뷔

흰 곳에 놀앙나뷔

나뷔 나뷔 난다

잘도 잘도 난다

엇더냐. 어듸 네가 曲調를 부쳐서 한번 불러보아라. 나도 詩歌를 좀 짓기
는 지어야 하겟는데 當初에 되지를 아니한다. 그러나 차차 되겟지.

第十信

對馬丸上에 잇다. 마츰 바람은 업스니 多幸이다. 對馬丸은 關釜連絡船中
에 第一 조고만 배다. 좁고 더럽고 말이 아니다. 갓흔 갑 주고 참 憤하다. 決
코 對馬丸은 탈 것이 아니다. 그러나 쏀이는 매우 親切하다. 茶도 주고 벼개
도 주고 勿論 돈이 貴해서 그러는 것이지마는 돈 爲한 親切이라도 親切은 깃
브다.

甲板 우에는 토끼 색기가 한 六十놈 탓다. 토끼 색기도 三等客 待遇을 밧는
지 바로 三等室 門밋헤 노혓다. 「이로부터 三等客의 通行을 禁함」 하는 牌를
써부쳣슴으로 三等客들은 人事를 차려서 구경하기 조코 안끼 조흔 一二等客
甲板上에 나가지 아니하건마는, 一二等客은 버릇업시 三等室 甲板에 넘어와
서 우리와 同等客되는 토끼 색기를 戲弄한다. 토끼 색기들은 참 곱다. 배채*
닙사귀를 주면 한 닙사귀에 네다섯 놈씩 둘러부터서 누에 쏭 먹드시 오믈오
믈 먹는 것이 참 귀엽다. 너는 토끼 귀가 웨 져러케 긴 지 아니?

* '배추'의 북방 방언.

차차 배가 흔들린다. 나는 자겟다. 同行하는 K君은 죽은 드시 모으로 누
어서 눈을 깜막깜막 한다. 아마 잠이 들랴고 애쓰는 모냥이다. 나도 이제는
그 숭내를 낼란다. 十餘時間後면 반가운 故園의 흙을 밟을 것이다. 부대 잘
잇거라.

第十一信

배에서 쾌 困햇다. 夜十一時發 奉天行을 타고는 곳 잠이 들엇다. 中間에 멧
번 깨엇스나 밧겻히 어두어서 山구경도 못햇다. 窓을 열면 벌레소리가 「이
제 오시오」하는 듯하엿다. 그럴 것이다. 비록 저는 벌레요 나는 사람이지마
는 제나 내나 멧 百代 祖上적부터 이 짱 이 하늘 알에 살아왓스닛가 오래간
만에 돌아오는 나를 보고 반가와할 것도 맛당하다.

太田을 지나서 十五分쯤 와서는 검하고 아삭바삭한 山머리로서 붉은 太陽
이 쑥 베어진다. 이것은 一年만에 처음 보는 朝鮮의 太陽이다. 붉듸붉은 太陽
이다. 이제 나지나 되면 萬物이 다 타져서 죽을 것 갓다. 太陽빗이 저러하고야
決코 비 오는 法이 업다고 흰옷 닙은 사람들이 걱정을 한다.

해가 쓰니 초라한 朝鮮의 꼴아군이가 分明히 눈에 씌운다. 져 쌜가버슨 山
을 보아라. 져 쌧작 마른 개천을 보아라. 풀이며 나무까지도 오랜 가물에 투
습이 들어서 계모의 손에 자라나는 게집애 모냥으로 참아 볼 수가 업게 가
엽게 되엇다. 그러나 이제 비가 올 테지. 싀언하고 기름 갓흔 비가 올 테지,
져 쌜가버섯던 山이 기름이 흐르는 森林으로 컴컴하게 되고 져 밧작 마른 개
천도 맑은 물이 남울남울 넘칠 째가 오겟지. 그래서 고운 꼿이 피고 청아한
새소리가 들릴 째도 오겟지. 웅 確實히 오지. 네가 只今 이러한 새누리의 圖
案을 그리는 中이 아니냐. 그러타. 그러나 밧바할 것 업다. 천천히 천천히 宏
壯하고 永遠한 것을 그려다오.

五道踏破旅行*

口 五道踏破徒步旅行

新政의 實地后 임의 六星霜을 閱ㅎ야, 朝鮮은 今也 面目一新의 秋에 當ㅎ얏
도다. 社會의 耳目되고, 朝鮮 唯一의 言論機關되는 我社는 夙히 社員을 派遣
ㅎ야, 各地方을 遍歷ㅎ며, 有志를 尋訪ㅎ야, 新政普及의 情勢를 察ㅎ며, 經濟,
産業, 敎育, 交通의 發達, 人情風俗의 變遷을 觀察ㅎ고, 並ㅎ야 隱沒ㅎ 名所 舊
蹟을 探ㅎ며, 名賢逸士의 蹟을 尋ㅎ야, 廣히 此를 天下에 紹介코져 홈이 已久
ㅎ얏더니, 今回에 好機를 得ㅎ야 此를 決行ㅎ게 되야, 爲先 江原, 慶尙南北, 全
羅南北의 五道에 亘ㅎ야 徒步로 此를 踏破케 ㅎ고져 ㅎ는도다. 又 其特派員으
로는 雜誌「靑春」寄稿家로 全道 學生의 渴仰을 受ㅎ며 我社의 紙上에 農村啓
發, 朝鮮 敎育家論, 小說「無情」等을 連載ㅎ야 文名이 天下에 轟振ㅎ 春園 李
光洙君이 其任에 當ㅎ기로 되얏도다. 眞實로 空前의 快擧라 云ㅎ지라, 我社
는 其旅行記를 紙上에 連載ㅎ야, 讀者 諸君의 閱讀에 供코져 ㅎ는 바, 君의 觀
察力과 文章은 能히 其地方의 情況을 紹介홈에 所漏가 無ㅎ지오, 此가 其地方
의 發展에 所及ㅎ 影響도 決코 鮮少치 안이ㅎ 것이라. 然이나 正히 盛夏에 入
ㅎ는 時이라, 더구나 徒步로써 五道의 山河를 踏破코져 ㅎ니, 其旅行의 容易
치 안이홈은, 想像 以外일 것이라, 願컨딕 地方의 人士는 我社의 此擧를 贊同
ㅎ심과 同時에 多大 同情으써, 各般의 便宜를 付與ㅎ소셔.

其出發의 期日과 밋 道程은 日間 다시 詳報ㅎ오리다.

大正 六年 六月 每日申報社**

---

* 春園生, 『每日申報』, 1917.6.29-9.12. 원문은 한국언론진흥재단 사이트(http://kinds.or.kr)를 참
고했다. 기사는 여정 순으로 재배열하여 수록했다.

** 社告, 『每日申報』, 1917.6.16, 1면.

□五道踏破旅行 特派員 出發

忠淸南北, 全羅南北, 慶尙南北, 江原道 等地를 踏破홀 我社 特派員 春園 李光 洙君은 六十日의 短時日에 山河 數千里를 征服홀 第一步를 今卅六日 午前 八 時 卅分 南大門發 南行列車에 投ᄒ야 ᄒ게되얏슨즉 其奇警호 觀察, 熱烈호 情 緖로써 올을 삼아 瞻富호 抱負, 流暢호 文章으로 織出ᄒᄂ 錦繡의 紀行이 讀 者의 眼前에 展開되기도 一兩日에 不外홀지로다. 靑年文苑의 光星이 最先히 訪問홀 江山은 抑 何處인가. 幸福잇거라, 快男兒의 前途.[*]

□謹告

拜啓 榴夏의 際에 益益淸祥을 奉賀ᄒ오며, 陳者 今回 每日申報 記者 李光洙 를 派遣ᄒ야 各地方을 遍歷케 ᄒ고 有志를 歷訪ᄒ야 新政普及의 情勢를 察ᄒ 야 經綸, 産業, 敎育, 交通의 發達, 人情, 風俗의 變遷을 觀察ᄒ고, 並ᄒ야 隱沒 된 名所舊蹟을 探ᄒ고 名賢逸士의 蹟을 尋ᄒ야 廣히 此를 天下에 紹介코ᄌ ᄒ 얏ᄂᄃ, 此擧의 成功 與否ᄂ 全혀 官憲 並 地方有志이 後援 如何에 依호 바 玆 에 仰告ᄒ오니, 願컨ᄃ 我社의 此擧를 贊同ᄒᄂ 同時에 多大호 同情과 諸般便 宜를 付與ᄒ심을 切望ᄒᄂ이다.

　　　　　　　　大正 六年 六月 卅五日 每日申報社 京城日報社[**]

旅程에 오르면서

마춤ᄂ 今朝에 發程ᄒ게 되얏소. 五道踏破라고 名義ᄂ 죠치마ᄂ 其實은 一 介 書生의 銷夏翫景次에 不過ᄒ오. 그런 것을 社內 여러 先生이 過히 推獎ᄒ 여 쥬셔셔 도로혀 赧面홈을 不禁ᄒ오. 그러나 旣往 쩌나ᄂ 길이니 力所及ᄉ

---

[*] 『每日申報』, 1917.6.26, 2면.
[**] 社告, 『每日申報』, 1917.6.26, 2면.

지는 有益ᄒ도록 ᄒ려 ᄒ오.

豫告에는 經濟, 人情, 風俗 等 旅行의 目的이 揭載되엿스나 元來 아모 炯眼도 업는 나로는 무엇을 엇더케 보아야 홀는지 向方을 알 슈 업소. 그러닛가 旅行記도 自然 統一도 업고 脈絡도 업슬 것이오. 다만 눈에 씌우는 디로 귀에 들리는 디로 제게 興味잇는 것을 써보려 ᄒ오.

今日부터 六十餘日間 到處에 여러 어룬들의 弊를 만히 씨치겟쇼. 제가 뭇는 바를 對答도 ᄒ야 쥬셔야 ᄒ겟고, 제가 알 必要잇는 것을 가리쳐도 쥬셔야 ᄒ겟소. 이러케 여러 어룬네의 指導와 援助가 업스면 제 旅行의 目的은 萬一도 達ᄒ지 못홀 것이외다.

旱魃이 甚ᄒ야 到處에 여러분의 근심ᄒ는 낫츨 對ᄒ기를 念慮ᄒ얏더니, 맛참 甘雨가 沛然ᄒ야 여러분의 愁眉가 열리고 喜色이 滿顔혼 것을 뵈옵게 됨이 엇더케 깃분지 모르겟소. 願컨딘 제가 京城을 發ᄒ야 京城에 도라오는 六七十日 동안에 五穀이 豐登ᄒ얏스면 죠켓소.

이번 旅行의 目的에 對ᄒ야 一言이 업슬 수 업소.

첫직, 朝鮮의 現狀이 엇더혼가

둘직, 最近 朝鮮이 엇더케 쏘는 얼마나 變遷ᄒ엿스며 進步ᄒ얏는가

셋직, 現今 朝鮮에는 엇더혼 中樞人物이 잇셔 社會를 指導ᄒ며 쏘 그분네는 우리의 發展에 對ᄒ야 엇더혼 抱負를 가지신가.

넷직, 現今 朝鮮의 生活, 經濟狀態는 엇더혼가. 엇지ᄒ면 富ᄒ고 樂ᄒ게 살아볼 슈가 잇는가.

다셧직, 制度, 人情, 風俗 中에 엇던 것이 推奬홀 만ᄒ며 엇던 것이 改良홀 만혼가. 그리고 各地方의 特色이 엇더혼가. 이밧게 勝景이며 古蹟을 구경홈도 닉 重要혼 目的이어니와, 各地方 古來의 傳說과 民謠와 奇風異俗을 蒐集홈이닉 干切혼 希望이외다.

이러케 말ᄒ면 쐐 번젹ᄒ여 보이지오. 그러나 다만 實力이 不足홈이 恨이

외다. 幼穉혼 眼光으로 精誠껏 視察혼 바를 여러분의 압헤 開陳홀 터이니 賢明ᄒ신 여러분쯰셔 그 속에셔 무슨 意味를 發見ᄒ시면 萬幸이외다.

臨發에 나 굿흔 乳臭兒를 ᄉ랑ᄒ셔셔 平生 所願이던 朝鮮 구경을 식혀주시ᄂ 社內 여러 先生쯰 感謝의 意를 表ᄒ고 아울러 沿道 여러 어룬의 眷顧를 비옵니다.*

□ 五道踏破旅行道程

本社 五道踏破旅行의 特派員 春園生은 二十六日 午前 八時 三十分 南大門을 出發ᄒ얏다. 此計劃은 最初 徒步로 五道를 踏破코져 ᄒ얏스나 時季가 不順흠으로 滊車 滊船을 利用ᄒ야 重要地를 多數 訪問키로 變更ᄒ야 道程을 左와 如히 定ᄒ얏다. 此道程과 日程은 天候 其他의 關係로 多少 變更될ᄂ지 未知ᄒ나 될 수 잇ᄂ 뒤로ᄂ 此를 實行코ᄌ 決心ᄒ얏다. 特派員의 文名은 임의 天下에 定評이 有흔 바 그 紀行文의 多趣多味흠은 多言을 要치 안이ᄒᄂ 바일지라.

六月二十日 京城發 公州로 = 同二十九日 扶餘로 = 七月一日 論山으로 = 同三日 全州로 = 同六日 長城으로 = 同七日 松汀里로 光州로 = 同十日 羅州로 榮山浦로 = 同十三日 木浦로 = 同十六日 靈岩으로 = 仝十八日 珍島로 = 仝二十一日 莞島로 = 仝二十五日 巨濟로 = 仝二(十)八日 統營으로 = 仝三十日 馬山으로 = 八月一日 晋州로 = 仝四日 馬山으로 釜山으로 = 仝九日 梵魚寺, 通渡寺로 經ᄒ야 大邱로 = 仝十三日 慶州로 = 仝十八日 延日 蔚珍으로 = 仝二十日 三陟으로 = 仝二十三日 江陵으로 = 仝二十六日 襄陽으로 = 仝二十九日** 長箭으로 = 九月六日 金剛을 經ᄒ야 元山으로 = 仝八日 永興으로 = 仝十日 京城으로***

---

* 春園生,『每日申報』, 1917.6.26, 1면.
** 원문에는 '三十九日'로 되어 있다.
*** 『每日申報』, 1917.6.28, 2면.

第一信

車中에셔 島村抱月,[*] 松井須磨子[**] 一行을 맛낫다. 仁川셔 木浦로 가는 길이라는디 매우 疲困흔 模樣이다. 나는 名銜을 들이고 朝鮮巡遊에 對흔 感想을 들엇다. 氏는 文學者닛가 朝鮮文學에 對ᄒ여셔 여러 가지 말을 ᄒ더라. 믹우 有益홀 쯧ᄒ기로 그 大綱을 記錄홀란다.

朝鮮은 歷史가 오릭닛가 自然 特別흔 思想感情이 잇슬 것이다. 그러나 오린동안 支那文明의 壓迫을 바다셔 그것이 充分히 發育ᄒ지 못하고 凋殘ᄒ여지고 말앗다. 그뿐 아니라 設或 아직 남아잇는 것이라도 發表되지 못ᄒ얏다.

그러다가 只今은 新文明을 바다 모든 것에 싀로운 生氣가 나는 쪄닛가 思想感情 即 精神도 싀로운 生氣를 어더 發育ᄒ고 表現되어야 ᄒ겟다. 그리홈에는 朝鮮文學이 發達ᄒ기를 期待ᄒ여야 하겟다. 대기 精神生活을 表現ᄒ는 것은 文學밧게 업스닛가 그럼으로 朝鮮 新靑年中에 文學에 有意흔 者는 一致 協力ᄒ야 크게 新文學 建設을 爲ᄒ야 힘쓸 必要가 잇다.

文學의 內容은 思想感情이어니와 그것을 表現ᄒ는 器具는 語와 文이다. 朝鮮語와 文을 余는 不知ᄒ거니와, 아마 아즉 文法이나 文體가 完成되지 안이ᄒ얏슬 쯧ᄒ다. 그러닛가 爲先 語文을 整頓ᄒ여야 ᄒ겟고 다음에는 小說이나 詩나 劇 又흔 文學上의 諸形式을 朝鮮語文에 合ᄒ도록 移植ᄒ여야 ᄒ겟다. 이것은 總히 君等의 責任이잇가 專心 努力ᄒ기를 바란다 ᄒ고, 京城셔 崔南善, 秦學文 諸氏 七人을 만낫던 말을 ᄒ며 그네에게 多大흔 囑望을 가지니 京城에 가거던 問安을 傳ᄒ여 달라 ᄒ더라.

나는 氏의 懇篤흔 말삼에 感謝ᄒ는 쯧을 表ᄒ엿다.

---

[*] 시마무라 호게츠島村抱月(1871-1918). 일본의 문예평론가이자 소설가, 극작가, 연출가. 메이지시대 자연주의 문학운동의 기수였고 와세다대학 문학부 교수를 역임했으며, 1913년 예술좌藝術座를 설립하고 신극 운동에 뛰어들어 신극의 대중화에도 크게 기여했다.

[**] 마츠이 스마코松井須磨子(1886-1919). 일본의 신극 배우. 1913년 시마무라 호게츠가 설립한 예술좌芸術座의 배우로서 톨스토이 원작 『부활』의 카츄샤 역을 맡아 인기 여배우의 자리에 올랐으며, 시마무라의 내연녀內緣女이기도 했다.

抱月氏는 爲先 須磨子의 자리를 잡아 주고 風枕에 空氣신지 부러너어셔 便安히 즈게 흔 뒤에 自己도 風枕에 지듸어셔 졸더라. 그 겻헤는 須磨子의 養女라는 어엿분 處女가 이 亦是 걸상에 기듸여 졸며 잇다금 그 고운 눈을 半쯤 써셔는 아모 싱각업는 듯이 室內를 둘러본다.

쉬일 틈 업시 食堂車로 出入ᄒᆞ는 貴公子들은 李王 殿下를 奉迎홀 次로 釜山으로 가는 무슨 侯爵 무슨 伯爵이다. 그리고 全北에 有名흔 富豪로 京城中央學校를 獨擔經營ᄒᆞ는 金琪中氏도 偶然히 同車ᄒᆞ게 되엿다.

비가 不足ᄒᆞ야 근심ᄒᆞ는 나츠로 논머리에 우둑허니 셧는 農夫들을 바라보면셔 나는 鳥致院에 다다랏다. 抱月氏 一行은 한챵 ᄭᅡᄯᅡ샤의 꿈을 꾸는 中임으로 作別人事도 ᄒᆞ지 못ᄒᆞ고 느렷다.

밧비 公州行 自動車를 잡아 타고 公州 監營을 向ᄒᆞ야 다리난다. 아직 이만.
(廿六日 午後 鳥致院에서)(1917.6.28.)

第二信

道路도 죠키도 조타. 이러케 조흔 것을 웨 以前에는 修築홀 줄을 몰낫던고 疾風ᄀᆞ치 달녀가는 自動車도 거의 動搖가 업스리만콤 道路가 坦坦ᄒᆞ다. 그러나 쌜가버슨 山, 쌧작 마른 ᄀᆞ쳔, 쓰러져가는 움악사리를 보면 그만 悲觀이 싱긴다. 언졔나 져 山에 森林이 좀 쑥 드러셔고 河川에는 물이 깁히 흐르고 村落과 家屋이 번젹ᄒᆞ여질는지.

鳥致院 公州間은 거의 쌜간 山쑌이다. 잔듸신지 벗겨지고 앙상ᄒᆞ게 山의 쎠가 드러낫다. 져 山에도 原來는 森林이 잇셧스련만은 知覺업는 우리 祖上들이 松虫으로 더부러 말씀 뜻어먹고 말앗다. 무엇으로 家屋을 建築ᄒᆞ며 무엇으로 밥을 지을 作定인가. 道路 左右便에 느러 심은 아까시아가 엇더케 반가운지 이졔부터 우리는 半島의 山을 왼통 鬱蒼흔 森林으로 덥허야 흔다. 모든 山에 森林만 茂盛ᄒᆞ게 되어도 우리의 富는 現在의 몃 갑졀이 될 것이다.

十年의 計는 柿木에 잇고 百年의 計는 敎育에 잇다고 ᄒ거니와, 現今 朝鮮에셔는 植木과 敎育이 同時에 一年計요 十年計요 百年, 千年, 萬年計일 것이다.

鳥致院 公州間에 쇄 훌륭ᄒ 橋梁이 만치마는 그 알에로 맛당히 흘러가야 홀 물은 一滴도 업다. 橋下에 흘러가는 물이 업셔지면 橋上으로 걸어가는 사름도 업슬 것이다. 그런데 그 기쳔을 보건뒤 昔日에는 多量의 물이 잇셧던 듯ᄒ다. 山에 森林이 업셔짐므로 漸漸 河川이 枯渴ᄒ야진 것이다. 다시 森林이 茂盛ᄒ는 날에는 河川도 復活홀지오 河川이 復活ᄒ는 날에는 萬物이 復活홀 것이다.

錦江도 三四年前ᄭ지는 公州 芙江ᄭ지 船舶이 通行ᄒ얏다 ᄒ나 漸漸 水量이 減損ᄒ야 現今에는 小木船조차 잘 通行치 못ᄒ단다.

나는 이 山川을 對홀 ᄯ에 아라비아나 波斯를 聯想ᄒ다. 그러나 아라비아나 波斯는 雨量이 極少홈으로 天成ᄒ 不毛之地여니와 朝鮮의 不毛홈은 純全히 住民의 罪蘗이다. 이미 罪蘗을 自覺ᄒ얏거던 卽時 悔改ᄒ여야 홀 것이다.

오늘 忠南 道長官을 訪問ᄒ야 植林에 對ᄒ 方針을 물엇더니 이러케 깃분 對答을 어덧다.

「二十五年 豫定으로 忠南 全躰의 森林을 作ᄒ려 ᄒ오. 一邊 採伐을 禁ᄒ고 一邊 每年 二百町步式 各郡 各面으로 ᄒ야곰 積極的으로 苗木을 植付케 ᄒ려 ᄒ오. 太田, 燕岐, 天安 等 鐵路 沿線地方은 十年 豫定으로 實行ᄒ려 ᄒ오」

그러면 二十五年後에는 忠南 全躰에 禿山의 그림자가 업셔지고 一面 鬱蒼ᄒ 森林으로 덥힐 것이다. 더구나 忠南 道長官은 山林에 精通ᄒ다 ᄒ닛가 그를 長官으로 삼는 忠南을 祝賀아니홀 수 업다.

忠南뿐 아니라 各道에 다 이러ᄒ 計劃이 잇슬 터이닛가 三十年만 지나면 朝鮮의 山이 復活되고 河川이 復活될 것이다. 그러나 官廳의 힘으로만 될 것이 아니다. 第一 重要ᄒ 것은 人民 各自의 自覺과 努力이다. 植林思想을 鼓吹ᄒ는 것은 아마 現今에 가장 重要ᄒ 것의 하나일 ᄯ다. 雙水山城의 蒼翠를 바라보며 錦江의 淸流를 건너 二千年 古都의 公州에 入흔 것은 午後 一時半이다. 아직 이만.(公州에셔)(1917.6.30.)

第三信

旅裝도 그르기 前에 곧 道廳 長官室에 上林 道長官을 訪問ᄒ얏다. 長官은 이믜 半白에 미우 溫厚흔 사롬이엇다. 長官은 大畧 左記 三項에 亘ᄒ야 記者의 質問에 對答ᄒ얏다.

一, 兩班. 本道ᄂᆞᆫ 兩班의 道이다. 昔日 ᄀᆞᆺᄒ면 監司를 들이고 ᄂᆡ고 홀 雄門巨族이 處處에 跋扈ᄒ야 容易히 新文明을 容納ᄒ지 안이흔다. 그러나 워낙 敎育잇ᄂᆞᆫ 上流階級이닛가 한번 覺醒ᄒ기 始作만 ᄒ면 急速ᄒ게 徹底ᄒ게 進步홀 수가 잇스며, ᄯᅩ 상놈들과 ᄀᆞᆺ치 한번 開明ᄒ얏다가 다시 野蠻으로 돌아오ᄂᆞᆫ 일이 업다. 그럼으로 兩班들은 비록 覺醒홈이 더듸다 ᄒ더라도 마ᄎᆞᆷᄂᆡᄂᆞᆫ 亦是 以前 兩班이 싀 兩班이 될 것이다. ᄯᅩ 道內에ᄂᆞᆫ 兩班이 만흠으로 風俗이 淳厚라고ᄂᆞᆫ 못ᄒ야도 미우 禮節이 分明ᄒ다. 이로써 보건된 本道ᄂᆞᆫ 決코 남에게 ᄲᅡ질 데가 안이라.

二, 産業. 本道의 産業의 重要흔 者ᄂᆞᆫ 毋論 農業이다. 鑛産水産도 決코 尠少홈은 안이나 農業이 主業이다. 灌漑設備와 種子의 改良을 極力 奬勵ᄒ야 年復年 耕地面積과 收穫高가 增加ᄒ야 간다. 그러나 이것만으로 滿足홀 수 업ᄉᆞᆷ으로 蠶業과 苧布業을 極力 奬勵흔다. 本道ᄂᆞᆫ 氣候며 土質이 最히 蠶業에 適當홈으로 十年 計劃으로 심을 수 잇ᄂᆞᆫ 데ᄭᆞ지 뽕을 심으려 흔다. 그리ᄒ고 機會를 보아셔 現今에ᄂᆞᆫ 有害無益흔 錦江의 水利를 應用ᄒ야 公州의 大規模의 製絲工場을 셰워셔 一邊 全道內의 富를 增進ᄒᄂᆞᆫ 同時에 太田, 論山, 鳥致院 等 鐵道 沿線市場에셔 商業을 ᄲᅢ앗겨 날로 衰殘ᄒ야가ᄂᆞᆫ 公州에게 新生命을 與ᄒ려 흔다. 十年 爲限ᄒ고 적어도 本道內 婦女로 ᄒ야곰 全혀 蠶業에만 從事ᄒ도록 ᄒ개 홀란다.

三, 森林. 二十五年 計劃으로 本道內의 植林을 完成ᄒ려 혼다. 年年 二百町步式 各郡, 各面이 分擔ᄒ야 苗木을 植付ᄒ기로 혼다. 森林의 計劃에 關혼 말은 前書에셔 알앗슬 쯧ᄒ다.

長官은 極히 懇篤ᄒ게 熱心으로 이 말을 ᄒ며 眉字에ᄂ 成功의 確信이 浮動ᄒ더라. 其他 道路의 改善에 對ᄒ야셔도 여러 가지 有益혼 말이 잇슨 쯧헤 長官은 卓子 우헤 노힌 招人鐘 단츄를 順次로 눌러 部長 主任 等을 불러셔 記者의 請求혼 說明書와 統計表를 作成ᄒ기를 命ᄒ얏다.

그날 夕飯後에 京日 公州 通信員 中澤君의 案內로 道長官이 紹介혼 公州 有志 三人을 訪問ᄒ얏다. 徐漢輔氏의 公州 衰退 原因에 關혼 談話ᄂ 자못 傾聽홀 價値가 잇것스나 其他ᄂ 別로 注意홀 만혼 것이 업셧다. 그러나 한 가지 잇지 못홀 것은 徐老人을 除ᄒ고ᄂ 모다 和服下馱*의 生活을 흐니다. 그中에도 李顯周ᄂ 家庭內에셔ᄭ지도 반다시 日語를 用ᄒ고 記者에게 對ᄒ여셔도 반다시 日語로 디답ᄒ더라. 그리 流暢치도 못혼 말이언마ᄂ 그 熱心이 可矜ᄒ더라.

本道內에 가장 有力혼 實業家의 一人인 金甲淳君은 實로 大活動家로 極力 推奬홀 價値가 잇슬 쯧ᄒ다. 鳥致院셔 淸州와 公州, 公州에셔 論山에 가ᄂ 自動車ᄂ 實로 君의 經營이다. 其他에도 灌漑市場 等 여러 가지 事業에 努力혼단다.

져 累巨萬의 富를 擁ᄒ고도 아모 事業도 經營치 안이ᄒᄂ 者ᄂ 社會의 血液인 財産을 盜賊ᄒ야 地中에 埋沒홈과 다름이 업다. 果然 金君 갓흔 者ᄂ 富ᄒ면 富홀사록 社會에 有益홀 것이니, 吾人은 君에게 滿腔의 誠意를 表ᄒ며 並ᄒ야 朝鮮 여러 富豪에 君을 본밧ᄂ 者가 만키를 바란다. 마참 金君이 上京 中임으로 相面의 機會를 엇지 못홈은 至極히 遺憾혼 비로다. 子正이 지닛스미 아직 이만.(二十六日 午後十二時 公州에셔)(1917.7.1.)

---

* '下馱'는 게다げた, 왜나막신.

第四信

밤에 늣도록 通信文을 써노코 旅程 第一日의 客舍의 잠이 들엇다. 스랑ᄒᆞ
ᄂᆞᆫ 同生을 만나보던 ᄭᅮᆷ을 ᄭᅮ고 문득 잠을 ᄭᅢ니 雷雨가 大作이다. 客舍의 夜半
雷雨聲은 ᄭᅫ 客懷를 도두더라. 翌朝 早飯을 먹고 雨을 冒ᄒᆞ고 公州 市街와 附
近의 景勝을 구경ᄒᆞ얏다. 市街ᄂᆞᆫ 千餘戶에 不過ᄒᆞᄂᆞᆫ 山峽의 小都會요 家屋에
瓦家가 드문 것은 五百年의 暴政을 表ᄒᆞᆫ 것이다. 道路ᄂᆞᆫ 極히 整備ᄒᆞ얏다. 公
州라 부름은 市街를 두른 山들이 公字形을 作ᄒᆞᆫ ᄭᅡᆰ닭이라 ᄒᆞᆫ다. 듯고 보면 그
럴 ᄯᅳᆺ도ᄒᆞ다. 나ᄂᆞᆫ 歷史의 知識이 不足ᄒᆞᆷ으로 仔細ᄒᆞᆫ 沿革은 알지 못ᄒᆞ거니
와 熊津 熊州 等 名稱으로 百濟 以來의 緣故 깁흔 都會라 ᄒᆞᆫ다.

此地에 十年ᄎᆡ 居住ᄒᆞ노라ᄂᆞᆫ 中澤氏의 말을 듯건ᄃᆡ, 十年前의 公州와 現時
의 公州와ᄂᆞᆫ 全혀 ᄯᅡᆫ 地上이라 ᄒᆞᆫ다. 일직 상투 ᄊᆞ고 白衣 입은 者의 公州이
던 것이 只今은 머리 ᄭᅡᆨ고 裕衣 입은 者의 公州가 된 것을 보아도 알 것이다.
ᄂᆡ가 投宿ᄒᆞᆫ 朝鮮 客主에ᄂᆞᆫ 客이고 訪問人이고 홀 것 업시 원통 浴衣下駄의
扮裝이다. 말을 ᄒᆡ보고야 그것이 朝鮮人인 줄을 알 地境이다.

나ᄂᆞᆫ 막ᄃᆡ를 山城으로 ᄭᅳᆯ엇다. 城은 바로 錦江의 南岸에 突出ᄒᆞᆫ 高地上에
在ᄒᆞᆫᄃᆡ, 其城의 北門인 拱北樓上에 셔셔 細雨霏霏ᄒᆞᆫ 錦水를 俯瞰ᄒᆞᆷ도 一興이
엇스며 主人 엄ᄂᆞᆫ 小舟가 오리로 더불어 戲弄ᄒᆞᆷ도 一興이엇다. 紆曲ᄒᆞᆫ 山路
를 東으로 取ᄒᆞ야 鬱蒼ᄒᆞᆫ 松林을 혀치면 일즉 忠南道의 總本山으로 僧兵의
總攝이 駐ᄒᆞ던 靈隱寺가 잇다.

죠고만 덜이나 景致ᄂᆞᆫ 썩 죠타. 한 즁은 ᄶᅮ구리고 안져셔 ᄶᅵᆯ어진 바지를
깁고, ᄯᅩ 한 즁은 비에 져즌 古佛書를 방바닥에 말리운다. 慈悲ᄒᆞᆫ 菩薩과 絶
勇ᄒᆞᆫ 金剛神이 ᄶᅮᆼᄶᅮᆼᄒᆞᆫ 住持의 손ᄭᅳᆺ헤셔 이리 굴고 져리 굴고 ᄒᆞᆫ다.

法堂門을 半쯤 베어ᄂᆡ고 琉璃窓을 단 것과 階下에 石油 光明燈을 현 것이
아나클로니즘(時代錯誤)의 滑稽를 妙ᄒᆞ게 表ᄒᆞ엿더라.

다시 발을 돌려 李适 革命時*의 駐蹕** 遺蹟인 雙樹亭***에셔 公州의 全景

을 一眸에 取ᄒ면셔 黙然히 徘徊ᄒ기 多時, 因ᄒ야 今時에 문허질 씃흔 鎭南門을 나셔셔 回憶 만흔 山城을 辭ᄒ얏다. 上上峰 熊津亭에ᄂ 壬亂에 小西行長*의 敗蹟碑가 잇다 ᄒᄂ 몸도 困ᄒ고 空腹을 感흠으로 보지 아니ᄒ얏다.

現在 忠南의 總本山 麻谷寺ᄂ 公州셔 四十里程이라 ᄒ니 日氣만 晴朗ᄒ면 自轉車를 몰아셔라도 가보련마ᄂ 마춤 雨天인 데다가 俗界에 奔忙ᄒᄂ 손이 仙緣이 薄ᄒ야 마참ᄂ 보지 못ᄒ고 말앗다.

一夜를 當地에셔 더 留宿ᄒ려 ᄒ얏스ᄂ, 別로 잇슬 滋味도 업기로 올 씃 말 씃흔 天氣임에 不拘ᄒ고 扶餘를 向ᄒ야 쩌낫다. 保命丹 行商 ᄀ흔 ᄂ 行色은 잇다꿈 쑤리ᄂ 비에 쐬죄ᄒ게 져져셔 三十餘里되ᄂ 利仁이라ᄂ 小市場에 到着ᄒ얏다. 面長을 訪問ᄒ얏스ᄂ, 面長은 新聞記者란 무슨 쟝ᄉ인 줄을 모르며 每日 밧ᄂ 新聞은 配達時에 졉힌 딕로 찬찬히 積置ᄒ얏다. 明年의 장판 밋 헤ᄂ 쓸ᄂ지.

駐在所에셔 빌려 쥬ᄂ 담뇨를 덥고 이 밤을 지ᄂ셔ᄂ 明朝 일즉이 그립고 그리운 扶餘로 向흘란다. 이만.(二十七日 利仁市場에셔)(1917.7.3.)

第五信

퍼붓ᄂ 비를 무릅쓰고 早朝에 利仁을 쩌낫다. 利仁셔 扶餘 五十餘里間은 大概 山峽길이엇다. 坦坦흔 新作路가 狹長흔 山峽間으로 다라난 것이 마치 一條 淸流와 갓핫다. 게다가 道路 左右 엽흐로 아까시아가 쥭 느러셔셔 그 韻致 잇슴이 比흘 데가 업섯다.

<hr />

* 이괄李适의 난亂. 1642(仁祖 2년)에 인조반정仁祖反正 때 공을 세운 이괄이 우대받지 못하고 벼슬이 좌천되자 이에 불만을 품고 일으킨 반란.
** 임금이 행차하는 도중 잠시 수레를 멈추고 머무르거나 묵는 일.
*** 쌍수정雙樹亭 사적비史蹟碑에는 이괄의 난 당시 인조가 난을 피하여 공주의 공산성公山城에 6일간 머물렀던 일이 기록되어 있다.
* 고니시 유키나가小西行長(1555-1600). 일본 상인 출신의 무장武將이자 정치가. 임진왜란 당시 일본군의 우두머리로서 토요토미 히데요시가 아끼던 장수將帥였다.

나는 山속, 빗속으로 터벅터벅 혼자 거러간다. 左右 靑山에는 빗소리와 버레소리뿐이로다. 千二百五十年前 百濟 셔을 半月城이 羅唐聯合軍의 一炬에 灰燼이 되던 날 밤에 自溫臺 大王浦에셔 놀던 興도 씻지 못훈 萬乘의 님금 義慈王쯰셔 太后 太子와 훔께 熊川으로 蒙塵호던 길이 이 길이다. 그쩌가 七月이라닛가 아마 이와 갓치 버레쇼릭를 드럿슬 것이다. 집힝이를 멈츄고 웃득셔셔 左右를 도라보면 녜와 굿흔 靑山에는 말굽소리가 들니는 듯호야 愀然흔 感懷를 禁치 못호얏다.

新地境 고긱라는 고긱 마르턱이에 올라셜 적에 문득 들니는 杜鵑 數聲은 참말 遊子의 익를 씃는 듯호엿다.

이리 돌고 져리 돌고 이 고긱 넘고 져 고긱 넘어 느러진 버들 그늘에 셔녀 茅屋이 暮雨에 잠겨잇슴을 보앗다. 막걸니 파는 美人에게 무른則 이 地名은 「왕장터」요 扶餘셔 二十里라 혼다. 목도 渴호고 시장도 훔으로 메어기 안쥬에 막걸니 한 잔을 마셧다. 門압헤 淸江이라는 江이 잇스미 메어기가 만히 잡힌다 혼다. 美人이라 훔은 卅이나 되엇슬가. 눈쑈리에 씻겨진 줄음은 人力으로 無可奈何어니와 아직도 한창 적 明眸皓齒는 變치 안코 남앗다. 단장 안 이흔 머리와 다 쩌러진 모시치마에 未嘗不 말홀 수 업는 風情이 잇다. 닉가 京城셔 온다는 말을 듯고 믜우 感慨가 깁흔 드시 暫間 눈쌀을 쭝그리더니 「自言 本是 京城女」에셔 始作호야 名屬 敎坊* 第一流는 잇섯는지 모르거니와 重利 不重情호는 良人을 맛나 萍蓬身勢가 쬐 고싱을 호얏나 보더라. 나는 아직 天涯 淪落人이라 호기는 실커니와 未嘗不同情을 禁키 어려웟다.

거긔셔 約十里를 오면 扶餘郡 縣內面 佳增里에 有名흔 有史 以前의 墓地다. 年前 總督府의 囑托을 바든 黑板**博士의 鑑定에 依호건딘 少不下 四千年前

---

* 조선시대 장악원掌樂院의 좌방左坊과 우방右坊을 아울러 이르던 이름. 좌방은 아악雅樂을, 우방은 속악俗樂을 맡았다.

** 구로이타 카츠미黑板勝美(1874-1946). 고서적과 고문서의 발굴·보급을 통해 일본 근대 역사학의 성립에 큰 족적을 남긴 역사학자. 1915년 처음 조선을 방문한 이래 조선으로 관심을 돌

것이라 혼다. 그쩍에 엇더혼 사름들이 엇더케 살앗는지는 물어도 古墳에 딕답이 업건만은 乱裏에 일허바렷던 先祖의 墳墓를 보는 듯호야 暫時 徘徊 不忍去호얏다. 扶餘郡 羅福里라 호는데도 四千年前 住民의 遺跡이 잇다혼즉 이 地方에는 퍽 古代브터 文化가 열렷던 듯호다. 次次 압히 툭 터지며 限界가 넓어간다. 大躰 그 宏壯혼 文明을 가졋던 百濟의 셔울이 엇더혼 것이런고 호는 싱각에 自然 거름이 쌜라진다. 全時에 이 고기 넘어셔 聚軍吹打가 들릴 듯호고 하날에 날아오르는 半月城의 巍峩燦爛혼 宮殿과 泗泚水上에 管絃의 太平樂이 嘹喨히 들릴 것 곳다. 그러나 그 고기를 넘어셔면 如前히 거칠은 녀름 풀과 모 심는 農夫쑌이로다.

길까에 말업시 누은 지츳돌과 날근 碑가 行人의 눈물을 직쵹홀 쑌이로다. 徘徊顧眄호야 感慨無量호면셔 扶蘇山 東便 모통이를 돌아 草屋 二三十이 寂寂히 누어 잇는 所謂 扶餘 邑內에 다달앗다. 「이것이 扶餘런가」 홈은 初來者의 누구나 發호는 感嘆이라 혼다. 이것이 일즉 泗泚 셔울터이라고야 누라셔 미드리오. 人事를 미들 슈 업다 호건마는 이딕도록 甚호랴.(廿七日 扶餘에셔) (1917.7.4.)

□ 百濟 舊都에서(二十八日)

拜啓 社內 諸兄은 筆硯이 益健호시는잇가. 生은 大雨를 冒호야 二十八日 正午 百濟의 舊都에 到着호얏나니다. 明日은 晴天이 되면 舊蹟을 周遊홀 計劃이외다. 當地 憲兵 分隊長의 厚意로 特히 補助員 一名을 附호야 舊蹟을 案內케 혼다 호옵니다. 참 貴族的이 안이오잇가. 面長들은 아즉 新聞記者란 무엇인지 아지 못호는 樣이외다. 乞食政策은 失敗에 歸홀 듯, 身體는 至極히 健康호외다. 此機會에셔 官憲의 厚意에 對호야 感謝의 意를 表호나이다. 忽忽不一.*

려 조선사편수사업과 그 작업의 일환으로서 조선고적조사사업에 열중했다.
* 기사. 『每日申報』, 1917.7.1, 2면.

第六信

客主에셔는 寢具도 아니준다. 憲兵分隊에셔 담뇨를 쥬어셔 困한 몸이 便安히 잣다. 아침 일즉 닐어나 憲兵分隊에셔 부쳐쥬는 補助員 一名을 案內者 삼아셔 百濟의 舊蹟 구경을 쩌낫다. 바로 憲兵隊 構內에 石槽 二個가 노혓다. 이것은 百濟의 貴人이 沐浴하던 것이다. 一個는 다리 쌧고 안깃 죠흐리 만하고 一個는 반쓰시 눕기 죠흐리 만하다. 나는 한창적 羅馬人을 聯想하얏다. 그러케 百濟人은 번적하게 살앗다.

扶蘇山은 山이라기보다 岡이다. 羅馬의 七岡이란 엇던 것인지 모르나 아마 이려할 것이다. 山에는 蓋瓦 조각이 한 벌 깔렷다. 그날 밤 火焰에 뛴 것이다. 御爐의 香내 맛던 것이오 南薰의 太平歌 듯던 것이다. 여긔는 大闕 즈리오, 여긔는 妃嬪이 잇던 데오, 달 맛는 迎月臺, 달 보내는 送月臺는 여긔 여긔오, 공챠던 蹴鞠場이 여긔, 歌舞하던 무슨 殿이 여긔, 百五十年의 榮華가 一夜에 살아질 씨 扶蘇山 全體가 왼통 불길이 되어 七月의 밤하날과 泗沘水를 비최일 씨, 그씨에 悲壯慘憺한 光景이 눈을 감으면 보이는 듯하다. 그씨에 榮華의 꿈에 醉하얏던 九重의 宮闕이 왼통 驚惶하야 울며불며 업더지며 잡바지며 이리 쮜고 져리 굴고 하던 樣, 꽃갓히 아름답고 細柳갓히 軟弱한 數百의 妃嬪이 黑煙을 허치고 送月臺의 빗긴 달에 落花岩으로 가던 樣, 슷고기와 泗沘水로 暴風갓히 밀려드는 羅唐의 聯合軍의 乘勝한 鼓喊 소리가 귀를 기울이면 들리는* 듯하다.

나는 靑草 우에 펼셔 쥬져안져셔 힘씻 그쌔 일을 想像하러 하얏다. 내 눈 압헤는 그씨의 半月城이 잇다. 그씨의 宮殿이 잇고 그씨의 스름이 잇다. 그씨의 色彩가 보이고 그씨의 音聲이 들린다. 나도 그씨 스람이 되어셔 그 속에셔 노릭하고 춤춘다. 그러나 번쩍 눈을 쓰면 그 幻夢은 다 슬어지고 荒凉한 半月城地의 거칠은 풀이 보일 쑨이다. 扶蘇山의 모냥도 얌전하거니와 비

* 원문에는 '둘리는'으로 되어 있다.

스듬이 졔리 그려흘려 돌아가는 白馬江도 조코 멀리 눈섭ズ히 둘려션 靑陽 定山의 連山도 조타. 江山은 조흔 江山이다. 그러나 그 江山도 그 主人을 어더야 빗이 난다. 扶餘의 江山은 암만히도 文雅흔 百濟人을 어더 가지고야 비로쇼 빗이 난다. 只今에 百濟人이 업스매 그 江山을 뉘라셔 빗내리오.

扶蘇山 東쪽 迎日臺 넘에 잇는 倉庫터를 보앗다. 아직도 쌀과 밀과 콩이 까마케 직가 되여 남아 잇다. 거긔셔 다시 발을 돌려 文字와 ズ치 禾黍油油흔 밧흘 지너셔 送月臺 자리에 한참 발을 멈츄고 宮城 西門을 쌔져 도라가 線旋狀으로 千仞絶壁을 다 느려가셔 白馬江 물소리 들니는 絶壁 밋 盤石 우헤 잇는 것이 有名흔 皐蘭寺다. 門前 絶壁에 倒立흔 老松에는 까치둥지가 잇셔 까치가 지져귀고, 쏘 그 밋헤 보히지는 안이호나 아마 垂楊 속에셔는 쇠쏘리 소리가 울어 올라온다. 이 졀의 來歷은 可考흔 史料가 湮滅ᄒ얏스나 아마도 佛法을 尊崇흔 百濟 王室의 守護寺일 것이다. 蓮花를 아르싴인 지츄돌이며 쌘쌘히 달하진 셤돌에는 當時 貴人의 발ㅈ국이 잇슬 것이다. 落花巖上에셔 芳魂이 슬어진 宮女들도 아마 이 法室에 最後의 冥福을 빌엇슬 것이다.

거긔셔 碧蘿를 더위잡고 巉岩을 안고 돌아 數十步를 가면 싀마케 하날을 폭 찌르고 웃둑 션 울퉁불퉁흔 바위가 落花岩이다. 셜마 그째 宮女의 피는 아니련마는 바위틈으로셔 물방울이 쑥쑥 떨어지고 足下에셔는 쇼용돌이치는 장마물이 怒吼흔다. 幸혀 곳 한 송이나 어들가 ᄒ고 四方을 살폇스나 오직 同時에 毒蛇가 긔어나올 쯧흔 일홈 모를 풀쑨이엇다.

나는 우흐로 바위를 보고 아레로 물을 보다가 참아 오리 머물지 못ᄒ야 急히 踵을 돌렷다.(二十八日 扶餘에셔)(1917.7.4.)

第七信

困흔 다리를 暫間 쉬어 離離흔 靑草中에 平濟塔을 차잣다. 大唐平百濟塔이란 일홈은 羞恥언만은 如此흔 萬古의 大傑作을 後世에 씨친 우리 祖先의 文

化는 쏘흔 자랑홀 만흐다. 夕陽을 빗기바든 塔은 卽時 날기를 벌리고 半空으로 소사오를 쏫흐다. 엇더케 져러흔 構想이 싱기고 엇더케 져러케 技術이 能흐고, 져러케 調和잇고 莊重흐고 그러고도 美麗흔 形狀을 案出흐는 그 大藝術家의 精神은 얼마나 崇高흐얏던고 쏘 그러흔 大藝術家를 出흐는 當時의 우리 祖先의 精神은 얼마나 崇高흐얏던고 歷史의 모든 記錄이 다 湮滅흐고 말더라도 平濟塔이 儼然히 百濟의 舊都에 셧는 동안 吾族의 精神의 崇高흐고 浩鍊됨은 닛치지 못홀 것이다. 只今에 血管中에도 이 祖先의 血液의 數滴이 흐를지니, 이것이 新沃土를 만나고 新日光을 바드면 반다시 燦然히 꼿을 피울 날이 잇슬 줄을 밋는다.

今日의 朝鮮의 建築과 工藝를 出흐는 朝鮮人이 平濟塔을 作成흔 朝鮮人의 子孫이라흔들 뉘가 고지 들으랴. 今日의 朝鮮人은 衰頹흐얏고 墮落흐얏고 醜惡흐고 無能無爲흐게 되고 말앗다. 高麗 中葉 以降으로 李朝末에 至흐는 七八百年間에 三國時代의 勇壯흐고 健全흐고 崇高흐던 精神은 왼통 消滅되고 말앗다. 偏僻狹隘흔 儒敎思想은 朝鮮人의 精神의 生氣를 말씀 食盡흐고 말앗다. 孔子의 儒敎가 生흔지 二千餘年에 그것으로 亡흔 者 잇슴을 들엇스나 興흔 者 잇슴을 듯지 못흐얏다. 儒敎思想은 一部 修身正心의 資料는 될는지 모르되 決코 治國平天下의 道는 아니다. 儒敎는 진실로 潑刺흔 精神의 活氣를 죽이고 모든 文明의 萌芽를 枯死케 흐는 曝陽이다. 三國時代의 朝鮮人으로 흐여곰 今日 朝鮮이 되게 흔 것은 그 罪가 오직 儒敎思想의 專橫에 잇다.

나는 眞朝鮮史에셔 高麗와 李朝를 削去흐고 십다. 그러고 眞히 三國으로 溯去흐고 십다. 그中에도 李朝時의 朝鮮史는 決코 朝鮮人의 朝鮮史가 안이오 自己를 바리고 支那化흐고 말랴는 엇던 奴隷的 朝鮮人의 朝鮮史다. 그것은 결코 닉 歷史가 안이다. 나는 三國時代의 朝鮮人이다. 高句麗人이오 新羅人이오 百濟人이다. 高句麗를 닉가 모르고 李朝를 닉가 모른다. 西洋의 新文明이 古思想 復活에 잇다는 것과 同一흔 意味로 朝鮮의 新文明은 三國時代의 復活

에 잇슬 것이다. 아이구, 나는 泗沘城의 녯날에 도라가고 십허 못 견듸겟다. 나는 平濟塔을 바라보고 다시 보라보며 昔日의 祖先을 戀慕흔다.

浮山 우에 걸린 太陽은 피빗 ᄀᆞ히 붉다. 泗沘水邊의 늘어진 버들에는 져녁 안기가 쩻다. 半月城頭에 울며 돌아가는 가마귀는 무엇을 恨ᄒᆞ는고

夕飯後에 自轉車를 빌어 타고 半月城 東門外의 百濟王陵과 百濟時代의 墓地를 차잣다. 黃昏의 靑草中에 무친 세 王陵前에 懷古의 熱淚를 ᄲᅳ리고 累累흔 石槨의 北邙에 無常의 感傷을 도도앗다.

아아, 그리운 泗沘의 셔울, 燦爛 泗沘의 셔울, 慘憺흔 泗沘의 셔울, 荒凉한 泗沘의 셔울? 千年後 어린 詩人의 이를 ᄭᅳᆫ는 泗沘의 셔울아?(六月三十日 白馬江上에서)(1917.7.5.)

第八信 - 白馬江上에서

◇우리 빅는 窺巖津을 ᄯᅥ나앗다. 녯날 百濟의 商船과 兵艦이 ᄯᅥ나던 데요 唐, 日本, 安南의 商船이 各色 物貨를 滿載ᄒᆞ고 輻湊ᄒᆞ던 데다. 自溫臺의 奇巖은 現今에는 義慈王의 逸遊ᄒᆞ던 터로 聲名을 傳ᄒᆞ지마는 當時에는 아마 離別岩으로 有名ᄒᆞ엿슬 것이다. 進取活潑흔 百濟人이 今日東 明日西로 天下가 좁다ᄒᆞ고 橫行흘 ᄯᅢ에 此岩上에서 紅淚를 ᄲᅳ리던 美人도 만핫슬 것이다. 나도 百濟人이 唐을 向ᄒᆞ고 ᄯᅥ나는 마음으로 窺巖津頭를 ᄯᅥ나앗다. 感懷 만흔 扶蘇山을 다시금 바라보며 一葉扁舟는 芝菊叢 소리 閑暇ᄒᆞ게 泗沘水의 中流에 흘러ᄂᆞ린다. 一點風 一點雲이 업셔 一波가 不動ᄒᆞ는데 兩岸의 細柳만 안기에 뭇첫다. 잇다금 일홈 모를 고기가 ᄯᅱ어 倒暎흔 山影을 ᄭᅵ트릴 ᄲᅮᆫ이다. 물도 졸고 靑山도 졸고 靑天에 ᄯᅳᆫ 白雲도 존다. 모다 畵中의 景이오 詩中의 趣로다.

◇맛참 同舟흔 客 三人이 다 非凡흔 者다. 洞簫 부는 소경 老總角과 희금 긋는 白髮 破笠의 老人도 神奇ᄒᆞ거니와 淡粧素服에 年光이 二八이 넘엇슬락말락흔 美人이 同舟홈은 더욱 奇緣이다. 兩個 樂人은 數十年來로 天下를 周流ᄒᆞ

는 放浪客이란 말을 들엇스나, 美人은 무슨 일노 어듸로 가는지 알 길이 바이 업고 뭇는 것도 부질업는 일이다. 다만 곶 ㅈ흔 兩頰에 津頭의 別淚痕이 아직 남아잇는 것과 앗가 窺岩津 埠頭에셔 팔을 두르던 老婆를 싱각컨된, 無情흔 人生의 無常흔 因緣으로 母女의 離別을 當흠인 듯.

◇빈가 한 물굽이를 돌면 東岸上에 三奇峯이 屹立흔 것을 보리니 이것이 有名흔 大王浦다. 爛熟흔 文化에 醉ᄒᆞ� 强隣이 엿보는 줄도 모르고 夜以繼日노 逸樂에 耽ᄒᆞ던 義慈王의 노닐던 터이다. 當時에는 바로 그 峯 밋흐로 泗泚水가 흘럿다 ᄒᆞ나 只今은 茫茫흔 草原이 그 압헤 잇슬 쑨이다. 船頭에 셔셔 峯上을 바라보니 한 머리 소로기*가 놉히 썻슬 쑨이오, 다시 歌舞의 그림ᄌᆞ를 볼 슈가 업다.

◇나는 兩個 樂人에게 一曲을 請ᄒᆞ얏다. 兩人은 欣然히 許諾ᄒᆞ고 數種의 仙曲을 和奏흔다. 淚痕의 美人도 柳眉를 움지기며 이윽히 듯더니 솟는 興을 못익임인지 擊節 一番에 「長生術 거긧말이」의 一曲을 부르고 다시 뇌 請으로

半月城 깁흔 밤에 火光이 어인일고
三千宮女가 落花岩에 지단말가
水邊에 푸른 楊柳야 넘어 無心

江山은 죠타마는 人物이 누구러냐
自溫臺 大王浦에 烏鵲이 깃들이니
只今에 義慈王 업슴을 못뇌 슬허

泗泚城 宮闕터에 보리만 누럿스니
當時 繁華를 어듸 가 차질는가

---

* 솔개.

東門 밧 累累흔 무덤에 夕陽만 빗겻더라

◇美人은 소리를 썰려가며 三曲을 連唱ᄒᆞ얏다. 노를 졋던 沙工도 어느덧 노를 쉬고 빅ᄂᆞᆫ 물을 ᄯᅡ라 져 혼자 흘러간다. 이윽고 江上에 一陣風이 돌아가니 千年間 水中에 졸던 落花岩의 아름다운 넉시 이 노릭에 씌임이런가.

◇빅가 쏜 한 물구비를 돌아가니 冊床 우헤 올려노코 십흔 죠고마흔 峰이 보이고 거긔ᄂᆞᆫ 岩上에 굴 붓드시 茅屋이 둘러붓혓다. 沙工의 말이 江景에 다 달앗다 ᄒᆞ더라.(六月三十日 午後二時)(1917.7.6.)

第九信 — 群山에셔

◇江景셔 約五時間을 머물러 午後 八時半 車로 群山을 向흔다. 엇더케 더운지. 全身이 쌈이로다.

◇朝鮮第一의 平野오 第一의 米産地인 全北平野에 들어셧다. 一望無際다. 天賦흔 沃土다. 移秧이 거의 ᄭᅳᆺ낫다. 陰十二日 달이 열분 구름 속에 걸렷다. 平野中에ᄂᆞᆫ 여긔져긔 造山 갓흔 죠고마흔 山이 잇고 山이 잇스면 반다시 그 밋헤 村落이 잇다. 마치 바위를 의지ᄒᆞ야 굴이 붓ᄂᆞᆫ 것 ᄀᆞᆺ다. 덜에 나가 먹고 山에 들어와 ᄌᆞᄂᆞᆫ 것이 此地方의 特色이다. 그러나 엇던 村落은 그만흔 山도 어더 만나지 못ᄒᆞ야 曠野에 길 일흔 者 모양으로 벌판에 잇ᄂᆞᆫ 者도 잇다. 퍽 山이 貴ᄒᆞ다.

◇이 平野ᄂᆞᆫ 古來로 水災와 旱災를 兼受홈으로 農民의 生活이 極히 不安定ᄒᆞ얏다. 만일 水利가 整理되면 農民의 生活이 安定될 쑨더러 넉넉히 三割 以上의 增收를 得홀 수 잇다.

◇그럼으로 全羅北道에셔ᄂᆞᆫ 水利整理와 普通農事改良에 全力을 다흔다ᄂᆞᆫ 말을 들엇다. 仔細흔 計劃과 方針은 毋論 全州 간 뒤에야 알 것이다.

◇밤 十日時에 群山에 到着ᄒᆞ얏다. 群山은 全北 唯一의 開港場이오 朝鮮 第

一의 穀物 輸出港이다. 街衢의 井然홈과 家屋의 整齊홈이 쇄 美觀이다. 風景으로는 別로 取홀 것이 업다 ᄒ더라도 뒤山의 形狀이 믹우 奇ᄒ고 公園의 松林이 쏘흔 사랑홀 만ᄒ다. 부르면 듸답홀 舒川의 半島에 森林만 茂盛ᄒ면 一段의 趣를 加홀 듯ᄒ다.

◇넘어 身躰가 疲困홈으로 官廳의 訪問도 廢ᄒ고 다만 散步兼 돌아다니며 구경ᄒ얏슬 ᄲᅮᆫ이다. 朝鮮人側에는 客主組合 勞働者組合 等의 團躰가 잇고, 當地 有志요 有力者인 申錫雨, 文明眞, 金綴洙 諸氏의 發起로 約二千圓金을 醵出ᄒ야 勞働夜學校의 設立 出願을 提出ᄒ얏다는데, 府廳에셔도 此美擧에 贊成ᄒ야 公立 普通學校의 校舍를 貸與ᄒ기로 ᄒ얏다 ᄒ다. 設校의 認可가 나는 날이면 群山府 六百名 勞働者는 비로소 文明의 참 福을 밧게 될 것이다. 勞働者 만흔 各大都會에셔는 이러흔 設備가 實로 緊急홀 것이다. 諸文明國에셔는 勞働者의 生活의 保障과 敎育의 普及과 慰安의 獲得에 關흔 여러 가지 制度와 設備가 잇지마는 불상흔 것은 朝鮮勞働者라. 勞働者組合이 잇서 그네에게 職業을 求ᄒ야 주며 쏘는 賃金을 調節ᄒ고 勤儉貯蓄의 思想을 鼓吹ᄒ는 同時에 夜學校 又흔 것을 셰워 相當흔 敎育을 쥬는 것은 實로 社會와 國家의 義務일 것이다. 그中에도 勞働者의 恩澤을 만히 밧는 商工業者, 船業者, 其他 財産家는 勞働者를 愛護홀 特別흔 義務가 잇스며, 그ᄲᅮᆫ더러 勤勉ᄒ고 善良흔 勞働者를 어듬은 全社會國家의 福利됨도 勿論이어니와 特히 商工業者인 財産家에게 큰 利益일 것이다. 나는 群山 人士의 此美擧에 對ᄒ야 滿腔의 感謝를 表ᄒ는 同時에 各大都會의 財産家도 爭先히 如此흔 美擧를 본밧기를 바란다.

◇群山셔 쏘 한 가지 愉快흔 것은 中心되는 大街에 朝鮮人의 巨商大賈가 櫛比홈이다. 그中에도 金義淑 商店 又흔 것은 約二萬餘圓의 物貨를 貯置ᄒ얏다 흔다. 그러나 그 物貨는 거의 全部가 輸入品이오 게다가 奢侈인 것이다. 언졔나 朝鮮도 自作自給ᄒ게 되는지.

◇開港場의 仔細흔 觀察과 感想은 木浦에 가기를 기다리고 아직 이만 그

친다. 今午 車로 全州로 向ᄒ려 ᄒ다. 몹시 덥다. 어셔 全州에 가셔 놉흔 山과 묽은 물이 보고 십다.(七月二日 午前 十時 쌈을 흘리며)(1917.7.7.)

□ 裡里驛에셔(七月二日)

一昨夜 群山에셔 二泊ᄒ고 本日 全州로 向ᄒᆯ 計劃이외다. 全州 支局長의 親切ᄒᆫ 出迎을 受ᄒ고 感謝不已ᄒ외다. 江景 分局長, 論山 分局長도 일부러 來ᄒ얏더이다. 江景에 分局 잇ᄂ 줄을 知치 못ᄒ고 訪問치 안이ᄒ얏슴은 遺憾이로소이다. 全州에셔 歸路에 益山과 論山을 視察코ᄌ ᄒ온 바 日程에 二三日의 差違가 生ᄒ 듯ᄒ나 그것은 엇더ᄒ 機會에던지 恢復코ᄌ ᄒ나이다. 匆々不一.*

□ 全州에셔(七月五日)

拜啓 貴函은 拜見ᄒ얏쇼이다. 全州에셔ᄂ 破天荒의 大歡迎을 바닷쇼이다. 全州 支局員의 活動의 反映의 證據라 ᄒ겟쇼이다. 江景** 支局長이 부듸 ᄯᅩ ᄒᆫ번 오라고 ᄒ시나 日程에 差誤가 될가 念慮ᄒ야 未決中이외다. 大場村의 細川侯農場은 부듸 參觀ᄒ랴 ᄒ나이다. 當初에 計劃ᄒᆫ 바 托鉢政策은 全然 失敗에 歸ᄒ지 안이ᄒᆯ넌지. 五道踏破旅行이라 宣言ᄒ얏스니가 誰인들 無錢旅行과 無異ᄒᆫ 徒步旅行인 줄 知ᄒ겟나잇가. 그러나 全州에셔ᄂ 成功ᄒ얏소이다. 麗水行은 아직 確定치 못ᄒ얏스나, 珍島나 荒島中 一島를 除ᄒ던지 ᄒ야 行程을 縮少코겨 ᄒ오며 本日 輕鐵의 開通을 기다려셔 全州와 離別ᄒᆯ 터이외다. 匆匆不一.***

---

* 기사. 『每日申報』, 1917.7.4, 2면.
** 원문에는 '江原'으로 되어 있으나, 기사 「전주에서(一)」(1917.7.8, 1면)에 강경江景 지국장이 일부러 전주까지 와서 맞아준 일이 언급되어 있다.
*** 기사. 『每日申報』, 1917.7.7, 2면.

第十信 - 全州에셔(一)

◇裡里驛에셔 下車ᄒ니 全北支局 總務 李來錫君과 江景 支局長 洪淳鑽君의 來迎이 잇슷다. 遠路에 나 갓흔 一寒書生을 마자 주심을 衷心으로 感謝ᄒ얏다. 裡里의 詳況은 歸路에 視察ᄒ기로 ᄒ고 午後 二時四十分發 輕鐵로 全州로 向ᄒ얏다. 일홈은 輕鐵이라 ᄒ지마는 車室도 쐐 훌륭ᄒ고 速力도 어지간히 ᄲᆞ르다. 長馮비가 오면 말면 ᄒᄂᆞᆫ 中에 次次 全州의 秀麗흔 峰巒이 갓가워진다. 全州의 山은 참 秀麗ᄒ다. 나는 全州의 特色은 山이라 ᄒ얏다. 大場村, 參禮 等地의 農塲이며 松林이 鬱蒼흔 乾止山陵의 勝景은 歸路에 찻기로 ᄒ고 午後 四時頃에 全州에 到着ᄒ얏다.

◇全州驛前에는 柳支局長과 全州 靑年俱樂部員 諸氏의 精誠되게 마자 쥬심을 밧고 數步를 行ᄒ다가, 道參事요 全州에 名聲이 놉흐신 鄭春岡과 全州 農工銀行 取締役이오 全州 地方金融組合長이신 李康元 兩氏의 마자 쥬심을 바닷다. 全北 參與官 金潤晶氏가 名銜으로쎠 물어 쥬심에 對ᄒ여셔도 精誠된 感謝를 들인다.

◇안 탄다고 固辭ᄒ다가 마지 못ᄒ야 人力車를 타고 銀杏屋이라는 旅舘으로 긔운챠게 들여 몰앗다. 旅行흔 지 一週日에 이만큼 隆崇흔 歡迎을 밧기도 처음이어니와 이쳐럼 번적ᄒᄂᆞᆫ 旅舘에 들어보기도 처음이다. 바른 대로 말ᄒ면 一生에 쳐음이다. 나는 自然히 무셥기도 ᄒ고 붓그럽기도 ᄒ얏다. 어린 書生을 이쳐럼 欵待ᄒᄂᆞᆫ 全州 여러 어룬쯰 百拜千拜를 아니 들일 수가 업다.

◇여러 어룬 德分에 八疊房 蚊帳 쇽 푹은푹은흔 쟈리에셔 오릭간만에 편안흔 熟眠을 貪ᄒ얏다. 京城 出發 以來로 昨夜에 비로쇼 京畿, 忠南, 全北 三道의 塵垢*를 濯ᄒ얏더니 아쥬 몸이 갓든ᄒ야 今時에 貴族이 다되고 만 듯ᄒ다.

◇多佳亭 밋흐로 흘러오는 多街川이 바로 旅舘의 階前으로 흐르고 그 건너편에 綠陰이 如滴ᄒᄂᆞᆫ 小岡이 가로씰럇다. 枕頭에 水聲을 듯는다. 全州는

---

* 원문에는 '陳垢'로 되어 있다.

人口가 一萬 조끔 以上이다. 朝鮮에 잇셔셔는 一萬 以上의 人口가 잇스면 大都會라고 홀 만흐다. 南門 懸板에 쑤려시 써붓친 것과 (又치) 全州는 湖南 第一城이다. 市區의 改正은 아직 完成되지 아니흐얏스나 街衢가 미우 整然흐고 淸潔흐다. 全州에 가장 繁華흐다는 大正町通은 제법 大都會의 面目이 잇고 通行人도 쐐 雜踏흐다. 하나 더 注意홀 것은 市街에 樹木이 만흠이다. 高處에셔 俯瞰흐면 全市街가 綠蔭中에 무친 듯흐다. 이것은 全州뿐 아니라 全北 全躰가 他道에 比흐야 山에 樹木이 쐐 만타. 아마 生活이 比較的 裕足흐닛가 忠淸道 兩班들 모양으로 山썹데기신지는 벗겨먹지 아넛는가 보다.

◇全北이 三韓時節에 卞韓의 地요 三國時節에는 百濟의 地다. 三韓時節에는 무슨國 무슨國, 九十國 百國흐엿스닛가 全北 어느 山 어느 들을 밟든지 거의 國都 아니던 곳이 엽슬 것이다. 二三人이 協力흐야셔야 비로소 使用흔다는 長槍大劍을 가지고 이 東西로 셜레고 다니던 三韓時節을 싱각흐면 實로 感懷가 無窮흐다. 全州는 百濟時節에 完山 又는 比斯伐이라 흐얏다 흐며, 甄萱의 後百濟의 王都라 흔다. 우리는 全州 全州흐고 地方의 一首府로 녀기지마는 後百濟人에게 물어보면 神聖흔 比斯伐 셔울이다. 地下의 甄萱의 靈의 感慨는 엇더흔지.

◇慶基殿, 肇慶廟는 拜觀흐얏스나 李朝의 光塋인 乾止山의 松林과 蓮池는 비로 因흐야 보지 못흐얏다. 阿只拔都*를 討滅흐고 意氣揚揚흐게 太祖끠셔 凱旋흐시던 梧木臺는 至今에 健在흐다. 萬古의 興亡盛衰를 世外에서 바라보는 麒麟峯만 녜나 이제나 變흠 업시 夜夜에 明月을 吐홀 쑨이다. 靑草에 비 지나갈 제 山寺의 暮鐘이야 엇지 참아 들으랴. 懷古의 淚만 흘림도 부질업스니 道廳이나 차쟈 가셔 잘 살아갈 方針이나 듯쟈.(七月二日夕 全州 客舍에서)(1917. 7.8.)

---

* 아지발도阿只拔都(?-1380). 고려 말기 황산 지방에서 벌어진 고려군과 왜구와의 전투에서 왜구를 지휘하던 장수. 당시 왜구를 토벌하는 임무를 맡은 고려군의 장수가 이성계였다.

第十一信 ― 全州에셔(二)

◇昨日 官舍에 李 全北 道長官을 訪問ᄒ고 여러 가지 말숨을 들엇거니와 오늘은 正式으로 道廳 長官室에 訪問ᄒ얏다. 昨夕 모시 두루막 입엇던 長官은 크림色 勅任官 正服에 威儀를 가초앗다. 길쑥ᄒ 容貌와 가늣ᄒ 明眸ᄂ 伊昔 紅顔의 美少年이던 것을 싱각ᄒ다. 아모리 보아도 多情스러운 어룬이다.

◇朝鮮 第一의 平野오 沃土오 米産地인 全北平野를 가진 全羅北道의 第一힘쓰ᄂ 것은 普通農事의 改良이다. 그러ᄒ 天賦의 沃土면셔도 水利가 整理되지 못ᄒ야 古來로 水害와 旱災를 兼受ᄒ야왓다. 그럼으로 農民의 生活이 極히 不安定ᄒ야왓다. 從此로 水利가 完全히 整理되고 種子의 選擇과 耕作方法의 改良이 完全되면 다만 農民의 生活이 安定될 뿐더러 倍의 增收를 어들 것은 確實ᄒ다. 그리고 이것은 멀어도 十年 以內에 實現될 것이다.

◇現在 四個의 水利組合이 잇ᄂ듸 그것이 모다 朝鮮人의 經營이다. 水利組合의 利益됨은 勿論이어니와 이러케 朝鮮人이 覺醒되어 漸次로 文明的 新事業 新施設을 ᄒ게 되ᄂ 것이 깃브다.

◇다음에 힘쓰ᄂ 것은 副業의 獎勵다. 本道內 小農民은 極히 窮狀에 싸졋다. 그 原因은 첫지 水利가 整理되ᄂ 同時에 小農民은 그 費用을 支撑치 못ᄒ야 土地가 大地主의 손으로 集中되ᄂ 것과, 둘지ᄂ 大地主의 高利投資니 農糧 업ᄂ 國民이 農時에 無謀ᄒ 高利로 大地主에게 請債ᄒ얏다가 秋收時에ᄂ 一年 동안 번 穀物을 왼통 地主에게 쎅앗기게 됨이라. 이러ᄒ으로 大地主ᄂ 年年 富ᄒ야가되 小農民의 窮狀은 날로 甚ᄒ야 간다. 이것을 救濟ᄒᆯ 方針은 두 가지밧게 업다. 하나ᄂ 副業을 獎勵ᄒ음이오, 또 하나ᄂ 低利로 金錢을 融通ᄒᆯ 機關을 設立ᄒ음이다. 그런데 모든 副業中에 가장 有利ᄒ고 容易ᄒ 것은 養蠶이다. 그럼으로 五年 計畫으로 大大的으로 養蠶業을 獎勵ᄒ야 全道內에서 五萬石의 繭을 産케 ᄒᆯ 豫定이다. 이러케 一邊 農事를 改良ᄒ고 副業을 獎勵ᄒ면 農民의 富力은 顯著이 增加될 줄을 밋ᄂ다.

◇그리고 金融機關으로는 金融組合이 잇스나, 이는 中農 以上이 아니면 利用홀 수 업슴으로 試驗的으로 全州 農事組合이라는 것을 設立ᄒ얏다. 百斗落 以上의 地主로 ᄒ야곰 一口二十圓의 資金을 出케 ᄒ야 約 一萬圓을 得ᄒ얏다. 이것을 低利로 勤儉홍 農民에게 貸與ᄒ되, 該地主의 保證으로써 ᄒ면 一面 農民의 急을 救하는 同時에 他面 農民에게 勤勉과 信用을 獎勵ᄒ게 되겟다. 만일 成績이 良好ᄒ거던 道內 各郡에 實行히 볼란다.

◇다음에 全北에 特殊홍 製紙工業에 對ᄒ야는 原料栽培의 獎勵와 製造法의 改良으로 더욱 그 發達을 促進ᄒ려 홍 全州에 製紙工場을 두어 機械工業的으로 ᄒ기를 試驗中인디, 아직 顯著홍 成績은 업스나 次次 成功의 曙光이 보일 줄을 밋는다.

◇交通 敎育 等에 對ᄒ야는 他道와 別로 다름이 업다. 造林에 對ᄒ야 方今 具體的 計畫을 作成ᄒ는 中인디 明年度브터 實行홀란다.

◇長官은 前後 約二時間 동안 仔細히 熱誠으로 說明을 ᄒ신 뒤에「萬事가 次次 잘 되어갈 테지오」ᄒ고 希望과 努力의 微笑를 씌운다. 莅任日淺ᄒ야 本道의 事情에 生疎ᄒ노라 ᄒ고 慶北을 宰ᄒ얏슬 씩에 事業을 만히 實例로 들더라. 十二時에 道廳을 辭ᄒ고 天賜園의 綠樹中에 奇骨인 金參與官을 訪問흥 뒤에 旅舘으로 돌아왓다. 왼 비가 그리도 만흔지. 終日 졀졀 쏘다진다. 활젹 벗어부치고 淸江에 비소리를 들으면셔 이 글을 草ᄒ다.(七月三日 午后 全州 客舍에셔)(1917.7.10.)

第十二信 ― 全州에셔(三)

◇今日 全北 物産陳列舘을 보앗다. 以前 客舍이던 豊沛之舘인데 構內에는 百花가 燎乱ᄒ다, 全羅道는 自古로 工藝의 中心이라. 竹器며 扇子며 木器, 紙類 갓흔 것은 前브터 有名ᄒ다. 그러나 그 製作方法이 죠곰도 發達치 안이ᄒ고 平生 舊式을 墨守ᄒ더니, 近年에는 當局에셔 여러 가지로 獎勵흥 結果 놀

납게 發達ᄒᆞ얏다. 製作의 精巧ᄂᆞᆫ 勿論이어니와 製作品의 種類도 만히 變ᄒᆞ기도 ᄒᆞ고 增加ᄒᆞ기도 ᄒᆞ얏다. 나ᄂᆞᆫ 木, 石, 竹 等 여러 가지 材料로 精巧ᄒᆞ게 製作ᄒᆞ여 노흔 여러 가지 工藝品을 보고 이것이 果然 우리 손으로 되얏ᄂᆞᆫ가 ᄒᆞ고 瞠目홈을 禁치 못ᄒᆞ얏다.

◇全州 公立 簡易工業學校 生徒의 竹器와 木器며, 長水의 石器며, 雲峯의 木器며, 이런 것은 世界의 어느 市場에 ᄂᆡ어 노하도 붓그럽지 안이흔 것이다. 現在 數百名 어엽분 生徒들이 每日 이 아름다운 工藝를 빗호ᄂᆞᆫ 中이다. 漸漸 技術도 進步ᄒᆞ고 製作의 種類도 만ᄒᆞ지면 이 工藝品이 本道에 重要흔 産物이 될 ᄲᅡᆫ더러 朝鮮에 重要흔 輸出品이 될 줄을 밋는다. 이 조흔 才操를 오늘ᄭᅵ지 썩여둔 것이 忿ᄒᆞ고 只今브터라도 發揮ᄒᆞ게 된 것이 깃부다. 工業地될 만흔 데ᄂᆞᆫ 工業學校를, 商業地될 만흔 데ᄂᆞᆫ 商業學校를 두어주ᄂᆞᆫ 當局의 周到흔 用意에 感謝를 表흔다. 今日 陳列舘을 보고 全羅道가 더욱 工藝의 道가 되어야 ᄒᆞ겟다ᄂᆞᆫ 싱각이 더욱 깁허짐을 ᄭᆡ달앗다. 그러고 날마다 아름다워가고 富홀 길 열려가ᄂᆞᆫ 半嶋의 前途를 祝福ᄒᆞ얏다.

◇마당 하나 ᄉᆡ를 두고 養蠶講習所 女子部가 잇다. 卅餘名 女子가 熱心으로 養蠶을 工夫ᄒᆞᄂᆞᆫ 데다. 白雪 ᄭᅩᆺ흔 고치를 가ᄅᆞ치ᄂᆞᆫ 女子敎師ᄂᆞᆫ 仔細흔 說明을 ᄒᆞ더라. 明日브터 製絲를 始作홀 터이라 흔다. 五年內에 五萬石의 繭을 收穫ᄒᆞ려ᄂᆞᆫ 全羅北道의 計畫이 實現되기를 바라ᄂᆞᆫ 同時에 朝鮮內에 製絲工場과 機械工場이 만히 셔셔 朝鮮産繭을 왼통 朝鮮셔 利用ᄒᆞ도록 ᄒᆞ고 십다. 그리 되면 고치로 파ᄂᆞᆫ 것보다 數倍의 利益을 어들 것이오 兼ᄒᆞ야 數萬의 職工에게 職業을 줄 것이다. 財産家들이 어셔 覺醒ᄒᆞ야 이러흔 工場을 만히 設立ᄒᆞ기를 바란다.

◇全北 屈指의 實業家로 一動一靜을 오직 公益만 爲ᄒᆞ야 흔다ᄂᆞᆫ 朴榮根氏의 獨營인 樂壽山 莊內 竹林中의 全州 女子蠶業傳習所를 參觀ᄒᆞ얏다. 昨日ᄭᅡ지에 完成된 六百枚의 種卵紙를 보고 우리 富源이 實로 여긔 잇다 ᄒᆞ얏다.

◇져녁에 全州 矯風會 여러 어룬의 招待를 바다 該會의 來歷과 事業에 關 흔 說明을 들엇다. 在來의 習俗中에 保存홀 者는 保存ᄒ고 改革홀 者는 改革 ᄒᄂᆫ 것이 目的인 것은 勿論이지마는 本會에셔는 特히 慈善事業을 獎勵ᄒ기 爲ᄒ야 行旅病舍를 置ᄒ고 無依無家흔 病人에게 治療를 쥬게 ᄒ얏다.

◇每樣 五六人의 病人을 收容ᄒ게 됨을 보아도 本事業이 決코 徒勞가 아니 라고 金郡守ᄭᅴ셔 說明흔다. 나는 冠婚喪祭의 禮儀習慣의 改革의 急要홈을 進 言ᄒ고 矯風事業이 朝鮮에셔 ᄆᆡ우 急흔 것과 ᄯᅩ 이것은 行政官, 警察官 又는 各地方 有力者의 홀 일임을 極言ᄒ얏다. 듯건ᄃᆡ 他地方에도 此種 機關이 잇 다 ᄒ나 아직 顯著흔 成績은 업는 모양이다. 願컨ᄃᆡ 各地方 有力者가 一層 奮 發ᄒ야 移風易俗의 美果를 엇게 ᄒ소셔.

◇全北은 富豪 만흔 道요 그中에도 全州는 富豪의 都會라. 그네가 一次 奮 發ᄒ야 全州 順天 間에 輕便鐵道를 敷設ᄒ면 엇더홀는지. 누가 보던지 全羅 南北道의 發展上 此擧가 必要홀 ᄯᅳᆺᄒ건마는 全北 人士는 엇더케 싱각ᄒᆞᄂᆫ지. 勇氣잇는 大企業家의 輩出ᄒ기를 大旱의 雲霓 ᄀᆞᆺ히 바란다.(七月六日 朝)(1917. 7.11.)

第十三信 - 全州에셔(四)

◇全羅道人은 天成으로 美術工藝의 才質을 바닷다. 百濟人의 子孫인 것을 싱각ᄒ면 思過半홀 것이다. 그러나 近古 以來로 朝鮮셔는 美術工藝를 賤히 녀겻슴으로 全羅道人은 이 才能을 자랑으로 알지 안이ᄒ얏다. 만일 不然ᄒ 얏던들 全羅道人은 世界를 놀닐 만흔 美術과 工藝를 作ᄒ얏슬 것이다.

◇只今도 늣지 안타. 全羅道人은 美術工藝를 自己의 天職으로 自覺되어야 흔다. 全羅道人은 美術工藝로 朝鮮의 자랑이 되어야 흔다. 오직 朝鮮ᄲᅮᆫ만 안 이라 世界的 美術工藝의 主人이 되리라는 大抱負를 가져야 흔다.

◇道內의 여러 普通學校에셔 特히 此方面에 注意홈은 實로 吾意를 어든 일

이나 그것만으로 엇지 滿足ᄒ랴. 社會 全躰가 깁히 自覺ᄒ고 努力ᄒ여야 홀 것이다. 將次 道內에ᄂ 美術學校 工業學校 又흔 學校가 셔야 흔다.

◇世界의 交通은 날로 發達되여 万國이 比隣이다. 全羅道에 製作된 工藝品은 三週日 以內에 世界 各國 市場에 出見될 수가 잇다. 더구나 今次 大戰乱이 平定되고 各國의 戰後 經營이 略略 整頓되면 新機運을 엇은 世界文明은 倍前흔 速力으로 發展홀 것이다. 그리되면 美術工藝의 需要ᄂ 漸次 激增홀 것이다. 希臘 源流의 美術工藝가 支配ᄒ던 世界를 한(번) 百濟 源流의 手下에 너치 못홀가. 朝鮮古代의 美術을 詳究ᄒ야 그 特色과 精粹를 알아셔 新技術로 此를 表現ᄒ면 世界를 陶醉게 홀 美術工藝를 成홀 수 업슬가. 그리되면 다만 우리의 富力을 增進홀 쑨이 안이라 實로 世界에 對ᄒ야 朝鮮人의 大氣焰을 吐ᄒᄂ 것일 것이다.

◇ᄯ 하나 全羅道人의 特色은 音樂에 長홈이다. 亦是 百濟人의 子孫된 標跡이다. 朝鮮 광대ᄂ 半이나 全羅道人이라 ᄒ고 全羅道人이라야 一等 광대가 된다 흔다. 在來로 광대라면 賤흔 職業이엇지만은 今日 말로 翻譯ᄒ면 音樂家오 俳優다. 더 高尙흔 말로 表ᄒ면 藝術家다. 藝術家라 ᄒ면 今日에ᄂ 兩班에 又 兩班이다. 宋萬甲君이 萬一 西洋에 낫더면 萬人의 渴仰을 밧ᄂ 大藝術家가 되엇슬 것이다.

◇이러ᄒ거늘 至今토록 全羅道人中에 音樂과 美術을 비호ᄂ 者가 업슴은 윈 일인가. 音樂이나 美術로 至今씻 賤待바다 오던 觀念이 깁흔 싯닭이 안닐가. 京畿, 忠淸道의 兩班들에게 全羅道人이 賤待를 바다온 것도 音樂藝術의 才能 쌔문이엇다. 그러나 京畿 忠淸道의 兩班들을 한번 足下에 쑬릴 것도 亦是 音樂과 美術인 것을 自覺히야 흔다.

◇百濟人쑨 안이라 扶餘族 全躰가 槪히 美術音樂의 才能을 가젓섯다. 北方에 居ᄒ야 오직 武强으로만 天下에 橫行흔 것 갓치 世上이 아ᄂ 高句麗ᄭ지도 支那와 日本에 多大흔 影響을 미치리만콤 音樂美術이 發達되얏셧다. 그

後 高麗時代〻지도 그 餘風이 尙存ᄒ야 高麗磁器라던지 여러 寺刹의 宏壯흔 建築을 後世에 씨첫다. 箜篌라든지 萬萬波波息笛이라든지, 慶州의 玉笛이라 든지 萬佛山이라든지 ᄒᄂᆞᆫ 音樂美術에 關흔 傳說이 만흔 것도 此邊의 消息을 말ᄒᄂᆞᆫ 것이 안일가. 다만 李朝에 드러와 偏狹흔 儒敎가 專橫흠으로브터 朝 鮮의 藝術은 地를 拂ᄒ고 말앗다. 그러나 우리 血管中에ᄂᆞᆫ 아직도 그 祖先의 피가 흐른다. 더구나 三國中에 가쟝 쎈나던 百濟人의 子孫의 血管에ᄂᆞᆫ 더욱 多量의 藝術의 피가 흐를 것이다. 이쳐름 秀麗흔 江山에 사ᄂᆞᆫ 民族이 藝術에 長ᄒᆯ 것은 自然흔 일이다.

◇나는 百濟人의 子孫되는 全羅道 同胞에게 大自覺 大奮起를 叫號흔다. 이 러케 叫號ᄒᄂᆞᆫ 니 亦是 百濟 完山人이다.(七月六日 朝)(1917.7.12.)

第十四信 － 裡里에셔(一)

雨中에 全州를 쩌나셔 乾止山의 松林과 德眞의 蓮池를 바라보며 約一時間 을 치ᄂᆞᆫ어 大場驛에 나렷다. 大場村은 驛에셔 四五町이 될락말락ᄒᄂᆞᆫ 萬頃江 邊의 一小村落이다. 侯爵 細川家 朝鮮農場이라ᄂᆞᆫ 牌 부친 大門을 들어가 名啣 을 通ᄒ니 古朴흔 一老人이 나와 맛ᄂᆞᆫ다.

細川侯爵의 農場은 三郡 五面 十五村에 亘ᄒ야 約五百石落이나 된다 흔다. 全農場을 十八區에 分ᄒ고 廿區의 採種田을 置ᄒ야 年年 新種子를 配付ᄒ야 써 稻種의 退化를 防遏흔다. 그리ᄒ야 全部 新種子를 쓰며 農具와 耕作方法도 漸次 改良ᄒ야 벌셔 舊時의 面目이 업다.

小作人을 奬勵ᄒᄂᆞᆫ 方法으로ᄂᆞᆫ 年年히 作物의 品評會를 열어 優等흔 者에 게ᄂᆞᆫ 優等旗를 쥬고 兼ᄒ야 改良農具 等 賞品을 쥬며, 或은 無料로 種子를 配 付흔다.

昨年의 大凶으로 今年 移秧時에ᄂᆞᆫ 飢餓ᄒᄂᆞᆫ 小作人이 만핫다. 靑草와 木根 으로 겨오 連命ᄒᄂᆞᆫ 者가 細川農場의 小作人만 히도 百二十九戶, 二千三百餘

人에 達ㅎ얏다. 農場에셔는 그 情境을 可憐히 녀겨 租 四百六十石을 散ㅎ야 一個月半의 糧食을 與ㅎ고 秋收後에 無利息으로 還納케 ㅎ얏다. 瀕死흔 數千의 農民은 이러ㅎ야 移秧時의 糧食을 어더 全部 移秧이 섯낫다.

在來로 朝鮮 地主는 移秧이 畢ㅎ기 前에는 小作人에게 賃給을 안이ㅎ나 移秧後에는 秋收를 擔保로 ㅎ고 租를 貸與ㅎ얏다가 秋收時에는 十分五의 利殖을 기워 밧는다. 卽 陰五月頃에 묵은 벼 一石을 貸與ㅎ얏스면 仝八月頃에는 一石五斗를 밧는다. 二三個月 利殖이 五割이라 흠은 참 戰慄흘 일이다. 이러ㅎ야 大地主는 去益富ㅎ고 小作人은 去益窮흔다. 져 橫暴ㅎ고 凶惡無情흔 大地主를 엇지ㅎ며 可憐흔 小作人을 엇지ㅎ랴. 此時를 當ㅎ야 細川農場의 此美擧는 非但 一時의 功이라. 朝鮮人 大地主의 慚死ㅎ고 奮然自悟흘 頂門의 一針이라. 李長官쎄셔 小作人에게 低利로 農資를 融通흘 機關의 必要를 絶叫ㅎ는 衷情을 씨달앗다.

各地主들이 一邊 種子의 撰擇, 耕作方法의 改善과 小作人의 勤儉貯蓄을 改良ㅎ며, 一邊 小作人을 自己의 家族으로 녀겨 自己도 富ㅎ는 同時에 小作人도 富ㅎ게 ㅎ기를 힘써야 흘 것이다. 全北道 一圓中에는 草根木皮로 殘命을 니어가는 可憐흔 細人이 幾萬人이나 되는지. 此는 實로 重大흔 社會問題라, 當局에셔도 應當 相當흔 措置가 잇스려니와 여러 地主와 地方 有力者가 率先ㅎ야 此問題를 解決ㅎ여야 흘 것이다. 富者의 倉庫에 陳積ㅎ는 五穀은 彼等 小作人의 쌈이 안이며 富者의 身에 着흔 綾紬는 彼等 養蠶人의 辛苦가 안이냐. 社會에는 비록 貧富의 別이 업지 못ㅎ다 ㅎ더라도 富者는 맛당히 貧者를 愛護흘 義務가 잇다. 東西古今의 歷史中에 가장 慘酷흔 것은 貧富의 軋轢이다. 小作人들이 草根木皮로 飢餓에 瀕ㅎ는 동안 決코 大地主는 安樂흔 寢食을 엇지 못흘 것이다. 나는 數萬 數十萬의 可憐흔 小作人을 代ㅎ야 大地主에게 大聲으로 呼訴흘 수밧게 업다. 低利로 農資를 貸與ㅎ여라, 小作料를 減ㅎ여라, 土地의 增收를 圖ㅎ여라, 吾輩에게 慰安을 주고 敎育을 주고 무엇보다도 사름다운 待接과 親

切혼 愛情을 다오.

農民도 決코 늘 愚혼지 안이홀 것이다. 漸次로 知識이 普及되면 彼等은 決코 只今과 ㄹ흔 不義의 虐待를 甘受치 안이홀 것이다. 그씨에는 大地主들이 비록 施惠를 흐려 흐여도 不得흐리니, 眞實로 小作人에게 對흐야 施惠 홀 씨는 이씨다.

大地主와 地方 有力者 諸氏에게 懇請혼다. 爲先 今夏에 農糧 업는 細民을 救濟홀 方針을 講究흐고 아울러 永久的으로 小作人을 富饒케 安樂케 홀 方針을 講究흐기를 바란다.

此文을 草홀 씨에도 草根을 널며 一家가 얼굴이 부어셔 울고 안젓는 可憐혼 同胞가 目前에 얼는얼는흐야 暗淚를 禁치 못혼다. 나 ㄹ흔 者가 아모리 血淚를 흘린다면 무삼 效力이 잇스랴. 大地主와 地方 有力者의 一滴淚야말로 불샹혼 同胞들을 救濟홀 能力이 잇는 것이다.

午後 六時에 大場村을 辭흐고 裡里에 來着흐야 朴郡守宅에 食客이 되엇다. 多山農庄이라고도 흐고 史隱亭이라고도 흐는 朴郡守의 私邸 園内의 奇花 異草의 香氣와 全州 連山으로 올려 쏘는 明月을 바라보며(七月六日 夜半)(1917.7.13.)

第十五信 — 裡里에셔(二)

裡里는 「솜니」라고 부른다. 日本人 五百戶, 朝鮮人 三百戶 假量되는 新接 살림이다. 原來 죠고마혼 農村이던 것이 湖南線 開通 以來로 全北平野의 中心이 되고 말앗다. 싀집샌이오 짓는 집샌이다. 將次 그림을 그릴 양으로 여긔져긔 繪具를 찍어 발는 듯흐야 아직 一定혼 形狀도 업는 두루뭉실이다. 一望無際혼 全北의 平野 한복판에 무엇이 될지 모르는 怪物이 裡里의 本性이다. 「山도 업고 물도 업고, 잇는 것이 쌀」이라는 朴郡守의 말솜과 ㄹ치 裡里는 쌀의 都會다. 全北平野의 無盡藏혼 쌀로 怪物 裡里는 날로 生長흐야 마춤내 全北 唯一의 殷富혼 都會로 長成홀 運命을 가젓다.

朴郡守와 其他 有志의 好意로 歡迎의 宴*을 열어쥬엇다.

席上에 第一 놀라운 것은 모힌 여러분의 人事言語凡節이 全혀 日本化ㅎ얏습이다. 衣服만 和服을 닙엇더면 누구나 그네가 朝鮮人인 줄을 모를 것이다. 毋論 外形만으로 內心석지 判斷홀 수는 업스나 적어도 外形으로는 完全히 日本化ㅎ얏다고 홀 만ㅎ다. 나는 席上에셔 裡里의 朝鮮人도 日本人과 平行ㅎ게 發展ㅎ도록 努力ㅎ기를 빌엇고 一同은 그러ㅎ도록 盡力ㅎ시노라고 對ㅎ얏다. 平行치 안이ㅎ는 發展은 아모리 ㅎ야도 一種 病的 發展이다.

裡里는 益山 郡廳의 所在地요 益山은 朝鮮 第一의 農業郡이다. 農事의 改良, 小作人의 救濟는 益山郡의 最重흔 政策이라야 홀 것이다. 郡守의 말삼에 益山郡에는 大地主도 만흔 同時에 極貧흔 小作人도 만타. 年來로 土地兼倂은 더욱 甚ㅎ야 中農階級이 날로 凋殘**ㅎ야지고 貧富의 懸隔도 싸라셔 甚ㅎ야 간다 흔다. 게다가 大地主라는 者가 大槪는 自己 一個人의 目前의 利益밧게 모름으로 郡內의 小作人은 實로 悲極慘極흔 狀態에 잇다. 天賦흔 沃土에셔 日夜로 勤勞ㅎ는 農民이 農時에 飢餓를 不免흔다 ㅎ면 이는 엇던 社會의 大缺陷을 意味ㅎ는 것이다. 나는 益山郡을 治ㅎ는 朴郡守와 郡內 有力者 諸氏의 大奮發을 希望ㅎ지 아니홀 수 업다.

此地方 農民들은 꼭 白米飯을 먹고 萬不得已흔 境遇가 아니고는 決코 牟麥을 먹지 아니흔단다. 이것은 크게 警醒홀 일이다. 白米로 來年 먹을 것이면 牟麥을 用ㅎ면 一年이나 먹을 것이다. 白米飯은 實로 此地方 農民의 貧困의 一이다. 大地主가 夏節에 牟麥이나 粟稷 等 農糧을 貸與ㅎ야 그 利益을 알게 흠도 一策일가 흔다.

쏘 此地方에셔도 女子는 決코 水田에 나가지 아니흔다. 이것도 速히 改良홀 것이다. 女子석지 水田에 나셔셔 勞役ㅎ면 前보다 六七割 以上의 能率을

어들 것이다. 細川農場에는 今年에 特別히 女子 數十人을 雇傭호야 移秧을 식혓는듸 成績이 極히 良好호다 혼다. 昨年에는 此地 農家의 女子가 全部 耕耘에 從事호게 되기를 빈다.

敎育이 普及되고 水利와 耕作法이 科學的으로 改良되고, 地主 小作人의 關係가 改善되고 人民의 生活方法이 改良되면, 此地方은 實로 地上의 天國으로 化홀 것이다. 水利整理*와 耕作法의 改良은 十年 以內에 完成될 듯호다 호나, 이것만으로는 大地主의 利益은 增加호더라도 小作人의 窮狀을 救濟호기에는 不足호다. 巨利를 得홀 大地主들이 한번 菩提心을 發호야 小作人 救濟事業에 着手홈이 엇더뇨.

그 됴흔 自然에 그 됴흔 人民을 가지고 그러케도 貧窮케 호여 노흔 過去의 政治가 冤痛호다. 언졔나 万般事物이 各得其宜호야 貧者富, 愚者知, 弱者强호게 될는지. 다만 져긔 쎄를 지어 學校로 가는 學徒들을 바라볼 쑌이다.

그 몹쓸 쟝마가 것나보다. 靑天이 나오고 淸風이 분다. 여러 親舊의 사랑으로 自轉車를 빌어타고 金馬渚에 馬韓의 遺蹟을 ᄎ지려 혼다. 李祀珪君의 親切호 先導로 方今 쩌나려 혼다. 忽忽호야 아직 이만.(七月六日)(1917.7.14.)

口裡里에셔(七月七日)

昨夕 裡里로 來着호얏는듸 益山 郡守 朴榮喆氏外 數十名의 盛大호 歡迎을 밧고 感謝無已이외다. 今日은 自轉車로 馬韓의 古都인 金馬를 向홀 터이외다. 朝鮮 最古의 石塔인 彌勒塔에 ᄯᅵ녀가는 細音이올시다. 맛침 今年에 早稻田大學 文科를 優等으로 卒業호 崔斗善君(崔六堂君의 舍弟)과 邂逅호얏승이 今日 同道호기로 호얏소이다. 깁히 憂慮호던 霖雨도 霽호고 暑氣도 甚烈호지 안이호야 旅行者의게 無上호 幸福이외다. 勿勿不一.**

---

* 원문에는 '整利'로 되어 있다.
** 기사. 『每日申報』, 1917.7.10, 2면.

第十六信 ― 裡里에셔(三)

우리 一行 三人은 自轉車를 몰아 金馬의 馬韓 古都를 向흔다. 엇더케 路邊에 松林이 만흔지. 울툭불툭흔 丘陵은 四五年生 乃至 十餘年生되는 어린 松林으로 덥혓다. 益山은 松林의 고을이다. 今後 二三十年만 되면 參天흐는 松林을 볼 것이다. 官廳의 獎勵도 毋論 有力흐거니와 此地方 同胞들이 植林思想을 만히 가진 것을 感謝흔다. 우리 自轉車는 이러흔 松林 속을 或先 或後흐야 달아난다. 當時 百濟軍이 金馬渚로 즈쳐 들어오는 意氣를 回想흐얏다. 裡里셔 十五里쯤 가셔 멀리 西便으로 五金山의 報德城과 武康王 善花王后의 陵所在地를 바라 보앗다. 新羅 文武王이 高句麗의 遺臣이오 宗室인 大安勝을 五金山에 封흐고 報德王이라고 稱흐얏다 흔다. 佛法을 尊崇흐야 彌勒下의 彌勒寺와 彌勒塔을 築造흔 武康王과 善花王后의 무덤을 맛당히 弔喪흘 것이언마는, 길이 밧바셔 멀리 졀흐고 바로 金馬 古都로 달녀들엇다.

金馬面은 舊益山邑이나 郡廢合 以來로 面事務所在地만 되고 말앗다. 邑前의 二個 大石像은 邑의 主山되는 金馬山의 金馬의 逃走흐기를 防遏흐기 爲흠이라 흐나 金馬는 벌셔 달아나고 말앗다. 林面長의 親切흔 先導로 彌勒山前에 馬韓의 古塔을 차잣다. 彌勒山은 쏒쭉흔 긋에 白雲이 감겻고 山頭의 箕準 城터가 完然히 보인다. 山腹이 안이라 山胸에 미여달린 獅子岩은 知命法師의 修道處라. 數千年來의 建物은 年前 暴徒亂에 官兵의 焚흔 바 되엇단다. 여러 가지 貴重흔 記錄도 모다 灰燼이 되고 말앗단다.

塔은 바로 彌勒山麓에 잇다. 建造흔 지가 千六百餘年, 半面이 문허진 지가 千二百年前, 문허진 데를 셰멘토로 싸흔 지가 三年이다. 果然 大規模의 塔이다. 平濟塔 갓치 優美흐고 精巧흔 맛은 업더라도 그 尨大흐고 古朴흔 形狀과 솜씨에 馬韓人의 尨朴흔 氣風을 볼 수가 잇다. 塔은 無論 五層이다. 古흐고 大흐기로 朝鮮塔中의 最라 흠은 輿地勝覽에 잇는 말이다.

이 塔은 本來 彌勒寺의 境內에 잇던 것이다. 寺는 업셔지고 寺에 잇던 僧도 업셔지고 塔만 홀로 남앗다. 이 골작에는 柱礎 업는 데가 업다. 只今 볏모가 푸른 畓中에는 殘礎가 昨日에 노흔 드시 남아 잇다. 그리고 正門인 듯흔 곳에는 左右에 數丈이나 되는 幢杖 기둥이 셔잇다. 아마 數千間되는 大刹이런가 보다. 龍安 원님을 門內에 안 들일 만흔 勢力이 잇셧다 흔다. 아마 二三百年신지도 庵子가 남앗던 듯흐나 只今은 夕陽에 殘礎가 잇슬 쑨이다.

그쩍에 엇더케 이러케 큰 工事를 흐얏던고 傳說을 듯건듸 善花王后의 請으로 知命法師가 一夜間에 大池를 메우고 此塔을 싸핫다 흐니 大池를 메운 것은 假使 神通力으로 흐얏다 흐더라도 이만 大建築을 흐랴면 數千의 人夫와 數万의 黃金을 들엿슬 것이다. 當時의 繁華를 想起흘 썩에 夕陽의 鐘聲이 들리는 듯흐고 長槍을 들고 檀弓을 메인 馬韓人의 風丰*이 眼前에 彷佛흐다. 埃及의 三角塔을 보는 感想은 正히 이러흘 것이다.

夕陽을 등지고 金馬 面事務所에 들어와 林面長의 好意로 夕飯을 喫흔 後에 다시 自働車를 몰아 王宮面의 王宮塔을 챠잣다. 山脈 싯 大建築터인 듯흔 平平흔 곳 離離흔 靑草中에 十餘度나 北으로 傾斜흔 一座 石塔이 그것이다. 此塔은 彌勒塔의 縮圖라고 흘 만흐다. 모르거니와 此塔은 엇던 宮闕內나 寺刹內에 잇셧슬 것이다. 靑草中에 瓦片을 보아도 알겟다. 塔에서 東北으로 건너다 보이는 一寒村이 馬韓 金馬渚의 宮闕터다. 只今도 殘礎가 남아 잇셔 牧童들의 작난터이 된다. 只今에 金馬水가 업거니와 李昰珪君의 말을 듯건듸 압 만히도 그 村落 압흐로 江이 흘럿던 形跡이 잇다 흔다. 附近의 五陵의 形狀과 一般地形을 보건듸 或 엇던 江流의 流域이던 것도 갓다. 附近 人民의 傳說에도 여긔가 本是 江쟈리라 흐고 地名도 金馬渚라 흐야 渚字가 잇스니, 李君의 說이 是흔 듯도 흐다. 나는 歷史에 無識흐닛가 仔細흔 말을 모른다는 것이 올흘 것이다.

아모러나 二千餘年前의 古蹟을 보는 맛은 未嘗不 形言흘 수 업스리 만흔

* 튼실하고 아름다운 용모

얏다. 其他 地方에셔는 人民들조챠 此地의 由來를 모르는 것이 슬푸다. 詩人, 史家, 美術家* 又흔 이가 이러흔 쌍에 臨ᄒ야 先祖 遺跡을 光輝케 홈이 엇더 ᄒ뇨. 朝鮮總督府에셔 彌勒塔을 完全히 重修홀 意向이 잇단 말을 듯고 나는 깃비ᄒ엿다.

二千年 古都의 ᄒ는 西山에 쩔어졋다. 우리는 다시 馬韓 사름들이 돌아다 니던 松林 속 山길로 自行車**를 몰아 裡里에 歸着흔 것은 午後 八時다. 全身 이 쌈이다. 다시 朴郡守宅의 二層을 占領ᄒ고 崔斗善君으로 더부러 感懷 깁 흔 ᄭ움을 일럿다. 今朝에 全北을 辭ᄒ고 蘆嶺을 넘어 光州로 向홀 테다.(七月八 日朝 朴郡守의 吏隱亭에셔)(1917.7.15.)

□ 光州 五道踏破記者 歡迎宴

五道踏破의 任을 執흔 本報 特派記者 春園 李光洙氏는 全州로브터 去八日 下午二時에 光州에 到着ᄒ야 龜崗松院 及 揚波亭 其他 名所를 踏破ᄒ고, 翌九 日 上午로브터 各官廳을 訪問ᄒ야 本道에 對흔 物産, 風俗, 其他 必要를 聞知 ᄒ고 歸舘ᄒ얏는딕, 官民 諸氏의 主催로 同日 下午 七時에 光州 和平舘에 歡迎 宴을 開ᄒ고 光州에 有力흔 官民 諸氏가 多數 參會ᄒ얏는딕, 主人側으로 光州 地方 法院判事 梁大卿氏와 農工銀行長 金衡玉氏의 禮辭가 有ᄒ고 來賓側의 代表로 郡廳 黃德純氏와 警察署 金相勗氏와 裁判所 金天經氏의 祝辭가 有ᄒ 얏는딕, 李光洙氏와 該氏 同伴 崔斗善 文學士의 答辭가 有흔 後 互相禮杯를 擧 ᄒ고 同十二時에 散會ᄒ얏는딕, 翌十日에는 各學校 及 無等山 澄心寺를 觀覽 홀 豫定인딕 適以 雨勢가 有홈으로 未決中이오, 十一日은 羅州 及 木浦 方面 으로 出張홀 豫定이더라.***

---

* 원문에는 '美述家'로 되어 있다.
** 自轉車.
*** 기사. 『每日申報』, 1917.7.13, 4면.

第十七信 ― 光州에셔(一)

七月八日 朝에 裡里를 써나 右便으로 멀리 扶安의 邊山을 바라보면셔 깍가 셰운 듯ᄒᆞ고 식기여 노흔 듯한 蘆嶺을 넘엇다. 平野의 다ᄒᆞᄂᆞᆫ 곳에 山水屛ᄀᆞᆺ치 가로막힌 蘆嶺의 姿態ᄂᆞᆫ 果然 秀麗ᄒᆞ얏다. 샢족샢족 蒼空을 ᄯᅮ을는 峯巒의 모양도 고운데다가 白雲ᄭᆞ지 걸녓스니 엇지 아니 조흐랴. 蘆嶺 隘道를 써 나셔면 忽然히 眼前에 別天地가 열린다. 疊疊ᄒᆞᆫ 層嶂에ᄂᆞᆫ 綠蔭이 흘러 ᄯᅥᆯ어지려 ᄒᆞ고 鳥聲 虫聲 사이에 淸流의 여흘여흘ᄒᆞᄂᆞᆫ 소리좃차 셔늘ᄒᆞ다. 이 골작져 골작에 三三五五히 隱見ᄒᆞᄂᆞᆫ 茅屋은 眞是 畵中之景이다. 이만ᄒᆞ면 어듸내어 노하도 붓그럽지 아니ᄒᆞᆫ 美景이다. 湖南線中 第一景됨은 確實ᄒᆞ다. 朝鮮이 富ᄒᆞ게 되ᄂᆞᆫ 將來에ᄂᆞᆫ 此處가 훌륭ᄒᆞᆫ 山中 避暑地가 될 것을 確信ᄒᆞᆫ다.

全南의 山의 特色은 그 形態의 複雜홈에 잇다. 鋸齒ᄀᆞᆺ치 複雜ᄒᆞᆫ 峯巒을 가진 山들이 疊疊히 둘러션 樣은 참 美觀이다. 四街里驛에셔 不過 二里半이라ᄂᆞᆫ 白羊山의 白羊寺도 미쳐 찻지 못ᄒᆞ고, 黃龍江의 물로 더불어 峽谷中을 흐르고 흘러 山은 漸漸 나자지고 골은 漸漸 넓어지ᄂᆞᆫ 곳히 松汀里驛이다.

長城 邑內도 볼 만ᄒᆞ다 ᄒᆞ고 華西 先生의 筆巖書院도 찻ᄂᆞᆫ 것이 올컨마는 이것져것 다 ᄯᅳᆺᄃᆡ로 아니되ᄂᆞᆫ 世上이다. 松汀里에셔 卽時 自働車를 잡아타고 坦坦ᄒᆞᆫ 大路에 疾風ᄀᆞᆺ치 光州 西門으로 달려들엇다. 西門이라 홈은 地名 ᄲᅮᆫ이오 城壘ᄂᆞᆫ 이믜 다 헐니고, 赳赳* 武夫의 활 겨누던 터에ᄂᆞᆫ 車馬가 往來ᄒᆞᄂᆞᆫ 大道가 길게 누엇슬 ᄲᅮᆫ이다.

武珍山의 셰닌 峯에ᄂᆞᆫ 平生 白雲이 걸려 잇다. 光州의 南으로브터 西門外를 스쳐흘러 北으로 黃龍江을 向ᄒᆞ야 가ᄂᆞᆫ 光州江의 淸流ᄂᆞᆫ 光州의 大寶라홀 것이다. 한 녯적에ᄂᆞᆫ 只今 楊波亭의 絶壁 밋ᄭᆞ지 舟楫이 通ᄒᆞ얏다 ᄒᆞ건만은 只今은 老垂楊 밋헤 兒孩들의 타고 작난ᄒᆞᄂᆞᆫ 小舟가 ᄯᅥ잇슬 ᄲᅮᆫ이다. 일즉 甄萱의 大軍이 全州로 向홀 ᄶᅥᆨ에 ᄇᆡ를 탓슬 ᄯᅳᆺᄒᆞᆫ 光州 江頭에ᄂᆞᆫ 언졔 ᄯᅩ 한번

* 씩씩하고 헌걸차다는 뜻.

빗가 다흘 날이 잇슬는지.

光州는 本 百濟奴只라 ᄒ얏스니 꽤 오린 都會다. 公園內의 조고마흔 五層塔은 언제 셰운 것인지 모르거니와, 西門外 楊波亭 밋혜 磐石 우헤셔 百濟 新羅時代의 武夫와 美人들이 武珍山의 白雲이며 奴只水의 綠波를 읍져리는 노리도 잇셧스련만은, 只今은 다만 當時의 淸風明月이 잇슬 쑨이다. 녯일이 古跡이 되엇스니 只今 일도 古跡이 될 것이다.

「全州에 비겨셔 엇더오」ᄒ고 全州와 光州의 比較를 뭇는 이가 만타. 그러나 光州는 全州에 비길 것이 아니다. 첫지에 山川이 全州만 못ᄒ고 位置가 全州만 못ᄒ고 富力이 全州만 못ᄒ다. 아마 將來에 發展홀 希望도 全州만 못홀 것이다. 그러나 文明은 自然을 征服흔다. 만일 光州人士가 가쟝 智慧롭게 가쟝 勤實ᄒ게 活動만 ᄒ면 能히 光州로 ᄒ야곰 繁盛흔 大都會를 만들어닉일 수도 잇다. 工藝品의 中心地도 ᄒ랴면 홀 수가 잇고 製絲紡績의 中心地도 ᄒ랴면 홀 수가 잇다. 光州人士가 마음을 모흐고 財力을 모호아 一大奮發을 ᄒ기만 ᄒ면 무엇인들 못홀 일이 잇스랴마는 壯元峰의 精氣가 아즉 如前ᄒ게 靈驗흔지 만지는 오직 將來에 두고 볼 짜름이다.

市區는 改正되얏고 新聞 잇고 銀行 잇고 電話 잇고 電燈 잇고 水道도 不遠에 完成되리라 ᄒ니, 이에 都會의 形態는 完成되얏다. 다만 져 無職業흔 人民을 엇지ᄒ며 飢餓ᄒ는 人民을 엇지ᄒ며 敎育을 밧지 못ᄒ는 兒童들을 엇지ᄒ며 金櫃 속에셔 썩기만 ᄒ는 金錢을 엇지ᄒ료.(七月二十一日 木浦에셔) (1917.7.24.)[*]

第十八信 — 光州에셔(二)

光州와 갓흔 巨邑에 普通學校가 오직 하나, 農業學校와 宗敎學校가 잇다 ᄒ

---

[*] 이광수가 광주에 도착한 것은 기사의 서두에 보이듯 7월 8일의 일이다. 그런데 광주에 관한 기사를 십 수 일이 지나 목포에서 쓴 것은 이광수가 목포에 도착한 12일 저녁 적리赤痢 진단을 받고 바로 일주일가량 입원했던 까닭이다. 기사 「목포에서」(1917. 7.17)에서 참조.

지만은 人口가 二十萬이나 되는 光州郡에 學生이 不過 四五百名이라 ᄒ면 浩歎홀 일이 안이냐. 젹게 잡아 人口 每 一万에 普通學校 一個式이라 ᄒ더라도 廿은 잇셔야 홀 것이다. 걱졍이 비록 만치만은 敎育이 普及지 못ᄒ니 만흔 걱졍이야 또 잇스랴. 時勢는 日로 時로 變遷ᄒ는데 民知는 如前ᄒ니 참 可歎홀 일이다. 商工業의 發達이니, 淸潔이니 衛生이니 勤勉이니 公益이니 ᄒ고 絶叫ᄒ는 것도 부질업는 일이다. 모다 敎育의 普及을 기다려셔야 될 일이다.

나는 學齡에 達훈 光州郡 數萬의 男女兒童을 爲ᄒ야 血淚를 안이 ᄲᅳ릴 수가 업다. 그 兒童들이야 무삼 罪리오. 몸에 ᄯᅢ가 ᄯᅵ고 머리에 니가 ᄭᅳᆯ코 人類로 맛당히 바들 敎育도 밧지 못ᄒ야 百濟와 新羅의 聰明叡智훈 先祖의 子孫으로셔 無知矇昧훈 野蠻으로 化成홈이 決코 그 兒童들의 罪가 안이다. 오직 그 父兄의 罪요 社會의 罪다. 光州郡內 數萬의 兒童으로 ᄒ야곰 번젹훈 文明人이 되게 ᄒ고 못ᄒ기는 오직 光州郡內 有力者와 有志者의 責任이다. 엇지 光州郡ᄲᅮᆫ이리오. 朝鮮 全土가 無非皆然이지만은 光州에 와셔 더욱 그러홈을 ᄭᅢ달앗다. 아아, 언제나 光州 一郡에 二十個의 普通學校가 셔셔 只今 學齡에 達훈 ᄯᅩ는 將來 數千代의 스랑스러운 男女兒童으로 ᄒ야곰 人類의 最大幸福인 敎育의 幸福을 밧게 ᄒ게 될는지.

光州 人士는 좀 活動이 不足ᄒ지 안이훈지. 實業團軆라던지 敎育衛生에 關훈 團軆라던지 靑年團軆, 矯風會 ᄯᅩ흔 團軆가 웨 업는고. 內地人은 數十戶만 되야도 學校組合, 衛生組合, 俱樂部, 文庫, 公會堂, 神社 ᄯᅩ흔 施設이 잇는데, 그네와 隣薔接屋ᄒ야 살고 그네보다 五六十倍나 數爻가 만흔 朝鮮人은 웨 그러훈 것을 빈호지 못ᄒ는고 朝鮮人은 돈 니이기를 실혀훈다 홈은 某處에서 들은 朝鮮人評이다. 무슨 會라던지 其他 公益事業에 니이는 金錢은 아조 바리는 줄로 싱각ᄒ고 可及的 迴避ᄒ려 홈이 우리의 現狀이다. 참 畓畓훈 現狀이다. 이번 光州에 와 보아도 朝鮮人側의 活動은 可觀홀 者이 업다. 電話가 되고 電燈이 되고 水道가 되고 市區改正이 되고 홀 ᄯᅢ에 그네들은 거긔 參與ᄒ

기는 姑捨ᄒ고 그 意味를 理解ᄒ기나 ᄒ얏는지. 電燈의 株券應募에도 勸에 못이긔어셔 ᄒ얏다 ᄒ면 光州 朝鮮人士의 大羞恥가 아니뇨. 電話, 電燈, 水道 等 設備는 數爻 만흔 朝鮮人이 더 만히 利用ᄒ는 것이 正當홀 일이니, 더 만히 利用홀 사름이 더 만히 盡力을 ᄒ여야 맛당홀 것이다. 그런데 光州의 朝鮮人 士는 엇지 ᄒ얏는가. 열 번 스므번 勸誘를 바다셔 躰面에 쓸녀 參與흔 사름이 겨오 數十人! 嗚呼라, 已矣哉已矣인뎌.

엇지 光州쑨이리오, 朝鮮 全土에 어듸를 가면 안이 그러랴마는 光州에 와 셔 이 싱각이 더욱 깁헛다. 늬가 光州 人士를 代表로 삼아 이쳐름 痛責홈도 무삼 因緣이니 ᄉ랑ᄒ는 光州 人士여 한번 奮發ᄒ야 일홈만 光州이던 光州로 ᄒ여곰 果然 빗나는 光州를 만들지어다.

武珍山의 證心寺는 古蹟으로나 建築物로나 볼 것이 만타 ᄒ기로 一日을 卜 ᄒ야 구경ᄒ려 ᄒ엿더니, 仙緣이 薄홈인지 마참 雨天이 되어 못 가보고 말앗 다. 그 代身 普通學校 出身을 中心으로 삼은 靑年團의 ᄯᅡᄯᅳᆺ흔 歡迎은 참말 썌 에 싀게싀게 感謝ᄒ게 바닷고 普通學校 講室에셔 旅行의 所感을 말ᄒ엿다. 滿場흔 百餘名 靑年兄弟에게 希望 만흔 光州의 將來를 다시금 付托ᄒ고 그네 그 付托을 許諾ᄒ엿다. 十餘年後 그네가 光州의 中心人物이 되는 날에는 光 州는 面目이 一新홀 줄을 確信흔다. 任重道遠흔 靑年好漢들아, 暫時도 放心 말고 向上코 努力ᄒ야 너희 故鄕으로 ᄒ여곰 光榮 잇는 쌍을 만들어라.(七月 二十一日 木浦에셔)(1917.7.25.)

第十九信 - 光州에셔(三)

依例로 道長官을 訪問ᄒ엿다. 그러나 이번 道長官은 좌 무셔운 兩班이다. 純官僚的이오 威嚴이 凜烈ᄒ다는 所聞이 藉藉홈은 其後에야 들엇다.

ᄃᆞ른 道長官들은 거짓말쟝이어니와 나는 거짓말을 아니흔다 ᄒ야 統計表 를 三十分이나 朗讀ᄒ는 것을 拜聽ᄒ고 平身低頭*而退를 ᄒ엿다. 아이구 무

셔워. 只今 싱각히도 무셔워.

全南은 陸地棉의 道다. 李忠武의 遺跡으로 有名흔 高下島에 처음으로 米國棉을 栽培흔 지 于今 十三年에 全南 各地方에 四万町步의 陸地棉 栽培地를 보게 되엇다. 一反步 八圓 角數*의 耕作費로 二十餘圓의 收益을 得흔다 흔다. 現今 道內의 繰綿工場이 七個所나 되며 不遠에 本道産을 利用ᄒᆞ야 木浦府에 紡績會社ᄭᅥ지 設立되리라 흔다. 이 모양으로 朝鮮 全土에 아직도 모르던 有利흔 新農業이 만흔 것이다.

둘지는 養蠶이다. 朝鮮에 어듸나 養蠶에 不適흔 곳이 잇스랴마는 特히 全南은 養蠶에 最適흔 쌍이라 흔다. 將次 處處에 製絲工場과 機織工場이 林立ᄒᆞ고 거긔셔 富가 폭폭 쏘다질 것이다. 그러나 全南 同胞가 覺醒ᄒᆞ고야 볼 말이다. 現今갓히 無知흔 同胞에게는 錦繡江山도 無所用處다.

다음에는 工藝品이다. 竹器, 木器, 漆器 等 工藝品은 自古로 全羅道의 名産이다. 從來로 奬勵가 其宜를 得치 못ᄒᆞ고 製造販賣의 方法이 進步치 못ᄒᆞ야 늘로 衰ᄒᆞ고 退步홀 쑨이엇스나, 近年에는 官廳과 普通學校에셔 此點에 注意흔 結果 新活氣를 엇게 되엇다. 그러나 그것으로 滿足홀 수가 잇스랴. 全南 財産家가 覺醒ᄒᆞ야 在來의 手工業을 機械工業으로 在來의 個人이 家家에셔 ᄒᆞ던 것을 工場에셔 ᄒᆞ도록 ᄒᆞ여야 홀 것이다. 그리셔 朝鮮에쑨 안이라 海外에 輸出홀 수 잇도록 躰裁를 改良ᄒᆞ고 技術을 鍛鍊ᄒᆞ여야 홀 것이다. 財産家들이 財産을 流通치 안이ᄒᆞ고 金櫃中에 싸하둠은 다만 守錢奴쑨 안이라 社會의 公敵이오 賊이다. 財産을 活用ᄒᆞ면 自他를 利케 홀 것이어늘 그것을 감쵸아 둠은 社會의 血液을 竊取흠이다. 全南의 財産家들이 한번 覺醒ᄒᆞ야 이러흔 大事業을 經營ᄒᆞ야 一邊 自己 富와 名을 圖ᄒᆞ고, 一邊 社會의 文明에 貢獻ᄒᆞ며, 一邊 數多흔 同胞에게 生途를 줌이 엇다ᄒᆞ뇨.

---

* 원문에는 '平身紙頭'로 되어 있다.
* 돈을 '원' 단위로 셀 때 그 단위 아래에 남는 몇 전이나 몇십 전을 이르는 말.

最後에 水産業이다. 全南은 三面環海라 홀 만흔 地다. 多島海에셔는 近年에 鯨조차 多數로 漁獲된다 흔다. 그런데 朝鮮人의 漁業은 如前히 幼稚흐야 舊態를 免치 못흐니 眼前에 無量의 富를 두고도 取홀 줄을 모르는 셈이다. 엇지 可惜치 아니흐랴. 全南에는 맛당히 巨大흔 漁塲의 經營者가 만히 싱겨야 흐고 水産學校의 施設이 잇셔야 홀 것이다.

아아, 寶庫 寶庫 히야 全南 갓흔 寶庫가 또 잇스랴. 氣候는 溫和흐겟다, 陸 잇고 海 잇고, 陸에는 山 잇고 川 잇고 平野 잇고 高原 잇고, 海에 灣 잇고 島 잇고, 陸에는 陸에 나는 온가지 産物, 海에는 海에셔 나는 온가지 産物! 바들만흔 天惠는 남김업시 다 바닷다. 全南은 果然 朝鮮半嶋中에 樂園이다. 이 樂園에 貧民이 만코 敎育은 普及되지 못흐고 民智는 暗迷흐고 更張後 數十年에 進步의 빗이 업슴은 이 무슨 矛盾이며 이 무슨 아이로니(反語)도 나는 全南人士를 爲흐야 愧汗이 淋漓흐고 長太息흠을 不禁흔다.

앗가운 쌍이 主人을 못 만낫고나. 只今 全南人은 벌셔 百濟人의 子孫이 아니로구나. 全南人의 쌍은 반다시 全南人에게만 쥰 것 아니다. 全南人이 만일 그 쌍의 主人될 만흔 資格을 일허바리면 하늘이 그만흔 資格을 가진 者에게 그 祖業을 옴겨줄 것을 닛지 말어라. 아아, 그 죠흔 江山에 主人이 업고나. 因흐야 한 노리를 읇흐니

江山은 조타마는 人物이 그누구나
蘆嶺 놉흔지에 白雲만 걸녓셰라
榮山江 綠波를 가라치며 눈물겨워

(七月二十一日)(1917.7.26.)

□ 羅州에셔(七月十二日)

全州와 光州에셔는 意外에 多日 걸녀셔 한 四個日이나 日程에 差違가 生흐

얏소이다. 자— 何處에셔 恢復홀는지 迷惑中에 잇소이다. 珍島, 莞島 二個所 中에셔 一個所를 畧ᄒᆞ야 그 代에 麗水를 訪問홀지, 或은 慶南 江原의 日程을 短縮홀지 方今 熟考中이외다. 羅州에는 五時間쯤 들넛는뒤 短時間 들는 分數로는 滋味잇는 所得이 잇섯소이다. 午後 四時에 木浦에 到着홀 豫定이외다. 匆匆不一.*

☐李光洙氏 特待生이 되얏다(됴도뎐대학에셔)

본사의 오도답파려힝 득파원으로셔 리흔 관찰과 슌란흔 문장으로써 일반 독즈의 환영을 밧는 즁인 죠도뎐대학 문과 이년싱 평안북도 뎡쥬인 리광슈(李光洙) 씨는 셩적품힝이 일반으로 우수흠으로 금번 동학교에셔 특대싱을 명ᄒᆞ야 월사금 견면ᄒᆞ는 명예를 엇엇더라.**

☐木浦에셔(七月十四日)

綠陰이 깁흔 후란치 病院 病床에셔 一筆 聲上ᄒᆞᄂᆞ이다. 十二日夕 本郡 到着, 郡守 以下 多數 人士의 出迎을 受ᄒᆞ얏는뒤 腹病으로 因ᄒᆞ야 卽時 入院ᄒᆞ얏쇼이다. 一日만 靜養ᄒᆞ면 平復될 줄로 思ᄒᆞ얏더니, 細菌性 赤痢라는 診斷을 밧고 只今 血淸注射를 施ᄒᆞ얏쇼이다. 全治 約一週間이란 말을 듯고 열닌 입이 아물지 못ᄒᆞ얏쇼이다. 傳染病에 걸닌 것은 紳士로는 不名譽라 ᄒᆞ옵듸다. 余는 아직 一個 白面書生이오 紳士는 안이오나, 自己 不注意로 이 ᄀᆞᆺ흔 醜흔 傳染病에 걸닌 것을 社會에 對ᄒᆞ야 恥辱으로 思ᄒᆞᄂᆞ이다. 今後로는 엇덧게 ᄒᆞ던지 다시 이 ᄀᆞᆺ흔 病에 걸니지 안이 ᄒᆞ도록 注意코즈 홈늬다. 只今 드른즉 光州는 赤痢의 流行地라 ᄒᆞ옵듸다. 通信을 ᄒᆞ랴고 卓子애 기듸여 보니 腹痛이 잇셔 氣分이 沈鬱ᄒᆞ야 쓸 슈가 업쇼이다. 數日間 通信文은 斷切될 줄

---

* 기사. 『每日申報』, 1917.7.14, 2면.
** 기사. 『每日申報』, 1917.7.17, 3면.

로 思ᄒᆞ오며 本社와 讀者 諸僉에게 對ᄒᆞ야 實로 未安하외다. 匆匆不一.*

第二十信 — 木浦에셔(一)

十二日 午後 四時에 木浦驛에 나렷다. 君子의 風이 잇ᄂᆞᆫ 李務安 郡守와 여러 書記와 府郡 參事와 實業家 여러 어룬의 多情ᄒᆞ게 마져쥬심을 밧고 新埋築地를 거러 前程 만흔 木浦府의 市街를 一瞥ᄒᆞ면셔 指定ᄒᆞᄂᆞᆫ 旅舘에 들엇다. 든 後에도 여러 어룬네가 親切히 暑中의 旅行을 慰問ᄒᆞ여 쥬셧다.

夕飯後에 腸痛이 甚흠을 씨닷고 因ᄒᆞ야 痢氣가 잇슴을 씨다랏다. 나ᄂᆞᆫ 大都會에 傳染病을 가지고 잇슴을 罪로 녀겨 卽時 入院ᄒᆞ얏다.

光州셔 偶然히 相知가 되고 木浦ᄭᅵ지 偶然히 同行이 된 崔君은 自己의 旅行을 中止ᄒᆞ고 나를 看護ᄒᆞ여 주엇다. 崔君은 小學校브터 濟衆院, 醫學專門學校ᄭᅵ지 恒常 首席으로 잇셧고 昨年 開業試驗에ᄂᆞᆫ 平均 九十五點 以上의 稀罕ᄒᆞᆫ 成績으로 合格ᄒᆞ야 只今 光州 濟衆院에 잇ᄂᆞᆫ 醫師다. 그ᄂᆞᆫ 暫時도 내 病席을 안 써나다십히 내 治療에 힘을 썻다.

나ᄂᆞᆫ 都合 十三本의 注射를 맛고 雅片匠이 모양으로 全身이 針자리로 아푸게 되엇다. 病室 西窓으로 終日 諭達山만 바라보고 누엇다 일엇다 ᄒᆞ며 漸漸 崔君과도 親密ᄒᆞ게 되어 여러 가지 歡談도 ᄒᆞ게 되엇다.

諭達山은 小白山脉의 分派인 蘆嶺山脉의 마즈막 峯이다. 긔운차게 南을 向ᄒᆞ고 달아나가다가 大海를 만나 웃득 션 것이 諭達山이다. 千萬年 風雨의 海陸 挾攻에 살은 말씀 싹끼고 앙상ᄒᆞ게 쎠만 남앗다. 石山 石山 희야, 이러ᄒᆞᆫ 石山은 다시업슬 것이다. 海拔 七百餘尺이나 되ᄂᆞᆫ 놉흔 山이 왼통 鐵塊 갓흔 岩石으로만 되얏고 脊에ᄂᆞᆫ 鷄冠 갓흔 怪岩이 此를 向ᄒᆞ고 달려드ᄂᆞᆫ 드시 列立ᄒᆞ얏다. 아마 李忠武公이 져 最高頂에셔 多島海를 俯瞰ᄒᆞ얏슬 것이다.

木浦府의 市街가 諭達山 밋 磽埆ᄒᆞᆫ 地에 둘러붓흔 것은 地圖를 보아 알앗

* 기사. 『每日申報』, 1917.7.17, 2면.

고 그中에 朝鮮人의 茅屋 市街는 바로 病室窓으로셔 쌘히 늬다보인다. 露積岩 모통이를 돌아셔셔 高樓巨閣이 櫛比ㅎ고 入艦出舶의 如織흔 데가 舘이라 일컷는 內地人側의 市街다. 朝鮮人이라고 살지 말라는 法은 업건마는 朝鮮人은 繁華흔 그 市街에서 商工業을 經營홀 만흔 實力이 업다고, 來訪ㅎ얏던 木浦人이 말흔다.

入院後 二三日에 나는 제법 完全흔 病人이 되고 말앗다. 小兒 모냥으로 牛乳와 米飮*만 먹고 그것도 消化를 못ㅎ야 잇쓰게 되얏다. 心術 사납고 醜惡ㅎ는 赤痢菌이 엇더케 獰惡ㅎ게 橫行活步를 ㅎ는지 直腸 近傍이 칼로 살살 긁어늬는 것 곳다. 얼마를 지나면 腹壁이 次次 열어지다가 마춤늬 구녕이 쑥 쑬허지면 아죠 萬事休矣라 흔다.

病院에 잇스면 天下 샤룸이 다 癒人 곳치 싱각이 된다. 밤에 寢床 우혜 누엇노라면 左便에셔는 心臟病으로 씨걸거리는 숨소리, 右便에셔는 切斷手術 자리가 아파셔 呻吟ㅎ는 노릐, 이것을 보면 果然 世上은 苦海라는 싱각이 는다. 崔君은 어듸 나가셔는 쌈을 흘리며 病人의 입에 맛고 害 업슬 것을 찻노라고 야단이라. 암만 잇셔도 差度는 업고, 나는 火病을 늬셔 兩度分의 注射를 단번에 ㅎ야 달라고 졸랏다. 藥不瞑眩이면 厥疾이 不瘳라고 이러케 흔 것이 效驗이 나셔 入院 第八日만에 全快 退院의 喜를 어덧다.

病中에 바든 내 親友 諸氏와 木浦 여러 어룬의 精誠스러운 慰問에 對ㅎ야는 刻骨ㅎ게 感謝의 쯧을 가진다. 崔君은 모쳐름 어든 休暇를 나 썼문에 다 虛費ㅎ고 늬가 退院ㅎ던 날 光州로 가고 말앗다. 무슨 편진지 편지를 기다리더니 기다리던 편지가 만히 만히 왓기를 바란다.

退院은 ㅎ엿스나 긔운이 업셔셔 二三日을 가만히 누엇다가 昨日에야 木浦市街를 一巡ㅎ고 各 官司도 訪問ㅎ엿다. 只今은 元氣元壯이다. 明日에 多島海의 美景을 챠즈 갈란다.(七月廿一日)(1917.7.27.)

---

* 원문에는 '味飮'으로 되어 있다.

ロ木浦에셔(七月卄三日)*

近日에는 元氣가 미우 回復되얏슴으로 多島海를 一週ᄒ기로 作定ᄒ얏수웨다. 今日ᄭ지 天氣가 快晴ᄒ얏더니, 生이 船을 乘ᄒ랴 흔즉 쏘 曇天이 되얏슴늬다. 多島海에셔는 叮嚀코 흉융흔 所得이 잇슬 줄로 암늬다. 木浦 在留中에는 麻尾氏에게 貽弊를 만히 ᄒ얏슴늬다. 昨日은 그 自宅에셔 家族 同樣으로 盛設의 歡待를 受ᄒ얏나이다. 今日 午前 十時發 順天으로 向ᄒ야 畵圖와 如흔 多島海로 出ᄒ겟슴늬다. 社長 先生끠도 如斯히 仰達ᄒ여 쥬시오 이졔는 氣力이 펄펄 띌 듯ᄒ오니 生의 健康에 對ᄒ야는 安心ᄒ여 쥬시오 忽忽不一.**

第二十一信 - 多島海(一)***

◇痢疾로 數週日間이나 病院에셔 受療ᄒ다가 아직 蘇復도 되지 못ᄒ야 多島海의 景勝을 探ᄒ고 져 卄三日 正午 木浦 埠頭로브터 朝鮮 郵船 順天丸上의 客이 되얏다. 木浦의 諸有志는 船內ᄭ지 餞送ᄒ야 病後의 身躰를 懇切히 注意ᄒ며 親切흔 別辭를 賜흔다. 殊히 木浦 滯留中 麻生 京日 全南支局長의 親切흔 加護를 受ᄒ얏다. 무엇이라고 致謝ᄒ을 바가 업다. 아모됴록 家族 갓치 ᄒ얏달나 흔 것이 余의 述ᄒ을 唯一의 謝辭이엇다.

◇手를 擧ᄒ며 帽子를 擧ᄒ며 頭를 振ᄒ야 別을 惜ᄒ는 木浦의 人士를 後로 ᄒ고 我順天丸은 徐徐히 高島의 屛風과 如흔 絶壁의 倒影을 踏過ᄒ야 天下의 絶景 多島海를 指ᄒ고 走出흔다. 一抹의 雲이 諭達山의 巉岩上을 包ᄒ더니 忽然 一陣의 雨가 驟濕ᄒ고 夏天은 다시 快晴ᄒ얏다.

◇多島海의 畵幅은 今에 展開되기 始作흔다. 一島去ᄒ면 一島來ᄒ고 又去又來라. 鳧와 如흔 汽船은 其間을 縫ᄒ는 듯 路를 迷흔 듯 或은 醉ᄒ야 弄ᄒ는

---

* 원문에는 집필 날짜가 기록되어 있지 않지만, 「다도해(一)」(1917.7.29)의 서두에 목포를 떠나 순천으로 향한 날짜가 23일 오후로 되어 있는 것으로 보아 23일 집필한 것을 알 수 있다.
** 기사. 『每日申報』, 1917.7.24, 2면.
*** 『반도강산기행문집』(1939) 서문에 의하면, 이 기사부터 다도해에 관한 네 편의 기사는 이광수가 『경성일보』에 일본어로 쓴 것을 심우섭이 번역한 원고이다.

듯, 悠悠히 鏡과 如호 水面을 走호면 島影에 隱居호얏던 淸風에 飄然吹來호야 遊子의 袂를 拂호야 스사로 快爽을 띄호는 줄을 不覺케 혼다.

◇一波不動이라 홈은 此를 謂훌일지로다. 平滑호 海原인가. 否라, 海라고는 云치 못호리라. 寧히 湖라 훌가. 不然이면 淸江의 一曲, 黃龍이 眠호는 碧潭이라 호는지. 遠히 白雲이 浮動호는 곳으로브터 一羽의 鷗가 쇼릭업시 날어온다. 輕히 水面을 蹴호면 綠과 如호 水波가 無數호 同心圓을 畵호얏다가 痕跡도 업시 살어진다. 그런 것신지도 判然히 보히도록 靜穩호 海上이다.

◇時時로 船은 죠는 듯호 小嶋의 絶壁間을 舷側이 바로 相摩훌 듯이 通過호면 千島萬島를 洗流호는 複雜호 無數의 潮流가 白泡를 成호며 渦를 成혼다. 白帆 赤帆*에 淸風을 滿孕호고 佐馳任走호는 漁船들은 解得훌 슈 업는 方言으로 互相呼應호는 것도 쏘호 滋味롭도다.

◇島의 形도 千差萬別이라. 小호 者도 有호며 大호 者도 有호며, 圓者도 有호며 三角形인 者도 有호며, 或은 四角 五角 六角 複雜호 角을 成호 者도 有호다. 又 高者, 低者, 傾者, 直者 形形色色이라. 形狀으로 호던지 位置로던지 제 마음딕로 되고 십흔 딕로 形成호얏다 훌 슈밧게 업다. 造化翁은 天地創造 最終日에 意外의 閑暇를 得호야 多島海의 工夫經營에 費혼 듯호다. 風波로 호야곰 年年歲歲 島形을 磨成케 호얏슬 쑨이오, 此以上 쏘는 此以外에 取훌 形이 無훌 듯호다.

◇巖으로만 成호 者─有호며 白沙로만 成호 者─有호며, 兩者를 折衷호 者도 有호다. 時或 草木이 茂盛훌 만호 沃土도 有호다. 其中 最히 奇怪호 者는 頑固호 大磐石上에 二三掬의 白沙를 撒散호 듯호 者도 잇고, 其上에는 矮老호 老松이 立호 것은 實로 可觀이라. 机上에 載훌 듯호 小島가 多홈은 勿論이나 時時로 大島도 無홈은 안이라. 島頂에 白雲을 衝코져 호는 山도 有호야 群島를 俯瞰홈은 意外로 感動된다.

---

* 원문에는 '赤汜'으로 되어 있다.

◇航行 約二時間에 半이나 崩頽되야 荒凉흔 古城은 右水營이니, 名將 李舜臣이 刻苦 經營흔 海防의 遺跡이라. 彼小高흔 城壘에 倚ᄒ야 哀婉흔 胡笛을 吹ᄒ면셔 把守偵察을 行ᄒ던 武士의 炬와 如흔 瞳子가 至今에도 보히ᄂ 듯ᄒ다. 然ᄒ나 今에ᄂ 當時의 對敵이 舊怨을 相忘ᄒ고 親密히 水營城內에셔 兄弟와 如히 居住ᄒᄂ 것은 轉ᄒ야 感慨無量ᄒ다.

◇船은 黃金을 溶흔 듯흔 落日의 光을 左舷에 受ᄒ면셔 南으로 疾走흔다. 珍島의 連山은 遠處로브터 眺望ᄒ얏슬 ᄲ이오 相接흘 因緣이 薄흠을 嘆ᄒ면셔 船室로 入ᄒ니, 此邊에 多少 海의 本性을 見ᄒ얏다. 乘船에 弱흔 余ᄂ 枕上에 頭를 委치 안이치 못ᄒ얏다.(七月廿三日 順天丸에셔)(1917.7.29.)

第二十二信 ― 多島海(二)

◇六時間의 困睡를 纔罷ᄒ니 時計ᄂ 夜八時를 過ᄒ얏고 船은 莞島에 着ᄒ얏다. 「고라상야, 아이코라셰」* 人夫의 荷物을 運動ᄒᄂ 聲은 空然히 悲哀의 情을 催ᄒᄂ 듯ᄒ다. 朦朧흔 睡眼을 부비면셔 舷側에 出흔즉 二三百步씀 되ᄂ 處에 燈光이 遠照ᄒ니, 此卽 莞島 城內라. 天은 陰密ᄒ야 山과 水를 分키 難ᄒ다. 詳見흔즉 亦是 處處에 嶋嶼가 散在흔 줄을 可知라. 海上에ᄂ 一点의 風도 無ᄒ니 此 一 濃霧의 前兆라고 船員 等은 議論이 紛紛ᄒ다. 多島海 航海 中의 唯一 難關은 濃霧로, 一時 此에 掩襲되면 咫尺에 投錨地를 置ᄒ면셔 三日이나 四日間이나 行船치 못흔다.

◇俄者ᄭ지도 多少 波色이 有ᄒ던 水面도 今에ᄂ 「아이론」**을 掛흔 듯이 平滑ᄒ야졋다. 水의 都인 莞島를 背後로 ᄒ고 墨畫와 如흔 嶋嶼間을 左折右迴ᄒ야 推進機의 轟轟ᄒᄂ 音響과 共히 東으로 進흔다. 時時 或明 或滅ᄒᄂ 것은 漁村의 火인가 抑漁船의 火인가, 夜의 多島海, 闇中의 多島海도 可取흘 風

---

* 영치기영차. 힘든 일을 함께 할 때 힘을 모으거나 호흡을 맞추기 위해 내는 소리.
** iron. 다리미.

情이 有ᄒᆞ다. 星斗가 燦然ᄒᆞᆫ 時의 多島海, 明月이 皎皎ᄒᆞᆫ 秋夜의 多島海의 美景은 말홀 것도 업고, 春雨가 霏霏ᄒᆞᄂᆞᆫ 春夜의 多島海, 白雪이 皚皚ᄒᆞᆫ 冬夜의 多島海ᄂᆞᆫ 更히 如何홀가. 一波不動의 多島海, 萬波가 絶壁에 衝擊ᄒᆞᄂᆞᆫ 勇壯ᄒᆞᆫ 多嶋海, 多嶋海의 美景은 決코 女性的이라고만 評홀 수가 업슬지로다. 아아, 아모리 ᄒᆞ야도 美絶ᄒᆞᆫ 多島海로다.

◇船이 興陽에 着ᄒᆞ랴 홀 時에 一片의 東雲이 薔薇色에 물드러 忽然 全天의 白雲에 紅焰이 燃ᄒᆞᄂᆞᆫ 듯. 薄黑色의 寢衣를 脫棄ᄒᆞ고 島島山山이 忽然 明朗ᄒᆞ야진다. 多幸히 朝日을 迎ᄒᆞ얏다.

◇島도 多ᄒᆞ도다. 土地調査局의 官吏外에ᄂᆞᆫ 多島海의 島數를 知홀 者 一無ᄒᆞ리로다. 何時ᄭᅵ지던지 島오, 何處ᄭᅵ지던지 嶋라. 게다가 形이 同一ᄒᆞᆫ 者ᄂᆞᆫ 一個도 無ᄒᆞ다. 船이 一曲을 廻ᄒᆞ면 新島가 보히고 新海가 보힌다. 一曲 一天地, 曲ᄒᆞ면 新大地라. 一人으로 扁舟를 駕ᄒᆞ야 定處 업시 廻遊ᄒᆞ고도 십다. 彼島彼岡에 茅屋을 建고 悠悠히 塵世의 名利를 忘ᄒᆞ고도 십다. 此美麗ᄒᆞᆫ 別天地를 離ᄒᆞ기가 哀惜ᄒᆞ야 空想을 耽ᄒᆞᄂᆞᆫ 間에 船은 다시 幾十百의 諸島를 送迎ᄒᆞ며, 幾十百의 別天地를 通過ᄒᆞ고 海波가 靜穩ᄒᆞᆫ 麗水港에 着ᄒᆞ얏다.

◇余ᄂᆞᆫ 寡聞이라 그러ᄒᆞᆷ인지 多島海의 美景이 世에 紹介됨을 聞치 못ᄒᆞ얏스니 甚히 疑訝ᄒᆞᄂᆞᆫ 바이라, 地中海의 美景은 아직 目睹홀 機會를 得치 못ᄒᆞ얏고 世界의 絶景이라 稱ᄒᆞᄂᆞᆫ 瀨戸內海*도 汽車上으로브터 眺望ᄒᆞ얏슬 ᄲᅮᆫ이니, 彼此를 比較홀 슈ᄂᆞᆫ 업스나 多嶋海의 絶景은 決코 世界 何海의 絶景에 게던지 讓步홀 바가 無ᄒᆞ리라고 確信ᄒᆞ겟다. 天下의 絶景 金剛山으로 朝鮮의 山的 絶景의 代表者라 ᄒᆞ면 多島海ᄂᆞᆫ 正히 朝鮮의 海的 絶景의 代表者가 되리로다. 多島海의 名이 天下에 喧藉홀 時가 決코 不遠에 在홀 줄로 信ᄒᆞ노라.

◇避暑에도 可也, 避寒에도 可也, 療養可 遊覽可, 海의 學術的 硏究에 可也라. ᄯᅩᄂᆞᆫ 魚類 藻類 等의 海産物은 殆히 無盡藏이라. 富者 貴者ᄂᆞᆫ 樂을 爲ᄒᆞ야,

---

* 혼슈本州·시고쿠四國·큐슈九州를 둘러싼 일본의 내해內海를 가리킨다.

貧者는 富를 爲ᄒ야, 病者는 强을 爲ᄒ야, 藝術家는 審美를 爲ᄒ야, 科學者는 海洋學, 地理學을 硏究ᄒ기 爲ᄒ야 此久히 忘却ᄒ얏던 自然을 利用ᄒᆯ 日이 速來ᄒ기를 望ᄒ노라.

◇此로브터 海州丸을 換乘ᄒ고 곳 三千浦로 向ᄒ얏다. 病後의 事인 故로 二十五時間의 航海에 疲勞를 感ᄒ얏스나 海州丸에 移乘ᄒ야 一休ᄒ면 恢復이 될 듯ᄒ다.(七月二十四日 順天丸 船上에서)(1917.7.30.)

第二十三信 ― 多島海(三)

◇富源의 點으로 多島海를 觀察ᄒᄂ 것도 ᄯ 趣味가 잇도다. 爲先 多島海八百萬의 島에 될 수 잇ᄂ 듸로 森林을 造ᄒ이 可ᄒᆯ 듯ᄒ다. 其昔日 鬱蒼ᄒ 森林으로 덥히얏던 多島海 諸島의 美形이 髣髴히 眼前에 當ᄒᄂ 듯ᄒ다. 森林이 煩茂ᄒ면 美景은 愈美ᄒᆯ 것이오 材木은 無盡藏이며 魚類의 繁殖도 前에 倍ᄒ리라. 島인즉 蟲害를 免ᄒᆯ 수도 잇슬 것이오 海인즉 運搬의 便도 잇스리니, 造林地로ᄂ 온ᄶ 資格을 備ᄒ얏다 ᄒ리로다.

◇第二ᄂ 牧畜의 地가 되리로다. 朝鮮은 自古로 牧畜에 島를 擇ᄒ얏나니, 此等 諸島中에ᄂ 아마 百濟人의 慄悍ᄒ 馬群이 走躍ᄒ던 處일지로다. 馬도 可牛도 可, 羊도 山羊도 鹿도 何者던지 可치 아니ᄒ 者 一 無ᄒ리로다. 彼美麗ᄒ 諸島上에 白雲과 如ᄒ 羊群을 見ᄒ면 얼마나 美를 添ᄒᆯ가. 一島에 數万 乃至 數十萬頭의 牧畜을 行ᄒᆯ 만ᄒ겟고, 且 其地價ᄂ 內地 土地에 比ᄒ야 極히 賤價일 터인즉 其利益이 莫大ᄒ리로다.

◇余ᄂ 專門家가 아니라 其氣候風土가 牧畜에 適ᄒᄂ지 否ᄒᄂ지ᄂ 不知나, 然이나 若 濟州로셔 古來 牧畜에 適ᄒ얏다 ᄒ면 多島海의 諸嶋도 適치 아니ᄒᆯ 理가 無ᄒ리로다. 果然이면 多島海의 牧畜은 將來 世界市場에 對ᄒ야 반다시 重要ᄒ 地位를 占ᄒ리로다. 有財無事ᄒ 人士ᄂ 一次 奮發ᄒ야 新富源을 開ᄒ이 如何오

◇第三은 呼吸器病 專門의 病院 及 癩病患者의 收容所를 設立홀 事이라. 肺
結核患者ᄂᆞᆫ 文明의 進步와 共히 增加ᄒᆞ고, 然 其療法으로ᄂᆞᆫ* 但 海邊의 溫和
ᄒᆞᆫ 空氣와 新鮮ᄒᆞ고 消化키 易ᄒᆞᆫ 食物뿐이라 ᄒᆞ니, 朝鮮에도 此諸資格을 兼備
ᄒᆞᆫ 者가 多嶋海를 除ᄒᆞ고 他에 求치 못ᄒᆞ리로다. 오직 適當ᄒᆞᆫ 病院의 建物만
잇셨스면 可憐ᄒᆞᆫ 不治의 病人 等은 廉價인 治療費로 治療하겟고, 癩病患者 收
容所도 此邊 小鹿島에 一個所가 有ᄒᆞ다 ᄒᆞᆫ다.

◇詳細ᄒᆞᆫ 報告에 接치ᄂᆞᆫ 못ᄒᆞ얏스나 其成績의 良好홀 것은 不言可想일지
로다. 全羅南北 慶尙南北道를 通ᄒᆞ야 癩病患者가 多有ᄒᆞ다 ᄒᆞ나 其數가 僅히
數千에 不過ᄒᆞ다 ᄒᆞ니, 千五百餘萬의 同胞가 僅히 數千의 可憐ᄒᆞᆫ 彼等으로 ᄒᆞ
야곰 住所가 無히 溝壑에 轉케 ᄒᆞ야 其悲慘ᄒᆞᆫ 病毒이 日夜로 社會에 傳染케
홈은 엇지 羞恥가 아니리오. 旣히 官立 及 耶蘇敎會의 數個所의 收容所가 有
ᄒᆞ야 今에 彼等을 收容홀 만ᄒᆞ리로다. 數多ᄒᆞᆫ 富豪들이여, 願컨듸 歐米 慈善
家를 效倣ᄒᆞ라.

◇第四ᄂᆞᆫ 木浦 又ᄂᆞᆫ 多島海의 某地點에 水産講習所를 設ᄒᆞᆫ 事이라. 潮流
가 複雜홈에 伴ᄒᆞ야 魚族의 種類도 複雜홀 터이며 且 其水産은 全羅南道의 重
要産物일 뿐 안이라, 朝鮮 全土 特히 東南 朝鮮의 重要産物인즉 大規模의 水産
講習所의 設立은 實로 焦眉의 急務라 ᄒᆞ리로다. 然而 僅히 群山에 一個所가
有ᄒᆞ야 아직도 甚히 幼稚ᄒᆞ니 是實 朝鮮의 羞恥로다. 但 官에만 依ᄒᆞ지 말고
漁業에 從事ᄒᆞᆫ 人士가 大히 奮發ᄒᆞ기를 望ᄒᆞᆫ 바이오, 余의 所知로ᄂᆞᆫ 多
島海가 其最히 適當ᄒᆞᆫ 地라 ᄒᆞ겟도다.

◇天下의 絶景인 多島海가 同時에 朝鮮의 大富源인 多嶋海라 ᄒᆞ며, 嗟라,
此 一 얼마나 喜事일가. 余ᄂᆞᆫ 如斯히 多島海를 見홈을 得ᄒᆞᆫ 瞬間을 祝福ᄒᆞᆫ
者이며, 余의 幼稚ᄒᆞᆫ 觀察이 幸히 江湖 諸彦의 注意를 惹得ᄒᆞ면 無上ᄒᆞᆫ 幸일
지로다.(二十四日 夜 海神丸 船上에셔)(1917.8.3.)

* 원문에는 '療法으로나'로 되어 있다.

第二十四信 — 多島海㈣

◇四十五錢의 大金을 奮發ᄒ야 三千浦ᄭ지 海神丸의 一等客이 되얏다. 船車를 不問ᄒ고 一等은 此가 쳐음이라 大히 男兒다운 듯이 神氣가 썩 좃타. 溫厚ᄒ 船長은 釣綸을 垂ᄒ고 姜太公 노릇을 ᄒ다. 余ᄂ 곳 寢臺로 入ᄒ야 熟睡ᄒ다. 果然 말이지 一等은 됴흔 곳이로다. 昨夜의 二等室보다 훨셕 잠ᄌ리가 좃타. 棺桶과 恰似ᄒ지마ᄂ 鼻孔 ᄯ흔 三方의 窓口로브터 爽凉ᄒ 海風이 流入ᄒᄂ 것도 좃코 부드러운 衾枕도 좃타. 그리셔 一等室이라ᄂ 稱號가 됴흔지도 모르리로다.

◇快睡 一睡에 心神이 爽然ᄒ야 甲板으로 나온즉 夕陽은 名不知의 島 名不知의 山에 걸니엿고, 千波萬波ᄂ 黃金을 溶ᄒ 듯ᄒ다. 露梁津을 過ᄒ즉 遙히 東方 周城 臥龍山의 峻峰이 黑雲에 頭를 隱ᄒ 것이 보힌다. 亦是 多島海로 處處에 셔음(島) 투셩이다. 오직 前에 比ᄒ면 多少 疎闊ᄒ겟고, 其形狀이 漸次 慶尙道式의 峻嚴을 見ᄒᄂ 듯ᄒ다.

◇定員 六人의 一等室에ᄂ 七年만에 日本에 도라간다ᄂ 一人이 有ᄒ야 十歲쯤 된 어엿분 娘子와 同伴ᄒ다. 四歲時에 朝鮮에 來ᄒ야 아직 內地라ᄂ 것도 모르고 電車가 무엇인지도 모른다. 그리셔 큰 걱정이라고 爺爺가 嘲弄ᄒ면 少女ᄂ 얼골이 붉어지며 「大阪에 가면 電車을 탈 걸이오」ᄒ며 反抗ᄒᄂ 듯ᄒ 模樣이 더욱 사랑스럽다. 爺爺ᄂ 아직 五十도 넘지 못ᄒ 듯ᄒ건마ᄂ 쑥으러진 容貌에ᄂ 艱難辛苦와 奮鬪ᄒ 形跡이 보히며 赤手로 成功ᄒ 듯ᄒ다. 「사루마다」* 一枚로 連絡船 三等室 一隅에 介坐ᄒ야 朝鮮에 來ᄒ던 時를 追憶ᄒ면 得意의 微笑를 禁치 못ᄒ지며, 故鄕에 도라가면 얼마나 誇張을 홀가 쓸듸업ᄂ 남의 걱정ᄭ지 ᄒ다.

◇다시 甲板으로 나온즉 初사흘달이 西山에 걸니엿다. 昨夜 多島海中에셔 보지 못ᄒ얏든 것을 恨ᄒᄂ 듯이 良久히 바라보앗다. 亦是 多島海라, 엇지 ᄒ

---

* さるまた 팬츠, 잠방이.

얏던지 多島海의 月을 見ᄒ얏다고 홀로 깃버ᄒ얏다.

◇彼父女 兩人은 一寢室에셔 故鄕의 莊園에 徘徊ᄒ고 余ᄂ 홀로 孤灯下 卓子에 凭ᄒ야 此文을 草ᄒ다. 可憎흔 赤痢病으로 二週間이나 休業ᄒ고 幸히 閉店의 悲運은 免ᄒ고 更히 이갓치 出遊ᄒ게 됨은 余에게ᄂ 大功德이라. 二週間의 損失을 多島海에셔 恢復코져 木浦 出發時에 大히 勇氣를 鼓發ᄒ얏더니, 밋 此에 至ᄒ야ᄂ 또흔 신통치 못ᄒ다.

◇滊笛이 鳴ᄒ고 推進機가 止ᄒ얏다. 三千浦에 到着흔 것이라. 船長은 일부러 余를 親切히 餞送ᄒ며 船員도 쏀이도 모다 鞠躬如ᄒ야 一路 平安을 祝흔다. 余도 넘어나 感謝ᄒ야 無數히 點頭致謝ᄒ얏다. 그러나 「쌈판」*에 下흔즉 俄者 賣藥行商을 假裝ᄒ얏던 巡查補ᄂ 人事도 업시 달녀들어 「住所ᄂ 어딕야」, 「姓名은 무엇이야」 ᄒ며 刑事 被告人 다루듯 ᄒᄂ 딕ᄂ 죠곰 넘어 甚ᄒ신 듯ᄒ다고 싱각을 올니엿다.(七月卄四日 夜 三千浦에셔)(1917.8.4.)

第二十五信 一 晋州에셔(一)**

午前 七時半 三千浦에셔 自働車를 탓다. 新作路ᄂ 新作路나 大部分 舊路에 依흔 듯ᄒ야 屈曲과 勾配가 甚ᄒ다. 게다가 왼 돌이 그리 만흔지 自躰의 動搖가 甚ᄒ야 그 不快흠이 니를 데가 업다. 웨 道路를 이러케 姑息的으로 ᄒ얏ᄂ가.

참 이 地方에ᄂ 조악돌이 만키ᄂ 만타. 山에도 巨大흔 岩石은 드물고 조악돌 투셩이다. 住民들은 그것으로 壁을 싸코 담을 싸고 논쏙을 싸코 흔다. 참 原始的이다. 構木爲巢나 堆石爲巢나 別로 다를 것이 잇스랴. 科學의 文明의 世上에 科學을 利用치 안ᄂ 原始的 種族의 生活이야말로 可矜ᄒ다. 엇더케

---

* '三板船'의 준말. 항구 안에서 사람이나 짐을 실어 나르는 작은 거룻배.
** 『매일신보』에는 통영과 동래온천에서 쓴 기사 다음에 게재되었으나, 여정상으로 7월 24일 삼천포에서 쓴 기사 「多島海(四)」(1917.8.4)에 이어지는 기사이므로 제이십오신에 해당한다.

家屋이 低흐고 隘흔지, 門의 高가 三尺 假量이요 室의 廣이 五尺平方에 不過흐다. 게다가 그 不潔흐고 散乱흔 樣은 보기만 히도 嘔逆이 난다. 그 속에 男子가 女子가 老人이 小兒가 半裸躰가 되어셔 낫잠을 자는 꼴이야 참아 엇지 보랴. 다음 村이나 다음 村이나 흐고 암만 가도 그져 한 모양이다. 나는 空然히 눈물이 쑥 쏘다졋다. 져 人民들이 언제나 開化흔 人民이 되며 져 家屋이 언제나 번젹흔 家屋이 될는지 참 荒唐흐다.

여러 고개를 넘고 여러 굽이를 돌아 우리 自働車는 南江의 白沙를 브라보면셔 鬱蒼흔 아가시아林 속으로 들이닷는다. 絶壁을 파고 길을 닉엇다. 足下에는 淸淸흔 南江水가 소리 업시 흐르고 頭上에는 깍가세운 絶壁에 野花가 危殆흐게 퓌엇다. 져 압혜 烟霞渺茫흔 속으로 훌젹 날아오를 쯧흔 高樓가 晋州에도 矗石樓. 그 밋헤 晋州의 市街가 노혓다. 어려셔브터 말로만 듯고 그러케도 보고 십허흐던 晋州城이 目前에 노혓다. 前歲月 又흐면 靑驢 소리 응앙응앙 長林으로 달려들 것이언마는 只今은 그러케 閑暇흠을 不許흔다. 푸푸푸푸 흐고 질알발광흐는 自動車의 쉬흐는 쇼리죠차 文明世界의 忽忙흠을 表흐는 드시 晋州城 南門外에 到着흐얏다.

出發時에 電報를 노핫건마는 누구 하나 나와 보는 이도 업다. 나는 혼자 어슬렁어슬렁 南江의 船橋를 건너 쓸쓸흔 晋州 城內에 들어갓다. 後에 듯건된 出發時에 노흔 電報가 到着後에야 配達되엇다 흐니, 不過 七八里程에 凡六時間이 걸렷다.

矗石樓에 嶺南 第一形勝이라는 큰 額이 잇슴과 又치 晋州의 風景은 쫴 美麗흐다. 南江이 西南으로브터 흘러와셔 矗石樓를 스쳐 돌아 一大曲을 돌아 흐르는 셔슬에 矗石樓를 頂으로 흐는 人字形의 平野를 作흐고 그 가으로 모양 고운 層巒이 疊疊히 둘러셔고, 南江邊으로는 屛風갓히 絶壁이 늘어셔셔 赤壁 黑壁 白壁을 成흐얏다. 그中에도 矗石樓 건너편의 竹林에 져녁 안개가 씨인 景致는 南國에셔만 볼 것이다.

晋州의 主人은 毋論 矗石樓다. 아모리 炎蒸흔 날이라도 한번 樓上에만 오르면 淸風의 天下다. 엇더케도 시원흔지. 男女老少가 又득이 모혀셔 雜談도 ᄒ고 낫잠도 잔다. 高樓淸風의 韻致를 찻는 雅懷를 賞ᄒ여야 올흔지, 金 갓흔 歲月에 優遊度日ᄒᄂᆫ 身勢를 責히야 올흔지. 그러나 이런 죠흔 勝景에셔 그러흔 俗談이 부질업다. 脚下의 絶壁을 스쳐 흐르는 淸江과 멀리 天際에 둘러션 山들이나 바라면셔 一日의 蒸炎을 니져바리면 足ᄒ다.

矗石樓뿐이랴. 이른 아춤 大寺池의 蓮花를 보기를 닛지 말아야 흔다. 녯적에 큰 절이 잇던 터이라 ᄒ니 蓮花도 應當 當時의 엇던 道僧이 손소 심은 것이련마는, 道僧도 가고 大寺의 殘礎조차 챠질 슈가 업슬 쩍에 無心흔 蓮花만 年年히 出婉흔 香氣를 吐흔다.

大寺池의 蓮花를 보고 나거든 遊節을 西門外로 돌려 彰節祠의 英靈을 吊ᄒ고 西將臺의 勝景을 賞ᄒ여야 흔다. 千仞은 거짓말이나 百仞이 훨신 넘는 絶壁上에 危殆ᄒ게 션 西將臺에 올라셔셔 西山의 落照와 東嶺의 明月을 함씌 보는 韻致는 決코 닛지 못홀 것이다.(1917.8.12.)

第二十六信 ― 晋州에셔(二)

矗石樓 겻희 諸氏 紀蹟碑며 義妓祠는 모다 壬乱의 遺蹟이다. 義岩下의 碧潭은 只今도 龍이 슘엇슬 듯ᄒ나 當時 舟楫相通ᄒ던 南江은 沙汰에 메워져셔 只今은 다리 것고 건너리 만ᄒ게 되얏다. 아즉도 구유 又흔 川船 數隻이 沙岸에 미어 잇셔셔 昔日의 風致를 傳홀 뿐이다. 山川이 秀麗ᄒ며 人物도 만히 낫다. 矗石樓를 짓고 그 記와 詩를 지은 것도 晋州人의 祖先이오 大寺池의 蓮을 심고 飛鳳山 萬景臺의 勝景을 賞흔 것도 晋州人의 祖先이건마는, 只今은 그것을 賞玩홀 사름도 업나보다. 矗石樓를 지은 사름은 矗石樓를 볼 줄도 모르는 사람의 祖先이다. 地下의 靈이 慟哭을 홀 것이다.

高樓에 안져셔 江上의 風景을 賞玩ᄒ던 雅趣는 한데 가가 비야홀에셔 麥

酒를 씨트리고 난봉歌를 부르는 俗趣로 變ᄒ고 말앗다. 晋州城內 三個所의 비야홀이 터지도록 드러차는 것은 眉目이 淸秀ᄒ 靑年男子가 안이면 綾羅의 蛾眉들이다. 아이쓰크림, 밀크쉑, 麥酒ᄒ고, 千金이 貴ᄒ랴 萬金인들 그 무엇고 ᄒ는 것 ᄀ다. 그네의 先祖는 酒因無量飮ᄒ되 詩或 偶然成ᄒ는 雅懷가 잇섯다. 그네와 同時代의 다른 나라 靑年들은 營營汲汲히 客을 作ᄒ고 知를 求ᄒ다가 一日의 閑을 偸ᄒ야셔 或 飮酒放歌도 ᄒ다. 그러나 그네는 아모 ᄒ는 일도 업고 아모 趣味도 업시 다만 祖傳의 幾斗落 田畓이 孽이 되어 麥酒를 씨트리고 난봉가를 부를 ᄯ이라.

　晋州는 自古로 美人鄕으로 有名ᄒ다. 家家妓生이라고ᄭ지 ᄒ다. 只今도 그러ᄒ 모양이다. 그러나 昔時의 晋州 美人은 詩歌를 브르는 同時에 짓기도 ᄒ고, 貞操를 팔면셔도 각금 秋霜烈日의 節槪가 닛섯슬 것이다. 當時는 社會가 그러ᄒ얏스닛가 能히 高尙ᄒ 趣味를 理解ᄒ얏스닛가 妓生들도 거긔 應ᄒ 만ᄒ 素養이 잇섯거니와, 只今은 一般社會가 墮落을 極ᄒ얏슴으로 여긔 應ᄒ는 妓生들도 다만 淫聲乱色을 作ᄒ면 그만이 되게 되엇다. 앗불사, 브질업는 說敎를 ᄒ얏다.

　아모러나 晋州는 果然 風流鄕이다. 黃昏에 街衢로 逍遙ᄒ노라면 四方에셔 管絃이오 詩歌로다. 旅舘 孤燈에 獨不眠ᄒ 적에 南江 明月下로셔 淸雅ᄒ 노리가 울려운다. 무슨 노린지 일홈은 모르되 아모러나 듯기 죠흔 노리로다. 旅舘에셔 ᄯ어나와 矗石樓에 오르니 三更의 明月은 바로 万景臺 우에 걸렷는 듸 金波溶溶ᄒ 淸江 우혜 一葉舟가 흘러간다. 엇던 風流郞이 船遊를 ᄒ나보다. 홀로 欄干에 지혀 흘러오는 노리를 들으니 昔日의 朝鮮에 돌아간 듯ᄒ다. 昇平無事ᄒ야 詩人騷客들이 閑暇ᄒ게 玉壺를 기울이던 光景이 歷歷히 보이는 것 ᄀ다. 南江의 月明夜에 몃 千年이나 畫舫이 흘럿스며 矗石樓의 淸風 속에 그 얼마나 才士 美人의 노리가 울엇던고 江山은 녜와 ᄀ건마는 못 미들손 人事로다. 因ᄒ야 一歌를 읇흐니

南江에 달 밝은 제 이 玉笛이 어듸션고

矗石樓에 홀로 안져 귀 기우려 듯노라니

中流에 一葉畫舫이 任去來를 ᄒ더라

江山은 죠타마는 人物이 누구누구

姜邯贊 나신 곳엔 竹林만 猗猗ᄒ다

飛鳳山 놉흔 北斗를 가라쳐 長歎息을 ᄒ도다

晋州는 歡樂의 都會다. 녯날은 歡樂 말고 事業과 活動도 잇섯스려니와 只今은 歡樂만 남은 것 ᄀᆞᆺ다. 財産家도 쐐 만타 ᄒ건마는 活動이 全혀 업고 靑年들도 優遊度日에 ᄒᄂᆞᆫ 바가 업나보다. 警察署의 말을 듯건딘 靑年의 風紀가 그러케 墮落ᄒᄃᆞᆫ 아녓다 ᄒ건마는 職業 업시 흔들흔들 노ᄂᆞᆫ 데셔 더ᄒᆞᆫ 墮落이 어듸 잇스랴. 나는 오릭 그리던 晋州를 만낫건만 너를 爲ᄒᆞ야 슯픈 눈물을 흘린다. 晋州의 靑年들아, 榮光 잇는 너의 祖先을 싱각ᄒᆞ야 大奮發을 ᄒ여라.(七月二十六日 晋州에셔)(1917.8.14.)

第二十七信 ― 晋州에셔(三)

아참이언마는 덥다. 嶺南 布政司라는 門을 드러셔셔 碧梧桐 그림자 무르록은 道廳의 長官室에 佐佐木長官을 訪問ᄒ엿다. 失禮의 말삼이나 쐐 美男子시다. 一二條 兩鬢의 白髮이야 人力으로 엇지ᄒ랴마는 高等普通學校 靑年時代에 여러 處女의 이를 틱우던 容貌는 그냥 남앗다. 極히 多情스러운 音聲으로 諄諄히 說法ᄒᄂᆞᆫ 말은 如左ᄒ다.

慶尙道는 自來로 兩班 儒生이 만흔 데요, 兩班 儒生이라 ᄒ면 頑固ᄒ기로 定흔 것이라. 倂合 以來로 彼等은 頑然히 新政을 了解치 못ᄒ고 杜門遁世客으로 自任ᄒᆞ야 子弟들에게 新敎育 쥬기를 不肯ᄒ엿다. 自己네는 年老ᄒᆞ얏스니

아모리 ㅎ야도 相關이 업지만은 可惜혼 것은 彼等의 子弟다. 이世上에 處ㅎ면셔 새敎育을 밧지 안이ㅎ고야 엇지 能히 生存홈을 得ㅎ랴. 이에 試驗條로 某某 數郡의 有力혼 兩班 儒生을 불러 懇懇히 新政을 說明ㅎ엿더니 極히 成績이 良好혼지라. 今年에는 管內 各郡의 代表될 만혼 兩班 儒生을 晋州로 모도아 數日間을 두고 說諭도 ㅎ며 意思도 疏通케 ㅎ려혼다. 現在 各郡守로 ㅎ여곰 出席홀 만혼 者를 調査케 ㅎ는 中인디, 意와 如히 多數히 會集홀지 안이홀지는 期必키 어려우나 多大혼 效果를 엇을 줄은 確信혼다. 彼等만 그 頑冥을 이트리면 이에 비로소 新政이 徹底ㅎ게 될 것이다.

慶南의 主要産業은 農業과 漁業이다. 거의 三面海라 홀 만혼 바다에는 暖流 寒流 等 複雜혼 潮流의 關係로 거의 無盡藏이라 홀 만혼 海産이 잇다. 年年 漁業發展이 되건마는 朝鮮人의 漁業은 如前히 衰微不振ㅎ다. 每年 漁業講習會를 열어 朝鮮人의 漁業의 進步를 爲ㅎ야 努力혼 結果 그 成績이 미우 良好ㅎ다.

慶南에 釜山 馬山 等 大商業都會가 잇스니 朝鮮人의 商業의 狀況이 엇더ㅎ뇨, ㅎ는 늬 質問에 長官은 이러케 對答혼다. 年來 管內 朝鮮人의 經濟的 自覺은 實로 特筆홀 것이라. 釜山의 朝鮮人 商業은 極히 萎靡不振ㅎ더니, 近年에 慶南銀行이며 米穀貿易으로 朝鮮人의 商業이 釜山의 經濟界의 一大勢力을 作ㅎ게 되엇고 今後도 愈益發展홀 可望이 잇다. 朝鮮 商業銀行의 支店도 올 터이오 不遠에 五十萬圓의 新銀行도 設立될 것이다. 極히 깃거운 現狀*이다.

敎育도 漸次 普及되어 每年 平均 二個의 普通學校를 新設ㅎ는 中이다. 그러나 앗가 말혼 바와 ㅈ치 兩班의 子弟가 新敎育을 밧기를 즐거워ㅎ게 되면 生徒의 數ㅈ는 可驚ㅎ게 激增홀 것이다. 그러나 自然의 物産이 豊富홀사록에 貧富의 懸隔이 甚ㅎ야 子女를 敎育식힐 能力이 업는 極貧者가 만흠은 참말 慨歎홀 일이다. 養蠶이며 陸地棉이며 其他 諸般副業을 普及식혀 人民의 富力

* 원문에는 '現象'으로 되어 있다.

을 增進케 홈이 急務다. 乞人 만키는 本道가 朝鮮 全土에 最일 쏫ㅎ다. 將來에 는 아모죠록 工業을 이르켜 彼等에게 業을 주어야 ㅎ겟다. 余가 本道에 온 지 이믜 四年에 別로 顯著흔 治積은 업다 ㅎ더라도 全力은 다흔다 ㅎ며, 얌젼흔 微笑로 사름을 恍惚케 흔다.

炎熱 遠路에 아모죠록 健康에 注意ㅎ고 朝鮮이라는 것을 잘 硏究ㅎ야 社會 에 알려다오, ㅎ는 親切흔 말을 듯고 道廳을 辭ㅎ고 나셔니 씨는 듯ㅎ고 굽 는 듯ㅎ게 덥다. 矗石樓의 시원흔 바름도 쏘이고 십건만은 쑥 참고 警務部에 水間 警務部長을 차졋다. 數十餘名 警官이 쪽쪽 단츄를 채우고 卓子에 지딕 어 鐵筆을 달리는 것을 슬젹 보며 部長室에 入ㅎ니, 이 亦是 美男子인 部長은 이 亦是 사름을 恍惚케 흔 微笑로 마즈 준다. 後에 旅舘 主婦에게 듯건딕 水間 氏야말로 有名흔 美男子라. 쐐 여러 女子의 이를 틱엿담니다 ㅎ고 씩 웃는다. 自己도 警務部長을 爲ㅎ야 이를 틱는 사름이나 안인지. 一時間이나 넘는 趣 味잇는 談話는 次便에 쓰자.(七月二十七日 晋州에셔)(1917.8.15.)

第二十八信 ― 晋州에셔(四)

茶를 勸ㅎ고 卷煙 한 個를 붓치더니 「엇더시오. 京城을 쩌날 쩍에 朝鮮觀 과 只今의 朝鮮觀과에 差異가 업소」 異常ㅎ게 뭇는다. 質問ㅎ러 간 닉가 逆으 로 質問을 밧게 되얏다. 나는 그 質問의 精銳홈에 놀닉엿다. 未嘗不 差異가 잇셔요. 前에도 朝鮮을 안 줄로 自信ㅎ엿더니 그것은 根據 업는 한 想像에 지 닉지 못ㅎ엿셔요, 實地로 處處에 단이며 보니 想像턴 바와는 퍽 다릅데다 ㅎ 엿다. 그것 보시오. 東京 잇는 朝鮮靑年들은 朝鮮의 實狀도 모르고셔 空然히 四疊半의 空論만 ㅎ지오. 四疊半에셔 혼자 쩌드는 것이야 相關이 잇겟소만 은 朝鮮에 도라(와)셔 全般社會에 害毒을 끼치는 것은 容恕*홀 수가 업소 我 輩의 職務가 잇스닛가 相當흔 處分이 잇셔야지오, ㅎ고 東京 留學生의 近況

* 원문에는 '客恕'로 되어 있다.

을 뭇는다. 나도 留學生의 一人이민 留學生을 爲ᄒ야 誣를 辯홀 機會를 어듬을 多幸히 녀겨 滔滔히 數千言을 辯ᄒ엿다.

東京 留學生들이 所謂 危險思想을 抱혼 드시 致疑밧는 것은 眞이 안이다. 그네中에 一流로 自任ᄒ는 者들은 決코 時勢에 逆行ᄒ는 愚를 學ᄒ지 안이혼다. 그네가 筆로 舌로 絶叫ᄒ며 또 畢生의 精力을 다ᄒ야 努力ᄒ려 ᄒ는 바는 產業의 發達, 敎育의 普及, 社會의 改良 等이라. 엇더케 ᄒ면 朝鮮을 知케 ᄒ고 富케 홀고 ᄒ는 것이 그네의 理想ᄒ는 바오, 政治 갓흔 데 對ᄒ야서는 찰하리 冷然히 不關ᄒ는 態度를 取혼다. 七八年前에 보던 바 激烈혼 思想은 只今에는 거의 蹤迹을 收ᄒ얏다 ᄒ여도 맛당ᄒ다. 그네는 朝鮮에 도라와 極히 穩健혼 方面으로 活動ᄒ려 혼다. 도로혀 當局에서 그네의 意思를 誤解ᄒ기를 두려워 혼다는 뜻을 말ᄒ얏다.

部長은 이윽히 傾聽ᄒ더니 이러케 말혼다. 留學生은 相當혼 敎育을 밧고 能히 世界의 大勢를 了解ᄒ는 先覺者라. 朝鮮의 進步를 爲ᄒ야 留學生은 實로 貴重혼 일꾼이다. 그네가 萬一 穩健着實혼 方面으로 活動혼다 ᄒ면 當局에서 는 雙手를 擧ᄒ야 그네를 歡迎ᄒ고 應分의 勸獎과 援助를 不惜홀 것이다. 果然 東京 留學生의 現狀이 君言과 갓다 ᄒ면 그만 大幸이 업다. 願컨딕 더욱 自重ᄒ기를 바라며 이 뜻을 留學生 諸君에게 傳ᄒ기를 바란다. 이에 留學生에 關혼 말을 그치고 나는 朝鮮人間에 엇더혼 犯罪가 만흔가를 물엇다.

어듸나 다를 것 업시 第一 普通된 것이 竊盜, 橫領, 詐欺라. 貧富의 懸隔이 甚ᄒ고 生活이 困難홀사록 窃盜가 增加ᄒ고, 갓흔 朝鮮人間에 知識의 層等이 懸絶홀사록 詐欺 갓흔 知識的 犯罪가 增加홀 것이다. 게다가 舊道德은 全然히 破壞되고 新道德은 아직 權威를 엇지 못ᄒ야 所謂 얼開化軍들은 法網이나 免ᄒ면 無所不爲홀 地境임으로 더욱 이러혼 犯罪가 만흘 것이다 ᄒ고, 게다가 朝鮮人에게 惡模範을 보이는 者가 잇다 ᄒ며 픽 웃는다. 무엇이나 仔細히 調査홀 것이 잇거던 辭讓 말고 아모 쌔나 물으라 ᄒ는 말을 作別로 警務部를

辭ᄒ고 旅舘에 도라왓다. 모쳐럼 곱게 쌜아 닙은 洋服이 쌈에 져졋다. 함부루 冷水를 쎄언고 房에 드러와 午飯을 喫ᄒ고 南江邊 탁 터진 二層樓에 一點 風이 업고 寒暖計는 正히 九十八度를 指ᄒ얏다. 偶然히 同宿ᄒ게 된 固城 郡守 林英俊君으로 더브러 어름에 치운 麥酒에 渴과 熱을 止ᄒ면셔 歡談淋漓에 日이 夕흠을 不覺ᄒ얏다.

崔參與官 韓郡守며 朴 本社 慶北支局長 等 몃 분이 夕飯을 ᄀ치 ᄒ자 ᄒ기로 京城舘이라는 料理店에 불려갓다. 崔參與官은 出席이 업고 豪俠흔 名弓 韓郡守가 집이 쎠나갈 듯흔 大聲으로 疾呼ᄒ다. 韓郡守는 녯날 早稻田大學 出身으로 미우 手腕잇는 郡守라 ᄒ며, 弓術外에 巨飮과 또 한 가지 다른 것으로도 一二를 닷혼다 혼다. 晋州의 官吏로 成立된 文官俱樂部員들은 大槪 이러케 遺世의 仙官들인가 보다.(七月二十七日* 晋州에셔)(1917.8.16.)

第二十九信 ― 統營에셔(一)

일홈도 묘흔 三道水軍統制營이 잇던 곳이다. 只今은 統營 郡廳의 所在地오 戶數가 約五千에 人口가 二万三千餘, 이만ᄒ면 大都會다. 慶尙南道의 最南端이니 卽 朝鮮半島의 最南端이다.

統營은 漁業과 工藝로 사라간다. 여긔셔 第一 만히 賣買되는 것이 멸치인데, 每日 平均 四五千圓 假量의 흥정이 된다 ᄒ니 一個月에 約十五萬圓이라. 海岸으로 느러션 倉庫와 市場에는 白紙袋에 너흔 벼ᄀ동 ᄯ흔 멸치가 山덤이ᄀ치 싸엿다. 그것은 다 下關이나 門司로 건너간다 혼다. 쌧쌧 마른 멸치 外에 펄펄 쒸는 生鮮도 母論 만타.

統營의 螺鈿漆器는 自古로 有名흔 것이어니와, 近年에는 工業傳習所라는 것이 道立으로 되어 다른 工業도 가라치거니와 特히 螺鈿漆器의 改良進步에 힘을 쓴다. 其他 個人의 工場도 몃 군듸 參視ᄒ얏거니와 참 精巧ᄒ다.

---

* 원문에는 '八月二十七日'로 되어 있다.

이만 후면 歐米의 市場에 내어노와도 붓그럽지 아니홀 것이다. 그러나 어셔 大規模로 工場組織으로 후여야 홀 것이다. 統營 人士의 大奮發을 切望훈다.

그 다음에 는 統營 笠子다. 통량*이라면 上等 笠子의 別名이 되리만큼 統營 笠子 는 自古로 有名후얏다. 近年에 는 統營 笠子組合이라 는 것이 設立되야 各笠工의 製作品을 委托販賣훈다. 應當 그리히야 될 일이지만은 좀더 規模를 擴張후야 笠子의 改良이며 笠工의 敎育, 貯蓄, 慰安 等 事業지 후게 되기를 바란다.

統營은 골목골목에 줄로 쇠 쓸 는 소리가 들린다. 果然 工業地다. 그러나 이 것은 原始的 工業이다. 石炭煙이 오르고 調革 소리가 나게 되어야 비로소 現代的 工業이라고 홀 슈가 잇다. 統營의 精巧훈 職工들을 크다란 벽돌집 안에 集合케 후여야 될 것이다.

統營 唯一훈 欠点은 可合훈 水源池가 업슴이다. 年來로 森林培養후야 水道의 水源을 涵養후 는 中이라 후나 아직 前途遼遠훈 모양이다.

四方이 섬으로 둘러 막혀셔 夏節에 凉風을 엇기 는 어렵지마 는 물결이 잔잔훈은 碇泊에 適후고 靑山綠波에 風光도 可愛롭다. 게다가 閑山島며 統營城은 李忠武의 古蹟이니, 한번 긔어히 遊覽홀 만훈 곳이다. 海水浴場의 設備며 避暑, 避寒地나 잘 選定후면 統營은 더욱 繁昌홀 것이다.

今年은 日氣가 漁業에 最適홀 샌더러 멸치의 價格이 高騰후야 統營은 아주 時勢가 조타. 이 機會를 타셔 市區改正, 水道, 電燈의 事業을 完成후얏스면 조켓다.

警察署長의 말을 듯건된 이 地方 靑年의 風紀 는 比較的 良好후여셔 不良者로 注目밧 는 者가 十數人에 不過후며, 그것은 本土人은 아니오 大槪 他處에셔 流入훈 者라 훈다. 財産家의 靑年子弟들이 優遊度日훔은 朝鮮 全土가 皆然이지마 는 統營 靑年들은 無益훈 代身에 無害훈 것만 感謝훈다고 署長은 픽

* 統涼. 통영에서 만든 갓의 양태.

苦笑ᄒᆫ다. 人口가 二萬 以上이라 ᄒᆞ면 靑年도 쾌 만흘 것인듸, 그네들이 한번 發奮ᄒᆞ면 훌륭ᄒᆞᆫ 統營을 만들기도 ᄒᆞ련마ᄂᆞᆫ.

南望山이라ᄂᆞᆫ 公園 압헤 藤田組의 金鑛이 잇다. 조고만 섬인듸 섬 全躰가 金이오 鑛脉이 海底ᄭᆞ지도 째덧다 ᄒᆞᆫ다. 벌의 둥지 모양으로 구녕이 송송 뚤렷다. 이 金鑛이 잘 되면 수가 난다고 統營 人民은 믜우 바라ᄂᆞᆫ 바가 큰 듯ᄒᆞ다. 西南海의 島中에ᄂᆞᆫ 鑛脉이 썩 豊富ᄒᆞᆫ 모양이다. 水産, 鑛山, 蠶業, 將來의 林産 ― 섬들은 果然 朝鮮의 寶庫다.

希望 만흔 統營의 事情은 이만큼 말ᄒᆞ고 구경ᄃᆞ니던 니야기나 ᄒᆞ쟈.(七月 二十九日 統營에셔)(1917.8.5.)*

第三十信 ― 統營에셔(二)

署長과 卞警部의 好意로 警備船을 타고 閑山島 구경을 갓다. 兪郡守, 卞警部와 本社의 宋分局長이 同伴이다. 天無雲 水無波ᄒᆞᆫ데 일홈죠챠 곱다란 警備船 第四鵲丸은 쌍밋ᄭᆞ지 보일ᄯᅳ시 透明ᄒᆞᆫ 綠水를 가비염게 혀친다. 航行 約 四十分에 병목 ᄀᆞᆺ흔 水門을 들어가니 楕圓形의 透明ᄒᆞᆫ 灣內에 두어 隻 漁船이 써잇고, 瓶밋히라 홀 만흔 곳에 웃둑 솟은 半島가 鬱蒼ᄒᆞᆫ 樹林 속에 뭇쳐 잇다. 山 모냥이 엇지 그리도 妙ᄒᆞ며 물빗이 엇지 그리도 고운고 卽時 端艇을 타고 制勝堂을 向ᄒᆞᆯ 제 深林에 쳘이 일음인지 미음의 소리가 喋喋ᄒᆞ다. 斷崖를 더우잡아 水軍提督 李忠武公의 碑를 拜ᄒᆞ고 烏鵲이 지져귀ᄂᆞᆫ 古祠 겻흐로 良久히 徘徊ᄒᆞ면셔 堂을 직히ᄂᆞᆫ 老人의 說話를 半은 듯고 半은 못 들엇다.

只今도 天陰雨濕ᄒᆞᆯ 썬에ᄂᆞᆫ 鬼哭이 啾啾ᄒᆞ야 잠을 일울 슈가 업스며, 有時 乎 三百年前 士卒의 魂靈이 燈불 들고 나와 可憐ᄒᆞᆫ 音聲으로 飮食을 빈다. 그 썬마다 白飯藿羹으로 水中에 散布ᄒᆞᆫ다. 忠武公時代브터 每月 朔望에ᄂᆞᆫ 飯과 湯으로 兩軍 士卒의 魂靈을 祭ᄒᆞᄂᆞᆫ듸, 左便에ᄂᆞᆫ 日本軍 右便에ᄂᆞᆫ 朝鮮軍, 三

---

* 여정상 7월 27일 씌어진「晉州에서(四)」에 이어지는 기사이므로 제이십구신에 해당한다.

百年前 此灣內에셔 죽은 數萬의 土卒은 아즉도 魂靈이 이곳을 써나지 못ᄒ엿다 혼다. 古樹蔭에 거적을 펴고 携來혼 麥酒를 마시며 一歌를 읍ᄒ니

　滄波ᄂᆞᆫ 굼실굼실 靑山은 가물가물
　三百年 녯날 일을 물을 곳이 어듸런고
　夕陽에 집 찻ᄂᆞᆫ 가막이만 오락가락

　풀습헤셔 구슬피 우짓ᄂᆞᆫ 버레소리도 三百年前 怨魂의 울음소린가 몸에 옷삭 소름이 끼첫다. 制勝堂의 懸板에 閑山島月明夜上戌樓, 撫大刀心愁時, 何處一聲羌笛更添愁*라ᄂᆞᆫ 李公의 노릭를 다시금 보고, 船首를 돌려 龍華山의 白雲을 흘겨보며 統營에 돌아오니 멸치 運搬ᄒᆞᄂᆞᆫ 人夫의 짓거리ᄂᆞᆫ 소리만 들린다.

　夕陽이 西山에 걸렷슬 제 다시 短節을 統營城 西門外로 슬어 猗猗혼 竹林 속에 李忠武를 祀ᄒᆞᄂᆞᆫ 忠節祠를 차잣다. 廻廊에 싸힌 쏭님식에 코를 막고 蒼苔 쌀린 石階를 올라 暫間 三百年 風雨에 半남아 씻겨진 丹靑을 바라보고 堂內에 入ᄒᆞ니, 崇嚴혼 긔운이 사름으로 ᄒᆞ야곰 衣襟을 正케 혼다. 帽子를 엽헤 끼고 한참이나 位牌를 바라보고 우득ᄒᆞ니 섯다가 다시 階下에 나려 거칠은 靑草를 허치며 徘徊ᄒᆞ얏다. 이에 한 노릭를 어드니

　忠武公 녯 祠堂을 어느 곳에 차질ᄂᆞᆫ고
　統營城 西門 밧게 竹林만 猗猗ᄒᆞ다
　階前에 低首徘徊 ᄒᆞ올 제 杜鵑 一聲

---

* 원문에는 '一聲羌笛添人愁'로 되어 있다. 시구를 옮기면 다음과 같다.
　한산섬 달 밝은 밤에 수루에 혼자 올라
　큰 칼 매만지며 깊은 시름 하는 차에
　어디서 한 가락 피리소리 시름을 더하는가.

杜子美를 슝니니노라 ᄒᆞ얏스나 畵虎爲狗가 되엇다. 欄干에 지혀 안져 所謂 八賜라 ᄒᆞ야 明의 神宗*이 李公에게 贈與ᄒᆞ얏다ᄂᆞᆫ 銅印, 令旗, 斬刀, 鬼刀 等 八種 模造品을 보고 暮色이 蒼蒼홀 적에 忠節祠門을 나셧다. 閑山島 갓던 一行이 偶然히 다시 모혀 淸風明月이 가득찬 草堂에서 막걸리 비빔밥의 夕飯을 喫ᄒᆞ고 나니, 淸風은 더욱 묽고 明月만 龍華山 西편 즞헤 걸려 잇다.

月光을 잔득 바든 洗兵舘의 놉흔 집을 脚下에 굽어보며 松風 속으로 이윽히 그닐다가 北門으로 돌아들어 旅舘에 돌아오니 밤이 이믜 子正이다. 餞送오신 여러 어룬들이 暫間 잠드르신 틈을 타셔 此文을 草혼다. 午前 三時發 海州丸으로 馬山을 向홀란다. 紡績會社 女工으로 가ᄂᆞᆫ 卄餘名 女子가 門前에 모혀 셔셔 惜別들을 ᄒᆞ나보다. 下女가 準備ᄒᆞ라ᄂᆞᆫ 소리에 時計를 보니 벌셔 午前 三時.(七月卄九日 統營에서)(1917.8.7.)

第三十一信 - 東萊溫泉에셔(一)

三十日朝에 馬山浦에 나렷다. 가만히 싱각ᄒᆞ니 本社 探凉團이 只今 東萊에 잇슬 쯧. 朝飯도 못먹고 停車場에 쮜어나와 三浪津行 一番列車를 잡아탓다. 三十餘日이나 降雨가 업슴으로 農家에셔ᄂᆞᆫ 미우 걱정이라 혼다. 洛東江 물의 밧작밧작 마르ᄂᆞᆫ 양이 눈에 보이ᄂᆞᆫ 듯ᄒᆞ다. 마르겟거든 다 말나라. 한 방울 업시 다 말라라, ᄒᆞ고 空然히 火症을 내어본다. 昨夜에 一睡도 못 ᄒᆞ엿더니 몸이 몹시 疲困ᄒᆞ다.

三浪津에 나려 엇던 老婆에게 氷水와 크다란 메이기 고기를 사먹엇다. 고츄장을 발라가며 쇄 구워셔 맛이 훌륭ᄒᆞ다. 老婆의 말을 듯건되 이것은 洛東江 묵은 메에긴데 人蔘 갓히 몸을 補혼다 혼다. 果然 그리ᄒᆞ얏스면 내 여의고 困혼 몸이 쑹쑹ᄒᆞ게 살도 씨련마ᄂᆞᆫ.

---

* 만력제萬曆帝(1563-1620). 명나라 13대 황제로 임진왜란 당시 조선 출병에 적극적이었다고 한다.

釜山鎭셔 電車를 갈아타고 東萊 市街를 右便으로 바라보며 維石巖巖흔 金山 및 新羅브터 金井으로 有名흔 東萊溫泉에 다달앗다. 溫泉街 入口에는 綠門이 싀로 셔고 그 안에는 雪白의 幔幕 속에셔 十數人의 美人의 무슨 노릭를 부르면셔 춤을 춘다. 그것도 볼 식 업시 이리 뭇고 져리 물어 鳴戶屋旅舘에 社長先生을 차즈가니 先生은 出入흐고 人物 조흔 方君이 반가이 마자 稱讚*인지 嘲弄인지 알지 못홀 稱讚을 퍼붓는다. 오릭간만에 親友를 對흐고 淸冽흔 平野水에 渴을 醫흐고 水晶 又흔 溫泉에 塵埃를 씻고 나니 죽엇다 살아난 듯흐고 仙境에 오른 듯흐다. 어, 爽快흐다.

前後를 툭 터노흔 넓은 房에는 浴衣 닙은 好漢들이 가로 눕고 셰로 누어 코도 굴고 다리도 버둥거린다. 그 한복판에셔 金盤에 玉을 굴리는 소리를 내는 이는 今番 探凉團의 一點紅인 長安 名妓 錦紅이, 그 겻헤 金時計줄 燦爛흐게 방긋방긋 웃는 것이 瀛州 名妓 紅蓮이란 말은 其後에 들어셔 알앗고, 團中에 엇던 豪俠흔 遊冶郎이 紅蓮에게 心魂을 盡奪了된 줄도 들어 알앗다.

靜乃家의 亭子에셔 無佛先生**을 뵈오니, 握手莞爾의 炎中의 旅行을 慰흐고 라듐 鑛泉을 勸흐며 其效能을 力說흔다. 先生의 說을 據흐건딕 사이다는 下痢의 慮가 잇스되 라듐 鑛泉은 먹을스록 죠타 흔다. 卓上卓下에 數十本의 空甁은 셜마 先生 혼자셔 잡숩 것은 아니려니와 라듐 鑛泉의 效能을 過信흐시다가 下痢는 아니흐실가 念慮흐얏다.

溫泉의 水源과 浴場과 蓬萊舘의 庭園을 一巡흔 뒤에 夕飯을 喫흐고 無佛先生을 짤라 東萊 郡廳에 壬乱時의 그림 구경을 갓다. 東萊都 護衛門이라 흔 三門을 들어가 古制딕로 남아잇는 郡廳을 구경을 흐고 발을 돌려 客舍에 宋公壇 金蟾碑를 차젓다. 東萊城이 陷落되믹 梁山郡守는 倒騙而走흐고 府使 宋公만 數人의 從者로 더불어 客舍 階下에셔 飮藥 自斃흐얏다. 客舍 東隅에 一壇

* 원문에는 '稱賛'으로 되어 있다. 이하 모두 수정하였다.
** 당시 『경성일보』와 『매일신보』의 사장이었던 아베 미츠이에阿部充家(1862-1936)를 가리킨다.

을 設ㅎ고 中央에 宋公 左右에 殉印흔 男女의 石碑가 잇다. 金蟾은 本是 妓生으로 宋公의 小室이더니, 城이 陷落되믹 屋上에 登ㅎ야 蓋瓦를 집어 敵을 싸리다가 宋公의 뒤를 싸렷다. 無佛先生은 金蟾의 碑前에셔 脫帽鞠躬ㅎ고 無數히 그 節槪를 稱頌ㅎ엿다.

下人이 畵幅을 들어다가 葡萄園에 걸엇다, 兩帖畵ᄂ 當時의 血戰을 寫흔 것인딕 悲壯흔 긔운이 畵面에 넘친다. 「假我途」, 「假途難」*은 戰爭의 原因을 말흠이다. 썩에 마참 遠寺의 黃昏 鐘聲이 들리니 方君이 一步를 물러셔며 「아이구, 몸이 씨르르ㅎ네」 흔다.

團員 一行과 흠씌 三浪津ᄭ지 가랴다가 마춤 京大의 金君도 만나고 身體의 疲勞가 太甚흠으로 左水營에셔 電車를 갈아타고 다시 東萊溫泉에 돌아왓다. (七月三十日 東萊溫泉에셔)(1917.8.8.)

第三十二信 - 東萊溫泉에셔(二)

天地開闢 젹에 집혀노흔 地心의 金石불에 슬힌 물이 溫泉이다. 묽고 싸뜻ㅎ고 부드러운 물에 身躰를 잠그고 안젓ᄂ 맛은 참 비길 데가 업다. 얼는얼는 ㅎᄂ 花岡石 우에 안져 말씀ㅎ니 全身을 닥고 나셔 白雲 곳고 羊毛 곳흔 手巾으로 몸을 씻고, 白沙靑松으로 솔솔 불어오ᄂ 淸風을 쏘이면 肉身의 塵垢만 안이라 精神의 塵垢ᄭ지 씨셔지ᄂ 것 곳다. 萬丈紅塵中에 汗臭를 맛흐며 名利와만 追逐ㅎ던 人生이 一夜淸閑의 仙境의 맛을 봄은 實로 萬金 싸다 ㅎ겟다. 이 물로 몸을 씨스면 몸이 ᄭ씻ㅎ야지고 이 물을 마시고 萬病이 消滅흔단다.

羽化登仙흘 듯흔 갓든흔 마음으로 浴室에셔 나와셔 樓上에 오르니 月滿江山 風滿樓라. 中夏 望月의 기름 곳흔 月光에 江山이 흠벅 져져 열분 안기를 吐

---

* 임진왜란 때 왜장이 동래성을 둘러싸고 '싸우고 싶거든 싸우고 싸우기 싫거든 길을 빌려달라戰則戰 不戰假我道'고 하자, 동래 부사 송상현이 '싸워서 죽기는 쉬워도 길을 빌려주기는 어렵다死易假道難'는 글을 적에게 던졌다는 일화를 가리킨다.

ㅎ고, 한창 茂盛흔 綠林中으로셔 肺肝신지 셔늘ㅎ게 ㅎ는 淸風이 불어온다. 滿 一個月間이나 사름 만히 사는 大都會만 짜라 忽忙히 도라단이던 몸이 此一夜의 淸閑을 엇게 됨은 참말 天惠다. 農糧이 업셔셔 草根木皮를 씃는 者, 다 쓰러져가는 茅屋에 病드러 누운 者, 一片黃金을 바라고 營營汲汲ㅎ는 者, 도야지 우리 곳흔 집에 裸體로 낫잠 자는 者, 쓸데업는 일에 셔로 辱說ㅎ고 誣陷ㅎ는 者, 臙脂 뇌음식와 酒精 뇌음식 나는 속에셔 淸潔흔 貞操를 더럽히는 者, 所見所聞이 太半이나 傷心ㅎ는 것뿐이엇다, 그러나 今夜에는 이 모든 것을 다 잇자. 世外의 境에 世外의 人이 되어 힘쩟 마음껏 淸風明月의 快에 醉ㅎ쟈. 煩熱흔 싱각이 나면 氷水가 잇고 炭酸水가 잇고, 몸이 싣싣ㅎ야지면 淸淨흔 溫泉이 잇고, 적이 心火가 나면 어름에 취인 麥酒가 잇고, 孤獨ㅎ면 說話홀 親友가 잇고, 더욱 寂寞ㅎ면 隣室에는 秋波를 흘리는 美人이 잇다. 그리도 苦悶이 아니 쩌지거던 져 莊嚴흔 山밋 靜寂흔 松林中에 들어가 上帝에게 빌 수도 잇고, 如來의 慈悲에 기딍일 수도 잇다. 그리도 世上이 貴치 아니ㅎ거던 釜山 가는 電車를 잡아타고 滄海의 굼실거리는 碧波 속에 풍덩실 쮜어들면 그만이다.

열분 안게에 살쟉 얼골을 가리운 山, 져 明月 져 淸風을 실커정 볼 양으로 欄干에 지혀 안져 恍然히 自失홀 졔 隣室의 美人이「千年을 살기나 万年이는 살드란 말이냐. 죽음에 들어셔 老少가 잇는, 살아 生前에 마음딍로만 놀아볼 거는」, ㅎ는 六字빅이 一曲을 목을 노하 쏩아닌다. 그러홀는지도 모르겟다. 石火光中에 부친 몸이 부질업시 忽忙홈도 싱각ㅎ면 우수운 일이다. 淸風明月이 恒常이랴. 七十平生에 盈又缺ㅎ는 明月을 보면 몃 번 보랴. 淸風明月은 萬古에 늘 잇다 ㅎ더라도 보는 人生은 蜉蝣 곳치 가고 간다. 人生의 無常으로 가엽시 녀겨 涅槃을 憧憬ㅎ는 如來를 올타 ㅎ면 對月長醉를 願ㅎ던 李靑蓮*을 그르다 ㅎ랴.

* 李白. '靑蓮'은 이백李白이 태어난 고향으로, 훗날 그의 별호別號로 불렸다.

갑작이 무슨 大悟가 싱겨져 이러흔 싱각을 ᄒ다가 金君을 잇글고 蓬萊舘의 庭園內로 逍遙ᄒ얏다. 輝煌흔 電燈 밋헤 蓮池의 細波는 溶溶ᄒ고 물 마른 닛가에는 垂楊이 늘어졋다. 月下에 徘徊ᄒ는 三三五五의 浴客들은 구슬피 우는 버레소리를 무엇으로나 들엇는고

淸風을 짜라 虫聲을 짜라 定處업시 露草中으로 彷徨ᄒ다가 興은 갈ᄉ록에 더ᄒ건마는 몸이 疲困ᄒ야 旅舘에 돌아오니 草綠色 모긔쟝이 淸風을 갓득 담고 主人을 기다린다. 未能寢의 皓月을 簷端으로 바라보며 擧頭低首에 참아 잠을 일우지 못ᄒ다가 半夜에 홀로 안져 이 글을 쓴다. 隣室의 金君은 무슨 꿈을 ᄭᅮ는지 잠소듸를 놉히ᄒ고 半空에 걸렷던 十三夜의 밝은 달도 벌셔 金山의 아삭바삭흔 絶頂에 듸듸고 올라셧다. 窓前의 버들 속에 지나가는 山風의 우수수 ᄒ는 소리가 特別히 有心ᄒ게 들린다.(七月卅一日 夜半 金井에셔)
(1917.8.9.)

第三十三信 一 海雲臺에셔

◇모도 다 休暇가 잇는데 나도 二三日 休暇를 가지리라는 大決心으로 親友의 말을 좃ᄎ 自働車로 海雲臺에 갓다. 一週日이나 連히 두고 本社 探涼團을 爲ᄒ야 海雲臺와 東萊溫泉을 紹介ᄒ얏스닛가 닉가 다시 紹介홀 必要는 全혀 업다. 나는 本來 보고 십흔 것을 보고, 쓰고 십흔 것만 쓰는 사룸이닛가 엇던 地方이나 人物을 紹介ᄒ는 데는 極히 拙劣ᄒ다.

◇東萊溫泉에셔 ᄭᅩᆨ 二三日 더 逗留ᄒ고 십흔 것을 金君이 하도 海雲臺 자랑을 ᄒ기에 ᄭᅳᆯ려오기는 오면셔도 海雲臺가 조흐면 얼마나 조흐랴ᄒ고 自働車上에셔 連히 東萊溫泉을 도라보앗다. 그쳐럼 나는 東萊溫泉에 醉ᄒ얏셧다.

◇맛참닉 自働車가 海雲樓 門前에 다다랏다. 申郡守와 齋藤書記의 紹介를 下人식혀 主人에게 傳ᄒ고 二層 南向房으로 올라갓다. 뒤門으로는 葲山의 高峯을 우러러 보고 압門으로는 東海의 滄浪을 굽어보게 되얏스며, 一陣 淸風

이 滄波에셔 일어나셔 靑山으로 올리닷는 길에 우슈슈 쇼리를 늬며 房으로 지나가는 것이 果然 그럴 쯧ᄒ다.

◇浴衣에 手巾 하나를 메고 靑草를 허치고 白沙를 넓으며 海水浴場에 나갓다. 그러케 바름도 업것만은 굼실굼실 달려 드러오다가 白沙에 부드쳐 씨여지는 물결에는 그리도 大海의 面目이 잇다. 透明흔 海波를 헛치고 팀벙 쮜여드러 두 팔로 滄浪을 글어당기며 물결을 싸라 오르락나리락ᄒ는 맛도 그럴 쯧ᄒ얏다. 알맛치 샷쯧흔 細모리판에 半만치 몸을 파뭇기도 ᄒ고 이리데굴 져리데굴 굴어단이는 맛도 그럴 쯧ᄒ며, 少年적 일을 싱각ᄒ야 모리로 峒을 막아 물결과 싸홈을 ᄒ는 것도 興味가 잇셧다. 海岸에 너러 노은 漁網에 올나 안졋다가 시컴흔 漁夫에게 톡톡히 꾸지람을 드른 것도 只今 싱각ᄒ면 興趣잇는 일이다. 同行흔 三友도 턱에 鬚髥난 것도 이져바리고 물싸홈도 ᄒ며 가닥질도 ᄒ며 競走도 ᄒ며 어린이들 모양으로 질겁게 논다. 나는 疲困흠을 씨다라셔 혼ᄌ 沙丘上에 다리를 쌧고 안져셔 보고만 잇셧다.

◇漁村에 밥짓는 烟氣가 斜陽에 빗기 흐르고 작란감 ᄀ흔 漁船 한아이 布帆에 갓득 바람을 마져 浦口로 도라온다. 모든 것이 果然 그럴 쯧흔 景致다.

◇歸路에 溫泉浴塲에 드러가셔 씨긋이 몸을 씻고 旅舘에 도라오니 新鮮흔 道味膾에 夕飯床이 들어왓다. 늬가 엇지흘 양으로 이러케 호강을 ᄒ는가 ᄒ고 혼ᄌ 픽 우셧다.

◇그러나 海雲臺의 眞景은 夜에 잇다. 夜中에도 月夜에 잇다. 나는 그것을 보앗다, 그것을 보앗다.

◇江天一色 無纖塵흔데 皎皎空中 孤月輪이라는 張若虛*의 詩句 고대로로다. 나는 이러케 불럿다.

---

* 장낙허張若虛(660-720). 당대唐代 시인. 春·江·花·月·夜의 오경五景을 읊은 그의『춘강화월야春江花月夜』는 당시唐詩의 대표작 가운데 하나로 꼽힌다.

滄波엔 明月이오 靑山엔 淸風이라

淸風과 明月이 高樓에 갓득챠니

紅塵에 막혓던 胸襟이 豁然開를

바다도 조타ᄒ고 靑山도 죠타거늘

바다와 靑山이 한곳에 뫼단 말가*

하물며 淸風明月 잇스니 仙境인가

누으면 山月이오 안즈면 海月이라

가만히 눈 감으면 胸中에도 明月 잇다

五六島 스쳐가는 빈도 明月 싯고

어이 갈거나 어이 갈거나

이 淸風 이 明月 두고 내 어이 갈거나

잠이야 아모 씬 못쟈랴 밤싯도록

◇一葉舟가 碧波 우흐로 소리업시 지나간다. 내가 그 一葉舟인지 그 一葉
舟가 닌지 알 수가 업다. 이런 美景을 對ᄒ면 깃불 쑷도 ᄒ건마는 나는 도로
혀 深刻ᄒ 悲哀를 씨달앗다. 견디다 못ᄒ야 旅館을 나셔셔 海岸을 向ᄒ야 쮜
어나가셔 그 一葉舟를 바라보다가 마참닌 눈물이 흘럿다. 細모릭판으로 미
쳐 쮜다가 풍덩실 滄浪에 몸을 던져 그 빈의 뒤를 싸르고 십다. 葭山絶頂에
쟈루를 박고 도는 北斗星을 바라보고, 실 풀리드시 솔솔 풀려나오는 골 안기
를 바라보고 明月을 바라고, 葉舟를 바라고 淸風에 옷소미를 날리며 버레소
리에 눈물을 흘리며, 나는 失神ᄒ 사름 모양으로 혼자 徘徊ᄒ얏다. 이 어인

---

* 모여 있단 말인가. '뫼다'는 '모이다'의 준말.

悲哀인고.(八月一日 夜半 海雲樓에서)(1917. 8.10.)

第三十四信 ─ 釜山에서(一)

人口 六萬의 大都會는 나 ᄀᆞᆺ흔 書生의 眼目에는 넘어 크다. 게다가 釜山은 名勝이나 古蹟으로 翫賞홀 都會가 아니라 經濟上으로 硏究홀 都會다. 名勝古蹟에서는 아모러케나 짓거려도 相關없지마는 經濟上 商業上으로 硏究ᄒᆞ여야 홀 都會에서는 그러케 되는 딕로 짓거릴 수도 업다. 緘口ᄒᆞ고 가만히 잇는 것이 제格이언마는 釜山 人士의 고마운 歡迎 갑슬 보아셔라도 그리홀 수는 업다.

釜山에는 「釜山日報」 「朝鮮時報」 等 錚錚흔 新聞紙가 잇고 게다가 炯眼으로 有聞흔 本社의 加集支局長이 잇스니, 釜山의 事情은 細大 업시 다 發掘되엇슬 것이다. 慾心 ᄀᆞᆺᄒᆞ셔는 自己 特得의 立脚地에셔 ᄉᆡ로 釜山을 硏究ᄒᆞ야 前人未發의 新記錄을 作ᄒᆞ야 諸先輩를 瞠若케 홀 野心도 업지 아니ᄒᆞ지마는, 不過二十四五時間의 一瞥로는 크나큰 市街를 一巡홀 수도 업다. 이에 나는 다만 釜山의 朝鮮人側에 關흔 몃 가지를 觀察ᄒᆞ기로 ᄒᆞ얏다.

釜山 朝鮮人의 商業은 極度로 疲弊ᄒᆞ얏섯다. 管內의 急激흔 發達을 딸라 智力 資力이 共히 缺乏흔 朝鮮 商人은 一敗塗地에 競爭團外에 蟄伏ᄒᆞ고 말앗섯다. 이러흔 現象은 다만 釜山쑨 아니라, 京城을 爲始ᄒᆞ야 大邱, 平壤홀 것 업시 어느 大都會던지 다 이러ᄒᆞ얏다. 輓年 十數年來에 大都會의 朝鮮巨商의 失敗에 失敗를 加ᄒᆞ야 破産의 境에 至흔 者 ─ 千百으로써 數홀 것이다. 現在 大都會의 繁華흔 市街에 朝鮮人의 商店의 隻影도 보지 못홈이 實로 그 ᄶᅥ문이다. 釜山은 그 最初의 犧牲이라고 홀 만ᄒᆞ다. ᄒᆞ더니 最初의 犧牲은 드딕어 最初의 蘇生者가 되얏다. 佐佐木長官의 말과 ᄀᆞᆺ치 近來에 釜山의 朝鮮人 商業界는 未曾有흔 大活氣를 묫ᄒᆞ게 되얏다. 慶南銀行은 大阪 神戶 等 諸銀行과 直接去來를 開始ᄒᆞ야 그 營業 成績이 釜山 第一이라 ᄒᆞ며, 高麗商會, 白山商會,

其他 米穀貿易商들도 從來와 ヌ치 間接으로 ᄒ지 안이ᄒ고 直接 大阪市場과 去來를 開始ᄒ야 現今에ᄂ 釜山 穀物貿易 全額의 約三割에 達ᄒ얏다 ᄒ며, 米穀貿易과 慶南銀行과ᄂ 上待相依의 密接ᄒ 關係가 잇다고 ᄒ다. 이리ᄒ야 草梁洞 瀛州洞의 컴컴ᄒ 山 밋혜만 蟄伏ᄒ엿던 朝鮮商人도 漸次로 繁華ᄒ 本町 通에 巨舖를 開ᄒ고 나와 안게 된다.

競爭에 견딜 資格 업ᄂ 者ᄂ 다 淘汰가 되고, 時勢에 쥐밀리고 갈리어 精神과 筋肉이 쌘당쌘당ᄒ게 緊張ᄒ 靑年들이 勃勃ᄒ 新生氣를 가지고 蹶起ᄒ 것이다. 아아, 祝福바든 釜山 人士여.

慶南銀行에 支配人 文尙宇君과 重役 尹相殷君을 訪ᄒ고 因ᄒ야 慶南 印刷 株式會社에 가셔 工場을 一巡ᄒ 後에 商業會議所 副會頭요 當會社 社長인 李圭正君을 訪ᄒ야 釜山의 發展에 關ᄒ 有益ᄒ 談話를 만히 듯고, 高麗商會의 主人되ᄂ 金正勳君과ᄂ 東萊溫泉에셔브터 親交를 밋게 되얏다. 梁山郡 參事요 有力者인 全錫準 老人의 溫容을 接ᄒ게 된 것도 깃분 일이다. 沈天風君은 釜山 人士에게 深甚ᄒ 好感을 씨친 듯ᄒ야 나를 보면 반다시 君의 말을 ᄒ다. 不幸히 나ᄂ 君만ᄒ 男兒가 못됨이 羞恥어니와, 君의 交友의 一人됨으로써 榮光삼앗다.

釜山日報 辻舞人君의 歡待로 夕飯을 어더먹엇다. 睨觀塵世에 一癖잇슬 듯ᄒ 君은 實로 胸中에 一點 雲翳가 업슬 씃ᄒ 好漢이다. 同化政策이라 ᄒ야 朝鮮婦人을 娶ᄒ고, 自己도 或 和服, 或 鮮服에 半日半鮮의 生活을 ᄒ다. 日本人이니 朝鮮人이니 區別을 ᄒᄂ 것이 원악 잘못이라 ᄒᄂ 것이 君의 主張이라. 「그려」를 좀 濫用ᄒᄂ 버릇이 잇스나 流暢ᄒ 朝鮮語를 쓴다. 釜山에 와셔ᄂ 퍽 愉快ᄒ얏다. 오늘 져녁에 多幸히 나를 보랴고 모혀 쥬시ᄂ 釜山 人士를 一堂에셔 뵈올 수가 잇다.(八月四日 釜山에셔)(1917.8.17.)

第三十五信 - 釜山에셔(二)

京日支局에 가니 加集支局長은 出他ᄒ고 뚱뚱ᄒᆫ 龜井氏를 만낫다. 三笑居士*의 書信과 내 旅行의 軍糧도 만히 와 잇다. 恒常 나를 싱각ᄒ여 주시ᄂᆞᆫ 三笑居士씌 百拜謝禮를 아니ᄒᆞᆯ 수가 업다. 龜井氏에 釜山 形便의 大綱을 듯고, 마츰 今日이 土曜日 午後라 事務 閉鎖時間이 已過ᄒᆫ데다가 明日이 日曜日임으로 府廳 訪問은 休ᄒ기로 ᄒᆞ엿다. ᄯᅩ 釜山은 今後도 볼 機會가 만흠으로 昨朝에 即時 馬山으로 向ᄒ기로 ᄒᆞ엿다.

喜雨를 마즈며 旅舘에 돌아오니 언제 보아도 和氣를 發ᄒᆞᄂᆞᆫ 全錫準氏가 기다리고 잇다. 因ᄒ야 뒤를 ᄯᅡᆯ라 會場에 臨ᄒ니 三四十名 釜山 名士가 會集ᄒᆞ엿고, 盤上에ᄂᆞᆫ 新鮮ᄒᆫ 西瓜의 붉은 속이 더욱 韻致잇게 보인다. 禮畢 坐定後에 李圭正君이 開會人事를 ᄒ신다. 그 말삼中에 釜山에ᄂᆞᆫ 名所舊蹟의 쟈랑ᄒᆞᆯ 만흔 것이 업다흠을 取ᄒ야 나는 이러케 對答ᄒᆞ엿다. 名所舊蹟도 조치 아님은 아니나 要컨뒨 名所ᄂᆞᆫ 人物을 得ᄒᆫ 後에야 잇슬 것이오, 舊蹟은 昔日에 죠턴 터이라 現在의 繁榮이 잇고사 過去의 遺跡도 貴ᄒᆫ 것이니, 바빌론 埃及 모양으로 現在ᄂᆞᆫ 업고 過去만 가진 民族은 불샹ᄒᆫ 者라. 나ᄂᆞᆫ 빗나ᄂᆞᆫ 過去를 자랑키보다 繁榮ᄒᆞᄂᆞᆫ 現在를 가지고 십다. 金剛山의 秀麗ᄒᆫ 萬二千峰보다 조고마ᄒᆫ 慶南銀行 집이 더욱 貴ᄒ다. 釜山 人士의 活潑ᄒᆫ 經濟的 活動을 볼 ᄯᅥ에 모든 勝景보다도 舊蹟보다도 더욱 深刻ᄒᆫ 感銘을 주엇다.

그러나 한 가지 遺憾되ᄂᆞᆫ 것은 이 活潑ᄒᆫ 活動을 繼續ᄒᆞᆯ 人物, 方今 도다나랴ᄂᆞᆫ 繁榮의 萌芽를 培養ᄒᆞᆯ 人物 求ᄒ기를 等閒히 흠이다. 今代보다 優勝ᄒᆫ 次代가 나고 次代보다 優勝ᄒᆫ 次次代가 나셔 二世 三世로 至于萬世ᄒᆞᆯ 經綸이 잇셔야 비로소 永遠ᄒᆫ 繁榮을 어들 것이니, 그리ᄒᆞᄂᆞᆫ 方法은 오직 敎育이다. 府內에 公立 商業學校와 兩個 普通學校가 잇스나 三萬人 以上되ᄂᆞᆫ 朝鮮人口에 敎育機關이 이밧게 업슴은 큰 羞恥다. 草創之際에 餘裕가 업슬지나 더욱 敎育

---

* 당시 『매일신보』의 감사로 편집국장 격이었던 나카무라 켄타로中村建太郎를 가리킨다. 이광수에게 오도답파 연재를 청탁한 것도 나카무라 켄타로였다.

의 普及에 힘쓰소셔 ᄒ고 빌엇다.

마춤 五六島上에 黑雲이 斷續ᄒ며 그 틈으로셔 旣望을 暫間 지ᄂᆞᆫ 明月이 隱見흔다. 그것을 ᄯᅡ라 變ᄒᄂᆞᆫ 海面의 色彩와 明暗의 變化ᄂᆞᆫ 참 奇觀이다. 龜井氏ᄂᆞᆫ 釜山의 自然도 君을 待接ᄒ기 爲ᄒ야 져러흔 奇景을 現出흔다 ᄒ며 恍惚히 東天을 바라보고 안젓다. 그 奇景은 畵ᄒ기에ᄂᆞᆫ 넘어 變化가 速ᄒ고 文ᄒ기에ᄂᆞᆫ 넘어 轉換이 複雜*ᄒ다. 오직 兩眼을 크게 쓰고 우둑ᄒ니 볼 ᄯᅡ름이니, 此景을 볼 天命을 가진 者만 오직 볼 수 잇ᄂᆞᆫ 것이다. 席에 在ᄒ던 釜山 人士의 多數ᄂᆞᆫ 아마도 此奇景에 그다지 感歎치 안이ᄒᄂᆞᆫ 모양이다. 올타. 언제 그러흘 餘裕가 잇스랴. 어셔 富ᄒ고 富ᄒ고 富ᄒ고 富ᄒ여라. 爲先 富ᄒ야노코 美도 찻고 趣도 찻자.

酒半酣에 耽觀 辻舞人君이 「니다그려」를 連發ᄒᄂᆞᆫ 發論으로 洋紙 一張에 各各 所感을 썻다. 나ᄂᆞᆫ 가멸 富字 四字를 썻다. 願컨딕 富의 釜山이 되소셔, ᄒ고 心祝ᄒ엿다. 다음에 歌가 잇고 舞가 잇고 伽倻琴이 잇고 雜談이 잇고 나셔 再會를 셔로 바라고 慇懃히 作別ᄒ엿다.

釜山셔 滿洲平野를 向ᄒ고 들이닷ᄂᆞᆫ 急行列車가 큰 눈깔을 부릅쓰고 왈칵 왈칵 달아난다. 文明흔 世上, 科學의 世上, 競爭의 世上이다. 져 조흔 交通機關, 모든 文明의 利器ᄂᆞᆫ 利用만 ᄒ면 富가 폭폭 쏘다지ᄂᆞᆫ 것이다. 그것을 利用흘 줄을 모르고 世外에 遁逃ᄒ얏던 朝鮮人도 남과 갓치 大都會의 한복판에 나셔셔 勇壯흔 大活動을 흘 수가 잇슬가. 뒤골목으로셔 또 뒤골목으로, 마춤닌 窮僻흔 深山 속으로 밀려들고 밀려들다가 臺灣의 生蕃갓치 되지나 안이흘가. 아아, 復活ᄒ여 가ᄂᆞᆫ 釜山아. 네게 無限흔 希望을 부치노니 부대 風波에 썩기지 말고 쑥쑥 자라셔 亭亭흔 喬木이 되어라. 네가 朝鮮人도 經濟的으로 競爭흘 能力이 잇다 ᄒᄂᆞᆫ 힘 잇는 自信을 다른 都會의 朝鮮商人에게 보여라.(八月五日 朝 釜山에셔)(1917.8.18.)

---

* 원문에는 '復雜'으로 되어 있다.

第三十六信 ― 馬山에셔(一)

山水明媚호고 氣候 조키로는 朝鮮一이라 호는 것이 馬山 人士의 자랑이라. 일홈죠추 仙味잇는 舞鶴山을 背호고 淸江 一曲이 靑山 속으로 흐르는 듯호 鎭海灣에 臨호니, 實로 山海의 景을 흔데 合호얏다고 홀 만호다. 게다가 氣候는 冬溫而夏淸호니 馬山 人士의 자랑도 그럴 쯧흔 일이라. 今年에는 海水浴場의 設備도 거의 完成호야 避暑客을 쓸어들이기에는 넉넉호게 되엇다.

鎭海가 軍港이 된 後로 人口도 五分에 二나 줄고 其他 商業에도 莫大흔 打擊을 바닷다 호니, 避暑地로 客을 쓸려 홈이 쏘흔 無理가 아니다. 그러나 咫尺之地에 東萊溫泉, 海運臺溫泉 及 海水浴場 等 勁敵이 잇스니, 果然 避暑地로 成功홀는지 말는지 疑問이다. 府廳에셔도 馬山의 將來에 對호야는 퍽 苦心호는 듯호다. 晉州에 잇던 道廳이나 馬山에 移來호엿스면 하고 府民의 希望이 頗切호나 여긔도 釜山이라는 勁敵이 잇다. 馬山의 地位는 實로 不利호다 호겟다.

그러나 決코 絶望홀 것은 업다. 明太魚와 乾魚市場으로는 只今도 朝鮮一이라 호며, 特히 釀酒業은 質로나 量으로나 朝鮮一이라 혼다. 釀酒는 實로 馬山 産業의 首位에 居혼다.

馬山 木浦間의 鐵道가 敷設되면 慶南 全南 沿海의 物産이 馬山에 輻湊홀 수 잇다 호야 馬山 人士는 퍽 熱心으로 運動호는 모양이다. 언제 敷設되어도 되기는 되겟스나 그러케 速키 될는지. 敷設만 되면 馬山뿐 아니라 木浦도 相當흔 利益을 沾홀 것이오 沿海地方에도 數多흔 新都會가 닐어날 것이다.

馬山은 新馬山 舊馬山으로 난호여 長鼓形이 되고, 그 사이에 十餘町의 空地가 잇다. 新馬山은 諸官廳과 內地人 市街가 잇고 舊馬山은 朝鮮人 市街다. 馬山의 朝鮮人의 稱讚홀 特徵은 勤勉홈에 잇다. 階級과 男女와 老少를 勿論호고 반다시 무슨 職業이 잇다. 小兒들신지라도 終日 부시럭 부시럭 무슨 벌이를 혼다. 遊衣遊食者 적기로는 아마 馬山이 朝鮮一일 쯧호나, 學校를 卒業흔

靑年들은 흔히 無職業ᄒ기로 有名ᄒ건마ᄂᆞᆫ 馬山 市街를 보건딘 卷煙匣이라도 버려 노코 돈벌이를 ᄒᆞᆫ다. 그럼으로 舊馬山 市街ᄂᆞᆫ 他大都會의 朝鮮人 市街와 달라셔 미우 活氣가 잇다. 나ᄂᆞᆫ 勤勉ᄒᆞᆫ 馬山人士에게 無限ᄒᆞᆫ 感謝를 表ᄒᆞᄂᆞᆫ 同時에 從此로 더욱 勤勉ᄒᆞ야 繁華ᄒᆞ고 殷富ᄒᆞᆫ 大馬山을 建設ᄒ기를 希望ᄒᆞᆫ다.

馬山을 말ᄒᆞᆯ 쌔에 昌信學校를 니즐 수 업다. 現在 馬山에셔 活動ᄒᆞᄂᆞᆫ 靑年은 大部分 該校의 出身이나 關係者다. 마치 東萊의 靑年과 東明學校와의 關係가 恰似ᄒᆞ다. 東萊에 가보면 只今도 同窓會와 갓흔 것이 잇셔셔 셔로 親睦ᄒᆞ고 勸勉도 ᄒᆞ야 靑年의 風紀를 振作ᄒᆞᄂᆞᆫ 데 大功이 잇거니와 馬山의 昌信學校 出身도 그와 갓다. 이것만으로 滿足ᄒᆞ지 말고 더욱 努力ᄒ기를 바란다.

馬山에 ᄯᅩ 하나 特筆ᄒᆞᆯ 것은 勞動夜學校와 婦人夜學校가 잇슴이다. 모다 當地 有志人士의 合力 經營ᄒᆞᄂᆞᆫ 바인데 그 成績이 썩 良好ᄒᆞ다 ᄒᆞᆫ다. 져 海岸에셔 조기와 海草를 줍ᄂᆞᆫ 總角과 婦女들ᄭᅥ지도 足히 姓名을 記錄ᄒᆞᆯ 줄 안다고 ᄒᆞ며 當地 人士가 미우 쟈랑ᄒᆞ신다. 果然 쟈랑도 ᄒᆞ실 만ᄒᆞ고 稱讚도 ᄒᆞ여들여 만ᄒᆞᆫ 일이다. 釜山 木浦 갓흔 大都會에셔도 이와 갓흔 設備가 잇스면 조켓다.(八月七日 馬山에셔)(1917.8.23.)

第三十七信 - 馬山에셔(二)

數年前브터 勤儉貯蓄組合이라ᄂᆞᆫ 것을 組織ᄒᆞ엿다가 今年에 와 農業貯蓄組合으로 組織을 變ᄒᆞ고 資本도 增募ᄒᆞ엿더니 極히 好成績이라 ᄒᆞᆫ다. 現在 資金도 이의 四五萬圓에 達ᄒᆞ엿다 ᄒᆞᆫ다. 將次ᄂᆞᆫ 約五十萬圓의 資本으로 馬山에 銀行을 셰울 豫定이라 ᄒᆞᆫ다. 馬山 ᄯᅩ흔 大都會에 朝鮮人側의 銀行이 업슴은 實로 큰 遺憾이라 ᄒᆞ야 馬山 人士ᄂᆞᆫ 銀行熱이 대단ᄒᆞ다. 나ᄂᆞᆫ 그네가 中途에 挫折되지 말고 期於히 初志를 貫徹ᄒ기를 希望ᄒᆞᆫ다. 釜山 人士의 經濟的 活動을 말ᄒᆞ엿거니와, 이쳐름 各大都會 人士가 經濟的으로 自覺ᄒᆞ게 됨은 춤 欣躍ᄒᆞᆯ

現象이다. 世人은 至今토록 朝鮮人의 經濟的 能力을 疑心ᄒ엿다. 朝鮮人도 이 新世界 經濟上으로 競爭ᄒ을 能力이 잇슬가 ᄒᄂᆞᆫ 것이 世人의 疑問이엇고 兼ᄒᆞ야 내 疑問이엇다. 그러나 新世界에 新自覺을 得ᄒᆞᆫ 新進 實業家들은 不遠에 此疑問을 解釋ᄒ을 날이 올 줄을 確信ᄒᆞᆫ다. 現在 實業에 從事ᄒᄂᆞᆫ 여러분과 商業學校에 ᄃᆞ니ᄂᆞᆫ 여러 健壯ᄒᆞᆫ 靑年들을 對ᄒᆞᆯ ᄴᆡ에ᄂᆞᆫ 無限ᄒᆞᆫ 囑望을 ᄒᄂᆞᆫ 同時에 웃슥웃슥 억개춤이 나옴을 不禁ᄒᆞᆫ다.

馬山의 景勝은 前에도 말ᄒᆞ엿거니와 崔孤雲,* 鄭寒岡** 諸先生의 遺跡도 잇다. 一日은 馬昌詩社의 招待로 觀海亭의 詩會에 參席ᄒᄂᆞᆫ 光榮을 得ᄒᆞ엿다. 舞鶴山 東麓 깁흔 洞谷, 淸溪 淙淙ᄒᄂᆞᆫ 杏亶上에 멍석을 펴노코 老少 詩人 四五十位가 齊會ᄒᆞ엿다. 座中에ᄂᆞᆫ 仙官 ᄯᅩ흔 白髮翁도 게시고 紅顔靑衿***의 少年도 잇다. 막걸리를 독으로 걸러 노코 主客相酬에 醉眼이 朦朧ᄒᆞ고 談笑가 淋漓ᄒᆞ게 되엇슬 ᄴᆡ에 펴노흔 詩軸에ᄂᆞᆫ 珠玉이 章을 成ᄒᆞᆫ다. 跁跁老人들이 膝을 拍ᄒᆞ며 詩를 吟ᄒᄂᆞᆫ 樣은 數百年의 前代에 돌아간 듯ᄒᆞ야 자못 趣味가 만핫다. 幸인지 不幸인지 나ᄂᆞᆫ 二十世紀의 俗臭 紛紛ᄒᆞᆫ 空氣中에 生長ᄒᆞ야 悠悠ᄒᆞᆫ 古人의 風流를 解치ᄂᆞᆫ 못ᄒᆞ거니와, 未嘗不 그러ᄒᆞᆫ 空氣中에 生活ᄒᆞ고 십흔 羨望의 情도 잇다.

그러나 現代ᄂᆞᆫ 奔忙ᄒᆞᆫ 世上이라. 詩를 지어도 詩軸에 쓸 餘暇가 업고 輪(轉)機에 찍어내어야 ᄒᆞ며, 詩會를 ᄒᆞ여도 日의 暮흠을 니껴ᄇᆞ릴 식 업고 幾時 幾十分ᄒᆞ고 時間을 作定ᄒᆞ리 만콤 되엇다. 그리ᄒᆞ고야만 生活ᄒᆞᆯ 權利를 엇게 되엇다. 悠長ᄒᆞᆫ 古代的 氣分을 바리ᄂᆞᆫ 것이 必要도 ᄒᆞ거니와 ᄯᅩᄒᆞᆫ 아깝기도 ᄒᆞ다.

夕陽이 舞鶴山에 걸닐 제 未盡ᄒᆞᆫ 興을 ᄭᅴ트리고 歸路에 臨ᄒᆞ엿다. 老詩人

---

* 최치원崔致遠(857-?). 신라 말기 경주 출신의 학자이자 문장가.
** 정구鄭逑(1543-1620). 조선 중기의 학자이자 문인.
*** 원문에는 '靑矜'으로 되어 있다. '靑衿'은 '靑靑子衿'에서 온 말로 유생儒生을 일컫는다.

들이 내 손을 잡고 「두시 相逢ᄒ기는 어려울 ᄯᅳᆺᄒ오」홀 ᄯᅢ에 落淚홈을 不禁
ᄒ얏다. 自己의 生命의 終焉을 今明에 기다리는 老人의 情을 깁히 깁히 맛볼
수가 잇섯다. 져 老人들만 他界의 客이 되면 朝鮮의 古代의 色彩는 永遠히 消
滅ᄒ고 말 것이다. 文明의 進步를 爲ᄒ야셔는 아모조록 舊習의 主人되는 老
人의 過去홈이 조치마는, 永遠히 다시 못 볼 古代의 色彩가 져 老人들의 白髮
로 더불어 消滅될 것을 싱각ᄒ면 未嘗不悲感도 ᄒ다.

그러나 걱정 말어라. 우리를 貧窮ᄒ게 ᄒ고 愚弱ᄒ게 혼 古代는 永遠히 葬
死ᄒ고 말어라. 우리 新時代는 우리에게 最善最美혼 것을 그 代身으로 줄 것
이다. 半島의 千萬山에 어린 森林이 늘로 盛ᄒ는 모양으로 新時代의 生命은
時時刻刻으로 成長혼다.

終에 臨ᄒ야 馬山 여러 人士의 厚意를 謝ᄒ며 老詩人의 健康과 靑年들의
健壯혼 活動을 빈다.(八月六日 馬山에서)(1917.8.24.)

第三十八信 — 大邱에셔(一)

大邱는 嶺南의 中心되는 大都會다. 人口 三萬餘, 市街의 整齊華麗홈이 놀닐
만ᄒ다. 十餘年前 아즉도 城과 城門이 잇슬 ᄯᅢ에 가본 大邱와 今日의 大邱를
누라셔 同一혼 大邱라 ᄒ랴. 黑暗ᄒ던 大邱와 電燈이 煌煌혼 大邱, 道路가 狹
隘羊腸ᄒ던 大邱와 十間 十二間의 ᄶᅩ바로 四方으로 ᄯᅮᆯ린 大邱, 惡臭紛紛ᄒ던
大邱와 下水道ᄭᅥᆯ지 一部 完成되고 街衢의 左右에는 綠陰이 늘어션 大邱, 썩어
진 茅屋으로 찻던 大邱와 二三層 高閣이 櫛比혼 大邱를 누라셔 同一혼 大邱라
ᄒ랴.

電信電話, 道路車馬는 完備혼 交通通信의 機關이오, 上水道 下水道, 衛生組
合이며 官私立의 完備혼 病院은 府民의 健康을 保護혼 衛生機關이오, 銀行 金
融組合이며 法律도 規定된 典當業 等은 金融의 機關이오, 官公 私立의 初等高
等 諸種 學校는 第二世 府民을 養成ᄒ는 敎育機關이오, 警察署 憲兵隊의 多數

혼 警官들은 社會의 秩序를 維持ᄒ야 府民의 生命과 財産을 保護ᄒᄂ 警察機關이오, 巍峨府廳에 眼眸炯炯흔 吏員들은 市의 發達을 爲ᄒ야 苦心焦慮ᄒᄂ 府의 行政機關이라. 商業界에ᄂ 商業會議所가 잇고, 各種 生業의 保護發展을 爲ᄒ야셔ᄂ 宿室組合 理髮業組合의 共同機關이 잇다. 北門 밧게 나셔셔 大邱 驛에셔ᄂ 朝鮮 十三道 二百餘郡은 말홀 것도 업거니와 世界萬國 어느 坊, 어ᄂ 谷식지도 안이 連흔 데 업ᄂ 鐵道도 노혓다. 이만ᄒ면 文明흔 都會의 가질 만흔 모든 要素를 具備ᄒ얏다 홀 수 잇다. 大邱만 그러흔 것이 안이라 半島의 各大都會가 다 이러ᄒ거니와, 特히 十年前 曾遊의 大邱와 今日의 大邱를 比較 홀 씨에 今昔의 感이 더욱 깁단 말이다.

이쳐름 大邱ᄂ 面目이 一新ᄒ얏다. 舊大邱가 發達ᄒ얏다 ᄒᄂ 것보다 舊大 邱의 遺墟에 新大邱를 建設ᄒ얏다 홈이 適當홀ᄂ지도 모르겟다.

그러나 悲感을 쥬ᄂ 것 ᄒ나이 잇다. 이러흔 新大邱의 一隅에ᄂ 아직도 舊 大邱가 남앗슴이다. 如前히 쓸어져가ᄂ 茅屋이 잇고, 蒼蠅이 猛威를 逞ᄒᄂ 飮食店이 잇고, 不潔흔 道路가 잇고 그러나 그보다 더흔 것은 舊大邱時代의 人民이 그량 남아 잇슴이다. 일즉 大邱의 主人이던 그네ᄂ 新大邱를 眼前에 보고 이 무슴 怪物인고 ᄒᄂ 드시 悃然히 셧다. 彼等은 電燈, 電話, 水道며 市 區改正의 工事를 目擊도 ᄒ얏고 몸소 參役도 ᄒ얏다. 그러나 彼等은 이것이 何意味인 줄도 모른다. 彼等은 그 文明의 利器의 意味를 모르믹 쌀라셔 그것 을 利用홀 줄을 모른다. 四百 內外의 大邱府의 電話에 朝鮮人 加入者가 二十 이 못 넘ᄂ다 하니 可憐흔 일이 아니냐. 朝鮮人에게ᄂ 아죽도 電話의 必要가 업나보다. 一個月 三十日에 電話를 利用ᄒ야 電話料 吾圓을 쏩을 能力이 업나 보다. 엇지 電話쑨이리오 電信, 水道, 道路, 鐵道, 輪船홀 것 업시 朝鮮人은 아 직도 이것을 利用홀 能力이 업나보다. 大邱의 豁達흔 道路로 日夜 通行ᄒᄂ 白衣人中에 그 道路로 通行홀 만흔 資格이 잇도록 活動ᄒᄂ 者가 幾人이나 되ᄂ고. 文明의 利器ᄂ 利用홀 能力이 잇ᄂ 者에게ᄂ 生産의 利器로딕 能力

이 업는 者에게는 金錢을 浪費ᄒ기에 가장 便흔 消費의 害器다.* 十餘年來로 文物이 發達홀스록에 朝鮮人이 더욱 가는ᄒ게 됨은 實로 文明의 利器를 利用홀 能力이 업슴이다.

아셔라. 大邱의 人士를 酷ᄒ게 責望**을 말어라. 大邱 人士中에도 漸漸 各 方面으로 活動家가 生흔다, 大邱銀行에셔 使用ᄒ는 電話는 生産的 電話다. 從此로 新企業이 만히 닐어나고, 新實業家 新工業者가 接踵而起를 홀 것이다. 八公山 精氣가 셜마 銷盡ᄒ얏스랴.(八月十日 大邱에셔)(1917.8.25.)

第三十九信 — 大邱에셔(二)

大邱 人士의 好意로 料理店 大邱舘에셔 歡迎會를 열어 주섯다. 申參與官, 韓檢事며 李 農工銀行長, 尹 大邱銀行 支配人과 府參事, 本社 支局長, 其他 靑年有志 諸氏도 出席ᄒ셧다. 某道參事씌셔는 내가 當身 子弟의 朋友라 ᄒ야 出席을 拒絶ᄒ엿다 ᄒ며, 出席ᄒ셧던 老人派도 老人이 잇셔셔는 座中에 興이 업스리라 ᄒ야 宴會 中間에 退席ᄒ고 말앗다. 나는 客임으로 當然히 先退ᄒ려 ᄒ엿스나 年少흔 故로 數十分 더 머물럿다. 果然 慶尙道는 土鄕이라. 長幼의 序가 아직도 儼然홈을 嘆服ᄒ엿다.

靑年側의 말을 듯건딘 大邱府의 主人은 五十 以上의 老人이오 靑年에게는 아모 勢力이 업다. 그리고 老人과 靑年間에는 씌트릴 수 업는 障이 잇셔셔 協同은커녕 意思도 疏通홀 수가 업다 흔다. 大邱府의 老人이 勢力이 만흠인지 靑年들이 無力홈인지 遽然히 判斷ᄒ기는 어렵거니와, 今日에 잇셔셔 老人이 跳梁ᄒ고 靑年이 蟄伏ᄒ는 것은 決코 賀禮홀 現象은 아니다. 나는 大邱府의 스랑ᄒ는 靑年 諸君에게 싸씀ᄒ는 一鞭을 들이고 십다. 新大邱府의 主人이 너희가 아니냐. 燦爛ᄒ고 殷富흔 新大邱府를 建設홀 이가 너희가 아니냐. 더

---

* 원문에는 '害器가로 되어 있다.
** 원문에는 '責罔'으로 되어 있다.

욱 自重ᄒ고 自愛ᄒ여야 혼다.

翌日夕에 日本 組合敎會 達城敎會內의 知德修養會의 招待를 拒絶치 못ᄒ야 分에 넘는 一席의 講演을 試ᄒ엿다. 百餘名이라 注ᄒ는 會衆은 大槪 紅顔의 希望 만흔 靑年이오 間或 어룬도 몃 분 參席ᄒ셧다. 내 말은 別로 記述홀 價値 는 업거니와 靜聽ᄒ여 주심을 感謝ᄒ며, 大邱와 ᄀ흔 大都會에 이러혼 修養 的 靑年團躰가 잇슴은 참말 깃분 일이다. 同會를 設立ᄒ고 主張指導ᄒ는 金 坵君과 此를 贊助ᄒ는 上田牧師에게 謝意를 表ᄒ다. 約四十日前 全州에셔 靑 年修養會가 設立되엇슴을 보앗더니 只今도 더욱 發展ᄒ여가는지. 늘 ᄒ는 말이어니와 各大都會에 眞正으로 時代를 理解ᄒ고 熱誠을 가진 先輩가 잇셔 셔 이러혼 團躰로 彷徨ᄒ는 靑年을 指導ᄒ는 것이 急務일 것이다. 牧師나 學 校長 ᄀ흔 이는 毋論 조커니와, 比較的 閑職인 道參與官 ᄀ흔 어른들이 周旋 ᄒ셧스면 더욱 好홀 것 ᄀ다.

大邱人이 自稱 大邱는 朝鮮에 가쟝 더운 곳이라 혼다. 씨원혼 馬山에 잇다 가 大邱로 들어오니 果然 덥기는 덥다. 게다가 大邱附近은 오린동안 旱魃로 畓에는 龜裂을 生홀 地境이라 ᄒ야 大地主들이 모혀만 안즈면 今日은 千圓, 昨日은 九百圓ᄒ고 農作物의 損害를 嘆息혼다. 나는 내 所有의 田地가 업스 매 天下를 爲ᄒ여셔 喜憂홀 수가 잇다. 이만ᄒ면 天下泰平이라고 쏨내기는 ᄒ면셔도 旅費나 窘塞홀 쌔에는 富者도 부러워진다.

大邱는 自古로 富邑으로 有名혼다. 只今도 富邑이다. 人物은 만히 나지 못 ᄒ얏스나 富者는 만히 낫소 ᄒ는 것도 大邱人의 自稱曰이다. 山山이 져러 疊 疊이 둘러막히고 그中에 오옥ᄒ게 平野가 열렷스나, 돈이 들기는 쉬워도 나 가기는 어렵다 홈도 大邱人의 說明이다. 富富富富. 人物은 他地方에셔 나라 ᄒ고 大邱에셔는 巨富만 만히 내어라. 될 수만 잇거던 朝鮮經濟의 中心이 大邱 로 오게 혼들 뉘가 그르다 ᄒ랴. 마는 얼는 보기에 大邱 財産家 子弟들 中에 職 業 업시 優遊ᄒ는 이가 만흔 듯홈은 큰 遺憾이다. 무엇이나 조타, 젹으나 크나

職業을 가져라. 職業은 今日 世上에 玉貫子오 金貫子다. 祖上의 骸骨을 울여먹 는 兩班은 다 집어 치어라. 職業잇는 이야말로 當世의 兩班이다. 大邱의 靑年들의 나를 亽랑홈이 極盡ᄒ며 나도 諸君에게 希望ᄒᄂᆞᆫ 바가 그다. 大都會의 靑年아.(八月十一日 大邱에서)(1917.8.26.)

第四十信 ― 大邱에셔(三)

達城은 大邱의 자랑이다. 只今은 公園이 되어 四萬 府民의 娛樂터이지만은 昔日에ᄂᆞᆫ 達城 徐氏의 祖上의 집터이더란다. 그것도 比較的 갓가운 昔日 말이다. 더 昔日, 大邱가 아직 新羅의 達句火골로 잇슬 쎄에ᄂᆞᆫ 거긔 원님이 살앗ᄂᆞᆫ지도 모르고, 쏘 그前 石器時代에ᄂᆞᆫ 이것이 只今으로 말ᄒ면 王宮터인지도 모른다. 平原中에 동그라케 웃득 솟은 것은 天然이겟지만은 周圍로 城ᄀᆞᆺ히 둘러션 것은 人工이 分明ᄒ다. 徐氏네 祖上쪽에 江中에 셤 하나히 次次 次次 소사 오르ᄂᆞᆫ 것을 입쌔른 老婆가 「뎌것 보게」 ᄒ고 소리를 치기 쎄문에 쌈작 놀나셔 고만ᄒ고 안졋ᄂᆞᆫ 것이 達城이라고 傳ᄒᆞ야 온다. 그 老婆 곳 업셧던들 千尺萬尺 限定업시 올나가셔 好個 求景터가 될 것을 可惜ᄒᆞᆫ 일이다. 老婆란 언제나 (주)시업ᄂᆞᆫ* 法이다.

大邱를 말ᄒ면 達城이 聯想되고 達城을 말ᄒ면 徐氏가 聯想된다. 大邱ᄂᆞᆫ 古來로 徐氏의 골이다. 近代ᄭᅵ지 人口 만코 富貴ᄒ기로 鳴于世ᄒ얏스나 只今 퍽 衰ᄒᆞᆫ 模樣이다. 八能이니 十二能이니 ᄒᄂᆞᆫ 石齋 徐丙五氏가 셜마 達城 徐氏의 代表야 되련만은 아직 現在에ᄂᆞᆫ 그 以上 著名ᄒᆞᆫ 이도 업ᄂᆞᆫ 듯ᄒ다. 只今 ᄌᆞ라나ᄂᆞᆫ 優秀ᄒᆞᆫ 靑年中에야 不可不 大人物이 잇셔야 ᄒᆯ 것이지만은.

書畵로 碁傳으로 風流로 支那 朝鮮에 有名ᄒᆞᆫ 徐石齋ᄂᆞᆫ 只今 大邱에 잇다. 大邱의 甲第오 九十九間이라 稱ᄒ던 石齋世傳의 家屋은 一半은 料理店으로 빌리고 一半을 月貰로 빌리고, 남아지 數間을 藥局 삼아 舍廊 삼아 自己와 갓

* 주책없다는 뜻의 북방 방언.

흔 世外人들로 싹을 삼아 悠悠自適흐다.

夕飯後에 私立 海星學校主 金燦洙氏의 招待를 바다 氏의 獨力으로 建築흐얏다는 瀟洒흔 洋式 木製校舍의 事務室에 갓다. 朝鮮셔는 흔히 明紬 껍데기에 木棉 안을 넛는 듯흔 洋屋을 만히 짓건마는 이 校舍는 內部의 裝飾도 쐐 整頓되고 卓子 倚子신지도 家室에 調和가 된다. 校主의 着實흔 思想을 可占이다.

氏는 決코 富者가 안이다. 不過 五六百石의 財産으로 每年 一圓式 닉어셔 獨力으로 此校를 經營흐여간다. 親切흔 酒果의 饗應을 밧고 校主와 밋 同席흔 職員 諸氏의 努力을 빌엇다.

敎育 敎育, 그져 敎育이다. 大邱府에 二個의 公立 普通(學)校가 잇다 흐나 滿員이 되어서 入學志願者를 退흐는 地境이라 흐니, 大邱의 財産家 諸氏는 한番 奮發흐야 第三, 第四의 普通學校를 設立흐심이 엇더흐뇨. 內地人이 學校組合에 誠力을 다흠을 效則홈이 엇더흐뇨.

心困身疲흐고 게다가 여러 가지 事情에 쓸려 各官廳을 訪問치 못흔 것은 큰 遺憾이다. 그럼으로 慶北 全躰에 關흔 知識 [원문 누락]* 業이 믹우 盛흐며 製紙業도 漸次 發達흐야 慶州의 朝鮮紙는 濟州신지 販路를 擴張흐는 盛運이라 흐며, 不遠에 巨大흔 製紙工場도 大邱 府內에 設立된다 흔다.

李相武君의 出願中인 磁器業도 認許與否는 아즉 未可必이나 極히 有望흐다 흔다. 富의 大邱는 언제신지나 富의 大邱로 無限無窮히 發展흐기를 바란다.

終에 臨흐야 닉가 滯在흐는 동안 주신 大邱 人士의 厚意를 鳴謝흐며, 特히 慶州신지 同行흐여주신 李相武, 李相定 兩氏와** 나의 慶州行을 爲흐야 精誠껏 盡力흐여 주신 大邱銀行의 孫達鎭君에 深謝흐는 뜻을 表흔다.

次言은 慶州셔 쓰기로 흐고 不備.(八月十五日 大邱에셔)(1917.8.28.)

---

* 이하 내용이 자연스럽지 않은 것으로 보아 문장의 일부가 누락된 듯하다.
** 원문에는 '兩氏'라로 되어 있다.

第四十一信 — 徐羅伐에셔(一)[*]

徐羅伐은 新羅의 舊都다.

◇大邱셔 自轉車로 新羅의 舊都 慶州에 向ᄒ얏다. 一行은 同伴이 二人, 警官이 一人, 合ᄒ야 四人이다. 四人의 壯大漢이 自轉車를 몰아가ᄂ 樣은 쐐 勇壯ᄒ여 보인다. 陰天이지마ᄂ 暑氣가 甚ᄒ야 衣服이 쌈에 함박 져젓다. 河陽에셔 濁酒와 국수로 點心ᄒ고 永川邑에 到着ᄒ니 疲困ᄒ야 一步를 難進이다. 暫時 議論이 不一ᄒ다가 마춤ᄂ 永川셔 一泊ᄒ기로 決定되엇다. 永川은 일홈과 굿치 河畔의 小都會라, 後方에ᄂ 山이 잇고 前方에ᄂ 河에 沿흔 絶壁이 잇다. 넷날 물이 溶溶히 흘러갈 쩍에ᄂ 미우 景致가 훌륭ᄒ얏슬 쯧ᄒ다. 三千圓이나 들여서 架設ᄒ얏던 橋梁이 昨年 洪水에 써나간 뒤에ᄂ 再架ᄂ 念도 못내ᄂ 듯ᄒ다.

◇便所 겻헤 잇ᄂ 房에셔 초라흔 夕飯을 먹엇다. 生命이 앗가운지라 밥은 틀어막앗스나 飯饌은 참 먹지 못ᄒ겟다. 食後에 絶壁下의 淸流에 몸을 당그고 燦爛흔 星斗를 우러어 보면셔 마암껏 長嘯흔 것은 큰 대졉이엇다. 이럭져럭 一夜를 지내고 翌朝 未明에 朝飯도 아니 먹고 永川을 써낫다. 아까시아 長林 속으로 空腹을 참고 約一時間半을 달아나니, 일홈만 들어도 新羅 냄시 ᄂᄂ 阿火站에 朝飯을 喫ᄒ얏다. 昨日 九里, 今日 四里, 合十三里를 왓고 여긔셔 慶州가 不過 五里다. 從此로 山容이 미오 秀麗ᄒ야 果然 千年의 燦爛흔 文物을 生育ᄒ던 徐羅伐에 갓가운 줄을 알겟다.

◇다시 三里程을 달려 路傍에 散在흔 圓錐形의 土丘가 有名흔 金尺峯이다. 傳說에ᄂ 新羅 王室에 傳來ᄒᄂ 一金尺이 잇셔 此로써 病者를 量ᄒ면 病이 낫고 死者를 量ᄒ면 死者가 復活흔다. 然ᄒ나 此를 長久히 世上에 두ᄂ 것은 造化를 賊ᄒᄂ 所以라 ᄒ야 此를 地中에 埋ᄒ고 其所在를 숨기기 爲ᄒ야 土

---

[*] 『반도강산기행문집』(1939) 서문에 의하면, 이 기사부터 오십삼신까지 경주 관련 기사는 이광수가 『경성일보』에 일본어로 쓴 것을 심우섭이 번역한 원고이다. 단 문체상의 현격한 차이로 보아 불국사에서 쓴 49신에서 51신까지는 조선어 원고도 이광수가 직접 쓴 것으로 보인다.

丘 二十有五를 作호얏다 호다. 慾흔 일도 잇도다. 그것만 잇섯드면 武烈 文武의 威勢가 赫赫흔 王者도 靑草가 離離흔 古塚下에 片土로 化호얏슬 理가 萬無호다. 到今호야 아모리 恨嘆흔들 무엇호리오. 아마 此等 土丘는 新羅 建國以前의 住民의 墳墓인가, 數千年의 風雨를 閱호고 尙今 山과 갓치 宏壯흠은 當時 住民의 氣像이 얼마나 偉大호얏던 것을 말호는 듯호다, 彼等으로 祖先으로 흔 余도 크게 마음이 든든호얏다.

◇從此로 慶州서지 約二十里間에는 金尺陵과 비슷흔 古墳이 만히 보힌다, 古時代의 文化를 開흔 處인 듯호다. 孝峴이라는 고기를 上흔즉 眼前에 展開된 것이 慶州平野라, 一千餘年前, 百萬의 人口와, 四千里에 連호는 朱欄畵閣과 當時의 唐과 燦爛을 競호던 文化를 藏흔 新羅의 舊都, 徐羅伐의 遺墟이다, 蜿蜒흔 半月城과 累累흔 四十八王陵만, 年年歲歲 草相同, 曾히 舟楫을 通호얏다 호는 蚊川의 河川서지도 이미 말너바(렷)다. 國破山河在라 云호나 쏘흔 信치 못호겟다, 山河서지도 容易히 變호야 我는 新羅를 不知흔다 호는 듯호다. 百濟의 都를 去흔 지 四十日만에 今에 新羅의 都에 至호니 모다 空墟라. 其感慨 一果然 如何홀가. 此로브터 舊蹟을 探호리라.(八月十五日 慶州에서)(1917.8.29.)

第四十二信 ― 徐羅伐에셔(二)

◇千幸萬苦, 急勾配의 孝峴을 下호니 道路 左側 西岳의 麓에 山갓치 鎭坐흔 것이 太宗 武烈王의 陵이다. 王은 實로 萬里海外로브터 數十萬의 唐軍을 呼來호야 名將 金庾信과 共히 百濟를 滅호고 新羅의 國勢로 호야곰 全盛에 達케 흔 英主이다. 文明의 發達이 絶頂에 達케 흔 것도 王의 時代오, 文明은 政治的 勢力의 背景을 要흔다 호는 眞理는, 더욱 確實흔 듯호다. 其子 文武王에 至호야 高句麗를 滅호고 玆에 三國統一의 偉業을 遂호얏스나, 是亦 武烈王의 餘威餘勢로 見흠이 可호겟고, 아모 方面으로던지 武烈王은 新羅의 絶頂이오 其後는 次次 나려섯다, 文化에도 爛熟홀 뿐이오 新生氣가 업섯다. 그리호야 畢竟

景哀 敬順王에 至호야 滅亡호기에 至흔 것이로다.

◇元來는 陵의 周圍에 石의 裝飾이 잇셧는 듯호나, 今에는 埋沒되야 보히지 아니호고, 只 壯大흔 土饅頭가 西岳의 背景과 對照호야 莊嚴의 感을 起케 흔다. 帽를 奪호고 四拜를 올엿다, 王者에 對흔 禮라. 思컨딕 王은 讎敵이로다, 余는 百濟人인즉 千二百年前의 我祖先은, 彼를 怨호며 惡호는 情이 骨髓에 徹호얏슬 것이다. 泗沘城 聖都를 灰燼에 付흔 것은 實로 彼의 手이다. 그러나 時는 萬物을 作호고, 同時에 萬物을 破壞흔다. 爾來 一千有餘年, 高麗人*이 되고, 朝鮮人이 되고, 大韓帝國民이 되고 更히 大日本帝國民이 되얏다. 同是 白衣의 半島人으로, 今에 當時의 恩仇를 記憶홈은 可笑로운 事이다. 人事의 變遷은 定흔 비 업다, 百濟人의 後裔인 余가, 一千年後의 今日 武烈王陵 前에 四拜호는 것도 싱각호면 感慨無量호다.

◇陵은 東向이라 陵前 十數步處에 一龜趺가 잇다, 規模宏大, 手法雄渾, 東西古今 龜趺의 最라 稱흔다. 武烈王의 第二子로 羅唐의 稗役인 金仁問의 書흔 武烈王의 記蹟碑도 有호다 호나 今에는 螭首를 殘호얏슬 쑨이오 碑身은 업셔졋다. 石龜의 背部로 碑身의 足部에 當흔 穴에는 恒常 雨水가 溜흔다, 此는 眼病의 靈藥으로 古來 土地 人民의 珍重호던 빈라. 一老婆가 來호야 龜前에 拜호고 次에 龜背에 攀登호야 자조 兩眼에 其水를 塗흔다. 英雄 武烈大王은 死호얏스나 오히려 眼病을 癒케 호는 力이 有흔가, 先生의 陵前에 拜호는 것은 忘却호고 眼病의 靈藥에 拜호는 人民이야말로 可憐호다.

◇陵의 後方에도 規模에 大差가 無흔 二三의 王陵이 잇고, 又 大建築의 遺跡인 듯흔 平地가 잇다, 瓦의 數片도 잇다. 恐컨딕 王의 靈을 托흔 寺跡이 아인가.

◇萬古英雄의, 더욱 萬乘之君의 陵前에 拜홈은 此가 쳐음인즉 感慨가 深호야 低徊多時, 實로 참아 去홀 수가 업다, 그러나 幸일가, 不幸일가. 二十世紀

* 원문에는 '高麗人, 高麗人'으로 되어 있으나, 『경성일보』 판본의 원고에는 한 번만 나온다.

에 生혼 身의 如斯히 安閑홈을 許치 아니혼다. 다시 自轉車를 驅호야 西川의 長橋를 渡호야 鳳凰臺의 老樹를 眺호면셔 慶州 城內로 入호얏다. 晝飯을 喫호고 爲先 遊覽道路圈內의 古蹟을 尋홀란다.(八月十五日 慶州에셔)(1917.8.30.)

第四十三信 ― 徐羅伐에셔(三)

◇晝飯을 罷호고 곳 求景호러 나어갓다. 古蹟道路 案內로는 慶州 警察署 古川巡査部長이 其勞를 執호얏다. 氏는 當地에 居호기 十年, 署內 第一等가는 慶州通으로 官廳側의 案內係라 혼다.

◇道를 遊覽道路의 東으로 取호야, 約五里程의 芬皇寺에 至호얏다. 九層의 塔으로써 有名혼 處인딘, 寺의 建築物은 壬辰亂에 모다 燒燼되고 當時에 比호면 假屋과 것흔 數棟이 잇슬 쑨이다, 田野中에 散亂혼 礎石이 當時事를 語홀 쑨이다.

◇塔은 善德女王의 建立혼 者로 元來 九層이더니 先에 三層은 崩落호고 次에 愚僧이 有호야, 此를 修繕코져 호다가 쏘 三層을 崩호고, 所餘의 三層만 一千餘年의 風雨에 磨洗혼 비되야, 頭에 枝葉이 茂盛혼 古木식지 載호얏더니, 先年 總督府에셔 修繕을 加호야 다시 崩壞될 念慮는 업스나, 萬金이 有홀지라도 購得키 難혼 蒼然혼 古色을 失혼 것은 極히 遺憾일다. 그러나 今後 四五百年만 經호면, 如前혼 古色을 帶호기에 至호리니 萬事가 子孫을 爲홈이라 호면 그만이로다.

◇塔은 其形이 極히 單純호나 實로 雄大호며 調和되야, 第一層의 四門에 刻혼 佛像은 其氣品手法이 其히 稀有의 絶品이다. 殊히 注目홀 것은 其石材라. 一見에 煉瓦도 갓고 粘板岩도 갓호야, 質이 極히 緻密혼 岩石인딘, 其産地는 今에 不明호다 혼다. 住持에게 問혼즉 烏金石이라 혼다. 實로 世間 稀有의 名稱이로다.

◇從此 南行호기 數町, 礎石이 累累혼 것은 黃龍寺의 跡이라, 元來 宮殿으

로 建造ᄒᆞ얏더니 夢에 黃龍이 蟠居혼 것을 見ᄒᆞ고 寺로 變ᄒᆞ얏다ᄂᆞ 傳說이 잇다. 傳說이라고 笑ᄒᆞᆯ 것이 아니라. 黃龍寺라ᄂᆞ 졀ᄉᆡᆫ지도 今에 傳說이 되고 말지 아니ᄒᆞ얏ᄂᆞᆫ가.

◇從此 西行ᄒᆞ기 數町, 極히 複雜혼 彎曲을 有혼 池, 이것이 鴈鴨池다. 父인 武烈王은 巨濟를 倂ᄒᆞ고, 自己ᄂᆞ 北隣의 强國 高句麗를 滅ᄒᆞ야, 玆에 三國統一의 偉業을 遂ᄒᆞ고 威勢가 隆隆ᄒᆞ던 文武王의 宮殿의 御苑池라. 岸의 築山과 島도 巫山 十二峯을 象ᄒᆞ고, 河海의 珍魚들 此에 集ᄒᆞ야, 一葉의 畵舫을 綠派 上에 浮ᄒᆞ고 月下蓮花의 間에 南山의 玉盃를 傾ᄒᆞ고 嘹亮혼 玉笛을 聽ᄒᆞ던 文武王의 得意滿滿의 胸中을 今에 可히 想像ᄒᆞ겟다, 그러나 王은 臨海殿의 醉興이 醒치 못ᄒᆞ야, 掛陵 一掬의 土가 되고 臨海殿中 王堰의 跡은 靑草가 離離혼 荒野가 되야, 無心혼 明月만 永久히 主人업ᄂᆞᆫ 鴈鴨池波에 映ᄒᆞᄂᆞᆫ 슯흠이여.

◇適히 早魃로 池水가 涸ᄒᆞ고, 鴈鴨池 名産의 鰻ᄉᆡᆫ지도 今에 取盡ᄒᆞ야, 無知혼 兒童들의 蘋을 探ᄒᆞᄂᆞᆫ 것을 見ᄒᆞ얏다. 夕陽에 響ᄒᆞᄂᆞᆫ 彼等의 歌의 哀調에 誰 一 能히 傷古의 熱淚*를 注치 아니랴, 願컨ᄃᆡ 此池만이라도 元形을 崩치 말고 永遠히 傳ᄒᆞ게 ᄒᆞ얏스면 죷케다.

◇岩頭에 立ᄒᆞ야 臨海殿의 有ᄒᆞ얏던 듯혼 遺墟를 보면셔, 愴然多時, 眼을 擧ᄒᆞ니, 芬黃寺의 塔에 夕陽이 燃혼다. 芬黃寺던지, 黃龍寺든지 宮城內에 잇섯다 혼즉, 茫茫혼 彼 田圃ᄂᆞ 모다 宮人의 玉步를 運ᄒᆞ던 處일지로다.(1917.8.31.)

第四十四信 一 徐羅伐에셔(四)

◇鴈鴨池에셔 또 하나 싱각ᄂᆞᆫ 것은 臨海殿內에 動物園이 잇섯다 ᄒᆞᄂᆞ 말이다. 波斯, 印度 等地에 珍禽奇獸를 실어다가 臨海殿內의 園囿에 두엇다 혼다. 數町에 亘ᄒᆞᄂᆞ 月城을 築ᄒᆞ며 鴈鴨池를 鑿홀 만흔 形勢고 보면 이만흔 일이 잇섯다 흠도 容或無怪라, 더구나 佛宇와 王陵에 잇ᄂᆞ 石獅子를 보건ᄃᆡ

---

* 원문에는 '烈淚'로 되어 있다.

寫生이 안이고는 到底히 이디도록 逼眞홀 슈 업다 홈은 具眼者의 一致혼 評인 것을 보아도 西域에셔 象, 獅子 等 所謂 珍禽奇獸를 실어왓다 홈은 近似혼 말이다. 그러면 鴈鴨池는 水族舘에나 比홀시, 임의 珍禽奇獸를 실어온다 ᄒ면 熱帶地方의 奇花瑤草도 同時에 실어다가 極美極麗혼 臨海殿內 鴈鴨池畔 巫山 十二峯에 四時 철 차즈 紅白이 繚爛ᄒ엿슬는지도 몰으겟다.

◇ 數百日間 航海를 畢코 西域으로셔 도라오는 빈가 珍禽奇獸와 奇花瑤草와 아마도 華麗혼 西方 亞細亞의 采緞과 또 아마도 印度 西域 等地의 佛像을 滿載ᄒ고, 布帆에 가득히 바람 마즈 數十隻의 艨艟이 一列縱隊를 作ᄒ야 兄山浦를 지나며 兄山江을 거스려 올나 半月城 溶溶혼 蚊川의 月精橋를 向ᄒ고 悠悠이 드러올 쎄에, 萬乘의 至尊이며 滿朝百官은 말도 말고 繁華혼 徐羅伐의 百萬人民은 爭先ᄒ야 蚊川의 西岸上에 모여들어 이것 됫코나 져것 이샹ᄒ다, ᄒ고 속은거렷슬 것이다, 異域 江山에 故國을 戀慕ᄒ는 獅子의 咆哮聲이 아루쇠인 空氣의 波動을 져 山은 안다, 져 江은 안다. 그리고 져 九層塔도 알고 鴈鴨池도 안다. 一千年後 夕陽에 徘徊ᄒ는 遊子의 耳邊에도 歷歷히 그 소리가 들니는 듯ᄒ거늘 無情혼 歲月은 온갓 것을 다 破壞ᄒ고 말앗고나. 文武王 陵前에 쭈쭈리고 안즌 獅子 네 머리가 當時 咆哮ᄒ던 主人의 紀念이오 鴈鴨池中에 빗최인 巫山 十二峯의 그림즈야말로 文武王의 遺跡이다.

◇ 南으로 數町을 更進ᄒ야 일홈도 모르는 散亂혼 殘礎 사이로 골나 걸어 月城에 들어갓다, 蜿蜒히 數町에 亘혼 土城이다, 土城이라기보다 連山이라는 편이 適當ᄒ겟다, 蚊川이 弦이 되고 城이 弧가 되여 半月城을 作ᄒ니 婆娑王의 所築이라. 엇더면 이럿케 雄壯혼 役事를 ᄒ엿는가 ᄒ고 退化ᄒ여 바린 朝鮮人인 나는 瞠若코 啞然홀 쑨이다. 城內에 드러가셔 宮殿의 遺址인 듯혼 平地가 잇고 靑草茫茫혼 中에 數軒草屋이 말업시 누워 無心혼 炊烟만 힘업시 날닌다.

◇ 有名혼 石氷庫는 月城의 西端에 잇스니 虹霓形의 石造요 其規模가 宏大

ᄒ다. 안에 들어가니 只今도 오히려 冷冷ᄒᆫ 바람이 얼골을 싸린다. 싱각컨
대 蚊川의 어름을 貯藏ᄒ얏다가 半月城內와 臨海宮中의 夏炎을 凌ᄒ여슬 것
이다.

◇西로 數十步를 更進ᄒ야 茂盛ᄒᆫ 松林中에 昔脫解王廟에 參拜ᄒ고 蚊川
邊 垂楊下에 困헌 몸을 쉬엿다. 半月城의 西端에셔 東端ᄭᅵ지ᄂᆫ 數丈의 絶壁
이오 바로 그 밋히 白沙淸流의 蚊川이며 絶壁의 兩端 石塊散乱ᄒᆫ 데가 日精橋
月精橋의 遺跡이다, 當時에ᄂᆫ 舟楫을 通ᄒ엿다 ᄒ건마ᄂᆫ 只今은 각금 물까지
도 마르ᄂᆫ 小川인데 그 廣大ᄒᆫ 河床과 雄渾ᄒᆫ 屈曲이 오직 昔日에 大河이던 形
跡을 보일 ᄲᅮᆫ이다, 炎熱이 쾌 甚ᄒᆫ것무ᄂᆫ 여긔 안즈면 淸風이 自來ᄒ야 涼味
가 可愛다, 黃昏에 珠玉을 아르ᄉᆞᆨ인 椅子를 이 近傍에 노코 翫月ᄒ든 興趣가,
暗暗히 싱각된다.(1917.9.2.)

第四十五信 - 徐羅伐에셔(五)

◇百濟 舊都 泗沘城도 半月城이더니 新羅 셔울에도 半月城이 잇다. 高句麗
의 舊都 平壤에도 半月城이 잇다, 土耳其의 國旗도 半月이오 日本에셔도 初三
日달을 祥瑞의 表象으로 한다, 그 將次 滿月되랴 함을 사랑함이냐, ᄯᅩᄂᆫ 河에
沿ᄒᆫ 城이 스스로 半月形이 되기 쉬운 ᄭᅵ닭이냐, 아마도 地理上의 便利와 想
像의 祥瑞가 偶合함이라고 홈이 適當할 것이다, 엇지하엿던 半月은 東洋人의
됴아ᄒᆞᄂᆫ 빈라, 半月城을 ᄶᅥ나 西方으로 進ᄒ야 瞻星臺에 着ᄒ니 花崗岩으로
싸은 花甁形의 臺라, 高가 廿九尺이오 南方 中央部에 出入口가 잇다, 石造의
北方에ᄂᆫ 木造의 建築物이 잇셧스리라 홈은 一般專門家의 許이다, 이 ᄯᅩᄒᆫ
善德女王代의 建築物이라 ᄒ면 芬黃寺와 同時代의 作일지라, 多少間 傾斜ᄒ
얏스나 完全히 原形을 保存ᄒ얏다 ᄒ리로다.

◇約千三百年前의 作인데 現在 天文臺中 最古ᄒᆫ 者라 홈이 歷史家의 同唱
ᄒᆞᄂᆫ 바라. 瞻星臺를 此地点에 作홈은 意義가 잇셔 그러홈이라, 此地点은 正

히 某恒星의 軌跡이라 혼다. 일즉 天文學 先生에게 드르니 瞻星臺와 李朝의 天文氣象에 關혼 實錄과는 共히 現世 天文學上에 자랑홀 만혼 것이라 혼다. 南으로 數十步를 更進ᄒ면 하늘을 찌를 듯혼 數十株의 老樹가 有ᄒ니, 이것이 곳 天下에 有名혼 鷄林이라, 昔日 始林이라 홀 썩에 엇던 아츰 쇼쇼ᄒᄂ 닭소리가 前兆가 되야 二十八代間 新羅의 國土를 다스리신 金氏王의 始祖 金閼智王ᄭ셔 金櫃로브터 誕生ᄒ신 聖地로다, 中央에 醜惡혼 碑閣이 잇스니 이것이 神聖혼 鷄林을 汚瀆ᄒ이 不少ᄒ다, 이곳에셔 暫時間 老樹를 어루만지며 盤桓ᄒ다가 再次 自轉車를 南驅ᄒ야 數町을 行ᄒ니 혼 富者의 집이 잇다.

◇新羅의 古蹟은 안이나 古蹟과 갓치 有名혼 崔富者의 집이 卽 이 집이라, 十三代 三百年間에 連綿혼 富者라, 慶州에 崔富者라 ᄒ면 鷄林八道에 모로는 사롬이 업스리 만혼 富者라, 支那 갓흐면 至嚴至尊에 一團의 富를 有혼 皇室로도 三百年의 榮華를 내려 누리기 쉽지 안이할 것인데 一個 庶民으로 能히 三百年의 繁榮을 繼續ᄒ니, 진실로 鷄林에 名物이라 홀지로다. 傳ᄒᄂ 말에 依ᄒ건디, 崔氏의 宅內에는 三百年來에 일즉 불이 쩌져본 적 업는 一個의 火爐가 有ᄒ야 이 怪物이 崔氏家의 惟一 혼 崇拜物이라 혼다. 또혼 其家憲의 一端을 歷歷히 알리로다, 伊藤公이라던가 曾禰子, 前 寺內總督, 李塌公 等 新羅의 舊都를 訪혼 高貴혼 여러분은 반다시, 이 崔氏의 宅을 訪問ᄒ엿다 혼다, 나는 微微혼 一書生에 不過ᄒᄂ 新羅를 吊ᄒᄂ 眞情에 就ᄒ야는 決코 高貴혼 그 여러분보다 나을지언정 나리지 안는 사람이라, 내가 崔氏의 宅을 訪問ᄒ이 當然혼 일이오 또 崔氏家에셔 우리 一行에게 冷麥酒를 한탁 내인 것도 또혼 其宜를 得ᄒ엿다 ᄒ리로다. 허허, 이것은 혼 弄談이오.

◇當家의 졀믄 主人 崔俊君의 款待를 바든 後에 新羅의 瑤石宮의 遺跡이라는 宏壯혼 城址를 一巡ᄒ얏다. 果然 宮殿의 遺物인 듯혼 礎石도 잇고 蓮華의 松明臺도 보인다. 이 近處 民家에는 王宮의 遺物을 藏치 안인 곳이 업스니 井邊 便所 가튼 데까지라도 一二個의 現宮의 遺物이 잇다, 實로 遊子의 數行傷

淚를 禁치 못ᄒ야 ᄒ노라, 時計ᄂ 얼마 안이되야 여섯時가 되려ᄒᆯ 째에 再次 自轉車를 모라 五陵으로 向ᄒᆫ다, 終日 奔走에 疲勞가 如干치 안이ᄒ나 新羅 千 年의 王業을 創ᄒ신 朴赫居世王의 御陵에 參拜ᄒ기 爲ᄒᆷ이라 싱각ᄒ니 勇氣 가 붓썩난다.(1917.9.3.)

第四十六信 ― 徐羅伐에셔(六)

◇五陵의 入口에셔 一老人을 逢ᄒ니 風采ᄂ 零落ᄒ나 容貌ᄂ 非凡ᄒ다. 古 川氏의 紹介에 依ᄒ건ᄃᆡ 此亦 慶州의 名物 奧田奇人. 曾히 國會議員의 公認 候 補者가 되고 歐美 漫遊ᄭᅵ지 ᄒᆫ 名士더니, 何故인지 轗軻落魄의 身이 되야 轉 轉 慶州에 入ᄒ야, 一時 陵都守護가 되얏더니, 그것도 廢官이 되야, 今에ᄂ 古 器物을 蒐集ᄒ고 遊覽者의 案內 等에 寂寂ᄒᆫ 歲月을 보ᄂᆫ다 ᄒᆫ다. 一見에 奇 骨이 有ᄒᆫ 好漢이오 더욱 溫和ᄒᆫ 言動은, 相對者로 ᄒ야곰 親切히 感動케 ᄒᆫ 다. 署長에게 聞ᄒᆫ즉 平常에ᄂ 極히 溫和ᄒ나 阿曲을 見ᄒ던지, 氣에 合치 안 ᄂ 者를 見ᄒᄆᆞᆫ 最後의 遠慮도 體面도 업시 罵倒ᄒᄂᆫ 奇癖이 잇다, 是恐컨ᄃᆡ 彼의 不幸을 釀ᄒᆫ 美点인 듯ᄒ다. 世間은 正直쑨으로ᄂ 通過치 못ᄒ고 實로 變通自在를 要ᄒᄂᆫ 듯ᄒ도다.

◇奧田老人과 再會를 待ᄒ고 鬱蒼ᄒᆫ 松林中의 蟋蟀의 聲을 踏ᄒ면셔 石垣 으로 圍環ᄒᆫ 五陵의 正門에 入ᄒ얏다. 朴泰奉君의 先導로 恭히 陵前에 拜ᄒ고 首를 擧ᄒᆫ즉 夕陽은 老松의 梢에 燃ᄒ야 歸鴉의 鳴聲이 喧擾ᄒᆫ 中에 雄大ᄒᆫ 新羅 始祖 朴赫居世의 陵은 柔軟ᄒᆫ 靑草에 싸히여 고요히 졸고 잇다. 아직 政 治도 文物도 업ᄂ 六村의 原始的 人民을 合ᄒ야 비로소 組織이 잇ᄂ 國家를 形造ᄒ고 燦爛ᄒᆫ 新羅 千年의 文化와 富强과의 基礎를 据ᄒ고, 其德과 其功의 偉大ᄒᆷ이여, 再跪ᄒ야 其靈前에 拜치 아닐 수가 업다. 瞑目ᄒ야 二千年前의 模樣을 追想ᄒᆫ즉 王陵이 剖開되며 眼光이 如炬ᄒ고 筋肉이 秀逞ᄒᆫ 一巨人이 長劍을 振翳ᄒ며 出現ᄒ야 今에 龍馬를 鞭ᄒ야 驅出ᄒ랴ᄂ 其刹那에 眼을 開

혼즉 一場의 幻境이다. 然ᄒ다. 二千年의 古塚이 버려질 理도 업고, 土로 化혼 赫居世王이 躍出홀 리도 업다.

◇始祖王陵의 後方에 閼英井이라는 井戶에 拾得ᄒ얏다는 閼英王后, 第二世 南解王, 第三世 儒理王, 第四世로 月城을 築혼 婆娑王의 陵이 잇다. 故로 此를 五陵이라 혼다.

◇赫居世는 羅井畔 大卵에셔 生ᄒ야 突山 高墟村의 首長 蘇伐公에게 길니웟다는 傳說이다. 金, 李, 崔, 孫, 薛, 裵 諸氏의 祖先되는 六村의 祖先은 모다 天에셔 降下혼 듯이 三國遺事는 敎혼다. 或은 天에셔 降ᄒ고 或은 井戶에셔 湧ᄒ며 或은 卵에셔 出ᄒ얏다. 虎狼이가 煙草를 吸ᄒ던 昔日의 事이라 荒誕이라 ᄒ면 荒誕이오, 無稽ᄒ면 無稽나 傳說딕로 듯는 것이 有味ᄒ도다.

◇左方 羅井의 森林을 一瞥ᄒ고 南으로 行ᄒ기 五里, 本道에셔 東折ᄒ야 數十步를 行혼즉 石으로 鮑形의 溝를 造혼 것이 잇다. 是 新羅 最後의 幕의 第一場을 演혼 鮑石亭의 流觴曲水이라. 五十五代의 景哀王이 王祖의 佛業을 自身이 承홀 것도 忘却ᄒ고 日以繼夜ᄒ야 酒色宴樂을 耽ᄒ고, 醉興이 正酣ᄒ야 蠻雄 甄萱에게 眼前에셔 王后가 被辱ᄒ고 次에 彼의 毒刃이 一閃, 可憐혼 王의 命은 劍頭의 魂이 되얏다. 試ᄒ야 靑草舊土를 嗅ᄒ여 보라. 今尙 鮮血의 醒臭가 有혼가.(八月十六日 慶州에셔)(1917.9.4.)

第四十七信 - 徐羅伐에셔(七)

◇甄萱이 景哀王을 弑ᄒ고 敬順王을 立혼 後 悠然히 北으로 갓다. 曾히 武烈 文武 兩王을 從ᄒ야 百濟 高句麗 兩强國을 蹂躪ᄒ던 新羅人도, 僅히 二百年을 經치 못ᄒ야 眼前에, 自己의 王國이 被弑ᄒ야도 沈黙ᄒ니, 王이 無道ᄒ야 그릿던가, 抑 人民이 無情홈인가, 率土의 濱이 何者가 王의 臣이 안이리오, 甄萱도 亦 新羅의 民이 안인가. 彼가 替天替民ᄒ야 道를 行혼 것인가, 數年을 不出ᄒ야 高麗 太祖된 王建이 手兵 五十騎를 率ᄒ고 敬順王과 郊에 會ᄒ야 樽俎

酬酢의 間에 王은 홀일업시 千年의 天下를 擧ㅎ야 王建에게 捧呈ㅎ고, 文武가 共히 天下에 鳴ㅎ던 新羅의 人民도, 王建의 德을 慕ㅎ고,

◇敬順王을 思ㅎ는 者도 업셧도다. 오직 一人의 可憐한 王子가 有ㅎ야 徹天의 怨恨을 含ㅎ고 一張의 琴으로 深山에 隱居ㅎ얏스니, 彼의 數行 琴絃은 얼마나 無窮한 怨恨을 蒙ㅎ얏는가. 此로브터 南方에는, 景哀, 敬順* 兩王陵 及 阿達羅王陵 等이 有ㅎ다 ㅎ나 日己暮矣라, 後日에 讓ㅎ고 歸途에 就ㅎ얏다. 校村과 月南里間에, 金庾信의 遺跡 及 天官寺의 跡이 잇다, 庾信이 少時에 愛酒好色ㅎ야 娼家에 遊ㅎ기를 자조 ㅎ얏다, 一日에 其母가 庾信을 前에 立케 ㅎ고 嚴責ㅎ야曰, 男子로 世에 生ㅎ야 宜히 文을 修하고 武를 鍊ㅎ야써 國家의 棟樑이 될 것이어늘 엇지 鄙賤한 娼女를 戱ㅎ리오 ㅎ며,

◇聲淚가 俱下ㅎ는 慈母의 訓戒에 庾信도 感淚를 咽ㅎ고, 다시 娼家에 投足치 아니ㅎ기를 誓ㅎ얏더라, 其後 一日에 庾信이 醉歸홀 시 馬 ― 舊路로 由ㅎ야 娼家에 入한즉 娼도 且欣 且怨ㅎ며 垂淚를 出迎ㅎ거늘, 庾信이 비로쇼 此를 覺ㅎ고 斬馬棄鞍而歸ㅎ니 女怨詞 一曲을 作ㅎ야 世에 傳ㅎ얏는뒤, 寺는 其家오 天官은 彼女의 號라 혼다. 八百八十寺라 ㅎ는 新羅都의 諸寺에는 各各 有味한 緣起가 잇고, 傳說이 잇다, 虎願寺의 傳說과 如한 것도 가장 有味ㅎ나 此에 記述홀 餘暇가 無한 것이 遺憾일다.

◇黃昏時에 旅舘에 歸ㅎ야 冷水에 浴ㅎ고 一休ㅎ니, 비로쇼 身躰의 疲勞를 感ㅎ겟다, 空間으로는 五十里 假量을 步ㅎ얏슴에 不過하나, 時間에는 上下 二千年間을 彷徨한 터이라. 我 ― 古人으로 今을 見ㅎ얏다 ㅎ던지 又는 今人으로 古를 見ㅎ얏다 ㅎ던지, 熱病에 罹한 者와 갓치 頭腦가 惑乱ㅎ야 睡遊狀態에 在한 듯ㅎ다, 暫 歡迎會에 出席ㅎ고 交際가 敏活ㅎ다는 稱이 有한 梁郡守의 高話를 取聽ㅎ고 도라왓다, 昔時 갓흐면 奉德寺의 人磬(巨鐘)이 正히 三更을 報홀 時가 되얏건마는 잠은 오지 아니혼다. 明日은 佛國寺에 가리라, 石窟

---

* 원문에는 '景順'으로 되어 있다.

庵의 佛像을 拜ᄒ리라ᄂ 等 想像으로 爲先 筆을 擱ᄒ다.(八月十六日 慶州에셔)
(1917.9.5.)

第四十八信 - 徐羅伐에셔(八)

◇아츰에 郡廳에 가셔 梁郡守를 訪問ᄒ고 警察署에셔 笹署長을 차잣다. 梁郡守ᄂ 以前 外交官 出身이라ᄂ데 英語도 잘ᄒ고 交際도 嫺熟ᄒ며 게다가 人物조차 잘 나신 壯年 好紳士다. 여기ᄂ 新羅의 舊都이닛가 總督府의 高官들이며 內外 知名之士들의 來遊가 頻繁홈으로 此等 來客의 送迎은 郡守의 事務의 一半을 占ᄒ다 ᄒ다. 그런데 나와 ᄀᆺ흔 寒書生신지 弊를 깃치ᄂ 것이 未安ᄒ야 慶州 案內 一張을 어더 가지고 나왓다. 警察署에 오니 人望 조흔 笹署長이 親切ᄒ게 마자준다. 慶州의 古蹟이며 當地 靑年의 懶惰腐敗며 不良 勸誘員의 弊害 等에 關ᄒ야 數十分間이나 談話ᄒ얏다.

◇今日은 古川部長의 先導로 一行 七人이 佛國寺 遠征의 道에 登ᄒ얏다. 自轉車에 各各 麥酒 三四甁을 실엇스니 佛國寺에 一夜를 지닐 準備다.

◇蔚山 街道를 沿ᄒ야 狼山麓을 廻ᄒᆫ즉, 四天王寺의 遺墟가 잇다. 田中에 礎石 瓦片이 累累ᄒ다. 距今 千二百三十餘年前, 文武王이 高句麗를 倂ᄒ고, 國勢 文物이 共히 其絶頂에 達ᄒ얏슬 時, 唐高宗이 其隆盛을 妬ᄒ야 大軍을 出코져 ᄒ얏다. 時에 唐에 在ᄒ던 金仁問이 此由를 本國에 告ᄒ얏거늘, 王이 此를 朝廷에 諮ᄒᆫ즉, 明朗法師라ᄂ 高僧에게 一任ᄒ기로 廟議가 決定되얏다. 法師ᄂ 龍宮에 入ᄒ야 秘法을 傳ᄒ야 自由自在의 神通力을 有ᄒ 者라, 彼ᄂ 狼山의 南에 四天王寺를 立ᄒ면 唐軍이 自滅ᄒ리라고 告ᄒ얏다. 이미 貞州로브터 唐軍 襲來의 急報가 有ᄒᆫ지라, 綿帛으로 假寺를 造ᄒ고 草로 四天王을 作ᄒ 後 明朗法師가 呪文을 唱ᄒᆫ즉 忽然 暴風이 起ᄒ야 唐軍의 船艦을 沈沒케 ᄒ얏다ᄂ 것이, 四天王寺의 緣起라. 百濟 高句麗의 兩强國을 蹂躪ᄒ던 兵士가 아직 老치 아니ᄒ고 泗沘城 平壤에 閃閃ᄒ던 쌎이 아직 錆치 아니ᄒ야, 발셔

覇氣가 衰ᄒ야 周章狼狽, 一國의 運命을 一妖僧에 委ᄒ니 嗚呼已矣라. 新羅의 滅亡은 正히 此瞬間에 崩ᄒ얏다 ᄒ리로다. 盛衰興亡을 己의 腕에 賴홀 사이 에ᄂ 決코 衰亡하지 아니ᄒ다. 運을 神佛에게 托흠은 是既 己의 生命을 銷耗 ᄒ 所以다. 城砦 築ᄒᄂ 代로 佛塔을 築ᄒ고 强兵을 養ᄒᄂ 代에 妖僧을 養ᄒ 얏다. 新羅 滅亡 原因은, 此一言으로 盡ᄒ리로다.

◇途 數個所의 王陵을 參拜ᄒ고 佛國寺下 巡查駐在所에서 憩홀 시, 巡查ᄂ 田에 走人ᄒ야 西瓜의 善熟者를 取來ᄒ야, 아무렷케나 切開ᄒ야 一行을 勸ᄒ 다. 眞赤의 身이오 巡查의 誠意로 感謝히 拜受ᄒ얏다. 喉喝에 任ᄒ야 一息에 數片을 齒ᄒ고 佛國寺로 向ᄒ얏다. 吐含山의 複雜ᄒ 凹凸은 참 사랑스럽다. 佛國寺 境內 宿屋에 入흔즉 主婆가 淸冽ᄒ 水를 汲來ᄒ야 洗面을 勸ᄒ다. 잠 간 佛國寺를 眺흔즉, 참 훌융ᄒ다. 疲勞를 回復ᄒ야 緩緩히 보리라 ᄒ고 爲先 淸風이 自來ᄒᄂ 處에 臥ᄒ야 佛國寺의 歷史를 讀ᄒ다. 一行中에 或碁를 着ᄒ 야 麥酒를 飮ᄒ며, 或은 鼾鼻熟睡ᄒ다. 古川部長은 참 仙境이라고 쟈죠 賞讚 ᄒ다. 未久에 夕飯이 出ᄒ고 雜談이 起ᄒ얏다. 又 未幾에 一人式 一人式 華胥 의 國으로 向ᄒ얏다.(1917.9.6.)

第四十九信 - 徐羅伐에셔(九)

◇吐含嶺上에 立ᄒ야 莊嚴ᄒ 東海의 日出을 보랴던 구든 決心도 그만 水泡 에 歸ᄒ고 말앗다. 닐어나니 벌셔 午前 五時다. 一行을 찍워셔 寢衣 바람으로 鳥道를 攀ᄒ얏다. 돈을 만히 들엿다 ᄒ건마ᄂ 아직도 勾配가 甚ᄒ야 퍽 困難 ᄒ다. 一町을 올라가셔ᄂ 쉬고 一町 올라가셔ᄂ 쏘 쉰다. 새벽 空氣의 淸冽ᄒ 기가 晩秋와 갓하셔 짬나ᄂ 皮膚에 솔솔 부ᄂ 아츰 바람이 엇더케나 爽快ᄒ 지 모르겟다. 一町마다 셰워노흔 「從是 至石窟庵 幾町」이라ᄂ 標本도 좀쳐름 갓가워지지 안ᄂ다. 千辛萬苦로 山巓에 올라셔니 이것이 안기냐 바다냐. 白 雲 갓히 빗나ᄂ 져것이야말로 朝日에 反射된 東海로다. 구름도 업고 셤도 업

고 距離가 稍遠ᄒ니 波濤도 안이 보이고 水天이 相接ᄒᆫ 水平線ᄭ지도 눈부신 日光에 一色이 되어셔 다만 無窮無邊을 歎美홀 수밧게 업다. 참 雄大ᄒ고나. 莊嚴ᄒ고나. 金剛山 毘盧峰의 東海의 眺望의 雄壯ᄒ다 흠은 말로 들엇거니와 셜마 此以上이야 되랴.

◇金大城도 아마 나와 갓히 早朝에 이 嶺上에 셔셔 이 莊嚴과 이 雄大에 感動되여 드듸여 石窟庵을 지을 싱각이 낫나 보다. 人이 生ᄒ야 偉人을 接ᄒ기가 難事요, 偉大ᄒᆫ 風景을 接ᄒ기ᄂᆫ 더욱 難事다. 偉人은 음지기ᄂᆫ 것이미 坐ᄒ야 接홀 機會도 잇스련마ᄂᆫ 偉景은 늬가 차ᄌᆞ가셔야만 接홀 수 잇ᄂᆫ 것이다.

◇吐含嶺上에 셔셔 東海의 日出을 바라보ᄂᆫ 偉觀은 늬 歷史上에 特筆홀 大事件이다. 늬 胸臆은 虛空이 된 듯ᄒ고 늬 頭腦ᄂᆫ 冷水로써 씨셔닌 듯ᄒ다. 이것이 喜悅이냐, 안이다. 驚異냐, 안이다. 此時 此人의 情을 무엇이라 일홈ᄒ랴. 最淨最妙ᄒᆫ 情緒를 法悅이라 홀작시면 이것이야말로 法悅이라 홀 것이다. 나와 갓흔 俗物도 오히려 이러ᄒ거든 하물며 聖 金大城의 感動이야 果然 얼마나 ᄒ얏스랴. 人生은 無事ᄒ다, 오릭 살아야 七十年이라 ᄒ니 이러ᄒᆫ 偉景을 接ᄒ면 몃 번이나 接ᄒ랴. 於是乎 大城이 石을 切ᄒ야 佛像을 刻ᄒ엿다. 營營洞洞ᄒ기 一年 又 二年, 十年, 二十年에 一佛像이 成ᄒ쟈 大城이 죽도다. 그의 靈이 外에 發ᄒ야 아름다운 花崗巖이 되고 그것이 切磋되고 琢磨되어 嚴嚴ᄒᆫ 佛像이 되엇다. 이리ᄒ야 그ᄂᆫ 가만히 吐含山上에 坎中連ᄒ고 千年萬年 未來永劫에 아츰마다 東海의 日出을 ᄇᆞ라보고 안젓다.

쓸데업ᄂᆫ 소리를 支離ᄒ게 ᄒ엿다. 그러나 地上의 金大城도 이 말을 들으면 千載後에 知己 어든 것을 깃버홀 줄 안다.

◇嶺上의 靈風을 실커정 쏘이다가 脚下에 複雜ᄒᆫ 波狀을 뭇흔 群山을 바라보면셔 거긔셔 一町이나 알에 되ᄂᆫ 石窟庵에 ᄂᆞ려오니, 一行은 볼셔 와셔 總總히 眷煙을 피우면셔 제 각금 景致 批評을 ᄒᆫ다.

◇쌀랑ᄒ고 잠을쇠가 열리면 新羅의 全文明을 代表ᄒ고 佛敎國의 美術的

絶品이라 稱ᄒᄂᆫ 石窟庵의 諸菩薩이 내 眼前에 나라니 나셜 것이다. 나ᄂᆫ 엇 더ᄒᆫ 態度로 이를 對홀ᄂᆫ고.(1917.9.7.)

第五十信 ― 徐羅伐에셔(十)

石窟庵은 花崗岩으로 美麗ᄒ게 建築ᄒᆫ 窟이다. 天井은 穹窿形으로 ᄒ얏고, 周圍의 石壁에ᄂᆫ 諸菩薩, 四天王, 佛弟子 等을 薄肉刻으로 彫刻ᄒ고 그 中央에 釋迦佛의 坐像을 安置ᄒ고 門 左右에ᄂᆫ 相對ᄒ야 仁王像을 刻ᄒ고, 그 겻헤ᄂᆫ 各四枚의 諸菩薩과 守護神 갓흔 것을 가지런히 새겻다.

內部의 石壁의 彫像은 가쟝 傑出ᄒᆫ 作品이다. 勇壯홀 것은 힘껏 勇壯ᄒ고 優美홀 것은 힘껏 優美ᄒ다. 그 想像의 豊富흠이며 手法의 精鍊흠이 實로 嘆賞不已홀 逸品이다. 그中에도 그 本尊인 釋迦佛의 坐像는 實로 新羅의 藝術의 結晶이니, 이것 곳 업셧던들 新羅文化의 存在조챠 疑問일지 모르리 만흔, 그러케 偉大흔 藝術的 作品이라고 東京 帝國大學 鳥居*氏가 激賞ᄒ얏다.

玆에 同氏의 評의 一節을 揭ᄒ건딕,

「이 佛像을 보니 無論 大智圓滿흔 佛相을 具備ᄒ얏스나 조곰도 崇高尊嚴흔 感情을 주지 아니ᄒ다. 찰ᄒ리 現世的이오, 사름으로의 肉軆美를 發揮ᄒ얏다. … 이 佛像은 男性的이 아니오 女性的이다. 가쟝 多情스럽고 가쟝 温和ᄒ고 가쟝 情다운 性格을 具備ᄒ얏다. … 이것이 男性이라 ᄒ면 퍽 美男子일 것이라.」

果然 適評이다. 더구나 이 佛像을 엽흐로 보면 물고 매어달리고 십도록 아름답다.

쏘 鳥居氏ᄂᆫ 이러케 말ᄒ얏다.

---

* 토리이 류조鳥居龍藏(1870-1953). 일본의 고고학자이자 인류학자, 민속학자. 1896년 청일전쟁으로 획득한 식민지 대만의 조사를 위해 동경제국대학의 인류학 조사 담당으로 파견된 후 1906·1907년에는 만주와 몽고를 조사했고, 1911-1916년에는 조선총독부의 고적조사사업에 촉탁으로 참여하여 조선의 고적 조사에 착수했다.

「이 佛像은 元來 엇던 「모델」(實物)을 보고 製作훈 것이오 決코 想像으로 된 것은 아닌 듯한다. 그러고 그 「모델」은 當時 王宮의 美人이거나 그러치 아니한면 美男子인 것 곳다. … 以上의 理由로 보건된 이 佛像은 分明히 新羅人의 躰質, 特히 新羅의 女性을 「모델」로 훈 것인가 보다. 果然 그럴진된 이 佛像은 新羅人의 美的 代表라 한여도 可한며, 또 그 躰質은 新羅族을 代表훈 것이라 홀지니 實로 人種學上, 民族的 藝術史上에 가장 重要훈 材料라 한겟다.」

只今도 慶州 方面은 毋論이어니와 慶北 一帶의 婦人의 躰質中에 이 佛像의 特徵과 비슷훈 點이 만타 훈다.

나와 곳히 藝術的 審美眼도 업고 人種學的 知識에 全昧훈 者는 他說이 나오기신지는 氏의 說을 미들 수밧게 업다.

만일 氏의 言과 곳다 한면 石窟庵의 石佛은 더욱 意味가 깁허진다. 이 石佛은 다만 新羅의 藝術을 代表홀 뿐더러 新羅人의 精神과 肉躰를, 換言한면 新羅人 全躰를 代表한엿다 홀 수 잇다. 年代로 말한면 景德王 째라닛가 今을 距훈지 約千一百六十年前이오, 三國을 統一훔으로부터 滅亡에 至한는 거의 中間이니, 新羅의 魂이 싸져셔 石佛로 化한고 石佛이 成한자 新羅가 죽엇다고 홀 만하다.

一言 附記홀 것은 石佛의 眉間에 水晶珠가 잇셧슴이다. 珠의 裏面에는 黃金을 브치니 東海의 波間으로써 旭日이 躍出홀 째에는 正東向인 石佛의 眉間으로셔 黃金色 光線을 發射한더란다. 그 얼마나 莊嚴한엿겟느냐. 한번 보고 십건마는 年前에 石窟庵을 重修홀 째에 沙中에 무쳐던 그 水晶珠를 엇던 못된 놈이 흠쳐가고 말앗다. 庵에셔 나오니 日已高러라.(1917.9.8.)

第五十一信 — 徐羅伐에셔(十一)

朝飯後에 佛國寺를 보앗다. 關野*博士의 考證에 依한면, 寺는 距今 約千四

* 세키노 타다시關野貞(1868-1935). 일본의 건축사가. 1910년 조선총독부의 위촉으로 조선의 고

百年前 法興王時에 創立되얏다 ᄒ나 古史에ᄂᆞᆫ, 訥祇王時 僧 我道의 創立으로 法興王時에 重創ᄒᆞ얏다 힛다. 그 사이가 約百年間의 差다. ᄒ나 佛國寺가 三千餘間의 大刹이 된 것은, 石窟庵과 갓치 金大城의 손으로 된 것이다. 現存ᄒᆞᆫ 寶物인 靑雲 白雲의 兩石橋와, 多寶 釋迦의 兩石塔과, 石窟庵의 石佛은, 新羅 藝術의 代表的 作品이라 稱ᄒᆞᄂᆞᆫ 盧舍那 銅佛과, 春日 燈籠과, 石獅子와 홈씌, 다 當時의 作品이다. 金大城은 當時 名門 貴公子로 拮拒 三十餘年에 佛國寺와 石窟庵을 經營ᄒᆞ얏스니, 그ᄂᆞᆫ 實로 이 事業을 ᄒᆞ랴 出生ᄒᆞᆫ 者다. 그가 成佛을 願ᄒᆞᄂᆞᆫ 一念은, 偶然히 그의 祖國에 唯一의 記念이 되게 된 것은 感謝도 ᄒᆞ고 슬프기도 ᄒᆞ다.

靑雲 白雲의 兩橋ᄂᆞᆫ, 橋라고ᄂᆞᆫ ᄒᆞ나 川에 架ᄒᆞᆫ 것이 안이오, 各各 東西 兩門의 入口의 階段이다. 當時에ᄂᆞᆫ 그 아리에 川이 잇셧든지도 아지 못ᄒᆞ겟스니, 그 意匠과 技巧가 共히 實로 驚歎ᄒᆞ겟고 特히 泛影樓 石基의 優美ᄒᆞᆷ은 實로 言語에 絶ᄒᆞᆫ다. 釋迦塔은 極히 單純ᄒᆞ나 그 全躰 躰形의 整美ᄒᆞᆫ 點은 平凡ᄒᆞᆫ 中에도 非凡ᄒᆞᆫ 것을 볼 수가 잇고, 多寶塔에 至ᄒᆞ야ᄂᆞᆫ, 그 變化가 豊富ᄒᆞ고, 調和가 整然ᄒᆞᆫ 技術의 靈妙ᄂᆞᆫ, 實로 보ᄂᆞᆫ 사람으로 ᄒᆞ야곰 啞然ᄒᆞ게 ᄒᆞᆫ다. 엇지ᄒᆞ면 그와 갓치 雄渾美麗ᄒᆞᆫ 想을 構ᄒᆞ고 웃지ᄒᆞ면 그와 갓치 巧妙히, 굿은 돌을 가지고, 自由自在로 自己의 想을 實現시켓ᄂᆞᆫ가. 그의 얼골이 보고 십고, 그의 손이 보고 십다.

兩塔은 다 五層이니, 多寶ᄂᆞᆫ 東에, 釋迦ᄂᆞᆫ 西에 셔셔, 大雄殿 압을 裝飾힛다. 釋迦塔은 一名 無影塔이라고도 ᄒᆞᆫ다.

大雄殿은 幸히 壬辰 兵燹을 免ᄒᆞ얏스나, 累次 俗惡ᄒᆞᆫ 修繕을 加ᄒᆞ얏다. 하나 柱, 棟, 梁 等의 木材와 全躰의 構造ᄂᆞᆫ, 千五百年前과 죠곰도 變ᄒᆞᆷ이 업다

건축을 조사하고 『조선고적조사보고』(1914)를 간행했고, 『조선고적도보朝鮮古蹟圖譜』전 15 권(1916-1935)으로 프랑스 학사원으로부터 상을 받기도 했다. 「오도답파여행」 경주편 연재와 더불어 『매일신보』와 『경성일보』에 게재된 유적 사진들은 각각 1916년과 1917년에 간행된 『조선고적도보』 4권과 5권에 수록된 자료들이다.

혼다. 有名힌 盧舍那 銅佛은 自己의 殿을 일코, 阿彌陀佛 殿內 一隅에 偶居ᄒ
야 잇스니, 俗惡힌 僧들은 쳐덕 쳐덕 白灰칠을 힛다.

極樂殿 門前, 이 亦 쥬셔온 石獅子가, 엇던 분끠 몹시 어더마젓는지, 上顎
은 써러젓슬망졍, 나는 新羅 石獅子의 白眉로, 國寶의 하나이요 ᄒ고, 意氣揚
揚히, 고기를 비스듬히 틀고 섯다.

寺는, 뒤로 가나, 겻흐로 가나, 離離힌 靑草中에, 아니, 靑草라 홈보다 차라리
荊棘이라 홈이 適當힌 풀쇽에, 蓮華形의 礎石이 整然히 並立힌 것이 보이니, 이
것이 百數十棟 三千餘間의 新羅 佛國寺의 遺墟다. 「假我途」「假道難」의 悲劇이
업셧더면 ᄒ고, 원망ᄒ나 홀 슈 업다.(八月十七日 佛國寺에셔)(1917.9.9.)

第五十二信 － 徐羅伐에셔(十二)

◇上ᄒ기에 一時間을 要힌, 五里餘의 坂路를 一息에 驅下ᄒ야 十里餘의 掛
陵으로 向힌다. 亦是 蔚山 街道라, 此處의 山의 禿赤은 놀날 만ᄒ다, 禿 禿, 大
禿이라. 恰히 皮를 剝ᄒ야, 生血이 滴ᄒ는 듯힌 싯바러만 沙山이라. 右는 南山
의 禿山, 左는 吐含山의 禿山이라, 正午의 日光은 砂에 反射되야 번적어리니
此亦 一景됨을 不失ᄒ겟다.

◇南山은 禿힌 處에는 石器時代의 遺物 等이 發見되야 數人의 古物 橫財者
도 有ᄒ얏다고 古川部長은 말힌다. 南山은 實로 異常힌 山이라, 어듸셔 보던
지 獨立힌 山과 갓고, 其谷間의 複雜ᄒ고 優美홈이 盖 首都의 南山이 될 만ᄒ
다, 더구나 名物의 新羅玉 卽 紫水晶의 産地인즉, 當時 新羅人이 사랑ᄒ던 것
도, 可히 짐작ᄒ겟다. 南山에는 元來 多數힌 寺院이 잇셧고, 殊히 南山寺는 가
쟝 優秀ᄒ던 것이라. 今尙 殘礎 及 石佛이 儼存ᄒ다, 元來는 森林도 잇셧슬 듯
힌 것마는 今에는 南山이라 ᄒ면 赤山을 聯想홀 지경이다.

◇自轉車를 바리고 畦道를 從ᄒ야 掛陵에 詣ᄒ니 先히 觸眼되는 것은 一對
의 武人石인듸, 其威嚴 잇는 相貌와 姿勢는 곳 躍出ᄒ야 尊嚴힌 王陵 압헤 네

가 누구냐고 叱陀ᄒᄂᆞ는 듯ᄒᆞ다, 其次에 一對의 文人石, 又 其次에 二對의 石獅子인ᄃᆡ, 모다 生命이 浮動ᄒᆞ야 이제라도 咆哮ᄒᆞ는 듯 赤子처럼 사랑을 밧던 人民의 子孫 等은 모다 恩誼가 깁흔 文武王의 稜威를 忘ᄒᆞ얏슴에 反ᄒᆞ야, 彼等은 千年으로 一日과 如히 忠實히 王陵을 守홈을 보ᄆᆡ 感慨無量ᄒᆞ다.

◇掛陵은 新羅의 王陵中 最히 完備ᄒᆞ고 且 完全히 遺傳된 것이라, 石欄干石床 及 周圍의 十二支柱 等 大體로 舊容을 保ᄒᆞ얏다. 殊히 十二支를 象혼 彫刻은 頗히 價值잇는 藝術的 作品이라 혼다. 大혼 點으로는 武烈王陵을 及치 못ᄒᆞ나 其裝飾의* 完備혼 点으로는 諸王陵中 第一이라, 天下가 泰平ᄒᆞ야 唐의 文化도 完全히 消化혼 證左도 可見이라, 又 同時에 外來文化에 醉ᄒᆞ야 新羅的 武勇素朴의 氣象을 失ᄒᆞ기 始作혼 跡도 可見이라.

◇新羅人은 如斯히 凜凜ᄒᆞ던가 感嘆ᄒᆞ면셔 武人石前에셔, 남어 잇는 麥酒와 眞瓜를 食ᄒᆞ다, 마참 通行ᄒᆞ는 一農夫에게 「이것이 무엇이오」ᄒᆞ고 王陵을 指혼즉 「그것은 임금님의 墓라 합ᄃᆡ다」 홈은 寒心ᄒᆞ다, 彼도 아마 新羅人의 子孫이라고 彼를 睨혼즉 悠悠히 牧歌를 放ᄒᆞ고 간다.

◇此間에 十里를 更進ᄒᆞ면 鵄述岺인 峙에 達혼다. 昔日 朴堤上이 新羅의 使로 日本에 往ᄒᆞ얏다가 歸치 못ᄒᆞ니 其妻 一 此岺上에 立ᄒᆞ야 夫의 歸ᄒᆞ기를 待ᄒᆞ나 歸치 아니ᄒᆞ야, 드ᄃᆡ여 身은 化ᄒᆞ야 望夫石이 되고, 魂은 拔ᄒᆞ야 怨鳥가 되얏다. 果然 東海를 渡ᄒᆞ얏는지 못 ᄒᆞ얏는지, 風이 吹ᄒᆞ면 望夫石은 太息을 發ᄒᆞ고, 雨가 降ᄒᆞ면 血淚를 流ᄒᆞ야 尙今 東海를 望ᄒᆞ고 셧다, 於乙峙는 彼의 靈의 宿所라 혼다. 風이 蒸熱ᄒᆞ고 身軆가 疲勞ᄒᆞ야 彼의 靈을 吊치 못ᄒᆞ고 空然히 路頭에 入ᄒᆞ야 望夫石을 바랄 ᄲᅮᆫ이다.(1917.9.11.)

第五十三信 ― 徐羅伐에셔(十三)

◇掛陵으로브터 慶州에 도라오는 사이에, 佛國寺 南方에 當ᄒᆞ는 곳에 影

---

* 원문에는 '못 其雄ᄒᆞ나 裝飾의'로 되어 있다.

池라는 小池가 잇다, 沙白水淸ᄒᆞ다, 其昔 金大城이 佛國寺 建築에 沒頭홀 時에 阿斯라는 一少女가 彼를 慕ᄒᆞ야, 다만 一次라도 相逢ᄒᆞ기를 望ᄒᆞᆫ다, 大城은 拒絶ᄒᆞ나 少女의 懇願은 益切이라, 大城도 사름인즉 胸中에 異樣의 焰燃이 잇섯스련마는, 拳을 握ᄒᆞ고 念佛을 唱ᄒᆞ면셔 쏘 拒絶ᄒᆞ니, 少女의 嘆願이 愈切이라, 於是乎 大城은 無影塔의 成功되는 日로써 期를 삼엇다, 元來 大工事인즉 容易히 成功치 못홀 것이라, 少女는 泣ᄒᆞ면셔 慰ᄒᆞ면셔 待ᄒᆞ기 一年 又 一年, 十年 又 二十年, 思切成病이라, 一菩薩이 現夢ᄒᆞ야 曰

◇可憐ᄒᆞᆫ 少女야. 汝의 戀人을 逢코져 ᄒᆞ거든 此處에 池를 堀ᄒᆞ라. 然ᄒᆞ면 彼의 塔이 池에 影ᄒᆞ야 汝의 所思人을 逢홀는지도 未知니라고 少女는 起ᄒᆞ야 池를 堀ᄒᆞ기 始作ᄒᆞ얏다. 然ᄒᆞ나 女子의 軟弱ᄒᆞᆫ 腕으로 一念 掘鑿에 十年의 星霜을 送迎ᄒᆞ야 드듸여 池를 成ᄒᆞ얏다, 朝夕으로 池를 窺홀싀, 忽然 佛國寺의 影은 歷然히 映ᄒᆞ야 釋迦塔上 最後의 一手를 下ᄒᆞ고 成功의 微笑를 顯ᄒᆞᄂᆞᆫ 大城의 姿가 彼女의 眼前에 보혓다, 그러나 大城도 前日의 大城이 아니오,

◇少女도 亦 大城을 慕ᄒᆞ야 白髮의 老婆가 되얏다, 彼는 一曲의 哀歌를 歌ᄒᆞ고 身을 自手로 堀ᄒᆞᆫ 池中에 投ᄒᆞ얏다. 千餘年後*의 今日에도, 吐含嶺으로 微風이 來홀 쩍마다 싱각ᄒᆞᄂᆞᆫ 물결을 起케 ᄒᆞ니 是影池의 傳說이라. 佛國寺의 泛影樓는 此池에 影을 泛ᄒᆞᆫ다는 意味라. 氣像의 關係이던지 影池에 佛國寺가 影홈은 今昔 不變이라 ᄒᆞᄂᆞ 본 者는 업스니 奇異ᄒᆞ도다. 彼는 何王陵, 此는 某寺의 遺墟라고, 昨日 所見을 指點ᄒᆞ면셔 逆風과 疲勞와 鬪ᄒᆞ야 겨우 旅館에 歸ᄒᆞ얏다.

◇休憩ᄒᆞ기 三時間 自轉車에 健康診斷을 施ᄒᆞ고, 一行은 다시 古蹟 探訪의 途에 登ᄒᆞ얏다, 所餘는, 明活城, 南山城, 昔脫解王陵, 栢栗寺, 金庾信墓 及 慶州博物舘이라. 爲先 道를 北方 浦項 街道로 取ᄒᆞ야 金剛山의 栢栗寺에 至ᄒᆞ얏다. 朝鮮에셔는 山이 美ᄒᆞ면 金剛山이라 稱ᄒᆞᄂᆞ 癖이 잇다, 栢栗寺는 今에 一小刹

* 원문에는 '千五年後'로 되어 있다.

이나,

◇其當時에는 新羅의 都를 一眸에 收ᄒᆞᄂᆞᆫ 勝景의 地라, 佛國寺의 盧舍那佛과 並稱ᄒᆞᄂᆞᆫ 藥師如來ᄂᆞᆫ 그 얼마나 美ᄒᆞ며 얼마나 慈悲心이 深ᄒᆞᆫ 顔面으로 四面石佛의 數百年來 土中에 埋沒되얏던 悲慘ᄒᆞᆫ 身上으로 今尙 天下에 其名을 鳴ᄒᆞᆫ다. 栢栗寺도 元來 有數ᄒᆞᆫ 巨刹로, 金剛山의 麓으로 四面石佛의 假宿所가 되얏던 堀佛寺도 亦 名刹이라. 그러나 今에ᄂᆞᆫ 基礎石신지도 半이나 뭇치얏다.

◇明活城, 南山城 共히 歷史上 重要ᄒᆞᆫ 古蹟됨에 無違ᄒᆞ나 日己暮ᄒᆞ고 身躰의 疲勞도 亦 其極에 達ᄒᆞ얏고, 栢栗寺로브터 東方 四五里地의 昔脫解王陵에도 參拜ᄒᆞᆯ 勇氣가 업스니, 況 西川을 隔ᄒᆞ야 玉女峰下 金庾信墓(一說에ᄂᆞᆫ 金仁問의 墓라 홈)ᄂᆞᆫ 文武王陵과 規模가 略相同ᄒᆞ다ᄂᆞᆫ 말만 듯고 滿足치 아니홀 수 업다.

◇慶州 觀光은 爲先 終了ᄒᆞ고 詳細ᄂᆞᆫ 後期에 讓ᄒᆞ란다. 余ᄂᆞᆫ 아직 歷史的 及 美的 眼識이 無ᄒᆞᆫ즉 慶州 觀光의 資格이 업스나 數年後ᄂᆞᆫ 資格이 完備ᄒᆞ야 질ᄂᆞᆫ지도 未知라. 竊히 自信의 微笑를 禁치 못ᄒᆞ겟다.

◇終에 臨ᄒᆞ야 余에게 各種의 便宜를 與ᄒᆞ신 慶州 官民 諸氏에게 深甚히 感謝의 意를 表ᄒᆞ노라.(八月十八日 慶州에셔)(1917.9.12.)

□ 李光洙氏 東渡

本社 特派記者로 殆히 全鮮을 踏破ᄒᆞᆫ 春園 李光洙氏ᄂᆞᆫ 日前 旅行을 終了ᄒᆞ고 十三日 夜 南大門發 急行列車로 東渡ᄒᆞ얏더라.*

---

* 기사. 『每日申報』, 1917.9.15. 2면.

오도답파여행五道踏破旅行*

口社告

이번『매일신보』기자 이광수를 파견하여 각 지방을 편력케 하고, 유지有志를 찾아가 신정新政 보급의 정세를 살피며, 경제, 산업, 교육, 교통의 발달, 인정 풍속의 변천을 관찰하고, 아울러 흩어져 사라진 명소와 옛 유적을 탐색하고 명현일사名賢逸士의 자취를 찾아 널리 천하에 소개하게 되었는 바, 이일의 성공여부는 오로지 관헌 및 지방 유지 여러분의 원조 여하에 달려있다고 생각합니다. 바라건대 본사의 이 일에 찬동하심과 동시에 동정과 제반 편의를 봐주시기를 간절히 바랍니다. 우선 지면상으로나마 이렇게 부탁드립니다.

경성일보사·매일신보사 올림**

湖西로부터(1)

◇6월 26일 아침 남행 기차 안에서 우연히 시마무라 호게츠島村抱月, 마츠이 스마코松井須磨子 일행을 만났습니다. 명함을 드리고, 여행 소감 및 조선 문학의 장래에 대하여 의견을 배청하고 얻은 바가 적지 않았습니다.

◇일행은 인천에서 목포로 가는 길인데, 매우 피로한 듯 스마코는 차실에 들어가자마자 수면을 취할 자리를 찾았습니다. 호게츠 씨는 우선 스마코에게 자리를 잡아준 다음 자신도 공기를 넣은 베개에 기대어 잠시 망중한忙中閑의 단잠에 빠졌습니다. 스마코의 양녀라는 머리를 땋아 내린 어여쁜 처녀

---

* 원문 일본어. 李光洙,『京城日報』, 1917.6.30-9.7.
** 사고.『京城日報』, 1917.6.26.

는 이따금 맑은 눈을 뜨고는 따분한 듯이 실내를 둘러봅니다. 자신들은 예술을 위해서라고 말할지도 모르지만, 곁에서 보면 역시 지방 순회공연 배우로서 차라리 딱한 느낌이 듭니다.

◇목포 및 부산에서 각각 이틀간 흥행을 하고 다음달 초에는 도쿄로 돌아간다고 합니다. 차실의 승강대에 높다랗게 층층이 쌓인 트렁크, 가방, 꾸러미 등은 묻지 않아도 예술좌藝術座 일행의 짐이라는 것을 알 수 있습니다. 그 속에는 카츄샤의 가발과 의상도 들어 있을 것을 생각하면 어쩐지 우스워집니다. 조치원에서 잠깐 일행의 객실을 엿보니 모두들 시베리아의 꿈이라도 꾸고 있는 듯해서, 조용히 일행의 앞길을 기도하고 소생은 플랫폼을 나와 공주행 자동차에 탑승했습니다. 호게츠 씨 일행과 만난 것은 뜻밖의 횡재로서 크게 기뻤습니다. 이만 총총(조치원에서)

◇자동차는 숫돌같이 탄탄한 공주 가도街道를 질풍같이 달립니다. 조선이 이와 같이 훌륭한 도로를 가지게 된 것은 흔쾌의 극치입니다. 다만 유감인 것은 붉은 산, 말라버린 하천, 초라한 가옥입니다. 하루 빨리 모두 저 도로와 같이 훌륭하게 되었으면 하고 생각합니다. 우리들이 마음을 단단히 먹고 크게 분투 노력해 볼 만한 곳이 아닙니까. 공연히 자기의 이익만 좇아 다니지 말고 큰일에 눈을 두는 유지인사有志人士가 많이 나오기를, 가뭄의 비와 더불어 간절히 바랍니다.

◇25년 계획으로 식림사업을 완성할 예정이라고 합니다만, 민간의 자각과 노력 없이는 도저히 성공하기 어려울 것이라고 생각됩니다. 기회 있을 때마다 조선인에게 식림사상을 고취하는 것이 실로 급무 중의 급무가 아니겠습니까.

◇특히 충청남도의 산은 심하게 벗겨져 있는 듯합니다. 저 붉은 산, 모래만 남은 하천을 보고 있자면 아라비아나 페르시아 등지의 불모지가 연상되어 사뭇 비애의 느낌을 줍니다. 지금도 산의 음지로부터 낙타의 무리가 느

릿느릿 걸어나올 듯이 생각됩니다.

◇하천의 형상으로 보면 원래는 수량도 적지 않았던 듯한데, 아마도 삼림이 모두 사라지면서 하천의 물도 모두 사라진 것으로 생각됩니다. 저 산들이 삼림으로 덮이게 되면 그때는 하천도 부활할 것이라고, 그때가 더더욱 기다려집니다.

◇3, 4년 전까지는 강경에서 공주까지 석유발동기선이 운행했다고 합니다만, 금강의 수량은 점점 감소하여 오늘날에는 우기雨期를 빼놓고는 작은 배의 운행조차 불가능한 모양입니다. 이대로 가면 수백 년 후에는 금강과 같이 큰 강도 한낱 모래뿐인 하천으로 변하고 말 운명을 면할 수 없을지도 모릅니다. 오백 년의 학정이 마침내 산과 강까지도 고사시켰다고 생각하면 몸에 소름이 돋는 것을 깨닫습니다.

◇산성山城 공원의 녹음을 바라보며 금강의 맑은 물을 건너 이천 년의 옛 도읍인 공주로 들어간 것은 바로 26일* 오후 1시 반. 이로부터 도청과 기타 여러 관공서를 방문하고 이어서 부근의 뛰어난 경치를 찾을 예정입니다. 이만 총총.(6월 26일 공주에서)(1917.6.30.)

湖西로부터(2)

◇공주에 도착하여 여장을 풀 여유도 없이 곧바로 도청 도장관을 방문했습니다. 안내된 곳은 조용한 장관실로, 장관은 서류에 도장을 찍고 있던 손을 쉬고 상냥하게 기자를 맞았습니다. 반백의 머리칼을 가진 과연 친절한 듯하고 듬직한 분이었습니다. 우선 아베阿部 사장으로부터 소개가 있었다고 말씀하시고, 이어서 매우 열심히 기자의 여러 질문에 답변해 주셨습니다.

◇충남은 예로부터 양반의 본고장으로 각 명문거족이 곳곳에 세력을 뻗쳐 쉬이 신문명을 받아들이지 않을 정도로 완고한 자가 많이 있습니다만,

---

* 원문에는 '27일'이라고 되어 있으나 하루 동안의 여정을 다루고 있으므로 26일이 맞다.

그들은 원래 교육 있는 상류계급인 만큼 일단 각성하는 자는 급속하고 철저한 진보를 보일 것이라고 합니다. 이 비둘기 같은 양반촌에는 독립한 보통학교가 있고, 다른 마을도 점차 신정新政을 이해하게 될 것이라고 합니다.

◇산업의 발달에 관해서는 특히 뜻을 두어 양잠 및 저포업苧布業을 극력 장려한다고 합니다. 도내道內는 토양과 기후가 모두 잠업蠶業에 적당하므로 10년 계획으로 심을 수 있는 데까지 뽕나무를 심고, 장래에는 오늘날까지 유해무익한 금강의 물을 이용하여 공주에 대규모 제사공장製絲工場을 일으킬 계획이라고 합니다. 그러면 대전, 논산 등에 상권을 빼앗긴 공주도 공업지로서 새로운 생명을 얻을 것으로 생각됩니다.

◇마지막으로 장관은 시정施政의 방침으로서 계발주의啓發主義를 취할 것이라고 합니다. 조선인은 억누르는 게 제일이라고 주장하는 자가 많지만 이는 결코 득책이 아니다, 억압받은 자는 그 압력이 줄어듦과 동시에 옛날로 돌아가게 마련이다, 충분히 이해득실을 납득시켜 내심으로부터 정부의 지도에 따르도록 하는 것이 계발의 근본 뜻으로서 이렇게 하는 것만이 비로소 철저하게 조선인을 교화시킬 수 있다고 말씀하시고, 드러내놓고 회심의 미소를 지으셨습니다. 혹은 다른 도보다 모든 면에서 늦어질지도 모르지만 그래도 그 결과 면에서는 다른 도보다 나을 것을 확신한다고 말씀하시고, 세 대째 권련에 불을 붙이셨습니다.

◇장관은 차례차례 탁상의 초인종을 눌러 각 부장 및 주임을 불러서 기자가 청구하는 설명서와 통계표를 작성하도록 명하셨습니다. 내일 다시 찾아뵐 것을 기약하고 장관실을 나온 것은 막 세 시가 지나서. 저녁 식사 후 몇 사람을 방문하고 각각 의견을 배청할 예정입니다. 흐린 날씨로 인해 찌는 더위가 자심합니다. 이만 총총.(6월 26일 공주에서)(1917.7.1.)

湖西로부터(3)

◇유지인사有志人士 방문의 전말은 별로 각별히 말씀드릴 만한 것도 없습니다만, 김갑순金甲淳군의 활동성은 크게 추천하여 장려할 만하다고 생각됩니다. 군은 조치원에서 공주와 청주, 공주에서 논산에 이르는 지역의 자동차의 경영자로서, 이것만으로도 사업 경영력이 부족한 조선인에게는 특별히 뛰어난 것이라고 할 만합니다. 그밖에도 공주의 시장 및 관개사업灌漑事業 등에 전력하여 충남에 으뜸가는 유력한 실업가의 이름이 부끄럽지 않습니다. 김군은 경성 방면 여행 중이라 만날 기회를 얻지 못한 것이 무척 유감입니다.

◇서한보徐漢輔씨를 비롯하여 지방 유지 세 사람을 면회했는데, 가장 소생小生의 주의를 끈 것은 서노인을 제외하고 세 사람 모두 일본옷을 입고 일본식 생활을 하는 것이었습니다. 특히 이현주李顯周씨 등은 자녀를 모두 심상소학교尋常小學校에 보내고, 가정 안에서도 고용인까지 일본어를 사용하였습니다. 소생의 질문에 대답할 때도 반드시 일본어로 하고, 소생도 부득이 일본어로 질문해야 했습니다. 그다지 유창한 일본어도 아니건만 조선어로는 만족하지 못하는 모양이었습니다.

◇소생이 투숙한 조선 숙소에는 숙박인이고 방문객이고 할 것 없이 대개는 유카타浴衣와 게다下駄 차림으로, 말을 건네고서야 비로소 조선인인 줄 알 정도였습니다.

◇본사 통신원 나카츠中津군은 이곳에 약 10년 간 거주했다는데, 군의 이야기에 의하면 10년 전과 오늘날과는 마치 다른 세상 같다고 합니다. 상투 차림의 공주가 유카타와 게다 차림의 공주로 변한 것은 실로 창상지변滄桑之變이라 할 만하니, 감개무량입니다.

◇오늘 아침 나카츠군의 안내로 비를 무릅쓰고 금강錦江 및 산성山城 공원을 관람했습니다. 어젯밤 호우로 금강도 다소 불어난 듯이 보입니다만, 아직

배를 띄울 정도는 아닙니다. 공북루拱北樓 위에 서서 가랑비 내리는 금강을 조망하는 것도 흥취가 있었습니다. 일찍이 충청도의 총본산總本山이었던 산성의 영은사靈隱寺를 찾으니, 예스럽고 질박한 여러 폭의 불화佛畵가 회고의 정을 자아냅니다. 발길을 돌려 이괄李适의 난亂 당시 주필지駐蹕地였던 쌍수정雙樹亭을 배회한 것도 잠시, 이른바 공자公字형으로 둘러싸인 산협 가운데 있는 소도회를 한눈에 거두고 지금도 무너질까 싶은 진남문鎭南門을 나와, 이 유서 있는 옛 성을 물러났습니다. 석양에 이곳을 떠나 부여로 향합니다. 이만 총총.(6월 26일 공주에서)(1917.7.2.)

아름다운 경치, 그 감개(1)

— 백마강 위, 백제의 옛 도시 부여를 찾아서

부여의 땅, 풀 한 포기 나무 한 그루 그 어느 것이 역사를 이야기하지 않는 것이랴. 발을 한번 부소산扶蘇山으로 내디디면, 황량한 푸른 풀 사이 한 조각 기와의 파편이 흩어져 있는 것을 볼 것입니다. 이것이 실로 삼국시대의 꽃으로서 백오십 년의 영화가 극에 달한 백제의 왕성王城 사비성泗沘城의 기념물이란 말입니까.

◆이것이야말로 실로 왕께서 사용하시던 화로의 향내를 맡던 것, 이것이야말로 남훈전南薰殿의 태평가太平歌에 전율하던 것. 그날 밤, 천이백오십 년 전의 그날 밤, 나당연합군의 햇불에 아까운 구중궁궐九重宮闕이 재가 되어버린 그날 밤, 하늘을 찌르는 불꽃에 몰려 가련한 최후의 비명을 내지르며 공중으로 날아오른 것이 실로 이 기와 조각. 봄 바람에 가을 비 그 숱한 세월, 정사의 흥망이 또 몇 대. 지금 유유히 흐르는 백마강은 망국의 한에 목이 메고, 잇대어 늘어선 청양靑陽의 연산連山은 흰구름이 오가는 것을 바라볼 뿐.

◆만승萬乘의 왕릉은 풀이 점점 무성하고 백화百花의 정원은 보리밭으로 변하고 만 지금, 홀로 당시의 영화와 당시의 비참을 이야기하는 것으로서는

실로 이 기와 파편이 있을 뿐입니다. 태후와 태자를 데리고 밤중에 웅진熊津으로 피난하여 가신 의자왕義慈王의 원한, 영화榮華로운 꿈 미처 깨지 못한 채 검은 연기로 어둑한 송월대送月臺의 달 아래 낙화암의 꽃으로 흩어져 사비수의 포말로 사라진 요염한 꽃을 무색케 하는 비빈妃嬪들의 혈루, 물으면 대답할 것은 실로 이 기와 파편입니다. 소생은

◆부소산의 최고봉인 송월대에 앉아 사비왕성의 폐허를 바라보며 곡을 하자니 그럴 수도 없고, 울자니 아낙네에 미치지는 못해도 만감이 번갈아 들어 어찌할 바를 모르겠으며, 감개무량이란 이런 경우일 것이라고, 안내하는 헌병 보조원을 돌아보니 그는 무엇을 생각함인지 빙긋 웃을 뿐입니다. 이곳은 무슨 전殿, 저곳은 무슨 궁宮, 아마도 저 평탄한 곳은 궁인들이 공을 차던 곳 등등 끝없는 상상에 빠지노라면, 몸은 현재를 떠나 멀리 천이백 년 전으로 거슬러 올라가 사비성의 영화를 눈앞에 보는 듯한 느낌이 듭니다.

◆붉은 난간, 그림 같은 누각과 나란히 관현악기의 음도 자못 가련히 백마강 위에 늘어선 것은 강남江南 천축天竺의 상선商船. 그러나 아아, 눈을 뜨면 그것은 한바탕 환영으로 눈앞에 놓인 것은 이 기와 파편뿐입니다. 부소산扶蘇山은 위치도 좋고, 형태도 좋으며, 멀리 둘러선 연산連山의 검푸른 빛도 역시 좋습니다. 비스듬히 호를 그려 조용히 흐르는 사비수는 더욱 좋고, 좋은 강산이요 아름다운 강산입니다. 이 강산에는 그 주인이 없어서는 안 됩니다. 이 강산의 주인은 오직 문아文雅한 백제인이 있을 따름입니다.

◆이미 백제인이 없으니 강산은 누구를 위하여 오랜 세월 자태를 꾸미는지 아아, 무상한 것은 인사人事요 무정한 것은 강산이라. 케케묵은 어투라 해도, 지금 이곳은 이 어구만큼 어울리는 것도 없다고 생각합니다. 부소산 동쪽 끝으로 지팡이를 끌고 창고의 불탄 자취를 애도하고 다시 발걸음을 돌려 천 길 낭떠러지를 미끄러지다 보면, 여왕이 국운國運의 만세를 빌었을 것이라 생각되는 고란사皐蘭寺입니다. 계단 앞 늙은 소나무에는 까치 둥지가 있

고 물가의 수양에는 꾀꼬리가 웁니다. 절은 작지만 경치는 실로 절경絶景. 거기서 가파른 바위를 의지해 푸른 넝쿨을 더위잡고 위태로운 좁은 산길을 따라 수십 걸음.

◆다리 아래는 백마강의 푸른 물이 바위에 격하게 울부짖고 머리 위는 천 길 가파른 바위가 하늘을 뚫고 솟아오르니, 이것이 바로 그 유명한 낙화암落花岩입니다. 똑똑, 하고 바위 틈으로 떨어지는 것이 설마 그날 밤 궁녀의 피는 아닐 것입니다. 만고萬古의 쾌작快作인 평제탑平濟塔의 미술적 가치는 이미 확고하여 움직일 수 없습니다. 수차정水此亭의 빼어난 경치와 천정대天政臺의 기이한 경치도 천 리를 와서 꼭 찾을 만한 가치가 충분하다고 생각합니다.(1917.7.2.)

아름다운 경치, 그 감개(2)
— 왜 오늘날까지 부여가 잊혀졌을까

소생이 사비성터를 애도한 것은 가랑비 내리는 아침이고, 평제탑을 상찬한 것은 석양이 바로 부산浮山에 잠기려던 저녁 무렵입니다. 그리고 동문東門 밖 백제왕릉 및 백제인의 묘지를 찾은 것은 날이 이미 저물어 옛 성의 까마귀가 둥지를 찾느라 서두르던 황혼 무렵으로, 각각이 한 층의 흥취를 더했을 것은 미루어 짐작하시리라 생각합니다.

◆다만 한 가지 유감인 것은 백마강 위에 뜬 명월明月을 보지 못한 것으로, 어젯밤 우연히 숙소에서 잠이 깨어 문을 여니 푸른 하늘은 씻은 듯이 새벽달이 밝게 빛났습니다. 잠옷을 입은 채로 뛰쳐나가 이슬 맺힌 우거진 풀을 밟으며 다시 그 옛날로 돌아간 것 같은 기분으로 정처 없이 거닐었습니다. 그 아름다운 경치와 그 감개는 쓰자니 너무 깁니다. 다만 짐작에 맡겨드릴 따름입니다.

실로 부여는 '유서 있는' 등의 말로 형용할 만한 것이 아닙니다. 역사적 유적, 또는 빼어난 경치로서는 소생이 아는 한 조선 제일이라고 말씀드릴 만합니다. 평양은 풍경은 아름답지만 이미 왕검王儉의 성城도 없고 고구려의 도읍도 남아있지 않습니다. 경주는 역사적 고적古蹟이 많지만 백마강의 아름다운 경관은 없습니다. 그런데

◆오늘날까지 부여가 잊혀진 것은 조선인에게 조선사의 지식이 없는 까닭이니 무척 유감이라고 생각합니다. 다행히 전년에 열린 공진회共進會 당시 오하라小原 전 충남 도장관道長官의 열성적인 소개로 일본인 사이에는 꽤 널리 알려졌다고 합니다만, 조선인에게는 아직 부여가 어떤 곳인지 모르는 자조차 많으니, 수치스럽다고 해야 할지 슬프다고 해야 할지 모르겠습니다. 지금 부여에는 보승회保勝會가 있고, 도로가 좋은데다 여관 설비도 갖추어져 있고 또 헌병분대 및 군청에서 여러 가지로 편의를 봐주고 있으니, 경치를 찾는 것도 가능할 것이고 수학여행도 가능할 것이라고 생각합니다.

◆경성의 귀족, 부호께서 이러한 유서 있는 땅에 별장을 짓고 멋지게 피한避寒과 피서避暑를 해보면 어떨는지. 한 마디 덧붙입니다. 부여에서 공주 가도街道를 따라 약 1리里*되는 가증리佳增里라는 곳에는 유사有史 이전의 묘지가 있는데, 년전 토리이鳥居 씨라는 이의 감정鑑定에 의하면 적어도 4천 년 이전의 것이라고 합니다. 또 마찬가지로 부여에서 청양 가도街道까지 걸어서 약 1리 되는 나복리羅福里라는 산속에는 석기시대의 거주지가 있어 각종 유물이 발견되었다고 합니다. 이에 따르면 이 부근에는 적어도 4, 5천 년 전부터 주민이 있었던 듯합니다.

◆이 두 곳은 부여에 놀러오는 이가 꼭 함께 찾아가볼 만한 곳이라고 생각합니다.

이제부터 쪽배를 저어 백마강을 내려가 강경으로 떠날 여장을 꾸리고 나

---

* 1리里는 약 0.39km.

서 이 글을 쓰겠습니다. 맑고 더운 날씨입니다.(6월 27일 부여에서)(1917.7.3.)

湖南으로부터(1)

◇이리에서부터 경편철도輕便鐵道로 2일 오후 전주全州에 도착했습니다. 도중 소생의 흥미를 끈 것은 전주 일대 산의 형상이 수려한 점이었습니다. 뾰족이 솟은 산봉우리 어느 하나 선미仙味를 띠지 않은 것이 없고, 실로 전주는 산으로 지탱된다고 말씀드리고 싶습니다. 도군참사道郡參事, 청년구락부원 및 기타 유지 인사들께서 맞아주셨고, 은행옥銀杏屋이라는 여관에 투숙하였습니다. 출발 이래 이러한 환영을 받기도 처음이거니와, 이렇게 훌륭한 여관에 위세 좋게 들어 보기도 처음입니다. 솔직히 말해 일생 처음이라 할 만해서 공연히 무서워지는 것도 무리가 아닙니다. 팔첩방八疊房 모기장 안에서 십여 일 이래 처음으로 편안히 푹 잤고, 오늘 아침 10시 도청에 이李 전북 도장관을 방문하였습니다. 과연 온후하고 애교가 넘치는 노신사로서 친절하게 여러 가지로 설명을 해주셨습니다.

◇취임한 지 아직 얼마 되지 않아 본 도道의 사정에 어두움을 말 머리에 친절히 말씀하신 지 약 두 시간, 얻은 것이 실로 퍽 많았습니다.

◇유명한 전북평야를 가진 본 도道에서 가장 힘쓰는 것은 보통농사의 개량이다. 수리水利를 정리하고, 종자의 선택 및 경작 방법의 개량이 제대로 이루어지면 충분히 2배의 수확을 얻을 것이다. 그리고 현재 착착 진행중이니까 십수 년을 지나지 않아 실현을 볼 것이라고, 확신 있는 어조로 말씀하셨습니다. 현재 도 내에 4개의 수리조합이 있고 점차 확장 및 증설할 것이며, 특히 주목할 것은 이들 사업이 조선인에 의해 훌륭하게 경영되고 있는 점으로, 이것만 보더라도 조선인이 얼마나 각성하고 있는지 짐작할 수 있을 것이라고 말씀하셨습니다.

◇다음으로 힘쓰는 것은 양잠의 장려로, 5년 이내에 도 내에서만 약 3만

석의 누에를 생산할 예정이라고 합니다. 소작인의 궁핍상을 구제함에는 부업副業에 의존함 외에 방도가 없고, 부업 중에서는 양잠보다 나은 것이 없으며, 5년 이내에 전라북도를 양잠의 도가 되도록 할 것이라는 등, 그 의기를 당해낼 수 없었습니다.

◇다음은 제지업製紙業인데, 본 도는 조선 제일의 종이 생산지로서 조선 종이는 만주 수출 품목에서 중요한 위치를 차지한다. 본 도에서는 점차 그 발달을 꾀하기 위해 한 편으로 원료의 재배를 장려하고, 다른 한편으로 모범 제지공장製紙工場을 일으켜 종래의 원시적인 제조법을 기계공업적으로 바꾸려 한다. 시작한 지 얼마 되지 않아 아직 현저한 성적은 없어도 점차 성공에 가까워질 것을 기대한다고 말씀하시고, 왼쪽 미간을 약간 치켜 올리고는 빙긋 웃으셨습니다.(7월 3일 오후 4시 전주에서)(1917.7.6.)

湖南으로부터(2)

◇다음으로 장관이 소작인의 궁핍한 상황 및 그 구제책에 대해 말씀하신 것은 주목할 만합니다만, 여기서 자세히 언급할 여유 없음을 유감으로 생각합니다. 다만 한 가지 빠뜨릴 수 없는 것은 조선인의 상공업에 대한 이 장관의 의견입니다.

◇우선 상업에 대해 말하기를, 조선인은 결코 내지인과 경쟁할 만한 위치에 있지 않다. 조선에 판매되는 물품은 대개 일본에서 만들어진 것으로, 일본인은 직접 원산지에서 수입하지만 조선인은 아직 그렇게 충분한 자본력 및 지식이 없고, 일본 상인이 일단 수입한 것을 이중으로 사들여 판매하는 것이라 당연히 일본 상인의 물품보다 비싸지 않을 수 없다. 설령 소매상인의 경우 조선인에게 아무런 차별이 없더라도 구매자는 일본 상인에게 직접 구입하는 것을 좋아하는 모양이니, 어느 점에서 보더라도 조선 상인은 불리한 위치에 있다. 조선에서 소비되는 물품이 전부까지는 아니더라도 대부분

조선의 공장에서 만들어지지 않는 한 조선인의 상업은 결코 진흥할 수 없을 것이라고 말씀하셨습니다. 그렇다면 조선인은 공업을 경영할 수 있는 환경에 있느냐 하면 그것도 아니다, 대개 조선인에게는 아직 대공업을 경영할 만한 기술과 능력이 없고, 설령 기술과 능력이 있어 어떤 종류의 공업을 일으키려 해도 내지內地의 공업과 경쟁하기에 충분한 자본력이 없으니, 조선인으로서 공업을 일으키는 것은 오늘날의 사정하에서 도저히 불가능하다고 개탄하시고, 이전 대구에 있던 제사공장製絲工場을 예로 들었습니다.

◇그러면 어떻게 할 것인가. 가능한 한 개량을 시행하면 농업만으로도 혹은 끼니를 잇는 데 차질 없는 정도까지 이를지도 모른다. 그러나 전혀 상공업을 갖지 못한 조선인은 결코 부富를 이루지 못할 것이다. 이에 한 가지 방도가 있다. 오직 한 가지 방도가 있을 뿐이니, 내지의 대자산가가 조선에 많이 와서 큰 공장을 세우는 것이 그것이다. 그러면 직접적으로는 직업 없는 조선인에게 생활의 방도를 주고, 간접적으로는 조선인의 상업에 새로운 기운을 줄 것이다. 그밖에 다른 길이 있다고는 생각할 수 없다. 오직 내지의 대자본가가 오기를 기다리는 게 좋다고 거듭해서 말씀하셨는데, 세상을 근심하는 정이 절절하여 듣는 이에게 몹시 감동을 주었습니다.

◇자작자급自作自給은 테라우치寺內 전 총독이 내건 모토이고, 총독이 바뀐다 해도 이 모토는 변하지 않는다. 어떻게든 하루라도 빨리 조선을 자작자급의 땅으로 만들고 싶다. 내지인 대자산가의 분기奮起를 기다림과 동시에 조선인도 대자각하지 않으면 안 된다고, 한 마디 한 구절에 열성을 담으셨습니다.

◇전주를 떠나기 전에 또 한두 차례 고견을 들을 기회가 있을 것이니, 우선은 이것으로 붓을 놓습니다.

◇마지막으로 이번 기회에 본사 전주 지국장 및 기타 관민 유지 여러분께 깊이 감사의 뜻을 표합니다. 모두들 온후하고 독실하며 유력한 신사로서 성

심껏 소생을 환영해주심은 본사를 매우 아끼시는 까닭이라 무척 감격했습니다. 아침부터 비가 내리고, 하천의 물이 불어난 것이 2, 3척尺됩니다. 이만 총총.(7월 3일 오후 4시 전주에서)(1917.7.7.)

湖南으로부터(3)

◇비 또 비, 내리다가는 그치고 그쳤다가는 내리고. 아아, 비의 전주로다. 모처럼의 구경 계획도 엉망이 되었습니다. 여관의 난간에 기대어 쏟아지는 비를 쳐다보며 통신문이라도 쓸까. 맞은 편 방에는 방금 법원에서 돌아온 광주 지방법원장이 유카타浴衣 차림으로 파리 잡기에 열중하고 계십니다. 좍좍 내리면 한바탕 바람이 집안에 가득차 시원함을 맛볼 수 있지만, 문득 그치면 또 찌는 더위입니다. 하루 중 봄가을, 아니 여름겨울을 몇 번이나 지나는 느낌입니다.

◇비가 잠깐 멈춘 틈을 엿보아서는 보고 또 보고, 전주라는 고을도 대강 다 보았습니다. 1만이 조금 넘는 인구를 가진 산간山間의 소도회에 지나지 않지만, 꽤 풍요로운 풍경을 가진 산뜻한 고을입니다. 기린봉麒麟峯, 남산南山, 산성山城 등의 형태도 아름답고, 빛깔도 아름다우며, 정연한 길거리와 말쑥한 도로 어느 것이나 여행객의 눈을 즐겁게 합니다. 전주의 긴자銀座라 칭하는 대정정大正町은 꽤 도회의 체재를 갖추었고, 통행인도 경성의 뒷골목 근처보다는 훨씬 빈번히 오갑니다. 은행이 있고, 신문사가 있고, 신사神社가 있고, 사찰이 있고, 전화번호도 4백 가까이 되고, 전등도 조만간 켜진다고 하니, 점점 유쾌한 곳이 될 것입니다.

◇강으로 말하면 시냇물보다 조금 나은 정도이긴 합니다만, 발을 씻고 눈과 귀를 즐겁게 하기에는 충분하고, 특히 다가정多佳亭 부근에는 규모는 작아도 다리가 있고 여울이 있고 산 그림자가 있어 꽤 어지간합니다. 절벽에 걸린 한벽당寒碧堂도 속진俗塵을 떠난 흥취가 칭찬할 만하고, 산성의 작은 사찰

에서도 하루의 선미禪味를 맛볼 수 있습니다.

◇이곳은 본래 변한卞韓의 비사벌比斯伐이자 백제의 완산完山, 나중에 견훤
甄萱이 후백제의 도읍을 세운 곳입니다. 또 이조李朝 선조들의 무덤 터라 대
단한 고적古蹟은 아니지만 회고 거리가 전혀 없지도 않습니다. 이태조가 아
지발도阿只拔都를 쳐부수고 의기양양하게 개선凱旋한 오목대梧木臺에서는 당
시 영웅 의 심사를 떠올릴 만하고, 무성한 풀로 뒤덮인 조경묘肇慶廟와 경기
전慶基殿을 바라보면서는 이조 오백 년의 한 많은 꿈의 자취를 더듬을 수 있
습니다. 일찍이는 성지聖地로도 숭앙받았던 덕진德津이 지금은 다만 솔숲과
연蓮의 명소로서만 세상에 알려진 것에 생각이 미치면, 변화무쌍하여 잠시
도 머물러 있는 법이 없는 세상의 모습에 사뭇 감개가 없을 수 없습니다.

◇전주의 조선인은 꽤 활동적인 것처럼 느껴집니다. 순 조선인의 경영으
로 완천합자회사完天合資會社가 있고, 사립 잠업전습소蠶業傳習所가 있고, 대규
모의 교풍회矯風會가 있고, 성질이 그와 거의 흡사한 청년구락부가 있습니
다. 완천회사 및 잠업 전습소는 전주의 재산가이자 유력인인 박영근朴永根씨
가 힘쓰는 것으로 성적이 꽤 양호하다고 합니다. 전주에는 30인 이상의 기
생이 있다고 하니, 청년구락부는 이에 대한 방어진이 될 것입니다. 거침없
이 타락에 빠져들어가는 조선 각 대도회의 청년을 구제하는 것은 눈앞의 급
무로서, 이러한 청년 단체는 무엇보다도 시의적절한 것이라고 생각합니다.
부윤府尹, 군수郡守 여러분들이 공무公務의 여가에 이런 아름다운 사업을 해
주시면 어떨는지.

◇또 찌는 듯이 더워집니다. 법원장은 어딘가 외출하시고, 때를 만난 하녀
들이 왁자지껄 떠들어댑니다. 내일 아침은 우선 열차로 이곳을 출발하여 대장
촌大場村 호소카와細川 공작의 농장을 참관하고 광주로 향할 예정입니다. 전주
에 머무는 동안 두터운 동정을 베풀어주신 관민 유지 여러분께 새삼 깊이 감사
드립니다. 이만 총총(7월 4일 오후 3시 전주에서)(1917.7.8.)

湖南으로부터(4)

◇어제 저녁 전주 관민 유지 4, 50인이 소생을 위해 환영 잔치를 열어주셨습니다. 이李장관과 김金참여관, 김金군수도 참석해 주셨고, 소생에게는 실로 과분한 영광이었습니다. 더운 날씨에 오도五道를 돌아다니는 것이 오죽이나 힘들겠느냐고 위로해 주시는 분도 있고, 될 수 있는 한 조선의 현상을 자세히 살펴 세상에 소개해 달라고 격려해 주시는 분도 있었습니다. 이는 실로 과중한 부담이니, 어떻게 해야 이토록 절절한 그 분들의 기대에 부응할 수 있을는지. 다만 오직 있는 힘을 다해볼 결심이 있을 따름입니다.

◇연석宴席에는 관리가 있고, 실업가가 있고, 은행원, 회사원이 있고, 신문기자가 있고, 노인, 청년이 있습니다. 사회의 온갖 계급을 무시하고 한 가족처럼 잔을 주고받는 것은 실로 아름다운 광경이라고 할 만합니다. 마츠나미松波 전북全北 일일신문日日新聞 사장의 말씀처럼 전주의 특색은 관민의 융합에 있는 것처럼 보입니다. 이李장관이 평민적이라는 것은 지금 새삼 말씀드릴 것도 없지만, 그밖의 관리 분도 다들 인민人民과 의사소통하는 데 힘쓰고 계시다니 참으로 기뻤습니다. 전주인은 욕심 많고 인색하고 교활하다는 등 비난하는 경향도 있습니다만, 소생이 접해본 바로는 그렇게는 느껴지지 않았습니다. 한 도의 수부首府의 인민으로서 부끄럽지 않다고 생각합니다.

◇새로 일으킬 만한 사업이 많음에도 불구하고 조선인은 아직 이러한 사업에 출자出資하기를 좋아하지 않고, 특히 전주인이 그렇다는 등 개탄하는 자도 있다고 합니다만, 그렇게 하루 아침에 머리가 깨이는 사람은 없다고 생각합니다. 일본인은 지식을 내고 조선인은 자본을 내면 충분히 유익한 사업을 이룰 수 있다는 등 애석해하는 자도 있는 모양이지만, 남의 머리만 믿고 자신의 재산을 내놓는 사람도 없을 것입니다. 그 사업의 의의도, 이익과 손해도 이해하지 못한 자가 어떻게 그 사업을 위해 출자하는 것을 수긍하겠습니까. 신지식이 보급됨에 따라 조선인 사이에도 사업열이 일어날 것은 분명합

니다. 그러면 오늘날 조선인에게 사업열 없음을 꾸짖을 것이 아니라, 그들에게 자극이 될 만한 일본의 자본가가 조선에서 사업을 일으키는 일이 적은 것을 꾸짖어야 하지 않겠습니까. 이李장관의 말씀처럼 조선의 상공업은 일본인 재산가의 분기에 의해서만 발흥할 운명을 가졌다고 생각합니다.

◇본사 전주 통신원 이데井出노인과 부산일보 전주 지국장 쿠라다倉田노인도 참석하셨습니다. 두 분 모두 조선통, 전주통으로 조선의 음식까지도 무엇이든 푹 빠져있다고 할 정도입니다. 연로하여 활동은 생각뿐이고, 신문기자新聞記者라기보다 빈문기자貧聞記者라는 둥 해학이 넘치셨습니다. 때로 본사에서 꾸중을 듣는다고 말씀하신 것은 정말인지 농담인지. 꽤 민활한 수완가라는 평이 높다고 합니다.

◇십수 명 전주 미인의 알선으로 주인과 객은 무척 즐거웠습니다. 술이약한 소생은 흠뻑 취하여 필시 여러분께 실례도 많았을 것입니다. 끝으로잠시 사죄드립니다.

◇연일 내리는 비로 수해水害도 다소 있고 경철輕鐵도 불통이라니, 소생은바야흐로 도보여행의 본색을 발휘하여 터벅터벅 이리裡里로 향할 생각입니다. 삼한시대三韓時代에는 무슨 국國 무슨 국國 나라가 구십, 백여 개나 되었으니, 이 근처는 대부분 어느 나라의 고읍이었을 것입니다. 2, 3인이 협력해야 겨우 사용했다는 긴 창을 든 마한인馬韓人이 이곳 저곳 돌아다녔을 모습을 상상하면서 전북평야를 돌아다니는 것도 한 흥취일 것이라고 생각합니다. 이만 총총.(7월 5일 오전 8시 전주에서)(1917.7.9.)

湖南으로부터(5)
◇조선인의 주요한 특색은 하고 물으면, 소생은 예술적이라고 대답하고자 하는 사람입니다. 오늘날의 추악한 조선인만을 본 사람은 소생의 어리석음을 웃을지도 모릅니다만, 오늘날의 조선인은 결코 진짜 조선인이 아닙니

다. 지나화支那化해 버리려다가 실패한 일종의 변형된 조선인입니다. 삼국시대 이전의 조선인은 결코 이런 요보상ㅋボさん은 아니었습니다. 그들에게는 무武가 있고, 문文이 있고, 힘이 있고, 부富가 있었습니다. 수당隋唐의 대군大軍을 멋지게 격파한 것도 그들이고, 일본 및 지나支那에 음악 미술상 커다란 영향을 준 것도 그들입니다. 지금은 옛 모습을 찾아볼 수 없을 정도로 초라하지만, 반도半島 각지의 견고한 성벽, 도회, 도로, 사원, 박물관의 가치 있는 물건 대부분이 그들의 손으로 이루어졌습니다. 불교를 소화한 것도, 당唐의 문명을 완전히 받아들여 소화한 것도 그들입니다. 고려 초기 이후 이조李朝 시기까지 천 년 가까이 조선인은 조상의 유산을 파괴하고 닳아 없어지게 했을 뿐, 건설하고 진보시킨 것이 없습니다. 경주의 도시는 백만 인구를 가졌는데 이조의 경성은 이십만을 넘지 못한 것은 과연 무엇을 의미하겠습니까. 오늘날 조선에 남은 것은 그들이 파괴해버릴 수 없었던 몇몇 잔류물뿐입니다. 마치 온 땅의 삼림을 먹어치우고자 압록강 기슭에 약간의 삼림을 남겨두는 것과 같은 꼴입니다.

소생은 요보상이 결코 조선인의 정체가 아님을 극력 주장하는 동시에 조선인의 여러 특색 가운데 예술적인 것이 그 가장 현저한 특색이라고 단언합니다. 삼국三國 이전의 기록은 거의 전부 소실되었다고 해도, 한漢·당唐·수隋의 서적 및 일본에 남아있는 모든 기록 및 유물을 종합하건대, 당시의 음악 미술의 발달은 실로 놀랄 만합니다. 천하의 중심이라고 자칭한 지나조차도 조선의 악곡樂曲, 조선의 미술품을 귀중히 여겼을 정도이고, 나라奈良·헤이안平安 시대의 음악 미술은 태반 삼국인의 손으로 이루어졌다고 할 정도니, 이것만으로도 소생의 이야기가 거짓이 아님을 증명할 수 있을 것입니다. 특히 백제인은 이 점에 있어서는 가장 빼어났습니다.

◇백제인이 살던 땅에 살고 있는, 그들의 직계 자손인 전라도인의 혈관 속에는 실로 백제인의 예술의 피가 흐릅니다. 재래로 조선의 미술공예 및

음악의 중심은 단연 전라도였습니다. 죽공예, 칠기漆器, 유리, 기타 정교한 미술공예품은 대개 전라도인의 손으로 이루어진 것이고, 기생 배우 등 노래와 춤, 음악에 뛰어난 것도 또한 전라도인입니다. 이조李朝 이래 미술공예 및 음악을 천시함이 심하여 이에 종사하는 자는 상인常人 중의 상인으로 에타穢多*와 같은 취급을 받음으로써, 그들도 이 천부의 자질을 자랑으로 여기지 않고 오히려 일신의 원수로 여길 정도였습니다. 만약 그들을 장려하고 상찬했더라면 찬연한 세계적 대미술, 대공예를 산출했을 것이라고 생각하니 이가 갈려 견딜 수 없습니다. 전북 물산진열소物産陳列所에 진열된 보통학교 및 간이공업학교 생도의 정교한 수공품을 보고 더욱 그 느낌이 짙어졌습니다.

지금도 늦지 않았습니다. 이제부터 그들이 천부의 재능을 자각하고 분투 노력하면 조선의 쿄토인京都人으로서 미술 음악에 공헌하는 바가 많을 것을 확신합니다. 당국에서 곳곳에 간이공업학교를 설립하고 또 각 보통학교에서도 특히 이 점에 유의하고 있다고 합니다만, 더욱 적극적인 방법을 취함이 어떨는지. 전라북도의 5대 방침 중 미술공예 장려의 항목이 없음을 유감으로 생각합니다. 이것은 대략 농사의 개량과 병행할 정도로 중요하지 않겠습니까. 소생은 장래 전주의 어딘가에 고등공예학교, 미술학교 내지 음악학교가 설립되기를 희망하여 마지않습니다. 전주로 하여금 조선의 쿄토가 되도록 해야 한다고 주장하는 바입니다. 전라도인의 피 가운데 1천여 년간 잠든 백제인의 땅은 이에 찬연히 빛을 발할 것이고, 혹은 희랍 원류인 서양미술에 대하여 백제 원류인 새로운 미술을 낳고 세계에 공헌하지 못할 것도 없다고 생각합니다. 여행중 겨를이 없어 우선 생각나는 대로 이렇게 씁니다. 이만 총총.(7월 6일 아침 전주에서)(1917.7.10.)

---

* 일본 중세 이전부터 보이는 하층 신분의 하나로, 백정白丁에 해당한다.

湖南으로부터(6)

◇전북평야에는 지금 굶주림에 직면한 자가 많고 풀뿌리와 나무껍질로 실낱 같은 목숨을 잇는 자조차 적지 않으니, 그 궁핍상과 참상이 실로 짐작되지 않습니까. 호소카와細川 농장에서는 소작인 장려의 방법으로 매년 작물의 품평회를 열어 우등한 자에게는 우등기優等旗를 주고, 또는 개량 농기구 등의 상품을 주며, 혹은 종자를 무료로 배포하고 있다고 합니다. 작년의 흉년으로 금년의 모내기 때에는 벼 사백육십 섬을 풀어 1개월 반의 양식을 주고 가을 수확에 무이자로 돌려주게 한다니, 조선 지주의 모범으로 삼아야 할 것이 한둘이 아닙니다. 이러한 참상을 초래하는 이유는 토지가 메마른 까닭이 아닙니다. 전북평야는 조선 제일의 옥토입니다. 인민人民은 게으르지 않습니다. 끝없이 펼쳐진 평야는 그들의 손으로 경작됩니다. 비옥한 토지에 거주하는 근면한 인민이 이렇게나 비참한 지경에 빠진 것은 대체 어떤 이유이겠습니까.

◇한두 유력자의 말에 의하면, 초근목피草根木皮는 결코 과장의 비유가 아니며, 실제 조사한 바 말 그대로 풀뿌리와 나무껍질을 먹는다는 것입니다. 어른은 영양 불량으로 안색이 창백해지고, 어린 아이는 모유를 얻을 수 없어 뼈와 가죽만 앙상히 여읜 결과 울 수조차 없는 불행한 경우도 적지 않다고 합니다. 마침 모내기철로 농가農家로서는 실로 일각一刻이 천금인 시기에 이런 참상을 보이니, 실로 동정 한 웅큼의 눈물을 흘리지 않을 수 없습니다.

◇조선의 지주는 모내기가 끝난 후가 아니면 소작인에게 양식을 빌려주지 않습니다. 모내기 후 그 수확을 저당하고 비로소 양식을 빌려주는 것입니다. 그러나 소작인이 궁지에 빠진 것을 틈타 불법의 고리高利로 겨우 2, 3개월에 5할의 이자를 붙이는 자도 왕왕 있습니다. 즉 여름에 벼 한 섬을 빌려주면 가을에 한 섬 반을 받는 것으로, 이리하여 가련한 소작인은 당장 수확하는 자리에서 벼 한 톨 남지 않게 되고 해마다 점점 더 가난해질 따름입니다.

◇작년은 수해로 유례없는 흉작이었습니다. 그것도 한 원인인 것은 틀림없겠지만, 소작인의 궁핍은 오로지 지주의 횡포, 바꿔 말하면 사회제도의 불완전에 의한 것도 역시 한 원인이라고 생각합니다. 그들 가련한 소작인을 구제함에는 낮은 이자로 농사 비용을 빌릴 수 있게끔 기관을 갖추는 것이 당면의 제일 급무라고 생각합니다.

◇지방 금융조합이 있지만 이것은 중농中農 이상이 이용할 만한 것으로, 소작인은 직접 그 은혜를 입을 수 없습니다. 전주의 농사조합이야말로 이 목적에 가장 적합한 시설이라고 생각합니다. 지주들의 출자로 상당한 자본을 매우 낮은 이자로 각 지주의 담보하에 소작인에게 농사 비용을 빌려주는 기구인데, 이렇게 하면 일면 소작인들을 불법의 고리高利에서 구출할 뿐 아니라 일면 그들에게 근검과 신용을 장려하게 될 것이니, 실로 일거양득一擧兩得이라 할 만합니다. 그러나 조선인 지주가 자발적으로 이러한 시설을 만드는 것은 전도요원한 일이니, 당국에서 반강제적으로 시행케 하면 수년 이내 완전히 실현될 것이라고 생각합니다.

◇수리水利의 정리, 종자種子의 선택, 경작 방법의 개량 등으로 가능한 한 수확량의 증가를 꾀하고, 온갖 부업을 장려하여 가능한 한 농가 수입의 증가를 꾀함도 오늘날의 제도로는 오직 지주의 배를 불릴 뿐 근본적으로 소작인을 구제할 수 없을 것이라고 생각합니다. 특히 여러 사정상 중추계급이 점차 소멸하고, 지주의 겸병兼倂이 성행하여 전라남북과 같은 농업지에는 마침내 대지주와 소작인 양 계급만 남게 되는 경향이 날로 현저해지니, 소작인 구제는 실로 초미의 급무라고 할 수 있을 것입니다.

◇교육도 의식衣食이 있고 난 후의 일이고, 저축을 하는 것도 저축할 만한 것이 없으면 어떻게도 할 수 없습니다. 한 사람의 지주에 수백, 수천 명의 소작인이 딸려 있습니다. 쌀 생산량만으로, 혹은 수출 금액의 통계만으로 곧 인민人民의 부富를 점칠 수 없을 것입니다. 부의 증가와 더불어 분배가 그 적

절함을 얻는 것은 경제의 원칙이라고 들어 알고 있습니다. 특히 오늘날 조선의 이러한 상태에서는 분배의 적절함은 가장 긴급하고 중요한 일이라고 생각합니다.

◇굶주림에 우는 동포를 보고 동정의 뜨거운 눈물을 금할 수 없습니다. 유치한 의견이나마 이렇게 씁니다. 경세가經世家 여러분의 관심을 받게 되면 다행이겠습니다. 이만 총총.(7월 7일 이리에서)(1917.7.14.)

湖南으로부터(7)

◇이리裡里는 곧 태어나려는 도회입니다. 아직 눈도 코도 없고, 핏덩어리라고나 할 수 있을까. 나날이 커갈 뿐 형태도 갖추어지지 않은 괴물입니다만, 그 형태도 갖추어지지 않은 데에 이리의 무궁한 장래는 감추어져 있습니다. 비옥한 전북평야全北平野의 무진장한 쌀은 이 태아의 무한한 영양분이 되어 마침내는 한 사람 몫의 훌륭한 대도회를 이룰 것이라고 생각합니다.

◇이리는 조선 신흥도회의 준거準據라고도 할 수 있으니, 이리 인사의 책임이 무겁다고 하지 않을 수 없습니다. 희망컨대 이상적인 완전한 신도회를 이루었으면 합니다.

◇도회의 얼굴인 가옥이 지나치게 날림공사로 이루어진 것은 신개척지에 흔히 있는 일로 어쩔 수 없다고는 해도, 신도회의 장래를 위해 매우 불길한 일이라고 생각합니다. 눈앞의 이익에만 현혹되지 말고 영구적인 계획을 세웠으면 합니다. 조선 내의 모든 도회가 그렇지 않은 곳이 없다고 해도, 이리는 특히 그런 느낌이 짙습니다. 그러나 지금은 이런 사치스런 소리를 할 게 아니라, 다만 튼튼히 크게 자라기만 하면 그것으로 좋을 것입니다.

◇이리의 가구수는 약 8백, 내지인 가구수가 약 5백이니 조선인 가구수의 약 2배라고 볼 수 있을 것입니다. 그러나 조선인의 상업은 매우 부진한 듯합니다. 이것은 결코 완전한 발달이라고 할 수 없습니다. 조선에서는 일본인

과 조선인의 평행한 발달이 있고서야 비로소 건전한 발달이라고 할 수 있을 것입니다.

◇이것은 물론 조선인의 자본력 및 지력이 열등한 까닭일 것입니다. 교육의 보급, 경제적 자각이 일어나 활발하게 자본을 운용할 만한 시절을 기다릴 수밖에 없다고는 해도, 당장 조선인의 상업이 이렇게까지 부진한 것은 그 일부 책임이 내지인에게 있다고 믿습니다. 아무래도 내지인은 내지인끼리라는 식으로 조선인을 배제하고 혹은 경쟁자로 여기는 경향이 없지 않다고 들었습니다만, 이래서는 도저히 평행한 발달을 바랄 수 없습니다. 내지인부터 기꺼이 조선인에 대한 차별적 장애를 없애고, 이익이 있으면 함께 누리고, 손해가 있으면 함께 돕는 마음가짐이 있고서야 비로소 완전히 평행한 발달을 실현할 수 있을 것이고, 비로소 완전한 조선의 발달을 바랄 수 있을 것이라고 생각합니다. 조선인 상인으로 하여금 내지 상인을 적대시하게끔 하는 한, 양 민족의 융합은 환몽에 그칠 것이라고 믿습니다. 그런데 이 장벽을 세우고 세우지 않고는 오로지 선각자로서의 내지인에게 달려있지 않겠습니까. 장차 무한히 발달할 운명을 가진 사랑스런 신도회 이리의 앞길을 축복하는 마당에, 동시에 이리가 일본인과 조선인의 평행 발달의 모범이 되었으면 좋겠다고 간절히 바라마지 않습니다.

◇끝없이 펼쳐진 전북평야에 나날이 자라고 있는 이리, 쌀의 도회로서 장차 누에의 도회로도 거듭나고자 하는 이리는 가까운 장래에 당당히 웅장한 모습을 우리 눈앞에 보여줄 것입니다. 과연 치기만만한 젖먹이와 같은 이리를 보면 장래의 발전을 암시받은 듯한 느낌이 들고, 그 생기 가득한 모습을 보면 기쁜 마음을 금할 수 없습니다.(7월 9일 이리에서)(1917.7.25.)*

---

* 게재 순서가 어긋나 있다. 이날 같은 지면에 다음 기사가 게재되었다.
▲이씨李氏 출발
『每日申報』오도답파기자 이광수 씨는 병이 완쾌. 22일 아침 우편선郵汽船으로 다도해를 시찰하고 여수로 출발하였다.

湖南으로부터(8)

◇녹음이 짙은 프랑스 병원의 병상에서 한 말씀 올립니다. 12일 저녁 나주羅州를 떠나 목포역木浦驛에 도착하여 여러 인사의 맞아주심을 받았습니다. 도중에 복통을 느껴 설사를 하고 상태가 나빠 권고하시는 대로 입원하게 되었습니다. 하루 정양하면 완전히 낫겠거니 하고 다시 용기를 내어 예정된 여행을 계속할 예정이었는데, 진단 결과 결국 세균성 적리赤痢라고 하여 지금 혈청주사를 맞았습니다. 전치全治 약 1주일이라는 말을 듣고는 열린 입이 다물어지지 않았습니다. 전염병에 걸리는 것은 신사로서의 불명예라고 합니다. 소생은 아직 풋내기 서생이요 신사는 아닙니다만, 부주의로 이런 추한 전염병에 걸린 것은 사회에 대한 치욕이라고 생각합니다. 두 번 다시 이런 병에 걸리지 않도록 주의하려 합니다. 지금 들은 바에 의하면, 광주光州는 적리의 유행지라고 합니다. 통신문을 쓰려고 책상을 향하였으나 배가 아프고 기분이 침울해져 쓸 수 없습니다. 수일간 통신은 단절될 것으로 생각합니다. 본사 및 독자 여러분께 진심으로 미안합니다. 그저 너그럽게 용서하시기를 바랍니다.(7월 14일 목포에서)(1917.7.17.)*

多島海 순례(1)

섬 하나 가면 섬 하나 = 하얀 돛 붉은 돛에 청풍을 품고 = 유명한 우수영右水營 = 남쪽으로 남쪽으로

◆적리赤痢로 아직 눈도 휘뚝거리는 것을 다도해라는 이름에 끌려 23일 정오 목포 부두에서 조선 우편선 순천환順天丸의 승객이 되었습니다. 목포의 여러 유지께서 배 안까지 전송해주시고, 병후의 몸 간수 잘하라는 등 친절한

---

* 당일『京城日報』지면에는 뒤이어 다음 기사가 게재되었다.
  □ 오도답파기사 휴게
  본사 오도답파여행 기자 이광수 씨는 목포에서 우연히 병을 얻어 쾌유까지 약 1주일간이 필요하므로 잠시 해당 기사를 휴게함.

작별 인사를 건네셨습니다. 특히 목포 체류중 본사 전남지국장 아소麻生군에게는 친절한 돌봄을 받은 게 많아 뭐라 감사드릴 말씀이 없습니다. 아무쪼록 가족과 같이 여겨달라는 것이 소생이 드릴 수 있는 유일한 감사입니다.

◆손을 흔들고, 모자를 흔들고, 머리를 흔들어 작별을 아끼시는 목포 인사를 뒤로 하고, 제가 탄 순천환은 서서히 높은 섬의 병풍과 같은 절벽의 그림자를 밟아 흩뜨리며 천하의 절경 다도해를 향하여 달려 나갑니다. 약간의 구름이 유달산의 가파른 바위 정상을 품는가 싶더니 굵은 소나기가 잇달아 후두둑 수면을 때리고, 그것도 얼마 못하여 한여름의 하늘은 짙푸르게 개었습니다.

◆다도해의 화폭은 지금 펼쳐지기 시작합니다. 섬 하나 가면 섬 하나가 오고, 또 가면 또 옵니다. 오리 같은 배가 그 사이를 꿰매는 듯 헤매는 듯, 혹은 취하여 장난하는 듯 유유히 거울 같은 수면을 미끄러지면, 섬 그림자에 숨어 있던 청풍이 휙 불어와 나그네의 소매를 떨칩니다. 엉겁결에 쾌재를 부르지 않을 수 없습니다.

◆물결 하나도 일지 않는다 함은 이를 일컫는 말일 것입니다. 과연 매끄러운 해원海原이라고 할까. 아니, 바다라기보다 호수, 그렇지 않으면 푸른 강의 한 굽이, 황룡이 잠자는 푸른 연못이라고나 할까. 멀리 흰 구름이 떠가는 곳으로부터 비둘기 한 마리 소리도 없이 날아와 가볍게 수면을 차면, 푸른 빛 작은 물결이 무수한 동심원을 그리다가는 흔적도 없이 사라져갑니다. 그런 것조차 판연히 보일 정도로 매끄러운 바다입니다.

◆때때로 배가 조는 듯한 작은 섬의 절벽 사이를 뱃전이라도 스칠 듯이 빠져나가면, 천만여 섬들을 씻어 내리는 수없이 복잡한 조류가 하얀 포말을 일으키며 소용돌이치는 곳을 헤엄쳐 갑니다. 하얀 돛 붉은 돛에 청풍을 품고 오가는 어선이, 의미를 이해할 수 없는 신호로 서로 부르는 것도 재미있습니다.

◆섬의 형태도 천차만별. 적은 것이 있고 큰 것이 있고, 둥근 것이 있고 삼각형인 것이 있으며, 혹은 사각 오각 육각 등 복잡한 각을 이룬 것이 있고, 또 높은 것 낮은 것이 있습니다. 형상으로든 위치로든 제 멋대로 마음대로 되고 싶은 대로 만들어졌다고 할 수밖에 없습니다. 조화옹은 천지 창조의 마지막 날 뜻밖의 겨를을 얻어 다도해의 궁리 경영에 쏟은 것으로 보입니다. 풍파로 하여금 오랜 세월 섬의 형태를 마멸케 하였을 뿐, 그 이상 혹은 그 이외에 얻을 만한 형태가 있을 것 같지도 않습니다.

◆섬은 가파른 바위만으로 이루어진 것이 있고 흰 모래만으로 이루어진 것이 있습니다. 양쪽을 한데 섞어 이루어진 것이 있고, 때로는 초목이 무성한 비옥한 땅으로 이루어진 것도 있습니다. 그 가운데 가장 기이한 것으로는 완고한 커다란 반석 위에 두세 웅큼 흰 모래를 뿌려놓은 듯이 보이는 섬이 있는데, 그 위에 심술궂어 보이는 작은 소나무가 껑충 서 있는 것은 실로 볼 만합니다. 책상 위에 둘 만한 작은 섬이 많은 것은 물론입니다만, 때때로 무시할 수 없는 큰 섬이 없는 것도 아닙니다. 때로 꼭대기에 구름을 얹은 산까지 보일 때는 의외의 느낌을 줍니다.

◆뱃길 따라 약 2시간. 반은 무너진 황량한 옛 성은 파도에 씻겼으나 그 유명한 우수영右水營이니, 명장名將 이순신이 애써 경영한 해상 방어의 유적입니다. 그 약간 높은 성루城壘에 비스듬히 기대어 처량한 피리를 불며 파수를 보던 무사의 횃불 같은 눈동자가 지금도 보이는 듯합니다. 그러나 지금은 함성도 피보라도 일지 않고, 당시의 적과 아군이 사이좋게 수영성水營城 안에 거주케 된 것에 생각이 미치면 사뭇 감개가 없을 수 없습니다.

◆배는 황금을 녹인 듯한 석양빛을 좌측 뱃전에 받으며 남쪽으로 남쪽으로 달리고 있습니다. 진도珍島의 연산連山은 멀리서 바라볼 뿐, 가까이할 인연이 옅음을 한탄하면서 선실로 들어옵니다. 이 부근부터 다소 바다의 본성을 드러내는 것일까. 배에 약한 소생은 베개에 꼭 매달리지 않을 수 없었습

니다.(7월 23일 순천환에서)(1917.7.26.)

多島海 순례(2)

배는 수묵화와 같은 섬을 좌우로 꺾어 나간다 ◇◆◇ 다도해의 경치는 여성적이지 않다 ◇◆◇ 고기잡이 등불이 깜빡깜빡 꺼졌다가는 빛난다 ◇◆◇ 매우 아름다운 것이 다도해로다

◆여섯 시간이나 푹 잠들었다가 문득 잠을 깨니 시계는 밤 8시를 지났고, 배는 완도莞島에 도착했습니다. "영치기, 영차" 하고 뱃짐을 부리는 인부의 구령 소리는 어쩐지 비애의 정을 자아내는 듯합니다. 잠이 덜깬 눈을 비비면서 뱃전으로 나가니, 2, 3정町*쯤 될까 싶은 곳에 불빛이 아른거립니다. 곧 완도성내莞島城內입니다. 하늘이 흐려 산과 물을 분간할 수 없습니다. 잘 보면 변함없이 곳곳에 섬 투성이입니다. 바람이라고는 한 점도 없고, 이래서는 짙은 안개의 우려가 있다는 둥 선원들이 두런거립니다. 다도해 항해중 유일한 난관은 짙은 안개로, 일단 안개가 덮치든가 하면 지척에 정박지를 두고도 3일이고 4일이고 오도가도 못 한다고 합니다.

◆조금 전 다소 물결이 일던 수면도 지금은 다림질한 듯이 매끄러워졌습니다. 물의 도시인 완도를 뒤로 하고, 수묵화 같은 섬들 사이를 오른 쪽으로 돌고 왼쪽으로 돌아 발동기의 음향조차 꿈결인 듯 배는 동쪽으로 동쪽으로 나아갑니다. 때때로 언뜻 보였다가 언뜻 사라지는 것은 어촌의 불빛인지, 아니면 어선의 불빛인지. 밤의 다도해도 버리기 어려운 운치가 있습니다. 별이 총총한 하늘 아래의 다도해, 밝은 달이 밝게 빛나는 다도해의 미경美景은 말할 것도 없을 것입니다. 봄비 쓸쓸한 봄밤의 다도해, 흰 눈이 하얗게 내리는 겨울밤의 다도해도 필시 아름답겠지요. 물결 하나 일지 않는 것은 온순한 다도해, 무수한 파도가 절벽에 부딪는 것은 용장勇壯한 다도해일 것입니

---

* 1町은 약 109m.

다. 다도해의 미경은 결코 여성적이라고만 평가해 버려서는 안 된다고 생각합니다. 아아, 아무리 봐도 아름다운 다도해로다.

◆배가 흥양興陽에 도착하려 할 때, 한 조각 동쪽 구름이 장미색으로 물들더니 홀연 하늘 전체 흰 구름이 홍염으로 불탑니다. 이윽고 거무스름하게 희뿌연 잠옷을 벗고 섬과 산들이 금세 분명한 윤곽을 드러내어, 소생은 운 좋게 솟아오르는 아침 해를 맞았습니다.

◆섬이 많기도 하지. 토지조사국의 관리 외에는 다도해 섬의 숫자를 아는 이가 없을 것입니다. 언제까지고 섬, 어디까지고 섬. 그러나 어느 하나 같은 형태를 이룬 것이 없습니다. 배가 한 굽이를 돌면 새로운 섬이 나타나 새로운 바다가 펼쳐집니다. 일곡일천지一曲一天地, 한 굽이 돌면 새로운 천지입니다. 혼자서 쪽배를 타고 정처 없이 헤매다니고 싶습니다. 저 섬의 저 언덕에 초가집을 짓고, 유유히 속세의 명리名利를 잊고 싶습니다. 이 아름다운 별천지를 떠나기가 괴롭다는 둥 끝없는 공상에 빠진 사이, 배는 또 수십 수백의 섬들을 보내고 맞고 수십 수백의 별천지를 통과하여 파도가 온화한 여수항麗水港에 도착했습니다.

◆소생이 과문한 탓인지, 아직 다도해의 아름다운 경치가 세상에 소개되었다는 이야기를 듣지 못했으니 무척 의아해 견딜 수 없습니다. 지중해의 미경美景은 아직 눈으로 볼 기회를 얻지 못했고 세계의 미경이라 칭하는 세토나이카이瀬戸内海도 기차에서 바라보았을 뿐이니, 피차를 비교할 수는 없어도 다도해의 절경은 결코 세계 어느 바다의 미경에도 뒤지지 않으리라 확신합니다. 천하의 절경 금강산이 조선 산의 절경을 대표한다면, 다도해는 바로 조선 바다의 절경을 대표할 것입니다. 다도해의 이름이 천하에 널리 알려질 날이 결코 멀지 않다고 생각합니다.

◆피서避暑에 좋고 피한避寒에 좋고, 요양에 좋고 유람에 좋고 바다의 학술적 연구에 좋고, 게다가 어류와 해조류 등의 해산물은 무진장이라고 할

만하니, 부자와 신분 높은 사람은 즐거움을 위해, 가난한 자는 넉넉해지기 위해, 병자는 튼튼해지기 위해, 예술가는 미를 찾기 위해, 과학자는 해양학과 지질학 연구를 위해, 박물학자는 복잡한 동식물 연구를 위해, 이 오랫동안 잊혀진 자연을 이용하는 날이 빨리 오기를 간절히 바라 마지않습니다.

◆이제 해주환海州丸으로 갈아타고 곧 삼천포三千浦로 향할 것입니다. 병을 앓고 난 뒤끝이라 25시간의 항해에 다소 피로가 느껴집니다만, 해주환으로 갈아타고 잠시 쉬면 회복할 것이라고 생각합니다.(7월 24일 순천환 배 위에서) (1917.7.27.)

多島海 순례(3)

◇◆ 아름다운 경치는 더욱 아름다워 = 목축의 땅 = 새로운 부원富源의 개척 = 호흡기 환자의 요양지 = 수산강습소水産講習所를 설치하라 = 천하의 절경 다도해 = 아아, 이 대부원大富源

◆부의 원천이라는 면에서 다도해를 관찰하는 것도 역시 흥미롭습니다. 우선 다도해의 수많은 섬에 될 수 있는 한 삼림을 조성할 것을 말씀드리고 싶습니다. 그 옛날 울창한 삼림으로 뒤덮였을 다도해 섬들의 아름다운 형태가 눈앞에 보이는 듯합니다. 삼림이 무성해지면 아름다운 경치는 더욱 아름다워지고, 목재가 넘쳐나고 어류의 번식도 이전의 배가 될 것입니다. 섬이라 해충害蟲의 피해를 면할 수 있고 바다라 운반의 편익이 있으니, 조림造林의 땅으로서 온갖 자격을 갖추었다고 생각합니다.

◆둘째는 목축의 땅이 되어야 할 것입니다. 조선은 예로부터 목축에 섬을 택했습니다. 이들 섬 가운데에는 필시 백제인의 날래고 사나운 말떼가 뛰어다니던 곳도 있을 것입니다. 말도 좋고, 소도 좋고, 양도, 산양도, 사슴도 무엇이나 좋지 않을 것은 없습니다. 그 아름다운 섬들의 초록빛 골짜기에 흰 구름 같은 양떼를 보는 것은 얼마나 아름다울는지. 한 섬에 수만 내지 수십

만 마리의 목축을 할 만하고, 게다가 토지는 내지에 비하여 값이 쌀 터인즉 그 이익이 막대할 것입니다.

◆나는 전문가가 아니라 그 기후 풍토가 능히 목축에 적합한지 그렇지 않은지 모릅니다만, 만약 제주가 예부터 목축에 적합했다면 다도해의 섬들도 목축에 접합하지 않을 리 없을 것입니다. 과연 그렇다면 다도해의 목축은 장래 세계 시장에 반드시 중요한 위치를 차지할 것이라고 보증드릴 수 있습니다. 재산 있고 일 없는 인사는 한번 분발하여 새로운 부원富源을 개척하심이 어떨는지.

◆셋째는 호흡기병 전문 의원 및 나병환자 수용소를 세우는 것입니다. 폐결핵 환자는 문명의 진보와 함께 증가하지만, 그 치료법으로는 다만 해변의 온화한 공기와 신선하고 소화시키기 쉬운 음식뿐이라고 들었습니다. 조선에서 이런 여러 자격을 겸비한 곳은 다도해를 두고 달리 구할 수 없다고 생각합니다. 다만 적당한 병원 건물만 갖춘다면, 가련한 불치의 병인들은 저렴한 치료비로 치료할 수 있을 것입니다. 나병환자 수용소도 이 근처 소록도小鹿島라는 섬에 한 곳이 있다고 들었습니다.

◆자세한 소식은 듣지 못했어도 그 성적이 양호할 것이야 말할 필요도 없다고 생각합니다. 전라남북과 경상남북을 통하여 나병환자가 많이 있지만 그 수는 겨우 수천에 불과하다고 하니, 천오백여만의 동포가 겨우 수천의 가련한 그들로 하여금 머물 곳이 없어 구렁에 구르게 하고 그뿐 아니라 비참한 병독을 주야로 사회에 전염케 함은 어찌 부끄러운 일이 아니겠습니까. 이미 관립 및 야소교회가 세운 수용소가 여러 곳 있어 지금 단숨에 그들 전부를 수용할 만합니다. 수많은 부호富豪분들이여, 바라건대 구미歐美의 자선가를 본받을지어다.

◆넷째는 목포 또는 다도해의 어딘가에 수산강습소水産講習所를 세우는 것입니다. 조류가 복잡한지라 어족의 종류도 복잡할 것이고, 게다가 수산은 전

라남도의 중요산업일 뿐 아니라 조선 전역, 특히 동남 조선의 주요산물이니, 대규모 수산 강습소의 설립은 실로 초미의 급무라 하지 않을 수 없습니다. 그런데 겨우 군산에 한 곳 아직 유치한 수산 강습소가 있을 뿐이니, 실로 조선의 수치라 할 만합니다. 다만 관에만 의지하지 말고 어업에 종사하는 인사의 대분발이 있기를 바라는 바요, 소생이 아는 한 다도해는 그 가장 적당한 곳이라고 생각합니다.

◆천하의 절경인 다도해가 동시에 조선의 대부원大富源인 다도해가 된다면 아아, 얼마나 기쁜 일이겠습니까. 소생은 이러한 다도해를 볼 수 있을 순간을 축복하는 사람입니다. 소생의 유치한 관찰이 다행히 강호江湖 여러분의 주의를 끌 수 있다면 더없는 행복이겠습니다.(7월 24일 밤 해신환 배 위에서) (1917.7.28.)

多島海 순례(4)

◇◆붙임성 좋은 선장 = 천 갈래 만 갈래 황금색 물결 = 맨손의 성공자 = 갑판 위의 달밤 = 고독한 등불 밑의 추억 = 삼천포에 도착 = 전前 매약행상賣藥行商

◆거금 45전의 돈을 내고 삼천포까지 1등객으로 행세하게 되었습니다. 배와 차를 불문하고 1등은 이것이 처음이라 크게 남아다운 체면이 올라간 느낌입니다. 붙임성 좋은 선장은 낚시도 하지 않으면서 줄을 드리우고 강태공을 자처합니다. 소생은 곧 침대에 들어와 잠을 푹 잤습니다. 과연 일등은 좋은 곳이니, 어젯밤의 2등실보다는 훨씬 잠자리의 느낌이 좋습니다. 관棺 속을 닮은 데가 있지마는 세 군데 콧구멍 같은 창으로부터 시원한 바닷바람이 흘러들어오는 것도 좋고, 부드러운 요와 베개도 모두 좋습니다. 그보다도 1등실이라는 이름 자체가 좋은 것일지도 모릅니다.

◆한숨 푹 자고 기분 좋게 갑판으로 나오니, 석양은 이름 모를 섬의 이름 모를 산에 걸렸고 천 갈래 만 갈래 파도는 황금을 녹인 듯합니다. 노량진露梁

津을 지나니, 멀리 동쪽에 주성周城 와룡산臥龍山의 험준한 봉우리가 거무스름한 구름에 머리를 감춘 것이 보입니다. 여전히 다도해라 곳곳이 섬투성이. 다만 이전에 비하여 드문드문해지고, 그 형상은 경상도식 험준한 바위의 모습을 보이고 있는 듯합니다.

◆정원 6명의 1등실에는 7년만에 일본으로 돌아간다는 사람 하나가 열 살 남짓한 귀여운 여자 아이와 동반해 있습니다. 네 살 때 조선에 온 이후 아직 내지內地라는 것을 모르고 전차가 무엇인지도 몰라 곤란하다는 둥 아버지가 놀리면, 소녀는 금세 얼굴이 빨개져 "오사카大阪에 가면 전차를 탈 걸요"라며 토라지는 모습이 아무리 봐도 귀여워 보입니다. 아버지는 아직 50을 넘지 않은 나이일 텐데, 굵은 주름이 잡힌 용모에는 온갖 고생과 싸운 자취가 보여 맨 손으로 성공한 자라는 느낌을 줍니다. 사루마다 한 장으로 연락선 3등실 구석에 끼어 앉아 조선에 왔던 그 옛날을 돌아보면 필시 득의의 미소를 금할 수 없을 것입니다. 고향에 돌아가면 필시 사람들에게 떠받들어질 것이라는 둥 괜한 걱정까지 들었습니다.

◆문득 갑판에 나오니, 이게 어찌된 일입니까. 초사흘 달이 서산에 걸린 것이 보입니다. 어젯밤 다도해 한가운데서 보고 싶었던 것을, 하고 원망스럽게 바라보았습니다. 여하튼 다도해의 달을 본 것으로 단념하고 혼자 기뻐했습니다.

◆아버지와 딸은 한 침대에서 고향의 꿈을 꾸고, 소생만 홀로 고독한 등불 아래 탁자에 기대어 이 글을 씁니다. 기운 빠지는 적리赤痢로 약 2주간이나 휴업, 다행히 문을 닫는 비운만은 면하여 이렇게 다시 터무니없는 제 멋대로의 열을 뿜게 된 것은 소생에게는 커다란 기쁨입니다. 2주간의 손실을 다도해에서 회복할 것 등 목포 출발 즈음에는 커다란 기개를 품었습니다만, 막상 와보니 텅텅 빈 머리가 아무리 쥐어짜도 맛있는 즙이 나올 리 없어 힘껏 보고 힘껏 생각하고 힘껏 쓴다는 것이 보시는 대로입니다.

◆기적이 웁니다. 발동기가 멈춥니다. 삼천포三千浦에 도착하니 선장은 특별히 소생을 전송해 주시는 듯합니다. 선원도 보이도 황송해하는 듯 안녕히 가시라고 인사를 건넬 때에는 잠시 당황했습니다. 그러나 삼판선에 내리니, 전매약행상을 꾸몄던 순사보가 인정사정없이 그쪽 주소는, 이름은 하고 형사 피고인 취급하여 좀 어이가 없었습니다.(7월 24일 삼천포에서)(1917.7.29.)

嶺南으로부터(1)

◇침상에서 口소리를 들으며 이어지던 삼천포 객사客舍의 꿈을 깨고, 덜컹이는 자동차에 오른 것이 오전 7시. 한발旱魃 때면 늘 그렇듯이 산들도 옅은 얄미운 아지랑이로 덮여 언뜻 보기에 눌어붙은 듯이 보입니다. 길가의 풀잎도 여기저기 시든 것을 보니, 농가의 근심이 짐작됩니다.

◇도로는 3등급 정도 되지만, 대체로 옛도로에 의존한 듯 굴곡과 경사가 모두 심하여 자동차도 속력을 내지 못해서 소 걸음 또 소 걸음, 빈 소리만 높습니다. 특히 이 부근 일대는 모두 자갈로 이루어져 논이고 도로고 불문하고 돌멩이 투성이입니다. 이곳 인민人民의 생활과 이 돌멩이와는 밀접한 관계가 있습니다. 이 돌멩이를 쌓으면 집이 되고, 담이 되고, 헛간이 됩니다. 실제 주거하는 집과 헛간은 이렇다 할 외견상의 구별이 없고, 소생도 두세 번 그 둘을 잘못 알았습니다. 가옥이 낮고 좁고 불결한 것은 말할 것도 없습니다. 출입문의 높이는, 놀라지 마십시오, 부채로 2척尺* 반. 방의 넓이는 5척 평방입니다. 소생과 같이 키가 큰 사람은 기어 들어가 간신히 자고, 또 기어 나오지 않을 수 없습니다. 문명과 과학을 모르는 원시적 인민의 비참한 생활에 공연히 저도 모르게 눈물이 났습니다. 때가 끼어 시커멓게 된 마루 위 초파리가 붕붕거리는 곳에 남자 여자, 어른 아이 할 것 없이 반나체의 수척한 몸을 가로눕힌 양은 실로 인생의 비극입니다. 그들을 넉넉하게 만들 길

* 1尺은 약 0.3m.

이 있을는지. 그들을 행복하게 할 길이 있을는지.

◇울창한 아카시아 숲이 무성한 작은 산을 지나면, 갑자기 시야가 넓어져 남강南江의 푸른 물이 흰 모래와 푸른 풀 사이를 조용히 흐르는 것이 보입니다. 이제부터 절벽을 깨고 길을 낸 새 도로입니다. 머리 위로 바위틈에 위태롭게 매달린 들꽃을 보고 다리 아래로 짙푸른 남강을 보니, 그 경치는 아낄 만합니다. 경적 소리 우렁차게 아카시아 가로수 그늘을 달려 십수 분, 삼방산三方山에 둘러싸여 옅은 아침 안개로 덮인 것이 말로만 들었던 진주성晋州城입니다.

◇남강의 선교船橋를 건너면 쓸쓸한 진주의 시가, 홀로 번성의 극에 달한 것은 얼음가게와 맥주홀뿐입니다. 남선南鮮에 온 맥주가 보급시킨 것은 놀라운데, 특히 진주는 맥주의 도회라고도 할 만하여 고양이 이마처럼 좁은 진주 시내에 커다란 맥주홀이 세 군데 있습니다. 어느 것이나 여름철에 어울리는 가건물假建物로, 약간의 바람에도 날려갈 듯한 2층 구조, 삿포로와 사쿠라의 작은 휘장과 등롱도 산뜻하며, 두루마기ツルマギ와 파나마 모자의 하이칼라 패는 삼삼오오 무리지어 바람 쐬고 노는 데 4, 5엔의 황금을 맥주의 포말로 만들어 버립니다. 실로 호기로운 행동입니다.

더욱이 진주는 예부터 명성이 높은 미인향美人鄉으로 집집이 모두 기생이라 불린 만큼, 저속한 창녀들이 맥주 홀 구석에 진을 치고 줄곧 추파를 보냅니다. 한껏 기분이 오른 하이칼라 패가 어찌 견뎌낼 수 있을까. 두세 마디 암호가 교환되고, 일사천리 잔이 오가고, 결국 소맷자락을 이끌려 어두컴컴한 골목으로 사라져갑니다. 그 후의 소식은 알 바 아니지만, 이리하여 수전노의 부패한 돈은 점차 다시 사회로 흘러나오고 새로운 생명을 얻습니다. 실로 사회의 배합도 재미있는 것이라고 여러 번 감탄하게 됩니다. 경찰의 이야기에 의하면, 진주 청년간의 풍기는 그다지 문란하지는 않지만, 재산가의 자식 치고 직업 가진 자가 거의 없다고 참으로 참으로 고개가 끄덕여집니다.

◇실로 진주는 쾌락의 도회입니다. 황혼에 어두컴컴한 거리를 걸어 보십시오. 질탕한 관현管絃에 겸하여 요염한 노랫소리가 사방에서 들려올 것입니다. 한밤에 홀로 촉석루矗石樓의 난간에 기대어 남강의 밝은 달 아래 뱃놀이하는 무리를 봅니다. 옛 조선으로 돌아간 듯하여 애련한 노랫소리에 잠시 황홀했다가도 돌이켜 생각하면 그들의 앞길도 처량합니다. 다른 사람은 아등바등 생존을 다투는데, 그들만 유유하고 한가로이 주야로 잔치를 즐기는 데 빠져 있습니다. 아아, 저주받을 진주여.(8월 1일 진주에서)(1917.8.11.)

嶺南으로부터(2)

◇아침에 사사키佐佐木 경상남도 장관을 도청 장관실로 방문했습니다. 실례의 말씀이지만 귀여운 얼굴을 한 분입니다. 입술을 꾹 다물고 있어 언제 웃을까도 싶지만, 싱긋 웃으실 때에는 상대를 매료시키지 않을 수 없을 것이라고 생각됩니다. 약간 상체를 젖히고 부드러운 어조로 차근차근 말씀하셨습니다.

◇경상도는 예부터 양반과 유생의 본고장으로, 양반과 유생은 완고한 우두머리라 옛것을 묵수墨守하고 좀처럼 새것을 향하지 않는다. 그들은 문을 닫고 세상과 절연함으로써 자랑을 삼고, 자제에게 신교육 베풀기를 좋아하지 않는다. 실로 성가시기 그지없는 무리이지만, 최근 점차 신정新政을 이해하게 된 것은 더할 나위 없이 기쁘다. 올해는 도내道內의 중요한 양반과 유생을 진주에 불러모아 수일간 그들에게 신정新政의 주요 뜻을 설명하고, 이로써 신시대에 대한 이해를 촉진시키고자 한다. 지금 각 군수로 하여금 각 관내管內의 대표적 양반과 유생을 조사케 하고 있다. 과연 뜻대로 많이 참석할지는 의문이지만, 반드시 좋은 결과를 거둘 것을 확신한다고 말하고는 그 귀한 첫 번째 미소를 지으셨습니다.

◇본 도道는 농업이든 어업이든 천연의 산물이 풍부한데, 그만큼 빈부의

격차가 심하고 조선 전역에서 걸식자 많기로 첫째간다. 그러나 점차 각종 산업이 발달함에 따라 만인万人이 모두 직업을 갖게 될 것이다. 지금도 가능한 범위에서 그들에게 근검을 장려하고 적당한 직업을 주고 있다. 본 도 사람은 놀랄 만큼 근면하다. 결코 나태하지 않다. 다만 산업이 아직 발달할 만한 데까지 발달되지 않았기 때문일 따름이라고 말씀하셨습니다.

◇경상남도는 부산과 마산처럼 상업적 대도회를 갖고 있습니다. 근래 그 발전 상황은 어떠한가 하는 소생의 질문에 대해 이렇게 답변하셨습니다. 우선 순조롭다고 할 것이다. 특히 주목할 만한 것은 조선인의 경제적 자각이다. 2, 3년 이래 조선인 상업계의 활동은 실로 눈부신 바이고, 부산의 경남은행 같은 것은 그 영업 성적이 부산 여러 은행 가운데 으뜸이며, 거의 존재조차 인식되지 않던 조선인의 미곡 무역도 지금은 부산에서 전액의 약 3할을 차지하여 일대 세력을 이루었다. 조만간 조선 상업은행 지점이 부산에 올 것이고, 새로이 50만 엔 정도의 자본을 가진 새 은행이 설립되면 조선인의 경제계는 실로 일대 약진을 볼 것이며, 금후 더욱더 발전할 것이 필연이다. 소생은 여행 이래 조선인의 상업 발전에 대하여 일언반구도 듣지 못한 터라, 무심결에, 그게 정말입니까 하고 실례되는 반문을 던졌습니다.

◇다음은 교풍사업矯風事業이다. 진주에 교풍회 본부를 두고 각 군에 지부支部를 두었으며, 각 면에 분회分會를 두었다. 면 관리 및 지방 유력자가 그 회원이다. 설립된 지 얼마 되지 않아 아직 현저한 성적은 없다고 해도, 착착 상당한 효과를 거두고 있다. 교풍사업은 실로 조선에 긴급한 사업이라고 역설하셨습니다. 기타 교육, 농업, 조림 등에 대해 말씀하신 것이 약 1시간, 경무부를 방문하기 위해 도청을 떠났습니다. 계단 앞의 벽오동은 바람도 없는데 똑똑 열매를 떨굽니다. 이곳은 일찍이 병사영兵使營으로 퍽 많은 생명을 끊었을 것이라는 등의 생각을 하면서 영남 포정사布政司라는 간판이 위압감을 주는 삼문三門을 나오니, 한여름의 태양이 색조차 붉어 진주성은 붉은 등 속

에 있는 듯합니다. 모처럼 빨아 입은 단정한 여름옷에 땀이 밴 것도 원망스럽습니다. 기를 쓰고 부채질을 하면서 경무부로 들어갑니다.(8월 2일 진주에서)(1917.8.12.)

嶺南으로부터(3)

◇부장실에 들어가니 붙임성 있는 미소를 연발하여 상대를 황홀케 하던 부장은 "당신의 글은 재미있게 읽고 있다"고 잠깐 칭찬하고는 여행중의 감상은 어떠하냐, 경성 출발 당시의 조선관과 지금의 조선관에 달라진 게 없느냐고 묻습니다. 과연 기자의 임무만큼이나 절박한 역질문을 받고 놀란 것도 잠시, 소생도 잡담이라면 상당하여 잠자코 있을 리 없어 도도하게 수십분간 연해 지껄였습니다.

◇도쿄의 조선 유학생은 조선을 이해하지 못한다. 조선인 청년의 급무는 조선을 이해하는 것이다. 사정도 모르고 사첩반四疊半의 방 안에서 공론에만 골몰한다. 사첩반의 공론은 서생書生의 특권이다. 그 순진함은 오히려 아낄 만한 것이라 해도, 조선에 돌아와 실사회에 들어서까지 이러한 공론을 지껄이는 것은 몹시 성가시다. 이런 무리는 인정사정 볼 것 없이 줄줄 처분시키지 않으면 안 된다. 반면에 온건하게 사회를 위해 노력하는 자는 보호하고 상을 주어 칭찬하기를 아끼지 않을 것이다. 군은 선각자로서 이런 뜻을 유학생 제군에게 전해달라고 말씀하셨습니다. 소생은 연기에 둘러싸인 듯 막막한 기분이 되어 어떻게 대답해야 할지 잠시 어찌할 바를 몰랐습니다.

◇7, 8년 전의 유학생은 오늘날의 이른바 위험사상을 품었을 것이다. 그러나 당시는 무릇 과도시대로서 서로 사정이 제대로 소통되지 않았고, 부득이한 점도 있었다. 그러나 오늘날 만일 당시와 같은 사상을 품는다면 그것은 말할 것도 없이 위험사상이다. 그렇기는 하지만 도쿄의 조선 유학생 가운데 일류 인물로 자임하는 자는 결코 당국에서 의심할 만한 사상을 품지

않는다. 그들이 입으로 붓으로 산업의 발달, 교육의 보급, 사회의 개량을 자기의 진로로 삼는 것을 보아도 알 것이다. 그들은 함부로 당국에 영합하는 언사를 지껄이지 않고, 오로지 조선 민족의 향상 발전에 긴급한 것을 본다. 그러므로 혹은 위험사상이 있음을 의심하는 것은 지나치게 세심하고 과도한 우려로서, 이러한 청년이야말로 장차 진정한 애국심 있는 기력과 담력이 넘치는 국민이 될 것이다. 그들은 결코 시세에 역행하는 것과 같은 어리석음을 범하지 않을 것이다. 입에 달콤한 말을 지껄이지 않지만, 가장 온건하게 조선의 발달을 위해 노력할 만한 자일 것이다. 유학생 가운데는 이따금 위험사상을 품은 자도 있을 것이다. 그러나 그것은 헤아릴 필요가 없을 정도로 극히 소수일 것이며, 대다수는 노골적으로 말하면 순량한 인물이다. 설령 사첩반의 방 안에서는 순진하게 제 멋대로 열을 내뿜을지라도, 일단 현해탄玄海灘을 건너 실로 조선이라는 것을 보는가 싶으면 얼음 녹듯이 흩어져 사라질 것이다. 다만 유감인 것은 그들이 조선이라는 것을 알지 못하는 것이라고, 격에 맞지도 않는 대기염을 올렸습니다. 마지막으로 소생도 유학생의 한 사람이라 유학생을 위해 무고함을 말하는 것이 꼭 무익하지는 않을 것이라고 말을 맺으니, 부장은 그렇다는 둥 잘 부탁한다 둥 애교가 넘쳤습니다.

◇경무부를 나와 여관에 돌아오니 땀이 흠뻑 젖었습니다. 함부로 물을 뒤집어쓰고 나서 점심을 먹었습니다. 그 뜨거움은 이루 말할 수 없습니다. 한난계寒暖計의 수은이 실로 98도를 가리키고 있습니다. 남강 부근의 통풍 좋은 2층에서조차 이와 같다고 하면, 도회 한 가운데는 100도 이상일 것입니다.

◇느긋하게 한숨 쉬고, 석양이 시원한 바람을 내뿜으면 진양晋陽의 빼어난 경치를 찾을 것입니다. 이만 총총.(8월 2일 진주에서)(1917.8.13.)

統營으로부터(1)
◇통영은 30년 전까지 삼도통제사三道統制使 관아가 있던 곳입니다. 명장

이순신 이래 요충지로써 통제사라면 초목도 벌벌 떨 정도로 위세 당당한 곳이었습니다. 지금은 일본도 한토韓土도 한 집이 되어, 이충무공이 필생의 정력을 다하여 만든 해상 방어도 다만 나그네의 시적 정취를 자아내는 옛 유적이 된 것도 어쩔 수 없는 일입니다. 살기등등殺氣騰騰하던 통제영統制營도 지금은 평화의 군청 소재지입니다. 오랜 세월 변하지 않는 푸른 산과 푸른 바다만이 옛 모습을 간직하고 있습니다.

◇조선 반도의 최남단으로 인구 2만여. 조선에서는 대도회입니다. 어업은 그 주요한 산업으로, 멸치의 흥정이 평균 1일 5천 원, 1개월 15만 원으로 집계됩니다. 부두를 걷노라면, 흰 종이자루에 넣은 베개 같은 멸치가 산더미처럼 쌓인 것을 볼 것입니다. 이 멸치는 시모노세키下關와 모지門司 방면으로 반출된다고 합니다. 경상남도의 바다는 한류와 난류가 교차하는 곳이라 물고기가 무진장하고, 그 중에서도 통영은 어업의 으뜸 고장이라고 할 만합니다.

◇조선인 측의 산업으로는 예부터 유명한 나전칠기가 있고, 최근 도립道立 공업전습소工業傳習所가 생겨 더욱 더 그 개량 발달에 힘쓰고 있습니다. 그 제품은 경성 방면의 시장에도 알려졌다고 하는데, 실로 극히 정교하여 세계 어느 시장에 내놓아도 부끄럽지 않을 듯합니다. 점차 서양에 적합한 제품도 만든다고 하면 세계 대전이 끝난 후에는 조선의 독특한 산물로서 세계에 인기를 끌지도 모릅니다. 다만 유감스러운 것은 아직 대자본가가 대규모 공장을 세운 곳이 없다는 점입니다.

◇인구 2만 이상의 대도회이면서 아직 수도水道가 갖추어져 있지 않습니다. 시중市中의 우물물은 짠 맛이 있고 먹기에 적합하지 않아 수레나 지게チゲ를 이용하여 먼 곳으로부터 먹을 물을 운반합니다. 군郡 당국에 물으니 수도는 몇 해 전부터의 현안懸案이지만, 적당한 수원지水源池가 없어 현재 숲을 조성하여 수원水源을 양성하고 있다고 합니다.

◇금년은 때마침 쾌청한 날씨가 계속되어 멸치 벼락부자가 많고, 그래서

통영은 경기가 좋습니다. 이 기회를 이용하여 수도 및 시구市區 개정 문제를 해결하려 한다는 것이 테라자와寺澤 서무주임의 말입니다. 원래 통영은 많은 산 주름으로 이루어져 있어 도저히 시市의 전경全景을 한눈에 수렴할 수 없으니, 시구市區의 개정은 실로 어려운 중의 어려운 일일 것이고 수도 공사도 필시 쉽지 않을 것이라고 생각됩니다.

◇시의 공원인 남망산南望山 앞쪽에 장재도藏財島라는 돌을 쌓아 만든 산처럼 보이는 섬이 있습니다. 그 이름이 헛되지 않게 섬 전체가 모두 황금으로 되어 있다고 들었습니다. 현재 후지타藤田패가 채굴권을 갖고 있는 광산으로, 광맥이 멀리 바닷속에 뻗쳐 있어 이미 수면 아래 2백 척尺 이상에 달했다고 합니다. 아무쪼록 그 광맥이 길어라, 하는 것이 통영 시민 전체의 희망입니다.

◇카토加藤 경찰서장의 말에 의하면, 통영의 일본인은 아직 식민지의 기풍을 벗지 못했고 아무래도 변덕스러워 깊이 생각하고 멀리 내다보는 안목이 없어 곤란하다고 합니다. 조선인이 전혀 떨치지 못하는 것은 으레 여전합니다. 평범한 재산가의 자식도 좋은 옷에 좋은 음식을 먹고, 뭔가 재미있는 일이 없을까 하고 도회 안을 헤매 다닙니다. 이쪽이 더 곤란하다 함도 쾌활한 서장의 말입니다.

◇앞에 호수와 같이 파도가 잔잔한 바다가 있지만, 사방이 산과 섬으로 둘러싸여 시원한 바람이 없는 것은 큰 결함입니다. 남망산 기슭에 해수욕장 설비가 있다고 하나 결국 피서지로서 적당하다고는 할 수 없을 것이고, 겨울철 기후가 매우 온화하다고 하면 피한지避寒地로서는 가장 뛰어날 것입니다.

◇통영은 이순신의 유적지로서 임진년壬辰年 전쟁의 격전지입니다. 푸른 물결 어느 하나도 당시 유지有志의 혼백을 간직하지 않은 것이 없고, 언덕 위 풀 한 포기 나무 한 그루도 당시의 참극을 말하지 않는 것이 없습니다. 한산도閑山島의 석양과 충렬사忠烈祠의 대나무숲은 나그네의 지팡이를 끌기에 충

분할 것이라고 생각합니다. 내일 아침은 통영의 명승고적을 찾을 것입니다. 벗이 곁에 있습니다. 이만 실례합니다.(8월 3일 밤)(1917.8.16.)

統營으로부터(2)

◇카토加藤 경찰서장의 호의로 경비선警備船 제2 까치환鵲丸을 타고 한산도 閑山島로 향했습니다. 명장 이순신의 공적을 말해주는 제승당制勝堂을 보려함 입니다. 바람이 온화하여 파도가 고요합니다. 오리같이 어여쁜 경비선이 미 끄러지듯 푸른 파도 위를 달리기를 약 40분. 병의 입구 같은 수문水門을 들어 가니, 배가 부픈 꽃병 형태를 이룬 작은 만灣이 있습니다. 만의 남단으로 병 아랫부분에 해당하는 곳, 곧 잡목이 무성한 원추형의 곶岬이 제승당이 있는 곳입니다. 보트를 타고 절벽 아래로 가서 가파른 길을 더위잡고 올라 기둥 이 기운 제승당으로 들어갑니다. 오랫동안 수리를 하지 않아 벽은 무너지고 단청은 벗겨졌습니다. 당을 지키는 늙은이가 나와서 멍석 깔개를 권하고는 묻는 대로 여러 가지로 이야기를 꺼냅니다.

◇이 만灣 안쪽은 분로쿠의 역文祿の役* 당시 일본 수군水軍이 전멸한 곳이 다. 이 충무공은 일본의 수군을 이 만 안쪽으로 유인하고 의기양양하게 해갑 도解甲島에 올라 투구를 벗었다고 한다. 만 안쪽으로 들어오는 수만 명의 일 본군은 싸우는 데 전력하다 도주할 길을 끊겨 모두 물고기 뱃속에 장사葬事되 었다. 만의 서쪽 자라목(チャラモキ, 자라의 목이라는 뜻)은 일본군이 활로를 얻으려 필사의 노력을 했던 곳이다. 만 안쪽에서 죽은 양쪽 군대의 사졸士卒 은 원혼이 되어 지금도 이곳을 떠나지 못한다. 요즘도 여름비 부슬부슬 내리 는 밤중 같은 때는 수면 위로 혼불이 나타나고 훌쩍거리는 귀곡성이 역력하 며, 심하게는 또렷이 자기 이름을 대고는 불쌍한 목소리로 먹을 것을 구걸하

---

* 임진왜란이 일어난 1592년은 분로쿠文祿 원년으로, 일본에서는 당대 연호를 따서 '분로쿠의 역(전쟁)'이라 부른다.

는 자도 있다. "어이, 신 서방. 배고파 견딜 수 없네. 뭔가 먹을 것 좀"하고 살아있는 것처럼 계속 조른다. 신申 서방은 당을 지키는 늙은이입니다. 이럴 때는 쌀밥과 미역국을 뿌려준다는 등 과연 진지한 표정과 어조로 열심히 이야기하는데, 이상하게 들리면서도 또 감개가 깊었습니다.

◇이순신 이래 매년 1회 당시 전사한 양쪽 군졸을 제사지낸다. 역시 쌀밥과 미역국을 섞어 수면에 뿌린다. 제승당의 왼편은 일본군이고 오른편은 조선군이다. 만일 이를 소홀히 하면 반드시 폭풍이 일고 격랑이 인다. 그것은 두렵기 짝이 없는 일이라고, 늙은이는 눈썹을 찌푸립니다.

◇무성한 풀숲에서 쓰르라미 우는 소리도 애처롭습니다. 설마 이 소리가 백 년 전의 원혼을 생각하고 우는 것은 아니겠지만, 다정다감한 나그네의 남몰래 우는 눈물을 재촉합니다.

◇당의 뒤쪽 수십 걸음되는 곳에 '유명 조선국 수군도독 이순신有名 朝鮮國 水軍都督 李舜臣'이라 씌어진 비석이 있습니다. 과연 목포에서 부산까지 수백 리의 해안선을 수호할 수 있었던 이순신은 동양의 넬슨*으로 일컬어질 만큼 위대한 분입니다. 이공李公이 만들었다는 거북 모양의 철갑선이 맹위를 떨치던 일 등을 상상하면서 경비선으로 돌아오니, 장승 같은 순사부장이 무서운 눈에 부드러운 미소를 지으면서 재미있었느냐고 묻습니다. 그렇다고 대답했을 따름입니다.

◇통영에 돌아와 가야伽倻 미인의 가야금 연주를 듣고, 석양이 서산에 걸릴 즈음 무성한 대나무 숲속에 있는 충렬사忠烈祠를 찾았습니다. 이순신을 모시는 사당입니다. 계단 아래 여러 그루의 벽오동碧梧桐이 있습니다. 바람도 없는데 똑똑 동그란 열매를 떨굽니다. 그 소리가 들릴 정도로 경내는 삼림 속이라서 공연히 소름이 끼쳤습니다. 당 안으로 들어가 위패를 우러러 보고,

* 호레이쇼 넬슨Horatio Nelson(1758-1805). 나폴레옹전쟁 당시 영국의 해군 제독으로, 트라팔가르 해전에서 승리하고 전사하여 영국 역사상 가장 위대한 해군 영웅으로 추앙되었다.

물러나 천자皇明*의 여덟 가지 하사품인 동인銅印, 영기令旗, 귀도鬼刀, 참도斬刀와 같은 옛 물건을 봅니다. 동인 외에는 모조품이라고 합니다. 비석을 보기 위해 회랑으로 나오니 똥냄새가 자자합니다. 당국에서도 좀 엄하게 관리했으면 합니다.

◇통영의 객사客舍였던 세병관洗兵館은 경남의 손꼽히는 건축물이라고 하는데, 그 규모의 웅장함은 격이 높은 동시에 장엄한 느낌을 줍니다. 세병관의 뒤쪽은 원추형의 산으로, 아름다운 솔숲으로 덮였습니다. 시험 삼아 그 산속을 걸으니, 시원한 바람이 얼굴을 스치고 눈앞에 조용히 물결치는 푸른 파도가 보입니다. 경사가 지나치게 급한 결점이 있지만, 확실히 통영의 명소될 자격이 있습니다. 아니, 오히려 통영 여러 경치 가운데 최고라고 할 만합니다.

마지막으로 유兪군수, 테라자와寺澤 서무주임 및 카토加藤 경찰서장의 두터운 후의에 감사드립니다. 이만 총총.(8월 3일 밤)(1917.8.17.)

新羅의 옛 도읍에 노닐다(1)

신라 냄새 풍기는 '아화리阿火里'라는 이름 … 금척릉金尺陵의 전설 … 서라벌의 옛터 경주에 들어가다.

◇대구에서 자전거로 신라의 옛 도읍 경주를 향합니다. 일행은 동반 두 사람, 경관이 한 사람, 합하여 네 사람입니다. 고삐가 아니라 핸들을 나란히 향한 네 사람의 모습은 꽤 늠름합니다. 구름 낀 날씨이긴 해도 몹시 덥고 땀이 흥건합니다. 하양河陽에서 막걸리와 국수로 배를 채우고 영천永川에 도착하니 녹초와 같이 피곤합니다. 잠시 의견이 분분하다가 마침내 영천에서 묵기로 결정했습니다. 영천은 글자 그대로 강가의 소도회. 뒤쪽에 산이 있고, 앞

---

* '皇明'은 천자天子의 총칭. 『매일신보』의 기사 「統營에셔(二)」(1917.8.7)에 의하면, 명나라 신종神宗을 가리킨다.

쪽에 강을 따라 절벽이 있습니다. 그 옛날 조용히 물이 흘렀을 때는 꽤 경치가 좋은 곳이었을 것이라고 상상됩니다. 3천 원이나 들여 간신히 세운 다리도 떠내려간 지 이미 일 년이 지났지만, 다시 세우는 것은 엄두도 내지 못할 일로 단념하고 있는 듯합니다.

◇변소를 곁에 둔 방에서 어정쩡한 식사를 마쳤습니다. 목숨이 아까우니 밥은 꾸역꾸역 밀어 넣었지만, 반찬은 정말이지 손이 가지 않았습니다. 식사 후, 절벽 아래 맑은 물에 몸을 담그고 찬란한 별을 우러러 보며 큰소리칠 수 있었던 것은 큰 대접을 받은 셈입니다. 이럭저럭 하룻밤을 지내고, 이른 아침 5시 식사도 거르고 영천을 떠났습니다. 빈속을 견디며 아카시아 나무가 늘어선 그늘을 달리기를 약 1시간 반, 이름조차 신라 냄새가 풍기는 '아화리 阿火里'에서 아침밥을 먹었습니다. 어제 8리里,* 오늘 아침 4리, 도합 12리를 달려 경주까지 남은 거리가 불과 6리입니다. 여기부터는 산의 자태가 정말이지 수려하여 과연 천년의 현란한 문물을 기른 서라벌의 옛 도읍이 가까운 것을 알겠습니다.

◇다시 자전거를 달리기를 4리쯤. 길가에 점점이 흩어져 있는 원추형의 흙 언덕이 바로 그 유명한 금척릉金尺陵입니다. 전설에 의하면, 신라의 왕실에 전해오는 금척金尺이 하나 있습니다. 이것으로 병자를 다스리면 병이 낫고, 죽은 자를 다스리면 죽은 자가 소생합니다. 그러나 이것을 오래 세상에 두는 것은 조화造化를 도적질하는 바라 하여 땅속에 묻은 곳을 감추기 위해 동일한 흙언덕을 25개 만들었다고 합니다. 아까운지고, 그것만 있었더라면 무열武烈·문무文武 같은 위세 혁혁한 왕도 푸른 풀이 우거진 옛 무덤 아래 눕지 않아도 되었을 것을, 하고 지금에 와서 푸념하는 것도 부질없습니다. 아마도 이들 흙언덕은 신라 건국 이전 주민의 무덤일는지. 수천 년의 비바람을 거치고도 지금 여전히 산일까 의심될 정도로 웅장함은 그 당시 주민의 기상

---

* 1里는 약 0.4km.

이 얼마나 위대했는지 말해주는 듯하여, 그들을 선조로 둔 소생도 무척 마음이 든든했습니다.

◇여기서 경주에 이르는 약 2리里 사이는 금척릉과 비슷한 고분이 많이 보입니다. 상당히 옛 시대부터 문화가 열린 곳이라고 생각됩니다. 효현孝峴이라는 고개를 오르니 눈앞에 펼쳐진 것이 경주 평야로, 1천여 년의 옛날 백만의 인구와 4리에 잇달아 있는 붉은 난간과 그림 같은 누각, 그리고 당시 흥륭하던 당唐과 찬란을 다투던 문화를 간직한 신라의 옛 도읍 서라벌의 옛터입니다. 길게 이어진 반월성과 겹겹이 쌓인 마흔여덟 개의 왕릉만이 오랜 세월 같은 풀로 덮였을 뿐, 일찍이 노를 저어 다녔다는 문천蚊川의 하천조차 이미 말라버렸습니다. 국파산하재國破山河在라 함도 돌연 믿을 수 없습니다. 산하山河조차도 이미 모습을 변하여, 나는 신라를 모른다고 말하는 듯합니다. 백제의 도읍을 떠난 지 40일. 지금 신라의 도읍에 이르니, 모두 빈터입니다. 소생의 감개를 미루어 짐작하시리라 생각합니다. 이제부터 옛 유적을 살피고, 그때마다 감상을 올리겠습니다. 이만 총총.(8월 15일 경주에서)(1917.8.22.)

新羅의 옛 도읍에 노닐다(2)

영주英主 무열대왕武烈大王의 능陵을 알현하다 … 백제인의 후예인 나, 감개가 깊다 … 눈병을 치유하는 힘이 있는 능의 비석

◇쭈뼛쭈뼛 급경사진 효현孝峴을 내려오면, 도로의 왼쪽 서악西岳의 기슭에 산같이 듬직하게 자리잡은 것이 태종太宗 무열왕武烈王의 능陵입니다. 왕은 실로 만 리의 해외에서 수십만의 당나라 군사를 불러들여 명장名將 김유신金庾信과 함께 백제를 치고 신라의 국세國勢를 전성기로 이끈 슬기롭고 뛰어난 왕입니다. 문명의 발달이 정점에 달한 것도 또한 무열왕의 시대로서, 문명은 정치적 세력이라는 배경을 필요로 한다는 진리가 더욱 확고하게 와닿았습니다. 그의 아들 문무왕文武王에 이르러 고구려를 치고 이에 삼국통일

의 위업을 이룬 것도 역시 무열왕의 남은 위세 덕분이었다고 해도 좋을 것입니다. 온갖 방면에서 무열왕은 신라의 절정으로서, 그 이후로는 내리막입니다. 문화면에서도 난숙爛熟하되 새로운 생기가 없었고, 결국 경애景哀·경순敬順 양대에서 멸망에 이른 것으로 생각됩니다.

◇원래는 능 둘레에 돌로 된 장식이 있었을 텐데 지금은 묻혀서 보이지 않고, 다만 커다란 흙무덤만이 서악西岳의 배경과 대비되어 장엄한 느낌을 일으킵니다. 모자를 벗고 사배四拜합니다. 왕에 대한 예를 갖춤입니다. 생각건대 왕은 원수입니다. 소생이 백제인이니, 천이백 년 전 우리 선조는 그를 미워하고 원망하는 마음이 골수에 사무쳤을 것입니다. 사비성의 성스러운 도읍을 재로 만든 것은 실로 그의 손이었습니다. 그러나 시간은 만물을 만들고, 동시에 만물을 파괴합니다. 이래 1천여 년을 지나며 고려인이 되고, 조선인이 되고, 대한제국민이 되고, 다시 대일본제국민이 되었습니다. 마찬가지로 흰옷의 반도인으로서, 오늘날 당시의 은구恩仇를 기억하는 사람조차 없는 것이야말로 우스운 일입니다. 인사人事의 변천은 한이 없습니다. 백제인의 후예인 소생이 1천 년 후의 오늘 무열왕릉 앞에 사배함도 생각하면 감개 깊은 일입니다.

◇능은 동쪽을 향하고 있습니다. 능 앞 수십 걸음되는 곳에 거북 모양의 비석 받침이 있습니다. 규모가 굉장하고 수법이 힘있고 원숙하여 동서고금의 귀부龜趺* 가운데 최고라 일컬어진다고 합니다. 무열왕의 둘째 아들로서 신라와 당의 계역稧役 김인문金仁問이 쓴 무열왕 기적비記蹟碑가 있다는데, 지금은 뿔 없는 용이 새겨진 머리 부분만 남았을 뿐 비석의 몸통은 없어졌습니다. 돌거북의 등쪽 비석의 발 부분에 해당하는 구멍에는 항상 빗물이 괴어 있습니다. 이것은 눈병에 영험한 약으로 예부터 그 지방 인민에게 귀하게 여겨졌습니다. 한 노파가 와서 거북 앞에 절하고, 다음에 거북의 등에 기

---

* 거북 모양으로 만든 비석의 받침돌.

어 올라가 양 눈에 거듭 그 물을 바릅니다. 영웅 무열대왕은 죽었지만 눈병은 치유하는 힘이 있는 것인지. 선왕先王의 능 앞에 절하기를 잊고 눈병의 영험함만을 숭배하는 인민이야말로 딱하기 그지없습니다.

◇능의 뒤쪽에도 규모 면에서 큰 차이가 없는 두세 개의 왕릉이 있습니다. 또 대건축물의 자취인 듯한 평지가 있고, 기와의 파편이 있습니다. 아마도 왕의 혼령을 의탁한 사적寺跡이 아닐는지.

◇만고의 영웅, 더욱이 만승지군萬乘之君의 능 앞에 절하는 것은 이것이 처음이라 감개가 더욱 깊습니다. 사색에 잠겨 얼마를 거닐고 있자니 실로 발이 떨어지지 않습니다만, 행인지 불행인지 20세기에 태어난 몸이 이런 한가로움을 허락하지 않습니다. 다시 자전거를 달려 서천西川의 긴 다리를 건너 봉황대鳳凰臺의 늙은 나무를 바라보며 경주성慶州城 안으로 들어섰습니다. 점심을 먹고, 우선 유람도로권遊覽道路圈 내의 옛 유적을 찾을 것입니다. 이만 총총.(8월 15일 경주에서)(1917.8.23.)

新羅의 옛 도읍에 노닐다(3)

분황사芬皇寺를 보다 … 황룡사黃龍寺의 전설 … 안압지雁鴨池 회고 … 임해전臨海殿의 옛터

◇점심을 먹고 드디어 구경하러 나섰습니다. 경주 경찰서의 후루카와古川 순사부장이 안내의 수고를 맡아주셨습니다. 후루카와씨는 경주에 거주한 지 10년, 경찰서 내의 으뜸가는 경주통으로 관청 측의 안내계라고 합니다.

◇유람도로 동쪽으로 길을 취하여 약 반 리 남짓 거리에 있는 분황사芬皇寺에 이르렀습니다. 9층탑으로 이름난 곳인데, 절의 건축물은 분로쿠의 역으로 모두 불타버리고, 당시의 것에 비하면 임시 오두막 같은 건물이 몇 채 있을 뿐. 들판에 흩어져 있는 주춧돌이 당시의 면모를 말해줄 따름입니다.

◇탑은 선덕여왕善德女王이 건립케 한 것으로, 원래 9층이었으나 먼저 3층

이 무너지고, 다음에 어리석은 중이 그것을 수리하려다가 또 3층이 무너졌으며, 남은 3층만이 1천여 년의 비바람에 닳아져 가지가 무성할 정도의 고목까지 머리에 얹었었다고 합니다. 1년 전 총독부에서 수리를 가해서 다시 무너질 우려는 없지만, 만금을 주고도 살 수 없는 고색창연함을 잃은 것은 무척 유감입니다. 그러나 금후 4, 5백 년을 지나면 원래대로의 그윽한 고색古色을 띠게 될 것입니다. 만사萬事가 자손을 위해서라고 생각하면 그만입니다.

◇탑은 형태가 극히 단순하지만, 과연 웅대하고 조화가 있습니다. 첫째 층의 문 네 곳에 새겨진 불상은 그 기품과 수법이 모두 보기 드문 걸작이라고 합니다. 특히 주목할 만한 것을 그 석재石材로서 얼핏 벽돌 같기도 하고 점판암粘板岩 같기도 한, 실로 극히 치밀한 암석인데 산지産地는 지금 알지 못한다고 합니다. 주지住持에게 물으니 오금석烏金石이라고 하는데, 과연 속세를 떠난 이름입니다.

◇그곳에서 남쪽으로 수백 걸음. 주춧돌이 쌓여 있는 것은 황룡사黃龍寺의 자취입니다. 원래 궁전으로 지었으나, 꿈에 황룡이 몸을 서린 것을 보고 절로 바꾸었다는 전설이 있습니다. 전설이라고 웃을 것이 아닙니다. 황룡사라는 절조차 지금은 전설이 되어버렸습니다.

◇그곳에서 서쪽으로 수백 걸음. 극히 복잡한 만灣의 곡선을 가진 연못이 바로 안압지雁鴨池입니다. 부친인 무열왕은 백제를 병탄하고 자신은 북쪽에 이웃한 강국 고구려를 쳐서, 이에 삼국통일의 위업을 이루고 위세 높았던 문무왕 궁전 뜰의 연못입니다. 물가에 쌓은 돌산과 섬은 무산巫山의 열두 봉우리를 상징하고, 강과 바다의 진귀한 물고기를 이곳에 모았다고 합니다. 푸른 물결 위에 그림 같은 쪽배를 띄우고, 달밤 향기로운 연꽃 사이에서 남산南山의 옥잔을 기울이며 맑은 옥피리 소리를 듣던 문무왕의 흡족한 심경이 지금도 상상이 됩니다. 그러나 왕은 임해전臨海殿의 취흥이 채 깨기도 전에 괘릉掛陵의 한 줌 흙이 되고, 임해전 터의 자취는 푸른 풀이 무성한 거친 들이 되

었습니다. 무심한 달만 오랜 세월 주인 없는 안압지의 물결을 비추는 것이 애처롭습니다.

◇마침 한발旱魃로 못물이 마르고, 안압지의 명산물 뱀장어조차 지금은 씨가 말라 천진한 아이들이 못물에서 개구리밥을 떠내는 것을 봅니다. 그들이 부르는 노래가 석양에 울려 퍼집니다. 그 슬픈 노래 가락에 뉘라서 쓰라린 눈물을 흘리지 않겠습니까. 원컨대 하다못해 이 연못만이라도 원형을 잃지 않고 영원히 전해졌으면 합니다.

◇바위 머리에 서서 임해전이 있던 곳으로 생각되는 빈터를 바라보며 얼마간 몹시 슬퍼하다가 문득 눈을 드니, 분황사芬皇寺에 석양이 불탑니다. 분황사도 황룡사도 궁성 안에 있었다고 하니, 아득한 저 논은 모두 고귀한 분들이 걸음을 옮기던 곳일 것입니다.(8월 15일 경주에서)(1917.8.24.)

新羅의 옛 도읍에 노닐다(4)

안압지雁鴨池는 수족관이었을까 ⋯ 나그네의 귀에도 또렷하게 ⋯ 월성月城과 빙고氷庫

◇안압지雁鴨池에서 또 하나 생각나는 것은 임해전臨海殿 안에 동물원이 있었다고 전해지고 있는 사실입니다. 페르시아波斯, 인도 부근에서 진기한 동물을 운반해 와서 임해전 안의 원유園囿*에 두었다고 삼국사三國史는 전합니다. 수 정町**에 달하는 월성月城을 짓고 안압지를 만들 정도니, 그럴 수도 있을 것이라고 수긍이 됩니다. 특히 불당 및 왕릉에 있는 돌사자는 실물을 그린 것이 아니고는 도저히 이렇게까지 실로 핍진할 수 없다 함이 안목 갖춘 이들의 일치되는 평인 것을 보아도, 서역西域으로부터 코끼리와 사자 등 이른바 진기한 동물을 운반해 왔다 함은 사실에 가까운 듯합니다. 그러면 안압

---

* 초목을 심고 새나 짐승을 기르는 곳.
** 1町은 약 109m.

지는 수족관 같은 것이었을까.

◇이미 진기한 동물을 실어 왔으니, 열대지방의 기이하고 아름다운 화초도 동시에 실어와 임해전 안 안압지 물가에 쌓은 무산巫山 열두 봉우리에 사철 온갖 붉고 흰 꽃이 요란했을지도 모릅니다. 수백 일의 항해를 계속하여 서역에서 돌아오는 배가 진기한 짐승과 기이하고 아름다운 화초, 그리고 필시 화려한 서방 아세아의 직물, 또 필시 인도, 티베트西藏 등지의 불상을 가득 싣고, 돛에 가득 바람을 안은 채 수십 척 일렬종대를 이루어 형산포兄山浦로부터 형산강兄山江을 거슬러 반월성半月城 서쪽 문천蚊川의 월정교月精橋를 향해 유유히 들어올 때, 궁중을 비롯하여 조정의 모든 신하는 물론이고 꽃의 도읍에 속한 백만의 인민은 앞 다퉈 문천 부근에 모여들어 저것 진기하다거나 이것 아름답다고 서로 소근거렸을 것입니다. 이국異國의 하늘에서 고국을 그리워하는 사자의 울부짖음을 새긴 공기의 파동을 저 산은 알고, 하천은 알 것입니다. 그리고 9층탑도, 안압지도 알 것입니다. 1천 년 후 석양에 서있는 나그네의 귀에도 또렷이 들리는 듯하거늘, 무참하게도, 세월은 모든 것을 파괴하고 말았습니다. 문무왕릉에 웅크려 앉은 네 마리의 사자가 당시 울부짖던 주인의 기념이요, 안압지에 비치는 무산巫山 열두 봉우리의 그림자야말로 문무왕의 모습입니다.

◇다시 남쪽으로 수백 걸음. 이름도 모르는 어지러이 흩어진 남아있는 주춧돌 사이를 누비며 월성月城에 들어갑니다. 구불구불 수백 걸음에 달하는 흙으로 만든 성입니다. 토성土城이라기보다 연산連山이라는 편이 적당할 것입니다. 문천蚊川이 현弦이 되고, 성城이 호弧가 되어 반달 형태를 이루었으니, 파사왕婆娑王이 축조한 것입니다. 참으로 엄청난 공사를 하였구나, 하고 퇴화해 버린 조선인인 소생은 놀라서 눈이 휘둥그레질 뿐입니다. 성 안에 들어가니, 궁전의 자취인 듯한 평지가 있고, 풀이 무성한 가운데 수 채의 오두막이 가로누워 퍽 한가로이 저녁 짓는 연기를 피워올립니다. 유명한 석빙고石氷庫

는 월성의 서쪽 끝에 있는데, 아치형의 석조 건물로서 규모가 여전히 웅대합니다. 안에 들어가니 지금도 여전히 차가운 바람이 얼굴에 끼칩니다. 아마도 문천의 얼음을 저장하여 반월성내半月城內 및 임해전臨海殿 등지의 여름을 견뎠을 것입니다.

그곳으로부터 서쪽으로 수십 걸음. 무성한 소나무 숲에 석탈해왕昔脫解王의 사당廟을 알현하고, 문천의 물가에 그림자를 드리운 수양버들 아래서 휴식을 취합니다. 반월성의 서쪽 끝에서 동쪽 끝까지는 수 장丈*의 절벽이고, 바로 아래가 흰 모래와 푸른 물이 어우러진 문천, 그 양쪽 끝에 돌무더기 어지러이 흩어진 것이 일정교日精橋와 월정교月精橋의 자취입니다. 당시는 배가 다녔다고 하나 지금은 때로 물조차 마르는 작은 하천으로, 그 넓은 하천 바닥과 웅장하고 막힘없는 굴곡이 그 옛날 큰 강이었던 모습을 간직하고 있을 따름입니다. 더위가 꽤 심하여, 이곳에 앉으면 청풍이 절로 불어와 시원한 맛을 느꼈을 것입니다. 해질 무렵 이 근처에 옥을 아로새긴 의자를 늘어놓고 달을 바라보던 흥취도 그러했을 것이라고 생각됩니다.(1917.8.25.)

新羅의 옛 도읍에 노닐다(5)

천문대天文臺 가운데 가장 오래된 '첨성대瞻星臺' … 천하에 모르는 사람 없는 계림鷄林 … 3백 년 부자인 최崔부자

◇백제의 도읍 사비성도 반월성半月城이고, 신라의 도읍에도 반월성이 있습니다. 고구려의 도읍인 평양도 또한 반월성이고 터키土耳古의 국기도 반달입니다. 일본도 초사흘 달을 상서로움의 표상으로 삼습니다. 장차 둥근 달이 되려 함을 아끼는 까닭일까. 또는 강을 따라 세워진 성이 절로 반달 형태가 되기 쉬운 까닭일는지. 아마도 지리상의 편리함과 상서롭다는 상상이 우연

---

* 1丈은 10尺, 약 3.3m.

히 합치된 것으로 봄이 좋을 것으로 생각됩니다. 여하튼 반달은 동양인이 좋아하는 바인 듯합니다.

◇반월성을 떠나 서쪽 첨성대瞻星臺로 향합니다. 화강암으로 만들어진 화병 형태로 높이 29척尺, 남쪽 중앙부에 출입구가 있습니다. 석조 위쪽에 목조 건물이 있었던 듯하다는 것이 전문가의 평입니다. 이것 역시 선덕여왕이 건립케 한 것이라면, 분황사와 동시대에 지어졌을 것입니다. 다소 경사가 있지만 완전히 원형을 보존했다고 할 것입니다. 약 천삼백 년 전에 지어진 것으로, 현재 천문대 가운데 가장 오래된 것이라고 합니다. 첨성대를 이 지점에 세운 것은 의미 있는 일로서, 이 지점은 바로 무슨 항성恒星의 궤적이라고 합니다. 첨성대와 이조李朝의 실록實錄은 천문학상 자랑할 만한 것이라고, 천문학 선생에게 삼가 들었습니다.

◇여기서부터 남쪽으로 수십 걸음. 수십 그루의 늙은 나무가 하늘을 찌를 듯한 곳이 천하에 모르는 사람 없는 계림입니다. 그 옛날 시림始林이라 불리우던 무렵의 어느 날 아침 '꼬끼오' 하고 닭이 울더니, 28대 동안 신라의 국토를 다스린 김씨 왕의 시조 김알지金閼智 임금께서 금궤에서 탄생하신 성지聖地입니다. 중앙에 속악俗惡한 비각碑閣이 있어 계림의 신성함을 더럽힘이 심합니다. 늙은 나무를 어루만지며 배회하기를 잠시, 다시 자전거를 달려 남쪽으로 수 정町. 신라의 옛 유적은 아니지만, 옛 유적과 더불어 유명한 최부자의 저택을 방문했습니다. 13대 3백 년간을 내려온 부자로서, 경주의 최부자라고 하면 계림팔도鷄林八道에 모르는 사람이 없을 정도입니다. 지나支那 같으면 황실조차 3백 년의 영화를 누리는 경우가 드문데, 일개 서민으로서 능히 3백 년의 번영을 계속하니 실로 계림의 명물名物 자격이 있다고 생각합니다.

전하는 말에 의하면, 최부자집에는 3백 년 이래 일찍이 불이 꺼진 적이 없는 화로가 있어 이 괴물이야말로 최부자집의 수호신이라고 합니다. 이 역시 그 집안 법도의 일단을 보여준다고 할 만합니다. 이토伊藤 후작侯爵을 비롯하여 소네시曺根 자작子爵, 테라우치寺內 전前 총독, 이강李堈 공작公爵 등 신라의 옛 도읍을 찾은 신분이 높은 분들은 반드시 이 최부자집을 방문했다고 합니다. 소생은 신분 뚜렷은커녕 미미한 일개 서생이지만, 신라를 애도하는 진정에서는 결코 신분 높은 분들보다 나으면 낫지 못하지 않습니다. 소생이 최부자집을 방문함은 당연하고, 최부자집에서 소생들 일행에게 찬 맥주를 대접하심도 가장 마땅한 일이라고 생각합니다. 하하, 이것은 농담이고, 최부자집의 젊은 주인 최준崔俊군의 환대를 받고 본디 신라 요석궁의 자취라 일컬어지는 웅장한 빈터를 한 바퀴 돌았습니다. 과연 궁전의 유물답게 주춧돌도 있고, 연꽃이 있는 송명대松明臺 등이 보입니다. 이 부근의 민가民家에는 왕궁의 유물을 감추지 않은 곳이 없고, 우물가, 변소 같은 곳까지도 한두 개 왕궁의 유물을 갖고 있습니다. 참으로 딱한 일입니다.

◇시계가 이미 6시에 가까울 무렵 다시 자동차를 달려 오릉五陵을 향합니다. 꽤 피로하여 자전거 페달조차 무겁지만, 신라 천년의 왕업王業을 연 박혁거세왕朴赫居世王의 능을 알현한다고 생각하니, 몸도 마음도 기운이 납니다.(1917. 8.26)

新羅의 옛 도읍에 노닐다(6)

시조始祖 박혁거세왕朴赫居世王의 능을 알현하다 ⋯ 오릉五陵의 전설 ⋯ 포석정鮑石亭

◇오릉五陵의 입구에서 한 노인을 만났습니다. 풍채風采는 영락했으나 용모는 비범합니다. 후루카와古川씨의 소개에 의하면, 이 노인이야말로 경주의 명물名物인 오쿠다鰲田 기인奇人. 일찍이 국회의원의 공인 후보이기도 했고 구미歐美 여행까지 다녀 명사名士였으나 어느 순간인지 뜻을 이루지 못하고 불우 영락한 몸이 되어 전전하다가 경주에 들어왔고, 한때 이곳에서 능을 지키는 일을 했으나 그마저 그만두게 되어 지금은 고물을 모으고 관람객 안

내 등으로 쓸쓸한 세월을 보내고 있다고 합니다. 얼핏 보기에 기골 있는 쾌남아인데다 온화한 언동이 상대로 하여금 호감을 품게 합니다. 서장의 말에 의하면, 평소에는 극히 온화하지만 부정한 것을 보거나 마음에 들지 않는 사람을 보면 인정사정없이 매도하는 기벽奇癖을 가졌다고 하니, 이는 필시 그의 불행을 빚은 미점美點일 것이라고 생각됩니다. 세상은 정직만으로는 통하지 않고, 실로 변통자재變通自在함을 요구하는 듯이 보입니다. 실로 한탄스럽습니다.

◇오쿠다 노인과 재회를 기약하고, 울창한 소나무 숲속의 귀뚜라미 소리를 밟으며 돌담으로 둘러싸인 오릉五陵의 정문에 들어섰습니다. 박식한 체하는 박태봉朴泰奉군의 안내로 정중하게 능 앞에 절하고 머리를 드니, 석양은 늙은 소나무 가지 끝에 불타고 둥지를 찾아드는 까마귀 울음소리 요란한 가운데 웅대한 신라의 시조始祖 박혁거세왕朴赫居世王의 능이 부드러운 푸른 풀에 덮여 조용히 잠들어 있습니다. 왕은 아직 정치도 문물도 없는 여섯 마을의 원시적 인민을 아울러 처음으로 조직 있는 국가의 형태를 만들고, 찬란한 신라 천년의 문화와 부강의 주춧돌을 놓았습니다. 그 공과 덕은 성스럽다고 할지, 위대하다고 할지. 거듭 무릎 꿇고 그 영전靈前에 절하지 않을 수 없습니다. 눈을 감고 2천년 전의 모습을 떠올리니, 왕릉이 반으로 갈라지며 눈빛이 횃불 같고 체격이 늠름한 한 거인이 장검長劍을 번쩍 쳐들고 불쑥 나타납니다. 곧 용마龍馬에게 채찍을 가하여 달려 나가려는 찰나, 번쩍 눈을 뜨니 그것은 한 바탕 환상입니다. 2천 년의 옛 무덤이 갈라질 리도 없거니와, 이미 흙이 되어 버린 박혁거세왕이 뛰어나올 리도 없을 것입니다.

◇시조왕릉始祖王陵의 뒤쪽에 알영정閼英井이라는 우물가에서 주웠다는 알영왕후閼英王后, 제2대 남해왕南解王, 제3대 유리왕儒理王, 제4대로서 월성月城을 축조한 파사왕婆娑王의 능이 있습니다. 그래서 이것을 오릉五陵이라고 합니다.

◇혁거세는 나정蘿井 옆에 놓여 있던 커다란 알에서 태어나 돌산突山 고허촌高墟村의 우두머리 소벌蘇伐 공에게 길리웠다는 전설이 있습니다. 김金, 이李, 최崔, 손孫, 설薛, 배裵 여러 성씨의 선조인 여섯 마을의 선조는 모두 하늘에서 내려온 것처럼 『삼국유사三國遺事』는 전합니다. 혹은 하늘에서 내려오고, 혹은 우물에서 솟아나고, 혹은 알에서 부화합니다. 풀과 나무가 말을 하던 옛날의 일이니, 그럴 수도 있을 것이라고 고개가 끄덕여집니다. 황당하다면 황당하고 무계하다면 무계하니, 전설 그대로 받아들이는 것이 가장 재미있을 듯합니다.

◇왼쪽 나정蘿井의 수풀을 흘끗 보고 남쪽으로 반 리里. 큰길에서 동쪽으로 꺾어 수십 걸음 가면, 돌로 된 전복鮑 형태의 도랑을 만들어 놓은 것이 있습니다. 이것이 신라의 최종막 제1장을 연출한 포석정鮑石亭, 술잔을 흘려보내는 물이 굴곡을 이루며 흐르는 도랑입니다. 55대 경애왕景哀王은 왕조王祖의 위업偉業을 받들 것도 잊고 밤낮으로 음주 향연에 빠졌습니다. 취흥이 바야흐로 한창일 때 왕의 눈앞에서 난폭한 견훤甄萱에게 왕비가 겁탈당하고, 이어 그의 독 묻은 칼이 번쩍하는 순간 가련한 왕의 목숨은 덧없는 칼의 녹으로 사라졌습니다. 나그네여, 시험 삼아 푸른 풀을 헤치고 흙냄새를 맡아보라. 지금도 여전히 피비린내가 날 것이니.(1917.8.29.)

新羅의 옛 도읍에 노닐다(7)

포석정 비극의 1막 ⋯ 천관사天官寺의 유래 ⋯ 신라 팔백팔십사八百八十寺

◇견훤은 경애왕을 시해弑하고 경순왕敬順王을 옹립하고는 유유히 북쪽으로 갔습니다. 일찍이 무열 문무 두 왕과 더불어 백제와 고구려 양 강국을 유린한 신라인도, 겨우 2백 년도 지나지 않아 눈앞에서 자신의 국왕이 죽임당하는데 침묵했습니다. 왕이 무도無道한 탓인지, 아니면 인민人民이 무정無情한 탓인지. 온 나라 어느 누가 왕의 신하가 아니겠습니까. 견훤도 역시 신

라의 백성. 무릇 하늘을 바꾸고 백성을 바꾸어 도道를 행한 것일까. 그로부터 수년을 지나지 않아 고려의 태조가 된 왕건은 수하手下 50명의 기병騎兵을 거느리고 경순왕과 도성에서 가까운 교외에서 만났고, 공식적인 잔치에서 술잔을 주고받는 사이 왕은 배알 없게도 천년의 천하를 왕건에게 바쳤습니다. 문무와 함께 천하를 호령하던 신라의 인민도 왕건의 덕을 사모하여 다시 경순왕을 생각하는 자조차 없었으나 어쩔 수 없는 일입니다. 가련한 왕자王子 한 사람만이 하늘에 사무친 원한을 품고 거문고 하나를 가지고 산으로 갔으니, 얼마나 오랫동안 그의 거문고 현은 끝없는 원한에 울었을고

◇여기서부터 남쪽으로는 경애 경순왕의 왕릉, 안달나왕安達羅王의 능이 있다는데, 날이 이미 저물어 뒷날로 미루고 귀로에 올랐습니다.

◇교촌郊村과 월남리月南里 사이에 김유신金庾信의 유적 및 천관사天官寺의 자취가 있습니다. 유신이 젊은 시절 즐겨 창가娼家에 놀러 갔습니다. 하루는 모친이 유신을 앞에 세우고 그의 무분별함을 엄하게 책망했습니다. 남자로 태어나 모쪼록 글공부에 힘쓰고 무예를 닦아 국가의 동량棟梁이 되어야 할 터인데, 추잡한 창녀와 노닥거리기나 하니 무슨 일이냐고 울면서 꾸짖는 모친의 훈계에 유신도 감격의 눈물을 삼키고 다시 창가에 발을 들이지 않을 것을 맹세했습니다. 그 후 어느 날 유신이 취하여 집에 돌아올 적에 말이 그를 데리고는 길들여진 옛길을 따라 창가로 들어가니, 창녀가 한편으로 기뻐하고 한편으로 원망하여 눈물을 떨구며 나와 맞았습니다. 정신을 차린 유신이 말의 목을 베고는 안장을 버리고 돌아가니, 창녀가 원망의 노래를 한 곡 지어 세상에 남겼습니다. 절은 그 창가娼家이고, 천관天官은 그녀의 호号라는 이야기가 전해져 옵니다.

◇팔백팔십사八百八十寺라고 하는 신라 도읍의 절들에는 각각 재미있는 유래가 있고, 전설이 있습니다. 호원사虎願寺의 전설 같은 것은 무엇보다도 재미있지만, 여기서 써내려 갈 틈이 없는 것이 유감입니다.

◇저물녘에 여관으로 돌아와 찬물을 뒤집어쓰고 잠깐 쉬고 있자니, 점점 피로가 몰려오는 것을 느낍니다. 공간상으로는 5리 정도 걸은 데 불과하지만 시간상으로는 2천여 년 간을 방황한 셈이니, 내가 옛 사람으로서 지금을 본 것인지 또는 지금 사람으로서 옛날을 본 것인지 열병에 끓는 사람처럼 머릿속이 어지러워 잠속을 헤매는 듯합니다. 잠시 환영회에 출석하여 교제에 뛰어나다는 양梁군수의 이야기를 삼가 듣고 돌아왔습니다. 옛날 같으면 봉덕사奉德寺의 인경人磬이 바로 삼경三更을 알릴 만한 때인데도 잠이 오지 않습니다. 내일은 불국사佛國寺에 갈 것이다, 석굴암石窟庵의 불상을 예배할 것이다 등등 천진난만한 상상에 빠져들면서 붓을 놓습니다.(8월 16일 밤중 경주에서)(1917.8.30.)

新羅의 옛 도읍에 노닐다(8)

사천왕사四天王寺의 옛터 … 그 유래 … 불국사佛國寺에 도착하다

◇아침에 군청郡廳에 가서 양梁군수를 방문하고, 경찰서의 사사笹서장을 찾아갔습니다. 양군수는 전前 외교관 출신으로, 영어도 잘하고 외교는 능란하며 게다가 인물조차 훌륭한 장년壯年의 호신사好紳士입니다. 이 지방은 신라의 옛 도읍인 만큼 총독부의 높은 관리들이며 안팎의 유명 인사의 내유來遊가 잦아서, 이들 귀빈을 보내고 맞는 일이 군수의 사무 가운데 절반을 차지한다고 합니다. 그런데 소생 같은 풋내기까지 폐를 끼치는 것은 미안하기도 해서 경주 안내서 1장을 받고는 빨리 나왔습니다. 경찰서에 오니 과연 상냥한 사사笹서장이 기쁘게 맞아주십니다. 경주의 옛 유적, 이 지방 청년의 나타懶惰와 부패, 불량 권유원勸誘員의 폐해 등에 대해 이야기하기를 수십 분. 실로 친절하고 열성 있는 분이라고 생각됩니다.

◇오늘은 후루카와古川 부장의 안내로 일행 7인이 불국사佛國寺 원정遠征의 길에 나섰습니다. 자전거의 짐칸에는 각각 서너 병의 맥주를 실었으니,

불국사의 밤을 지낼 채비입니다.

◇울산蔚山 가도街道를 따라 낭산狼山 기슭을 돌면 사천왕사四天王寺의 옛 터가 있습니다. 밭에는 주춧돌과 기와 조각이 쌓여 있습니다. 지금으로부터 천이백삼십여 년 전 문무왕이 고구려를 삼키고 나라의 세력과 문물이 모두 절정에 달한 무렵, 당唐의 고종高宗이 그 융성함을 시기하여 대군大軍을 출병 하려 하였습니다. 마침 당에 있던 왕의 아우 김인문金仁問이 이 뜻을 본국에 알렸습니다. 왕이 이 사실을 조정에 의논하니, 명랑법사明朗法師라는 고승高僧 에게 맡기기로 결정되었습니다. 법사는 용궁으로 들어가 비법을 전해 받아 자유자재한 신통력을 가진 자로, 낭산狼山의 남쪽에 사천왕사를 세우면 당 의 군사가 절로 물러날 것이라고 여쭈었습니다. 이미 정주貞州로부터 당의 군사가 쳐들어왔다는 급보急報가 있어, 비단천으로 임시 절을 만들고 풀로 사천왕을 만들어 명랑법사가 주문을 외니 갑자기 폭풍이 일어 당군唐軍의 군함을 침몰시켰다는 것이 사천왕사의 유래입니다. 백제와 고구려 양 강국 을 유린한 병사가 아직 늙지 아니하고 사자성과 평양에 번쩍이던 칼이 아직 녹슬지 않았는데, 이미 패기가 쇠하여 허둥지둥 어쩔 줄 모르고 한 나라의 운명을 일개 요승妖僧의 손에 맡겨버렸으니, 아아, 다 틀렸도다, 신라의 멸망 은 바로 이 순간에 싹텄다고 할 것입니다. 성쇠흥망을 자기 팔에 맡기는 동 안은 결코 멸망하지 않습니다. 운을 신불神佛에게 맡긴 것은 이미 자기의 생 명이 소모된 까닭입니다. 성채城砦를 쌓는 대신 불탑을 짓고 강한 병사를 양 성하는 대신 요승妖僧을 키웠으니, 신라 멸망의 원인은 이 한 마디면 충분하 다고 생각합니다.

◇도중에 여러 곳의 왕릉을 참배하고, 불국사佛國寺 바로 아래 있는 순사 주재소에서 휴식을 취했습니다. 순사는 밭으로 달려가 잘 익은 수박을 가져 오더니, 되는 대로 쪼개어 일행에게 권합니다. 새빨간 과육과 순사의 성의 모두 감사했습니다. 갈증이 난 터라 단숨에 몇 조각을 베어 먹고, 유쾌한 기

분으로 불국사를 향하였습니다. 토함산의 복잡한 굴곡은 실로 아낄 만하고, 어린 숲의 녹음도 실로 기분 좋습니다. 자전거를 끌고 땀을 줄줄 흘리며 불국사 경내에 있는 숙소에 들어가니, 뚱뚱보 여주인이 수다를 떨며 시원한 물을 가져와 세수를 권합니다. 잠깐 불국사를 둘러보았는데도 과연 훌륭합니다. 피로를 회복하고 느긋하게 보리라 하고 우선 바람이 잘 드는 곳에 가로누워 불국사의 역사에 대해 읽었습니다. 선경仙境이로군요, 하고 후루카와 부장이 자꾸 칭찬을 하는데 묵묵히 있을 수도 없어서 실로 그렇습니다 등등 맞장구를 치고 있자니 목욕 준비가 되고 저녁이 나왔습니다. 저녁을 먹으며 잡담을 꽃피우다가 이윽고 피로하여 한 사람씩 화서華胥* 나라의 여행길에 올랐습니다.(8월 16일 밤 불국사에서)(1917.8.31.)

新羅의 옛 도읍에 노닐다(9)

동해東海 일출의 웅대하고 장엄함 … 신라의 문명 전체를 대표하는 석굴암石窟庵

◇토함령吐含嶺 위에 서서 장엄한 동해東海의 일출을 보려던 굳은 결심도 물거품이 되어 일어나니 벌써 다섯 시. 일행을 깨워 잠옷 바람으로 좁고 험한 산길을 더위잡고 올랐습니다. 큰돈을 들인 도로인데도 경사가 심하여 퍽 곤란했습니다. 1정町을 올라가서는 쉬고, 1정을 올라가서는 또 쉽니다. 아침 공기의 청량함은 늦가을 같고, 약간 땀에 젖은 살갗에 닿는 아침 바람은 상쾌하기가 실로 이를 데 없습니다. 1정마다 세워놓은 '여기서 석굴암까지 몇 정町'이라는 표지판도 좀처럼 가까워지지 않습니다. 가까스로 산꼭대기에 이르니, 이것이 안개인지 바다인지 새하얗게 빛나는 것이 바로 아침 햇빛을 받은 동해입니다. 구름도 없고 섬도 없고 거리가 멀어 파도조차 보이지 않는데, 물과 하늘이 맞붙은 수평선조차 눈부신 햇빛에 바림되어 오직 그 무궁무변

---

* 『열자列子』의 '황제편'에 나오는 가상의 나라 이름으로 '꿈나라'를 가리킨다. 고대 중국의 어느 황제가 낮잠을 자다가 꿈을 꾸었는데 화서라는 나라에 가서 어진 정치를 보고 깨어나 깊이 깨달았다는 고사에서 유래한다.

無窮無變함을 탄미嘆美하는 수밖에 없습니다. 실로 웅대하달까, 장엄하달까. 금강산金剛山 비로봉毘盧峰에서 바라보는 동해에 대해서는 이야기로도 들었으나, 설마 이 이상일 것이라고는 생각되지 않습니다. 김대성金大城도 필시 소생과 같이 아침 일찍 이 봉우리 위에 서서 저 장엄함과 웅대함에 감동받아 결국은 석굴암을 만들 생각이 났을 것입니다. 사람이 태어나 위인을 만나기 어렵고, 훌륭한 경치를 만나는 것은 더욱 어렵습니다. 위인은 움직이는 고로 앉아서 만날 기회도 있겠지만, 훌륭한 경치는 내가 찾아 나서고서야 비로소 만날 수 있는 것입니다.

◇토함령 위에서 동해의 아침해를 바라보는 훌륭한 경치는 소생의 역사상 아주 굉장한 사건이라고 생각합니다. 소생의 가슴은 허공과 같고, 머리는 찬물로 씻어낸 듯합니다. 희열이라고 할까, 아닙니다. 경이라고 할까, 아닙니다. 지금 이 사람의 감정을 무엇이라 이름 붙여야 할는지. 가장 깨끗하고 가장 미묘한 감정을 법열法悅이라 한다면, 이것이야말로 법열이라고 할 것입니다. 소생과 같은 속물로서도 이미 이러한데, 성인聖人 김대성의 감동이야 과연 어떠하였을지. 인생은 무상無常입니다. 길어야 70년이라 할 수 있으니, 이렇게 훌륭한 경치를 만날 수 있는 것도 대저 며칠이나 되랴. 이에 대성은 돌을 깨트려 불상을 조각했습니다. 몹시 분주하게 골몰하여 1년 2년, 10년, 또 20년. 불상 하나를 완성하고 그는 죽었습니다. 그의 영혼은 밖으로 발현하여 아름다운 화강암이 되고, 굳어지고 연마되어 성스러운 불상이 되었습니다. 이리하여 그는 조용히 토함산에 가부좌를 틀고 앉아 천년만년 미래 영겁永劫에 마침마다 동해의 일출을 바라봅니다.

◇이런, 제 멋대로 얼토당토않은 이야기를 늘어놓았습니다. 그래도 이 말을 들으면 지하의 김대성도 천년 후에 지기知己를 얻은 것을 기뻐할 것이라고, 짧은 법열도 이미 파하여 속진俗塵 냄새나는 번뇌가 서서히 오기가 시작합니다.

◇토함령 위의 신령한 바람에 실컷 소매를 떨치고, 다리 아래 복잡한 물결 형태를 이룬 산들을 바라보면서 1정町 남짓 아래 있는 석굴암石窟庵에 이르렀습니다. 일행은 벌써 와서 유유하게 연초煙草를 피우며 갖가지 비평을 쏟아놓고 있습니다. 딸깍하고 자물쇠가 열리면, 신라의 문명 전체를 대표하고 불교국의 미술적 걸작품이라는 석굴암의 여러 보살이 소생의 눈앞에 죽 늘어설 것입니다. 소생은 어떻게 이를 대해야 할는지.(1917.9.2.)

新羅의 옛 도읍에 노닐다(10)

석굴암 석벽의 조각상 … 신라 예술의 결정結晶 … 토리이鳥居씨의 격찬

◇석굴암石窟庵은 그 이름이 가리키는 것처럼 화강암으로 미려美麗하게 건축한 것으로, 천정은 아치형을 이루었고 주위의 석벽은 여러 보살과 사천왕, 불제자 등을 옅은 돋을새김으로 조각하고 그 중앙에 석가불의 좌상을 안치安置하였습니다. 입구에는 좌우 맞은편에 인왕상을 새기고, 그것과 나란히 각 네 개씩 여러 보살과 수호신 같은 것을 역시 옅은 돋을새김으로 조각했습니다.

◇내부의 석벽에 새겨진 조각상은 가장 뛰어난 작품으로 용장勇壯할 만한 것은 힘껏 용장하고 우아할 만한 것은 힘껏 우아하여, 그 상상력의 풍부함이며 수법의 정련精鍊함은 실로 감탄해마지 않을 수 없는 일품逸品입니다. 특히 본존本尊인 석가불의 좌상(어제 지면 참조)은 신라 예술의 결정結晶이라고도 할 만하여, 이것이 없었더라면 딱하게도 신라의 문화는 존재를 의심받을지도 모를 정도의 예술적 작품이라 함이 도쿄 제국대학 토리이鳥居씨의 격찬입니다.

◇여기에 토리이씨의 평 한 구절을 인용하면, "그런데 이 불상을 보건대, 본래 매우 지혜롭고 원만한 부처의 모습을 갖추고 있지만 조금도 숭고나 존엄이라 할 만한 느낌은 일으키지 않는다. 차라리 현세적이요, 게다가 인간으

로서의 육체미를 발휘하고 있다.…이 불상은 남성적이 아니라 여성적으로, 가장 우아하고 가장 부드럽고 온화하며, 가장 정답고 가장 그리워할 만한 성격을 갖추고 있다.…이것을 남성이라 한다면 꽤 미남이다"라고 하였는데, 과연 핵심을 찌르는 평입니다. 특히 불상의 옆얼굴은 달려들고 싶을 정도로 아름답습니다.

◇토리이씨는 계속하기를, "이 불상은 본래 어떤 모델이 있어 제작했을 것이다. 결코 상상으로 만들어낸 것이라고는 생각되지 않는다. 그리고 그 모델은 아마 당시 왕궁의 미인이었을 것이다"라고 말하고, 또 "이상의 이유로 보건대, 이 불상은 분명히 신라인이 체질, 특히 신라의 여성을 모델로 했을 것이다. 과연 그렇다면 이 불상은 신라적 미인의 대표로 보아도 좋고, 또 그 체질은 신라족을 나타내는 것으로 인종학상 민족적 예술사상 가장 귀중한 재료라고 하지 않을 수 없다"고 말하고는, 오늘날 경주 방면, 넓게 말하면 경북 일대 부인의 체질 중에 이 불상과 유사한 타입이 많은 점을 들어 위의 설명을 뒷받침하고 있습니다.

◇소생과 같이 예술적 심미안이 없고 인종학적 지식에 전혀 어두운 자는 다른 학설이 나오기까지 씨의 학설을 믿을 수밖에 없습니다. 만약 씨의 말과 같다면, 석굴암의 석불은 더욱 의미가 깊은 것이라 할 것입니다. 이 석불은 단순히 신라 예술을 대표할 뿐만 아니라, 신라인의 정신 및 육체, 바꿔 말하면 1천년의 신라인 전체를 대표하는 것이라 할 만합니다. 년대로 말하자면 경덕왕景德王시대라고 하니 지금으로부터 약 천백육십 년 전이고, 삼국통일에서 멸망에 이르는 대략 중간 시기에 해당합니다. 그러니까 신라의 영靈이 빠져나와 석불이 되고, 석불이 완성되어 신라가 죽었다고 해야 할는지.

◇한 마디 덧붙일 것은 석굴의 미간에 있던 수정 구슬에 관한 것입니다. 미간에 수정 구슬이 있어 구슬 표면에 황금 조각을 붙였는데, 석불이 동쪽을 향하고 있어 동해의 물결 가운데서 솟아오르는 아침 해의 빛을 받아 미

간으로부터 황금색 빛을 발했다니, 그 장엄함이 어떠하였겠습니까. 하지만 아까운지고. 지난해 석굴암 수리 때 모래 속에 묻혔던 그 구슬은 어떤 자가 훔쳐갔다고 합니다. 석굴암을 나오니, 해가 이미 높았습니다.(1917.9.3.)

新羅의 옛 도읍에 노닐다(11)

김대성金大城이 세운 불국사佛國寺를 보다 … 다보탑多寶塔과 석가탑釋迦塔 … 기술의 영묘靈妙함에 놀라다

◇아침 식사 후 불국사佛國寺를 보았습니다. 세키노關野 박사의 고증에 의하면 절의 창립은 법흥왕 시절로서 지금으로부터 약 천사백 년 전으로 거슬러 올라가지만, 고사古史에는 눌지왕訥祇王 시절 아도我道 승려가 창립하고 법흥왕 때 다시 지었다고 하니, 백년 남짓 차이가 납니다. 그러나 불국사가 3천여 간間의 큰 사찰이 된 것은 석굴암과 마찬가지로 김대성의 손으로 된 것입니다. 현존하는 보물인 청운교靑雲橋와 백운교白雲橋도, 다보탑多寶塔과 석가탑釋迦塔도, 석굴암의 석불과 나란히 신라 예술의 대표적 작품으로 일컬어지는 청동 노사나불盧舍那佛도, 카스가 등롱春日燈籠*도, 석사자石獅子도 모두 당시의 작품입니다. 김대성은 당시 명문가의 귀공자로서, 고된 것을 참고 부지런히 경영하길 30여 년에 불국사와 석굴암을 완성했습니다. 그는 실로 이 일을 이루기 위해 태어난 사람이라고 생각합니다. 그가 성불成佛을 염원한 일념이 우연히도 조국의 유일한 기념이 된 것은 축하할 만한 일이지만 슬프기도 합니다.

◇청운교와 백운교는 다리라고는 하지만, 개천에 걸친 것이 아니라 각각 동문東門과 서문西門 입구의 계단입니다. 당시는 그 아래 개천이 흘렀을지도 모릅니다. 그 의장意匠과 기교 모두 실로 경탄할 수밖에 없고, 특히 범영루泛

---

* 나라奈良의 카스가신사春日神社에서 유래한 석등롱으로, 등롱의 지붕 모양이 고사리 줄기처럼 말려 올라가 있어 양식적으로 한국의 석등과는 차이가 있다.

影樓의 석기石基가 가진 우아한 아름다움은 실로 표현하기 어렵습니다. 석가탑은 극히 단순하지만, 그 전체 형태의 정연한 아름다움에서는 평범함 가운데 비범함을 볼 수 있고, 다보탑에 이르러서는 그 변화가 풍부하고 썩 조화로우며 기술이 영묘함이 보는 자로 하여금 오직 아연케 할 따름입니다. 어쩌면 이렇게도 웅장하고 막힘이 없으면서 아름답고도 화려한 생각을 구상하고, 어쩌면 이렇게도 교묘하게 견고한 돌을 다루어 자유자재로 자신의 생각을 실현시켰는고 그 사람의 얼굴이 그립고, 손이 보고 싶습니다. 둘 다 오층탑으로서, 다보탑은 동쪽에서 석가탑은 서쪽에서 대웅전大雄殿 앞을 장식하고 있습니다. 석가탑은 일명一名 무영탑無影塔이라고 하며, 옛날에는 그림자가 없었을 텐데 지금은 시세가 변하여 훌륭한 그림자를 갖고 있습니다.

◇대웅전은 다행히 임진년의 전쟁으로 인한 화재를 면했으나 여러 번 속악한 수리를 거쳤습니다. 그래도 기둥, 마룻대, 대들보 같은 목재木材 및 전체 구조는 천여 년 전 그대로라고 합니다. 유명한 청동 노사나불盧舍那佛은 자기의 거처를 잃고 아미타불阿彌陀佛의 거처 안의 한 구석에 놓여 있는데, 속악한 절의 주지들이 처덕처덕 회칠을 해놓았습니다.

◇극락전極樂殿 문 앞에 이 역시 주워온 석사자石獅子는 누군가에게 몹시 박살나서 위턱이 떨어져 나갔는데, 그런 주제에 신라 석사자의 백미로서 국보國寶입네 하고 의기양양 고개를 틀고 있습니다.

◇절의 뒤쪽으로 가도 옆쪽으로 가도 무성한 푸른 풀 속에, 아니 차라리 가시나무 속에 연꽃 형태의 주춧돌이 정연하게 나란히 놓여 있는 것을 봅니다. 백수십 동棟, 삼천여 간間을 가진 신라 불국사의 옛터입니다. '가아도假我道', '가도난假道難'의 비극만 없었다면 하고 지금 원망해도 도리가 없습니다.(8월 17일 불국사에서)(1917.9.5.)

新羅의 옛 도읍에 노닐다(12)

괘릉掛陵을 향하다 … 불사가의한 남산南山 … 옛 모습 그대로 남은 괘릉

◇오르기를 1시간이나 걸린 20여 정町의 언덕길을 단숨에 달려 내려가 1리里 남짓 더 가야 하는 괘릉掛陵으로 향했습니다. 역시 울산蔚山 가도街道인데, 이 근처 산의 헐벗은 상태에 놀랐습니다. 민둥산 민둥산 해도, 이런 민둥산이 없습니다. 마치 살갗을 벗겨낸 것 같이 피라도 흐르는 것일까 생각될 정도로 새빨간 모래산입니다. 오른쪽은 남산南山의 민둥산이고, 왼쪽은 토함산吐含山의 민둥산입니다. 한낮의 햇빛이 모래에 반사되어 눈부실 정도이니, 이 역시 볼 만한 풍경의 하나입니다.

◇남산의 저 벗겨진 부근에는 석기시대石器時代의 유물 등이 발견되었다고 하는데, 상당한 고물古物 벼락부자도 여럿 나왔다고 후루카와古川 부장은 이야기합니다. 남산은 실로 불가사의한 산입니다. 어느 곳에서 보아도 홀로 선 산과 같고, 그 산골짜기의 복잡하고 우아한 아름다움은 생각건대 도읍의 남산에 부끄럽지 않습니다. 뿐만 아니라 명물名物인 신라옥新羅玉 즉 자수정紫水晶의 산지이니, 당시 신라인이 퍽 아끼던 것도 그럴 만하다고 고개가 끄덕여집니다. 남산에는 원래 여러 개의 사원이 있었고, 특히 남산사南山寺는 가장 뛰어난 것으로 지금도 주춧돌의 잔해 및 석불石佛이 엄연히 남아 있다고 합니다. 원래는 삼림森林도 있었을 텐데, 지금은 남산이라고 하면 붉은 산이 떠오를 지경입니다.

◇자전거로 오르기를 포기하고 논두렁길을 따라 괘릉에 이르렀습니다. 우선 눈에 띄는 것이 한 쌍의 무인석武人石으로, 그 위엄 있는 모습과 자세란 곧 뛰쳐나와 존엄한 왕릉 앞에 거기 누구냐고 질타할 듯한 모양입니다. 그 다음이 한 쌍의 문인석文人石, 또 그 다음이 두 쌍의 석사자石獅子. 하나같이 살아 움직여 지금이라도 포효할 듯한 기세입니다. 적자赤子로서 사랑받던 사람의 자손이 모두 은의恩誼 깊은 문무왕의 존엄한 위세를 잊은 데 반해, 그들

만은 천 년을 하루같이 충실히 왕릉을 지키고 있는 것을 보니 그만 눈물이 글썽여집니다.

◇괘릉은 신라의 왕릉 가운데 가장 완전히 갖추어져 있고 또 완전히 남아 있다든가 해서 석난간石欄干, 석상石床 및 주위의 12지주支柱 등 대체로 옛 모습을 보존하고 있습니다. 특히 열두 기둥을 본뜬 조각은 자못 가치 있는 예술적 작품이라고 합니다. 그 웅대함에는 무열왕릉에 못 미치더라도 장식을 완비한 점에서는 단연 왕릉의 최고라 할 것입니다. 천하 태평하여 당唐의 문화를 완전히 소화한 증좌라고도 볼 수 있고, 또 동시에 외래문화에 취하여 신라적 용맹 소박한 기상을 잃기 시작한 흔적이라고도 볼 수 있을 듯합니다.

◇신라인이 이렇게나 늠름했는가 하고, 반가운 무인석 앞에서 남은 맥주와 참외를 먹었습니다. 마침 지나가는 한 농부에게 "이것이 무엇이오?"라고 왕릉을 가리키니, "그것은 임금님의 무덤이라고 사람들이 말합디다"하고 대답합니다. 무정한 일이 아닙니까. 저도 필시 신라인의 자손일 텐데 하고 그를 흘겨보건만, 그는 유유히 목가牧歌를 부르며 갑니다.

◇여기서부터 또 1리里를 가니 치술령鵄述嶺 고개에 이르렀습니다. 그 옛날 박제상朴堤上이 신라의 사절로서 일본에 갔다가 붙잡혀 돌아오지 않았는데, 그의 아내가 이 봉우리 위에 서서 남편이 돌아오기를 기다리다가 마침내 몸은 변하여 망부석望夫石이 되고 혼은 빠져나와 원한을 품은 새가 되었습니다. 과연 동해를 건넜는지 아닌지. 바람이 불 때마다 한숨을 쉬고 비가 내릴 때마다 피눈물을 흘리던 망부석은 지금도 꼼짝 않고 동해를 바라보고 섰습니다. 어을치於乙峙는 그녀의 영혼이 머무는 곳이라고 합니다. 바람이 무덥고 몸이 피곤하여 그녀의 영혼을 애도하지 못하고, 공연히 길머리에 서서 망부석이 서있는 쪽을 바라볼 뿐입니다.(8월 17일 경주에서)(1917.9.6.)

新羅의 옛 도읍에 노닐다(13)

영지影池의 유래와 범영루泛影樓 … 경주 금강金剛과 백률사栢栗寺 … 굴불사掘佛寺의 석불

◇괘릉에서 경주로 돌아오는 길, 불국사의 남쪽에 해당하는 곳에 영지影池라는 작은 못이 있습니다. 모래는 희고 물은 파랗습니다. 그 옛날 김대성이 불국사 건축에 몰두하던 무렵, 아사阿斯라는 한 소녀가 그를 사모하여 다만 한번이라도 좋으니 그를 만나기를 바랐습니다. 대성도 또한 사람이라 마음속 이상한 불꽃이 타오름을 깨달았을 것이언마는 주먹을 쥐고 염불을 외며 또 거절하였습니다. 그러나 소녀의 탄원은 더욱 간절해졌고, 이에 대성은 무영탑의 완공일을 기약하였습니다. 본래 큰 공사라 좀처럼 완성되지 않았고, 소녀는 울기도 하고 위안 삼기도 하며 기다리기를 1년, 또 2년, 10년, 또 20년 사모하다가 마침내 병이 나고 말았습니다. 한 보살이 꿈에 나타나 소녀에게 이르기를,

가련한 소녀야……네 연인을 만나려거든 이곳에 못을 파거라. 그러면 그 탑이 이곳에 비쳐서 어쩌면 네가 사모하는 이를 만날지도 모른다고 소녀는 일어나 못을 파기 시작했습니다. 약한 소녀의 팔도 일념一念으로 10년의 세월을 보내고 맞은 끝에 마침내 못을 완성했습니다. 소녀가 아침부터 저녁까지 못을 살피는데, 문득 불국사의 그림자가 또렷이 비치어 석가탑에 최후의 손질을 가하여 성공의 미소를 지은 얼굴을 든 대성의 모습이 그녀 앞에 나타났습니다. 그러나 대성은 이미 이전의 대성이 아니고, 소녀도 또한 대성을 사모하다 백발의 노인이 되었습니다. 그녀는 슬픈 노래를 한 자락 부르고는 자기가 판 못에 훌쩍 몸을 던졌습니다. 천여 년 후의 오늘날에도 토함령吐含嶺에서 미풍이 불어올 때마다 그녀를 떠올리게 하는 잔물결이 이니, 이것이 영지影池의 전설입니다. 불국사의 범영루泛影樓는 이 못에 그림자가 드리운다는 의미입니다. 기상氣象관계 탓인지, 영지에 불국사가 비치는 것은 예나 지

금이나 변함이 없다고 하는데, 내가 보았다고 말하는 사람이 없는 것은 기이한 일입니다.

◇저것은 무슨 왕릉, 이것은 무슨 절의 옛터라고 어저께 본 곳을 가리키면서 역풍逆風과 피로와 싸우며 간신히 여관으로 돌아왔습니다.

◇휴식을 취하기를 3시간. 자전거의 상태를 점검하고 일행은 다시 옛 유적 탐방의 길에 올랐습니다. 남은 곳은 명활성明活城, 남산성南山城, 석탈해왕릉昔脫解王陵, 백률사栢栗寺, 김유신金庾信의 무덤 및 경주 박물관입니다. 우선 북쪽 포항浦項 가도街道를 따라 금강산의 백률사에 이르렀습니다. 조선에서는 산이 아름다우면 금강산金剛山이라고 이름 붙이는 버릇이 있습니다. 마치 무슨 후지富士, 무슨 후지富士 하고 부르는 것과 마찬가지입니다. 백률사는 지금은 초라한 일개 작은 사찰이지만, 그 당시는 신라의 도읍을 한눈에 조망할 수 있는 경승지景勝地였습니다. 불국사의 노사나불과 나란히 칭송되는 약사여래藥師如來는 대단히 아름답고 대단히 자비로운 얼굴로, 그리고 4면 석불은 수백 년 이래 흙 속에 묻힌 비참한 몸뚱이로, 지금도 여전히 천하에 이름을 떨치고 있습니다. 백률사도 본래는 손꼽히는 큰 사찰이고 금강산 기슭이 곧 4면 석불의 임시 숙소였던 굴불사掘佛寺도 꽤 유명한 사찰이었다고 합니다만, 지금은 주춧돌마저 반 이상 묻혀버리고 말았습니다.

◇명활성明活城도 남산성南山城도 모두 역사상 중요한 옛 유적이 틀림없지만, 날이 이미 저물고 피로가 또 극에 달해서 백률사에서 십수 정町 동쪽에 있는 석탈해왕릉조차 참배할 용기가 나지 않습니다. 하물며 서천西天 건너 편 옥녀봉玉女峰 아래 있는 김유신의 무덤(일설에는 김인문의 묘라고 함)은 문무왕릉과 규모가 대략 동일하다고 들은 것만으로 만족하지 않을 수 없습니다.

◇경주 구경은 이것으로 우선 마치고, 자세한 것은 다음을 기약합니다. 소생은 아직 역사적 및 미술적 안목과 식견이 없으니 경주 구경의 자격이 없는 자입니다만, 수년 후에는 혹시 자격을 갖출 수도 있을 것이라고 슬그머니

자신 있는 미소가 새어나옵니다.

◇마지막으로 소생에게 여러 가지 편의를 제공하신 경주 관민官民 여러분
께 깊은 감사를 표합니다.(8월 18일 경주에서)(1917.9.7.)

南遊雜感*

이믜 雜感이라 하엿스니 旅行記를 쓸 必要는 업다. 水陸 四千里를 돌아다니는 中에 여긔 저긔서 特別히 感想된 것 ― 그것도 系統的으로 된 것 말고 斷片 斷片으로 된 것을 몃 가지 쓸란다.

旅館과 飮食店의 不備는 참 甚하더라. 現代式 旅館이 되랴면 적어도 客 每名에 房 한間과, 그 房에는 冊床, 筆墨硯, 方席은 잇서야 할 것이오, 속껍데기를 客마다 갈아주는 衾枕과 자리옷과, 녀름 갓흐면 모긔쟝 하나는 잇서야 할 것이다. 그러나 쐐 큰 都會에도 이만한 設備를 가진 旅館은 하나도 업다. 或 衾枕을 주는 데가 잇서도 一年에 한 번이나 洗濯을 하는지, 數十名 數百名의 쎄무든 것을 주니 이것은 찰하로 안 주는 것만도 갓지 못하다. 萬一 傳染病 患者가 덥고 자던 것이면 엇지할는지, 생각만 해도 진저리가 난다.

쏘 洗首터의 設備가 업서서 툇마루나 마당이나 되는 대로 쭉 둘러 안저서 하얀 齒磨粉 석근 침을 퉤퉤 뱃고, 方今 밥床을 對하엿는데 바로 그 압헤서 왈콸왈콸 양츄질하는 소리를 듯고는 嘔逆이 나서 밥이 넘어가지를 아니한다. 從此로는 旅館에는 반다시 浴室과 洗首터는 設備해야겟더라.

다음에는 飮食 엿후는 부엌과 사람이다. 그 烟氣에 쌈아케 걸고 몬지가 켜켜히 안진 부엌, 쎄무든 치마에 주먹으로 킹킹 코를 문대는 食母, 全羅南北道 慶尙南北道 等地로 가면 웃동 벌어벗고 손톱 길게 둔 머슴, 그러한 사람의 손으로 여툰 飮食을 된쟝과 젓국이 처덕처덕 무든 소반에 바쳐다 줄 째에는 當初에 匙箸를 들 생각이 아니 난다. 아모리 하여서라도 旅館과 飮食店은 速히 改良하고 십다.

* 春園, 『靑春』 14, 1918.6.

○머슴 말이 낫으니 말이지 湖嶺南地方의 飮食은 — 적어도 客主집 飮食은 大槪 머슴이라 일컷는 男子가 하는데, 主人아씨는 째끗이 차리고(대개는 아마 행내기*는 아니오 前 무엇이라는 職銜이 잇는 듯) 길다란 담뱃대를 물고 머슴이라는 男子를 담뱃대 씃흐로 指揮하면, 그 男子가 아궁지 煙氣에 눈물을 흘리면서 이 단지 저 단지 반찬 단지에 筋骨 發達된 팔쑥을 들여미는 꼴은 果然 男子의 羞恥일러라.

○忠淸道 以南으로 가면 술에는 막걸리가 만코 燒酒가 적으며, 국수라 하면 밀국수를 意味하고 漢北에서 보는 모밀국수는 全無하다. 西北地方에는 술이라면 燒酒요 국수라면 모밀국수인 것과 비겨보면 未嘗不 재미잇는 일이다. 아마 막걸리와 밀국수는 三國적부터 잇는 純粹한 朝鮮飮食이오 燒酒와 모밀국수는 比較的 近代에 들어온 支那式 飮食인 듯하다. 길을 가다가 酒幕에 들어 안저서 冷水에 채어노흔 막걸리와 칼로 썰은 밀국수를 먹을 째에는 千年前에 돌아간 듯하더라.

○술 말이 낫스니 말이어니와, 三南地方에 麥酒와 日本酒의 流行은 참 놀납다. 村 사람들이라도 술이라 하면 依例히 「쎄루」나 「마사무네」**를 찾는다. 西北地方에 가면 아직도 「쎄루」나 「마사무네」는 그다지 普及이 되지 못하엿다. 燒酒는 鴨綠江을 건너오기 째문에 西北地方에 몬저 퍼지고 麥酒는 東海를 것너오기 째문에 嶺湖南地方에 몬저 퍼진 것이다. 여긔서도 우리는 地理關係의 재미를 째닷겟더라.

○누구나 다 하는 말이지마는 全羅道와 慶尙道는 그 地勢가 隣接해 잇는데 反하야 山水와 人心에 判然한 差異가 잇다. 全羅道의 山은 부드러운 맛이 잇고 둥근 맛이 잇고 美하다면 優美하며 女性的인데, 慶尙道의 山은 써칠써칠하고 쌲죽쌲죽하고 美하다면 壯美오 男性的이다. 扶餘는 忠淸道지마는 泗

---

* 보통내기. 만만하게 여길 만큼 평범한 사람.
** 正宗. 일본 술 가운데 맑은 청주를 일컫는 말.

泚水가에 곱다랏케 얌전히 안젓는 扶蘇山은 대개 全羅道 山川의 代表일 것이다. 人心도 이와 갓하서 湖南人은 얌전하고 부드럽고 敏捷하고 交際가 能한 代身에 嶺南人은 쑥쑥하고 억세고 무겁고 接人에 좀 冷淡한 맛이 잇다. 그러나 여러 사람의 말을 듯건대 湖南人은 多情한 듯한 代身에 좀 엿고 嶺南人은 쑥쑥한 듯한 代身에 속이 깁허서 交情이 깁고 굿기로 말하면 後者가 前者에 勝한다 한다. 아모러나 「湖南」 이라는 글字, 「嶺南」 이라는 글字부텀이 무슨 特色을 表하는 것 갓지 아니하냐. 湖와 嶺!

○湖南을 國土로 하는 百濟人과 嶺南을 國土로 하는 新羅人이 서로 犬猿不相容하엿슬 것은 只今서도 想像이 된다. 千年間이나 同一한 主權下에서 살아옴으로 性情과 習尙이 퍽 만히 融和도 되엇스련마는 아즉도 百濟人 心情, 新羅人 心情의 特色은 鮮明하게 남아 잇서서 只今도 서로 嘲弄거리를 삼는다.

○畿湖나 西北地方에는 湖南人 嶺南人의 子孫이 雜居하기 째문에 純粹한 血統이 업서지고 一種 羅濟 混血이오, 西北의 氣候風土에 感化된 짠 種族이 생겻다. 그러나 百濟人은 新羅人의 被征服者오 只今 朝鮮文明의 直系가 新羅에서 나려왓슴으로 西北人은 言語나 習尙이 嶺南人다운 點이 만타. 짠 소리지마는 高句麗人의 子孫은 다 어듸로 갓는지, 平生에 疑問이다.

○소리(歌)에 南北의 差異가 分明히 들어난다. 나는 咸鏡道 소리를 들어볼 機會가 업섯거니와 平安道의 代表的 소리되는 愁心歌와 南道의 代表的 소리되는 六字백이에는 그 音調에 아주 調和될 수 업는 截然한 區別이 잇다. 愁心歌는 噪하고 急하고 壯하고, 六字백이는 晰하고 緩하고 軟한 맛이 잇다. 다가치 一種 슯흔 빗히 잇지마는 愁心歌이 슯흠은 「悲」의 슯흠, 「哭」의 슯흠이오 六字백이의 슯흠은 「哀」의 슯흠, 「泣」의 슯흠이다. 樂器로 비기면 愁心歌는 秋夜의 쥬라*나 피리오, 六字백이는 春夜의 玉笛이나 거믄고일 것이다.

○그런데 平安道 사람은 소리를 내면 自然 愁心歌調가 되고 南道 사람들

---

* 朱喇. 붉은 칠을 한 소라 껍데기로 만든 악기.

은 自然 六字백이調가 되며 平安道 사람으로 六字백이 배호기나 南道 사람으로 愁心歌 배호기는 至極히 어렵다고 한다. 아모리 잘 배홧다 하더라도 그 소리에는 自然 제 地方 音調가 끼운다고 한다.

○平安道 婦人네의 哭하는 소리를 들으면 꼭 愁心歌 가락인데 南道 婦人네의 哭하는 소리를 들으면 꼭 六字백이 가락이다. 血統과 風土의 자최는 到底히 버서나지 못하는 것인가 보다.

○嶺南의 兩班勢力은 참 宏壯하다. 嶺南 兩班의 印이 깁히 백힌 것은 理由가 잇다. 百濟를 滅하고 高句麗를 合하야 新羅人은 二百餘年間 勝者 治者의 地位에 잇섯고, 主權이 或은 松都로 或은 漢陽으로 옮은 뒤에도 國家의 中心 勢力은 實로 新羅의 故疆되는 慶尙道를 써나지 아니하엿다. 朝鮮歷史의 主流(비록 不美한 것이지마는)되는 東西니 老少니 하는 黨派 싸홈도 其實은 慶尙道가 그 源泉이엇섯다. 高句麗 兩班, 百濟 兩班이 다 슬어지는 동안에 오즉 新羅 兩班이 二千年의 榮華를 누렷스닛가 그 印이 깁히 백혓슬 것은 自然한 理다. 그러나 今日에 와서는 新羅 兩班도 다 썩어진 것을 自覺하여야 할 것이다. 그 兩班님네가 엇더케나 頑固한고 하니, 四書五經에 업는 것이라 하야 飛行機의 存在를 否認할 地境이다.

○그러나 兩班이 甚한 代身에 선비를 貴重히 녀기는 생각은 참 模範할 만하다. 西北人들이 선비의 貴重할 바를 모르고 黃金이나 權力만 崇拜하는 것에 비기면 嶺南人은 果然 兩班이다. 그네는 선비가 社會의 生命인 줄을 理解한다.

○扶餘에 갓슬 째에 山에서 어덧다는 石器時代의 遺物을 보앗다. 아직 農耕의 術의 發達되지 못하고 漁獵으로 生業을 作하던 그네는 平地에 살 必要가 업슴으로 向陽하고 물 조코 外敵을 防備하기에 便한 山谷에 羣居하엿다. 그 遺物의 大部分은 도끽와 살촉과 그것을 가는 숫돌 等이엇다. 그네는 그것으로 食物을 求하고 外敵을 防禦하엿다. 그네의 唯一한 必要品은 實로 武器엿슬 것이다. 냇가으로 돌아다니면서 粘板巖 가튼 돌을 주어다가 째트리고

갈고 밤낫 武器만 만드는 것이 그네의 日常生活이엇고, 각금 사냥하기와 이웃한 部落과 戰爭하기가 그네의 事業이엇다. 살촉을 半쯤 갈다가 내버린 것이 잇다. 아마 中途에 戰爭이 낫던 것이지. 精神 업시 숫돌에 살촉을 갈고 안젓다가 푸르륵하고 날아오는 돌팔매와 화살에 깜짝 놀라 쥐어 닐어나는 양이 보이는 듯하다. 第一 재미잇는 것은 숫돌에 갈던 자국이 分明히 남아잇는 것이다. 그러고 독긔도 아니오 살촉도 아닌 무엇에 쓰는 것인지 十字形으로 갈아노흔 石片이 잇다. 아마 自己 짠에 썩 妙한 것을 만드노라고 한 모양이니 이것이 實로 美術의 始初오, 만일 그것을 갈면서 興에 겨워 나오는 대로 노래를 불럿다 하면 그것이 音樂의 始初일 것이니, 藝術은 實로 이리하야서 생긴 것이다. 아마 四五千年(前) 일이라는데 가만히 생각하면 그 亦是 내 祖先으로 나와 가튼 사람이라 情답게 생각되더라.

○慶州서 築山과 王陵을 보고 나는 우리의 退化한 것을 哭하지 아니치 못하엿다. 그 山덤이 가튼 무덤! 그것에 무슨 뜻이 잇스랴마는 그 氣像이 참 雄大하지 아니하냐. 二三千年前의 그 큰 무덤을 싸턴 사람과 只今 우리가 보는 듯한 그 주먹 가튼 무덤을 쌋는 사람과는 全혀 氣像이 다르다. 그네는 東海와 가튼 바다를 파지 못하는 것을 恨하여 雁鴨池를 팟다. 臨海殿이라는 일흠을 보아도 알 것이 아니냐. 文藝復興이 西洋 新文明의 曙光임과 가치 朝鮮人에게는 氣像復興이 잇서야 하겟고, 엇던 意味로는 精神復古가 잇서야 하겟다. 諸君이라도 古蹟을 구경해 보아라, 꼭 나와 가튼 생각이 날 것이니.

○여러 가지 感想이 만흔 中에 가장 큰 感想은 우리 靑年들에게 朝鮮에 關한 智識이 缺乏함이다. 우리는 朝鮮人이면서 朝鮮의 地理를 모르고 歷史를 모르고 人情風俗을 모른다. 나는 이번 旅行에 더욱 이 無識을 懇切히 깨달앗다. 내가 혼자 想像하던 朝鮮과 實地로 目睹하는 朝鮮과는 千里의 差가 잇다. 아니 萬里의 差가 잇다.

○人情風俗이나 그 國土의 自然의 美觀은 오즉 그 文學으로야만 알 것인

데 우리는 이러한 文學을 가지지 못하엿다. 그러닛가 모르는 것이 當然하다. 만일 알려 할진댄 實地로 구경다니는 수밧게 업지마는 저마다 구경을 다닐 수도 업고, 쏘 다닌다 하더라도 眼識이 업서서는 보아도 모른다. 나는 우리 들 中에서 文學者 만히 생기기를 이 意味로 쏘 한번 바라며, 그네들이 各其 自己의 鄕土의 風物과 人情風俗을 자미잇게 그러고도 忠實하게 世上에 紹介 하여 주기를 바란다.

○엇잿스나 朝鮮이 무엇인지를 아는 것은 우리에게는 絶對로 必要한 것 이다.

○이번 길에 民謠와 傳說도 될 수 잇는 대로 蒐集하여 볼가 하엿더니 旅程 이 넘어 悾惚하여서 失敗하고 말앗다. 學生이든지 官吏든지, 누구든지 銷閒 삼아 그 地方의 民謠, 傳說, 奇風, 異俗, 風景 갓흔 것을 蒐集하야 글을 만들면 自己도 자미잇고 世上에도 裨益할 바가 만흘 것이다. 더구나 京城이라든지 平壤, 大邱 等 大都會며, 慶州, 扶餘 갓흔 歷史的으로 有名한 곳이며, 釜山, 義州와 가치 自古로 對外交通 頻繁한 곳의 民謠傳說은 極히 價値잇는 것일 것 이다.

○湖南에는 광대가 만코 嶺南에는 妓生이 만타. 광대에는 사내 광대와 계 집 광대가 잇스되 妓生에는 母論 사내는 업다. 湖南 各都會에는 광대 업는 데 가 업는 것과 가치 嶺南 各都會에는 妓生 업는 데가 업스며, 그 代身에 湖南에 는 別로 妓生이 업고 잇다 하여도 嶺南産이 만흐며, 嶺南에는 광대라면 대개 湖南産인 듯하다. 서울서도 光武臺 等地에서 써드는 광대는 거의 다 湖南 사 람인 것을 보아도, 쏘 宋 누구니 李 누구니 하는 名唱 名琴이 대개 湖南 사람인 것을 보아도 湖南은 광대의 本土인 줄을 알 것이다.

○파리보다 妓生 數爻가 셋이 더 만타는 晉州를 비롯하야 大邱 昌原 等地 는 妓生의 産地로 有名하다. 京城도 무슨 組合 무슨 組合하고 嶺南 妓生專門 의 貿易所가 잇스며, 七八年前 平安道 等地에도 數千名 嶺南産이 跋扈하엿다.

엇지해서 湖南에는 特別히 광대가 만히 나고 嶺南에는 特別히 妓生이 만히 나는지, 거긔도 무슨 歷史的 關係가 잇는지는 알 수 업스나 아모러나 무슨 理由는 잇는 듯하다. 春香의 故鄕되는 湖南에서는 妓生들이 모도 다 春香의 본을 밧고 말앗는지.

○平壤妓生이라면 平壤兵丁과 함께 서울서도 名聲이 錚錚하지마는 平安道에는 現今에는 妓生 잇는 데가 平壤外에 數三處에 不過하다는 말을 들엇다. 二十餘年前에는 내 故鄕되는 定州에도 三四十名 妓生이 잇다 하엿고, 劍舞로 有名한 宣川妓生, 무엇 무엇으로 有名한 成川妓生, 安州妓生하고 쇄 만턴 모양이나 日淸 日露 兩戰役에 平安道는 代打擊을 바다서 繁昌하던 여러 都會가 衰殘함을 짜라 妓生도 絶種이 되고 말앗다. 이것으로 보더라도 嶺南은 西北보다 아즉도 生活이 裕足하야 富者階級, 노는 사람 階級이 잇는 모양이다.

○아모러나 妓生制度의 始初는 新羅의 俱樂部制度에서 發生한 것이닛가* 이는 兩班으로 더부러 嶺南의 二大特産이 될 것이다.

○비록 雜感이라고는 하엿스나 넘어 秩序 업시 짓거려서 罪悚하기 그지 업다. 明年에 萬一 機會가 조와서 西北地方의 旅行을 마초게 되면 無識한 내 눈으로 본 것이나마 系統잇는 見聞記를 하나 쓰려 하고 그만 그친다.(丁巳九月)

---

* 원문에는 '닛다'로 되어 있다.

잠시 영흥까지―寸永興まで*

一

◇4,5일 가만히 있었더니 예의 방랑벽이 또 꿈틀거리기 시작해서 견딜 수 없어졌다. 마침 이틀 가량 겨를이 있어서 경원선京元線 구경에 나섰다. 어느 곳에 가서 구경하자는 목적도 없다. 그냥 기차가 가는 곳까지 가서 눈에 들어오는 것들만 보면 족한 것이다. 그런데 함경선咸鏡線의 종점이 영흥永興이라고 하니, 편의상 영흥행永興行이라고 스스로도 이름 짓고 남에게도 이야기하게까지 된 것이다.

◇9시 반 열차에 오르기 위해 남대문역을 향해 서둘렀다. 경성은 날로 규모가 커지고 번쩍해지는데, 어째서 남대문역만은 좀처럼 변화라는 것을 알지 못하는 것일까. 언젠가 어떤 서양인 일행이 용산龍山을 남대문으로 잘못 알고 내리려고 했던 것을 본 적이 있다. 과연 용산역은 훌륭하다. 여전히 오두막식이지만, 그래도 남대문역보다는 몇 길 위다. 만약 남대문역이 용산보다 앞쪽에 있다면 처음 오는 내객들은 반드시 남대문역을 지나쳐 용산에서 내릴 것이다. 그러나 건물만 공연히 휑한 것보다는 작은 건물 안에서 북적거리는 편이 오히려 경기가 좋은 모양이라고, 훨씬 미더운 기분이 든다.

◇용산역은 건방지다. 용무도 없는데 갈 때도 올 때도 꼭 5분 정도는 세워둔다. 그것은 용산역이 조선 철도 각 노선의 중요한 통로를 차지함을 말하는 것이리라. 그러나 한강 철교를 건너 혹 공덕리孔德里의 칠흑 같은 어둠을 통과하여 용산의 휘황한 전등을 보는 것은 아무래도 기분이 좋은 것이다.

◇한강은 수량이 불어 마포麻布 서강西江 부근에 사는 이들은 무척 곤란하

* 원문 일본어. 京元線車中にて. 李光洙, 『京城日報』, 1917.9.14.-9.28.

겠지만, 무책임한 구경꾼으로서는 과연 좋은 구경거리다. 찰랑찰랑 양안兩岸의 버드나무를 삼킨 채 물결도 일지 않고 흐름을 멈춘 듯이 보이는 가을의 물, 그 가운데 떠 흐르는 듯한 평평한 초록의 섬, 거꾸로 비치는 산 그림자를 부수며 유유히 어딘가로 무심하게 헤엄쳐가는 흰 돛 등, 좀처럼 버릴 것이 없다.

◇절벽이 있고, 터널이 있고, 어촌이 있고, 어선漁船이 있다. 머리를 남쪽으로 향하면 도도히 흐르는 장강長江이 있고, 북쪽으로 향하면 녹음이 뚝뚝 떨어지는 남산의 소나무숲이 있다. 일요일같이 한가한 때 가족이라도 데리고 와서 남대문에서 청량리清凉里 부근까지 가보는 것도 재미있을 것이다.

◇왕십리往十里는 가엾다. 그만한 호수戶數, 그만한 인구로 만약 시골이었다면 대도회라고 뽐낼 수 있었을 텐데, 경성의 그늘에 가려 일개 한촌寒村으로 자임하고 있다. 왕십리역 또한 이용객은 적고, 경성의 수도水道에 석탄을 보내는 임무를 맡는 역 구내構內는 석탄가루로 시커멓게 되어 있다.(1917.9.14.)

二

◇청량리는 경원선京元線의 남대문이 될 예정이었을 것이다. 건물도 꽤 번쩍하고 역 앞에는 운송점運送店 같은 것도 늘어서 있는데다 찻집까지 있었지만 손님이 없어 문을 닫아 대부분 폐쇄되고 말았다. 남대문에서 청량리까지 오는 데 한 시간이나 낭비하는 것은 원통한 일이지만, 그래도 남대문 플랫폼에서 기차에 오르는 편이 아무래도 위세가 좋은 것이어서 청량리로 오는 사람도 그다지 없는 듯하다. 세상은 어디까지나 허영을 좇는다.

◇청량리의 홍릉洪陵 소나무숲은 꽤 훌륭하다. 전차로 버드나무가 늘어선 능도陵道를 질주하여 홍릉 소나무숲 속을 거닐어보는 것은 멋진 일이다.

◇청량리에서부터 기차는 수많은 구릉丘陵을 사이에 두고 북한산北漢山의 삼각산三角山을 멀리서 에워싸며 우회한다. 삼각산이라고 하는데, 과연 어디

쯤에 모서리가 세 개나 있는 걸까 의문이었다. 경성 사람에게 물어도 다만 "봉우리가 세 개 있지요"라고 대답할 뿐 전혀 요령부득이었는데, 오늘 보니 과연 세 개의 모서리가 있다. 삼각산 전체는 거의 일직선을 이룬 긴 산등성이인데, 그것을 말馬에 견주자면 바로 안장이 있어야 할 곳에 대략 같은 형태를 지닌 세 개의 작은 봉우리가 뭔가 상담이라도 하고 있는 듯 정좌鼎坐해 있다. 멀리서 잘은 모르겠지만, 어느 것이나 가파른 바위로 이루어져 있는 듯하다. 그 가운데 가장 남쪽에 서 있는 것이 백운대白雲臺일 것이다. 정말 이불 한 장 크기의 흰 구름이 걸려 있었다. 과연 삼각산은 명산名山이다. 그 형상이 과연 웅건雄建하여 왕도王都의 진산鎭山*으로서 결코 부끄럽지 않다. 과감히 벗겨져 있어 여기저기 시커먼 괴암怪巖이 눈같이 흰 살갗을 채색하고 있다. 청정하게 수척한 모습은 과연 속진俗塵을 벗어버린 듯이 보인다. 우계雨季에 들어 여기저기 흰 천을 걸어놓은 듯한 임시 폭포라도 있었다면 한층더 볼 만한 것이었으리라. 그러나 웅건은 하지만 아무래도 단순하다. 다분히 유교적이다. 경주의 남산南山과 같은 복잡함이 없고 우미優美함이 없다. 이 산 아래서는 찬란한 예술은 결코 생겨날 것 같지도 않다. 그 때문인지 오백 년의 한양漢陽은 아무런 예술도 낳지 못했다.

◇의정부議政府란 묘한 이름이다. 이런 곳을 의정부라고 이름붙인 것도 역사적 비극의 기념이라고 생각한다면 다소 감개도 있다. 여기서 시오자와鹽澤 경무국장 일행이 기차에 오르셨다. 육군대좌 견장肩章을 보고 알았다.

◇기차는 사람으로 가득하다. 1등석은 없고 2,3등석은 전부 만원으로, 경사스러운 일이지만 좁아서 곤란했다. 경부선京釜線도 경의선京義線도 둘다 만원으로 특히 2등객이 엄청나게 늘었다. 그리고 요릿집이나 게이샤 등은 어느 것이나 북적거려서 십수 년래 호경기다. 경원선京元線도 역시 예외가 아니라는 것을 알았다.(1917.9.15.)

---

* 도읍지나 각 고을에서 그곳을 진호하는 주산主山으로 정하여 제사지내던 산.

三

◇동두천東豆川에 도착했다. 아름다운 개천이다. 역에서 동남쪽으로 치솟아 있는 것이 소요산逍遙山으로, 동쪽의 음지에 자재암自在庵이라는 작은 절이 있다고 한다. 이 주변은 소금강小金剛이라 불리울 정도로 산의 자태와 물빛이 무척 아름답다. 그다지 높지도 않은 봉우리와 산맥이 뒤얽혀 있어 밀치락달치락 무수히 복잡한 계곡을 이루고 있고, 그 계곡에는 반드시 냇물이 하나 졸졸 흐르고 있다. 냇물은 맑아져 있어 과연 차가운 느낌을 주었다. 부정할 수 없는 가을의 기운이다. 소요산은 확실히 한번 놀러올 만하다. 와서 보면 누구나 의외의 느낌을 받을 것이 틀림없다. 와본 후에는 반드시 누구나 아아, 오기를 잘했다고 만족할 것이라고 생각한다.

◇이 부근부터 기차는 점점 오르막길로 접어들어 냇물을 거슬러 계곡 사이를 헐떡이며 간다. 과연 그윽하고 변화 많은 경치다. 그 계곡을 빠져나가면 전곡평야全谷平野가 눈앞에 펼쳐진다. 누구나 처음은 평야라고 생각하겠지만, 그러나 그것은 평야가 아니라 고원高原인 것이다. 돌이 많고 메마른 들판 일대는 이름도 알 수 없는 노란 꽃에 덮여 있고, 곳곳에 새하얀 메밀꽃이 피어 있으며, 또 여기저지 화산암이 파헤쳐져 있는 것이 보인다. 한껏 높아야 1척尺에도 못 미치는 고원의 풀은 한 차례 서리가 내린 듯 벌써 약간 누런 빛을 띠고 있다. 왠지 모르게 쓸쓸한 가을 느낌을 주었다. 누런 풀, 노란색 꽃, 새하얀 메밀꽃은 과연 고원의 가을 기분을 주는 것이 아닐까. 잠시 보충하여 말해두는데, 전곡역全谷驛에는 목재가 높이 쌓여 있었다. 아마도 경성 등지로 가져가는 것이리라.

◇여기서부터는 인구가 자못 희박하여 거의 촌락을 볼 수 없다. 가면 갈수록 산악다워지고 고원다워져 기온조차도 점점 낮아지는 것처럼 생각되었다.

◇전곡평야를 지나자 또 이전 모양의 협곡峽谷에 들어선다. 맑은 냇물과 숨바꼭질을 하는 듯 기차는 복잡한 곡선을 그리며 완만한 비탈길을 헐떡이

며 간다. 노송나무, 산포도같이 깊은 산속에서 자라는 식물이 종종 눈에 띄기 시작했다. 이것 재미있군 뜻밖에 깊은 산속의 기분을 느낄 수 있는 걸, 하고 혼자 기뻐했다. 이 골짜기를 지나면 철원평야鐵原平野가 보인다. 물론 전곡全谷보다 해발海拔 몇 백 척이나 높은 고원이다. 예의 노란 꽃은 더 많고 새하얀 메밀꽃도 더욱 많다. 그리고 전곡 부근에는 그다지 보이지 않았던 이제 막 피기 시작한 연한 억새가 눈에 띄기 시작하고, 기온은 더욱 낮아진다. 그만큼 한층 고원다워진 것이리라.

사방이 톱니 형상의 연산連山에 둘러싸여 한가운데 타원형의 평원平原이 있다. 보통 우리들이 평원이라 하는 것과는 달리, 둔중한 물결 모양을 이룬 수많은 구릉丘陵이 있어 왠지 넘실거리는 거대한 바다를 바라보는 듯한 기분이 든다. 그리고 강은 몇 길이나 깊은 곳을 흐르고 있는데다 물길이 좁고 깊어 운하運河 비슷한 느낌이다. 이러한 평원이 양털과 같이 부드럽고 키 작은 풀이나 수수께끼 같은 노란 작은꽃, 지독히 새하얀 메밀꽃, 과연 몽환적인 억새 꽃, 벌레에게 파먹힌 듯한 철분 같은 화산암에 뒤덮여 조용히 가로누워 있다고 상상해보시라. 게다가 어디를 보아도 인가人家는 보이지 않고, 대부분은 개벽 이래 사람의 손이 닿지 않은 땅이라고 상상해보시라. 이것이 경원선京元線 연선沿線 고원의 특색으로 이런 것이 대략 네 곳이 있다. 즉 전곡全谷, 철원鐵原, 인불랑釼拂浪, 그리고 안변安邊이 그것이다.(1917.9.17.)

四

◇철원역에서는 철원성鐵原城 서문西門 밖의 한 모퉁이가 보일 뿐이다. 철원은 꽤 크고 재산가도 많이 살고 있다고 한다.

◇철원에서 좀더 가면 같은 고원 안에 월정리月井里라는 추운 느낌을 주는 이름의 작은 역이 있다. 이 역은 지금은 일개 빈한한 역에 불과하지만 1천 년 전 신라 말 무렵에는 궁예弓裔의 도읍이었던 곳으로, 이 부근에서 궁예가 활

을 울리며 천하를 내려다보았던 곳이다. 역에서 25정町 정도 떨어진 풍천원楓川原은 궁예가 거처하던 성터로, 지금도 이 근처에는 석탑과 석등 등이 남아 있다고 한다. 역의 서쪽에 경주慶州의 반월성半月城과 약간 비슷한 염주數珠 같은 구릉이 있고, 그 위에 기송奇松 몇 그루가 멍청한 얼굴을 하고 서 있는 것도 재미있었다.

◇가면 갈수록 고원의 굴곡은 더욱 크고 격렬해져 메밀꽃조차 볼 수 없게 되고, 개천이 흐르는 깊이 패인 바닥이 유난히 눈에 띄었다. 더욱 더 무인지경에 들어가는 것이다.

◇기차는 복계福溪에 도착했다. 역의 서쪽 갑천甲川이라는 곳은 궁예와 왕건의 옛 전장戰場이다. 때마침 온 하늘을 덮은 구름을 뚫고 비스듬히 모습을 드러낸 햇빛이 그 당시 피보라가 일었던 언저리를 획하고 비추었다. 그러자 누런 풀과 억새풀 등이 바람을 맞아 부스스 너울거렸다. 아마도 그 일대 온갖 벌레가 슬프게 울고 있을 것이다.

◇복계를 지나자 고원다운 색채는 더욱 선명해져 나같이 평원에서 자란 사람에게는 실로 하나의 경이로움이었다. 지면의 굴곡은 최대한 크고 깊어져 있어 이제 메밀꽃이라든가 조밭粟畑 따위도 보이지 않고, 온통 누런 잎과 몽환적인 억새풀만 뒤덮여 있다. 그 억새풀의 무성함은 실로 말로 표현할 수 없다. 뜰에 두세 포기 억새풀을 심어 갈증을 다스리고 있는 사람들에게 실컷 보이고 싶은 것이다. 미처 다 피지 않아서 흐릿한 회백색을 띤 수만 정보町步에 달하는 억새의 바다, 그곳에 소슬한 가을바람이 불어와 드넓은 삼림과 물결치는 억새의 바다는 확실히 장관壯觀이다. 만약 달밤에 홀로 이 가운데 서서 벌레 울음소리를 들으며 유유히 이 풍경을 바라본다면 얼마나 장관일까. 이곳에는 아직 인적人跡이 미치지 않아 지구의 표면이 충분히 식어 초목이 생겨날 수 있게 되고 난 이후의 그대로인 것이다. 야생의 풀조차 일 년 내내 자라도 1척尺을 넘길 수 없고 정거장 구내에 심은 아카시아조차도 결

핵 환자와 같이 누런 얼굴을 하고 자랄 수가 없으니 곡물 따위가 잘 될 리가 없다. 이들 고원은 억새풀의 세상이자 가을벌레의 세상으로 이루어진 것으로, 인간 쪽에서 말하자면 오직 감상되기 위해 생긴 것이다. 굳이 실용을 구하자면 목장을 삼는 것이리라. 저곳에 한가득 양이나 산양, 말의 무리가 굼실거리고 있어, 이런 석양에 처량한 목동의 피리소리를 듣게 된다면 필시 재미있을 것이다.(1917.9.20.)

五.

◇나는 4, 5년쯤 전에 시베리아에서 외몽고外蒙古 일부 지역을 통과해 하얼빈哈爾賓에 간 일이 있다. 때는 마침 지금과 같은 초가을로, 끝없이 펼쳐진 누런 풀의 바다를 보게 되어 기뻤다. 그리고 이런 풍경은 시베리아나 몽고 등지가 아니라면 볼 수 없는 것이라고 생각하고 있었다. 그런데 어찌 추측했으랴, 조선에도 이런 곳이 있다는 것을. 함경북도 등지에 가면 물론 있겠지만, 경성 바로 곁에 있다는 것을 알고는 실로 놀라지 않을 수 없었다. 규모는 작지만 요소는 갖추고 있다. 시베리아나 몽고 등지 고원의 소슬한 가을 경치가 보고 싶다면 가을의 경원선京元線을 타는 것이 좋다. 내가 장래에 만약 경성에 거주하게 된다면 반드시 매년 가을 이곳에 올 것이다. 피서지避暑地라든가 관월지觀月地라고 일컫는 모양으로 이곳을 상추지賞秋地라고 하면 어떨까. 온천이라도 솟는다면 더욱 좋을 텐데. 그 정도로 나는 이 고원의 가을 경치를 사랑하게끔 되었다.

◇기차는 구릉의 큰 물결, 억새의 작은 물결을 헤치고 더욱 더 헐떡이며 오르막길을 오른다. 인불랑鈠拂浪은 애초 완전히 발달한 고원의 중심으로 그 이름조차 과연 굉장하다.

◇경원선의 최고점인 해발海拔 일천구백칠십오 척尺 지점은 바로 인불랑과 세포洗浦 사이에 있다. 세포역洗浦驛이 실로 해발 일천구백 척 높이에 위치해

있는 까닭에 우리 기차는 상당한 고산高山의 절정을 오르고 있는 참이다. 왠지 갑자기 추워지는 듯한 기분도 들고 엄청난 곳에 가고 말았다는 기분도 든다. '여기서부터 북쪽으로 1리哩 삼방三防의 깊은 골짜기에 들어간다'고 씌어 있다. 역의 안내판을 보는 것만으로도 전율이 느껴졌다. 평지가 산보다 높아 마치 책상 아래 잉크병을 둔 것 같은 봉우리조차 있다. 즉 이 평지를 산으로 만들려고 생각하고 조각하다가 중도에 뭔가 사정이 생겨 제작을 중지한 것 같다. 고원도 이곳이 마지막으로, 여기서부터 점점 산악지대로 들어가는 것이다.

◇우선 포말이 이는 개천이 보인다. 이어서 가파른 바위로 된 절벽이 보인다. 그 절벽의 꼭대기와 골짜기에는 구부러진 소나무가 혹은 가로로 혹은 거꾸로 달라붙어 있다. 그리고 포말이 이는 거센 여울 위에 짧은 철교鐵橋가 걸려 있고, 그것을 건너면 짧은 터널이 있다. 이것이 애초 삼방 깊은 골짜기의 첫 번째 굽이다. 기괴한 암석, 장려한 절벽, 맑고 변화 많은 개천, 실로 조화옹의 솜씨를 경탄하지 않을 수 없다. 한 굽이, 또 한 굽이 나아감에 따라 경치는 더욱 복잡하고 더욱 속세俗世와는 거리가 멀어진다. 절벽과 절벽이 마치 거친 톱니바퀴의 톱니가 서로 맞물린 듯한데, 그 사이를 맑고 차가운 삼방의 개천은 온갖 형상을 만들고 소리를 일으키고 빛깔을 달리하면서 바늘을 따르는 실 모양으로 기세 좋게 흐르고 있다. 네다섯 굽이를 지나자 더욱 험해진 절벽의 꼭대기에는 절로 생겨나 자라서 늙고 썩어 뼈만 남은 모양으로 □연히 서 있는 나무들이 많이 보였다. 그리고 그들 노목老木의 주위에는 고산지대에서 자라는 관목灌木, 산포도 덩굴, 늙은 싸리나무가 있어 그 속의 작은 새들이 오르락내리락하며 희희낙락 어지러이 날고 있다. 왠지 인적이 미치지 않는 원시적 삼림을 바라보는 듯 과연 장엄한 느낌을 받았다.

◇나는 일찍이 동청철도東淸鐵道로 소백산맥小白山脈의 원시림 속을 통과한 일이 있는데, 크기는 다를지언정 마치 같은 느낌을 받았다. 저것 보게, 이것

봐, 하고 눈을 크게 뜨고 놀라던 중에 마지막 터널을 벗어나 마지막 다리를 건넜다. 교두橋頭에는 '제11 삼방천三防川 교량'이라고 적힌 패찰이 붙어 있다. 이것으로 삼방의 깊은 골짜기는 대략 열한 굽이가 있다는 것을 알았다. 개천이 열한 굽이를 돎과 동시에 우리 기차도 열한 굽이를 돌아 11개의 다리를 건넜던 것이다. 터널 수는 다리보다도 많다. 그리고 그것이 십 리도 채 되지 않는 사이라는 얘기를 들으면 필시 놀랄 것이다. 실로 삼방의 깊은 골짜기는 조선의 절경絶景 가운데 하나로 세계에 자랑할 만하다. 아까 고원의 놀라운 경치를 대하고 얼마 지나지 않아 또 이런 절경을 대하니, 얼마나 기쁜 일인가.(1917.9.26.)

六

◇기차는 미끄러지듯 달려 내려가 삼방역三防驛에 도착했다. 기차가 멈추자마자 덜컹덜컹 격렬한 소리가 울려왔다. 앞도 높은 산, 뒤도 높은 산, 역은 그 사이에 조그맣게 끼어 있다. 지나支那의 파촉巴蜀이라든지 무협巫峽이라든지 이백李白 등이 떠들어댄 곳은 아마 이와 동교이곡同巧異曲일 것이다. 조선인에게도 대시인大詩人이 있었다면 무턱대고 지나의 것만 동경하지 않고 때로는 이런 절경絶景도 노래했을 텐데, 하고 선조들이 밉고도 원망스러워졌다. 앞쪽 산에는 그다지 높지도 않은 우거진 잡목이 갖가지 담쟁이나 덩굴에 휘감겨 있고 작은 산새들이 즐겁게 무리를 지어 날고 있다. 자기들은 지상 수십 척 높이를 날고 있는 것이겠지만, 골짜기 밑바닥에서 바라보는 우리들의 눈에는 수천 척의 공중을 날고 있는 듯이 생각되었다. 기암奇岩도 있다. 노목老木도 있다. 절벽도 있다. 원숭이까지 나뭇가지에서 나뭇가지로 옮겨 다녔다면 더더욱 이태백이 노래한 촉도蜀道*에 가까워졌을 것이다. 그러나 원

---

* 촉 땅으로 가는 길의 험난함에 대해서는 여러 시인들이 읊었는데, 그 가운데서도 당나라 이백이 '촉으로 가는 길의 험난함은 하늘에 오르기보다 어렵다蜀道之難 難于上靑天'고 읊었던 「촉도난蜀道難」이 가장 유명하다.

숭이 대신 이곳에는 오로지 우직할 뿐인 웅공熊公이 살고 있다고 한다. 세 사람의 거칠어 보이는 사냥꾼 일행이 소총을 메고 걸어가는 것이 보였다.

◇온 곳을 뒤돌아보니 어두운 구름에 깊이 잠겨 있다. 날아다니던 작은 새가 두세 마리 그 속으로 사라졌다.

◇녹색 명주 저고리에 담홍색 치마를 입은 젊은 여자가 조선 모자를 쓴 남자의 옆에 웅크리고 앉아 우리 기차를 보고 있었다. 김매기는 이미 끝나고 수확은 아직 시작되지 않아서 짬을 내 남편을 따라 친정에 가는 것이리라. 그의 하얀 보자기 꾸러미 안에는 떡이며 닭, 소주병, 삶은 옥수수 등이 들어 있을 테고, 느긋하게 우리 기차를 바라보며 쉬고 있는 것을 보니 아마도 행선지도 가까이에 있을 것이다. 공기는 아까보다도 훨씬 차가워져 있고 양손을 품속에 넣고 있는 이조차 보였다. 우리 기차도 전부 창을 닫아 두었다. 가을을 맞으러 가을 나라로, 가을 나라로 들어가는 듯한 느낌이 들었다. 역에서 몇 분 가면 왼쪽에 '삼방三防의 폭포, 길이 일백오십 척尺'이라고 크게 쓴 패찰이 붙어 있다. 아마도 저기 보이는 저 깊고 깊은 골짜기 안에 있을 것이다.

◇점점 개천의 폭이 넓어져 산도 점차 낮고 또 원만해져 간다. 판자 지붕과 돌 지붕을 인 쓰러져가는 집이 이따금 보이고, 그 앞에는 홀딱 깨벗은 아이들이 웃으며 우리를 전송하고 있다.

◇급전직하로 몇 개의 철교와 터널을 지나 평평한 곳에 나오니 이곳이 바로 고산高山이다. 서쪽 언덕 위에는 고산성高山城의 옛터가 보이고, 여기서부터 함경도咸鏡道의 첫 번째 고원인 안변安邊 고원으로 들어가는 것이다.(1917.9.27.)

七

◇나는 지금까지 위대한 고원의 가을 풍경과 우아하고 아름다운 삼방三防의 깊은 골짜기에 대해 서술했다. 그러나 나는 이것을 충분히 서술한 만한 기량을 갖고 있지 않다. 특히 그윽한 골짜기의 절경絶景 같은 것은 내가 아니

더라도 훌륭하게 그려낼 수 있는 이가 없을 것이라고 생각한다. 소요산逍遙
山은 소금강小金剛이라고 했는데, 삼방 깊은 골짜기는 거의 금강산에 가까운
곳이라는 이야기가 있다. 과연 금강산은 이런 곳일까, 더구나 이곳보다 훨
씬 웅대하고 아름다운 것일까 생각하고 있자니, 갑자기 금강산이 보고 싶어
졌다. 이런 정도의 절경이니 나 같은 사람의 붓에 붙들리려 할 리가 없다. 나
는 다만 이렇게 말해둔다. 만약 이 절경이 알고 싶다면 와서 보라고, 와서 보
면 반드시 예상 이상이라 놀랄 것이다.

◇도로변에는 귀여운 질경이꽃이 잡초와 섞여 피어 있고, 그 곁에는 이
또한 자주빛의 무엇인지 쓸쓸한 꽃이 피어 있다. 그들은 잠시도 가만히 있
지 않고 머리를 흔들고 있다.

◇고산역高山驛을 지나면 소나무를 주의하여 보시길. 매우 기품 있는 노송
老松이 있지요. 이 근처 소나무는 과연 훌륭하다. 영동嶺東 제군諸郡의 해변에
는 이 이상 훌륭한 형태를 가진 소나무가 있다고 하는데, 이 근처의 것도 평
지 주민인 우리들에게는 좀처럼 보기 어려운 물건이다. 특히 석왕사釋王寺 근
처의 소나무는 운치가 있다. 몇 개의 구릉과 그 사이를 흐르는 냇물과 푸른
솔숲과 작은 역을 두세 곳 지나면, 바다가 보이고 섬이 보이고 돛대가 보이
고, 그리고 좁고 기다랗게 늘어선 도시가 보이고, 특히 산중턱 솔숲 사이에
산뜻한 서양식 석조건물이 보이는데, 이것이 원산부元山府이다. 상업이 번성
하는 곳으로는 부산釜山에 버금가는 대도회로, 어업의 도시이다. 아직 햇수
가 얼마 되지 않은 만큼 신의주新義州에서 보는 것 같은 빈터와 초원이 있다.
경치도 좋고 여름의 기후도 청량한 까닭에 호사스런 서양인들은 곧잘 피서
를 온다고 하는데, 방카라ばんカラ* 학생인 나는 가을을 맞으러 온 셈이다. 기
차는 마을을 관통하여 대략 신시가지와 구시가지 가운데 있는 원산역元山驛

---

* 蛮カラ. 하이칼라의 반대 뜻을 가진 조어造語로, 옷차림이나 언행이 거칠고 품위가 없음, 또
그런 사람을 가리킨다.

에 도착한다. 이곳이 경원선京元線의 종점終點이자 동시에 함경도咸鏡道의 기
점起點이다.

◇10분쯤 쉬고 정각 5시 출발 영흥행永興行 기차에 올랐다. 이 기차는 경원
선보다 한층 열악하다. 7, 8년쯤 전 평양平壤, 신의주新義州 등지를 방황하고
있던 녀석이다. 2등실이라는 것의 극심한 초라함이라니. 별 볼 일 없는 작은
역을 몇 곳 느릿느릿 지나 정각 7시 영흥역永興驛에 도착했다. 해질녘 쓸쓸한
마을을 홀로 터벅터벅 걷고 있자니 왠지 만주滿洲 등지의 어느 마을로 들어
선 듯한 느낌이 들었다.

◇영흥은 실로 이조李朝의 발상지發祥地로,* 뒤쪽 산은 성력산聖歷山, 개천
은 용흥강龍興江 등으로 성聖이니 용龍이니, ㅁㅁ니 모두 왕王에 연관된 이름
이다. 아침 일찍 일어나 부슬부슬 내리는 비를 우산으로 피하며 용흥강 물가
를 거닐었지만, 별다른 감개도 없었다. 이 개천에서는 연어나 은어가 잡힌다.
오늘 하루 묵으면 먹을 수 있겠지만, 그렇게 한가로이 있을 수 없어서 9시
반 기차로 귀로에 올랐다.

◇얼마나 이상한 여행인가. 마치 미치광이 같은 여행이었지만 재미있었다.
조선 철도노선 가운데 경치 좋은 점에서 보면 아마도 경원선이 그 첫째일 것이
라는 결론을 얻었다. 이것을 당신께 영흥행의 선물로 드린다.(1917.9.28.)

---

* 영흥은 태조 이성계의 출생지.

復活의 曙光*

一, 精神生活의 停止

이믜 바다이면 언제까지나 잔잔할 리가 업다. 早晚間 어대로서나 바람이 불어와서 굼실굼실 물결질 날이 잇슬 것이다. 그 바람이 東風일는지 西風일는지는 豫知할 수 업다 하더라도 早晚間 바람불어올 날이 잇슬 것이야 누구나 斟酌하지 못하랴.

朝鮮人의 思想海는 오래 잔잔하엿섯다. 三國時節에 漢土의 文明風이 불어와서 一波가 움즈기고, 다음에 高麗 末年에 儒教風이 불어와서 一波가 움지기고, 李朝에 入하여서는 李退溪를 中心으로 하는 朱子學派의 完成에 다시 一波가 움지기고는 以來 三百餘年間 因해 잔잔하야 一波不動하게 되엇다.

沉滯한 三百年間에 朝鮮人의 머리는 곰팽이 슬고 心情은 冷灰가티 싸늘하게 식엇다. 그네는 衣하고 食하고 住하기 爲하야 手足의 運動을 하엿스나 精神生活은 아주 停止의 狀態에 잇섯다. 보는 이로 하여곰 或 朝鮮人의 精神生活이 아주 枯死하여 바리지나 아니 하엿는가 하고 疑心하게 되리만큼 그만큼 沉滯하엿섯다. 儒學으로 보더라도 多少의 小波瀾은 잇섯겟지마는 그것이 全民族의 思想을 掀動하리만한 影響을 끼친 배 업고, 佛教에 니르러서는 一次 儒學의 暴威下에 慴伏된 以來로 다시 擧頭할 생각이 업시 山間에 숨어 잇서서 世上과는 아모 交涉이 업섯다. 구태 交涉이 잇섯다 하면 世上이 墮落하여감을 본바다서 自己도 墮落한 것이 잇슬 쑨이다.

文學으로 보면 더욱 蕭條落寞하다. 漢詩人과 漢文士의 汗牛充棟할 著述이 잇다 하더라도 果然 朝鮮人의 思想感情을 發露하며 朝鮮民族의 根本精神에

* 春園, 『青春』 12, 1918.3.

接觸한 者가 얼마나 될가. 그네가 漢字를 使用함과 가티 그것으로 發表하는 思想感情도 漢人의 그것을 模倣한 것이 아니엇슬가. 吾人이 漢文으로 된 朝鮮文學 全部를 蒐集한다 하더라도 거긔서 果然 朝鮮人의 思想, 朝鮮人의 感情이라는 것을 어더볼 수가 잇슬가. 一言以蔽之하면 果然 朝鮮人의 文學이라 할 만한 朝鮮文學이 잇슬가.

音樂美術에 至하여서는 거의 擧論할 必要조차 업다. 音樂으로 보건댄 所謂 正樂이라는 것이 잇서 李朝 朝鮮의 標準音樂이라 할 수 잇스나, 그것도 朝鮮人 全體에 普及되엇다 할 수가 업고 歌謠는 아직도 民謠時代를 脫却치 못하엿다. 作歌者와 作曲者 모르는 歌謠는 原始的 民謠時代의 遺物이니 이것이 音樂의 源泉은 된다 하더라도 아직도 藝術이라고 일컬을 것은 아니며, 繪畵에 니르러서는 墨畵라 稱하는 宋代의 文人畵가 閒人의 銷閑具로 縷縷한 殘喘을 保全하여 山水라든가 四友라든가 極히 單純하고 千篇一律한 形骸가 잇설슬 쑨이오 果然 民族의 精神, 民族의 眞生命, 民族의 實生活에 接觸한 者를 보지 못하엿다.

적어도 李氏朝鮮 五百年間에는 吾人은 「우리 것」이라 할 만한 哲學, 宗敎, 文學, 藝術을 가지지 못하엿섯다. 吾人中 가장 幸福되고 無能한 一階級이 漢土의 文化의 糟粕을 쌀 쑨이엇섯다. 吾人은 우리 祖先이 웨 그다지 無能하야 吾人에게 精神的으로 아모 遺産을 끼치지 못하엿는가를 암만 번 원망하여도 足할 줄을 모르겠다.

月前 朝鮮에 來遊한 島村抱月氏*의 感想談에 이러한 句節이 잇섯다.

「朝鮮人의 過去에는 文藝라고 할 만한 文藝가 업다. 工藝 비슷한 것은 多少 잇섯겟지마는 詩도 업고 小說도 업고 劇도 업다, 精神文明의 象徵이라고 할 것은 全無하다. 이러함에는 여러 가지 原因이 잇겟지마는 엇잿스나 怪常한

---

* 1917년 6월 시마무라 호게츠島村抱月가 조선에서의 지방순회공연차 극단 예술좌藝術座를 이끌고 조선에 왔던 일을 가리킨다. 이광수는 오도답파여행 첫날 오른 기차 안에서 인천에서 목포로 향하고 있던 시마무라 호게츠 일행과 만나기도 했다.

일이다. 朝鮮의 過去에는 歷然히 生活이 잇섯다, 生活이 잇는 곳에 文藝가 아니 닐어날 까닭이 잇스랴.」

이것은 早稻田文學 十月號에 揭載된 「朝鮮だより」의 一節이다. 讀者 諸君은 氏의 觀察에 反證할 能力이 잇는가. 「詩도 업고 小說도 업고 劇도 업다.」 毋論 漢詩는 幾萬首가 生하엿다. 그러나 前에 말한 바와 가티 그것은 決코 朝鮮人의 精神과는 沒交涉한 것이엇다. 朝鮮人이 暫時 支那人이 되어가지고 支那人式의 思想感情을 摸造하야 支那 文字로 表現한 것에 不過하얏섯다. 萬一 朝鮮에도 詩가 잇섯다 하면 그것은 時調일 것이다. 時調도 漢式思想을 超脫하지 못하야서 漢字로 飜譯만 하여 노흐면 곳 漢詩가 될 것이 만히 잇다 하더라도 그래도 朝鮮말로 表現한 것 한 點은 깃븐 일이다. 그러나 이 時調도 民族文學이라고 稱하리만큼 普及하지도 못하엿고 朝鮮人의 眞精神, 眞生命에 接觸하기에는 넘어 距離가 멀엇섯다.

小說에는 九雲夢이라든지 彰善感義錄, 謝氏南征記, 玉樓夢 等의 朝鮮人의 創作이 잇스나, 이것도 詩와 가티 朝鮮人이 暫間 支那人이 되어서 지은 것이오 내가 朝鮮人이라 하는 自覺으로 지은 것은 아니다. 文字부터 漢字를 使用하엿거니와 그 材料도 全部 支那 것이다. 材料는 外國것을 取함도 無妨하다 하더라도 그 속에 들어난 思想感情은 決코 朝鮮人의 것은 아니엇다. 그네는 自己의 屬한 朝鮮人의 生活은 無視하고 白色 朝鮮服을 닙고 朝鮮의 國土에 잇스면서도 精神的으로 支那의 古代에 들어가 살앗다. 그러함으로 吾人은 이러한 小說을 朝鮮文學이라고 許할 수는 업다. 朝鮮人이 作하고 朝鮮人이 讀한 緣故로 朝鮮文學이라고 할 수 잇스랴. 朝鮮人의 眞精神, 眞生活에 觸하고사 비로소 朝鮮文學이라 稱할 것이다.

詩와 小說에는 支那의 摸造品이라도 잇섯거니와 劇에 니르러서는 그것조차 업섯다. 春香歌 深靑傳 가튼 것을 歌劇이라 할 수도 잇지마는 이 亦是 原始的, 傳說的, 遊戲的이오 決코 藝術的이라 할 수는 업다. 그 劇本되는 春香歌 沈

淸歌가 爲先 一個 傳說에 不過하는 것이오 藝術品이라고 許할 수가 업다. 이 傳說은 果然 朝鮮人의 傳說, 眞實로 朝鮮人의 生活에 接觸한 傳說이지마는 그 것이 어느 藝術家의 손을 거쳐 나오기 前에는 傳說的 一材料에 不過하는 것 이지그려, 決코 藝術品은 아니다. 게다가 此劇은 演하는 方法도 더구나 藝術 的이라 稱할 수는 업는 것이다.

上述한 바를 보건댄 島村抱月氏의 評言은 眞的하다 할 수밧게 업다. 卽 朝 鮮人에게는 詩도 업고 小說도 업고 劇도 업고 卽 文藝라 할 만한 文藝가 업고, 卽 朝鮮人에게는 精神的 生活이 업섯다. 衣코 食코 住키 爲하야 朝鮮人은 手 足의 運動을 하엿스나(그것도 잘은 못하엿기로 이처름 貧窮하건마는) 精神生活 은 거의 停止의 狀態에 잇섯다. 精神生活을 가지지 못한 朝鮮人은 맛당히 愧汗 이 沾背하여야 할 것이다.

二, 朝鮮人은 精神生活의 能力이 잇는가

不可不 이 疑問이 생길 수밧게 업다. 四千年이니 五千年이니 하는 歷史가 잇다고 하면서 精神文明의 象徵되는 哲學, 宗敎, 文學, 藝術이 全無하다 하면 그러한 民族에게는 精神生活의 能力이 업다 함이 當然하다. 이에 나는 朝鮮 人의 歷史를 尙考하엿다. 붓그러운 말이어니와 우리의 哲學이라 할 哲學과 우리의 宗敎라 할 宗敎와 우리의 文學이라 할 文學은 업섯다. 그러나 世界民 族中에 哲學을 産出한 資는 印度, 希臘, 좀 不足하나마 支那 合하여 三者에 不過 하고, 英이니 法德이니 하는 當代 錚錚한 民族들도 哲學을 産하지는 못하엿 스니, 朝鮮人이 特有한 哲學을 産하지 못하엿다고 나는 그다지 悲觀하지 아 니한다. 宗敎로 말하면 朝鮮 古代 아마 檀君 째부터 一種 朝鮮 固有의 宗敎가 잇섯는 듯하다. 佛敎나 耶蘇敎 모양으로 組織的 世界的 宗敎에 不過하엿거니 와, 大宗敎는 반다시 民族마다 産出하는 것이 아닌즉 그것이 업슴으로도 나 는 悲觀하지 아니한다.

그러나 文學이 업는 것은 悲觀 아니하려 하여도 不得하겟다. 苟히 精神文明이 잇는 者로 엇지 文學이 업스리오, 英에 英文學이 잇고 佛에 佛文學이 잇고 獨逸에 獨逸文學이 잇고 日本에 日本文學이 잇고 쓰러진 지 얼마 아니된다도 아라사에까지 燦然한 아라사文學이 잇는데 엇지해 朝鮮에 朝鮮文學이 업섯는지. 文學이라 하면 毋論 文字부터 생기고 볼 말이라. 文字 잇기 前에는 文學을 바랄 수가 업다 하더라도, 漢字가 건너온 後(그前에도 朝鮮 固有의 文字가 잇섯다 하지마는)에는 반다시 文學이 생겻슬 것이다. 그때에는 못 생겻다 하더라도 新羅에서 薛聰氏가 吏讀를 發明한 後에는 반다시 文學이 생겨서야 할 것이다. 新羅가 그만한 文明을 가지고 그만한 富를 가지고 그만한 美術品을 後世에 끼칠 만한 精神生活을 가지고 홀로 文學을 못 가젓다 하면 그 아니 異常한 일이냐. 더구나 新羅人은 想像力이 極히 豊富하고 自由로웟다. 佛國寺를 보고는 金大城의 傳說을 짓고, 影池를 보고는 阿斯의 傳說을 짓고, 小池를 파고는 七百里 洞庭湖로 보며, 小丘를 싸코는 巫山 十二峰으로 賞翫하엿다. 徐羅伐 서울은 傳說의 서울 想像의 서울이엇고, 否라, 新羅의 歷史는 傳說이 歷史이엇다. 偏狹한 支那式 史家들은 이것을 嘲笑하여 新羅人은 蒙昧하야 荒誕無稽한 것만 조와하엿다 하나, 嘲笑바들 者는 新羅人이 아니오 도로혀 此를 嘲笑하는 後世 史家다. 한참 勃興하는 民族의 生氣活潑한 精神力은 自由自在로 想像의 날개를 펴서 여러 가지 아름다운 傳說을 造出한 것이다. 이러한 新羅人이 文學을 産出치 못하엿다 하면 그 아니 異常한가.

나는 想像컨댄 新羅의 中葉 以降, 적드라도 吏讀 發明後로는 吏讀로 쓴 文學이 盛行하엿슬 줄을 밋는다. 薛聰先生이 吏讀를 發明한 動機는 오직 政令을 人民에게 周知케 하며 支那文學을 國語로 옴기려 함에만 잇섯다 假定하더라도, 旣往 國語를 直接으로 記載할 文字가 發明된 以上에 그 文字를 驅使하야 自己의 思想을 發表하려 하는 慾望이 아니 날 理가 업다. 當時 徐羅伐에 人口가 百萬이오 十八萬戶에 茅屋을 볼 수 업다 하엿으며, 今日 朝鮮의 全才産

을 傾盡하더라도 不可能할 大工事를 經營하리만큼 그만큼 生活에 餘裕가 잇스며, 그만큼 想像力이 豊富한 新羅人으로 文學이 업엇슬 理由가 업지 아니하냐. 나는 慶州의 舊都의 遺墟에 그닐 적에 吏讀로 된 書籍을 山積한 書肆와 秋夜 窓裏에 美麗한 文學書를 耽讀하는 才子佳人을 想像하지 아니할 수가 업다. 只今 漢字로 記錄된 新羅史며 東京誌 等에 傳하는 所謂 荒誕無稽의 傳說은 當時 詩人 文士의 손에 된 文學的 作品의 內容의 梗槪가 아닌가. 假令 始祖 朴氏의 傳說, 閼英 閼智며 其他 六氏 始祖의 傳說이며 金庾信 斬馬의 傳說 가튼 것도 當時 詩人이나 文士가 民族的 英雄을 材料로 하야 지은 詩篇이나 小說中에 쓴 바가 아닐가. 處容舞 가튼 것은 音樂과 舞蹈와 詩歌를 合한 것임과 가튼 이러한 傳說이 當時 文學의 存在를 證明하는 것이 아닐가. 吏讀는 毋論 永久한 生命을 가질 文字가 되지 못하닛가 그것으로 쓴 書籍은 漸漸 難解하게 되고 散佚하게 되고, 마참내는 文字의 內容이던 것이 逆으로 口碑傳說이 된 것은 아닐가.

新羅와 高麗의 統治權의 授受는 極히 圓滿히 平穩히 된 모양으로 歷史에 썻지마는, 그 歷史를 쓴 이가 高麗人이닛가 王太祖의 德을 誇張하기 爲하야 不刎一兵而取天下라 한 것이 아닐는지. 아모리 생각하여도 新羅의 滅亡時에는 蚊川과 西江이 血赤하엿슬 쯧하며 燦爛한 新羅 서울에 兵火가 오래 不絶하엿슬 쯧하니 그쌔에 多數한 藝術品과 書籍은 거의 灰燼이 되엇슬 것이오, 因해 서울이 北方 松都로 옴므매 標準語에 差異가 생겨 徐羅伐語로 記錄된 書籍이(設或 多少間 兵火를 免한 것이 잇다 하더라도) 新首部 卽 松京 人士에게는 難解하게 되엇슬지며, 坯 羅代를 讚頌한 新羅文學은 應當 麗朝의 厭忌하는 배 되엇슬 것이니 前朝를 回憶하는 人民에게 그 文學의 流通을 禁하엿슬 듯도 하며, 坯 當時는 現代와 가티 印刷術이 發達하지 못하엿슨즉 書籍의 數爻가 그리 만치도 못하엿겟고 普及의 程度도 京師圈外에 不出하엿슬 것이니 그 文學이 絶滅하기는 極히 容易한 일일 것이라. 이것은 나 一個人의 臆斷에 不過

하지마는 아므리 하여도 朝鮮民族이 일즉 文學을 가진 일이 업다고는 생각할 수 업다.

그後 高麗 以降으로는 或佛 或儒에 沈醉하야 漸漸 自己를 니저바리고 或은 西域을 或은 漢土를 是崇 是慕하야 朝鮮人 固有의 思想感情이 自由로 流露할 機會가 업섯다. 言念及此에 儒學에 對하야 切齒扼腕 아니할 수가 업다.

말이 歧路에 入하거니와 此機會를 乘하야 朝鮮 儒學者의 罪咎하나를 말할 필요가 잇다. 儒學이, 그中에도 朱子學派의 儒學이 朝鮮을 鴆毒한 것은 여러 가지 잇거니와 그것을 여긔서 列擧할 餘裕는 업스되, 儒學이 朝鮮文學의 發達을 沮害(沮害라 함보다 찰하리 禁止)한 罪는 永遠히 消滅치 못할 것이다. 朝鮮 儒學者는 文字와 思想과를 混同하엿다. 四書五經이나 諸子百家를 工夫할 째에 그 속에 包含된 思想을 工夫하는 것이 目的인지 그 속에 記錄된 文字나 熟語를 工夫하는 것이 目的인지를 區別치 못하엿다. 그네들은 四書五經이나 諸子百家를 支那人이 支那人을 爲하야 쓴 支那文 그대로 닑어야만 되는 줄로 曲解하고, 만일 孔子나 朱子가 英國에 낫더면 英語로, 朝鮮에 낫더면 諺文으로 春秋나 註解를 著述하엿슬 것인 줄을 몰랏다.

當時에 잇서서는 거긔까지 생각이 못 가는 것이 當然할는지 모르지마는 이 한 事實이 眞實로 朝鮮文學의 發達을 禁止한 一原因이오, 그 둘재 되는 原因은, 朝鮮의 儒學者는 다만 孔孟이나 朱子만 尊崇하는 것이 아니라 그네가 生出한 支那라는 國土와 그네의 同族되는 支那人까지 尊崇하엿다. 孟子가 朝鮮에 낫더면 朝鮮을 中華라 하고 支那를 西戎이라든지 西狄이라든지 하엿슬 것인 줄을 몰랏다. 어느 民族이나 다 自己를 世界의 中心이라 하고 他民族을 自己만 못한 者로 보는 것이니, 猶太人은 그 薄土에서 그 弱한 나라를 가지고 밤낫 他族의 蹂躪을 當하면서도 上帝의 嫡子, 世界의 中心으로 自任하엿다. 朝鮮人도 檀君이 하날에서 下降하엿다 하엿스니 自己를 上帝의 嫡子로 自信하엿던 것이 分明하다. 그러하거늘 처음 漢文을 닑던 어리석은 우리 祖上네가 이 理致를 모른 까닭으로 檀君을 바리고 堯舜을 崇하엿스며, 上帝의 嫡子라는 榮光스러운 地位를 바리고 小中華라는 奴隷的 別名에 隨喜 感泣하게 되엿다.

이리하야 마참내 自己네가 檀君 先朝적부터 繼承하여 오는 思想感情과 生活樣式을 바리고 힘써 孔孟을 産한 支那人을 본바닷다. 그로부터 그네는 「아이고 아파」 하고 울지 아니하고 「嗚呼痛哉」 하고 울어야 하엿스며, 「우리 님금 마마」라 하기를 그만두고 「朝鮮 國王殿下」라고 하고야 滿足하엿다. 그네의 눈에 白頭山은 泰山보다 나잣스며 金剛山보다 楊子江 벌판에 검으테테한 봉오리들이 아름다윗다. 이 모양으로 他를 己에게 同化하는 代身에 己를 他에게 同化하엿다. 小中華라는 붓그러운 名稱은 實로 支那人이 미련한 朝鮮人에 下賜한 것이니, 이 名稱을 밧는 날이 卽 朝鮮人이 아주 朝鮮을 바린 卒業日이다. 이째에 朝鮮人은 죽엇다.

이 두 가지 原因으로 朝鮮人은 朝鮮文으로 朝鮮人 自身의 精神을 記錄한 朝鮮文學을 가지지 못하게 되엇다.

諺文의 創造는 實로 朝鮮文學 發興의 萌芽이엇서야 할 것이다. 世宗께서는 親히 龍飛御天歌, 月印千江曲 等을 지어 朝鮮人에게는 朝鮮文學이 잇슬 것을 보엿다. 그러나 儒學에 沈醉한 愚昧한 小走卒들은 自己의 君主를 支那의 兵部尙書에 比하기 째문에 그 聖意를 밧지 못하엿다. 이리하여서 그 조흔 諺文이 생긴 지 四百餘年에 마참내 朝鮮文學이라는 것을 보지 못하고 말앗다.

나는 朝鮮에 文學이 업는 原因을 이러케 생각한다. 卽 三國時代의 文學은 (아마 잇엇지마는) 湮滅하엿고 高麗 以後로는 漢學의 暴威에 朝鮮文學이 發生치 못한 것이라고 그런 것이지 決코 朝鮮人이 精神生活의 能力이 업는 까닭은 아니라고 朝鮮人에 精神生活이 잇던 證據는 美術 方面으로 慶州의 石窟庵이 證據한다. 一民族의 精神生活이 直接으로 表現되는 方法은 哲學, 宗敎, 文學, 藝術일 것은 말할 것도 업거니와, 新羅의 美術을 産할 만한 精神力은 文學

을 通하야 發現되면 그만한 哲學 宗敎가 생길 것이라. 毋論 民族을 싸라서 或은 哲學 或은 宗敎, 或은 文學 或은 藝術에서 各各 特長이 잇다 하더라도 이 네 가지中에 하나라도 잇스면 그것은 그 民族에게 精神文明을 가질 能力이 잇슴을 表하는 것이닛가, 이러한 理由로 나는 朝鮮民族은 精神文明을 産出할 天資가 잇는 줄로 確信한다. 古代의 朝鮮人이 音樂과 美術에 얼마나 隣邦에 影響을 주엇는지는 續續히 發見되는 史實을 보아도 分明하다(崔六堂의 「東都繹書記」 叅照). 비록 우리의 精神이 十餘世紀間 冬眠의 狀態에 잇서왓다 하더라도 아조 枯死만 아니하고 么麽한 生命이라도 남아 잇슬진댄, 그리하고 그 萌芽를 威脅하던 慘酷한 氷雪(儒學의 勢力)이 除去되엿슬진댄, 그리하고 春風과 春雨의 刺激과 營養이 잇슬진댄, 早晩間 우리의 精神은 新活氣를 어더 發育하지 아니치 못할지오 茂盛하지 아니하지 못할지오 開花코 結實하지 아니치 못할 것이라. 只今 吾人이 處한 이 時代는 果然 엇더한가. 果然 春風春雨가 잇는가, 업는가.

三, 覺醒의 第一波

우리 引用한 島村抱月氏의 文에, 繼續하야 이러한 句節이 잇섯다.

「朝鮮의 過去에는 歷然한 生活이 잇섯다. 生活 잇는 곳에 文藝가 아니 닐어날 理가 잇스랴.」 여긔까지는 前에도 引用하엿거니와, 거긔 連하야 「그것이(卽 文藝가) 닐어나지 아니하엿다 하면 반다시 社會狀態에 畸形한 데, 病的인 데가 잇슬 것이니, 今日은 그 偏畸, 그 疾病을 脫하야 맑은 精神의 샘에 復活할 쌔라」 하엿다. 「그 偏畸, 그 疾病」 卽 在來 社會狀態의 缺陷이라 함은 내가 前節에 말한 儒學의 二大 弊害로 說明된 것이다. 吾人은 「그 偏畸, 그 疾病」을 脫하야 新思想의 淸泉에 復活할 機運을 當한 것이다, 氏는 다시 말을 니어

「그리하고 그것이 區區한 政治問題 가튼 것에 잡혀서는 못쓴다. 傳說을 通하야 現代에 사는 靈魂의 核心으로 覺醒된 것이라야 한다. 그리하고 靈魂의

核心에 부쳐 노흔 불은 當然히 文藝가 되어 불길을 내일 것이니, 대개 現代에 잇서서 가장 直裁端的한 靈의 發揚은 文藝가 잇슬 쓴이닛가」 하고 那終에 「朝鮮에 文藝가 生하고 아니 生하기로 朝鮮에 精神文明이 닐어나고 아니 닐어날 것을 判斷할 것이라」고 斷言하엿다. 「傳說을 貫하야 現代에 사는 靈魂」이라 함은 祖上적부터 傳하여 오는 것이면서 現代에도 生命을 가질 만한 民族精神을 가라치는 것이니, 첫재 祖上적부터 傳하여 내려오는 民族精神이 그 民族의 精神生活의 主流, 卽 그 文學의 中心이 될 것이오, 둘재 비록 祖上적부터 傳하여 오는 民族精神이라도 現代에 生命을 가질 資格이 업는 것은 바린다 함이니 이 句節은 極히 意味深長한 것인가 한다.

島村氏의 이 評語는 現代 靑年에게 對한 極히 重大한 警告인 줄 안다. 果然 우리는 十世紀間 停止되엇던 精神生活을 다시 始作하여야 하겟다.

三千餘年 基督敎의 弘布는 朝鮮 思想界의 一刺激이엇다. 다만 漢學外에 他學이 無한 줄로만 알던 朝鮮 思想界에는 基督敎의 思想이 一驚異가 되어야 할 것이다. 그러나 아직도 儒學의 勢力이 牢固한 것과 오랜동안 精神的 睡眠에 感受性이 鈍하여진 것과, 그 信徒가 大槪 中流 以下의 無識한 人民이기 째문에 그리 큰 思想界의 最初의 一刺激이 된 것은 容許할 수밧게 업다.

그 다음 繼續하야 來往한 日本 留學生이야말로 朝鮮의 思想界의 先驅者라 할 것이다. 그네가 비록 이러타 할 만한 事業은 일워노흔 것이 업다 하더라도, 그래도, 不充分하게나마 新文明의 思想을 咀嚼하야 朝鮮 思想界에 輸入하엿다. 以來로 朝鮮文으로 된 各新聞紙며 새로 勃興한 各學校 等에서 朝鮮靑年은 多少의 新思想을 어덧다. 實로 動物學 한卷이 오래 儒學밧게 모로던 吾人에게 어더케 甚大한 刺激을 주엇슬가. 次次로 日語가 普及되며 日本文으로 發行된 新聞, 書籍, 雜誌 等도 놀랍게 普及되엇스며, 最近에 와서는 文學, 哲學 宗敎, 藝術 等 高尙한 精神文明도 咀嚼하랴는 靑年의 一階級이 生하엿다, 美術의 眞味를 理解하랴는 靑年도 잇고 音樂에 熱中하는 靑年도 잇스며 小說을 닑기도 하고 짓기도 하는 靑年도 잇다. 이번 「靑春」雜誌에서 懸賞文藝를 募集할 째에 나는 短篇小說을 精密히 通讀할 機會를 어덧거니와, 나는 첫재 二十餘篇이 모힌 것을 깃버하엿고(毋論 二百餘篇이라도 오히려 적지마는), 둘재 그것이 모다 純粹한 現代的 朝鮮文으로 된 것을 깃버하엿고, 셋재 그것이 모다 朝鮮人의 實生活을 材料로 한 것을 깃버하엿고, 넷재 그것이 形式으로나 內容으로나 新文學의 體裁를 備한 것을 깃버하엿스며, 最後에, 同時에, 最切하게 깃버한 것은 내가 거긔서 十世紀間 生活을 停止하엿던 朝鮮人의 精神의 소리를 들음이엇다. 毋論 그 觀察은 淺薄하고 描寫는 아직 幼稚함을 不免한다 하더라도 復活한 靈의 첫소리라 하면 그 意義가 크지 아니하냐.

新文明의 風潮가 半島에 들기 비롯한 지 三十餘年來에 各方面으로 들어온 芥子씨만한 醱酵素들이 新靑年의 靈속에 들어가서 조곰식 조곰식 醱酵하여 오다가 이제사 비로소 芳醇한 香氣가 술독 둑겅 틈으로 發散하기 始作한 것이 아닐가. 從此로 萬世 萬人을 醉하게 할 만한 아름다운 文學, 藝術의 술이 펑펑 소사나올 것을 생각하매 未嘗不 希望의 깃븜을 禁할 수가 업다. 이 意味로 보아서 우리는 저 弱하고 어린 詩人의 엄과 美術家 音樂家의 엄으로 아무조록 愛護하야 復活한 精神生活의 播種者가 되게 하여야 할 것이다.

今日만한 朝鮮文學의 機運을 造出하기에는 여러 先驅者와 犧牲者의 努力으로 걸음삼은 것이다. 只今 우리가 쓰는 文體 — 小說이나 普通論文은 發生한 지가 十數年에 不過한다. 漢籍의 諺解와 支那小說의 飜譯과 其他 니야기책 等屬으로 諺文의 命脉이 保全되엇고, 倂合前 各種 新聞이며 敎科書 等으로 諺漢文體가 普及도 되고 發達도 되엇스며, 耶蘇敎會의 聖經, 讚美歌, 其他 宗敎文學의 飜譯으로 諺文은 無前한 權威와 發達을 어덧다. 그러나 그것은 아직도 現代 朝鮮人의 思想感情을 담기에는 넘어 낡고 넘어 不自由하고 너무 不親切하엿섯다.

우리가 恒常 輕蔑과 嘲弄으로써 對하는 所謂 新小說들이 文學的으로 보아서 果然 價値가 잇는지 업는지는 姑捨하고 諺文을 普及시킨 功과 讀書慾을 좀 늘여준 功은 滅할 수가 업다, 이 亦是 新文學의 準備라고 할 수 잇는 것이다. 그리고 學校敎育 以外에 諺文을 普及하고 兼하야 조흔 小說을 譯載하야 靑年에 新刺激을 준 點으로는 「每日申報」의 功이 또한 莫大하다.

그러나 朝鮮의 新文壇에서 眞正한 自覺을 가지고 十年 一日과 가티 努力하야 新靑年에게 思想上 文學上 多大한 刺激을 준 功은 崔六堂에게 許할 수밧게 업다. 十年前에 잇서서 大膽하게 動詞와 形容詞는 勿論이오 名詞까지도 될 수 잇는 대로 現代의 朝鮮語로 쓰기 시작한 者는 내가 아는 範圍에 잇서서는 實로 崔六堂이 그 사람이라.

「人이 路에 立하야 人에게 途를 問하거늘」 하는 것은 그래도 進步한 文體엿스나, 「夫人者는 有情之動物也니 人而無情이면 無異於禽獸哉인더」 하는 것이 當時의 所謂 諺漢文體엿섯다. 卽 「現代人의 思想과 感情을 生命잇는, 누구나 다 아는 現代語로 쓰자」 하는 것이 新文學 發生에 必然한 要求며, 此要求를 率先히 自覺하고 實行한 것이 崔六堂이엇섯다. 六堂의 文體는 難澁하기로 有名하고 더구나 近來에 와서는 어려운 漢文 文字와 漢文 句調를 만히 쓰게 되어 吾人으로 보건댄 贊成할 수 업는 點도 잇거니와, 엇잿스나 이 先驅者의 名譽는 반다시 君에게 돌릴 수밧게 업다.

이러케 新文學은 小說로나 論文으로나 相當한 文體의 準備가 이믜 成하엿고, 또 前述한 바와 가티 舊習을 脫却하야 新思想의 洗禮를 바든 靑年들의 精神 속에 新思想이 漸漸 醱酵하게 되엇스니, 이제사 비로소 朝鮮 新文學의 幕이 열릴 것이다. 島村氏의 말을 빌건댄 新思想의 맑은 샘에 靈이 復活하는 것이며 靈의 核心에 닐어난 불이 文藝라는 불길이 되어 탈 것이다. 男子뿐 아니라 靑年女子界에도 하나 둘 靈의 소리를 내는 이가 出現한 것은 가장 깃븐 現象이다.

以上은 島村抱月氏의 評語를 빌어 文學 方面으로 朝鮮人의 精神的 自覺을

말한 것이어니와, 其他 社會 諸方面으로 보아도 精神的 自覺의 兆朕이 到處에 보인다. 靑年學生間에 흔히 煩悶이라는 말을 듯는 것도 그 兆朕이오, 좀 祥瑞 롭지 못한 말이나 離婚問題, 結婚問題가 만히 討論되는 것도 그 兆朕이라. 舊 習에 服從하면 아모 煩悶도 업고 葛藤도 업는 것이니, 그럼으로 老人들은 自 己네의 靑年子弟가 自己네의 지켜오던 道德 習慣 思想을 墨守하기를 바라건 마는 그래서야 社會에 무슨 進步가 잇스리오. 「나는 내다」 하는 생각과 「내 가 이러케 생각하닛간 이러케 行한다」 하는 自覺이 업스면 그 社會에는 煩悶 이나 葛藤도 업는 代身에 進步도 向上도 업슬 것이다. 煩悶은 人生의 避하랴 는 배라, 그러나 나는 愚者의 安靜보다 知者의 煩悶을 讚頌하며, 오직 舊套만 조치려 하는 者의 溫順함보다 自我라는 自覺에 基하야 勇往하는 者의 亂暴함 을 讚頌한다. 대개 그 煩悶은 前보다 큰 安靜을 나흐랴는 煩悶이오 그 亂暴은 前보다 조흔 秩序를 어드랴는 亂暴이니, 비겨 말하면 自覺한 靑年의 煩悶은 健康한 아해를 나흐랴는 慈母의 煩悶이오 그 亂暴은 將次 훌륭한 어룬이 되 랴는 健壯한 小兒의 亂暴인 까닭이라.

朝鮮의 二大 宗敎團體되는 佛敎나 耶蘇敎에서는 近來 靑年信徒間에는 陳腐 한 舊套에 反抗하야 自覺的 新運動을 니르키랴는 氣勢가 잇스니, 아직 具體的 으로 表現된 것은 만치 아니하더라도 그러한 靑年들을 接할 쌔마다 談話로 듯는 바를 보건댄 그것이 爆發하야 大聲을 發 할 날이 멀지 아니한 듯하다, 모 든 進步는 傳襲을 批判하는 데서 생기는 것이니 舊套에 反抗한다 함은 批判하 엿슴을 意味함이오 批判한다 함도 精神的 自覺이 生하엿슴을 意味함이라.

이 모양으로 各方面에 靈的 自覺의 曙光이 보이니 喜躍치 아니하려 한들 어 드랴.

五, 今後의 勉勵
이믜 돌아온 봄이 冬으로 逆行할 理야 잇스랴마는 小滿*의 寒風은 잇슬는지도 모른다. 軟弱한 몸을 가지고 荊棘을 開拓하랴는 精神界의 小勇士들의 前途에는 만흔 障礙와 苦痛이 잇슬 것이니, 千里遠程에 오르는 今日 今朝에 여긔 對한 決心과 準備가 잇서야 할 것이다.

宗敎, 哲學, 文學, 藝術에 힘을 쓰려 하는 이게는 첫재 孤單의 悲哀가 잇슬 것이다. 내가 품은 理想과 思想을 理解하고 同情하는 이가 업스니 孤單할지며, 全心力을 傾注하야 무슨 作品을 出한다 하더라도 이것을 鑑賞하여 주는 이가 드므니 孤單할지며, 四顧에 依支할 곳도 업고 議論할 동무도 업스니 孤單할 것이다. 이것은 어느 時代에 잇서서나 先覺者의 반다시 맛보는 悲哀니, 이것이 잇기 째문에 枯死하는 者도 잇거니와 이것이 잇기 째문에 도르혀 先覺者의 깃븜을 깨닷는 수도 잇슬 것이다.

그러나 社會에는 이러한 사람에게 同情을 주는 이가 업지도 아니하다. 우리가 誠力을 다하야 努力만 하면 그네는(비록 少數라 할지라도) 直接 間接으로 우리의 後援되기를 앗기지 아니할 것이다.

둘재는 誤解밧는 悲哀니, 新自覺을 가지고 新思想에 卽하야 新運動을 하는 者는 암만하여도 社會 先輩의 誤解를 밧기 쉬운 것이라. 더구나 惡하다고 批判한 舊習을 깨트리고 善하다고 自信하는 新運動을 할 새에 歷史的 權威를 가진 舊思想 舊習慣은 恨死코 이를 誹謗하고 沮戱하는 것이다. 新自覺을 가진 靑年은 讚頌의 標的이 되기보다 嘲笑의 標的이 될 차림이 잇서야 한다. 諸君이 哲學을 硏究한다 하면 諸君의 父兄은 반다시 學費를 아니 줄 것이오, 音樂이나 美術을 배혼다 하면 더구나 愕然히 그 철업슴을 책망할 것이다. 文學이라 하면 古來로 尊崇하여 오던 것이닛가 相當한 敬意를 表하겟지마는 父老가 稱하는 文學이란 것과 우리가 부르는 文學이란 것은 語同而意異한 것이라, 만일 文學을 한다 하야 諺文小說을 짓고 諺文詩를 짓는다 하면 대개는 콩

---

* 입하立夏와 망종芒種 사이에 속하는 이십사절기의 하나. 만물이 점차 생장하여 가득 차는 시기라 하여 '소만小滿'이라 하며, 양력으로는 5월 21일경이다.

하고 코우숨할 것이다. 이러케 理解와 同情 업는 中에 잇서서 끗끗내 先覺者의 任務를 다하기는 果然 難中難일 것이다.

셋재는 生活問題다. 諸君은 文學이나 藝術로 衣食을 求하려 하여서는 아니된다, 그리하기는 우리의 子孫일 것이오 決코 우리는 아니다. 只今 붓을 가지고 衣食을 求한다 함은 必然 妄想이니, 或 그의 作品이 洛陽의 紙價를 高케 하야 그 收入이 足히 生活을 支持할 만하다 하더라도 그것은 千에 一萬에 一의 福力을 가진 者니, 今日에 잇서서 此 方面에 힘쓰려 하는 者는 맛당히 衣食을 他에서 求할 預算이 잇서야 할 것이다.

이 모든 準備가 다 잇다 하더라도 가장 큰 또한 準備가 잇서야 하나니, 그것은 修養이다. 工夫하여야 哲學者가 되고 工夫하여야 音樂家 藝術家가 되는 줄은 누구나 다 아는 듯하건마는 웬 일인지, 文學은 아니 배와도 되는 줄로 아는 이가 만타. 「나도 할 일이 업스니 小說이나 쓰자」 하는 사람을 나는 만히 보앗다. 小說 쓰는 것이 그러케 쉬운 일인 줄 아는 것은 아마 小說을 賤待하는 데서 나옴일 것이다. 여긔서는 小說이란 엇더한 것이라고 說明할 餘裕가 업거니와, 「나도 小說이나 써보자」 하는 이에게 對하여서는 「小說 짓기는 그림 그리기와 꼭 갓소. 그림을 工夫하여 가지고야 그리는 것가티 小說도 工夫가 잇고야 짓는 것이오」 함으로 對答을 삼으려 한다. 工夫만 가지고도 되지 못하는 것이니, 音樂이나 美術에 音樂 美術의 天才가 잇슴과 가티 文學에는 文學의 天才가 잇슬 것이다. 單純한 學生들이 어느 冊에서 音樂이 조타 하는 말을 보고 自己도 音樂을 하리라 하는 생각을 내여 文學이 조타 하는 말을 보고 自己도 文學을 하리라 하는 생각을 내는 것은 흔히 보는 바어니와, 이것이 큰 誤鮮니 걸핏하면 一生을 그릇치기 쉬운 것이다.

사람이란 決코 萬能이 아니오 各其 所長이 잇는 것이니, 政治的 天才가 반다시 文學的 天才가 되지 못하고 科學的 天才가 반다시 藝術的 天才가 되지 못하는 것이라. 文學이나 藝術만이 반다시 天才를 發揮할 唯一한 舞臺가 아니오 반다시 朝鮮에서 唯一하게 必要한 것이 아니라. 대개 文明의 要素는 文學藝術쑨이 아니라 科學, 藝術, 工藝, 敎育, 宗敎, 政治, 商工業 여러 가지 部門 中에 參與하는 一分子니, 決코 此優 彼劣의 區別이 잇는 것이 아닌즉 各其 所長을 짤아서 天才를 發揮함이 맛당하다. 兒時로부터 그림을 조와한다든지 小說이나 詩를 조와한다든지 하야 암만해도 그것을 노흘 수가 업다 하면 그러한 사람은 美術이나 文學에 一生을 바치려 함이 조흐되, 그러치 아니하거든 부질업시 마암을 내지 아니하는 것이 조흘 것이다.

말이 넘어 支離하게 되엇스니 그만 그치자. 最後에 나는 우리 精神界에 復活의 曙光이 비최어 燦爛한 新文明의 萌芽가 從此로 發育하게 됨을 깃버하며 아울러 孤單한 精神界의 어린 勇士들의 熱烈한 奮鬪와 努力을 빈다.(一〇, 一六, 東京서)

婚姻論*

序論

朝鮮의 前途에는 無數한 重大問題가 노혓소 이 모든 重大問題는 吾人의 手로 풀어야 홀 것이오 吾人이 이 모든 重大問題를 잘 풀고 잘못 풀기로, 吾人의 前途의 榮枯盛衰가 달닌 것이오 一國이 興홈은 其國民의 압헤 노히는 重大問題를 잘 解決한 結果요, 一國이 衰亡홈은 그것을 잘못 解決한 結果외다. 新時代는 民族에 恒常 新問題를 提供호오. 이 新問題는, 그 民族의 生存資格을 試驗호는 天翁의 提出호는 바 — 오 이 新問題를, 잘 解決호여야 비로소 民族으로 生存홀 權利를 엇는 것이외다. 그런데 只今 朝鮮은 正히 歷史上 一大 新紀元初에 잇소. 우리 압헤는 重大호고 難解한 試驗問題가 無數히 노혓소. 産業問題, 敎育問題, 社會制度 改良問題, 農村啓發問題, 道德問題, 男女問題. 이 모든 問題는 쪼 그 속에 無數한 支問題를 包含한 것이오

그中에 婚姻問題는, 朝鮮의 現狀에 가장 緊重한 問題의 호나인가 호오. 엇던 意味로 보아, 婚姻問題는, 吾人의 將來를 爲호야 緊急히 決定호여야 홀 根本問題라고도 홀 수 잇소. 自古로 婚姻을 人生의 最大問題라 호고, 쪼 人倫大事라 호며, 쪼 百福之源이라 호엿소. 그리셔 所謂 四禮中에 冠婚이, 그 首位를 占호엿슬 쑌더러, 쪼 그 大部를 占호엿소. 果然 國家에 關한 大問題를 除호고, 個人便으로 보면, 婚姻이 人生에 最大한 問題일 것이외다. 더구나 近來에 날로 發達호는 科學은, 婚姻과 民族의 盛衰와의 關係가, 더욱 密接홈을 가라치게 되믹, 婚姻問題는 다만 個人이나 一家族의 最大問題일 쑌더러, 民族全躰의 最大問題가 되려호오. 그리서 諸文明國에셔는 學者, 思想家가 熱心으로 此問

* 在東京 李光洙, 『每日申報』, 1917.11.21.-30.

題를 討究ᄒ야, 날로 婚姻制度를 改良ᄒ기에 힘쓰오. 그럼으로 文明諸國의 婚姻制度ᄂ 비록 아직 不完全ᄒ지마ᄂ 朝鮮의 婚姻制度에 比ᄒ야ᄂ 數等 數十等 進步ᄒ엿소.

朝鮮은 古來로 進步 아니ᄒ기로 有名ᄒ 곳이지마ᄂ 그中에도 婚姻制度ᄂ 도로혀 退步ᄉᆞ지 ᄒ야, 只今은 오직 그 制度의 弊害만 남앗고, 美点長處ᄂ 왼통 消失ᄒ 狀態에 잇소. 그러면셔도 吾人은 이 問題에 關ᄒ야 조곰도 싱각ᄒ려 ᄒᄂ 마음이 업소. 하물며 改良ᄒ리라 ᄒᄂ 싱각은 물을 것도 업지마ᄂ.

그中에 極少數(假令 耶蘇敎會 갓흔 ᄃᆞ셔)의 此問題를 改良ᄒ랴ᄂ 者도 잇스나, 아직 完全히 西洋文明을 理解ᄒᄂ 힘이 업스ᄆᆡ, 다만 그 形式만 슝ᄂᆡᄂᆡ기로 일을 삼고, 그 精神을 理解ᄒ려 ᄒ지 아니ᄒ오. 그리셔 洋服을 닙고, 會堂에서 婚姻禮式만 지ᄂᆡ면 이에 婚姻制度ᄂ 改良ᄒ 줄로 아오. 實로 婚姻禮式 ᄀᆞᆺ흔 것은, 一片의 儀式이오. 슷가락을 右手로 잡으랴 左手로 잡으랴 ᄒᄂ 問題보다도, 더 價値업ᄂ ᄒ 儀式이오. 슷가락을 잡ᄂ 問題보다 무엇으로, 엇더케 밥을 짓고 국을 ᄊᆞ이랴 ᄒᄂ 것이 더 重大ᄒ고 根本的일 것이오.

그럼으로 余가 論ᄒ려 ᄒᄂ 婚姻問題ᄂ 그러ᄒ 細瑣ᄒ 形式問題, 枝葉問題가 아니오, 힘 밋ᄂ 데ᄭᅡ지ᄂ 實質問題, 根本問題요. 그러닛가 自然 余의 主張은, 從來의 朝鮮의 婚姻制度의 거의 全部를 破壞ᄒ려 홈이오. 毋論 그 形式을 니름이 아니라, 그 精神과 그 實質을 니름이오. 余ᄂ 다만 空然히 舊를 破ᄒ고 新을 追ᄒ려 ᄒᄂ 輕薄子를 빅와셔 그러홈이 아니라, 實로 新文明의 敎旨를 ᄯᅡ라셔 홈이오. 發達ᄒ 科學과 健全ᄒ 新思想을 ᄯᅡ라셔 홈이오. 그리ᄒ고 朝鮮의 發展을 爲ᄒ야, 婚姻問題의 改良이 極히 緊急ᄒ고 重要홈을 自覺ᄒ여셔 홈이오. 輿論이 업고 批判이 업고 進取性이 업고 改革의 勇氣가 업ᄂ 우리 社會에 이 小論文이 무슴 큰 影響을 주리오마ᄂ 怏怏ᄒ 憂心을 禁치 못ᄒᄆᆡ, 自家의 淺識도 不顧ᄒ고, 敢히 囑望홈이 만코 ᄉᆞ랑홈이 만흔 우리 社會에 이 愚言을 들이ᄂ 것이외다.(1917.11.21.)

一

朝鮮의 家庭이 幸福합닛가. 朝鮮의 夫婦가, 和合합닛가. 朝鮮의 現代婚姻이
百福之源이오, 人倫之始입닛가. 朝鮮의 夫婦가, 君子之道의 造端홀 만흔 神聖
흔 意味가 잇습닛가. 或 幸福흔 家庭도 잇스리다. 和合흔 夫婦도 잇스리다. 그
러나 그것은 千에 一, 萬에 一에 不過ㅎ리다. 大體로 보아 朝鮮의 家庭은 風波
와 寂寞과 反目과 悲愁와 罪惡과 不幸의 巢窟이리다. 朝鮮의 夫婦는 厭惡과
不和와 怨嗟과 苦痛의 集合이리다. 現代朝鮮의 不幸과 悲劇의 過半이, 實로
家庭과 夫婦에서 生ㅎ는 것이리다.

妻에게 滿足ㅎ지 못ㅎ야 或 妾을 蓄ㅎ야 家庭의 風波를 니르키며, 或 花柳
界에 沈惑ㅎ야 다만 祖傳의 財産을 蕩盡ㅎ고 社會의 風紀를 紊乱홀 쑨더러,
愛惜흔 一生을 虛送ㅎ는 男子가 잇습니다. 그가 一生을 虛送홈이 엇지 다만
一個人의 不幸쑨이오닛가. 그를 含ㅎ고 그를 賴ㅎ야 成立ㅎ는 全社會의 不幸
일 것이외다. 或 夫의 愛를 得지 못ㅎ야 一生을 紅淚로 지나며, 或 꽃다은 青
春의 生命을 自盡ㅎ는 女子가 잇습니다. 이것이 엇지 그 女子 一個人의 不幸
쑨이오잇가. 그를 含ㅎ고 그를 賴ㅎ야 成立ㅎ는 全社會의 不幸일 것이외다.
쏘 或 妻에 厭病이 싱겨 人의 妻를 窺ㅎ는 夫가 잇고, 夫에 厭病이 싱겨 人의
夫를 貪ㅎ는 妻가 잇습니다. 이에 可憎흔 姦淫의 罪惡이 生ㅎ는 것이외다.

夫婦에 愛가 업스믹, 子女를 多産ㅎ지 못합니다. 子女를 産ㅎ더라도 잘 養
育ㅎ지 못합니다. 愛가 업는 夫婦間에셔 生長흔 子女는 마치 母乳를 못 먹고
자라남과 ズ히 精神上으로 缺陷이 잇다 합니다. 民族의 繁榮은 健全흔 兒童
을 多産ㅎ고, 쏘 잘 敎育홈에 잇다 합니다. 그런데 朝鮮의 人口는 增加率은 極
히 微弱합니다. 게다가 朝鮮의 兒童은 精神上으로 딕긔 病身이외다. 그러고
그 責任의 大部分은 父母의 不完全홈에 잇습니다.

夫는 妻의 愛에셔 勇氣와 慰安을 得홈이 만습니다. 妻의 愛가 能히 懶흔 夫
를 動케, 弱흔 夫로 强케, 失望ㅎ는 夫로 希望을 가지게 ㅎ는 것이외다. 이러

ㅎ야 그 夫는 全心全力을 다ㅎ야 活動ㅎ야 自己와 家庭과 社會에 大貢獻을 홀수가 잇는 것이외다. 그런데 朝鮮셔는 이와 反對로 勸ㅎ던 夫가 妻 씨문에 懶ㅎ게 强ㅎ던 夫가 弱ㅎ게, 希望 잇던 夫가 失望ㅎ게 되는 것이외다.(1917.11.22.)

容貌가 花月과 又고, 才德을 兼備혼 女子가 天痴의 妻로 一生을 보뉘는 者도 잇고, 身體가 强健ㅎ고 精神이 活潑혼 靑年女子가, 或은 病身의 或은 老人의 妻가 되여 一生을 보뉘는 者도 잇습니다. 흔번 가면 다시 올 지도 모르는 貴혼 人生을 그네는 何罪로 不幸 속에 一生을 보뉘나요? 그네는 幸福을 求ㅎ면 幸福을 어들 수도 잇고, 成功을 求ㅎ면 成功을 어들 수도 잇지 아니ㅎ닛가.

或 夫가 五年 十年의 長歲月에, 一次도 其妻를 돌아보지 아니홈으로, 獨宿空房 淚如雨로 속졀업시 늙는 者도 잇습니다. 그 동안에 그 夫는 延爾新婚ㅎ야 꿀 又흔 甘味에 醉홉뉘다.

或 스랑ㅎ는 男子와 合ㅎ고져 ㅎ야, 스랑 업는 本夫를 殺害ㅎ는 妻가 잇고, 或 새로은 妻를 어드려 ㅎ야, 厭病는 날근 妻가 죽기를 기다리는 夫가 잇습니다. 이것이 얼마나 悲慘혼 事實입닛가.

家庭의 和氣는 夫婦의 和合에셔 生홀 것이오, 社會의 和氣는 그 속에 잇는 家庭의 和氣에셔 生홀 것이외다. 그런데 朝鮮의 家庭에는 和氣가 업습니다. 그럼으로 朝鮮의 社會에는, 和氣가 업습니다. 個人의 活氣는 和氣 잇는 家庭에셔 生홀 것이오, 社會의 活氣는 活氣 잇는 個人의 集合에셔 生홀 것이외다. 그런데 우리 家庭에 和氣가 업스매,* 우리 個人에 活氣가 업고, 그럼으로 우리 社會에 活氣가 업습니다. 이 活氣야 말로 社會를 旺盛케 ㅎ는 膏血인데.

朝鮮의 家庭과 朝鮮의 夫婦는 이러케 不幸합니다. 그러고 그 不幸이 社會에 波及ㅎ는 影響이, 이러케 巨大합니다. 그러면 이 不幸은 免홀 수 업는 것인가요. 改良홀 수 업는 것인가요. 吾人의 文明과 努力, 足히 이 不幸을 除ㅎ고, 幸福된 家庭과 夫婦로 朝鮮을 充滿홀 수가 업는가요. 人生은 自己의 運命

* 원문에는 '엽스매'로 되어 있다.

을 開拓홀 自由가 잇고, 또 能力이 잇습니다. 그럼으로 吾人은 能히 今日 不幸을 除去ㅎ고 明日의 幸福을 獲得홀 權利가 잇는 줄로 確信합니다.

二

前節에 朝鮮의 家庭과, 夫婦의 不幸을 略擧ㅎ얏습니다. 그러나 그것은 九牛의 一毛외다. 元來 夫婦는 人生의 諸問題中에, 가쟝 重大흔 問題외다. 그럼으로 婚姻問題는, 社會의 그 影響을 波及홈이 極히 크고, 極히 複雜홉니다. 「人倫大事」라 ㅎ고 「百福之源」이라 ㅎ고 「君子之道 造端乎夫婦」라 홈이 果然 올흔 말이외다. 朝鮮人도 입으로는 이러흔 말을 홉니다. 그러나 事實上 朝鮮人은, 婚姻을 輕히 녀김니다. 牛馬의 買賣보다도 輕히 녀김이다.

「네 쌀을 내 며느리로 다고」, 「오냐, 네 아달을 내 사위로 삼으마! 하하」 ㅎ고, 웃고 藥酒나 한잔 ㅈ히 노일면, 이에 婚姻이 成立되여 그 「쌀」과 「아달」의 一生의 運命이 決定되는 것이외다.

大抵 婚姻은 成年된 男女의 自意로 홀 契約行爲외다. 父母는 相當흔 指導와 援助는 홀지언뎡 「쟝가들이」고, 「시집보님」은 不可합니다. 쟝가는 제가 드는 것이오, 남 들일 것이 아니며, 시집은 제가 가는 것이오, 남이 보닐 것이 아니외다. 「娶」字는 「쟝가들」 娶요 「쟝가들일」 娶字가 아니며, 嫁字는 「시집갈」 嫁字오, 「시집보닐」 嫁字가 아니외다. 나는 無識ㅎ야 古書를 잘 알지 못ㅎ거니와 古書에 婚姻을 말흔 데도 대개는 「쟝가드는 者」, 「시집가는 者」가 主格이 된 듯홉니다. 「三十而有室」을 엇더케 시집잇가. 「三十에 室을 有케 흔다」 홈잇가, 「三十에 室을 有흔다」 홈잇가. 室을 有케 흔다 ㅎ면 他動이오 使役이로딕, 室을 有흔다 ㅎ면 自動외다. 十五에 笄케 ㅎ는 것이 아니라, 十五면 自然히 笄ㅎ게 되어, 自己가 笄홀 能力이 生홈이라 홉니다. 「쟝가를 든다」 ㅎ는 것이 正當흔 말이오, 「쟝가를 들인다」 ㅎ는 것은 婚姻制度가 腐敗ㅎ야 父兄이 그 子女를 自己의 所有物로 알어셔 「쟝가를 들이」게 된 後에 生

흔 말이라 흐니다.

妻를 수랑할 者는, 父나 母가 아니오 夫외다. 妻의 奉仕홀 者는 父나 母가
아니오 夫외다. 夫는 妻의 것이오, 妻는 夫의 것이외다. 決코 夫나 妻는 父母
의 것이 아니외다. 妻를 미워흐는 夫로 흐야곰 妻를 수랑흐게 홀 能力이 업
거든, 무슨 能力을 憑藉흐야 人의 妻를 決定흐며, 夫를 미워흐는 妻로 흐야곰
夫를 수랑흐게 홀 能力이 업거든, 무슨 能力을 憑藉흐야 人의 夫를 決定흠닛
가. 父母가 질겨흐는 바가 반두시 그 子女의 질겨흐는 바가 아님과 굿히, 父
母의 수랑흐는 사룸이 반두시 그 子女의 수랑흐는 사룸이 아닐 것이외다. 父
母가 自意로 그 子女의 夫나 妻를 決定흐얏다가, 그 夫妻가 一生을 不幸 속에
보닌다 흐면, 그 罪責이 뉘게 歸着흐릿가.

그런데 朝鮮의 夫婦의 不幸은, 實로 父母가 夫婦될 者의 意思를 無視흐고
自意로 夫婦를 삼음에 잇슴니다. 아즉 年齡이 어리고, 知覺이 업는 機會를 타
셔, 父母가 自己에게 便홀 디로 子女의 配匹을 定흠에 잇슴니다. 朋友가 되는
것도 彼此에 理解가 잇고, 愛情이 잇셔야 흠니다. 甲乙 兩人을 누가 能히 억지
로 朋友를 만들릿가. 兩人의 새에 셔셔 兩人을 紹介홀 수는 잇슬지라도, 兩人
이 朋友가 되고 아니 되기는 오즉 兩人의 精神이 融合흐고 아니흠에 달닌 것
이외다. 그런데 精神의 融合은 自己도 自由로 못흐는 것인데, 하물며 他人이
엇지흠닛가. 朋友도 이러흐거던 하물며 肉躰과 精神으로 一躰가 되는 夫婦
야 말히 무엇흠닛가.

夫될 者, 婦될 者 相互間의 理解와 愛情이 업스면, 누가 能히 그네에게 理解
가 잇게 흐고 愛情이 잇게 흐겟슴닛가. 그런데 엇지흐야 朝鮮셔는 얼굴도 모
르는 男子와 얼굴도 모르는 女子를 한 房에 모러너코 「수랑흐여라, 너희는
夫婦다」 흠닛가. 靑樓에 一夜의 歡을 貪홀 쩨에도, 自己의 마음에 드는 娼妓
를 골느거던, 一生을 굿히 홀 妻를 定홀 쩨에, 엇지 그 選擇을 他人에게만 依
賴홀 것입닛가. 「新婦가 俊秀흐더라」 흐는 傳言을 듯고 깃버흐는 新郞도 잇

스리다. 「新郎이 俊秀호더라」호는 傳言을 듯고 깃버호는 新婦도 잇스리다. 그러나 서로 맛난 뒤에 豫期호던 바와 갓히 滿足호는 新郎新婦가 幾人이나 되릿가. 容貌가 美麗호고 才智가 卓越호며 性稟이 出衆홈이 「스랑」의 條件이 안님은 안이나, 그것으로만 스랑이 決定되는 것은 안이외다. 客觀的으로 平等호게 俊秀혼 甲乙 兩女子가 잇다 호고, 이에 丙이라는 男子가 그中에 一人을 擇혼다 홉시다. 他人이 보기에는 甲乙이 다 갓흔 듯히도, 丙에게는 或 甲은 스랑스러으되 乙은 암만히도 스랑스럽지 안이홀 수가 잇습니다. 이쩌에 丙이 甲을 妻로 삼으면 幸福홀 수가 잇스되, 乙을 妻로 삼으면 一生을 不幸호게 지닐 것이외다. 이 모양으로 스랑에는 理知로 判斷홀 수 업는 神秘혼 엇던 힘이 잇는 것이외다. 그러호거늘 父母나 其他 諸三者가 自己네의 마음에 맛는다 호야, 게다가 當者의 健康, 性質도 잘 調査호지 아니호고, 그 子女의 配匹을 定혼다 호면, 그러케 定혼 配匹에 스랑이 生호는 境遇도 잇겟지마는 大軆로 보면 一生에 스랑 업는 生活, 卽 不快호고 不和호는 苦痛된 生活을 홀 것이외다.

或 當者 雙方이 뜻이 마자셔 혼 婚姻도 不和호게 되는 슈가 잇다 호는 이가 잇스리다. 母論 잇지오. 스랑이란 決코 永久的 性質을 가진 것이 아니닛가. 그러나 이초부터 스랑 업시 혼 婚姻보담은, 不和홀 境遇가 적을 것이오, 設或 마찬가지로 不和홀 境遇가 만타 호더라도, 暫時라. 一和合혼 夫婦의 生活을 보닌 것만 호여도 人生에 大幸福이리다. (1917.11.23.)

三

朝鮮의 父母가 決코 子女를 스랑호는 마음이 업셔셔, 이러케 子女를 不幸에 쌔침은 안이지오. 그네는 子女를 至極히 스랑홉니다. 아마 吾族쳐름 子女를 熱愛호는 民族은 稀罕호리다. 子女 업슴을 人生의 最大혼 不幸으로 알아셔 子女를 잇기 爲호야셔는 아모러혼 勞苦나 犧牲도 앗기지 안이홉니다. 山

川에 百日祈禱를 하며, 七星壇을 모으며, 寺刹에 巨額의 施主를 하며, 宅地와 先祖의 墓地를 相호되 第一의 目的이 子孫의 繁昌을 爲홈이외다. 그러고 우리 家庭의 中心은 子女외다. 十數人 食口가 잇다 하고, 그中에 一個男兒가 잇다 하면 그 十數人 食口는 全혀 이 男兒 하나를 爲하야 生活하는 듯홉니다. 이 男兒 하나를 爲하여셔는, 十數人 食口 全體를 犧牲하여도, 압갑지 안이흔 줄로 싱각홉니다. 그 男兒가 病들엇슬 쩌에「내 生命을 이 兒孩에게 주어줍소셔」하는 祈禱는 흔히 오르는 바외다. …이처름 子女를 사랑홉니다. 다만 사랑하는 方法을 모를 쑨이외다.

우리 父母가 子女를 사랑하는 唯一흔 方法은, 어셔 어셔「장가를 들이」고,「싀집을 보님」이외다. 방긋방긋 웃는 嬰孩를 가온데 노코, 둘너안즌 父母나 祖父母의 싱각은「언계나 져것이 자라셔, 장가를 들이나 (또는 싀집을 보니나)」하는 것이외다. 그리셔 三四歲가 되기가 밧부게 采緞佩物 等 婚姻의 準備를 홉니다. 마치 兒童들이 채마에 열닌 참외를 보고「언계나 이것이 닉어셔, 내가 짜먹나」하고 一日에도 數十次式 만져보고, 쓸어보고, 쏙쏙 찔너보는 모양으로, 一刻이 三秋갓치 子女의 長成하기를 기다립니다. 그러다가 마치 兒童들이 참다못하야 그 참외를 짜다먹는 모양으로, 아직 속도 들지 안이 하엿건마는,「벌셔 닉엇는데……달슴흔데」하는 모양으로, 十一二歲나 된 졋내나는 子女를 新郞을 만들고 新婦를 만들어 노코는, 조흐면셔도 한씃 未安히셔,「벌셔 이 애는 어른인디」홉니다. 그리셔 夫가 무엇인지 妻가 무엇인지도 모르는, 自己가 男子인지 女子인지도 잘 모르는 兩個兒童을 한 房에다 모라너코는「너히는 夫婦다, 夫婦다」홉니다. 그리셔 아직 心身도 잘 發育하지 못흔 子女로 하야곰, 早霜을 마즌 稻穗 모양으로 熟하기도 前에 黃하게 합니다. 早婚이 當者 兩人에게 肉躰的, 精神的 大害를 及홈은 勿論이어니와, 此兩者間에 生하는 子女에게신지도 惡影響을 及홈은 現代의 科學이 確實히 證明하는 비외다. 身躰의 軟弱과 精神의 不活潑이, 早婚에 原因됨이 큼은 實로 戰慄홀 만흐며 早婚흔 夫婦間의 子女가 充實흐기 어려온 것도 日常에 經驗흐는 빅외다.

그 샌더러 兩人이, 아직 夫가 무엇이며 妻가 무엇인지도 알기 前에 婚姻을 흐면, 漸漸 長成흐야 自己意識이 覺醒흐게 되면, 自己네의 夫婦生活이 自己네의 意思로 決定된 것이 아니오, 純全히 第三者의 强制로 된 것을 끼닷게 되어, 夫婦間의 義務的 結合의 觀念이 薄弱흐게 되어 可能만 흐면 이 結合을 破棄흐려 흐는 싱각이 나게 됩니다. 더구나 新文明의 風潮가 日益澎湃흐야, 自由人權이라는 思想이 靑年男女의 腦髓에 浸潤흐면 浸潤흘스록 自己의 意思로 되지 아니흔 夫婦의 關係를 益益 不快히 녀겨, 反抗的 態度를 取흐게 될 것이외다. 다힝히 이러흔 夫婦間에 愛情이 잇스면, 그러흔 念慮도 격으려니와, 彼此에 아모 理解나 愛情도 업시 만는 夫婦가 中間에 새로 愛情이 發生흔다 흠은 全無는 아니라 흐더라도 極히 稀少흘 것이외다. 只今 多少 敎育바든 旣婚靑年은 大槪 이러흔 苦痛中에 잇습니다. 그中에 道義의 觀念이 强흐고, 因襲을 破壞흘 勇氣가 업는 者는 自己의 苦痛을 抑壓흐고 旣定흔 運命에 黙從흐려니와, 不然흔 者는 或 妾을 蓄흐며 或 花柳界에 歡을 求흘 것이오, 그리로 조차 셔 나오는 社會的, 個人的 損失은, 實로 莫大흘 것이외다.

그런데 우리 父母는 子女가 잇스면 婚姻으로써, 그 子女에게 對흔 唯一의 義務로 압니다. 父母의 子女에게 對흔 眞正흔 義務는 子女를 敎育흐야 子女로 흐여곰, 스스로 完全흔 夫가 되고 妻가 될 能力이 잇게 흠이외다. 장가를 들이려 흐지 말고, 장가를 가게 흐야 쥬며, 싀집을 보니려 흐지 말고, 싀집을 가게 흐야 줌이외다. 新朝鮮의 父母는 이러히야 흐고 新朝鮮의 子女는 이러히야 합니다. (1917.11.28.)

四

婚姻은 生物學的 必然의 要求외다. 졋 먹을 時節이 짜로 잇고, 밥 먹을 時節이 짜로 잇는 모양으로, 婚姻흘 時節이 짜로 잇습니다. 一年에 눈 오는 時季

가 잇고, 꼿 피는 時季가 잇는 모양으로, 人生의 一生에 婚姻ᄒ는 時季가 잇슬 것이외다. 이것은 家庭의 事情으로 決定될 것도 아니오, 父母의 意思로 決定될 것도 안이오, 오직 生理學的으로 決定될 것이외다. 男女의 肉躰가 十分 發育ᄒ야, 더 發育홀 수가 업는 程度ᄭ지 發育ᄒ야, 이만ᄒ면 足히 生殖作用을 홀 수 잇다 ᄒ는 時季가 즉 婚姻의 時季일 것이외다. 法律上 男子 滿十八歲, 女子 滿十五歲를 婚齡으로 定흔 것은, 槪括的으로 이 標準을 定홈이외다. 民族과 地理와 個人의 境遇의 差別을 ᄯ라, 多少의 差異가 잇다 ᄒ더라도, 이만ᄒ면 生理上으로는 早婚은 아닐 것이외다. 婚姻을 다만 生殖ᄒ기 爲ᄒ야 ᄒ는 것이라 ᄒ면 이만ᄒ면 洽足홀 것이외다.

그러나 文明흔 人類에게는 精神生活이 잇고 社會에 對흔 여러 가지 複雜흔 關係가 잇고 經濟에 關흔 事情이 잇고 子女를 敎育홀 義務가 잇습니다. 그럼으로 文明人의 婚姻의 條件은, 다만 男女의 肉躰의 充分흔 發育 以外에, 精神의 充分흔 發育이 必要ᄒ고, 獨立ᄒ야 一家庭을 維持홀 만흔 經濟的 能力이 必要ᄒ고, 父가 되고 母가 되어 子女를 敎育홀 決心과 能力이 必要ᄒ고, 最後에 社會國家에 對흔 義務를 擔當홀 能力이 必要ᄒ외다. 이 모든 것이 具備ᄒ고야, 비로소 그 男女에게는 婚姻홀 資格이 싱기는 것이외다.

이러흔 資格이 업시 婚姻홈은 큰 罪惡이외다. 自己와 社會에 對ᄒ야 큰 害毒이외다. 身躰가 充分히 發育ᄒ지 못흔 者가, 夫가 되고 婦가 되면 第一에 自己의 身躰를 害ᄒ고 壽命을 短ᄒ며, 第二에 未熟흔 躰質을 子女에게 專ᄒ야, 永遠히 子孫에게 不幸을 ᄭ칠 것이외다. 한번 資格 업시 婚姻ᄒ기 ᄯ문에 數十代 數百代, 數千數萬의 後孫이, 그 殃禍를 밧는다 ᄒ면, 얼마나 戰慄홀 일이리잇가.

精神이 充分히 發育치 못ᄒ면, 첫ᄌᆡ 夫婦의 愛情이 安定치 못홀 것이외다. 未成年의 精神은, 時時刻刻으로 進步ᄒ고 變遷ᄒ는 것이외다. 今日에 好ᄒ던 者를 明日에 惡ᄒ게 되어, 一朔後의 精神狀態를 一朔前에 豫想ᄒ기 어렵습니

다. 今年과 明年과에는 全혀 別人이 되는 수가 잇슴니다. 今年에 惡人이던 것이 明年에 善人이 될 수도 잇고, 今年에 善人이엇던 것이, 明年에 惡人이 될 수도 잇슴니다. 이처름 少年期의 精神狀態는, 不安定홈니다. 이러혼 찍에 一生의 目的을 定혼다 ᄒ면, 그 아니 거짓말이며, 그 아니 不可能혼 일이오릿가. 그런데 이러혼 찍에, 一生의 配匹을 擇定홈이 엇지 危險혼 일이 아니오릿가. 이찍는 아모것도 作定홀 찍가 아니오, 다만 變遷ᄒ고 進步홀 찍외다. 이 찍에 ᄒ는 作定은, 全혀 無意味ᄒ외다. 그럼으로 西洋셔는 男女 卄五歲 以上을 婚姻의 適齡이라 홈니다. 이만ᄒ면 肉體는 勿論이어니와, 精神도 發育홀 만큼 發育ᄒ고, 쏘 自己의 人生觀도 大槪 確立ᄒ야, 精神에 安定이 잇슬 것이외다. 우리 朝鮮 夫婦間에 愛情이 업슴이, 쏘혼 이것에도 因홀 것이외다.

쏘 經濟的 能力이 업스면 이 夫婦는 社會의 寄生虫이 되거나, 貧窮의 悲慘을 當홀 것이외다. 祖傳의 財産이 잇셔 遊衣遊食홀 슈가 잇다 ᄒ면, 이는 寄生虫일 것이오, 그러치도 못ᄒ면, 이 夫婦는 貧窮홀 수밧게 업슴니다. 貧窮은 一種의 罪惡이외다. 社會에 貧窮혼 人員이 잇스면, 이는 그 社會의 不幸이외다. 쑨더러 貧窮 쩌문에 夫婦의 愛情이 疎薄ᄒ야지며, 쏘 子女를 敎育홀 能力이 업슬 것이외다. 그런데 經濟的 能力은 相當혼 年齡과 敎育에 依存홀 것이외다. 知識的 職業으로 獨立혼 生活을 ᄒ랴면 現今의 社會狀態에 잇셔셔는, 不可不 男子 二十五歲 以上, 女子 二十歲 以上되기를 要홀 것이외다. 農夫나 其他 躰力的 職業을 取ᄒ는 者도, 亦是 그러홀 것이외다.

엇더케 보든지 年齡은 婚姻의 基礎되는 條件일 것이외다. 朝鮮셔도 從此로 男子 二十五歲 以上, 女子 二十歲 以上이 가장 適合혼 婚姻일 쓴홈니다. 未熟혼 婚姻은, 個人과 社會에 害毒을 줄 쑨이니, 一民族 盛衰에 大關係가 잇다 홈니다. (1917.11.29.)

五

身軆의 充分흔 發育이라 홈은 이러흐외다. 키는 자랄 딕로 자라고, 쌔는 굵을 딕로 다 굵고, 힘쏠은 붉어질 딕로 다 붉어지고, 니(齒) 날 데는 니가 다 나고, 털 날 데는 털이 다 나셔, 眞正흔 意味로, 어룬됨을 니름이외다. 鬚髥이 나고, 겨드랑에 털이 다 나면, 이에 生理的 發育은 完成흐는 것이외다. 二十而冠이라는 冠字는 어룬이 된다는 쯧이외다. 冠이라 홈은, 成年이 되엿다는 쯧이오, 決코 婚姻흔다는 쯧이 아니외다. 三十而有室이라는 室字야 말로, 婚姻흔다는 쯧이외다. 昔日에는 成年이 되면, 누구나 冠을 썻습니다. 그러고 어룬 노릇을 흐얏습니다. 室을 有흐고 有치 아니홈은, 決코 어룬 되는 데는, 아모 相關이 업섯습니다. 只今은 十二三歲된 兒童도, 婚姻만 흐면 冠을 쓰고, 冠만 쓰면 어룬이 되며, 三四十이 된 어룬도, 婚姻을 못흐면 兒童이라 흐야 十二三歲 된 어룬에게 「히라」를 밧습니다. 要컨딘 澆季*의 弊風이외다. 鬚髥도 나고 니도 다 나고, 長成홀 딕로 다 長成흐여야, 비로소 成人(어룬)일 것이외다. 卽 「사룸」으로 享有홀 모든 權利와, 負擔홀 모든 義務를 가질 것이외다. 이에 비로소 生理的으로, 夫가 되고 父가 될 만흔 資格이 生흐는 것이외다. 이는 男子를 두고 흔 말이어니와, 女子도 亦是 그러합니다.

다만 女子는 男子보다 生理的 發育이 比較的 速흐게 完成됩니다. 大槪 四五年 速합니다. 그럼으로 男子는 二十而冠이라 흐면서, 女子는 十有五而笄라 흐얏습니다. 笄라 홈은 生理的으로 다 發育흐얏다는 쯧이외다. 生理的으로는 婦가 되고, 母가 될 資格이 生흐얏다 홈이외다. 그런데 朝鮮셔는 어딕신지든지 天理와 逆行흐노라고, 新郎의 年齡이, 도로혀 新婦의 年齡보다 어린 것이 普通이며, 甚흐면 新婦가 新郎보다 四五年 乃至 七八年 長되는 수가 잇지오. 이야말로 天理와는 正反對외다. 新郎 十二三歲, 新婦 十七八歲 되는 夫婦는, 朝鮮에셔(그 중에도 西北地方에셔) 흔히 目擊흐는 바외다. 新郎이 妻를 알

* 요계지세澆季之世. 즉 도덕이 쇠하고 인정이 야박한 시대.

게 되랴면, 新婦는 五六歲의 獨身生活, 生寡婦生活을 ᄒᆞ여야 ᄒᆞᆯ 것이외다. 姦淫이며, 本夫殺害의 罪惡이 生ᄒᆞᆷ이, 흔히 이 時期외다. 不自然한 婚姻의 當然ᄒᆞᆫ 報復이외다. 그리ᄒᆞ고 新郎이 三十四五歲 卽 男子의 全盛時代에 達ᄒᆞ면, 新婦는 벌셔 四十이 넘어, 生殖도 못ᄒᆞᄂᆞᆫ 中老의 域에 入ᄒᆞᆯ 것이외다. 이에 勢不得已 男子는 妾를 蓄ᄒᆞ고, 花柳界에 出入ᄒᆞ게 되ᄂᆞᆫ 것이외다.

身軆가 充分히 發育ᄒᆞ야, 完全ᄒᆞᆫ 生理的 男子와 生理的 女子가 된 後에야, 비로소 完全ᄒᆞᆫ 生理的 夫와 父, 生理的 妻와 母가 될 것이외다. 장가를 들고 십허 못 견듸어ᄒᆞᄂᆞᆫ 男子와, 싀집을 가고 십허 못 견듸어ᄒᆞᄂᆞᆫ 女子가 셔로 個性을 理解ᄒᆞ고, 셔로 個性에 愛着ᄒᆞ여야 和樂ᄒᆞᆫ 家庭을 일우어 夫는 실컷 夫의 意味와 夫의 幸福을 맛보고, 妻는 실컷 妻의 意味와 幸福을 맛볼지며, 因ᄒᆞ야 充實ᄒᆞᆫ 子女를 生ᄒᆞ야, 짜ᄯᅳᆺᄒᆞᆫ 父母의 愛情 속에셔, 그 父母보다 優勝ᄒᆞᆫ 人物이 되게 ᄒᆞᆯ 것이외다.

朝鮮셔는 生理的으로 十分 發育ᄒᆞ지 못ᄒᆞᆫ 男女(特別히 男子)를 夫婦를 만들어 노코, 人爲的으로 그 發育을 速ᄒᆞ게 ᄒᆞ랴는 觀이 잇습니다. 男女가 恒常 肉軆를 接ᄒᆞ면, 生殖器가 速히 發達합니다.

그럼으로 早婚ᄒᆞᆫ 男子는 十四五歲에 발셔 陰陽을 알고, 男子를 만히 接ᄒᆞᄂᆞᆫ 娼妓는 十一二歲에 발셔 陰陽을 알게 된다 합니다. 그러나 이는 極히 不自然ᄒᆞᆫ 發育이외다. 뼈가 되고, 筋肉이 되고, 腦髓가 될 養分이 專혀 生殖器에 消耗되ᄂᆞᆫ 病的 發育이외다. 가쟝 健全ᄒᆞᆫ 發育의 經路는 身軆의 他部分이 먼져 發育ᄒᆞᆫ 後에 生殖器가 發育ᄒᆞᆷ이외다. 生殖器가 發育ᄒᆞᆫ 後에ᄂᆞᆫ 精力을 消耗ᄒᆞ기 쉬움으로, 身軆의 他部分의 發育을 阻害ᄒᆞᆷ이 莫大ᄒᆞ외다. 早婚男女의 身軆의 不健ᄒᆞᆷ이 이 ᄯᅢ문이외다. 그런데 朝鮮의 父母는 全力을 다ᄒᆞ야 그 子女의 生殖器의 速히 發育ᄒᆞ기를 힘씁니다. 싱각ᄒᆞ면 우수운 일이외다. ᄯᅩ 可憐ᄒᆞᆫ 일이외다.

만일 早婚이 如前히 盛行ᄒᆞ면, 朝鮮人의 軆質은 代마다 漸漸 退化ᄒᆞᆯ 것이외다. 얼굴이 눌하고 가삼이 움쑥 들어가고, 허리가 굽으러지고 입은 헤버린 쓸은, 永遠히 업셔지지 아니ᄒ다가 마참니 滅亡에 니를 것이외다. 「아아, 生殖器 中心의 朝鮮이여」ᄒᄂᆫ 慨嘆을 禁치 못ᄒᆷ니다.(1917.11.30.)

極熊行*

우리 사는곳에서
北편으로 北편으로 限定업시 가다가
큰 山脈을 지내서
큰 벌판을 지내서
三月이라 삼질날 봄가지고 날아오는
제비보다 더가서, 훨씬훨씬 더가서
안해 함께 親舊 함께 空中놉히 쓰고써
녀름가는 곳까지 가보고야 만다는
기럭이쎼보다도 훨신훨신 더가서
얼음世界 만나니 北極이란 世界라.

나무는 말말고 풀한포기 잇스랴,
풀한포기 업거니 곳이 어이 잇스랴,
地軸이 곳을째엔 밤도 낫도 업고서
쐬고남은 日光이 늘 비첫다 하건만
天地가 낡으매 地軸조차 기울어
걸음타는 애모양 비씰비씰 거리니
半年은 나지오 남은 半年 밤이라
三百六十남은 밤 한데 모혀 밤되고
三百六十남은 낫 한데 모혀 낫되니

---
* 春園, 『學之光』 14, 1917.12.

밤하나 낮하나

다른 世上 한해가 이 世上엔 하로라.

病身밤 病身낮

病身이라 하야도 밤과 낮은 잇스나

春夏秋冬, 남갓흐면 네철에다 갈늘것을

한데모화 기다란 겨울하나 일우니

비올째나 눈올째나 온다하면 눈이오

푸를데나 붉을데나 빗이라면 雪白色

멧百萬 멧千萬 멧億億萬年前에

하나님이 별들을 비저내실 그째에

쓰고남은 부스럭을 새로 반죽하여서

더운元素 찬元素 밝은것 어두운것

分量대로 석거서 地球별을 한뒤에

남아지 찬元素를 둘곳이 업서서

달이라는 별에다 데덕데덕 발느고

그러고도 남은것 들고 빙빙 돌다가

火를 내어 北極에 발나노코 말앗다

그째에 메와들에 발라노흔 얼음이

갈사록 얼쌘이오 녹을줄을 몰라서

얼고 얼고 쏘 얼어서

멧千尺 멧萬尺 짠짠하게 얼엇다.

이 世上에 主人으로 내몸이 태어나니

北極에 산다하야 極熊이라 일컷더라.

내아버지 아버지, 그아버지 쏘아버지

맨처음 祖上은
어대가 本이든지,
무슨 생각 잇서서
무슨 지랄이 나서
제비보다 더멀리, 기러기보다도 더멀리
이世界로 왓던지, 흘러들어 왓던지,
그무슴 罪를 지어 구향으로 왓던지
心術을 부리다가 쫏겨나서 왓던지
世上이 귀찬아서 죽으려고 왓던지
엇재서 왓던지 이世上에 들어와
아들 나하 죽고, 아들 나하 쏘 죽고
죽고 나고 나고 죽고 멧百番 한곳헤
엇지히서 낫던지 내란것이 낫것다.

싸뜻한 어머니의 뱃속에서 쫏겨나
차듸찬 어름우헤 쑥 떨어진 뒤로는
하로에 두세번씩 어미품에 안겨서
싸뜻한 젓곡지에 싸뜻한 젓을
쌜아본 뒤로는 그로부터 뒤로는

안져도 어름판, 누어도 어름판
먹는것은 찬고기, 마시는것 찬空氣
차고 차고 찬 것이 차듸찬 내살림!
그中에서 싸뜻한것 내 한몸쑌이라.

生命이라 하는것 그야말로 異常해
赤道의 더운김도 오듯마듯 차지고
暖流의 다슨물도 볼새업시 얼거늘,
불보다도 덥다는 더운中에 덥다는
太陽의 熱線조차 꽁꽁 얼어지거든
그러한 찬世界에 生命홀로 더워서!

혼자 안저 눈감고 가슴을 만질째
쏙싹쏙싹 心臟의 뛰는것을 볼 째에
싈는듯한 血液이 시내물 모양으로
生命으로 발발쩌는 纖維, 細胞 사이로
돌돌돌 졸졸졸 흘러감을 볼째에
나는 每樣 생각해 —

누가 불을 째어서, 어느째에 째어서,
무엇을 째어서, 어데서 무엇에,
이피를 싈힌고
이피를 싈혀서 고기盒에 너허서
바로바로 웃기다, 요 갈비째 밋헤다
가만히 들여노코,
가는 힘쑬 굵은 힘쑬 재주잇게 꼬아서
요리매고 죠리매고
□ □ □ □ □ □ 뒤집히지안케
버러지도안코, 쏠아들도안케
요러케도 妙하게 햇는지 몰라라.

그러고는 그우에 膜한겹을 싸고
살한겹을 싸고 쌔한겹을 싸고
살한겹을 쏘 싸고 엷은 가죽 싸고
두턴 가죽 싸고
그우에다 튼튼한 엷은 가죽 쏘싸고
그우에다 이러케 부드럽고 길고
너슬너슬 깁고 씩씩하게 짓흔
흰털 가죽 쏘 싸서
식지안케 얼지안케 꽁꽁 싼 것은
어느째에 어대서 어느분이 하신고,

무엇을 째어서, 엇더케 슬혀서
무엇에 너허서 엇더케 싸더라도
차듸찬 氷世界에 五年十年 가노라면
식을씃도 얼씃도 하기도 히건만
잘째에도 그만, 쌜째에도 그만,
어제그만 그제그만 오늘도 그만
每樣에 그만콤 더운것도 모를 일.

아버지 쏘아버지 그 아버지 아버지
쏘아버지 아버지* 限定업시 올라가
맨처음 아버지의 가슴속에 노혓던,
가는 힘쭐 굵은 힘쭐 재조잇게 얽혓던
고기盒에 너헛던,

---
* 원문에는 ‘아버저’로 되어 있다.

하늘솟해 하늘불로 하나님이 째어서
알마치 슬혀서 고기盒에 너혓던
그피가 더운피가
아들에게 흐르고
그아들에게 흐르고
그 아들 쏘 그 아들
쏘 그 아들 쏘 그 아들
흘너서 흘너서 百千代를 흘러서
내아버지 가슴에
내 어머니 가슴애
흘러서, 그다음에 내가슴에 흘러서
차듸찬 氷世界에 혼자 이리 덥고나

자다가,
눈이 쩌,
닐어나
기지게 하고, 하펌 하고
그러고는 나혼자 널은 世界 좁다고
어름 山에 오랏다가,
성큼성큼 나려와서,
어름벌에 썽충썽충
갓다가, 왓다가, 왓다가 쏘 갓다가
東으로, 西으로, 南으로, 北으로,
그러다가 실증나면 우둑하니 섯다가,
섯기가 실증나면 쑤구리고 안짜가,

엉덩이가 시리면 활개쨋고 눕다가,
이녑쑤리가 시리면 저편 녑쑤리,
저녑쑤리가 시리면 이편 녑쑤리,
이리뒤적 저리뒤적 돌아눕다가
그러기도 시리면 한잠 자다가
자기도 실커든 닐어낫다가,
눈이나 나리거든,
네발로 붓을 삼아,
싯업는 어름판을 畵布를 삼아
크다랏케, 크다랏케
圓그리고 三角形 四角五角形
아침마다 잡아먹는 물에 물고기
되는대로 마음대로 그려보다가
지엇다가 그렷다가
그렷다가 지엇다가.
그것도 실혀지면,
허리 쭉 펴고
하펌 한번 크게 하고
어름山에 스쳐넘는,
눈바래를 몰아오는,
하늘에서 나려쏘는
쌍으로서 올려쏘는
바람에게 배혼 소리
통통탕 터지는
울쿨쿵 구르는

□□□□ □□소리,
잇는 소리 업는 소리
된 소리 안된 소리
한바탕 실커젓 부른후에
쏘 자고, 쌔고, 쒸고,……
이것이 極熊되는 내 生活이엇다.

어느밤,
三百에도 여순밤을 한데 모흔 긴밤에
北極光이 보엿다.
붉엉이 퍼렁이 노랑이와 자짓빗*
짓흔자지, 연자지, 연분홍에 진다홍
짓흔초록 연호록 은행색과 연주색
타고남은 잿빗이며 가진빗 온갓빗.
開闢以來 하늘우에 내걸엇던 무지게를
것어서 접어서 곳간에 너허서
찬찬히 개켜서 두벌 세벌 겹싸서
두고두고 두엇다가 내어서 펼쳐서
北極의 한복판에 큰 사람이 썩서서,
입에다가 물고서
開闢以來 불던 바람, 큰바람 잔바람
찬바람 더운바람 혼자 말씀 삼켜서
큰사람의 가슴이 地球갓히 불럿다가,
단숨에 휘유 ― 하고 내여불쌔에

---

* 紫地빛. 자주색.

千萬줄기 무지게가 旗발과 갓히
펄렁펄렁 穹窿에 나비기는것 갓다.

곱고고운 極光의 여러줄기 그中에
第一고운 한줄기 그줄기의 한 싯이
虛空지나 별지나 구름까지 지나서
펄렁펄렁 날아서 휘휘친친 감겨서
어름山을 넘어서 어름 벌을 지나서
닭차랴는 소록이* 닭을 싸고 돌드시
쳐음에는 멀다가 次次次次 갓갑게
열바퀴 스므바퀴 同心圓을 그려서
마참내 내가슴에 바로압헤 박혓다.

나는 무서워서
무엇인지 몰라서
몸을 벌벌 썰리며
눈이 둥글해지며
야릇한 그줄기가
도는양을 보다가
眩氣가 나서
그줄기가 내가슴에 박힐째에는
氣絶하고 말앗다. 그後는 이랫다 ─

무지게 져고리에 무지게 치마

* 솔개.

무지게를 올여서 고룸을 달고
고룸달고 남은것을 고이접어서
밤빗갓흔 머리에 당긔 들이고
하늘에 별을 짜서 眞珠삼아서
당기끗헤 부치고 그러고 남아
옷고룸에 달고도 쏘 남은것을
저고리 압자락에 젓가슴밋헤
팔굽이와 팔목에 곱게 부치고
하얀니마 분홍쌤 다홍 입설에
검은 눈섭 맑은눈 달갓흔 얼굴
우슬째 말할째에 玉갓흔 닛세
그리로서 나오는 우슴과 말에
새노래와 꼿香氣가 한데 석겨서
석겨나온 그香氣가 에테르갓히
手術床에 누은 사람 코에 쎨어져
靈魂을 쏩아들고 하늘로 가는
그러한 에테르의 香氣와 갓히
내靈魂을 쎄어서 품에다 안고
하늘놉히 소사서 구름보다도
별보다도 더놉히 하늘보다도
무엇보다 더놉히 둥실 소사서
새보다도 쌔르게, 바람보다도
더 쌔르게 부살*갓히 流星과 갓히
그러케도 쌔르게 無限無窮한

* '불화살'의 북방 방언.

虛空속에 휙휙휙 定處도 업시
간다가네 가고가 그 어더메로.

「눈을 써라」 하면서 쌍에 나려서,
「여긔는 나잇는데, 내가사는 내故鄕
녯날에 네祖上도 늘러오던 꽃동산
져긔져 銀빗갓히 구비구비 돌아서
벌판을 건너가서 山구비를 돌아서
좁앗다 넓엇다가, 엿헛다가 깁허서
고엿다 흐르다가, 느리다가 쌜럿다
밤에도 낫에도 흘러가는 져것이
銀河水 한줄기가 하늘에서 갈려서
녀름구름 봉오리 사이사이 돌아서
올림푸 봉오리에 쳐음것혀 다음에
티크리 유프라테 暫間暫間 것쳐서
애급에 나일江과 大로마에 티벨江
그다음에 아프嶺 굼실굼실 넘어서
세느江 라인江 다뉴브를 거쳐쳐
도바海를 건너서 템쓰江을 지나서
거긔서 大西洋의 넓고넓은 바다를
건너서 쎈트, 로렌 밋사십피 된 뒤에
럭키山을 넘어서 太平洋을 건너서
富士山을 거쳐서 金剛山을 단녀서
萬瀑洞의 瀑布와 白鹿潭에 龍王潭
漢江에 大同江에 鴨綠江에 綠波와

黃河水에 楊子江 볼가 네바 모든 江
두루두루 돌아서 휘돌아서 감도는
쿨투르(文化) 쿨투르 쿨토르 쿨투루!

江가에는 흰모래 모래담에 푸른 솔
비단갓흔 잔듸판, 작은나무 큰나무
나고자라 수풀과, 붉은꼿에 누른꼿
얼크러져 픠어서, 짓튼빗에 연한빗
짓흔香氣, 연香氣, 나븨춤과 새소리,
누른나븨 흰나비, 한데 석거 아룽이
적은새와 푸른새, 적은새에 큰새며
나는짐승 길짐승 넙적한놈 동굴이
모양도 만커니와 빗갈도 만흘시고
빗갈도 만커니와 소리도 만흘시고」
이말을 마치쟈 呪文을 외오니
내몸이 變하야 神仙이 되어서
한손은 마조잡고 한팔로 마조안고
봄바람을 마시고 새소리에 발마쳐
내가 노래하거든 그가 和해 부르고
그가 먼져 웃거든 내가 짜라 우스며
붉은꼿 내가쩍거 그머리에 쇼즈면
흰꼿을 그가쩍거 내가슴에 꼿고서
억개가 웃슥하고 발이 들니니
어느덧 어울어져 춤이 되엇다,

「봄이 왓고나 봄이 왓고나
하늘에도 봄이 오고
쌍에도 봄이 왓다
닙 봉오리 닙히 피고
쏫 봉오리 쏫이 피고
生命의 가슴에는 사랑이 픠엇다

봄이 왓고나 봄이 왓고나
하늘에도 봄이 오고
쌍에도 봄이 왓다,
어름世界 찬살림을
생각하여 무엇하랴,
生命의 가슴에는 사랑이 픠엇다.

젊은 生命의 쎠는 抱擁은
하늘우에 星辰들도
메와들에 草木들도
바다속에 고기들과
하늘우에 神仙들도
부러워한다더라 그더운 킷스를

봄의 단술을 맑은 玉盞에
금실금실 싸랏스라
싸른것을 마섯스라
마시고는 쏘싸르고

싸르고는 쏘마서라

醉토록 마시고서 醉토록 마시고」

한잔 두잔 마셔셔

醉하려고 할째에

아아 바로 그째에

봄노래의 犬節을 다부르려 할째에

거의다 부른째에 아아 바로 그째에

어느덧 내靈魂은 氷世界에 돌아와

어름에 쌔와잇는 내몸썅이 차잣다

어지야 드지야차 어름에서 쎕아서

털에 무든 얼음조각 투두럭턱 썰어서

차듸찬 그形骸에 다시 들어박이니

악가와 다름업는 氷世界에 北極곰.

仙女도 간곳업고 極光도 살아지고

보一얀 눈바래 썽썽하는 얼음소리

차듸찬 北極 밤은 永遠히 긴듯한데

큰눈을 뒤룩뒤룩 쑤구리고 안젓는

極熊의 心臟만 쏙……싹, 쏙……싹

싸뜻한 피한줄기 돌……돌, 졸……졸

(一九一七, 十一月 十三日 夜)

우리의 理想[*]

一, 世界文化史上의 朝鮮族의 位置

나는 政治史上의 朝鮮족의 位置를 말하려 아니하오. 엇던 民族의 歷史上의 位置를 말할 째에는 政治史的과 文化史的의 二種이 잇겟지오. 假令 成吉思汗[**]의 創建한 蒙古帝國은 政治史上으로 赫赫한 位置를 가젓다 하더라도 文化史上으로 거의 아모러한 位置도 가지지 못하엿고, 希臘은 政治史上에서는 前者만 못하다 하더라도 文化史上으로는 前無後無한 赫赫한 位置를 占領한 것이외다. 無論 政治를 背景으로 하지 아니한 文化의 發達이 업겟지요. 假令 世界文化의 根源이라 일컷는 希臘의 아덴쓰도 그 文化가 最絶頂까지 發達된 것은 그 海軍이 波斯라는 強敵을 살라미쓰灣에서 째트리고 全希臘諸國의 盟主가 되엿던 페리클레쓰 時代인 것을 보더라도 文化의 發達은 政治的 背景을 要함을 알 것이외다. 만일 그번 波斯軍을 째트리는 代身에 波斯軍의 째트린바가 되여서 文化의 搖籃이던 아덴쓰가 野蠻된 波斯軍의 手中에 들엇던들 只今 우리가 보는 듯한 希臘文化는 發生하지, 쏘는 成熟하지 못하엿슬는지도 모를 것이외다.

그러나 그러타고 반드시 文化는 政治의 從屬的 産物이라 할 수도 업고, 싸라서 엇던 民族의 價値를 論할 째에 반드시 政治史的 位置를 判斷의 標準으로 할 것은 아닌가 합니다. 만일 져 로마帝國과 갓히 政治的으로나 文化的으로나 다갓히 優越한 地位를 占할 수 잇다 하면 게서 더 조흔 일이 업건마는,

* 李光洙,『學之光』14, 1917.12.
** 칭기즈칸의 음역어音譯語. 칭기즈칸Chingiz Khan(1167-1227). 역사상 가장 유명한 정복왕 가운데 하나로, 1206년 몽골을 통일하고 제위帝位에 올라 몽골의 영토를 중국에서 아드리아 해까지 확장시켰다.

그러치 못하고 만일 二者를 不可得兼할 境遇에는 나는 찰하리 文化를 取하려 합니다. 政治的 優越은 그새 一時는 매우 赫赫하다 하더라도 그 勢力이 衰하는 同時에 朝露와 갓히 그 榮光도 슬어지고 마는 것이로대, 文化는 이와 反對로 그 當時에는 그대로록 榮光스럽지 못한 듯하나 永遠히 人類의 恩人이 되어 不滅하는 榮光과 感謝를 밧는 것이외다. 所向에 無敵하게 天下를 蹂躪하던 成吉思汗의 大帝國보다도 吾人은 도로혀 猫額과 갓흔 아덴쓰城를 讚頌하지 아니합닛가. 국家나 民족만 그러한 것이 아니라, 個人도 쏘한 그러합니다. 秦始皇이나, 項羽 갓흔 이보다도 吾人은 도로혀 累累然 집 일흔 개와 갓던 孔聖을 더욱 讚揚하며, 로스챠일드나 카네기보다도 뉴톤이나 에디슨을 더욱 讚揚하지 아니합닛가.

이러한 見地에 서서 나는 朝鮮민족의 文化史上의 位置를 보려 합니다. 朝鮮史는 아직 疑問에 屬한 것이니 外國人이 쓴 것은 各各 自國에만 利益 잇게 쓴 것이매 據信할 수 업고, 朝鮮人이 쓴 것도 世上에 傳하는 것은 自國人의 著와 說을 信用하기보다도 外國人의 것을 信用하야서 쓴 것이매 이 亦是 據信할 수 업고, 近來에 日本學者中에 朝鮮史를 硏究하는 이가 업지 아니하나, 첫재는 牢乎不拔할 一種 偏見이 잇슴과 둘재는 朝鮮史를 獨立한 硏究題目으로 잡아 一生을 바칠 만한 價値를 認定치 아니하고 東洋史의 一部分으로, 日本史의 一考證으로, 쏘 學者의 一好奇心으로 硏究하는 것이매 그 所說에 相當한 尊敬을 表한다 하더라도 據然히 信憑할 수 업스며, 當者되는 朝鮮人은 더구나 朝鮮史에 對한 精誠을 缺如하야 當初에 硏究할 생각도 아니하거나, 設或 一二 篤志家가 잇더라도 新史學의 基礎되는 知識이 缺乏하고 科學的 硏究方法에 全然히 暗昧하야 다만 古書나 넑고 거긔 잇는 大小 事實을 暗記하는 것으로만 能事를 삼으니, 이러한 現在狀態에 잇서서는 각기 朝鮮史 硏究者가 되기 前에는 眞正한 朝鮮史를 보기 어렵고, 쏘 朝鮮민족의 全盛時代라 할 만한 三國時代의 모든 文化는 慶州의 累累한 石工品外에는 全然히 滅亡하엿고

屢次 內外의 兵火史籍조차 灰燼에 歸하엿스니, 今後도 完全한 朝鮮史를 엇기
는 어려울 것이외다.

　이러케 우리는 眞正한 朝鮮史를 보기가 어려우닛가 아직도 朝鮮민족의 史
的 位置를 確的히 判斷할 時期외다. 그러닛가 朝鮮민족이 四千餘年의 過去에
世界文化에 엇더한 貢獻을 하엿는지도 的確하게 알 수는 업고, 다만 現在 世
上에 行하는 史乘을 憑據로 하야 臨時的 判斷을 할 쓴이외다.

　三國時代의 文化가 日本文化에 大影響을 미친 것은 事實이나 그것 하나으
로 朝鮮民族이 世界文化에 貢獻한 것이라고 할 수는 업습니다. 支那民族은
支那 自身의 歷史를 文化로 채우고 朝鮮과 日本에 그 餘波를 미첫스며, 엇던
點으로 보아서는 西洋文化에도 影響을 주엇나니 活版術, 火藥 갓흔 것도 그
것이외다. 印度民族도 獨特한 文化를 産하야 支那와 朝鮮과 日本과 其他 亞細
亞 諸民族에게 多大의 文化의 善物을 주엇고, 近代에 니르러서 그 哲學과 宗
敎의 深奧한 思想은 더욱더욱 西洋人의 注目하고 硏究하는 바 되여서 次次
印度文化의 影響이 東洋諸國을 超越하야 世界的이 되여갑니다. 只今은 아주
말못된 猶太人도 基督敎를 産하야 全人類의 四分一을 敎化합니다.

　最近에 니르러서 日本은 泰西의 文化를 輸入하기에 成功하야 亞細亞 全體
의 文化의 導師의 地位를 얻엇고,* 將次는 東西文化를 融合하야 獨特한 新文
化를 造成하여서 今後의 希臘이 된다고 自任도 하고 努力도 합니다. 엇더한
靑年을 만나든지 그네는 「東西文化의 融合」으로 日本의 理想을 삼는다고 합
니다. 所謂 二十世紀 今日의 燦爛한 文化는 希臘에 源을 發하야 로마에서 大
成하엿다가 文藝復興에 復活하야 十七世紀에는 英國에서 자라고, 十八世紀
에는 佛國에서 자라고, 十九世紀에는 獨逸서 자라서 今日에 니르럿습니다.
그럼으로 漢族, 印度族, 希臘族, 로마族, 英人, 佛人, 獨逸人, 日本族 等은 다 世
界의 文化史上에 榮光스러운 地位를 가진 것이니, 이러한 意味로 보아서 우

---

* 원문에는 '멈엇고'로 되어 있다.

리 朝鮮족은 世界文化史上에 거의 아모 地位도 업다고 하야 可합니다. 그러케 尨大한 世界史上에 一頁도 차지하지 못한 내 身勢를 생각만 하여도 눈물지는 일이 아니오닛가.

二, 朝鮮 민족 生存의 價値

만일 이만하고 말 것이라 하면 朝鮮 민족에게는 存在의 價値가 업습니다. 四千年의 歷史가 決코 자랑할 것이 못되니, 저 第一 보기 실흔 山이나 바위들은 數百萬年의 歷史를 가젓습니다. 그러타고 그것이 무슨 자랑할 것이오릿가. 設或 過去 五百年間에 四書五經과 諸子百家라는 支那의 經典을 왼통 멧萬 讀을 하엿다 하더라도 그것은 朝鮮 민족에게 存在의 價値를 주는 것이 아니며, 小中華라는 稱呼를 듯고 朱子學波의 哲學을 完成하엿다 하더라도 그것이 存在의 價値를 주지 못합니다. 도로혀 慶州의 石佛과 江西 古塚의 壁畵와 老菴, 退溪 又흔 어룬들을 왼통 모도와 싸하 노흔 것이 朝鮮人에게 存在의 價値를 주는 것이외다.

어듸로 보든지 우리는 過去에는 世界文化에 아모것도 貢獻한 것이 업고 現在 毋論 過去만도 못하다고 보는 것이 가장 正當하고, 그리고 만일 朝鮮民族이 存在의 價値를 엇을 餘望이 잇다 하면 그것은 自今으로 世界文化史上에 榮光스러운 地位를 獲得함인가 합니다.

世上 일은 모를 것이라, 或 朝鮮족이 成吉思汗 時節의 蒙古族이 되고 二千年前의 로마族이 되여 政治的으로 世界에 覇를 稱할 날이 잇슬는지 모르되 現在에 處하야 그런 것을 想像하는 것은 一種 妄想이라 하겟고, 朝鮮族이 存在의 價値를 엇을 길은 하나이오 쏘 오직 하나이니 卽 朝鮮族의 것이라 일컬을 新文化를 創造함이외다.

現今 世界의 文化는 決코 絶頂에 達한 것이 아닐 것이며, 物質的으로 보든지 精神的으로 보든지 더 發達하고 더 成熟할 餘地가 잇슬 것이외다. 現代文

化의 主人이라고 할 만한 自然科學도 아직 幼年時代에 잇는 것이지 成年에도 達한 것이 아닐지니, 아직도 여러 갈닐네오와 뉴톤을 要求할 것이외다. 中等學校에서 배호는 物理와 化學도 中學生에게는 極히 神通하게 보일지나 그것도 아직 完成된 것이 아니외다. 더구나 物理學과 化學을 應用하는 여러 가지 工業은 아직도 初程에 잇다 할 수밧게 업습니다. 汽車, 滊船에도 改良할 點도 잇슬 것이오, 飛行機 갓흔 것은 더구나 만흔 젓을 먹어야 할 어린 아해며, 電信 電話, 그中에도 無線電信은 아직도 試驗時代에 잇다고 합니다.

政治制度中에 가장 進步한 것이라는 代議政治도 決코 完全한 것이 아니외다. 近來에 와서는 代議政治의 根本的 價値에 對하여서까지 疑問을 發하게 되엇스며, 民本主義니 哲人主義니 하는 것이 現代 政治學者界에 가장 活氣잇는 論題인 것을 보더라도 아직도 幾多의 록크, 홉쓰, 룻소, 밀을 要求할 것을 알 것이외다.

貧富問題, 資本主와 勞動者 問題, 都市問題, 農村問題, 男女問題 갓흔, 經濟 社會의 諸問題도 幾多의 改革者, 創造自, 思索者, 實行者를 要求합니다.

只今 야단인 歐洲戰亂도 마치 독갑이불과 갓히 世上 사람이 보고 써들 쑨이오 그 原因이 무엇이며, 그 實質이 무엇이며, 그 進行이 엇더하고 結果가 엇더할 것을 아는 者가 업습니다. 이 怪物은 政治, 哲學, 宗敎, 經濟, 社會, 國家, 民族, 科學 모든 것이 둘러 부터서 解決할 問題일 것이외다.

이러한 모든 問題는 반드시 西洋人만 解決할 權利와 義務를 가진 것이 아니외다. 朝鮮人도 精誠으로 努力하면 이러한 問題를 解決하는 權利와 榮光을 엇을 것이외다. 朝鮮에서라고 록크나 룻소가 나지 말라는 法이 잇스며, 벤삼이나 밀이 나지 말라는 法이 잇습닛가. 十年後에 第二 뉴톤이 朝鮮에서 나지 못하리라고 누가 壯談하겟습닛가.

思想界로 보더라도 現代는 極히 混亂한 時代외다. 오이켄이 나고 베륵손이 낫스나 天下는 決코 兩者中 어느 하나에게도 돌아가지 아니하엿습니다.

아직도 幾多의 칸트와 페히테와 톨쓰토이가 나겟지오, 朝鮮人이라고 그러한 大哲人이 못되라는 法이 어대 잇습닛가.

文學이나 藝術은 더욱 그러합니다. 四千年 가져오던 傳說이 설마 全혀 無意味할 것은 아니외다. 그것이 詩로, 文으로, 그림으로 彫刻으로, 音樂으로 表現되면 엇더케 世界의 耳目을 聳動할는지도 모릅니다. 白衣를 닙고 긴 담배대를 문 朝鮮人의 精神的 血液中에도 호메르와 단테가 들엇는지 모르며, 白頭山巓에 걸린 五色이 玲瓏한 夕陽 구름이 四千年間 얼마나 朝鮮人에게 色彩의 美感을 주엇고, 金剛의 萬二千峰이 얼마나 形態의 美感을 주엇는지 모릅니다. 四千年 내리 밧은 形態와 色彩의 敎育이 一旦 畫布上에 들어나면 라파엘, 다빈치의 名畫가 안 될는지 엇지 압닛가. 이것은 오직 朝鮮人이라야 할 特權이 잇는 것이니, 四千年間 싸하 내려오던 寶庫를 三國時節에 暫間 열엇다 하더라도 이제 다시 열니는 날에 엇더한 驚異할 寶物이 出現될는지 모릅니다.

이러케 政治, 經濟, 科學, 哲學, 文學, 藝術, 思想 모든 것이 우리 압헤 노혓스니 우리는 實로 自由로 이것을 取할 수가 잇스며, 이中에 하나만 成功하더라로 足히 朝鮮民族의 生存한 보람을 할 것이외다.

더구나 이번 歐洲大戰亂은 現代文明의 엇던 缺陷을 暴露한 것인則 이 戰亂이 끗남을 짤라 現代文明에는 大混亂 大改革이 생길 것이외다. 假令 國家主義의 可否라든지 經濟組織의 不完全이라든지, 精神文明에 對한 物質文明의 偏重이라든지, 女權問題라든지 國際法, 國際道德問題라든지, 이러한 것은 가장 分明하게 닐어날 大問題외다.

그런데 이러한 問題를 解決함에는 現代文明에 넘어 沈醉하야, 그것에 對하야 一種 偏見과 迷信을 가진 西洋人보다도, 도로혀, 아직도 이러한 偏見과 迷信을 아니 가진 東洋人이 가장 冷靜하게 公平하게 窮究할 利益을 가진 듯합니다. 더구나 西洋人은 西洋文明만이 文明의 全體로 알아 오다가 印度와

支那에 根源을 發한 東洋文明에 相當한 價値를 認하야 쏘펜하우에르, 베륵손
以來로 東洋思想을 西洋文明에 加入하랴는 傾向이 顯著하게 되엿습니다. 그
런데 西洋人의 頭腦는 過去 五世紀間의 過勞에 疲憊하야서 東西文化 融合의
大使命을 찰하리 우리 東洋人의 손에 잇슬는지도 모릅니다. 個人의 精力에
限定이 잇슴과 갓히 民族의 精力에도 限定이 잇는 것이니 古來로 盛者必衰라
한 것이 이를 니름일 것이오, 現在로 보아도 十七十八 兩世紀에 曠前한 大活
動을 하던 英佛 兩國民은 벌서 精力의 極度에 達하야 第二 希臘과 第二 羅馬
가 되랴는 兆徵이 보이고, 十九世紀 以來로 獨逸族이 全歐羅巴를 代表하야 世
界文化의 큰 집이 되엿스나 今番 戰亂에 밧은 人物의 損害와 百餘年間 活動한
疲勞에 將次도 文化的 宗主權을 享有할는지 疑問이외다. 그러고 보면 二十世
紀 以後의 文化의 宗主權은 白晳人種中 아라사族에 돌아가거나 그러치 아니
하면 亞細亞民族에게 돌아갈 것이외다. 그런데 나는 亞細亞民族中에 누가 그
使命을 밧기에 가장 適當할는지는 且置하고 朝鮮民族도 이 機會를 타서 한번
世界文化史上에 一大 活躍을 試하여야 할 것이오, 만일 이번 機會만 노치면
朝鮮民族은 永遠히 朝鮮民族으로의 存在의 意義를 찻지 못하고 말 것이니,
이 機會야말로 朝鮮民族에게 千載不遇의 好機會요 아울러 生死興替가 달린
危機라 합니다.

三, 朝鮮 민족의 能力

그러면 朝鮮民族에게 新文化를 創建할 可能性이 잇는가 하는 것이 問題일
것이외다. 나는 이 可能性을 內的과 外的의 二로 난호고 다시 內的 可能性을
精神力과 自覺과 努力의 三으로 난호아 論하려 합니다.

內的 可能性이라 함은 自己가 하랴면 할 수 잇는 모든 能力을 닐음이외다.
이 能力에 세 가지가 잇스니 첫재는 精神力이오, 둘재는 自覺이오, 셋재는 努力
이외다.

南洋이나 아프리카의 土人이야, 數十世紀後면 모르되 現在에서야, 아모리 애를 쓴들 무슨 文化를 産出할 能力이 잇겟습닛가. 能히 모든 科學과 複雜하고 高尙한 모든 思想을 理解할 能力이 잇고사 비로소 文化를 産出할 資格이 잇다 할 것이니, 이 니론 精神力이외다.* 現在 朝鮮人中에는 아직 이러한 能力을 發表한 者가 업습니다. 그네가 果然 모든 科學을 理解하는지, 모든 複雜한 思想을 理解하는지, 一言以蔽之하면 現代의 文化를 理解하는지, 아직도 여긔 對하야 實證을 보인 者가 업습니다. 新醫學을 배화서 醫術을 行하는 者가 만흐되 그中에는 果然 醫學이라는 科學을 徹底하게 理解하는 者가 잇는지, 各學校에서 數學이니 理化學이니 하는 學問을 가르치는 敎師가 만치마는 그네中에 果然 眞實로 그 眞義를 理解하는 者가 잇는지, 二十世紀라는 言語를 使用하고, 法學이니 經濟니 배호는 者가 만흐며 哲學이니 文學이니 藝術이니 배호는 者가 만흐나 果然 그것을 徹底하게 理解하는지, 이런 것에 關하여서는 아직 「이것이오」 하고 내어노흘 實證은 업습니다.

그러나 우리는 斷片的으로 傳하여 오는 우리 歷史를, 보고, 우리 先祖가 能히 支那의 文化를 咀嚼하고 消化한 것을 보고, 우리 先祖가 能히 千古不朽의 藝術的 大傑作을 기친 것을 보고, 또 現在 우리의 先輩와 親舊가 發表할 程度 까지는 아니라도 쇄 各種의 科學과 思想을 理解하는 것을 보고, 나는 朝鮮民族은 文化를 産出할 만한 精神力이 잇다고 確信합니다. 만일 엇던 外國人이 朝鮮人을 가르쳐 그네는 文化를 理解할 能力이 업다, 하믈며 産出할 能力이 업다 하면, 吾人은 아직 沈黙하고 將來에 實證을 보일 수밧게 업습니다.

그러나 아모리 이만한 精神力이 잇다 하더라도 自己에게 그러한 精神力이 잇는 것과, 自己가 이 機會를 타서 新文化를 産出치 아니하면 永遠히 存在의 價値를 일흘 것과, 只今이 그에게 最好한 機會인 것과, 또 이 機會를 잡아서 利用하는 方法이 엇더할 것인 것을 깨달아야 할지니, 이 니론 自覺이외다. 푸

* 원문에는 '이의다'로 되어 있다.

룻시아의 푸레데릭大王이 佛人을 스승을 삼아 佛文學과 佛文化를 自己의 國民에게 獎勵한 것과 獨逸 國民精神의 産婆라 하는 페히테의 「獨逸國民에게 告하노라」 하는 演說과 明治維新 志士가 尊王攘夷의 固執을 깨트리고 泰西文化의 輸入을 斷行한 것 갓흔 것은 實로 여긔 말하는 自覺의 好實例니, 獨逸과 日本의 文明 富强이 實로 이 自覺의 一瞬間에 달린 것이외다. 만일 이 自覺의 瞬間이 업섯던들 獨逸은 永永 今日의 獨逸이 되지 못하고 日本도 今日의 日本이 되지 못하엿슬 것이외다.

朝鮮에도 일즉 日本이 가진 것 갓흔 機會가 잇섯습니다. 「浦賀의 黑線」이 日本 國民의 大自覺을 니르키게 한 刺激이라 하면 「江華島의 黑線」도 맛당히 그 刺激이 되엇슬 것이외다. 眞實로 江華島에 佛艦隊가 왓슬 적에 우리 先人이 日本 先人이 한 것 갓흔 自覺을 하엿던들 朝鮮의 文明은 日本의 文明에 平行하야 發達하엿슬 것이외다. 그런 것이 다만 이 自覺이 업슴으로 하여서 그 絶好한 機會를 아조 보내고 만 것이외다.

只今 當한 好機會도 우리가 自覺의 손으로 붓들고 매어달리지 아니하면 말업시 가버리고 말 것이외다. 西洋俗談에 機會라는 鬼神은 니마에만 털이 나고 뒷통수에 털이 업서서 오는 것은 잡을 수가 잇스되 지나간 뒤에는 잡을 수가 업다고 합니다. 우리도 眞實로 이 機會가 生死에 關한 大機會인 줄을 自覺하고 두 발을 벗듸듸고 잡아야 할 것이외다. 自覺한다고 朝鮮人 全體가 自覺함을 니름이 아니라, 그中에 一人도 조코 三四人도 조코, 十餘人이 넘어가면 더욱 조흐나 少數의 聰明한 사람이 自覺하기만 하면 되는 것이외다. 眞實로 現今 朝鮮人은 沒理想이외다. 個人個人으로는 或 富者가 된다든지 學者가 된다든지 하는 理想이 잇슬지나 全民族의 理想이라고 할 만한 理想은 업습니다. 비록 短時間이나마, 또 極히 不確實하게 抽象的으로나마 독립이라든지, 富國强兵이라든지를 理想으로 한 째는 잇스되, 庚戌 八月에 일한합병이 實行된 뒤로는 거의 沒理想의 狀態에 싸졋스니 만일 이대로 가면 精神的으

로 滅亡하는 地境에 니를 것이외다. 이에 우리는 새로운 民族的 理想을 定할 必要가 잇스니, 그것은 卽 新文化의 産出이라 합니다. 그것이 東西文化의 融合일는지, 獨特한 新文化일는지, 精神的일는지, 物質的일는지는 모르거니와 아모러나 世界文化史에 位置를 獲得함으로써 우리의 民族的 理想을 삼아야 할 것이외다. 實로 이 貴한 自覺이야말로 우리의 生命일 것이외다.

비록 그만한 精神力이 잇고 그만한 自覺이 잇다 하더라도 刻苦勉勵하는 努力이 업스면 아모것도 되지 못할 것이외다. 이믜 大理想을 定하고 自己의 境遇와 能力을 自覺하엿거든 全心力을 다하야 그 理想의 實現을 爲하야 努力함이 잇서야 할 것이외다. 그 努力이라 함은 二種으로 난흘 수가 잇습니다. 하나는 個人的 努力이오 하나는 民族的 努力이외다. 各個人이 各其 自己의 天分에 相當한 方面을 擇하야 世界的 成功을 期約하도록 努力하는 것이 個人的 努力이니, 다만 自己의 衣食이라든지, 小小한 名望이라든지를 目的으로 하지 말고 朝鮮民族 全體의 名譽를 爲하야 努力하여야 할 것이외다. 小成에 安하는 것은 누구나의 弊害지마는 더욱이 이러한 自覺을 가진 者는 恒常 高遠한 그 理想을 바래고 勇往邁進하여야 할 것이외다. 民族的 努力이라 함은 一邊 天才를 가진 個人을 極力 保護하고 讚揚하야 死馬骨을 五百金으로 求하는 故知를 배호며, 一邊 大學이며 圖書館이며 各種 硏究室이며 美術展覽會 갓흔 것을 設하야 天才를 가진 個人이 修養할 機會를 엇고 天才를 發揮할 機會를 엇게 하여야 함을 닐음이외다.

그리하되 이 理想은 十年이나 二十年에 達할 것이 아닌즉 一代 二代, 一世紀 二世紀를 꾿준히 繼續할 覺悟가 잇서야 할 것이외다. 獨逸이나 日本의 實例를 보건댄 이러한 確實한 自覺만 잇고 努力만 잇스면 四五十年內에 相當한 結果를 收穫할 것이외다.

다음에 外的 可能性이라 함은 四圍의 境遇를 니름이니, 여긔 關하야도 數言으로 論코져 하나 論하기 不便한 點도 잇슬쑫더러 쏘 紙數도 不足한則, 다만

「決코 우리의 理想을 實現하기에 아모 不利益함이 업다」 하는 結論만 말하고 말겟습니다.

四, 結論

내가 이 글을 들이는 것은 現今 朝鮮의 知識階級의 여러분과 特別히 學問이나 敎育에 뜻을 두는 여러분께외다. 理想의 씨는 決코 밧헤 뿌리는 五穀씨 모양으로 말로 되고 셤으로 되는 것이 아니라, 一粒이나 二粒이 먼져 떨어져서 마치 셩냥개비에 불이 大森林을 태워 바리는 모양으로 漸次 普及되는 것이외다. 우리는 決코 우리의 理想을 理解하여 주는 이가 젹은 것을 恨嘆할 것이 아니외다. 우리 靑年된 者는 沙漠에다 大花園을 建設하 랑으로 一粒의 花草씨를 뿌려노코 그것이 結實되어 十粒 二十粒이 되도록 참고 잇슬 勇氣와 忍耐가 잇서야 할 것이외다. 처음이 비록 孤獨하다 하더라도 「내가 創建者라」 하는 깃븜이 足히 모든 悲哀와 苦痛을 이길 것인 줄 압니다. 古來로 모든 創建者가 다 이러한 境遇를 지낸 것이외다.

나는 큰 希望을 가지고 이 小論文을 草합니다.

(一九一七, 一一, 一四 夜)

어머니의 무릅*

어머니!

당신의 무릅흔 부드러웁데다.

봄철 메기슭의 잔듸보다도

녀름 하늘에 쓰는 구름보다도

羊의 털보다도 비단房席보다도

어머니!

그 부드러운 무릅에 제가 안젓섯지오!

어머니!

당신의 가슴을 廣闊합데다

넓다는 쌍우희 모든 벌판보다도

더 넓다는 쌍우희 모든 바다보다도

아마, 限定업다는 푸른 하늘보다도

어머니!

그 廣闊한 가슴에 제가 안겻섯지요!

어머니!

당신의 가슴이 제 世界엿서요.

배부른 째에는 노리터엿고

---

* 春園,『女子界』3, 1918.9. 시의 말미에 편집자가 전호前號에 시의 후반부를 실수로 빠뜨린 것을 사죄하며 다시 전재함을 밝히고 있다. 시의 전반부는『여자계』2(1918.3)에 실려 있다.

疲困할 째에는 寢室엿섯고
무셔운 째에는 避難處엿서요.
당신의 가슴에 푹 파무쳐서
눈만 반작반작 내어노핫슬 적에
虎狼이가 온들 무서웟습닛가.
어머니!
그 安全한 가슴에 제가 안겻엇지오!

어머니!
당신의 가슴은 沃土엿서요!
당신의 부드러운 졋쏙지를
쌜기만 하면 단젓이 흘럿습니다.
일즉 한번이나,
「애야 밉다 졋 먹지 말아」
하신적 잇서요?
배가 부르도록, 몸이 훈훈하도록
쌜다가 쌜다가 제가 실혀야 말앗지오.

어머니!
배섯 먹고 나서,
그래도 졋쏙지를 노키가 실히면
저는 두 개밧게 아니난 조고만 닛발로
쏙 물기도 하고 잘근잘근 씹기도 햇지오,
그째에 어머니쎄서,
「애야 아프다!」하시고

벌거벗은 제 엉뎅이를 째리셧지오?
그래, 당신께서 미워서 째리셧서요?

어머니!
지는 부억에 잇는 당신을
불러들이는 재조가 잇섯서요,
「엄마!」하든지, 「앵이」하든지
그래도 아모런 대답이 업스시면
발버둥치고 몸부림하며
한바탕 실거정 울고 나면
어느덧 당신은 치마귀로 손을 씨스며
그 무릅헤, 그 가슴에
쩨쓰는 저를 올려노흐셧지오!

어머니!
당신의 품속에는 歲月이 업섯슴닌다.
젓쪽지에 척 매어달려서 척 눈을 감으면
밤도 나지오, 낫도 밤이엇서요!
그째 제가 다리를 버둥버둥하면서
중얼중얼 저도 모르는 소리를 짓거릴 째에
그것을, 밤이라겟서요, 나지라겟서요?
쌍에야 눈이 덥이거나 말거나,
얼음이 얼고 찬바람이 불거나,
당신의 가슴에 푹 파무쳐서
젓쪽지를 쥐물적 쥐물적할 째에

그것을, 겨울이라겟서요, 녀름이라겟서요?

           *   *   *   *   *   *

어머니!

당신의 무릅흔 제 놀이터엿서요.

긔어올흘 째에는 山이엇섯고

올라안즌 째에는 大闕이엇섯고

두러누을 째에는 寢室엿서요.

제가 울면서 벌네벌네 긔어올 째에

제 눈에는 오직 그 무릅이 잇섯어요.

아모리 울다가도

거긔만 올라안즈면 방긋 우섯지오

어머니!

당신의 무릅흔 제 學校엿서요.

「냥!」하는 짐생은 고양이란 말도,

「왕!」하는 짐생은 강아지란 말도,

「퓃!」하는 짐생은 火輪車란 말도,

해 그림자가 저긔까지 오면

아버지께서 돌아오신단 말도

다 그 學校에서 배홧서요.

어머니!

불샹한 콩쥬와 얄미운 팟쥬도,

토끼 肝과 쟈라 主簿*도,

---

* 여러 관아 벼슬의 하나.

물에 싸져서 蓮꼿이 되어 난
불상한 沈娘子의 재미잇는 니야기도
다 그 學校에서 배왓서요.
「가갸, 거겨, 고교, 구규」 하고
어머니쎄서 아니 가르치셧서요?
「하늘 天, 따 地, 감을 玄」 이것도
어머니쎄서 가르쳐주셧지오?

어머니!
생각나시겟지오?
「요것은 무엇?」 「눈!」
「요것은 무엇?」 「소!」
「쏘 요것은?」 「그것은 몰라!」
「그것은 귀지!」
제 볼기작을 싸리신 것을.

어머니!
당신은 제 엉덩이를 잘 싸리셧슴닌다.
그러나 미워서 그러셧서요?
제가 당신의 머리카락도 쓰덧슴닌다,
그러나 아프라고 그랫겟서요?
「아야!」 하는 당신의 말슴,
철석하고 내 엉덩이를 싸림,
그것이 조와서 그랫지오.

어머니!
그러나 只今 저는 먼 나라에 잇서요!
모도 다, 어머니 무릅해서 못 보던 사람.
어머니의 노래와 재미잇는 니야기는
아모리 들으랴도 들을 수가 업습니다.
어머니, 언제 제가 이런 고장에 왓서요?

어머니?
只今 제가 어듸 잇서요?
웨 저를 이리로 보내섯서요!
어머니, 당신은 어대 게셔요?
웨 저를 두고 어듸로 가섯서요?
당신은 제 생각이 아니 나십닛가.

어머니!
당신께서 가라쳐주신 말을,
당신께서 가라쳐주신 글字로 써써
당신의 입설에서 흐르던 曲調로
당신을 생각하는 노래를 부릅니다
廣闊하고 沃土이던 당신의 가슴!
잔듸보다, 구름보다 부드럽던 무릅!
저는 웁니다, 먼 나라에서,
그것이 그리워서, 보고십허서

(一九一七, 一二, 二)

서울의 겨울달*

　서울의 겨울달은 南山의 東端에서 올라 南山 마루를 지나 南山의 西쪽으로 떨어진다. 白雪과 靑松으로 墨畵와 가튼 斑紊을 成한 南山을 쎄어 노코는 서울의 冬月을 말할 수가 업다. 이 意味로 보아 南山壽를 빌기에는 넘어 平夷하게 생겻다 하더라도 南山은 亦是 서울의 자랑이다. 南山과 北岳 두 틈에 장구 모양으로 버려 잇는 서울은 北岳에서 威壓을 밧고 南山에서 慈愛를 밧는다. 이 特徵은 只今과 가튼 冬節에, 그中에 月明夜에 더욱 分明하다. 玉으로 싹가 세운 듯한 勾配가 急하고 싯이 쎤족한 北岳이 深靑한 겨을 하늘의 北斗星 자루를 찌르려 하는 모양과, 그 싯히 하늘을 푹 찔러서 하늘에 새엇던 찬 바람을 쏘쳐다가 서울에 내려 쏘는 것을 볼 쌔에 우리는 암만 하여도 北岳에 對하여서 一種의 畏敬과 恐怖와 威壓을 밧는다. 그러나 水口門 近傍에서부터 緩緩히 複雜한 波狀을 묻하며 올라가다가 國祠堂의 뭉투룩한 쏙대기를 이루고 다시 緩緩히 나려간 南山의 優美한 曲線은 우리에게 情다움을 준다. 그런지 아닌지 서울은 北岳을 등에 지고 南山과 나츨 對하야 울고 웃고 한다. 아마도 우슬 쌔에 南山을 對하면 가튼 微笑를 엇고 울 쌔에 南山을 對하면 부드러운 慰安을 엇는 모양이다. 過去 몃 千年間에, 갓갑게 잡고 五百餘年間에 몃 千萬의 生靈이 南山을 보고 울고 웃고 하엿는고 그러나 恨하건대 過去의 南山은 아직도 큰 우슴과 큰 울음을 當하여보지 못하엿다. 우슬 일도 한두 번은 업지도 아니하엿고 울 일도 한두 번은 업지 아니하엿스나, 서울은 그것을 感覺할 줄을 몰랏섯다.

---

* 李光洙, 『時文讀本』, 1918.4. 장편 『開拓者』(『每日申報』, 1917.11.10-1918.3.15)의 13-1장(1918. 1.20)과 13-2장(1918.1.21)의 서두 부분을 재수록한 글이다. 『매일신보』 연재본과 표기법을 달리하고 있는 것이 눈에 띈다.

陰曆 十一月 中旬달이 바로 南山 마루에 걸려서 서울을 내려다본다. 三十萬의 人口를 가진 큰 서울에는 燈들이 반작어리고 電車 소리와 人馬의 往來하는 소리가 들린다. 한 편에는 비록 낡은 쓸어저가는, 다 썩어진, 더럽고 초라한 矮屋이 잇다 하더라도 다른 한 편에는 確實히 새로운, 半空에 웃둑 소슨, 번적하고 깨끗한 高樓가 잇다. 數로 보아 그 더럽고 낡아 쓸어저가는 집이 만타 하더라도 이 만흠은 次次 적어갈, 마츰내 슬어저버릴 運命을 가진 만흠이오, 새롭고 번적한 집은 數로 보아 적다 하더라도 그 적음은 次次 만하 갈, 마츰내 왼 서울을 덥고야 말 運命을 가진 적음이다.

서울에는 確實히 生命이 잇다. 北岳의 바람이 아모리 차게 내려쏜다 하더라도 길과 집웅과 마당이 아모리 얼음 가튼 눈으로 내려 눌럿다 하더라도 그 밋헤는 봄철에 엄 돗고 닙새 필 生命이 잇는 것과 가티 서울에는 確實히 生命이 잇다. 아직 意識이 發動하지 아니하고 感覺과 異性의 萌芽가 모양을 일우지는 못 하엿다 하더라도 確實히 서울에는 生命이 잇다. 비록 그것이 아직 原始動物 모양으로 머리도 업고 四肢도 업고, 毋論 神經系도 업는 單細胞에 不過한다 하더라도, 아직 呼吸도, 營養도, 運動도 업는 얼는 보기에 無生物가튼 것이라 하더라도 그래도 生命이 잇기는 確實히 잇다. 오늘밤 달빗체 비최인 서울은 비록 死骸의 서울이라 하더라도 將來 어느 날 밤에 이 가튼 달이 반드시 生命의 서울을 비최일 날이 잇다. 누가 이것을 疑心하랴, 하믈며 否定하랴. 아모도 이 生命을 否定하지는 못한다!

아아 累累한 死骸! 四大門, 鐘路, 北岳 밋, 南山 밋, 어느 것이 死骸가 아니랴. 百年 묵은 死骸, 二百年 묵은 死骸, 間或 千年 묵은 死骸, 또 間或 日前에 죽은 死骸, 왼통 死骸다. 只今 이 달빗체 街路로 다니는 것도 死骸, 或 室內에 안젓는 것, 누엇는 것, 쩌드는 것, 어느 것이 死骸가 아니랴. 소리면 鬼啾, 비치면 鬼火, 무엇이 跳躍한다 하면 魍魎의 跳躍. 그러나 서울에는 生命이 잇다.

이 生命은 묵은 死骸와 새로운 空氣와 光線으로 生長할 것이다. 묵은 死骸

는 死骸 그 물건으로는 無用하다 하더라도 그것을 生命力으로 分解한 化學的 元素는 넉넉히 新生命의 榮養이 될 수가 잇다. 될 수가 잇슬 쑨더러 그것을 榮養으로 하지 아니하면 아니된다. 그러고 空氣와 光線은 無限하다. 암만이 라도 自由로 取할 수가 잇다. 地球에 生物이 生息할 수 잇는 限에서는 空氣의 不足을 嘆할 수가 업슬 것이오 太陽이 그 熱과 光의 生命을 保存하는 限에서는 光線의 不足을 嘆할 理가 업다. 서울의 生命은 生長하지 아니치 못할 運命을 가 젓다. 그런데 서울에는 生命이 잇다.

서울을 보고 우는 者는 自己의 잘못임을 쌔달아야 한다. 서울! 낡은 죽엄 우에 새로 설 새서울! 諸君은 北岳의 烈風 속에, 南山의 月光 속에 誕生 祝賀 의 깃븐 曲調를 알아들어야 한다.

그것은 모르지, 그 生命이라는 것이 何洞 何統 何戶에 잇는지, 쏘는 何街 何川에 잇는지. 그러나 다만 諸君은 가만히 귀를 기우려 보라. 반드시 무슨 소리가 들릴 것이니. 諸君이어, 그 소리가 卽 새生命의 心臟의 鼓動이다. 그 소리가 비록 極히 微微하다 하더라도 그 속에는 無限히 커지랴는 「힘」이 사 모친 것을 아는 者는 알 것이다. 그 소리가 只今 비록 音符의 一個에 不過한 다 하더라도 그것이 차차 一節이 되고, 二節이 되고, 三節이 되어 마츰내 一 大 音譜를 成하고야 말 것이다. 피아노의 第一 左便의 첫 鍵을 울릴 째에 그 것은 極히 單調한 低音에 不過하지마는 다음 鍵, 다음 鍵, 連해서 울려가는 동안에는 漸漸 高音이 되어 마츰내 右便 最終鍵의 帛을 裂하는 듯하는 最高 音에 達하고야 만다. 그러나 一鍵式 一鍵式 누를 째에는 아직도 單調에 不過 하지마는 兩手의 十指가 눈에 보일 새 업시 이리치고 저리치고 할 째에 吾人 은 恍惚한 大音樂을 엇는 것이다. 그럼으로 諸君은 새 生命의 소리가 넘어 微 微하고 單調한 것을 恨하여서는 아니된다. 이미 소리가 들렷스면 그것은 피 아노의 第一鍵인 줄을 알아야 한다.

懸賞小說考選餘言*

일즉「每日申報」新年號에 短篇小說의 懸賞募集이 잇섯으나 純文學的 目的으로 小說을 募集한 것은 아마 이번이 처음인가 보외다. 나는 猥濫되게 考選者라는 重任難任을 맛하가지고 쐐 걱정이 만핫섯소. 엇더한 小說이 들어올는고, 들어온다 하면 몟 篇이나 들어올는고 아마 小說이라 하면 依例히 奇怪한 니야기나 그러치 아니하면 淺薄한 勸善懲惡的 敎訓譬論談이겟지, 그것도 만하야 三四篇에 不過하겟지, 하고 걱정하엿섯소. 그러나 只今와서 나는 應募者 여러분께 엇더케 罪悚한지 모르겟소. 대개 나는 여러분을 蔑視하엿습니다.

應募小說 二十餘篇(少數지마는 意外의 多數)을 一一히 精讀하여 갈 째에 나는 참 一邊 놀라고 一邊 깃벗소. 나는 몟 번이나 곗헤 안즌 親舊를 對하야 「참 놀랍소 이처름 進步가 되엇던가요」하엿겟습닛가. 내가 놀란 것은 ─

첫재, 그것이 모도 다 純粹한 時文體로 씌엇슴이외다. 毋論 應募規定에 「時文體」라고 明記하엿지마는 그것만 보고는 到底히 이처름 자리잡히게 쓰실 수가 업슬 것이닛가 平素의 練習한 結果인 것이 分明하외다. 그中에는 毋論 文의 體裁를 成하지 못한 것도 잇지오. 假令 全혀 句節을 쎄지 아니하고 죽 닛대어 쓴 것이라든지, 或 句節을 쎄더라도 規則 업시 쎈 것, 假令

「그째에 그는 겨오 젓쩔어진 아희엇섯다」할 것을 「그째에 그는 겨오젓쩔어진아희엇섯다」하는 것이라든지, 「?」와 「!」를 混同하야 感歎할 곳에 疑問標「?」를 달며 疑問할 곳에 感歎標「!」를 다는 것이며, 또 本文과 會話의 區別이 업시 맛당히 引用標「」을 달 것을 아니 단 것이며, 「,」「.」갓흔 句讀을

* 春園生, 『靑春』12, 1918.3.

전혀 달지 아니한 것과 省略標 「……」을 或은 濫用하며 或은 두서너字 자리 卽 「……」 이만큼 할 것을 半줄이나 或은 한 줄, 甚한 것은 두 줄 석 줄이나 點線을 친 것이며, 一節 一節 節을 쩨지 아니하고 처음부터 꿋까지 단節로 나려쓴 것 等 퍽 無識한 것도 만치마는 大槪는 자리잡힌 훌륭한 時文입데다.

둘재는 精誠으로 쓰신 것이외다. 「나는 할 일이 업스니 小說이나 써보겟다」 하는 그러한 態度로 쓰시지 아니하고, 이것은 내의 神聖한 事業(果然 神聖한 事業)이다 하는 嚴肅하고 精誠스러운 態度로 쓰신 것이 分明합데다. 이것이 가장 重要한 것이야요. 萬事에 이것이 基礎가 되지마는 더구나 文學이나 藝術과 갓히 遊戲에 흐르기 쉬운 事業에는 더구나 이 精神이 必要합니다. 그 中에 文壇이 새로 서려하는 우리 짱에서는 文壇에 서랴는 이는 宗敎의 聖徒와 갓흔 敬虔과 嚴肅과 熱誠이 잇서야 할 터인데 이번 應募하신 여러분에게 이러한 態度를 보고는 아니 깃버할 수 업습니다. 우리 더욱 이러한 態度를 高調하야 저 遊戲的 文字를 弄하는 者를 痛懲하여야 하겟습니다, 痛懲할 쑨더러 驅除하여야 하겟습니다.

셋재는 傳襲的, 敎訓的인 舊套를 脫하야 藝術的에 들어가는 氣味가 잇는 것이니 이것이 實로 勃興하는 文學의 核心이외다. 自來로 小說이라 하면 반다시 惡한 者를 懲戒하고 善한 者를 推獎하야 宗敎나 倫理의 一方便을 作함에 不過하엿습니다. 그러므로 文學을 評하려 하는 者는 몬저 그 文學의 敎訓하는 바를 뭇습니다. 卽 嫉妬心을 懲戒한다든지 勸勉을 推獎한다든지 忠孝之德을 獎勵한다든지, 이런 것을 물어 그것이 업스면 그 文學은 價値가 업다고 녀겻습니다. 이것은 文學이라는 新見解를 모르는 이의 흔히 째지는 誤解외다.

勸善懲惡이 毋論 조치 아니함이 아니지오, 그러나 勸善懲惡의 任務를 다하기 爲하여서는 修身書와 宗敎的 敎訓書가 잇습니다. 文學은 決코 修身書나 宗敎的 敎訓書도 아니오, 그 補助는 더구나 아니오, 文學에는 쑤렷이 文學 自身의 理想과 任務가 잇습니다. 嫉妬를 材料로 하되 반다시 嫉妬를 업시 하리라는 目的으로 함이 아니오 忠孝을 材料로 하되 반다시 忠孝를 獎勵하랴는 意味로 하는 것이 아니라, 嫉妬하는 感情이 根本이 되어 人生 生活에 엇더한 喜悲劇을 닐으키는가, 忠孝라는 感情의 發露가 엇더케 아름다운 人情美를 發揮하는가를 如實하게 描寫하야 萬人의 압헤 내어노흐면 그만이외다. 萬人이 그것을 보고 敎訓을 삼는다 하더라도 그것은 文學의 一活用, 一副産에 지나지 못하는 것이외다. 우리 人生은 敎訓만으로 살아가는 것이 아니니, 倫理的 敎訓은 人生의 一部分에 不過하는 것이외다.

어느 나라나 古代文學은 다 이 範圍를 超脫치 못하엿습니다. 그러므로 그 取材의 範圍가 極히 狹少하얏스나 只今은 人事 萬般現象이 어느 것이 그 材料가 아니 될 것이 업습니다. 彰善感義錄은 일흠부터 그러하거니와 其他 古代 小說이 어느 것이 이 準繩의 制限을 아니 밧은 것이 업습니다. 敎訓은 時代를 싸라 變하지마는 人情의 本流는 亘萬世히 一樣이외다. 그럼으로 支那의 詩經이라든지, 唐詩人의 아름다운 詩라든지, 西洋에도 호메르의 詩 갓흔 것은 道德과 法律이 멧 滄桑을 當한 今日싸지도 如前한 生命을 가지는 것이외다. 敎訓이 社會狀態를 싸라 變함과 갓히 그것을 生命으로 하는 文學도 社會를 싸라 變할 것이니, 이런 것은 眞正한 意味로 文學이라 할 수가 업습니다.

그런데 이번 應募하신 여러분께서는 얼마큼 이 束縛을 超脫한 듯한 것이 깃붑니다. 李常春君의 「岐路」에는 放蕩을 訓誨하는 意味가 업지 아니하외다. 두 사람이나 放蕩하다가 失敗한 것을 그렷스니 이 小說은 放蕩을 訓誨하려 하는 目的으로 쓴 것도 갓흐나, 그러나 그 事件의 發展과 描寫가 조곰도 不自然한 구석이 업고 다만 放蕩이라는 것을 그린 것이지 敎訓하려 하는 냄새는 아니 납니다. 이 小說에서 敎訓을 엇고 아니 엇는 것은 毋論 딴 問題외다.

그러나 李常春君의 「岐路」 보다도 金明淳 女史의 「疑心의 少女」는 가장 이 點에 잇서서는 特出하외다. 거긔는 敎訓 갓흔 痕跡은 조곰도 업스면서도 그러면서도 자미잇고, 쏘 그 자미가 決코 卑劣한 자미가 아니오 高尙한 자미외다. 이 作品에서 萬一 敎訓을 求한다 하면 그는 失敗되리다. 그러나 나는 朝鮮 文壇에서 敎訓的이라는 舊套를 完全히 脫却한 小說로는 猥濫하나마 내 「無情」과 秦瞬星君의 「부르지짐」(學之光 第12號 所載)과 그 다음에는 이 「疑心의 少女」뿐인가 합니다.

朱耀翰君의 「農家」도 그러하지오. 그러나 間或 說敎를 하려 하는 點이 잇섯소. 朱君께서는 그 新式 文體와 着想이 참 놀랍습니다.

毌論 「敎訓的」만 脫하면 그만이라 하는 것은 아니로되 이것이 적어도 朝鮮文壇에서는 革新의 第一步인가 하옵니다.

넷재, 古代文學은 「理想的」이엇던 것을 이번 應募하신 이는 얼마큼 이 弊를 脫하고 「現實的」에 돌아온 것이외다. 美人이면 귀도 곱고 코도 곱고 하나도 欠할 데 업는 絶代佳人, 才子면 聞一知十하고 一覽輒記하는 天神 갓흔 才子, 春日을 그리랴면 日暖風和하고 萬和方暢 모다 이 모양으로 하엿스나, 이는 理想이오 決코 現實에는 이러한 사람도 업거니와 景槪도 업는 것이외다. 아무리 美人이라도 코가 좀 쏒족한 欠이 잇슬 수도 잇고 아무리 君子라도 술醉해서 바지에 오좀 흘리는 欠은 잇슬 수 잇슬 것이외다. 그런데 이번 應募하신 이에게는 全無라고는 못하여도 얼마큼 이것을 脫한 痕跡이 보이는 것이 깃븝니다.

李君의 「岐路」를 보더라도 두 放蕩兒를 그릴 재에 放蕩兒는 放蕩兒이면서도 品行 端正한 사람이 가지는 羞恥도 잇고 同情도 잇고 悔恨도 잇고 義理도 잇습니다. 이것을 만일 從來式으로 그리고 보면 그네는 放蕩밧게 아모것도 몰랏슬 것이로되, 新文學의 洗禮를 밧은 李君은 現實的 放蕩兒를 그리고 理想的 放蕩兒를 그리지 아니하엿습니다. 더구나 그 父母가 子息의 放蕩을 알아 家道의 滅亡을 근심하면서도 子息을 逐出도 못하고 아모러지도 못하고 朝夕을 굶게 되어 留學하는 次子를 불러나리는 心情은 참 父子의 情의 機微에 觸하엿다 할 수 잇습니다.

「疑心의 少女」의 아버지되는 趙局長은 그 妾에 惑하야 그 妻를 죽게한 冷情漢이언마는 그래도 大同江邊에서 그 딸의 모양을 偶然히(그도 不分明하게) 보고 卽時 쏀트를 저어 그 뒤를 싸르리 만한 愛情이 잇는 사람이엇다. 이것이 진실로 現實的이 아니냐.

「무엇이라는 小說이 좃습닌다」하고 勸하면 흔히 「그 小說의 主旨가 무엇인가요」하고 뭇는다. 이것은 마치 「金剛山이 조흡니다」할 째에 「金剛山은 무슨 主旨로 되엇는가요」하는 것과 갓다. 이것은 小說을 敎訓的으로라든지 自己의 主義主張을 發表하는 方便으로 보는 말이며, 小說中에 나오는 人物을 보고는 「그 사람이 무엇이 그리 壯한고」하니 이것은 小說이란 理想的 人物을 그리는 것으로 誤解하고 하는 말이다. 作者가 敎訓이라든가, 自己의 道德上, 宗敎上 쏘는 政治上의 主義主張이라든가를 目的으로 하는 것이 아니닛가 讀者도 「金剛山을 보는 모양」으로 보아주어야 할 것이다. 그런데 이번 應募하신 이中에도 或은 靑年의 墮落을 憤慨한다든지, 或은 離婚의 不當을 攻擊한다든지, 或은 學生의 勤勉을 獎勵하는 所謂 「主旨」를 確立하고 小說中의 事件과 人物은 現實的이든지 말든지를 不問하고, 다만 그 所謂 「主旨」를 發表하기 爲한 方便으로 하신 것이 四五人되는 것을 보앗습니다. 그 憂世의 苦衷은 同情하는 배로대 이는 文學의 任務가 아니외다. 文學은 淺薄한 敎訓보다도 敎訓의 源泉되는 靈의 소리라야 할 것이외다.

現代人은 決코 架空的 理想世界로써 滿足하지 못합니다. 古代人은 엇던 規矩에 마쳐 或은 孔子만 사는 世界 或은 釋迦만 사는 世界, 쏘 或은 盜拓이나 夜叉만 사는 世界를 그려노코 滿足하엿스나, 現代人은 孔子와 盜拓과 釋迦와 夜叉와를 한데 버물여 노흔 現實世界를 사랑하고 거긔 執着합니다. 그럼으로 우리의 文學과 藝術은 現實에 卽한 것이라야 됩니다. 朱君의 「農家」中에 잇는 二靑年의 態度는 實로 現實的이외다. 하나가 婚姻問題에 對하야 優柔不決하는 것도 現實的이오, 그것을 보는 쏘 한 靑年이 처음에는 「그것은 자네

의 自由로 決定할 것이 아닌가」 하고 理想的으로 忠告하다가 「참 그럴 쑷도
하다」 하고 自己도 優柔不斷하게 되는 等 實로 現實的이외다. 만일 在來의 筆
法대로 쓰면 「父母의 命令을 좃는 것이 孝子닛가」 하고 快하게 決斷하든지,
「婚姻은 내 일이오 父母의 일이 아니닛가 내 自由로 하지」 할 것이언마는 現
實은 決코 그러케 單純하게 가는 것은 아니외다.

　다섯재, 깃븐 것은 그 속에 新思想의 萌芽가 보이는 것이외다. 이 點으로 가
장 出等한 것은 朱君의 「農家」일 것이외다. 新時代에 覺醒한 靑年이 自己가
길녀난 舊社會를 對할 째에 닐어나는 悲哀와 憤懣과 反抗과 이를 가르처 가
랴는 弱하나마 生氣 잇는 希望과 이러한 것이 보입니다. 이것은 李君이나 金
君의 作品에서는 보지 못할 特色이니 朱君의 現代에 深刻하게 接觸하엿음을
보인 것인가 합니다. 진실로 朱君은 獨特한 立脚地가 잇다고 할 수 잇습니다.

　以上에는 李, 金, 朱 三君의 作을 例로 들어 選者의 깃븐 感想을 말하엿거니
와 그 밧게도 佳作이 적지 아니합데다. 그러나 여긔서는 一一히 批評할 餘裕
도 업스며 쏘 批評할 處所도 아니닛가 다른 機會를 기다리겟습니다.

　통틀어 말하면 이번 懸賞募集은 收穫이 만핫다 하겟지오. 이만한 作品을
엇은 것은 朝鮮文壇 新興의 瑞光이라고 볼 수가 잇겟지오. 나는 우리네가 더
욱 修養하고 더욱 奮鬪하여서 진실로 新文學의 建設者에게 合當한 事業을 일
우기를 바랍니다. 아아, 希望 만흔 新文壇의 希望 만흔 勇士들이시어.

난 날*

北國의 싸힌 눈 밋헤서
萬彙가 첫숨을 쉴 떠에
그 숨결 짤라서 내生命이
無限한 暗黑에서 솟앗네 —
홰에서 수탉이 소리를
놉혀서 두세홰 울째에
東편 하늘에 구름이
새벽의 붉은빗 띨째에 —

밤새어 켜노흔 燈불이
비최인 疲困한 두얼굴!
産褥에 누으신 어머니
말업시 서계신 아버지!
자조쥐는 가슴의 속에는
엇더한 希望과 念慮가
「으아」의 첫소리 들을째
번개갓치 빨르게 지냇나?

잘째에 둥글은 木枕과
쌔어서 안아줌 업어줌

* 寶鏡, 『基督靑年』 5, 1918.3.

百日이 차기를 못 참아
沐浴과 齋戒와 非華水
愛子를 아버지 품안고
어머니 말업시 뒤쌀아
부처께 神靈께 愛子의
목슴과 富貴를 빌엇다

몸이좀 달아도 醫藥을
소경을 무당을 祈禱를
深夜에 鉦소리를 마쳐
소경의 부르난 呪文이
오르난 소지의 불결이
별 만흔 하늘에 멧百番
그네의 精誠된 祈禱를
잇글어 올려갓난가
살이에 물결이 밀드시
밀어오난 貧寒의 毒牙가
愛子의 몸에 못밋게코저

그네의 니마에 큰 주름
잡히도록 애써도 못막어
無心히 숨쉬난 愛子의
얼굴을 보면서 深夜에
눈물을 흘니기 멧번가

衰하난 家道를 니르켜
祖先의 일홈을 빗내고
들어오난 親戚과 朋友의
嘲弄과 賤待를 물니고
너바라 하게 번적하게
네나 살아보라난 생각
힘업서 글방에 못보내도
집에서 論孟을 가라첫다

그러나 그네난 업고나
불러도 못듯고, 보랴도
·못보난 먼곳에, 그러케
貴해하던 愛子를, 써나서
간지가, 가서 못오난지가,
어느덧 열이오 여슷해
異域에 노니난 孤子의
흐르난 눈물을 보난가

싸쓰시 물데워 洗首하고
어머니 손으로 적은머리
감격서 빗겨서 새당긔를
들이고 두자석자 자라라고
머리서 등시지 두다린 뒤에
籠열고 어저쎄 잘다려둔
바지와 저고리 두루마기

입혀서 세우고 보고 쏘보고,
닭국에 찰밥에 白魚生鮮
주시던 그째의 나의 난날!
東西로 內外로 浮萍가치
써도난 十六年 지낼째에
누라서 이날을 記憶하고
白魚의 生鮮을 주엇스랴,
半이나 넘어난 니젓섯고
記憶한 째이면 혼자 울샌

밤새어 켜노흔 燈불밑
「으아」의 첫소리 치던애,
굴느고 굴느며 二十六
난날을 보내고 마즈며
당신네 두분과 이애와
셋이서 보앗던 져해빗
異域에 나혼자 對하야
난날의 노래를 부르네

(一九一八, 二,二二, 東京城西)

차중잡감車中雜感*

○나는 지금 귀향길 경부선京釜線 2등실에 있다. 객실이 꽉 찬 것으로 보아 경기가 좋은 것을 점칠 수 있다. 축하할 만한 일이다.

○조선인으로서 2등실에 탄 사람은 누구나 반드시 얼굴이 붉어지고 등에 땀이 차서 얼굴을 쳐들 수 없는 경험을 할 것이다. 같은 객실 내지인內地人의 조선인에 대한 평은 실로 혹독하기 때문이다. 3등실에서는 흰 옷 입은 사람이 다수라서 내지인도 다소 조심하는 것 같고 1등객은 대개 상류 신사라서 점잖지 않은 악평을 삼가지만, 2등실에는 조선인도 그리 많지 않고 승객도 그다지 점잖지 않아서 실로 조선인에 대한 내지인의 적나라한 평을 듣는 데 가장 적합하다. 평은 대개 조선에 처음 오는 신참의 질문과 고참의 대답으로 이루어진다. 예컨대 "조선인에게는 변소가 있소?"라고 신참이 물으면, "아니오, 요보에게는 변소다운 변소가 없소, 그들에게는 위생 사상이 결여되어 있으니까"라고 고참이 대답하는 것이다.

○과연 고참의 관찰은 실상을 꿰뚫는 것이 많다. 그러나 잘못된 것이 더욱 많아 보인다. 그리하여 이 잘못된 관찰은 귀에서 귀로 전해지고, 마침내 조선인에 관한 확고부동한 지식이 되고 만다. 일단 정견定見이 되면, 좀처럼 벗어나기 어렵다. 이러한 잘못된 지식을 전제로 하여 추리력이 뛰어난 사람은 나아가 끝없이 새로운 판단을 만들어내고, 이리하여 조선인은 완전히 오해받게 된다. 탄식할 만한 일이다.

○특히 조선에 처음 오는 신참은 고참의 말을 경청한다. "과연, 과연"하

* 李光洙, 『京城日報』, 1918.4.12. 「차중잡감」 이하 「경부선 열차 안으로부터」, 「산요센 열차 안으로부터」 세 편의 기행문은 1918년 4월 초 이광수가 오른쪽 폐에 결핵의 조짐이 있다는 진단을 받고 진료 차 잠시 경성을 다녀갔던 길에 쓴 글이다.

고 깊은 흥미를 갖고 이야기를 듣고, 듣다 보면 과연 조선을 알 것 같은 기분이 된다. 그러면 고참도 가능한 한껏 신참의 흥미를 끌고자 [반 줄 파쉼] 이국적인 [반 줄 파쉼] 이국적인 색채를 한껏 가미한다. 또한 인정상 자연스러운 일이라 해도, 조선인과 일본인의 융화를 손상시킴이 극심하다.

○동일한 실상을 이야기하더라도, 마음가짐상 조선인에 대한 동정의 유무도 말의 어조에 따라 큰 차이를 낳는다. 사람의, 더구나 동포의 단점을 폭로하여 이를 웃음거리로 삼는 것은 결코 교양 있는 신사 및 대국민大國民의 도량은 아닐 것이다.

○시찰한 결과를 이야기할 때만 그런 것이 아니고, 시찰할 때도 그러하다. 동일한 현상을 시찰하더라도 그것에 동정을 갖는가의 여부에 따라 그 결과가 매우 달라질 것은 뻔한 이치이다. 내지인이 조선인을 시찰할 경우에는 동정의 눈을 갖고 하시기를 바란다.

○나는 객차 안에서 자신에 대한 혹평을 들을 때, 부끄러움을 느끼면서도 내지인을 원망하는 마음이 불끈불끈 솟는 것을 느낀다. 나는 반항적으로 '자기도 서양인에게서 잽Jap,* 잽이라 조롱당하지 않는가'라고 말하고 싶어진다. 이는 나만 그런 것이 아니다. 매일 수십 량의 열차 안에서 수천 수백의 조선인이 똑같이 느끼는 바임을 생각하면, 그 악영향이 작지 않음을 미루어 헤아릴 것이다.

○대체로 내지인이 조선인을 이해하는 정도는 극히 낮은 듯하다. 나는 이에 관한 많은 책을 읽고 이야기를 들었는데, 물론 그 시찰의 형안炯眼에 감탄하는 점도 없지 않지만, 조선인인 내 입장에서 보면 애석하게도 오히려 우습기 짝이 없는 것들이 많다. 그때마다 좀더 깊이 보아주지 하고 분하게 여기기 않을 수 없다.

○요보는 조선인의 대명사이다, 매우 듣기 괴로운 호칭이다. 경칭敬称인

* 서양인이 일본인을 멸시하여 부르던 말.

'상さん'을 붙여 '요보상'이라 불린다고 해도 고맙지도 않고, 부르는 쪽은 반은 재미삼아서라 해도 불리우는 쪽은 속이 부글부글 끓어오른다.

경부선 열차 안에서京釜線車中より*

◎어젯밤 출발 예정이었으나, 어떤 친구가 저녁 식사에 부르는 바람에 오늘 아침 출발하게 되었습니다. 열차는 여전히 만원滿員입니다.

◎철로 좌우변의 작은 산에는 진달래가 화사하게 피어 있습니다. 특히 푸른 작은 소나무 사이에 잇달아 피어있는 것은 실로 볼 만합니다.

◎나는 어느 작은 역에서 개찰구에 서 있는 역부驛夫가 어느 승객(물론 상투를 튼 어느 늙은이입니다만)을 주먹으로 쿡쿡 찌르거나 팔꿈치를 비틀어서 모욕을 주고 있는 것을 목격했습니다. 이것은 자주 보는 광경으로, 시골의 소박한 조선의 농민이나 부녀는 역부 보기를 뱀이나 지네같이 여긴다고 해도 좋을 정도입니다. 신사든 가난한 이든 돈을 내고 차표를 사서 승차한 이상, 같은 승객이므로 종업원 측에서는 같은 '손님'으로서 어울리는 존경을 표하는 것이 마땅할 것입니다. 그런데 차장車掌과 역부 등이 왕왕 외관으로써 그 대우에 차별을 하는 것은 매우 좋지 않은 일이라고 생각합니다. 관리국에서 차장과 역부에게 마땅한 근친 처분이 있기를 바랍니다.

◎과연 봄인 듯 촉촉한 날씨로, 야산의 풀이 싹을 내미는 소리조차 들리는 듯합니다. 아직 경작耕作은 시작되지 않았습니다. 농부들이 이쪽 저쪽에서 논둑과 밭둑 따위를 정리하고 있습니다. 아직 그다지 바쁘지는 않은 모양으로, 과연 무사태평해 보입니다. 다소 가문 기색으로, 비가 내렸으면 합니다.

(17일 조치원에서)

---

* 李光洙, 『京城日報』, 1918.4.19.

692 이광수 초기 문장집 II

산요센 열차 안에서山陽線車中より*

◎다행히 바람도 없어서 배에 약한 나는 단잠을 자면서 시모노세키下關에 도착했습니다. 이렇게 평온할 줄 알았다면 어젯밤 갑판에 나와 아름다운 봄 밤의 바다에 뜬 달을 보았을 텐데, '약간 파도가 있을 듯하다'는 보이의 위협에 눌려 배에 타자 부랴부랴 침상에 기어들어간 것은 참으로 유감입니다.

◎조선보다는 훨씬 봄 기운이 물씬했습니다. 경부선 좌우 도로도 졸리운 듯한 봄 날씨였습니다만, 이곳은 한층 더하여 꿈을 보는 듯한 날씨입니다. 하늘을 보면 흐린 듯하고 땅을 보면 싹을 내민 풀과 아름답게 핀 꽃이 똘망똘망한 눈도 깨울 듯한 빛을 발하고 있습니다.

◎산도 들도 바다도 그리고 촌가도, 옅은 아지랑이의 베일에 덮여 잠들어 있습니다. 바람도 그들의 잠을 깨워서는 안 된다고, 발소리를 죽여 살금살금 아름다운 유채꽃 위를 건너고 있습니다.

◎어떤 작은 산은 산벚꽃과 복숭아꽃, 진달래 들로 문자 그대로 울긋불긋 아름다움을 다투고 단아함을 겨루고 있습니다. 그것이 짙푸른 상록수의 수풀에 반영되고 대조되어 이루 말할 수 없는 아름다움을 이루고 있습니다.

◎미타지리역三田尻驛 바로 앞의 어느 초가의 울타리에 피처럼 붉은, 붉다기보다는 진홍의 복숭아꽃이 만발해 있는 것을 보았습니다. 홍도화紅桃花라는 것으로, 서왕모西王母의 뜰에 핀다고 지나인支那人이 이야기하고 있는 꽃이지요.**

---

* 李光洙, 『京城日報』, 1918.4.21.
** 중국 신화에 등장하는 서왕모西王母는 먹으면 불로장생을 가져다준다는 신비한 복숭아 반도蟠桃가 열리는 반도원蟠桃園이라는 과수원을 갖고 있었다고 한다.

◎뭐, 이런 일을 말씀드릴 목적이 아니었는데, 결국 장황하게 봄을 음미하고 말았습니다. 저는 무사히 시모노세키에 상륙, 유쾌하게 산요센山陽線*을 달리고 있으니 안심하시기 바랍니다.

---

* 효고현兵庫県의 고베역神戸驛에서 후쿠오카현福岡県의 모지역門司驛에 이르는 총거리 약 537 킬로미터의 철도노선.

宿命論的 人生觀에서 自力論的 人生觀에*

周易의 本旨가 무엇인지를 確實히 아는 者는 업소. 宋代의 兩碩儒요 周易
註釋의 權威인 程伊川 朱晦菴 兩人의 註釋에도 서로 矛盾되는 點이 만흔 것과
其他 胡雲峰 呂東萊 諸氏의 說을 보더라도 그것이 모다 孔子의 象象, 繫辭, 說
卦, 文言 等을 標準으로 흔 것임에 不拘하고, 各各 다른 것을 보더라도 周易이
란 엇더케 難解한 것이며 意義不明한 것인 줄을 알 것이오. 이 意味로 보면
周易은 全혀 無意味한 글이라고 할 수 잇소. 아모도 알 수 업는 글이라 하면
無意味한 것이나 다름이 업슬 것이닛가.

그러나 周易은 朝鮮의 人生哲學의 根本이라 할 수 잇소. 그리고 周易이 朝
鮮에게 가르친 것은(그것이 果然 周易의 本旨인지 아닌지는 勿論하고) 實로 一
種의 宿命論이외다. 大하게는 宇宙, 國家와 小하게는 一草一木에 니르히 모
다 一定한 命과 數를 備하야 一毫의 自由도 업다 함이오.

나라가 衰亡하면 「國運이 不幸」이라 하며, 一家가 不幸하면 「家運이 不幸」
이라 하고, 個人이 身病이 나거나 事業에 失敗를 하면 「命數라 不可避라」 하
며, 子女가 夭折하면 「天命을 奈何오」 하오. 「八字와 掌紋에 타고난 것을 엇지
하나」 하며 「萬事分己定인데 浮生이 空自忙이라」 고 쌔달은 체하오. 實로 近
世의 朝鮮人의 人生觀을 支配하여 온 것은 周易에서 脫化하여 나온(更言하거
니와 그것이 周易의 本義는 아니라 하더라도) 이 宿命說이외다. 支那에서도 漢
代에 니르러서는 周易에서 脫化한 陰陽五行의 說이 盛行하야 人心을 支配하
엿거니와 朝鮮도 그것에 비길 수 잇고 쏘 그 餘流를 바닷다 할 수 잇소.

* 李光洙, 『學之光』17, 1918.8.

그리하야 이 宿命論的 人生觀은 胎內에서부터 全生活을 通하야 墓門에 니르기까지 朝鮮人을 支配하오. 所謂 新敎育을 받앗다는 우리 靑年들도 臨事對物에 이 思想이 튀어나오나니, 누구든지 自己를 內省하면 이 可憎可惡한 迷信(그러치, 迷信이오)이 쌜리 깁히 백힌 것을 보오리다.

이 宿命說이 朝鮮人에게 미친 影響이 어덧케 클 것임을 不言可想이오. 나는 이제 그 惡影響을 두 가지로 난호아 말하려 하오. 첫재는 「力의 自信의 缺如」, 둘재는 「遭遇의 甘受」.

宿命을 信하닛가 「하면 된다」, 「내가 해야 된다」 하는 自己의 힘에 對한 自信이 업소. 「浮生」이니 「朝露 갓흔 人生」이니 「蜉蝣 갓흔 人生」이니, 自己는 엇던 神秘偉大한 力의 翻弄物에 不過하는듯이 생각하야 自己의 偉大한 能力을 否認하엿소. 이 結果는 懶惰가 되고 厭世가 되고 隱遁이 되고 無氣力이 되어, 噫라, 嗚呼라 奈何오 己矣乎인뎌, 等의 嘆만 發하는 者가 되어바린 것이외다. 「宇宙는 自我의 所産이다」 하고 「自我의 本質은 無限한 活動이오 征服이다」(퓌히테) 하는 人生觀을 가진 民族과 「嗚呼, 命也奈何」만 부르는 民族과의 差異가 果然 엇더하오?

現代의 文明은 人類의 「力의 自信」에서 나온 것이외다. 내 힘이 足히 自然을 征服하야 나의 用을 채울 수가 있다, 나의 不幸한 境遇를 變하야 幸福된 境遇를 造出할 수가 잇다, 나의 境遇는 내가 만드는 것이오 決코 第三者가 나를 爲하야 決定하여 주는 것이 아니다, 하는 自信에서 나온 것이외다. 萬里를 瞬息間에 通信하는 電信이며, 空中과 水中을 自由自在로 橫行하는 飛行機 潛航艇이며, 幽明의 交通이며 運動과 醫藥으로 疾病을 征服하며, 敎育과 政治와 社會制度의 改善으로 社會의 모든 不幸의 要素를 除去하야 人類世界로 하여곰 理想的 福樂鄕을 現出하려 함이 現代文明의 理想이외다. 天國은 뉘가 이 世上에 보내어 줄 것이 아니오 오직 우리의 손으로 만들 것이외다. 하나님이 누구뇨, 우리의 「손」이외다. 우리의 「손」이야말로 宇宙萬物의 創造主요 攝

理者외다. 우리의 「손」에는 萬物을 創造하고 維持하고 破壞하고 再建할 金剛
力이 잇는 것이외다. 未來는 預知할 것이 아니라 創造할 것이외다. 우리의 將
來는 엇더할가, 그것은 우리의 손에 달린 것이외다.

大抵 宿命論的 人生觀은 오직 朝鮮人에게만 잇는 것이 아니오 아직 自己의
力을 自覺하지 못한 未開한 民族, 또 오래 人의 支配下에 呻吟한 殘弱한 民族
에게 共通한 것이외다. 文藝復興 以前의 歐羅巴 民族도 舊敎의 包含한 一種
宿命論的 人生觀의 支配를 밧앗섯고, 興하기 前 日本이나 獨逸이나 伊太利도
一種 宿命論的 人生觀을 가젓던 것이외다. 그러다가 그네가 이것을 바리고
力의 自信의 우에서 無限한 活動을 始作한 것이 卽 그네의 强盛興隆의 要樞
외다. 朝鮮人도 生하랴는 盛하랴는 朝鮮人도 진실로 宿命論的 人生觀을 집어
던지고 萬事를 自己의 「손」에 밋는 新人生觀을 가져야 할 것이외다. 우리의
손은 우리의 童濯한 山間을 森林으로 덥흘 수 잇고, 우리의 枯渴한 河川은 淸
流로 채울 수 잇고, 우리의 暗弱한 同胞는 知와 力으로 智코 强케 할 수 잇고,
우리의 貧窮한 生活은 富裕로써 代할 수 잇고, 우리의 人類에 對한 低卑한 地
位는 最高의 線까지 끌어올닐 수가 잇는 것이라는 自覺, 이 모든 것이 오직
우리의 힘에만 달렷고 決코 宿命의 如何에 잇는 것이 아니라는 自覺을 基礎
로 한 新人生觀을 가져야 할 것이외다.

宿命論을 밋는지라 모든 遭遇를 甘受하는 것이니 이에서 더 큰 罪惡이 다
시 업는 것이오. 自己의 現在의 處地가 不幸하거든 그 不幸한 處地를 버서나
서 새로운 幸福된 處地를 獲得하려 하여야 이에 비로소 善이라 할 수 잇겟소
「다 八字지」, 「運數를 엇지하나」, 「天命에 奈何」 — 라 한 咀呪 밧을 斷念으로
遭遇를 甘受하는 者는 生存할 資格이 업는 劣敗者외다. 吾人은 吾人의 聰明으
로 現在의 處地의 不幸할 原因을 究明하야 吾人의 力으로 그것을 除去하고
更히 吾人의 創造力을 應用하야 幸福의 新條件을 造出하도록 努力하여야 할
것이외다.

이러케 宿命論的 人生觀을 全然히 바리고 自己의 運命은 오직 自己의 힘에 달렷다 하는 自力論的 人生觀(그러케 부를 수 잇다 하면)을 가져 吾人의 本分은 無限한 理想을 實現하랴는 無限한 奮鬪努力에 잇다 함을 깁히 自覺하는 것이 現在 우리 朝鮮人의 死活에 關한 要機라 하오.

終에 臨하야 耶蘇敎이 宿命論에 對하야 一言할 必要가 잇소. 宿命論的 人生觀을 傳襲한 朝鮮人은 新來한 耶蘇敎에서도 그 宿命論的 要素를 重하게 取하야 自來의 宿命論을 더욱 高潮하엿소. 우리 耶蘇敎人은 걸핏하면 「하나님의 뜻」이라 하야 모든 것을 斷念하오. 假令 子女가 夭折하면 「하나님의 뜻」이라 하오. 이믜 죽은 子女를 爲하야 悲慟함도 부질업는* 일이지마는 子女가 夭折함이 果然 「하나님의 뜻」일가요. 婚姻, 夫婦의 衛生, 胎中의 衛生, 子女 出生 後의 養育, 子女 病時의 科學的 治療 等은 全혀 考慮치 아니하고 죽으면 곳 「하나님의 뜻」이라 하면 이는 瀆神이라 하겟소. 하나님은 人類가 壽코 福키를 바라실 것이어늘 子女의 夭折이 엇지 「하나님의 뜻」이겠소. 이밧게 우리 耶蘇敎人은 貧富, 貴賤, 壽夭, 成敗를 왼통 「하나님의 뜻」이라 하나니, 이것은 왼통 瀆神이오 兼하야 劣敗者의 思想이외다. 耶蘇의 本意에 關하야는 問題가 만흘지나 내가 보는 바로는 決코 宿命論이 아니오. 누구나 天國에 들어가랴고 힘쓰면 들어가고 아니 쓰면 못 들어가나니, 이것은 確實히 自力論이외다. 耶蘇敎會의 敎役者는 이 點에 매우 注意할 必要가 잇는가 하옵니다.

---

* 원문에는 '무질업는'으로 되어 있다.

子女中心論*

一, 父祖 中心의 舊朝鮮

朝鮮서는 孝가 最上의 道德이엇섯고 孝의 內容은 子女된 者가 父母의 志를
承順함이엇섯다. 父母가 生存하는 동안에는 子女에게는 아모 自由가 업고
마치 專制君主下의 臣民과 갓히 父母의 任意대로 處理할 奴隸나 家畜과 다름
이 업섯다. 父母가 生存하는 동안쑨더러 死後에도 三年의 居喪이라는 嚴法이
잇고 그後에는 奉祭祀라는 大義務가 잇서서 子女의 時間과 精力과 金錢을 浪
費하며 活動의 自由를 檢束함이 莫甚하엿섯다. 그럼으로 孝子가 되랴는 子女
는 一生에 父祖를 爲하야 自己를 犧牲하는 以外에 아모 일도 할 餘裕가 업섯
다. 假令 子女가 三十되기까지 父母가 生存한다 하면 人生의 修養과 活動의
黃金時代인 靑年은 全혀 父母를 깃브게(?) 하기에 浪費하엿고, 三十에 父가 沒
하면 三十二 乃至 三十三까지는 不出門庭의 罪人이 되어야 하다가, 그後에
공교히 母親이 沒한다 하면 쏘 三十六七歲까지는 그와 갓히 罪人의 境遇를
지내야 하며, 이리하야 多幸히 四十 以前에 父母가 沒하면 이에 비로소 自由
의 人이 되지마는 그로부터는 四代奉祀를 한다 하고 各代에 多幸히 考와
妣** 兩位만이라야 二四八 每年 八次의 祭祀가 잇슬 쑨이어니와, 만일 어느
祖考가 喪配를 하엿다 하면 每年 或은 十次 或 十三四次의 祭祀가 잇스니 每
月 平均 一次의 祭祀가 잇다 하더라도 每祭에 全家族이 三日의 時間을 費하
고 數多한 金錢을 費한다 하면 그것이 實로 不少한 個人的 社會的 損失일지
며, 其他 或은 墳墓를 쑤미며 或은 (今日에 한창 盛行하는 모양으로) 族譜를 修

---

* 春園, 『靑春』15, 1918.9.
** '考妣'는 돌아간 아버지와 어머니를 일컫는 말.

하며 이것저것 하야 朝鮮의 子女는 實로 그 一生을 父祖를 爲하야 犧牲하는 셈이라.

舊朝鮮의 子女는 오직 父祖를 爲하여서만 살앗고 일하엿고 죽엇다. 父祖의 쯧이 곳 그네의 쯧이요 父祖의 目的이 곳 그네의 目的이엇섯다. 만일 어느 子女가 自己의 쯧을 主張하고 自己의 目的을 貫徹하면 그것이 아모리 조흔 일이라 하더라도 그는 不順父母之命하는 罪人일 것이다.

最近 三百餘年의 朝鮮人의 倫理敎科書되는 小學은 實로 孝에서 始하야 孝에서 終하엿다 하리만콤 子女를 父祖의 奴隸를 만들고야 말랴는 孝의 思想을 鼓吹하엿다. 우리가 小學이 가라치는 바를 다 順從치 아니 하엿기에망정 만일 꼭 고대로 하엿다 하면 우리는 只今 가진 悲慘한 境遇 以上의 悲慘한 境遇를 가졋슬 것이다.

父祖 中心의 몃 가지 實例를 더 들건댄 子息을 工夫는 식혀야겟지마는 膝下를 써내기가 실혀서 못식히는 것이며, 子息을 工夫를 식히랴면 父祖된 自己가 生活問題로 고생을 하여야 하겟스니 自己네의 便宜를 爲하야 子息의 將來를 犧牲하는 것, 甚至어 貧寒한 農民들은 어린 아이를 보게 하기 爲하야 큰 아이를 敎育하지 안는 것, 子女로 婚姻케 할 째에 子女를 爲하여 하지 아니하고 父祖된 自己네의 재미나 便宜를 爲하여 하는 것 等은 實로 우리가 日常에 보는 것이라. 上述한 例를 輕하다 하지 말라. 人生의 一生에 敎育과 婚姻에서 더 큰 것이 업슬지니, 敎育과 婚姻의 自由를 剝奪하면 그 사람의 個人的 幸福에 對한 自由의 全部를 剝奪함과 갓흘 것이라.

다음에 重要한 것은 職分의 自由니 우리의 子女는 父祖가 指定하는 以外에는 아모리 自己가 最上으로 自己의 能力에 最適한 줄로 생각하는 것이라도 取할 수가 업게 되는 것이라. 이것은 近日의 父母도 흔히 하는 일이니, 子女가 專門學科나 職業을 撰定하려 할 째에 父祖는 비록 自己가 그 子女만한 聰明叡智가 업더라도 그 子女를 干涉하야써 一生을 그릇되게 하는 수가 만타.

二, 子女의 解放

文明은 어떤 意味로 보면 解放이다. 西洋으로 보면 宗敎에 對한 個人의 靈의 解放, 貴族에 對한 平民의 解放, 專制君主에 對한 臣民의 解放, 奴隷의 解放, 무릇 엇던 個人 或은 團體가 다른 個人 或은 團體의 自由를 束縛하던 것은 그 形式과 種類의 如何를 勿論하고 다 解放하게 되는 것이 實로 近代文明의 特色이오 쏘 努力이라. 女子의 解放과 子女의 解放도 實로 이 機運에 乘하지 아니치 못할 重大하고 緊要한 것일 것이니, 歐米 諸邦에서는 엇던 程度까지 이것이 實現되엇지마는 우리 쌍에서는 아직 쑴도 쑤지 못하는 바라. 그러면 或者는 말하기를 彼와 我와는 歷史가 다르고 싸라서 國情이 다르니 우리도 반다시 그네를 본밧지 아니해서는 아니 된다는 法이야 어듸 잇겟느냐 하겟지마는, 이것은 因襲에 阿諛하는 者의 말이 아니면 人類의 歷史의 方向을 全혀 모르는 者의 말이라. 살아가랴면, 잘 살아가랴면 그러하지 아니치 못할 줄을 모르는 말이라.

女子의 解放에 關하야서는 他日에 말하려니와 여긔서는 子女의 解放을 爲先 絶叫하고 同時에 그 必要하고 緊急한 所以를 말하겟다.

生物學이 가라치는 바와 갓히 人類의 目的이 (他生物과 갓히) 個體의 保全과 種族의 保全發展에 잇다 하면 天下의 中心은 自己요 다음에 重한 것은 子孫일 것이니 他人을 爲하야 自己를 犧牲하는 것은 特殊한 境遇를 除한 外에는 惡이라, 하믈며 自己의 自由意志로 함이 아니오 남의 奴隷가 되어서 함이리오. 子女는 自己便으로 보면 獨立한 個體니 子女는 實로 子女 自身을 爲하야 난 것이오 父祖를 爲하야 난 것이 아니니, 그럼으로 子女는 決코 父祖(그도 他個體이매)를 爲하야 自己를 犧牲할 義務가 업고 쏘 父祖가 子女에게 犧牲되기를 請求할 權利도 업다. 만일 個體의 保全쑌이 目的일진댄 父祖와 子女는 아모러한 權利義務의 關係도 업슬 것이오 오직 서로 平等한 個體일 것이라. 그러나 生物에게는 個體保全의 目的이 잇는 同時에 種族保全의 目的이 잇슴으로 쏘 그 目的을 達하랴는 本能이 잇슴으로 父母된 者는 子女를 養育하고 敎育할 義務가 잇는 것이니, 他動物로 보건댄 義務를 지는 者는 父母요 子女가 아니라. 父母는 子女를 養育하고 敎育할 義務가 잇스되 子女는 決코 父母를 爲하야 自己를 犧牲할 義務가 업느니, 저 蜘蛛類의 어미가 그 색기의 밥이 되고 마는 것은 實로 이러한 自然의 法則을 가장 分明히 가라친 것이라. 그리하고 子女가 父母에게 바든 恩惠를 갑흘 곳은 父母가 아니오 다시 自己의 子女니, 子女로 父母에게서 바든 바를 父母로 子女에게 주는 것이라. 그럼으로 父母가 子女를 養育할 새에 하는 勞苦는 엇지 보면 自己네가 그 父母에게서 바든 바를 그 子女에게 傳報한다 할 것이니, 만일 子女에게서 報償을 바들 생각으로 그 子女를 養育한다 하면 이는 人生의 根本義를 니저바린 것이라.

그러나 그러타고 人類도 他動物과 쏙 가치 父母에게 對하여서는 아모 義務가 업느냐 하면 그런 것이 아니니, 人類는 確實히 他動物이 가지지 못하는 道德的 感情을 가젓슴으로 쏘한 他動物이 가지지 못하는 孝라는 것도 가진 것이라. 그러나 이 孝라는 觀念의 內容은 不可不 變하여야 할 것이니 이것은 他項에 更論하려니와, 아모려나 子女의 最大한 義務가 父母에 對한 것이라 하던 舊朝鮮의 그릇된 道德에서 新朝鮮의 子女를 救出하여야 할 것은 焦眉의 急이오 同時에 吾族 萬年의 運命이 分岐하는 地頭라.

爲先 子女에게 獨立한 自由로운 個性을 주어라. 그네로 하여곰 自己네는 父祖의 所有다 하는 觀念을 바리고 自己네는 自己네의 所有다 하는 觀念을 가지게 하여라. 다음에는, 子女된 者의 最大한 義務는 自己네 自身과 自己네의 쏘 子女에게 잇고 決코 父祖에게 잇는 것이 아니라는 觀念을 가지게 하여라.

그리되면 子女도 父母에게 依賴하랴는 생각을 버릴 것이니, 이 생각은 社會에 極히 有毒한 것이라. 自己의 能力으로 自己의 地位와 名譽와 財産을 獲得하려 아니하고 父祖의 것만 바람으로 奮鬪할 생각이 업서져 文明이 停滯하며 더구나 經濟的 損失이 莫大하다. 엇던 代의 個人이 奮鬪의 一生으로 幾

萬의 財産을 成한다 하면 그것을 그 아들들에게 分割하고, 그 아들들은 또 그 아들들에게 分割하야 이러케 幾代를 經過하면 그 財産은 少額으로 分割되고 마나니, 一人의 勤勉으로 數十百人의 遊食者를 出하며 또 社會의 膏血되는 財産이 無用하게 消耗되는 것이라. 그럼으로 될 수만 잇스면 財産相續制度를 廢止하고 各個人이 相當한 敎育만 바든 뒤에는 獨立하야 自己의 生活을 經營하도록 함이 理想이니, 이에 비로소 完全한 子女의 解放을 어들 것이라.

三, 子女를 中心으로 한 父子關係

子女가 生하면 父母의 最大한 義務는 그 子女로 하여곰 激烈한 生存競爭場 裡에서 獨立하야 自己의 生活을 經營하는 能力을 가지며 前代에게 傳承하는 文化를 바다 이를 維持하고 거긔다가 多少의 補益發展을 添하야 또 自己의 後代에 傳할 만한 能力을 가지게 함이니, 이 義務는 實로 父母된 者의 免하려 하여도 免할 수 업는 것이라, 만일 이것을 疎忽하는 者가 잇스면 그는 自己와 宗族에 對한 大罪人, 大惡人이라.

이러케 함에 두 가지 길이 잇스니, 卽 萬事를 그 子女를 標準삼아서 할 것 과 全力을 그 子女의 敎育에 傾注함이라. 孟母의 三遷之敎는 이를 가르침이니, 그 아들의 將來를 爲하야 세 번이나 移住를 하엿단 말이라. 貧寒한 生活에 幾多의 不便과 損害도 잇스련마는 아들의 將來를 爲하야서는 그것도 다 참는다 하는데 孟母의 不朽의 模範이 잇지 아니하냐. 이 精神을 擴充하면 그만이니 住居를 擇할 째에도 子女를 爲하야, 職業을 擇할 째에도 子女를 爲하야, 무슨 일에든지 父母는 子女를 中心으로 하여서 그 子女로 하여곰 自己네 보다 優勝한 公民이 되도록 힘을 써야 할 것이라.

그러나 子女를 爲한다고만 하여도 不足하니, 昔日의 父母네도 或은 子女를 爲하야 寺刹에 施主가 되며 或은 子女의 安樂을 爲하야 財貨를 聚하며 或은 子女를 爲하야 賢良한 婦婿를 擇하는 等 子女를 爲하야 全心力을 다하지 아니함이 아니엇스나 그네는 첫재 子女를 爲하는 標準을 그릇하엿고, 둘재 子女를 爲하는 心地를 그릇하엿다. 그네는 子女의 幸福에 必安한 모든 것을 自己네의 손으로 주려 하엿고, 子女로 하여곰 自己네의 손으로 그것을 獲得할 能力을 엇게 하려 하지 아니하엿다. 財産도 주고 地位도 주고 賢妻도 주고 成功도 주려 하엿고, 그것을 子女 自身으로 하여곰 獲得하게 할 能力을 주려고 하지 아니하엿다. 이리하여 그네는 子女를 爲한다는 것이 도로혀 子女를 賊害하는 反對의 結果를 엇게 하엿다. 그럼으로 父母는 子女에게 모든 것을 물려주려고 애쓸 것이 아니오 오직 子女에게 最善한 敎育을 주기를 圖謀할 것이니, 子女에게 물려주랴던 全財産을 傾盡하더라도 子女에게 敎育을 주어야 할 것이라. 重言復言하거니와 子女에게 敎育을 주는 것은 孝보다도 忠보다도 무슨 義務보다도 父母에게는 最大한 義務라.

둘재 心地가 그릇되엇다 함은 子女를 父母 自己의 所有物로 알아서 子女를 敎育하거나 말거나 自己네의 自由라고 생각하며, 갓히 子女를 爲한다 하더라도 子女 自身을 爲함이 아니오 父母 自己의 目前의 자미라든지 老後의 安樂이라든지 쏘는 死後의 奉祀를 爲하야 함이니, 이리 하더라도 그 結果는 갓다 하더라도 그 精神은 確實히 잘못된 것이라. 子女는 決코 父母의 所有物이 아니오 子女 自身의 것이며 種族의 것이니, 父母된 者는 子女에게 對하야 父母에게 對한 듯한 精誠과 全種族에게 對한 듯한 敬意를 表하여야 할 것이오 決코 至今까지와 갓히 自己가 任意로 處分할 수 잇는 自己의 附屬物로 생각지 못할 것이라. 더구나 子女가 成年이 지나고 相當한 敎育이 씃나거든 完全한 個人으로의 人格을 尊重하여야 할 것이라.

더욱이 子女는 父母의 것이 아니오 全種族의 것이라 하는 思想은 朝鮮에 잇서서 高唱할 必要가 잇다. 「내 子息을 내 맘대로 하는데 相關이 무엇이냐」 하는 말은 흔히 듯는 말이오 事實上 우리 父母가 저마다 생각하는 바라. 「내 아들은 내 나라에 바첫다」 하는 스파르타의 母親의 精神은 우리의 古代의 父

母에게는 잇섯는지 모르거니와 近代의 父母는 쑴도 못꾸던 것이라. 現今 文明諸邦이 義務敎育制를 取하는 것이며 兵役의 義務를 徵하는 것을 보더라도 알려니와, 今日과 갓히 民族主義가 發達된 時代에 잇서서는 善良한 父母는 決코 子女를 「내 아들」이라고 생각하지 아니하고 「내 種族의 一員」이라고 생각하나니, 子女를 나흘 째에도 「내 種族의 一員」이라고 생각하고 養育할 째에도, 敎育할 째에도, 그가 社會에 나설 째나 成功할 째에도 「내 種族의 一員」이라는 생각을 끈치 아니하여야 할 것이라. 녯날 家門을 빗냄으로써 子女이 榮光을 삼앗거니와 今日에는 種族을 빗냄으로써 子女의 榮光을 삼아야 할 것이, 마치 녯날에는 家門의 地位로 卽 所謂 門閥로 班常을 가렷스나 今日에는 族閥 或은 國閥로 班常을 가림과 갓흘 것이라. 녯날은 族이라 하면 同姓을 일컬음이엇거니와 今日에는 族이라 하면 歷史와 言語를 갓히 하는 全民族을 가르친다.

四, 子女中心과 孝의 觀念의 變遷

孝의 觀念이 變하지 아니할 수가 업다. 첫재 父母의 膝下를 쩌나지 아니한다는 생각을 쌔터려야 할지니, 學校에를 다니랴도 쩌나야 할지오 外國 留學을 하랴면 더구나 쩌나야 할지오 社會에서 活動을 하랴면 더더구나 쩌나야 할지라. 子女가 만일 父母의 膝下를 아니 쩌난다 하면 그러한 種族은 滅亡할 수밧게 업다. 父母된 이가 만일 子女를 쩌나기가 실커든 子女를 쌀아갈 것이니 或은 學校 近處로 或은 事務所 近處로 집을 옴겨 쌀아감이 適當하고, 만일 父母도 子女와 갓히 무슨 事業이 잇거든 每年 멧 번式 만남으로써 滿足하여야 할 것이라. 녯날 父母는 「내 겻헤 잇서라, 잇서라」 하엿스나 只今 父母는 「내 겻흘 쩌나라, 쩌나라」 하여야 한다. 쩌나서 天涯로 가든지 地角으로 가든지 네가 네 새 生活을 開拓하고 네 族名을 빗내어라 함이 今日의 父母의 子女에게 주는 訓戒라야 한다. 그리하여 남과 갓히 살아갈 것이다.

그럼으로 子女된 便의 孝도 반다시 父母의 側에 잇슴이 아니오 自己의 손으로 自己의 새 生活을 開拓하야 번적한 勝者의 地位를 獲得함이니, 昏定晨省이라든지 끼니 째마다 父母의 밥床을 밧들어 들인다든지 아롱아롱한 옷을 입고 父母의 압헤서 어리광을 부린다든지 하야 鷄初鳴부터 三更漏聲이 들닐 째까지 父母의 겻헤서만 어물어물함은 亡家亡國할 凶道오 不孝라.

둘재 居喪과 祭祀를 廢할 것이니, 큰 갓에 큰 두루막을 닙고 三年이나 戶內에 蟄居하야 朝夕으로 「아이고 아이고」의 亡國哀音을 發함이 이믜 凶兆요, 그 째문에 歸重한 歲月을 浪費함은 社會의 大損이며, 또 無用한 金錢을 바려 無用한 飮食을 여투고 懶散之輩가 三四日이나 醉且飽하야 「아이고 아이고」, 「어이어이」의 凶音을 發하야 隣里까지 陰鬱케 하는 것도 不緊한 일이라. 父母沒커시든 될 수 잇는 대로 速히 埋葬하고, 埋葬이 畢하거든 될 수 잇는 대로 速히 在來의 事務를 取할지어다.

父母의 命을 順從함이 母論 美德이지마는 올치 아니한 命까지 順從함은 도로혀 不孝라. 三諫而不聽 則 號泣而隨之라 하엿스나, 나는 三을 三倍나 하야 諫하기를 여러 번 하다가 그래도 不聽하시거든 自由로 行함이 조타고 한다. 父母라고 반다시 聖人되는 法은 업스니, 孔子도 父가 될 수 잇지마는 盜拓도 父母가 될 수 잇슴이라. 未成年前에는 母論 父母의 指導를 바다야 하지마는 [원문 누락]* 門戶를 빗냄이 母論 조커니와 이것은 現代人의 目的이 되기에는 넘어 小하고 弱하다. 爲先 自己가 强하고 勝한 人다운 人이 되고 다음에 全族의 일흠을 빗냄으로써 目的을 삼을지니, 이리하면 自然히 門戶도 빗나고 顯父母之名도 될 것이라. 一家의 傳統에 쓸님은 우리의 取할 배 아니니, 그것을 (必要하거든) 幣履와 가티 집어 던지고 自己가 一家의 始祖가 되리라는 氣魄이 잇서라 한다. 門戶를 빗낸다 함은 그래도 얼마큼 積極的이지마는 門戶를 더럽히지 않는다 함은 消極的이니, 그가 아모의 아들이라 하야 비로소 世上

* 문맥이 자연스럽지 못한 것으로 보아 원문이 누락된 듯하다.

의 認定을 바드며 果然 아모의 아들싸다* 하야 비로소 世上의 稱讚을 듯는다 하면 그런 못생긴 子女가 어듸 잇스랴. 그가 아모의 父親이라지 하야 子女째문에 그 父母의 일홈이 알려지도록 하여야 비로소 孝子라 할 것이다.

五, 結論

우리는 至今까지 뒤만 돌아보는 生活을 하여왓다. 卽 祖先만 仰慕하고 父母만 中心으로 하는 生活을 하여왓다. 그럼으로 祖先의 遺産은 (精神的이나 物質的이나) 祖先의 墳墓를 꾸미기에만 使用하엿고 子女의 새집을 꾸미기에는 使用하지 못하엿다. 이리하야 우리는 如干한 遺産을 말씀 祖先의 墳墓에 집어너코 말앗다. 그래서 이러케 못살게 되엇다. 그러나 이제부터는 우리는 압만 내다보는 生活을 하여야 되겟다. 死者는 死者로 하여곰 葬케 하고 生者는 生한 者, 쏘는 生할 者를 爲하야 生하게 하여야 되겟다. 우리는 우리의 財産(精神的이나 物質的)의 全部를 우리와 우리 子孫을 爲하여서만 使用하여야겟고 必要하거든 祖先의 墳墓도 헐고 父母의 血肉도 우리 糧食을 삼아야 하겟다. 오랜동안 父祖가 우리에게 犧牲을 强求하여온 것 갓히(그것은 不當하다) 우리는 이제 父祖에게 우리의 犧牲되기를 强請하여야 하겟다(이것은 正當하다).

우리는 우리의 先祖를 왼통 모화 노흔 것보담 貴하고 重하다. 毋論 우리 父母네보담 重하다. 우리는 우리의 先祖가 하여 노흔 모든 일보다도 더 크고 만코 價値잇는 일을 할 使命을 가진 사람들이라. 그럼으로 우리는 우리가 最善이라고 斷定하는 바를 實現하기 爲하여서는 우리가 忌憚할 아모 것도 업다. 우리는 先祖도 업는 사람, 父母도 업는 사람(엇던 意味로는)으로 今日今時에 天上으로서 吾土에 降臨한 新種族으로 自處하여야 한다. 그래서 우리의 一生에 우리의 最善을 다하다가 우리의 後代에 오는 健全한 子女들에게 그것을 물려주어야 한다. 우리의 子女로 하여곰 우리의 身體와 精神을 왼통 그

---

* 아들답다. '싸다'는 '그만한 가치가 있거나 그럴 듯하다'는 뜻의 북방 방언.

네의 食料를 삼게 하여야 한다. 우리의 子女되는 者로 우리를 발씰로 차게 하여라, 우리의 억개로 그네가 놉히 오르랴는 발磴床이 되게 하여라, 우리의 身體로 그네가 江을 건너 나아가기에 必要한 橋梁의 材料가 되게 하며 泥濘을 메우는 瓦礫이 되게 하여라. 우리의 子女가 必要로 認定하거든 우리의 骨骼을 솟헤 살혀 機械를 運轉하기에 需用되는 기름도 만들어도 可하고, 거믜* 색기 모양으로 우리를 산 대로 두고 가슴을 우귀어먹어도 可하다. 우리는 子女에게 모든 希望을 두고 價值를 부쳐야 할 것이다. 그네로 하여곰 니를 윽물고라도 强하여지고 知하여지고, 富하여지고 善하여져서 榮光스럽고 幸福스러운 生活을 하도록 우리는 生前에나 死後에나 全心力을 다하여야 한다.

아아! 子女여 子女여, 너희야말로 우리의 中心이오 希望이오 깃븜이로다. (一九一八, 五, 八)

---

* 원문에는 '거의'로 되어 있다.

小兒를 엇지 待接할가*

안해 待하기를 손가티 하고 小兒 待하기를 어른가티 하라 — 格言

小兒갓티 되지 아니하면 天國에 들지 못하리라 — 예수

어른 待接하는 禮儀은 窮究하면서도 小兒 待接하는 禮儀는 窮究하지 아니하는 것이 우리 病弊이외다. 우리는 小兒를 사람으로 아니 녀기고 고양이나 물건으로 녀깁니다. 每事에 「아이들인데」 하야, 아이들에게는 아모러케 하여도 相關 없는 드시 생각합니다. 그것이 올흘가요?** 大體 無敎育한 사람이란 나 쟈랑하는 버릇이 이서서 六十된 이는 五十된 이를 나추 보고, 五十된 이는 四十된 이를 나추 보고, 甚至於 二十된 이가 十된 이를 나추 보아 「무엇, 절믄*** 것이, 어린 것이」 하고 저보다 나 적은 이를 나추 보나니, 이런 어리석은 일이 업습니다. 나만 만히 먹으면 壯한가요? 二十된 이가 반다시 三十된 이만 못하라는 데가 어듸 잇서요? 아희들을 나추 보는 것도 이 싸위외다.

가튼 사람間에 낫 差異가 잇다 하여야 겨우 七八十年 差異겟스니, 時間의 無窮한 데 比하면 그것이 무엇이야요. 그래 여간 知識이나 地位나 功名이 잇다 하면 蜉蝣 가튼 人生에 무엇이 그리 씀찍해요. 九十老人과 乳兒와 王侯와 거지색기와를 이 眼目으로 比較하면 거긔 무슨 씀찍한 差異가 잇서요. 이러닛가 乳兒가 老人은 恭敬하여야지요. 黎民이 王侯는 崇仰하여야지요. 그러나 老人과 王侯된 者가 乳兒나 黎民을 壓視는 못하여야 할 것이외다. 웨 젓먹이

---

* 『女子界』 3, 1918.9.
** 원문에는 '을흘가요?'로 되어 있다.
*** 원문에는 '절은'으로 되어 있다.

를 속여요? 「주마」 하고 아니 주기, 「저 — 긔 범 온다」 하기. 이리하야 아희에게 어른 不信用할 줄을 가르치고, 거즛말을 가르치고, 모처럼 世上에 나려 온 손님을 惡道로 쓸어넛습니다. 아희 하나를 두고 父母兄弟할 것 업시 全家族이 왼 終日 하는 말의 十의 九는 다 이 아희에 對한 거즛말이외다. 아희는 天上에서 못 보던 거즛이라는 罪惡의 단맛을 보매 한긋 긔막히고 한긋 자미 잇어 웃는 것이니, 이 웃는 것을 보기가 조하서 더욱 거즛을 待接하고는 조하합니다그려.

웨 小兒의 人格을 無視해요? 아이가 울면 「그것 울면 엇던가」 하니, 아이의 울음은 어른의 말이외다. 어른이 말을 할 째에 「그것 말하거나 말거나」 하고 對答이 업스면 이는 큰 無禮라, 그 어른은 반다시 성을 내고 말 듯던 사람은 반다시 惡人이라 할 것이니, 아희가 우는 것을 듯고 對答 아니함도 이와 가틀 것이외다. 아희가 울면 그를 同情하는 맘으로 그가 우는 까닭을 알아보아 可及的 그의 意思를 尊重하여야 할 것이외다. 또 어른들은 제 體力과 權力을 憑藉하야 弱한 아이들을 놀리고 괴롭게 굴고 壓制하고 그의 發表하는 意思를 正當한 理由 업시 嘲笑的으로 無視하려 합니다. 易地思之합시오. 이것을 밧는 아이들이야 여북 답답하고 忿하겟습니까. 이리하야 그네는 어른을 怨望하고 嫉視하는 感情이 생겨 欺罔과 反抗으로 이 怨讐를 갑흐랴는 惡念이 生기게 됩니다. 이는 어린 同生을 둔 兄姉와 아이들 만히 接하는 小學敎師의 힘써 注意할 것이외다.

웨 싸리고 辱합닛가. 지금은 極히 野蠻된 人種 아니고는 體罰을 아니 씁니다. 또 詬辱을 아니 합니다. 「이 싹쟝아」, 「요 발길 녀석」 하는 辱을 아이들은 每日 數十番式 어른에게 듯습니다. 그리고 주먹이나 챗직이나 다치는 대로, 머리나 등이나 다치는 대로 어더 맛습니다. 참 우리 어린 親舊들은 불상하고 우리 어른들은 몹슬고 暴虐합니다. 西洋人이 아희를 다사림을 보니 아희들을 압헤 불너 세우고 점지안케 그의 意思를 尊敬하여 가면서 訓戒합니다. 이리하야 그네로 하여곰 스스로 제 잘못을 깨달아 悔改하도록 引導합니다. 만일 성난 얼굴노 叱辱하고 嘲笑하고 冷罵하고 亂打하면, 設或 제가 잘못하엿더라도 도로혀 怨望하고 反抗하는 感情이 생깁니다.

웨 飮食을 먹을 째에 아이들을 쌔어 노하요? 「입이야 다르겟소」하는 본세*가 잇지 안습닛가. 西洋人들이 男女老少할 것 업시 한 밥상에 둘너 안자 먹는 것이 참 조하 보입데다. 맛당히 이럴 것이야요. 어른들만 맛나는 것을 먹고 안잣스면 겻헤서 보는 아희들이 얼마나 먹고 십허 하겟습닛가. 또 혼자 먹고 안잣는 어른도 좀 未安할 것이외다. 元來 우리 家庭에서 어른과 아희와 사나희와 계집의 밥상에 區別 잇슴이 第一 눈에 들립데다. 무슨 廉恥에 저 혼자만 맛나는 것을 먹고 안잣서요?

웨 아이들이 죽으면 섬거적에 싸서 무더요? 그도 사람 아니야요? 도로혀 罪 만흔 어른보다 德 놉흔 사람 아니야요? 그도 나의 사랑하던 血族 아니야요? 그러면 웨 어른과 가튼 禮法으로 葬禮를 아니 지내요? 斂襲과 棺槨과 喪輿와 무덤을 어른과 同列로 아니해요? 엇지 참아 사랑하는 아들과 쌀을 누더기에 싸고 섬거적에 동여서 강아지나 고양이 파뭇듯 하겟습닛가. 葬禮後에도 相當한 期間은 死者에 對한 敬意를 表하야, 齋戒勤愼하여야 할 것이외다.

아희들의 머리는 寫眞乾板과 갓습니다. 보고 듯는 바가 곳 印象이 되어 一生을 가는 것이외다. 「젓 먹을 째 버릇이 무덤까지」라는 본세가 잇습니다. 그럼으로 우리는 아이들을 對할 째에 더욱 敬虔하고 操心하는 態度로 하여야 할 것이외다.

要는 아희들의 人格을 認定하고 尊敬하야 그네 對하기를 어른갓치 함이외다.

---

* 본새. 어떠한 동작이나 버릇의 됨됨이.

新生活論*

緒論

朝鮮은 只今 新生活에 入호는 中이외다. 過去의 失敗의 生活의 方式을 脫호야 生氣 잇는 新生活에 入호는 中이외다. 過去의 吾人의 生活方式이 失敗인 것은 吾人의 現在의 貧과 賤과 愚홈을 見호야 可知홀 것이니, 만일 此拙劣호 生活方式을 그냥 繼續호면 吾人은 不遠에 貧極, 賤極, 愚極호게 되어 마춤닉 生活이 不可能호게 되고 말 것이니 故로 舊生活方式을 踏襲홈은 吾人의 滅亡을 意味홈이외다. 吾人이 現在의 貧賤愚의 境遇를 脫호야 當貴智의 境域에 入호고 못홈은 오직 善良한 新生活方式을 잘 取호고 못 取홈에 係在호옵니다. 이것을 生活의 革命이라호면 (그것이 가장 適當호 名辭일 쯧) 生活革命은 實로 吾人의 死活이 分岐호는 大問題이외다.

文明人의 生活에는 徹底호 原理와 法則이 잇셔야 홀 것이니, 이것은 人이 我에게 與홀 것도 敎홀 것도 아니오 我가 我의 眼으로 四圍의 情況을 잘 觀察호고 我의 聰明으로 잘 判斷호야셔 엇어야 홀 것이외다. 故로 吾人의 新生活의 原理原則은 吾人 스스로 究得호여야 홀 것이외다. 吾人은 各各 階級을 쌀아, 專門을 쌀아 最善호 聰明과 努力으로써 吾人이 後代 億千萬 子孫에게 繁盛홀 宗旨로 물려 줄 新生活의 原理原則을 窮究히 내어야 홀 것이외다.

이 原理原則은 決코 一個人의 頭腦 속으로셔 小說을 짓는 모양으로 搾出홀 것도 아니오 四五人의 合議로 會社의 定款을 짓드시 制定홀 것도 아인, 吾人의 過去生活의 歷史를 精査호여 그 失敗호 原因이 何点에 伏在호 것을 指摘호야셔 吾人의 生活方式의 缺点을 究明호고, 其次에는 成功호 生活을 호는 諸民

---

* 春園, 『每日申報』, 1918.9.6.-10.19.

族의 生活方式의 長点의 所在를 究明ㅎ야셔 我의 短을 棄ㅎ고 彼의 長을 取ㅎ여야 홀 것이외다. 그럼으로 爲先 吾人의 歷史와 社會制度를 精査ㅎ고 同時에 他人의 歷史와 社會制度와 政治, 經濟, 科學等 諸般學術의 硏究를 談ㅎ여셔야 비로소 自肯홀 만흔 新生活의 方式을 案出홀 것이외다. 그러닛가 此는 決코 一個人의 所能이 아니라 新生活의 方式을 憧憬欣求ㅎ는 多數人이 各方面으로 硏究ㅎ고 討論ㅎ야 淘汰精鍊* 分離化合의 複雜흔 經路를 지내셔 多數民衆에게 是認을 밧게되도록 되어야 홀 것이외다. 一旦 此方式을 得ㅎ거든 그後는 敎育으로 言論文章으로 民衆에 普及ㅎ야 마춤니 新生活의 方式이 完成될 것이외다.

今에 余가 論ㅎ고 提唱ㅎ는바 新生活 革命과 新生活의 方式은 到底히 余의 管見임을 不免홀 것이외다. 余는 年淺學薄ㅎ야 到底히 如此흔 大問題를 論홀 爲人이 아니지마는, 吾人의 現在를 憂ㅎ고 將來를 慮ㅎ야 吾人에게 適흔 新生活의 原理原則을 憧憬欣求ㅎ는 熱情에 至ㅎ야는 敢히 人後에 落ㅎ지 안는 줄을 自信홈으로, 短흔 過去와 暗흔 觀察과 鈍흔 理性으로 究得흔 바를 玆에 披瀝ㅎ야 一은 同胞의 注意를 喚起ㅎ며, 一은 此問題에 關흔 一管見을 提供홈이외다.

우리 社會에는 아직 論壇이라 稱홀 것이 업고 짜라서 思想界라 稱홀 것이 업습니다. 무슨 新問題가 提出되면 知識階級이 此를 批評ㅎ고 討論ㅎ여야 될 터인데 우리 社會에는 무슨 新問題가 提出되더라도 何等 反響이 업습니다. 如此ㅎ고야 엇지 社會의 改良進步를 바라오리잇가. 이러케 論壇이 寂寞흔 것은 理由가 잇습니다. 첫직 多年 儒敎의 壓迫下에 思想의 自由를 失ㅎ여 人民이 思索 批評力이 痲痺ㅎ고 思索 批評의 習慣을 失홈과, 둘직 아직 新思想의 吸收가 不足ㅎ고 新文明의 洗禮를 밧은 新自覺이 强烈치 못홈이외다. 從此로

---

* 원문에는 '淘汰鍊'으로 되어 있다. 3장 '비판' 가운데 "各個人의 理性의 判斷은 或은 文章으로 發表되고, 精鍊되고, 交換되고, 淘汰되어 이 여러 가지가 經路를 通過ㅎ는 동안"이라는 유사한 어구를 참고했다.

思想界의 沈黙이 깨어지고 活潑호 思想의 運動이 起호기를 確信호거니와 그 思想運動의 第一되는 主題가 余의 玆에 말호는 新生活 — 生活의 革命이기를 바라옵니다.(1918.9.6.)

一, 生活은 變化라

生活이라는 語의 「生」字, 「活」字가 이믜 示홈과 又히 生活은 岩石 모양으로 固定호 것이 아니오 生物 모양으로 流動호고 變遷호는 것이외다. 此로 水에 比호면 沈滯호 湖水가 아니오 日夜로 흘러가는 江河와 又습니다. 原始時代의 우리 祖上의 生活과 現在의 吾人의 生活과를 比호면 그 식에는 實로 天壤의 懸隔이 잇슬지니, 此는 實로 時代時代의 變遷轉易을 經過호 結果외다. 檀君時代, 扶餘時代, 三國時代, 高麗時代, 李朝時代, 現代 — 이 모양으로 吾人의 生活의 方式은 여러 가지로 複雜호 變遷을 經過호엿스며, 此를 全人物의 歷史로 보아도 그러호고 一個人의 一生으로 보아도 그러호옵니다. 우리의 最近 三十年事를 싱각호더라도 白衣를 벗고 黑衣를 닙게 되고 샹투를 베고 鬚髥을 싹그며, 四書五經을 바리고 物理化學을 빈호며, 兩班이 장ㅅ를 호고 婦人이 中門을 나셔게 되엇스니, 實로 隔世의 感이 잇스리만호 大變化외다. 如此히 吾人 人類의 生活은 時時刻刻으로 變遷호는 것이니, 故로 古代 希臘人이 「宇宙는 變化라」 홈과 갓히 實로 「生活은 變化라」 홀 것입니다. 卵으로써 幼虫에,* 幼虫으로써 蛹에, 蛹으로셔 完全호 成虫에 達호는 모양으로 吾人 人類의 生活은 不斷의 變化를 經호야 完全을 向호고 進化호는 것이외다.

그러호거늘 吾人은 오릿동안 「生活은 固定이라」 호는 原理를 遵奉호얏습니다. 「非先王之法服 不敢服 非先王之法言 不敢道」**는 實로 生活固定論의 白

---

* 원문에는 '幼虫에'가 누락되어 있다.
** 『효경孝經』에 나오는 구절. 선왕의 법도에 맞는 옷이 아니면 감히 입지 아니하고, 선왕의 법도에 맞는 말이 아니면 감히 말하지 아니한다는 뜻.

眉외다. 宋儒의 千言萬語가 無非 崇古卑今이오 儒敎의 宗旨 全體가 進化를 否認ㅎ는 生活固定論인가 ㅎ옵니다. 彼等도 生活의 方式의 流動變遷을 認識치 못흠은 아니나 變遷은 惡이라 ㅎ야 全力을 다ㅎ야 變遷을 防遏ㅎ려 ㅎ얏습니다. 彼等은 禮儀라든지 道德이라든지 ㅎ는 一定흔 生活의 理想과 法則을 制定ㅎ여노코 生活로 ㅎ여곰 永久히 此法則의 範圍를 脫치 못ㅎ게 ㅎ려 ㅎ얏나니, 卽 生活의 固定이 彼等의 目的이얏습니다.

朝鮮도 儒敎가 浸染흔 以來로 潰風을 墨守ㅎ야 生活潑刺흔 民族의 進取的 活動을 全然 防遏ㅎ얏습니다. 變遷은* 惡이오 墨守가 오즉 善이닛가 그네에게는 進步가 全無ㅎ얏스며, 그쑨더러 思想의 源泉이 涸渴ㅎ고 理性과 感情이 痲痺ㅎ야 마치 木偶와 갓치 되어 바리고 말앗습니다.

如此흔 生活의 理想中에서 創造라든지 改善, 進步, 活動이라던지 雄飛라던지 富强 갓흔 吾人의 生活에 가장 重要흔 能力이 生홀 理가 잇겟슴닛가. 吾人은 爲先 「生活이란 固定이 아니오 變化니라」는 眞理를 高唱ㅎ여야 ㅎ겟습니다.

生活은 流動홉니다. 變化홉니다. 그럼으로 生活의 方式은 決코 一定不變홀 것이 아니오 四圍의 狀況을 싸라, 生物學의 말을 備用ㅎ면 外界에 順應ㅎ여 時時刻刻으로 變遷홀 것이외다. 永久흔 道德, 禮儀, 法律, 風俗, 習慣이 잇슬 理가 업습니다. 「入其鄕 從其俗」이라 흠은 地方을 싸라 生活方式이 드름을 니름이거니와 時代를 싸라셔도 變ㅎ는 것이니, 이는 三千年前 希臘人이 임의 發見흔 비외다. 雲上에서 生活ㅎ는 宗敎家 道學者 等이 全人類에 通用되고 各時에 통용될 所謂 亘萬世而不變ㅎ는 大經大法을 制定ㅎ려 흠은 原始時代에 잇셔나 홀 일이오 今日에 말홀 바는 아니외다. 立法機關되는 國會가 每年 開會되어 每年 舊法을 改善ㅎ고 新法을 制定흠과 갓치 道德이나 風俗이나 習慣이나 모든 生活의 方式도 隨時隨處ㅎ야 變홀 것이오 쏘 變히야 홀 것이오 生活固定論者의 主張은 마치 國家 創立時에 一次만 國會를 열고 諸般制度를

─────────────

* 원문에는 '變遷을'으로 되어 있다.

定ᄒ 後에ᄂ 亘萬世히 그것을 服從ᄒ려 홈과 갓슴이다. 宇宙 進化의 大原理에 悖戾ᄒᄂ 思想이니, 만일 生活의 方法에 亘萬世而不變ᄒᄂ 黃金律이 잇다ᄒ면 그것은 「生活은 不斷의 流動變化라」ᄒᄂ 것뿐일 것이외다. 우리의 過去의 生活이 失敗ᄒ 根本의 原因은 實로 「生活의 方式은 流動變化ᄒ다」ᄂ 眞理를 忘却홈에 잇슴니다.(1918.9.7.)

二, 意識的 變化와 無意識的 變化

人類生活의 根本原理ᄂ 外界에 順應ᄒᄂ 變化외다. 外界에 對ᄒ 吾人의 態度에 三種이 잇슬 것이니, 一은 外界ᄂ 無關ᄒ고 頑固ᄒ게 舊態를 墨守ᄒᄂ 者, 二ᄂ 外界에 逆應ᄒᄂ 者, 三은 外界에 順應ᄒᄂ 者일 것이외다. 此三種中에 어느 것이 吾人의 生活에 適當ᄒᄂ지ᄂ 말ᄒ지 아니ᄒ야도 分明홀 것이외다. 實例를 들면 아직도 裁冠大帶로 孔孟을 부르고 안젓ᄂ 所謂 學者님네ᄂ 第一種에 屬ᄒ니, 彼等은 自己의 暗昧홈으로써 操守가 堅固홈이라고 誤信ᄒᄂ 者외다. 第二種, 第三種에 至ᄒ야ᄂ 玆에 經斷홀 슈 업고 新生活의 標準이 分明ᄒ게 된 后에 自然히 알아질 것이외다.

그러나 아모리 無關ᄒ랴ᄂ 者도 大勢의 潮流를 拒逆치 못홈이 實로 漢江을 五臺山上으로 逆流케 못홀 것과 ᄌᆺᄒ셔 頑冥ᄒ 守舊家도 不識不知間에 漸漸 石油를 켜고 汽車를 타며 좃기를 닙게 되ᄂ 것이외다. 그네를 그양 둔다ᄒ더라도 五十年, 百年 지나가ᄂ 동안에ᄂ 多少의 變化가 生홀 것이니, 이러ᄒ 變化를 無意識的 變化라 ᄒ나니 動植物의 變化와 ᄌᆺᄒ 部類에 屬홀 것이외다. 人類의 特色은 自己가 自己의 理想을 定ᄒ고 自己의 努力으로 自己를 進化식힘에 잇슴니다. 卽 다른 萬物은 自然의 法則을 짤라 無意識的으로 進化ᄒᄂ 것이로되 人類, 그中에도 文明을 가진 人類ᄂ 自己의 努力으로 自己가 意識히가면셔 進化ᄒ나니, 이것을 人爲的 進化라고 홀 수 잇슴니다. 化學의 힘과 電氣의 힘으로 植物의 生長을 速ᄒ게 ᄒᄂ 모양으로 思想, 學術, 敎

育, 政治의 힘으로 人類의 生長(卽 文化)을 速成케 ᄒᆞᄂᆞ니, 此所謂 促進이외다. 鐵을 空氣中에 放置ᄒᆞ면 百年 千年 지ᄂᆞᄂᆞᆫ 동안에 왼통 酸化되고 말 일이나 電氣의 高熱을 加ᄒᆞ면 겨우 數分間에 燒盡ᄒᆞ고 마나니, 又혼 酸化로되 前者ᄂᆞᆫ 自然에 放任ᄒᆞᄆᆡ 時日이 曠久ᄒᆞ고 後者ᄂᆞᆫ 人力을 加ᄒᆞ야 短時日에 同一ᄒᆞᆫ 結果를 엇게 ᄒᆞᆫ 것이외다. 이와 又히 人類社會도 아즉 文明이 幼稚ᄒᆞᆫ 時代에 ᄂᆞᆫ 他萬物과 又히 自然의 進化에만 放任ᄒᆞᆺ스나 人智가 大開ᄒᆞᆫ 今日에 至ᄒᆞ 야ᄂᆞᆫ 人力을 加ᄒᆞ야 數百年에 엇을 進化를 數年에 엇도록 ᄒᆞᄂᆞᆫ 것이외다. 人 爲的 敎育을 밧은 十四五歲된 兒童이 自然의 敎育만 밧은 八十老人보다 知力 이 優勝ᄒᆞᆯ 것이오, ᄯᅡ라셔 生活能力이 優勝ᄒᆞᆯ 것이외다.

人爲的 進化의 二大 好實例ᄂᆞᆫ 實로 敎育과 革命이외다. 敎育이라 홈은 自然 히 數十年 數百年을 두고야 엇을 知識을 數年의 短時日에 엇게 ᄒᆞᄂᆞᆫ 것이오, 革命은 數世紀 數時代를 가지고야 變化홀 것을 暴力을 加ᄒᆞ야 數年 或은 數月 에 目的ᄒᆞᆫ 變化를 엇게 ᄒᆞᄂᆞᆫ 것이외다.

이로 보면 吾人은 吾人을 無意識的 進化에 放任홀 수 업고, 반다시 吾人의 理想을 確立ᄒᆞ고 吾人 各各이 그 理想을 意識ᄒᆞ야 全心力을 다ᄒᆞ야 吾人의 進 化를 促進ᄒᆞ여야 홀 것이외다. 그런듸 過去 卅餘年來로 吾人이 ᄒᆞ여온 進化 ᄂᆞᆫ 果然 意識的이던가 無意識的이던가. 吾人은 削髮을 ᄒᆞᆺ고 洋服을 닙엇고 學校를 셰웟고 鐵道를 탓고 電燈 켯지마ᄂᆞᆫ 果然 吾人은 一定혼 目的을 確定 ᄒᆞ고 意識的으로 이러케 變化ᄒᆞ여온 것인가. 吾人은 엇지되ᄂᆞᆫ지 모르게 「이 럭져럭」 이러케 변화혼 것이 안인가. 그ᄲᅮᆫ더러 吾人은 「내가 變化ᄒᆞ네」 ᄒᆞᄂᆞᆫ 意識도 업시 무슨 힘에 「줄줄 ᄭᅳᆯ려」 셔 變化홈이 안인가. 吾人中 小數 先覺者 의 自覺과 努力도 업지 아이 ᄒᆞ겟지마ᄂᆞᆫ 吾人 全體로 보건듸 實로 無意識的 으로 變化ᄒᆞ여온 것 갓슴니다. 그네ᄂᆞᆫ 「果然 世上이 變히 가나 보이」 ᄒᆞᄂᆞᆫ 極 히 稀微혼 意識이 잇셧슬 ᄲᅮᆫ이오 眞實로 自己네의 過去의 生活의 失敗홈과 成功홀 新生의 方式 取ᄒᆞ여야 홀 것을 自覺ᄒᆞ지 못ᄒᆞ고, 그럴 ᄲᅮᆫ더러 自己네가 現在 밧아오는 變化가 自己네와 무슨 關係가 잇는지, 卽 自己네의 生活에 適흔 것인지 否흔 것인지조차 分明히 알아보지 못흔 듯ㅎ외다. 이럴 수가 엄습니다. 吾人은 時急히 麻痺的인 冬眠에셔 씌어셔 正面으로 自己의 生活을 注視ᄒ여야 홀 것이외다.(1918.9.8.)

三, 批判

前節에 吾人은『닉가 變히야겟다』ᄒᄂᆫ 自覺과,『只今 이러케 變化히야겟다』理想과『只今 이러케 變化히 간다』ᄒᄂᆫ 強烈흔 意識과 努力으로 變化히야 된다는 것을 말힛습니다. 卽 人爲的으로 吾人의 進化를 促進히야 흔다는 것을 말힛습니다. 그런데 如此흔 變化의 動力은 批判에 잇습니다. 批判은 實로 進步의 根本的 動力이오 文明人의 最大흔 能力이며 자랑이외다.

『닉가 그것을 觀察ᄒ고 推理히보니 이러ᄒ다』ᄒ야 自己라는 主體의 自覺이 分明ᄒ고, 그 分明흔 自己의 눈으로 精密히 觀察ᄒ고, 그 精密홀 觀察로셔 엇은 材料를 自己의 理性으로 嚴正ᄒ게 判斷흔 然後에야 비로소 善惡眞僞를 안다 홈이 批判이외다. 特히 批判이라 홈은 政治라던지 倫理, 法律, 習俗 갓흔 人事現象의 批評判斷에 쓰는 말이외다. 批判의 反對는 獨斷과 迷信이외다. 人類의 理性이 비록 不完全ᄒ다 ᄒ더라도 吾人에게는 理性 以上 ᄯᅩᄂᆫ 以外에 더 確實흔 主權者를 가지지 못ᄒ얏스니, 理性밧게 밋을 것이 업습니다. 各個人의 理性의 判斷은 或은 文章으로 發表되고, 精鍊되고, 交換되고, 淘汰되어 이 여러 가지가 經路를 通過ᄒᄂᆫ 동안에 個性의 差異로셔 發生ᄒᄂᆫ 偏見과 誤謬가 淘汰되어 마춤닉 大多數의 信任을 밧을 ᄆᆫ흔 或은 政治, 或은 法律, 或은 道德이 되는 것이외다.

自來 우리 社會에는 批判이라는 것이 업셧습니다. 先聖의 말이니 善, 古人의 法이니 正, 一世의 俗이니 可 이것으로 살아왓고, 만일 先聖의 말을 批評ᄒᄂᆫ 者가 잇스면 斯文亂賊*이오, 古人의 法을 變更ᄒᄂᆫ 者가 잇스면 容納

치 못홀 惡人이오, 一世의 俗에 違ᄒᄂᆞᆫ 者가 잇스면 唾棄홀 惡人이엇습니다. 『孔子曰』이나 『朱夫子曰』이면 萬世에 萬人이 變치 못홀 神聖律이오, 『詩不云乎』, 『古人有言』조차 人을 賞罰ᄒᄂᆞᆫ 律法의 힘이 잇섯습니다. 近世에 니르러셔는 新頑固가 又 生ᄒᆞ니, 卽 『ᄒ나님이 흐아사대』, 『聖經에 이러케』, 『敎會規例가 如此如此』라 ᄒ면 다시 批評홀 餘地도 업습니다. 이러ᄒᆞ야 吾人은 所謂 先聖의 싱각흔 바 以外에 싱각훔을 禁훔이 되고 古人이 制定흔 生活方式 以外에 取훔을 禁훔이 되어, 生ᄒᆞ야 死ᄒᆞ기ᄭᅡ지 在來의 달ᄒᆞ진 軌道로 눈감고 구러갈 ᄲᅮᆫ이어라 ᄒ고 命훔이 되엇습니다. 이러흔 지 四五百年에 吾人의 理性의 光彩ᄂᆞᆫ 稀微ᄒᆞ게 되고 吾人의 精神的 生命은 거의 枯死ᄒᄂᆞᆫ 狀態에 達ᄒᆞᆻ습니다. 그럼으로 임의 斯文亂賊이 罪名이 업서지고 思想言論의 自由가 憲法으로 保障된 今日ᄭᅡ지도 우리도 思想홀 줄을 모르고 批判홀 줄을 모르ᄂᆞᆫ 死者의 生活에 滿足ᄒ니다.

　吾人의 精神生活의 復活은 實로 批判에서 始ᄒᆞ여야 홀 것이외다. 覺醒된 吾人의 眼前에ᄂᆞᆫ 吾人의 過去와 現在의 萬般現象이 노혓습니다. 그中에ᄂᆞᆫ 吾人을 利케 흔 者도 잇겟지마ᄂᆞᆫ 害케 흔 者도 잇슬 것이외다. 더욱이 그中에ᄂᆞᆫ 吾人의 過去生活로 ᄒᆞ여금 失敗케 흔 幾種 現象도 잇슬 것이오, 方今 吾人을 不幸케 ᄒᄂᆞᆫ 幾種 現象도 잇슬 것이외다. 吾人은 率利흔 眼光으로 그것들을 批判ᄒᆞ야 可커든 可, 不可커든 不可라ᄂᆞᆫ 嚴正흔 判斷을 나려야 홀 것이외다. 假令 吾人이 沒批判으로 善이라고 傳襲흔 忠孝五倫은 果然 엇더흘가. 吾人이 沒批判으로 先民에게셔 傳襲흔 制度, 風俗, 習慣은 果然 엇더흔가. 吾人이 沒批判으로 取흔 所謂 新生活의 方式이란 果然 엇더흔가. 이 모든 것을 잘 批判ᄒᆞ야셔 保存홀 것은 保存ᄒᆞ되 廢棄흔 것을 廢棄ᄒᆞ며, 시로 取ᄒᆞ거나 定홀 것은 서로 取ᄒᆞ거나 定ᄒᆞ여야 홀 것이외다.

---

* 원문에는 '師門亂賊'으로 되어 있다. '斯文亂賊'은 성리학에서 교리를 어지럽히고 사상에 어긋나는 언행을 하는 사람을 일컫는다.

이러호 批判 속에서 시로 潑潑호 精神的 活動이 싱기고 熱烈호 進化의 慾求가 싱기고 新生活의 理想과 方式이 明瞭호게 眼前에 써나올 것이외다.(1918.9.10.)

四, 儒敎思想

總論

吾人의 傳襲批判의 第一矢는 當然히 儒敎思想에 向홀 것이외다. 李朝 五百年間 吾人의 生活을 支配호 者는 儒敎닛가요. 坊坊曲曲이 孔孟의 言을 誦호얏고 事事物物에 孔孟의 道를 行호야 왓습니다. 思想의 統一이라 호면 李朝 五百年갓히 統一된 例는 아마 各國 各時代의 歷史에 드믈리다. 儒敎의 發生地인 支那에는 佛敎도 잇고 道敎도 잇고 其他 諸子百家의 說이 各各 分野를 占호야 行호얏지마는, 朝鮮은 오직 孔孟之道로 一貫호얏습니다. 專制政治는 精神界에까지 及호야 人民으로 호야금 思想조차 自由호지 못호게 호고, 갓흔 孔孟之道의 解釋도 程朱라는 針孔을 通호야셔만 꼭 호게 호엿습니다. 王陽明을 通호여 傳호 儒敎는 日本을 興호게 호얏고 朱熹를 通호야 傳호 儒敎는 朝鮮을 衰호게 호얏습니다. 朝鮮의 儒敎는 實로 우리의 精神의 萬般機能을 消耗호고 痲痺호 罪責을 免홀 수가 업습니다. 余는 儒敎에 造詣가 薄호야 仔細한 批評을 못홈을 限호거니와 余의 아는 되로 몃 가지를 擧論코져 홉니다.

무릇 어느 宗敎나 思想이 나는 其時 其處의 特殊호 社會를 救濟호기 爲호야 發生호는 것이외다. 모셰가 시니山에 入호야 十個條의 天命을 制作홈은 當時 墮落離散호는 猶太族을 救濟호기 爲홈이오, 釋迦의 說法은 當時 婆羅門이 墮落호야 精神의 歸趨홀 바를 일흔 印度族을 救濟호려 홈이오, 孔子가 仁을 說홈은 周末의 痲痺호 人心을 收拾호려 홈이외다. 갓흔 儒敎도도 孔子는 좀 溫柔호 仁을 說호거든 孟子는 얼마콤 强迫의 意味가 잇는 義를 說호 것은, 孟子의 時代는 孔子의 時代보다도 더욱 混亂호야 到底히 人人의 自由意思에

談ᄒᄂᆞᆫ 仁으로 救濟홀 수가 업고 强迫의 意味를 가진 義로야 救濟홀 수 잇ᄂᆞᆫ 줄 信홈이외다. 이러케 어느 宗敎나 思想은 그가 發生ᄒᆞ고 發達ᄒᆞ야 나려온 歷史를 除ᄒᆞ고ᄂᆞᆫ 解釋홀 수 업슬 것이니, 만일 孔子로 ᄒᆞ여금 漢時에 生ᄒᆞ거나 唐宋에 生ᄒᆞ거나 現代의 支那에 生ᄒᆞ거나 ᄒᆞ엿던들 그와 다른 敎를 設ᄒᆞ엿슬 것이오, 希臘에 生ᄒᆞ거나 英國에 生ᄒᆞ거나 朝鮮에 生ᄒᆞ게 ᄒᆞ엿던들 쏘ᄒᆞᆫ 其時 其處의 形便을 쌀라 救濟의 道를 달니 ᄒᆞ엿슬 것이외다. 日本 某學者의 말에『孔孟이 日本에 生ᄒᆞ엿던들 日本을 中國이라 ᄒᆞ엿슬 것이오, 神武天皇의 道를 先王之道라 ᄒᆞ엿슬 것이라』ᄒᆞ니 實로 至言이외다. 머리에 自己네 主上을 써이ᄂᆞᆫ 百姓들이 自己네 大門에『堯之日月 舜之乾坤』을 써부치고, 自己를 小中華라 稱ᄒᆞ고 隨喜感泣홈은 正히 斯文亂賊이오 大逆不道외다. 이러케 時代와 處所를 쌀라 生活의 方式(卽 道德, 習慣, 制度 等)이 다르다 ᄒᆞ면 朝鮮 안인 支那의, 게다가 現代도 아니오 三千年前인 周末의 形便에 適當ᄒᆞ던 儒敎가 朝鮮에 合홀 理가 업습니다.

만일 合홀 수 잇다 ᄒᆞ면(업지마ᄂᆞᆫ) 오직 그 主旨되ᄂᆞᆫ 精神을 取ᄒᆞ야 朝鮮에 合ᄒᆞ도록 改造ᄒᆞ여야 홀지니, 假令 孔子가 堯舜을 尊崇ᄒᆞ면 朝鮮人은 檀君을 尊崇ᄒᆞ고 孟子가 支那를 中華라ᄒᆞ면 朝鮮人은 朝鮮을 中華라 ᄒᆞ고, 當時ᄂᆞᆫ 生活이 裕足ᄒᆞ야 人民이 閑暇ᄒᆞ잇가 父母喪을 三年이나 服ᄒᆞ얏지마ᄂᆞᆫ 生活이 困難ᄒᆞᆫ 現時에ᄂᆞᆫ 喪期도 短縮식히고… 이 모양으로 改造ᄒᆞ얏셔야 홀 것이외다. 그런ᄃᆡ 우리 愚昧ᄒᆞ고 卑劣ᄒᆞᆫ 先人들은 이것을 모르고 孔孟의 敎를 그ᄃᆡ로, 그ᄃᆡ로도 못ᄒᆞ고 그中에 害毒 만흘 部分만 쎄어다가 自己네가 實行ᄒᆞ고 그도 不足ᄒᆞ여 後孫에게까지 實行ᄒᆞ기를 强制ᄒᆞᆫ 것이외다. 이럼으로 余ᄂᆞᆫ 每樣 儒敎와 그것에 沈醉ᄒᆞᆫ 우리 先人을 싱각홀 ᄶᅢ에 切齒扼腕홈을 不禁홈니다. 此文을 讀ᄒᆞ고 余의 言을 輕薄ᄒᆞ다 ᄒᆞ야 非難ᄒᆞ실 이도 잇슬지라. 暫間 苦待ᄒᆞ야 儒敎思想이 吾人의 過去와 現在에 엇더ᄒᆞᆫ 酷毒을 주엇ᄂᆞᆫ가를 살핀 後에 ᄒᆞ시기를 바랍니다. 以下 數節에 分ᄒᆞ야 儒敎思想과 吾人과의 關係를 批

評ᄒ려 ᄒ옵니다.(1918.9.11.)

(一) 崇古와 尊中華

崇古ᄂᆞᆫ 東洋을 包圍ᄒᆞᆫ 雰圍氣요 그 代表ᄂᆞᆫ 儒敎외다. 大聖 孔子도 祖述堯舜
而已라 ᄒᆞ셧스니 이제 爾餘의 少輩ᄂᆞᆫ 不言可知외다. 世上을 退化로 본 그네
들은 全力을 다ᄒᆞ야 世上의 變遷을 防杜ᄒᆞ고, 億千萬年에 十階三等의 堯舜時
代를 保全ᄒᆞ려 ᄒᆞ얏슴니다.

古ᄒᆞᆯ수록 貴ᄒᆞᆫ 것은 骨董品ᄲᅮᆫ이외다. 米穀도 新이 貴ᄒᆞ고 家屋도 新이 貴
ᄒᆞᆷ니다. 더구나 冊曆은 一年만 지ᄂᆞ면 用處가 업시 됩니다. 生活方式인 政治
倫理 갓흔 것은 實로 冊曆에 比ᄒᆞᆯ 것이니, 今年은 八月一日에 日蝕잇섯고 十
月 望日에 月蝕이 잇섯다 ᄒᆞ더라(도) 明年은 그럴쟈도 모르지마는 안 그럴지
도 모릅니다. 支那 周末의 政治倫理의 規條가 每樣에 適合ᄒᆞ리라고 ᄒᆞᆯ 수가
업슴니다. ᄒᆞ물며 數年前에 實行되던 刑法大典이 이믜* 廢ᄒᆞ여지ᄂᆞᆫ 것을 目
擊ᄒᆞᆫ 우리리요.

그ᄲᅮᆫ더러 人類의 文化ᄂᆞᆫ 時代가 갓고 世紀가 지닐ᄉᆞ록 進步ᄒᆞᄂᆞᆫ 것이오
決코 退步ᄒᆞᆷ이 아니외다. 物質로나 精神으로나 人類의 歷史ᄂᆞᆫ 不完全에셔 出
發ᄒᆞ야 完全을 向ᄒᆞ고 或遲 或速은 잇더라도 間斷이 업시 進步ᄒᆞᄂᆞᆫ 것이며,
兼ᄒᆞ야 最近 百餘年間에 人類ᄂᆞᆫ 過去 數千年間에 得ᄒᆞᆫ 以上의 大進步를 ᄒᆞ얏
슴니다. 吾人이 先人에게 古代의 遺業을 傳乘ᄒᆞ여셔 그것들보다 조케 만들
어 後昆**에 傳授ᄒᆞᄂᆞᆫ 딕 古代의 價値가 잇ᄂᆞᆫ 것이지, 古代 그 물건이 吾人의
理想이 되고 標準이 될 수ᄂᆞᆫ 업ᄂᆞᆫ 것이외다. 그러ᄒᆞ거늘 이 崇古思想의 嚴威
ᄂᆞᆫ 우리의 精神을 枯死ᄒᆞ게 ᄒᆞ야 改良 創造의 모든 貴ᄒᆞᆫ 活力을 喪失케 ᄒᆞ얏
슴니다. 만일 崇古思想만 업섯더라도 過去 五百年間에 우리의 文明이라ᄒᆞᆯ 多

---

* 원문에는 '이의'로 되어 있다.
** 후손後孫.

少의 文明을 造出홀 수도 잇섯슬 것을, 우리가 좀더 富흐고 知흐고 貴흔 處地를 가질 수도 잇섯슬 것을, 다시 우리 입으로 三代之盛이라던지 先王三法이라던지 흐는 말을 희셔는 아니됩니다. 有古人之風이라던지, 古人이 不云乎아 흐는 것은 恥辱으로 아라야 홀 것이외다. 古自古 今自今이외다. 그쑌더러 吾人은 敎育이라는 것을 通흐야 過去흔 祖先의 知識을 다 吸收흐얏스니, 古代 全體를 모아도 나 一個人을 當치 못홀 것이외다. 崇古라는 咀呪를 흐야 日新又日新이라는 呪文을 외워야 홀 것이외다.

西小門外에 迎恩門이라는 것이 잇섯고 그 겻헤 慕華舘이라는 것이 잇섯슴니다. 只今은 어나 卷煙工場이 된 모양이지마는 迎恩門이라 홈은 扶餘族의 四千年 仇讐인 漢族의 皇帝의 天恩을 扶餘族되는 朝鮮族이 迎흔다는 쯧이오, 華라 홈은 漢族 所謂 東夷라는 오랑케인 朝鮮族이 自己를 東夷라고 불러주는 支那를 思慕흔다 홈이외다. 自己네의 始祖되는 檀君의 墓는 野草에 뭇치게 흐면셔 져 遼河 一隅에 亡命來附흐얏던 箕子의 墓는 如恐不及흐게 裝飾흐읍니다. 支那를 上岡이라 흐고 自國을 藩邦이라 흐며, 日常用語에도 大國 들어가고 朝鮮 나오다 흐읍니다. 金富軾, 徐居正 等 [원문 삭제] 의 史筆은 엇더흐며 金春秋, 宋時烈 等 [원문 삭제] 의 思想은 엇더흠닛가. 더욱이 明에 忠節을 다흐노라고 아직도 崇禎* 紀元後라는 年號를 쓰는 者에 至흐야는 實로 嘔逆을 難禁이외다. 아직도 말 비호는 小兒에게 天皇氏以木德王을 가르치며 劉備를 爲흐야 熱淚가 滂沱흐고 小中華의 稱呼를 자랑으로 아는 者가 만흐니, 果然已矣乎외다. 그네中에셔는 一個 賴山陽,** 德川光圀***이 못 나고 歷史의 쏫흘

---

* '崇禎'은 중국 명나라의 마지막 황제 의종毅宗 때의 연호(1628-1644). 명나라가 망한 뒤에도 조선은 청나라 연호를 쓰는 것을 꺼려 이 연호를 사용하였다 한다.

** 라이 산요賴山陽(1780-1832). 에도 후기의 유학자이자 시인. 역사적 사건이나 인물을 읊은 시가 장르인 에이시詠史를 개척하여 『일본악부日本樂府』(1828)를 발표했고, 『일본외사日本外史』(1826), 『일본정기日本政記』(1832) 등의 통속적인 역사서를 저술하여 당대는 물론 후세에도 커다란 영향을 미쳤다.

*** 도쿠가와 미츠쿠니德川光圀(1628-1701). 에도시대 2대 미토번水户藩의 번주이자 유학자. 유학 및 역사학에 조예가 깊었고 『대일본사大日本史』를 편찬했다.

裝飾ᄒᆞᄂᆞᆫ 儒敎의 大使徒中에 겨우 成均舘 大提學과 學士院 二千圓賞이 잇슬 ᄯᅮᆫ이니 果然 已矣乎외다.

이것이 반다시 儒敎自身의 害ᄂᆞᆫ 아니라고 反對ᄒᆞᆯᄂᆞᆫ지도 모로거니와 적도 라도 朝鮮에 들어온 儒敎ᄂᆞᆫ 吾人에게 如此ᄒᆞᆫ 結果를 주엇슴니다. 누구나 個 人이나 民族이나 自己를 保存ᄒᆞᄂᆞᆫ 最大方法은 자기를 尊重홈에 잇나니, 萬古 歷史中에 自己가 스스로 남의 下에 屬이라고 自稱ᄒᆞᆫ 者ᄂᆞᆫ 오직 朝鮮族이 잇 슬 ᄯᅮᆫ이외다. 누구나 歷史를 상고ᄒᆞ여 보시오.(1918.9.12.)

(二) 經濟를 輕히 녀김

大學 十章은 平理財라 ᄒᆞ야 孔子ᄭᅴ셔도 반다시 經濟를 無視ᄒᆞᆫ 것이 아니라 고 辨明ᄒᆞᆫ다 ᄒᆞ더라도, 儒敎가 事實上 經濟를 輕히 녀긴 罪過ᄂᆞᆫ 免ᄒᆞᆯ 수가 업 슴니다. 그中에서도 朝鮮의 儒敎ᄂᆞᆫ 더욱 그러ᄒᆞ엿슴니다. 淸貧이라든지 安 貧樂道라던지, 져 有名ᄒᆞᆫ 一簞食一瓢飮 云云ᄒᆞᆫ 句節은 朝鮮儒學者의 標語엿 슴니다. 朝鮮셔『돈벌이』처름 賤ᄒᆞᆫ 職業이 업셧나니, 兩班은 굴어죽어도 돈 벌이를 ᄒᆞ여셔ᄂᆞᆫ 아니되엿슴니다. 眞正ᄒᆞᆫ 兩班이오 學者의 理想은 陋巷茅屋 에 三旬九食을 ᄒᆞ면셔 聖經賢傳만 百讀千讀ᄒᆞᄂᆞᆫ 것이엇고, 만일 衣食을 求ᄒᆞᆫ 다 ᄒᆞ면 오직 出仕가 잇섯슬 ᄯᅮᆫ이엇슴니다.

이러케 社會가 富를 輕히 녀김으로 農工商 갓흔 致富之道ᄂᆞᆫ 極히 賤ᄒᆞ게 되야 多少 才能이 잇고 有爲ᄒᆞᆫ 者ᄂᆞᆫ 尋章摘句의 窮道로 가거나 不然ᄒᆞ면 苟苟 히 仕官을 求ᄒᆞ게 되고, 農工商業은 말 못되게 衰殘ᄒᆞ야지고 말엇슴니다. 實 로 近代의 朝鮮人은 消費者ᄯᅮᆫ이엇고 生産者ᄂᆞᆫ 업셧던 모양이니, 이러ᄒᆞᆫ 數百 年間에 朝鮮人의 富力은 極度에 줄어들고 말엇슴니다.

일즉 新羅 一國의 富만ᄒᆞ야도 徐羅伐의 八百八十寺의 宏大ᄒᆞᆫ 建築과 王宮 臺沼ᄂᆞᆫ 勿論이어니와 京師* 四十里에 茅屋을 볼 수 업스리 만ᄒᆞ엿다 ᄒᆞ거

* '師'는 사람이 많다는 뜻으로 '수부首都'를 가리킨다.

늘, 當時보다 國土가 넓어지고 時代가 進步ᄒᆞ엿셔야 ᄒᆞᆯ 李朝時代의 京城이 엇더ᄒᆞ엿슴잇가. 만일 高樓巨閣이 잇섯다 ᄒᆞ면 그것은 貪官汚吏의 浚民膏血ᄒᆞᆫ 紀念섇이외다.

朝鮮의 儒敎가 이러케 經濟를 輕히 녀겻기 새문에 다만 全土의 富만 업셔 젓슬 섇더러 立國의 重大ᄒᆞᆫ 要素인 經濟思想이 消盡ᄒᆞ고, 싸라셔 商工業에 關ᄒᆞᆫ 學術도 거의 跡을 絶ᄒᆞ게 되엇습니다. 工夫라 ᄒᆞ면 漢字를 記憶ᄒᆞ고 四書五經을 盲讀ᄒᆞ엿슬 섇이오 諸般科學을 돌아보지를 아니ᄒᆞ엿ᄂᆞ니, 今日ᄭᅡ지도 이 思想이 남아서 朝鮮學生은 科學을 賤히 녀기고 文學 哲學 갓흔 것만 偏重ᄒᆞᄂᆞᆫ 傾向이 잇ᄂᆞᆫ 것은 可嘆ᄒᆞᆯ 일이외다.

슬프다, 咀呪 밧을 儒敎ᄂᆞᆫ 吾族으로 ᄒᆞ여곰 貧窮의 地獄에 入ᄒᆞ게 ᄒᆞ엿습니다. 富ᄂᆞᆫ 生活의 根本要件이어늘 儒敎ᄂᆞᆫ 吾族에게셔 그것을 쎗아섯습니다. 貧窮은 大罪惡이외다. 貧窮ᄒᆞᆷ으로 吾人은 社會에 對ᄒᆞᆫ 諸般義務를 다ᄒᆞ지 못ᄒᆞ고,『ᄒᆞ쟈』ᄒᆞ고 決心ᄒᆞᄂᆞᆫ 善ᄒᆞᆫ 일을 ᄒᆞ지 못ᄒᆞ옵니다. 그럼으로 우리ᄂᆞᆫ 自今爲始ᄒᆞ야 富를 求ᄒᆞ여야 ᄒᆞ겟고, 그리ᄒᆞ기 爲ᄒᆞ야 諸般 自然科學과 商工業의 敎育을 奬勵ᄒᆞ며, 大工場 大商會를 建立ᄒᆞ고 科學家의 社會的 地位를 昇進ᄒᆞ야 그네에게야말로 眞正ᄒᆞᆫ 兩班의 稱呼를 들여야 ᄒᆞ겟습니다. 그러고 論語 孟子 갓흔 것은 食後 茶話時에 消遣삼아 익고 십흐면 일거야 ᄒᆞ겟습니다.

鍾路의 모든 國立店鋪며 朝鮮 特有ᄒᆞᆫ 市場組織 갓흔 것이 잇슴을 보고, ᄯᅩ 三國時代의 交通 貿易이 엇더케 活潑ᄒᆞ던 것을 보아 우리에게도 經濟的 能力이 잇슴을 알겟고, 徐羅伐의 新羅 遺蹟과 平安道와 滿洲의 高句麗 遺蹟을 보아 우리에게도 工藝의 能力이 엇더케 優秀ᄒᆞᆫ 줄을 알겟습니다. 우리의 身體와 精神의 모든 機能이 慘酷ᄒᆞᆫ 儒敎의 中毒에서 버셔나기만 ᄒᆞ면 우리ᄂᆞᆫ 能히 三國 以前의 祖先의 生活力을 恢復ᄒᆞᆯ 수도 잇고 現代에 橫行ᄒᆞᄂᆞᆫ 여러 남들과 並肩ᄒᆞᆯ 수도 잇슬 것이외다. 우리ᄂᆞᆫ 우리의 茅屋을 불살으고 石屋을 지어야 ᄒᆞ며 우리의『지게』를 불살으고 自働車를 부려야 ᄒᆞᆯ 것이외다. 우리ᄂᆞᆫ

우리의 容貌에셔 貧窮의 色을 씻고, 朝鮮 各地에 實驗室과 工場의 石炭烟과 發動機聲이 나게 ᄒ며, 世界의 大市場에 우리 사름의 塵鋪가 殷賑ᄒ게 되도록 ᄒ여야 홀 것이외다. 新生活의 初頭에 立혼 우리는 오릿동안 吾人의 生活能力을 中毒식힌 儒教를 한번 더 咀呪ᄒ옵시다.(1918.9.13.)

(三) 形式主義

무슨 宗教나 다 神과 人에 對ᄒ는 一種 儀式이 잇고 그 儀式은 神의 쯧으로 定혼 것이라 ᄒ야 神聖히 너기며, 未開혼 宗教일사록 迷信의 分子가 만은 宗教일사록 더욱 그러ᄒ며 또 宗教의 弊害도 大部分 此에셔 發生ᄒ는 것이지마는, 儒教는 比較的 理智的이오 迷信의 分子는 적으면셔도 禮니 儀니 ᄒ야 퍽 形式을 重히 너깁니다. 더욱이 朝鮮셔는 禮文을 重히 너겨셔 李朝 五百年의 政治史, 그것의 核心이 되고 衰亡의 根原이 된 朋黨史는 實로 이 禮라는 形式을 除ᄒ고는 解釋홀 수 업스리 만ᄒ얏습니다. 禮의 起源은 비록 人情의 自然의 流露에셔 發ᄒ얏다 ᄒ더라도 漸漸 時代가 經過홈을 싸라 그 實은 消滅되고 形骸만 남게 되면 마치 生命잇슬 찌에는 有用ᄒ던 人物도 死骸가 된 뒤에는 惡臭밧게 더 發ᄒ지 못ᄒ는 모양으로 社會에 害毒만 끼치게 되는 것이외다. 朝鮮은 實로 死혼 禮의 害毒을 忠實ᄒ게 잘 밧은 好模本이외다.

東人 西人이니 四色이니 ᄒ는 可憎혼 朋黨이 無意味혼 禮文의 爭論에셔 發혼 것은 朝鮮史를 닑은 者의 누구나 頻蹙ᄒ는 바이외다. 各家庭이나 各個人으로 보아도 만일 쭉 禮文의 命ᄒ는 디로만 ᄒ면 아마 그것이 朝鮮人의 理想이엇셧겟지오. 自朝至夕으로 禮라는 形式을 行ᄒ는 것밧게 아모것도 못홀 것이외다. 實로 이러혼 生活은 吸風飲露ᄒ는 仙人이 아니고 實行ᄒ지 못홀 것이외다. 假令 孝에 對혼 여러 가지 禮를 들어 봅시다.

『鷄初鳴이어든 咸盥嗽』ᄒ고 닐어나셔도 父母의 寢所에 들어가 溫情을 살피고, 다음에는 父母의 飲食을 만들고, 다음에는 飲食을 畢ᄒ시기ᄭᅵ지 지켜셧고, 다음에는 父母에 겻헤 잇셔셔 父母의 심부름ㅎ고 어듸 自由로 出入도 못ㅎ고, 父母의 命令이어든 天을 地라 ㅎ더라도 三諫而不聽則 號泣而隨之ㅎ고, 如此ㅎ지 十年에 父母一 沒커시든 三年 동안 『아이고, 아이고』의 凶音으로 所謂 罪人의 懲役生活을 ㅎ고, 그 后에야 적이 自由를 엇지마는 벌셔 人生의 黃金時代는 다 가고 말고, 이 밧게도 冠婚喪祭에 理由도 意味도 알 수 업는 虛禮를 爲ㅎ야 한 푼도 生産홀 줄도 모르는 주제에 多大흔 金錢을 浪費ㅎ고 實로 朝鮮人의 一生은 虛禮의 驅使를 밧는 一生이엇고, 朝鮮人의 貴重흔 金錢과 精力과 時間은 이 虛禮를 爲ㅎ야 消耗되고 말앗슴이다.* 도야지고기를 아니 준다고 國家의 要職을 바리고 다라는 孔子의 敎를 밧드는 朝鮮人은 邇來 四五百年間 얼마나 도야지고기와 닭의 갈비를 爲ㅎ야 時間을 虛費ㅎ고 피를 흘녓슴닛가. 支那人에게 小中華라, 禮儀之邦이라 ㅎ는 稱號를 사기 爲ㅎ야 朝鮮人은 實로 生命이 危境에 至홀만흔 多大흔 犧牲을 ㅎ얏슴니다.

이러케 形式을 重히 녁이는 思想은 아직도 우리 머리에 깁히 박혓슴니다. 우리 靑年들이 무슨 會를 組織홀 씨에 엇더케 煩瑣ㅎ게 規則을 定ㅎ기를 질기는지, 또 集合時間의 大部分을 엇더케 無意味ㅎ고 煩瑣흔 形式의 爭論으로 消費ㅎ는지, 어떻게 言語나 文章의 枝葉을 싸가지고 無用흔 爭論과 誹謗을 잘ㅎ는지를 보아서 알 것이외다. 그러면 그러케 禮를 重히 녁이면 大義名分이나 確然 嚴然ㅎ냐 ㅎ면 禮儀之邦인 朝鮮갓히 大義名分이 어즈러워진 데가 또 어듸 잇겟슴잇가. 父不父, 子不子, 君不君, 臣不臣 이만ㅎ면 詳說을 不要홀 줄 아옵니다.

甲午更張의 勅語中에 잇셧던지, 從便爲之라는 말을 들엇슴니다. 이 말은 解釋 如何로는 害되기도 ㅎ지마는 虛禮에 對흔 空前흔 大痛棒인가 ㅎ옵니다. 그러나 두루막 소믹가 좁아지고 耶蘇敎人들이 自由로 削髮을 ㅎ고 얼開化軍들이 洋服을 입게 된 것밧게 民間에는 別 改革이 업고 말앗슴니다. 只今은 社

* 원문은 '말앗슴이'로 끝나는 문장이다.

(記者曰) 新生活論은 本來 新進思想家인 李春園君의 一家言으로 此를 寄稿흠인즉, 其議論의 全部가 本社의 主義로 從出흠이 안이오 又 其思想으로 ㅎ야곰 一般讀者 의게 肯定을 强要코져 흠이 안임은 無論이오, 弊瘼 만흔 舊時代의 生活을 改新ㅎ자 는 一意見으로 大方*有志에 此를 薦흠이니, 今에 中斷되얏던 此稿를 續揭흠에 際 ㅎ여 特히 一言을 附加ㅎ노라.

倫理, 道德, 法律 等 人과 人과의 關係는 扁務的임을 許치 안이흡니다. 父子 有親이라 ㅎ면 父도 子를 親홀 것이오 子도 父를 親홀 것이며, 君臣有義라 ㅎ 면 臣만 君에게 義를 가질 쑨안이라 君도 臣에게 義를 가져야 홀 것이외다. 그런딕 自來 朝鮮의 孝는 子女가 父母에게 對ㅎ야 偏務的이엇슴니다. 子女만 父母에게 孝홀 義務가 잇고 父母는 子女에게 對ㅎ야 아모 義務도 업는 것 갓 핫슴니다. 生我劬勞샤소니 그 恩惠만 ㅎ야도 昊天罔極이라 ㅎ얏슴니다. 生키 만 ㅎ고 育치 아니한다 ㅎ면 生흔 것이 感謝는커녕 도로혀 怨罔일 것이외다. 그런데 育이라 흠은 다만 衣食을 給ㅎ는 것쑨이겠슴잇가. 活社會에 生活홀 能力을 엇을 만흔 敎育과 指導를 意味흠이 아님잇가. 父母가 子女에게 孝를 求ㅎ랴면 적어도 生ㅎ고 完全히 育ㅎ는 義務를 다흔 後에야 홀 것이외다. 그 런데 우리 父母는 子女에게 對ㅎ야 如此흔 義務가 잇는 줄은 모르고 子女에게 向ㅎ야 孝내라고 强制ㅎ옵니다.

쏘 朝鮮에는 마치 財産을 貯藏ㅎ야 自己의 慾望을 滿足ㅎ려 ㅎ는 모양으 로 子女를 養育흠은 自己네의 快樂을 爲흠인 것 갓치 싱각흡니다. 그리ㅎ야 財産과 흔가지로 子女를 自己의 私有物로 아옵니다. 그럼으로 子女가 아모 리 社會나 國家에 對ㅎ야 有益흔 人物이 되엇더라도 自己의 쯧을 服從치 아 니ㅎ면 그는 不孝子요 안된 놈이외다. 이는 實로 本末을 顚倒흔 思想이니, 正 當ㅎ게 말ㅎ랴면 父母가 子女를 爲ㅎ야 잇는 것이오 子女가 父母를 爲ㅎ야

* 학문과 견식이 높은 사람.

잇는 것이 아니외다. 父母된 者는 自己가 數千代 先代의 遺業을 繼承ᄒ야 此를 維持ᄒ고 發展ᄒ다가 自己의 生命과 能力이 盡ᄒ메 無限혼 祝福과 希望을 가지고 業을 後昆에게 傳훌 것이니, 이 意味로 보면 父母는 오직 子女를 爲ᄒ야 살아야 훌지요 必要혼 境遇에는 父母 自身이 自己의 살을 베여 子女를 먹이며, 더 必要혼 境遇에는 自己의 生命으로 걸음을 삼아 子女의 幸福을 圖謀ᄒ야 훌 것이외다.

子女는 時間的으로 말ᄒ면 千萬代 先祖의 後를 嗣훌 者오 千萬代 後孫의 祖를 作훌 者─며, 空間的으로 말ᄒ면 子女는 社會 國家의 一員으로 全種族의 運命을 分擔혼 者외다. 말ᄒ쟈면 千萬代 先祖와 千萬代 後孫과 全社會國家가 父母라는 一員에게 새로운 一員의 養育을 委任한 심이니, 엇지 子女를 父母의 私有라 ᄒ겟습닛가. 父母된 者는 自己의 子女에게 對혼 義務를 達치 못훌가 두려워ᄒ여야 훌 것이외다. 父慈子孝라 ᄒ니, 父慈의『慈』字는 父母의 子女에게 對혼 義務를 表ᄒ기에는 넘어 弱ᄒ옵니다.

그럼으로 父子의 關係는 根本的으로 變革ᄒ야 훕니다.『父母의 子女에게 對혼 義務』는 新道德에 加入훌 最重要혼 道德律이니, 父母가 子女에게 對혼 義務를 다ᄒ지 못ᄒ는 罪는 正히 不孝의 罪와 對等일 것이외다. 社會에 對혼 影響으로 보면 不孝의 罪보다도 尤大훌 것이외다.

그러타고 子女의 父母에게 對혼 孝를 輕視훔이 아니라 孝의 內容이 變훌 따름이니, 父母의 體와 志를 安케 養훔이 毋論 要目일지나『父母在 不遠遊』,『三諫不聽則 號泣而隨之』라든지 三年喪, 廬幕, 祭祀와 갓치 孝의 本質에는 無關이오, 다만 形式에 不過혼 것은 有亦可 無亦可혼 것이오, 眞正혼 孝는 幾千代 先祖의 理想인 種族의 繁榮發展에 貢獻ᄒ야써 千萬代 後孫의 繁榮發展의 基業을 作훔이외다. 道德이나 法律의 最高 理想은 仁에도 잇지 아니ᄒ고 義에도 잇지 아니ᄒ고 愛에도 잇지 아니ᄒ고 오직 種族의 繁榮發展에 잇나니, 이것이 實로 新道德의 至善이외다. 만일 仁義愛 갓흔 德目이 此至善에 合ᄒ

면 善이오 不合ᄒ면 惡이외다. 仁이니 義니 愛니 ᄒᄂᆫ 超越的 抽象的 德目은 임의 新道德의 理想될 資格이 업슴니다. 生ᄒ기 爲ᄒᆫ 道德 — 이것이 우리의 取ᄒᆯ 新道德이외다.(1918.9.27.)

(五) 夫婦關係

君臣의 關係에 關ᄒ여셔도 論ᄒ고도 십고 論ᄒᆯ 것도 만흐나 略ᄒ기로 ᄒ고, 五倫의 第三에 居ᄒᄂᆫ 儒敎의 夫婦에 關ᄒᆫ 思想을 批評ᄒ려 ᄒᄋᆸ니다. 前에도 主意ᄒ얏거니와 儒敎라 흠은 朝鮮 在來의 儒敎를 일음이오, 特히 늬가 取ᄒᄂᆫ 材料ᄂᆫ 朝鮮이 儒敎의 影響을 밧아 成ᄒᆫ 社會制度와 그 弊害에 關ᄒ여셔외다.

첫지 夫婦關係ᄂᆫ 男尊女卑라ᄂᆫ 原理 우헤 셧슴니다. 三從之道ᄂᆫ 女子의 一生이 父와 夫와 子에게 服從흠을 가라친 것이오, 七去之惡이라 ᄒ야 夫가 妻를 바릴 수 잇ᄂᆫ 條件을 定ᄒᆫ 것은 妻ᄂᆫ 夫의 一方便 一附屬物인 것을 表흠이오, 男子ᄂᆫ 몃 번이던지 娶妻ᄒᆯ 수가 잇셔도 女子ᄂᆫ 再嫁흠을 不許흠도 男子와 女子의 人的 價値의 差別的임을 示흠이오, 貞操도 女子에게만 잇고 男子ᄂᆫ 蓄妾을 ᄒ여도 關係 업슴도 女子의 男子에게 對ᄒᆫ 義務가 男子의 女子에게 對ᄒᆫ 義務보다 重ᄒᆫ 標임니다. 이러케 男尊女卑ᄂᆫ 儒敎의 夫婦關係의 根本原理외다. 男尊女卑인지라 夫婦의 關係ᄂᆫ 對等의 關係가 안이오 主從의 關係며 君臣의 關係니, 妻가 夫를 家君이라 흠과 妻ᄂᆫ 三年間 夫의 喪을 服히도 夫ᄂᆫ 一年밧게 妻의 喪을 服ᄒ지 안이흠니다. 그리셔 妻의 德은 오직 順從이오 黙認이며, 決코 夫와 對等의 地位에 셔랴ᄂᆫ 僭濫을 犯히셔ᄂᆫ 안이됨니다.

다음에 夫婦關係ᄂᆫ 夫와 婦와의 關係가 안이오 當者와 父와 父母, 家庭과 家庭의 契約關係외다. 夫婦되ᄂᆫ 當者의 意思ᄂᆫ 全然 不顧ᄒ고 各其 父母의 所信이나 方便으로 決定되옵니다. 이것은 親權의 絕對의 適用이외다.

다음에 夫ᄂᆫ 自己의 마음에 든다 ᄒ야 그 妻를 ᄉ랑ᄒ지 못ᄒ고 그 父母가 스랑ᄒ여야 비로소 스랑홀 수가 잇습니다. 만일 不然ᄒ면 私妻子라ᄒ야 不孝의 일에 解當ᄒᄂ니다. 그럼으로 아모리 夫의 뜻에 맛ᄂᆫ 妻라도 父母의 뜻에 안이 들면 去ᄒ여야 ᄒ나니, 一言以蔽之ᄒ면 妻ᄂᆫ 夫를 爲ᄒᆫ 妻로 生命이 잇ᄂᆫ 것이 안이라 媤父母를 爲ᄒᆫ 며느리로 生命이 잇ᄂᆫ 것이외다.

다음에 妻의 夫에게 對ᄒᆫ 義務ᄂᆫ 衣服과 飮食을 供ᄒ고 女子를 生ᄒ여 바치고, 夫를 代ᄒ야 父母를 奉獻ᄒ고 夫의 肉慾을 滿足식히는 것입니다. 그런듸 만일 夫가 衣를 爲ᄒ야ᄂᆫ 針母를 두고 食을 爲ᄒ야ᄂᆫ 食母를 두고 色을 爲ᄒ야ᄂᆫ 妾을 畜ᄒᆫ다 ᄒ면, 妻ᄂᆫ 一生에 夫를 만나보지도 못ᄒ고 空閨에 홀로 잇셔 夫라ᄂᆫ 者의 父母를 奉事ᄒ기 外에 夫와ᄂᆫ 아모 相關업ᄂᆫ 妻가 되ᄂᆫ 奇現象을 뭇흠니다.

그리고 儒敎를 遵奉ᄒᄂᆫ 自來의 婚姻制度를 보건듸 그 根本要件은 夫될 者, 婦될 者 間의 理解나 愛情이나 合意가 아니오 父母의 意思와 밋 六禮라ᄂᆫ 形式임니다. 當者間에야 愛情과 合意가 잇거나 말거나 父母의 意에 合ᄒ고 쏘 禮文에 規定ᄒᆫ 形式만 行ᄒ면 이에 써일 슈 업ᄂᆫ 父母關係가 成立되ᄂᆫ 것임니다. 이와 反ᄒ야 아모리 當者間에 理解와 愛情과 合意가 잇더라도 父母의 意思와 禮라ᄂᆫ 形式을 밟지 아니ᄒ면 出奔이라 ᄒ고, 野合이라 흠니다. 이ᄂᆫ 上述한 親權의 絶對와 形式主義의 適用이외다.

그리고 婚姻의 目的은 夫와 婦되ᄂᆫ 個人의 幸福과 社會國家의 幸福 進步가 아니고 父母의 ᄌᆡ미와 家庭의 方便이외다. 夫婦生活은 實로 個人이 享有홀 最大ᄒᆫ 幸福이오 種族의 保存發展上 最大ᄒᆫ 機能이외다. 그러흠으로 夫婦關係를 決定홀 者ᄂᆫ 父母의 利己的 意思도 아니오 家庭의 形便도 아니오 禮도 아니오 오직 當者의 意思와 種族의 理想일 것이니, 이 兩條件에 合ᄒᆫ 後에라야 父母의 同意도 意味가 잇고 여러 가지 形式도 意味가 잇슬 것이외다. 在來에 夫婦制度ᄂᆫ 實로 本末과 先後를 顚倒ᄒᆫ 것이외다.(1918.9.28.)

다음에ᄂᆫ 夫와 婦의 地位외다. 自來로 婦ᄂᆫ 夫의 附屬物이엇ᄂᆞ니 婦에게

는 獨立혼 人格을 認定치 아니후엿슴니다. 家庭內의 諸般事務에도 夫가 專制
君主의 地位에 잇고 婦와 子女는 女僕으로 불여 그 治下의 臣民에 不過후엿
스며, 그 뿐더러 婦는 그 子의 下位에 處후는 奇現象을 呈후엿슴니다. 그리셔
一家의 興亡이 關頭혼 大事件이라도 婦는 能히 容喙홀 權利가 업섯나니, 이
리후야 夫 一個人의 失策으로 全家를 不幸에 싸지게 혼 例가 枚擧홀 수 업슴
니다. 그리고 夫는 婦를 黜陟홀 수가 잇스되 婦는 夫에게 對후야 아모 制裁力
이 업섯슴니다. 이는 男尊女卑의 適用이외다.

夫婦는 專制政治의 君臣의 關係일 것이냐, 兩人合議의 關係일 것이냐 후는
것이 新舊 夫婦制度에 對혼 夫婦의 地位의 差異외다. 卽 男子가 엇던 女子를
妻로『어더』다가 自己의 家庭을 作후는 材料를 삼을 것이냐, 또는 完全혼 個
人인 男子와 完全혼 個人인 女子가 一은 幸福된 人生生活을 營후고 一은 種族
에 對혼 義務를 完就키 爲후야 合意的으로 된 契約關係(法律上으로 보아)가
夫婦이냐 후는 것이 新舊 夫婦制度의 分岐點이외다. 卽 前者는 自來의 夫婦觀
이오 後者는 現代의 夫婦觀이니, 諸文明國의 民法에 夫婦關係는 實로 이 精神
에서 나온 것이외다. 自來에는 婚姻契約의 文書인 請許婚이 全혀 雙方 親權者
의 名義로 되엇스되 只今의 婚姻居는 夫婦當者의 名義로 됨을 보아 알 것이
외다.

다음에는 貞操문제외다. 此亦 男尊女卑의 適用으로, 貞操란 女子의 專有物
— 專有物이라기보다 女子의 偏務오, 男子는 法律이 禁후지 아니후는 限에셔
는 無限數의 女子와 接후더라도 相關이 업슴니다. 妾은 依例히 둘 것, 妓生外
入은 依例히 홀 것이라고 홉니다. 게다가 妻가 嫉妒를 후면 그것은 七去之惡
中에 후나가 됨니다. 그러후건마는 女子는 一旦 人의 妻가 된 以上 그 夫가 病
身이던지 惡人이든지 生殖機能이 全缺후얏든지, 甚至어 그 夫가 沒혼 後에신
지도 두 번 다른 男子를 接홈을 許치 아니홉니다. 그러다가 만일 秋毫라도 此
를 犯후거나 犯후는 듯후기만 후면 곳 大罪人이라 후야 社會와 法律의 嚴酷

흔 刑罰을 밧읍니다. 貞操가 貴흔 것이냐 不必要흔 것이냐, 貴흔 것이라 ᄒ면 男子에게까지 及ᄒ 것이냐, 不必要흔 것이라 ᄒ면 女子에게셔도 廢ᄒ 것이냐.

貞操ᄂ 夫婦關係의 根本要件이외다. 貞操가 업다ᄒ면 女子에게ᄂ 天下 男子가 皆 是夫오 天下 女子에게ᄂ 皆是妻일 것이니, 이리되면 夫婦制度ᄂ 破滅되고 말 것이외다. 夫婦制度가 社會存立의 要件인 限에셔ᄂ 어딕까지든지 貞操ᄂ 最大흔 德의 一이오 不貞은 最大흔 罪惡의 一이외다. 이 意味로 보아 儒敎가 貞操를 重히 녀기ᄂ 것은 只今도 올치마ᄂ 貞操를 女子에게셔만 求ᄒᄂ 것과 쏘 貞操를 道德의 힘으로만 强制ᄒ려 ᄒᄂ 것은 잘못이외다.

上述흔 것은 貞操를 社會學의 見地로셔 본 것이어니와, 心理學的으로 보건 딘 貞操ᄂ 夫婦間의 愛와 敬의 自然이오 必然흔 發露외다. 愛ᄒ고 敬ᄒᄂ 夫를 가지ᄂ 妻가 무엇의 强制를 竢ᄒ야 節을 守ᄒ 것이 아니오, 愛ᄒ고 敬ᄒᄂ 妻를 가진 夫가 무엇의 强制를 竢ᄒ야 節을 守ᄒ 것이 아니외다. 實로 道德이나 法律이 貞操의 保護者ᄂ 될지언뎡 原因이 되지 못ᄒ고, 貞操의 唯一흔 原因이오 動機ᄂ 愛와 敬에 잇ᄂ 것입니다. 만일 天下의 夫로 다 愛敬ᄒᄂ 妻를 가지게 ᄒ고 天下의 妻로 다 愛敬ᄒᄂ 夫를 가지게 혼다 ᄒ면 男女關係의 모던 缺陷과 罪惡이 업셔질 것이외다. 이리되면 不便二夫 不便二婦의 德은 萬人이 다 가지게 될 것이니, 吾人은 各男女로 ᄒ여곰 다 愛敬ᄒ 夫와 婦가 되게 ᄒ도록 善良흔 敎育을 주고 各男女로 ᄒ여곰 다 愛敬ᄒᄂ 夫와 婦를 가지게 ᄒ도록 善良흔 婚姻制度를 定ᄒ도록 努力ᄒ여야 ᄒ 것이외다. (1918.9.29.)

그런데 自來의 貞操觀은 오직 道德과 法律을 基礎로 흔 것이오, 貞操의 內的이오 眞的 動機인 夫婦間의 愛와 敬을 基礎로 흔 것이 아임니다. 生前에야 그 夫를 夫로 알앗던지 말앗던지 夫가 沒ᄒ민 殉死만 ᄒ면 烈女의 旌閭ᄂ 疑慮 업슴니다. 無數흔 烈女旌閭中에ᄂ 퍽 殊常흔 것도 만흘 것이외다. 쏘 마음으로야 엇더흔 싱각을 ᄒ얏던지 夫沒後에 嫁만 아니ᄒ면 守節이라 ᄒ얏고, 烈女라 ᄒ얏슴니다. 無數흔 守節女 烈女中에ᄂ 퍽 殊常한 者도 만핫슬 것이외다.

　婚姻흔 지 數朔이 못ᄒ야 된 寡婦의 守節은 容或無怪라 ᄒ더린도, 約婚만 ᄒ
여노코 (毋論 父母씬의 意思로) 죽은 夫(?)를 爲ᄒ야 守節ᄒᄂ 것은 實로 無意
味가 아임닛가. 眞正흔 貞節은 內心에셔 울어나오ᄂ 것이라야 될 것입니다.
『마음으로 淫慾을 품ᄂ 者도 姦淫흔 것이라』흠은 耶蘇敎 信者만의 眞理가 아
일 것이니, 人의 妻가 되여 自己의 夫 아인 男子를 싱각흔다 ᄒ면『비록 一瞬
間이라도』이믜 姦淫이오, 人의 夫가 되여 自己의 妻 안인 女子를 싱각흔다
ᄒ면『비록 一瞬間이라도』이믜 姦淫일 것이외다. 그려면 毫末의 愛情도 업
ᄂ 夫를 爲ᄒ야 守節ᄒᄂ 靑孀의 마암이야 엇너ᄒ겟슴잇가. 그것이 守節이
겟슴닛가. 愛를 基礎로 ᄒ지 아니흔 守節은 悲를 基礎로 ᄒ지 아니흔 老喪主
의『아이고, 아이고』와 갓치 아모 意味가 업ᄂ 것이니 此亦 形式主義에셔 나
온 것이외다.

　上述흠과 갓치 貞操ᄂ 元來 各人의 自然의 情에셔 發ᄒᄂ 것이라 ᄒ더라
도 一日 道德律이 되고 法律이 된 以上 一種 强制力을 生ᄒᄂ 것이니, 夫婦의
關係가 存續되ᄂ 以上 各人은 貞操를 지킬 義務가 잇ᄂ 것이외다. 그러나 貞
操가 이믜 夫婦關係에셔 生ᄒᄂ 義務일진딘, 夫婦關係가 消滅됨과 同時에 그
義務도 消滅될 것이외다. 그럼으로 離婚이라든지 死亡이라든지 失踪이라든
지 ᄒᄂ 原因으로 法律上 夫婦의 關係가 消滅되면 社會ᄂ 그에게 再婚ᄒᄂ
自由를 行ᄒᄂ 것이니, 이리ᄒ야 第二의 夫, 또ᄂ 妻를 가짐은 決코 不貞은
아임니다. 今日의 諸文明國 民法은 다 이를 許흠니다. 그러나 사람이란 法律
로만 사ᄂ 것이 아니라 微妙 不可測흔 感情 意志 等 精神作用이 잇스닛가, 비
록 法律上으로 夫婦關係가 消滅되엇다 ᄒ더라도 그 夫나 妻에게 向ᄒ얏던 熱
烈ᄒ고 深刻흔 愛情이 그 夫나 妻를 참아 잇지 못ᄒ게 홀진딘 生에 再娶나 再
嫁를 아니ᄒ야도 조코, 죠흘 쑨더러 그 人情美를 讚揚홀 것이외다. 그러다고
自來 모양으로 守節을 强制흠은 個人의 一生을 無益ᄒ게 犧牲ᄒᄂ 것이니 排

斥ᄒ야 可ᄒᆫ 惡이외다.

要之컨디 自來 儒教風의 朝鮮의 夫婦制度의 缺陷의 要點은 男尊女卑, 親權의 絕對, 形式主義, 個人의 幸福의 無視, 愛敬을 婚姻의 根本要件으로 아니ᄒᆫ 것입니다. 그中에도 愛敬을 婚姻의 根本要件으로 아니ᄒᆫ 것이 最大ᄒᆫ 缺陷이니, 自來로 朝鮮 夫婦間의 悲劇과 罪惡은 實로 十에 九ᄂᆫ 此에셔 發ᄒᆫ 것이외다.

愛敬업ᄂᆫ 夫婦ᄂᆫ 一種 商行爲외다. 雇傭關係외다. 賣淫이오 姦淫이외다. 이러ᄒᆫ 夫婦의 婦된 者ᄂᆫ 그 肉躰와 勞役과 生産으로 夫된 者의 飼育을 밧ᄂᆫ 者요, 夫된 者ᄂᆫ 衣와 食과 妻라ᄂᆫ 名稱을 가지고 長期의 妾과 奴婢와 産을 兼ᄒᆫ 女子를 사ᄂᆫ 것이외다. 아모 精神的 結合이 업거니, 그것이 아니며 무엇입닛가. 그쓴더러 愛敬업ᄂᆫ 夫婦ᄂᆫ 彼此에 各各 時時刻刻으로 一生을 두고 姦淫과 嫉妒와 憎惡와 蔑視의 罪惡을 지으며 自己네ᄂᆫ 不在來의 一生을 不幸中에 보닉고 貴重ᄒᆫ 子女와 社會에게ᄂᆫ 無故ᄒᆫ 惡影響을 及ᄒᆸ니다. 愛敬업ᄂᆫ 夫를 견듸ᄂᆫ 妻와 愛敬업ᄂᆫ 妻를 견듸ᄂᆫ 夫ᄂᆫ 만일 조곰도 不平과 憎惡와 悔恨이 업다 ᄒᆞ면 克己의 修養이 만흔 君子라 ᄒᆞ야 稱揚도 ᄒᆞᆯ지나, 不然ᄒᆞ고 만일 妻에게 엇을 것을 다른 女子에게 求ᄒᆞ든지 그러치 아니ᄒᆞ더라도 精神的으로 온갓 罪惡과 苦痛을 격거 가면셔도 社會와 因襲에 因循혼다 ᄒᆞ면 이ᄂᆫ 아모 意味업ᄂᆫ 일인가 ᄒᆞᆸ니다.(1918.10.1.)

(六) 消極主義

儒教의 精神 自身이 반다시 消極主義ᄂᆫ 아니겟지오. 周末의 混亂ᄒᆫ 天下人心을 匡濟ᄒᆞ랴고 나션 儒教가 消極的일 理가 업습니다. 孔子님의 一生과 그 弟子들의 一生은 決코 消極的 隱遁的은 안이엇고 단슴에 天下를 敎化ᄒᆞ랴ᄂᆫ 積極的 氣慨가 橫溢ᄒᆞ얏던 줄로 싱각ᄒᆞᆷ니다. 孟子쯰셔도 宏壯히 積極主義를 發揮ᄒᆞ야 쇄 冷待도 밧고 排斥도 當ᄒᆞ면셔도 君主란 君主ᄂᆫ 다 차져다니고 論客이란 論客은 다 說破ᄒᆞ랴고 들엇습니다. 이러케 그네의 行動은 積極的이면셔도 그네의 思想에는 消極的 分子가 만핫던 것 갓습니다. 假令『祖述堯舜而已』라흔 것이라던지『不在其位 不謀其政』이라흔 것이든지, 또 孟子씌셔도 『五畝之宅 樹之以桑』갓흔 것은 積極的으로 經濟를 說흔 것이라 ᄒ더라도『河內凶則 移其民於河東』갓흔 것은 科學이 發達치 못흔 當時로는 無可奈何라 ᄒ더라도 積極的으로 凶의 原因을 除ᄒ기를 說치 아니흔 것은 消極的이외다.

以上은 다 細小흔 것이라 ᄒ더라도 儒敎의 根本思想이라 홀 性善說과 仁義說이 이믜 人의 行動으로 ᄒ야곰 消極的되게 ᄒ기 쉬운 것입니다. 性이 善ᄒ잇가 惡만 아니ᄒ면 그만임니다. 仁과 義에셔 演繹해온 모던 道德律도『해라』ᄒ는 積極的 命令보다『ᄒ지 말아라』흔 消極的 命令이 만히 包含됩니다. 當時 混亂ᄒ고 險惡흔 世上에셔는『ᄒ라』홀 것보다『ᄒ지 말아라』홀 것이 尤多ᄒ얏슬 것은 自然이외다. 積極的인 點으로 보아셔는 荀子의 性惡說이 도로혀 勝ᄒ니다. 性이 惡ᄒ지마는 奮鬪努力ᄒ면 善ᄒ여질 수 잇다 흠이 얼마 積極的이 아님닛가.

이러케 원악 消極的 傾向을 가진 儒敎가 政治의 權力을 써나 被治者의 道德으로 化홀스록 더욱 消極的이 되어갑니다. 專制時代에 여러 사룸이 不測의 禍害를 밧는 것을 보고 善人은 衰ᄒ고 惡人이 跳梁ᄒ는 것을 보민 더욱 獨善其身의 妙味를 알아숨니다. 게다가 消極으로써 生命을 삼는 佛敎와 道敎의 影響을 밧을스록, 晋隋의 淸談派를 通過홀스록, 唐宋末의 亂世를 經由홀스록 漸漸 더욱 消極的이 되어 隱遯生活은 君子의 唯一흔 正當흔 生活로 알게 되고, 그것이 朝鮮에 入ᄒ여셔는 一步를 更進ᄒ게 되엇습니다. 當時에 世上에 나셔셔 經國濟世ᄒ는 길은 二種이 잇스니 一은 科擧를 通ᄒ야 管路에 入흠이오, 一은 學과 德을 修ᄒ야 名聞이 天下에 滿흔 後에 君子의 再三招請흠을 待ᄒ야 못 견듸는 체ᄒ고 不得已 國政에 參與흠이외다. 科擧에 應흠은 얼마큼 積極的이쟈마는 登科者는 處士보다 훨신 品位가 下흠니다. 더구나 聖代면 나가셔 國政을 輔弼히도 亂世면 山林에 隱遯ᄒ야 獨善其身ᄒ는 것이 君子의 道

라 홈니다. 혼단대 個人主義외다.

그러고 修身, 齊家, 治國, 平天下ᄒᆞᄂᆞᆫ 法도 어ᄃᆡᄭᆞ지던지 消極的이외다. 國語로 말ᄒᆞ면『事なかれ主義』*외다. 修身의 要諦ᄂᆞᆫ 世上에 아니 셕이고 惡을 아니 行ᄒᆞᄂᆞᆫ 것, 齊家의 要諦ᄂᆞᆫ 用을 節ᄒᆞ고 家名을 汚損치 아니ᄒᆞᄂᆞᆫ 것, 治國의 要諦ᄂᆞᆫ 租稅를 輕히 ᄒᆞ고 人民으로 ᄒᆞ야곰 古朴ᄒᆞᆫ 古風을 脫치 아니케 ᄒᆞᄂᆞᆫ 것, 國防의 要諦ᄂᆞᆫ 屬國의 侵害나 防禦ᄒᆞᄂᆞᆫ 것 — 이 모양으로 個人生活로브터 國家生活에 니르히 모다 消極的이엇슴니다. 그럼으로 質朴, 儉約, 淸廉, 溫厚 等 消極的 德目이 推獎되엇고, 勤勉, 革新, 奮鬪, 成功, 創造, 開拓 갓흔 것은 貴ᄒᆞᆫ 줄을 몰랏슴니다. 李朝의 名臣錄을 보면 그네가 十에 九ᄂᆞᆫ 消極的 人物인 것을 알 것이외다.

『事なかれ主義』ᄂᆞᆫ 今日에ᄂᆞᆫ 셔지 못ᄒᆞᄂᆞᆫ 것이니, 만일 어는 政黨이나 內閣이 此主義를 가진다 ᄒᆞ면 그것은 無能ᄒᆞᆫ 者외다. 『事やれ主義』**라야 홈니다. 그런ᄃᆡ 이 消極主義의 餘毒은 只今도 우리 靑年의 血管에 흐름니다.

貧ᄒᆞᆫ 者, 弱ᄒᆞᆫ 者가 貧과 弱에 安홈은 惡이외다. 不幸ᄒᆞᆫ 者가 不幸에 安홈은 惡이외다. 個人이나 種族이나 富强을, 幸福을 獲得ᄒᆞ도록 奮鬪히야 홈니다.(1918. 10.2.)

(七) 尙文主義(文弱)

武王의 克商을 讚揚홈을 보건ᄃᆡ 孔子라고 반다시 戰爭을 否認ᄒᆞᄂᆞᆫ 絶對 非戰論은 아닌 것 갓흐나, 그러나 孔子가 武王을 極稱ᄒᆞᆫ 것은 그 軍備와 그의 武氣 만흔 人民을 讚揚홈이 아니오 그가 一戎衣에 四夷와 蠻貊이 簞食壺醬으로 以迎王師ᄒᆞ게 ᄒᆞᆫ 그 德을 稱揚홈이외다. 今日 各民族이 자랑ᄒᆞᄂᆞᆫ 듯ᄒᆞᄂᆞᆫ 武强은 北方之强이라 ᄒᆞ야 子路가 톡ᄒᆞ게 핀잔을 밧은 强이외다. 孟子ᄭᅴ셔도

---
* 무사안일주의.
** '事なかれ主義'에 대응하여 만든 조어造語로, '일하라주의' 정도의 뜻을 갖는다.

戰爭을 厭忌ㅎ야 覇를 爭ㅎ는 各諸侯에게 不忍人之政*이라 ㅎ는 天國에서 나려온 듯흔 王道를 高唱ㅎ얏습니다. 그러나 孟子가 간 지 얼마 아니ㅎ야 天下를 一統흔 者는 孟子 所謂 王道와는 正反되는 武强으로 秦의 始皇帝인 것을 볼 찍에 孟子도 九泉에서 苦笑ㅎ엿슬 것이외다. 어짓스나 儒敎는 所謂 仁義를 그 宗旨로 ㅎ기 떠문에 自然히 非戰論的 色彩가 濃厚ㅎ니다. 만일 孟子가 義를 發明치 아니ㅎ얏더면 後世에 儒敎로 國을 立ㅎ는 者는 全혀 戰爭을 못ㅎ얏슬 것이니, 仁師 仁兵이라고는 춤아 못홀지오 義師 義兵이라 ㅎ야 겨우 戰爭을 是認흔 것이외다.

儒敎의 本産地되는 支那에는 일즉 此非戰論的 理論이 實行된 적이 업섯나니 秦은 毋論이오 漢隋唐도 宏壯히 領土擴張의 大戰爭을 ㅎ얏고, 宋은 非戰論이 勝ㅎ야 亡ㅎ얏고 元明도 쇄 四方으로 征服併呑의 軍을 發ㅎ얏습니다. 그러닛가 支那는 歷代로 武도 만히 崇尙ㅎ야 孫子 吳子며 六韜三略은 聖經賢傳과 갓치 男兒 登龍門의 길이엇습니다. 그러ㅎ거늘 홀로 朝鮮에서는 儒敎가 思想生活의 中心된 뒤브터는 仁義에 中毒한 일이 한두 가지뿐 아니엇습니다.

이리ㅎ야 文만 崇尙ㅎ고 武를 賤히 녀겨 朝廷에서도 西班이라 ㅎ면 一種 羞恥요 民間에서는 兵役이라 ㅎ면 極賤흔 民의 服役으로 알아 觀光ㅎ는 外國 손님에게 白衣仙人國이라는 稱讚을 밧게 되얏습니다. 아마 朝鮮人과 갓치 文만 崇尙ㅎ고 武를 賤히 녀긴 者는 地上에 별로 업스리라. 그들은 廣袖大帶로 滯症의 트림을 ㅎ면셔 파리 잡으러 가는 者의 걸음을 흄으로써 兩班의 자랑을 삼앗습니다. 生氣潑剌흔 兒童들도 쒸어셔는 못쓰고, 乘馬를 흄에는 病人 모양으로 轎子를 노코 銃獵 같은 것은 獵夫는** 賤氓의 ㅎ는 것, 甚至에 端午

---

* '人皆有不人之心 先王有不忍之心 斯有不忍之政矣(사람은 누구나 남의 고통을 차마 외면하지 못하는 마음을 가지고 있다. 선왕들은 차마 남의 고통을 외면하지 못하는 마음이 있었으니 차마 남의 고통을 외면하지 못하는 정치를 했다는 『맹자孟子』의 구절에서 나온 말로, 어진 정치를 일컫는다.

** 원문에는 '獵夫는'으로 되어 있다.

節의 씨름과 上元의 편쌈 줄다리기ᄭ지 兩班은 못ᄒᄂ 것, 航海 水泳 갓흔 것은 邊方 賤民이나 ᄒᄂ 것이엇습니다. 이리ᄒᆞ야 體格은 말 못되고 退步ᄒᆞ얏고 武氣ᄂ □를 □ᄒᆞ야 人類 歷史上에 標本이 될 만흔 文弱 種族이 되고 말앗습니다.

國民皆兵主義의 現世, 生活은 戰爭이라 ᄒᄂ 現世에셔 이런 사ᄅᆷ이 生計를 維持ᄒᆯ 理가 萬無ᄒᆸ니다. 더구나 이번 歐洲戰亂에 國民皆兵主義ᄂ 文字ᄃᆈ로 實行되여 兒童ᄭ지, 婦人ᄭ지 戰爭의 作業을 ᄒᆞ며, 國庫收入의 太半이 軍費로 入ᄒᄂ 時代에 處ᄒᆞ야 가만히 우리의 過去를 回想ᄒᆞ면 긔막히다 못ᄒᆞ야 우슴을 不禁이외다. 그런데 그 罪過가 어ᄃᆡ 잇슴닛가. 儒敎의 尙文主義외다.(1918.10.3.)

(八) 階級思想

階級 잇ᄂ 곳에 自由가 업고 自由 잇ᄂ 곳에 階級이 업습니다. 아직 個人의 自由가 發達되지 못흔 幼稚흔 時代에 잇셔셔ᄂ 어ᄃᆡ(나) 階級思想이 잇ᄂ 것임니다. 幼稚흔 時代의 遺物인 儒敎의 一大特徵은 實로 階級思想이외다. 孔子의 親筆인 春秋가 稱揚밧음은 實로 階級의 區別을 分明홈을 爲홈이라 ᄒᆯ 수 잇습니다. 大義名分이라ᄂ 名分은 짠 말로 ᄒᆞ면 階級이외다. 五倫中에 朋友有信ᄒᆞ다ᄂ 平等關係라 ᄒᆯ가 爾餘의 父子, 君臣, 夫婦, 長幼ᄂ 다 階級的 原理上에 셧습니다. 禮라ᄂ 것이 이믜 階級의 區別로 된 것이니, 衣服, 住居, 車馬, 言語, 婚喪에 各各 階級을 짤라 節次를 定히 노흔 것이 禮외다. 그럼으로 禮의 核心은 尊卑오, 尊卑의 表現은 階級이외다. 平等이라ᄂ 思想은 儒敎에셔 求ᄒᆯ 수가 업나니, 男尊女卑, 官尊民卑, 長尊幼卑, 兩班 中人 샹놈, 兩班中에도 老少 南北 淸濁의 別이 잇셔, 무엇에나 尊卑의 別을 부치고야 滿足ᄒᆸ니다. 그리ᄒᆞ셔 尊者ᄂ 尊者의 行ᄒᆯ 道가 잇고 卑者ᄂ 卑者의 行ᄒᆯ 道가 잇셔 判然히 混同ᄒᆯ 수가 업습니다.

이 尊卑의 階級이 究極에 達ᄒ면 世襲的이 되고 種族的이 되나니, 兩班은 나면셔 兩班, 샹놈은 나면셔 샹놈, 이리ᄒ야 各階級에ᄂ 各其 特有ᄒ 思想感情과 風俗習慣이 싱겨 階級과 階級과의 距離ᄂ 歲月이 經ᄒᆯ수록에 漸漸 疏隔ᄒ여져셔 마춤ᄂᆡ 歷史를 달니ᄒ고 血統을 달니ᄒ 種族과 갓하짐니다. 이리ᄒ야 猫額만ᄒ 朝鮮內에ᄂ 셔로 調和ᄒᆯ 수 업ᄂ, 其實 아모 合理的 根據도 업ᄂ 無數ᄒ 小種族이 割據ᄒ게 되엇슴니다. 假令 老, 少, 南, 北, 中人, 샹놈, 儒林, 農, 工, 商, 畿湖, 嶺南, 西北⋯⋯엇지 枚擧ᄒ리잇가. 이리ᄒ야 이 變ᄒᆯ 수도 업고 混同ᄒᆯ 수도 업ᄂ 無數ᄒ 小階級들은 各各 他를 嫉視ᄒ고 撲滅ᄒ려 ᄒ야 休戚을 同히 ᄒᄂ 사이라ᄂ 共通感情을 가져본 일이 업슴니다. 一致團結이 生存競爭과 文化發達의 要樞이어늘 이러ᄒ고 엇지 大同의 利泰를 바라며 文化發達을 期ᄒ겟슴닛가.

어느 民邦이나 社會에 多少의 階級이 업슴이 업지마ᄂ 누구나 自己의 意思로 밋 奮鬪努力으로 自己가 本來 屬ᄒ얏던 階級을 脫ᄒ야 自己가 目的ᄒᄂ 最高階級에 達ᄒᆯ 수가 잇셔야 ᄒᆯ 것이니, 今日 所謂 階級이란 이러ᄒ 階級을 닐음이외다. 그런ᄃᆡ 本來 朝鮮의 階級은 血統의 傳襲으로 生得ᄒᄂ 外에ᄂ 엇지 ᄒᆯ 수가 업셧슴니다.

政治史로 보건ᄃᆡ 近代 朝鮮은 全民族의 幾百分之一에 不過ᄒᆯ 老少論의 朝鮮이엇셧고, 爾餘의 多數人民은 마치 被征服者 모양으로 子子孫孫*이 彼等 小數階級의 支配를 밧을 뿐이엇슴니다. 社會의 隆替에 對ᄒ야 全權力, 全責任을 가진 者ᄂ 오직 이 小階級이엇셧고 末年에 至ᄒ여 더욱 그 極致를 發揮ᄒ얏ᄉ외다.

이를 家庭에 보더라도 分明ᄒ외다. 朝鮮에셔 或은 夫婦 或은 父子 或은 兄弟, 或은 此等을 合ᄒ 全家族이 合意로 一家의 일을 行ᄒᄂ 일이 잇겟슴닛가. 그러치 못ᄒᆷ은 實로 家庭의 階級制度의 弊害외다. 夫ᄂ 妻에 對ᄒ야, 父ᄂ 子

*원문에는 '子子孫'으로 되어 있다.

에, 兄은 弟에, 家長은 全家族에 絶對的 優越權이 잇슴으로, 尊흔 者의 ᄒᆞᄂᆞᆫ 일에 對ᄒᆞ야 卑흔 者ᄂᆞᆫ 오직 唯唯諾諾홀 ᄲᅮᆫ이오 아모 容喙홀 資格이 업ᄂᆞᆫ ᄭᅡᆰ 닭이외다. 實로 階級思想은 우리의 致命的 毒菌中의 하나이외다.

다른 데도 階級思想으로 고싱을 ᄒᆞᄂᆞᆫ 곳이 잇스닛가 階級思想이 아조 儒敎의 專有物이라고ᄂᆞᆫ 홀 수 업거니와, 近代 朝鮮의 階級思想은 뉘가 무에라 ᄒᆞ더라도 儒敎의 所生이외다. 朝鮮人의 痛病이라고 人我가 共許ᄒᆞᄂᆞᆫ 猜忌, 進取의 氣象이 업슴, 同族을 ᄉᆞ랑ᄒᆞᄂᆞᆫ 마음이 薄弱홈, 先祖의 威光을 밋음 等의 惡德은 實로이 階級思想의 遺毒입니다.(1918.10.4.)

(九) 運數論

儒敎에서 易을 經으로 보ᄂᆞᆫ 以上 儒敎ᄂᆞᆫ 運數論的일 것이오 적더라도 運數論的 要素를 ᄒᆞ얏슬 것이외다. 易의 思想은 廣大ᄒᆞ지마ᄂᆞᆫ 一草一木과 人事의 萬般現象 모도 다 天地自然의 理數를 ᄯᆞᆯ라 變易흔다, 그럼으로 吾人이 만일 天地自然의 理數를 洞觀혼다 ᄒᆞ면 萬事萬物의 未來를 占知홀 수가 잇다, ᄒᆞᄂᆞᆫ 것이 그 大旨라 홀 수 잇슴니다. 이 말ᄃᆡ로만 보면 易은 嚴正흔 運數論을 가리치ᄂᆞᆫ 것이니, 松木이면 松木 안인 他木이 될 수 업고 人이면 人 안인 他 動物이 될 수 업슴니다. 이ᄂᆞᆫ 無論 올흔 것이지만 火木이 되ᄂᆞᆫ 松木과 棟樑이 되ᄂᆞᆫ 松木과ᄂᆞᆫ 그가 아직 一粒의 種子로 잇슬 ᄶᅥ에 이믜 定흔 것이며, 吾人의 一生運數, 一民族國家의 歷史도 그 發生時에 이믜 定흔 것이라 ᄒᆞ게 됩니다. 이리되면 吾人은 되야가ᄂᆞᆫ ᄃᆡ로 되어갈 것이오 目的을 定ᄒᆞ고 그것을 達ᄒᆞ랴 고 奮鬪努力홀 必要도 업슬 것이오, 그리혼다사 아모 效力이 업슬 것이외다.

그러나 易의 敎理ᄂᆞᆫ 이ᄲᅮᆫ이 안니오 確實히 人의 自由意志를 許홉니다. 卽 吉凶悔吝을 人에게 豫告ᄒᆞ야 自己의 意志와 努力으로 凶을 吉로 方向을 異ᄒᆞ게 ᄒᆞ기를 勸홉니다. 『厲ᄒᆞ나 無咎라』홈은 비록 危殆흔 運數로ᄃᆡ 終日乾乾 夕陽若ᄒᆞ면 그 危殆홈을 免홀 수 잇스리란 말이오, 『履霜堅氷至』도 履霜일ᄉᆡ

堅氷이 至ᄒ리니 履霜ᄒᆯ 時에 堅氷이 至치 아니ᄒ도록 ᄒ여라 홈인가 ᄒᆸ니다. 이러케 易은 一面 運數論을 가리치면셔도 他一面으로 自力으로 足히 運數의 方向을 엇던 程度ᄭ지ᄂ 變更ᄒᆯ 수 잇슴을 가라첫습니다. 그러나 劣弱者, 懶惰者, 無敎育者ᄂ 흔히 그中에 運數論만을 取ᄒ고 自力論은 無視ᄒᆸ니다. 易이 우리에게 쥰 人生觀은 實로 이 運數論的 部分이 居多ᄒᆫ가 ᄒᆸ니다. 우리 父老가 人事의 萬般現象을 對ᄒᆯ 째에 輒曰『莫非運數여』,『嗚呼 運世 奈何』,『嗚呼 命歟』라 홈은 實로 이 運數論에서 나오ᄂ 것이외다. 이리ᄒ야『安』이라든지,『守』라ᄂ 것이 君子의 美德이 될 만ᄒ게 되엇습니다.『居分』이라 홈은 一種 運數論的 語니,『分』은 卽 個人이나 國家의 運數라ᄂ 쯧이외다. 이리ᄒ야 國家의 政治와 敎育은 全力을 다ᄒ야 人民에게 安分思想을 普及ᄒ기를 힘썻습니다. 이에『샹놈』階級은 平生 兩班階級을 侵ᄒ지 못ᄒ야 兩班階級은 高枕安臥홈을 得ᄒ얏거니와, 이 쌈문은 社會가 精神上으로나 物質上으로나 破産의 悲境에 陷ᄒ게 되엇습니다.

勸者가 반다시 富ᄒ지 못ᄒ고 善人이 반다시 昌盛ᄒ지 못ᄒ니 運數가 잇ᄂ 듯도 ᄒ며, 넘어도 意外에 事件이 닐어나셔 우리가 論理的 科學的으로 그 原因을 究明키 不能ᄒᆫ 쌔가 만흐니* 因果律을 超越ᄒᆫ 運數라ᄂ 것이 잇ᄂ 듯도 ᄒ외다. 그러나 우리ᄂ 運數라ᄂ 것이 잇ᄂ 것을 確知ᄒᆯ 根據도 업고, 만일 잇다 ᄒ더라도 어듸ᄭ지가 運數에 屬ᄒ고 어듸ᄭ지가 自力에 屬ᄒᆫ지 分別ᄒᆯ 수가 업스며, ᄯ우리가 보건듸 우리의 行爲나 事業은 다 우리의 意志와 努力으로 ᄒᄂ 것이니, 우리ᄂ 찰하리 全혀 運數라ᄂ 것을 否認ᄒ고 人事의 萬般現象은 오직 우리의 意志와 努力으로 된다, ᄒ고 確信ᄒᄂ 것이 便ᄒ고 有益ᄒᆯ 듯ᄒᆸ니다.

大抵 運數論은 讓ᄒ여 가ᄂ 者, 劣敗ᄒᆫ 者 갓흔 弱者가 흔히 가지ᄂ 것이오, ᄯ 아직 科學이 發達되지 못ᄒ야 自然現象과 人事現象의 因果關係를 알지 못

---

* 원문에는 '만흐나'로 되어 있다.

ᄒᆞ고 모도 다 偶然히, 또 엇던 主幸者의 意志로 된다고 밋ᄂᆞᆫ 野昧民族이 가지ᄂᆞᆫ 人生觀이외다. 우리ᄂᆞᆫ 이 咀呪밧은 運數論을 脫去ᄒᆞ야 生氣 잇ᄂᆞᆫ 自力論的 人生觀을 가져야 ᄒᆞᆯ 것이외다. (1918.10.5.)

運數論은 果然 무엇을 斷念ᄒᆞᄂᆞᆫ 데ᄂᆞᆫ 必要ᄒᆞ외다. 모든 것을 運數에 부치면 마음은 편안ᄒᆞᆸ니다. 그러나 이 斷念이라ᄂᆞᆫ 것이야말로 우리의 理想과 意志의 自由와 奮鬪와 進取의 精神 等 生存繁榮에 必要ᄒᆞᆫ 諸美德을 죽이ᄂᆞᆫ 毒藥이외다. 痲醉劑외다. 斷念 잘ᄒᆞᄂᆞᆫ 이ᄂᆞᆫ 無氣力, 懶惰, 殘弱, 痲痺, 못싱김 等의 諸惡德을 가진 者외다. 『安貧』이란 말이 君子의 美德갓히 通用됩니다. 그러타 ᄒᆞ면 『安賤』, 『安愚』, 『安弱』, 『安辱』 等은 쌀아 나오ᄂᆞᆫ 系며, 이 總公式은 『安分』이외다. 果然 天下萬人이 安貧, 安愚, 安弱, 安辱ᄒᆞᆫ다 ᄒᆞ면 天下ᄂᆞᆫ 太平ᄒᆞᆯ 것이오, 富貴知强帶ᄒᆞᆫ 者ᄂᆞᆫ 高枕ᄒᆞᆯ 수가 잇슬 것이외다. 그러나 이리ᄅᆞ셔ᄂᆞᆫ 生存繁榮ᄒᆞ지 못ᄒᆞᆸ니다. 貧者ᄂᆞᆫ 富 ᄒᆞ려고 全心力을 다ᄒᆞ야 奮鬪호ᄃᆡ 死而後已ᄒᆞ야 ᄒᆞ고, 愚者ᄂᆞᆫ 知ᄒᆞ려고, 賤者ᄂᆞᆫ 貴ᄒᆞ려고, 弱者ᄂᆞᆫ 强ᄒᆞ랴고, 辱者ᄂᆞᆫ 榮ᄒᆞ려고 全心力을 다ᄒᆞ야 奮鬪호ᄃᆡ 死而後已ᄒᆞ야 ᄒᆞᆸ니다.

人類의 文明 — 政治, 科學, 工藝, 藝術은 人類의 不幸의 要素를 除去ᄒᆞ고야 말랴고 決心ᄒᆞᆫ 것입니다. 身體의 病은 醫學으로 고치고, 精神의 病은 敎育으로 고치고, 貧은 産業으로 고치고, 旱魃은 灌漑로, 漲水ᄂᆞᆫ 排水로, 社會의 不完全은 改新과 便通으로, 善에셔 더 善에, 貧에셔 富에, 富에셔 더 富에, 苦에셔 樂에, 樂에셔 더 樂에, 弱에셔 强에, 强에셔 더 强에셔 더 强에, 우리 人類ᄂᆞᆫ 어려셔브터 늙기ᄭᅡ지 子子孫孫이 個人으로 個人의 最善을 다ᄒᆞ고 全體로 全體의 最善을 다ᄒᆞ고 人類로 人類의 最善을 다ᄒᆞ야 마츰ᄂᆡ 우리 理想ᄒᆞᆯ 수 잇ᄂᆞᆫ 限의 境遇까지에 우리를 向上식히고 進步식힘이* 個別로나 全體로나 거룩ᄒᆞ고 榮譽로온 義務외다.

우리ᄂᆞᆫ 天을 바라지 아니ᄒᆞ고 神을 바라지 아니ᄒᆞ고 運數를 바라지 아니

---

* 원문에는 '進步식힘의'로 되어 있다.

ᄒᆞ나니, 우리에게는 오직 우리가 잇슬 ᄯᅡᆫ이외다. 實로 우리 손은 萬物의 創造者오 攝理者오 變通者외다. 우리가 다 創造ᄒᆞᆫ 것이며 우리가 變通ᄒᆞᆯ 수 잇고 改化ᄒᆞᆯ 수 잇나니, 壯ᄒᆞ다, 우리의 主宰는 오직 우리외다.

그러ᄒᆞ거늘 우리는 幸不幸과 興亡盛衰, 成敗利鈍을 全혀 天命이나 運數에 一任ᄒᆞ야 現在의 내 境遇가 不幸ᄒᆞ면 이를 運이라 ᄒᆞ야 斷念ᄒᆞ고, 貧코 弱코 辱ᄒᆞ면 이 亦 運이라 ᄒᆞ야 斷念ᄒᆞ여 왓습니다. 우리는 이 酷毒ᄒᆞᆫ 運數라는 迷信의 桎梏을 快破ᄒᆞ고 自由潑剌ᄒᆞᆫ 사람이 되어야 ᄒᆞᆯ 것입니다. 볼지어다, 三千里 童濯ᄒᆞᆫ 山은 鬱蒼ᄒᆞᆫ 森林으로 덥ᄒᆞ면 그만이오, 물 마른 江河에는 늠실 늠실한 물결이 지게 ᄒᆞ면 그만이오, 쓸어져 가는 城과 陋屋을 헐고 번젹ᄒᆞᆫ 石屋을 지으면 그만이오, 沃野千里에는 五穀이 豐登ᄒᆞ도록 ᄒᆞ면 그만이오, 大洋과 近海에는 汽船 帆船을 ᄯᅴ우면 그만이오, 大工場 大商舖는 셰우면 그만이오, 男女兒童은 ᄂᆞ는 ᄃᆡ로 敎育ᄒᆞ면 그만이오, 鐵道 電信 道路는 敷設ᄒᆞᆯ 수 잇는 ᄃᆡᄭᅡ지 敷設ᄒᆞ고, 社會의 迷信과 進步와 幸福에 悖戾ᄒᆞ는 惡道德 惡習慣은 改新ᄒᆞ면 그만이외다. 이러ᄒᆞ면 우리도 남과 ᄀᆞ치 富ᄒᆞ고 幸福ᄒᆞ고 文明ᄒᆞ고 貴ᄒᆞᆯ 수 잇스니, 어느 것이 우리人의 손으로 못ᄒᆞᆯ 것이 잇슴닛가. 어느 것이 天命을 기다리고 運數를 기다릴 것이 잇슴닛가.(1918.10.6.)

(十) 非科學的

儒敎의 朝鮮에 준 害毒中에 ᄯᅩ ᄒᆞ나 큰 것은 科學을 賤히 여긴 것이외다. 自來로 朝鮮의 敎育은 所謂 四書五經과 詩文에 限ᄒᆞ얏습니다. 京師의 成均館으로브터 各郡의 鄕校며 坊坊曲曲의 村塾ᄭᅡ지 唯一ᄒᆞᆫ 學科는 漢字 漢文의 經傳 詩文에 關ᄒᆞᆫ 것ᄲᅮᆫ이엇습니다. 이를 今日에 비기면 國語와 修身만 가라친 것이라 ᄒᆞᆯ 수 잇고 多少 程度가 놉다 ᄒᆞ더라도 漢文學과 哲學 비슷, 政治學 비슷ᄒᆞᆫ 것만 가라친 것이라 ᄒᆞᆯ 수 잇습니다. 全國에 敎育이라면 外國語 外國文學ᄲᅮᆫ의 敎育이엇스니, 그 社會의 將來야 不問可知 아임잇가.

이外에 多少 武術의 敎育이 잇셧스나 이는 極히 狹흔 範圍엿고 게다가 微微흐얏스며, 其他에 學이라 흐면 醫學 天文學이 잇섯던 모양이나 이는 譯學으로 더부러 所謂 中人의 學이라 흐야 敢히 經學과 詩文에 對等치 못흐얏슬 쑨더러, 特別히 此等 科學을 敎授흐는 學校의 設이 업고 或은 世傳으로 或은 그야말로 見習으로 겨우 命脈을 扶持흐야 왓슬 쑨이외다. 醫家의 손으로 된 本草學이 植物學에 比흘 수 잇고 其他 藥物學中에 動植鑛物學의 萌芽가 잇셧다 흘 수 잇스나 오직 萌芽쑨이오 일즉 發達히 본 적이 업셧스며, 工學은 無識흔 木手와 冶匠의 口傳에 委흐얏고 農學은 農夫에게, 商業學은 商人에게 委흐엿슬 쑨이엇나니, 朝鮮人은 漢字 漢文外에 敎育흘 必要를 認識치 못흐엿습니다. 그러케 學이라 흘 學이 업는 中에 아모 所用업는 誰祖誰孫을 討論흐는 閑談거리가 猥濫되게 譜學이라는 宏壯흔 名稱을 가지게 된 것이 實로 噴飯*흘 일이외다.

文學에 갓가운 史學은 政治學의 一補助學으로 相當히 注目되엇스나 이 亦是 흔갓 支那人의 臀**에부터 尊中華의 思想밧에 發明흔 것이 업스며, 모든 工業의 基礎되는 物理學 化學 等은 實로 夢想도 못흔 비외다.

이리흐여 經傳을 暗誦흐거나 詩文을 能히 흐면 원도 되고 監司도 되고 判書되고 政丞도 되엇느니, 實로 싹흔 일이외다.

이러케 科學의 發生과 發達을 沮害흔 것은 毋論 朝鮮의 政治制度가 그릇된 싯닭일지나, 朝鮮의 政治制度를 맛흔 者는 儒敎인즉 이 亦是 朝鮮儒敎의 責任이라고 아니흘 수 업습니다. 만일 儒敎의 專橫이 아니엇던들 江西의 高麗塚과 徐羅伐의 佛國寺 石窟庵을 짓던 建築工藝는 足히 世界 建築工藝界에 一旗幟를 立흘 만흐얏슬지오, 二千年前 渤海 黃海에 橫行흐던 航海術과 世界 最古의 天文臺의 一인 徐羅伐 天文臺로셔 흐르는 天文學 氣象學은 足히 世界의 斯

---

* 입 안에 있는 밥을 내뿜는다는 뜻으로, 웃음을 참을 수 없음을 이르는 말.
** 볼기, 엉덩이.

學史上에 不朽의 大功績을 垂ᄒᆞ얏슬 것이외다.

儒敎가 이러케 科學을 賤히 녀김으로 다만 科學이 發生 發達치 못ᄒᆞ얏슬 ᄯᅮᆫ더러, 人民의 生活方式이 全혀 非科學的이 되고 人民의 思想이 全혀 非科學的이 되어 그 社會에는 科學的 組織이 업고, 그 生活과 事業에는 科學的 根據와 經綸이 업시 오직 荒唐ᄒᆞᆫ 迷信과, 無稽ᄒᆞᆫ 想像과, 一時的 生念에만 의지ᄒᆞ게 되얏습니다. 現代에 잇셔셔 無數ᄒᆞᆫ 侮辱中에 非科學的이라는 侮辱에서 더 큰 것이 업나니, 實로 吾人의 現存의 貧賤愚는 이 非科學的인 데셔 나온 것이라 ᄒᆞᆯ 수 잇습니다. 現代의 文明은 科學의 文明, 現代敎育의 眞髓는 科學, ᄯᅡ라셔 現代生活의 基礎는 科學, 그中에도 自然科學이외다. 그러ᄒᆞ거늘 아직도 吾人은 咀呪 밧은 頑夢을 未覺ᄒᆞ야 科學의 貴ᄒᆞᆫ 줄을 모르며, 甚至어 아직 將來의 主人일 少年들에게 孔子曰 孟子曰만을 가라치는 소리가 朝鮮의 首府요 朝鮮 新文明의 中心인 京城의 通衢 大道에ᄭᅡ지 들니니, 眞實로 可勝嘆哉외다. 新文明의 使徒가 되어야 ᄒᆞᆯ 敎育者들과 高等敎育을 受ᄒᆞᆫ 者ᄭᅡ지도 科學과 吾人과의 關係가 엇덧케 切實ᄒᆞᆫ 줄을 잘 ᄭᅢ닷는 이가 稀少ᄒᆞᆫ 모양이니, 더욱 可勝嘆哉외다.(1918.10.8.)

(十一) 졈잔

儒敎徒의 理想은 君子가 사람됨이니 君子의 表面에 들어나는 最大ᄒᆞᆫ 特徵은 『졈잔』이외다. 非禮勿動, 非禮勿言, 非禮勿聽, 非禮勿 무엇무엇 ᄒᆞ야 勿字 붓흔 消極的 道德이 만흠으로 一言一動을 좀체로 ᄒᆞᆯ 수가 업스며, ᄯᅩ 그 禮라는 것이 各人의 常識으로 알 것이 아니라 二十年 工夫로도 解키 어려운 古代 漢文冊을 尙考ᄒᆞ거나 山林老儒에게 뭇기 前에는 모를 것이니, 이럼으로 動이나 言이나 勿ᄒᆞ는 것이 가쟝 安全ᄒᆞᆫ 方策이외다. 그럼으로 不動, 不言, 不聽ᄒᆞ는 것을 졈잔타 ᄒᆞ고 君子라 ᄒᆞ며, 아모 것도 不爲ᄒᆞ는 것을 君子라 ᄒᆞ고 兩班이라 ᄒᆞᆸ니다.

또 足容重, 手容拱이라 ᄒ야 빨리 걸어도 못쓰고 느릿느릿 걸어야 ᄒ며, 손은 밤낮 揖ᄒ고 잇셔야 ᄒ고 입은 다믈고 잇셔야 ᄒ며, 눈은 正面만 바라보아야 ᄒ고, 不等高不臨深이라 ᄒ여 登山도 不可, 航海도 不可, 探險이나 遊泳은 더욱 不可, 不遠遊라 ᄒ야 旅行이나 留學도 不可, 理想的 君子가 되랴면 世上功名을 夢外視ᄒ고 小齋에 焚香ᄒ고 拱手危坐ᄒ야 古書나 耽讀히야 홉니다. 이리ᄒ야 英氣가 發發ᄒ 靑春少年으로 ᄒ여금 ᄒ씀 活氣가 업시 一步 一步 病人의 걸음을 홀 쩌에 道袍나 心衣의 기단 소믹가 축축 늘어져야 홉니다. 이 遺風이 今日 靑年에게까지 남아셔 『졈잔』이란 것을 큰 美德으로 알고 運動會에 가더라도 競走에 나셔기를 羞恥히 ᄒ며 唱歌時間에 입 버리기를 무셔워홉니다.

녯날 婚喪禮, 鄕飮禮, 對客禮, 一一이 笏記를 불러 가면셔 한번 굽신 절ᄒᄂ데도 興, 拜를 마쵸며, 조곰 돌아셔ᄂ 데도 東……面……立……ᄒ고 길게 부르ᄂ 것을 보면 實로 그 졈잔홈이 大端ᄒ며, 兩班, 션븨의 걸음거리 動作, 言語를 보면 그 졈잔홈이 大端홉니다.

우리ᄂ 兩脚을 놀닐 수 잇ᄂ 딕로 빨리 놀려 速步를 히야 ᄒ고, 速步도 不足ᄒ면 다름질도 히야 ᄒ고, 聲容聲홀 쩍도 잇겟지마ᄂ 소리써스 唱歌도 ᄒ고 號令도 히야 ᄒ고, 江이나 海에셔 夏節마다 遊泳도 히야 ᄒ고, 登山과 探險도 히야 ᄒ고, 엇, 둘 ᄒ고 禮操도 히야 ᄒ고, 萬頃蒼波에 一葉舟도 져어야 ᄒ고, 鐵棒, 平行棒 우해셔 직쥬넘기도 히야 ᄒ고, 自己의 所信을 勇敢히 말ᄒᄂ 討論 雄辯의 傳習도 히야 ᄒ고, 두 팔 부르것고 발낄을 들어 柔術, 擊劍, 틱견도 히야 홉니다. 古之君子ᄂ 靜ᄒ더니 今之君子ᄂ 動홉니다. 古之君子ᄂ 溫柔ᄒ더니 今之君子ᄂ 剛勇홉니다. 古之君子ᄂ 버션을 신더니 古之君子ᄂ 발을 벗슴니다.

졈잔 — 無限ᄒ 活動力을 죽이고 無限ᄒ 事業을 未然에 防杜ᄒ 졈잔 — 상투를 벨 쩍, 조곰 부듸져도 傷홀 갓을 벗고 깔고 안져도 相關업ᄂ 洋벙거지를 쓸 써, 悠悠然흔 白色仙衣를 脫흐고 黑이 뭇어도 아니 더럽는 鳥銃바지를 닙을 써에, 吾人은 이『졈잔』을 집어 내던졋셔야 흘 것이외다.

新興흐는 者에게는 一種의 蠻氣가 必要흐외다. 그에게는 優美치 못흔 点, 졈잔치 못흔 点, 强暴흔 点, 無禮흔 点, 野蠻된 点이 잇스리다. 그러나 그에게는 自己의 손으로 萬物을 創造흐겟다는 大活力이 잇슴니다. 舊文明의 餘毒으로 衰微히 가는 者에게는 優美흠, 쪽씨움, 禮節다움, 약음, 졈잔음이 잇슴니다. 그러나 이것은 夕陽의 美와 갓흠니다. 周末이 이러흐얏고 唐末이 이러흐얏슴니다. 대개 一國이나 一個人은 暴로 興흐고 禮로 亡흐는 것이외다.

興흐는 者에게는 恒常 졈잔치 못흔 靑年의 蠻氣가 잇셔야 흠니다. 東京 第一高等學校 生徒는 國家의 柱石으로 自任흐기로 有名흐고 同時에 졈잔치 못흐기로 有名흠니다. 그네는 弊衣破鞋에 몽동이를 두루며『오이, 오이, 데칸쇼』*를 부르고 橫行濶步흠니다. 日本의 元氣는 거긔 잇슴니다.(1918.10.9.)

結論

以上 凡十六回, 十餘項에 亘흐야 儒敎가 朝鮮 民族性에게 及흔 影響을 論흐얏슴니다. 그러고 그 影響의 거의 全部가 우리의 過去生活을 失敗케 흔 原因이 된 것을 論흐얏슴니다.

처음에 豫告흔 바와 곳치 余는 儒敎 自身의 根本思想이라든지 그 長處短處를 論흐러 흐지 아니흐얏고, 오직 朝鮮思想史의 見地에 立흐야 儒敎가 또 儒敎라는 名義와 權威下에셔 朝鮮思想에 준 影響을 論흐쟈는 것이 닉 目的이엇슴니다. 그럼으로 上述흔 儒敎思想, 그中에도 欠되는 思想中에는 儒敎 自身에 屬흔 것도 잇슬 것이오 朝鮮 儒學者의 特有흔, 或은 그릇된 解釋에셔 나온 것도 잇슬 것이외다. 그러나 나는 儒敎에 對흔 一種 偏見이나 敵愾心을 가지

---

* 데칸쇼 타령의 후렴구. 원래 민요였던 것이 학생가로 불리었다. 데칸쇼는 일종의 후렴구로 의미가 없는 단어지만, 데카르트·칸트·쇼펜하우어의 줄임말이라는 설도 있다.

고 구태 儒教를 讒誣ᄒ려 홈이 아니오 過去의 朝鮮生活을 公平ᄒ 態度로 批判ᄒ려 홈에 不過ᄒ얏습니다. 間或 悲憤의 餘에 先人에게 對ᄒ야 無禮ᄒ고 過激ᄒ 評言도 업지 아니ᄒ얏스며 ᄯ 스스로 그 君子답지 못ᄒ얏슴을 羞恥도 ᄒ거니와, 實로 이ᄂᆞᆫ 靑年의 熱情이 스스로 抑制치 못홈에서 出ᄒ 것이외다.

過去 李朝 五百年은 實로 儒敎로 終始ᄒ얏습니다. 五百年間의 政治史, 制度史, 思想史, 文學史가 왼통 儒敎라ᄂᆞᆫ 것을 中心 삼고 廻轉ᄒ엿ᄂᆞ니, 朝鮮이 盛ᄒ엿다 ᄒ면 그ᄂᆞᆫ 儒敎의 德이오 衰ᄒ엿다 ᄒ면 그 亦是 儒敎의 責任이외다. 朝鮮의 社稷과 文廟ᄂᆞᆫ 平行히 왓습니다.

數年前『學之光』에 宋鎭禹君의 孔子와 儒敎에 關ᄒ 論文이 揭載되민 當時 朝鮮新聞의 朝鮮文欄 主事ᄂᆞᆫ 數日에 亘ᄒ야 그 社說欄에 辛刺ᄒ 攻擊의 論文을 連載ᄒ야 沈黙ᄒ던 朝鮮文壇에 一時 異彩를 發ᄒ 적이 잇습니다. 余ᄂᆞᆫ 不幸히 當時 宋君의 文은 讀홀 機會를 不得ᄒ엿스나 그를 攻擊ᄒᄂᆞᆫ 朝鮮新聞의 論說은 민우 注意ᄒ야 連讀ᄒ엿거니와, 그 論文은 오직 自來로 所謂 斯文亂賊을 攻擊ᄒ던 熱語와 論理를 襲用ᄒ엿슬 ᄲᅮᆫ이민 語調가 甚히 壯ᄒ고 烈ᄒ 外에 아모 肯綮에 中ᄒ 論旨를 發見치 못ᄒ엿습니다. 余의 此文이 世에 出ᄒ면 반다시 當時에 倍ᄒᄂᆞᆫ 擊의 矢가 雨下홀 줄을 自信ᄒ거니와, 玆에 余ᄂᆞᆫ 攻擊ᄒᄂᆞᆫ 이가 다만 因襲과 感情에만 잡히지 말고 冷靜ᄒ게 公平ᄒ게 事實은 事實로, 論理ᄂᆞᆫ 論理로써 ᄒ시기를 바랍니다.

이졔 余ᄂᆞᆫ 過去 五百年의 朝鮮을 支配ᄒ던 思想을 批判ᄒ엿스니, 三十餘年來로 朝鮮民衆에게 急潮와 갓히 弘布되ᄂᆞᆫ 耶蘇敎思想이 朝鮮에게 주ᄂᆞᆫ 影響을 批判ᄒ러 ᄒᆷ니다. 그러기 前에 맛당히 멀리 三國時代브터 우리에게 들러와 千有餘年間 우리의 思想과 生活을 支配ᄒ던 佛敎에 對ᄒ야 一言이 업지 못홀 것지마ᄂᆞᆫ, 李朝 以來로 佛敎ᄂᆞᆫ 그 寺刹의 位置와 갓치 山間에 蟄伏ᄒ야 民衆과ᄂᆞᆫ 거의 아모 思想的 交涉이 업섯스며, 吾族의 精神에 吸收되얏던 佛敎的 分子도 李朝의 崇儒俳佛政策과 敎育下에 거의 全部 그 根蒂를 ᄲᅡ히고 말

엇스니 近代의 吾族의 思想과 佛教와는 沒交涉이라 홈이 可ᄒ며, 坯 近年에 와셔 日本佛教의 刺激을 受ᄒ고 自來 儒教의 壓迫을 脫ᄒ야 佛教가 朝鮮思想界의 一方에 旗幟를 立ᄒ얏스나 아직 이를 史的 事實로 批評홀 만ᄒ 程度에 不及ᄒ얏슴으로, 佛教에 關ᄒ 것은 以下 民間 諸信仰이라는 題下에 論ᄒ기로 ᄒ고 바로 耶蘇教의 思想에 入ᄒ려 홈니다.

그런되 耶蘇教의 思想을 批判ᄒ는 데 對ᄒ셔도, 佛教에셔 그리ᄒ얏슴과 갓치, 耶蘇教 自身의 根本思想을 論ᄒ기보다, 朝鮮 耶蘇教徒에게 解釋된 耶蘇教, 坯는 耶蘇教가 朝鮮思想界에 及한 影響을 論ᄒ려 홈니다. 東洋 舊文化를 代表ᄒ 佛教思想과 西洋 舊文化를 代表ᄒ 耶蘇教思想과 西洋 及 日本의 新文化를 代表ᄒ 科學思想, 이 三者는 只今 混沌ᄒ 朝鮮思想界에셔 鹿*을 逐ᄒ다 홀 수 잇슴니다. 余의 筆은 『佛教』, 『耶蘇教』, 『朝鮮의 諸信仰』을 經ᄒ야 科學思想에 及홀 것이외다.(1918.10.10.)

五, 基督教思想

總論

天主教가 들어온 지는 百餘年이 넘엇다 ᄒ지마는 朝鮮思想界에 顯著ᄒ 影響을 준 것이 업섯고, 三十年 紀念을 年前에 祝賀ᄒ 耶蘇教(新教)는 이믜 三十萬 以上의 信徒를 엇어 大小를 勿論ᄒ고 都會란 都會에는 거의 一二의 耶蘇教堂이 업는 데가 업스며, 坊坊谷谷이 거의 耶蘇教 信徒를 아니둔 데가 업슬 만ᄒ외다. 三十萬이라 ᄒ면 朝鮮 全人口의 五十分, 或은 六十分之一에 不過ᄒ지마는, 每五十人, 每六十人에 耶蘇教 信徒 一人式이란 말이 이믜 금찍ᄒ 일이오, 게다가 이 三十萬 信徒는 同一ᄒ 規律로 組織된 教會라는 社會內에셔 每七日 一次式 同一ᄒ 經典을 硏究ᄒ며 同一ᄒ 教育의 說敎를 듣는 것을 싱각ᄒ

---

* 제왕의 자리를 뜻하는 '제위帝位'의 비유.

면, 그 勢力과 影響이 엇더케 偉大흔 것을 可知흘 것이외다.

朝鮮內에서 同一흔 思想과 旗幟下에 이만큼 굿게 團結된 社會는 오직 耶蘇教뿐이라 흘 수 잇나니, 이 点으로 보건딕 儒教도 멀니 耶蘇教에 不及흔다 흘 수 잇습니다.(天道教도 그 信徒가 五十萬에 達흔다고 號흐나니 이 亦是 朝鮮思想과 朝鮮社會를 論흔 者의 看過치 못흘 點이라, 朝鮮 諸信仰이라는 條下에 批評을 試흐려 흡니다). 耶蘇教會는 現代式 政治組織을 取흐야 儼然히 一國家의 觀이 잇스며, 坐 學校, 病院, 出版事業, 靑年會, 救世軍 等 取흘 수 잇는 機會와 方法을 다 取흐야 그 傳道에 努力흐는 今日 朝鮮思想界에 가장 組織的이오 偉大흔 勢力 가진 者라 흘 수 잇스며, 일즉 佛教의 朝鮮이 儒教의 朝鮮이 된 모양으로 儒教의 朝鮮이 將次 耶蘇教의 朝鮮이 아니 되랴는가 흐고 사람으로 흐여곰 疑心케 흐리 만큼 勢力이 偉大흡니다.

耶蘇教 信徒의 思想과 生活方式이 만히 耶蘇教化된 것은 勿論이어니와 信徒 아인 者도 不識不知間 耶蘇教的 思想에 感染흐며, 그 生活方式의 一部를 取흐게 됩니다. 近來에 耶蘇教會式 婚姻이 增加흐는 것도 그 一徵으로 볼 수가 잇습니다.

그러흐거늘 — 耶蘇教의 弘布가 이러케 連힛고 그 思想의 勢力이 이러케 偉大힛거늘 吾人은 일즉 이에 對흐야 評論을 加흔 적이 잇습닛가. 耶蘇教 自身의 如何, 朝鮮 耶蘇教의 如何, 耶蘇教와 朝鮮과의 關係 如何, 따라셔 吾人이 耶蘇教會에 對흐야 如何흔 態度를 取흘가 等, 吾人은 이 大問題에 對흐야 口로나 筆로나 批判을 加흐고 討論을 試흔 즉이 잇습닛가. 잇다 흐면 大院君 當年에 儒教를 擁護흐는 立脚地에서 보아 天主學을 異端邪說이라고 斷定흐고 無數흔 天主學匠이를 殺戮흔 일이 잇슬 뿐이외다. 그 斷定의 是非는 且置흐고 一定흔 立國의 標準下에서 그만흔 斷定과, 斷定에 對흐야 그만큼 斷然흔 態度를 取흔 것이 稱揚흘 만흡니다. 그러나 그로브터 至今토록 吾人은 沒批判, 無意識으로 耶蘇教의 信徒가 되얏고, 坐 耶蘇教의 布教를 傍觀흐얏습니다. 如此훈 社會의 大現象에 對ᄒᆞ야 一言一行의 批評이 업셧다 흠이 實로 文化를 가젓다는 民族의 一驚異요 一大 恥辱이 안이릿가.

三國時代에 佛敎를 輸入홀 씨에는 아직 人知가 未開훈 적이라 그 沒批判을 容恕도 ᄒᆞ겟지마는 李朝에셔 儒敎를 國敎로 取홀 씨는 반다시 嚴正훈 批判을 經ᄒᆞ얏셔야 홀 것이며, 耶蘇敎를 取홀 씨에는 더구나 嚴正훈 批判과 周到훈 思慮가 잇셧셔야 홀 것이외다. 毋論 今日은 古代와 달나 信敎의 自由는 憲法이 保障ᄒᆞ는 비니 法律이나 社會가 어느 宗敎의 布敎를 禁홀 수는 업다 ᄒᆞ더라도, 그 自由라 흠이 이믜 制限的이라, 立國의 宗旨와 民族의 根本的 大理想에 違背치 안이ᄒᆞ는 範圍內에셔만 許흠이 되는 自由니, 一旦 그 範圍를 超越ᄒᆞ면 國家는 맛당히 그 權力으로 此를 禁홀 것이오 社會의 輿論은 그 正義라 ᄒᆞ는 바로 此를 誅홀 것이외다. 그러면 吾人의 根本되는 民族的 理想이 무엇이며, 耶蘇敎의 敎理와 이 理想과의 關係가 엇더ᄒᆞ냐…… 이것은 當然히 討論되고 斷定되어야 홀 問題외다.(1918. 10. 11.)

(一) 基督敎의 弘布된 理由

그러나 李朝의 政治的 統一이 解弛흠으로 더불어 儒敎의 民衆에 對훈 壓力도 弛緩되엇고, 쏘 儒敎의 經傳이 難澁훈 純漢文이기 째문에 그 精神의 普及이 겨우 特殊훈 一階級에 不過ᄒᆞ야 多數民衆은 거긔셔 精神生活의 糧食을 엇지 못ᄒᆞ얏셧스며, 兼ᄒᆞ야 儒敎의 壓迫下, 民衆으로 精神生活의 要求를 滿足ᄒᆞ게 홀 만한 宗敎나 文學이 發達되지 못ᄒᆞ얏셧슴으로 一旦* 耶蘇敎 布敎의 禁이 解ᄒᆞ믜 多數民衆은 滔滔히 그 平民的인 耶蘇敎 속에셔 精神的 飢渴의 滿足을 求ᄒᆞ게 된 것이외다.

儒敎의 經典은 元來 그 內容이 王者的이오 貴族的이어셔 多數民衆에게는 親近훈 맛이 업는데다가, 兼ᄒᆞ야 平易훈 邦語로 飜譯훈 것이 업셔 數十年 工

* 원문에는 '日旦'으로 되어 있다.

夫를 能히 홀 만흔 財産과 時間의 餘裕가 잇는 者라야 비로소 그 道味를 解홀 수 잇고, 中以下의 細民과 婦女들은 뜻이 잇셔도 企望도 못ᄒ얏스므로 儒教 는 다만 治者 階級의 專有에 不過ᄒ얏스나, 耶蘇教는 元來 그 內容이 世界的 이오 平民的인데다가 前道者들이 率先ᄒ야 朝鮮語를 硏究ᄒ고 平易흔 朝鮮 文으로 그 大部의 經典(儒教의 經典의 幾十倍나 될)을 譯出ᄒ야 數月間 諺文의 工夫가 잇는 者면 누구나 讀ᄒ고 解홀 수가 잇스므로 數百年間, 아마 數千年 間 아무 精神生活을 가져보지 못흔 多數民衆은 그 속에셔 宗教뿐 아니라 哲 學을 찻고, 文學을 찻고, 天地創造와 萬物發生과 人類의 生活에 關흔 모든 說 明을 찻고, 人生生活의 理想과 慰安을 찻고, 나죵에 來世의 永生과 福樂을 찻 게 된 것이외다.

그럼으로 그네는 祖先 傳來의 信仰이라던지 民族的 理想을 바리고 耶蘇教 로 歸依흔 것이 아니라, 祖先 傳來의 모든 信仰과 民族的 理想을 交換ᄒ는 갑 업시 말씀 儒教에게 쎗앗기고 오릭동안 沒信仰, 沒理想흔 暗黑裡에 살다가 耶蘇教라는 光明을 보고 前後를 돌아볼 식 업시 그리로 달아들어간 것이외 다. 오릭동안 多數民衆이 엇더케 歸依홀 信仰과 理想을 渴求ᄒ얏슬 것은 推 理로도 分明ᄒ거니와, 最近 一世紀間에 東學, 白白道, 弓弓乙乙, 무엇무엇ᄒ 고 人類의 史上에 稀罕ᄒ다 홀 만흔 多數의 宗教가 雨後의 버셧과 갓히 叢生 흔 것을 보아도 알 것이외다. 그럼으로 耶蘇教로 ᄒ야곰 그러케 速히 傳播되 게 흔 原因은 儒教가 民族的 信仰과 理想을 왼통 芟除히 버리고 거긔 代身홀 만흔 것을 주기에 失敗ᄒ야 民衆으로 ᄒ여곰 數世紀間 沒理想, 沒信仰흔 暗黑 裡에 呻吟케 ᄒ얏슴이외다.

만일 그네에게 民族的 傳統이라 홀 만흔 信仰이나 理想이 잇셧다 ᄒ면 耶 蘇教를 밧기 前에 먼져 內的 葛藤이 닐어나고 다음에 社會的 葛藤이 닐어낫 슬 것이로딕, 元來 아모 것도 업셧슴으로 耶蘇教는 거의 아모 抵抗도 업시 受 入된 것이외다. 大院王 時節에 耶蘇教가 不少한 逼迫을 當ᄒ엿스나 이 逼迫

은 政治的 逼迫, 治者階級의 逼迫이오 儒教의 逼迫이며, 多數民衆의 中心에셔
나온 逼迫이 안이얏슴니다.

日本에 耶蘇教가 入흔 지는 朝鮮보다 훨신 오릭지마는 朝鮮과 갓흔 大弘通
을 보지 못흠은 日本에셔는 儒教나 佛教가 能히 神代 以來의 民族的 信仰과
理想을 壓伏ᄒ지 못ᄒ얏고 儒教나 佛教가 도로혀 幾部分 民族的 信仰과 理想
에 同化가 되다십히 ᄒ야 日本民族에는 日本民族 固有의 信仰과 理想이 儼然히
잇슴을 因흠이며, 쏘 갓흔 耶蘇教라도 日本에 入흔 耶蘇教는 벌셔 顯著ᄒ게 日
本的 色彩를 씌게 된 것이외다. 支那도 이러ᄒ니다. 오직 朝鮮이 儒教면 儒教,
耶蘇教면 耶蘇教에 全心身을 다 집어넛는 지조를 가젓슬 쑨이외다. 朝鮮 耶
蘇教人中에 日本보다도, 支那보다도 特히 朝鮮에 耶蘇教會의 發達이 速흔 것
을 或은 天恩이라 ᄒ고 或은 自己네가 優秀흔 것이라 ᄒ야 자랑ᄒ는 이가 잇는
것을 보면 實로 可憐可恥외다.(1918.10.12.)

耶蘇教가 그처름 速히 弘布된 理由로 前節에 儒教가 民族 傳來의 信仰과 理
想을 芟除ᄒ고 거긔 代홀 者를 셰우지 못ᄒ야 民衆이 精神的 生活의 渴望의
極度에 在ᄒ얏던 것, 그 經傳이 平易흔 朝鮮文으로 飜譯된 것, 傳道의 方法과
教會의 治理가 組織的인 것 等을 들엇슴니다. 이것이 毋論 그 主要흔 原因일
지나 이밧게 두 가지 看過치 못홀 原因이 잇스니, 그것은『道德的 要求』와
『하ᄂ님의 思想』과『來世의 思想』이외다.

李朝末을 當ᄒ야 政治가 紊亂ᄒ고 儒教를 基礎로 흔 紀綱이 解弛흠을 짤아
朝鮮은 上下를 勿論ᄒ고 沒理想 沒信仰흔 暗黑生活에 싸지게 되고, 짤라셔 淫
佚이 風을 作ᄒ며, 詐欺와 投機, 射利와 酒色雜技와 人身賣買와 官職의 買賣
와 虐政과 誅斂이 無所不至ᄒ게 되여, 産業은 衰微ᄒ고 民氣는 消耗ᄒ야 物質
的으로는 貧窮의 苦惱와 生命의 不安이 잇고 精神的으로는 道德的 良心의 痲
痺와 人生에 對흔 失望의 悲哀가 잇셧슴니다. 實로 우리의 生活은 暗澹ᄒ고
悲慘ᄒ얏스며 無數흔 無意味흔 罪惡中에셔 날로 衰亡의 陷穽을 向ᄒ고 醉ᄒ

야 굴너 들어갓슴니다. 이러흔 狀態에 잇는 者가 渴求홀 것은 人生의 曠野를 希望으로써 指導홀 만흔 宗敎的 信仰이나 哲學的 理想의 光明일 것이며, 淫佚 無規律흔 糜爛흔 生活의 厭忌와 그에 對흔 反動으로 嚴肅코 秩序 잇는 生活의 方式을 要求홀 것은 自明흔외다. 이 두 가지를 應흐기 爲흐야 東學, 白白道, 靑蓮道, 무엇무엇흐는 道가 만히 發生흐얏스나 그것이 能히 人心에 滿足을 쥬지 못흐고 數千年 精鍊된 優秀흔 耶蘇敎가 마참닉 此要求를 應흐게 된 것 이외다. 意味업시 그늘그늘의 無味흔 生活로 헐덕이던 民衆은 그 속에셔 人 生의 意義와 希望과 光明과 安心 生命의 道를 찻고, 無規律 淫佚흔 生活에 厭 症는 民衆은 그 속에서 嚴肅흐고 敬虔흔 生活方式을 차즌 것이다. 每日 酒 色에 耽흐야 疲勞와 嘔吐와 긋업는 肉慾의 捕虜가 되엇던 者가 夙興夜寐흐야 敬虔흔 祈禱로 靑天을 울어볼 썩의 爽快흔 妙味를 보미 얼마나 法悅을 感흐 얏겟슴닛가. 詐欺와 僧惡과 罵詈와 歐打와 復讐 等 陰沈흐고 毒臭 잇는 空氣 中에 잇던 者가 愛와 獻身과 平和와 敬虔의 新鮮흔 空氣中에 나올 썩 그 얼마 나 法悅을 感힛겟슴닛가. 天道敎會徒가 一時 宏壯히 增加흔 것도 이러흔 理由 니, 十餘年前 卽 東學으로 逼迫을 當흐던 當時의 天道敎에는 이러흔 美點이 잇셧슴니다. 그럼으로 當時에 만일 儒敎나 佛敎徒中에 天下人心을 洞察홀 만 흔 碩儒나 道僧이 낫던들 濟世의 大功을 垂흐얏슬 것이외다.

다음에는 『하늘』의 思想과 『來世』의 思想이니, 朝鮮民族은 그가 扶餘族의 稱號를 가젓던 太古時代로브터 『하늘』을 尊崇흐는 思想과 死後 卽 來世의 生 活에 對흔 信仰이 잇셧슴니다. 檀君의 太子씌셔 祭天흐얏다 흐얏고 또 檀君 은 하늘로셔 나려와셔 하늘로 올나가셧다 흐얏스며, 檀君의 稱號인 王儉이 라는 『儉』이 이믜 上帝라는 쯧이라 흐고(나는 王儉은 壬儉의 訛라는 說을 取치 아니흐고 王儉의 王은 大라는 쯧으로 取흡니다) 其他 東北 扶餘며 三韓, 三國의 古史를 보더라도 『十月祭天』 等의 句가 잇스며, 또 檀君의 靈과 個人의 先祖 의 靈을 祭祀흐는 風이 잇던 것을 보아 朝鮮民族에는 原來 拜天思想과 來世의

思想이 잇셧던 것이 分明홉니다. 게다가 儒敎가 亦是 拜天思想을 鼓吹ᄒ얏고 (天을 人格的으로 본 것은 아니나) 佛敎가 來世思想을 鼓吹ᄒ여셔, 이리ᄒ야 우리에게ᄂ 先天的으로 拜天思想과 來世思想이 깁히 깁히 ᄲ리를 박앗던 것이 외다. 典籍으로 殘存ᄒ 것이 업스니 斷定으로 못 ᄒ여도 우리 祖上에게 拜天과 來世의 信仰을 宗旨로 ᄒ 一種의 宗敎가 잇셧슬 것이 分明홉니다. 그러나 이것은 佛敎와 儒敎의 滅ᄒ 바 되고 다만 斷片的으로 拜天과 來世의 思想이 口에서 口로 傳ᄒ여 오다가 此兩者를 主旨로 훌륭ᄒ게 組織된 耶蘇敎가 들어오믹 우리 民衆의 胸中에 莫大ᄒ 共鳴을 쥰 것이 耶蘇敎의 歡迎된 一原因인가 홉니다.(1918.10.13.)

(二) 基督敎의 理解된 程度

上述한 바와 갓치 朝鮮의 耶蘇敎ᄂ 世界의 布敎史上에 未曾有한 速力으로 弘布되엇습니다. 그ᄲᆫ더러 數百名 朝鮮人 牧師와 그보다 多數한 長老 傳道師 等 高級 敎職員이 싱겨 朝鮮內 各敎會ᄂ 거의 全部 朝鮮人 敎役者의 直接 治理를 밧을 만콤 되엇습니다. 그러고 三十萬이니 五十萬이니 ᄒᄂ 信者中에ᄂ 或은 西洋에 留學ᄒ 者도 잇고 日本에 留學ᄒ 者도 잇셔 相當ᄒ 高等敎育을 밧아 敎會의 中樞人物이 될 者도 不少ᄒ 모양이외다. 그러나 耶蘇 敎理와 信仰은 엇더ᄒ 程度ᄭ지나 理解가 되고 肉이 되고 血이 되엇ᄂ가. 이것은 余만 아니라 信徒 各人이 — 그中에셔도 有識階級이 한번 反省홀 것인가 홉니다.

이것은 學術試驗 모양으로 各信徒에게셔 答案을 徵홀 수도 업ᄂ 일이니, 調査홀 唯一ᄒ 方法은 朝鮮 耶蘇敎徒의 슌으로 된 文學과 代表될 만ᄒ 敎役者의 說敎를 듯ᄂ 것일 것이외다. 만일 自己가 熱烈ᄒ 信仰의 經驗이 잇다 ᄒ면 반다시 그것이 詩나 歌나 其他의 形式으로 發表되어야 홀 것이니, 만일 發表되지 안이ᄒ다 ᄒ면 그 信仰의 經驗이 아직 萬人의 압헤 或 은 法悅로, 或은 悲痛ᄒ 悔限의 熱淚로 告曰홀 만ᄒ 程度에 達치 못ᄒ 것이라고 볼 수밧게 업습니다. 聖 아우구스틘의 懺悔는 實로 말랴도 말 수 업는 信仰의 經驗의 告白이 아닙닛가. 그러나 不幸히 余는 아직 朝鮮 耶蘇敎徒의 信仰告白이 文字로 發表된 것을 보지 못ᄒᆞ얏습니다. 우리가 흔히 보는 復興會의 熱狂的 告白이 만일 靈의 속속 깁히로셔 發ᄒᆞᆫ 것이라 ᄒᆞ면 그것이 文字로 結晶되지 아니ᄒᆞᆯ 理가 업습니다. 쏘 十餘年 牧師의 職에 잇셔셔 每週 二三次의 說敎를 ᄒᆞ는 者도 百은 헐신 넘으련마는 그네의 說敎가 說敎集이나 信仰告白의 形式으로 出版된 것을 못 보앗스니 (平壤 어느 牧師의 說敎集이 잇다는 말은 들엇스나), 만일 그네가 靈의 속속 깁히로 信仰의 靈感을 가지고 그 靈感의 發露로 說敎를 ᄒᆞ얏다 ᄒᆞ면 반다시 自己나 他人의 손으로 그 尊貴ᄒᆞᆫ 信仰의 經驗이 書籍이 되어 나왓슬 것이외다.

以上은 信仰方面으로 본 것이거니와, 다음에 敎理의 理解되는 方面으로 보더라도 만일 敎役者나 信徒中에 耶蘇의 敎理를 眞實로 理解ᄒᆞ얏노라고 自信ᄒᆞ는 者가 잇다 ᄒᆞ면 반다시 書籍이 되어 天下衆生의 眼前에 노혓슬 것이외다. 그러ᄒᆞ거늘 아직 朝鮮人으로 된 一個 聖經 註譯書 ᄒᆞ나를 보지 못홈은 엇지된 일인지.

이 모양으로 三十年의 歷史와 三十萬의 敎徒를 가진 朝鮮 耶蘇敎會에셔는 아직 信仰告白이나 敎理解釋 ᄒᆞᆫ 卷을 産ᄒᆞ지 못ᄒᆞ얏습니다. 그럴진ᄃᆡ 朝鮮 耶蘇敎의 現狀을 물을 ᄯᅢ에 무엇을 實例로 ᄃᆡ답ᄒᆞ려 홈닛가. 三十年이라는 時間과 三十萬이라는 數와?

余의 一友가 일즉 朝鮮 耶蘇敎史를 著ᄒᆞ려 ᄒᆞᆯ 시 그 傳道史, 敎會發展史의 材斜는 그도 外人의 記錄에셔 不完全ᄒᆞ나마 엇울 수가 잇스되, 信仰과 敎理의 史料는 全無ᄒᆞᆫ 것을 恨歎홈을 들엇습니다. 朝鮮 耶蘇敎徒의 손으로 朝鮮 耶蘇敎史 一冊의 著述이 아즉ᄭᅥ지 업슴이 이의 羞恥여든, ᄒᆞ물며 三十年 三十萬의 長時日 多人數에 朝鮮 耶蘇敎史의 史料가 될 만ᄒᆞᆫ 形蹟죠차 업다 홈은 實로 不可使聞於他人이외다. 만일 朝鮮人은 아즉 宗敎의 信仰을 感激ᄒᆞ고 敎

理를 理解홀 만흔 精神의 發達이 업다 ᄒ면 已여니와, 그러치 아니ᄒ면 耶蘇敎ᄂᆞᆫ 다만 皮相으로 攝取된 것이오 完全ᄒ게 消化된 것이 아니라고 斷定홀 수밧게 업습니다. 歷史가 아모리 오릭고 信者數가 아모리 만케 된다 ᄒ더라도 信仰과 敎理가 完全히 吸收된 實證을 보이기 前에ᄂᆞᆫ 朝鮮 耶蘇敎會ᄂᆞᆫ 아즉 精神的 根據가 업ᄂᆞᆫ 것이라ᄂᆞᆫ 斷案을 否定홀 수ᄂᆞᆫ 업습니다.(1918.10.15.)

(三) 朝鮮 基督敎의 敎理와 信仰

前節에 말흔 바와 갓치 朝鮮 耶蘇敎의 現狀(信仰과 敎理로 본)을 硏究홀 만흔 아모 材料도 업지마ᄂᆞᆫ, 그러타고 全혀 그것을 無視ᄒ고 耶蘇敎와 우리 思想과의 關係를 論홀 수가 업스니 이졔 余 一個人의 觀察과 經驗으로 朝鮮 耶蘇敎의 現狀(信仰과 敎理로 본)에 對흔 管見을 말ᄒ야 本論의 根據의 一部를 作ᄒ려 홈니다. 퍽 獨斷과 誤謬가 만흘 것이라, 具體的 材料 업ᄂᆞᆫ 斷定은 學者의 避ᄒᄂᆞᆫ 바이나 現在에 잇셔셔ᄂᆞᆫ 此外에 取홀 途가 업슴을 엇지 ᄒ리오.

첫지 敎理方面으로 보건딕(余의 經驗이 長老敎會엿슴으로, 대기ᄂᆞᆫ 長老敎會의 例를 듭니다, 其他 敎會도 新敎ᄂᆞᆫ 대개 ᄀᆞᆺ흘 줄 압니다) 西洋 宣敎師中에서 每年 委員으로 ᄲᆸ힌 者가 一年間 敎會에서 가라칠 聖經의 一部分의 註譯을 施ᄒ야 此를 月刊으로 ᄒ야, 이것으로써 各敎會의 聖經解釋의 標準解釋을 삼나니, 直接 聖經을 가라치ᄂᆞᆫ 牧師(朝鮮人)나 其他 敎師들은 다만 그 月刊 註譯書를 所謂 平信徒들에게 朗讀홈에 不過홈니다. 그럼으로 耶蘇敎理의 解釋은 오직 神學校의 聖經 敎師와, 每年 月刊 註譯의 著者의 解釋이 實로 唯一흔 것이외다. 牧師(朝鮮人)들은 敢히 一步도 此範圍를 出ᄒ지 못ᄒ고, 所謂 平信徒들은 牧師와 月註譯으로써 唯一흔 憑據홀 만흔 敎理로 압니다. 그럼으로 그네ᄂᆞᆫ 月刊 註譯과 聖經을 흔 冊褓에 싸가지고 會堂에 오ᄂᆞᆫ 모양으로 實로 此兩者를 同一흔 것으로 밋음니다. 그네의 싱각에 聖經의 解釋은 오직 一種밧게 업ᄂᆞᆫ 줄 아나니, 루터와 羅馬敎會가 갈려진 것이 聖經의 解釋의 相異에셔 나온 것을

니져바린 듯홈니다. 이리ㅎ야 일즉 程朱의 儒敎의 解釋이 强制的으로 朝鮮
儒學者의 思想을 統一흔 것과 똑갓치, 朝鮮에 온 西洋 宣敎師中 몟몟 程朱의
解釋이 朝鮮 耶蘇敎徒의 思想을 統一ㅎ게 되엿슴니다.

　그러고 그 解釋ㅎ는 態度며 內容은 엇더냐 ㅎ면, 그것을 仔細히 論ㅎ기는
큰일이지마는 그 主要흔 點을 말ㅎ면, 아직 自然科學과 그 洗禮를 밧은 近代
思想의 影響을 밧지 아니흔 比較的 原始的인 信仰을 傳홈인 듯홈니다. 아마
米國人의 祖上되는 淸敎徒(Puritan)時代의 敎理에 갓가온 듯홈니다. 卽 聖經中
의 論理的 社會的 要素보다, 現代人이 迷信이라 홀 만흔 宗敎的 要素를 重히
녁임니다. 換言ㅎ면 吾人의 理知로 理解홀 수 잇는 要素보다 超經驗的 神秘的
要素를 重히 녀기는 듯홈니다. 例ㅎ면, 處女孕胎說, 耶蘇의 모든 異蹟, 肉身 復
活, 昇天, 再臨, 讚頌歌, 짓헤는 十誡命과 흠쯰 使徒信經이라는 것이 잇셔 十誡
命과 흠쯰 每主日에 暗誦ㅎ는 것이니, 上述흔 것이 그 內容이외다. 天堂, 地獄,
賞罰 等과 祈禱의 힘이 足히 病을 治療ㅎ고 遠隔흔 人의 靈을 慰安흔다는 等,
이러흔 點을 重히 녀기며 짜라셔 宗敎心 以外의 人性을 輕視ㅎ고, 宗敎 以外
의 科學이나 思想을 輕視ㅎ고, 짜라셔 現世를 輕視홈니다. 이 모든 것은 聖經
의 註譯과 가라치는 者의 態度를 보아 알 것이외다. 이는 다만 朝鮮뿐이 아니
라 어나 나라에셔나 數百年前에 流行되던 耶蘇敎외다.

　이러흔 解釋이 正統(Orthodox)이 되어 一步라도 此範圍를 超脫ㅎ야 或 各自
의 信仰으로 自由로 解釋흔다든지 ㅎ믈며 理知的 科學的으로 解釋흔다던지
ㅎ면, 儒敎에셔 斯文亂賊이라는 代身에 밋음이 업는 者, 魔鬼의 誘惑을 밧은
者라는 名下에 排斥이나 責罰을 밧아야 홈니다. 耶蘇敎會에셔 設立흔 中等程
度 以上 學校에셔는 聖經敎師와 學生間에 쓴임업시 이러흔 喜悲劇을 演出홈
니다. 우리는 實로 儒敎라는 一暴君을 免ㅎ자마자 耶蘇敎라는 一暴君을 만낫
다 홀 수 잇슴니다. 다만 다른 點은 儒敎는 政治의 勢力쯧지 憑藉ㅎ야 萬民에
强ㅎ얏거니와 耶蘇敎의 專制는 耶蘇敎人에 制限홈이 잇슬 뿐이외다. (1918.10.16.)

前節에 朝鮮 耶蘇敎會의 敎理解釋의 態度에 關ᄒ야 略論ᄒ얏거니와, 本節에는 信仰에 對흔 態度에 關ᄒ야 數言을 陳ᄒ려 홉니다.

朝鮮 耶蘇敎人의 信仰은 三種으로 分홀 수가 잇습니다. 무슨 科學的 根據가 잇는 것이 아니지마는 常識으로 보아 누구나 首肯홀 것인 줄 아옵니다.

첫지는 所謂 眞實흔 信者, 正統的 信者의 信仰 卽 敎會가 가쟝 稱揚ᄒ는 信仰이니, 前節에 말흔 바와 갓흔 敎理의 解釋과 敎會의 規則을 絶對로 信ᄒ고 遵ᄒ는 信仰이외다. 그네는 一言一動에 오직 ᄒᄂ님의 뜻을 싸르노라 홉니다. 그러나 그네는 ᄒ나님의 뜻이 무엇인가를 窮究ᄒ거나 體得ᄒ랴고 아니ᄒ고 오직 敎會의 命ᄒᄂ 바와 慣習을 싸르려고 努力홉니다. 實로 그네는 三千年來에 沈澱된 一種 固有흔 朝鮮式 耶蘇敎會의 氣圍中에셔 無意識的 生活을 홉니다. 日夜로 째를 定ᄒ고 祈禱를 ᄒ며 日曜日과 三日에 禮拜堂에 出席ᄒ며, 言語나 書信에 主恩中이라는 말을 쓰며, 婚喪에 牧師를 請ᄒ고 生理的 疾病이 快差ᄒ게 ᄒ여 달라는 異蹟을 빌며, 實로 그네의 信仰은 今生 來世의 吉凶禍福을 爲홈이니, 換言ᄒ면 그네에게는 神의 모던 屬性中에셔 理知的, 哲學的, 道德的, 超越的 諸屬性을 除ᄒ고 오직 神秘的, 人的, 世俗的 屬性만 取ᄒᄂ 것이외다. 그네의 自來의 信仰 對象이던 城隍神 터主 等의 性格을 耶蘇敎의 『하ᄂ님에게』 賦與흔 것이라 홀 수 잇습니다. 『하ᄂ님』은 城隍神이나 터主보다 더욱 信이 잇고 威力이 잇슴으로 舊主를 바리고 新主에게 歸依ᄒ야 前보다 勝흔 福(世俗的)을 엇으려 홈이오, 그러ᄒ기 爲ᄒ야 祈禱와 禮拜와 喜捨(每主日 銅錢 一二分)를 ᄒᄂ 것이외다. 그럼으로 그네에게는 敎理의 如何 갓흔 것은 거의 問題가 아닙니다. 다만 精誠으로 祈禱ᄒ고 敎會의 規例만 지키면 그만이외다. 多數 無敎育흔 信徒와, 眞實한 信徒라는 稱讚을 밧는 信徒는 大槪 此部類에 屬홉니다. 彼等은 敎理의 解釋이나 敎會의 規例에 對ᄒ야 아모 疑問이 업고, 信仰 人生 又흔 데 對흔 아모 疑問도 업고, 實로 生前의 運命을 甘受ᄒ고 死後 天堂의 福樂을 希望홉니다.

둘지는 所謂 有識階級의 信仰이니, 彼等은 敎理에 對ᄒ야 相當ᄒ 理解가 잇고 따라서 聖經中의 矛盾된 句節이나 不合理ᄒ 句節에 對ᄒ야 疑問도 니르키지마는 그 疑問은 自己의 胸中에서 消滅ᄒ는 疑問이오 決코 發表되지 안이ᄒ나니, 이는 첫지 敎會에서 信仰이 薄弱ᄒ다는 是非를 듯기를 두려워흠과, 둘지 宗敎란 다 그러ᄒ 것이라는 斷念과, 셋지 그 矛盾, 그 不合理를 두고는 煩悶히서 못 견듸겟다 홀 만ᄒ 熱烈ᄒ 信仰이 업고 그져 그럭져럭 밋어가쟈 ᄒ는 不徹底한ᄒ 態度에서 나온 것이외다. 그럼으로 그네로 ᄒ여금 自由로 正直ᄒ게 自己네의 信仰을 告白홀 機會를 준다ᄒ면 그네는 아죠 信仰이 업노라 ᄒ거나, 少不下 그네의 信仰은 敎會의 싱각과 다르다 홀 것이외다. 그네는 耶蘇敎의 敎理를 좀 알 따름이오 그 敎理와 그네의 精神과는 別로 深刻ᄒ 聯結이 업습니다.

셋지는 偶然ᄒ 機會에 敎會에 入ᄒ야 이럭져럭 習慣이 되고 또 面에 쓸너 나오지도 못ᄒ는 者, 또는 親舊에 쓸려 行世로 무슨 便宜로 信徒라는 名目을 지은 者, 이는 길이 論홀 必要도 업습니다.

以上 三種 信徒中에 最多數를 占ᄒ 者는 第一種이겟지오마는 實로 敎會의 中樞가 되는 者는 도로혀 第二種이며, 間或 世間的 地位나 處世術의 巧妙로 第三種에 屬ᄒ는 者가 樞要ᄒ 地位를 占領ᄒ고 勢力을 揮ᄒ는 수도 잇습니다.

耶蘇敎를 專門으로 論ᄒ는 것이 아니닛가 더 細論에 入ᄒ지 말고 上述ᄒ 바를 基礎로 ᄒ야 以下 朝鮮思想과의 關係를 論히 보려 ᄒ니다.(1918.10.17.)

(四) 敎會至上主義

余는 이믜 『靑春』에서 朝鮮 耶蘇敎會의 欠点이라는 題下에 멧 가지 欠点을 列擧ᄒ얏스니 이제 重複ᄒ는 嫌이 업지 아니ᄒ나, 論評의 順序로 此를 關홀 수가 업스며 또 見地의 差異를 짤라 多少의 新味도 잇겟기로 以下 數項에 亘ᄒ야 『靑春』誌上에서 論ᄒ 것싯지도 更論ᄒ려 ᄒ옵니다.

또 흔 가지 讀者(그中에도 耶蘇教 信徒인 讀者)의 諒解를 바랄 것은 余의 此論은 現世的 生活中心의 見地에셔 ᄒᆞᄂᆞᆫ 것이오 決코 耶蘇教 自身의 內在的 批評이 아님이외다. 換言ᄒᆞ면 耶蘇教 自身으로 보아 此是彼非를 論ᄒᆞᆷ이 아니오 個人으로 社會로 살고, 잘 사ᄂᆞᆫ 標準으로 보아 論ᄒᆞᆷ이외다.

朝鮮 耶蘇教會 攻擊의 第一矢ᄂᆞᆫ 當然히 그 教會至上主義에 向ᄒᆞᆯ 것이외다. 朝鮮 耶蘇教會ᄂᆞᆫ 教會至上主義라기 보다 教會萬能主義라 ᄒᆞᄂᆞᆫ 것이 適當ᄒᆞ리 만콤, 그러케 甚ᄒᆞ게 教會至上主외다. 以前에 儒教의 教訓이 世界民生의 唯一ᄒᆞᆫ 教訓이오 儒教의 經典이 唯一ᄒᆞᆫ 道德的, 政治的 經傳일 샏더러 學問 全體인 줄 알아 道라면 孔孟의 道요, 學問이라면 四書五經인 줄로 알던 朝鮮人의 思想은, 고듸로 왼통 耶蘇教人이 傳承ᄒᆞ야 人生의 道라면 耶蘇教쌘, 新舊的 全書나 此에 關ᄒᆞᆫ 書籍만이 學問인 줄 아옵니다. 彼等은 耶蘇教人 아닌 者를 異教徒라 ᄒᆞ야 交遊를 避ᄒᆞ고 婚姻을 禁ᄒᆞ며, 비록 엇더케 德行이 놉흔 者라도 耶蘇教徒가 아니면 罪人으로 녀깁니다. 創世紀의 天地創造設을 고듸로 밋어 今日의 自然科學을 否認ᄒᆞ며, 死後天堂說을 고듸로 밋어 現世의 個人의 幸福과 種族的 繁榮을 無視ᄒᆞᆷ니다. 祈禱와 誦經과 傳道만 하ᄂᆞ님의 일이라 ᄒᆞ고 其他의 모든 現世的 事務를 賤히 녀기며, 聖經을 빗호아 牧師되기를 貴히 녁기되 다른 學術을 빗호ᄂᆞᆫ 것을 賤히 녀깁니다. 비로 꼭 이듸로 實行ᄒᆞᄂᆞᆫ 者ᄂᆞᆫ 업다 ᄒᆞ더라도 그네의 理論的 主張은 이러ᄒᆞᆷ니다. 그러고 朝鮮에 耶蘇教의 弘通이 速ᄒᆞᆷ을 稱ᄒᆞ야 日本이나 支那보다도 天福을 만히 밧음이라 ᄒᆞ며 米國이나 英國의 繁昌ᄒᆞᆷ은 耶蘇教를 잘 밋음이라 ᄒᆞᆷ니다. 그네ᄂᆞᆫ 米國이나 英國이 繁昌ᄒᆞᆷ이 教會至上主義를 罷脫ᄒᆞ고 新哲學, 新科學을 迎入ᄒᆞᆫ 썩문인 줄 모릅니다. 二十世紀의 朝鮮 耶蘇教徒ᄂᆞᆫ 용ᄒᆞ게도 紀元前의 猶太人의 衰亡ᄒᆞ던 思想을 가지게 되얏슴니다.

教會至上主義에셔 나오ᄂᆞᆫ 弊端中에 最大ᄒᆞᆫ 것이 三이니, 一은 排他的 性質이 强ᄒᆞ게 되어 갓흔 信徒間의 愛敎的 精神이 强히질수록 歷史的 同族을 ᄉ

랑ᄒᆞᄂᆞᆫ 精神이 稀薄ᄒᆞ게 됨이니, 이ᄂᆞᆫ 일즉 儒林, 四色 等 黨派의 感情에 比ᄒᆞᆯ 것이외다. 二ᄂᆞᆫ 新舊約 全書와 神學 以外의 모던 學術을 賤히 녀김이니, 이 亦 是 儒敎에셔 ᄒᆞ던 바ㅡ라 社會의 文明을 沮害홈이 클지오, 三은 現世를 賤히 녀김이니, 現代文明의 努力의 理想은 現世의 天國化인즉 現世를 賤히 녀김은 卽 現代의 모던 文明을 賤히 녀김이라. 學者나 政治家 實業家가 아모리 偉大ᄒᆞ더라도 그네에게ᄂᆞᆫ 牧師나 長老보다 賤ᄒᆞ며, 銀行, 會社, 工場의 大建築도 그네에게ᄂᆞᆫ 禮拜堂 一棟만 못ᄒᆞᆷ니다. 아마 그네ᄂᆞᆫ 日曜에 運轉ᄒᆞᄂᆞᆫ 汽車汽航을 咀呪ᄒᆞᆯ 것이오 國家를 爲ᄒᆞ서 生命을 바리ᄂᆞᆫ 軍人을 咀呪ᄒᆞᆯ 것이외다. 만일 科學을 咀呪ᄒᆞ고 産業을 賤히 여기고 政治와 軍隊를 咀呪ᄒᆞᆫ다 ᄒᆞ면 이ᄂᆞᆫ 現代式 모던 生活方式을 咀呪ᄒᆞᄂᆞᆫ 것이외다.

果然 耶蘇敎會에셔ᄂᆞᆫ 學校를 셰움니다. 歐米의 初等敎育과 大學敎育이 敎會에 진 바가 만흔 줄도 아옵니다. 그러나 法國이 多年 苦心으로 敎會와 學校를 分離ᄒᆞᆫ 것과 米國도 官立 諸學校ᄂᆞᆫ 全혀 敎會와 分立ᄒᆞᆫ 것도 읍니다. ᄯᅩ 米國 大統領의 敎書나 德皇의 演說에 하나님을 부르ᄂᆞᆫ 句節이 잇다 ᄒᆞ더라도 그네의 政治의 根據ᄂᆞᆫ 新舊約이 아니오, 新科學인 줄을 더 잘 알아야 ᄒᆞᆷ니다. (1918.10.19.)

拜啓/民族大會召集請願書/宣言書*

배계拜啓**

인류가 있어온 이래 미증유의 참담이 극에 달했던 구주의 전란은 종국을
고하고 오늘날 세계가 정의 인도에 기초하여 영구의 평화를 확립하고자 하
는 이때 본단本團은 오늘 대회를 개최하고 우리 2천만 민족의 의지를 대표하
여 그 요구하는 바를 천하에 공표함으로써 세계의 공평한 여론에 호소하고
자 한다. 이에 별지別紙의 선언서, 결의문 및 청원서를 삼가 올리니, 정의 인
도를 사랑하는 각하閣下는 헤아려 동정을 표하여 다대한 원조를 보내주길
바란다.

1919년 2월 8일 조선청년독립단

민족대회소집청원서

우리 조선 민족은 건국 이래 4천3백 년간 연면連綿히 국가를 보존해 온 실
로 세계 최고 문화 국민의 하나이다. 삼국 중엽 이래 왕왕 지나支那의 정삭正
朔을 받들기는 했어도 이는 단지 주권자 상호간의 형식적 외교적 관계에 불
과하여 일찍이 실질적으로 이민족의 지배를 받은 일이 없다. 그러므로 우리
조선 민족이 옛 전통과 역사적 민족적 자존과 위엄을 희생하여 이민족의 지

---

* 원문 일본어. 日本 外務省 1919年 2月 10日 接收. 日本 外務省 外交史料館 所藏文書「1919年(大
 正 8) 1月-3月 不逞團關係雜件」. 단 선언서는 조선어 원문을 수록했다.
** 절하고 아뢴다는 뜻. 편지 첫 머리에 쓰는 말.

배를 받는 것은 결단코 참을 수 없는 바이다. 보호조약과 병합조약은 전적으로 무력의 위협하에 이루어진 것으로서, 조선 민족의 의지가 아닌 것은 이래로 수도 없이 독립운동이 일어난 것으로부터도 알 만하고, 또 각각 조약 체결 당시의 한국 황제 및 그 정부의 여러 반항적 행위로부터도 명백하다. 병합 이래 조선 민족이 일본에 열복悅服했다는 이야기가 들리는데 이것은 잘못이다. 그들은 온갖 저항의 방법 및 반항의 의사를 발표할 길이 끊긴 이러한 상태하에서조차 각종 독립운동을 일으키지 않았는가. 하물며 조선 내에서 일어난 그런 종류의 운동은 혹은 암살 음모라 칭하고 혹은 강도라 칭하여 어둠속에 묻혀 버릴 뿐.

특히 병합 이래 이미 10년 조선 민족은 일본의 통치하에서는 그들의 생존과 발전을 위협받음을 깨달았으니, 참정권·집회결사의 자유·언론 출판의 자유 등 모든 문화 있는 민족이 생명으로 귀하에 여기는 온갖 자유를 허하지 않고, 만인에게 공통해야 할 인권조차도 행정·사법·경찰의 제 기관에 의하여 유린함으로써 이에 대해 호소할 길을 끊으며, 뿐만 아니라 조선 정부의 제 기관 및 사립 제 기관에도 전부 혹은 대부분 일본인을 채용하여 조선인으로 하여금 일면 자치의 지능과 경험을 얻을 수 있는 기회를 빼앗고, 일면 직업을 빼앗으며 일면 몸소 사회적 국가적 이상을 실현할 기회를 빼앗는다. 또 공사公私 영역을 막론하고 이른바 조선인에게 엄연한 차별적 장벽을 세워 공공연하게 모국인과 식민지 놈이라고 부르며, 조선인은 마치 피정복자인 식민지의 토인과 같이 대우한다.

교육에 있어서도 차별적 교육 제도를 설치하여 일본인보다 열등한 교육을 실시하여 조선인으로 하여금 영구히 일본인의 노예로 부리고자 한다.

조선 민족은 도저히 이러한 정치하에서 민족적 생존과 발전을 이룰 수 없다.

조선은 본디 인구과잉의 국토임에도 불구하고 무제한으로 일본인의 이주를 장려하고 보조하여 토착 조선인으로 하여금 해외에 유랑하지 않을 수

없게 한다. 그리고 고등한 제 직업은 무엇이든 일본인이 독점하고 산업에서
도 일본인은 특수한 편익을 받는다. 이리하여 조선인과 일본인의 이해는 서
로 배치하여 조선인의 부는 날로 줄어든다.

　또한 병합의 최대 이유인 동양 평화의 견지에서 보면 그 유일한 위협자인
러시아는 이미 제국주의를 포기하고 신국가 건설에 종사하고 있고, 지나支
那 역시 그러하다. 그뿐만 아니라 이번 국제연맹이 결성되면 재차 약소국을
침략하려는 강대국이 없을진대 우리 조선 민족의 국가는 순조롭게 생장할
수 있을 것이다. 불행히 다년간 전제정치의 해독과 처지의 불행으로 인해
쇠퇴했을지언정 이미 오랜 국가 생활의 경험을 가진 조선 민족이 새로운 주
의 원칙 위에 국가를 세우면 능히 동양 및 세계의 평화와 문화에 공헌할 수
있는 국가가 될 것을 믿는다. 만약 일본이 이를 허락하고 원조한다면 우리
단체는 일본에 경의를 품지 않을 수 없고, 참된 의미에서 친선親善에 힘쓰는
지도자된 은의恩誼를 잊지 않을 것이다.

　이상 거론한 이유에서 우리 단체는 대일본제국 의회에 대하여 우리 조선
민족대회를 소집하고 민족자결의 기회를 부여할 것을 청원한다.

1919년 2월 조선청년독립단 대표

최팔용, 김도연, 이광수, 김철수, 백관수, 윤창석

이종근, 송계백, 최근우, 김상덕, 서춘

宣言書[*]

全朝鮮靑年獨立團은 我二千萬 朝鮮民族을 代表하야 正義와 自由의 勝利를 得한 世界萬國의 前에 獨立을 期成하기를 宣言하노라.

四千三百年의 長久한 歷史를 有하는 吾族은 實로 世界最古 文明民族의 一이라. 비록 有時乎 支那의 正朔을 奉한 事는 有하엿으나 此는 朝鮮皇室과 支那皇室과의 形式的 外交的 關係에 不過하엿고, 朝鮮은 恒常 吾族의 朝鮮이오 一次도 統一한 國家를 失하고 異族의 實質的 支配를 受한 事 無하도다. 日本은 朝鮮이 日本과 脣齒의 關係가 有함을 自覺함이라 하야 一千八百九十五年 日淸戰爭의 結果로 日本이 韓國의 獨立을 率先 承認하엿고, 英, 米, 法, 德, 俄 等 諸國도 獨立을 承認할 뿐더러 此를 保全하기를 約束하엿도다. 韓國은 그 恩義를 感하야 銳意로 諸般改革과 國力의 充實 圖하엿도다. 當時 俄國의 勢力이 南下하야 東洋의 平和와 韓國의 安寧을 威脅할시 日本은 韓國과 攻守同盟을 締結하야 日俄戰爭을 開하니, 東洋의 平和와 韓國의 獨立保全은 實로 此同盟의 主旨라. 韓國은 더욱 그 好誼에 感하야 陸海軍의 作戰上 援助는 不能하엿으나 主權의 威嚴까지 犧牲하야 可能한 온갖 義務를 다하야써 東洋平和와 韓國獨立의 兩大 目的을 追求하얏도다. 及其, 戰爭이 終結되고 當時 米國 大統領 루쓰벨트 氏의 仲裁로 日俄間에 講和會議 開設될 시 日本은 同盟國인 韓國의 參加를 不許하고 日俄 兩國 代表者間에 任意로 日本의 韓國에 對한 宗主權을 議定하엿으며, 日本은 優越한 兵力을 持하고 韓國의 獨立을 保全한다는 舊約을 違反하야 暗弱한 當時 韓國皇帝와 그 政府를 威脅하고 欺罔하야 「國力의 充實함이 足히 獨立을 得할 만한 時期까지」라는 條件으로 韓國의 外交權을 奪하야 此를 日本의 保護國을 作하야 韓國으로 하야곰 直接으로 世界列

---

* 1919.2.8. 독립기념관 소장 자료. 원문은 한국독립운동사(정보시스템 http://i815.or.kr)에 소개되어 있다.

國과 交涉할 道를 斷하고 因하야 「相當한 時期까지」라는 條件으로 司法警察權을 奪하고, 更히 「徵兵領 實施까지」라는 條件으로 軍隊를 解散하며 民間의 武器를 押收하고 日本軍隊와 憲兵警察을 各地에 遍置하며, 甚至에 皇宮의 警備까지 日本警察을 使用하고 如此히 하야 韓國으로 하여곰 全혀 無抵抗者를 作한 後에, 多少 明哲의 稱이 有한 韓國 皇帝를 放逐하고 皇太子를 擁하고 日本의 走狗로 所謂 合併內閣을 組織하야 秘密과 武力의 裏에서 合併條約을 締結하니, 玆에 吾族은 建國以來 萬年에 自己를 指導하고 援助하노라 하는 友邦이 軍國的 野心에 犧牲되엿도다.

實로 日本은 韓國에 對한 行爲는 詐欺와 暴力에서 出한 것이니 實로 如此히 偉大한 詐欺의 成功은 世界 興亡史上에 特筆할 人類의 大辱恥辱이라 하노라.

保護條約을 締結할 時에 皇帝와 賊臣 아닌 幾個 大臣들은 모든 反抗手段을 다하얏고 發表後에도 全國民은 赤手로 可能한 온갖 反抗을 다하얏으며, 司法警察權의 被奪과 軍隊 解散時에도 然하얏고, 合併時를 當하야는 手中에 寸鐵이 無함을 不拘하고 可能한 온갖 反抗運動을 다하다가 精銳한 日本 武器에 犧牲이 된 者 一 不知其數며, 以來 十年間 獨立을 恢復하랴는 運動으로 犧牲된 者 一 數十萬이며, 慘酷한 憲兵政治下에 手足과 口言의 箝制를 受하면서도 曾히 獨立運動이 絶한 적이 업나니, 此로 觀하여도 日韓合併이 朝鮮民族의 意思가 아님을 可知할지라. 如此히 吾族은 日本 軍國主義的 野心의 詐欺暴力下에 吾族의 意思에 反하는 運命을 當하얏으니, 正義로 世界를 改造하는 此時에 當然히 匡正을 世界에 求할 權利가 有하며, 또 世界改造에 主人되는 米와 英은 保護와 合併을 率先承認한 理由로 此時에 過去의 舊惡을 贖할 義務가 有하다 하노라.

또 合併 以來 日本의 朝鮮統治政策을 보건대, 合併時의 宣言에 反하여 吾族의 幸福과 利益을 無視하고 征服者가 被征服者에게 對하는 古代의 非人道的 政策을 應用하야 吾族의게는 參政權, 集會結社의 自由, 言論出版의 自由를 不

許하며, 甚至에 信敎의 自由, 企業의 自由까지도 不少히 拘束하며, 行政 司法 警察 등 諸機關이 朝鮮民族의 人權을 侵害하며, 公私에 吾族과 日本人間에 優劣의 差別을 設하며, 日本人에 比하야 劣等한 敎育을 施하야써 吾族으로 하야곰 永遠히 日本人의 被使役者를 成하게 하며, 歷史를 改造하야 吾族의 神聖한 歷史的 民族的 傳統과 威嚴을 破壞하고 凌侮하며, 小數의 官吏를 除한 外에 政府의 諸機關과 交通 通信 兵備 諸機關에 全部 或은 大部分 日本人만 使用하야 吾族으로 하야곰 永遠히 國家生活의 智能과 經驗을 得할 機會를 不得케하니, 吾族은 決코 如此한 武斷專制 不正不平等한 政治下에서 生存과 發展을 享受키 不能한지라. 그뿐더러 元來 人口過剩한 朝鮮에 無制限으로 移民을 獎勵하고 補助하야 土着한 吾族은 海外에 流離함을 不免하고, 國家의 諸機關은 勿論이오 私設의 諸機關에까지 日本人을 使用하야 一邊 朝鮮人으로 職業을 失케 하며, 一邊 朝鮮人의 富를 日本으로 流出케 하고 商工業에 日本人의게는 特殊한 便益을 與하야 朝鮮人으로 하여금 産業的 發展의 機會를 失케 하도다. 如此히 何方面으로 觀하야도 吾族과 日本人과의 利害를 互相背馳하며 背馳하면 그 害를 受하는 者는 吾族이니, 吾族은 生存의 權利를 爲하야 獨立을 主張하노라.

最後에 東洋平和의 見地로 보건대 威脅者이던 俄國은 이믜 軍國主義的 野心을 抛棄하고 正義와 自由와 博愛를 基礎로 한 新國家를 建設하랴고 하는 中이며, 中華民國도 亦然하며 兼하야 此次 國際聯盟이 實現되면 다시 軍國主義的 侵略을 敢行할 强國이 無할 것이라. 그러할진대 韓國을 合倂한 最大理由가 이미 消滅되얏을 쑨더러, 從此로 朝鮮民族이 無數한 革命亂을 起한다 하면 日本의 合倂된 韓國은 反하야 東洋平和를 攪亂할 禍源이 될지라. 吾族은 正當한 方法으로 吾族의 自由를 追求할지나, 萬一 此로써 成功치 못하면 吾族은 生存의 權利를 爲하야 온갖 自由行動取하야 最後의 一人까지 自由를 爲하는 熱血을 濺할지니 엇지 東洋平和의 禍源이 아니리오. 吾族은 一兵이 無호라.

吾族은 兵力으로써 日本을 抵抗할 實力이 無호라. 然하나 日本이 萬一吾族의 正當한 要求에 不應할진대 吾族은 日本에 對하야 永遠의 血戰을 宣하리라.

吾族은 久遠히 高等한 文化를 有하얏고 半萬年間 國家生活의 經驗을 有한 者ㅡ라. 비록 多年 專制政治의 害毒과 境遇의 不幸이 吾族의 今日을 致하얏다 하더라도 正義와 自由를 基礎로 한 民主主義의 上에 先進國의 範을 隨하야 新國家를 建設한 後에는 建國 以來 文化와 正義와 平和를 愛護하는 吾族은 반다시 世界의 平和와 人類의 文化에 貢獻함이 有할지라. 玆에 吾族은 日本이나 或은 世界各國이 吾族에게 民族自決의 機會를 與하기를 要求하며, 萬一不然하면 吾族은 生存을 爲하야 自由行動을 取하야써 吾族의 獨立을 期成하기를 宣言하노라.

朝鮮靑年獨立團 代表者

崔八鏞, 金度演, 李光洙, 金喆壽, 白寬洙, 尹昌錫

李琮根, 宋繼白, 崔謹愚, 金尙德, 徐椿

決議文

一, 本團은 日韓合倂이 吾族의 自由意思에 出하지 아니하고 吾族의 生存과 發展을 威脅하고 또 東洋의 平和를 攪亂하는 原因이 된다는 理由로 獨立을 主張함

二, 本團은 日本議會 及 政府에 朝鮮民族大會의 決議로 吾族의 運命을 決할 機會를 與하기를 要求함

三, 本團은 萬國講和會議에 民族自決主義를 吾族에게도 適用하게 하기를 請求함. 右目的을 達하기 爲하여 日本에 駐在한 各國 大公使에게 本團의 主義를

各其 政府에 傳達하기를 依賴하고 同時에 委員 二人을 萬國講和會議에 派遣함.
右委員은 旣히 派遣한 吾族의 委員과 一致行動을 取함

　四, 前項의 要求가 失敗될 時는 吾族은 日本에 對하여 永遠의 血戰을 宣함.
此로써 生하는 慘禍는 吾族이 그 責에 任치 아니함

III. 참고자료

제2차 유학시절(1917 중반~1919)

나는 살아야 한다我は生きるべし[*]

1916년(大正 5) 1월 22일 토쿄 조선기독교청년회관에서 개최한 학우회 주최의 웅변회 석상에서 이광수(와세다 대학생)가 「나는 살아야 한다」는 제목으로 행한 연설 중 다음과 같은 구절이 있다.

一 누구라도 살려고 하면 반드시 다른 경쟁자와 싸우지 않으면 안 된다. 전쟁은 잔혹하지만 살기 위해서는 필요할 뿐 아니라 당연한 것이다. 그 방법과 수단은 조금도 문제삼지 말고, 먼 앞일을 헤아림 없이 주저하지 말고 실행해야 한다. 그런데 우리 조국민의 현상은 어떠한가. 과연 살아있는 국민이라고 인정할 수 있는가 없는가. 우리는 마땅히 살아야 함에도 불구하고, 그 앞길에는 장애가 가로놓여 있다. 조국의 식민화가 바로 그것이다. 본디 식민植民 또는 이민移民이란 토지가 광활하고 더불어 인구가 희박한 지역에 대해서만 행해져야 하는 것이다. 그런데 조국과 같은 경우는 영토가 겨우 3천리로서 우리 동포의 거주만으로도 이미 넓지는 않다. 지금 조국에 이주한 일본인의 수는 진실로 적지 않으며, 당연한 결과로 조국민은 쫓겨나 지나 등지로 이주하지 않으면 안 되는 상황이다. 만약 오늘날의 상태로 가다 보면 몇십년 지나지 않아 우리 민족은 전멸할 것이 분명하다. 그런데 우리가 산다는 것은 진실로 깊은 의미를 가진다. 이를 분류해 보면, 물질적으로 개인으로서 사는 것, 단체적으로 사는 것, 국가적으로 사는 것, 세계적으로 사는 것, 우주적으로 사는 것을 의미한다. 지금 조국민의 다수는 물질적으로 개인으로서 사

---

[*] 원문 일본어. 1916년 1월 22일 학우회 주최 웅변회의 연설. 「朝鮮人槪況 第一」, 『特高·警察關係資料集成 第32卷』, 2004, p.59.

는 것은 물론 단체적으로 사는 것을 고려하는 경우가 극히 드물다. 이러한 때를 당하여 일본 국민은 끊임없이 우리 강토로 이주하고 번번히 우리 민족을 압박하여 온갖 이익을 농단하고 있음에도 불구하고, 우리 민족은 단지 눈물을 삼키며 오래 살아온 고향을 뒤로 하고 멀리 산과 바다를 건너 이향異鄕에서 방황하는 참혹하고 참혹한 상태가 아닌가. 게다가 저 관헌은 조금도 이를 돌아보지 않고, 태연히 하등 자유와 권력을 부여하지 않는 것을 적절한 정책으로 삼았다. 우리가 어찌 잠자코 보고만 있을 수 있으랴.

조선인의 눈에 비친 일본인의 결함
朝鮮人の眼に映たる日本人の缺陥[*]

학우회 기관지『학지광』의 편집인 이광수(甲号 와세다대학생)는 잡지『홍수이후洪水以後』제8호(1916년 3월 21일 발행)에 「조선인 교육에 대한 요구朝鮮人教育に對する要求」라는 제목으로 기사를 투고했다. 이어서 같은 해 4월 익명으로 「조선인의 눈에 비친 일본인의 결함」이라는 제목으로 같은 잡지에 기고했으나, 잡지사 사원이 당국의 주목을 두려워하여 이를 게재하지 않았다. 그런데 후자의 내용은 전문이 거의 매도적인 문구로 이루어져 있고, 그들이 항상 마음에 품은 이른바 배일사상排日思想을 나열한 것이다.

"일본인은 조선인에게 정신적 압박을 가할 자격이 없기 때문에 괜히 무력이나 완력에 호소하여 압도하려고 한다. 이것은 대국민大國民이 아닌 증좌이다", "일본인은 조선인 또는 지나인에게 오만하기 짝이 없는 데 반해, 백인종 특히 영국인에 대한 비굴한 태도는 정말이지 실소를 금할 수 없다", "일본의 정당 싸움은 일관된 주의에 기초한 주장이 아니라, 일시의 감정적 발작에 불과하다", "미국인 또는 지나인, 조선인이 일본을 원수로 여겨 배척하는 까닭은 필경 일본인이 섬나라 근성을 가지고 있어 대국민 자격이 없는 데 기인한다" 등의 구절을 잇달아 쓰고 있다. 그리고 "만일 일본인 재미 동포가 지나인이나 조선인과 마찬가지로 백인으로부터 온갖 모욕과 학대를 받고 있는 사실에 생각이 미치면, 가까운 조선인 및 지나인을 경멸하고 압도해서는 안 된다는 것을 깨닫는 것이 좋다. 대개 서양인은 종교, 문명, 금전 등으

---

[*] 원문 일본어.『洪水以後』9, 1916.4. 「朝鮮人槪況 第一」,『特高·警察關係資料集成 第32卷』, 2004, p.57.

가 아니냐. 그는 참 우리의 보배로다, 나라의 곳이로다.

　이제 그가 넙적한 얼골을 무리 압혜 내어노코 동트는 긔별을 울리기 비롯하얏도다. 「無情」은 그 첫소리로다. 둥둥거리는 이 울림이야말로 우리의 마음의 엄이 눈트는 긔별이며 생각엣 살림이 신날* 꼬는 긔별이며 오래오래 몬지 안즌 박달**의 글월이 새 빗츨 내며 새 치부책쟝을 넘김이로다. 모래밧 가튼 우리 쌍에는 외로워도 큰 샘터요 무겁에 싸힌 우리 귀에는 훗치라도 큰 「하모니」 되려든 하믈며 외배한 북은 싸리지 아니하야도 저절로 울며 한번 울기 비롯하면 다시 그칠 줄 모름이야. 이 소리에 불녀 닐어나고 이 울림에 쌔우처 움즉어릴 구멍이 누리에 그득함이랴. 낫사람 외배와 작은 책 「無情」의 그림자가 엇더케 크며 울림이 엇더케 넓다 하랴. 이로써 비로슨 이 쌍이 사람의 소리가 늘고 붇고 가다듬어저서 마침내 하늘과 사람을 아울러 깃겁게 할 줄을 미들 째에 누가 다시 가슴 알는 벙어리 될가를 설워하랴. 무궁화 동산의 아름다운 곳이 누리의 고음을 더하는 큰 거리가 못되겟다고 걱정하랴. 울어라, 울어라. 줄기차게만 울어라.

　　　　　　　　　　　　　　　　　　　　　　　　　한샘

---

* 짚신이나 미투리 바닥에 세로 놓은 날.
** 博達. 널리 사물에 통달함.

IV. 일본어자료

我ハ生キルベシ*

大正五年一月二十二日在東京朝鮮基督教青年會館内ニ開催シタル學友會ノ主催ニカカル雄弁會ノ席上ニオイテ、李光洙（早稲田大學生）カ「我ハ生ルヘシ」トノ題下ニナシタル演説中、左ノ言句アリ

「何者ト雖生キントスルニハ必スヤ他ノ競爭者ト戰ハサルヘカラス戰爭ハ残酷ナレトモ生キンカ爲ニハ必要ナルノミナラス當然ナリ。ソノ方法ト手段トハ毫モ問フトコロニアラス遠慮ナク躊躇スルコトナク實行スヘキナリ。シカルニ我祖國民ノ現狀ハ如何果シテ生キタル國民ト認ムルコトヲ得ルヤ否ヤ吾人ハマサニ生キサルヘカラサレトモ其ノ前途ニハ妨碍ノ横ハルモノアリ祖國内地ノ殖民則チ是ナリ由來殖民又ハ移民ナルモノハ其ノ土地廣濶ニシテ加之人口ノ希薄ナル地域ニ對シテノミ行ハルヘキモノナリ而ルニ祖國ノ如キハソノ疆域僅ニ三千里我同胞ノ居住ノミニテ既ニ之ヲ廣シトセス今ヤ祖國ニ移住スル日本人ノ數ハ洵トニ鮮少ナラスシテ勢ヒ祖國民ハ追ハレテ支那其ノ他ノ方面ニ移住セサルヘカラサルノ實況ナリ若夫レ今日ノ狀態ヲ以テ推移セハ幾十年ナラスシテ我民族ノ全滅スヘキハ明白ナリ而シテ吾人ノ生キルト云フコトニハ寔ニ深遠ナル意味アリ之ヲ分類セハ物質的ニ個人トシテ生キルコト、團體的ニ生キルコト、國家的ニ生キルコト、世界的ニ生キルコト、宇宙的ニ生キルコト

---

*「朝鮮人概況第一」『特高・警察関係資料集成第32巻』不二出版、2004、59頁。

ヲ意味スルモノナリ今ヤ祖國民ノ多クハ物質的ニ個人トシテ生キルコト
ヲ考フルモ團體的ニ生キルコトヲ考フルモノハ極メテ稀ナリ此ノ時ニ當
リテ日本國民ハ陸続我疆土ニ移住シ頻ニ吾民族ヲ壓迫シテアラユル利益
ヲ壟斷セントシヽアルニモ拘ラス我民族ハ只涙ヲ呑ンテ住ミ馴レシ故郷
ヲ後ニ遠ク山海ヲヘタテシ異郷ニ彷徨セルノ状態ハ慘ノ慘タルモノニア
ラスヤ而モ彼ノ官憲ハ毫モ之ニ顧念スル所ナク依然何等ノ自由ト權力ト
ヲ賦與スルコトナク以テ政策宜シキヲ得タルモノトナセリ吾人タルモノ
豈默視スルニ忍ヒンヤ云々」

朝鮮人の眼に映りたる日本人の缺點*

　學友會機關雜誌『學之光』ノ編集人李光洙（甲號早稻田大學生）ハ雜
誌『洪水以後』第八號（大正五年三月二十一日發行）ニ「朝鮮人教育ニ
對スル要求」ト題スル記事ヲ投稿シ次テ同年四月匿名ニテ「朝鮮人ノ眼
ニ映リタル日本人ノ缺點」ト題シ同雜誌ニ寄稿シタリシモ同社員ハ其ノ
筋ノ注目ヲ憚リ、之ヲ掲載セサリシカ其ノ内容ハ全文殆ト嘲罵的字句ヨ
リ成リ、彼等カ恒ニ懷抱セル所謂排日思想ヲ羅列シタルモノニシテ「日
本人ハ朝鮮人ニ對シ精神的威壓ヲ加フルノ資格ナク徒ニ武力モシクハ腕
力ニ訴ヘテ壓倒セントス是レ大國民タラサルノ証左ナリ」、「日本人ハ
朝鮮人モシクハ支那人ニ對シ傲慢極マリナキニ反シ、白人種特ニ英國人
ニ對スル態度ノ卑屈サハマコトニ笑止ニ堪ヘス」、「日本ノ政党爭イハ
一貫セル主義ニ基ツケル主張ニアラスシテ一時ノ感情的發作ニ過キス」、
「米國人マタハ支那人、朝鮮人ガ日本ヲ仇敵視シテ排斥スル所以ノモノ
ハ畢竟日本人ハ島國根性ヲ有シ大國民タルノ資格ナキニ因ル」ナトノ言
句ヲ連綴シ「モシ日本人ニシテ在米同胞カ支那人朝鮮人同様ニ白人ヨリ
アラユル侮辱ト虐待トヲ受ケツヽアルノ事實ニ想達セハ、近親ナル朝鮮
人及支那人ヲ輕侮壓倒スルノ不可ヲ悟ラム。由來西洋人ハ宗教、文明、
金銭等ヲ以テ朝鮮人ヲ救濟シ居レルモ日本人ハ啻ニ朝鮮人ヲ冷遇スルノ

＊「朝鮮人概況第一」『特高・警察關係資料集成第 32 卷』不二出版、2004、57 頁。

ミナラス進テ其ノ職ヲ奪ヒ其ノ資財ヲ捲キ上ケテ餓死セシメント努メ

ツ丶アリ日本人ハ我々朝鮮人ニ取リテハ恰モ寄生虫ノ如シ」ト結論セリ」

朝鮮人教育に對する要求*

一、朝鮮人は日本を疑つて居る

　吾人は朝鮮人が経濟上文化上日本人に劣れるを知る。故に朝鮮人を現今日本人と平等に待遇して呉れないからと言つて無闇に國家を悪んだり、呪つたりはしない。唯朝鮮人も将來文化の程度が高まつてきたら日本人と平等の權利と義務とを享有し得ると言ふ保証さへ得れば、満足すべきである。勿論朝鮮人中には独立を夢みるものもあらう。併し彼らが独立を叫ぶ最も有力な而して普遍な原因は日本は朝鮮の利益を度外視して日本の利益許りを圖る。飽くまでも朝鮮人を壓迫し迫害して朝鮮全土を日本人のみのものにしやうとする。其れであるから日本人の支配を受ける限り朝鮮人は滅亡する外に道がないといふにあるのである。朝鮮人に此んな誤解（余は誤解であらんことを願ふ）を抱かしたのは、必ずしも朝鮮人が愚昧であるからだと許りは言へぬ。當局の施政の態度が大に關係のある事だと思ふ日鮮人間の訴訟は大抵朝鮮人の敗となり官庁でも日本人はその人格を認めて言ふ所も信じ又待遇も丁寧であるけれども朝鮮人と來ると無闇に馬鹿にし嘲笑し甚しきに至つては相當の社會上の地位を

＊ 孤舟生、『洪水以後』第 8 号、一元社、1916 年 3 月。

有する人にさへ「貴様」などと言つて撲つたり[蹴]たりする。事業の経営も——例へば鉱山の認可等も日鮮人の競爭のある場合には、必ず日本人の勝となるのである。夫の東拓の如きも恐らくは朝鮮人の血を吸い取る事に依つて、其れ自身を育みつゝあるかの觀がある。年々数萬町歩の田地を買収しては、其れによつて生命を飼いで來た朝鮮人の農夫を追出して、満州の野に彷徨はしめるからである。其れに在朝日本人の朝鮮人に對する残酷、傲慢な態度は朝鮮人をして怨恨骨髄に徹せしめるやうな場合がある。そして時々総督府側の有力者の口から「朝鮮人には永遠に參政權は與へられぬ」と言ふ様なことを聞くことがある。直ちに參政權を與へよとは言はぬが将來は與へられる——文化の高まるにつれて朝鮮人も日本人と凡てに於いて平等になると言ふ希望がなければ朝鮮人は永久日本人を怨まねばならぬのである。何んとなれば文明は奴隷をして永遠に奴隷たることを甘んぜしめないからである。吾人は漸次國家から少しづゝ自由と權利とを頂戴するものとして、其れ許りを願とし喜びとするものである。そして吾人も誠意を以つて少しづゝ御願しようとするのであるが吾人は先づ教育の解放を要求せざるを得ない。何んとなれば教育は文化向上の唯一の道であるからである。

二、朝鮮の現状教育制度

左に表示して、其の概況を述べよう。

普通教育名称	修業年限	程度
普通學校	四個年	尋常小學四年
高等普通校	四個年	中學校四年級

専門教育名称	修業年限	入學資格程度
医學講習所	四個年	高普卒業生
工業講習所	二個年	同上
農林學校	三個年	同上
實業學校	三個年	普通學校卒業
法學校	三個年	高普卒業生

但高等普通學校は女子のもある。

斯かる有様であるから普通學校が日本の小學校より年限に於いて少なきこと二個年、高等普通學校が中學校より一個年即ち普通教育に於いて朝鮮人は日本人より短きこと三個年である。故に學科の程度も低からざるを得ないので、朝鮮人は立體幾何や三角を課せられず歴史や地理は日本の教科書の三分の一の頁数もなく殊に滑稽なのはフランス革命とか米國独立、南北戰爭等は殆んど記事がない程であり物理化學も両方合はせて二百頁位なものである。勿論、英語は殆んど課さない。故に此等の學校の卒業生は迚も日本の學生と競争の出來ないのは明らかである。其か

ら所謂專門學校も極めて低級のもので、概して日本の乙種實業學校程度と見て差支なからう。それだから此等の學校の卒業生は日本人と職業に於いて競爭の出來ぬのは自明の理で、よしや就職をするにしても日本人の三分の一の薄俸に満足せねばならぬのである。斯くして此等の學校の出身者はほとんど職業に有附くことが出來ず、□し又有附いたとしても衣食にさへ窮する有様である。其處で多少財産のあるものは日本へ留學する。年に二三百円の金を使ひ数千円の學資を投じて日本人と同様の教育を受けて歸つても當局では一寸も日本人と同様に見て呉れない。此處に朝鮮人の不平があるのである

　一體何故に、國家は朝鮮人に教育を解放しないのだろう。朝鮮人は日本人と同様の教育を受ける能力がないと言ふのか又は朝鮮人は永久日本人と平等の標準に達してはならぬと言ふのか――此の二者の中の一でなければならぬ。若し朝鮮人は南洋の土人の如く劣等民族にして、優秀なる日本民族と同様の教育を受ける資格がないといふなれば、其は甚だ自分勝手の独断である。日本人と朝鮮人とは、さまでに實質に於いて懸隔したものであらうか。五十年前の日本人は今日の朝鮮人よりも文化の上に於いて果して優つて居たと言へるだろうか。今、朝鮮は日本人の支配を受ける様になつたから朝鮮人は唯人に治めらるべき人民で其の中には偉人もなければ大政治家もない様に見える様なもの、明治維新當時恰も歐米諸國が植民地戰爭で忙かつた爲日本を併呑する餘裕がなかつた様に朝鮮にも若し日本と言ふものがなかつたならば或は幾多の吉田や岩倉や西

郷や大隈が現はれぬとも限らぬぢやないか。其は兎も角も朝鮮人が若し
文明理解力のない劣等民族だとすれば其は日本人自身を劣等民族だとす
るに等しくはなからうか。逆に日本人が文明を理解する點に於いて歐米
人に抵抗し得るとすれば朝鮮人も然りとせねばならぬ。且現に東京に留
學する朝鮮學生は彼等が遺傳と家庭及社會教育とを缺如し又語學の力足
らざるに拘らず大して日本の學生より劣等だとも思はれぬ。

　又若し朝鮮人を日本人と平等の程度に引上げるのは國家の爲に危險で
あると言ふのなら其は吾人の云爲すべき範圍ではない。併し併合當時、
日本は何んと言つたか。朝鮮人の幸福の爲だと言つたではないか。然ら
ば日本の新附民としての朝鮮人の幸福は完全なる日本臣民となるにあ
り完全なる日本臣民となるには先日本臣民と平等なる教育を受けねばな
らぬ。當局は能く同化同化と言ふ。然り吾人も速かに同化せんことを祈
る併しながら其の所謂同化とは、完全なる日本臣民となつて、國家を維
持し發展するに要する諸の權利や義務を享有する樣になると言ふ意味で
あつて決して何時までも植民地の土人として協贊權のない租税を納め日
本人に驅使される機械になると言ふ意味ではない。已に「朝鮮人の幸福」
を肯定し「朝鮮人の同化」を認むるならば同じ天皇の赤子に同じ教育を
施すべきではなからうか。然るに、斯かる懸隔ある教育を施すに於いて
は、永久に日本人と朝鮮人とは、知に於いて感情に於いて、一致融和す
る時期は來ないであらう。のみならず、斯かる低級の教育をのみ施せば、
朝鮮人の文明程度は日に日に日本人の其より後れるに違ひない。さすれ

ば此は單に、朝鮮人に對する罪惡のみにあらず實に世界文化に對する罪
惡と認めねばならぬ。

　併し此は或は吾人の誤解であらう。大勢を知らぬ謬見かも知れぬ。が
此が朝鮮人一般の見解たることは否定出來ぬ事實である。

　　三、吾人の要求

　此に對する吾人の要求は一言で盡きる。即日本内地同樣の教育制度
の下に日本人同樣に教育して貰ひたい。而して卒業後は日本人と平等
の資格を認めて貰ひたい。そうなれば、朝鮮人は眞に皇恩に浴したる
を衷心から感謝するであらう。而して相當の時期に達したら、朝
鮮人にも參政權を附與して、完全なる日本臣民の列に加へて貰
ひたい。斯くしてこそ始めて完全に同化の實は上るのであつて、
朝鮮人は決して謀反心を起すやうな事はないであらう。よし
假りにそんな者があつたにしても人民は日本に忠義を盡く
して彼等に同ずる樣なことはないであらう。吾人は決して此の要求を不
當なるものとは思はぬ寧ろ、日本の爲にも朝鮮の爲にも最良なる合理的
要求と確信するのである。

　先ず小學や中學の普通教育を日本と同樣こし進んでは朝鮮に各分科のある一大
學を設けて貰ひたい。福岡に帝大を置く位なら、人口二千萬もある朝鮮に大學を
置くのは當然な處置ではあるまいか。若し財政上いまだ餘裕がないとすれば曾税

を課せられても構はぬ。斯かることの爲なら吾人は衣食を節じても税を納めるを惜まぬものである。京城にアスファルトの道路を造るよりも餘程緊要で有益なこと\思ふ。

教育も授けないで劣等だ、馬鹿だと言ふ。言う方は面白からうが言はれる方は可哀相ではないか。

あゝ義侠ある日本人士よ。諸士は、朝鮮人を單に植民地の土人として何時までも諸士の奴隷とする積であるか。否決して日本人は斯かる不徳義なる民族ではない。諸士は實に仁義を貴ぶ國民なるを知る。然らば諸士よ。諸士は諸士の手中に生死の運命を委ねたる千五百萬の新同胞の爲に計ることを惜まぬであらう。朝鮮人は未だ口を開くことを禁ぜられて居る。彼等は要求したいことを要求すべき方便がないのである。彼等の唯一の方便は單に彼等の衷情を義侠なる諸士に訴ふることで彼等の要求を満たすと否とは一に諸士の手中にあるのである。諸士には自由なる口があり筆があり、議會に於ける發言權がある。されば諸士よ次の議會に於いて朝鮮人に教育を開放すべく応分の労を吝み給ふ勿れ。

此の稿を終へんとする時日本人なる一友人は言つた。「併し、言語が違ふから平等の教育は出來まい」と。一応尤なことで誰でも起しそうな疑問である。されど聴け。現に朝鮮に於ける総ての普通學校や高等普通學校に於いては、漢文、朝鮮語を除くの外は総て日本語で教授するのである。一月許り前から私立の高等普通學校程度の學校も凡て日本語で教授する様に強ひられたと言ふ。實際、今日の朝鮮學生は驚く程日本語が

普及して居るのであつて彼等が日本へ來れば直ぐ日本の學生と共に勉學し得るのである。況して普通學校なるものゝ年限を延長して日本の小學生と同様にすれば中學校に於いては國語の課程さへも難なくやつて行けると思う。よしや國語と英語とに於いて日本の中學生に及ばぬことがあるにしても、其は一二年の準備で充分追附き得べく、併し實際はそんな氣遺がないのである。一體台湾の土人などに對すると同じ遣口で行こうとするのは餘りに學校を見くびり過ぎた話だと思ふ。普通學校等の名稱も台湾から來たのださうだが何だか我々は妙な氣がする。

五道踏破旅行[*]

社告[**]

　今回毎日申報記者李光洙を派遣して各地方を遍歴せしめ有志を歴訪して新政普及の情勢を察し経済産業教育交通の發達人情風俗の変遷を観察し併せて隠没せる名所舊跡を探り名賢逸士の蹟を尋ね広く之を天下に紹介すること〻相成候處此舉の成功と否とは全く官憲並に地方有志の御援助の如何に依ること〻存候願くは我社の此舉を賛同し同時に御同情と諸般の便宜を與へられんことを切望致し度不敢取以紙上御依頼迄如斯に御座候敬具

京城日報社

毎日申報社

湖西より[‡]

　◇六月廿六日朝南行滊車中にて、偶然島村抱月松井須磨子一行に出逢い申候、刺を通じて、巡遊所感及び朝鮮文學の將來に就て意見を承はり、得る所尠少ならず候。

---

[*] 五道踏破旅行記者　李光洙、本テキストは1917年6月30日から9月7日までの『京城日報』に連載された「五道踏破旅行」を入力したものである。「五道踏破旅行記者　李光洙」と筆者名が毎回記されているが、初回のほかは省略した。
[**]『京城日報』1917年6月26日夕刊一面。
[‡]『京城日報』1917年6月30日夕刊一面。

◇一行は仁川より木浦へ向ふところにて、甚だしく疲労を感ぜるが如く、須磨子は車室に這入るや否や、坐睡の場所を探候。抱月氏は先づ須磨子に席を與へ、次に御自身も空氣枕に凭れて忙中閑の一睡を貪られ候。須磨子の養女とやらの可愛いお下げの娘は時々涼しい目を開けてはつまらなさゝうに車内を眺め候。御自身達は藝術の爲と申すかも知らねども、傍から見れば矢張旅役者にて、寧ろ氣の毒なる感じを致候。

◇木浦及び釜山に於いて各々二日間の興行をなし、來月の初めには東京に歸らるゝとのことに候。車室の乗降臺に堆高く積み重ねたるトランク、カバン、信玄袋類は、間はずして、藝術座一行の荷物と知られ候。其の中にはカチユシヤの御かづらも御衣裳も這入つて居るかと思へば、何となく可笑しくなるを覚え候。鳥致院にて一寸一行の室を覗けば何れもシベリヤの夢でも見て居るらし、默して一行の前途を祈り、小生はプラツトホームを出でゝ、公州行の自動車に搭乗致候。抱月氏一行に邂逅したるは意外の拾物として大いに喜候。匆々不一（鳥致院にて）

◇自動車は砥の如く坦々たる公州街道を疾風の如く走り候。朝鮮が斯くの如く立派なる道路を有するに至りしは、欣快の至りに候。唯、遺憾に堪へざるは、赤き山、涸れたる河。みすぼらしき家屋にて候。一日も早く総てを彼の道路の如く、立派なるものに致し度きものと存候。吾人の緊褌一番、大いに奮励努力すべき所に候はずや。徒に己の

利益のみを漁ることなく、大なる所に眼を附くる有志の多く見はるゝを望むや、旱天の雨と共に切にて候。

　◇二十五年計画にて植林事業を完成する豫定との事に候へ共、民間の自覚努力無くしては、到底成功は難かるべしと存ぜられ候。機會ある毎に朝鮮人に植林思想を鼓吹するは、實に急務中の急務に候はずや。

　◇殊に忠清南道の山は、甚しく禿げて居る様に見受けられ候。彼の赤き山、砂のみの川を眺むれば、アラビアペルシヤ等の不毛の地を聯想して、轉た悲哀の感に打れ候。今にも山の蔭より、駱駝の群がのろのろと見はるゝかの如く思はれ候。

　◇河川の形状より見れば、元は水量も少からざりしが如く推想さるゝが、恐く森林の全滅と共に、河水も全滅したるらしく思はれ候。二十五年後に彼の山々が森林にて覆はるとせば其の時は河川も復活するならんと、其の時のみいとゞ待遠しく候。

　◇三、四年前までは江景より公州まで石油發動機船が通航したる由に候へ共、錦江の水量愈々減少し、今日にては雨季を除いては、小舟の通航さえ不可能の有様にて候。此の分にて行けば、数百年後には、錦江の如き大河も、一の砂のみの河に化し終る運命を免れざるやも知れず。五百年の虐政は、遂に山河をまでも枯死せしめたるかと思へば、慄然として身に粟立つを覚え候。

◇山城公園の蒼翠を眺めつゝ、錦江の清流を渡りて、二千年の古都たる公州に入りしは、正に廿七[六の誤記]日午後一時半、此れより道庁其他諸官署を歴訪し、次いで附近の勝景を探ぐる豫定にて候。匆々不一 (公州)

湖西より*

◇公州に到着して旅装を解く間もなく、直ちに道庁に道長官を訪問致候。通されたるは閑静なる長官室にて、長官は書類に捺印し居たる手を休めて、嫣然に記者を迎へ候。髪は半白の如何にも親切さうなどつしりした御方にて候。先ず阿部社長より紹介ありし旨を語られ、次いでいとも懇切に、種々記者の質問に明答を與へられ候。

◇忠南は古來両班の本場にして、名門巨族所在に跋扈し、容易に新文明を容れざる程頑固なる者多く候へ共、彼等は元來教育ある上流階級なる丈、其れだけ一旦覚醒したる者は、急速且つ徹底的の進歩を示す由にて候。維鳩の如き両班村には、独立の普通學校を有し、其の他も漸次、新政を了解しゝある由にて候。

◇産業の發達に關しては殊に意を用ひられ、蠶業及び苧布業を最も奨励せらる由に候。道内は土壌氣候共に蠶業に適するを以つて、十年計画にて作り得る限り桑を作り、行く行くは今日まで有害無

***

*『京城日報』1917年7月1日夕刊一面。

益なる錦江の水を利用して、公州に大規模の製糸工場を起さん計画なる由に候。さすれば大田、論山等に、商權を奪はれたる公州も、工業地として新しき生命を得べしと存ぜられ候。

　　◇最後に長官は施政の方針として、啓發主義を執らるゝ由に候、朝鮮人は壓へ附くるに限る等、主張する者多けれど、這は決して策の御たるものにあらず、壓へられたる者は、其の壓力減ずると同時に、舊に復すべければなり、十分利害得失を云ひ含めて、内心より政府の指導に從ふ如くなすが啓發の根本義にして、斯くしてのみ始めて徹底的に朝鮮人を教化し得べしと語られ、包み隠されざる會心の笑みを漏され候。或は他道より凡てに於いて遅るゝやもしれず、然れども其の結果に於いては、他道に優らんことを確信すと申され、三本目の敷島に火を點ぜられ候。

　　◇順次に卓上の釦を押して、各部長及び主任を呼び、記者の請求に依る説明書、又は統計表を作成する様命ぜられ候。明日再び參上す可きを約して長官室を辞したるは三時過ぎなりき。夕餉後、地方の有志数人を歴訪し、夫々意見を伺はん積りて候。曇天にして蒸し暑き事甚し。匆々不一。（六月廿六日公州にて）

湖西より＊

◇有志訪問の顛末は、別に取立てゝ申すべきことも無之候え共、金甲淳君の活動的なるは、大いに推奨に値すと存ぜられ候。君は鳥致院より公州清洲に至る、及び公州より論山に至る自動車の経営者にて、此のみにても事業経営力に乏しき朝鮮人には抜群と申すべく、其の他にも公州の市場及び灌漑等に大いに盡力され、忠南切つての有力なる實業家たるの名に恥ぢず候。金君は京城方面旅行中にて、面會の機を得ざりしは遺憾至極に候。

◇徐漢輔氏を始めとして、三人の此地有志に面會したるが、尤も小生の注意を引きたるは、徐老人を除くの外、二人共和服を着し、日本式の生活をなすことに候。殊に李顕周氏等は子女を悉く尋常小學校に送り、家庭内にても小使にまで日本語を使用致候。小生の質問に答ふるにも、必ず日本語を以つてし、小生も日本語にて質問するの已むなきに至り候。さして流暢なる日本語にもあらねども朝鮮語にては氣が澄まぬものと見え候。

◇小生が投宿したるは朝鮮の宿屋なるが、宿泊人なると訪問客なるとを問はず、大抵は浴衣下駄の扮装にて、言語を交はして始めて其の朝鮮人なるを知る位に候。

＊『京城日報』1917 年 7 月 2 日夕刊一面。

◇我社通信員中津君は、當地に約十年間居住せらる由なるが、君の

談によれば、十年前と今日とは丸で別世界の感あり、髷のみの公州

が、浴衣下駄の公州に変はりたるは、實に滄桑の変とは申すべきにや。

感慨無量に候。

　◇今朝は中津君に案内され、雨を衝いて錦江及び山城公園を觀覽

致候。昨夜の豪雨にて、錦江も多少の増水を見たるらしけれども、未

だ船を浮かぶるに至らず。拱北樓上に立ちて細雨中の錦水を眺むる

も一興にて候。曾つて忠清道の総本山たりし山城の靈隠寺を尋ねて、

古朴なる地たる数幅の仏画に懐古の情をそゝり、踵を轉じて李适

の乱の駐蹕地たる双樹亭に徘徊すること少時、所謂公の字形に廻れ

る山峡中の小都を一眸に収め、今にも崩れんかと覚ゆる鎮南門を出

でゝ、此の由緒ある古城を辞し申候。夕陽に當地を去り、扶餘へ向ふ

べく候。匆々不一　（廿六日公州より）

其の美景、其の感慨

白馬江上、百濟の古都扶餘を訪ふて*

扶餘の地、一草一木何か歴史を語らざるものぞ。足一たび扶蘇山に入

れば、荒涼たる青草の間、一面瓦の破片の散らばりたるを見るべ

＊『京城日報』1917年7月2日 朝刊 三面。

し。此こそはげに三國時代の花にして一百五十年の栄耀を極めたる

百濟の王城泗沘城のかたみにて候へ。

◆此こそはげに御爐の香に

  燻りたるもの、此こそはげに

 南薫殿の太平回に慄へたるもの。其の夜、千二百五十年前の其の夜、

 羅唐連合軍の一炬によりて、あたら九重の宮居の灰燼となりし其の夜、

 天を衝く焰に煽られて、哀れなる最後の呻きを發しつゝ中空に飛びた

 るはげにこの瓦、春風秋雨幾星霜治乱興廃また幾代今や悠々たる白

 馬江の亡國恨に咽び連綿たる青陽の連山、白雲を送迎するを見るのみ。

◆萬乘の王陵草いや深く

  百花の御苑、麦畑と化し去る

 此の時に當り、ひとり當時の栄華、當時の悲惨を語るものとては、

げに此の瓦の破片のみにて候。大后太子を伴ひて夜半熊津に蒙塵し玉

ふ義慈王の怨恨、栄華の夢醒もやらぬに黒煙に暗き送月臺の月の下、

落下岩上に花と散りて、泗沘水中、泡と消えにし嬌艶花をあざむく

妃嬪等の血涙問へば語るは、げに此の瓦の破片にて候。小生は

◆扶蘇山の最高峰たる送月臺

  に坐し、泗沘王城の廃墟を眺

 めて哭かんとすれば可ならず、泣かんとすれば婦人に近しまでは行か

ずとも萬感交々臻りてなす所を知らず感慨無量とは此の事なるべく

と案内の憲兵補助員を顧みれば、彼は何を思ひたるにやにやりと笑

ふのみにて候。此處はなにがし殿、彼處はそれがし宮、恐らく彼の平坦なる處は大宮人等が蹴鞠の場ならん等取止めもなき想像に耽れば身は現在を去りて遠く千二百年前に溯り、泗沘城中の栄華を眼のあたり見る心地致候。

　◆朱欄画閣□□を連ねて
　　　　　　糸竹管弦の音もいとあはれに
　　　白馬江上に林立せるは、江南天竺の商船。されどあゝ眼を開くれば其は一場の幻にて、眼前に横れるは此の瓦の破片のみにて候。扶蘇山の位置も可、形も可、遥かに繞れる連□の黛の如きも又可、斜めに弧を画きて音もなく流るゝ泗沘水は尤も可、江山はよし、江山は美なり。此の江山には此の主人なかるべからず。此の江山の主人は只文雅なる百濟人あるのみと存候。

　◆已に百濟人なし、江山誰が
　　　　　　爲に年々歳々容を飾る
　　　あゝ、無常なるは人事にして、無情なるは江山なるかな、古臭き套語なれども、此の時、此の處、此の句を置いて外なしと存候。杖を扶蘇山の東端に引きて倉庫の焼跡を弔ひ、更に踵を返へして千仭の絶壁を辿り盡せば、女王が國運の萬歳を祈りたらんと思はるゝ皐蘭寺にて候。階前の老松には鵲巣を造り水辺の垂楊には黄鶯友を呼ぶ。寺は少なけれども風景實に絶佳。其處より巉巌に倚り碧羅に攀ぢて危き鳥径を匍うこと数十歩。

◆脚下には白馬江の緑水、岩に

激して咆哮し、頭上には千仞

の巉巖天を衝きて聳ゆ。此こそは名にし負ふ落花岩にて候。ポタリ

ポタリと岩隙より滴るは眞逆其の夜の宮女の血にはあらざるべし。萬古

の快作たる平濟塔の美術的價値は已に定まりて動かず。水此亭の

絶景、天政臺の奇勝も千里來りて相尋ぬるの價は十分あるべくと

存候。（つゞく）

其の美景、其の感慨

何して今日迄扶餘が忘れられたか*

小生が泗沘城址を弔いたるは細雨霏々たる朝、平濟塔を賞したる

は夕陽正に浮山に沈まんとするの夕暮、東門外に百濟王陵及び百濟人

の墓地を尋ねたるは、日已に暮れて古城の烏塒に急ぐ黄昏時にて、夫

々一層の趣をへたるはご推察のことゝ存候。

◆只一つ遺憾なるは白馬江上

の名月を見ざることなりしに

昨夜偶然客舍の睡醒めて戸を排すれば、碧空拭うが如く曉月皎々た

り。寝衣のまゝ躍び出で、おく露滋き草を踏みつゝ再びそのかみに歸り

---

*『京城日報』1917年7月3日 朝刊 三面。

たる心持にて的もなく倘徉致候。其の美景、其の感慨書けば長し。

只唯、御推察に御任致するのみにて候。

　　實に扶餘は「由緒ある」等の語にて形容すべくも候はず。歴史的舊跡、又は勝景として小生が知れる限りに於いては朝鮮一と申すべきにて候。平壤は風景美なれども、既に王儉の城にもあらざれば、高句麗の都にもあらず。慶州は歴史的の古蹟多けれども、白馬江の美觀なし。然るに

◆今日まで扶餘の忘れられたる　朝鮮

　　　　は朝鮮人に朝鮮史の知識

なき所以と残念至極に存候。幸に、先年共進會當時、小原前忠南道長官の熱誠なる紹介によりて日本人間には大分知れ渡りたる由なるも、朝鮮人には未だ扶餘の何んたるを解せざる者さへ多く恥しとも悲しとも申様無之候。今や扶餘に保勝會の設あり、道路はよし、旅館の設備あり、且憲兵分隊及び郡庁にては何くれと便宜を與へ居候へば、探勝にも可なるべく、修學旅行にも可なるべしと存候。

◆京城の貴族方富豪方が斯かる

　　　　由緒ある土地に別荘なりと

設けて、避寒避暑の氣の利きたることをなされては如何。一言附加候。

扶餘より公州街道に沿ふて約一里、佳增里なる所には有史以前の墓地あり、先年鳥居氏とやらの鑑定によれば、少なくも四千年以前のものなる由にて候。又同じく扶餘より青陽街道を行くこと約一里羅福里の山

腹には石器時代の居住地ありて、種々なる遺物發見さるる由にて候。此によれば此の附近には少なくも四、五千年前より住民ありしが如し。

◆此の兩地は扶餘に遊ぶものゝ

是非共訪ふべき所と存候

此より扁舟に棹して白馬江を下り、江景に出づべく旅裝を整へ終りて此の文を草し候。天氣晴朗暑し。（六月二十七日扶餘にて）

湖南より*

◇裡里より輕便鉄道にて、二日午後全州へ到着致候。途中小生が興味を惹きたるは、全州一帯の山の形狀の秀麗なることにて候。一峯一巒、何も仙味を帯びざるなく、實に全州は山で持つと申度候。道郡參事、青年倶樂部員其の他の有志に迎へられ、銀杏屋なる旅館に投宿致候。出發以來斯かる歡迎を受けたることも始めなれば、斯かる立派なる旅館に威勢よく、乗込みたるも始めにて候。正直のところ、一生始めと申すべきにて、そぞろに怖氣さすも無理ならぬことに候。八畳の間、蚊帳の中に十日以來始めての安眠を貪り、今朝十時、道庁に李全北道長官を訪問致候。如何にも温厚にして愛嬌たつぷりの老紳士にして、親切に種々とご説明被下候。

---

*『京城日報』1917 年 7 月 6 日 夕刊 一面。

◇就任尚日浅きを以つて本道の事情に暗き旨を、冒頭に諄々と語らるゝこと約二時間、得る所實に夥多にて候。

◇有名なる全北の平野を有することゝて本道に於いて、尤も力を致すは普通農事の改良なり、水利を整理し、種子の選択及び耕作方法の改良、其の宜しきを得ば、優に二倍の増収を得べし。而して現に着々進行中なれば、十数年を出でずして、其の實現を見るべしと、確信ある口調にて語られ候。現在道内に四個の水利組合あり、漸次擴張又は増設あるべく、殊に注目すべきはこれらの事業が、朝鮮人によりて立派に経営せらるゝことにして之に依りて見るも、朝鮮人が如何に覚醒しつゝあるかをトし得べしと申され候。

◇次に重きをなすは、養蠶の奬勵にて、五年以内に道内のみにて、約三萬石の繭を産せしむる豫定なる由にて候。小作人の窮状を救ふは、副業に依るの外なく、副業の中には養蠶に優るものなし、五年以内に全羅北道をして養蠶の道たらしむべしなど、其の意氣不可當候。

◇次は製紙業なるが、本道は朝鮮第一の産紙地にして、朝鮮紙は満州に對する朝鮮輸出品に於いて、重要なる位置を占む。本道に於いては益々其の發達を圖らん爲め、一面原料の栽培を奬勵し、一面、模範製紙場を起して、従來なる原始的なる製造を、機械工業的になさんとす、日尚浅ければ、未だ顕著なる成績なきも、漸次成功に近[づ]かんことを期すと語られ、一寸左の眉を釣り上げて、微笑まれ候。此稿未完（七月三日午後四時全州にて）

湖南より*

◇次に長官が小作人の窮状及び、其の救済策に就いて語られしことは、注目すべきことに候へ共、此處に於いては詳述する餘裕なきを遺憾とする次第に候。只一つ書落とすべからざるは朝鮮人の商工業に對する李長官の御意見にて候。

◇先づ、商業に就いて云はんに、朝鮮人は決して内地人と競爭すべき位置にあらず。朝鮮に於いて販賣せらるゝ品物は、概ね日本製にして、日本人は直接原産地より輸入すれども、朝鮮人は未だ斯するに足る資力及び知識なく、日本商人の一旦輸入したるものを二重に贖ひて販売するものなれば、勢日本商人の物品よりも高價ならざるを得ず。縦令小売商人に於いては、日鮮人に何等の差別なかるべきも、購買者は自ら日本商人より、直接に購入するを喜ぶ風あれば、如何なる點より見るも、朝鮮商人は不利なる位置にあり、朝鮮に於いて消費さるゝ品物が、全部までは行かずとも、大部分、朝鮮の工場に於いて製作されざる限り、朝鮮人の商業は決して振興することなかるべしと申され、然らば朝鮮人は工業を経営し得る境遇にありやと云ふに、其も然らず、蓋し朝鮮人には、未だ大工業を経営すべき技能なく、よしや技能ありて或種の工業を起こすとするも、内地の工業と競爭する

---

*『京城日報』　1917 年 7 月 7 日　夕刊　一面。

に足るべき資力なければ、朝鮮人にして工業を起こすことは、今日の事情の下に於いて、到底不可能なるべしと慨歎致され先前大邱にありし製糸工場を例に引かれ候。

　◇然ば如何にすべき、出來得る限りの改良を施せば、農業のみにても或は糊口に差し問へなき迄に至るやも知れず、然れども、まつたく商工業を有せぬ朝鮮人は決して富むことなかるべし、茲に一途あり。而して只一途に限る、其は内地の大資産家が、多く朝鮮へ來りて大工場を起こすこと是なり[、]さすれば直接には職業なき朝鮮人に生活の途を與へ、間接には朝鮮人の商業に一新氣運を與ふべし、此の外に他途あるとも思はれず、只内地の大資本家の來るを俟たんのみと反復致さるゝ所、憂世の情切にしていたく聴者に感動を與へられ候。

　◇自作自給は、寺内前総督のモツトーなり、総督更れりと云へども、此のモツトーは変はるべからず、如何にしても、一日も早く、朝鮮をして自作自給の士たらしめたし。内地人の大資産家の奮起を俟つと共に、朝鮮人たる者大自覚なからざるべからずと一言一句熱誠を籠められ候。

　◇當地出發以前に、もう一二回、御高説を承はるの機會あるべければ、先づは之にて筆を擱き申候。

　◇末筆ながら此の機會に於いて、本社全州支局員及び其の他の官民有志諸彦に、厚く感謝の意を表し申候。何れも温厚篤實有力なる紳士にして、誠心小生を歡迎せらるゝは本社を熱愛せらるゝ所以

と、感佩の至りに候。朝より降雨あり、河川の増水二三尺なり。怱々

不一（七月三日午後四時全州にて）

湖南より*

◇雨復雨、降りては止み、止みては降る。あゝ雨の全州なるかな。折角の見物の豫定も台無しに相成候。旅館の手摺に凭れて、降りそゝぐ雨を睨みつゝ、通信文でも書かんかな。向かひの室には今しがた法院より歸れる光州地方法院長が、浴衣姿にて蠅狩りに熱中致居候。ざあと降り出せば、一陣の風堂に満ちて涼味掬すべしと云へども、はたと止めば又蒸熱くなる、一日の中に幾春秋否幾夏冬を過ぐる心持致候。

◇雨の一寸の留守の間を覗ては見い見い、全州の町も大抵見盡し候。一萬から少上の人口を有する山間の小都會に過ざれども、中々風景に富んだ小ざつぱりした町にて候。麒麟峯、南山、山城等の形も美しく、色も美しく、整然たる街衢、小奇麗な道路、何れも遊人の眼を喜ばせ候。全州の銀座の稱ある大正町は、中々町の體裁を備へ居り、通行人も京城の裏通り辺よりはずつと頻繁に候。銀行あり、

---

* 『京城新聞』1917年7月8日 夕刊 一面。

812 이광수 초기 문장집 Ⅱ

新聞社あり、神社あり、御寺あり、電話番號も四百近くを有し、電燈も近々點さるゝ由なれば、愈々面白き處と可相成候。

◇河と申しては、谿川に一寸毛の生へたる者に候へ共、足を濯ひ耳目を悦ばすには十分なるべく、殊に多佳亭附近には規模こそ小なれ橋あり瀦瀦あり、山の倒影あり、中々馬鹿にならず候。絶壁に懸れる寒碧堂にも、俗塵離れの趣は賞すべく、山城の小刹にも、一日の禅味を味ふべし。

◇此の地は元卞韓の比斯伐にして百濟の完山、後に甄萱が後百濟の王都となり。又李朝の祖先墳墓の地なれば、大した古蹟もなけれど、全く回顧の種なきにしもあらず。李太祖が阿只抜都を破りて、意氣揚々凱旋したる梧木臺にては、英雄當時の心事を想ふべく、肇慶廟慶基殿の離々たる青草を眺めては、李朝五百年の多難なる夢の跡を辿るべし。曾ては聖地とも仰がれし德津の今や只松林と蓮の名所としてのみ世に知らるゝことに想到せば、有爲轉変の世の有様、轉た感慨無き能はず候。

◇全州の朝鮮人は、中々活動的なる様見受けられ候。純朝鮮人の経営として、完天合資會社あり、私立蚕業傳習所あり、大規模の矯風會あり、性質は其れに能く似たる青年倶樂部なるものあり。完天會社及び蚕業傳習所は全州の財産家にして有力者たる朴永根氏の盡力によれる者にて、成績中々良好なる由にて候。全州は三十人以上妓生ある由なれば、青年倶樂部はこれに對する防禦陣なるべし。

滔々として堕落に沈淪し去る朝鮮各大都會の青年を救濟するは目下の急務にして、斯かる青年團は尤も時宜に適する者と存候。府尹郡守方々が公務の餘暇、斯かる美しき事業をなされては如何。

◇又蒸熱く相成候。法院長は何れへか御出掛け、女中共が時を得顔にきやつきやと騒居候。明朝は一番列車にて當地發。大場村に細川公の農場を參觀して光州に向かふ豫定にて候。

全州在留中、厚き同情を下されし官民有志諸彦に、改めて、厚く御礼申上候。忽々不一。（七月四日午後三時全州にて）

湖南より*

◇昨夕全州官民有志、四、五十人は、小生の爲め歡迎の宴を開かれ申候。李長官、金參與官、金郡守も御臨席下され、小生に取りては實に過分の光栄にて候。熱き時節に五道を歩き廻るは嘸御苦労なるべし等慰めらるゝ御方もあり、成るべく朝鮮の現状を詳察して、世に紹介せよ等と勵まさるゝ御方も有之候。此は實に過重なる負担なり、如何にして斯くも切なる諸氏の冀待に副ふべき、只唯あらん限りの力を盡す決心あるのみにて候。

◇座には官吏あり、實業家あり、銀行員、會社員あり、新聞記者あり、老人あり、青年あり。社會のあらゆる階級を無視して、一家族の

*『京城日報』1917年7月9日 夕刊 一面。

如く醜酢する所、實に美觀と申すべきにて候。松波全北日々社長の申せるが如く、全州の特色は官民の融合にあるが如く察せられ候。李長官の平民的なるは、今更申すにも及ばねども、其の他の官吏方も何れも、人民と意志の疎通せんことに盡力せらるゝ由にて、誠に喜ばしきことゝ存候。全州人は慾張なり、吝なり、狡猾なり等、非難する向も有之候へ共、小生の接したる限に於いては、さりとも覺えず。一道の首府の人民として恥しからずと存候。

　　◇新たに起すべき事業多きに拘はらず、朝鮮人は未だ斯かる事業に出資するを好まず、殊に全州人に於いて然り等、憤慨する者ある由に候え共、さう一朝一夕に頭が開ける者にては無之と存候。日本人は知識を出し、朝鮮人は資本を出せば、隨分と有益なる事業をなし得べきに等惜む者も有る樣なれども、人の頭をのみ信用して、自分の財産を出す者もなかるべし。其の事業の意義も利害も理解せざる者、爭でか其の事業の爲に出資するを肯んじ候べき。新知識の普及するに從つて、朝鮮人間にも事業熱起るべきは明かにて候。されば今日に於いては、朝鮮人に事業熱なきを責むべきにあらずして、彼等の刺激となるべき日本の資本家が、朝鮮に於いて事業を起こすもの少きを責むべきには候わずや。李長官の言はれし如く、朝鮮の商工業は、日本人の財産家の奮起によりてのみ、勃興すべき運命を有すと存候。

　　◇本社全州通信員井出老人も、釜山日報全州支社長倉田老人も出席致され候。御兩人とも揃ひの朝鮮通全州通にて、朝鮮の食物迄

も何んでも御坐れと云ふ程にて候。年老いて活動思はしからず、新聞記者といふよりは貧聞記者なり等諧謔百出致候。時々本社より御目玉を頂戴すと言はるゝは本當にや嘘にや、中々敏腕家の評高き由にて候。

　◇十数人の全州美人の斡旋の中に、主客歡を盡し候。酒に弱き小生は、ぐでんぐでんにて、定めし皆々様には失禮の廉も多かりしならん、末筆ながら一寸御詫申上候。

　◇連日の雨にて、水害も多少はあり、輕鉄も不通なる由、小生は愈々徒歩旅行の本色を現はして、てくてくと裡里へ向ふ考へにて候。三韓時代には何國何國九十國百國と申したれば、此の辺の地は大抵或國の國都たりしならん。二、三人協力してやっと使ひしと云う長槍の馬韓人が、彼方此方と彷徨き廻りし様など想像しつ、全北の平野を歩き廻るも一興なるべくと存候。忽々不一（七月五日午前八時全州にて）

湖南より*

　◇朝鮮朝鮮人の主なる特色はと問はゞ、小生は藝術的なりと答へんとする者にて候。今日の醜悪なる朝鮮人のみを見る者は、小生が愚を笑ふやも知れずと云へども、今日の小生朝鮮人は決して本物の朝鮮人にては候はず、支那化し終らんとして失敗したる一種変形したる朝

---

*『京城日報』1917年7月10日　夕刊。

鮮人にて候。三國時代以前の朝鮮人は、決して斯かるヨボさんにては候はざりき。彼等には武あり、文あり、力あり、富あり。隋唐の大軍を見んごと打破りたるも彼等なれば、日本及び支那に音樂美術上大影響を與へたるも彼等にて候[、]今は見る影もなけれども、半島各地の堅固なる城壁も、都會も、道路も、寺院も、博物館に於ける價値ある物の大部分も、彼等の手によりて成れるもの、仏教を消化したるも、唐の文明を完全に輸入し、消化したるも彼等にて候。高麗の初期以後に、李朝を通じて千年近くの朝鮮人は、父祖の遺産を破壊し磨滅こそしつれ、建設し進歩せしめたることなし。慶州の都は百萬の人口を有したりしに、李朝の京城は二十萬を超えざるは、果して何を意味するぞ。今日朝鮮に残れるは彼等が破壊し盡し得ざりし僅かの残物のみにて候。恰も全土の森林を食盡されんとして尚鴨緑江岸に多少の森林を残せるが如き者にて候。小生はよボさんが、決して朝鮮人の正體にあらざるを極言すると同時に、朝鮮人の多くの特色の中にて藝術的なることは其の尤も顕著なる者と断言するものにて候。三國以前の記録は、殆ど全部消失したりと云へども、漢唐隋の諸書及び日本には残れる、凡ての記録及び遺物を総合するに、當時の音樂美術の發達は實に驚くべきにして、天下の中心と自稱せる支那さへも、朝鮮の樂曲、朝鮮の美術品を重んじたる位にして、奈良朝、平安朝時代の音樂美術は大半三國人の手によりて成れりと云ふ程なれば、此のみ

にても、小生の言の誣ならざるを証し得べしと存候。殊に百濟人は其の點に於いては尤も秀いでたりき。

◇彼等の故地に住める、彼等の直系の子孫たる全羅道人の血管中には、實に百濟人の藝術的血液流る、在來とても朝鮮の美術工藝及び音樂の中心は全羅道なりき。竹細工、漆器、硝子其の他精巧なる美術工藝品は、大抵全羅道人の手によりてなれるものにして、妓生俳優等歌舞音曲に秀でたる者も、又全羅道人にて候。李朝以來、美術工藝及び音樂を卑むこと甚だしく、此に従事するものは常人中の常人として、穢多同様の取扱ひを受たるを以て、彼等も此天賦を誇りとはせず、返つて身の仇と思ふ程に候ひき。若彼等を獎勵し、賞讃したらんには、燦然たる世界的大美術大工藝を出すべかりしにと切歯に堪へず候。全北物産陳列所に於いて普通學校及び簡易工業學校の生徒の精巧なる手工品を見て、一層此の感を深く致候。時尚遅からず。今より彼等が天賦の才能を自覚し、奮勵努力したらんには、朝鮮の京都人として、美術音樂に貢献する所多かるべきを確信致候。當局に於いて、所々に簡易工業學校を設立し、又各普通學校に於いても、殊に此の點に意を用ひらるゝ由に候へ共、尚積極的方法を取りては如何。全羅北道の五大方針中、美術工藝の獎勵なる項目なきを遺憾と存候。是は殆んど農事の改良と並行する程、重要なる者にては候はずや。小生は將來全州あたりに、高等工業學校、美術學校乃至は音樂學校の設立を希望して已まず、全州をして朝鮮の京都たら

しめざるべからずと主張せんとする者にて候。全羅道人の血管中に、一千餘年間眠れる百濟人の血は、是に於いて燦然と光を放つべく、或は希臘源流の西洋美術に對して、百濟源流の新美術を出だし世界に貢献することなしとも限らずと存候。旅中閑なし先は思出づるまゝ斯くの如く候。忽々不一。（七月六日朝全州にて）

湖南より*

◇全北の平野には、今や飢餓に瀕せる者多く、草根木皮によりて縷の如き命を繋ぐ者さへ尠からず、其窮状惨状思ひやられ候はずや。細川農場にては小作人獎勵の方法として、年々作物の品評會を開き、優等には優等旗を與へ、又は改良農具等の賞品を與へ、或は種子の無料配布なし居り候。昨年の大凶に依り、今年の移秧時には籾四百六十石を散じて、一箇月半の糧食を與へ秋穫に無利息にて還納せしむることゝ致候由、朝鮮地主の範とすべきもの一、二にて足らず候。かゝる惨状を來したる所以は土地痩せたるが故にあらず。全北の平野は朝鮮第一の沃土なり。人民懶惰なるにあらず。一望際なき平野は彼等の手によりて耕されたり。肥沃なる土地に住める勤勉なる人民の、斯くも悲惨なる境遇に陥れるは、抑々如何なる故に候哉。

---

*『京城日報』1917年7月14日 夕刊 一面。

◇一、二有力者の語る所によれば、草根木皮は決して誇張の譬に非ずして、實地に調査したる所讀んで字の如く、草根木皮を食すとのことに候。大人は栄養不良にて顔色蒼白となり、乳呑児は母乳を得ずして、骨と皮のみにやつれ果泣くこともすら得せぬ不幸の者も尠からざる由にて候。恰も移秧季にして、農家に取りては實に一刻千金の時なるに此の惨状を見る。眞に同情一掬の涙なき能はず候。

◇朝鮮の地主は、移秧終了後にあらざれば小作人に糧食を貸與せず。移秧後、その収穫を抵當として始めて糧食を貸與する由。而も小作人の窮地に陥れるに乗じて、不法の高利を附し、僅々二、三箇月に五割の利息を附する者も往々有之やに候。即ち夏一石の籾を貸與せば、秋には一石半の籾を取る譯にて、斯くては可憐なる小作人は、収穫の即座に無一物となり、年々歳々貧窮の度を増し行くのみにて候。

◇去年は水害にて例になき凶作なり。其も一因には相違なかるべきも、小作人の貧窮は專ら地主の横暴、云い換ふれば社會制度の不完全に依れる事も、亦た一原因をなし居る事と存候。彼等可憐なる小作人を救濟するには、低利にて農資を借得べき、機關を備ふる事は當面の一大急務と存候。

◇地方金融組合なる者あれども、此は中農以上の利用すべき者にして、小作人は直接其の恩恵に浴すること能はず。全州の農事組合こそは、此の目的に最も適する施設と存候。地主等の出資によりて相當の資本を作り、極めて低利にて、各地主擔保の下に小作人に農資を貸附

くる仕組なるが、斯くすれば一面小作人等を不法の高利より救出するのみならず、一面彼等に勤儉と信用とを奨励することになるべく、實に一挙両得と申すべきにて候。されども朝鮮人の地主が自發的に斯かる施設をなすは前途遼遠なりと申すべく、當局にて半強制的に實行せしむれば、数年以内に完全に實現すべくと存候。

　◇水利の整理、種子の選択、耕作方法の改良等によりて、出來得る限りの増收を圖り、あらゆる副業を奨励して、出來得る限り農家の收入の増加を圖るも、今日の制度のままにては只地主の腹を肥やすのみにて、決して根本的に小作人を救濟することは不可能なるべしと存候。殊に種々なる事情の下に、中枢階級漸次消滅し、土地の兼併盛に行はれて全羅南北の如き農業地には遂に、大地主と小作人との両階級を存するのみに至る如き傾向日に顕著なれば、小作人救濟は、實に焦眉の急と申して可なるべしと存候。

　◇教育も衣食あつて後のこと、貯蓄をするにも貯蓄すべきものなければ、如何んともすること能わず。一人の地主に数百人、数千人の小作人あり。産米の石数のみにて、又は輸出の金額の統計のみにて、輙に人民の富を卜すること能はざるべし。富の増加と共に分配其の宜しきを得るは、經濟の原則なりと聞及候。殊に今日の朝鮮のかゝる状態に於ては、分配の適宜は尤も急要なることゝ存候。

◇飢餓に泣く同胞を見るに附け、同情の熱涙禁ずること能はず。幼稚なる意見斯くの如く候。経世家諸彦の注意せらるゝことゝならば幸甚なり。怱々不一（七月七日裡里にて）

湖南より*

◇裡里は都會の胎児にて候。未だ眼も鼻も附かぬ、血の塊とも申すべきか、日に月に太るのみにて形も定まらざる怪物に候へども、その形の定まらざる所に、裡里の無窮なる将來は蔵せらるゝなり。肥沃なる全北平野の、無限とも云ひつべき産米は、此の胎児の無限なる栄養となつて、遂には一人前の立派なる、大都會となさずには止まざるべしと存候。

◇裡里は朝鮮における、新興都會の據本とも申すべければ、裡里人士の責任重しと申さざるべからず。希わくば理想的の完全なる新都會となし度きものに候。

◇都會の眼目なる家屋が餘りに假普請的なるは、新開地の常として已むを得ざることゝは申せ、新都會の将來の爲めに甚だ不祥なることと存候。目前の利益のみに眩惑せずして、永久的の計画をなし

* 『京城日報』1917 年 7 月 25 日 夕刊 一面。

この日、以下の記事が掲載された。

●●●●
▲李氏出発　毎日申報五道踏破記者李光洙氏は病気全快 廿二日郵汽船にて多島海を視察し麗水へ出発せり

て慾しきものにて候。朝鮮内の凡ての都會に於いて然らざるなしと云へども、裡里に於いて殊に此の感を深く致候。されども今の所にては斯かる贅沢を申すべきにもあらず、只唯丈夫に大きく太りさへすれば、其れにて好かるべし。

◇裡里の戸数約八百、内地人戸数約五百なる由なれば、鮮人戸数の約二倍と見て可なるべく候。然も鮮人の商業は甚だ振はざる様に見受けられ候。此は決して、健全なる發達とは申すべからず。朝鮮に於いては、日鮮人の平行なる發展ありてのみ、始めて健全なる發達と申すべしと存候。

◇此は勿論、鮮人の資力及び知力の劣れるが爲なるべし。教育普及經濟的自覚起こりて、活發に資本を運用すべき時季を竢つの外なかるべしと云へ共、差當り鮮人の商業の斯迄振はざるは、其の一部の責任内地人にありと信じ候。何うしても内地人は内地人同志と云ふ風にて、鮮人を除外視し、或は競爭者視する傾向なきにしもあらざる由、聞及候が此にては到底平行の發達は望むべからず、内地人より進んで鮮人に對する差別的障壁を除き、利益あれば共に享受し、損害あれば共に助くるの心掛ありて、始めて完全に平行の發達を實現し得べく、斯くして始めて、完全なる朝鮮の發達は望み得べしと存候。鮮人[内地?]の商人によりて内地[鮮人?]商人の敵視せらる限り、両民族の融合は幻夢に終るべしと信じ候。然るにこの障壁を設くると設けざるとは、一に先覚者として内地人の上に係れるに候は

ずや。将に無限に發達すべき、運命を有する可愛き新都會裡里の前途を祝するに當り、裡里をして同時に日鮮人平行の發達の模範たらしめよかし、と切願して止ず候。

　◇一眸際みなき全北の平野に、日に月に太りつある裡里、米の都にして将に繭の都にもならんとする裡里は、近き將來に於いて堂々たる雄姿を吾人の眼前に見はすべし。如何にも稚氣に満々たる、乳呑児の如き裡里を見ては、將來の發展を暗示されたる如き心地致し、其の生氣満ちたる姿を見ては、欣喜の情禁ずること能はず候。（七月九日裡里にて）

湖南より*

　◇緑蔭深きフレンチ病院の病床より一筆啓上仕候。十二日夕羅州より木浦驛着多数人士の出迎を受申候。途中腹痛を覚え下痢を催し具合悪しく勸めらるゝ儘入院治療致すことに致候。一日位静養致し候はば全治致すべく更に勇氣を鼓して豫定の旅行を継続する筈に候處、診断の結果遂に細菌性赤痢と決定し、只今血清注射を施され候。全治約一週間と聞きては、開いた口が塞がらず候。傳染病

＊『京城日報』1917年7月17日　夕刊　一面。
　このあと、以下の記事が掲載された。
　□五道踏破記事休掲　本社五道踏破旅行記者李光洙氏は木浦に於て偶々病を得快癒迄には約一週間を要するを以つて暫く該記事を休掲す

に罹るは紳士として不名譽の由に候。 小生はまだ青二才の書生にて

紳士にては無之候得共、自分の不注意にて斯かる醜るしき傳染病

に罹りたるは、社會に對する恥辱と思はれ候。金輪際二度と斯かる

病氣に罹らぬ様、注意致したく候。今聞く處に依れば、光州は赤

痢の流行地なりし由に候。通信文を草せんと机に向ひ候へども、腹痛

く氣沈みて筆進まず、数日間通信断絶致し候こと〻存候。本紙及び讀

者諸氏に對して、誠に相濟み不申、偏に御宥恕の程奉願上候。

忽々不一（七月十四日木浦にて）

多島海巡り*

一島去れば一島＝白帆赤帆に清風孕みて＝名にし負ふ右水營＝南

へ南へ

　◆赤痢上りにて未だ眼も眩つく處を、多島海の名に惚れて、二十三

日正午、木浦埠頭より、朝鮮郵船順天丸の客と相成候。木浦の諸有志

は船内まで見送下され、病後の身體を注意專一に等、親切なる別辭を

賜候。殊に木浦滯留中、本社全南支局長麻生君の親切なるお世話

になりしこと夥しく、何とも御礼の申上様無之候。何卒家族の者の

如くと云ふが、小生の述べ得べき唯一の謝辭にて候。

---

*『京城日報』1917年7月26日　夕刊　三面。

◆手を振り、帽子を振り、頭を振りて、別を惜しまるゝ木浦の人士を後にして、我が順天丸は徐徐と高い島の屏風の如き絶壁の倒影を踏み砕き、天下の絶景多島海指して走り出で候。一抹の雲、諭達山の巉巌計りなる頂上を包むよと見る間に、粒太き一しきりの夕立、ぱらぱらと水面を打ちしも、其れも間もなく止みて、眞夏の空は紺碧に晴れ渡り候。

◆多島海の画幅は今や展開し始め候。一島去れ[ば]一島來たり、又去れば又來る。鳧のごとき船は其の間を縫ふ如く、迷ふ如く、或は酔いて弄むるゝ如く、悠々と鏡の如き水面を辿れば、島影に隠れ居たりし如き清風、颯と吹き來りて遊子の袂を払う。思はず快哉を叫ざるを得ず候。

◆一波も動かずとは之を謂ふなるべし。げにも滑らかな海原なるかな。否、海とは云はせじ、湖か、さもなければ清江の一曲、黄龍の眠る碧潭とも申すべきにや。遠く白雲の浮かべる方より、一羽の鷗、音もなく飛び來りて、軽く水を蹴れば、緑の如き小波、無数の同心圓を描きて、而して跡方もなく消え去る。其さへ判然見らるゝ程、滑らかなる海にて候。

◆時々、船は眠れる如き小島の絶壁の間を、舷側も擦れん許りに、通り抜くれば、千萬の島と島とを洗い流るゝ、複雑なる無数の潮流の、白泡立てゝ渦巻く當りを泳ぎ行く。白帆赤帆に清風を孕みて、行き交ふ漁船の、意味の、解らぬ合言葉にて、呼び合ふも面白や。

◆島の形も、千差萬別。小さきあり、大いなるあり、圓きあり、三角形なるあり、或は四角、五角、六角と、複雑なる角をなせるあり、将又高きあり、低きあり。形状より申しても、位置より申しても、我儘勝手に取り度き儘に、取りたると申すの外なかるべく、造化翁は、天地創造の最終の日の意外なる閑暇を多島海の工夫経営に費やしたりと相見え候。風波をして、年々歳々、島の形を磨かしむるのみにて、此以上又は以外に、取り得べき形のあるべしとも思はれず候。

◆巉巖のみにてなれるあり、白沙のみにてなれるあり。両方をちやんぽんになせるあり。時偶には草木の茂り得べき沃土にてなれるあり。其の尤も奇なるものに至りては、頑固なる大盤石の上に、二、三掬の白沙を撒き散らしたると見ゆる者あり。其の上に旋毛曲りの矮松の、ぴよんと立てるは、實に皮肉なる者に候。机の上に載せたき小島の多きは勿論にて候へ共、時々馬鹿に出來ぬ大島のなきにしもあらず。頂に白雲を頂く程の山さへ、ちよいちよい見らるゝに至りては、意外の感に打たれ候。

◆航行約二時間にして、半ば崩れたる荒涼なる古城の、波に洗はるゝが、名にし負ふ右水営にて、名将李舜臣が、刻苦経営したる海防の遺跡にて候。彼の小高き城塁に斜めに倚りて、哀れなる胡笛を吹きつ見張りをな[せ]し、武士の炬の如き瞳が、今に見ゆる心地致候。されど今や矢叫びも血煙りも立たずして、當時の敵味方は仲よく水営城内に居住せるに思ひ至れば、轉た感慨なき能はず候。

◆船は黄金を溶かせる如き、落日の光を左舷に受けて、南へ南へと走り居り候。珍島の連山は遠くより眺むるのみにて、相接するの縁薄きを歎きつ船室に入る、此の邊より多少海の本性を見はせるにや。船に弱き小生は、枕に囁り附かざるを得ず候。（七月二十三日順天丸にて）

多島海巡り ＝ 2 ＝*

船は墨絵の如き島を右曲左折して進む―多島海の景色は女性的ではない―漁火ちらちらと消えては輝く―さても美しきは多島海なるかな

◆ぐつすりと六時間も寝込んでふと眼醒むれば、時計は夜の八時過ぎ莞島に到着したるにて候。『こらさんや。こらせ』と荷揚人夫の掛聲は何とはなく悲哀の情をそゝる如く候。寝惚けたる目を擦りつゝ舷側に出れば、二、三町もあらんかと思はるゝ所に灯影のちらつくあり。是れ乃ち莞島城内にて候。空は曇りて山と水とを分つべからず、好く見れば相も変らず何處も彼處も島だらけにて候。風とては息程もなく、是にては濃霧の虞れあり等船員らは囁き候。多島海航海中の唯一の難關は濃霧にて、一旦之に襲はれんか、咫尺に投錨地を置きつゝ三日も四日も立往生をするとの事に候。

---

* 『京城日報』1917 年 7 月 27 日 三面。

◆先刻多少波立し水面も、今やアイロンを掛けたるが如く滑らかに相成り候。水の都の莞島を後にして、墨絵の如き島々の間を右に曲り左に曲り、推進機の音さえ夢見る如く東へ東へと進み居り候。時々ちらと見はれてちらと消ゆるは、漁村の灯か、抑も漁船の灯か。夜の多島海も棄て難き風情のある者にて候。星斗燦たる空の下の多島海、明月皎皎たる秋の夜の多島海の美景は云はずもがな、春雨蕭々たる春の夜の多島海、白雪皚皚たる冬の夜の多島海も嘸かし美しき者にて候はん。一波も動かざるは優しき多島海。萬波の絶壁に激するは勇壮なる多島海なるべし。多島海の美景を決して女性的とのみ評し去るべからずと存候。あゝ、何う見ても美しき多島海なるかな。

◆船、興陽に着かんとするとき、一片の東雲薔薇色に染まりて、忽ち全天の白雲紅焔に燃ゆ。薄墨色のぼうつとした寝衣を脱ぎ棄てゝ、島々山々は忽ちはつきりしたる輪郭に姿を変へ、幸多き、出づる朝日を迎へ候。

◆島も多きかな。土地調査局の官吏より外、多島海の島の数を知る者とてはあらざるべし、何時までも島、何處までも島、而も二つとて同じ形をなせる者なき島のみと思はれ候。船一曲を廻れば新しき島見はれ、新しき海見はる。一曲一天地、曲れば新しき天地にて候。一人遍舟に乗りて方向もなくさ迷い廻りたし。彼の島の彼の岡に茅屋を構へて、悠々と塵世の名利を忘れたし。此の美しき別天地と別るゝがつらし等、取り止めもなき空想に耽る間に、船は又幾十百の島々

を送迎し、幾十百の別天地を通り過ぎて、波穏かなる麗水の港に到着致候。

　◆小生寡聞なる爲にや、未だ多島海の美景の世に紹介されるを聞かず甚だ疑訝に堪へざる所にて候。地中海の美景は未だ目睹する機會を得ず世界の絶景の稱ある瀬戸内海も、滊車より眺めたるのみなれば、彼と此とを比較すること能はざれども、多島海の絶景は決して世界の何れの海の美景にも劣らざることを確信致候。天下の絶景金剛山を朝鮮の山的絶景の代表とすれば、多島海は正に朝鮮の海的絶景の代表たるべし。多島海の名の天下に轟く日決して遠きにあらずと存候。

　◆避暑に可、避寒に可、療養に可、遊覧に可、海の學術的研究に可、掲てて加へて魚類藻類等の海産物は、殆んど無盡蔵と申すべければ、富者貴者は樂しまんが爲、貧者は富まんが爲、病者は強からんが爲、藝術家は審美の爲、科學者は海洋學、地質學研究の爲、博物學者は複雑なる動植物の研究の爲、此の久しく忘れられたる自然を利用する日の、速かに來らんことを切望して止まず候。

　◆[此]より海州丸に乗り換へ、直ちに三千浦へ向かふべく候。病後の事故、二十五時間の航海に、多少の疲労を感じ候へ共、海州丸に乗移りて、一休すれば恢復致すべくと存候。（七月二十四日順天丸船上にて）

多島海巡り＝３＝*

美景は愈々美＝牧畜の地＝新しき富源の開拓＝呼吸器患者の療養地＝水産講習所を設置せよ＝天下の絶景なるかな多島海＝あゝ、この大富源

　◆富源の點より多島海を觀察するも亦面白き者と存候。先づ多島海の八百萬の島に、作り得る限り森林を造るべしと申度候。其の昔、鬱蒼たる森林にて覆はれたる多島海の島々の美しき形の、ありありと眼の當り見る心地致候。森林繁茂すれば美景は愈々美となるべく、材木は無盡蔵に、魚類の繁殖も前に倍すべし。島なれば蟲害を免がるゝことを得べく、海あれば運搬の便あり、造林の地としてあらゆる資格を備ふる者と存候。

　◆第二は牧畜の地たるべし。朝鮮は昔より牧畜に島を撰びたり。此等の島々の中には、恐らく百濟人の慄悍なる馬群の跳び廻りたる處もあらん。馬も可、牛も可、羊も山羊も鹿も何とて可ならざるはなかるべし。彼の美しき島々の綠滴る谷合ひに白雲の如き羊の群を見るは如何許、美なるべきぞ。一つの島に数萬頭、乃至数十萬頭の牧畜をなすべく、而も其の土地たるや、内地の其に比して至つて賤價なる者なるべければ、其の利益や莫大なるべし。

＊『京城日報』1917 年 7 月 28 日　夕刊　三面。

◆余は専門家にあらざれば、其の氣候風土の能く牧畜に適するや否やを知らずと云へども、若濟州にして古來牧畜に適すとせば、多島海の島々も其れに適せざることあらざるべし。果して然らば、多島海の牧畜は將來世界の市場に必ず重きをなすことと受合と申すべく候。財ありて事なきの士、一番奮發して新しき富源を開拓せられては如何。

◆第三は呼吸器病專門の病院、及び癩病患者の收容所を立つることにて候。肺結核患者は、文明の進步と共に増加し、而もその療法として但海辺の温和なる空氣と新鮮にして消化し易き食物のみなりと聞く。朝鮮に於いて此の諸資格を兼ね備へたる者、多島海を措いて他に求むべからずと存候。只適當なる病院の建物さえあれば、可憐なる不治の病人等は、廉價なる治療費にて療治するを得べし。癩病患者收容所此の邊の小鹿島と云ふ島に一箇所ありと聞く。

◆詳しき報告に接せざれども、其の成績の良好なるべきや、言を俟たずと存候。全羅南北、慶尚南北を通じて、多くの癩病患者あり。而も其の数僅かに数千に過ぎざる由、千五百餘萬の同胞が、僅か数千の可憐なる彼等をして住むに所なく溝壑に轉ぜしめ、其のみか、悲しき病毒を日夜社會に傳染せしむとは、何と恥づかしきことに候はずや。已に官立及び耶蘇教會の数箇所の收容所あり。今一息にして彼等全部を收容し得べし。数多き富豪の方々よ。願はくば歐米の慈善家に倣へかし。

◆第四は木浦又は多島海の或地點に、水産講習所を設くることにて候。潮流の複雑なるにつれ、魚族の種類も複雑なる由。加之水産は全羅南道の重要産業なるのみならず、朝鮮全土、殊に東南朝鮮 [の] 重要産物なれば、大規模なる水産講習所の設立は、實に焦眉の急と申さざるべからず。然るに僅か群山に一箇所、未だ毛も生えざる水産講習所あるのみ。是實に朝鮮の恥と申すべきにて候。只官にのみ依らず、漁業に従事する人士の大奮發あつて慾しきものにて、小生の知れる限りに於いては、多島海は其の最適當なる處と存候。

◆天下の絶景なる多島海が、同時に朝鮮の大富源なる多島海ならんとは、嗚呼、何と喜ばしきことに候ぞ。小生は斯かる多島海を見たることを得たる、瞬間を祝福する者にて候。小生の幼穉なる觀察が、幸ひに江湖諸彦の注意を惹き得ば無上の幸なり。（七月二十四日夜海神丸船上にて）

多島海巡り＝4＝*

愛想よき船長＝黄金の千波萬波＝赤手の成功者＝甲板上の月夜＝孤灯の下の思ひ出＝三千浦に到着＝元の売薬行商

◆大枚四十五銭の金を奮發して、三千浦まで一等客と澄まし込候。船車を問はず一等は之が始めにて、大いに男の上がりたる心地致候。

---

*『京城日報』1917 年 7 月 29 日 夕刊 三面。

愛想好き船長は釣れもせぬに糸を垂れて太公望を氣取り、小生は早速寝臺に這入込み、熟睡致候。成程一等は宜敷者、昨夜の二等室よりはずっと寝心地宜敷候。棺桶そっくりにてはありながら、鼻孔の如き三方の窓より、涼しき海風の流れ込むも宜敷、柔かき敷布も枕も共に宜敷候。其よりか一等室なる稱呼の方、遙かに宜敷きやも知れず。

　◆ぐっすり一睡、好い心持になりて甲板に出づれば、夕陽は名も知らぬ島の名も知らぬ山に掛かり、千波萬波黄金を溶かしたるが如し。露梁津を過ぐれば、遙か東方に周城の臥龍山の峻峰、どす黒き雲に頭を隠したるが望まれ候。相変らず多島海にて何處も彼處も島だらけ。但し前に比べては多少疎らになり、其の形狀の漸次慶尚道式の峻巖を見はす如く候。

　◆定員六人の一等室には、七年目に日本に歸ると云ふ一人ありき。十許りの可愛ゆき娘子と同伴致候。四の時、朝鮮へ來たっきりにて、未だ内地なる者を知らず、電車の何者なるをも知らず、困ったものなり等親爺の弄へば、少女はさっと顔を赤らめて、『大阪に行けば電車に乗るのよ』と拗ぬる様、如何にも可愛く見受けられ候。親爺は年未だ五十を超えざるべく、太き皺の寄れる容貌には、艱難辛苦と闘ひたる跡見えて、赤手にて成功したる者と見受けられ候。猿股一枚にて連絡船の三等の隅っこに小さくなって、朝鮮に來りし其の昔を顧みれば、嘸得意の微笑を禁ずること能はざるべし。故郷に歸れば嘸皆の者にちやほやさるならん等、餘計なる心配まで致され候。

◆ふと甲板に出づれば此は如何に。三日月の西山に掛かれるが見られ候。昨夜多島海の眞中にて見まほしき者をと怨めしく打眺め候。是亦多島海なり。兎も角も多島海の月を見たるなりと諦めを附けて一人喜び申候。

◆彼の親子二人は一つ寝墓に故郷の夢を結び、小生のみ一人、孤灯の下卓子に憑れて此の文を草し候。不景氣なる赤痢にて約二週間も休業、幸に店仕舞の悲運丈は免れて、斯く再び途方もない勝手な熱を吹く様になりたるは、小生に取りては大喜びにて候。二週間の損失を多島海にて恢復せんなど、木浦出發の際は大した意氣込にて候いしも、いざ來て見ればかんからかんの頭の如何に搾ればとて、旨き汁の出づる筈はなく、精一杯見て精一杯考へて精一杯書きたるがご覧の通の代物にて候。

◆汽笛鳴る。推進機止まる。三千浦に到着したるなり。船長は態々小生を見送り下されしらしく候。船員もボーイも鞠躬如として、ご機嫌宜しうを浴びせ掛くるには一寸面喰申候。餘りの事に小生もつひ眞心籠めて、何度も何度も頭を下げて厚意を謝し申候。されどもサンパンに降りれば、元の売薬行商、巡査補の遠慮も會釈もなく、其方の住所は氏名は等と刑事被告人扱ひは一寸情けなく感じられ候。

（七月廿四日夜三千浦にて）

嶺南より*

◇枕頭に□聲を聴きつゝ結びし三千浦客舍の夢を破りて、ガタ自動車に乘じたるは、午前七時。旱魃の時の常として山々は薄く毒らしき靄に包まれ、見るからに焦げ附く思致候。

路傍の草葉も所々枯れたるが見ゆ、農家の憂思ひやられ候。

◇道路は三等位ならんも、大體舊道路に依りたる如く、屈曲勾配共に甚だしくして、自動車も速力の出し様なく牛歩又牛歩空音のみ高く候[。]殊に此の邊一帯の地は凡て砂利より成り、田圃と云はず道路と云はず、礫だらけに候。土地の人民の生活と此の礫とは密接なる關係あり。之を積めば家となり、垣となり、肥料小屋となる。實際住家と肥料小屋とはさしたる外見上の區別なく、小生も二、三度、彼と此とを取違へ申候。家屋の低隘不潔なる事實[は]言語に絶す。入口の戸の高さ驚く勿れ扇子にて二尺有半、室の廣さ、五尺平方なり、小生の如く丈の高き者は匍ひ入りて曲がりなりに寝ね而して匍ひ出でざる可らず。文明と科學とを知らざる原始的人民の生活のみじめさ、そゞろに暗涙を催し候。垢にて漆黒色となりたる床の上、蒼蠅のぶんぶんと鳴る所に、男も女も大人も子供も、半裸體の痩せたる體を横たへたる様は、げに人生の悲劇にて候。彼等を富ます道ありや、彼等を幸福ならしむる道ありや。

*『京城日報』1917年8月11日 夕刊 一面。

◇こんもりとアカシヤ林の茂れる小山を超ゆれば、俄かに眼界廣ま

り、南江の清流の白沙青草の間を音もなく流るゝが見え申候。其れよ

り絶壁を切開きたる新道あり。頭上岩隙に危く懸かれる野花を眺め、

脚下に紺碧を湛へたる南江を見る。其の景愛すべし。警笛の音勇まし

くアカシア並木の蔭を走ること十数分、三方山に圍まれ薄き朝靄に包

まれたるが音に聞こえし晋州城にて候。

◇南江の船橋を渡れば、寂しき晋州の市街、獨り繁盛を極むるは、

氷屋ビヤホールのみにて候。南鮮に來りしビールの普及せるには驚き

たるが、殊に晋州はビールの都とも申すべ[く]、猫額の如き晋州市内

に三軒の大なるビヤホールあり。何れも夏向きの假小屋なるが、少しの

風にも吹き飛ば[さ]れそうな二階造り、サツポロ、サクラの小旗や提灯

も涼しく、ツルマギ、パナマのハイカラ連は、三々五々と連立つて納涼

みの御遊びに、四、五圓の黄金をビールの泡となすげに豪氣なるものに

て候。加之、晋州は古來名高き美人郷にて、戸々皆妓生と謂はれ

し丈、如何しき白首連のビヤホールの隅に陣取りて、蓆りに秋波を送

る、一盃機嫌のハイカラ連、何條堪るべき。二言三言合言葉は交は

され、一瀉千里杯の遣り取りとなり、つひに袂を連ねて薄暗き横町

へと消え去る、其の後の消息は知るに由なきも、斯くて守錢奴の腐れ錢

は、漸く再び社會に流れ出で、新生命を得、げにや社會の配剤も

面白き者と三歎致候。警察の談によれば、晋州の青年間の風紀は左程

素れたるにはあらざれども、財産家の坊ちやま連に職業を有する者殆んど絶無なりとのこと。さてもさてもと肯かれ候。

◇げに晋州は歡樂の都にて候。黄昏に薄暗き街衢を歩き見よ。迭宕なる管弦に合はせて、妖艶なる歌聲の彼方よりも、此方よりも響き來るを見るべし。一夜、獨り矗石樓の欄干に憑れて、南江の明月の下に船遊びの一團を見る。昔の朝鮮に歸れる心地して、哀婉なる歌聲に暫時恍惚たりしも、翻つて考ふれば彼等の前途も哀れなるかな。人は營々汲々として生存を爭ふに、彼等のみ恁々閑々乎として、日夜宴樂に耽る。嗚呼呪はれたる晋州よ。（八月一日晋州より）

嶺南より*

◇朝、佐々木慶尚南道長官を道廳の長官室に訪ふ。失禮ながら可愛らしき顔をした御方にて候。唇堅く締りて何時笑ふべしとも見えねども嫣然一笑せらるゝ時には、相手を魅殺せずんばあらざる如く思はれ候。心持上體を外らして、柔かき口調にて諄々と語る。

◇慶尚道は古來両班儒生の本場にして、両班儒生は頑冥の親玉なれば舊を墨守して、中々新に赴かず、彼等は門を杜して世と絶つを以つて誇りとなし子弟に新教育を授くるを好まず、誠に厄介千萬なる

*『京城日報』1917年8月12日 夕刊。

輩なりしも、近年漸次新政を了解し來りたるは喜ばしき限りなり。

本年は道内の重なる両班儒生を晋州に呼寄せて、数日間彼等に新政の要義を説き、以つて新時代の了解を促進せしめんとす。今各郡守をして各管内の代表的両班儒生を調査せしめつつあり。果たして意の如く多数の出席を見るやは疑問なれども、必ず好果を収むべきを確信すと語りて、貴き第一の微笑を洩され候。

◇本道は農業にせよ漁業にせよ、天然の産物の豊富なる丈其丈貧富の懸隔甚だしく、朝鮮全土に於いて乞食の多きは實に第一に位す。されども漸次各種産業の發達するに連れて、萬人悉く職を有するに至るべし。現今も出來得る範圍に於いて、彼等に勤儉を奬め相當の正業を與へつつあり。本道人は驚くべく勤勉なり決して懶惰なるにあらず、只産業の未だ發達すべき所まで發達せざりし爲のみと語らる。

◇慶尚南道は釜山馬山の如き商業的大都會を有す。年來其發展の狀況如何との小生の問に對して斯く答へらる。先づ順調と云ふべし。殊に注目すべきは、朝鮮人の經濟的自覚なり。兩三年來、朝鮮人商業界の活動は實に目醒ましき者にして、釜山の慶南銀行の如きは、其の營業成績釜山の諸銀行に冠し、殆ど存在をさへも認められざりし鮮人の米穀貿易も、今や釜山に於いて全額の約三割を占め一大勢力となれり、近く朝鮮商業銀行支店釜山に來るべく、新たに五十萬圓許りの資本の新銀行設立さるべければ、鮮人の經濟界は實に一大躍進を見たりと云ふべく、今後益々發展するや必せり。小生は

旅行以來鮮人の商業發展に就いて一言半句も耳にしたることなけれ

ば思はず、其は本當ですかと、失禮なる反問を發し候。

　　◇次は矯風事業なり。晉州に矯風會本部を置き各郡に支部を置き

各面に分會を置く。面吏員及び地方有力者、其の會員たり。設立

尚日浅ければ未だ顕著なる成績なしと云へども、着々相當の效果

を收めつあり、矯風事業は實に朝鮮に於ける緊急事業なりと力説せら

れ候。其他、敎育、農業、造林等に就て語らるゝこと約一時間、警務

部を訪ふべく道廳を辭す。階前の碧梧桐は風もなきにポタリポタリと

實を落す、此は曾つて兵使營にして、隨分と多くの生命を絕ちし所な

らん等思ひつゝ、嶺南布政司の看板嚴めしき三門を出づれば、眞夏の

太陽、色さへ赤く、晉州城は紅灯の中にあるが如し、折角洗濯した

る折目正しき夏服に汗の滲むも怨めしや。躍起となりて扇子を動かし

つゝ警務部の門に入る。（八月二日晉州より）

　　嶺南より*

　　◇部長室に入れば、愛想よき微笑を連發して相手を恍惚たらしめ候。

「貴公の文は面白く讀んで居る」と一寸賞めておいて、旅行中の感想は

如何、京城出發當時の朝鮮觀と只今の朝鮮觀には変りなきや等、

流石は本職だけに際どき逆問を浴びせ掛けられて瞠若たること

─────────────────

*『京城日報』1917年8月13日 夕刊 一面。

暫時、小生とて可なりの御喋りなれば、默せん筈なく滔々と弁じ立つること数十分に及候。

　◇東京の朝鮮留學生は朝鮮を解せず、鮮人青年の急務は朝鮮を解する事なり、譯も知らで四畳半の空論にのみ耽ける、四畳半の空論は書生の特權なり、其の無邪氣なる寧ろ愛すべしと云へども、朝鮮に歸り、實社會に入りてまで斯かる空論を弄せられては甚だ以つて迷惑なり、斯かる輩は遠慮も會釈もなくどしどし處分せざるべからず、此に反して穩健に社會の爲努力する者は、之を保護し、賞讚するに吝ならず、君は先覚者として此の意を留學生諸君に傳へよと云はる。小生は煙に巻かれたる心地して如何に御答すべきや一寸途方に暮れ申候。

　◇七、八年前の留學生は、今日の所謂危險思想を抱き居りしならん。而も當時に於いては、其も過渡時代として彼我事情の疎通を缺き、復た止むを得ざりしもの其間に存せしなり、而も今日に於て若し當時に於ける如き思想を抱けば、其は無論危險思想なり、されど東京の朝鮮留學生中、一流人物として自ら任ずるものは、決して當局にて疑ふ如き思想を抱けるにあらず、彼等が口に筆に産業の發達、教育の普及、社會の改良を以つて己が進路となすを見ても知るべきなり、彼等が妄りに當局に迎合するの言辞を弄せず、一意、朝鮮民族の向上發展に急なるものあるを見て、或は其危險思想あるを疑ふものあるも、是は餘り細心に過ぎたる過慮にして、かゝる青年こそ、將來、眞正の愛國心ある元氣と膽氣に富める國民たるなれ、彼等は決して時勢に逆

行する如き愚をなさゞるべし。口に甘き事を喋喋せざるも、尤も穏健に朝鮮の發達の爲め努むべき者たるなり。留學生中には偶々危險思想を抱ける者もあらん。されども其は数ふるに足らざる程、極めて少数なるべし、大多数は明らさまに云へば、順良なる人物なり、よしや四畳半に於いては無邪氣に勝手なる熱を吹くと云へども、一旦玄海灘を渡りて眞に朝鮮なるものを見んか、渙然として氷釈する所あるべし。但遺憾なるは、彼等が朝鮮なるものを知らざることなりと柄にもなき大氣焔を上げ候。小生も留學生の一人なれば、留學生のために誣を弁ずる必ずしも徒爾ならざるべしと語を結べば、部長は然り然り宜敷頼むなど愛嬌たつぷりにて候。

　◇警務部を辞して旅館に歸れば汗びつしよりなり、無闇に水を浴びて昼飯を喫す、其の熱きこと御話にならず、寒暖計の水銀實に九十八度を指居候。南江の邊の風通好き二階にてさへ斯くの如しとせば、町の眞中は百度以上なるべく候。

　◇ゆつくり一休みして、夕陽の涼風の吹き出す頃、晋陽の勝景を探ぐるべし。匆々不一。　（八月二日晋州にて）

統営より*

◇統営は三十年前迄三道統制使衛門の所在地にて候。名将李舜臣

以來樞要の地として、統制使と云へば草木も靡く許り、威勢堂々た

る者に候ひき。今や日本も韓土も一家となりて、李忠武公が畢生の精

力を盡して設けし海防も、單に遊子の詩情を唆る舊蹟となりしぞ

是非もなき。殺氣あふれし統制使営も今や平和の郡廳の所在地となる、

千秋に変らざる青山と滄波とのみ昔日の俤を止む。

◇朝鮮半島の最南端にして人口二萬餘、朝鮮に於いては大都會な

り。漁業はその主要なる産業にして鰯の取引平均一日五千圓一箇月

十五萬圓と注せらる、埠頭を歩けば白紙袋に入れたる枕の如き鰯

の山を見るべし、此の鰯は下關門司方面に移出せらるゝ由にて候。

慶尚南道の海は寒流暖流の入り込める處にして漁産無盡蔵、就中

統営は漁業の首府とも申すべく候。

◇朝鮮人側の産業としては、古來有名なる螺鈿漆器にして、近年、

道立の工業傳習所成り、益々其れが改良發達を圖る。其の製品は京

城方面の市場にも現はるゝ由なるが、實に精巧を極めしものにして、

世界何れの市場に出すも恥からざる如く思はれ候。漸次西洋向きの

ものも造る由なれば、大戰終了後は朝鮮独特の産物として世界に持

---

* 『京城日報』1917年8月16日 夕刊 一面。

囃さるゝやも知れず。但憾むらくは未だ大資本家が大規模なる工場を立つるもの無之事にて候。

◇人口二萬以上の大都會にてありながら、未だ水道の設けなく市中の井水は鹹味ありて、飲料に適さざれば、車やチゲにて遠方より飲料水を運搬す。郡當局に聞けば、水道は年來の懸案なるも、適當なる水源地なく、現に森林を造りて水源を養成しつありと申候。

◇今年は偶々天氣続きにて鰯成金多く、爲に統營は上々景氣、此の機會を利用して水道及び市區改正問題を解決せんとすとは、寺澤庶務主任の言にて候。元來、統營は数多の山の皺よりなる、到底市全景を一眸に收むることは不可能なれば、市區改正は實に難中の至難なるべく、水道工事も嘸困難なるべしと存ぜられ候。

◇市の公園たる南望山の前方に、蔵財島なる築山そつくりの島あり。其の名空しからずして、全島悉く黄金よりなれると聞く。現に藤田組の採掘せる鉱山にして、鉱脈遠く海中に亙り、已に水面下二百尺以上に及べりと云ふ。何卒、其の鉱脈の長かれとは、統營全市民の希望にて候。

◇加藤署長の談によれば、當地の日本人は未だ殖民地の氣風抜けず。如何にも浮氣にして深慮遠謀なく、困つたものなる由にて候。朝鮮人の一向振はざるは例によつて例の如し。一寸した財産家の子供も美衣美食にて、何か面白き事なきやと町の中をうろつき廻はる、尚更困つたものなりと云ふも、快活なる署長の談にて候。

◇前に　湖　の如く波　平　かなる海あるも四面山と島とに圍まれて

涼　風に乏しきは大缺點なり。南望山の　麓　に海水浴　場　の設備ありと

云へども、要するに避暑地として適當なりとは云はれざるべく、冬季の

氣候、至つて温和なる由なれば、避寒地としては上　乗　なるべし。而か

も其も水道の設けありて後の事、未だ水道の設けなきは、統営人士の

大なる恥と申さざるべからず。

　　◇統営は李舜臣の遺蹟にして、壬辰の役の激戦地なり、緑　なす一波

一波も、當時の有志の魂魄を止めざるなく、丘　上　の一草一木も當時の

惨劇を語らざるなし、閑山島の斜陽、忠烈祠の竹林は、遊子の杖を惹

くに十分なるべくと　存候。明朝は當地の　名　勝　舊　蹟を探るべし。友　傍

にあり。之にて失礼　致候　（八月三日夜

　　統営より*

　　◇加藤署　長　の好意にて、警備船第二　鵲　丸にて閑山島に向ふ。

名　将李舜臣の功績を語れる制　勝　堂を見んとにて候。風　穏　かに波静

かなり、鳧の如く可愛き警備船は、迸るが如き碧波の上を走ること約

四十分、瓶の口の如き水門を入れば、腹の膨れたる花瓶の　形　をなせ

る小湾あり、湾の南端にして瓶の底に當る所、雑木茂れる圓錐　状　の

岬　が制　勝　堂のある　處　にて候。端艇を漕いで絶壁の下に着け、樵　道を

＊『京城日報』1917年8月17日　夕刊　一面。

攀じて柱傾ける制勝堂に入る、長く修繕の手を絶ちて壁は崩れ丹青は剥がる、堂を守れる老翁出で來りて蓆を薦め、問ふが儘に種々と語り出候。

　　◇此の湾内は文禄の役に日本水軍の全滅したる處なり、李忠武公日本の水軍を此の湾内に誘引し、意氣の掲り解甲島に上りて甲を脱ぎしと云ふ。湾内に入れる数萬の日本軍は、戰ふに力盡き逃るに道を絶たれて、悉く魚腹に葬らる、湾の西方チヤラモキ（すつぽんのくびの義）は、日本軍が血路を得んとしたる最後の努力の跡なり、湾内にて死せる両軍の士卒は怨靈となりて今尚此處を去らず、今日と云へども夏雨そぼふる夜中等には水面上に鬼火點ると見はれ、啾啾たる鬼笑の聲闡力、甚だしくは、判然と名乗りを擧げて、哀れなる聲にて飲食物を求むることあり、『おい、申書房、空腹で堪らぬわい、何か食物を』と生けるが如く繰り返す、申書房は堂を守護せる老翁なり、斯かる時には白飯と若布の御つゆとを振り撒く等と、如何にも眞面目なる顔附と口調にて、熱心に語る所可笑しくもあれども又感慨深し。

　　◇李舜臣以來毎年一回両軍の士卒を祭る、矢張白飯と若布汁とを混ぜて海面に散布す、制勝堂の左方は日本軍にして右方は朝鮮人なり、若し之を怠れば必ずや暴風起り激浪起る。其は恐しき極みなりと老翁は眉をすぼめ候、

◇茂れる青葉の蔭より 蜩 の鳴くも悲しや。豈夫是れ百年前の怨靈の念に哭くにはあらざるべけれども、多情なる遊子の暗涙を 催 し候。

◇堂の後方数十歩の 處 に『有明朝鮮國水軍都督李舜臣』なる石碑あり、成程木浦より釜山迄数百里の海岸線を守護し得たる李舜臣は、東洋のネルソンと云はる丈偉い御方にて候。李公が造りしと云ふ亀形の鉄甲船が、其の猛威を揮ひしこと等想像しつ本船に返れば、仁王そつくりの巡査部長は怖き眼に優しき微 笑 を湛へつゝ面白かりしやと問ふ、さなりと答へしのみにて候。

◇統営に歸りて伽耶美人の伽耶琴を聴き、夕陽西山に掛れる頃茂れる竹林中に忠烈祠を訪ふ、李舜臣を祭れる祠なり、階下に数株の碧梧桐あり、風もなきにぽたりぽたり眞丸き實を落す、其の音を聞ゆる程境内は森として、そゞろに慄然たるを覚え候。堂内に入りて位牌を拝し、出でて皇 明八賜なる銅印、令旗、鬼刀、斬刀の如き古物を見る、銅印の外は模造品なる由にて候。石碑を見るべく 回 廊 に出ずれば、糞臭紛紛たり、其筋にても少し守護を嚴にして慾しきものに候。

◇統営の客舎たりし洗 兵 館は、慶南有数の建築物なる由なるが、其の結構の 宏 壯なるは位置の高きと共に荘嚴の感じを與へ候。洗 兵 館の後方は圓錐形の山にて美しき 松 林にて覆わる。 試 に其の中に逍遥せば、清 風 面を払ひ眼前に 溶 りたる緑波を見る。勾配のあまりに急なる缺點あれども、確かに統営の名所たるを 失 わず、否、寧ろ統営の諸景中の最と申すべくと 存 候。

末筆ながら兪郡守、寺澤庶務主任及び加藤署長の厚きご厚意に感謝を表し申候。匇々不一（八月三日夜）

新羅の舊都に遊ぶ＝一＝*

新羅臭き名の『阿火里』……金尺陵の傳説……徐羅伐の遺墟慶州に入る

◇大邱より自轉車にて、新羅の舊都慶州に向ひ申候。一行は同伴二人、警官一人合はせて四人なり。讏にあらでハンドルを並べたる四人の姿は中々凛々しきものに候。曇勝なれども暑氣甚しく汗びつしよりなり。河陽にて濁酒と蕎麦にて腹を拵へ、永川に至ればへとへとに疲る。暫時小田原評定ありて、遂に永川に泊ることに一決致候。永川は字の示す如く河畔の小都會、後方に山あり、前方に河に沿へる絶壁あり、其の昔溶々と水の流れし時には、中々景色の好き處なりしならんと想像致され候。三千圓も掛けてやつとのこと架したる橋も流れてより已に一周年を経るも、再架は思ひも依らざることゝ断念し居るらしく候。

◇便所に隣れる室にて、如何はしき食事を濟ます。命惜しければ御飯丈は無理に詰込みしも、お饌は實に食べられたものにあらず。食後絶壁下の清流に體を浸して、燦爛たる星斗を仰ぎつ空嘯くを得た

---

*『京城日報』1917年8月22日　朝刊　三面。

るは、大なる御馳走にて候ひき。何うにか此うにか一夜を過ごし、早朝

五時食事も抜きにし永川を去る。空腹を抱へてアカシや並木の蔭を走

ること約一時間半、名前さへ新羅臭き『阿火里』にて朝飯を喫す。昨日

八里、今朝四里、都合十二里を走りて慶州まで餘す所僅か六里なり。

此よりは山容如何にも優麗にして、流石は千年の絢爛たる文物を育み

たる、徐羅伐の古都の近づきしを覚え候。

　◇更に自轉車を走らすること四里許り、路傍に點々と散在せる

圓錐形の土丘こそは、名にし負ふ金尺陵にて候。傳説に依れば、新羅

の王室に傳來の一金尺あり、之にて病める者を量れば病癒へ、死せ

る者を量れば死者甦る。然れども此を長く世に止むるは、造化を賊

する所以と、之を地中に埋め其の在所を隠さん爲め、同じき土丘二十有

五を作ると、惜しきことをしたるものかな、其さへあらんには、武烈文武

の威勢赫々たる王者も、青草離々たる古塚の下に横はらで濟し者

を等、今になつて愚痴るも甲斐なし、恐らく此等の土丘は新羅建國以

前の住民の墳墓なるべきか、数千年の風雨を閲して今尚ほ山かと疑

はるゝ程宏壮なるは、其の當時の住民の氣象の如何に偉大なりしかを

語る如く思はれて、彼等を祖先とする小生も大いに氣強く感ぜられ候。

　◇此より慶州に至る約二里間には、金尺陵に類したる古墳、多く

見受けらる、餘程古き時代より文化の開けし所と思はれ候。孝峴なる

坂を上り盡せば、眼前に濶けたるが慶州平野にして、一千餘年の昔、

百萬の人口と、四里に連れる朱欄画閣と、當時の興隆せる唐と燦爛を

競ひたる文化を蔵せし、新羅の舊都徐羅伐の遺墟にて候。蜿蜒たる半月城と、累々たる四十八王陵のみ、年々歳々草相同じ、曾つては舟楫を通じたりと云はるる、蚊川の河川さへ已に涸る。國破れて山河在りと云ふも、遽かに信ずべからず、山河さへも已に容を変へて、我は新羅を知らずと申す如く相見え候。百濟の都を去りて四十日、今新羅の都至る、共に空墟なり、小生が感慨、御推察のこと〲存候。此より舊蹟を探るべく、其の都度感想を申上ぐべく候。匆々不一 (八月十五日慶州にて)

新羅の舊都に遊ぶ　＝二＝*

英主武烈大王の陵に謁す……百濟人の後裔たる我、感慨深し……

眼病を癒やす力ある陵碑

　　◇恐る恐る急勾配の孝峴を下り盡せば、道路の左側西岳の麓に山の如く鎮座せるが太宗武烈王の陵にて候。王は實に萬里の海外より数十萬の唐軍を呼び寄せ、名將金庾信と共に百濟を滅ぼしたる者にして、新羅の國勢をして全盛に達せしめたる英主にて候。文明の發達が絶頂に達したるも又王の時にして、文明は政治的勢力の背景を要すという眞理は、愈々確かなるを覚え申候。其の子文武王に至りて高句麗を滅し、茲に三國統一の偉業を遂げたるも、是亦武烈王の餘威餘勢と見て可なるべく、あらゆる方面に於いて武烈王は、新羅の絶頂にして、

---

*『京城日報』1917年8月23日 朝刊 三面。

其より下り坂となり、文化に於いても爛熟ありて新生氣なく、遂に

景哀敬順両王の代の滅亡に至れる如く存ぜられ候。

　　◇元は陵の廻りに石の装飾ありしならんも、今や埋れて見えず。

只壮大なる土饅頭のみ、西岳の背景と對照して荘嚴の感を起さしめ候。

帽を脱して四拝す。王者に對する禮なり。思へば王は讎なり、小生は

百濟人なれば、千二百年前の我祖先は、彼を悪み怨む情、骨髄に徹し

たるならん。泗沘城の聖き都を灰燼に付したるは、實に彼の手に

て候ひき。されども時は萬物を作り、同時に萬物を破壊す。爾來一千

有餘年、高麗人となり、朝鮮人となり、大韓帝國民となり更に大日本

帝國民となる。同じく是れ、白衣の半島人にして、今や當時の恩仇を

記憶する者さへなき[こ]そ可笑しけれ。人事の変遷げに極まりなし、

百濟人の後裔たる小生が、一千年後の今日武烈王陵の前に四拝するも、

考ふれば感慨深きものにて候。

　　◇陵は東向なり。陵前十数歩の所に一亀趺あり。規模宏大、手法

雄渾にして、東西古今亀趺の最と稱せらるゝ由にて候。武烈王の第

二子にして、羅唐の稗役たる、金仁問の書せる武烈王の紀蹟碑ありし

由なるも、今は螭首を残せるのみにして碑身失はる、石亀の背部にし

て碑身の足部に當れる穴には常に雨水溜る、此は眼病の靈薬として

古來土地の人民に珍重さる、一老婆來りて亀前に拝し、次に亀背に攀

ぢ上りて荐りに両眼に其の水を塗る、英雄武烈大王、死せども眼病

を癒やす力あるものにや、先王の陵前に拝するを忘れて、眼病の靈薬をのみ拝する人民こそ浅間敷けれ。

◇陵の後方にも規模に於いて大差なき二、三の王陵あり、又大建築物の跡らしき平地あり、瓦の破片あり恐らく王が靈を託したる寺の跡ならんか。

◇萬古の英雄の、而も萬乗の君の陵前に拝したるは、此が始めてなれば、感慨いや深く低回多時、實に去るに忍びざる者有之候へ共、幸か不幸か、二十世紀に生まれし身の斯く安閑たるを許さず、再び自轉車を驅りて、西川の長橋を渡り、鳳凰台のあゝ老樹を眺めつゝ慶州城内の人と相成候。昼飯を喫し先遊覧道路圈内の古跡を尋ぬべく候。

早々不一 (八月十五日慶州にて)

新羅の舊都に遊ぶ＝三＝*

芬皇寺を觀る……黄龍寺の傳説……雁鴨池の懐古……臨海殿の遺墟

◇昼食を澄まし、愈々見物に出掛申候。慶州警察署の古川巡査部長、案内の労を取らるる、氏は當地に居ること十年。署内切つての慶州通にして、官廳側の案内係なる由にて候。

---

852 이광수 초기 문장집 II

◇道を遊覧道路の東に取り、約半里程の芬皇寺に至る。九層の塔を以つて聞こえたる處なるが、寺の建築物は文禄の役に悉く焼払はれ、當時の者に比ぶれば假小屋に等しき数棟あるのみ、田野の中に散乱せる礎石が當時の俤を語るのみにて候。

◇塔は善徳女王の建立せられたるものにして元九層なりしも、先三層崩れ次に愚僧あり、之を修繕せんとして又三層を崩し、残れる三層のみ一千餘年の風雨に曝され、頭に枝振逞しき古木をさへ頂きしも、先年総督府にて修繕を加へて、再び崩るゝ憂はなきも、萬金あつて購ひ得られぬ蒼然たる古色を失ひしは、遺憾至極に存候。されば今後四、五百年を経れば、元の通りの床しき古色を帯ぶるに至るべし。萬事子孫の爲と思へば濟む。

◇塔は形至つて單純なるも、如何にも雄大にして調和あり。第一層の四門に刻せる仏像は、其の氣品手法共に稀有の絶品なる由にて候。殊に注目すべきは其の石材にして、一見煉瓦の如く粘板岩の如き、質至つて緻密なる岩石なるが、その産地は今に不明なる由にて候。住持に問へば烏金石と申す、如何にも世間離れたる名前にて候。

◇其より南すること数町、礎石の累々たるが黄龍寺の跡にて候。元宮殿として造りしも夢に黄龍の蟠まれるを見て寺にしたる由傳説は語り候。傳説と笑ふなかれ。黄龍寺なる寺さへ今は傳説となり終んぬ。

◇其より西すること数町。至つて複雑なる湾曲を有せる池こそは雁鴨池にて候。父なる武烈王は百濟を併せ、御自分は北隣の強國高句麗を滅して、玆に三國統一の偉業を遂げ、威勢隆々たり[し]文武王が宮殿の御苑の池にて候。岸の築山と島とにて巫山の十二峰を象り、河海の珍魚を此に集む。一葉の画舫を緑波の上に浮かべて、月に薫る蓮華の間に南山の玉杯を傾け、嚠喨たる玉笛を聴きし文武王が、得意の胸中、今に思遣られ候。而も王は臨海殿の酔興醒めもやらで、掛陵一掬の土となり、臨海殿中玉堰の跡は青草離離たる荒野となる、心なき月のみ永久に主なき雁鴨池の波に映るぞ悲しき。

◇恰も旱魃にして池水涸れ、雁鴨池名産の鰻さへも今や取り盡されて、あどけなき児童の蘋を採るが見ゆ。夕陽に響く彼等が歌の哀調に、誰か傷古の熱涙を注がざるものぞ。願はくばせめてこの池のみにても、元の形を崩さずして永遠に傳へ度きものにて候。

◇岩頭に立ちて臨海殿の有りしと思はるる遺墟を眺めて、愴然たること多時、眼を擧ぐれば、芬皇寺の塔に夕陽燃ゆ。芬皇寺も黄龍寺も宮城内にありし由なれば、茫々たる彼の田圃は、凡てやんごとなき方々の玉歩を運ばれし所なるべし。　（八月十五日慶州にて）

新羅の舊都に遊ぶ＝四＝*

雁鴨池は水族館か……遊子の耳にさへありありと……月城と氷庫

◇雁鴨池に於て今一つ思出さるゝは、臨海殿内に動物園ありきと傳らるゝことに候。波斯印度邊りより、珍禽怪獣を運び來りて、臨海殿内の園囿に置きたりと三國史は語る。数町に互る月城を築き、雁鴨の池を造る位なれば、さもありなんと首肯かれ候。殊に仏宇及び王陵に於ける石獅子は、写生にあらざれば迚も斯くまでに眞に逼ること能はずとは、具眼者の一致せる評なるを見るも、西域より象獅子等の所謂珍禽怪獣を運び來りきと云ふは、眞に近が如く候。さらば雁鴨池は水族館の如きものか。

◇已に珍禽怪獣を運び來る。熱帯地方の奇花瑤草をも同時に運び來りて、数寄を凝らしたる臨海殿内雁鴨池畔の巫山十二峰に、四季折々の紅白繚乱たりしやも知るべからず、数百日の航海を続けたる西域歸りの船が、珍禽怪獣と奇花瑤草と、恐らくは華麗なる西方亜細亜の織物と、又恐らくは印度西蔵邊りの仏像とを満載して、眞帆片帆に恐らくは数十艘の船が一列縦隊をなして、兄山浦より兄山江を遡り、半月城西蚊川の月精橋さして悠々と入り來りし時、畏き邊りを始め満朝の百官は云はずもがな、花の都の百萬の人民は、我先きにと蚊

* 執筆時の記載なし。『京城日報』1917 年 8 月 25 日 朝刊 三面。

川の邊りに集い來りて、彼珍しや其美しとさゞめき合ひしなるべし。

異國の空に於いて、故國戀ふる獅子の咆哮の刻みし空氣の波動を彼の山は知る、川は知る。而して九層の塔も雁鴨の池も知るなり。一千年後、夕陽に立てる遊子の耳にさへ、ありありと聞ゆる心地は致候ものを、無残や時は凡てを破壊し終んぬ。文武王陵に蹲まれる四匹の獅子が、當時の咆哮の主の記念にして、雁鴨池中に映れる巫山十二峰の影こそ文武王が姿にて候へ。

　　◇再南する数町。名も知れぬ散乱たる残礎の間を縫ひて月城に入る。蜿蜒として数町に亙れる土城なり、土城と云はんより連山と申す方、適當たるべし、蚊川が弦となり城が弧となりて半月形を造る、婆娑王の築ける所なり、げにもどえらき工事をなしたる者かなと、退化しきつた朝鮮人たる小生は瞠若たるのみにて候。城内に入れば宮殿の跡らしき平地あり。草茫々たる中に数軒の茅屋横たはりて、いとも閑かに夕餉の煙を上ぐ、有名なる石氷庫は月城の西端にあり、アーチ形の石造にして、規模相も変らず宏大、中に入れば今尚冷き風顔を撲つ。恐らくは蚊川の氷を貯蔵して、半月城内及び臨海殿あたりの夏を凌ぎしものならん。其より西すること数十歩。茂れる松林中に昔脱解王の廟に詣で、蚊川の畔、垂楊の影に憩ふ。半月城の西端より東端までは数丈の絶壁にして、直ぐ下が白沙清流の蚊川、其両端に石塊の散乱たるが日精橋、月精橋の遺蹟にて候。當時は船を通じたりと云ふも、今は時々水さへ涸るゝ小川にして、其の廣き河床及

び雄渾なるカーヴが、昔日の大河たりし俤を止むるのみにて候。炎熱

中々甚しきに此處に坐せば、清風自ら來りて、涼味掬すべし。黄昏

時、此の邊に玉を鏤めたる床几を並べて月を眺めし趣もさこそと

察せられ候。

新羅の舊都に遊ぶ＝五＝*

天文臺中最古の「瞻星臺」……天下に知らぬ者無き鷄林……三百年

長者の崔富者

　◇百濟の都泗沘城も半月城にして、新羅の都にも半月城あり。

高句麗の都たる平壤も又半月城にして、土耳古の國旗も半月なり。

日本にても三日月を祥瑞の表象となす、其の方に滿月たらんとする

を愛したる爲にや、将又、河に沿へる城の自ら半月形たり易き爲に

や。恐らくは地理上の便利と想像の祥瑞と、偶合したるものと見て可

なるべしと存ぜられ候。遮莫半月は東洋人の喜べる所なるが如く候。

　◇半月城を去り、西方瞻星臺に向ふ、花崗岩にて造れる花瓶形の

臺にして、高さ二十有九尺、南方の中央部に出入口あり。石造の

上方には木造の建物ありしが如しとは、專門家の評にて候。此亦

善德女王の建立せる所なりと云へば、芬皇寺と同時代の作なるべし。

多少傾斜したるも完全に原形を保存せりと云ふべし。約千三百年前

---

* 執筆時の記載なし。『京城日報』1917 年 8 月 26 日 朝刊 三面。

の作にして、現存天文臺中 最 も古き者なる由にて候。瞻星臺を此の地點に作りたるは意義あることにして、此の地點は正しく何とか申す恒星の軌跡なる由にて候。瞻星臺と李朝の實錄とは、天文學 上 誇るに足るべきものなりと、天文學の先生より 承 はり候。

　◇此より 南 数十歩、数十株の老樹の天に参せる所が、天下に知らぬ者もなき鷄林にして、其の 昔 始林と云はれし頃、或朝コケツコーと鷄鳴きて、二十八代間新羅の國土をしろしめしたる金氏王が始祖、金閼智の君の金櫃より御降誕ありたる聖地にて候。中央に俗悪なる一碑閣あり、鷄林の神々しさを潰すこと 夥 しく候。老樹を撫して盤桓すること暫時、再び自轉車を驅りて 南 すること数 町 。新羅の古蹟にはあらで、古蹟と共に有名なる 崔 富者が 館 を訪れ候。十三代三百年間の連綿たる 長 者にして、慶州の 崔 富者と云へば、鷄林八道、誰知らぬ者なき程にて候。支那等にては皇 室 さへ三百年の栄華を享くる者稀なるに、一民庶にして能く三百年の繁栄を続く、 誠 に鷄林の名物たるを 失 はずと 存 候。傳ふる 所 に依れば、 崔 家には三百年來曾て、火の消えしことなき一個の火鉢ありて、此の怪 物 こそは 崔 家の守本尊なる由にて候。亦以つて其の家憲の一端を見はせる者と申すべきにて候。伊藤侯を首めとして曽根子、寺内前総督、李堈公等、新羅の舊都を訪ひし御歴々の方々は、 必 ず此の 崔 家を訪れし由にて候。小生は歴々にあらで、微々たる一[書]生なれども、新羅を 弔 う眞情に於いて決して御歴々の方々に優るとも劣らず、小生が 崔 家を訪ひた

るは当然にして、崔家にて小生等一行に冷ビールを御馳走をされた
るも、最も当を得たることと存候。呵呵。此は冗談にして、當家の
若主人崔俊君の歓待を受け、元新羅の瑶石宮跡なりと稱せらるゝ
宏壮なる屋敷を一巡致候。成程宮殿の遺物らしく、礎石もあれば、
蓮華の松明臺等見ゆ、此の邊の民家には、王宮の遺物を蔵せざるもの
とてはなく、井戸端、便所の如き所までも、一、二個の王宮の遺物を
存す、げにも痛ましき限りに候かな。

◇時計已に六時に近き頃、再び自轉車を驅りて五陵に向ふ、可成り
疲労して、ペダルさへ重くなりしも、新羅千年の王業を開きし、朴赫居
世王の陵に詣ずと思へば、身も心も勇み立ち申候。

新羅の舊都に遊ぶ＝六＝*

始祖朴赫居世王の陵に詣ず……五陵の傳説……鮑石亭

◇五陵の入口にて一老人に逢ふ。風采零落したるも容貌非凡なり。
古川氏の紹介によれば、此こそ慶州名物の奥田奇人。曾ては國會議員
の公認候補ともなり、欧米漫遊さへなしたることある名士なりしも、
如何なる機にや、轗軻落魄の身となりて轉々慶州に入り、一時陵都
守護となりしも其さへ廃官となりて、今は古器物を蒐め、遊覧者の

---

* 『京城日報』1917 年 8 月 29 日 朝刊 三面。

案内などして寂しき月日を送らるゝ由にて候。一見奇骨ある好漢にして、而も温和なる言動は、相手をして懐かしき感じを抱かしむ。署長の談によれば、平常は至つて温和なるも邪曲を見るか氣に食はぬ人を見たが最後遠慮も會釋もなく罵倒する奇癖を有する由にて、是恐らくは彼が不幸を醸したる美點なるべしと存候。世の中は正直のみにては通らず、實に変通自在を要する如く相見え候。げにも歎かはしきことかな。

　　◇奥田老人と再會を約して鬱蒼たる松林中に蟋蟀の聲を踏みつゝ石垣巡らせる五陵の正門に入る。物識顔の朴泰奉君先導恭しく陵前に拝して首を擧ぐれば、夕陽は老松の梢に燃えて歸鴉の鳴聲喧しき中に雄大なる新羅の始祖朴赫居世の陵は柔かき青草に包まれて静かに眠る。未だ政治も文物もなき六村の原始的人民を合はせて始めて組織ある國家を形造り燦爛たる新羅千年の文化と富強との礎石を据う。其の徳、其の功や神々しきかな、偉大なるかな。再び跪きて其の靈前に拝せざるを得ず候。瞑目して二千年前の有様を思浮かぶれば王陵眞二に割れて眼光炬の如く筋肉逞しき一巨人長劍を振り翳してぬつと見はれ出で今にも龍馬に鞭を當てゝ驅け出でんずる其の刹那ふと眼を開くれば、其は一場の幻像にて候ひき。然り二千年の古塚の割れん筈もなければ土に化したる赫居世王の躍り出でん筈もなかるべく候。

◇始祖王陵の後方に閼英井なる井戸端にて拾ひきと云える閼英王后、

第二世南解王、第三世儒理王、第四世にして月城を築きたる［婆娑］

王の陵あり。故に之を五陵と申すものにて候。

◇赫居世は蘿井の畔の大なる卵より生まれて、突山高墟村の首

長蘇伐公に育てられたりと傳説は語り候。金、李、崔、孫、薛、斐諸氏

の祖先たる六村の祖先は何れも天より降れるが如しと三國遺事は教

う。或は天より降り或は井戸より湧き或は卵より孵る。草木が物

云ふ昔の事なれば、さもありなんと點頭かれ候。荒誕と云へば云へ

無稽と云へば云へ傳説其の儘に受け取るが最も面白きことゝ存候。

◇左方蘿井の森をちらつと一瞥して南すること半里本道より東

に折れて数十歩を行けば石にて鮑形の溝を造りたるあり、是れ新羅の

最後の幕の第一場を演ぜし鮑石亭の流觴曲水にて候。五十五代の

景哀王王祖の偉業を己が身に承けたるも忘れ夜以つて日に継いで

酒食宴樂に耽る。酔興まさに酣なる時蛮勇甄萱によりて眼のあた

り王后を姦せられ次いで彼の毒刃一閃哀れ王の命は果敢なき刃の錆

と消え去る。遊子よ、試に青草を分けて土の匂を嗅ぎ見よ。今尚腥

き鮮血の匂は致すならん。*

新羅の舊都に遊ぶ＝七＝*

鮑石亭悲劇の一幕……天官寺の由來……新羅八百八十寺

◇甄萱景哀王を弑して敬順王を立て、悠々と北に去る。曾つては武烈、文武両王に從ひて、百濟高句麗の両強國を蹂躙したる新羅人も、僅か二百年も経るか経ぬに、眼のあたり己が國王を殺されて默したり。王無道なるか、抑も人民無情なるか。率士の濱何れか王臣ならざるべき、甄萱も亦是新羅の民、夫れ天に替り民に替りて道を行ひたるなるか其より数年を出でずして後、高麗の太祖となりたる王建、手兵五十騎を率いて敬順王と郊に會す、樽俎酬酢の間に王は腑甲斐なくも千年の天下を擧げて王建に捧ぐ、文武共に天下に鳴りたる新羅の人民も、王建の徳を慕ひて再び敬順王を思ふ者さへなきぞ是非もなき、一人哀れなる王子のみ、天に徹する怨を含みて一張の琴を抱え、山に隠れ去る。如何計長き間、彼の絃は窮りなき怨恨に鳴りしぞ。

◇此より南方には、景哀敬順両王陵及び安達羅王陵等ある由なれども、日已に暮れたれば後日に譲ることゝし歸途に就く。

◇校村と月南里との間に金庾信の遺蹟及び天官寺の跡あり、庾信少年の時好んで娼家に遊ぶ、一日母庾信を前に立たせて其の不心得を責むるや嚴なり。生まれて男子となる、宜しく文を修め武を練り、以

---

862 이광수 초기 문장집 II

つて國家の棟梁となるべきに、汚はしき娼女に戯るゝは何事ぞ。

　涙ながらの慈母の訓戒に庾信も感涙に咽びて、再び娼家に足を入れざるべきを誓ふ。其の後のある日、庾信酔うての歸るさ、乘馬は彼を運びて行き馴れし舊路に遵ひ娼家に入れば、娼且欣び且怨み垂泣して出で迎ふ。庾信之を悟り馬を斬り鞍を捨てゝ歸る。女怨詞一曲を作り之を傳ふ、寺は其の家にして天官は彼の女の號なりと云ふが、傳説の語る所にて候。

　　◇八百八十寺と云はれし新羅の都の寺々には、夫々面白き縁起あり、傳説あり、虎願寺の傳説の如きは、尤も面白きものなれども、此處に述ぶる遑なきは遺憾に存候。

　　◇黄昏時旅館に歸る。冷水を浴びて一休すれば、愈々身體の疲労を感ず。空間に於いては五里程を歩きしに過ぎざれども、時間に於いては上下二千餘年の間を彷徨したる譯にて、我古人にして今を見たるにや、将又今人にして古を見たるにや、熱病に煩ふ者の如く頭腦惑乱して睡遊の状態にあるが如く候。一寸歡迎會に出席、交際上手の稱ある梁郡守の高話を拜聽して歸る。昔ならば、奉徳寺の人磬（巨鐘）正に三更を報ずべき時なれども寝られず、明日は仏國寺へ行かれるのだ、石窟庵の仏様が拜まれるのだ等、あどけなき想像に耽りつゝ筆を擱き申候。　（八月十六日夜半慶州にて）

新羅の舊都に遊ぶ ＝八＝*

四天王寺の遺墟……其縁起……仏國寺に着く

◇朝、郡庁に梁郡守を訪ひ、警察署に笹署長を訪ふ。梁郡守は元外交官出身なるやにて英語も達者、交際は上手、加之人柄も立派なる壮年の好紳士にて候。當地は新羅の舊都だけあつて、総督府の高官方及び内外知名の士の來遊多く、此等の貴賓の送迎は郡守の事務の一半を占むる由にて候。然るに小生如き青二才迄御迷惑を掛けてはと、慶州案内一枚を拝領してさつさと引下がり候。警察署に來れば、如何にも優しさうなる笹署長は喜んで迎へらる。慶州の古蹟、當地青年の懶惰腐敗、不良勸誘員の弊害等に就いて語ること数十分に及ぶ。實に親切にして熱誠ある方と見受けられ候。

◇今日も古川部長先導にて、一行七人仏國寺遠征の途に上る。自轉車の荷受けには、各三四本のビールを着く。仏國寺夜籠りの用意にて候。

◇蔚山街道に沿うて、狼山の麓を廻れば、四天王寺の遺墟あり。畑の中に礎石瓦片累々たり。今を距る千二百三十餘年前、文武王高句麗を併せて、國勢文物共に其の絶頂に達せる頃、唐の高宗、其の隆盛を妬みて大軍を出さんとす。時に唐にありし王弟金仁問、此の由を本國に告ぐ。王之を朝廷に諮れば、明朗法師なる高僧に一任せんと廟議決

---

* 『京城日報』1917年8月31日 朝刊 三面。

す。法師は龍宮に入りて、秘法を傳へて自在なる神通力を有したる者。

彼は、狼山の南に四天王寺を立つれば、唐軍自ら滅ぶべしと告ぐ。已に貞州より唐軍襲來の急報あり。錦帛にて假に寺を造り、草もて四天王を作る。明朗法師呪文を唱ふれば、俄かに暴風起りて唐軍の船艦を沈没せしむと云ふが、四天王寺の縁起にて候。百濟、高句麗の両強國を蹂躙したる、兵士の未だ老いもせざらんに、泗沘城平壤に閃きし刃の未だ錆びもせざらんに、已に覇氣衰へて周章狼狽、一國の運命を一妖僧の手に委ぬ、嗚呼已んぬるかな。新羅の滅亡は、正に此の瞬間に萌せりと申すべく候。盛衰興亡を己が腕に頼る間、決して衰亡することなし。運を神仏に任かすは、是れ已に己が生命の消耗したる所以にて候。城砦を築く代りに仏塔を築き、強兵を養ふ代りに妖僧を養ふ。新羅滅亡の原因、此の一言にて盡きたりと存候。

◇途中数箇所の王陵に參拝して、仏國寺の直ぐ下の巡査駐在所に憩ふ。巡査は畑に走りて、西瓜の能く熟したるを取り來たり、無造作に切りて一行に勸む。眞赤なる身と巡査の誠意と共に有難頂戴致候。渇きたるに任せて、一息に数片を囓り、好い心地になりて仏國寺に向ふ。吐含山の複雑なる凹凸は眞に愛すべく、若林の緑滴るは誠に氣持好し。自轉車を引張りて汗だらだら仏國寺境内の宿屋に入れば、御饒舌にしてふとつちよなる御かみさん、清冽なる水を汲みて洗面を勸む。一寸仏國寺を眺むるも、成程立派なものにて候。疲労を恢復してゆつくりと見んものと、先づ風當り好き所に横になりて、仏國寺の

歴史を讀む。一行の者或はビールを飲み、或は碁を打ち、或は鼾を
かく。仙境でごわすなと古川部長の荐りに賞むるを默する譯にも行
かざれば、誠に左様でごわすな等、相槌打つ中に風呂立ち夕飯出で、
雑談に花咲き廳て疲れて、一人一人華胥の國へと旅立申候。（八月
十六日夜仏國寺にて）

新羅の舊都に遊ぶ ＝ 九 ＝*

東海の日の出雄大荘嚴……新羅の全文明を代表せる石窟庵

◇吐含嶺上に立ちて荘嚴なる東海の日の出を拝せんものとの、堅き
決心も水の泡にて、起き出づれば已に五時、一行を叩き起して、寝衣の
儘鳥道を攀ぢ上る。大金を掛けたる道路なれども其の急勾配には
一寸中てられ申候。一町上りては休み、一町上りては又休む、朝の
空氣の清浄なること晩秋の如く、少し汗滲みたる皮膚に當たる朝風の
爽かさ、實に例へんものも無之候。一町毎に立てたる『從是至石窟
庵何町』と云ふ標木も、中中に近寄らず、やつとの事にて山頂に至れ
ば、こは霧か将海か、眞白に光る此こそは、朝日に照らされたる東海に
て候。雲なく島なく、距離遠ければ波さへ見えず、水天相接する
水平線さへも、眩ゆき日光にぼかされて唯無窮無辺を歎美するより
外無之候。げに雄大なるかな荘嚴なるかな。金剛山中毘盧峰に於ける

---

* 『京城日報』1917年9月2日　朝刊　三面。

東海の眺は話にも聞きたれども、よもや此以上なるべしとも思はれず候。金大城も恐らくは小生の如く早朝此の嶺上に立ちて、此の荘嚴に、此の雄大に打たれ、遂に石窟庵を造る氣になりたるならん。人生れて偉人に接すること難く、偉大なる景色に接することは尚難し。偉人は動くが故に坐して接する機會もあらめども、偉景は我より尋ねて始めて接するを得るものに候。

◇吐含嶺上東海の朝日を眺むる偉景は、小生の歴史上の一大事件と存候。小生の胸は空虚となりたるが如く、頭腦は冷水にて洗ひ清められたるが如し、此喜悦か、あらず、驚異か、あらず、此の時此の人の情を何とや名づくべき。最も浄くして最も玄妙なる情を法悦とし申さなば、此こそ法悦とは申すべけれ、小生の如き俗物にして已に然り、聖金大城の感動や果して幾許なりしならん。人生は無常なり。永くて七十年と云はる、斯かる偉景に接し得るも、抑幾日ぞや、是に於いて大城、石を切りて仏像を刻む、營々汨々、一年、二年、十年、又二十年一仏像成りて、彼死ぬ、彼の靈外に發して美しき花崗岩となり、固まり磨かれて神々しき仏像となる。斯くて彼は静かに吐含山に膝を組みて、千年萬年未來永劫、朝な朝な東海の日の出を眺む。

◇此は此は、勝手な屁理屈を並べ候ひぬ、されど斯く云はれて地下の金大城も千年後に知己を得たるを喜ぶなるべしと、短き法悦も已に破れて、俗塵臭き煩悩の徐々に去來し始候。

◇嶺上の靈風に思ふ存分袂を払はれて脚下に複雑なる波狀をなせる山々を眺めつゝ一町許り下の石窟庵に至る。一行の者は已に來りて、悠々と煙草を燻らしつゝ、取り取りの批評盛んなり、カチンと鍵開けば、新羅の全文明を代表し、仏教國の美術的絶品といふ石窟庵の諸菩薩は、小生が眼前にずらりと見はるべく候。小生如何にこれに接すべきや。*

新羅の舊都に遊ぶ = 十 =**

石窟庵石壁の彫像……新羅藝術の結晶……鳥居氏の激賞

◇石窟庵はその名の示す如く、花崗岩にて美麗に築き上げたるものにして、天上はアーチ形をなし、周圍の石壁には諸菩薩、四天王、仏弟子等をバスレリーフにて彫刻し、その中央に釈迦仏の坐像安置せらる、入口には左右に相對して仁王像を刻み、其れに並びて各四枚宛の諸菩薩、守護神の如きもの此亦バスレリーフにて彫刻致され候。

◇内部の石壁の彫像は最も見事なる作品にして、勇壮なるべきは如何にも勇壮に、優しかるべきは如何にも優しく、其の想像の豊富なる、手法の精錬なる、實に歎賞措く能はざる底の逸品にて候。殊にその本尊たる釈迦仏の坐像（昨紙參照）は、新羅藝術の結晶とも云

---

* 執筆時の記載なし。

** 『京城日報』1917 年 9 月 3 日 朝刊 三面。

はるべきにして、此なかりせば氣の毒ながら、新羅の文化は疑はるゝ

やも知れぬ程の藝術的作品なりとは、東大の鳥居氏の激賞にて候。

　◇茲に同氏の評の一節を掲げん。『抑此仏像を見るに、固より大智

圓満なる仏相を具備して居るが、更に崇高尊嚴と云ふ様な感は起らぬ。

寧ろ現世的で、而も人間としての肉體美を發輝して居る。……此の

仏像は男性的でなく女性的であつて、最も優しい、最も柔和な、最

も懐かしい、最も慕はしい性格を具備して居る……之を男性とせば

頗る美男である』　成程穿つた評にて候。殊にその横顔は、食い附き

度き程美しく候。

　◇更に鳥居氏は語を続いで、『此の仏像は元或るモデルがあつて製作

したものであらう、決して想像に因つて出來たものとは思はれない。而

して其のモデルは多分當時の王宮の美人であつたらう』と云はれ、更に

『以上の理由から考へると、此の仏像は明かに新羅人の體質殊に

新羅の女性をモデルにしたものであらう。果して然らば、此の仏像は

新羅的美人の代表と見ても好く、又その體質は新羅族を示したもので、

人種學上、民族的藝術史上、最も大切なる材料と云はねばなら

ぬ』と申され、今日の慶州方面、廣く云へば慶北一帯の婦人の體質中

には、此の仏像に似たるタイプ多き點を舉げて、上説を確かめんと致

され候。

　◇小生の如く藝術的審美眼なく、人種學的智識に全然暗きものは、

他説の見はるゝまで氏の説を信ずるの外無之候。若氏の言の如くば、

石窟庵の石仏は、一層意味を深くするものと申すべく候。此の石仏は

單に新羅藝術の代表たるのみならず、新羅人の精神及び肉體、換言

すれば一千年の新羅人全體を代表するものと申すべきにて候。年代よ

り申せば景徳王時代なるべしと云へば、今を距る約千百六十年前なる

べく、三國を統一してより滅亡に至る略中間に相當すれば、新羅の靈

出でゝ石仏となり、石仏なりて新羅死せりとも申すべきか。

　◇一言附記すべきは、石仏の眉間にありし水晶の玉のことにて候。

眉間に水晶の玉あり、裏面に黄金片を附着す、石仏は東向なれば、

東海の波間より躍り出づる朝日の光を受けて眉間より黄金色の光

を發したる由、其の荘嚴や如何許りなりしならん。されど惜しいかな。

先年石窟庵修繕の時、沙中に埋れし其の玉は或る者に盗まれし由

にて候。庵を出づれば、日已に高し。*

新羅の舊都に遊ぶ＝十一＝**

　　金大城の経営せし仏國寺を見る……多寶塔と釈迦塔……技術の

靈妙に驚く

　◇朝食後、仏國寺を見る。關野博士の考証によれば、寺の創立は法

興王の御代にして、今を距る約千四百年なるも、古史によれば訥祇王の

---

* 執筆時の記載なし。

** 『京城日報』1917 年 9 月 5 日 朝刊 三面。

御代、僧我道の創立せる所にして、法興王の時、重創せらるとなす、百年許りの差にて候。されど仏國寺が三千餘間の大刹となりしは、石窟庵と同様、金大城の手に依れるものにて候。現存せる寳物たる青雲白雲の両石橋も、多寳釈迦の両石塔も、石窟庵の石仏と並びて新羅藝術の代表的作品と稱せらる盧舎那銅仏も、春日灯籠も石獅子も、悉く當時の作品にて候。金大城は當時の名門の貴公子にして、拮据三十餘年、仏國寺と石窟庵とを経営す、彼は實に此の事をなさんが爲に生れたる者と存候。彼が成仏を願ふの一念は、圖らずも彼が祖國の唯一の記念となりしこそ目出度くも悲しけれ。

　　◇青雲白雲の両橋は、橋とは云へども川に架けたるにあらで、夫々東西両門の入口の階段にて候。當時は其の下に川ありしやも知るべからず、其の意匠技巧、共に實に驚歎の外無之、殊に泛影楼の石基の優美なる實に言語に絶す。釈迦塔は極て單純なれども、其全體の形の整美なる點に於いて平凡中の非凡を見るべく多寳塔に至りては其変化に富める、調和の好き技術の靈妙なる、見る者をして唯唖然たらしむ。如何なれば斯くも雄渾美麗なる想を構へ、如何なれば斯くも巧妙に堅き石を取り扱ひて、自由自在に己が想を實現したるぞ、其の人の、顔の戀しきかな、手の見度きかな。何れも五層の塔にして、多寳は東に釈迦は西に大雄殿の前を飾る。釈迦塔は一名無影塔と云ひて、昔は影なかりしならんも、今は時勢變りたれば、立派に影を有し候。

◇大雄殿は 幸 に壬辰の兵燹を免がれたるも、累次俗悪なる修繕を加へらる、されども柱、棟、梁の如き大材及び全體の構造は、千餘年前の通りなる由にて候。有名なる盧舎那銅仏は己が殿を失ひて阿弥陀仏の殿内の一隅に居 候 となり、俗悪なる坊主共によりて、ぺたぺた白灰を塗り附けられ候。

◇極樂殿の門前に、是亦拾ひものゝ石獅子は、何者にかしたゝか撲ちのめされて、上 顎こそ取れたれ、其の癖新羅の石獅子の白眉にして國寶にて候と、意氣揚々首を捩向け居候。

◇寺の後方に廻るも側面に廻るも、離ゝたる青草の中に、否寧ろ荊 棘 の中に蓮華形の礎石の整然と居並ぶを見る。百数十棟、三千餘間の新羅の仏國寺の遺墟にて候。「假我途」「假途難」の悲劇さへなからんにはと、今になりて怨むも詮なし。 （八月十七日仏國寺にて）

新羅の舊都に遊ぶ＝十二＝*

掛 陵 に向ふ……不思議なる南山……完 全に残れる掛 陵

◇上りに一時間を要せし二十餘 町 の坂道を一息に驅け下りて、一里餘先なる掛 陵 に向 候。やはり蔚山街道なり、此の邊の山の禿げたるに驚 く、禿げたるも禿げたるも大禿げなり。丸で一皮剥きたるが如く、生血も滴 るかと思はるゝ程眞赤なる沙山にて候。右は南山の禿山、

＊『京城日報』1917 年 9 月 6 日 朝刊 三面。

左 は吐含山の禿山なり、眞昼の日光は砂に反射して眩ゆき程にて是
亦一景たるを 失 はず候。

　◇南山の彼の禿げたる當りには、石器時代の遺物等發見せらるゝ
由にて、一寸した古物成金も数人出でし由古川部長は語り候。南山は
實に不思議なる山に候。何處より見るも獨立なる山の如く、其の谷間の
複雑にして優美なる、蓋し 都 の南山に 恥 しからず候。加 之 名物の
新羅玉 即 ち 紫 水晶の産地なれば、當時の新羅人の熱愛もさこそ
と點頭かれ候。南山には元幾多の寺院あり、殊に南山寺は 尤 も秀で
たるものにして、今尚残礎及び石仏嚴存する由に候。元は森林もあり
しならんを、今や南山とし申せば、赤山を連想する 位 にて候。

　◇自轉車を乗り棄て、畦道傳いに 掛 陵 に詣ず、先づ眼に附くは一
對の武人石にして、其の威嚴ある相貌と姿勢とは、直ちに躍り出でゝ
尊 き王 陵 の前に、其れ何物ぞと叱咤するかの様にて候。其の次が一對
の文人石、又其の次が二對の石獅子にして、何れも生命浮動して今に
も咆哮せんずる 勢 、赤子と愛でられし人の子等の凡て恩誼深き文武
王が稜威を忘れたるに反し、彼等のみは千年一日の如く忠實に王陵を
守り居るを見れば覚えず 涙 ぐみ 申 候。

　◇掛 陵 は新羅の王陵中、最 も完 備し且つ完 全に残れるものと
かにて、石欄干、石 床 及び周圍の十二支柱等大體において舊容を保ち
居候。殊に十二支を 象 りたる彫刻は、頗 る價値ある藝術的作品な
る由にて候。其の雄大なる點に於いては武烈王陵に劣るも、装 飾の

完備せる點に於いては、蓋し王陵の最たるべく、天下泰平にして唐の文化をも完全に消化した証左とも見るべく、又同時に外來文化に酔ひて新羅的武勇素朴の氣象を失ひ始めし跡とも見るべきかと存候。

　　◇新羅人は斯くも凛々しかりしかと、懐かしき武人石の前にて残れるビールと眞瓜とを食す。通り掛りの一農夫に『此は何？』と王陵を指せば、『其は王樣の墓だと人樣が云ふだ』は情なきことに候はずや。彼も恐らくは新羅人の子孫なるべきにと、彼を睨み附くれば悠々と牧歌を歌ひて去る。

　　◇此より亦一里を行けば鵄述嶺なる峠に達す。其の昔、朴堤上、新羅の使となりて日本へ行き、捉はれて歸らず。其の妻此の嶺上に立ちて夫の歸りを待てども歸らず、遂に身は化して望夫石となり、魂抜けて怨鳥となる。果して東海を渡り得たるや否や、風の吹くごと望夫石は溜息をつき、雨の降るごと血涙を流して、今も尚じつと東海を望みて立つ。於乙峠は彼の女の靈の宿れる所なる由に候。風蒸暑く身體疲れて彼の女の靈を弔ふこと能はず。空しく路頭に立ちて望夫石の立てる方を望みしのみにて候。　（八月十七日慶州にて）

新羅の舊都に遊ぶ＝十三＝*

影池の由來と泛影楼……慶州金剛と栢栗寺……掘仏寺の石仏

◇掛陵より慶州へ歸る間、仏國寺の南方に當る所に影池なる

小池あり、沙白く水清し、其の昔金大城、仏國寺の建築に没頭せる

頃、阿斯なる一少女彼を慕ひて、たつた一目にて好し逢はんことを望む、

大城断る、少女懇願すること切なり、大城も亦人間のことなれば、

胸中異様の焔の燃ゆるを覚えしならんも、拳を握り念仏を唱へて

又断る、少女の歎願愈々切なり、於是乎大城無影塔の功成るの日

を以て期となす、固より大工事なれば中々に成らず、少女泣きつ慰み

つ待つこと一年、又二年、十年、又二十年、思募りて遂に病をなし

ぬ、一菩薩夢に見はれて少女に告ぐらく、憐れなる少女よ……汝が戀

人に逢はんとせば此處に池を掘れ、然らば彼の塔、其に映りて或は汝

が思へる人に逢はれんとも知れずと、少女起ちて池を掘り始む、か弱き

少女の腕も一念の凝る所、十年の星霜を送迎して遂に池成りぬ、朝よ

り夕に至るまで池を窺く、忽ち仏國寺の影は歴然と映りて釈迦塔上

最後の一手を下して成功の微笑に顔打擽ぐる大城が姿は彼の女の

前に見はれたり、されども大城已に古の大城にあらず。少女も又

大城を慕ひて白髪の婆々となる、彼の女一曲の哀歌を歌ひて、ひら

りと身を己が堀りたる池中に沈む。千[餘]年後の今日に於てさへ、吐含

＊『京城日報』1917年9月7日 朝刊 三面。

嶺より微風の來るごと、彼の女を偲ぶ漣は起る、是れ影池の傳説にて候。仏國寺の泛影楼は、この池に影を泛ぶる意にて候。氣象上の關係にや、影池に仏國寺の映るは今も昔も変らぬ由なれど、我見たりと云ふものなきは不思議なることにて候。

◇彼は何王陵、此は某寺の遺址等と、昨日見た所を指點しつゝ、逆風と疲労と闘ひて辛ふじて旅館に歸る。

◇休憩すること三時間。自轉車に健康診断を施して、一行は再び古蹟探訪の途に登り候。餘す所明活城、南山城、昔脱解王陵、栢栗寺、金庾信の墓、及び慶州博物館なり。先づ道を北方浦項街道に取りて金剛山の柏栗寺に至る。朝鮮にては山美しければ金剛山と名づくる癖あり。猶、何富士、何富士と申すが如きものにて候。栢栗寺は今や見すぼらしき一小利なれども、其の當時は新羅の都を一眸に収むる景勝の地にして、仏國寺の廬舍那仏と並び稱せらるゝ薬師如來は、其のいやに美しく、いやに慈悲深き御顏を以つて、四面石仏[は]数百年來土中に埋もれし悲惨なる身の上を以て、今尚天下に名を鳴らし居り候。柏栗寺も元は有数の巨利にして、金剛山の麓にして四面石仏の假の御宿なりし、掘仏寺も中々の名刹なりし由に候へ共、今は礎石さへ半以上埋れ終り候ひぬ。

◇明活城も南山城も共に歴史上重要なる古蹟には相違なかるべきも、日已に暮れて身體の疲労又其の極に達す、柏栗寺より十数町東にある昔脱解の陵さへも参拝する勇氣はなく、況してや西川を隔

てゝ玉女峰下なる金庾信の墓（一説には金仁問の墓なりと云ふ）は文武王陵と規模略相同じと聞きたるのみにて満足せざるを得ず候。

　◇慶州見物は之にて一先づ打ち切り、詳しくは後期に譲るべく候。小生は未だ歴史的及び美術的眼識なければ、慶州見物の資格なきものにして、数年後は或は資格の備はらんこともあるべしと、窃かに自信の微笑を禁じ得ず候。

　◇終りに臨みて小生に種々の便宜を與へられし、慶州の官民諸氏に深甚の感謝を表し奉候。＝完＝（八月十八日慶州にて）

一寸永興まで*

(一)

◇四五日じつとして居たら例の放浪性が又も動き出して居たゝまらなくなつた。恰かも二日許りの暇があつたので京元線見物にと出掛けた。何處へ行つて見ようと云ふ的もない。唯汽車の行く所まで行つて眼に這入る丈の物を見れば好いのだ。所が咸鏡線の終點が永興と来て居るから便宜上永興行と自分も名づけ人にも話したまでのことだ。

◇九時半の列車に乗るべく南大門驛へ急いだ。京城は日に増し大きくなり立派になるのに何うして南大門驛丈は一寸も變ると云ことを知らぬのだらう。何時か或西洋人の一行が龍山を南大門と間違へて降りようとしたのを見たことがある。成程龍山驛は立派だ。相も變らずバラック式ではあるが其でも南大門驛よりは數段上だ。若し南大門驛が龍山より手前にあつたなら初来の客等は屹度南大門驛を通り越して龍山に降りることだらう。併し建物許りづぼら大きくがらんとして居るよりは小さな建物の中にごちやごちやして居た方が返つて景氣が好い様で餘程頼もしい氣がする。

---

* 京元線車中にて　李光洙、『京城日報』1917 年 9 月 14 日　一面。

◇龍山驛は生意氣だ。用もないのに往くにも來るにも必ず五分位は止て置く。其れが朝鮮鐵道各線の咽喉を締めると云ふものだらう。併し漢江の鐵橋を渡って或は孔徳里の眞暗闇を通つて龍山の煌々たる電燈を見るのは如何にも氣持の好いものだ。

◇漢江には水量が殖えて麻浦西江邊りの人は餘程困るだらうけれども無責任な見物人に取りては餘程好い景氣だ。満々と兩岸の柳を浸して波も立たず流れるとも見えぬ秋の水、其の中に浮いて流れる様な平たい緑の島、倒に暎れる山の影を踏み破つて悠々と何處へともなしに泳いで行く白帆等中々棄てたものではない。

◇絶壁あり、隧道あり、漁村あり、漁船あり、首を南すれば溶々たる長江あり、北すれば蒼翠滴る南山の松林がある、日曜等暇の時に家族でも引き連れて南大門から清涼里邊まで行くのも面白からう

◇往十里は可哀想だ。彼丈けの戸數彼丈けの人口で若田舎だつたら大都會で御座ると威張りたらうに京城の蔭に隠れて一寒村を以つて自ら任じて居る。往十里驛だって乗降りの客は少なく京城水道に石炭を御届けする役目を仰せつけられ構内は粉炭で眞黒になつて居る。

(二)

◇清凉里は京元線に於ける南大門になる積りだつたらう、建物も劫々立派で驛前には運送店らしき者も立ち並んで居り休茶屋まであつたけれども客のないのに閉口して大抵引籠んで了つた。南大門から清凉里まで來るのに一時間も費すとは痛いことであるが其れでも南大門のプラツトホームから乗る方が如何にも威勢が好いものだから餘り清凉里へ來る者もないらしい。世の中は何處までも虚榮的だ。

◇清凉里の洪陵の松林は中々立派なものだ。電車で柳並木の陵道を疾驅して洪陵の松林中に一逍遥試みるのは氣の利いたことである。

◇清凉里から汽車は幾多の丘陵を隔てゝ北漢山の三角山を遠巻きに迂廻する[。]三角山と云ふが果して何の邊に角が三つも生えて居るんだらうと疑つて居つた。京城人に聞いても唯『峰が三つあるよ』と云ふ丈けで一向に要領を得なかつたが今日見ると果して三角がある。三角山全體は殆んど一直線をなした長嶺であるが其を馬に例へると丁度鞍のあるべき所に略同形の三小峰が何か相談でもして居る様に鼎坐して居る。遠いから能くは解らぬけれども何れも□岩からなつて居るらしい。そして其の一番南方に立つて居るのが白雲墓であらう。道理で蒲團一枚位の白雲がかゝつて居つた。成程三角山は名山である。其の形が如何にも雄健であつて王都の鎮山として決して恥し

くない。思ひ切つて禿げて居つて所々眞黒な怪岩が雪白の肌を彩つて居る。清く痩せたる姿は如何にも俗塵を脱して居る様に見える。雨季に入つて彼方此方白紗を掛けた様な臨時の瀑布でもあつたら尚更見物であらう。併し雄健ではあるが如何にも単純だ、如何に儒教的だ、慶州の南山の様な複雑さがなく優美さがない。此の山の下では決して燦爛たる芸術は生れさうもない。其かあらねか五百年の漢陽は何等の芸術も生むことが出来なかつた。

◇議政府なんて妙な名前だ。此んな所を議政府と名づけたのも歴史的悲劇の記念だと思へば多少感慨もある[。]此處で鹽澤警務部長一行が乗られた[。]その肩章の陸軍大佐なるを見て其れと解つた。

◇汽車は人で一杯だ。一等はなし、二三等全部満員で御目出度いことであるが狭くつて困つた。京釜線も京義線も何れも満員で殊に二等客の殖えたこと夥しい。そして料理屋や藝者等は何れも大入叶で十数年來の上景氣である。京元線もご多分に洩れぬと云ふことが解つた。

(三)

◇東豆川へ着いた。綺麗な川だ。驛から東南に聳えて居るのが逍遥山で其の東側の陰の所に自在庵と云ふ小さな御寺があるさうだ。此

の邊は小金剛と云はれる位で山容水色劫々美くしい。餘り高くもない峯や山脈が入り亂れこんがらがつて、押し合いへしあつて無數の複雑な谷をなして居り其谷には必ず一個の溪川がちよろちよろと流れて居る。溪川の水は澄み切つて居つて如何にも冷たい感じを與へた。

爭はれぬ秋の氣である[。]逍遥山は確かに一遊に値する。來て見たら誰でも意外の感に打たれるに相違ない。來て見て後は必らず誰でもあゝ來て好かつたと滿足するだらうと思ふ。

◇此の邊から汽車は段々上りになつて谿谷の間を溪流を遡つて喘いて行く。如何にも幽邃な變化に富んだ景氣だ。その谿谷を通り抜けると全谷平野が眼の前に開ける。誰でも初めは平野と思ふであらふが併し其れは平野ではない高原なのだ。礑角な野原一面名も知れない

黄色い花に覆はれて居つて所々眞白な蕎麥の花が咲いて居り又所々火山岩の堀り散らされてあるのが見える。精一杯延びて一尺に足らざる高原的の草は一霜降られた様にもう薄く黄ぼんで居る。何んとはなしに淋しい秋の感じを與へた。

黄ばんだ草、黄色い花、眞白な蕎麥の花如何にも高原的の秋の氣分を與へるではないか。一寸云ひ足して置くが全谷驛には木材が堆高く積まれてあつた。多分京城邊へ持つて行くのだらう。

◇此[處]からは人口頗る希薄で殆ど村落なるものを見ない。進めば進む程山國的高原的となつて温度さへも段々低くなる様に思はれた。

◇全谷の平野を過ぎると又先の様な峽谷に這入る。清らかな溪川と隱れんぼをする様に汽車は複雑なる曲線を畫ひて褄先上りに喘いで往く。檜だの山葡萄だの深山的植物がちよいちよい見え出した。此奴は面白い、思ひ掛けもない深山的気分が味へるわいと一人喜んだ。此の峽谷を通り越すと鐵原の平野が見はれる、母論全谷よりも海抜何百尺も上の高原だ。例の黄色な花は愈々多く眞白な蕎麥の花も愈々多い。そして全谷邊では餘り見なかつた開きかけの軟かさうなすゝきが見え出して、温度は益々下つて往く。其だけ餘計高原的になつたのであらう。四方鋸齒狀の連山に圍れて眞中に楕圓形の平原がある[。]平原とは云ふものゝ普通我々が云つて居るものとは違つて、鈍い波狀を呈した幾多の丘陵があつて何んだかうねりの偉大な海を眺める様な氣がする。そして河は數丈も深い所を流れて居つてそして水道が狭くて深くて運河か何んかの様である。斯かる平原が羊毛の様な軟かい丈の低い草や謎の様な黄色い細かい花や、毒らしい程眞白な蕎麥の花や、如何にも夢幻的な花すゝきや虫に喰はれた様な鐵糞の様な火山岩に覆はれて静に横はつて居ると想像し給へ。而も何處を見ても人家は見えず、大部分は開闢以来人間の手の付いたことのない土地

と想像し給へ。其が京元線に沿ふた高原の特色で此んなものが凡四個ある。すなわち全谷、鐵原、釖拂浪、其れから安邊だ。

（四）

◇鐵原驛からは鐵原城の西門外の一角が見える丈だ。鐵原は中々大きくて財産家も多く住んで居るさうである

◇鐵原からもう少し行くと同じ高原の中に月井里なる寒さうな名前の小駅がある。此は今でこそ一寒驛に過ぎないが一千年前新羅の終り頃には弓裔の都であった所で此の邊で弓を鳴らしながら天下を睥睨したのである。驛から二十五町位の楓川原は弓裔居城の趾で今でも此の近所には石塔や石燈籠等が残って居るさうである。驛の西方に慶州の半月城に

一寸似た様な珠數の様な丘陵があってその上に数本の奇松が間抜けた顔をして立つて居るのも面白かつた。

◇行けば行く程高原のうねりは愈々太く、激しくなつて蕎麥の花さへ見えなくなつて川の流れる深い窪みが非常に物凄く眼に付いた。益々無人の境に這入るのである。

◇汽車は福溪に着いた。驛の西方甲川と云ふ所は弓裔と王建との古戦場である。恰かも全天を覆うた雲が破れて傾いた日光が其の當時血煙の立つた邊りをぱつと照らした。そうすると黄ばんだ草やすゝき等が風を迎へてばさばさと靡いた。恐らく其處ら中秋の色々な蟲がうら悲しく鳴いて居るであらう。

◇福溪を過ぎると高原的色彩は愈々鮮かになつて僕の様な平原の者には實に一驚異であつた。地面のうねりは其の太さに於て深さに於いて發達し得る限りに發達して居つてもう蕎麥の花とか栗畑等も見えず、一面黄ばんだ草や夢幻的なすすきのみとなつた。其のすすきの多いこと實に言語に絶する。庭に二三本のすゝきを植えて渇を癒して居る人々に思ふ存分見せたいものだ。未だ開き切らないでどんよりと灰白色をなした数萬町歩に渡れるすゝきの海、其に蕭瑟たる秋風が吹いて來て茫々森々と波立つ其のすゝきの海は蓋し壮觀たるを失はぬ。若も月夜一人此の中に立つて蟲の聲を聞きつゝ悠々と此の景色を眺めたら如何許り壮觀であらう。此處には未だ人跡が至らぬので地球の表面が十分冷えて草木が生え得る様になつてから其の儘なのだ。野生の草さへ年中延びて一尺を超えることが出來ず停車場の構内に植ゑたアカシヤさへも結核患者の如く黄色い顔をして延びることが出來ぬのだから穀物等出來よう筈がない。此等の高原はすゝきの世界として、秋の蟲の世界として出來たので人間の方から云へば只眺めら

れる爲に出來たのだ。強いて實用を求めたら牧場にすることであらう。其處等一杯羊や山羊や馬の群が蠢めいて居って此んな夕陽に凄凉なる牧笛を聽く樣になつたら嘸面白からう。

(五)

◇僕は四五年許り前に西伯利亜から外蒙古の一角を通つて哈爾賓へ往たことがあるが時恰も今と同じく初秋で一望際みなき黄ばんだ草の海を見た。そして喜んだ。そして此の眺めは西伯利亜や蒙古邊でなければ見られぬものと思つて居た。所が豈計らんや朝鮮にも此んな所がある。咸鏡北道邊りに行けば無論あるだらうが京城の直ぐ傍にあると云ふことを知つては實際驚かざるを得ない。規模は小だが要素は具備して居る。西伯利亜や蒙古邊の高原の蕭殺たる秋の景色が見たかつたら秋の京元線に乘るが好い、僕が將來若し京城に住む樣になつたら屹度毎秋此處へ來ることだらう。避暑地とか、觀月地とか云つた樣に此う云ふ處を賞秋地としたら何んなものだらう[。]温泉でも沸き出したら尚更好からうに。其程僕は此の高原の秋景を愛する樣になつた。

◇汽車は丘陵の大波、すゝき小波を泳いで益々氣息唵々と上つて行く。釼拂浪は抑々此の發達し切つた高原の中心でその名前さへ如何にも物凄い。

◇京元線中最高點たる海抜一千九百七十五尺の地點は正に釼拂浪と洗浦との間にある〔。〕洗浦驛が實に海抜一千九百尺であるから我々の汽車は一寸した高山の絶頂に上つて來た譯だ。何んだか急に寒くなる様な氣にもなり大變な所へ來てしまつたと云ふ様な氣にもなる。『此より北一哩にして三防の幽峽に入る』と記しある。驛の案内板を見るさへ身慄を感じた。平地が山より高くて丸で机の下にインキ壺を置いた様な峯さへある。即ち此の平地を山にしようと思つて彫刻し掛けて中途で何かの事情で製作を中止した様なものである。高原も〔此〕が終りで〔此〕から愈々山岳的地帶に入るのだ。

◇先づ泡立つ溪川が見える。次に巉岩で出來た絶壁が見える。其の絶壁の頂や潦間には曲りくねつた松が或は横に或は倒にこびり付いて居る〔、〕其から泡立つ激湍の上に短い鐵橋が掛かつて居って其を渡れば短い隧道がある。此が抑々三防の幽峽の第一曲だ。その岩石の奇怪なる〔、〕絶壁の壯麗なる、溪川の清く變化に富める、實に造化の御手並みを驚嘆する外はない。一曲又一曲進むに從つて景色は愈々複雑に愈々非俗世間的となる。絶壁と絶壁とが恰も荒い歯車の歯の互に喰ひ込んだ様になつて其の間を清冽なる三防の川は有り

と有らゆる形を作り音を立て色をなしつゝ針に從ふ縁の様に勢よく流れて居る[，]四五曲を過ぎると益々險はしくなつた絶壁の頂には一人手に生まれて大きくなつて老ひて朽ちて枯骨の様に口然と立つて居る多くの木が見えた。そして其等の老木の周囲には高山的灌木だの山葡萄の蔓だの、年取つた萩だのがあつて其處[ら]中小さな鳥共が上りつ下りて嬉々として飛び交うて居る、何んだか人跡の至らぬ原始的森林を眺める様で如何にも莊嚴な感に打たれた。

　◇僕は曾つて東清鐵道で小白山脈の原始的森林の中を通つたことがあるが大小こそ違へ丁度同じ様な感じを受けた。彼よ此よと眼を睜つて驚いて居る中に最後のトンネルを抜けて最後の橋を渡つた。橋頭には『第十一三防川橋梁』と書いた札が立つて居る。此れで三防の幽峽は凡そ十一曲あることが知れた。川が十一曲を曲ると共に我々の汽車も十一曲を曲つて十一個の橋を通つたのだ。隧道の數は橋よりも多い。而して其が十哩足らずの間と聞いたら嘸ぞ驚くだらう[、]實に三防の幽峽は朝鮮の絶景の一として世界に誇るに足る。先刻は高原の偉景に接して間もなく又此の絶景に接す、何んと嬉しいことだらう。

（六）

◇汽車は辷る様に駆け下りて三防驛に着いた。汽車が止まるや否や轟々たる激流の音が響いて來た。前も高い山、後も高い山で驛は其間に小さくなつて挾まつて居る。支那の巴蜀とか巫峽とか云つて李白等の騷いだ處は恐らく此と同巧異曲の者であらう。朝鮮人にも大詩人があつたなら無闇に支那の事に許り憧れないで偶には斯る絶景も歌つたであらうにと自分の祖先が憎しくも怨めしくなつた。前の方の山には餘り高くもない雑木の茂みが色々な蔦や蔓に絡まれて居つて小い山鳥共が楽しく群をなして飛んで居る。自分達は地上数十尺の所を飛んで居る積だらうが、谷底から眺める我々の眼には数千尺の中空であるかの様に思はれた[。]奇岩もある。老木もある絶壁もある。猿さへ枝から枝へ躍び廻つたなら愈々李太白の叫んだ蜀道になることだらう。併し猿の代りに此處には正直一點張りの熊公が住んで居るさうだ。三人連の荒々しい猟師が鐵砲を擔いで歩いて行くのが見えた。

◇來し方を振り返つて見ると暗い雲に深く鎖されて居つて飛び迷つた小鳥が二三羽其の中に消え失せた。

◇緑色の絹の上衣に淡紅色の袴を穿いた若い女が朝鮮の帽子を冠つた男の隣に蹲んで我々の汽車を見て居つた。草取は已に済み取入れは未だ始まらぬのでその暇を偸んで夫に連れられ

て里へ行くのであらう、彼の白い風呂敷包みの中には餅だの鶏だの焼酒の瓶だの玉蜀黍の煮たの等が這入つて居る筈でゆつくり我々の汽車を眺めながら休んで居る所を見ると恐らく行先も近きにあるのであらう。空氣は先刻よりもずつと冷えて居つて懐手をして居るものさへ見受けられた。我々の汽車もすつかり窓を閉め切つてある。秋を迎へに秋の國へ秋の國へと這入て行く様な氣がした。驛から數分を進むと左側に『三防の瀧、直下一百五十尺』と大きく書いた札が立つて居つた、多分彼處に見える彼の深い深い谷の中にあるのだらう。

　　◇だんだん川幅が廣くなつて、山も漸く低く且圓みを帯びて來る。板葺や石葺のあばら屋がちよいちよい見えて其の前には眞裸の小供が笑ひながら我[々]を見送つて居た。

　　◇急轉直下的に幾つかの鐵橋や隧道を通り過ぎて平たい所へ出ると其處が高山で、西方の丘上には高山城の遺址が見え此より咸鏡道第一番目の高原たる安邊の高原に入るのだ。

(七)

　　◇僕は此迄偉大な高原の秋景や優美な三防の幽峽を叙した。併僕は十分之を叙する技倆を持たぬ。殊に幽峽の絶景等は僕でなくともさ

う巧く畫ける人もあるまいと思ふ。逍遥山は小金剛と云つたが三防の幽峽はもう少しで金剛山になれる所だと云ふ話である。成程金剛山は此んなものかな而も之よりもずつと雄大で壯美なものかなと思ふと急に金剛山が見たくなつた。其位の絶景なんだから僕の如き者に畫けやう筈がない。僕は只斯う云つて置く。若此の絶景が知りたかつたら來て見ろと。來て見たら屹度其の予想以上なるに驚くであらう。

◇道傍に可愛らしい桔梗の花が雑草に混つて咲いて居つて其の隣には是又紫色の何んとかと云ふ淋しい花が咲いて居つた、彼等は暫時もじつとして居ないで首を振つて居る。

◇高山驛を過ぎたら松の木に氣を付けて御覧。其は氣品の好い老松があるよ。此の邊の松は如何にも立派だ。嶺東諸郡の海邊には此以上立派な形をした松があるさうだが此の邊のも平地の住民たる我々には一寸見られない代物だ。殊に釋王寺近邊の松は風致が高い。幾つかの丘陵と、其間を流れる細流と青々した松林と、小さな二三の驛とを過ぎれば海が見え島が見え、帆柱が見え、そして櫛比せる細長い町が見え、殊に山腹の松林の間に瀟洒たる石造の洋館が見える、是が元山府なのだ。商業の繁盛すること釜山に次ぐ大都会で、漁業の都である。未だ年が若いだけに新義州で見る様な空地や草原がある。景色も好く夏季の気候も清凉だと云ふので、贅澤な西洋人達は能く避暑に來るさうだが盤からの僕は秋を迎へに來た様なものだ。

汽車は町の中を突き抜けて新舊面市街の略中央なる元山驛に着く。此處が京元線の終點で同時に咸鏡線の起點だ。

◇十分許休んで正五時發の永興行きの車中の人となつた。此の汽車は京元線のよりももつと悪い。七八年許り前に平壤新義州あたりを彷徨[い]て居た奴だ。二等室とは云ふものゝみすぼらしいこと甚しい[。]つまらなさゝうな數個の小驛をのろのろと訪問して正七時永興驛に着いた。黄昏の淋しい町の中を一人てくてくと歩るいて行つたら何んだか満州邊の何處かの町に這入つて來た様な氣がした。

◇永興は實に李朝發祥の地で後方の山は聖◆山、川は龍興江等云つて聖だの龍だの、◆◆だの何れも◆に因んだ名前である。朝早く起きてそぼ降る雨を傘で凌ぎつゝ龍興江の畔をぶらついたが大した感慨もなかつた。此の川からは鮭や鮎が取れる[、]今日一日留まれば食へるんだけれどもそう安閑としても居られぬので九時半の汽車で歸途に就いた。

◇何んと可笑な旅行であらう。凡で氣狂じみた旅行だが併面白かつた。朝鮮鐵道諸線の中で景色の好い點から見れば恐らく京元線が其の随一であらうと云ふ結論を得た[、]此を永興行きの土産として君に上げる（完）

車中雑感[しゃちうざっかん]*

〇余[よ]は今[いま]や歸郷[ききゃう]の途[と]、京釜線[けいふせん]の二等室[とうしつ]にあり、その満員[まんみん]なるにより景氣[けいき]の好[よ]きを卜[ぼく]す、芽出度[めでた]きことなり。

〇朝鮮人[てうせんじん]にして二等[とう]に乗[の]る者[もの]は、誰[たれ]しも必[かなら]ず赧面背汗[たんめんはいかん]、顔[かほ]を撾[もた]ぐる能[あた]はざるを経驗[けいけん]すべし、同室[どうしつ]の内地人[ないちじん]の鮮人評[せんじんひようじつ]實[こく]に酷[こく]なればなり、三等室[とうしつ]に於[お]いては白衣人[びゃくえじんた]多数[すう]なるを以[も]つて、内地人[ないちじん]も多少遠慮[たせうゑんりょ]する者[もの]の如[ごと]く、一等客[とうかく]は概[おほ]ね上流[じょうりゅう]の紳士[しんし]なるを以[も]つて、大人[おとな]しからざる悪評[あくひよう]を慎[つつし]むべきも、二等室[とうしつ]には鮮人[せんじん]も多過[おほす]ぎず、客[きゃく]も大人[おとな]しかり過[す]ぎず、實[じつ]に内地人[ないちじん]の赤裸[せきら]なる鮮人評[せんじんひやう]を聞[き]くに尤[もっと]も適[てき]す、評[ひよう]は多[おほ]くは新來客[しんらいかく]の質問[しつもん]と舊參者[きゅうさんしや]の答[こたへ]とによりてなる例[たと]へば『鮮人[せんじん]は便所[べんじよ]を有[いう]せりや』と客[きゃく]の問[と]へば、『否[いな]、ヨボは便所[べんじよ]らしき便所[べんじよ]を有[いう]せず、彼奴[あいつ]等[ら]には衛生思想缺如[ゑいせいしさうけつじよ]たればなり』と舊參者[きゅうさんしや]の答[こた]ふるが如[ごと]し。

〇成程[なるほど]舊參者[きゅうさんしや]の観察[かんさつ]たるや眞相[しんさう]を穿[うが]ちたる者多[ものおほ]し、されども誤[あやま]れる者[もの]は更[さら]に多[おほ]きが如[ごと]く見[み]ゆ、而[しか]して其[そ]の誤[あやま]れる観察[かんさつ]は耳[みみ]より耳[みみ]へと傳[つた]はりて、遂[つひ]に朝鮮人[てうせんじん]に關[くわん]する確實[かくじつ]なる知識[ちしき]となり終[おは]る。一旦定見[たんていけん]となれば却々[なかなか]抜[ぬ]くる者[もの]にあらず、かゝる誤[あやま]れる知識[ちしき]を前提[ぜんてい]として推理[すいり]

---

* 李光洙、『京城日報』1918 年 4 月 12 日。

力に長けたる人は、更に無数なる新断定を作り、かくの如くにして朝鮮人は完全に誤解せらるゝなり、歎かわしきことなるかな。

〇殊に新來者は舊參者の言を傾聽す、『成程、成程』と深き興味を以つて之を聽き、聽けば成程朝鮮が解つて來る如き心地す、されば舊參者もなるべく新來者の興味を多いに惹かんとして……(破損)……エキゾチツクな……(破損)……多くエキゾチツクなる色彩を施す、又人情上自然なるべきも、兩者の融和を傷くること甚大なり。

〇同じく眞相を語るにも、心に於ける朝鮮人に對する同情の有無[と]言葉の調子にとによりて甚だしき差異を生ずるものなり、人の而も同胞の短を發きて、此を笑草となすは決して教養ある紳士の、及び大國民の襟度にあらざるべし。

〇視察したる結果を語る時に於て然るのみならず、視察する時に於て尚然り、同じき事象を視察するにもそれに同情を有すると否とによりて、甚だしく其の結果を異にするは見易き理なり、内地人の朝鮮人を視察する場合に於ては、同情の眼を以てせられんことを望む。

〇余は車中に於て自分の酷評を耳にする時自らを恥ずる情もさることながら、内地人を怨む情のむらむらと起るを覚ゆ、余は反抗的に『自分だつて西洋人からはジヤツプ、ジヤツプと嘲られるではないか』と云ひたくなるなり、此、余のみにあらじ、毎日数十の列車中に於いて、数千百の朝鮮人の等しく感ずる所なるを思はば、其の悪影響の勘少ならざるを推すべし。

○一體内地人の朝鮮人を理解する程度は甚だ低きが如し、余は此に關する多くの書を讀み談話を聞きたるが、勿論其の視察の炯眼なるに感服する點もなきにあらねども朝鮮人たる余より見れば、寧ろ噴飯に堪へざるもの多きを憾む、其の時毎に、も少し深く見て貰ひたきものなりと怨[ま]ざるを得ず。

○ヨボは朝鮮人の代名詞となる、甚だ聞き苦しき稱呼なり、敬稱の『さん』を附けて『ヨボさん』と呼ばるればとて有難き者にもあらず、呼ぶ方は面白半分ならんも呼ばるゝ方は腸の沸返る思ひす。

京釜線車中より*

●昨夜出發の積りだつたのが、或友人の晩飯に呼ばれて今朝出發することに致しました、列車は相変らず満員です。

●沿路の小山には躑躅が奇麗に咲いて居ります、殊に緑の小松の間に點綴されて居るのは誠に見事であります。

●私は或小驛で改札口に立つて居る驛夫が或乗客（其れは無論チョン髷の或る爺さんでありますが）[を]拳固でつゝいたり、肱を取つて捻つたりして侮辱して居るのを目撃しました、此は能く見ることで田舎の素朴なる朝鮮の農民や婦女は、驛夫を見ること蛇蝎の如くであると申しても好い位ひであります、其が紳士であろうが細民であろうが、金を出して切符を買つて乗車する以上、等しく乗客でありますから、従業員側の方では等しく『お客様』として相當の尊敬を払つて然るべきであります、然るに車掌驛夫等が往々外觀によりて其の待遇に差別を立てるのは甚だ宜敷ないことゝ思います。管理局に於いて車掌驛夫等に然るべく戒飭あらんこと望みます

---

* 李光洙、『京城日報』1918 年 4 月 19 日。

⦿如何に[も]春らしい水蒸氣に富んだ御天氣で、野山の草の芽の延

びる音さへも聞える様であります、未だ耕作は始まつて居ませぬ、百

姓達が彼方此方で田や畑の堤なんかの整理をして居ります、未ださ

して忙しくもない様で如何にも暢氣そうに見えます、多少旱り氣味で

雨が慾しい様で有ります。（十七日鳥致院にて）

山陽線車中より*

◎ 幸に風もなくて船に弱い私も夢円かなる中に下關に着きました、斯う穏かであることを知つたなら、昨夜甲板に出て美しい春夜の海の月を眺めたらうに『少し波がある様です』と云ふボーイの威嚇に脅かされて、乗船早々床に潜り込だのは誠に残念な事であります。

◎朝鮮よりはズつと春が濃かであります、京釜線沿路も眠い様な春の天氣ではありましたが、此處は其が一層高じて夢を見る様な天氣であります、空を見ると曇つて居る様で、地面を見ると萌え出す草や咲き匂う花が鮮かな眼を覚める様な光を發して輝い[て]居ます。

◎山も野も海も乃至は村家も薄い靄のヴェールに覆はれて睡つて居ます、風も彼等の睡を醒すまじと忍足で軟かに、美しい菜種の花の上を渡つて居ます

◎或る小山等は山桜や桃やつゝじやで文字通り千紫萬紅、美を爭い妍を競うて居ます、其が深緑の常盤木の森に反映し對照して、云ふに云はれぬ美しさをなして居ります。

---

* 李光洙、『京城日報』1918 年 4 月 21 日。

◎三田尻驛の少し手前の或る茅葺の農家の垣根に血の様に赤い、と云ふよりは眞紅の桃の花が木一杯咲いて居るのを見ました、其が[蟠桃]花と云ふもので、西王母さんの庭に咲くと支那人の云つて居る花でせうね。

◎何も此んなことを申上げるのが目的ではなかつたのですが、遂に長たらしく春のことを味つて了ひました。私は無事下關上陸、愉快に山陽線を走つて居ると云ふことを、御安心の爲め申上げます (四月十八日)

拜啓/民族大會招集請願書/宣言書*

拜啓

人類アリテ以來未曾有干ノ慘憺ヲ極メタリシ歐州大戰乱ハ終局ヲ告ケ
テ今ヤ世界ハ正義人道ニ基キ永久ノ平和ヲ確立セントス茲ニ於テ本團ハ
本日大會ヲ開キ我二千萬民族ノ意思ヲ代表シテ其ノ要求スル所ヲ天下ニ
公表シ以テ世界ノ公平ナル輿論ニ訴ヘントス依リテ別紙ノ宣言、決議及
ヒ請願書ヲ奉呈ス翼ク正義人道ヲ愛スル　閣下ハ御諒察ノ上同情ヲ表シ
テ多大ノ御援助ヲ與ヘラレン

千九百十九年二月八日

朝鮮青年独立團

民族大會招集請願書

我朝鮮民族ハ建國以來四千三百年間連綿トシテ國家ヲ保チタルモノニ
シテ實ニ世界最古文化國民ノータリ三國ノ中葉以降往々支那ノ正朔ヲ奉
シタリト雖モ其ハ單ニ主權者相互間ノ形式的外交的關係ニ外ナラスシテ

＊ 外務省外交史料館所藏文書「大正8年1月-3月　不逞團関係雑件　朝鮮人の部　在
内地三」。

曾テ實質的ニ異民族ノ支配ヲ受タルコトナシサレハ我朝鮮民族ハ古キ傳統ト歴史的民族的自尊ト威嚴トヲ犠牲ニシテ異民族ノ支配ヲ受クルコトハ断シテ忍フコト能ハサルモノナリ保護條約ト併合條約トハ全ク武力ノ脅威ノ下ニナサレタルモノニシテ其力朝鮮民族ノ意志ニアラサルコトハ爾來数限リナキ独立運動ノ起レルニヨリテ知ルヘク又夫々條約締結當時ノ韓國皇帝及其ノ政府ノ種々ノ反抗行爲ニヨリテモ明カナリ併合以來朝鮮民族ハ日本ニ悦服セリナト云ヘルヲ聴ケトモ其ハ謬レリ

彼等ハアラユル抵抗ノ方法及反抗ノ意思ヲ發表スルノ道ヲ絶タレタルノミ斯ル状態ノ下ニ於テスラ、種々ノ独立運動ハ起リタルニアラスヤ只朝鮮内ニテ起コリタル這種ノ運動ハ或ハ暗殺陰謀ト稱シ、或ハ強盗ト稱シテ暗ヨリ暗ヘ葬ラレタルノミ

殊ニ併合以來既ニ十年朝鮮民族ハ日本ノ治下ニ於テハ彼等ノ生存ト發展トヲ脅カサルゝヲ悟リタリ參政權、集會結社ノ自由、言論出版ノ自由等凡ソ文化アル民族ノ生命トモ貴ハルヘキアラユル自由ハ許サレス萬人ニ共通タルヘキ人權サヘモ行政、司法、警察ノ諸機關ニヨリテ蹂躪セラレ而シテコレニ對シテ訴ヘル道ヲモ絶タレタリ加之朝鮮ニ於ケル政府ノ諸機關及ビ私立ノ諸機關ニ於テ全部或ハ大部分日本人ヲ使用シテ朝鮮人ヲシテ一面自治ノ智能ト経験トヲ得ル機會ヲ失ハシメ一面職業ヲ失ハシメ一面己ガ社會的國家的理想ヲ實現スルノ機會ヲ失ハシム又公私凡テニ於テ所謂日鮮人ニ嚴然タル差別的障壁ヲ設ケ日本人ヨリモ劣等ナル教育ヲ施シテ公然ト母國人、殖民地ナト呼ヒ朝鮮人ハ恰モ被征服者タル殖民

地ノ土人ノ如ク待遇セリ教育ニ於テモ差別的教育制ヲ設ケ日本人ヨリモ
劣等ナル教育ヲ施シテ、朝鮮人ヲシテ永久日本人ノ奴隷タラシメントス

　朝鮮民族ハ到底斯カル政治ノ下ニ其ノ民族的生存ト發展トヲ遂クルコ
ト能ハス

　朝鮮ハ固ヨリ人口過剰ノ國土タルニ拘ラス無制限ニ日本人ノ移住ヲ奬
勵シ補助シ土着ノ朝鮮人ヲシテ海外ニ流離セサルヲ得サラシメ高等ナル
諸職業ハ何レモ日本人ノ專有トナリ産業ニ於テモ日本人ハ特殊ノ便益ヲ
受ケ斯クシテ朝鮮人ト日本人トハ利害相背馳シ朝鮮人ノ富ハ日ニ減セリ

　且ツ併合ノ最大理由タル東洋平和ノ見地ヨリ見ルニ、其ノ唯一ノ威脅
者タル露國ハ既ニ帝國主義ヲ棄テヽ新國家ノ建設ニ従事シ支那又然リソ
レノミナラス此度國際聯盟成レハ再ヒ弱小國ヲ侵略セントスル強國ナカ
ルヘケレハ我カ朝鮮民族ノ國家ハ順調ニ生長スルヲ得ヘシ

　不幸ニシテ多年專制政治ノ害毒ト境遇ノ不順ニヨリテ衰頽コソシタレ
既ニ久遠ノ國家生活ノ経験ヲ有スル朝鮮民族ナレハ新シキ主義原則ノ上
ニ國ヲ立ツレハ能ク東洋及ヒ世界ノ平和ト文化トニ貢献スヘキ國家トナ
ルコトヲ信ス若シ日本ニシテ之ヲ許諾シ援護スルヲ肯ンセハ吾團ハ日本
ニ敵意ヲ懷カサルヘク眞ノ意味ニ於ケル親善ニ務ムヘク指導者タル恩義
ヲ忘ルヽコトナカルヘシ

　以上揭ケタル理由ニヨリテ吾團ハ大日本帝國議会政府ニ對シテ我朝鮮
民族大會ヲ招集シ民族自決ノ機會ヲ與ヘラレンコトヲ請願ス

一千九百十九年二月

朝鮮青年独立團

右代表 　崔八鏞　金度演　李光洙　金喆壽

白寬洙　尹昌錫　李琮根　宋繼白

崔謹愚　金尚德　徐　椿

宣言書

　全朝鮮青年独立團ハ二千萬朝鮮民族ヲ代表シテ正義ト自由トノ勝利ヲ得タル世界萬國ノ前ニ獨立ヲ期成センコトヲ宣言ス

　四千三百年ノ長久タル歴史ヲ有スル吾族ハ實ニ世界最古文明民族ノ一タリ　三國中葉以降往々支那ノ正朔ヲ奉シタリコトアリト雖モ此ハ両國主權者間ノ形式的外國的關係ニ過キス、朝鮮ハ常ニ朝鮮民族ノ朝鮮ニシテ、曾テ統一國家ヲ失ヒ異族ノ實質的支配ヲ受タルコトナカリキ

　日本ハ朝鮮カ日本ト唇歯ノ關係アルヲ自覚セリト稱シテ一千八百九十五年日清戰爭ノ結果韓國ノ独立ヲ率先シテ承認シ英、米、法、徳、露等諸國モ独立ヲ承認シタルノミナラス此ヲ保全センコトヲ約束シタリ　韓國ハ其ノ恩義ニ感シ鋭意、諸般ノ改革ト國力ノ充實トヲ圖リタリ　當時露國ノ勢力東漸シ東洋ノ平和ト韓國ノ独立ヲ威脅セルヲ以テ日本ハ韓國ト攻守同盟ヲ締結シ日露戰爭ヲ開ク　東洋ノ平和ト韓國ノ独立ノ保全トハ實ニコノ同盟ノ主旨ナリキ　韓國ハ一層其ノ好誼ニ感シ陸海軍ノ作戰

上援助ハ不可能ナリシモ主權ノ威嚴ヲマテ犠牲ニシテ可能ナルアラユル
義務ヲ盡テ以テ東洋平和ト韓國独立トノ両大目的ヲ追及シタリ　戰爭終
結シテ當時米國ノ大統領タリシルーズヱルト氏ノ仲裁ニテ日露間ニ講和
會議ノ開設ヲ見ルニ及ヒテヤ日本ハ同盟國タル韓國ノ參加ヲ許サス日露
両國代表者間ニ於テ任意ニ日本ノ韓國ニ對スル宗主權ヲ議定シタルヨリ
日本ハ優越ナル兵力ヲ恃ミ「韓國ノ独立ヲ保全スヘシ」トノ舊約ニ違反
シ暗弱ナル當時ノ韓國皇帝及其ノ政府ヲ威脅シ欺罔シ「國力ノ充實能ク
独立ヲ得ル時期マテ」トノ條件ニテ韓國ノ外交權ヲ奪ヒ此ヲ日本ノ保護
國トナシ韓國ヲシテ直接世界列國ト交渉スルノ道ヲ断チ次ニ「相當ノ時
期マテ」トノ條件ニテ司法警察權ヲ奪ヒ更ニ「徴兵令實施マテ」トノ條
件ニテ軍隊ヲ解散シ民間ノ武器ヲ押収シテ日本ノ軍隊ト憲兵警察トヲ各
地ニ配置シ甚シキニ至リテハ皇宮ノ警備マテ日本警察ヲ使用シタリ　斯
クノ如くシテ韓國ヲシテ全ク無抵抗ナルモノタラシメ明哲ノ稱アル韓國
皇帝ヲ退位セシメ智能ニ缺ケタル皇太子ヲ擁立シ日本ノ走狗ヲ以テ所謂
合併内閣ヲ組織シテ秘密ト武力トノ裏ニ合併條約ヲ締結セリ　茲ニ吾族
ハ建國以來半萬年自己ヲ指導シ援助スヘキヲ約シタル友邦ノ帝國主義的
野心ノ犠牲ニナリタリ　實ニ日本ノ韓國ニ對スル行爲ハ詐欺ト暴力ヨリ
出テタルモノニシテ斯クノ如ク偉大ナル詐欺ノ成功ハ人類上特筆スヘキ
大恥辱タリト信ス

　保護條約ヲ締結シタル時皇帝ト賊臣ナラサル数人ノ大臣カアラユル手
段ヲ盡シタルノミナラス發表ノ後モ全國民ハ赤手ニテ可能ナルアラユル

反抗ヲナシタリ　司法、警察權ノ被奪及軍隊解散ノ時ニモ然リ　併合ノ時ニ當リテハ手中ニ一寸鉄モ有セサルニ拘ハラス可能ナルアラユル反抗運動ヲナシテ精鋭ナル日本ノ武器ノ犠牲トナル者其ノ数ヲ知ラス　爾來十年間独立運動ノ犠牲トナリタル者数十萬、惨酷ナル憲兵政治下ニ手足ト口舌トニ箝制ヲ受ケツゝモ曾テ獨立運動ノ絶ヘタルコトナシ　此ニ由リテ觀ルモ日韓合併ハ朝鮮民族ノ意思ナラサルヲ知ルヘシ　斯クノ如ク吾族ハ日本ノ帝國主義的野心、詐欺ト暴力トノ下ニ吾族ノ意思ニ反スル運命ニ置カレタル一事ハ正義ヲ以テ世界ヲ改造スル此ノ時ニ當リ當然其ノ匡正ヲ世界ニ求ムヘキ權利アリ　又世界改造ノ主人タル米ト英トハ保護ト合併トヲ率先承認シタル理由ニヨリ此時ニ其ノ舊悪ヲ贖フ義務アリト信ス

　又併合以來日本ノ朝鮮統治ノ政策ヲ觀ルニ併合當時ノ宣言ニ反シ吾族ノ幸福ト利益トヲ無視シ征服者カ被征服者ニ對スル如キ政策ヲ応用シ吾族ニハ參政權、集會結社ノ自由、言論出版ノ自由ヲ許サス甚シキニ至リテハ信教ノ自由、企業ノ自由マテモ少ナカラサル拘束ヲナシ行政、司法、警察等諸機關カ朝鮮民族ノ人權ヲ侵害シ公ニモ私ニモ吾族ト日本人間ニ優劣ノ差別ヲ設ケ日本人ニ比シテ劣等ナル教育ヲ施シテ以テ吾族ヲシテ永遠ニ日本人ノ被使役者タラシメントシ歴史ヲ改造シテ吾族ノ神聖ナル歴史的、民族的傳統ト威嚴トヲ破壊シ凌悔シ少数ノ官吏ヲ除クノ外政府ノ諸機關及交通、通信、兵備等、諸機關ニ於テ全部或ハ大部分日本人ノミヲ使用シ以テ吾族ヲシテ永遠ニ國家生活ノ智能ト経驗トヲ得ヘキ機

會ヲ得サラシム　吾族ハ決シテ斯カル武断、專制、不正不平等ナル政治ノ下ニ於テ生存ト發展トヲ享受スルコト能ハス　加之元來人口過剰ナル朝鮮ニ無制限ニ移民ヲ獎勵シ補助シ土着ノ吾族ヲシテ海外ニ流離スルヲ免ラサラシメ國家ト諸機關ハ勿論、私設ノ諸機關ニマテ多数ノ日本人ヲ使用シ又ハ使用セシメ一面朝鮮人ヲシテ職務ト職業トヲ失ハシメ一面朝鮮人ノ富ヲ日本ニ流出セシム　又商工業ニ於テモ日本人ニハ特殊ナル便益ヲ與ヘ以テ朝鮮人ヲシテ産業的勃興ノ機會ヲ失ハシム　斯クノ如ク如何ナル方面ヨリ觀ルモ吾族ト日本人トノ利害ハ相互背馳シ背馳スレハ其ノ害ヲ受クル者ハ常ニ又自然ニ吾族ナリ　吾族ハ生存ノ權利ノ爲メ獨立ヲ主張スルモノナリ

　最後ニ東洋平和ノ見地ヨリ觀ルモ其ノ威脅者タル露國ハ既ニ帝國主義的野心ヲ抛棄シ正義ト自由ト博愛トヲ基礎トスル新國家ノ建設ニ努力シヽアリ　中華民國亦然リ　加之此度國際連盟實現セハ復帝國主義的侵略ヲ敢行スル強國ナカルヘシ　サレハ韓國ヲ合併シタル最大理由ハ既ニ消滅シタルノミナラス此ヨリ朝鮮民族カ無数ノ革命乱ヲ起ストセハ日本ニ併合セラレタル韓國ハ返リテ東洋平和ヲ攪乱スル禍源タルニ至ルヘシ　吾族ハ正當ナル方法ニヨリテ吾族ノ自由ヲ追求スヘキモ若此ニテ成功セサレハ吾族ハ生存ノ權利ノ爲メニアラユル自由行動ヲ取、最後ノ一人マテ自由ノ爲ニ熱血ヲ濺クヲ辞セサルヘシ　此豈東洋平和ノ禍源ニアラサルヤ　吾族ハ一兵ヲモ有セス　吾族ハ兵力ヲ以テ日本ニ抵抗スル實

カナシ　然レトモ日本若シ吾族ノ正當ナル要求ニ応セラレハ吾族ハ日本

ニ對シ永遠ノ血戰ヲ宣スヘシ

　吾族ハ久遠ニシテ高等ナル文化ヲ有シ又半萬年間國家生活ノ経驗ヲ有

スルモノナレハ縱令多年専制政治ノ害毒ト境遇ノ不幸トカ吾族ノ今日ヲ

致シタルニモセヨ正義ト自由トヲ基礎トスル民主主義ノ上ニ先進國ノ範

ヲ取リテ新國家ヲ建設セハ建國以來文化ト正義ト平和トヲ愛好シタル吾

族ハ必スヤ世界ノ平和ト人類ノ文化トニ貢献スルトコロアラン

　茲ニ吾族ハ日本又ハ世界各國カ吾族ニ民族自決ノ機會ヲ與ヘンコトヲ

要求シ、若シ成ラスハ吾族ハ生存ノ爲メ自由行動ヲ取リ吾族ノ独立ヲ期

成センコトヲ宣言ス

朝鮮青年独立團

右代表　　崔八鏞　金度演　李光洙　金喆壽

白寬洙　尹昌錫　李琮根　宋繼白

崔謹愚　金尙德　徐　椿

決議文

一、本團ハ日韓併合ハ吾族ノ自由意思ニ出テサルノミナラス吾族ノ生存ト發展トヲ威脅シ又東洋ノ平和ヲ攪乱スル原因タルヘトノ理由ニヨリ獨立ヲ主張ス

二、本團ハ日本議會及政府ニ對シ朝鮮民族大會ヲ招集シ其ノ決議ニテ吾族ノ運命ヲ決スヘキ機會ヲ與ヘラレンコトヲ要求ス

三、本團ハ萬國平和會議ニ民族自決主義ヲ吾族ニモ適用センコトヲ請求スヘシ右目的ヲ達セン爲メ日本ニ駐在セル各國大公使ニ對シ本團ノ意思ヲ各其政府ニ傳達方ヲ依頼シ同時ニ委員二人ヲ萬國平和會議ニ派遣スヘシ　右委員ハ既ニ派遣セラレタル吾族ノ委員ト一致行動ヲ取ルヘシ

四、前項ノ要求拒絶セラル時ハ吾族ハ日本ニ對シ永遠ノ戰ヲ宣スヘシ此ヨリ生スル慘禍ハ吾族其ノ責ニ任セス

연보(1892-1919)

1892년(1세) 음력 2월 1일(양력 2월 22일) 평안북도 정주定州 출생.

1894년(3세) 8월 청일전쟁 발발.

1897년(6세) 국호가 대한제국(光武 元年)으로 바뀜.

1902년(11세) 8월 부모가 콜레라로 사망. 친척집을 전전하며 방랑생활을 함.

1903년(12세) 겨울 12월 동학교도에게 거두어져 전령傳令으로 일함.

1904년(13세) 2월 러일전쟁 발발.

1905년(14세) 음력 정월 상경. 동학 도인들의 자제를 교육하던 소공동 사숙
(1905년 광무학교로 바뀜)에 들어감. 동년 8월 일진회 유학생으로 일
본 유학길에 오름. 9월 포츠머스강화조약. 11월 제2차 한일협약(보호
조약) 체결. 외교권을 빼앗기고 한성에 통감부가 설치됨.

1906년(15세) 4월 타이세이중학교大成中學에 입학. 7월 동학의 내분으로 학
비가 중단되어 귀국.

1907년(16세) 1월 황실유학생 자격으로 재도일. 7월 고종의 양위와 군대 해
산을 계기로 전국적인 의병운동 확산. 9월 메이지학원明治學院 중학 3
학년에 편입학. 또래 소년들과 비분강개한 애국적인 성격의 '대한소
년회' 조직. 등사판 회람잡지『신한자유종』편집(1908-1910).

1908년(17세) 7월 황해도 안악의 양산학교 제2회 하기사범강습회 교사로 참
여. 8월 잠시 고향에 들른 길에 백혜순과 결혼. 서북 지역 출신 유학생
단체인 태극학회의 기관지『태극학보』에 애국적인 성격의 문장 다수
발표. 11월『소년』창간.

1909년(18세) 1월 유학생단체가 대한흥학회로 통합. 기관지『대한흥학회』에

애국적인 성격의 문장 다수 발표. 10월 안중근, 초대 통감 이토 히로부미伊藤博文 암살. 12월 『시로가네학보白金學報』에 첫 번째 일본어 단편 「사랑인가愛か」 발표. 11월 홍명희의 주선으로 최남선과 만나고 최남선에게 『소년』 지면의 집필을 의뢰받음. 문예에 깊이 빠져듦.

1910년(19세) 3월 메이지학원중학을 졸업하고 정주 오산학교의 교사로 부임. 2월에서 5월까지 『소년』에 번안 단편 「어린 희생」 발표. 9월 한일병합.

1911년(20세) 5월 통권 23호로 『소년』 폐간. 9월 오산학교 교주 이승훈이 105인 사건에 연루되어 체포됨. 학교 운영권이 교회의 손으로 넘어감.

1913년(22세) 2월 신문관에서 『검둥의 설움』 초역 간행. 11월 대륙방랑의 길에 올라 상하이로 감. 상하이에서 당시 프랑스 조계에 머물고 있던 홍명희, 조소앙 등과 함께 지냄.

1914년(23세) 1월 블라디보스토크에서 10여 일간 머물면서 연해주 한인단체인 권업회勸業會 인사들과 교유하며 기관지 『권업신문』에 논설 「독립준비하시오」 등 발표. 곧 길림성의 무링穆陵으로 가 신민회 인사였던 이갑 곁에서 1개월간 머묾. 2월 치타로 가서 6개월 여간 치타 대한인국민회 시베리아 지방총회의 기관지 『대한인정교보』 편집 간행. 8월 제1차 세계대전 발발의 여파로 러시아 내 한인단체 강제 해산. 9월 초 귀국. 10월 『청춘』 창간. 귀국 후 반년간 경성에서 최남선 곁에 머물며 『청춘』의 편집과 광문회 편집일을 도움.

1915년(24세) 3월 『청춘』 정간. 8월 장남 진근震根 출생. 9월 와세다대학早滔田大學 고등예과 편입학. 12월 당대 조선의 문제를 연구할 목적으로 신익희, 장덕수 등과 함께 조선학회 조직.

1916년(25세) 7월 고등예과 졸업. 여름방학을 마치고 토쿄로 돌아가는 길에 경성에 들렀다가 심우섭의 주선으로 경성일보 사장 아베 미츠이에阿部充家, 감사 나카무라 켄타로中村健太郎 등과 만남. 9월 와세다대학 문학부 입학. 『매일신보』에 「동경잡신」, 「교육가 제씨에게」, 「농촌계발」, 「문학이란 하오」, 「조선 가정의 개혁」 등의 논설을 잇달아 발표하며 문명을 떨침.

1917년(26세)　1월~6월 장편 『무정』 연재. 5월 『청춘』 재간행. 6월~9월 오도답파기행. 『매일신보』와 『경성일보』 양 지면에 조선어와 일본어로 각각 오도답파기 연재. 10월 『개척자』 연재 시작.

1918년(27세)　2월 각혈. 허영숙의 도움으로 아타미熱海에서 정양. 4월 초 진료상의 필요로 잠시 귀국. 7월 허영숙에게 정식으로 청혼했다가 거절당함. 10월 백혜순과 이혼에 합의하고 허영숙과 베이징으로 애정도피. 11월 제1차 세계대전 종결 소식을 듣고 귀국. 서울에서 현상윤과 만나 국내 천도교 세력을 움직여 독립운동을 일으킬 것을 의논. 12월 도쿄로 돌아옴.

1919년(28세)　2월 「2·8독립선언서」를 기초하고 상하이로 망명. 3월 3·1독립운동. 상하이 임시정부 수립에 참가. 6월~9월 임시사료편찬회 주임 자격으로 『한일관계사료집』 간행. 8월 독립신문사 사장이자 주필로서 『독립신문』 창간.

이광수의 초기 문장에 대하여

최주한

식민체제하에서 글을 쓴다는 것

이것(조선의 검열제도 — 인용자)은 조선인이 되어보지 않으면 도저히 상상
도 할 수 없다. [중략] 작가로서 펜과 원고지를 대하자면 어느 곳이든 [중략] 마
치 간판장이가 그 주인의 마음에 들도록 의장意匠을 베풀 듯이 ××××, ××××,
필법으로 쓰지 않으면 안 되는 것이다. 오늘날까지 조선인이 쓴 문학은 이렇게
씌어진 것이다.

1932년 6월 이광수는 일본의 종합잡지 『카이조改造』에 조선의 문학에 대
해 소개하는 글 「조선의 문학朝鮮の文學」을 발표하면서 식민체제하에서 글을
쓴다는 것의 어려움에 대해 위와 같이 토로한 적이 있다. '간판장이가 그 주
인의 마음에 들도록 의장意匠을 베풀 듯이' 쓰지 않으면 안 되고, 조금이라도
마음에 들지 못하면 가차 없이 '××××, ××××' 식으로 지워지거나 혹은 아
예 존재한 적도 없었다는 듯이 사라져야 할 운명을 지닌 글쓰기. 물론 조선
인이 되어보지 않으면 도저히 상상도 할 수 없는 정도의 식민지의 검열제도
란 비단 이 시기만의 문제는 아니었다. 이미 1900년대 후반 신문지법 및 출
판법과 더불어 시작된 일제의 언론·출판 통제는 1910년 8월의 한일병합을
기점으로 식민지의 언론·출판계를 완전히 장악하기에 이르렀던 까닭이다.

일찍이 1908년 신문관을 설립하고 한국 최초의 근대 잡지 『소년』의 간행과 더불어 근대적인 문화운동의 기치를 올렸으나 여러 차례의 검열, 압수, 발행정지 끝에 결국 1911년 5월 『소년』의 폐간을 지켜보아야 했던 최남선은 식민체제하 글쓰기의 열악한 조건에 대해 이렇게 쓴 바 있다.

> 지을 수 잇는 글 잇고 지을 수 업는 글 잇스며 ᄒ여셔 될 말 잇고 ᄒ여셔 못 될 말 잇ᄂ니, 이럼으로 우리의 붓은 가다가 뫼라도 문질을 힘으로 나가야 쓰겟것마는 모래 한 알도 굴녀보지 못ᄒ고 마는 일이 잇도다. 내 이 칙에 셔문을 짓게 되야 붓을 들고 조희를 림홈애 이 늣김과 이 한이 더욱 깁고 간절ᄒ도다.(『검둥의 셜음』 서문, 1913)

바야흐로 1910년을 전후한 조선의 언론·출판계는 '지을 수 있는 글'과 '지을 수 없는 글', '하여서 될 말'과 '하여서 못 될 말'의 경계가 또렷했고, 글을 쓰고자 하는 이라면 '지을 수 없는 글'과 '하여서 못 될 말'의 경계를 넘어서지 않도록 세심하게 주의하지 않을 수 없는 형편이었던 것이다.

중학시절에서 2차 유학시절에 이르는 시기 이광수의 글쓰기 또한 예외가 아니다. 더욱이 이광수의 글쓰기는 매체와 언어, 독자에 따라 '지을 수 없는 글'과 '하여서 못 될 말'의 수위를 조절하는 명민한 감각을 보여주고 있다는 점에서 단선적이지 않은 양상을 보여준다. 일면 타협의 측면이 존재하는 것도 사실이지만, 그러한 타협을 통해서라도 쓰고 싶은 글은 반드시 쓰고 하고 싶은 말은 반드시 하고야마는 강단을 보여주고 있는 점 또한 또렷하다. 따라서 이광수의 초기 문장들을 제대로 이해하기 위해서는 무엇보다도 특정한 문장이 어떤 언어로, 어떤 매체를 의식하며, 어떤 독자를 향해 씌어지고 있는가 하는 역학관계를 고려하는 것이 관건이 된다.

중학시절 – 애국적 글쓰기와 문학적 글쓰기의 갈림길에서

중학시절 이광수의 글쓰기는 1907년 9월 메이지학원 중학을 편입학하던 무렵 또래 유학생 소년들과 함께 조직했던 '대한소년회'에서의 활동과 더불어 시작된다. 대한소년회는 1907년 7월 고종의 양위와 잇달아 강요된 군대 해산을 계기로 국내의 의병운동이 전국적인 규모로 확산되던 분위기에 호응하여 조직되었다. 소년회는 비정기적이나마 비분강개한 애국적인 성격의 등사판 회람잡지 『신한자유종』을 간행하기도 했는데, 당시 3호까지 잡지의 편집을 맡은 것이 이광수였다. 중학소년들의 회람잡지에 불과했지만 일찍이 일본 관헌의 눈에 띄어 압수되기도 했던 만큼, 메이지학원 중학시절에 시작된 이광수의 글쓰기에는 애국적인 글쓰기에 대한 자부심과 더불어 검열과 통제에 대한 의식이 예리하게 각인되어 있었다고 해도 좋을 것이다.

이 무렵 이광수의 공식적인 글쓰기는 주로 서북지역 출신 유학생 단체인 태극학회의 기관지 『태극학보』를 중심으로 이루어졌는데, 「국문과 한문의 과도시대」(1908.5), 「수병투약隨病投藥」(1908.10), 「혈루血淚」(1908.11) 등의 논설은 독자들에게 노예의 지위에서 벗어나 자유 독립의 기상을 떨칠 것을 촉구하는 애국적인 성향을 띠고 있다. 1909년 1월 유학생단체가 대한흥학회로 통합된 이후로는 대한흥학회의 기관지 『대한흥학보』에 「옥중호걸獄中豪傑」(1910.1), 「금일 아한청년과 정육情育」(1910.2), 「일본에 재在한 아한유학생을 논함」(1910.4) 등 역시 애국적인 성향의 글을 잇달아 썼다.

한편 이 무렵 이광수는 메이지학원중학의 교지였던 『시로가네학보白金學報』에 일본어 단편 「사랑인가愛か」(1909.12)를 발표하기도 했는데, 이 일본어 단편은 사랑을 갈구하는 유학생 문길의 고독한 내면을 향하고 있다는 점에서 『태극학보』와 『대한흥학보』를 무대로 한 이광수의 공식적인 글쓰기와는 다소 이질적인 양상을 보여준다. 개인적 사랑을 갈구하는 고독한 자아의

형상이란 당대 기울어가는 조국을 눈앞에 둔 조선의 청년에게 최우선적인 가치로서 요구되었을 애국이라는 공적 가치와 충돌하는 것이었지 않을 수 없었을 것이 분명하다. 이 점에서 보면 「사랑인가」의 언어가 사적 자아의 내밀한 영역을 오롯이 그려낼 수 있었던 것은 전적으로 매체와 독자의 영역을 달리한 일본어 글쓰기를 선택한 덕분이었다고 해도 좋을 것이다.

일본어 단편 「사랑인가」가 호응을 얻으면서 자신의 문학적 재능에 자신감을 가진 이광수는 잠시 일본문단으로의 진출을 꿈꾸기도 하지만, 곧바로 조선문학의 건설 쪽으로 방향을 틀어 조선문학의 가능성을 타진하기 시작한다. 무엇보다도 당대 조선의 청년에게 요구되었던 애국이라는 공적인 가치를 저버리기 어려웠고, 때마침 조선 신문화운동의 주역으로 동참할 것을 권유하며 이광수에게 『소년』지에의 집필을 의뢰해온 신문관의 걸출한 주인 최남선의 영향도 컸을 것이다. 이광수가 『대한흥학보』에 산문시 「옥중호걸」 (1910.1) 비롯하여 단편 「무정」(1910.3-4), 조선의 신문학 발흥에 대한 기대를 표명한 문학론 「문학의 가치」(1910.3)를 잇달아 발표하는 한편, 『소년』의 독자들을 의식하며 애국적인 소년의 이야기를 다룬 번안단편 「어린 희생」(1910. 2-5)을 의욕적으로 집필한 것은 바로 이 무렵의 일이다. 조선의 매체와 조선의 독자를 향하는 순간 이광수의 문학적 글쓰기는 다시금 조선의 현실을 소환하며 조국에 대한 의무를 향하고 있었던 것이다.

오산시절 전반기 - 망국亡國과 우회적 글쓰기로서의 번역

1910년 3월 중학을 마치고 고향 정주 오산학교의 교사로 부임한 이광수는 새로운 환경에 적응하느라 잠시 방황의 시기를 거친다. 그러나 얼마 지나지 않아 조국에 대한 의무를 되새기며 자존감을 회복할 수 있었던 그는 예의 『소년』을 무대로 조선 청년을 향한 당부의 글을 집중적으로 쏟아내기 시작한다. 「금일 아한 청년의 경우」(1910.6), 「여余의 자각한 인생」(1910.8), 「조선 사람인 청년들에게」(1910.8), 「천재」(1910.8) 등이 그것인데, 망국의 위협을 앞둔 위급한 시기인 만큼 '신대한 건설'이라는 막중한 임무를 어깨에 진 조선 청년들의 역할을 강조하고 있는 것이 두드러진다.

그러나 이러한 의욕도 잠시, 1910년 8월의 한일합병 이래 조선의 청년들을 향한 이광수의 글쓰기적 실천은 좌절되고 만다. 이 시기 이광수의 글쓰기의 주요 무대였던 『소년』이 줄곧 폐간의 위협에 시달리다가 결국 1911년 5월 23호를 마지막으로 폐간을 맞은 것이 주된 원인이었지만, 설사 글을 쓸 수 있는 지면이 주어졌다 하더라도 쓸 수 있는 글은 지극히 제한적일 수밖에 없는 형편이었던 까닭이다. 단적인 예로 보성중학의 교지 『보중친목회보』 2호에 실린 「참영웅」(1910.12)은 한일합병의 충격이 이광수의 글쓰기 수위에 미친 영향을 잘 보여주는데, 앞서 『소년』에 발표한 글들과 동일한 논자를 전개하고 있되 '신대한 건설'의 정치적 지향성이 소거되어 있는 것이 눈에 띈다. 식민지시기 이광수의 문장을 대할 때 '씌어진 것'과 '씌어지지 않은 것'의 행간을 헤아리는 일의 중요성을 새삼 일깨우는 글이다.

『소년』의 폐간 후 최남선이 신문관 문화사업의 돌파구로서 번역소설의 간행에 집중하게 되면서 이광수에게도 글쓰기의 돌파구가 마련된다. 일찍이 이광수 자신 「문학의 가치」(1910.3)에서 미국 노예해방에 결정적인 영향을 미친 중요한 작가의 한 사람으로 꼽기도 했던 헤리엇 비처 스토의 『엉클톰스 캐빈』(1852)을 번역할 수 있는 기회가 주어졌던 것이다. 일찌감치 이광수의 문학에 대한 재능과 열정을 알아보았던 최남선의 탁월한 결정이었다.

이광수가 번역 저본으로 삼은 텍스트는 사카이 토시히코堺利彦가 책임 편집한 『인자박애의 이야기仁慈博愛の話』(内外出版協會, 1903)와 모모시마 레이센百島冷泉이 초역한 『노예 톰奴隷トム』(内外出版協會, 1907) 두 권의 일본어 번역서이다. 전자는 사회주의적 입장에서 완역에 가깝게 원전을 역술한 것이

고 후자는 기독교적 입장에서 톰에 관한 서사만 선택적으로 초역한 것인데, 이광수의『검둥의 설움』(1913)은 자유와 해방, 문명화와 독립을 추구하는 민족주의의 입장에서 두 개의 저본을 재구성했다. 또한 번역의 과정에서 서사를 압축하거나 재배열하여 극적 구성을 꾀하고, 한국어의 통사구조를 갖춘 자연스러운 입말체 문장을 구사하는 한편 생생한 묘사에 힘써 생동감 있는 장면을 연출하여 저본을 뛰어넘는 또 한 편의 독창적인 문학 텍스트를 산출해내는 데도 성공했다. 이 점에서『검둥의 설움』은 무단통치의 시작과 더불어 글쓰기의 가능성이 극도로 제한되어 있던 검열의 시대에 번역이라는 우회적인 방식의 글쓰기를 통해서나마 제국주의와 식민주의에 주체적으로 대응하고자 한 윤리정치적 글쓰기의 모범을 보여준다고 할 수 있다.

대륙방랑시절 – 검열과 통제로부터 해방된 글쓰기

대륙방랑시절 이광수의 글쓰기는 주로 해외 한인들의 언론지였던『권업신문』,『대한인정교보』등의 매체를 무대로 한 것이다. 1913년 늦가을 오산을 떠나 대륙방랑의 길에 올랐던 이광수는 상하이에서 연해주의 블라디보스토크, 북만주의 무링穆陵, 시베리아의 치타에 이르기까지 주로 해외 각지에 흩어져 있던 망명 지사들의 근거지를 중심으로 이동했고, 그런 까닭에 자연스레 이들 한인 언론매체에 관여할 수 있는 기회를 가질 수 있었다.『권업신문』은 연해주 재러 한인의 집결체 역할을 하면서 독립운동을 전개하고 있던 권업회의 기관지였고,『대한인정교보』는 대한인국민회 시베리아 지방총회의 기관지로서 자바이칼의 수도 치타에서 간행되던 잡지였다. 특히『대한인정교보』는 제1차 세계대전의 여파로 폐간되기까지 9·10·11호의 편집과 집필에 이광수가 주도적으로 관여한 잡지이기도 하다. 국내에 비해 일제의 통제로부터 비교적 자유로웠던 매체들이었던 만큼 이광수의 문장들 또한 검열을 의식하지 않은 사유를 그대로 보여주고 있어 주목을 끈다.

이 시기 『권업신문』과 『대한인정교보』에 실린 이광수의 문장들은 오산시 절의 경험에 기반하였으되 대륙방랑의 경험을 거치면서 보다 확장되고 심 화된 독립준비론의 구상을 담고 있다. 당대를 상업경쟁의 시대로 규정하면 서 상업의 진흥을 거듭 강조하고(「독립준비하시오」, 1914.3), 문명화된 농촌의 사례를 들어 농촌계발주의를 주장하며(「농촌계발의견」, 1914.3), 당장의 먹고 사는 일에 급급한 해외 동포들에게 문명에 눈뜨고 나라를 알게 할 교육이 긴급함을 역설한 것(「재외동포의 현상을 논하여 동포교육의 긴급함을」, 1914.6) 은 모두 이러한 통찰에 바탕을 둔 것으로, 제2차 유학과 더불어 본격화될 독 립 준비로서의 조선 문명화의 구상이 이미 이 시기에 구체적인 형태를 갖추 어나가고 있었음을 보여준다. 특히 상업을 통한 문명화의 구상과 관련해서 는 연암의 허생을 세계를 무대로 한 상업의 중요성을 통찰한 인물로서 재창 안해낸 번안단편 「먹적골 가난방이로 한 세상을 들먹들먹한 허생원」(『아이 들보이』, 1914.6)을 써낸 것도 기억해둘 만하다.

한편 이 무렵 주로 교육 정도가 낮은 해외 동포들을 독자 대상으로 한 까 닭에 주로 순한글 위주의 평이한 문장을 구사하면서도 동시에 한글의 우수 성과 인쇄상의 이점을 주장하며 가로풀어쓰기와 같은 새로운 한글 표기법 에 관심을 갖고 꾸준히 이를 실험한 점도 이채롭다. 9호의 목차 편집에 'ㅈㅓ ㅇㄱㅛㅂㅗ'라는 표기법을 도입한 것을 비롯하여 「아리나리ㅏㄹㅣㄴㅏㄹㅣ」 (1914.5), 「지사의 감회ㅈㅣㅅㅏㅂㅣㄱㅏㅁㅎㅚ」(1914.6) 등의 작품이 그러하다. 또 앞서 언급한 논설 외에도 「나라를 떠나는 설움」, 「망국민의 설움」, 「상부련」 (1914.6), 「나라생각」, 「꽃을 꺾어 관을 겯자」(1914.8) 등의 우국시憂國詩, 「저 마다 제 직분이 있다」(1914.6)와 같은 우화, 『대한인정교보』 '바른소리' 지면 의 사설 등 다양한 형식의 계몽적 글쓰기를 시도한 점도 주목할 만하다.

오산시절 후반기 - 모색의 글쓰기, 글쓰기의 모색

오산시절 후반기라고는 했지만 사실 1914년 9월 중순 대륙방랑을 마치고 돌아온 이광수가 오산에 머무른 시기는 반년이 채 못 된다. 이듬해 연초 다시금 일본 유학을 결심하고 상경했던 그는 최남선에게 붙들려 『청춘』과 광문회의 편집일을 도왔고, 그해 9월에 곧바로 와세다대학 고등예과에 편입학하기 때문이다. 그러나 재차 유학을 앞둔 일종의 모색기에 해당하는 이 무렵 이광수는 최남선의 전폭적인 지원하에 『청춘』과 『새별』을 무대로 하여 사상적으로나 문학적으로 다양한 모색을 맘껏 시도할 수 있었으니, 이광수에게는 이 시기야말로 온갖 가능성으로 충만한 시기이기도 했다.

오산에 돌아오자마자 이광수는 곧바로 『청춘』의 지면에 「상해서 第1信」 (1914. 12), 「상해서 第2信」(1915.1), 「해삼위海參威로서」(1915.3) 등 대륙방랑의 경험을 연재하는 글을 써낸다. 이제 막 창간된 잡지 『청춘』(1914.10 창간)에 힘도 실을 겸 최남선이 연재를 부탁하지 않았을까 싶다. 이들 기행문 연작이 서구 근대 문명의 위력과 더불어 그로부터 소외되어 있는 약소민족의 현실을 비판적으로 되새기고 있다면, 이러한 문제의식의 연장선상에서 씌어진 논설 「동정同情」(1914.12)과 우화 「물나라의 배판」(『새별』, 1915.1)은 동일한 문제의식을 바탕으로 하면서도 '동정'과 '혈전'이라는 서로 상이한 해결책을 제시하고 있어 흥미롭다. 그러나 얼핏 상반되어 보이는 이들 해결책은 둘 다 문명의 빛은 온 인류가 골고루 누려야 할 혜택이고 인류의 구성원으로서 이에 대한 책임을 방기해서는 안 된다는 확고한 입장의 표명이기도 하다는 점에서, 대륙방랑의 경험을 통해 다져진 이광수의 사유가 다시금 독립 준비로서의 조선 문명화의 사명으로 수렴되고 있음을 또렷이 보여준다.

한편 오산시절 후반기 이광수의 글쓰기는 다양한 형식의 글쓰기와 더불어 근대적 형식의 글쓰기에 적합한 근대 문체 모색의 도정을 보여준다는 점에서도 주목할 만하다. 이 무렵 이광수는 「상해서」 이하 세 편의 기행문을 비롯하여 우화 「물나라의 배판」 외에도 「중학방문기」(1914.12), 「내 소와 개」(1915.1), 「김경」(1915.3) 등 현장방문기, 수필, 소설 등 다양한 형식의 문장들을 잇달아 발표하는데, 이들 문장은 앞서『아이들보이』에 발표된 번안단편 「허생원」(1914.8)과 더불어 '-습니다', '-나이다', '-이다' 등 문말어미의 일관성과 균질성을 의식한 중립적인 근대 문체의 경향성이 또렷하다는 점에서 이전까지의 글쓰기와는 확연하게 구분된다. 이 무렵 문체에 대한 이광수의 관심은 산문의 영역을 넘어서 「허생전」(1915.1)과 같은 장편 서사시나 「침묵의 미」와 같은 산문시, 그리고 이 밖에도 형식적인 각운脚韻을 통해 다양한 시의 운율을 실험하고 있던 다수의 단편시들에서 확인되는 것이기도 하다. 이 점에서 장편『무정』(1917)에서 정점에 도달한 한국 근대소설의 근대 문체는 메이지 일본에서 제도로서 확립된 언문일치 문장의 영향이라든가 서구 및 일본 근대소설의 번역이나 번안의 자극에 힘입은 것 이상으로, 이들 다양한 문체 실험과 더불어 근대적이면서도 한글의 통사구조에 적합한 최적의 언어를 모색하는 과정에서 성취된 것이었다고 할 수 있다.

제2차 유학시절 전반기 – 두 개의 혀를 가진 글쓰기

이광수가 와세다대학 고등예과에 편입학하여 2차 유학을 시작한 것은 1915년 9월의 일이다. 이 시기 이광수의 글쓰기 무대는 동경유학생학우회의 기관지『학지광』과『매일신보』의 지면으로 옮아간다. 오산시절과는 다른 환경에 놓였으니 일면 자연스러운 일이었지만,『청춘』6호(1915.3)가 정간停刊을 맞으면서 주요 발표 지면을 잃었으니 한편으로는 불가피한 일이기도 했다(이후『청춘』이 재간행되기 시작한 것은 2년 후인 1917년 5월의 일이다).

1916년 3월 발행된『학지광』8호는 이광수의 문장들이 여러 편 실려 있어 이제 막 2차 유학을 시작한 이광수의 포부가 어떠한 것이었는지 엿볼 수 있게 한다. '신문명의 빛'으로 '새 반도' 건설에의 의지를 표명하고 있는 장편시 「어린 벗에게」, '살고 퍼지고자 하는 욕망'이야말로 '찬란한 문명과 부'의 원동력임을 강조하고 있는 논설 「살아라」, 농촌문제에 관한 일종의 사례 보고서로서 농촌 문명화의 길을 제시하고 있는 연구논문 「용동 - 농촌문제연구에 관한 실례實例」 등의 논조에서 보는 바와 같이, 이 무렵 이광수의 관심은 온통 조선의 문명화라는 과제에 쏠려 있었다고 해도 과언이 아니다. 특히 「용동」은 이해 12월 신익희, 장덕수 등 조선유학생학우회 소속 지인들과 함께 조선문제를 연구하기 위해 설립한 조선학회 제1회 연구모임에서 발표한 연구논문으로, 일찍이 대륙방랑시절 일촌一村 일지도자一指導者에 의한 농촌계발이야말로 조선이 문명을 이루어 독립의 능력을 갖추기 위한 새 길임을 주창했던 「농촌계발주의」(『대한인정교보』, 1914.3)의 연속선상에 놓인 글이자, 이후 문명화된 농촌 곧 문명 조선의 건설을 위한 야심적 기획안이라 할 수 있는 「농촌계발」(『매일신보』, 1916.11-1917.2)의 토대가 되는 글이다.

이 무렵 이광수는 조선 문명화의 사명을 이끌어갈 중추세력의 양성과 관련하여 교육체제의 문제에도 지대한 관심을 가졌다. 당시 식민지 조선의 교육체제는 4년제 보통학교와 실과實科 중심의 4년제 고등보통학교(일본의 중학교 1학년 수준)을 기반으로 한 낮은 수준의 교육에 그쳤던 탓에 일본인과의 직업 경쟁에서 불리한 것은 물론 상급학교로의 진학에도 불리했다. 일본민권론 계열 잡지에 투고한 글 「조선인 교육에 대한 요구朝鮮人教育に對する要求」(『洪水以後』, 1916.3)는 과감하게 동화정책 지지를 내걸고 이러한 당대 조선의 교육체제를 비판하며 조선에 일본과 동일한 교육을 개방할 것을 요구하고 나선 것이어서 주목을 끈다. 후일 이런저런 논란을 불러일으키곤 했던 타협적 글쓰기의 시작이었지만, 이광수가 그만큼 발표 매체의 생리에 명민

하게 대응했다는 이야기이기도 하다. 다음 달 4월 같은 잡지에 투고했으나 게재되지 않았던 「조선인의 눈에 비친 일본인의 결함朝鮮人の眼に映りたる日本人の缺陷」(당시 관헌의 기록에 따르면, 이 글은 '전문이 거의 매도적인 문구'로 가득하다)은 발표 매체의 코드에 거스르는 글쓰기의 운명을 잘 보여준다.

2차 유학시절 발표 매체의 코드를 고려한 이러한 과감한 글쓰기 전략이 본격화된 것은 총독부 기관지 『매일신보』와의 관계 속에서였다. 1916년 7월 고등예과를 우수한 성적으로 졸업하고 잠시 귀국했던 이광수는 여름방학을 마치고 동경으로 돌아가기 위해 경성에 들른 길에 경성일보 사장 아베 미츠이에阿部充家, 『매일신보』의 편집국장 격이었던 감사 나카무라 켄타로中村健太郎와의 만남을 갖게 된다. 당시 『매일신보』 기자였던 친구 심우섭의 주선으로 갖게 된 이날의 만남에서 『매일신보』가 자신을 필요로 하고 있다는 사실을 감지한 이광수는 기차에 오르는 길로 나카무라와 아베에게 각각 답례의 글을 써 보낸다. 9월 8일 『매일신보』 지면에 실린 「증삼소거사贈三笑居士」와 같은 지면 22일과 23일자에 연재된 「대구에서」가 그것이다. 『청춘』은 이미 정간停刊된 지 오래였고, 『학지광』 또한 당국의 검열로 인해 그해 들어서만도 7호, 8호, 9호의 압수가 잇달아 당국의 검열을 피하고자 원고 내용을 '학술 방면'으로 한정한다는 방침이 내려진 터였다. 당시 이광수에게 무엇보다도 중요한 것은 당대 유일한 조선어 신문 매체 『매일신보』가 조선인에게 문명지식을 보급하고 민족감정을 불어넣는 데 긴요한 매체가 될 것이라는 사실이었던 것이다.

짐작했던 대로 나카무라와 아베에게 올린 글이 지면에 실리면서 『매일신보』를 손에 넣을 수 있었던 이광수는 벼르고 있었다는 듯이 조선의 독자들을 향해 엄청난 분량의 글을 쏟아내기 시작한다. 「동경잡신」(9.27-11.9)을 비롯하여 「교육가 제씨에게」(10.26-12.13), 「농촌계발」(10.26-2.18), 「문학이란 하何오」(11.10-23), 「혼인론」(11.21-30), 「조혼의 악습」(11.23-26), 「조선 가정의 개혁」(12.14-22) 등의 논설이 그것이다. 제목만 일별해도 이 무렵 이광수의 글쓰기가 문명 조선의 구상에 집중되어 있었던 것을 엿볼 수 있다. 비록 총독부의 시선을 의식해야 한다는 조건이 뒤따랐지만, 그에게는 오랫동안 구상해온 독립 준비로서의 조선의 문명화라는 과제와 관련하여 조선인 독자들에게 건네고 싶은 말들이 산더미같이 쌓여 있었던 것이다.

이처럼 불완전하게나마 이광수가 문명(=독립) 조선의 구상을 조선의 독자들 앞에 펼쳐 놓을 수 있었던 것은 역설적이게도『매일신보』를 무대로 한 정력적인 문필활동 덕분이었다. 일찍이 최남선이 신문관판『무정』의 서문에서 조선에 '동트는 기별'을 울린 첫소리라 하여 격찬해마지 않았던 장편『무정』의 연재 또한 그 연장선상에 놓인 것은 말할 것도 없다. 이 점에서 한국 최초의 근대 장편『무정』(1917)의 탄생에는 그 출발점에서부터 이미 식민 체제하 글쓰기의 조건으로부터 자유로울 수 없었던 한국 근대문학의 운명이 고스란히 각인되어 있었다고 해도 그리 지나친 이야기는 아닐 것이다.

2차 유학시절 후반기 - 전략적 타협의 글쓰기를 넘어서

『매일신보』를 무대로 한 이광수의 전략적 글쓰기는 일단 성공을 거두었다고 보아도 무방하다. 무엇보다도 장편『무정』의 연재가 총독부와 조선의 독자 대중에게 두루 지대한 호응을 얻었다는 사실이 이를 입증한다.『무정』이 표 나게 내세운 문명 조선의 건설을 향한 의지는 조선의 근대화를 식민 통치의 명분으로 내세웠던 식민 당국의 코드를 거스르지 않았고, 독립된 개인으로서의 자각과 더불어 민족 구성원으로서 조선 문명화의 사명에 눈떠가는 청년 주인공들의 이야기는 조선의 독자들에게도 문명한 독립 국가 건설의 꿈을 불어넣기에 충분했다. 두 개의 혀를 가진 글쓰기가 성공을 거둔 데 대

한 자신감 덕분이었을까. 장편『무정』에 이어 이광수가『매일신보』와『경성
일보』양쪽의 지면에 각각 조선어와 일본어로 나란히 연재했던 오도답파기
에는 총독부의 시선을 의식하는 가운데서도 민족 구성원의 입장에서 은밀
한 긴장과 길항을 드러내고자 한 흔적이 또렷하다.

　잘 알려진 대로 애초에 매일신보사의 오도답파 기획은 '식민통치의 성과'
에 대한 선전을 목적으로 한 것이었다. 그런 만큼 「오도답파기행」이 관제官
制 기행문의 성격을 띨 수밖에 없는 것은 필연적이었지만, 총독부 주도하의
근대화가 일본인과 조선인의 불균등한 발전을 초래하고 있다는 사실을 이
미 직시하고 있던 이광수는 기사 곳곳에서 일본인 중심의 총독부의 시정施政
을 비판하거나 당국의 시정 방침에 적당한 지지를 표하면서 민족의 소생에
필요한 제도적 차원의 공간을 확보하기 위한 노력을 담으려고 애썼다. 또한
조선인이 과거 오랫동안 숭고하고 세련된 문화를 향유했던 민족임을 일깨
우고, 그런 만큼 근대 문명의 세계로 나아갈 수 있는 자질과 역량을 충분히
갖춘 민족임을 보여주고자 애썼다. 이미 고대로부터 고도의 문명을 세상에
떨친 조선인의 독자적인 정치·문화적 역량에 대한 강조는 특히『경성일보』판
「오도답파기행」에 두드러지는 경향으로,『경성일보』의 일본인 독자들을 향
한 일본어 글쓰기에 조선어 글쓰기에 못지않은, 아니 어쩌면 더욱 예리하게
벼려진 민족적 자의식이 작동하고 있었음을 보여준다.

　이광수의 민족적 자의식이 빚어낸 이러한 길항의 양상은 「오도답파기행」
직후에 쓴 논설 「부활의 서광」 (1917.10.16. 집필)에서 더욱 극적으로 드러난다.
1917년 10월『와세다문학早稻田文學』에는 전前 와세다대학 문학부 교수이자
당시 극단 예술좌藝術座를 이끌고 신극 운동에 관여하고 있던 시마무라 호게
츠島村抱月가 조선에서의 순회공연을 마치고 동경에 돌아와 쓴 「조선소식鮮
だより」이 실린다. 경성에서 진학문, 최남선, 심우섭 등 조선의 문학청년들과
만났던 이야기로 시작하여 조선의 과거에는 문예라 할 만한 것이 없고 '정신

문명의 상징은 거의 전무'하다고 단언하면서 조선에도 조만간 '문학적 가치가 있는 일본어'로 참된 조선 민족의 영혼을 불러일으키는 참된 문예가 출현되기를 바란다는 기대를 표명하고 있는 글이다. 이에 대하여 「부활의 서광」에서 이광수는 이렇게 응수하며 글을 맺었다. "조선민족은 정신문명을 산출할 천자天資를 갖추고 있는 줄로 확신"하며, 조선의 신문단은 신사상의 세례와 더불어 여러 선구자의 노력에 힘입어 상당한 문체의 준비가 되어 있으니 "비로소 조선 신문학의 막은 열린 것"이라고. 이제 막 근대적인 한글 장편 『무정』의 성공을 보았고 나아가 오도답파여행의 여정에서 신라 천년의 고도古都 경주를 통해 고대에 찬란한 문명을 일군 민족적 저력에 대한 자긍심을 되새겼던 이광수로서는 당연한 응전應戰이었을 것이다.

한편 『매일신보』에 연재된 장편의 논문 「신생활론」(1918.9-10)은 재조在朝 일본인 관변학자들의 조선인 민족성론과의 긴장과 길항관계 속에서 다시 읽을 수 있는 텍스트이다. 조선인에게는 독창적인 능력이 없으며, 따라서 선정善政과 우수한 일본 민족의 감화로써 일본에 동화시켜야 한다는 주장은 한일병합 이후 식민 통치를 뒷받침하고자 조선학 연구에 뛰어들었던 타카하시 토루高橋亨와 같은 재조 일본인 관변학자들의 일관된 견해였다. 「신생활론」은 이러한 재조 일본인 관변학자들의 전형화된 조선인 민족성론을 유교 및 기독교 비판의 맥락에서 다시 씀으로써 조선인을 단순히 일본 민족의 감화에 의해 동화되어야 하는 수동적 대상이 아니라 근대 문명에 부응할 수 있는 저력을 갖춘 민족적 주체로서 재규정하려는 노력을 보여주고 있다.

이상에서 살펴본 대로 2차 유학시절 총독부 기관지 『매일신보』와 더불어 본격화되었던 이광수의 글쓰기는 애초에 제국의 시선과의 은밀한 긴장과 길항관계를 내포한 것이었다. 그러나 이 은밀한 긴장과 길항관계는 '씌어지지 않은 것'과의 행간을 고려하지 않으면 잘 보이지 않는다. 이광수의 초기 문장들을 대할 때 '씌어진 것'만큼이나 그것을 둘러싼 '씌어지지 않은 것'들의 맥락을 최대한 복원해가며 읽는 자세가 요구되는 것도 이 때문이다. 이 점에서, 비록 예외적이었으나마 이 은밀한 긴장과 길항관계가 전면에 부상할 수 있었던 「2·8독립선언서」(1919.2)는 제국의 검열과 통제가 가로막았던 2차 유학시절 이광수 글쓰기의 맨얼굴을 보여준다고 해도 좋을 것이다.

서강한국학자료총서를 내면서

우리 인문과학연구소는 인문과학 부문 학과 간의 학문적 유대를 강화하여 인문과학 전반에 걸쳐 종합적 연구를 촉진시킬 목적으로 1967년 9월에 설치되었다. 연구소는 인문계 학과의 소속 교수들로 구성되며, 동서양의 문화·역사·철학·종교 등 전반에 대한 연구를 진행하고 있다.

우리 연구소는 '서강인문정신', '인문연구전간', '인문연구논집', '서강인문논총' 등의 발간을 통해 인문학 연구에 기여해왔다. 그러는 한편 연구자들이 쉽게 접하기 어려운 귀중 자료들을 모아서 '국학자료'라는 이름으로 간행하기도 했다. 그렇지만 국학자료는 1992년 제7집 발간 이후 더 이상 발간되지 못했다.

이제 우리 연구소는 '서강한국학자료총서'라는 새로운 총서 시리즈를 마련하여 '국학자료'의 전통을 잇는 새로운 연구 자료집을 선보이게 되었다. 『이광수 초기 문장집』 I권과 II권의 간행으로 시작하는 이와 같은 일련의 작업은 학계에 연구를 위한 기초자료를 제공함으로써 기존 연구의 공백을 메우고 연구의 새로운 지평을 여는 데 기여할 수 있을 것으로 생각한다.

연구의 기초 자료들을 집약적으로 정리·간행하기 위해 마련된 '서강한국학자료총서'는 우리 시대 연구자들뿐만 아니라 학문 후속 세대들에게도 유용하게 쓰일 것이다. 새롭게 시작한 서강한국학자료총서가 맡은 바 역할을 충분히 할 수 있도록 학계의 관심과 애정을 기대한다.

2015년 10월 14일

서강대학교 인문과학연구소